*Buch*

Bravourös hat Colleen McCullough mit dem vorliegenden Werk ein für sie neues Terrain erobert: den historischen Roman. Aus den Männern, die in den Jahren 110–100 vor Christi Geburt auf der politischen Bühne der Römischen Republik agieren, greift sie zwei faszinierende Gestalten heraus: Marius und Sulla, beide besessen vom Ehrgeiz, der »Erste Mann« in Rom zu werden. Marius ist ein Emporkömmling aus der Provinz, ein Feldherr, der militärischen Beutezügen sein Vermögen verdankt; Sulla stammt aus dem Hochadel der Stadt Rom und ist rastlos auf der Jagd nach dem Vergnügen. Marius heiratet aus politischem Kalkül eine Tochter aus der Adelsfamilie der Julier, Sulla aus Liebe deren Schwester.

Mit steigender Spannung verfolgt der Leser den erbitterten Kampf dieser beiden ebenbürtigen Gegenspieler um die Vormachtstellung in Rom. Das Schicksal ist zunächst Marius hold: Durch geschicktes Taktieren wird er Konsul und kann dieses höchste Amt noch weitere sechs Male erringen, denn die politisch wirren Zeiten verlangen nach einem starken Mann. Die Jahre seiner Herrschaft sind geprägt von seinen siegreichen Kriegen gegen die Kimbern und Teutonen und gegen den Numiderkönig Jugurtha, aber auch von Intrigen und Enttäuschungen. Selbstherrlich bestimmt er die Geschicke des Imperiums und erhält auf dem Höhepunkt seiner Macht den Beinamen »Dritter Gründer Roms«.

*Autorin*

Colleen McCullough wurde im australischen Wellington geboren. Sie arbeitete mehrere Jahre als Ärztin in England und Amerika. Von ihren in der ganzen Welt gelesenen Romanen sind neben »Die Macht und die Liebe« folgende als Goldmann-Taschenbücher erschienen:

Ein anderes Wort für Liebe (6776)
Dornenvögel (9894)

Als Goldmann-Paperback liegt vor der Roman
Tim (32500)

COLLEEN
McCULLOUGH

# DIE MACHT UND DIE LIEBE

ROMAN

Aus dem Amerikanischen
von Verena Koch, Christine Neugebauer
und Ursel Schäfer

GOLDMANN VERLAG

Ungekürzte Ausgabe

Titel der Originalausgabe: The First Man in Rome
Originalverlag: William Morrow and Company, Inc., New York

*Für*
Frederick T. Mason
*den lieben Freund, großartigen Kollegen,*
*wunderbaren Mann in Liebe und Dankbarkeit*

Der Goldmann Verlag
ist ein Unternehmen der Verlagsgruppe Bertelsmann

Made in Germany · 1. Auflage · 8/92

Umschlagentwurf: Design Team, München
Farbige Umschlagzeichnung: Daeni/Schlück, Garbsen
Druck: Presse-Druck, Augsburg
Verlagsnummer: 41344
MV · Herstellung: Stefan Hansen
ISBN 3-442-41344-3

# Inhalt

GAIUS MARIUS

*Das erste Jahr*
(110 v. Chr.)

# Unter den Konsuln Marcus Minucius Rufus und Spurius Postumius Albinus

Gaius Julius Caesar stand keinem der beiden neuen Konsuln besonders nahe, und so reihte er sich mit seinen Söhnen einfach irgendwo in jene Prozession ein, die ganz in der Nähe seines Hauses begann, die Prozession des Konsuls Marcus Minucius Rufus. Beide Konsuln wohnten auf dem Palatin; das Haus von Spurius Postumius Albinus, dem jüngeren Konsul, lag jedoch in einem eleganteren Viertel. Man munkelte, daß Albinus' Schulden in schwindelerregende Höhen gestiegen seien. Kein Wunder, das war der Preis, wenn man Konsul werden wollte.

Nicht, daß Gaius Julius Caesar sich den Kopf darüber zu zerbrechen brauchte, was der politische Aufstieg kostete, und aller Wahrscheinlichkeit nach würden auch seine Söhne sich nie darum sorgen müssen. Es war vierhundert Jahre her, daß ein Julier auf der *sella curulis,* dem elfenbeinernen Amtsstuhl der Konsuln, Platz genommen hatte. Zwar war die Ahnenreihe der Julier wirklich imposant, aber die nachfolgenden Generationen hatten es versäumt, die Schatztruhen wieder aufzufüllen, und mit jedem Jahrhundert wurde das Geschlecht der Julier ärmer. Konsul? Unmöglich! Vielleicht Prätor, der zweithöchste Beamte nach dem Konsul? Unmöglich! Nein, heute konnte ein Julier nur noch ein bescheidenes, ruhiges Plätzchen als Hinterbänkler im Senat erben, und die Aussichten der Caesaren – der Linie der Julier, die wegen ihres üppigen Haupthaares diesen Beinamen trugen – waren auch nicht besser.

Die Toga, die der Kammerdiener seinem Herrn Gaius Julius Caesar an diesem Morgen über die linke Schulter gelegt, um den Leib geschlungen und über den linken Arm geführt hatte, war die schlichte weiße Toga eines Mannes, der nie nach dem Elfenbeinstuhl getrachtet hatte. Nur die dunkelroten Schuhe, der eiserne Senatorenring und der breite Purpurstreifen auf der rechten Schulter unterschieden ihn von seinen beiden Söhnen Sextus und Gaius, die gewöhnliche Schuhe und Siegelringe trugen und eine Tunika mit dem schmalen Purpurstreifen der Ritter.

Die Dämmerung war noch nicht angebrochen, als die Familie den neuen Tag begrüßte: ein kurzes Gebet, am Herd im Atrium das Salzopfer für die Hausgötter und, als der wachhabende Sklave die vom Hügel herannahenden Fackeln ankündigte, die Verbeugung vor dem Gott Janus Patulcius, der über das Öffnen der Türen wachte.

Dann trat der Vater mit seinen Söhnen hinaus auf die schmale, gepflasterte Straße, und dort trennten sie sich. Während die beiden jungen Männer sich dem Zug der Ritter anschlossen, die vor dem neuen Konsul gingen, mischte Gaius Julius Caesar sich hinter Marcus Minucius Rufus und den Liktoren unter die Senatoren.

Marcia richtete ein kurzes Gebet an den Gott Janus Clusivius, der über das Schließen der Türen wachte, und gab dann den gähnenden Sklaven ihre Anweisungen. Jetzt war sie endlich allein und konnte sich um ihre Schützlinge kümmern. Wo waren die Mädchen nur? Marcia hörte Lachen aus dem Zimmer ihrer beiden Töchter. Da saßen sie, die beiden Julias, und aßen dünn mit Honig bestrichene Brote zum Frühstück. Wie bezaubernd sie doch aussahen!

Man sagte, jede Julia aus diesem Geschlecht sei ein kostbares Juwel, denn alle Julias hätten die seltene Gabe, ihre Männer glücklich zu machen. Diese beiden kleinen Julias würden die Familientradition gewiß fortsetzen.

Die ältere der beiden, Julia genannt, war fast achtzehn. Hochgewachsen und von würdevollem Ernst, hatte sie die bronzefarbenen Haare tief im Nacken zu einem Knoten zusammengebunden, und der Blick ihrer großen grauen Augen war prüfend und sanft zugleich auf ihre Umgebung gerichtet. Ein ruhiges, kluges Mädchen.

Ihre jüngere Schwester, genannt Julilla, war sechzehneinhalb, die Jüngste der Familie und eigentlich ein unerwünschter Nachzügler, doch sie hatte schon bald die Herzen der Eltern und der drei älteren Geschwister erobert. Ihre Haut hatte die Farbe des Honigs, Haare und Augen den weichen Glanz von Bernstein. Natürlich war sie es, die soeben gelacht hatte. Sie hatte ein unruhiges, unvernünftiges Temperament.

»Fertig, Kinder?« fragte Marcia.

Schnell stopften sie sich die letzten Bissen des klebrigen Brotes in den Mund, fuhren mit den Fingern durch eine Wasserschale, dann über ein Handtuch und folgten ihrer Mutter hinaus.

»Es ist frisch«, sagte Marcia und griff nach den Wollmänteln, die ein Sklave über dem Arm trug. Es waren einfache, schwere Umhänge.

Die Mädchen sahen sie enttäuscht an, hüteten sich aber, etwas zu sagen. Geduldig ließen sie sich einwickeln wie Raupen in einen Kokon, bis nur noch ihre Gesichter aus dem rauhen, braunen Tuch hervorlugten. Auch Marcia wickelte sich in eine Decke, dann führte sie den kleinen Zug aus Töchtern und Sklaven hinaus auf die Straße.

Sie wohnten am Cermalus, dem unteren Teil des Palatin, in einem bescheidenen Haus, das Vater Sextus zusammen mit fünfhundert Jugera guten Ackerlandes zwischen Bovillae und Aricia seinem jüngeren Sohn Gaius vermacht hatte. Das Land würde zwar ausreichen, um den Sitz im Senat zu halten, aber es war viel zu wenig, um ein Amt im *cursus honorum* anzusteuern. Vater Sextus hatte sich von keinem seiner beiden Söhne trennen wollen, und diese eigennützige Haltung hatte zwangsläufig dazu geführt, daß sein Vermögen zwischen seinem älteren Sohn Sextus und seinem jüngeren Sohn Gaius aufgeteilt wurde. Dies bedeutete wiederum, daß keiner seiner Söhne sich Hoffnungen auf das Amt eines Prätors oder gar Konsuls machen durfte.

Gaius' Bruder Sextus war nicht so sentimental wie sein Vater. Er hatte mit seiner Frau Popillia drei Söhne gezeugt, eine unerträgliche Belastung für jede Senatorenfamilie, und dafür gab es nur eine Lösung: Er hatte sich von seinem ältesten Sohn getrennt und ihn dem kinderlosen Quintus Lutatius Catulus zur Adoption gegeben. Das hatte ihm ein Vermögen eingebracht und sichergestellt, daß auch sein Ältester einmal ein Vermögen erben würde, denn der alte Catulus war unvorstellbar reich. Freudig hatte er eine riesige Summe dafür springen lassen, daß er einen Patrizierjungen adoptieren konnte, der nicht nur blendend aussah, sondern auch leidlich intelligent war. Sextus hatte das Geld, das der Junge ihm eingebracht hatte, wohlüberlegt in Ländereien und Immobilien angelegt. Seine beiden jüngeren Söhne hatten somit mehr zu erwarten als ein Hinterbänklerdasein im Senat.

Der nüchtern rechnende Sextus war freilich eher eine Ausnahme. Die anderen Männer der Familie hatten seit je das Problem, daß sie mehr als einen Sohn zeugten und alle gleichermaßen liebten. Nie brachten sie es über sich, einen ihrer zahlreichen Sprößlinge zur Adoption freizugeben oder wenigstens dafür zu sorgen, daß ihre Kinder vorteilhafte Ehen eingingen. So waren ihre einstmals großen Ländereien im Lauf der Jahrhunderte immer weiter geschrumpft, weil sie auf immer mehr Söhne verteilt oder für die Mitgift der Töchter verkauft werden mußten.

Auch Marcias Mann Gaius Julius setzte diese Tradition fort. Er hing an seinen Kindern, war stolz auf seine Söhne und vernarrt in seine Töchter und ließ sich nicht von der Vernunft leiten, wie es einem richtigen Römer geziemte. Denn sonst hätte er den ältesten Sohn zur Adoption freigeben und die beiden Mädchen schon vor Jahren reichen Bürgern für die Ehe versprechen müssen. Nur das Geld bestimmte die politische Karriere. Auf die aristokratische Herkunft war schon lange kein Verlaß mehr.

Das neue Jahr begann wenig verheißungsvoll. Ein kalter Wind trieb dünne Regenschleier vor sich her über das nasse, rutschige Pflaster und verstärkte den beißenden Gestank abgestandener Asche, der in der Luft lag. An einem solchen Feiertag zogen es die einfachen Leute in Rom vor, in ihren engen Wohnungen auf ihren Strohsäcken liegenzubleiben.

Bei schönem Wetter hätten sich auf den Straßen Menschen aller Schichten getummelt und von geeigneten Aussichtspunkten den prachtvollen Umzügen auf dem Forum Romanum und dem Kapitol zugeschaut. Aber an diesem trüben Tag kamen Marcia und ihre Töchter gut voran, und die Sklaven mußten den Damen nicht gewaltsam einen Weg durch die Menge bahnen.

Die schmale Gasse, in der das Haus von Gaius Julius Caesar lag, mündete in den Clivus Victoriae, eine Straße unweit der Porta Romulana, dem altehrwürdigen Stadttor des alten Palatins. Das Stadttor war aus mächtigen Quadern zusammengefügt, die Romulus vor sechshundert Jahren eigenhändig dort aufgeschichtet hatte, die inzwischen aber mit allerlei Gestrüpp überwuchert waren. Die Frauen wandten sich nach rechts und gingen den Clivus Victoriae hinab bis zu der Ecke, wo sie vom Cermalus aus das Forum Romanum überblicken konnten. Nach fünf Minuten hatten sie ihr Ziel erreicht, ein ödes Stück Brachland. Vor zwölf Jahren noch hatte hier eines der vornehmsten Häuser Roms gestanden, jetzt erinnerte daran nur noch hier und da ein halb im Gras verborgener Stein. Von hier aus hatte man einen unverstellten Blick auf das Forum Romanum und das Kapitol, auf das lebhafte Treiben in der Subura und auf die Hügel, die die Stadt im Norden begrenzten. Die Sklaven stellten Klappstühle für Marcia und die beiden Julias auf.

»Hast du schon gehört?« fragte Caecilia, die Frau des Geldverleihers Titus Pomponius, die hochschwanger mit ihrer Tante Pilia in der Nähe saß. Sie wohnten in derselben Straße wie die Caesars, im übernächsten Haus.

»Nein, was denn?« Marcia beugte sich fragend vor.

»Die Konsuln, Priester und Auguren haben gleich nach Mitternacht mit den Gebeten und Zeremonien angefangen, um nur ja rechtzeitig fertig zu sein ...«

»Das machen sie immer so!« unterbrach Marcia. »Denn wenn sie einen Fehler machen, müssen sie wieder ganz von vorn anfangen.«

»Ja, ich weiß, so dumm bin ich nun auch wieder nicht!« sagte Caecilia giftig. Sie ärgerte sich, daß die Tochter eines Prätors sie belehren wollte. »Die Sache ist nur die, daß sie keinen Fehler gemacht haben! Die Himmelszeichen waren einfach ungünstig. Viermal hat es geblitzt, und mitten auf der Kultstätte hat eine Eule geschrieen, es klang wie ein Todesschrei. Und jetzt noch dieses Wetter – das wird kein gutes Jahr werden, von den Konsuln ganz zu schweigen.«

»Das hätte ich dir auch ohne Blitz und Eulen sagen können«, erwiderte Marcia. Ihr Vater war zwar nicht Konsul geworden, doch er hatte in seiner Funktion als Stadtprätor den großen Aquädukt gebaut, die Trinkwasserleitung für ganz Rom. Mit diesem Werk war er als einer der Großen in die Geschichte eingegangen. »Eine armselige Auswahl von Kandidaten, und dann haben die Wahlmänner noch nicht einmal die besten aus diesem Sammelsurium ausgesucht. Vielleicht gibt Marcus Minucius Rufus einen tüchtigen Konsul ab, aber Spurius Postumius Albinus! Die haben noch nie etwas zuwege gebracht.«

»Wer?« fragte Caecilia dümmlich.

»Die Sippe von Spurius Postumius Albinus.« Marcia warf einen wachsamen Blick auf ihre Töchter. Die beiden hatten vier Mädchen aus dem Geschlecht des Claudius Pulcher entdeckt – von denen gab es so viele, daß man nie genau wußte, wer zu welchem Familienzweig gehörte! Auch die Claudier führten einen endlosen Kampf gegen das doppelte Verhängnis des alten Adels, daß für zu viele Kinder immer weniger Land und Geld da waren. Und zu benehmen wußten sich die Mädchen auch nicht! Nun, Marcia konnte ihren Töchtern den Umgang mit Mädchen aus einem beinahe ebenbürtigen Geschlecht wohl kaum verbieten, zumal sie gemeinsam zur Schule gegangen waren. Die beiden Julias hatten ihre Klappstühle in die Nähe der anderen Mädchen gerückt, die unbeaufsichtigt waren. Wo waren überhaupt ihre Mütter? Aha! Sie unterhielten sich mit Sulla. Unmöglich! Das reichte.

»Mädchen!« rief Marcia streng.

Zwei verhüllte Köpfe drehten sich nach ihr um.

»Kommt sofort hierher.«

Sie gehorchten.

»Mama, bitte, dürfen wir mit unseren Freundinnen spielen?« bettelte die kleine Julilla.

»Nein«, sagte Marcia in einem Ton, der keine Widerrede duldete.

Unten auf dem Forum Romanum formierte sich die Prozession. Wie ein Reptil hatte sich der eine Zug vom Haus des Marcus Minucius Rufus zum Forum geschlängelt und sich dort mit dem nicht minder langen Zug vereinigt, der vom Haus des Spurius Postumius Albinus ausging. Voraus gingen die Ritter, zwar nicht so viele wie an sonnigen Neujahrstagen, aber doch um die siebenhundert an der Zahl. Es wurde etwas heller, aber der Regen fiel noch dichter, als der Zug sich den Clivus Capitolinus hinaufbewegte bis zur ersten Wende des kurzen, steilen Weges, wo die Priester und die Schlächter mit zwei makellos weißen Stieren mit reichverzierten Halftern warteten. Hinter den Rittern schritten die vierundzwanzig Liktoren der neuen Konsuln, gefolgt von den Konsuln und den Mitgliedern des Senats, je nach Rang gekleidet in purpurgesäumte Togen oder schlichtes Weiß. Ganz am Schluß kamen die, die eigentlich gar nicht dazugehörten, die Schaulustigen nämlich und die Bittsteller.

Wie schön, dachte Marcia. Etwa tausend Männer stiegen langsam zum Tempel des höchsten Gottes Jupiter Optimus Maximus empor. Eindrucksvoll ragte der mächtige Tempel ganz oben auf der südlichen Kuppe der beiden Kapitolhügel auf. Die Griechen pflegten ihre Tempel im Tal zu bauen, die Römer hingegen bauten ihre in luftiger Höhe, und viele Stufen führten zu ihnen hinauf, ganz besonders viele zum Tempel des Jupiter. Wie schön das aussieht, dachte Marcia wieder, als sich der Zug mit den Opfertieren in die Prozession einreihte und alle gemeinsam das letzte Stück zum Tempel zurücklegten. Oben drängten sich die Menschen auf dem Platz vor dem Heiligtum zusammen. Dort oben, irgendwo in der Menge, befanden sich auch ihr Mann und ihre beiden Söhne, denn auch sie gehörten jener Klasse an, die über die mächtigste Stadt der Welt herrschte.

Auch Gaius Marius stand in der Menge vor dem Tempel. Als ehemaliger Prätor trug er die purpurgesäumte *toga praetexta* und auf den dunkelroten Schuhen eine Schnalle in Form eines Halbmonds. Vor fünf Jahren war er Prätor geworden, vor drei Jahren hätte er Konsul werden müssen. Aber er wußte, daß man ihn niemals für dieses Amt nominieren würde. Warum nicht? Weil er nicht fein genug war. Aus keinem anderen Grund. Wer hatte je von einer Familie namens Marius gehört? Niemand.

Gaius Marius war ein Aufsteiger aus der Provinz, und er war Soldat. Angeblich konnte er kein Griechisch, und manchmal, wenn er aufgeregt oder wütend war, mischten sich Wörter des heimatlichen Dialekts in sein Latein. Da zählte es nicht, daß er mit seinem Geld den halben Senat in die Tasche stecken konnte und als Feldherr den ganzen. Was zählte, war allein die Herkunft, und seine war nicht gut genug.

Gaius Marius stammte aus Arpinum. Das war zwar gar nicht weit von Rom entfernt, aber doch so bedenklich nahe an der Grenze zwischen Latium und Samnium, daß einige an seiner Treue und Loyalität zu Rom zweifelten. Schließlich waren die Samniten von allen italischen Stämmen immer noch die hartnäckigsten Feinde Roms. Die Einwohner Arpinums hatten erst vor achtundsiebzig Jahren von Rom die vollen Bürgerrechte erhalten, und der Bezirk besaß nach wie vor keine volle Selbstverwaltung.

Die Gegend war freilich wunderschön! Ein fruchtbares Tal am Fuß des Appenin, eingefaßt von den beiden Flüssen Liris und Melfa. Dort gediehen die köstlichsten Trauben, zum Essen wie zum Keltern gleichermaßen geeignet, die Ernten fielen überreichlich aus, die Schafe waren dick und ihre Wolle außergewöhnlich fein. Ein friedliches, grünes, verträumtes Land. Im Sommer war es dort angenehm kühl, im Winter hingegen wärmer, als man erwartet hätte. Die beiden Flüsse waren fischreich, und die dichtbewaldeten Berge um Arpinum lieferten immer noch vorzügliches Holz für den Bau von Schiffen und Häusern. Kiefern und Pinien wuchsen dort, und Eichen, deren Früchte im Herbst den Boden bedeckten und Wildschweinen zur Nahrung dienten. An jeder vornehmen Tafel in Rom schätzte man die fetten Schinken, Speckseiten und Würste aus Arpinum.

Die Familie des Gaius Marius lebte schon seit vielen hundert Jahren in Arpinum, stolz auf ihre latinische Abstammung. War Marius etwa ein volskischer oder samnitischer Name? Hatte er einen oskischen Beiklang, nur weil es auch Volsker und Samniten gab, die Marius hießen? Mitnichten! Marius war ein lateinischer Name. Er, Gaius Marius, konnte es sehr wohl mit diesen hochnäsigen, arroganten Adligen aufnehmen, die sich einen Spaß daraus machten, ihn zu demütigen. Mehr als das – er fühlte genau, daß er ihnen allen überlegen war.

Dieses Gefühl verfolgte ihn wie ein ungebetener Gast, der nicht weicht, mochte man ihn noch so ungastlich behandeln. Seit langer Zeit schon nagte es in ihm, lange genug, um sich über seine Nutzlosigkeit klarzuwerden. Nach so vielen Jahren hätte an seine Stelle eigentlich Resignation treten müssen, doch Marius hatte nicht resigniert. Das Gefühl der Überlegenheit war lebendig und ungebrochen wie eh und je.

Nachdenklich betrachtete Gaius Marius an diesem trüben, regnerischen Morgen die starren Gesichter der in purpurgesäumte Togen gekleideten Senatoren. Wie merkwürdig die Welt doch war! Keiner von ihnen konnte einem Tiberius oder Gaius Sempronius Gracchus das Wasser reichen, und wenn man von Marcus Aemilius Scaurus und Publius Rutilius Rufus absah, blieb nur eine Schar recht unbedeutender Männer. Und doch behandelten sie ihn, Gaius Marius, als sei er ein aufgeblasener Niemand, tüchtig zwar, aber ohne wirkliches Format. Nur weil in ihren Adern das richtige Blut floß. Sie alle gingen wie selbstverständlich davon aus, daß einmal ihre Stunde kommen und sie die Herren Roms sein würden, die »Ersten« – Scipio Africanus, Aemilius Paulus, Scipio Aemilianus und vielleicht ein Dutzend anderer in der viele Jahrhunderte alten Geschichte der Republik waren so genannt worden.

Der Erste war nicht notwendig der Beste. Er war der Erste unter seinesgleichen, unter Männern, die demselben Stand entstammten und dieselben Chancen gehabt hatten wie er. Der Erste Mann von Rom, das bedeutete viel mehr als die Königskrone, mehr als Autokratie, Despotismus oder wie auch immer man es nennen mochte. Ein solcher Mann zeichnete sich durch seine überragenden Qualitäten vor allen anderen aus, wußte aber zugleich, daß er viele Rivalen hatte, die begierig waren, ihn auszustechen, und das auch legal und ohne Blutvergießen konnten, indem sie bewiesen, daß sie ihn an Tüchtigkeit noch übertrafen. Der Erste Mann von Rom, das bedeutete auch mehr als das Amt des Konsuls. Konsuln kamen jedes Jahr zwei neue, aber in der langen Geschichte der römischen Republik hatte das Volk nur wenigen als den Ersten im Staate zugejubelt.

Gegenwärtig gab es keine Männer, die sich so auszeichneten, und seit dem Tod des Scipio Aemilianus vor neunzehn Jahren hatte es keine mehr gegeben. Marcus Aemilius Scaurus entsprach noch am ehesten den Anforderungen, doch fehlte es ihm an Macht oder vielmehr *auctoritas,* jener für Rom so charakteristischen Mischung aus Macht, Autorität und Ruhm. Niemand sprach Marcus Aemilius mit diesem Titel an, nur er selbst benutzte ihn manchmal.

Wie auf ein Stichwort ging in diesem Augenblick ein Murmeln durch die Reihen der Senatoren. Der ältere Konsul, Marcus Minucius Rufus, hatte soeben dem großen Gott den weißen Stier als Opfer darbringen wollen, aber das Tier hatte gescheut, vielleicht weil es in böser Vorahnung das letzte, mit einem Betäubungsmittel vermischte Futter verweigert hatte. Die Senatoren schüttelten die Köpfe: Dies würde kein gutes Jahr werden. Schlechte Vorzeichen bei der Nachtwache der Konsuln, schreckliches Wetter, und nun schnaubte und bockte auch noch das erste Opfertier. Die Altardiener, ein halbes Dutzend an der Zahl, hatten Mühe, den Stier an Hörnern und Ohren festzuhalten. Dummköpfe, dachte Gaius Marius, hätten sie ihm doch vorsichtshalber einen Ring durch die Nase gezogen. Der Akoluth mit dem Betäubungshammer, bis zur Hüfte nackt wie die anderen Diener, wartete nicht mehr, bis der Stier den Kopf zum Himmel erhoben und wieder zur Erde geneigt hatte. Später konnte man immer noch sagen, das Tier habe den Kopf im Todeskampf unzählige Male gehoben und gesenkt. Er trat vor und schwang seine eiserne Waffe blitzschnell auf und nieder. Dem dumpf knallenden Schlag folgte unmittelbar darauf ein zweiter. Die Vorderläufe des Stiers knickten ein, dann krachte er mit seinem ganzen Gewicht von sechzehnhundert Pfund aufs Pflaster. Der halbnackte Schlächter versenkte sein zweischneidiges Schwert im Nacken des Tieres, und das Blut spritzte nach allen Seiten. Ein Teil wurde in den Opferschalen aufgefangen, das meiste floß als dampfender, klebriger Strom über das aufgeweichte Erdreich und vermischte sich dort mit dem Regen.

Wie sehr sich doch beim Anblick von Blut der wahre Charakter eines Mannes offenbart, dachte Gaius Marius. Mit einem distanzierten Lächeln auf den Lippen beobachtete er, wie ein Senator hastig zur Seite sprang, ein anderer gleichgültig mit dem linken Schuh im Blut versank und ein dritter zu verbergen versuchte, daß ihm speiübel war.

Dann fiel ihm ein Mann auf, der am Rand des Ritterzuges stand, ein junger, aber bereits voll ausgewachsener Bursche, gekleidet in eine Toga, jedoch ohne den ritterlichen Streifen auf der rechten Schulter der Tunika. Er stand erst seit kurzem dort, und jetzt wandte er sich auch schon wieder dem steilen Weg zu, der vom Clivus Capitolinus zum Forum hinabführte. Ehe er sich abwandte, sah Gaius Marius freilich noch, wie er mit seinen blitzenden grauweißen Augen gierig den Anblick des frischen Blutes verschlang. Gaius Marius war sicher, daß er den Burschen noch nie zuvor gesehen hatte. Ein Gesicht von zugleich femininer und maskuliner Schönheit, und dann diese erstaunlichen Farben! Die Haut weiß wie Milch, die Haare rotgolden wie die aufgehende Sonne. Apollo in Menschengestalt. Sollte er es gewesen sein? Nein. Ein Gott hatte nicht solche Augen. Aus diesen Augen sprach viel Leid, und ein Gott brauchte doch nicht zu leiden.

Der zweite Stier hatte zwar mehr Betäubungsmittel gefressen, er wehrte sich aber trotzdem, sogar noch heftiger als sein Vorgänger. Der Hammerschläger verfehlte sein Opfer, und die rasende Kreatur stürzte sich in blinder Wut auf ihn. Geistesgegenwärtig packte jemand den Stier an den pendelnden Hoden, und diesen Augenblick des Erstarrens nutzten die beiden Schlächter, der Hammerschläger und der Mann mit der Axt, um gemeinsam erneut zuzuschlagen. Der Stier brach zusammen, und das Blut spritzte zwanzig Schritt weit und traf auch die beiden Konsuln. Spurius Postumius Albinus und sein seitlich hinter ihm stehender jüngerer Bruder Aulus wurden von oben bis unten mit Blut besudelt. Gaius Marius musterte den Konsul von der Seite und grübelte, was dieses Omen bedeuten mochte. Auf Rom kamen böse Zeiten zu, kein Zweifel.

Jenes unwillkommene Gefühl der Überlegenheit begleitete ihn auch jetzt, ja, es war in der letzten Zeit sogar noch stärker geworden, so als stünde der entscheidende Augenblick unmittelbar bevor. Der Augenblick, da er, Gaius Marius, der Erste Mann von Rom werden würde. Sein gesunder Menschenverstand – und daran mangelte es ihm nicht – schrie ihm zu, daß dieses Gefühl falsch sei, eine

Falle, die Schande und Verderben über ihn bringen werde. Aber das Gefühl ließ sich nicht verscheuchen. Lächerlich! sagte die Vernunft in ihm. Er war jetzt siebenundvierzig Jahre alt. Bei der Wahl zum Prätor vor fünf Jahren hatte er die wenigsten Stimmen bekommen. Er war zu alt für das Konsulat, seine Herkunft stand ihm im Weg, und er hatte keine Anhänger. Seine Zeit war vorbei. Vorbei!

Endlich begann die Amtseinführung der Konsuln. Lucius Caecilius Metellus, ein affektierter Trottel, der sich Pontifex Maximus nennen durfte, leierte die abschließenden Gebete herunter, und gleich nach den Gebeten würde Minucius Rufus, der ältere der beiden Konsuln, den Herold beauftragen, den Senat im Tempel des Jupiter Optimus Maximus zusammenzurufen. Die Senatoren würden festlegen, wann die *feriae latinae* in den Albaner Bergen stattfinden sollten, debattieren, in welche Provinzen neue Statthalter entsandt werden mußten, und die Provinzen durch Los auf die Prätoren und Konsuln aufteilen. Ein egoistischer Volkstribun würde das Volk in den höchsten Tönen preisen, und Scaurus würde den dreisten Narren wie einen Käfer zertreten. Ein anderer eingebildeter Caecilius Metellus würde sich endlos über den Verfall von Sitte und Moral in der jüngeren Generation ereifern, bis er durch Zurufe zum Schweigen gebracht würde. Es war immer dasselbe: Senat, Volk, Rom, Gaius Marius. Siebenundvierzig Jahre alt. Bald würde er siebenundfünfzig sein, dann siebenundsechzig, und dann würde man seine Leiche auf dem Scheiterhaufen aufbahren, und er würde sich in Rauch auflösen. Das war dann das Ende von Gaius Marius, dem Emporkömmling aus den Schweineställen Arpinums, der kein echter Römer war.

Der Herold rief die Senatoren zur Sitzung. Seufzend machte sich Gaius Marius auf den Weg. Wie gern hätte er seine Wut jetzt an jemandem ausgelassen, wäre er auf jemandem herumgetrampelt. In diesem Moment traf sein Blick den des Gaius Julius Caesar, der lächelte, als wisse er genau, was in Gaius Marius vorging.

Irritiert starrte Gaius Marius ihn an. Dieser Julius Caesar war jetzt, da sein Bruder Sextus tot war, der älteste Sproß der Caesarenfamilie im Senat, und er vertrat dort eine eigenständige Meinung, auch wenn er nur ein Hinterbänkler war. Hochgewachsen und breitschultrig, hielt er sich kerzengerade wie ein Offizier, und sein feines, silbermeliertes Haar umrahmte ein von Furchen durchzogenes edles Gesicht. Er war nicht mehr jung, sicher über fünfundfünfzig, sah aber aus, als würde er einmal zu jenen unverwüstlichen

Mumien gehören, die die Aristokratie mit so schöner Regelmäßigkeit hervorbrachte und die noch jenseits der Neunzig zu jeder Senats- und Volksversammlung schwankten, um dort goldene Worte der Vernunft zu sprechen. Die Sorte, die auch mit einem Opferbeil nicht totzukriegen war und die letzten Endes Rom zu dem gemacht hatte, was es war, trotz der zahllosen Priester vom Schlage eines Caecilius Metellus. Besser als der ganze Rest der Welt.

»Welcher Metellus wird uns heute mit seinen Worten beglükken?« fragte Caesar, als sie nebeneinander die Stufen zum Tempel hinaufstiegen.

»Einer, der sich seinen Namen erst verdienen muß«, antwortete Gaius Marius. Seine gewaltigen Augenbrauen zuckten auf und ab wie auf Nadeln gespießte Tausendfüßler. »Quintus Caecilius Metellus, der kleine Bruder unseres verehrten Pontifex Maximus.«

»Wieso er?«

»Weil er nächstes Jahr für das Konsulat kandidieren will, soviel ich weiß. Da will er sich jetzt schon ein bißchen ins Gespräch bringen.« Gaius Marius trat zur Seite, um dem älteren Caesar den Vortritt in das irdische Domizil des großen Gottes Jupiter Optimus Maximus zu lassen.

Caesar nickte. »Du hast wohl recht.«

Der große Saal in der Mitte des Tempels wurde vom trüben Licht draußen nur spärlich erhellt, aber das ziegelrote Gesicht der Götterstatue leuchtete gleichsam aus sich heraus. Die Statue war uralt, der berühmte etruskische Bildhauer Vulca hatte sie vor vielen hundert Jahren aus Terrakotta geformt, und im Lauf der Zeit hatte man sie mit einem elfenbeinernen Gewand, goldenen Haaren, goldenen Sandalen und einem goldenen Blitzstrahl geschmückt. Sogar Arme und Beine hatte man mit einer silbernen Haut überzogen, Finger- und Zehennägel waren aus Elfenbein, und nur das Gesicht wahrte noch die ursprüngliche Farbe des rauhen, erdigen Tons. Es war bartlos, nach der Mode, die die Römer von den Etruskern übernommen hatten. Die aufeinandergepreßten Lippen waren zu einem idiotischen Grinsen verzerrt, das fast bis zu den Ohren reichte und den Gott aussehen ließ wie einen Vater, der verzweifelt bemüht ist, über die Untaten seiner Kinder hinwegzusehen.

An den großen Tempelsaal schloß sich zu beiden Seiten ein weiterer Raum an, links der Tempel der Minerva, der Tochter des Jupiter, rechts der seiner Frau Juno. In beiden Tempeln waren herrliche Statuen der Göttinnen in Gold und Elfenbein aufgestellt und daneben jeweils ein weiteres Götterbild. Als nämlich der Tempel erbaut worden war, hatten sich zwei der alten Götter geweigert auszuziehen, und so hatten die Römer alte und neue Götter einfach nebeneinandergestellt.

»Darf ich dich für morgen Nachmittag zum Essen einladen?« fragte Caesar.

Gaius Marius sah ihn überrascht an und überlegte, was er antworten sollte. Was hatte Caesar vor? Wieso lud er ihn ein, ausgerechnet ihn? Eines konnte man mit Bestimmtheit sagen: Ein Snob war Caesar nicht. Wer seine Vorfahren in der männlichen Linie bis zu Julus, Aeneas, Anchises und der göttlichen Venus zurückverfolgen konnte, hatte das gar nicht nötig.

»Ich danke dir, Gaius Julius«, antwortete Marius. »Ich nehme deine Einladung gerne an.«

Als Lucius Cornelius Sulla am Neujahrstag lange vor dem Morgengrauen erwachte, war er schon fast wieder nüchtern. Er stellte fest, daß er an seinem Stammplatz zwischen seiner Stiefmutter zur Rechten und seiner Mätresse zur Linken lag und daß die beiden Damen – wenn man sie schmeichelhafterweise so nennen durfte – vollständig bekleidet waren und ihm den Rücken zukehrten. Dem entnahm er, daß seine Liebesdienste in der vergangenen Nacht nicht gefordert gewesen waren, wofür auch die enorme und genußvoll peinigende Erektion sprach, die ihn geweckt hatte. Einen Augenblick lang versuchte er, sein drittes Auge, das ihn schamlos und aufrecht über seinen Bauch hinweg anstarrte, durch einen strengen Blick zum Einlenken zu bewegen, aber wie immer verlor er den ungleichen Wettstreit. Also blieb nur eins: den undankbaren Burschen befriedigen. Sulla streckte die rechte Hand aus und schob das Kleid seiner Stiefmutter nach oben, mit der linken Hand tat er dasselbe bei seiner Mätresse. Im selben Moment schossen die beiden Frauen, die sich nur schlafend gestellt hatten, wie Furien in die Höhe und begannen, ihn mit Schlägen und Bissen zu traktieren.

»Was habe ich denn getan?« brüllte er und krümmte sich unter ihren Fäusten zusammen, die Hände schützend über die Lenden gehalten. Die fürstliche Erektion war wie ein leerer Weinschlauch in sich zusammengefallen.

Die Frauen wollten ihm diese Frage unbedingt beantworten – und zwar beide zugleich. Doch da erinnerte er sich schon selbst. Auch gut, die beiden kreischenden Weiber waren sowieso nicht zu verstehen. Metrobius, Fluch seinen Augen! Aber was für Augen! Tiefschwarz und glänzend wie polierte Pechkohle, umkränzt von schwarzen Wimpern, die so lang waren, daß man sie um einen Finger wickeln konnte. Haut, zart und hell wie Sahne, schmale Schultern, bedeckt von üppigen schwarzen Locken, und der süßeste Arsch der Welt. Vierzehn Jahre alt, aber mit der Erfahrung von tausend Jahren Laster, ein Schüler des alten Skylax, des Schauspielers – ein Lustknabe, eine süße Versuchung, ein kleiner Tiger.

Eigentlich bevorzugte Sulla inzwischen Frauen, aber Metrobius war ein Fall für sich. Als Cupido verkleidet war der Junge mit dem als Venus geschminkten Skylax zum Fest gekommen, auf dem Rücken ein herziges gefiedertes Flügelpaar und um die Lenden einen winzigen Streifen Schappseide, gefärbt mit billigem falschen Safran, der in dem heißen, stickigen Raum zerlaufen war und auf der Innenseite seiner Schenkel orangegelbe Spuren hinterlassen hatte, Spuren, die die Aufmerksamkeit nur noch mehr auf kaum verhüllte Reize lenkten.

Sulla hatte die Augen nicht von ihm abwenden können, und der Junge schien gleichermaßen fasziniert von Sulla. Es gab auch wenige Männer, die eine so schneeweiße Haut wie Sulla hatten, Haare von der Farbe der aufgehenden Sonne und Augen so hell, daß sie beinahe weiß wirkten. Ganz zu schweigen von seinem Gesicht, das vor einigen Jahren in Athen geradezu einen Aufruhr verursacht hatte. Damals hatte ein gewisser Aemilius den mittellosen, gerade sechzehn Jahre alten Sulla mit dem Postschiff nach Patrai geschmuggelt und sich dann auf dem längstmöglichen Weg von Patrai nach Athen entlang der Küste des Peloponnes nach Belieben mit dem Jungen vergnügt.

In Athen hatte Aemilius Sulla allerdings schnell fallen lassen, denn er konnte sich angesichts seiner Stellung Zweifel an seiner Männlichkeit nicht leisten. Bei den Römern war Homosexualität verpönt, den Griechen galt sie als höchste Form der Liebe. So verbargen die einen ängstlich, was die anderen vor den Augen ihrer beeindruckten Kameraden offen zur Schau stellten. Dafür machte die Angst vor der Entdeckung die Römer freigebiger. Sulla mußte feststellen, daß die Griechen nur ungern für etwas zahlten, das sie auch umsonst bekommen konnten, selbst wenn der Gewinn etwas so Außerordentliches war wie Sulla. Er erpreßte deshalb Aemilius, ihm eine Fahrt erster Klasse zurück nach Italien zu zahlen, und kehrte Athen für immer den Rücken.

Mit seinem Eintritt ins Mannesalter änderte sich natürlich alles. Sobald sein Bartwuchs eine tägliche Rasur erforderte und rotgoldene Haare sich auf seiner Brust kräuselten, ließen seine Anziehungskraft auf Männer und umgekehrt deren Großzügigkeit ihm gegenüber nach. Aber dann stellte er fest, daß Frauen noch dümmer waren als Männer. Sie sehnten sich nach Beständigkeit und ließen sich deshalb bereitwillig ausbeuten. Als Kind hatte er kaum Kontakt mit Frauen gehabt. Seine Mutter war so früh gestorben, daß er keine Erinnerung an sie hatte, und sein Vater, ein verarmter Säufer, kümmerte sich kaum um die beiden Kinder. Sulla hatte eine zwei Jahre ältere Schwester, Cornelia Sulla. Sie sah genauso außergewöhnlich aus wie ihr Bruder und hatte sich einen schwerreichen Landadligen namens Lucius Nonius aus Picenum geangelt, dem sie nach Norden gefolgt war, um an seiner Seite die wie auch immer gearteten Freuden des Lebens in der Provinz zu genießen. Der sechzehnjährige Sulla war allein bei seinem Vater zurückgeblieben.

Als Sulla vierundzwanzig war, heiratete sein Vater zum zweiten Mal. Die Hochzeit brachte für Sulla eine große Erleichterung, denn in den Jahren davor war er ausschließlich damit beschäftigt gewesen, Geld zu beschaffen, damit sein Vater seinen Durst löschen konnte. Die neue Frau hieß Clitumna. Sie stammte ursprünglich aus einer umbrischen Bauernfamilie und war die Witwe eines reichen Kaufmanns. Nachdem es ihr gelungen war, das Testament ihres verstorbenen Gatten zu vernichten und sein gesamtes Vermögen zu erben, hatte sie dessen einzige Tochter mit einem Ölhändler aus Kalabrien verheiratet.

Was Clitumna an seinem heruntergekommenen Vater interessierte, begriff Sulla erst, als sie ihn einlud, in ihrem geräumigen Haus am Cermalus auf dem Palatin zu wohnen, und alsbald aus dem Bett des Vaters in das Bett des Sohnes sprang. Der entdeckte bei dieser Gelegenheit einen kleinen Funken Mitgefühl und Zuneigung für den ihm ansonsten eher lästigen Vater, wimmelte Clitumna so taktvoll wie möglich ab und zog wieder aus.

Er hatte ein wenig Geld sparen können und mietete in einem riesigen Mietshaus auf dem Esquilin zwei Zimmer zu einem Mietzins, den er gerade noch aufbringen konnte: dreitausend Sesterze im Jahr. Das eine Zimmer bewohnte er, im anderen mußte sein Diener schlafen und kochen. Außerdem nahm Sulla die Dienste einer jungen Wäscherin in Anspruch, die zwei Stockwerke über ihm wohnte und für verschiedene Mieter »arbeitete«. Einmal in der Woche trug sie seine schmutzige Wäsche zu einer Kreuzung am Ende der Gasse, wo sich das Gewirr der Straßen zu einem kleinen, unregelmäßigen Platz erweiterte. Dort befanden sich ein Heiligtum, ein Wachhäuschen für die Soldaten und eine Quelle, die sich in unaufhörlichem Rinnsal aus dem Maul eines häßlichen alten Silens in ein steinernes Becken ergoß. Der Brunnen war wie viele andere Brunnen eine Spende des großen alten Zensors Cato, der als Mann niederer Herkunft Sinn für praktische Einrichtungen gehabt hatte. An diesem Brunnen erkämpfte sich die Wäscherin einen Platz, schlug dann Sullas Tuniken auf die Steine, wrang jedes Kleidungsstück mit Hilfe einer anderen Wäscherin aus, bis es trocken war, legte die Wäsche sorgfältig zusammen und brachte sie Sulla zurück. Der Preis, den sie forderte, war gering: eine schnelle Nummer im Bett als Entschädigung für ein Leben an der Seite eines griesgrämigen alten Ehemanns.

Damals lernte Sulla auch Nikopolis kennen. »Stadt des Sieges« bedeutete ihr griechischer Name, und das bedeutete sie auch für ihn, denn sie war eine vermögende Witwe und bis zum Wahnsinn in ihn verliebt. Leider kleidete sie ihn zwar verschwenderisch nach der neuesten Mode, ließ sich aber auf keine regelmäßigen Zuwendungen ein.

Zwei Jahre nachdem er aus Clitumnas prachtvollem Haus ausgezogen war, starb sein Vater, der im ungetrübten Glück seiner zweiten Ehe seine Leber endgültig ruiniert hatte. Wenn Clitumna ihn als Preis für seinen Sohn in Kauf genommen hatte, ging ihre Rechnung nun auf, vor allem als Sulla entdeckte, daß Clitumna durchaus nicht abgeneigt war, seine Zuneigung – und ihr Bett – mit Nikopolis zu teilen. In behaglicher Dreisamkeit ließen sie sich in dem Haus auf dem Palatin nieder, und ihre Eintracht wurde nur gelegentlich durch Sullas Schwäche für junge Männer getrübt. Eine harmlose Schwäche freilich, wie er den beiden Frauen versicherte. Er fand keinen Geschmack an unschuldigen Knaben, es verlangte ihn nicht, Senatorensöhne zu verführen, die auf den Exerzierplätzen des Campus Martius herumtollten, mit Holzschwertern gegeneinander kämpften und über gepolsterte Attrappen sprangen, die wie richtige Pferde gesattelt waren. Nein, Sulla bevorzugte Lustknaben, professionelle, mit allen Wassern gewaschene Jünglinge, die ihn daran erinnerten, wie er selbst in diesem Alter gewesen war.

Da aber die Frauen seine Lustknaben verabscheuten, unterdrückte er sein Verlangen um des häuslichen Friedens willen oder gab ihm nur heimlich nach. Bis zum Abend des Vortags, dem letzten des alten Jahres, als sich das Konsulat von Publius Cornelius Scipio Nasica und Lucius Calpurnius Bestia dem Ende zuneigte und die Amtseinführung von Marcus Minucius Rufus und Spurius Postumius Albinus unmittelbar bevorstand. Clitumna und Nikopolis würden den Abend vermutlich als Nacht des Metrobius in Erinnerung behalten.

Alle drei gingen für ihr Leben gern ins Theater, allerdings nicht in die anspruchsvollen griechischen Stücke von Sophokles, Aischylos und Euripides, in denen maskierte Schauspieler mit tremolierenden Stimmen hochgestochene Verse deklamierten. Nein, ihre Liebe galt der Komödie, den witzigen lateinischen Schwänken von Plautus, Naevius und Terenz und vor allem den derben Possen mit unmaskierten Mimen, die aus dem Stegreif ein volkstümliches Programm mit nackten Dirnen, tollpatschigen Narren, furzenden Trompeten, allerlei grobem Schabernack und unwahrscheinlichen Geschichten darboten. Riesige Gänseblümchen, die aus wackelnden Ärschen ragten, die Bewegung eines Fingers, vielsagender als tausend Worte, Schwiegerväter mit verbundenen Augen, die Brüste mit reifen Melonen verwechselten, tolldreiste Seitensprünge, betrunkene Götter – nichts war der Posse heilig.

Sie kannten alle Schauspieler und Direktoren der Komödienbühnen Roms, und ein Fest ohne die Anwesenheit zumindest einiger Zelebritäten der Bühne war kein richtiges Fest. Die Tragödie existierte für sie überhaupt nicht, und darin glichen sie den meisten Römern, die immer für einen guten Spaß zu haben waren.

Zum Neujahrsfest in Clitumnas Haus waren Skylax, Astera, Milo, Pedokles, Daphne und Marsyas eingeladen. Natürlich mußten alle Gäste verkleidet kommen. Clitumna und Nikopolis verkleideten sich leidenschaftlich gern, und Sulla verwandelte sich mit Vorliebe in eine Frau, die er dann so lächerlich darzustellen pflegte, daß die Zuschauer sich köstlich darüber amüsierten.

Diesmal hatte Sulla sich als Gorgo Medusa verkleidet. Er trug eine Perücke mit lebendigen kleinen Schlangen, die sämtliche Anwesenden entsetzt aufkreischen ließen, wenn er den Kopf wie zum Angriff senkte, und war in fließende Gewänder aus Schappseide gehüllt, die den Gästen nur allzu freizügig den Blick auf seine größte Schlange gewährten. Seine Stiefmutter trat als Äffchen auf. Sie hatte ihren nackten Hintern blau angemalt, hüpfte in einem haarigen Umhang durch das Zimmer und kratzte sich überall. Nikopolis, die Clitumna an Schönheit weit übertraf, hatte ein gemäßigteres Kostüm gewählt, das Kostüm der Diana, der Göttin der Jagd, das ihre langen schlanken Beine und eine ihrer makellosen Brüste zeigte. Tanzend brachte sie die winzigen Pfeile ihres Köchers im Takt der Flöten, Pfeifen, Glocken, Lyren und Trommeln zum Rasseln.

Das Fest nahm einen schwungvollen Anfang. Sulla mit seinen lebenden Schlangen war zweifellos ein Erfolg, während über Clitumna, das Äffchen, am meisten gelacht wurde. Der Wein floß in Strömen. Schon lange vor Anbruch des neuen Jahres dröhnte das Gelächter und Geschrei der Gäste aus dem Säulengarten hinter dem Haus zu den erbosten Nachbarn hinüber. Als letzter Gast wankte Skylax zur Tür herein. Er trug Sandalen mit hohen Plateausohlen aus Kork und eine goldblonde Perücke, und unter seinem prachtvollen Gewand wölbten sich riesige Brüste. Geschminkt war er wie eine alte Hure. Arme Venus! Im Schlepptau hatte er Metrobius, seinen Cupido.

Kaum hatte Sullas größte Schlange einen Blick auf ihn geworfen, als sie sich auch schon in Sekundenschnelle aufrichtete, was weder das Äffchen noch die Jägerin Diana sonderlich erfreute und auch die Venus Skylax verdrießlich dreinblicken ließ. Und dann kam es zu einem wilden Durcheinander, das jeder Bühnenposse Ehre gemacht hätte: ein hüpfender blauer Hintern, eine hüpfende entblößte Brust, eine hüpfende blonde Perücke, eine hüpfende Schlange und ein hüpfender gefiederter Knabe. Ihren Höhepunkt erreichte die Hüpferei, als Sulla mit Metrobius hinter einem Sofa verschwand und den Knaben dort liebte. Leider war die Ecke den Blicken der anderen nicht so verborgen, wie die beiden gehofft hatten.

Natürlich hatte Sulla gewußt, daß er einen furchtbaren Fehler beging, doch genützt hatte das nichts. Von dem Augenblick an, als er die an den seidigen Schenkeln herunterlaufende Farbe gesehen und einen Blick in die glänzenden schwarzen Augen mit den langen Wimpern geworfen hatte, war es um ihn geschehen. Er war dem Knaben hoffnungslos verfallen. Und als er mit den Fingern über das gerüschte Röckchen strich, das der Knabe trug, und es gerade so weit lüftete, daß er die Schönheit des unbehaarten, mattgoldenen Schatzes darunter sehen konnte, gab es kein Halten mehr. Er hatte den Knaben hinter ein Sofa drängen und ihn besitzen müssen.

Fast wäre aus der Posse eine Tragödie geworden. Clitumna ergriff einen kostbaren Kelch aus Alexandriner Glas, zertrümmerte ihn und ging mit den Scherben in der Hand auf Sulla los. Nikopolis stürzte sich daraufhin mit einem Weinkrug auf Clitumna, Skylax bearbeitete Metrobius mit einem seiner Plateauschuhe. Gebannt sah die Festgesellschaft dem Spektakel zu. Zum Glück war Sulla noch nicht so betrunken, daß er nicht mehr Herr seiner Kräfte gewesen wäre. Er machte kurzen Prozeß und schlug Skylax so gewaltig auf sein dick geschminktes Auge, daß es für mindestens einen Monat zuschwoll. Den langen, nackten Beinen der Diana verpaßte er einen Köcher voll spitzer Pfeile, Clitumna legte er übers Knie und schlug ihre blaubemalten Hinterbacken so lange, bis sie schwarz waren. Dann dankte er dem Knaben mit einem sehnsuchtsvollen Zungenkuß und begab sich mit einem überwältigenden Gefühl des Ekels zu Bett.

Erst am Neujahrsmorgen begriff Sulla, was sich abgespielt hatte: keine Posse und auch keine Komödie, sondern eine Tragödie, nicht minder sonderbar und voller häßlicher Verwicklungen wie eine der Tragödien, die Sophokles in tiefster Verzweiflung über das Treiben der Götter und Menschen geschrieben hatte. Heute, am ersten Tag des neuen Jahres, hatte Sulla Geburtstag. Er war jetzt genau dreißig Jahre alt.

Er wandte sich den beiden raufenden und keifenden Frauen zu und sah sie so voller Zorn, Schmerz und Abscheu an, daß sie augenblicklich verstummten. Reglos hockten sie da wie Statuen, während er eine frische weiße Tunika anzog und sich von einem Sklaven in eine Toga hüllen ließ, die er in den letzten Jahren höchstens zu Theaterbesuchen angezogen hatte. Erst als er gegangen war, kam wieder Bewegung in die Frauen. Sie starrten einander an, und dann jammerten und weinten sie, ohne zu verstehen, daß sie nicht um sich, sondern um ihn weinten.

In Wirklichkeit war das Leben des Lucius Cornelius Sulla eine einzige Lüge. Er hatte sich schon immer etwas vorgelogen. Die Welt, in der er dreißig Jahre lang gehaust hatte – eine Welt von Säufern, Bettlern, Schauspielern, Dirnen, Betrügern und freigelassenen Sklaven – war nicht seine Welt.

In Rom gab es unzählige Familien mit dem Namen Cornelius. Sie trugen diesen Namen, weil ein Vater, Großvater oder anderer Vorfahr irgendwann einmal als Sklave oder Bauer zum Haushalt eines Patriziers namens Cornelius gehört hatte. War der Vorfahr anläßlich einer Heirat, Geburt oder Beerdigung aus der Leibeigenschaft entlassen worden oder hatte er sich mit eigenen Ersparnissen freigekauft, hatte er den Namen seines Herrn übernommen. Er nannte sich fortan auch Cornelius und blieb dem Geschlecht, dessen Namen er das Bürgerrecht verdankte, als Klient verbunden.

Mit Ausnahme von Clitumna und Nikopolis gingen auch alle Bekannten Sullas wie selbstverständlich davon aus, daß Sulla ein solcher Cornelius war, also der Sohn, Enkel oder Urenkel eines Sklaven oder Bauern. Seiner hellen Hautfarbe nach eher eines Sklaven als eines Bauern. Natürlich gab es Patrizier, die Cornelius Scipio, Cornelius Lentulus oder Cornelius Merula hießen, aber wer hatte je von einem Patrizier namens Cornelius Sulla gehört? Kein Mensch wußte, was der Name Sulla überhaupt bedeutete!

Lucius Cornelius Sulla aber war tatsächlich ein Patrizier, der Sohn eines Patriziers, der Enkel eines Patriziers und so fort bis in die Zeit der Gründung Roms, auch wenn er in den Listen der Zensoren unter den *capite censi* geführt wurde, den besitzlosen Römern. Seine Herkunft qualifizierte Sulla für eine glänzende politische Laufbahn, den *cursus honorum.* Seine Geburt berechtigte ihn, Konsul zu werden.

Aber Lucius Cornelius Sulla war arm. Sein Vater hatte ihm außer dem Bürgerrecht nichts hinterlassen, er hatte nicht einmal genug besessen, um seinen Sohn in die unterste der fünf Vermögensklassen eintragen zu lassen. Auf Sulla wartete kein roter Streifen auf der Tunika, weder der schmale Streifen der Ritter noch der breite Streifen der Senatoren. Wenn er sagte, daß er aus dem Geschlecht der Cornelier stamme, wurde er ausgelacht. Schließlich gehörte das Geschlecht der Cornelier zu den vier ältesten der fünfunddreißig römischen Tribus, und es war unvorstellbar, daß ein Mitglied dieser Familie zu den *capite censi* gehörte.

An seinem dreißigsten Geburtstag hätte Sulla eigentlich Senator werden sollen – die Zensoren hätten ihn entweder als gewählten Quästor oder allein aufgrund seiner Abstammung in den Senat berufen müssen. Statt dessen war er der Gespiele zweier ordinärer Weiber, und es bestand nicht die geringste Hoffnung, daß er jemals die nötigen Mittel würde aufbringen können, um sein Geburtsrecht wahrzunehmen. Im nächsten Jahr würde ein Zensus stattfinden. Sulla wünschte sich, stolz vor die Zensoren auf dem Forum Romanum treten zu können, um ihnen ein Jahreseinkommen von einer Million Sesterze vorzuweisen! Denn das war das Mindesteinkommen für einen Senator. Oder wenigstens 400 000 Sesterze, das Mindesteinkommen für einen Ritter! Doch er besaß nichts, sein jährliches Einkommen hatte 10 000 Sesterze nie überstiegen, und er ließ sich von Frauen aushalten. Unter die Armutsgrenze fiel in Rom, wer sich nicht einmal einen Sklaven halten konnte, und so gesehen hatte Sulla schon einige Male unter der Armutsgrenze gelebt. Er, ein patrizischer Cornelius!

In jenen zwei Jahren, als er tapfer den Verlockungen Clitumnas widerstanden und in dem Mietshaus auf dem Esquilin gehaust hatte, hatte er auf den Docks im Hafen Arbeit suchen müssen, hatte Weinkrüge geschleppt und Weizenurnen verladen, nur damit er sich einen Sklaven leisten konnte. Denn niemand sollte merken, daß er im Elend lebte. Mit zunehmendem Alter wuchs auch sein Stolz – oder genauer – das Bewußtsein seiner Erniedrigung. Er hatte stets dem Drang widerstanden, sich eine regelmäßige Arbeit zu suchen, ein Handwerk in einer Gießerei oder Zimmerei zu erlernen, als Schreiber in einem Kontor oder als Schriftenkopierer für einen Verlag oder eine Leihbücherei zu arbeiten. Wer auf den Docks, auf den Märkten und auf Baustellen arbeitete, brauchte keine lästigen Fragen zu beantworten. Wer regelmäßig am selben Arbeitsplatz erschien, mußte alle möglichen Fragen beantworten. Nicht einmal Soldat konnte er werden, denn auch dafür hätte er Vermögen nachweisen müssen. Von der Geburt her hätte er Feldherr sein können, aber er hatte noch nie ein Schwert getragen, auf einem Pferd gesessen oder einen Speer geworfen, nicht einmal auf den Exerzierplätzen des Campus Martius bei der Villa Publica.

Hätte er irgendeinen entfernten Verwandten angebettelt – denn nähere Verwandte hatte er nicht mehr –, so wäre sein Schicksal vielleicht durch ein großzügiges Darlehen gemildert worden. Doch sein Stolz, der ihm immerhin gestattete, sich von ordinären Frauen aushalten zu lassen, hinderte ihn daran, zum Bittsteller zu werden. Lieber wollte er ein Niemand bleiben, der niemandem etwas schuldete, als durch ein großes Darlehen in ein Klientelverhältnis geraten. Er, ein patrizischer Cornelius!

Ohne ein bestimmtes Ziel stürmte er aus dem Haus seiner Stiefmutter. Nur in der feuchten Luft durchatmen und den ganzen Ärger hinter sich lassen! Clitumna hatte sich einen für ihre Verhältnisse ungewöhnlichen Wohnort ausgesucht: In ihrer Straße wohnten erfolgreiche Advokaten, Hinterbänkler aus dem Senat und Ritter mit mittleren Einkommen. Die Straße verlief zwar weit unten am Hang des Palatin und bot deshalb keine schöne Aussicht, aber sie lag angenehm nah am politischen und wirtschaftlichen Zentrum der Stadt, dem Forum Romanum, und den Markthallen und Plätzen in seiner Umgebung. Natürlich schätzte Clitumna auch die Sicherheit dieses Viertels, das weit von der Subura mit ihren engen Gassen und finsteren Gestalten entfernt war, wenngleich Clitumnas lärmenden Feste und zweifelhafte Freunde schon zu manch wütendem Streit mit den Nachbarn geführt hatten. Neben ihr wohnte der steinreiche Bankier und Kaufmann Titus Pomponius, auf der anderen Seite der Senator Gaius Julius Caesar.

Clitumna sah ihre Nachbarn selten. Das war einer der Vorteile – oder auch Nachteile, wenn man so wollte – der nach innen ausgerichteten Häuser mit ihren fensterlosen Außenwänden, den großen Innenhöfen und den Gärten mit Säulengängen. Wenn sich Clitumnas Gäste allerdings aus dem Eßzimmer hinaus in den Säulengarten ergossen, drang der Lärm weit über die Grenzen ihres Anwesens hinaus und erboste sämtliche Nachbarn.

Inzwischen war es hell geworden. Vor sich erkannte Sulla die Frauen aus dem Haus des Gaius Julius Caesar, die auf den hohen Korksohlen und noch höheren Korkabsätzen ihrer Winterschuhe vorsichtig über die schmutzige Straße stakten. Wahrscheinlich wollten sie sich die Feierlichkeiten ansehen. Er verlangsamte seinen Schritt und maß die dickvermummten Gestalten mit dem schamlosen Blick eines Mannes, der von seinen Trieben beherrscht wird. Caesars Frau war eine Marcia, Tochter des Erbauers der Aqua Marcia und kaum älter als vierzig. Höchstens fünfundvierzig. Eine schlanke, gepflegte Erscheinung, hochgewachsen, brünett und überdurchschnittlich hübsch. Mit ihren beiden Töchtern konnte sie freilich nicht konkurrieren. Das waren echte Julias, zwei blonde Schönheiten, wobei nach Sullas Geschmack der jüngeren die Krone gebührte. Er hatte sie einige Male beobachtet, wenn sie auf dem Markt einkaufen gingen, und er wußte, daß ihre Börsen ebenso schmal waren wie ihre Taillen. Die Familie konnte sich nur mit knapper Not im Senat halten.

Geld regierte die Welt. Ohne Geld war man ein Nichts. Kein Wunder, daß niemand eine Gelegenheit ausließ, sich zu bereichern. Wer sich durch die Politik bereichern wollte, mußte zunächst dafür sorgen, daß er zum Prätor gewählt wurde. Sobald er gewählt war, zahlten die jahrelangen Investitionen sich aus. Denn als Prätor regierte er eine Provinz, und dort konnte er leben wie ein Gott und sich großzügig bedienen. Wer die Gelegenheit hatte, führte einen kleinen Grenzkrieg gegen einen Barbarenstamm, plünderte dessen Gold und Heiligtümer, verkaufte die Gefangenen auf dem Sklavenmarkt und strich den Gewinn ein. Aber auch ohne Krieg gab es Wege, zu Geld zu kommen. Ein Prätor konnte mit Getreide und anderen wichtigen Gütern handeln, er konnte zu schwindelerregenden Zinssätzen Geld verleihen und es, wenn nötig, mit Hilfe der Armee eintreiben, und er konnte bei der Steuererhebung die Bücher frisieren, römische Bürgerrechte teuer verkaufen oder ungesetzliche Gebühren erheben.

Alles hing am Geld. Doch wie sollte Sulla zu Geld kommen? Wie konnte er genug auftreiben, um Senator zu werden? Träume, Lucius Cornelius Sulla! Träume!

Die Frauen bogen nach rechts in den Clivus Victoriae ein, und Sulla wußte jetzt, wohin sie gingen: zur *area Flacciana*, auf der einst das Haus des Flaccus gestanden hatte. Als er an dem steilen, von winterlich grauem Gras bedeckten Abhang stehenblieb, ließen sich die Frauen gerade auf Klappstühlen nieder, während ein kräftiger Bursche, der aussah wie ein Thraker, damit beschäftigt war, eine Zeltplane aufzuspannen, um seine Herrin vor dem stärker werdenden Regen zu schützen. Sulla beobachtete, wie die beiden Julias sich brav neben ihre Mutter setzten, dann aber, als diese ein Gespräch mit der schwangeren Frau des Titus Pomponius begann, ihre Stühle nahmen und die Wiese hinunter zu den vier Mädchen aus der Sippe des Claudius Pulcher rannten. Auch deren Mütter saßen in der Nähe. Wie hießen sie doch gleich? Ach ja, Licinia und Domitia. Sulla kannte sie recht gut, er hatte mit beiden schon geschlafen. Ohne nach rechts oder links zu blicken, stieg er den Abhang hinunter zu den beiden Frauen.

»Meine Damen«, sagte er mit einer Verbeugung, »was für ein scheußlicher Tag.«

Alle Frauen der Gegend kannten ihn, und das war in gewisser Weise besonders schlimm. Während seine Freundinnen aus der Gosse ihn stets als einen der ihren betrachteten, begingen die adligen Römerinnen diesen Fehler nicht. Sie wußten alle ganz genau, daß er von edler Herkunft war, und sie kannten seinen Stammbaum und seine Vergangenheit. Die einen empfanden Mitleid mit ihm, andere, wie Licinia und Domitia, vergnügten sich mit ihm im Bett, aber helfen wollte ihm keine.

Der Wind blies aus Nordost und trug den säuerlichen Dunst kalter Asche heran, den Geruch feuchter Holzkohle, verbrannten

Kalks und Tausender vergrabener, verwester Leichen. Im vergangenen Sommer waren der gesamte Viminal und der obere Teil des Esquilin in Flammen aufgegangen. Es war das schrecklichste Feuer seit Menschengedenken gewesen: Ungefähr ein Fünftel der Stadt war niedergebrannt, bevor es gelungen war, mit vereinten Kräften eine so breite Bresche zwischen die Häuser zu schlagen, daß das Flammenmeer vor den überfüllten Mietshäusern der Subura und dem unteren Teil des Esquilin zum Stehen gebracht werden konnte. Glücklicherweise hatten der Wind und der breite Vicus Longus verhindert, daß das Feuer sich auf den dünner besiedelten Quirinal ausbreitete, den nördlichsten Hügel innerhalb der Stadtmauern.

Obwohl inzwischen ein halbes Jahr vergangen war, war die schreckliche Narbe, die der Brand hinterlassen hatte, noch deutlich zu erkennen. Eine ganze Quadratmeile verbrannter Erde, halb eingestürzter Gebäude, Öde. Wieviele Menschen ums Leben gekommen waren, wußte niemand. Mehr als genug jedenfalls, denn danach hatte es keinen Mangel an Wohnungen gegeben, obwohl der Wiederaufbau nur langsam voranging. Hier und da ragten hölzerne Gerüste hundert Fuß oder noch höher auf, Zeichen für einen neuen Typ mehrstöckiger Mietshäuser, die die Taschen so mancher Vermieter füllen würden.

Belustigt registrierte Sulla, daß Licinia und Domitia sich in seiner Gegenwart höchst unbehaglich fühlten und ihn am liebsten nicht erkannt hätten. Geschah ihnen ganz recht, sollten sie doch leiden, die dummen Weiber! Ob sie wußten, daß er mit beiden geschlafen hatte? Kaum. Diese Vorstellung verlieh der Begegnung eine zusätzliche pikante Note. Mit flinken Augen beobachtete er, wie sie einander versteckte Blicke zuwarfen und zu Marcia und den anderen Frauen hinüberschielten. Nein, doch nicht Marcia! Diese Säule des Anstands, dieses Monument der Tugend!

»Es war eine furchtbare Woche damals«, sagte Licinia schrill, die Augen starr auf das verbrannte Gelände gegenüber gerichtet.

»Ja«, sagte Domitia und räusperte sich.

»Es war so schrecklich!« schnatterte Licinia weiter. »Wir wohnten damals auf den Carinae, Lucius Cornelius, und das Feuer kam immer näher. Als es endlich vorbei war, habe ich Appius Claudius überredet, in diesen Teil der Stadt zu ziehen. Man ist nirgendwo sicher vor Feuer, aber es ist bestimmt besser, wenn man zwischen sich und der Subura das Forum und die Sümpfe hat!«

»Es war herrlich«, sagte Sulla. Er dachte daran, wie er in jener

Woche Nacht für Nacht auf den Stufen des Vestatempels gestanden und dem Feuer zugeschaut hatte. Angesichts der grauenvollen Pracht war er sich vorgekommen wie ein Feldherr, der die Plünderung einer feindlichen Stadt angeordnet hat. »Herrlich!« wiederholte er.

Der hämische Ton seiner Stimme veranlaßte Licinia nun doch, ihm in die Augen zu schauen, aber was sie dort sah, ließ sie schnell wieder wegsehen. Sie bereute bitter, daß sie sich jemals in die Hände dieses Mannes begeben hatte. Sulla war nicht nur gefährlich, er war offenbar auch nicht ganz richtig im Kopf.

»Und doch hat alles auch sein Gutes«, sagte sie mit einem krampfhaften Lächeln. »Meine Vettern Publius und Lucius Licinius haben danach eine Menge Brachland erworben. Sie sagen, daß der Wert in den kommenden Jahren unermeßlich steigen wird.«

Licinia gehörte zur Familie des Multimillionärs Licinius Crassus. Warum suchte sich Sulla keine reiche Braut wie Appius Claudius Pulcher, der Licinia geheiratet hatte? Ganz einfach! Weil kein reicher und adliger Vater, Bruder oder Vormund einer solchen Heirat zustimmen würde.

Mit einem Mal machte es ihm keinen Spaß mehr, mit den Frauen zu spielen. Wortlos drehte er sich um und stapfte den Clivus Victoriae hinauf. Im Vorübergehen bemerkte er, daß die beiden Julias zur Ordnung gerufen worden waren und wieder neben ihrer Mutter unter dem Zeltdach saßen. Seine hellen Augen streiften sie, glitten über das größere der beiden Mädchen hinweg und blieben an der kleinen Schwester hängen. Ein süßes Geschöpf! Ein in Nektar getauchter Honigkuchen, eine göttliche Speise. Er verspürte einen Stich in der Brust. Zugleich entging ihm freilich nicht, daß die kleine Julia sich auf ihrem Klappstuhl umgedreht hatte und ihm nachsah.

Er ging die Stufen zum Forum Romanum hinab und stieg dann den Clivus Capitolinus hinauf, bis er bei der Menschenmenge anlangte, die sich vor dem Tempel des Jupiter Optimus Maximus versammelt hatte. Zwar war er nicht zu der Feier eingeladen worden und viele der Ritter und sogar einige Senatoren kannten ihn nicht, aber es waren immer noch genug Männer da, die wußten, wer er war, und ihn nicht fortschicken würden.

Auch wenn er am öffentlichen Leben der Oberschicht nicht teilhatte: Vielleicht hatte er es nach so vielen Generationen einfach im Blut, dieses gewisse Gefühl, als ob Todesglocken Untergang und Verderben ankündigten. Für die politischen Vorgänge auf dem Forum Romanum hatte er sich nie interessiert. Lieber blieb er dem

Geschehen dort fern, als sich für etwas aufzureiben, zu dem ihm der Zugang doch verwehrt war. Aber jetzt ahnte er, daß es ein schlechtes Jahr werden würde, ein weiteres schlechtes Jahr in jener langen Folge schlechter Jahre, die mit der Ermordung des Tiberius Gracchus begonnen und ihre Fortsetzung mit dem erzwungenen Selbstmord seines Bruders Gaius Gracchus gefunden hatte.

Fast schien es, als liege Rom in den letzten Atemzügen, als sei es politisch am Ende. Sulla sah sich um. Mittelmaß und Bedeutungslosigkeit, wohin sein Auge traf. Dort standen sie und dösten im Nieselregen vor sich hin, Männer, die innerhalb von zehn Jahren den Tod von über 30 000 tüchtigen römischen und italischen Soldaten verschuldet hatten, und das zumeist aus persönlicher Habgier. Da war es wieder, das Geld. Geld, Geld und nochmals Geld. Und Macht. Man durfte den Hunger nach Macht nicht unterschätzen. Wo waren die wirklich großen Köpfe in dieser jämmerlichen Versammlung? Wo waren die Männer, die Rom vor dem Untergang erretten würden?

Der weiße Stier bockte. Kein Wunder, wenn man sich die Konsuln für dieses Jahr ansah. Für jemanden wie Spurius Postumius Albinus würde ich meinen Kopf auch nicht freiwillig unters Beil legen, dachte Sulla, er mag noch so oft ein Patrizier sein. Woher hatte er überhaupt so viel Geld? Richtig, die Postumius Albinus hatten immer Geld geheiratet. Verflucht sollten sie sein.

Das Blut spritzte. Ein ausgewachsener Stier hat eine Menge Blut. Was für eine Verschwendung. Kraft, Muskeln, Potenz. Doch was für eine wunderbare Farbe. Tiefrot und dickflüssig rann sie zwischen den Füßen der Zuschauer hangabwärts. Gebannt blieb Sullas Blick daran hängen. Verband sich Kraft immer mit der Farbe Rot? Feuer. Blut. Haare – seine Haare. Penisse. Senatorenschuhe. Muskeln. Flüssiges Metall. Lava.

Es war Zeit zu gehen. Das Blut noch vor Augen, sah er auf und begegnete dem ruhigen, festen Blick eines hochgewachsenen Senators, der in die *toga praetexta* der hohen Magistratsbeamten gekleidet war. Was für ein Mann! Wie hieß er? Er hatte keine Ähnlichkeit mit anderen prominenten Senatoren. Sulla kannte deren Gesichter genau, obgleich er nicht mit ihnen verkehrte.

Wer auch immer der Mann sein mochte, er gehörte jedenfalls keiner der großen Familien an. Schon die Nase ließ auf einen Schuß keltischen Blutes schließen. Für einen echten Römer war sie zu kurz und gerade. Und dann die gewaltigen Augenbrauen! Auch sie keltisch. Sein Gesicht war von zwei Narben gezeichnet, die ihn aber nicht verunstalteten. Eine Kämpfernatur, ungestüm, stolz und intelligent. Ein Adler. Doch wer war er? Kein Konsul, dessen war sich Sulla sicher. Vielleicht ein Prätor? Jedenfalls keiner der diesjährigen Prätoren, denn die hatten sich hinter den Konsuln versammelt und starrten stocksteif vor Würde geradeaus wie ein Haufen alter Vogelscheuchen.

Sulla drehte sich abrupt um und ging. Er konnte sie nicht länger ertragen, auch den Mann mit dem Adlerblick nicht. Es war Zeit zu gehen. Doch wohin? Blieb ihm etwas anderes übrig, als sich in die Arme seiner alternden Stiefmutter und seiner Mätresse zu flüchten?

Wenn ein gekrönter Herrscher Rom besuchte, durfte er das *pomerium*, die geheiligte Stadtgrenze, nicht überschreiten. So mußte Jugurtha, der König der Numider, den Neujahrstag in seiner schwindelerregend teuren, aber todlangweiligen Villa auf dem Pincio über der weiten, das Marsfeld umschließenden Flußschleife verbringen. Der Makler hatte die Aussicht in höchsten Tönen gepriesen, den weiten Blick über das Janiculum und den vatikanischen Hügel, die grünen, vom Tiber begrenzten Auen und das breite, blaue Band des mächtigen Stroms. So große Flüsse wie den alten Vater Tiber gebe es in Numidien bestimmt nicht, hatte der eitle kleine Mann geplappert und dabei verschwiegen, daß er im Auftrag eines Senators handelte, der das Haus so günstig wie möglich vermieten wollte. Warum hielten die Römer eigentlich alle Nichtrömer für dumm und einfältig? Jugurtha wußte genau, wem die Villa gehörte. Er wußte genau, daß man ihn mit dem Mietzins übers Ohr gehauen hatte. Aber Offenheit war nicht zu jeder Zeit und an jedem Ort das richtige, und deshalb hatte er nichts gesagt, als er den Mietvertrag unterschrieben hatte.

Immerhin konnte er von seinem Haus aus die schwarzen Felsen des Kapitols und die Rückseite des Jupitertempels sehen, wo nach Auskunft seiner Agenten in eben diesem Augenblick die erste Senatssitzung mit den neuen Konsuln stattfand. Wie verhandelte man mit den Römern am besten? Wenn er das gewußt hätte, er hätte jetzt ein paar Sorgen weniger gehabt.

Dabei hatte am Anfang alles ganz einfach ausgesehen. Jugurthas Großvater war der große Massinissa, der aus den Trümmern des von den Römern im Punischen Krieg zerstörten Karthago das

Königreich Numidien geschaffen hatte. Die Römer hatten das zunächst geduldet, waren aber unruhig geworden, als Massinissas Macht immer weiter wuchs und ein neues Karthago zu entstehen schien. Für Numidien war es ein Glück, daß Massinissa rechtzeitig starb, denn nach seinem Tod teilte Scipio Aemilianus die Macht in Numidien unter Massinissas drei Söhnen auf, wie der König es in seinem Testament verfügt hatte. Scipio Aemilianus griff dabei allerdings zu einer List: Er teilte nicht das Land auf, sondern die königlichen Pflichten. Den ältesten Sohn machte er zum Verwalter der Finanzen und der Paläste, den mittleren zum Feldherrn des numidischen Heeres und den jüngsten zum obersten Richter. So hatte der Sohn, der das Heer befehligte, für einen Aufstand kein Geld, der Sohn, der das Geld hatte, kein Heer, und der Sohn, der das Gesetz hütete, weder Geld noch Soldaten.

Bevor Rivalität und Streitereien doch noch einen Aufstand herbeiführen konnten, starben die beiden jüngeren Söhne, und der älteste, Micipsa, wurde Alleinherrscher. Seine verstorbenen Brüder hatten jedoch Kinder hinterlassen: zwei rechtmäßige Söhne und einen Bastard namens Jugurtha. Einer dieser jungen Männer würde Micipsa nach dessen Tod auf den Thron folgen. Aber welcher? Doch dann zeugte der bisher kinderlose Micipsa in fortgeschrittenem Alter zwei eigene Söhne, Adherbal und Hiempsal. Der Kampf um die Krone wurde zusätzlich dadurch angeheizt, daß die potentiellen Thronfolger in der falschen Reihenfolge geboren worden waren. Jugurtha, der Bastard, war der älteste, die Söhne des regierenden Königs waren noch Säuglinge.

Massinissa hatte seinen Enkel Jugurtha verachtet, allerdings weniger deshalb, weil er ein Bastard war, sondern vielmehr, weil seine Mutter von den geringsten seiner Untertanen abstammte – sie war ein nomadisches Berbermädchen. Micipsa erbte von seinem Vater die Abneigung gegen Jugurtha, und als er sah, daß dieser zu einem gutaussehenden, intelligenten Mann heranwuchs, suchte er Mittel und Wege, den Hauptrivalen um die Thronfolge aus dem Weg zu räumen. Als Scipio Aemilianus von Numidien militärische Unterstützung bei der Belagerung Numantias anforderte, stellte Micipsa die numidischen Truppen unter den Befehl Jugurthas, in der Hoffnung, daß Jugurtha in Spanien fallen würde.

Doch es kam anders. Jugurtha war der geborene Soldat, und außerdem freundete er sich schnell mit den Römern an, besonders mit zwei jungen Militärtribunen aus dem Stab des Scipio Aemilianus, Gaius Marius und Publius Rutilius Rufus. Die drei Männer waren gleich alt, dreiundzwanzig. Am Ende des Feldzuges hatte Jugurtha überdies eine wichtige Einsicht gewonnen: Alle Römer, die ein hohes politisches Amt anstrebten, litten unter chronischem Geldmangel. Mit anderen Worten, sie waren käuflich.

Zurück in Numidien, übergab Jugurtha König Micipsa einen Brief des Scipio Aemilianus, in dem dieser Jugurthas Tapferkeit, Vernunft und überragende Intelligenz so überschwenglich lobte, daß Micipsa seine Ablehnung aufgeben mußte. Etwa zur selben Zeit, als Gaius Sempronius Gracchus im Hain der Furrina starb, entschloß sich Micipsa, Jugurtha offiziell als Sohn anzunehmen und ihn zum ersten Anwärter auf den Thron zu bestimmen. Er machte jedoch zur Bedingung, daß Jugurtha niemals König werden dürfe, sondern lediglich die Vormundschaft über die beiden legitimen Söhne Micipsas übernehmen solle.

Unmittelbar darauf starb König Micipsa und hinterließ zwei minderjährige Thronerben und Jugurtha als Regenten. Innerhalb eines Jahres wurde der jüngere der beiden Brüder, Hiempsal, auf Jugurthas Veranlassung ermordet. Der ältere, Adherbal, entkam Jugurthas Häschern und floh nach Rom. Dort trat er vor den Senat und verlangte, Rom solle in Numidien Ordnung schaffen und Jugurtha entmachten.

»Warum fürchten wir die Römer so sehr?« fragte Jugurtha und richtete seine Gedanken wieder auf die Gegenwart. Der Regen legte einen weichen Schleier über Exerzierplätze und Gärten, das andere Ufer des Tiber war im Nebel verschwunden.

Auf der Loggia befanden sich ungefähr zwanzig Männer, mit einer Ausnahme alles Leibwächter. Sie waren keine angeworbenen Gladiatoren, sondern Jugurthas eigene Leute aus Numidien – dieselben, die ihm vor sieben Jahren den Kopf des jungen Prinzen Hiempsal gebracht hatten und fünf Jahre später den Kopf des Prinzen Adherbal.

Die Ausnahme war ein semitisch aussehender Mann, ungefähr so groß wie Jugurtha – an ihn hatte Jugurtha seine Frage gerichtet. Der Mann saß neben dem König auf einem bequemen Stuhl. Ein Außenstehender mochte die beiden für Verwandte halten, was sie auch tatsächlich waren, wenngleich der König es vorzog, nicht daran zu denken. Der Begleiter des Königs an diesem häßlichen Neujahrstag war sein Halbbruder, Sohn eines Höflings, mit dem Jugurthas unglückliche Mutter verheiratet worden war. Er hieß Bomilkar und war seinem König treu ergeben.

»Warum fürchten wir sie?« wiederholte Jugurtha, und es klang drängend, fast verzweifelt.

Bomilkar seufzte. »Ganz einfach. Was ist das: Es trägt einen Helm aus Stahl, der ein bißchen aussieht wie ein umgestülpter Blumentopf, eine rotbraune Tunika und darüber ein langes Kettenhemd, ferner ein lächerlich kleines, kurzes Schwert, fast wie ein Dolch, und ein oder zwei Speere mit kleinen Spitzen? Ja? Nein, kein Söldner. Auch kein Bettler. Ein römischer Infanterist.«

Jugurtha brummte und schüttelte den Kopf. »Das ist nur die halbe Antwort. Auch römische Soldaten sind sterblich.«

»Aber sie sterben nur sehr schwer.«

»Nein, es muß noch etwas anderes sein. Ich verstehe es einfach nicht! Du kannst sie kaufen wie Brot beim Bäcker, und man sollte meinen, daß sie innen auch so weich wie Brot sind. Aber das sind sie nicht.«

»Du meinst ihre Anführer?«

»Ja, ihre Anführer. Die ehrwürdigen *patres conscripti* des Senats. Sie sind durch und durch korrupt! Sie müßten schon völlig verdorben sein. Wachsweich und hohl. Aber das sind sie nicht. Sie sind hart wie Granit, kalt wie Eis und verschlagen wie ein parthischer Satrap. Sie geben niemals auf. Kaum hat man sich einen gefügig gemacht, taucht schon der nächste auf, und man muß wieder von vorn anfangen.«

»Ganz zu schweigen davon, daß man manchmal auch einen braucht, den man nicht kaufen kann – nicht, weil er nicht käuflich wäre, sondern weil sein Preis zu hoch ist.« Bomilkar schüttelte nachdenklich den Kopf.

»Ich hasse sie alle«, stieß Jugurtha verbittert hervor.

»Ich auch, aber damit ist uns nicht geholfen.«

»Numidien gehört mir!« rief der König. »Sie wollen das Land ja gar nicht. Sie wollen sich nur einmischen. Stören!«

Bomilkar hob die Arme. »Mich darfst du nicht fragen, Jugurtha, ich weiß keine Antwort. Ich weiß nur, daß du jetzt hier in Rom bist und daß allein die Götter wissen, was dabei herauskommen soll.«

Da hat er allerdings recht, dachte der König von Numidien und versank wieder in seinen Erinnerungen.

Als der junge Adherbal vor sechs Jahren nach Rom geflohen war, hatte Jugurtha sofort gewußt, was er tun mußte. Er hatte eine Gesandtschaft nach Rom geschickt, beladen mit Gold, Silber, Edelsteinen, Kunstwerken und was sonst noch das Herz eines römischen Patriziers höher schlagen lassen mochte. Interessant, daß man die Römer nicht mit Frauen oder Knaben bestechen konnte. Nur mit handfesten Dingen. Das Ergebnis seiner diplomatischen Bemühungen war den Umständen entsprechend einigermaßen befriedigend ausgefallen.

Die Römer hatten eine Vorliebe für Komitees und Kommissionen, die sie an irgendeinen weit entfernten Punkt der Welt entsandten, damit sie dort in irgendwelchen Dingen ermittelten, Urteile fällten und Abhilfe schafften. Wo andere Staaten einfach mit einer Armee einmarschierten, erschienen die Römer in Zivil, in ihren Togen, lediglich in Begleitung einiger Liktoren. Dann gaben sie Befehle und erwarteten, daß sie befolgt wurden. Und meistens wurden sie befolgt.

Diese Gedanken brachten Jugurtha zu seiner ursprünglichen Frage zurück: Warum fürchtete er die Römer? Vielleicht, weil immer auch ein Marcus Aemilius Scaurus unter ihnen war?

Scaurus war schuld, daß der Senat sich damals, als Adherbal in Rom Beschwerde geführt hatte, gegen Jugurtha ausgesprochen hatte. Eine einzige Stimme gegen dreihundert Senatoren! Aber sie hatte sich durchgesetzt. Scaurus war schuld, daß der Senat sich auf einen Kompromiß festgelegt hatte, der weder für Jugurtha noch für Adherbal annehmbar war: Ein Komitee aus zehn Senatoren sollte unter Leitung des Konsulars Lucius Opimius nach Numidien reisen, vor Ort ermitteln und dann entscheiden, was zu tun sei. Und zu welcher Entscheidung war das Komitee gekommen? Es hatte das Königreich geteilt. Adherbal bekam den östlichen Teil mit Cirta als Hauptstadt, der dichter besiedelt und besser erschlossen war als der Westen, dafür aber nicht so wohlhabend. Die westliche Hälfte ging an Jugurtha, der sich jetzt auf zwei Seiten bedrängt sah: von Adherbal im Osten und vom Königreich Mauretanien im Westen. Zufrieden zogen die Römer wieder ab. Jugurtha aber lag von da an auf der Lauer: Eines Tages mußte Adherbal ihm in die Falle gehen. Um sich nach Westen abzusichern, heiratete er die Tochter des Königs von Mauretanien.

Vier Jahre wartete Jugurtha geduldig, dann griff er Adherbal und dessen Armee zwischen Cirta und dem Hafen der Stadt an. Adherbal wurde geschlagen und mußte sich nach Cirta zurückziehen und sich dort verschanzen. Hilfe bekam er von den vielen einflußreichen römischen und italischen Kaufleuten, die das Rückgrat der numidischen Wirtschaft bildeten.

Natürlich war die Kunde vom Krieg zwischen Jugurtha und Adherbal schnell bis zum Senat nach Rom gedrungen. Der Senat entsandte ein Komitee, bestehend aus drei höflichen jungen Senatorensöhnen. Jugurtha bekam die Gesandten als erster zu fassen, hinderte sie daran, mit Adherbal und den Einwohnern von Cirta Kontakt aufzunehmen, und schickte sie mit wertvollen Geschenken beladen nach Rom zurück.

Dann gelang es Adherbal, einen Hilferuf nach Rom zu schmuggeln. Marcus Aemilius Scaurus, der immer noch auf seiner Seite stand, machte sich nun selbst auf und reiste an der Spitze eines weiteren Komitees nach Numidien. Die Lage, die er dort vorfand, war jedoch so angespannt, daß er sich gezwungen sah, seinen Aufenthalt auf die römische Provinz Africa zu beschränken. Unverrichteter Dinge mußte er schließlich nach Rom zurückkehren. Als nächstes griff Jugurtha Cirta an und eroberte die Stadt. Adherbal wurde auf der Stelle hingerichtet, und außerdem ließ Jugurtha in seinem Haß gegen Rom alle römischen und italischen Kaufleute umbringen, die ihm in die Hände fielen. Von da an waren die Römer seine erbitterten Feinde.

Die Kunde über das Massaker von Cirta hatte Rom vor fünfzehn Monaten, im Herbst, erreicht. Der designierte Volkstribun Gaius Memmius hatte auf dem Forum ein solches Geschrei angestimmt, daß die Katastrophe nicht mehr mit Bestechungsgeldern abwendbar schien. Lucius Calpurnius Bestia, der Konsul des nächsten Jahres, wurde beauftragt, zu Beginn seiner Amtszeit nach Numidien zu reisen und Jugurtha unmißverständlich klarzumachen, daß er nicht ungestraft Römer abschlachten könne.

Doch Bestia hatte sich von Jugurtha kaufen lassen. Vor sechs Monaten hatte Jugurtha einen Friedensvertrag mit Rom ausgehandelt und Bestia dreißig Kriegselefanten sowie eine kleine finanzielle Zuwendung für die römische Staatskasse überreicht. Eine weitaus größere Summe war in Bestias private Schatztruhe geflossen. Rom schien zufrieden, und Jugurtha war endlich der unbestrittene König von Numidien.

Gaius Memmius jedoch hatte keine Ruhe gegeben. Tag für Tag hatte er Bestia beschuldigt, Jugurtha gegen Geld den numidischen Thron zugesichert zu haben, und schließlich erreichte er sein Ziel. Der Prätor Lucius Cassius Longinus wurde mit dem Auftrag nach Numidien gesandt, König Jugurtha persönlich nach Rom zu bringen, wo er Gaius Memmius die Namen all derer nennen sollte, die er im Lauf der Jahre bestochen hatte. Besonders gefährlich für Jugurtha war, daß er nicht vor dem Senat aussagen sollte, sondern vor der Volksversammlung.

Als Cassius in Cirta eintraf und seine Botschaft überbrachte, war Jugurtha nichts anderes übriggeblieben, als ihm nach Rom zu folgen. War ihm wirklich nichts anderes übriggeblieben? Warum hatte er solche Angst? Was konnte Rom denn tun? In Numidien einfallen? Die meisten römischen Beamten waren doch ohnehin bestechlich! Die Römer brauchten nur mit dem Finger zu schnippen, und schon eilte der Herrscher eines großen, reichen Landes ihnen zu Diensten. Warum?

Gaius Memmius hatte seine Ankündigung wahrgemacht und im Circus Flaminius eine Versammlung der Plebs einberufen. Der Circus lag außerhalb des *pomerium* und war ein Gerichtsort, den auch ein gekröntes Staatsoberhaupt wie Jugurtha betreten durfte. Die Volksversammlung sollte interessierten römischen Bürgern aller Schichten Gelegenheit geben, zu hören, was der König von Numidien auf die Fragen des Gaius Memmius antworten würde. Wen hatte er mit welchen Summen bestochen? Die Versammlung war entsprechend gut besucht, die Arena war überfüllt, und die Zuspätgekommenen mußten es sich auf den hölzernen Rängen bequem machen, in der Hoffnung, trotz der großen Entfernung etwas zu verstehen.

Jugurtha hatte seine Verteidigung freilich gut vorbereitet: Er hatte sich einen Volkstribunen gekauft.

Die Volkstribunen standen theoretisch auf der untersten Stufe der Verwaltungs- und Senatshierarchie. Sie hatten kein *imperium* – ein Wort, für das die numidische Sprache keine Entsprechung hatte. *Imperium* bedeutete – göttliche Macht auf Erden! Ausgestattet mit ihr, konnte ein einziger Prätor einen mächtigen König zwingen, ihm nach Rom zu folgen. Auch Provinzstatthalter hatten ein *imperium,* desgleichen Konsuln und sogar einfache Beamte. Der einzige sichtbare Ausdruck des *imperium* war der Liktor: Liktoren schritten dem Inhaber eines *imperium* voran und bahnten ihm den Weg. Auf der rechten Schulter trugen sie die *fasces,* die von roten Bändern zusammengehaltenen Rutenbündel.

Zensoren hatten kein *imperium,* genausowenig wie plebejische Ädilen oder Quästoren. Auch Volkstribunen hatten keines – für Jugurthas Pläne von großer Bedeutung. Sie waren die gewählten Vertreter der plebs, jener breiten Masse von Römern, die sich nicht *patricii,* Patrizier, nennen durften. Die Patrizier gehörten dem alten Adel an, der seine Vorfahren bis auf die Gründungsväter Roms zurückführte. Als vor vierhundert Jahren die Republik entstanden war, hatten nur die Patrizier Macht und Einfluß gehabt. Nach und nach waren auch einige Plebejer zu Geld und Ansehen gekommen und hatten sich den Weg in den Senat und in die Ämterlaufbahn, den *cursus honorum,* erzwungen. Die Nobilität, der Amtsadel, entstand. Zum Adel gehörte, wer einen Konsul in seiner Familie nachweisen konnte, und niemand konnte einen Plebejer daran hindern, Konsul zu werden.

Die Plebs hatte ihre eigene Versammlung, an der kein Patrizier teilnehmen durfte, und zehn Volkstribunen vertraten die Interessen der Plebs gegenüber dem Senat. Sie wurden jedes Jahr neu gewählt. Genau das war ja so lästig am römischen Staat: Die Beamten dienten alle nur ein Jahr, mit anderen Worten, sie mußten jedes Jahr aufs neue bestochen werden.

Nein, die Volkstribunen hatten kein *imperium,* sie galten nicht als hohe Beamte und schienen überhaupt keinen nennenswerten Einfluß zu haben. Trotzdem waren sie zum wichtigsten Glied im Magistrat geworden, denn sie allein hatten das Vetorecht. Ein Volkstribun konnte sein Veto gegenüber einem Zensor, einem Konsul, einem Prätor, dem Senat und den neun anderen Volkstribunen einlegen, aber auch in Sitzungen, Versammlungen oder bei Wahlen. Nur ein Diktator konnte sich über ihr Veto hinwegsetzen, aber seit fast hundert Jahren hatte es keinen Diktator mehr gegeben.

Dieses System sollte natürlich der gegenseitigen Kontrolle dienen und verhindern, daß eine einzelne Person oder ein Gremium zuviel politische Macht an sich zog. Wäre das politische Verantwortungsbewußtsein der Römer ausgeprägter gewesen, das System hätte vielleicht funktioniert. Doch die Römer verstanden sich hervorragend darauf, auf scheinbar legale Weise die eigenen Gesetze zu umgehen.

König Jugurtha kaufte sich also einen Volkstribunen, Gaius Baebius mit Namen – im Grunde ein unbedeutender Mann, der weder einer der großen Familien angehörte noch besonders reich war. Aber Gaius Baebius war rechtmäßig gewählter Volkstribun, und als sich ein Strom von Silberdenaren vor ihm auf den Tisch ergoß, schaufelte er den unerwarteten Geldsegen wortlos in ein Dutzend großer Säcke. Damit war er Eigentum des Königs von Numidien.

Gegen Ende des alten Jahres berief Gaius Memmius die große Versammlung der Plebs im Circus Flaminius ein und lud Jugurtha vor. Als die Massen erwartungsvoll verstummt waren, stellte Gaius Memmius seine erste Frage.

»Hast du Lucius Opimius bestochen?«

Bevor der König den Mund aufmachen konnte, sprang Gaius Baebius auf. »Ich verbiete dir, auf diese Frage zu antworten, König Jugurtha!«

Ein Veto! Ein Volkstribun hatte Jugurtha verboten, zu antworten, deshalb durfte er nach dem Gesetz nichts mehr sagen. Die Versammlung löste sich auf, und murrend zogen Tausende von Zuschauern wieder nach Hause. Gaius Memmius war so wütend, daß seine Freunde ihn mit Gewalt hinausführen mußten, während Gaius Baebius sich mit einer Unschuldsmiene umsah, die ihm niemand glaubte.

Der Senat hatte Jugurtha jedoch nicht erlaubt, nach Hause zurückzukehren, und so saß er an diesem Neujahrstag in seiner überteuerten Mietvilla und verfluchte Rom und die Römer. Keiner der neuen Konsuln hatte ihm zu verstehen gegeben, daß er an einer privaten Zuwendung interessiert sei. Von den neuen Prätoren war es keiner wert, gekauft zu werden, und auch die neuen Volkstribunen schienen wenig vielversprechend.

Aber er konnte doch nicht einfach herumsitzen und warten, während sein Königreich von gierigen Thronanwärtern belagert wurde. Gauda, der legitime Sohn Mastanabals, und Massiva, der Sohn Gulussas, erhoben Anspruch auf den Thron, und sie waren beileibe nicht die einzigen. Er mußte unbedingt nach Hause zurück. Doch wenn er ohne die Erlaubnis des Senats Rom verließ, konnte das als kriegerischer Akt gewertet werden. Wie seine Agenten ihm berichtet hatten, war Marcus Aemilius Scaurus äußerst erbost über das Veto, und Marcus Aemilius Scaurus hatte großen Einfluß im Senat. Er hatte es schon einmal ganz allein geschafft, den Senat umzustimmen.

Schweigend saß Bomilkar da und wartete darauf, daß sein Halbbruder Jugurtha aus seinen Gedanken erwachen würde. Er hatte ihm Neuigkeiten mitzuteilen, aber in dieser Stimmung wagte er nichts zu sagen. Ein großartiger Mann, dieser Jugurtha, geradezu ein Genie! Wie schwer hatte seine niedere Herkunft auf seinem Leben gelastet. Warum war die Herkunft auch so wichtig? Immerhin floß in Jugurtha das punische Blut der numidischen Aristokratie! Ebenso präsent war freilich das Berberblut seiner blonden Mutter: Von ihr hatte er die hellgrauen Augen geerbt, die gerade Nase, das schmale, hagere Gesicht und den hohen Wuchs. Von seinem punischen Vater Mastanabal stammten die dichten schwarzen Locken, die ausgeprägte dunkle Körperbehaarung, die dunkle Haut und der kräftige Körperbau. Die numidische Oberschicht, durch jahrhundertelange Beziehungen zu Griechenland hellenisiert, kleidete sich in griechische Gewänder, die Jugurtha freilich nicht recht stehen wollten. Am besten sah er hoch zu Roß in Helm, Harnisch und Beinschienen aus, das Schwert gegürtet. Ein Jammer, daß die Römer den König noch nie als Krieger gesehen hatten, dachte Bomilkar und erschauderte gleichzeitig bei dem Gedanken. Es war eine Herausforderung des Schicksals, an Krieg zu denken! Am besten opferte er gleich morgen der Göttin Fortuna und betete, daß die Römer Jugurtha nie im Kriegsstaat zu Gesicht bekommen würden.

Der König lehnte sich zurück, seine Züge entspannten sich. Schrecklich, ihn aus dieser harterkämpften inneren Ruhe herausreißen und mit neuen Sorgen belasten zu müssen.

»Mein König?« fragte Bomilkar vorsichtig.

Sofort richteten sich die grauen Augen auf ihn. »Ja?«

»Gestern kam mir im Haus des Quintus Caecilius Metellus ein Gerücht zu Ohren.«

Damit traf er Jugurtha an einer empfindlichen Stelle: Bomilkar konnte in Rom gehen, wohin er wollte, denn er war kein König. Bomilkar wurde zum Essen eingeladen, Jugurtha nicht.

»Was für ein Gerücht?« fragte der König höflich.

»Massiva ist in Rom aufgetaucht. Schlimmer noch, er hat den Konsul Spurius Postumius Albinus für seine Sache einspannen können. Albinus soll eine Petition im Senat einbringen.«

Überrascht richtete sich der König auf und rückte den Stuhl so, daß er Bomilkar direkt in die Augen sehen konnte. Massiva war einer von denen, die ihm den Thron streitig machten. »Ich habe mich schon gefragt, wohin sich dieser erbärmliche Wurm verzogen hat. Nach Rom also. Aber wie kommt Albinus ausgerechnet auf ihn? Er müßte doch wissen, daß ich viel mehr bezahlen kann als Massiva.«

»Ich vermute, sie haben eine Abmachung getroffen, die davon ausgeht, daß Albinus Statthalter der Provinz Africa wird. Während du hier in Rom hockst, zieht Albinus mit einer netten kleinen Armee nach Africa, marschiert kurz über die Grenze nach Cirta und – hoch lebe König Massiva von Numidien!«

»Ich muß nach Hause!« rief der König verzweifelt.

»Ich weiß! Aber wie willst du das anstellen?«

»Glaubst du nicht, ich kann Albinus doch noch auf meine Seite ziehen? Ich habe immer noch Geld flüssig, und ich kann noch mehr beschaffen!«

Energisch schüttelte Bomilkar den Kopf. »Der neue Konsul kann dich nicht leiden. Du hast versäumt, ihm zu seinem Geburtstag vor einem Monat ein Geschenk zu schicken. Massiva hat das nicht versäumt. Er hat Albinus ein Geschenk geschickt, als dieser zum Konsul gewählt wurde, und ein zweites zu seinem Geburtstag.«

»Daran sind meine verfluchten Agenten schuld!« Jugurtha knirschte mit den Zähnen. »Sie halten mich wahrscheinlich schon für den Verlierer und strengen sich nicht mehr an.« Er biß sich auf die Lippen. »Werde ich verlieren?«

Bomilkar lächelte. »Du? Niemals!«

»Ich weiß nicht ... Massiva! Ich hatte ihn schon ganz vergessen. Ich dachte, er sei bei Ptolemaios Apion in Kyrene.« Jugurtha mußte sich sichtlich zusammenreißen. »Vielleicht ist das Gerücht falsch. Wer hat es dir erzählt?«

»Metellus persönlich. Er müßte es eigentlich wissen. Er hört sich überall um, weil er nächstes Jahr Konsul werden will. Er billigt den Handel nicht, auf den Albinus sich eingelassen hat, sonst hätte er mir kein Sterbenswörtchen erzählt. Du kennst doch Metellus – er gehört zu den tugendhaften Römern, Bestechung ist für ihn kein Thema.«

»Metellus kann es sich leisten, tugendhaft und anständig zu sein« sagte Jugurtha gereizt. »Seine Familie ist reich wie Krösus. Sie hat sich Spanien und Asien unter den Nagel gerissen, aber ich werde dafür sorgen, daß sie nicht auch noch Numidien bekommt! Und Spurius Postumius Albinus auch nicht.« Er starrte Bomilkar an. »Massiva ist wirklich in Rom?«

»Metellus zufolge ja.«

»Wir müssen abwarten, bis wir wissen, welcher Konsul nach Africa geht und welcher nach Makedonien.«

Bomilkar schnaubte verächtlich. »Du glaubst doch wohl nicht an die Losentscheidung?«

»Ich weiß nicht, was ich den Römern glauben soll«, antwortete der König düster. »Manchmal glaube ich, daß alles schon entschieden ist, machmal denke ich, daß sie es mit dem Los ernst meinen und das Ergebnis wirklich dem Zufall überlassen. Ich warte ab, Bomilkar.«

Mit diesen Worten lehnte Jugurtha sich zurück und blickte wieder versonnen in den Regen.

In dem alten, weiß verputzten Bauernhaus nahe der Stadt Arpinum waren drei Kinder aufgewachsen. Gaius Marius war der Älteste, dann kam seine Schwester Maria und zuletzt ein jüngerer Bruder, Marcus Marius. Die Familie Marius gehörte dem Landadel an, und die Männer der Familie waren eingefleischte, konservative Gutsherren, dazu bestimmt, für alle Zeit in ihrem kleinen Arpinum zu herrschen. Unvorstellbar, daß einer von ihnen einmal dem Senat von Rom angehören könnte.

Es war keine Frage des Geldes, daran mangelte es nicht. Die Familie Marius war außerordentlich wohlhabend. Das fruchtbare Land um Arpinum gehörte im wesentlichen den drei Familien Marius, Gratidius und Tullius Cicero. Ehegatten suchte man nicht in Rom, sondern in Puteoli, wo die Familie Granius ansässig war, vermögende Seefahrer und Kaufleute, die ursprünglich aus Arpinum stammten.

Für Gaius Marius wurde eine Frau ausgewählt, als er noch ein kleiner Junge war. Seine Braut war noch jünger als ihr Verlobter, sie wartete deshalb geduldig im Hause Granius in Puteoli, bis sie alt genug für die Heirat war. Doch als sich Gaius Marius zum ersten Mal verliebte, galt seine Liebe keiner Frau – auch keinem Mann. Er verliebte sich in die Armee – in ihr erkannte er instinktiv die Gefährtin fürs Leben. An seinem siebzehnten Geburtstag trat er in die Armee ein. Traurig darüber, daß gerade keine großen Kriege stattfanden, diente er dennoch ohne Unterbrechung als junger Offizier, bis er im Alter von dreiundzwanzig bei der Belagerung von Numantia in Spanien dem persönlichen Stab des Scipio Aemilianus zugewiesen wurde.

In Spanien freundete sich Marius rasch mit Publius Rutilius Rufus und Prinz Jugurtha aus Numidien an. Sie waren ungefähr gleich alt, und Scipio Aemilianus schätzte sie alle drei hoch. Keiner von ihnen stammte aus der römischen Oberschicht. Jugurtha war sowieso ein Außenstehender, Publius Rutilius Rufus kam aus einer Familie, die schon seit über hundert Jahren keinen Senator oder gar

Konsul mehr hervorgebracht hatte, und Gaius Marius kam aus dem Landadel.

Unter ihnen tat sich Gaius Marius besonders hervor. Er war nicht nur der geborene Soldat, er war auch der geborene Anführer. »Er weiß einfach, was wie zu tun ist«, seufzte Scipio Aemilianus mit einem Anflug von Neid.

Im Alter von siebzehn Jahren war Gaius Marius noch ziemlich klein und mager gewesen, ein schlechter Esser und überhaupt ein schwieriger Junge, von seiner Mutter verhätschelt und von seinem Vater insgeheim verachtet. Doch dann zog er zum ersten Mal die Soldatenstiefel über, schnallte einen Panzer aus Bronze über seinen ledernen Rock und wuchs von Stund an körperlich und geistig, bis er alle anderen an Körpergröße, Verstand, Stärke, Mut und Entschlossenheit weit überragte. Er entfremdete sich seiner Mutter, während der Vater jetzt voller Stolz auf seinen Sohn blickte.

Für Gaius Marius gab es nichts Erhebenderes als das Bewußtsein, Teil der größten Militärmaschinerie der Welt zu sein. Kein noch so anstrengender Marsch, keine noch so lange und schikanöse Unterweisung im Schwertkampf, keine noch so erniedrigende Aufgabe konnte seine überschwengliche Begeisterung dämpfen. Es war ihm egal, was für Aufgaben er zugewiesen bekam, solange er nur Soldat sein durfte.

In Numantia machte er die Bekanntschaft eines siebzehnjährigen Offiziersanwärters, den Scipio Aemilianus eigens für seinen kleinen Stab aus Rom angefordert hatte. Der Bursche hieß Quintus Caecilius Metellus, und er war der jüngere Bruder jenes Caecilius Metellus, der später nach einem Feldzug gegen die Horden der Barbaren in den dalmatinischen Bergen von Illyricum den Beinamen Delmaticus annehmen und zum Pontifex Maximus aufsteigen sollte, dem höchsten Priester des Staates.

Der kleine Metellus war ein typischer Vertreter seines Geschlechts: ein fleißiger Arbeiter ohne jede praktische Begabung, jemand, der nie aufgab und von seinen außerordentlichen Fähigkeiten felsenfest überzeugt war. Scipio Aemilianus schwieg dazu aus Loyalität zu Metellus' gesellschaftlicher Klasse, der auch er angehörte, aber die Besserwisserei des Siebzehnjährigen schien ihn zu ärgern, denn nicht lange nach dessen Ankunft in Numantia unterstellte er ihn der Aufsicht des Gaius Marius und seiner beiden Freunde. Die drei ließen den jungen Metellus ihre Ablehnung spüren – sie waren nicht grausam zu ihm, aber hart.

Numantia hielt der Belagerung stand, Scipio Aemilianus hatte alle Hände voll zu tun, und der junge Metellus mußte selbst sehen, wie er zurechtkam. Dann fiel die Stadt und wurde dem Erdboden gleichgemacht. Das römische Heer feierte den Sieg mit einem Saufgelage, an dem vom höchsten Offizier bis zum einfachen Soldaten alle teilnahmen, auch die drei Freunde und Quintus Caecilius Metellus, der an diesem Tag seinen achtzehnten Geburtstag feierte. Gaius Marius und seine Freunde spielten ihm an diesem Tag einen bösen Streich: Sie warfen das Geburtstagskind in einen Schweinekoben.

Ernüchtert und von oben bis unten mit Schweinekot besudelt, kroch Metellus aus dem Dreck. Blanker Haß stand ihm in den Augen. »Ihr – ihr armseligen Emporkömmlinge! Für wen haltet ihr euch eigentlich? Ich will es euch sagen! Du bist nur ein dreckiger Ausländer, Jugurtha! Und du bist ein aufgeblasener Schleimer, Rutilius! Und du, Gaius Marius, du bist ein italischer Bauer, der nicht einmal Griechisch kann! Wie könnt ihr es wagen! Wißt ihr nicht, wer ich bin? Kennt ihr meine Familie nicht? Ich bin ein Caecilius Metellus. Wir waren etruskische Könige, als es Rom noch gar nicht gab!«

Jugurtha, Rutilius Rufus und Gaius Marius lehnten an der Bretterwand des Schweinekobens und starrten Metellus unbeeindruckt an. Dann schwang sich Publius Rutilius Rufus mit einem breiten Grinsen rittlings auf den obersten Balken.

»Versteh mich nicht falsch, Quintus Caecilius«, sagte er, »ich weiß durchaus zu würdigen, was du uns da erzählst. Das Problem ist nur, oh König der Etrusker, daß auf deinem Kopf ein dicker fetter Haufen Scheiße sitzt und keine Krone!« Er kicherte. »Nimm erst einmal ein Bad, und dann erklärst du uns alles noch einmal. Vielleicht gelingt es uns dann, ernst zu bleiben.«

Metellus versuchte verzweifelt, sein Gesicht vom Kot zu reinigen. »Rutilius!« stieß er giftig hervor. »Was ist das schon für ein Name! Der wird nie im Senat auftauchen. Oskische Niemands seid ihr! Bauern!«

»Jetzt ist es aber genug!« sagte Rutilius Rufus freundlich. »So viel Etruskisch kann ich auch noch, daß ich weiß, was Metellus heißt.« Er drehte sich zu Jugurtha und Marius um und übersetzte: »Vom Dienst als Söldner befreit.«

Das war zuviel. Der junge Metellus warf sich auf Rutilius Rufus und riß ihn hinunter in den stinkenden Schlamm, wo die beiden sich im Dreck wälzten und miteinander rangen, ohne sich freilich ernsthaft zu verletzen. Schließlich konnten auch Jugurtha und Marius der Versuchung nicht widerstehen und sprangen hinunter. Mit brüllendem Gelächter landeten sie inmitten der Schweine, die sie neugierig beschnüffelten. Zum Abschluß rieben sie Metellus noch kräftig mit Kot ein.

»Das werdet ihr mir teuer bezahlen!« zischte Metellus, als er sich mühsam aufrappelte.

»Abwarten!« rief Jugurtha und bekam einen neuen Lachanfall.

Als Gaius Marius dem Bad entstieg und nach dem Handtuch griff, dachte er: Das Schicksal nimmt seinen Lauf, egal was wir tun. Metellus hatte im Haß gesprochen, aber seine Worte waren deshalb nicht weniger wahr. Wer waren sie denn, er, Rutilius Rufus und Jugurtha? Ein dreckiger Ausländer, ein aufgeblasener Schleimer und ein italischer Bauer aus der Provinz. Das hatte Rom sie gelehrt.

Jugurtha hätte schon seit Jahren König von Numidien sein können. Die Römer hätten ihn freundlich, aber bestimmt unter ihren Schutz gestellt und streng, aber gerecht in sein Land hineinregiert. Statt dessen hatte er den unversöhnlichen Haß des Caecilius Metellus und seiner Anhänger auf sich gezogen und kämpfte jetzt in Rom mit dem Rücken zur Wand, führte einen verzweifelten Grabenkrieg gegen einige numidische Möchtegernkönige und mußte sich erkaufen, was ihm aufgrund seiner Stärke und seiner Fähigkeiten eigentlich umsonst zugestanden hätte.

Und der liebe Publius Rutilius Rufus mit dem sandgelben Haar, der Lieblingsschüler des Philosophen Panaitios, der von Scipio und seinen Freunden so bewundert worden war, ein Dichter und Denker, ein Soldat und Politiker mit außerordentlichen Fähigkeiten? Im gleichen Jahr, in dem Marius mit knapper Not Prätor geworden war, war Publius Rutilius um das Amt des Konsuls betrogen worden, nicht nur wegen seiner bescheidenen Herkunft, sondern weil er sich die Familie Caecilius Metellus zum Feind gemacht hatte. Damit war er – wie Jugurtha – automatisch auch der Feind des Marcus Aemilianus Scaurus geworden.

Und Gaius Marius – nun, Quintus Caecilius Metellus Schweinebacke würde sagen, er habe es weiter gebracht, als ein ungebildeter italischer Bauer verdiente. Warum hatte er sich überhaupt für die politische Laufbahn entschieden? Ganz einfach: weil Scipio Aemilianus ihm dazu geraten hatte. Für die Provinz sei er zu schade, hatte Scipio Aemilianus gesagt. Und was für seine Entscheidung noch wichtiger gewesen war: Solange er nicht Prätor war, durfte er keine römische Armee befehligen.

Marius hatte sich als Militärtribun zur Wahl gestellt und diese Hürde mit Leichtigkeit genommen. Dann ließ er sich zum Quästor wählen, wurde von den Zensoren bestätigt und fand sich im Senat von Rom wieder. Eine außergewöhnliche Karriere! Seine Familie in Arpinum war überwältigt. Bei der ersten Wahl zum Volkstribunen war er durchgefallen, beim zweitenmal hatte merkwürdigerweise Caecilius Metellus ihn unterstützt. Caecilius Metellus und seine Parteigänger glaubten, ihn damit in der Hand zu haben – bis er sie vom Gegenteil überzeugte, indem er sich mit aller Macht dafür einsetzte, daß die Unabhängigkeit der *concilia plebis*, der Versammlung der Plebs, gewahrt blieb. Lucius Caecilius Metellus Delmaticus hatte versucht, ein Gesetz durchzudrücken, das die gesetzgebende Gewalt der Versammlung der Plebs beschneiden sollte. Gaius Marius hatte sein Veto eingelegt und sich weder mit guten Worten noch durch Zwang dazu bringen lassen, das Veto zurückzunehmen.

Aber das war ihn teuer zu stehen gekommen. Nach dem Jahr als Volkstribun hatte er sich um das Amt des Ädilen beworben, aber die Meteller hatte ihm einen Strich durch die Rechnung gemacht. Als er sich um das Amt des Prätors bewarb, stieß er auf dasselbe Hindernis. Angeführt von Metellus Delmaticus, hatten sie ihn mit den üblichen Nachreden diffamiert: Er sei impotent, verführe kleine Jungen, esse Exkremente, gehöre bacchischen und orphischen Geheimkulten an, nehme Bestechungsgelder und schlafe mit Schwester und Mutter. Seine Gegner hatten sich aber auch noch einer subtileren Art der Verleumdung bedient, die vielleicht noch wirkungsvoller war: Sie wiesen bei jeder Gelegenheit darauf hin, daß Gaius Marius kein Römer sei. Rom aber bringe genug fähige Männer hervor, kein Römer habe es daher nötig, einen Gaius Marius zum Prätor zu wählen. Ein überzeugendes Argument.

Am stärksten traf Gaius Marius der Vorwurf, er sei aufgrund seiner mangelnden Griechischkenntnisse kein akzeptabler Kandidat. Dabei entsprach dieses Gerücht keineswegs den Tatsachen. Sein Griechisch war ausgezeichnet. Seine Lehrer waren allerdings kleinasiatische Griechen aus Lampsakos am Hellespont und Amisus an der Schwarzmeerküste gewesen, Gaius Marius sprach Griechisch deshalb mit einem Akzent, der ihn als einfachen, ungebildeten Mann aus der Provinz brandmarkte. Aus Verdruß über die vielen

Spötteleien hatte er es schließlich ganz aufgegeben, jene Sprache zu sprechen, die als Beweis einer standesgemäßen Bildung galt.

Immerhin war er dann doch Prätor geworden, wenn auch mit den wenigsten Stimmen. Und er hatte die kurz nach der Wahl gegen ihn erhobene Anklage wegen Bestechung niederschlagen können. Bestechung! Damals hatte er gar nicht das Geld gehabt, sich ein Amt zu kaufen! Zum Glück hatten seine Wähler mit ihm in der Armee gedient oder von seinen militärischen Leistungen gehört, und militärische Leistungen hatten die Römer schon immer beeindruckt.

Der Senat hatte ihn zum Statthalter von Hispania Ulterior ernannt und gehofft, daß er dort in der Ferne in Vergessenheit geraten und resignieren würde. Statt dessen hatte dort sein Aufstieg begonnen.

Die Spanier, vor allem die unzivilisierten Stämme im Westen und Nordwesten, pflegten einen Kampfstil, der weder den römischen Feldherren noch den römischen Legionären behagte. Sie scherten sich nicht um die Regel, lieber in einer Entscheidungsschlacht alles aufs Spiel zu setzen, als die unübersehbaren Kosten eines endlosen Krieges zu riskieren. Die Spanier waren entschlossen, so lange zu kämpfen, bis sie ihre Unabhängigkeit erstritten hatten.

Da ihnen aber die Mittel für eine langdauernde militärische Auseinandersetzung fehlten, führten sie einen Partisanenkrieg. Sie stellten sich nie der offenen Schlacht, sondern kämpften aus Hinterhalten, zettelten Überfälle und Attentate an und zerstörten feindliche Stützpunkte. Römische Stützpunkte. Immer tauchten sie überraschend auf, nie marschierten sie in Reih und Glied, und nie wußte man genau, wie viele sie waren. Plötzlich waren sie da, griffen an und verschwanden wieder spurlos in den unheimlichen Bergklüften, als ob es sie nie gegeben hätte. Kontrollierten die Römer ein Städtchen, das nach Berichten römischer Spitzel in einen Überfall verwickelt war, trafen sie dort nur friedfertige, unschuldige Leute an, so harmlos wie brave Esel.

Spanien war ein unermeßlich reiches Land. Seit tausend Jahren wurde das Land von fremden Völkern heimgesucht, die versuchten, sich ihren Teil vom Reichtum des Landes abzuschneiden. Die iberischen Ureinwohner hatten sich mit den Kelten vermischt, mit maurischen Berbern, mit Phöniziern aus den syrischen Küstenstädten und mit Griechen. Vor zweihundert Jahren waren die Karthager gekommen, selbst Nachfahren der syrischen Phönizier, und damit war es um Spaniens relativ isolierte Stellung endgültig geschehen. Die Karthager beuteten die spanischen Bodenschätze aus: Gold, Silber, Blei, Zink, Kupfer und Eisen. Das spanische Erz begründete ihre Macht.

Die Karthager waren ein Seefahrervolk und hatten auch Sizilien, Sardinien und Korsika unterworfen, was zwangsläufig zum Konflikt mit Rom führte. Nach drei Kriegen, die zusammen über hundert Jahre dauerten, war Karthago vernichtet, und Rom hatte seine ersten überseeischen Besitzungen erworben, darunter die spanischen Minen.

Die praktisch veranlagten Römer hatten gleich erkannt, daß Spanien am besten von zwei verschiedenen Stellen aus regiert wurde, und die Halbinsel in zwei große Provinzen gegliedert, Hispania Citerior und Hispania Ulterior. Der Statthalter von Hispania Ulterior kontrollierte den gesamten Süden und Westen des Landes, und seine Hauptstadt war die mächtige alte Phönizierstadt Gades an der Mündung des Guadalquivir mit ihrem üppigen, sagenhaft fruchtbaren Hinterland. Der Statthalter von Hispania Citerior kontrollierte den Norden und Osten der Halbinsel vom Küstenstreifen gegenüber den Balearen aus. Seine Hauptstadt verlegte er je nach Bedarf und Eingebung. Die weiter entfernt liegenden Regionen im Westen und Nordwesten, Lusitanien und Cantabrien, blieben weitgehend unberührt.

Trotz des Denkzettels, den Scipio Aemilianus den iberischen Stämmen bei Numantia erteilt hatte, gaben diese ihren Widerstand keineswegs auf. Als Gaius Marius sich als Statthalter von Hispania Ulterior mit dieser gespannten Situation konfrontiert sah, beschloß er, die Stämme mit ihren eigenen Mitteln zu bekämpfen – mit großem Erfolg: Er konnte die Grenze des römischen Spaniens bis nach Lusitanien vorschieben, in jenes gewaltige, an Erzen reiche Bergmassiv, wo der Guadalquivir, der Guadiana und der Tejo entspringen.

Beim Vorrücken stolperten die römischen Eroberer förmlich über immer reichere Silber-, Kupfer- und Eisenvorkommen. Natürlich profitierte der Provinzstatthalter, der für die Neueinzeichnung der Grenzen im Namen Roms verantwortlich war, am meisten davon. Das Schatzamt in Rom beanspruchte zwar seinen Teil, überließ die eigentliche Förderung des Erzes und die Eigentumsrechte an den Minen jedoch Privatleuten, die die Arbeit wesentlich effektiver und mit unternehmerischer Skrupellosigkeit durchführten. Gaius Marius wurde reicher und reicher. Jede neue Mine gehörte ihm ganz oder zumindest teilweise, und das brachte ihm gleichzeitig stille Teilhaberschaften in anderen großen Unternehmen ein, angefangen vom Getreidehandel bis hin zu Bankgeschäften und öffentlichen Dienstleistungen.

Bevor Marius aus Spanien zurückkehrte, riefen seine Truppen ihn zum imperator aus, und das bedeutete, daß er beim Senat einen Triumphzug beantragen konnten. Angesichts der Kriegsbeute und der Steuern und Tribute, die er der Staatskasse zugeführt hatte, konnte sich der Senat diesem Wunsch schlecht widersetzen. Gaius Marius war also auf dem alten Triumphwagen durch Rom gefahren, ihm voran die Zeugnisse seiner Siege und Raubzüge: Festwagen mit szenischen Darstellungen seiner Heldentaten, des Landes und seiner Einwohner in ihrer Stammestracht. Er hatte bereits davon geträumt, in zwei Jahren Konsul zu sein. Er, Gaius Marius aus Arpinum, der verachtete italische Bauer aus der Provinz, würde Konsul der mächtigsten Stadt der Welt sein. Und er würde nach Spanien zurückkehren und sein Werk vollenden und das Land in zwei friedliche, blühende römische Provinzen verwandeln.

Aber nun war er bereits seit fünf Jahren wieder in Rom. Fünf Jahre! Metellus und seine Parteigänger hatten schließlich doch gewonnen: Er würde niemals Konsul werden.

»Ich glaube, ich ziehe mein Purpurgewand an«, sagte Gaius Marius zu seinem Leibsklaven. Mit seinen siebenundvierzig Jahren war er immer noch ein stattlicher Mann, der sich auch an arbeitsreichen Tagen Zeit für sportliche Betätigung nahm. Er übte mit Hanteln und Gewichten, durchschwamm mehrere Male hintereinander den Tiber bei Trigarium und rannte anschließend den ganzen Weg vom entfernten Ende des Marsfeldes bis zu seinem Haus an der Arx des Kapitols. Zwar lichteten sich seine dunkelbraunen Locken oben schon ein wenig, aber wenn er sie nach vorn bürstete, sah das Haar immer noch voll aus. So, das mußte genügen. Eine Schönheit war er nie gewesen. Er hatte ein gutgeschnittenes, eindrucksvolles Gesicht, aber mit einem Gaius Julius Caesar konnte er nicht konkurrieren!

Interessant, daß er sich für ein Essen im kleinen Familienkreis, dazu bei einem unbedeutenden Hinterbänkler des Senats, mit seiner Garderobe soviel Mühe gab. Warum eigentlich? Caesar hatte es nicht einmal zum Ädilen, geschweige denn zum Prätor gebracht.

Trotzdem hatte Gaius Marius das Purpurgewand gewählt. Er hatte es vor vielen Jahren gekauft und sich darin bereits als Gastgeber großartiger Gesellschaften gesehen, wenn er erst einmal Konsul war oder, in den Jahren danach, ein hochgeachteter ehemaliger Konsul, ein Konsular.

Dabei waren für eine rein private Einladung eigentlich schon die weiße Toga und die Tunika mit dem roten Streifen zuviel, erst recht natürlich die prächtig mit Gold bestickte purpurne Tunika mit dem weiten Umhang. Zum Glück galten zur Zeit nicht die Luxusgesetze, nach denen es verboten war, sich nach eigenem Gutdünken zu kleiden und zu schmücken. Nur die *Lex Licinia* war in Kraft, die den Konsum kulinarischer Raritäten einschränkte – aber kein Mensch hielt sich daran. Außerdem bezweifelte Gaius Marius, daß er bei Caesar Wolfsbarsch und Austern vorgesetzt bekommen würde.

Nicht für einen Augenblick kam es Gaius Marius in den Sinn, seine Frau aufzusuchen, bevor er das Haus verließ. Er nahm schon seit vielen Jahren keine Notiz mehr von ihr, falls er überhaupt jemals von ihr Notiz genommen hatte. Die Ehe war irgendwann in dunkler Vergangenheit geschlossen worden und hatte in nunmehr fünfundzwanzig kinderlosen Jahren eine freudlose Fortsetzung ohne Liebe oder auch nur Zuneigung gefunden. Ein kriegerischer, sportlich aktiver Mann wie Marius suchte nur dann sexuelle Befriedigung, wenn er durch eine besonders attraktive Frau an seine sexuellen Bedürfnisse erinnert wurde. Viele Frauen hatte es in seinem Leben nicht gegeben, nur von Zeit zu Zeit eine Affäre mit einer Sklavin oder – auf Feldzügen – einer Gefangenen.

Aber war Grania nicht seine Frau? Doch er hatte sie vergessen, bemerkte sie selbst dann nicht, wenn sie neben ihm stand und ihm zu verstehen gab, daß sie wenigstens ein Kind von ihm empfangen wollte. Mit Grania zu schlafen war, als ob man eine Abteilung Soldaten durch undurchdringlichen Nebel führte. Marius' Gefühle waren dabei so unbestimmt, daß er sich zwingen mußte, überhaupt etwas zu empfinden, und wenn er seinen Höhepunkt erreichte, öffnete er den Mund höchstens zu einem Gähnen.

Er empfand nicht das geringste Mitleid mit Grania und versuchte auch nicht, sie zu verstehen. Sie war seine Frau, nicht mehr, ein zähes altes Huhn, das nicht einmal als junges Küken attraktiv gewesen war. Er hatte keine Ahnung, was sie tagsüber oder nachts trieb, und es interessierte ihn auch nicht. Führte Grania ein zügelloses, lasterhaftes Doppelleben? Hätte jemand diesen Verdacht geäußert, Marius hätte Tränen gelacht – und recht gehabt: Grania war so keusch wie langweilig.

Dank der Silberminen hatte er das Haus oben am Kapitol erwerben können, auf dem teuersten Grund und Boden Roms, der dem Marsfeld zugewandten Seite der servianischen Mauer. Vom Gewinn der Kupferminen hatte er den Buntmarmor für die Verkleidung der Backsteinsäulen und Zwischenwände und für die Fußböden gekauft. Der Gewinn der Eisenminen war in die Taschen des größten römischen Malers geflossen, der die verputzten Felder zwischen den Pfeilern mit Jagdszenen, Blumengärten und Landschaften ausgemalt hatte. Von den stillen Teilhaberschaften hatte er Statuen und Hermen gekauft, wundervolle Tische aus Zitronenholz mit Füßen aus Elfenbein, das mit Gold eingelegt war, vergoldete Sofas und Stühle, prächtig bestickte Wandteppiche und gegossene Bronzetüren. Den großen Säulengarten mit seinen fein aufeinander abgestimmten Düften und Farben hatte Hymettus eigenhändig entworfen, und der große Dolichus hatte das langgestreckte Becken gebaut, das mit Springbrunnen, Fischen, Lilien, Seerosen und meisterhaften, überlebensgroßen Skulpturen von Tritonen, Nereiden, Nymphen, Delphinen und bärtigen Seeschlangen geschmückt war.

In Wahrheit gab Gaius Marius keinen Pfifferling auf diese ganze Pracht. Sie diente nur zum Vorzeigen. Er selbst schlief auf einem Feldbett im kleinsten und einfachsten Zimmer des Hauses, an dessen Wänden als einziger Schmuck Schwert, Scheide und Marius' stinkender alter Soldatenmantel hingen. Ja, so sollte ein Mann leben! Das Amt des Prätors und des Konsuls waren für Gaius Marius nur von Bedeutung, weil sie den Zugang zum militärischen Oberbefehl über die römische Armee eröffneten – vor allem das Amt des Konsuls. Aber er wußte, daß er nie Konsul werden würde, jedenfalls vorerst nicht. Niemand würde einen Mann ohne Namen wählen, der Mann mochte noch so reich sein.

Der graue Nieselregen vom Vortag hielt noch immer an, als er aus dem Haus trat. Fast hätte er vergessen, daß das Gewand, das er anhatte, ein Vermögen gekostet hatte. Jetzt warf er wenigstens noch sein altes *sagum* über, das er in so vielen Feldzügen getragen hatte – einen dicken, schmuddeligen, übelriechenden Umhang, der die fürchterlichen Winde der Alpenpässe ebenso abhielt wie die tagelangen Regenfälle von Epirus. Genau das richtige Kleidungsstück für einen Soldaten. Der scharfe Geruch kitzelte ihn in der Nase wie der appetitanregende, warme Duft einer Bäckerei.

»Nur herein!« begrüßte Gaius Julius Caesar seinen Gast an der Tür. Er streckte die feingliedrigen Hände aus, um ihm das *sagum* abzunehmen, reichte den Umhang jedoch nicht gleich angeekelt dem bereitstehenden Sklaven weiter, sondern strich zuerst anerkennend über den groben Stoff. »Der hat sicher einige Schlachten mitgemacht«, sagte er. Über Marius' protziges Gewand in Gold und Purpur verlor er kein Wort.

»Mein Vater hat mir den Umhang geschenkt, als ich mit siebzehn Soldat wurde«, erwiderte Gaius Marius. »Als ich dann selbst für die Ausrüstung der Legionen verantwortlich war, habe ich meine Männer mit denselben Mänteln versorgt – denn wie können sie gesund bleiben, wenn sie bis auf die Knochen durchnäßt und durchgefroren sind.« Gaius Marius ging an seinem Gastgeber vorbei ins Eßzimmer, ohne auf die bescheidene, einfache Einrichtung des Hauses zu achten.

Caesar nahm auf der linken Seite des mittleren Sofas Platz und bedeutete seinem Gast, sich zu seiner Rechten, auf dem Ehrenplatz, niederzulassen. Sklaven zogen ihnen die Schuhe aus und reichten ihnen Strümpfe, da Gaius Marius kein qualmendes Kohlenbecken im Zimmer haben wollte. Dann streckten die beiden Männer sich bequem aus und schoben die Kissen so zurecht, daß sie den linken Ellbogen aufstützen konnten. Der Mundschenk näherte sich, gefolgt von einem Sklaven, der die Becher trug.

»Meine Söhne kommen gleich«, sagte Caesar. »Die Damen werden erst zum Essen erscheinen.« Er bedeutete dem Mundschenk mit einer Geste, innezuhalten. »Ich hoffe, Gaius Marius, daß du mich nicht für geizig hältst, wenn ich dich höflich bitte, wie ich den Wein mit Wasser zu mischen. Ich habe dafür einen guten Grund, den ich dir aber noch nicht verraten will. Der einzige Grund, den ich dir im Moment nennen kann, ist, daß wir beide bei klarem Verstand bleiben sollten. Außerdem lieben die Damen es gar nicht, wenn wir Männer den Wein unverdünnt trinken.«

»Übermäßiger Weingenuß gehört nicht zu meinen Lastern«, sagte Gaius Marius. Sein Becher war noch nicht zur Hälfte gefüllt, als er die Hand hob und den Rest bis zum Rand mit Wasser auffüllen ließ. »Ein Gast, der auf sich hält, sollte die Zunge zum Reden, nicht zum unmäßigen Trinken benutzen.«

»Trefflich gesprochen!« rief Caesar lächelnd.

»Aber du hast mich außerordentlich neugierig gemacht!«

»Im Laufe des Abends wirst du alles erfahren.«

Das Gespräch verstummte. Die beiden Männer nippten etwas unbehaglich an ihrem stark verdünnten Wein. Sie kannten sich nur vom Sehen aus dem Senat.

Schließlich räusperte Caesar sich und setzte seinen Becher ab. »Ich könnte mir vorstellen, daß du über den diesjährigen Magistrat nicht sonderlich erbaut bist, Gaius Marius.«

»Bei den Göttern, nein! Genausowenig wie du vermutlich.«

»Ein kläglicher Haufen. Manchmal frage ich mich, ob es richtig ist, an der einjährigen Amtszeit festzuhalten. Wenn wir einmal einen wirklich guten Mann haben, wäre es vielleicht besser, wenn er länger im Amt bleiben könnte.«

»Ein verführerischer Gedanke«, sagte Marius, »und wenn die Menschen nicht Menschen wären, würde es vielleicht gehen. Aber die Sache hat einen Haken.«

»Einen Haken?«

»Wer garantiert uns, daß der Mann wirklich gut ist? Er selbst? Der Senat? Die Versammlung der Plebs? Die Ritter? Die Wahlmänner, die über jede Bestechung so haushoch erhaben sind?«

Caesar lachte. »Nun, ich denke doch, Gaius Gracchus war ein guter Mann. Als er sich zum zweiten Mal als Volkstribun aufstellen ließ, habe ich ihn vorbehaltlos unterstützt – bei der dritten Bewerbung ebenfalls. Nicht, daß meine Unterstützung als Patrizier viel geholfen hätte.«

»Da hast du es, Gaius Julius«, sagte Marius düster. »Wann immer Rom einen guten Mann hervorbringt, wird er zu Fall gebracht. Und warum? Weil er sich mehr um die Geschicke Roms kümmert als um Familie, Parteigänger und Geld.«

»Das ist kaum eine Besonderheit der Römer«, sagte Caesar stirnrunzelnd. »Die Menschen sind überall so. Was Machtgier und Neid betrifft, kann ich zwischen Römern, Griechen, Karthagern, Syrern und wem sonst auch immer keinen Unterschied entdecken. Ein guter Mann kann sich nur auf eine Weise an der Macht halten: Er muß König sein. Wenn nicht dem Titel, so doch der Stellung nach.«

»Rom würde niemals einen König dulden«, antwortete Marius.

»Zumindest hat es seit fünfhundert Jahren keinen König mehr gehabt. Die meisten Völker bevorzugen die Alleinherrschaft eines Mannes. Nicht so wir Römer. Die Griechen übrigens auch nicht.«

Marius mußte lachen. »Aber nur, weil es in Rom und Griechenland so viele Männer gibt, die sich selbst für Könige halten. Rom ist wahrhaftig keine echte Demokratie geworden, nachdem wir die Könige verjagt hatten.«

»Natürlich nicht! Die echte Demokratie ist nur eine Idee der griechischen Philosophie – ein unerreichbares Ideal. Sieh dir das Chaos bei den Griechen an. Rom ist eigentlich eine Oligarchie, eine Herrschaft von wenigen über viele. Die Herrschaft der großen Geschlechter.«

»Und manchmal auch die Herrschaft eines *homo novus*«, ergänzte Gaius Marius, der selbst ein *homo novus* war.

Caesar nickte gelassen. »Manchmal auch das.«

Caesars Söhne betraten das Eßzimmer. Ihr Benehmen war von Bescheidenheit und Ehrerbietung und zugleich männlichem Selbstbewußtsein geprägt, wie es sich für junge Männer gebührte. Sextus Julius Caesar, der ältere, fünfundzwanzig Jahre alt, war großgewachsen und hatte hellbraunes Haar und graue Augen. Gaius Marius' in der Beurteilung junger Männer erprobter Blick entdeckte einen merkwürdigen Schatten auf seinem Gesicht: Die Augen wirkten erschöpft, und die Lippen, obgleich wohlgeformt, waren fest zusammengepreßt.

Der junge Gaius Julius Caesar, der in diesem Jahr zweiundzwanzig wurde, war kräftiger als sein Bruder und noch größer und hatte goldblondes Haar und helle blaue Augen. Außerordentlich intelligent, aber nicht genug Durchsetzungsvermögen, dachte Marius.

Trotzdem waren die beiden gutaussehenden jungen Römer eine Augenweide, wie sie sich kein Senator schöner wünschen konnte. Die Senatoren von morgen.

»Du kannst dich glücklich schätzen mit solchen Söhnen, Gaius Julius«, sagte Marius. Die beiden jungen Männer ließen sich auf dem Sofa zur Rechten ihres Vaters nieder. Das Sofa links von Marius würde leer bleiben, es sei denn, noch mehr Gäste kamen, oder die Frauen dieses Hauses hatten die neumodische Unart, im Liegen zu speisen.

»Ja, ich kann mich wirklich glücklich schätzen.« Lächelnd blickte Caesar auf seine Söhne, und aus seinen Augen sprach Achtung und Liebe. Dann stützte er sich auf den Ellbogen und sah Marius mit höflichem Interesse an. »Du hast keine Söhne?«

»Nein«, antwortete Marius ohne Bedauern.

»Aber du bist verheiratet?«

»Ich glaube ja!« Marius lachte. »Wir Soldaten sind doch alle gleich. Wir sind mit der Armee verheiratet.«

»Das soll vorkommen«, sagte Caesar und wechselte das Thema.

Sie verbrachten die Zeit bis zum Essen in gepflegter, heiterer und, wie Marius fand, sehr ausgewogener Unterhaltung. In diesem Haus hatte es niemand nötig, den anderen im Gespräch herabzusetzen. Der männliche Teil der Familie gefiel ihm, und nun war er auf die Frauen gespannt.

Da traten sie auch schon ein, Marcia und die beiden Julias. Hinreißend! Absolut hinreißend, auch die Mutter. Die Diener stellten drei Stühle für sie in das von den Sofas gebildete Hufeisen, so daß Marcia gegenüber ihrem Mann zu sitzen kam, Julia gegenüber Gaius Marius und Julilla gegenüber ihren beiden Brüdern. Amüsiert sah Marius, wie Julilla ihren Brüdern die Zunge herausstreckte, sobald ihre Eltern nicht hersahen und sie sich der Aufmerksamkeit des Gastes sicher war.

Das Essen war einfach, aber vorzüglich zubereitet. Der Eigengeschmack des Fleisches, der Gemüse und der Früchte wurde nicht von *garum,* der scharfen Fischsoße, und exotischen Gewürzmischungen aus dem Osten überdeckt. So zubereitetes Essen mochte der Soldat Marius am liebsten.

Es gab gebratene Vögel, gestopft mit einer einfachen Füllung aus Brot, Zwiebeln und Gartenkräutern, dazu helles, knuspriges Brot, zwei Sorten Oliven, Klöße aus feinstem Dinkelweizen, Eiern und Käse, köstliche Landbratwürste mit einer Knoblauch-Honig-Soße, zwei gemischte Salate, bestehend aus Kopfsalat, Gurken, Schalotten und Sellerie mit zwei verschiedenen Essig-Öl-Soßen, und eine Gemüseplatte mit leicht gedünstetem Broccoli, kleinen Kürbissen und Blumenkohl, überbacken mit Kastanienmus. Die Mahlzeit wurde abgerundet von kleinen Obsttörtchen, in wildem Thymianhonig getränkten Sesamecken, Teigtaschen mit einer Füllung aus Rosinen, Pfefferminz und Feigensirup und zwei vorzüglichen Sorten Käse.

»Arpinum!« rief Marius auf einmal und hielt ein Stück Käse hoch. Sein Gesicht mit den gewaltigen Augenbrauen sah auf einmal um Jahre jünger aus. »Diesen Käse kenne ich gut! Mein Vater stellt ihn her. Man nimmt dafür die Milch zweijähriger Mutterschafe, die zuvor eine Woche lang auf das spezielle Milchgras in der Flußaue getrieben wurden.«

»Oh, wie interessant«, sagte Marcia und lächelte ihm offen zu.

»Ich habe diesen Käse schon immer besonders gemocht, aber von jetzt an werde ich auf dem Markt besonders nach ihm Ausschau halten. Der Käse des Gaius Marius aus Arpinum – dein Vater heißt doch auch Gaius Marius?«

Kaum war der letzte Gang abgetragen, standen die Frauen auf und verabschiedeten sich. Den Wein hatten sie nicht angerührt, aber dafür hatten sie den Speisen kräftig zugesprochen und viel Wasser getrunken.

Marius bemerkte, daß Julia ihn beim Hinausgehen mit offensichtlicher Symathie anlächelte. Sie hatten während des Essens höfliche Worte gewechselt, aber in seine Gespräche mit ihrem Vater hatte Julia sich nicht eingemischt. Trotzdem hatte sie nicht gelangweilt gewirkt, sondern die Gespräche verständig und interessiert verfolgt. Ein ganz reizendes Mädchen, fand Gaius Marius.

Die kleine Julilla dagegen war ein rechter Kobold – sicher niedlich, aber wahrscheinlich auch ziemlich anstrengend. Sie war verwöhnt und eigenwillig und wußte genau, wie sie Eltern und Geschwister um den Finger wickeln konnte. Und irgend etwas an ihr störte Marius. Irgend etwas an ihr stimmte nicht. Er zuckte in Gedanken die Schultern und verbannte das Problem aus seinem Kopf. Schließlich ging es ihn nichts an.

Die beiden jungen Männer blieben noch etwa zehn Minuten, dann entschuldigten auch sie sich und gingen. Die Dunkelheit war schon hereingebrochen, in den Wasseruhren tropften die Nachtstunden dahin, doppelt so viele an der Zahl wie die Stunden, in denen es hell war. Es war Winter, und der Kalender stimmte ausnahmsweise einmal mit der Jahreszeit überein, dank des pedantischen Pontifex Maximus Lucius Caecilius Metellus Delmaticus, der glaubte, daß Datum und Jahreszeit einander entsprechen müßten – ein typisch griechischer Gedanke. Denn was machte es schon für einen Unterschied? Schließlich konnte man sehen und fühlen, welche Jahreszeit gerade herrschte, und der offizielle Kalender auf dem Forum Romanum informierte über Monat und Tag.

Als die Diener die Lampen anzündeten, bemerkte Marius, daß das Öl von allerbester Qualität war und die Dochte nicht aus grobem Zeug gewirkt, sondern aus Leinen gewebt waren.

»Ich lese viel«, sagte Caesar, der Marius' Blick gefolgt war und seine Gedanken mit derselben unheimlichen Genauigkeit zu deuten verstand wie am Vortag auf dem Kapitol, als sich ihre Blicke getroffen hatten. »Außerdem schlafe ich leider nicht sehr gut. Vor Jahren, als die Kinder erstmals alt genug waren, am Familienrat teilzunehmen, haben wir beschlossen, daß sich jeder etwas Besonderes wünschen dürfe, vorausgesetzt, es war erschwinglich. Soweit ich mich erinnere, hat sich Marcia einen Meisterkoch gewünscht – aber da wir von diesem Wunsch alle profitierten, beschlossen wir, daß sie einen neuen Webstuhl bekommen sollte, das neueste Modell aus Patavium, und dazu immer das Garn, das sie sich wünschte, auch wenn es teuer war. Sextus hat sich gewünscht, mehrmals im Jahr die Feuerkrater bei Puteoli zu besuchen.«

Ein sorgenvoller Ausdruck trat in Caesars Augen, und er seufzte tief. »Die Julier vererben seit je bestimmte Eigenschaften auf ihre Kinder. Die bekannteste – abgesehen von unserer hellen Hautfarbe – ist die Sage, daß jede Julia mit der Fähigkeit geboren wird, ihren Mann glücklich zu machen. Das ist ein Geschenk unserer Urmutter, der Göttin Venus, die mit ihren Geschenken freilich nicht allzu viele Menschen glücklich gemacht hat. Jedenfalls gibt es diese Sage über die julischen Frauen. Unser Geschlecht ist aber auch noch mit anderen, weniger glücksbringenden Geschenken bedacht worden, etwa mit dem, was unser armer Sextus geerbt hat. Ich bin sicher, du kennst die Krankheit, an der er leidet: die Kurzatmigkeit. Wenn er einen seiner Anfälle bekommt und nach Luft ringt, hört man es durch das ganze Haus. Manchmal läuft er blau an. Wir haben ihn schon einige Male fast aufgegeben.«

Das also war es, was dem jungen Sextus im Gesicht geschrieben stand! Er litt an Kurzatmigkeit, der Arme. Das würde zweifellos seine Karriere behindern.

Marius nickte. »Ich kenne die Krankheit. Mein Vater sagt, daß sie zur Heuernte und im Sommer, wenn alles blüht, am schlimmsten ist und daß sich Menschen, die unter dieser Krankheit leiden, von Tieren, vor allem von Pferden und Hunden, fernhalten sollen. Wenn er seinen Militärdienst ableistet, geht er am besten zur Infanterie.«

»Er hat das schon selbst herausgefunden.« Wieder seufzte Caesar.

»Aber erzähle weiter, was deine Kinder sich gewünscht haben, Gaius Julius.« Marius war fasziniert von der Vorstellung eines Familienrates, von so viel Demokratie. Merkwürdige Leute, Julius Caesar und seine Familie! Von außen betrachtet überkorrekte Patrizier und Stützen der Gesellschaft, bei genauerem Hinsehen aber erstaunlich unkonventionell.

»Nun, der kleine Sextus wünschte sich die Besuche bei den Feuerkratern, weil die Schwefeldämpfe ihm offenbar halfen. Er geht heute noch hin.«

»Und dein jüngster Sohn?«

»Gaius sagte, er habe nur einen Wunsch auf der Welt und der würde nicht einmal etwas kosten. Er wünschte sich, seine Frau später einmal selbst auswählen zu dürfen.«

Marius' Augenbrauen tanzten lebhaft auf und ab. »Bei den Göttern! Und du hast ihm diesen Wunsch zugestanden?«

»Natürlich.«

»Und wenn er sich nun nach Knabenart in ein Flittchen oder eine alte Dirne verliebt?«

»Dann kann er sie heiraten, wenn er will. Ich glaube aber nicht, daß Gaius so dumm ist. Er denkt sehr vernünftig.«

»Heiratet ihr noch nach alter Patriziersitte *confarreatio* – für das ganze Leben?« Marius kam aus dem Staunen gar nicht mehr heraus.

»Natürlich.«

»Bei den Göttern!«

»Meine älteste Tochter Julia denkt auch sehr vernünftig«, fuhr Caesar fort. »Sie wollte Mitglied in der Bibliothek des Fannius werden. Nun hatte ich mir genau dasselbe wünschen wollen, aber da wir nicht unbedingt beide Mitglied sein mußten, ließ ich ihr den Vortritt. Unsere Kleinste, Julilla, nun, sie ist leider überhaupt nicht vernünftig. Aber ich denke, Schmetterlinge müssen auch nicht klug sein.« Er lächelte schief. »Dafür verschönern sie die Welt. Eine Welt ohne Schmetterlinge wäre schrecklich.«

»Was hat sie sich gewünscht?« fragte Gaius Marius lächelnd.

»Ach, ungefähr das, was wir erwartet hatten. Zuckerwerk und Kleider.«

»Und du, was hast du dir gewünscht?«

»Ich habe mir das beste Lampenöl und die besten Dochte gewünscht. Und ich habe Julia ein Geschäft vorgeschlagen: Wenn sie mir ihre Bücher aus der Bibliothek ausleiht, darf sie meine Leselampen benutzen.«

Marius lächelte still in sich hinein. Er hatte den Erzähler dieses kleinen Lehrstücks bereits ins Herz geschlossen. Was für ein einfaches, glückliches Leben ohne Arg er doch führte! Umgeben von Frau und Kindern, die er glücklich machen wollte und die er jeden in seiner Art schätzte. Zweifellos täuschte er sich nicht in seinen

Kindern. Der junge Gaius würde sich seine Frau sicher nicht aus der Gosse der Subura holen.

Marius räusperte sich. »Gaius Julius, es war wirklich ein reizender Abend. Aber nun bin ich doch recht gespannt zu erfahren, warum ich die ganze Zeit nüchtern bleiben mußte.«

»Ich werde zuerst die Diener hinausschicken«, sagte Caesar. »Der Wein steht hier in unserer Reichweite, und da jetzt die Stunde der Wahrheit gekommen ist, brauchen wir uns nicht mehr so zu mäßigen.«

Marius wunderte sich schon wieder. Er war es gewöhnt, daß die römischen Patrizier ihre Haussklaven mit völliger Nichtbeachtung behandelten. Nicht, daß sie sie schlecht behandelt hätten – sie behandelten sie in der Regel sogar gut, aber sie schienen zu glauben, daß Sklaven ausgestopfte Puppen waren, sobald private Dinge zur Sprache kamen. Marius hatte sich mit dieser Haltung nie anfreunden können. Sein Vater hatte auch immer darauf geachtet, daß die Sklaven hinausgeschickt wurden, wenn über private Dinge gesprochen wurde.

»Es wird furchtbar viel getratscht«, sagte Caesar, als sich die Tür hinter den Sklaven geschlossen hatte. »Und unsere Nachbarn sind auf beiden Seiten sehr neugierig. Marcia hat mir erzählt, daß einige ihrer Freundinnen ihre Sklaven für Gerüchte bezahlen und ihnen sogar ein Geschenk machen, wenn sich die Gerüchte als wahr erweisen! Außerdem sind auch Sklaven denkende und fühlende Menschen, es ist also besser, sie erfahren nichts.«

»Gaius Julius«, sagte Marius warm, »du hättest Konsul werden und dann als unser bedeutendster Konsular zum Zensor gewählt werden müssen.«

»Ich stimme dir bei, Gaius Marius, so hätte es kommen müssen! Aber ich hatte für das höchste Amt nicht das nötige Geld.«

»Ich habe Geld. Bin ich deshalb eingeladen worden? Mußte ich deshalb nüchtern bleiben?«

Caesar sah ihn schockiert an. »Mein lieber Gaius Marius, doch nicht deshalb! Ich gehe schon auf die Sechzig zu! Nein, ich mache mir Gedanken über meine Söhne und, wenn die Zeit gekommen ist, über die Söhne meiner Söhne.«

Marius griff nach dem Weinkrug, füllte seinen leeren Becher mit unverdünntem Wein und nahm einen Schluck. Dann sah er verwundert auf. »War es dieser Wein, den wir den ganzen Abend bis zur Geschmacklosigkeit verwässert haben?«

Caesar lächelte. »Aber nein! So reich bin ich wirklich nicht. Der verdünnte Wein war ein einfacher Landwein. Diesen hier bewahre ich für besondere Anlässe auf.«

»Ich fühle mich geschmeichelt.« Marius sah Caesar aufmerksam an. »Was willst du von mir, Gaius Julius?«

»Hilfe. Im Gegenzug werde ich dir helfen.« Caesar goß sich ebenfalls Wein ein.

»Und wie soll diese gegenseitige Hilfe aussehen?«

»Ganz einfach. Du wirst Mitglied meiner Familie.«

»Was?«

»Ich biete dir eine meiner Töchter an«, sagte Caesar geduldig. »Welche du willst.«

»Ich soll sie heiraten?«

»Ganz recht, heiraten!«

»Was für eine Idee!« Marius erkannte sofort, welche Möglichkeiten sich hier auftaten.

»Man wird dich beachten müssen, wenn du mit einer Julia verheiratet bist«, sagte Caesar. »Zum Glück hast du keine Söhne – und keine Töchter, was das betrifft. Eine Frau, die du in deiner jetzigen Situation heiratest, muß also jung und fruchtbar sein. Jeder wird verstehen, daß du dir eine neue Frau suchst. Aber – wenn diese Frau eine Julia ist, wird man dich mit ganz anderen Augen ansehen müssen als bisher, denn sie kommt aus einem der ältesten Patriziergeschlechter, und auch in deinen Kindern wird dann julianisches Blut fließen. Eine Heirat mit einer Julia adelt dich, Gaius Marius. Dein Name wird durch die große *dignitas,* das öffentliche Ansehen und den Rang einer der erlauchtesten Familien Roms aufgewertet werden. Wir haben kein Geld, aber wir haben *dignitas.* Das julianische Geschlecht geht auf die Göttin Venus zurück, auf ihren Enkel Julus, der der Sohn ihres Sohnes Aeneas war. Auch du wirst am Glanz unseres Namens teilhaben.«

Caesar stellte seinen Becher ab, lächelte und seufzte. »Ich versichere dir, Gaius Marius, daß es wahr ist! Ich bin zwar nicht der älteste lebende Julier, aber wir bewahren die Wachsbilder in unserem Haus auf, und man kann unsere Familie über tausend Jahre zurückverfolgen. Auch Rea Silvia, die Mutter von Romulus und Remus, war eine Julia! Als sie sich mit Mars vereinigte und die Zwillingssöhne empfing, gaben wir ihrem Sohn Romulus Menschengestalt und schufen damit Rom.« Sein Lächeln wurde breiter. »Wir waren Könige von Alba Longa, der größten Stadt Latiums, die unser Ahnherr Julus gegründet hat. Als die Stadt von den Römern zerstört wurde, führte das Schicksal uns nach Rom und erhöhte uns abermals, um dem römischen Führungsanspruch über die Latiner Gewicht zu geben. Der Priester auf dem Albanerberg ist bis zum heutigen Tag ein Julier.«

Marius atmete vor Erfurcht unwillkürlich tief ein, dann hörte er schweigend weiter zu.

Mit ernster Stimme fuhr Caesar fort: »In bescheidenerem Rahmen verfüge auch ich über einigen Einfluß, obwohl ich nie genügend Geld hatte, um mich für ein hohes Amt zu bewerben. Die Wahlmänner kennen meinen Namen. Emporkömmlinge schmeicheln mir – und du weißt ja, wie viele es von ihnen in den Zenturien gibt, die die Konsuln wählen –, und der Adel achtet mich hoch. Meine persönliche *dignitas*, wie die meines Vaters vor mir, steht außer Frage.«

Gaius Marius konnte seinen Blick nicht von Caesars edlen Gesichtszügen lösen. Dieses Geschlecht ging bis auf Venus zurück, ganz bestimmt! Bis ins letzte Glied hatte es nur schöne Männer und Frauen hervorgebracht, und Schönheit zählte – überall auf der Welt waren blonde Menschen im Vorteil. Wenn er Kinder von einer Julia bekam, waren sie vielleicht ebenfalls blond und hatten lange, römische Nasen.

»Du willst Konsul werden«, sagte Caesar, »das weiß in Rom jeder. Als Prätor in Spanien hast du viele Klienten gewonnen. Leider geht das Gerücht um, du seist selbst ein Klient und deine Klienten seien die Klienten deines Patrons.«

Verärgert zeigte Marius seine kräftigen, weißen Zähne. »Das ist eine Verleumdung! Ich bin niemandes Klient!«

»Ich glaube dir, aber die Leute sind anderer Meinung«, beharrte Caesar, »und das zählt mehr als die Wahrheit. Wer auch nur ein bißchen Verstand besitzt, weiß, wie unsinnig die Behauptung ist, du seist Klient der Familie Herennius. Schließlich ist dieses Geschlecht viel weniger latinisch als deine Familie in Arpinum. Aber es heißt auch, du seist Klient eines Caecilius Metellus, und das klingt weniger unsinnig. Die Familie deiner Mutter Fulcinia ist etruskisch, die Familie deines Vaters hat Besitz in Etrurien, und dort hatten die Meteller schon immer großen Einfluß.«

»Weder ein Marius noch ein Fulcinius hat jemals einen Caecilius Metellus zum Patron gehabt!« sagte Marius aufgebracht. »Die Meteller behaupten das nur, weil sie genau wissen, daß sie es nicht beweisen müssen!«

»Du hast vollkommen recht«, sagte Caesar. »Aber ihr Haß ist gegen dich persönlich gerichtet, und das macht ihre Behauptungen glaubhaft. Die Leute sagen, daß ein so persönlicher Haß nicht erst damals entstanden sein kann, als du sie als Volkstribun an der Nase herumgeführt hast.«

»Durchaus nicht.« Marius lachte bitter.

»Erzähle.«

»Ich habe einmal den kleinen Bruder von Delmaticus in einen Schweinekoben geworfen – den, der nächstes Jahr sicher Konsul wird. Das war in Numantia. Eigentlich waren wir zu dritt, und alle drei sind wir seither mit den Römern, die das Sagen haben, nicht zurechtgekommen.«

»Wer waren die anderen zwei?«

»Publius Rutilius Rufus und König Jugurtha von Numidien.«

»Das erklärt einiges.« Caesar preßte die Fingerspitzen aneinander. »Aber an deinem Namen haftet noch ein anderer Makel, der viel schlimmer ist als die Klientengeschichte, Gaius Marius.«

»Bevor wir darüber sprechen, hätte ich gern von dir gewußt, wie ich dieses Gerücht ausmerzen kann, Gaius Julius.«

»Indem du eine meiner Töchter heiratest. Wenn ich dir eine meiner Töchter zur Frau gebe, heißt das, daß ich nicht an das Gerücht glaube. Und erzähle die Geschichte von dem spanischen Schweinekoben jedem, der sie hören will! Vielleicht bringe ich Publius Rutilius Rufus dazu, daß er sie bestätigt.« Caesar lächelte. »Das stelle ich mir komisch vor: ein Caecilius Metellus inmitten von Schweinen – und nicht einmal römischen Schweinen!«

»Es war komisch«, erwiderte Marius kurz angebunden. »Was ist mit der anderen Verleumdung?«

»Man sagt, du seist Geschäftsmann.«

Marius verschlug es den Atem. »Aber – ich betreibe keine anderen Geschäfte als drei Viertel der Senatoren. Ich besitze keinerlei Firmenanteile, die mir das Recht oder die Macht geben, in die Geschicke einer Firma einzugreifen! Ich bin nur ein stiller Teilhaber, ein Kapitalgeber! Wird tatsächlich von mir behauptet, ich sei aktiv in Geschäften tätig?«

»Das natürlich nicht! Niemand läßt sich genauer darüber aus, mein lieber Gaius Marius. Man tut dich einfach mit einem verächtlichen Lächeln ab, mit dem Satz: ›Er betreibt Geschäfte.‹ Damit kann alles gemeint sein, auch wenn nie etwas Konkretes gesagt wird. Wer nicht genauer nachfragt, gewinnt den Eindruck, deine

Vorfahren seien seit Generationen im Geschäft und du selbst seist im Besitz der verschiedensten Firmen.«

»Ich bin nicht mehr Geschäftsmann als ein Caecilius Metellus. Wahrscheinlich sogar weniger.«

»Gut möglich. Aber wenn ich dich von Anfang an beraten hätte, hätte ich dir empfohlen, keinerlei Geschäfte zu betreiben, die nicht mit Land- und Grundbesitz verbunden sind. Deine Minen sind zwar sauber und ein guter, solider Besitz. Aber für einen *homo novus* sind sogar solche Geschäfte unklug. Du hättest bei dem bleiben sollen, was einem Senator auf keinen Fall schaden kann – beim Land- und Grundbesitz.«

»Du meinst also, daß meine Beteiligung an verschiedenen Firmen ein weiterer Grund ist, warum ich nie ein richtiger römischer Adliger werden kann?« Marius klang bitter.

»Genau!«

Marius straffte die Schultern. Es war verlorene Zeit und Mühe, sich mit solchem Unsinn weiter abzugeben. Statt dessen wandte er sich wieder der verlockenden Vorstellung zu, eine Julia zu heiraten: »Meinst du wirklich, daß mein Ansehen in der Öffentlichkeit durch die Ehe mit einer deiner Töchter entscheidend verbessert werden könnte?«

»Ganz sicher!«

»Eine Julia ... Aber warum heirate ich dann nicht gleich eine Sulpicia – oder eine Claudia – eine Aemilia – oder eine Cornelia? Auch das sind alte Geschlechter, und ich würde zum alten Namen noch großen politischen Einfluß gewinnen.«

Caesar lächelte und schüttelte den Kopf. »Natürlich könntest du eine Cornelia oder eine Aemilia heiraten. Aber alle würden wissen, daß du dir das Mädchen einfach gekauft hast. Der Vorteil bei einer Julia ist, daß bisher kein Julius Caesar jemals seine Tochter einem reichen Mann ohne Namen verkauft hat. Allein die Tatsache, daß du eine Julia heiraten darfst, wird alle Welt überzeugen, daß du die höchsten politischen Ehren verdienst und daß die Verleumdungen um deine Person nichts als üble Nachrede sind. Ein Julius Caesar hat es noch nie nötig gehabt, seine Töchter zu verkaufen.«

Marius lehnte sich zurück und starrte nachdenklich auf den Becher in seiner Hand. »Gaius Julius, warum bietest du mir diese Chance?«

Caesar runzelte die Stirn. »Ich habe dafür zwei Gründe. Der erste mag nicht sehr vernünftig klingen. Als ich dich gestern bei den

Feierlichkeiten zur Amtseinführung sah, hatte ich plötzlich eine Vorahnung. Normalerweise gebe ich nichts auf Vorahnungen, aber ich schwöre dir bei den Göttern, daß ich auf einmal wußte, daß vor mir der Mann stand, der – hätte er die Möglichkeit dazu – Rom auf seinen eigenen Schultern aus schrecklicher Gefahr tragen würde. Und ich wußte plötzlich, daß Rom ohne dich verloren ist.« Caesar erschauerte. »Nun, in jedem Römer steckt ein Stück Aberglaube, und in den wirklich alten Familien ist er sehr verbreitet. Die Vorahnung hat mich nicht mehr losgelassen. Und ich dachte mir auch, wie wunderbar es wäre, wenn ich, ein einfacher Hinterbänkler im Senat, Rom zu dem Mann verhelfen könnte, den es so dringend braucht.«

»Auch ich habe eine solche Vorahnung«, warf Marius ein. »Seit Numantia.«

»Siehst du! Jetzt sind wir schon zwei.«

»Und dein zweiter Grund, Gaius Julius?«

Caesar seufzte. »Ich muß mich der Tatsache stellen, daß es mir trotz meines Alters noch nicht gelungen ist, für meine Kinder so vorzusorgen, wie es einem Vater ansteht. An Liebe hat es ihnen nicht gefehlt, und sie haben auch eine hervorragende Erziehung genossen. Aber dieses Haus und fünfhundert Jugera Land in den Albaner Bergen sind alles, was ich besitze.« Er richtete sich auf und beugte sich vor. »Ich habe vier Kinder, und das ist, wie du wohl weißt, zuviel. Zwei Söhne und zwei Töchter. Mein Besitz reicht nicht einmal aus, meinen beiden Söhnen eine politische Laufbahn als Hinterbänkler im Senat zu sichern. Wenn ich meinem Ältesten Sextus alles vermache, kann er sich gerade im Senat halten wie ich. Mein jüngerer Sohn Gaius dagegen wird so arm sein, daß es nicht einmal zum Ritter reicht. Ich würde praktisch einen Lucius Cornelius Sulla aus ihm machen – kennst du Lucius Cornelius Sulla?«

»Nein.«

»Seine Stiefmutter wohnt gleich nebenan. Eine schreckliche Frau: niedere Herkunft, kein Verstand, aber sehr reich. Soviel ich weiß, wird nicht ihr Stiefsohn, sondern ein Neffe sie beerben. Sie hat mir keine Ruhe gelassen, bis ich ihr geholfen habe, ihr Testament aufzusetzen. Hat ununterbrochen geredet. Ihr Stiefsohn Lucius Cornelius Sulla wohnt bei ihr, weil er ihr zufolge nirgendwo sonst unterkommt. Seine Familie ist schon lange verarmt, sein Vater besaß buchstäblich nichts und hat auch noch getrunken. Du hast entschieden mehr Glück gehabt, Gaius Marius, denn immerhin hatte deine Familie genug Geld, daß du Senator werden konntest. Lucius Cornelius Sulla stammt aus einer vornehmen patrizischen Familie, allein die Armut ist schuld, daß er nicht den Platz in der Gesellschaft einnehmen kann, der ihm zusteht.« Und mit bewegter Stimme schloß Caesar: »Mir liegt das Wohlergehen meines jüngeren Sohnes zu sehr am Herzen, als daß ich ihn, seine Kinder oder Kindeskinder dem Schicksal eines Lucius Cornelius Sulla aussetzen möchte.«

»Keiner kann etwas für seine Geburt!« sagte Marius gleichfalls bewegt. »Warum soll die Geburt über unser ganzes weiteres Leben bestimmen?«

»Warum das Geld?« entgegnete Caesar. »Du mußt zugeben, Gaius Marius, daß Geburt und Geld überall auf der Welt zählen. Verglichen mit dem Partherreich etwa finde ich die römische Gesellschaft sogar noch relativ mobil. In Rom ist es immerhin schon vorgekommen, daß mittellose Männer Karriere gemacht haben.« Nachdenklich fügte er hinzu: »Glaube nicht, daß ich diese Männer jemals bewundert hätte. Der Kampf um den Aufstieg scheint sie menschlich zu ruinieren.«

»Dann ist es vielleicht besser, Lucius Cornelius Sulla bleibt, wo er ist.«

»Nein!« entgegnete Caesar fest. »Ich bin meiner Klasse immerhin so sehr verbunden, daß ich das Schicksal des Lucius Cornelius Sulla außerordentlich bedauere!« Er setzte eine geschäftliche Miene auf. »Im Moment geht es mir aber um die Zukunft meiner Kinder. Ich kann meinen Töchtern keine Mitgift geben, Gaius Marius, weil meine Söhne sonst völlig mittellos wären. Das bedeutet, daß meine Töchter niemals einen Mann aus ihrer Klasse heiraten können. Bitte entschuldige, wenn diese Worte dich kränken. Ich wollte damit nicht sagen, daß ...« Er brach ab und machte eine hilflose Handbewegung. »Ich will lediglich anständige, ehrbare, sympathische Männer für meine Töchter.«

Caesar erhob sich schwerfällig. »Der Abend war lang und anstrengend für mich, und ich fange an, meine Knochen zu spüren. Hast du etwas dagegen, wenn wir uns im Garten ein wenig die Beine vertreten? Ich weiß, es ist kalt draußen, aber du kannst von mir einen warmen Mantel haben.«

Wortlos glitt Gaius Marius vom Sofa, ergriff Caesars Schuhe, streifte sie ihm über und band sie schnell und geschickt zu. Dann zog er sich selbst die Schuhe an und stand auf.

»Das gefällt mir an dir«, sagte Caesar. »Du handelst überlegt und ohne Umschweife.«

Der Säulengarten war klein, aber wunderschön. Trotz der Jahreszeit gediehen aromatische Kräuter, die einen köstlichen Duft verströmten. Ansonsten wuchsen hier hauptsächlich winterharte, immergrüne Pflanzen. Die Verbundenheit mit dem Land war den Juliern immer noch anzumerken, dachte Marius, und bei diesem Gedanken wurde ihm warm ums Herz. Unter den Dachvorsprüngen hingen Hunderte von kleinen Flohkrautbüscheln zum Trocknen, gerade wie bei seinem Vater zu Hause. Ende Januar würde man sie im Haus in allen Schubladen und Ecken verteilen, um Fliegen, Silberfischchen und anderes Ungeziefer fernzuhalten. Flohkraut wurde zur Wintersonnenwende gepflückt. Marius hatte nicht gewußt, daß man diesen Brauch in Rom auch kannte.

Zur Feier seines Besuches brannten die Leuchter in den Arkaden um den Garten, und zierliche Bronzelampen tauchten die Gartenwege in warmes, gelbes Licht. Es hatte aufgehört zu regnen. Schwere Tropfen hingen an Büschen und Sträuchern, und die Luft war feucht und kalt.

Die Männer achteten nicht darauf. Schweigend schritten sie eine Weile auf und ab, bis sie zuletzt in der Mitte des Gartens vor dem Becken mit dem Springbrunnen stehenblieben. Den vier steinernen Dryaden hatte man Fackeln aufgesteckt. Das Becken war jetzt im Winter leer, der Springbrunnen abgestellt. Eigenartig gerührt betrachtete Gaius Marius den verwitterten Brunnen. In seinem Garten plätscherte das Wasser dank eines Heizsystems das ganze Jahr über. Dennoch erschien ihm dies hier viel wirklicher.

»Bist du an der Heirat mit einer meiner Töchter interessiert?« fragte Caesar ruhig.

Marius nickte entschlossen. »Das bin ich, Gaius Julius.«

»Wird dir die Trennung von deiner Frau nicht schwerfallen?«

»Überhaupt nicht.« Marius räusperte sich. »Was verlangst du von mir für die Braut und deinen Namen, Gaius Julius?«

»Ich will offen sein: eine Menge. Da du in unserer Familie mehr ein zweiter Vater als ein Schwiegersohn sein wirst – ein Privileg deines Alters –, erwarte ich, daß du auch meine zweite Tochter mit einer Mitgift ausstattest und meine beiden Söhne versorgst. Du mußt dich außerdem bereit erklären, meinen beiden Söhnen nach Kräften zu helfen, wenn sie in den Senat eintreten und die Ämterlaufbahn beginnen. Ich will, daß beide Konsul werden. Mein Sohn Sextus ist ein Jahr älter als der ältere der beiden Söhne, die mein Bruder Sextus behalten hat. Mein Sextus wird also der erste Julius seiner Generation sein, der sich um das Konsulat bewerben kann. Ich will, daß er zum frühestmöglichen Zeitpunkt Konsul wird, zwölf Jahre nach seinem Eintritt in den Senat, zweiundvierzig Jahre nach seiner Geburt. Er wird der erste Konsul meines Geschlechts nach vierhundert Jahren sein. Das ist mir außerordentlich wichtig!«

»Dein Bruder Sextus hat seinen ältesten Sohn zur Adoption gegeben, nicht wahr?« fragte Marius. Angestrengt versuchte er sich zu erinnern. Kein Römer aus Rom hätte nach so etwas fragen müssen.

»Ja, vor langer, langer Zeit. Er hieß ebenfalls Sextus. Die erstgeborenen Söhne unseres Geschlechts heißen in der Regel so.«

»Ach natürlich! Quintus Lutatius Catulus! Er gebraucht den Namen Caesar ja nicht mehr. Aber dann wird doch sicher er der erste Caesar auf dem Stuhl des Konsuls sein, denn er ist ja wesentlich älter als deine Söhne.«

»Nein«, sagte Caesar und schüttelte heftig den Kopf. »Er ist kein Caesar mehr, er ist jetzt ein Lutatius Catulus.«

»Ich kann mir vorstellen, daß der alte Catulus ein schönes Sümmchen für seinen Adoptivsohn hingelegt hat.«

»Er hat damals sehr viel bezahlt. So viel, wie du für deine neue Frau, Gaius Marius.«

»Julia. Ich werde Julia zur Frau nehmen.«

»Nicht die Kleine?« fragte Caesar erstaunt. »Nun, ich gebe zu, daß ich froh darüber bin, denn ich bin der Meinung, daß Mädchen unter achtzehn nicht heiraten sollten, und Julilla ist erst sechzehneinhalb. Du hast eine gute Wahl getroffen, denke ich. Aber ich dachte immer, Julilla sei die hübschere von beiden.«

»Du bist ja auch ihr Vater«, sagte Marius lächelnd. »Nein, Gaius Julius, deine jüngste Tochter reizt mich nicht im geringsten. Wenn sie ihren zukünftigen Ehemann nicht gerade vergöttert, wird sie ihm mit ihren Launen arg zu schaffen machen. Ich bin für solche Mätzchen zu alt. Julia dagegen sieht nicht nur gut aus, sie scheint auch Verstand zu haben. Sie hat mir auf Anhieb gefallen.«

»Sie wird eine exzellente Konsulsgattin sein.«

»Glaubst du wirklich, daß mir der Sprung ins Konsulat gelingen wird?«

Caesar nickte. »Davon bin ich überzeugt! Aber so etwas braucht Zeit. Heirate erst einmal Julia und warte in Ruhe ab. Sieh zu, daß du dich ein paar Jahre im Krieg bewährst – ein militärischer Erfolg verbessert deine Chancen enorm. Biete einem Feldherrn deine Dienste als Legat an. Zwei oder drei Jahre später kannst du dich um das Konsulat bewerben.«

»Dann bin ich fünfzig«, sagte Marius bedrückt. »Männer, die soviel älter sind als üblich, werden nicht gern gewählt.«

»Du bist auch jetzt schon zu alt, was machen da diese zwei oder drei Jahre? Wenn du sie gut nutzt, werden sie dir zustatten kommen. Und du siehst jünger aus, als du bist, Gaius Marius, das spielt auch eine Rolle. So wie du aussiehst, bist du der Inbegriff eines gesunden, vitalen Mannes, und außerdem bist du groß, was die Wahlmänner im allgemeinen auch sehr beeindruckt. Wenn du ein unscheinbarer, kleiner Wicht wärst, würde dir vielleicht nicht einmal eine Julia helfen.«

»Was soll ich für deine Söhne tun?«

»Du meinst materiell?«

Marius nickte. Ohne auf sein Purpurgewand zu achten, setzte er sich auf eine Bank aus weißem, unpoliertem Marmor. Da er einige Zeit sitzen blieb und die Bank sehr naß war, blieb, als er sich wieder erhob, ein rosarot gesprenkelter Fleck zurück, der wie natürlich aussah. Die Purpurfarbe haftete fest an dem porösen Stein, und viele Jahre später ließ ein anderer Gaius Julius Caesar die Bank im Domus Publicus des Pontifex Maximus aufstellen. Der Gaius Julius Caesar, der mit Gaius Marius einen Heiratsvertrag aushandelte, sah in dem Fleck ein gutes Omen, ein erfolgversprechendes Omen: Gaius Marius würde das Schicksal Roms entscheidend bestimmen, und seine eigenen Söhne würden den Purpur des höchsten Amtes erlangen.

»Für meinen Sohn Gaius brauche ich so viel Land, daß ihm der Sitz im Senat sicher ist«, sagte Caesar. »Zufällig stehen gerade sechshundert Jugera besten Ackerlands neben meinen eigenen Ländereien in den Albaner Bergen zum Verkauf.«

»Der Preis?«

»Schwindelerregend.« Caesar atmete tief durch. »Vier Millionen Sesterze – eine Million Denare.«

»Einverstanden«, sagte Marius ungerührt. »Aber ich denke, es wäre gut, wenn wir unser Geschäft im Moment noch geheimhielten.«

»Selbstverständlich!« pflichtete Caesar ihm sofort bei.

»Dann bringe ich dir das Geld morgen persönlich vorbei«, lächelte Marius. »Was willst du noch?«

»Wenn mein ältester Sohn das Alter für den Senat erreicht, bist du vermutlich Konsular. Du hast dann Macht und Einfluß, und ich verlange, daß du sie dazu nutzt, meine Söhne auf der Ämterlaufbahn voranzubringen. Wenn du in den nächsten zwei bis drei Jahren Legat bist, sollen meine Söhne mit dir in den Krieg ziehen. Sie haben zwar beide schon als Offiziersanwärter Erfahrung gesammelt, aber für ihre politische Karriere brauchen sie noch mehr. Bei dir werden sie in guten Händen sein.«

Marius dachte bei sich, daß keiner der jungen Männer aus dem Holz geschnitzt war, aus dem große Feldherren gemacht sind, daß sie aber sicherlich gute Offiziere abgeben würden. Laut sagte er nur: »Ich nehme sie gerne mit, Gaius Julius.«

Caesar fuhr fort: »Ihre patrizische Herkunft ist ein schwerer Nachteil für ihre politische Karriere. Du weißt so gut wie ich, daß sie als Patrizier nicht Volkstribun werden können, daß aber ein spektakuläres Auftreten als Volkstribun die beste Methode ist, sich einen politischen Ruf zu verschaffen. Meine Söhne werden sich als kurulische Ädilen hocharbeiten müssen – und das ist sündhaft teuer. Ich gehe deshalb davon aus, daß du Sextus und Gaius mit genügend Geld versorgst, daß sie dem Volk Spiele und Spektakel ausrichten können, an die das Volk sich bei den Wahlen zum Prätor erinnert. Und wenn es sich an irgendeinem Punkt ihrer Laufbahn als notwendig erweisen sollte, Wählerstimmen zu kaufen, sollst du die Mittel dafür bereitstellen.«

»Einverstanden.« Gaius Marius streckte Caesar seine Rechte mit geradezu erstaunlicher Bereitwilligkeit entgegen. Schließlich ließ er sich auf eine Verbindung ein, die ihn mindestens zehn Millionen Sesterze kosten würde.

Gaius Julius Caesar ergriff die Hand und schüttelte sie lang. »Also abgemacht!« rief er lachend.

Sie kehrten ins Haus zurück. Caesar schickte einen verschlafenen Sklaven nach dem alten *sagum* von Gaius Marius.

»Wann darf ich Julia sehen und sprechen?« fragte Marius.

»Morgen nachmittag«, antwortete Caesar und öffnete eigenhändig die Haustür. »Gute Nacht, Gaius Marius.«

»Gute Nacht, Gaius Julius.« Marius trat in die kalte Winternacht hinaus.

Aber er spürte die Kälte nicht. Auf dem Heimweg war ihm so warm ums Herz wie schon lange nicht mehr. Sollte der ungebetene Gast, jenes gewisse Gefühl, das ihn immer wieder überfiel, tatsächlich recht behalten? Konsul! Wenn ihm das gelang, dann mußte er auch einen Sohn haben. Einen zweiten Gaius Marius.

Als die beiden Töchter Caesars am nächsten Morgen zum Frühstück in ihr kleines Wohnzimmer kamen, war Julilla so unruhig, daß sie sich nicht setzen konnte, sondern ständig von einem Bein aufs andere hüpfte.

»Was ist denn los?« fragte ihre Schwester gereizt.

»Spürst du nichts? Irgendwas ist los, dabei wollte ich mich doch heute vormittag mit Clodilla auf dem Blumenmarkt treffen – ich habe es ihr fest versprochen! Aber ich glaube, wir müssen heute wieder zu so einem langweiligen Familienrat dableiben.« Julilla verdrehte die Augen.

»Du bist wirklich undankbar!« sagte Julia. »Kennst du sonst noch ein Mädchen, das bei einem Familienrat mitreden darf?«

»Ach Quatsch, so ein Familienrat ist doch nur langweilig. Nie reden wir über etwas Interessantes, immer nur über Sklaven, Geldsorgen und Lehrer. Ich will nicht mehr in die Schule. Homer und der blöde alte Thukydides hängen mir zum Hals raus! Was soll ich damit?«

»Diese Autoren bilden dich«, sagte Julia streng. »Du willst doch auch einmal einen tüchtigen Ehemann, oder nicht?«

Julilla kicherte. »Ich stelle mir unter einem tüchtigen Mann jemand anders vor als Homer und Thukydides. Ach, ich wollte heute so gerne ausgehen!« Sie hopste hin und her.

»Wie ich dich kenne, tust du das auch, wenn du es dir in den Kopf gesetzt hast«, sagte Julia. »Setz dich jetzt bitte hin und iß!«

Ein Schatten verdunkelte die Tür. Die Mädchen blickten auf und öffneten erstaunt den Mund. Ihr Vater! Hier!

»Julia, ich möchte mit dir sprechen«, sagte Caesar und trat ein. Ausnahmsweise schenkte er Julilla keine Beachtung.

»Oh, *tata!* Nicht einmal ein Gutenmorgenküßchen?« fragte die Lieblingstochter schmollend.

Gedankenverloren sah er sie an und kniff sie in die Wange. »Willst du nicht etwas unternehmen, mein Schmetterling?«

Julilla strahlte. »Danke, *tata,* danke! Darf ich auf den Blumenmarkt gehen? Und zum Porticus Margaritaria?«

»Wie viele Perlen willst du dir heute kaufen?« fragte ihr Vater lächelnd.

»Tausend!« rief sie und wollte losrennen.

Caesar drückte ihr noch einen Silberdenar in die Hand. »Das reicht zwar nicht einmal für eine einzige kleine Perle, aber vielleicht reicht es für einen Schal.«

»Oh, danke *tata*, danke!« Julilla gab ihm einen Kuß und war verschwunden.

Caesar blickte seine älteste Tochter freundlich an. »Setz dich, Julia.«

Erwartungsvoll setzte sie sich, sagte aber kein Wort. Marcia kam herein und nahm neben ihrer Tochter auf dem Sofa Platz.

»Was ist los, Gaius Julius?« fragte Marcia neugierig.

Caesar blieb stehen, verlagerte sein Gewicht von einem Fuß auf den anderen und richtete schließlich seine leuchtend blauen Augen auf Julia. »Hat Gaius Marius dir gefallen, Liebling?« fragte er.

»Ja, warum, *tata*?«

»Was hat dir an ihm gefallen?«

Sie überlegte einen Augenblick. »Ich glaube, seine schlichte, aufrichtige Art zu sprechen. Und weil er so natürlich wirkt. Er hat bestätigt, was ich mir schon immer gedacht habe.«

»Ja?«

»Dieser Tratsch, den man immer hört – daß er kein Griechisch kann, daß er ein dummer Bauer ist, daß er sich auf Kosten anderer einen Ruf als Feldherr geschaffen hat. Mir kam es immer so vor, als ob die Leute zuviel redeten. Das konnte einfach nicht alles wahr sein. Jetzt, wo ich ihn kennengelernt habe, bin ich mir sicher, daß ich recht habe. Er ist kein dummer Bauer und durchaus nicht ungehobelt. Er ist intelligent und sehr belesen! Sein Griechisch klingt zwar nicht besonders schön, aber seine Grammatik und sein Wortschatz sind ganz ausgezeichnet. Er kleidet sich nicht besonders geschmackvoll, aber daran ist vermutlich seine Frau schuld.« Bei diesen Worten schlug Julia verwirrt die Augen nieder.

»Julia! Du hast ihn ja richtig lieb!« sagte Caesar, und in seiner Stimme schwang eine merkwürdige Scheu.

»Ja, *tata*, ich hab ihn lieb.«

»Darüber bin ich sehr froh, denn du wirst ihn heiraten«, platzte Caesar heraus. Sein berühmter Takt und sein diplomatisches Einfühlungsvermögen ließen ihn in dieser ungewöhnlichen Situation auf einmal im Stich.

Julia sah erstaunt auf. »Was?«

Marcia versteifte sich. »Ihn heiraten?«

Caesar nickte und setzte sich jetzt doch.

»Und wann bist du zu diesem Entschluß gekommen?« fragte Marcia. Sie klang verärgert. »Wann hatte er denn Gelegenheit, Julia kennenzulernen, daß er jetzt um ihre Hand anhält?«

»Er hat nicht um Julia angehalten«, sagte Caesar. »Ich habe ihm Julia angeboten. Oder Julilla. Deshalb habe ich ihn gestern zum Essen eingeladen.«

Marcia starrte ihn an, als würde sie an seinem Verstand zweifeln. »Du hast einem *homo novus*, der dir im Alter näher steht als deinen Kindern, unsere Töchter zur Auswahl angeboten?« Jetzt war sie wirklich zornig.

»Ganz genau.«

»Aber warum denn?«

»Du weißt doch, wer er ist.«

»Natürlich weiß ich das.«

»Dann weißt du auch, daß er einer der reichsten Männer Roms ist.«

»Ja.«

»Na also«, sagte Caesar ernst, an Frau und Tochter zugleich gewandt, »ihr wißt doch beide, in welcher Lage wir sind. Vier Kinder und weder genug Geld noch genug Grundbesitz. Zwei Jungen, die es dank ihrer Herkunft und ihrer Intelligenz bis ganz nach oben schaffen können, und zwei Mädchen, die aufgrund ihrer Herkunft und ihrer Schönheit nur den besten Mann verdienen. Aber – kein Geld! Kein Geld für den *cursus honorum* und kein Geld für die Mitgift.«

»Das ist richtig«, sagte Marcia nüchtern. Ihr Vater war gestorben, bevor sie das heiratsfähige Alter erreicht hatte, und seine Kinder aus erster Ehe hatten mit Hilfe der Nachlaßverwalter dafür gesorgt, daß für sie kein nennenswertes Erbe übrigblieb. Gaius Julius Caesar hatte sie aus Liebe geheiratet, und da sie nur eine unbedeutende Mitgift in die Ehe einbringen konnte, hatte ihre Familie der Verbindung erleichtert zugestimmt. Ja, sie hatten aus Liebe geheiratet – und waren mit Glück, Harmonie, drei überaus wohlgeratenen Kindern und einem zauberhaften Schmetterling gesegnet worden. Trotzdem war es für Marcia immer noch eine Demütigung, daß Caesar finanziell keine gute Partie gemacht hatte.

»Gaius Marius braucht eine Frau aus einer Patrizierfamilie, deren gesellschaftliche Stellung, Integrität und *dignitas* untadelig sind«, erklärte Caesar. »Er hätte schon vor drei Jahren Konsul werden sollen, aber die Meteller haben es verhindert. Unsere Julia wird Rom zwingen, Gaius Marius endlich ernst zu nehmen. Unsere Julia wird ihm die gesellschaftliche Stellung verleihen, die er braucht. Sein öffentliches Ansehen wird tausendfach steigen. Dafür wird Gaius Marius unsere finanziellen Schwierigkeiten beheben.«

»Ach, Gaius!« sagte Marcia mit Tränen in den Augen.

»Ach, Vater!« flüsterte Julia mit niedergeschlagenen Augen.

Jetzt, da der Zorn seiner Frau besänftigt war und Julia verlegen errötete, entspannte sich Caesar. »Er fiel mir vorgestern bei den Feierlichkeiten für die neuen Konsuln auf. Merkwürdigerweise hatte ich ihm bis dahin kaum Beachtung geschenkt. Es ist wohl keine Übertreibung, wenn ich sage, daß es mir vorgestern wie Schuppen von den Augen fiel. Ich wußte, da steht ein großer Mann! Ich wußte, daß Rom ihn brauchen wird.«

»Und du hast ihm das Angebot gemacht, nicht umgekehrt?« fragte Marcia.

»Ja.«

»Dann sind unsere Probleme jetzt gelöst?«

Caesar nickte. »Gaius Marius ist zwar kein gebürtiger Römer, aber er ist ein Ehrenmann. Ich bin überzeugt, daß er zu seinem Teil des Vertrags stehen wird.«

»Und der wäre?« fragte Marcia praktisch und griff im Geiste nach ihrem Abakus.

»Noch heute bringt er mir vier Millionen Sesterze in bar, damit ich das Land neben unserem Grundstück in Bovillae kaufen kann. Dann hat Gaius genug Grundbesitz für einen Sitz im Senat, und Sextus' Erbe bleibt erhalten. Gaius Marius wird beiden Jungen helfen, kurulische Ädilen zu werden. Er wird unsere Jungen in jeder erdenklichen Weise unterstützen, damit sie zur vorgesehenen Zeit Konsul werden können. Und er wird Julilla mit einer großzügigen Mitgift ausstatten, auch wenn wir in dieser Frage noch nicht ins Detail gegangen sind.«

»Und was will er für Julia tun?« fragte Marcia knapp.

Caesar sah sie verständnislos an. »Für Julia?« wiederholte er. »Was sollte er mehr tun, als sie heiraten? Immerhin bringt sie keine Mitgift mit, und es kostet ihn ein Vermögen, sie zu seiner Frau zu machen.«

»Die Mitgift dient normalerweise dazu, einer Frau auch nach der Heirat eine gewisse Unabhängigkeit zu garantieren, vor allem, wenn sie geschieden wird. Es gibt wohl Frauen, die dumm genug sind, die Mitgift ihren Männer zu überlassen, aber nicht alle Frauen sind so dumm. Ich bestehe darauf, daß Gaius Marius unsere Julia mit einer Mitgift ausstattet, die ihr ein sorgenfreies Leben ermöglicht, wenn es zu einer Scheidung kommt.« Marcias Ton ließ keinen Widerspruch zu.

»Marcia, ich kann unmöglich noch mehr von ihm verlangen!« sagte Caesar verzweifelt.

»Ich fürchte, es bleibt dir nichts anderes übrig. Ich bin erstaunt, daß du nicht selbst daran gedacht hast, Gaius Julius. Julia haben wir unser künftiges Glück zu verdanken, deshalb sind wir es ihr schuldig, daß ihr Auskommen gesichert wird.«

»Ich gebe zu, du hast recht, meine Liebe«, sagte Caesar beschämt. »Aber ich kann unmöglich noch mehr von ihm verlangen!«

Julia sah abwechselnd Vater und Mutter an. Es war nicht das erste Mal, daß ihre Eltern in ihrer Gegenwart Meinungsverschiedenheiten austrugen, aber es war das erste Mal, daß es dabei um sie ging. Sie beschloß, etwas zu sagen. »Es ist gut so, wirklich. Ich werde Gaius Marius selbst auf die Mitgift ansprechen. Er wird es schon verstehen.«

»Julia! Du willst ihn wirklich heiraten?« fragte Marcia atemlos.

»Aber natürlich, Mama. Ich finde ihn wunderbar!«

»Aber er ist fast dreißig Jahre älter als du! Du wirst schneller Witwe sein, als du denkst.«

»Junge Männer langweilen mich, sie erinnern mich an meine Brüder. Einer wie Gaius Marius ist mir viel lieber. Ich werde ihm eine gute Frau sein, das verspreche ich euch. Er wird mich lieben und seine Ausgaben nie bereuen.«

»Wer hätte das gedacht?« fragte Caesar. Er hatte die Frage mehr an sich selbst gerichtet als an eine der Frauen.

»Warum bist du so erstaunt, *tata?* Ich werde bald achtzehn, und ich wußte, daß du noch in diesem Jahr eine Heirat für mich arrangieren würdest. Ich habe mich, ehrlich gesagt, davor gefürchtet. Nicht vor der Heirat – aber davor, wen du als Mann für mich auswählen würdest. Als ich Gaius Marius gestern abend kennenlernte, dachte ich sofort, es wäre wunderbar, wenn du jemanden wie ihn für mich finden würdest.« Julia errötete. »Er ist ganz anders als du und doch wieder genauso wie du – gerecht, freundlich und aufrichtig.«

Gaius Julius Caesar sah seine Frau an. »Es ist doch eine Freude, festzustellen, daß man sein Kind wirklich schätzt. Sein Kind lieben ist ganz natürlich. Aber schätzen? Das muß verdient sein.«

Die Aussicht, an einem Tag gleich mit zwei Frauen sprechen zu müssen, machte Gaius Marius mehr zu schaffen als die Aussicht auf einen Kampf gegen eine zehnfach überlegene Armee. Zunächst sollte er zum erstenmal seine künftige Frau und deren Mutter treffen, dann zum letztenmal seine bisherige Frau.

Zur achten Stunde – mitten am Nachmittag – traf er am Haus von Gaius Julius Caesar ein, diesmal in seine purpurgesäumte Toga gekleidet. Die Million Silberdenare hatte er nicht dabei. Sie hätten 10 000 Pfund gewogen, was 160 Talenten entsprach oder einem Zug von 160 schwerbeladenen Männern. Nein, er trug statt dessen eine Bankanweisung bei sich.

In Caesars Arbeitszimmer überreichte er seinem Gastgeber eine Pergamentrolle.

»Ich bin so diskret wie möglich vorgegangen«, sagte er, als Caesar die Urkunde entrollte und die Zeilen überflog. »Wie du siehst, habe ich bei deiner Bank zweihundert Talente in Silber auf deinen Namen hinterlegen lassen. Man kann diese Einlage unmöglich zu mir zurückverfolgen, es sei denn, jemand würde sehr viel Zeit dafür opfern.«

»Das ist gut so. Es würde sonst so aussehen, als ob ich Bestechungsgelder kassiert hätte.«

»Ich bezweifle, daß jemals jemand mit einer so hohen Summe bestochen wurde«, antwortete Marius lächelnd.

Caesar streckte ihm die Hand hin. »Ich habe mir die Summe nicht in Talenten vorgestellt«, sagte er. »Bei den Göttern, ich habe ein Königreich von dir gefordert. Bist du sicher, daß du soviel entbehren kannst?«

»Das bin ich.« Marius konnte seine Hand nicht aus Caesars Umklammerung lösen. »Wenn das Land soviel kostet, wie du gesagt hast, dann sind es vierzig Talente zuviel. Das soll die Mitgift für deine Tochter sein.«

»Ich weiß nicht, wie ich dir danken soll, Gaius Marius.« Caesar ließ endlich seine Hand los und sah ihn mit wachsendem Unbehagen an. »Ich sage mir die ganze Zeit, daß ich meine Tochter ja nicht verkaufe, aber jetzt kann ich mich dieses Eindrucks nicht erwehren. Wirklich, Gaius Marius, ich würde anders handeln, wäre ich nicht aufrichtig überzeugt, daß sie mit dir einer glanzvollen Zukunft entgegensieht. Ich bin überzeugt, daß du gut für sie sorgen und sie behüten wirst, wie es einer Julia zusteht.« Seine Stimme klang rauh. Unsicher kam er hinter seinem Schreibtisch hervor. Obwohl sein Herz pochte und seine Gedanken rasten, nahm er die Pergamentrolle wie beiläufig an sich und steckte sie in eine Falte seiner Toga. »Ich werde erst Ruhe haben, wenn ich das auf die Bank gebracht habe.« Er zögerte, dann fügte er hinzu: »Julia wird erst Anfang Mai achtzehn, aber ich möchte die Heirat nicht bis in den Juni hinauszögern. Wenn du einverstanden bist, kann die Zeremonie im April stattfinden.«

»Ich bin einverstanden«, sagte Marius.

»Dann warte hier, Gaius Marius. Ich schicke Julia herein.«

Jetzt war es an Gaius Marius, nervös und gespannt zu sein. Hoffentlich sträubte sich das Mädchen nicht zu sehr! Caesars Verhalten hatte zwar nicht darauf hingedeutet, aber Marius wußte sehr wohl, daß es Dinge gab, über die Caesar nie mit ihm sprechen würde. Er wünschte sich nichts sehnlicher, als daß Julia ihn freiwillig nahm. Freilich – wie konnte sie eine Verbindung erstreben, die so wenig zu ihrem Stand, ihrer Schönheit, ihrer Jugend paßte? Ob sie viele Tränen vergossen hatte, als man ihr den Beschluß eröffnet hatte? Hatte sie bereits einen jungen, hübschen Adligen für sich auserkoren, den sie aus Gründen der Vernunft nun nicht bekommen konnte? Ein alternder Bauer aus der Provinz, ohne Kultur – was für ein Mann für eine Julia!

Die Tür zum Säulengarten ging auf, und wie ein Fanfarenstoß brach die Sonne in Caesars Arbeitszimmer herein. Inmitten des goldenen Glanzes stand lächelnd Julia. Die rechte Hand hatte sie ausgestreckt.

»Gaius Marius«, sagte sie freundlich. Ihr Lächeln vertiefte sich.

»Julia.« Marius trat näher und ergriff ihre Hand, hielt sie aber, als wüßte er nicht, was er damit tun solle oder was überhaupt als nächstes zu tun sei. Verlegen räusperte er sich. »Dein Vater hat es dir gesagt?«

»Aber ja.« Sie lächelte immer noch, sogar, wenn das überhaupt ging, noch strahlender als zuvor, und sie wirkte durchaus nicht unreif oder mädchenhaft schüchtern. Im Gegenteil, sie schien sich und die Situation vollkommen zu beherrschen. Ganz die selbstbewußte Prinzessin, strahlte sie eine königliche Gelassenheit aus, in die sich unterschwellig Demut mischte.

»Du hast nichts dagegen?« fragte er abrupt.

»Ich freue mich darüber.« Sie ließ den Blick ihrer schönen grauen Augen auf ihm ruhen, in dem noch immer das warme Lächeln lag. Gleichsam als wollte sie ihn ermutigen, drückte sie zart seine Hand. »Gaius Marius, sieh nicht so ängstlich drein. Ich freue mich wirklich und wahrhaftig!«

Er zog seine linke Hand aus den Falten der Toga und nahm ihre Hand in beide Hände. »Ich bin ein alter Mann!«

»Dann mag ich alte Männer, denn ich mag dich.«

»Du magst mich?

Sie nickte. »Natürlich! Sonst hätte ich der Heirat nicht zugestimmt. Ich kann mir keinen gütigeren Mann als meinen Vater vorstellen. Er ist kein Tyrann. Er hätte mich nie zu einer Heirat gezwungen, die ich nicht gewollt hätte.«

»Aber bist du sicher, daß du dich nicht selbst dazu zwingst?«

»Das ist nicht notwendig«, erwiderte sie ruhig.

»Es gibt doch bestimmt einen jungen Mann, den du lieber magst als mich!«

»Nein. Junge Männer erinnern mich zu sehr an meine Brüder.«

»Aber ... aber ...«, er suchte krampfhaft nach einem Einwand. Schließlich sagte er: »Aber meine Augenbrauen!«

»Ich finde sie wunderbar!«

Er merkte, wie er errötete, und war vollkommen verunsichert. Dann erkannte er, daß sie trotz ihrer Selbstbeherrschung und Gelassenheit ein unschuldiges Mädchen war und nicht verstehen konnte, was er durchlitt. »Dein Vater meint, daß wir im April heiraten sollen, noch vor deinem Geburtstag. Ist es dir recht so?«

Sie runzelte die Stirn. »Nun, wenn er es sagt. Aber ich würde lieber schon im März heiraten, wenn ihr beide einverstanden seid. Ich würde gerne am Fest der Anna Perenna heiraten.«

Ein angemessener Tag für eine Hochzeit – und gleichzeitig ein unglückbringender Tag. Das Fest der Göttin Anna Perenna, das in der ersten Vollmondnacht im März gefeiert wurde, hing mit dem Zyklus des Mondes und dem alten Neujahr zusammen. Der Feiertag galt als Glückstag, doch der Tag danach war ein Unglückstag.

»Hast du keine Angst, daß der erste Tag deiner Ehe dir schlechte Omen bringt?«

»Nein«, antwortete Julia. »Eine Heirat mit dir steht unter einem guten Omen.«

Sie schob ihre linke Hand unter seine rechte, so daß ihre Hände jetzt ineinander verschlungen waren, und blickte ernst zu ihm auf. »Meine Mutter hat mir nur wenig Zeit mit dir allein gegeben, und bevor sie kommt, muß ich noch etwas mit dir besprechen. Meine Mitgift.« Ihr Lächeln erstarb und machte einer ernsten Miene Platz. »Ich glaube nicht, daß unsere Ehe unglücklich wird, Gaius Marius. Ich zweifle nicht im geringsten an deiner Absicht und Integrität, und du wirst ebensowenig an meiner zu zweifeln haben. Meine Mutter besteht aber auf einer Mitgift. Sie meint, ich müsse eine Mitgift haben, für den Fall, daß du dich je von mir scheiden läßt. Mein Vater ist von deiner Großzügigkeit so überwältigt, daß er es nicht über sich bringt, noch mehr zu fordern. Deshalb habe ich mich bereit erklärt, mit dir darüber zu sprechen, und das muß jetzt sein, bevor Mama hereinkommt, denn sie wird ganz bestimmt darauf zu sprechen kommen.«

In ihrer Miene war keine Habgier, nur Sorge zu erkennen. »Wäre es möglich, daß du zu diesem Zweck einen Betrag beiseite legst? Wenn wir, wie ich sicher annehme, nicht geschieden werden, können wir beide darüber verfügen, im Falle einer Scheidung würde das Geld mir zustehen.«

Eine echte Römerin! Die Worte wohlgesetzt, anmutig und freundlich, aber kristallklar.

»Ich denke, das müßte möglich sein«, sagte er ernst.

»Du mußt dich natürlich absichern, daß ich während unserer Ehe keine Verfügungsgewalt darüber habe.«

»Es soll geschehen, wie du es wünschst«, sagte er. »Aber ich brauche keine Absicherung. Ich überschreibe dir mit Freuden einen Betrag auf deinen Namen, über den du nach eigenem Gutdünken verfügen kannst.«

Sie mußte lachen. »Gut, daß du mich gewählt hast und nicht Julilla! Nein danke, Gaius Marius. Ich ziehe den ehrenhaften Weg vor.« Sanft sah sie zu ihm auf. »Willst du mir jetzt einen Kuß geben, bevor meine Mutter hereinkommt?«

Über die Mitgift hatte er ganz ruhig gesprochen, aber die Bitte um einen Kuß brachte ihn aus der Fassung. Er durfte Julia nicht enttäuschen. Aber was wußte er schon von Küssen und von der Liebe? Er hatte sich nie dafür interessiert, was seine sporadischen Geliebten von seinen Küssen und seinen Liebeskünsten hielten, und er hatte keine Ahnung, was ein junges Mädchen von seinem ersten Geliebten erwartete. Sollte er sie an sich reißen und leidenschaftlich küssen? Sollte er eher zart und zurückhaltend sein? Was erwartete

Julia von ihm? Er wußte nur, daß es ihm sehr wichtig war, ihr zu gefallen.

Schließlich trat er ganz nah an sie heran und neigte den Kopf. Nicht sehr tief, denn sie war ungewöhnlich groß. Ihre geschlossenen Lippen fühlten sich kühl an, weich und samtig. Er löste sein Dilemma, indem er instinktiv die Augen schloß und passiv empfing, was sie zu geben bereit war. Für Julia war es eine völlig neue Erfahrung, der sie sich öffnete, ohne zu wissen, was sie barg, denn Caesar und Marcia hatten ihre Töchter sehr behütet erzogen.

Als sie ihre Hände aus seinen Händen zog, ließ er sie sofort los und wollte einen Schritt zurücktreten. Sie aber hob die Arme und legte sie ihm um den Hals. Der Kuß wurde inniger. Julia öffnete leicht die Lippen, und Marius umfing ihren Körper mit seinen Armen. Nach einer Weile lösten ihre Lippen sich wie von selbst voneinander.

Als Marcia geräuschlos das Zimmer betrat, konnte sie nichts Unlauteres an der Umarmung finden. Gaius Marius' Mund berührte Julias Wange, Julia stand mit geschlossenen Augen da, zufrieden wie eine Katze, die sich still streicheln läßt.

Ganz ohne Verlegenheit lösten sie sich aus der Umarmung und wandten sich Marcia zu, die zumindest in Marius'Augen ausgesprochen finster dreinblickte. Er vermutete, daß sie ihre Tochter lieber mit einem Mann aus ihrer Klasse verheiratet hätte, selbst wenn dann kein Geld in die Familie gekommen wäre. Doch er fühlte sich in diesem Augenblick so glücklich, daß er leicht über den Unmut seiner zukünftigen Schwiegermutter, die fast zwei Jahre jünger war als er, hinwegsehen konnte. Er würde Marcia beweisen, daß der alternde Bauer aus der Provinz Julia glücklich machen konnte.

»Ich habe ihn um die Mitgift gebeten, Mama«, sagte Julia. »Wir haben alles besprochen.«

Marcia sah Marius verlegen an. »Darauf habe ich gedrängt, nicht meine Tochter – oder mein Mann.«

»Ich verstehe«, sagte er freundlich.

»Du warst außerordentlich großzügig, Gaius Marius. Wir danken dir.«

»Ich muß dir widersprechen, Marcia. Ihr wart außerordentlich großzügig. Julia ist eine Perle, die nicht mit Geld aufzuwiegen ist.«

Diese letzten Worte gingen Gaius Marius nicht aus dem Kopf. Als er kurze Zeit später Caesars Haus verließ, lenkte er deshalb seine

Schritte am Fuß der Vesta-Treppe nicht nach links, zu seinem Haus, sondern nach rechts, an dem hübschen, kleinen, runden Tempel vorbei und den engen Weg zwischen der Regia und dem Domus Publicus hindurch. Er kam auf der Via Sacra heraus, die hier anstieg und Clivus Sacer genannt wurde. Rasch stieg er den Clivus Sacer hinauf, denn er wollte den Porticus Margaritaria erreichen, bevor die Händler alle gegangen waren. In den hohen, luftigen Arkaden, die den rechteckigen Platz säumten, waren die besten Juweliere der Stadt zu Hause.

Marius wollte eine Perle für Julia kaufen, und wie jeder Römer wußte er genau, wohin er dazu gehen mußte: zum Geschäft des Fabricius Margarita. Marcus Fabricius verkaufte ganz besondere Perlen. Der erste Marcus Fabricius hatte phantastische Erzählungen über wunderbare Perlen gehört, die es in Ägypten und Arabia Nabataea geben sollte. Wie ein Spürhund hatte er sich auf die Suche gemacht – und war fündig geworden. Zuerst hatte er nur enttäuschend kleine und unregelmäßig geformte Perlen gefunden, aber sie besaßen bereits jenes charakteristische, cremige Weiß. Sie stammten aus dem Roten Meer. Nach und nach entdeckte er Perlenvorkommen in den indischen Meeren und vor Ceylon. Ungefähr zu dieser Zeit hatte er sich den Beinamen Margarita gegeben und sein Monopol im Handel mit diesen besonderen Perlen begründet. Heute, zur Amtszeit der Konsuln Marcus Minucius Rufus und Spurius Postumius Albinus, war sein Enkel so gut sortiert, daß ein reicher Mann sicher sein konnte, in seinem Geschäft jederzeit eine passende Perle zu finden.

Selbstverständlich hatte Fabricius Margarita auch für Marius die passende Perle auf Lager, Marius nahm sie jedoch nicht mit nach Hause. Er wollte diese vollkommen geformte, erbsengroße Perle, in der sich das Mondlicht zu spiegeln schien, zusammen mit anderen, kleineren Perlen auf ein Halsband aus massivem Gold aufziehen lassen, was einige Tage dauern würde. Er spürte einen ihm völlig neuen Drang, einer Frau kostbare Geschenke zu machen. Die Erinnerung an den Kuß und an Julias Bereitschaft, seine Braut zu werden, ließ ihn nicht mehr los. Allein der Gedanke, daß er so ein Herz, so rein, so jung, so edel wie das Julias besitzen würde, erfüllte ihn mit einem Gefühl der Dankbarkeit. Julia war seine Perle, und sie war nicht mit Geld aufzuwiegen. Perlen, diese Tränen, die der ferne, tropische Mond in die Tiefe des Ozeans fallen ließ und die auf dem Weg in die Tiefe zu Stein gefroren – diese Perlen gehörten seiner Julia.

Natürlich war Grania zu Hause. Grania ging nie aus. Tagtäglich wartete sie von der neunten Stunde an, ob ihr Mann zum Essen nach Hause kommen würde. Immer wieder zögerte sie das Essen um ein paar Minuten hinaus und trieb damit ihren Koch zur Verzweiflung, und allzu häufig endete es damit, daß sie unter Tränen ein einsames Mahl zu sich nahm.

Die kulinarischen Meisterstücke, die der Koch in der Küche vollbrachte, waren immer vergeblich, egal ob Marius auswärts oder zu Hause speiste. Grania hatte ein Vermögen für den Koch ausgegeben, und seine Leistungen hätten den verwöhntesten Epikureer in Ekstase versetzen können. Aß Marius tatsächlich einmal zu Hause, wurden die üppigsten Gerichte aufgetragen: mit Gänseleberpastete gefüllte Schlafmäuse, kleine, unvorstellbar delikate Vögel, exotische Gemüse und aromatische Soßen, die Marius' Zunge und Magen, wenngleich nicht seine Geldbörse, überforderten. Marius war wie die meisten Soldaten mit einem Stück Brot und einer Schale Erbsensuppe mit Speck zufrieden. Das Essen war ihm nur als Brennstoff für den Körper wichtig, nicht als Genuß. Grania hatte dies nach all den Jahren ihrer Ehe noch immer nicht begriffen, und das war ein Zeichen der großen Distanz zwischen ihnen.

Marius war unbehaglich zumute, wenn er daran dachte, was er Grania antun wollte – obgleich seine Zuneigung zu ihr gering war. Er fühlte sich ihr gegenüber stets schuldig, denn er wußte, daß sie von ihrer Ehe ein glückliches Leben mit Kindern und gemeinsamen Mahlzeiten erwartet hatte. Arpinum hätte das Zentrum ihres Lebens sein sollen, mit häufigen Ausflügen nach Puteoli und vielleicht jeden September einem zweiwöchigen Urlaub in Rom während der *ludi romani.*

Grania hatte Marius völlig kalt gelassen, als er sie das erste Mal sah, und sogar noch, als er das erste Mal mit ihr schlief. Er konnte sich nicht dazu überwinden, Zuneigung oder gar Verlangen auch nur vorzutäuschen. Dabei war Grania nicht häßlich. Ihr rundliches Gesicht sah recht hübsch aus, sie hatte große Augen und einen kleinen Mund mit vollen Lippen. Jemand hatte Marius sogar einmal gesagt, sie sei schön. Grania war auch nicht streitsüchtig, im Gegenteil, sie wollte ihm auf jede mögliche Weise gefallen. Das Problem bestand darin, daß sie ihm einfach nicht gefiel, er wußte selbst nicht warum, auch wenn sie seinen Becher mit einem Aphrodisiakum gefüllt oder einen der neuerdings beliebten Kurse für erotische Tänze besucht hätte.

In den ersten fünfzehn Jahren ihrer Ehe hatte sie sich große Mühe gegeben, ihre Figur zu behalten, die wirklich nicht schlecht war – sie hatte volle Brüste, eine schmale Taille und kurvige Hüften. Sie bürstete ihr dunkles Haar nach der Wäsche in der Sonne, bis es einen rötlichen Schimmer bekam, zog ihre sanften braunen Augen mit schwarzem *stibium* nach und achtete darauf, jeden Geruch von Schweiß oder Menstruation zu vermeiden.

Als Marius an diesem Abend im frühen Januar nach Hause kam, hatte er sich verändert: Er hatte endlich eine Frau gefunden, die ihm gefiel, und er freute sich auf die Ehe, auf ein gemeinsames Leben mit ihr. Grania war prosaisch, ungebildet, häuslich und strotzte vor Gesundheit, die ideale Frau eines Landadligen. Julia dagegen war eine echte Aristokratin und majestätische Erscheinung, hochgebildet und politisch interessiert, die ideale Frau eines römischen Konsuls. Bei seiner Verlobung mit Grania hatte seine Familie angenommen, daß er das Leben eines Landadligen führen würde, aber Gaius Marius war ein Adler, der aus dem Käfig der arpinischen Familie ausbrechen wollte. Er hatte es weit gebracht und war entschlossen, noch höher aufzusteigen, besonders jetzt, nachdem ihm eine Julia aus dem Patriziergeschlecht der Julier versprochen worden war. Das war die Frau, die er sich gewünscht hatte. Das war die Frau, die er brauchte.

»Grania!« Er ließ die schwere Toga auf den prächtigen Mosaikboden des Atriums gleiten und trat darüber hinweg, bevor noch ein Diener herbeieilen und sie ihm abnehmen konnte.

»Ja, Liebster?« Sie eilte ihm aus ihrem Zimmer entgegen, und hinter ihr fielen Nadeln, Broschen und Krümel zu Boden. Sie war füllig geworden, viel zu füllig, denn sie tröstete sich mit zu vielen Süßigkeiten und Feigen über ihre bittere Einsamkeit hinweg.

»Im *tablinum*, bitte«, sagte er über die Schulter und marschierte voraus.

Sie trippelte hinter ihm her.

»Schließ die Tür«, sagte er und ließ sich auf seinem Lieblingsstuhl hinter dem großen Schreibtisch nieder. Grania mußte wie ein Klient auf der anderen Seite der in Gold gefaßten Tischplatte aus poliertem Malachit Platz nehmen.

»Ja, Liebster?« fragte sie noch einmal arglos. Er hatte sich ihr gegenüber nie absichtlich roh verhalten, und abgesehen davon, daß er sie vernachlässigte, hatte er sie nie schlecht behandelt.

Marius legte die Stirn in Falten, seine Hände spielten mit einem

Abakus aus Elfenbein. Grania hatte diese Hände immer geliebt, denn sie waren feingliedrig und stark zugleich, mit breiten Handflächen und langen Fingern. Sie legte den Kopf auf die Seite und sah ihn an – ihn, den Fremden, mit dem sie seit fünfundzwanzig Jahren verheiratet war. Ein gutaussehender Mann, lautete auch jetzt ihr Urteil, und sie stand damit keineswegs allein. Liebte sie ihn noch immer? Nach fünfundzwanzig Jahren glichen ihre Gefühle für ihn einem komplizierten Gewebe ohne jegliches Muster: Wut, Schmerz, Verwirrung, Abneigung, Trauer, Selbstmitleid – oh, so viele Gefühle! Grania war jetzt fünfundvierzig Jahre alt, und sie menstruierte nur noch unregelmäßig, denn ihr armer, unfruchtbarer Schoß verdorrte. Wenn es ein Gefühl gab, das sie beherrschte, dann diese niederdrückende, ausweglose Enttäuschung. Sie hatte sogar begonnen, Vediovis, dem Gott der Enttäuschungen, Opfer darzubringen.

Marius öffnete die Lippen. Sie waren ursprünglich voll und sinnlich gewesen, doch er hatte ihnen eine soldatische Strenge anerzogen, noch bevor Grania ihn kennengelernt hatte. Grania beugte sich leicht vor, damit ihr nichts entging, jede Faser ihres Körpers gespannt.

»Ich lasse mich von dir scheiden«, sagte er. Er reichte ihr ein Stück Pergament, auf das er am Morgen die Scheidungserklärung geschrieben hatte.

Seine Worte drangen kaum zu ihr durch. Sie breitete das dicke und leicht übel riechende Viereck aus glatter Haut auf der Tischplatte aus und las es mit alterssichtigen Augen durch. Dann blickte sie auf.

»Das habe ich nicht verdient«, sagte sie dumpf.

»Ich bin anderer Meinung«, erwiderte er.

»Weshalb? Was habe ich getan?«

»Du hast als Ehefrau nicht zu mir gepaßt.«

»Und du hast fünfundzwanzig Jahre gebraucht, um das herauszufinden?«

»Nein. Ich wußte es von Anfang an.«

»Warum hast du dich dann nicht schon früher von mir getrennt?«

»Damals erschien es mir nicht wichtig.«

Oh, ein Schmerz nach dem anderen, eine Beleidigung nach der anderen! Das Pergament zitterte in ihrer Hand. Sie warf es auf den Tisch und ballte die Hände zu kleinen, harten Fäuste.

»Ja, das glaube ich dir!« sagte sie, und ihre Resignation schlug in

Wut um. »Ich war dir nie wichtig. Nicht einmal wichtig genug, um dich von mir zu trennen. Warum also ausgerechnet jetzt?«

»Ich will mich wieder verheiraten.«

Granias Wut wich ungläubigem Staunen. Sie starrte ihn an. »Du?«

»Ja, ich. Man hat mir die Ehe mit einem Mädchen aus einem sehr alten Patriziergeschlecht angeboten.«

»Jetzt hör aber auf, Marius! Wird der große Verächter plötzlich zum großen Aristokraten?«

»Ich glaube nicht«, sagte er gleichmütig. Es war ihm unbehaglich zumute, doch er verbarg dies ebenso geschickt wie seine Schuldgefühle. »Es ist ganz einfach. Diese Ehe bedeutet, daß ich doch noch Konsul werden kann.«

Das Feuer ihrer Zornes erlosch, ausgeblasen vom kalten Wind der Logik. Was konnte sie dagegen sagen? Wie konnte sie ihm Vorwürfe machen? Sie wußte, daß er als Politiker chancenlos war und nur geringes Ansehen genoß, obwohl er nie mit ihr darüber gesprochen hatte. Sie hatte um ihn geweint, hatte sich für ihn verzehrt und gewünscht, sie könnte den Makel ausmerzen und ihn in den Augen des römischen Adels gesellschaftsfähig machen. Doch was konnte sie schon ausrichten, sie, eine Grania aus Puteoli? Sie war so wohlhabend, angesehen und von makelloser Ehre, wie eine Ehefrau nur sein konnte, aber es fehlte ihr an Beziehungen. Marius war ein Landadliger und sie die Tochter eines Kaufmanns aus der Campania. In den Augen des städtischen römischen Adels gehörte sie der untersten Klasse an. Bis vor kurzem hatte ihre Familie nicht einmal die Bürgerrechte besessen.

»Das also ist der Grund«, sagte sie tonlos.

Marius hatte genügend Mitgefühl, um nichts mehr hinzuzufügen und seine Erregung vor ihr zu verbergen, jenes glühende, kleine Körnchen Liebe, das in seinem kühlen Herzen neue Triebe hervorbrachte. Sollte sie doch denken, daß es nur eine politische Zweckheirat war.

»Es tut mir wirklich leid, Grania«, sagte er sanft.

»Mir auch, mir auch«, murmelte sie vor sich hin. Sie begann wieder zu zittern, doch diesmal zitterte sie, weil sie ihre Zukunft vor sich sah – eine noch größere und noch unerträglichere Einsamkeit als bisher. Ein Leben ohne Gaius Marius? Undenkbar.

»Die Verbindung wurde mir angeboten, ich habe mich nicht selbst darum bemüht, falls dir das ein Trost ist.«

»Wer ist das Mädchen?«

»Die ältere Tochter des Gaius Julius Caesar.«

»Eine Julia! Du willst hoch hinaus! Du wirst bestimmt Konsul, Gaius Marius.«

»Ja, das glaube ich auch.« Nervös spielte er mit seiner Lieblingsschreibfeder aus Schilfrohr, mit der kleinen Porphyrflasche, die den Löschsand enthielt, und mit dem Tintenfaß aus poliertem Amethyst. »Du wirst selbstverständlich deine Mitgift zurückerhalten. Das ist mehr als genug für deine Bedürfnisse. Ich habe das Geld in profitablere Unternehmen gesteckt als dein Vater, und da du es nie angerührt hast, ist daraus ein stattliches Vermögen geworden.« Er räusperte sich. »Ich nehme an, daß du in der Nähe deiner Familie wohnen willst, aber in deinem Alter ist es wohl vernünftig, wenn du in einem eigenen Haus wohnst. Besonders jetzt, da dein Vater tot und dein Bruder *pater familias* ist.«

»Du hast nie oft genug mit mir geschlafen, um mir ein Kind zu schenken«, sagte sie. Der Schmerz ihrer Einsamkeit drohte sie zu überwältigen. »Ich wünschte so sehr, ich hätte ein Kind!«

»Ich bin verdammt froh, daß du keins hast! Dann wäre unser Sohn mein Erbe, und meine Heirat mit Julia hätte nicht dieselbe Bedeutung.« In verändertem Ton fügte Marius hinzu: »Sei vernünftig, Grania! Unsere Kinder wären jetzt längst erwachsen und würden ihr eigenes Leben führen. Sie wären kein Trost für dich.«

»Wenigstens hätte ich Enkel«, sagte sie. Die Tränen schossen ihr in die Augen. »Dann wäre ich nicht so allein!«

»Ich habe dir schon vor Jahren geraten, dir einen kleinen Schoßhund zu kaufen!« Er sagte es nicht unfreundlich, er meinte es aufrichtig gut. Ein noch besserer Rat fiel ihm ein: »Du solltest wieder heiraten!«

»Niemals!« rief sie.

Marius zuckte mit den Schultern. »Wie du willst. Aber um auf deine künftige Wohnung zurückzukommen: Ich bin bereit, eine Villa am Meer bei Cumae zu kaufen und sie für dich einzurichten. Von Cumae aus ist Puteoli mit der Sänfte gut zu erreichen. Puteoli liegt nahe genug, daß du deine Familie ab und zu für ein oder zwei Tage besuchen kannst, und es ist weit genug entfernt, daß du deine Ruhe hast.«

Alle Hoffnung war verflogen. »Danke, Gaius Marius.«

»Du brauchst dich nicht zu bedanken!« Er stand auf, ging um den Tisch und half ihr mit einem unpersönlichen Griff am Ellbogen aus dem Stuhl. »Sag jetzt dem Verwalter Bescheid. Denk auch darüber nach, welche Sklaven du mitnehmen willst. Einer meiner Agenten wird morgen in Cumae nach einer passenden Villa suchen. Das Haus wird natürlich mir gehören, aber ich werde dir ein lebenslanges Wohnrecht einräumen – oder bis du wieder heiratest. Schon gut, schon gut! Ich weiß, daß du nicht mehr heiraten willst, aber unternehmungslustige Freier werden dich umschwirren wie die Fliegen einen Honigtopf. Du bist reich.« Sie hatten die Tür zu Granias Zimmer erreicht. Er blieb stehen und zog seine Hand zurück. »Es wäre mir recht, wenn du bis übermorgen ausziehen würdest. Am besten vormittags. Ich denke, Julia wird im Haus manches verändern wollen, bevor sie einzieht. Wir werden in acht Wochen heiraten, es bleibt mir also nicht mehr viel Zeit für all die Veränderungen. Deshalb also – übermorgen früh.«

Sie wollte ihn noch etwas fragen – irgend etwas –, aber er hatte sich bereits abgewandt und sich entfernt.

»Mit dem Essen brauchst du nicht auf mich zu warten«, rief er über die Schulter zurück, während er das geräumige Atrium durchquerte. »Ich treffe mich mit Publius Rutilius und werde wahrscheinlich erst zurückkommen, wenn du schon schläfst.«

Das also war das Ende. Ihr Herz würde nicht brechen, nur weil sie das Wohnrecht in dieser riesigen Scheune verloren hatte. Sie hatte das Haus immer gehaßt, und sie haßte auch das hektische Leben der Stadt Rom.

Sie nickte dem Sklaven zu, der an der Wand vor ihrem Zimmer stand. »Hole mir sofort den Verwalter«, befahl sie.

Der Verwalter war ein majestätischer Grieche aus Korinth. Er hatte es geschafft, eine gute Ausbildung zu bekommen, und hatte sich dann selbst in die Sklaverei verkauft, in der Hoffnung, reich und irgendwann römischer Bürger zu werden.

»Strophantes, der Herr will sich von mir trennen«, sagte sie ohne Schamgefühle, denn sie empfand keine Scham. »Ich muß bis übermorgen früh ausziehen. Du wirst das Packen übernehmen.«

Der Verwalter zeigte nicht, wie erstaunt er war, sondern verneigte sich lediglich. Er hatte nicht erwartet, daß diese Ehe durch etwas anderes als den Tod geschieden würde, denn sie war eher von einer dumpfen Erstarrung gekennzeichnet gewesen als von jenem bitteren Kampf, der gewöhnlich zu Scheidungen führte.

»Welche Diener willst du mitnehmen, *domina?*« fragte er. Er war sicher, daß er im Hause bleiben würde, denn er gehörte Gaius Marius, nicht Grania.

»Den Koch auf jeden Fall. Und das gesamte Küchenpersonal, sonst wäre der Koch unglücklich. Dann meine Dienerinnen, meine Schneiderin, meine Friseuse, meine Badesklaven und meine beiden Leibsklaven.« Sonst fiel ihr niemand ein, den sie brauchte und den sie mochte.

»Gewiß, *domina.*« Strophantes ging. Er konnte es kaum erwarten, der übrigen Dienerschaft die Neuigkeit mitzuteilen. Ganz besonders freute er sich auf das Gesicht des Kochs, wenn er erfuhr, daß er ausziehen mußte. Diesem eingebildeten Meister der Töpfe würde es ganz bestimmt nicht gefallen, daß er Rom gegen Puteoli eintauschen sollte!

Grania betrat ihr geräumiges Zimmer und blickte sich in dem vertrauten Durcheinander um, sah ihre Farben und ihren Nähkasten und die mit Nägeln besetzte Truhe, in der sich die Babyausstattung befand, die sie so hoffnungsvoll zusammengetragen und dann nie benutzt hatte.

Da Römerinnen ihre Möbel weder selbst auswählten noch kauften, würde Marius ihr nichts mitgeben. Ihre Augen hellten sich ein wenig auf, die Tränen versiegten. Gleich morgen würde sie Möbel für ihre neue Villa kaufen gehen! Wie angenehm es war, daß endlich sie auswählen konnte, was ihr gefiel! Morgen würde also ein geschäftiger Tag werden, keine Zeit für Gedanken, keine leeren, traurigen Stunden.

»Berenice!« Als das Mädchen erschien, sagte Grania: »Ich werde jetzt essen. Sag bitte in der Küche Bescheid.«

In dem Durcheinander auf ihrem Arbeitstisch fand sie ein Stück Papier, nach dem Essen wollte sie darauf ihre Einkaufsliste zusammenstellen. Marius hatte doch noch etwas anderes erwähnt – ja, richtig: der kleine Schoßhund. Morgen würde sie einen kleinen Schoßhund kaufen; er würde ganz oben auf ihrer Liste stehen.

Granias Euphorie hielt an, bis sie ihre einsame Mahlzeit fast beendet hatte. Dann schlug der Schock in Trauer um. Sie fuhr sich mit den Händen in die Haare und zerrte und zog wie wild daran. Ihr Mund öffnete sich zu einem langen, schrillen Heulen, die Tränen brachen in Strömen hervor. Die Diener entfernten sich. Einsam heulte sie im Eßzimmer in den golden und purpurrot gewirkten Bezug ihres Sofas.

»Hör dir das an!« sagte der Koch in der Küche bitter. Er war dabei, seine verschiedenen Pfannen, Töpfe und Küchengeräte einzupacken. »Warum heult sie denn? Eigentlich muß doch ich ins Exil – sie lebt doch schon seit Jahren im Exil, die blöde alte Kuh!«

Am Neujahrstag wurde die römische Provinz Africa durch ein Dokument der Statthalterschaft des Konsuls Spurius Postumius Albinus unterstellt. Kaum vierundzwanzig Stunden später ergriff Postumius erstmals öffentlich für den Prinzen Massiva von Numidien Partei.

Spurius Albinus hatte einen zehn Jahre jüngeren Bruder mit Namen Aulus Albinus, der seit kurzem dem Senat angehörte und begierig war, sich einen Namen zu machen. Während sich Spurius Albinus eifrig für seinen neuen Klienten Prinz Massiva einsetzte, wurde Aulus Albinus damit beauftragt, Prinz Massiva in der Stadt herumzuführen und allen bedeutenden Römern vorzustellen. Wie die meisten Mitglieder des numidischen Königshauses war auch Massiva ein wohlproportionierter, gutaussehender Semit, der sehr charmant sein konnte und großzügig mit Geschenken war.

Am Ende der ersten Woche des neuen Jahres trug Aulus Albinus dem Senat offiziell den Fall des Prinzen Massiva vor und forderte in dessen Namen den numidischen Thron für den legitimen Zweig der Familie. Es war Aulus Albinus' Jungfernrede, und es war eine gelungene Rede. Marcus Aemilius Scaurus befürwortete Massivas Anliegen. Dies, sagte er, sei die Antwort auf die lästige Frage, was man mit Numidien anfangen solle. Das Land könne wieder auf den rechten Weg gebracht werden, wenn man dort einen rechtmäßigen König einsetze. Als Spurius Albinus die Sitzung beendete, schien der Senat entschlossen, den herrschenden König abzusetzen und an seiner Stelle Massiva anzuerkennen.

»Das Wasser steht uns bis zum Hals«, sagte Bomilkar zu Jugurtha. »Plötzlich werde ich nicht mehr zum Essen eingeladen, und unsere Agenten finden niemanden mehr, der ihnen auch nur zuhören will.«

»Wann findet die Abstimmung im Senat statt?« fragte der König. Seine Stimme klang ruhig und gelassen.

»Die nächste Sitzung soll am vierzehnten Tag vor den Kalenden des Februars stattfinden – morgen in sieben Tagen.«

Der König richtete sich auf. »Sie werden gegen mich stimmen, nicht wahr?«

»Ja, Herr«, sagte Bomilkar.

»In diesem Fall ist es zwecklos, daß ich weiter versuche, mein Anliegen auf die römische Art durchzusetzen.« Jugurtha schien auf einmal zu wachsen, und eine furchteinflößende Majestät ging von ihm aus. »Von jetzt ab handle ich auf meine Weise – auf numidische Weise.«

Der Regen hatte aufgehört, eine kalte Sonne schien. Jugurthas Körper verlangte nach den wärmeren Winden Numidiens, nach der freundlichen und uneigennützigen Geborgenheit seines Harems, doch sein Verstand verlangte nach der rücksichtslosen Logik numidischen Handelns.

Ruhelos schritt er den Säulengang auf und ab, der den riesigen Garten umgab. Dann winkte er Bomilkar zu sich und trat mit ihm zu dem laut plätschernden Brunnen in der Mitte des Gartens.

»Hier kann uns nicht einmal ein Vogel hören«, sagte er.

Bomilkar erstarrte und wappnete sich innerlich.

»Massiva muß verschwinden«, sagte der König.

»Hier? Mitten in Rom?«

»Ja, und zwar innerhalb von sieben Tagen. Wenn Massiva tot ist, kann es keine Abstimmung geben. Wir würden Zeit gewinnen.«

»Ich selbst werde ihn töten«, sagte Bomilkar.

Jugurtha schüttelte heftig den Kopf. »Nein, nein! Der Attentäter muß ein Römer sein. Deine Aufgabe ist es, einen Römer zu finden, der die Sache für uns erledigt.«

Bomilkar starrte den König entsetzt an. »Mein Herr und König, wir sind in einem fremden Land! Wir wissen nicht, wo und wie so etwas zu tun ist, und schon gar nicht, wer es tun könnte!«

»Frage einen unserer Agenten. Einem können wir doch wohl vertrauen.«

Bomilkar dachte nach. »Agelastus«, sagte er schließlich. »Marcus Servilius Agelastus, der Mann, der nie lächelt. Sein Vater ist Römer. Marcus ist hier geboren und aufgewachsen, aber mit dem Herzen hängt er an seiner numidischen Mutter, da bin ich ganz sicher.«

»Ich überlasse alles dir. Handle!« Der König entfernte sich über den Gartenpfad.

Agelastus war entsetzt. »Hier? In Rom?«

»Nicht nur hier, sondern auch innerhalb der nächsten sieben Tage«, sagte Bomilkar. »Wenn der Senat zugunsten von Massiva abstimmt – und das wird er sicherlich –, bricht in Numidien der Bürgerkrieg aus.«

»Aber ich habe nicht die geringste Ahnung, wo ich einen Attentäter finden kann!«

»Dann mach es selbst.«

»Das kann ich nicht!« jammerte Agelastus.

»Es muß sein!« beharrte Bomilkar. »In einer so großen Stadt wie Rom gibt es doch sicher eine Menge Leute, die für gute Bezahlung morden würden!«

»Natürlich gibt es sie! Die Hälfte des Mobs wäre bereit dazu. Aber ich habe keine Verbindungen zu diesen Kreisen, ich kenne keine Plebejer! Ich kann mich schließlich nicht an den erstbesten Mann heranmachen, ihm einen Beutel Gold unter die Nase halten und ihn bitten, dafür einen numidischen Prinzen zu töten!« Agelastus stöhnte.

»Warum nicht?« fragte Bomilkar.

»Er könnte mich beim Stadtprätor anzeigen, deshalb!«

»Wenn du ihm zuerst das Gold zeigst, tut er das nicht, das verspreche ich dir! In dieser Stadt hat jeder seinen Preis.«

»Das kann schon sein, Herr«, erwiderte Agelastus. »Aber ich habe keine Lust, deine Theorie zu überprüfen.«

Und Agelastus blieb bei seiner Weigerung.

Die Subura war der Sumpf von Rom, deshalb machte sich Bomilkar dorthin auf den Weg, unauffällig gekleidet und ohne die Begleitung eines Sklaven. Er war wie jeder andere Besucher Roms gewarnt worden, sich in das Tal nordöstlich des Forum Romanum zu begeben, und jetzt verstand er, warum. Die Straßen der Subura waren nicht enger als die auf dem Palatin, und die Gebäude waren auch nicht so bedrückend hoch wie auf dem Viminal und dem oberen Esquilin. Nein, was dem Neukömmling in der Subura auffiel, waren die Menschen, mehr Menschen, als Bomilkar jemals gesehen hatte. Sie lehnten aus tausend Fenstern und schrieen einander zu, sie schoben sich in einer so dichten Masse von Körpern durch die Gassen, daß man nur noch im Schneckentempo vorankam, sie spuckten und pißten und begannen Streit mit jedem, der sie nur schräg ansah.

Der zweite Eindruck war ein alles beherrschender Geruch, ein entsetzlicher Gestank. Schmutz und Gestank bedrängten Bomilkar auf seinem Weg vom zivilisierten Argiletum zu den Fauces Suburae, dem ersten Abschnitt der Hauptstraße. Warum hatte man letztes Jahr nicht den ganzen Bezirk einfach abbrennen lassen, statt so sehr um seine Rettung zu kämpfen? Nichts und niemand in der Subura war es wert, gerettet zu werden! Immer tiefer dang er in das Gewirr der Gassen ein. Seine Abscheu wurde immer mehr zu Staunen, denn nun erkannte er die Vitalität der Einwohner und begegnete einer Fröhlichkeit, die sein Begriffsvermögen überstieg.

Die Sprache, die er vernahm, war ein bizarres Kauderwelsch aus Latein, Griechisch und einigen Wörtern Aramäisch, ein Jargon, den wahrscheinlich niemand verstand, der nicht in der Subura lebte. Bomilkar jedenfalls, der das übrige Rom ausgiebig durchstreift hatte, konnte sich an nichts Vergleichbares erinnern.

Überall gab es Läden, kleine Imbißstuben, die offenbar florierten – es schien genügend Geld im Umlauf. Dazwischen sah er Bäckereien, Metzgereien, Weinstuben und andere kleine Geschäfte, in denen alle möglichen Artikel verkauft wurden – vom Garn über Kochtöpfe und Lampen bis hin zu Talgkerzen. Es gab auch Fabriken. Bomilkar hörte Pressen stampfen, Mühlräder knirschen und Webstühle klappern, und der Lärm der Fabriken vermischte sich mit weiteren Geräuschen, die aus dem unergründlichen Gewirr dunkler Nebengassen und vielstöckiger Wohngebäude drangen. Wie konnten Menschen inmitten dieses Getümmels leben? Auch die kleinen Plätze an den größeren Kreuzungen waren dicht mit Menschen besetzt. Bomilkar bemerkte erstaunt, daß sie es sogar schafften, in den Brunnen ihre Wäsche zu waschen oder Wassereimer nach Hause zu schleppen.

Anderswo sah er freilich auch Männer tatenlos herumsitzen, trinken und sich die Zeit vertreiben. Solche Orte schienen hauptsächlich an den großen Durchgangsstraßen zu liegen, aber er war sich nicht ganz sicher, da er nicht wagte, die Hauptstraße zu verlassen. In den düsteren Höhlen der Tavernen an den Kreuzungen herrschte relative Ruhe. Bomilkar war ein großer, kräftiger Mann, und er erkannte, daß er sich in eine Taverne wagen mußte, wenn er weiterkommen wollte. Schließlich war er in die Subura gekommen, um einen römischen Attentäter zu finden, und das hieß, daß er mit Einheimischen ins Gespräch kommen mußte.

Er bog von der Subura Major in den Vicus Patricii ein, eine Hauptstraße, die zum Viminal führte, und fand eine Taverne an einem dreieckigen Platz, an dem die Subura Minor und der Vicus Patricii zusammenliefen. Die Tür war so niedrig, daß er den Kopf einziehen mußte. Als er eintrat, drehten sich alle Anwesenden nach ihm um. Es befanden sich ungefähr fünfzig Personen in dem Raum. Das Stimmengewirr verstummte.

»Entschuldigt bitte«, sagte Bomilkar. Ohne sich seine Nervosität anmerken zu lassen, blickte er sich um. Wer führte hier wohl das Kommando? Nach der ersten Überraschung über das Auftauchen des Fremden schauten alle auf einen Mann in der linken hinteren Ecke, der aussah wie ein Anführer. Er hatte ein eher römisches als griechisches Gesicht, war klein und ungefähr fünfunddreißig Jahre alt. Bomilkar musterte ihn. Da er kein Latein konnte, mußte er sich mit Griechisch behelfen.

»Entschuldigt bitte«, wiederholte er. »Ich hoffe, ich störe hier nicht. Ich suche nach einer Taverne, in der ich mich ein wenig ausruhen und einen Becher Wein bekommen kann. Gehen macht durstig.«

»Das hier ist ein privater Verein, Freund«, sagte der Anführer in fürchterlich gebrochenem, aber gerade noch verständlichem Griechisch.

»Gibt es keine öffentlichen Tavernen?« fragte Bomilkar.

»Nicht in der Subura, Freund. Du bist hier am falschen Ort. Geh zur Via Nova zurück.«

»Ich kenne die Via Nova, aber ich bin fremd in Rom. Ich denke immer, daß ich eine Stadt erst richtig kenne, wenn ich in dem Viertel war, das am dichtesten bevölkert ist.« Bomilkar versuchte, einfältig wie ein Tourist und unwissend wie ein Fremder zu erscheinen.

Der Anführer betrachtete ihn mit schlauer Berechnung von oben bis unten. »Du bist also so durstig wie wir, Freund?«

Bomilkar griff das Stichwort dankbar auf. »Durstig genug, um eine Runde auszugeben.«

Der Anführer stieß den neben ihm sitzenden Mann vom Stuhl und schlug mit der Hand darauf. »Wenn meine ehrbaren Kumpel einverstanden sind, ernennen wir dich vielleicht zum Ehrenmitglied.« Er blickte sich um. »Wer damit einverstanden ist, daß dieser Herr Ehrenmitglied wird, sagt ja.«

»Ja!« tönte es im Chor.

Bomilkar sah weder eine Theke noch einen Wirt. Er atmete tief ein und warf seine Börse auf den Tisch, so daß ein paar silberne Denare herausrollten. Entweder würden sie ihn jetzt töten und sein Geld nehmen, oder er war tatsächlich Ehrenmitglied geworden. »Darf ich?« fragte er den Anführer.

»Bromidus, hol eine schöne, große Flasche für den Herrn und die Mitglieder«, sagte der Anführer zu dem Mann, den er vom Stuhl gestoßen hatte. »Unsere Weinstube ist gleich nebenan«, erklärte er.

Bomilkar nahm noch ein paar Denare aus der Börse. »Ist das genug?«

»Für eine Runde ist es genug, Freund.«

Bomilkar schüttelte noch einige Münzen auf den Tisch. »Wie wär's gleich mit mehreren Runden?«

Ein allgemeines Aufseufzen war zu vernehmen. Bromidus nahm das Geld und verschwand durch die Tür. Drei eifrige Helfer folgten ihm. Bomilkar streckte dem Anführer sein Hand hin.

»Ich heiße Juba«, sagte er.

»Lucius Decumius«, stellte sich der Anführer vor und schüttelte kräftig die dargebotene Hand. »Juba! Was für ein Name ist das denn?«

»Mauretanisch. Ich komme aus Mauretanien.«

»Maure-was? Wo ist das?«

»In Africa.«

»Africa?« Wenn Bomilkar das sagenhafte Land der Hyperboreer genannt hätte, hätte das Decumius Lucius ebensoviel – oder ebensowenig – bedeutet.

»Das ist weit weg von Rom«, erklärte das neue Ehrenmitglied. »Westlich von Karthago.«

»Ach, Karthago! Warum sagst du das nicht gleich?« Lucius Decumius starrte das Gesicht dieses interessanten Fremden an. »Ich habe nicht gewußt, daß Scipio Aemilianus einen von euch am Leben gelassen hat.«

»Hat er auch nicht. Mauretanien ist nicht Karthago, sondern liegt weiter westlich«, erklärte Bomilkar geduldig. »Was früher Karthago hieß, ist jetzt die Römische Provinz Africa. Dorthin geht der diesjährige Konsul – du weißt, Spurius Postumius Albinus.«

Lucius Decumius zuckte die Schultern. »Konsul? Die kommen und gehen, Freund. In der Subura macht das keinen Unterschied, sie leben nicht hier, verstehst du. Solange du zugibst, daß Rom die Welt beherrscht, Freund, bist du hier in der Subura willkommen. Das gilt auch für die Konsuln.«

»Glaub mir, ich weiß, daß Rom über die Welt herrscht«, sagte Bomilkar im Brustton der Überzeugung. »Mein Herr – König Bocchus von Mauretanien – hat mich nach Rom geschickt. Ich soll den Senat bitten, ihn zum Freund und Verbündeten des Volkes von Rom zu ernennen.«

In diesem Moment kam Bromidus mit einem riesigen Krug zurück, gefolgt von seinen drei Helfern, die ebenfalls große Krüge trugen. Sie machten sich sogleich daran, den Inhalt unter den Anwesenden zu verteilen, und bald stand ein randvoll gefüllter Becher vor Bomilkar. Er hob ihn hoch und brachte einen Trinkspruch aus: »Für die besten Freunde, die ich bisher in Rom gefunden habe.« Dann schüttete er den furchtbaren Rebensaft hinunter. Oh ihr Götter! Die Eingeweide dieser Männer mußten aus Stahl sein.

»Auf dein Wohl, Juba, alter Freund!« sagte Decumius.

»Juba!« brüllten die anderen im Chor. Sie waren in guter Stimmung.

In der nächsten halben Stunde erfuhr Bomilkar mehr über das plebejsche Rom, als er sich je hätte träumen lassen. Alle Mitglieder des Vereins waren Arbeiter. Einige von ihnen, ungefähr ein Viertel, trugen kleine, konische Kappen auf dem Hinterkopf, die sie als Freigelassene kennzeichneten. Bomilkar erfuhr zu seinem Erstaunen, daß einige der übrigen Männer noch immer Sklaven waren, obwohl sie den anderen gleichgestellt schienen, dieselben Arbeiten verrichteten, denselben Lohn erhielten und dieselbe Arbeitszeit und Freizeit hatten. Er begann den Unterschied zwischen einem Sklaven und einem Freien zu verstehen: Ein freier Mann konnte gehen, wohin er wollte, und Wohnung und Arbeit frei wählen. Ein Sklave hingegen gehörte seinem Besitzer, war dessen Eigentum, konnte also sein eigenes Leben nicht bestimmen. Das war ganz anders als die Sklaverei in Numidien.

Lucius Decumius arbeitete, anders als die übrigen Mitglieder, nur für den Verein.

»Ich bin der Vereinsvorsteher«, sagte er, noch immer genauso nüchtern wie beim ersten Schluck.

»Was für ein Verein ist das hier eigentlich?« fragte Bomilkar, der versuchte, seinen Becher so langsam wie möglich zu leeren.

»Klar, daß du das nicht weißt«, sagte Lucius Decumius. »Wir sind ein Kreuzwegverein. Eine richtige Bruderschaft, eigentlich sogar eine Art Schule. Wir sind bei den Ädilen und beim Stadtprätor registriert, und der Pontifex Maximus hat uns seinen Segen gegeben. Vereine an Straßenkreuzungen gab es schon zu Zeiten der Könige, bevor Rom eine Republik wurde. Heute ist an den Kreuzungen wichtiger Straßen viel los. An richtigen *compita,* meine ich, nicht an kleinen Nebensträßchen und Gassen. Ja, an den Kreuzungen ist viel los. Stell dir mal vor, du bist ein Gott und schaust auf Rom herunter. Da müßtest du doch auch überlegen, wohin du nun deinen Blitz schleudern willst. Von oben ist Rom ein großer Haufen roter Dächer, die so eng beieinanderliegen wie Mosaiksteinchen. Aber wenn du genau hinschaust, siehst du die freien Stellen, wo sich die großen Straßen kreuzen. Das sind die *compita,* wie wir hier draußen eine haben. Wenn du ein Gott wärst, würdest du deinen Blitz wahrscheinlich genau dorthin schleudern, stimmt's? Nur – wir Römer sind klug. Die Könige haben gemerkt, daß wir uns an den Kreuzwegen ganz besonders schützen müssen. Deshalb wurden sie unter den Schutz der Laren gestellt. An jedem Kreuzweg hat man Schreine für sie gebaut, noch bevor es die Brunnen gab. Hast du den Schrein draußen an der Wand des Vereinshauses nicht gesehen? Das kleine, einfache Türmchen?«

»Doch, ich habe es gesehen.« Bomilkar war inzwischen ganz verwirrt. »Wer sind diese Laren? Wie viele gibt es denn davon?«

»Oh, Laren gibt es überall – Hunderte, Tausende«, sagte Decumius vage. »Rom ist voll von Laren. Italien auch, sagen manche, aber ich war noch nie in Italien. Hier sind sie jedenfalls überall, wo man sie braucht, und wir, die Vereine an den Kreuzwegen, kümmern uns um sie. Wir halten den Schrein in Ordnung und sorgen für die Opfergaben, wir reinigen den Brunnen, wir schieben zerbrochene Wagen weg und beseitigen die Kadaver, meistens Tiere, und schaffen den Schutt weg, wenn ein Haus einstürzt. Und an Neujahr feiern wir ein großes Larenfest, die *compitalia.* Das letzte Fest war erst vor ein paar Tagen, deshalb haben wir jetzt kein Geld mehr für Wein. Wir haben alles ausgegeben. Es dauert eine Weile, bis wir wieder etwas zusammengespart haben.«

»Jetzt wird mir vieles klar«, sagte Bomilkar, dem allerdings nichts klar wurde, denn die alten römischen Götter stellten für ihn ein unlösbares Rätsel dar. »Müßt ihr das Fest ganz allein bezahlen?«

»Ja und nein«, sagte Lucius Decumius. »Der Stadtprätor gibt uns ein wenig Geld, genug für ein paar Spanferkel – je nachdem, wer gerade Stadtprätor ist. Manche sind sehr großzügig, andere sind so geizig, daß sie nicht mal ihre Scheiße umsonst stinken lassen wollen.«

Dann wandte sich das Gespräch dem Leben in Karthago zu. Es war unmöglich, den neugierigen Fragern klarzumachen, daß es in Africa noch andere Orte außer Karthago gab. Ihr Wissen über Geschichte und Geographie schien sich auf das zu beschränken, was sie bei ihren gelegentlichen Besuchen auf dem Forum Romanum hörten, und das Forum Romanum suchten sie höchstens dann auf, wenn politische Unruhen eine Zirkusatmosphäre erwarten ließen.

Ihr Bild von Roms politischem Leben war deshalb ziemlich einseitig. Der Höhepunkt schienen die Ereignisse gewesen zu sein, die Gaius Sempronius Gracchus das Leben gekostet hatten.

Bomilkar hielt den richtigen Moment für gekommen. Die Mitglieder des Vereins hatten sich so an seine Gegenwart gewöhnt, daß sie ihn kaum mehr bemerkten, außerdem hatten sie zuviel Wein getrunken. Nur Lucius Decumius war noch immer nüchtern und hielt die wachen, neugierigen Augen ständig auf Bomilkar gerichtet. Sicher kein Zufall, daß sich dieser Juba hier mit dem Mob an einen Tisch setzte. Der führte etwas im Schilde.

»Lucius Decumius«, sagte Bomilkar und beugte sich so nahe zu dem Römer, daß nur er ihn verstehen konnte. »Ich bin in Schwierigkeiten. Ich hoffe, du kannst mir sagen, wie ich sie lösen soll.«

»Ja, mein Freund?«

»Mein Herr, König Bocchus, ist sehr reich.«

»Wenn er ein König ist, muß er ja wohl reich sein.«

»Aber er weiß nicht, wie lange er noch König bleiben wird«, sagte Bomilkar langsam. »Das ist sein Problem.«

»Und das ist auch dein Problem, Freund?«

»Richtig.«

»Und wie kann ich dir helfen?« Decumius fischte eine Zwiebel aus der Schale mit eingelegtem Gemüse, die auf dem Tisch stand, und begann nachdenklich zu kauen.

»In Africa wäre die Lösung einfach. Der König gibt einen Befehl, und der Mann, der das Problem darstellt, wird beseitigt.« Bomilkar verstummte. Jetzt mußte Decumius doch endlich begreifen.

»Aha! Das Problem hat also einen Namen?«

»Richtig. Massiva.«

»Hört sich jedenfalls mehr wie ein lateinischer Name an als Juba«, sagte Decumius.

»Massiva ist Numider, nicht Mauretanier.« Bomilkar rührte mit einem Finger im Bodensatz seines Weins herum. »Die Schwierigkeit ist nur, daß Massiva hier in Rom lebt. Und uns Ärger macht.«

»Ich verstehe, warum Rom die Sache schwierig macht«, sagte Decumius mehrdeutig.

Bomilkar sah den kleinen Mann verblüfft an. Offenbar verfügte er über einen scharfen Verstand. Bomilkar holte tief Luft. »Für mich ist die Sache besonders gefährlich, weil ich in Rom fremd bin«, sagte er. »Aber ich muß einen Römer finden, der Prinz Massiva töten wird. Hier. In Rom.«

Lucius Decumius zuckte mit keiner Wimper. »Das ist nicht weiter schwer.«

»Nicht schwer?«

»Nein. Für Geld bekommst du in Rom alles, Freund.«

»Dann kannst du mir sagen, wohin ich mich wenden soll?«

»Du brauchst nicht weiter zu suchen, Freund.« Decumius schluckte das letzte Stück Zwiebel hinunter. »Ich würde dem halben Senat die Kehlen durchschneiden, wenn ich dafür statt Zwiebeln Austern zu essen bekäme. Wieviel bringt die Sache denn ungefähr?«

»Wie viele Denare sind in dieser Börse?« Bomilkar leerte sie auf dem Tisch aus.

»Nicht genug.«

»Wie wär's mit der gleichen Zahl Münzen in Gold?«

Decumius schlug sich klatschend auf die Schenkel. »Jetzt kommen wir der Sache näher! Du hast deinen Partner gefunden, Freund.«

Bomilkars Gehirn raste, jedoch nicht wegen des Weins. Den hatte er in der letzten halben Stunde heimlich auf den Boden geschüttet. »Die Hälfte morgen, die andere Hälfte, wenn der Auftrag ausgeführt ist«, sagte er und wollte die Münzen in die Börse zurückschieben.

Doch eine fleckige Hand mit schmutzigen Nägeln hielt ihn mitten in der Bewegung fest. »Laß das Geld als Vertrauensbeweis hier, Freund. Und komm morgen wieder. Aber warte draußen beim Schrein auf mich. Wir reden dann in meiner Wohnung darüber.«

Bomilkar erhob sich. »Ich werde kommen, Lucius.« Auf dem Weg zur Tür blieb er stehen und starrte in das unrasierte Gesicht des Vereinsvorstehers. »Hast du schon einmal getötet?«

Decumius legte den rechten Zeigefinger an den rechten Nasenflügel. »Reden ist Silber, Schweigen ist Gold, Freund. In der Subura gibt es keine Aufschneider.«

Bomilkar lächelte Decumius zufrieden an und trat in das Menschengewühl der Subura Minor hinaus.

Marcus Livius Drusus feierte seinen Triumph in der Mitte der zweiten Januarwoche. Er war zwei Jahre zuvor Konsul gewesen und zum Statthalter der Provinz Makedonien ernannt worden. Glücklicherweise war seine Statthalterschaft verlängert worden, so daß er einen sehr erfolgreichen Krieg gegen die Skordisker führen konnte, einen geschickten und gut organisierten Keltenstamm, der ständig das römische Makedonien heimsuchte. Es gelang Drusus, einen wichtigen Stützpunkt der Skordisker zu erobern, und dort fand er in einem Versteck einen großen Teil des Skordiskerschatzes. Zwar konnten die meisten Statthalter von Makedonien am Ende ihrer Amtsperiode Triumphe feiern, aber man war sich einig, daß Marcus Livius Drusus diese Ehre mehr verdient hatte als die meisten anderen.

Prinz Massiva war bei den Feierlichkeiten Gast des Konsuls Spurius Postumius Albinus, deshalb wurde ihm im Circus Maximus ein besonders guter Platz zugewiesen, von dem aus er den langen Triumphzug auf seinem Weg durch den Circus verfolgen konnte. Was er sah, versetzte ihn in Erstaunen, obwohl er schon oft gehört hatte, daß die Römer die Kunst spektakulärer Inszenierungen besser als jedes andere Volk beherrschten. Sein Griechisch war natürlich hervorragend, und er hatte alles verstanden, was man ihm vor dem Triumphzug mitgeteilt hatte.

Vom Circus Maximus aus eilten Spurius Albinus und seine Gäste zum Dioskurentempel auf dem Forum Romanum. Die beiden Konsuln und ihre Gäste sollten auf einer Plattform am oberen Ende der Treppe dieses eindrucksvollen Gebäudes sitzen, um von hier den Triumphzug entlang der Via Sacra von der Velia bis hinauf zum Kapitol zu verfolgen. Um den Triumphator nicht zu beleidigen, mußten sie ihre Plätze einnehmen, bevor der Zug ankam.

»Die anderen Magistrate und Senatoren gehen an der Spitze des Zuges«, hatte Spurius Albinus Prinz Massiva erklärt. »Auch die Konsuln des jeweiligen Jahres werden formell eingeladen, am Zug teilzunehmen. Sie werden auch zu dem Fest eingeladen, das der Triumphator danach für den Senat im Tempel des Jupiter Optimus Maximus veranstaltet. Aber es gehört sich nicht, daß sie die Einladungen annehmen. Dies ist der große Tag des Triumphators, er soll die wichtigste Person der Feierlichkeiten mit den meisten Liktoren sein. Deshalb verfolgen die Konsuln die Feierlichkeiten von dieser Tribüne aus. Der Triumphator grüßt sie, wenn er vorbeizieht – doch sie stellen ihn nicht in den Schatten.«

Der Prinz hatte erkennen lassen, daß er verstanden hatte, obwohl er alles sehr verwirrend fand. Im Unterschied zu Jugurtha hatte er keine Erfahrung im Umgang mit Römern.

Als die Konsuln und ihre Gäste an der Stelle anlangten, wo die lange Treppe zum Vestatempel die Via Nova kreuzte, fanden sie ihren Weg durch eine große Menschenmenge versperrt. Hunderttausende von Römern wollten den Triumphzug des Drusus sehen, und die Liktoren hatten Schwierigkeiten, den Ehrengästen den Weg zu bahnen. Bis sie beim Tempel des Castor und Pollux ankamen, hatte sich die Gruppe buchstäblich aufgelöst. Prinz Massiva, der von seinen Leibwächtern begleitet wurde, war so weit zurückgefallen, daß er den Kontakt mit dem Rest der Gruppe völlig verloren hatte.

Massiva war daran gewöhnt, als Hoheit behandelt zu werden, und das grobe, respektlose Benehmen der Menschenmenge machte ihn wütend. Seine Leibwächter wurden beiseite gedrängt, so daß er sie für kurze Zeit aus den Augen verlor.

Auf diesen Augenblick hatte Lucius Decumius gewartet. Er handelte mit absoluter Präzision – schnell, gezielt und für Massiva völlig überraschend. Als die Menge Decumius gegen Prinz Massiva drückte, stieß er seinen scharfen Dolch in die linke Seite des königlichen Brustkorbs und drehte ihn mit einer brutalen Bewegung aufwärts. Er ließ den Griff sofort los, als er spürte, daß die Klinge bis zum Heft im Körper des Prinzen steckte. Noch bevor das Blut herausschießen oder der Prinz aufschreien konnte, hatte Decumius bereits ein Dutzend Menschen zwischen sich und sein Opfer gebracht. Doch Prinz Massiva schrie nicht auf, er fiel auf der Stelle um. Als seine Leibwächter zu ihm vorgedrungen waren, eilte Decumius schon über das untere Forum zum sicheren Hafen des Argiletum.

Volle zehn Minuten vergingen, bis jemand auf den Gedanken kam, Spurius Albinus und seinen Bruder Aulus zu benachrichtigen, die bereits auf dem Podium des Tempels ihre Plätze eingenommen hatten. Liktoren sperrten den Tatort ab, die Menge wurde zurückgedrängt. Spurius und Aulus Albinus blickten erschrocken auf den ermordeten Prinzen, dessen Tod ihre Pläne durchkreuzt hatte.

»Das muß jetzt warten«, sagte Spurius schließlich. »Es wäre beleidigend für Marcus Livius Drusus, wenn wir seinen Triumph störten.« Die Leibwache des Prinzen bestand aus angeheuerten römischen Gladiatoren. Spurius wandte sich an ihren Anführer und befahl: »Tragt Prinz Massiva in sein Haus und wartet dort auf mich.«

Aulus reagierte auf das Unglück nicht so phlegmatisch wie sein Bruder. »Jugurtha!« zischte er. »Jugurtha hat es getan!«

»Das wirst du niemals beweisen können«, seufzte Spurius.

Sie stiegen die Treppen zum Tempel des Castor und Pollux wieder hinauf und nahmen ihre Sitze in dem Moment ein, als die ersten Magistrate und Senatoren auftauchten. Langsam kam die Prozession hinter dem mächtigen Bau des Domus Publicus hervor, in dem die Vestalinnen und der Pontifex Maximus wohnten, um dann majestätisch hangabwärts zu jener Stelle zu ziehen, an der die Via Sacra neben dem Rund des Comitiums endete. Spurius und Aulus Albinus beobachteten den Triumphzug, als hätten sie an nichts anderes zu denken als an das prächtige Schauspiel zu Ehren des Marcus Livius Drusus.

Bomilkar und Lucius Decumius trafen sich ganz offen und deshalb um so unauffälliger. Sie standen nebeneinander an der Theke einer belebten Imbißstube an der oberen Ecke des Großen Marktplatzes und bestellten mit Knoblauchwurst gefüllte Pasteten.

»Genau der richtige Tag für so etwas, Freund«, sagte Lucius Decumius.

Bomilkar atmete tief ein. Er trug einen Mantel mit Kapuze, der ihn fast völlig verbarg. »Ich hoffe, der Tag bleibt so schön«, sagte er.

»Ich versichere dir, der heutige Tag wird so schön enden, wie er angefangen hat, Freund«, sagte Lucius Decumius zufrieden.

Bomilkar tastete unter seinem Mantel nach der Börse. »Bist du sicher?«

»Genau so sicher, wie ich weiß, daß mein Schuh stinkt, wenn ich in Kot trete.«

Der Beutel Gold ging unsichtbar von einer Hand zur anderen. Erleichtert verabschiedete sich Bomilkar.

»Ich danke dir, Lucius Decumius.«

»Keine Ursache, Freund, das Vergnügen war ganz meinerseits!« Lucius Decumius blieb an der Theke stehen und aß genußvoll seine Pastete zu Ende. »Austern statt Zwiebeln«, sagte er laut.

Bomilkar verließ das Viertel durch das Fontinalis-Tor und erreichte den Campus Martius. Er kam jetzt schneller voran, weil sich die Menge zerstreute. Er betrat Jugurthas Villa durch die Vordertür, ohne jemandem zu begegnen. Erleichtert warf er den Mantel ab. Der König war heute besonders großzügig gewesen und hatte allen Sklaven im Haus freigegeben, damit sie den Triumphzug des Drusus ansehen konnten. Außer den numidischen Dienern und Leibwächtern, die dem König in fanatischer Treue ergeben waren, befand sich also niemand im Haus.

Jugurtha saß wie gewöhnlich in der Loggia im Obergeschoß.

»Die Sache ist erledigt«, sagte Bomilkar.

Der König ergriff Bomilkars Arm und drückte ihn. »Gut gemacht!« sagte er lächelnd.

»Ich bin froh, daß es so glatt ablief«, sagte Bomilkar.

»Ist er wirklich tot?«

»Der Attentäter hat mir versichert, daß er tot ist – so gewiß, wie er weiß, daß sein Schuh stinkt, wenn er in Kot getreten ist.« Bomilkar wollte sich auf einmal ausschütten vor Lachen.

Jugurtha atmete auf. »Sobald wir bestätigt bekommen, daß mein lieber Vetter Massiva tot ist, werden wir unsere Agenten zu einer Besprechung zusammenrufen. Wir müssen den Senat dazu bringen, daß er mein Recht auf den Thron anerkennt und daß wir nach Hause dürfen.« Er verzog das Gesicht. »Ich darf natürlich nicht vergessen, daß ich auch noch mit meinem ewig kränkelnden, geliebten Halbbruder Gauda fertig werden muß.«

Einer fehlte, als Jugurtha seine Agenten in seiner Villa zusammenrief. Als Marcus Servilius Agelastus von der Ermordung des Prinzen Massiva erfuhr, bat er den Konsul Spurius Albinus um eine Unterredung. Der Konsul ließ ihm durch einen Sekretär mitteilen, er sei zu beschäftigt, doch Agelastus beharrte auf seinem Wunsch, bis der Sekretär ihn zum jüngeren Bruder des Konsuls schickte. Aulus reagierte erregt auf das, was Agelastus zu sagen hatte. Spurius Albinus wurde gerufen, hörte sich gleichmütig Agelastus' Aussage an, dankte ihm, notierte sich seine Adresse, ließ sich außerdem, um ganz sicher zu gehen, noch eine Anschrift nennen, bei der Nachrichten hinterlegt werden konnten, und verabschiedete Agelastus so freundlich, daß jeder andere Mann mit einem Lächeln auf dem Gesicht gegangen wäre. Doch Agelastus lächelte nie.

»Wir müssen den Stadtprätor einschalten. Es muß alles so legal wie möglich ablaufen«, sagte Spurius, als er mit seinem Bruder allein war. »Die Sache ist zu wichtig, um Agelastus als Kläger auftreten zu lassen – das mache ich selbst. Aber er ist für uns von größter Wichtigkeit, weil er der einzige römische Bürger unter Jugurthas Agenten ist. Der Stadtprätor muß dann entscheiden, wie Bomilkar angeklagt werden kann. Zweifellos wird er die Senatsvollversammlung konsultieren und um Anweisung bitten, weil er sich nicht in die Nesseln setzen will, aber ich glaube, ich kann seine Furcht zerstreuen, wenn ich ihm die rechtliche Lage schildere. Das

Verbrechen ist ja in Rom von einem Bürger Roms verübt worden. Da brauche ich nur noch darauf hinzuweisen, daß Prinz Massiva der Klient des Konsuls war und unter seinem Schutz stand. Es ist wichtig, daß Bomilkar in Rom und vor einem römischen Gericht angeklagt und verurteilt wird. Du, Aulus, wirst dich bereithalten, als Ankläger aufzutreten. Ich werde dafür sorgen, daß auch der *praetor peregrinus* konsultiert wird, denn er ist ja normalerweise für Gerichtsverfahren gegen Nichtbürger zuständig. Wir werden verhindern, daß Jugurtha den Senat auf seine Seite zieht – und dann schauen wir uns nach einem anderen Thronanwärter um.«

»Wie wäre es mit Prinz Gauda?«

»Meinetwegen Prinz Gauda, obwohl er kaum das Zeug dazu hat. Schließlich ist er Jugurthas legitimer Halbbruder. Wir müssen nur dafür sorgen, daß Gauda niemals persönlich nach Rom kommt, um seinen Anspruch anzumelden.« Spurius lächelte Aulus an. »Numidien haben wir noch dieses Jahr in der Hand, das schwöre ich dir!«

Jugurtha hatte den Gedanken völlig aufgegeben, nach den römischen Spielregeln zu kämpfen. Als der Stadtprätor mit seinen Liktoren in der Villa auf dem Pincio vorsprach und Bomilkar wegen Verschwörung zum Mord verhaften wollte, war der König einen Augenblick lang versucht, die Auslieferung Bomilkars einfach zu verweigern und abzuwarten, was daraufhin geschehen würde. Dann erklärte er, da weder das Opfer noch der Beschuldigte Bürger Roms seien, habe Rom seiner Meinung nach damit gar nichts zu tun. Der Stadtprätor erwiderte, daß der Senat beschlossen habe, den Beschuldigten vor ein römisches Gericht zu stellen, denn es gebe Beweise, daß der Attentäter römischer Bürger sei. Ein gewisser Marcus Servilius Agelastus, ein römischer Ritter, habe die Beweise geliefert. Er habe geschworen, man habe zuerst ihn gefragt, ob er den Mord begehen könne.

»In diesem Fall«, sagte Jugurtha, »kann mein Gefolgsmann nur vom Fremdenprätor verhaftet werden.«

»Man hat dich falsch informiert, Herr«, erklärte der Stadtprätor gewandt. »Der Fremdenprätor wird natürlich auch mit dem Fall befaßt werden. Aber die Gewalt des Stadtprätors reicht bis zum fünften Meilenstein vor den Mauern Roms, deine Villa liegt also innerhalb meines Zuständigkeitsbereichs. Ich fordere dich deshalb auf, Bomilkar auszuliefern.«

Bomilkar wurde geholt und sofort in die Zellen der Lautumiae verbracht. Jugurtha ließ durch seine Agenten fordern, man möge

Bomilkar gegen Kaution entlassen oder ihn zumindest im Haus eines angesehenen Bürgers gefangenhalten. Das wurde abgelehnt.

Das jahrhundertealte Gefängnis der Lautumiae bestand aus ungemauerten Steinblöcken und schmiegte sich an den Steilhang oberhalb des Forum Romanum. Die Gefangenen waren in zerfallenen Zellen ohne jegliche Sicherungsmaßnahmen untergebracht und konnten sich innerhalb der Mauern frei bewegen. Nur die Liktoren an den Ausgängen hinderten sie daran, das Gefängnis zu verlassen. Da das Gefängnis meist leerstand, war der Anblick von Liktoren vor den Eingängen eine große Sensation. Bomilkars Gefangennahme verbreitete sich wie ein Lauffeuer in der Stadt – dank der Liktoren, die nur allzu gerne die Neugier der Passanten befriedigten.

Lucius Decumius gehörte zwar dem gemeinen Volk an, doch sein sozialer Status hatte nichts mit seinem Verstand zu tun. Der Posten des Vorstehers eines Kreuzwegvereins stellte einige Ansprüche. Als das Gerücht von Bomilkars Gefangennahme in die Subura drang, zählte Lucius Decumius zwei und zwei zusammen und kam auf vier. Zwar lautete der Name Bomilkar, nicht Juba, und Bomilkar war Numider, nicht Mauretanier, doch Decumius wußte sofort, daß das sein Mann war.

Er nahm Bomilkar die List nicht übel, sondern bewunderte ihn eher dafür. Sofort machte er sich auf den Weg zu den Lautumiae. Am Eingang grinste er die beiden Liktoren breit an, die dort Wache standen, und stieß sie mit dem Ellbogen einfach beiseite.

»Scheißkerl!« sagte der eine und rieb die schmerzende Stelle.

»Selbst einer!« rief Decumius und sprang gewandt hinter eine der halbverfallenen Säulen. Dort wartete er, bis sich die Liktoren wieder beruhigt hatten.

Da Rom nicht über militärische oder zivile Vollzugsorgane verfügte, rekrutierte es das Personal für besondere Aufgaben wie die Bewachung der Gefängnisse traditionell aus den Reihen der Liktoren. In Rom gab es insgesamt etwa dreihundert Liktoren, die vom Staat schlecht bezahlt wurden und deshalb von der Großmut der Männer abhingen, denen sie dienten. Liktoren begleiteten alle Magistrate mit *imperium*. Sie kämpften um die Gelegenheit, mit einem Statthalter ins Ausland zu gehen, da sie dort von den Privilegien und Einkünften des Statthalters profitierten. Liktoren beriefen ferner die Kuriatkomitien ein, zu denen das Volk in dreißig *curiae* zusammentrat, und sie konnten für den Wachdienst vor den Lautumiae oder dem benachbarten Tullianum eingesetzt werden, wo die zum Tode Verurteilten die kurze Zeit bis zu ihrer Erdrosselung gefangengehalten wurden. Der Wachdienst gehörte zu den unerfreulichsten Aufgaben. Hier waren keine Trinkgelder, keine Bestechungsgelder, überhaupt nichts zu erwarten. Deshalb machte sich keiner der beiden Liktoren die Mühe, Lucius Decumius in das Gebäude hinein zu verfolgen. Ihre Anweisung lautete, den Eingang zu bewachen. Und das war alles, wozu sie bereit waren, beim Jupiter.

»Hallo, Freund, wo steckst du?« schrie Decumius.

Bomilkar sprang auf, und die Haare auf seinen Armen und seinem Nacken sträubten sich. Also gut, dachte er, das ist das Ende. Wie betäubt wartete er, daß Decumius in Begleitung von Magistraten und anderen Beamten hereingeführt würde.

Doch Decumius erschien allein. Als er Bomilkar erblickte, lächelte er ihm unbekümmert zu. In der Mauer hinter Bomilkar befand sich eine Öffnung, die so groß war, daß ein Mann ohne weiteres hindurchklettern konnte. Bomilkar hatte von dieser Möglichkeit keinen Gebrauch gemacht, denn nie wäre ihm eingefallen, die Römer, denen die Idee des Gefängnisses völlig fremd war, könnten ihn in einen Raum sperren, aus dem er jederzeit entkommen konnte. Decumius trat in den türlosen Raum.

»Wer hat dich verpfiffen, Freund?« fragte er, während er sich auf einem heruntergefallenen Steinbrocken niederließ.

Bomilkar unterdrückte ein Zittern und befeuchtete seine Lippen. »Wenn du mich nicht verpfiffen hast, du Narr, dann hast du es jetzt getan!« fuhr er Decumius an.

Decumius starrte ihn aus weit aufgerissenen Augen an. Dann dämmerte ihm, was Bomilkar meinte. »Aber, aber, mein Freund, keine Sorge«, sagte er beruhigend. »Hier kann uns niemand hören, nur die zwei Liktoren am Eingang, und die sind zwanzig Schritt weit weg. Ich habe gehört, daß man dich verhaftet hat, und da dachte ich mir, ich frage besser nach, was schiefgegangen ist.«

»Agelastus«, sagte Bomilkar. »Marcus Servilius Agelastus!«

»Soll ich mit ihm dasselbe tun wie mit Prinz Massiva?«

»Mensch, verschwinde!« rief Bomilkar verzweifelt. »Verstehst du nicht, daß man fragen wird, was du hier zu suchen hast? Wenn dich jemand in der Nähe von Prinz Massiva gesehen hat, bist du jetzt so gut wie tot!«

»Schon gut, Freund, schon gut! So beruhige dich doch. Niemand kennt mich, und niemand interessiert sich dafür, daß ich hier bin. Das hier ist kein Verlies wie bei den Parthern. Es wäre den Römern völlig egal, wenn du ausbrechen würdest.« Decumius deutete auf das Loch in der Außenwand. »Aber es wäre für sie ein Beweis deiner Schuld.«

»Dann darf ich nicht fliehen«, sagte Bomilkar.

»Wie du meinst.« Decumius zuckte mit den Schultern. »Und dieser Vogel Agelastus? Soll ich ihn beseitigen? Ich mache es für den üblichen Preis – zahlbar nach Erledigung, denn ich vertraue dir.«

Bomilkar war fasziniert. Lucius Decumius glaubte nicht nur, was er sagte, er hatte sogar recht.

»Du kannst dir einen zweiten Beutel Gold verdienen«, sagte er.

»Wo wohnt er, dieser Agelastus?«

»Auf dem Caelius, im Vicus Capiti Africae.«

»Oh, eine gepflegte Neubaugegend!« sagte Decumius anerkennend. »Agelastus muß es recht gut gehen, wie? Aber dort draußen ist er auch leicht zu finden. Dort singen die Vögel lauter als die Nachbarn. Keine Sorge, ich erledige die Sache sofort. Wenn dich dein König dann hier herausholt, kannst du mich bezahlen. Schick das Gold einfach an den Verein.«

»Und woher weißt du, daß mein König mich hier herausholen kann?«

»Natürlich wird er das, Freund! Man hat dich hier nur eingesperrt, um ihm einen Schrecken einzujagen. In ein paar Tagen lassen sie dich gegen Kaution frei. Aber wenn sie das tun, rate ich dir, so schnell wie möglich nach Hause zu reisen. Bleib nicht länger in Rom, verstanden?«

»Ich soll meinen König im Stich lassen? Das kann ich nicht!«

»Natürlich kannst du das, Freund! Was glaubst du, daß ihm hier in Rom passiert? Daß er eins über den Schädel bekommt und in den Tiber geworfen wird? Nein, niemals! Das tun die Römer nicht, Freund. Sie morden nur, wenn es um ihre kostbare Republik geht. Die Gesetze, die Verfassung und solches Zeug, verstehst du? Sie töten vielleicht ab und zu einen Volkstribunen wie Tiberius oder Gaius Gracchus, aber sie würden niemals einen Fremden töten, jedenfalls nicht in Rom. Mach dir also über deinen König keine Sorgen, Freund. Ich wette, daß sie auch ihn nach Hause schicken, wenn du erst einmal geflohen bist.«

Bomilkar starrte Decumius verwundert an. »Und du weißt nicht einmal, wo Numidien liegt!« sagte er langsam. »Du warst nicht einmal in Italien! Woher willst du dann wissen, was die römischen Patrizier tun und lassen?«

»Ich bin hier aufgewachsen«, sagte Lucius Decumius und erhob sich von seinem Stein. »Muttermilch, Freund, Muttermilch!«

Bomilkar streckte seine Hand aus. »Ich danke dir, Lucius Decumius. Du bist der einzige durch und durch ehrliche Mann, dem ich in Rom begegnet bin. Ich werde dir dein Gold schicken.«

Agelastus starb. Spurius und Aulus besaßen zwar seine Zeugenaussage, aber der Tod des Hauptzeugen war ein schwerer Schlag für ihre Sache. Jugurtha nützte die Gelegenheit und forderte den Senat erneut auf, Bomilkar gegen Kaution freizulassen. Gaius Memmius und Scaurus sprachen sich entschieden dagegen aus, doch schließlich wurde Bomilkar im Austausch gegen fünfzig numidische Sklaven auf freien Fuß gesetzt. Jugurtha mußte außerdem eine große Geldsumme an den Staat zahlen, die angeblich für den Unterhalt der Geiseln bestimmt war.

Jugurtha wußte jetzt, daß die Römer seinen Anspruch auf den Thron niemals anerkennen würden. Nicht wegen Massivas Tod – nein, die Römer hatten gar nie vorgehabt, Jugurtha als König anzuerkennen. Sie hatten ihn jahrelang hingehalten, ihn nach ihrer Pfeife tanzen lassen und ihn insgeheim ausgelacht. Jugurtha beschloß, nach Numidien zurückzukehren – mit oder ohne Genehmigung des Senats. Er wollte ein Heer ausheben und es so ausbilden, daß es in dem unvermeidlichen Kampf mit den römischen Legionen bestehen konnte.

Bomilkar floh sofort nach seiner Entlassung nach Puteoli, bestieg ein Schiff nach Africa und entkam ungeschoren. Daraufhin beschloß der Senat, auch Jugurtha ziehen zu lassen. Er erhielt seine fünfzig Geiseln zurück, nicht jedoch das Geld. Verlasse Rom, verlasse Italien, laß uns in Ruhe.

Der König von Numidien trieb sein Pferd den steilen, Janiculum genannten Hügel hinauf und warf einen letzten Blick auf die Stadt. Da lag sie, in Wellen ausgebreitet über sieben Hügel und die dazwischen liegenden Täler, ein Meer von orangeroten Dachziegeln und bunt bemalten Mörtelwänden. Die vergoldeten Ziergiebel der Tempel funkelten und warfen das Sonnenlicht gebündelt zum Himmel zurück – kleine Straßen für die Götter. Eine lebendige und farbenfrohe Stadt aus Terrakotta, durchsetzt mit grünen Bäumen und Grasflächen.

Doch Jugurtha hatte kein Auge für die Farbenpracht. Lange blickte er auf die Stadt. Er war sicher, daß er Rom niemals wiedersehen würde.

»Du wohlfeile Stadt«, sagte er, »wenn sich ein Käufer findet, bist du verloren!« Er wendete sein Pferd und ritt der Via Ostiensis zu.

Citumna hatte einen Neffen, der als Sohn ihrer Schwester nicht den Familiennamen Clitumnus trug, sondern Lucius Gavius Stichus hieß. Sulla folgerte aus diesem Namen, daß einer der Vorfahren dieses Lucius ein Sklave gewesen war, denn woher sonst konnte der Spitzname Stichus stammen? Doch Lucius Gavius Stichus beharrte darauf, seine Familie sei durch den Sklavenhandel zu diesem Namen gekommen. Wie sein Vater und sein Großvater verdiente auch Lucius Gavius Stichus sein Geld mit dem Sklavenhandel: Er hatte eine kleine Agentur für Hausdiener im Porticus Metelli auf dem Campus Martius.

Eigenartig, dachte Sulla, als der Verwalter ihm mitteilte, der Neffe der Herrin warte im Arbeitszimmer, eigenartig, wie viele Männer mit dem Namen Gavius ich kenne. Da war einmal der Saufkumpan seines Vaters, Marcus Gavius Brocchus, sodann sein guter alter *grammaticus* Quintus Gavius Myrto. Gavius. Es war kein sonderlich häufiger Familienname und auch kein besonders angesehener, und doch kannte er drei dieses Namens.

An den Saufkumpan seines Vaters und den Gavius, dem er eine nicht unbeträchtliche Bildung verdankte, dachte er gerne. Stichus war ein anderer Fall. Einen Augenblick lang blieb Sulla im Atrium stehen und kämpfte mit sich, was er jetzt tun sollte – das Haus verlassen oder sich in einen Raum zurückziehen, in den Stichus seine Nase nicht stecken würde.

Der Garten. Sulla lächelte dem Verwalter zu, dankbar, daß er ihn gewarnt hatte. Er umging das Arbeitszimmer und begab sich in das Peristyl, wo er sich auf einer Bank niederließ. Versonnen starrte er die kitschige Statue des Apollo an, der die Nymphe Daphne verfolgte. Clitumna liebte die Statue, sie hatte sie selbst gekauft. Aber hatte der Herr des Lichts wirklich so schreiend gelbe Haare, so ekelhaft blaue Augen oder eine so süßlich-rosige Haut? Und wie konnte jemand einen Bildhauer bewundern, der jegliche Kriterien des Geschmacks so gänzlich verleugnete? Der unbekannte Künstler hatte aus den Fingern der Nymphe, die sich gerade in einen Lorbeerbaum verwandelte, hellgrüne Zweige gemacht und aus ihren

Zehen schmutzigbraune Wurzeln. Er hatte sogar, Gipfel der Geschmacklosigkeit, auf der einen noch menschlichen Brust der armseligen Kreatur einen purpurroten Tropfen angebracht, der aus einer knorrigen Brustwarze quoll! Sulla konnte dieses Machwerk nur blinden Auges anstarren, denn jede Faser seines Körpers drängte danach, zur Axt zu greifen.

»Was habe ich hier eigentlich noch zu suchen?« fragte er Daphne. Nicht einmal erschrocken sah sie aus, einfach nur lächerlich.

Daphne gab keine Antwort.

»Was habe ich hier zu suchen?« fragte er Apollo.

Doch auch Apollo antwortete nicht.

Sulla hob die Hand, preßte die Finger gegen die Stirn und schloß die Augen. Er versuchte, sich selbst zu disziplinieren – was er brauchte, war nicht Ergebenheit in sein Schicksal, eher eine Art grimmiger Duldsamkeit. Gavius. An einen anderen Gavius denken, nicht an diesen Stichus. Sulla dachte an Quintus Gavius Myrto, der ihn zu einem gebildeten Menschen gemacht hatte.

Sie hatten sich kurz nach Sullas siebtem Geburtstag kennengelernt. Der magere, aber kräftige kleine Sulla hatte versucht, seinen betrunkenen Vater nach Hause zu bringen, mit dem er damals ein einziges Zimmer am Vicus Sandalarius bewohnte. Der Vater brach auf der Straße zusammen, und Quintus Gavius Myrto kam dem Jungen zu Hilfe. Gemeinsam schafften sie den Vater nach Hause. Sullas Erscheinung und sein reines Latein faszinierten Myrto.

Sobald sie den alten Sulla auf sein Strohlager gelegt hatten, setzte sich der *grammaticus* auf den einzigen Stuhl und fragte den Jungen nach der Familiengeschichte aus. Schließlich erklärte Myrto ihm, daß er Lehrer sei, und bot dem Jungen an, ihm kostenlos Lesen und Schreiben beizubringen. Sullas Elend entsetzte Myrto: Sollte ein patrizischer Cornelius mit offensichtlichem Talent für den Rest seines Lebens in den Elendsvierteln von Rom verkümmern? Nicht auszudenken. Der Junge sollte wenigstens so viel Bildung erhalten, daß er sich seinen Lebensunterhalt als Schreiber verdienen konnte.

Sulla nahm das Angebot des Lehrers an, war jedoch entschlossen, dafür zu bezahlen. Wann immer er konnte, stahl er genug, um dem alten Quintus Gavius Myrto einen Silberdenar oder ein fettes Hühnchen zustecken zu können, und als er etwas älter wurde, verkaufte er seinen Körper, um an den Silberdenar zu kommen. Obwohl Myrto vielleicht ahnte, wie Sulla zu dem Geld kam, sprach er nie davon.

Dank Myrto sprach Sulla bald das reine attische Griechisch und erwarb wenigstens Grundkenntnisse in Rhetorik. Myrto verfügte über eine umfangreiche Bibliothek, und Sulla konnte Homer, Pindar, Hesiod, Plato, Menander, Eratosthenes, Euklid und Archimedes lesen, außerdem lateinische Schriften – Ennius, Accius, Cassius Hemina, Cato den Zensor. Er arbeitete sich durch jede Schriftrolle, die ihm in die Hände fiel, und entdeckte dabei eine Welt, die ihn seine eigene Lage für ein paar kostbare Stunden vergessen ließ – eine Welt edler Helden und großer Taten, wissenschaftlicher Fakten und philosophischer Hirngespinste, er entdeckte den Stil der Literatur und das Wesen der Mathematik. Das einzige Vermögen, das Sullas Vater nicht schon lange vor der Geburt seines Sohnes verloren hatte, war sein wunderbares Latein. Sulla beherrschte neben Latein auch den Jargon der Subura und das Latein, das in den unteren Klassen gesprochen wurde. Er konnte sich also in allen Schichten der römischen Bevölkerung bewegen, ohne aufzufallen.

Quintus Gavius Myrto hielt seinen Unterricht in einer ruhigen Ecke des Macellum Cuppedenis ab, des Marktes für Gewürze und Blumen, der sich auf der rückwärtigen, östlichen Seite des Forum Romanum befand. Er mußte auf einem öffentlichen Platz unterrichten, weil er sich kein eigenes Schulgebäude leisten konnte. Es war Myrto nie vergönnt, als Hauslehrer verwöhnte Plebejer-Kinder zu unterrichten oder in einem richtigen Schulraum die Sprößlinge der Ritter zu erziehen. Er ließ einfach seinen einzigen Sklaven einen hohen Stuhl für sich und Stühle für seine Schüler so aufstellen, daß die Marktkunden nicht darüber stolperten. Unter freiem Himmel, inmitten des Lärms und des Marktgeschreis der Gewürz- und Blumenhändler brachte er ihnen Lesen, Schreiben und Arithmetik bei. Weil er sehr beliebt war und den Jungen und Mädchen der Markthändler einen Preisnachlaß einräumte, durfte er seine Klasse bis zu seinem Tod immer in der gleichen Ecke unterrichten. Als Myrto starb, war Sulla fünfzehn.

»Ach Lucius Cornelius«, pflegte er zu sagen, wenn er mit dem Jungen nach dem Unterricht allein zurückblieb, stets bemüht, den Jungen von der Straße fernzuhalten, »irgendwo auf dieser großen Welt hat ein Mann oder eine Frau die Werke des Aristoteles versteckt! Wenn du wüßtest, wie ich mich danach sehne, etwas von diesem Mann zu lesen! Solch ein gewaltiges Werk, solch ein Verstand – stell dir nur vor, er war der Lehrer von Alexander dem Großen! Man sagt, er habe über alles geschrieben – über das Gute und das Böse, über Sterne und Atome, über die Seele und die Hölle, über Hunde und Katzen, Blätter und Muskeln, die Götter und die Menschen und über Gedankensysteme und das Chaos der Geistlosigkeit. Welch ein Genuß wäre es, die verlorenen Werke des Aristoteles zu lesen!« Dann schlug er verbittert die Hände zusammen, zuckte die Schultern und kramte in den herrlich nach Leder duftenden Schriftrollenbehältern und den säuerlich riechenden Papieren feinster Qualität. »Macht nichts, macht nichts«, murmelte er, »ich kann nicht klagen, ich habe ja noch meinen Homer und meinen Plato.«

Myrto starb während eines kalten Winters, kurz nachdem sein alter Sklave auf einer vereisten Treppe ausgerutscht und sich das Genick gebrochen hatte. Eigenartig, dachte Sulla damals, wie beide Teile verfallen, wenn ein Band zwischen zwei Menschen durchschnitten wird. Bei Myrtos Beerdigung zeigte sich, wie beliebt er gewesen war. Es blieb Quintus Gavius Myrto erspart, in den Kalkgruben verscharrt zu werden, wie es das entsetzlich würdelose Schicksal der Armen war. Ihm wurde ein richtiger Trauerzug mit gedungenen Klageweibern und einer Leichenrede zuteil, ein Scheiterhaufen, der nach Myrrhe, Weihrauch und Balsam duftete, und ein hübscher Schrein für seine Asche. Die Bestattung wurde von zwei Generationen von Schülern organisiert und bezahlt, die in echter Trauer um Myrto weinten.

Sulla hatte sich hocherhobenen Hauptes und mit trockenen Augen in die Menge eingereiht, die Quintus Gavius Myrto das Geleit aus der Stadt hinaus zum Scheiterhaufen gab. Er warf einen Strauß Rosen in die lodernden Flammen und zahlte dem Leichenbestatter einen Silberdenar – seine Beteiligung an den Kosten. Später am Tag, sein Vater lag als weingetränkter Haufen auf dem Boden und seine unglückliche Schwester hatte so gut wie möglich sauber gemacht, saß Sulla grübelnd in seiner Zimmerecke, immer noch fassungslos über den unerwarteten Schatz, der ihm in den Schoß gefallen war. Denn Quintus Gavius Myrto war im Tod ebenso ordentlich wie im Leben: Er hatte ein Testament aufgesetzt und bei den Vestalinnen hinterlegt. Zwar hatte er kein Geld, aber alles, was er besaß – seine Bücher und ein kostbares Modell des Universums, das Sonne, Mond und Planeten in ihren Umlaufbahnen um die Erde zeigte, – hatte er Sulla vermacht.

Erst jetzt hatte Sulla weinen können, hatte ihn eine leere Verzweiflung übermannt. »Eines Tages, Quintus Gavius«, hatte er geschluchzt, »werde ich die verlorenen Werke des Aristoteles finden.«

Sulla hatte sich nicht lange über die Bücher und das Planetenmodell freuen dürfen. Als er eines Tages nach Hause kam, fand er seine Ecke bis auf das Strohlager leer. Sein Vater hatte alles verkauft, weil er Geld für Wein brauchte. Sulla wollte ihn umbringen, aber glücklicherweise war seine Schwester da und warf sich dazwischen. Sulla vergaß und vergab nie. Noch am Ende seines Lebens, als er Tausende von Büchern und fünfzig Modelle des Universums sein eigen nannte, trauerte er der verlorenen Bibliothek des Quintus Gavius Myrto nach.

Sulla kehrte in die Gegenwart zurück und sah wieder die grell bemalte, grobschlächtige Statuengruppe des Apollo und der Daphne vor sich. Als sein Blick auf die noch grauenhaftere Statue des Perseus fiel, der das Haupt der Medusa in der Hand hielt, fühlte er sich endlich stark genug, Stichus entgegenzutreten. Er ging durch den Garten zum Arbeitszimmer, das eigentlich dem Herrn des Hauses vorbehalten war. Da Sulla jedoch mehr oder weniger als Herr des Hauses galt, war ihm der Gebrauch des Arbeitszimmers erlaubt worden.

Der pickelige kleine Stichus war gerade dabei, sich mit kandierten Feigen vollzustopfen. Mit seinen klebrigen Stummelfingern wühlte er in den Schriftrollen, die in Löchern in der Wand aufbewahrt wurden.

»Ohhhhh!« wimmerte Stichus, als er Sulla erblickte, und zog seine Hände zurück.

»Zum Glück weiß ich, daß du zu dumm bist, um sie zu lesen«, sagte Sulla. Er gab dem Diener an der Tür, einem hübschen Griechen, der nicht ein Zehntel des hohen Preises wert war, den Clitumna für ihn bezahlt hatte, mit den Fingern ein Zeichen. »Hole Wasser und ein sauberes Tuch«, befahl er, »und wische den Dreck weg, den dieser Herr gemacht hat.«

Er starrte Stichus mit seinen unheimlichen Augen an, die boshaft waren wie der Blick einer Ziege. Während Stichus sich verzweifelt mühte, den Feigensirup an seiner teuren Tunika abzuwischen, sagte Sulla: »Ich wünschte, du würdest dir endlich aus dem Kopf schlagen, daß ich hier obszöne Schriftrollen aufbewahre! Ich habe keine. Warum auch? Ich brauche sie nicht. Obszöne Bücher sind nur für Menschen, die sich selbst nichts trauen. Menschen wie du, Stichus.«

»Irgendwann einmal«, sagte Stichus giftig, »gehört dieses Haus mir. Dann wirst du nicht mehr so hochnäsig sein.«

»Ich kann dir nur raten, den Göttern zu opfern, daß sie diesen Tag hinausschieben. Denn das würde dein letzter Tag sein, Lucius Gavius. Wenn Clitumna nicht wäre, würde ich dich in kleine Stücke schneiden und den Hunden vorwerfen.«

Stichus starrte Sulla mit hochgezogenen Augenbrauen an. Er hatte keine Angst vor ihm, dafür kannte er ihn schon zu lange, aber er war vorsichtig, denn er wußte, daß seine dumme alte Tante Clitumna ihre sklavische Zuneigung zu diesem Kerl nicht aufgeben wollte. Vor einer Stunde hatte er seine Tante und ihre Zechschwester Nikopolis ganz aufgelöst vorgefunden, weil ihr Liebling Lucius Cornelius seine Toga angelegt und wütend das Haus verlassen hatte. Stichus hatte seiner Tante die ganze Geschichte entlockt und war entsetzt. Angeekelt.

Stichus ließ sich auf Sullas Stuhl fallen und sagte: »Meine Güte, heute siehst du ja wie ein richtiger Römer aus! Du warst sicher bei der Amtseinführung der Konsuln, nicht? Lächerlich! Dein Stammbaum ist nicht halb so gut wie meiner.«

Sulla hob Stichus aus dem Stuhl, indem er ihn mit Fingern und Daumen seiner rechten Hand am Unterkiefer packte. Der Griff war ungeheuer schmerzhaft, verhinderte aber zugleich, daß das Opfer schreien konnte. Als Stichus wieder bei Besinnung war und Sullas Gesicht sah, wagte er nicht mehr zu schreien. Stumm wie ein Götzenbild starrte er Sulla an.

»Meine Vorfahren«, sagte Sulla liebenswürdig, »gehen dich nichts an. Und jetzt verlaß mein Zimmer.«

»Vielleicht ist es bald nicht mehr dein Zimmer!« stieß Stichus hervor. Er eilte zur Tür und stieß dort fast mit dem Sklaven zusammen, der eben mit einer Schale Wasser und einem Lappen hereinkam.

»Wer weiß!« rief Sulla ihm nach.

Stichus war noch vor Sulla bei Clitumna. Als Sulla vor ihrem Zimmer ankam, teilte ihm der Verwalter entschuldigend mit, Clitumna und ihr Neffe wollten nicht gestört werden. Sulla ging durch den Säulengang, der das Peristyl umgab, zu den Zimmern, die seine Geliebte Nikopolis bewohnte. Aus der Küche, die am entfernten

Ende des Gartens neben der Toilette und dem Bad lag, drangen verlockende Düfte. Wie die meisten Häuser auf dem Palatin war auch Clitumnas Haus an die Wasser- und Abwasserleitungen angeschlossen. Die Dienerschaft mußte das Wasser also nicht vom öffentlichen Brunnen holen und die vollen Nachttöpfe nicht zur nächstgelegenen Latrine tragen oder in den Straßengraben schütten.

»Wenn du nur ab und zu aus deinen aristokratischen Höhen herabsteigen würdest, Lucius Cornelius«, sagte Nikopolis und ließ ihre Stickarbeit in den Schoß sinken. »Dann ginge es dir viel besser.«

Sulla sank mit einem Seufzer auf das bequeme Sofa und zog die Toga enger um seinen Körper, denn in dem Zimmer war es kalt. Eine Dienerin, die Bithy gerufen wurde, zog ihm die Winterstiefel aus. Sie war ein nettes, fröhliches Mädchen mit einem unaussprechlichen Namen und stammte aus dem Hinterland von Bithynien. Mit den Stiefeln in der Hand eilte sie geschäftig aus dem Zimmer. Kurze Zeit darauf kehrte sie mit einem Paar dicker, warmer Socken zurück und zog sie ihm an.

»Danke, Bithy«, sagte Sulla, lächelte ihr zu und fuhr ihr mit der Hand durch das Haar.

Das Mädchen erglühte. Seltsames kleines Ding, dachte er mit einer Zärtlichkeit, die ihn selbst überraschte, bis ihm klar wurde, daß Bithy ihn an das Mädchen aus dem Nachbarhaus erinnerte. Julilla.

»Was willst du damit sagen?« fragte er Nikopolis.

»Warum sollte dieser habgierige kleine Kriecher Stichus alles erben, wenn Clitumna zu ihren zweifelhaften Ahnen versammelt wird? Wenn du sie nur ein klein wenig anders behandeln würdest, mein lieber Freund Lucius Cornelius, würde sie alles dir vermachen. Und sie hat nicht wenig, glaube mir!«

»Was erzählt er ihr jetzt? Daß ich ihm weh getan habe?« fragte Sulla.

»Natürlich! Und er wird es ihr in den buntesten Farben ausmalen. Ich mache dir keine Vorwürfe, er ist wirklich ein abscheulicher Mensch, aber er ist nun mal ihr einziger Verwandter – und sie liebt ihn. Aber dich liebt sie noch mehr, obwohl du so ein eingebildeter Bengel bist! Wenn du das nächste Mal bei ihr bist, darfst du dich nicht hochmütig weigern, dich gegen seine Anschuldigungen zu verteidigen. Erzähl ihr, was für ein unausstehlicher Mensch Stichus ist, und erzähl es ihr so, daß sie dir glaubt und nicht Stichus!«

Sulla starrte sie mit einer Mischung aus Interesse und Skepsis an. »Clitumna ist nicht so naiv, daß sie auf so etwas hereinfällt.«

»Ach, lieber Lucius! Wenn du nur willst, kannst du jede Frau dazu bringen, daß sie dir aus der Hand frißt!« schmeichelte Nikopolis. »Versuche es! Tu es mir zuliebe!«

»Nicht um alles Geld der Welt würde ich vor jemandem wie Clitumna im Staub kriechen!«

»Sie hat nicht alles Geld der Welt, aber sie hat mehr als du brauchst, um in den Senat zu kommen«, schmeichelte die Verführerin.

»Du irrst dich, wirklich! Sie hat dieses Haus, aber abgesehen davon gibt sie jeden Sesterz aus, den sie einnimmt – und was sie nicht verbraucht, gibt der klebrige Stichus aus.«

»Warum, glaubst du, wird sie dann von den Geldwechslern umworben, als wäre sie Cornelia, die Mutter der Gracchen? Sie hat bei ihnen ein hübsches Vermögen angelegt, und sie gibt nicht einmal die Hälfte ihres Einkommens aus.«

Sulla setzte sich so ruckartig auf, daß die Falten seiner Toga auseinanderfielen.

»Nikopolis! Hast du das alles erfunden?«

»Nichts habe ich erfunden«, antwortete sie und führte einen Faden aus purpurroter, mit Goldfäden durchwirkter Wolle durch die Nadel.

»Clitumna wird sicher hundert Jahre alt«, sagte Sulla und sank gelangweilt auf das Sofa zurück.

»Schon möglich, daß sie hundert Jahre alt wird«, sagte Nikopolis. Sie machte einen Stich und zog den glitzernden Faden mit unendlicher Vorsicht durch das Gewebe. Dann richtete sie ihre großen, dunklen Augen wieder auf Sulla und blickte ihn ruhig an. »Vielleicht auch nicht. Niemand in ihrer Familie wurde sehr alt.«

Von draußen drangen Geräusche herein. Lucius Gavius Stichus war wohl dabei, sich von seiner Tante Clitumna zu verabschieden.

Sulla erhob sich. »Also gut, Nikopolis.« Er grinste. »Dieses eine Mal versuche ich es. Drück mir die Daumen!«

Sullas Gespräch mit Clitumna war nicht erfolgreich. Stichus hatte seine Tante mit List bearbeitet, und Sulla konnte sich nicht so weit erniedrigen, wie Nikopolis ihm geraten hatte.

»Du bist an allem schuld, Lucius Cornelius«, sagte Clitumna weinerlich und drehte und zog mit ihren beringten Fingern an den

Fransen ihres teuren Schals. »Du gibst dir überhaupt keine Mühe, nett zu meinem Jungen zu sein, obwohl er dir doch immer so weit entgegenkommt!«

»Er ist ein schmieriger kleiner Gernegroß«, knurrte Sulla.

In diesem Augenblick glitt Nikopolis, die an der Türe gelauscht hatte, in den Raum und setzte sich neben Clitumna auf das Sofa. Sie kuschelte sich an Clitumna und sah Sulla resigniert an.

»Was ist los?« fragte sie unschuldig.

»Lucius verträgt sich nicht mit Lucius«, sagte Clitumna, »obwohl ich mir doch so sehr wünsche, daß sie Freunde werden!«

Nikopolis hob Clitumnas Hand an ihre Wange. »Oh, mein armes Mädchen!« gurrte sie. »Der eine ist eben ein geradeso böser Kampfhahn wie der andere, das ist das Problem.«

»Aber sie müssen lernen, miteinander auszukommen«, sagte Clitumna, »weil mein lieber Lucius Gavius seine Wohnung aufgeben und nächste Woche hier einziehen wird.«

»Dann ziehe ich aus«, sagte Sulla.

Die beiden Frauen begannen zu jammern, Clitumna mit schriller Stimme, Nikopolis wie ein kleines, gefangenes Kätzchen.

Sulla beugte sich zu Clitumna herunter und brachte sein Gesicht dicht vor ihr Gesicht. »Benimm dich endlich wie eine erwachsene Frau!« zischte er. »Gavius weiß doch, was hier los ist. Wie soll er ertragen, mit einem Mann im selben Haus zu wohnen, der mit zwei Frauen schläft, von denen eine seine eigene Tante ist?«

Clitumna brach in Tränen aus. »Aber er will hier einziehen! Ich kann doch meinen eigenen Neffen nicht zurückweisen!«

»Auch gut! Wenn ich ausziehe, hat er keinen Grund mehr, sich zu beklagen.«

Sulla wandte sich zur Tür, doch Nikopolis streckte die Hand aus und ergriff seinen Arm. »Sulla, liebster Sulla, zieh nicht aus!« rief sie. »Du kannst doch weiter mit mir schlafen, und wenn Stichus nicht zu Hause ist, kann Clitumna zu uns kommen!«

»Oh, sehr geschickt!« sagte Clitumna eisig. »Du willst ihn ganz für dich allein, du geile Ziege!«

Nikopolis wurde blaß. »Was schlägst du dann vor? Deine Dummheit hat uns das doch eingebrockt!«

»Haltet den Mund, alle beide!« zischte Sulla. »Ihr habt so viele Theaterstücke gesehen, daß ihr euch selbst wie Schauspieler aufführt. Ihr hängt mir beide zum Hals heraus. Ich habe genug davon, ein halber Mann zu sein!«

»Du bist ja auch kein halber Mann!« sagte Clitumna gehässig. »Du bist zwei Hälften – eine gehört mir, die andere Nikopolis!«

Sulla wußte nicht, was ihn mehr schmerzte: die Wut oder die Trauer. Halbwahnsinnig starrte er seine beiden Peinigerinnen an. Er war nicht mehr fähig zu denken, nicht mehr fähig zu verstehen.

»So kann ich nicht weiterleben!« sagte er schließlich.

»Unsinn! Natürlich kannst du das«, rief Nikopolis mit der Überheblichkeit der Frau, die ihren Mann genau dahin gebracht hat, wo sie ihn haben will – unter ihren Fuß. »Jetzt geh und tu was Vernünftiges. Morgen sieht alles wieder ganz anders aus. Das ist bei dir doch immer so.«

Sulla verließ das Haus und stolperte ohne Ziel die Straße entlang. Etwas Vernünftiges tun – geistesabwesend ging er vom Germalus zu jener Seite des Palatin, die dem Ende des Circus Maximus und dem Capena-Tor zugewandt war.

Hier gab es weniger Häuser, und zwischen den Häusern erstreckten sich weite Parkanlagen. Unbekümmert um die Kälte, setzte Sulla sich auf einen Stein und blickte gedankenverloren vor sich hin. Er sah weder die leeren Zuschauerränge des Circus Maximus noch die anmutigen Tempel auf dem Aventin, er sah nur seinen eigenen Weg vor sich, der sich unendlich in eine furchtbare Zukunft erstreckte, eine holprige Straße aus Knochen und Haut ohne jeden erkennbaren Zweck. Schmerz schüttelte ihn, bis er seine Zähne knirschen hörte. Er merkte nicht, daß er laut stöhnte.

»Ist dir nicht wohl?« fragte leise eine ängstliche Stimme.

Als Sulla aufblickte, sah er niemanden – der Schmerz lag noch immer über seinen Augen. Doch dann hob sich der Schleier, und langsam nahm er das Mädchen wahr: ein spitzes Kinn, goldene Haare, ein herzförmiges Gesicht, das nur aus Augen zu bestehen schien, aus riesigen, honigfarbenen Augen, die ihn besorgt anblickten.

»Julia.« Er erschauerte.

»Nein, Julia ist meine ältere Schwester. Ich heiße Julilla«, sagte das Mädchen lächelnd. »Bist du krank, Lucius Cornelius?«

»Nicht so krank, daß ein Arzt mir helfen könnte«, sagte er. »Ich wäre jetzt gerne verrückt, aber es will mir nicht gelingen.«

Julilla rührte sich nicht. »Wenn es dir nicht gelingt, dann wollen dich die Furien offenbar noch nicht haben.«

Sulla sah sich um und runzelte mißbilligend die Stirn. »Bist du allein? Was denken sich deine Eltern denn, daß sie dich so spät noch hier herumspazieren lassen?«

»Meine Dienerin ist bei mir«, sagte sie ruhig und kauerte sich auf die Fersen. In ihren Augen blitzte es koboldhaft auf. »Sie ist ein gutes Mädchen, treu und verschwiegen.«

»Du meinst, sie läßt dich tun, was du willst, und verrät dich nicht? Aber eines Tages werden sie dich doch erwischen.«

Sie schwiegen. Julilla betrachtete sein Gesicht mit unbefangener Neugier. Was sie sah, gefiel ihr.

»Geh nach Hause, Julilla. Wenn sie dich erwischen, dann wenigstens nicht mit mir.« Sulla seufzte.

»Weil du ein schlechter Mann bist?« fragte sie.

Er mußte lächeln. »Wenn du es so ausdrücken willst.«

»Ich glaube nicht, daß du so schlecht bist!«

Welcher Gott mochte sie geschickt haben? Sullas Muskeln entspannten sich, er fühlte sich auf einmal unbeschwert und leicht, als ob tatsächlich ein Gott ihn gestreift habe.

»Ich bin wirklich schlecht, Julilla«, sagte er.

»Unsinn!« Ihre Stimme klang fest und überzeugt.

Sulla erkannte die Symptome mädchenhafter Schwärmerei und verspürte den Impuls, den Flirt durch eine grobe oder einschüchternde Bemerkung zu beenden. Doch er brachte es nicht über sich. Dieses Mädchen verdiente eine bessere Behandlung. Für sie würde er den besten Lucius Cornelius Sulla hervorholen, frei von Schmutz, Kriecherei und Obszönität.

»Ich danke dir für dein Vertrauen, kleine Julilla«, sagte er.

»Ich muß noch nicht nach Hause«, sagte sie ernsthaft. »Reden wir noch ein wenig miteinander?«

Sulla rückte auf seinem Felsblock zur Seite. »Also gut. Aber setz dich hierher. Der Boden ist zu feucht.«

»Die Leute sagen, daß du deinem Namen Schande bringst. Aber ich glaube nicht, daß das stimmt. Du hast ja noch gar keine Gelegenheit gehabt zu zeigen, was du kannst.«

»Das hat vermutlich dein Vater gesagt?«

»Was?«

»Daß ich meinem Namen Schande bringe.«

Sie war entsetzt. »Oh nein! *Tata* würde so etwas nie sagen. Er ist der klügste Mann der Welt.«

»Meiner war der dümmste. Wir beide stammen aus zwei sehr

unterschiedlichen Schichten der römischen Bevölkerung, kleine Julilla.«

Sie zupfte die langen Grashalme heraus, die um den Felsblock wuchsen, und flocht sie mit geschickten Fingern zu einem Kranz. »Hier«, sagte sie und hielt ihm den Kranz hin.

Sullas Atem stockte. »Eine Krone aus Gras!« sagte er verwundert. »Nein! Nicht für mich!«

»Natürlich für dich«, beharrte sie, und als er keine Anstalten machte, den Kranz anzunehmen, beugte sie sich zu ihm hinüber und setzte ihm den Kranz auf den Kopf.

»Blumenkränze gibt man nur jemandem, den man liebt«, sagte er.

»Ich liebe dich doch!« erwiderte sie leise.

»Vielleicht jetzt. Aber das geht vorbei.«

»Nein, nie!«

Sulla stand auf und lachte. »Jetzt hör aber auf! Du bist doch höchstens fünfzehn Jahre alt.«

»Sechzehn!« sagte sie schnell.

»Fünfzehn, sechzehn, da ist kein Unterschied. Du bist noch ein Kind.«

Sie wurde rot vor Empörung und preßte die Lippen wütend zusammen. »Ich bin kein Kind mehr!«

»Natürlich bist du eins«, lachte er. »Schau dich doch einmal an, du steckst ja noch halb in den Windeln, ein kleines, dickes Baby.« Gut gesprochen! Das würde ihr den Kopf zurechtrücken.

Aber er hatte sie tief verletzt. Das Licht in ihren Augen erlosch. »Ich bin nicht hübsch!« sagte sie. »Und ich habe immer gedacht, ich sei hübsch!«

»Wahrscheinlich bekommen das alle kleinen Mädchen von ihren Eltern zu hören«, sagte Sulla grob. »Aber die Welt urteilt nach anderen Kriterien. Na ja, wenn du älter bist, wirst du ganz ordentlich aussehen. Jedenfalls wirst du schon einen Mann finden.«

»Ich will nur dich«, flüsterte sie.

»Das glaubst du jetzt. Aber du irrst dich, du dickes Baby. Und jetzt hau ab, bevor ich dich an den Haaren ziehe. Geh schon! Sssch!«

Sie rannte so schnell davon, daß die Dienerin ihr kaum folgen konnte. Sulla blickte den beiden Mädchen nach, bis sie hinter dem Kamm des nächsten Hügels verschwunden waren.

Er trug noch immer den Graskranz auf dem Kopf. Er riß ihn

herab, warf ihn jedoch nicht weg, sondern hielt ihn in den Händen und starrte darauf. Dann stopfte er ihn in seine Tunika und machte sich auf den Rückweg.

Armes Ding. Er hatte ihr wehgetan. Doch er hatte ihr jede Hoffnung nehmen müssen, denn das letzte, was er jetzt gebrauchen konnte, war eine liebeskranke Nachbarstochter, die ihn über die Mauer hinweg anhimmelte. Schließlich war ihr Vater nicht nur Clitumnas Nachbar, sondern auch noch Senator.

Bei jedem Schritt erinnerte ihn ein leichtes Kitzeln auf seiner Haut an den Graskranz. *Corona graminea.* Ihm überreicht hier auf dem Palatin durch eine Personifikation der Venus – eine Julia. Ein Omen.

»Wenn es ein gutes Omen ist, werde ich dir einen Tempel bauen, siegreiche Venus«, sagte er laut.

Endlich sah er seinen Weg klar vor sich liegen. Ein gefährlicher Weg und doch ein gangbarer Weg – für jemanden, der nichts zu verlieren und alles zu gewinnen hatte.

Schwer senkte sich die winterliche Dämmerung über die Stadt, als Sulla wieder bei Clitumnas Haus ankam. Er fragte nach den Frauen. Sie steckten im Eßzimmer die Köpfe zusammen und hatten mit dem Essen auf ihn gewartet. Es war offenkundig, daß er der Gegenstand ihres Gesprächs gewesen war.

»Ich brauche Geld«, sagte er als erstes.

»Aber Lucius Cornelius ...«, begann Clitumna.

»Halt deinen Mund, du alte Schlampe! Ich brauche Geld.«

»Aber Lucius Cornelius!«

»Ich mache Ferien«, sagte er, ohne sich zu setzen. »Es liegt an euch. Wenn ihr mich zurückhaben wollt – wenn ihr weiterhin genießen wollt, was ich zu bieten habe –, dann gebt mir tausend Denare. Andernfalls verlasse ich Rom für immer.«

»Wir geben dir jede die Hälfte«, sagte Nikopolis und sah ihn mit ihren dunklen Augen aufmerksam an.

»Einverstanden.« »Aber vielleicht haben wir nicht soviel Geld im Haus.«

»Euer Pech. Ich werde nämlich nicht warten.«

Als Nikopolis eine Viertelstunde später sein Zimmer betrat, war Sulla bereits mit Packen beschäftigt. Sie setzte sich auf sein Bett und sah ihm schweigend zu, bis er geruhen würde, sie zu bemerken.

Schließlich brach sie das Schweigen. »Du bekommst dein Geld.

Litumna hat den Verwalter zu ihrem Bankier geschickt. Wohin gehst du?«

»Ich weiß es nicht. Es ist mir auch egal, solange ich nur hier wegkomme.« Er faltete Socken zusammen und steckte sie in die Schuhe.

»Du packst wie ein Soldat.«

»Woher willst du das wissen?«

»Ich war einmal die Geliebte eines Militärtribuns und bin mit der Truppe gezogen. Kaum zu glauben, nicht wahr? Was man nicht alles tut, wenn man jung und verliebt ist! Ich betete ihn an. Ich folgte ihm bis nach Spanien und dann nach Asien.« Sie seufzte.

»Und dann?« Sulla wickelte seine zweitbeste Tunika um ein Paar lederne Stiefel.

»Er fiel in Makedonien. Ich kehrte nach Hause zurück.« Mitleid erfüllte ihr Herz, doch nicht Mitleid für den toten Geliebten, sondern Mitleid für Lucius Cornelius, diesen gefangenen, schönen Löwen, der für irgendeine schmutzige Arena bestimmt war. Warum mußten Menschen lieben, wenn es so sehr schmerzte? Sie lächelte, aber es war kein frohes Lächeln. »Er hinterließ mir sein gesamtes Vermögen, und ich wurde ziemlich reich. Damals machten die Soldaten reiche Beute.«

»Mir bricht das Herz«, sagte Sulla. Er steckte sein Rasierzeug in einen Leinenbeutel und ließ den Beutel in eine Satteltasche gleiten.

Nikopolis verzog das Gesicht. »Das hier ist ein furchtbares Haus. Wie ich es hasse! Alle sind verbittert und unglücklich. Wir beleidigen und verachten einander und sagen einander böse Dinge. Warum bleibe ich hier?«

»Weil du, meine Liebe, auch nicht mehr die Jüngste bist«, antwortete er.

»Und du haßt uns alle«, sagte sie. »Ist die Stimmung im Haus deshalb so schlimm? Es wird jeden Tag schlimmer.«

»Richtig. Und deshalb gehe ich auch für eine Zeitlang weg.« Er schloß die beiden Satteltaschen und hob sie ohne Mühe hoch. »Ich will frei sein. Ich will mein Geld in irgendeiner Stadt durchbringen, wo keiner meine dumme Visage kennt. Ich will fressen und saufen, bis ich alles wieder herauskotze. Ich will mindestens ein halbes Dutzend Weiber schwängern, und jeder Strichjunge, der mir über den Weg läuft, wird einen wunden Arsch kriegen.« Sulla lächelte böse. »Dann, meine Liebe, komme ich wieder ganz zahm hierher zurück. Zu dir, zu unserem klebrigen Stichus und zu Tantchen

Citumna. Und dann leben wir glücklich zusammen bis ans Ende unserer Tage.«

Sulla sagte ihr nicht, daß er Metrobius mitnehmen würde.

Er erzählte niemandem, nicht einmal Metrobius, was er eigentlich vorhatte. Denn er plante keine Ferien. Er plante eine Bildungsreise. Er wollte sich mit Dingen wie Arzneimittelkunde, Chemie und Botanik beschäftigen.

Sulla kehrte erst Ende April nach Rom zurück. Er setzte Metrobius vor Skylax' eleganter Wohnung im Erdgeschoß eines Hauses auf dem Caelius ab. Dann gab er die Maulesel und den Wagen zurück, die er gemietet hatte, warf die Satteltaschen über die linke Schulter und betrat Rom zu Fuß. Auf dem Caelius standen zwar ein paar teure Mietshäuser, doch bis zum Capena-Tor wirkte die Gegend recht ländlich. Erst nach dem Tor begann die eigentliche Stadt – zwar noch nicht das undurchdringliche Straßengewirr der Subura und des Esquilin, aber doch schon erkennbar kein Dorf mehr. Sulla ging am Circus Maximus entlang und die Cacus-Treppen zum Palatin hinauf. Von hier war es nur noch ein kurzes Stück bis zu Clitumnas Haus.

Vor der Tür holte Sulla tief Luft, dann betätigte er den Türklopfer. Zwei kreischende Weiber flogen ihm an den Hals. Es war offenkundig, daß sich Nikopolis und Clitumna freuten, ihn wiederzusehen. Sie weinten und heulten und klammerten sich an ihn, bis er sie von sich stieß.

»Wo soll ich schlafen?« fragte Sulla. Er weigerte sich, die Satteltaschen dem Diener zu übergeben, der geradezu begierig schien, sie ihm abzunehmen.

»Bei mir«, sagte Nikopolis triumphierend. Clitumna schien auf einmal niedergeschlagen.

Sulla bemerkte, daß die Tür des Arbeitszimmers geschlossen war. Er folgte Nikopolis zum Säulengang hinaus, seine Stiefmutter Clitumna blieb händeringend im Atrium zurück.

»Hat sich der klebrige Stichus gut eingenistet?« fragte er Nikopolis, als sie deren Zimmer erreichten.

»Hier«, sagte sie, ohne seine Frage zu beachten. Sie wollte ihm unbedingt seine neue Unterkunft zeigen.

Sie hatte ihm ihr geräumiges Wohnzimmer überlassen und für sich selbst nur ein Schlafzimmer und eine kleine Kammer behalten. Sulla fühlte Dankbarkeit in sich aufsteigen, und er sah Nikopolis wehmütig an. Er mochte sie in diesem Augenblick mehr als je zuvor.

Er warf die Satteltaschen auf das Bett. »Und Stichus?« Er brannte darauf zu erfahren, wie schlimm es hier im Haus stand.

Natürlich sehnte Nikopolis sich danach, von ihm geküßt zu werden, mit ihm zu schlafen. Sie kannte ihn aber auch gut genug, um zu wissen, daß er keine sexuellen Tröstungen brauchte, nur weil er eine Zeitlang auf sie und Clitumna hatte verzichten müssen. Sie seufzte.

»Stichus hat sich wirklich gut eingerichtet.« Sie begann, die Satteltaschen auszupacken.

Sulla schob sie beiseite, stellte die Taschen hinter eine Kleidertruhe und setzte sich in seinen Lieblingsstuhl, der hinter einem neuen Tisch stand. Nikopolis ließ sich auf dem Bett nieder.

»Erzähl mir alles«, sagte er.

»Nun, Stichus wohnt hier, schläft im Herrenzimmer und beansprucht natürlich auch das Arbeitszimmer. Eigentlich ist es sogar besser gelaufen, als zu erwarten war. Selbst Clitumna kann ihn kaum ertragen, wenn sie auf so engem Raum mit ihm zusammenlebt. Ich wette, sie wirft ihn in ein paar Monaten wieder hinaus. Das war wirklich geschickt von dir, einfach wegzugehen.« Geistesabwesend glättete sie die Kissen. »Und was er alles verändert hat! Deine Bücher hat er auf den Abfallhaufen geworfen – schon gut, die Diener haben sie wieder gerettet. Und was du sonst noch zurückgelassen hattest, Kleidung, persönliche Sachen, kam ebenfalls zum Müll. Aber die Diener mögen dich und hassen ihn, deshalb ist nichts verlorengegangen.«

Sulla ließ seine hellen Augen über die Wände und den wunderbaren Mosaikboden gleiten. »Erzähl weiter.«

»Es geht Stichus nicht schlecht. Aber es hat ihm doch ein wenig die Freude verdorben, daß du nicht gesehen hast, was er mit deinen Sachen gemacht hat. Es war niemand da, mit dem er streiten konnte.«

Das kleine Dienstmädchen Bithy kam lautlos herein. Sie stellte einen Teller mit Pasteten und Kuchen auf den Tisch und lächelte Sulla schüchtern zu. Dann sah sie die beiden Satteltaschen hinter der Kleidertruhe. Sie durchquerte das Zimmer und wollte die Taschen auspacken.

Sulla bewegte sich so schnell, daß Nikopolis nicht einmal merkte, was vor sich ging. Eben noch hatte er sich bequem in seinem Stuhl zurückgelehnt, im nächsten Moment schob er das Mädchen sanft von der Kleidertruhe weg. Sulla lächelte Bithy zu, zwickte sie leicht in die Wange und schob sie zur Tür hinaus.

Nikopolis starrte ihn überrascht an. »Meine Güte«, sagte sie, »du paßt aber gut auf deine Taschen auf! Was ist denn da drin? Du bewachst sie ja wie ein Hund seinen Knochen!«

»Schenke mir Wein ein«, sagte er und ließ sich wieder auf dem Stuhl nieder. Er nahm ein Stück Fleischpastete aus der Schale.

Nikopolis schenkte ihm Wein ein und schob ihm den Becher hin. Sie ließ sich aber nicht ablenken. »Komm schon, Lucius Cornelius, was ist so Geheimnisvolles in den Taschen drin?«

Sulla zog die Mundwinkel herunter und hob die Arme in gespielter Verzweiflung. »Was glaubst du denn? Ich habe meine beiden Mädchen fast vier Monate nicht gesehen! Ich gebe zu, daß ich nicht immer an euch gedacht habe, aber manchmal habe ich doch an euch gedacht!«

Nikopolis' Gesicht wurde sanft. Sie konnte sich nicht daran erinnern, daß Sulla ihr oder Clitumna jemals auch nur ein einziges billiges Geschenk gemacht hatte.

»Oh, Lucius Cornelius!« rief sie strahlend. »Wirklich? Wann kann ich es sehen?«

»Wenn es mir paßt«, sagte er, drehte sich auf seinem Stuhl um und blickte aus dem Fenster. »Wie spät ist es?«

»Ich weiß es nicht – es geht auf die achte Stunde zu, glaube ich. Jedenfalls gibt es noch nichts zu essen.«

Sulla stand auf, holte die Satteltaschen hinter der Kleidertruhe hervor und warf sie sich über die Schulter. »Ich bin rechtzeitig zum Abendessen zurück.«

Nikopolis sah ihm mit offenem Mund nach, als er zur Tür ging. »Sulla! Du bist das abscheulichste Geschöpf auf der Welt, so wahr ich lebe! Kaum bist du zurück, gehst du schon wieder.« Die Satteltaschen ließen ihr keine Ruhe. »Du hast also nicht einmal so viel Vertrauen zu mir, daß du die Taschen daläßt?«

»Ich bin doch nicht verrückt«, sagte Sulla und ging.

Weibliche Neugier. Ein Narr war er, daß er das vergessen hatte. Er ging zum Großen Markt und gab den Rest seiner tausend Denare aus. Weiber! Neugierige Schnüfflerinnen! Warum hatte er nicht daran gedacht?

Als die Satteltaschen mit Schals und Armreifen, frivolen orientalischen Pantöffelchen und Haarspangen vollgestopft waren, kehrte er nach Hause zurück. Ein Diener sagte ihm, daß die Damen und der junge Stichus im Eßzimmer auf ihn warteten.

»Sag ihnen, ich komme gleich«, antwortete Sulla und betrat Nikopolis' Zimmer.

Dort schloß er die Fensterläden und verriegelte die Tür. Die hastig eingekauften Geschenke häufte er auf den Tisch, ebenso ein paar neue Schriftrollen. Die linke Satteltasche beachtete er nicht, aus der rechten Tasche nahm er die obenauf liegenden Kleider und legte sie auf das Bett. Dann griff er tief in die Tasche und zog zwei Paar zusammengerollte Socken hervor, in die er zwei kleine Fläschchen mit dick versiegelten Korken eingewickelt hatte. Auch ein einfaches Holzkästchen kam zum Vorschein, so klein, daß es in seiner Hand Platz fand. Wie unter einem Zwang öffnete er den Deckel, der dicht abschloß. Der Inhalt bestand aus ein paar Unzen eines weißlichen Pulvers. Sulla drückte den Deckel wieder herunter und sah sich mit gerunzelter Stirn im Zimmer um: Wohin damit?

Auf einem langen, schmalen Wandtischchen standen mehrere altersschwache Holzschreine, die aussahen wie Tempelmodelle. Es handelte sich um die letzten Überreste der Einrichtung von Sullas Elternhaus. Sein Vater hatte die Kästchen nicht gegen Wein tauschen können, weil niemand sie haben wollte, und so waren sie Sullas ganzes Erbe geworden. Es waren fünf würfelförmige Schreine, von denen jeder etwa zwei Fuß lang, breit und hoch war. Auf der Vorderseite der Schreine befanden sich Säulen, dazwischen stand ein bemaltes, hölzernes Türchen. Die Giebel waren an der Spitze und an den Seiten mit geschnitzten Tempelfiguren verziert, auf dem einfachen Gesims unterhalb des Giebels war auf jedem Schrein ein Männername aus dem Patriziergeschlecht der Cornelier eingraviert. Der Name des ersten Schreins gehörte dem Urvater der sieben Zweige des Geschlechts. Der zweite lautete Publius Cornelius Rufinus, der vor mehr als zweihundert Jahren Konsul und Diktator gewesen war. Auf ihn folgte sein Sohn, der während der Kriege gegen die Samniten zweimal Konsul und einmal Diktator gewesen, dann aber aus dem Senat verstoßen worden war, weil er Silbergeschirr gehortet hatte. Sodann kam der erste Rufinus, der den Namen Sulla getragen hatte. Er war ein Priester des Jupiter gewesen. Der letzte Name schließlich, Publius Cornelius Sulla Rufinus, hatte dem Sohn des Priesters gehört, der Prätor gewesen und durch die Gründung der Spiele zu Ehren Apollos berühmt geworden war.

Sulla öffnete den Schrein des ersten Sulla. Er ging sehr sorgfältig zu Werk, denn das Holz war brüchig. Eines Tages wollte er die Ahnenschreine restaurieren lassen und sie in seinem Haus in einem eindrucksvollen Atrium aufstellen. Im Augenblick jedoch schien der Schrein der richtige Ort, um die beiden Fläschchen und das Kästchen mit dem Pulver zu verstecken – der Schrein des Sulla, der zu seiner Zeit der heiligste Mann in Rom, der Diener des Jupiter Optimus Maximus gewesen war.

Im Innern des Schreins befand sich eine Wachsmaske mit einer Perücke. Die Maske war lebensgroß und wirkte durch ihre sorgfältige Bemalung außerordentlich lebensecht. Stechende Augen sahen Sulla an, blau im Unterschied zu seinen eigenen blaßgrauen Augen. Die Haut des Ahnen war hell, aber nicht so hell wie die Sullas, das dichte und lockige Haar war karottenrot, während Sullas Haar goldrot glänzte. Die Maske war auf einem hölzernen Block befestigt und zuletzt bei der Beerdigung seines Vaters herausgenommen worden. Das Geld für die Beerdigung hatte Sulla durch eine Reihe demütigender Begegnungen mit einem ihm verhaßten Mann verdienen müssen.

Liebevoll schloß Sulla die Tür, dann tasteten seine Finger suchend über die Treppe, die zu dem Holztürchen hinaufführte. Die Stufen waren glatt und nichts deutete darauf hin, daß in ihnen eine kleine Schublade verborgen war. Doch wie bei einem echten Tempel war das Podium des Ahnentempelchens hohl. Sullas Finger fanden die richtige Stelle und zogen die Schublade aus der Treppe. Die Schublade war nicht als Geheimfach gedacht, sondern in ihr wurden das Testament des Verstorbenen sowie eine detaillierte Beschreibung seiner körperlichen Erscheinung, seiner Größe, seines Ganges, seiner Gewohnheiten und seiner sonstigen Körpermerkmale aufbewahrt. Wann immer ein Cornelius Sulla starb, wurde ein Schauspieler engagiert, der die Maske aufsetzte und den toten Vorfahr so täuschend ähnlich spielte, daß man glauben konnte, er sei zurückgekehrt, um einen weiteren Sproß seines Geschlechtes aus dieser Welt zu geleiten.

Neben den Dokumenten über den Priester Publius Cornelius Sulla Rufinus war in der Schublade genügend Platz für die beiden Fläschchen und das Kästchen mit dem Pulver. Sulla legte alles hinein, schob die Schublade wieder zurück und vergewisserte sich, daß sie ganz geschlossen war. Sein Geheimnis war bei Rufinus sicher aufgehoben.

Erleichtert richtete er sich auf, öffnete die Fensterläden und schob den Riegel an der Tür zurück. Er nahm den Flitterkram vom Tisch und griff mit einem boshaften Grinsen nach einer der Schriftrollen, die gleichfalls dort lagen.

Dann ging er ins Eßzimmer, in dem neben Clitumna und Nikopolis Lucius Gavius Stichus lag, natürlich auf dem Platz des Hausherrn. Auch Clitumna und Nikopolis lagen auf einem Sofa, statt auf Stühlen zu sitzen, wie es sich für Frauen ziemte. Die beiden Frauen gaben nicht viel auf Traditionen.

»Da seid ihr ja, Mädchen«, sagte Sulla. Zwei anbetende Augenpaare folgten ihm durch den Raum. Sulla warf den Frauen die Geschenke in den Schoß. Er hatte gut gewählt, die Sachen hätten tatsächlich von Märkten außerhalb Roms stammen können, und keine der Frauen würde sich schämen, sie zu tragen.

Stichus warf er die Schriftrolle hin.

»Dir habe ich auch eine Kleinigkeit mitgebracht, Stichus«, sagte er.

Verwirrt sah Stichus Sulla an, und während dieser sich zwischen den beiden kichernden und schnurrenden Frauen auf dem Sofa niederließ und es sich bequem machte, band er das Buch auf und rollte es auseinander. Zwei scharlachrote Flecken flammten auf seinen pickeligen Wangen auf, als er mit hervorquellenden Augen die realistisch gezeichneten Männerfiguren mit erigierten Penissen anstarrte, die auf dem unschuldigen Papyrus alle möglichen athletischen Taten miteinander vollführten. Mit zitternden Händen rollte er das Ding wieder zusammen und band es zu. Dann nahm er seinen ganzen Mut zusammen und blickte seinen Wohltäter an. Sullas furchteinflößende Augen glitzerten ihn über Clitumnas Kopf voller Verachtung an.

»Ich danke dir, Lucius Cornelius«, stammelte er.

»Gern geschehen, Lucius Gavius«, erwiderte Sulla kalt.

In diesem Augenblick wurde der *gustus* hereingetragen, das Vorgericht, das man, wie Sulla vermutete, anläßlich seiner Rückkehr in aller Eile erweitert hatte, denn neben den üblichen Oliven, Salaten und hartgekochten Eiern gab es heute auch ein paar Fasanenwürstchen und Thunfisch in Öl. Sulla stürzte sich hungrig auf das Essen. Dazwischen beobachtete er Stichus, der allein auf seinem Sofa saß und mitansehen mußte, wie seine Tante sich mit ihrem ganzen Körper gegen Sulla lehnte und Nikopolis' Hände hemmungslos Sullas Lenden liebkosten.

»Na, was gibt es Neues zu Hause?« fragte Sulla, als der erste Gang beendet war.

»Nicht viel«, antwortete Nikopolis, die sich mehr für das interessierte, was sich unter ihren Händen abspielte.

»Das glaube ich nicht.« Sulla hob Clitumnas Hand an seinen Mund und begann, ihre Fingerspitzen zu küssen. Als er Stichus angeekelten Blick sah, ging er dazu über, wollüstig an Clitumnas Fingern zu lutschen. »Komm, Schatz« – Clitumnas kleiner Finger verschwand in seinem Mund – »das glaube ich euch nicht« – der Ringfinger folgte – »daß gar nichts passiert ist.« Nacheinander verschwanden Mittelfinger, Zeigefinger, Daumen in Sullas Mund.

Glücklicherweise wurde in diesem Augenblick das *ferculum,* das Hauptgericht, hereingetragen. Clitumna zog ihre Hand zurück und streckte sie gierig nach dem Lammbraten in Thymiansoße aus.

»Unsere Nachbarn hatten viel Aufregung«, sagte sie kauend, »während es bei uns ruhig zuging.« Sie seufzte. »Titus Pomponius' Frau hat im Februar einen kleinen Jungen geboren.«

»Oh ihr Götter! Noch so ein langweiliger Geldsack!« meinte Sulla. »Und bei den Juliern?« Er dachte an die reizende Julilla und die Krone aus Gras.

»Dort gab es große Neuigkeiten!« Clitumna schleckte ihre Finger ab. »Ein ganz großes gesellschaftliches Ereignis – eine Hochzeit!«

Sulla glaubte zu fühlen, daß ihm das Herz wie ein Stein in den Magen fiel und dort inmitten der Speisen heftig schlagend liegenblieb. Ein seltsames Gefühl.

»Wirklich?« sagte er betont gleichgültig.

»Ja! Caesars älteste Tochter hat Gaius Marius geheiratet! Stell dir vor!«

»Gaius Marius?«

»Kennst du ihn nicht?«

»Ich glaube nicht. Marius? Er muß ein *homo novus* sein.«

»Richtig. Vor fünf Jahren war er Prätor, aber er hat es natürlich nicht zum Konsul gebracht. Er war Statthalter in Hispania Ulterior und hat dort ein Vermögen gemacht. Minen und so weiter.«

Sulla erinnerte sich plötzlich an den Mann mit dem Adlergesicht, der an der Amtseinführung der neuen Konsuln teilgenommen hatte. Er hatte eine purpurgeränderte Toga getragen. »Wie sieht er aus?«

»Grotesk, mein Lieber! Riesige Augenbrauen! Wie haarige Raupen.« Clitumna nahm sich von dem gedünsteten Broccoli. »Er ist mindestens dreißig Jahre älter als Julia, das arme Kind.«

»Das ist doch fast schon normal«, mischte sich Stichus ein, der endlich auch einmal zu Wort kommen wollte. »Mindestens die Hälfte aller römischen Mädchen heiratet Männer, die ihre Väter sein könnten. Ekelhaft!«

»So ein Unsinn!« Nikopolis richtete sich auf und funkelte Stichus böse an. »Laß dir sagen, du Schlappschwanz, daß ältere Männer für junge Mädchen sehr attraktiv sind! Ältere Männer sind wenigstens mitfühlend und vernünftig. Meine schlimmsten Liebhaber waren alle unter fünfundzwanzig. Tun so, als ob sie alles wüßten, dabei wissen sie gar nichts. Pfui! Als ob man von einem Bullen gestoßen würde! Vorbei, bevor es angefangen hat.«

Stichus, der dreiundzwanzig Jahre alt war, konnte das nicht auf sich sitzen lassen. »Du glaubst wohl, du weißt alles?« höhnte er.

Nikopolis sah ihn kalt an. »Ich weiß jedenfalls mehr als du, Schlappschwanz!«

»Jetzt kommt schon, heute wollen wir uns vertragen«, rief Clitumna. »Wo doch unser lieber Lucius Cornelius zurückgekommen ist.«

Prompt warf der so angesprochene Heimkehrer seine Stiefmutter auf den Rücken und kitzelte sie am Bauch, so daß sie schrill aufschrie und mit den Beinen in der Luft herumstrampelte. Daraufhin begann Nikopolis, Sulla zu kitzeln, und auf dem Sofa entstand ein wüstes Durcheinander.

Das war zuviel für Stichus. Er packte seine Schriftrolle und stolzierte aus dem Raum. Gegen Sulla war kein Kraut gewachsen. Tante Clitumna mußte den Verstand verloren haben! Nicht einmal während Sullas Abwesenheit hatte sie sich überreden lassen, Sulla aus dem Haus zu werfen. Sie hatte immer nur geheult, wie schade es sei, daß ihre beiden lieben Jungen sich nicht vertragen würden.

Daß er nichts gegessen hatte, war Stichus egal. In seinem Arbeitszimmer bewahrte er eine stattliche Sammlung von Eßbarem auf – ein Glas mit in Sirup eingelegten Feigen, ein kleines Tablett, das der Koch ständig mit süßem Honiggebäck versorgen mußte, eine Schachtel mit saftigen Rosinen, ferner Honigkuchen und Honigwein. Er konnte es ohne Lammbraten und Broccoli aushalten, für ihn zählten nur Süßigkeiten.

Eine fünfeckige Lampe verscheuchte die einbrechende Dunkelheit, als Stichus, das Kinn in die Hand gestützt und süße Feigen kauend, aufmerksam die Zeichnungen der Schriftrolle studierte, die Sulla ihm geschenkt hatte, und dazu die griechische Beschreibung las. Ah! Ooooh! Unter seiner Tunika regte sich etwas! Und Stichus' Hand fiel vom Kinn in den Schoß, verstohlen, obwohl nur ein Glas Feigen ihm zusah.

Einem Impuls folgend, für den er sich zugleich verachtete, ging Cornelius Sulla am nächsten Morgen über den Palatin zu jener Stelle, wo er vor Wochen Julilla begegnet war. Inzwischen war es Spätfrühling, und überall blühten Blumen – Narzissen und Anemonen, Hyazinthen, Veilchen und hier und da sogar eine frühe Rose. Der Felsbrocken, auf dem er im Januar gesessen hatte, war jetzt fast ganz unter saftiggrünem Gras verschwunden.

Julilla war da. Sie wirkte dünner, auch ihre Honigfarbe schien blässer, und eine Sklavin war bei ihr. Als Julilla Sulla sah, schoß eine wilde, triumphierende Freude in ihre Augen und verwandelte ihr Gesicht – sie war wunderschön. Sulla blieb abrupt stehen, ein Schauer überlief ihn. Venus. Sie war Venus, die Herrscherin über Leben und Tod. Denn war Leben nicht Zeugungstrieb und Tod sein Erlöschen? Alles andere waren Fabeln, die die Menschen erfunden hatten, um Leben und Tod eine tiefere Bedeutung zu geben.

Sie war Venus. War er Mars, ihr gleich an Göttlichkeit? Nein, er war nicht Mars. Wut packte ihn, Enttäuschung und Haß. Gift schoß durch seine Adern, und er verspürte einen überwältigenden Drang, sie zu verletzen und zu demütigen, bis aus Venus wieder Julilla geworden war.

»Ich habe gehört, daß du gestern zurückgekommen bist«, sagte sie.

»Du hast wohl überall Spione?« fragte er.

»In unserer Straße braucht man keine Spione, Lucius Cornelius. Die Diener wissen alles.«

»Nun, hoffentlich glaubst du nicht, daß ich hier nach dir gesucht habe. Ich wollte nur ein wenig Ruhe.«

Sie war schöner geworden in der Zwischenzeit. Mein Liebling, dachte er. Julilla. Der Name ging wie Honig über die Lippen.

»Willst du damit sagen, daß ich deine Ruhe störe?« Trotz ihrer Jugend war sie erstaunlich selbstsicher.

Er lachte und sagte so herablassend wie möglich: »Oh ihr Götter! Kleines Mädchen, du mußt noch lange warten, bis du groß bist!« Er lachte noch einmal. »Ich habe gesagt, daß ich hierher kam, weil ich Ruhe brauche. Also habe ich angenommen, daß ich hier Ruhe finde, oder? Die logische Schlußfolgerung lautet, daß du meine Ruhe nicht im geringsten störst.«

Julilla gab sich nicht geschlagen. »Keineswegs! Die Folgerung könnte auch lauten, daß du nicht erwartet hast, mir hier zu begegnen.«

»Weil es mir absolut gleichgültig war«, sagte er.

Es war ein ungleicher Kampf. Der Glanz in Julillas Augen erlosch, und aus der Unsterblichen wurde die Sterbliche. Julillas Gesicht zuckte, aber sie unterdrückte den Drang zu weinen und starrte Sulla nur verwirrt an. Sie konnte seinen Gesichtsausdruck und seine Worte nicht mit ihren tiefsten Herzensinstinkten in Einklang bringen, die ihr sagten, daß sie ihn eingefangen hatte.

»Ich liebe dich!« sagte sie, als ob damit alles erklärt sei.

Er lachte wieder. »Fünfzehn! Was weißt du schon von Liebe?«

»Ich bin sechzehn!« erwiderte sie.

»Jetzt hör mir mal zu, Kleine«, sagte Sulla schneidend. »Laß mich in Ruhe! Deine Reden sind mir nicht nur lästig, sondern langsam auch peinlich.« Er wandte sich um und ging weg.

Julilla brach nicht in Tränen aus. Vielleicht wäre es besser gewesen, wenn sie in Tränen ausgebrochen wäre. So aber ging sie zu ihrer Sklavin, die so tat, als genieße sie die Aussicht auf den menschenleeren Circus Maximus.

»Früher oder später kriege ich ihn, Chryseis.«

»Ich glaube nicht, daß er dich will«, sagte Chryseis.

»Natürlich will er mich!« rief Julilla. »Und wie er mich will!«

Chryseis wußte aus langjähriger Erfahrung mit Julilla, wann es besser war, den Mund zu halten. Sie widersprach nicht, sondern seufzte nur und zuckte mit den Schultern. »Mach, was du willst.«

»Das tue ich sowieso.«

Schweigend machten sich die beiden Mädchen auf den Rückweg. Als sie den großen Tempel der Magna Mater erreicht hatten, brach Julilla das Schweigen. Ihre Stimme klang entschlossen.

»Von jetzt an werde ich nichts mehr essen«, sagte sie.

Chryseis blieb erschrocken stehen. »Und was willst du damit erreichen?«

»Im Januar hat er gesagt, daß ich dick bin. Und er hat recht.«

»Julilla, du bist nicht dick!«

»Doch. Deshalb habe ich seit Januar keine Süßigkeiten mehr gegessen. Jetzt bin ich ein wenig schlanker, aber noch nicht schlank genug. Er mag schlanke Frauen. Schau dir nur Nikopolis an. Ihre Arme sind dünn wie Strohhalme.«

»Aber sie ist alt!« rief Chryseis. »Was dir steht, würde an ihr furchtbar aussehen. Außerdem werden sich deine Eltern Sorgen machen, wenn du nichts mehr ißt – sie werden glauben, daß du krank bist!«

»Sollen sie«, sagte Julilla. »Wenn sie glauben, daß ich krank bin, glaubt Lucius Cornelius das auch. Und dann wird er sich furchtbare Sorgen um mich machen.«

Vier Tage nach Sullas Rückkehr erkrankte Lucius Gavius Stichus in Clitumnas Haus an einer Verdauungsstörung und mußte das Bett hüten. Besorgt ließ Clitumna ein halbes Dutzend der angesehensten Ärzte des Viertels kommen, die übereinstimmend Lebensmittelvergiftung diagnostizierten.

»Aber er hat nichts anderes gegessen als wir anderen!« wandte Clitumna ein. »Er ißt sogar viel weniger.«

»Ah, *domina,* da irrst du dich aber«, lispelte der Arzt Athenodorus Siculus, ein Grieche aus Sizilien, der sich neugierig im ganzen Haus umgesehen hatte. »Du weißt doch bestimmt, daß Lucius Gavius im Arbeitszimmer einen halben Süßwarenladen aufbewahrt?«

»Unfug!« rief Clitumna. »Einen halben Süßwarenladen? Ein paar Feigen und etwas Gebäck, das ist alles.«

Die sechs Ärzte sahen einander an. »*Domina,* er ißt diese Süßigkeiten den ganzen Tag und die halbe Nacht, das haben mir deine Diener erzählt«, sagte Athenodorus. »Ich rate dir: Nimm ihm die Süßigkeiten weg. Dann wird sich nicht nur die Magenverstimmung bessern, sondern sein ganzer Gesundheitszustand.«

Lucius Gavius Stichus lag leichenblaß daneben, vom heftigen Durchfall so geschwächt, daß er sich nicht verteidigen konnte. Unruhig wanderten seine hervorstehenden Augen von einem Sprecher zum anderen.

»Er hat überall Pickel, und seine Haut hat eine schlechte Farbe«, sagte ein anderer griechischer Arzt, der aus Athen stammte. »Treibt er Sport?«

»Er braucht keinen Sport«, sagte Clitumna. Zum ersten Mal lag ein leicht zweifelnder Ton in ihrer Stimme. »Er ist geschäftlich dauernd unterwegs und reist von Ort zu Ort. Das hält ihn auf Trab, glaube mir!«

»Was hast du für einen Beruf, Lucius Gavius?« fragte ein spanischer Arzt.

»Ich bin Sklavenhändler«, sagte Stichus.

Außer Publius Popillius, einem Römer, waren alle anwesenden Ärzte als Sklaven nach Rom gekommen, und die Ablehnung in ihren Blicken war deutlich zu sehen. Sie erklärten die Untersuchung für beendet und zogen sich zurück.

»Wenn er nach Süßigkeiten verlangt, soll er Wein mit Honig trinken«, sagte Publius Popillius. »Ein oder zwei Tage lang darf er keine feste Nahrung zu sich nehmen. Wenn er sich dann hungrig fühlt, soll er ein normales Essen bekommen. Normales Essen, *domina!* Keine Süßigkeiten.«

Stichus' Zustand besserte sich in der folgenden Woche, er wurde jedoch nicht völlig gesund. Zwar aß er nur nahrhafte und gesunde Speisen, aber er litt in regelmäßigen Abständen unter Schwindelanfällen, Erbrechen, Schmerzen und Durchfall. Er verlor an Gewicht, allerdings so allmählich, daß es niemand im Haus auffiel.

Als der Sommer zu Ende ging, konnte er sich nicht einmal mehr in sein Arbeitszimmer am Porticus Metelli schleppen. Die Tage, an denen er danach verlangte, auf dem Sofa in der Sonne zu liegen, wurden immer seltener, das illustrierte Buch, das Sulla ihm geschenkt hatte, interessierte ihn nicht mehr, und Essen war eine Tortur. Er konnte nur noch den Honigwein ertragen und manchmal nicht einmal mehr den.

Bis September hatte Clitumna jeden Arzt in Rom zu Rat gezogen. Die Ärzte gaben viele verschiedene Diagnosen ab, von den Behandlungsvorschlägen ganz zu schweigen.

»Er darf essen, was er will.«

»Er darf nichts essen. Fasten ist am besten.«

»Er darf nur noch Bohnen essen.«

»Tröstet euch«, sagte der Grieche Athenodorus Siculus, »was immer er hat, ansteckend ist es offenbar nicht. Ich glaube, er hat eine bösartige Geschwulst in den oberen Eingeweiden. Trotzdem solltest du dafür sorgen, daß alle sich gründlich die Hände waschen, die mit ihm in Kontakt gekommen sind oder seinen Nachttopf ausleeren müssen.«

Zwei Tage später starb Lucius Gavius Stichus. Clitumna war außer sich vor Trauer. Sie wollte nicht länger in Rom bleiben, und Sulla brachte sie zu ihrem Landhaus nach Circei.

Als Sulla aus Circei zurückkehrte, gab er Nikopolis einen Kuß, dann zog er aus ihren Räumen aus.

»Ich übernehme wieder das Arbeitszimmer und mein eigenes Schlafzimmer«, sagte er. »Schließlich bin ich jetzt, wo der klebrige Stichus tot ist, der nächste Verwandte Clitumnas.« Die üppig illustrierten Buchrollen verbrannte er in einem Eimer. Nikopolis sah ihm von der Tür des Arbeitszimmers aus zu.

Die Karaffe mit dem Honigwein stand auf einer kostbaren Konsole aus Zitronenholz. Als Sulla das Gefäß hochhob, sah er Feuchtigkeitsringe, die sich unauslöschbar in die feine Holzmaserung gefressen hatten. Verächtlich zog er den Atem durch die Zähne.

»So eine Kakerlake! Leb wohl, du süße Feige!«

Er warf die Karaffe durch das offene Fenster in den Garten des Peristyls, wo sie auf der Fußplatte des Standbilds von Apollo und Daphne in tausend Scherben zerbarst. Der Honigwein bildete auf dem glatten Stein einen große Lache und tropfte in dünnen Rinnsalen auf den Boden.

»Du hast recht«, kicherte Nikopolis, »er war wirklich eine süße Feige.« Sie rief nach ihrer Magd Bithy und befahl ihr, die Lache aufzuwischen.

Niemand bemerkte die Spuren eines weißen Pulvers auf dem Marmor. Bithy wischte sie unbeachtet weg.

»Ich bin froh, daß du nicht die Statuen getroffen hast«, sagte Nikopolis. Sie saß auf Sullas Knien.

»Mir tut es leid«, sagte Sulla. Er sah sehr zufrieden aus.

»Leid? Aber Lucius Cornelius, sie sind doch so schön angemalt! Die ganze Farbe wäre ruiniert gewesen.«

Sulla kräuselte verächtlich die Oberlippe, so daß seine Zähne zu sehen waren. »Warum muß ich es immer mit Narren zu tun haben, die nicht wissen, was Kunst ist?« Er schob Nikopolis von seinen Knien.

Die Lache war verschwunden. Bithy wrang den Lappen aus und leerte den Wassereimer in das Blumenbeet.

»Bithy!« rief Sulla. »Wasch dir die Hände, und zwar gründlich! Du weißt nicht, woran Stichus gestorben ist, und er hat ja dauernd von dem Honigwein getrunken.«

Bithy strahlte, weil er so besorgt um sie war.

»Ich habe heute einen sehr interessanten jungen Mann entdeckt«, sagte Gaius Marius zu Publius Rutilius Rufus.

Die beiden Männer saßen in der Einfriedung des Tellus-Tempels gleich neben Rutilius Rufus' Haus, in die an diesem windigen Herbsttag die Sonne schien. »In mein Peristyl fällt kein einziger Sonnenstrahl«, hatte Rutilius Rufus erklärt und deshalb seinen Besucher zu einer Holzbank in der Nähe des großen, aber halbverfallenen Tempels geführt. »Unsere alten Götter werden heutzutage vernachlässigt, ganz besonders meine gute alte Nachbarin Tellus. Alle verneigen sich vor der Magna Mater von Asien und vergessen, daß Rom mit seiner eigenen Erdgöttin besser gedient wäre!«

Gaius Marius hatte die Begegnung mit dem interessanten jungen Mann nur erwähnt, um der drohenden Predigt über die ältesten und geheimnisvollsten Götter Roms zu entgehen. Der kleine Trick funktionierte. Rutilius Rufus konnte interessanten Menschen jeden Alters und Geschlechts nicht widerstehen.

»Von was für einem jungen Mann redest du?« fragte er und wandte sein Gesicht mit geschlossenen Augen der Sonne zu.

»Er heißt Marcus Livius Drusus und ist wahrscheinlich nicht älter als – nun, siebzehn oder achtzehn Jahre.«

»Mein Neffe Drusus?«

Marius sah ihn überrascht an. »Er ist dein Neffe?«

»Ja, wenn du den Sohn des Marcus Livius Drusus meinst, der im Januar seinen Triumph gefeiert hat und sich für das kommende Jahr zum Zensor wählen lassen will.«

Marius lachte und schüttelte den Kopf. »Nein, wie peinlich! Warum kann ich mir solche Dinge nie merken?«

»Wahrscheinlich deshalb«, sagte Rutilius Rufus trocken, »weil meine Frau Livia jetzt schon seit vielen Jahren tot ist, nie an den Gelagen in meinem Haus teilnahm und auch nie außer Haus ging. Um dein bäurisches Gedächtnis aufzufrischen: Livia war die Schwester des Vaters deines interessanten jungen Mannes. Ich habe meine Frau sehr gemocht. Sie hat mir zwei prächtige Kinder geschenkt und nie mit mir gestritten.«

»Ich weiß«, sagte Marius unangenehm berührt. Würde er diese Familienbeziehungen denn niemals auseinanderhalten können? »Du solltest wieder heiraten«, sagte er dann. Seine eigene Ehe machte ihn sehr glücklich.

»Nein danke! Ich kann meine Leidenschaften beim Briefeschreiben abreagieren.« Rutilius Rufus öffnete ein Auge und sah Marius an. »Und warum hältst du soviel von meinem Neffen Drusus?«

»In den letzten Wochen haben mich mehrere Abordnungen unserer italischen Bundesgenossen aufgesucht«, sagte Marius langsam. »Alle beschwerten sich bitter, daß Rom ihre Soldaten mißbraucht. Meiner Meinung nach haben sie gute Gründe für ihre Beschwerde, denn fast alle Konsuln sind in den letzten zehn Jahren oder länger leichtfertig mit dem Leben der Soldaten umgegangen – als ob die Männer Stare oder Spatzen wären! Und als erste mußten immer die Soldaten der italischen Bundesgenossen dran glauben, denn es ist üblich geworden, sie in gefährlichen Situationen vor unseren eigenen einzusetzen.«

Rutilius Rufus kannte Marius gut genug, um zu wissen, daß diese scheinbare Abschweifung zuletzt doch noch zu seinem Neffen Drusus führen würde. Deshalb ging er bereitwillig auf sie ein. »Rom hat die italischen Bundesgenossen unter seinen Schutz genommen, um die ganze Halbinsel besser verteidigen zu können. Die italischen Völker stellen uns Soldaten zur Verfügung, dafür wurde ihnen ein Sonderstatus als Bundesgenossen Roms zugestanden. Sie stellen uns Truppen, damit wir gemeinsam für eine gemeinsame Sache kämpfen können. Wäre es nicht so, würden sich die Völker der Halbinsel noch immer gegenseitig bekriegen – und dabei mehr Männer verlieren, als irgendein römischer Konsul jemals verloren hat.«

»Darüber kann man geteilter Meinung sein«, sagte Marius. »Sie hätten sich auch ohne Rom miteinander verbünden können!«

»Aber sie sind nun einmal mit Rom verbündet, und das seit zwei- oder dreihundert Jahren. Mein lieber Gaius Marius, ich verstehe nicht, worauf du eigentlich hinauswillst.«

»Die Bundesgenossen behaupten, daß Rom ihre Truppen in fernen Kriegen einsetzt, von denen keinerlei Nutzen für Italien zu erwarten ist«, erklärte Marius geduldig. »Dafür haben wir ihnen einmal das römische Bürgerrecht in Aussicht gestellt, aber seit fast achtzig Jahren hat keine italische oder latinische Gemeinde mehr das Bürgerrecht erhalten. Es mußte erst zur Revolte von Fregellae kommen, bis der Senat zu Zugeständnissen bereit war!«

»Das ist eine sehr vereinfachte Darstellung«, sagte Rutilius Rufus. »Wir haben den italischen Bundesgenossen nicht pauschal das Bürgerrecht versprochen. Wir haben ihnen angeboten, stufenweise die Bürgerrechte zu erwerben, und zwar im Austausch für fortgesetzte Treue – zuerst die latinischen Rechte.«

»Latinische Rechte bedeuten sehr wenig, Publius Rutilius! Bestenfalls ein zweitklassiges Bürgerrecht.«

»Nun ja, aber du wirst zugeben, daß wir in den fünfzehn Jahren seit dem Aufstand von Fregellae viel verbessert haben«, beharrte Rutilius Rufus. »Jeder, der in einer Bürgergemeinde ein Amt innehat, erhält jetzt automatisch das volle römische Bürgerrecht für sich und seine Familie.«

»Ich weiß, ich weiß. Das Gesetz verschafft Rom genau die richtigen neuen Bürger – Männer mit Vermögen und Einfluß.«

Rutilius Rufus zog die Augenbrauen hoch. »Und was ist falsch daran?«

»Du denkst zwar oft aufgeschlossen und fortschrittlich, Publius Rutilius, aber in deinem Herzen bist du ein genauso spießiger römischer Adliger wie Gnaeus Domitius Ahenobarbus!« Marius war gereizt, versuchte jedoch, sich zu beherrschen. »Warum begreifst du denn nicht, daß Rom und Italien gleichberechtigt in eine Union zusammengehören?«

»Weil sie eben nicht zusammengehören!« Auch Rutilius Rufus war ungeduldig geworden. »Wirklich, Gaius Marius! Wie kannst du hier in Roms Mauern für politische Gleichberechtigung von Römern und Italikern eintreten? Rom ist nicht zufällig die erste Macht in der Welt geworden! Rom ist anders.«

»Rom ist etwas Besseres, willst du sagen.«

»Richtig!« Rutilius Rufus richtete sich auf. »Rom ist Rom, die Römer sind den anderen Völkern überlegen!«

»Hast du eigentlich nie darüber nachgedacht, Publius Rutilius, daß Rom noch größer wäre, wenn ganz Italien – auch das italische Gallien – zu seinem Herrschaftsbereich gehören würde?«

»Unsinn! Rom wäre dann nicht mehr Rom«, antwortete Rutilius.

»Und damit weniger?«

»Natürlich!«

»Aber die heutige Situation ist doch eine Posse«, beharrte Marius. »Italien ist ein Flickenteppich! Einige Gegenden haben das volle Bürgerrecht, andere das latinische Recht, wieder andere nur den Status von Bundesgenossen, alles wild durcheinander. Wie kann da ein Gefühl der Einheit, der Verbundenheit mit Rom entstehen?«

»Völker, die das Bürgerrecht oder das latinische Recht haben, verraten uns nicht. Es würde sich für sie nicht auszahlen, uns zu verraten, besonders dann nicht, wenn sie die Alternative in Betracht ziehen.«

»Damit meinst du vermutlich einen Krieg gegen Rom?«

»Na ja, so weit würde ich nicht gehen. Ich meine mehr den Verlust von Privilegien, der für die römischen und latinischen Gemeinden unannehmbar wäre, ganz zu schweigen von dem Verlust an gesellschaftlicher Wertschätzung und Anerkennung.«

»*Dignitas* über alles«, sagte Marius.

»Genau.«

»Du glaubst also, die Anführer dieser römischen und latinischen Gemeinden könnten verhindern, daß die italischen Völker eines Tages auf die Idee kommen, sich gegen Rom zusammenzuschließen?«

Rutilius Rufus war schockiert. »Gaius Marius, von was redest du da? Du bist doch kein Gaius Gracchus und ganz bestimmt kein Reformer!«

Marius erhob sich und ging mehrere Male vor der Bank auf und ab. Dann wandte er sich plötzlich Rutilius zu und sah ihn mit einem wilden Blick an. »Du hast recht, ich bin kein Reformer, aber ich bin ein praktisch denkender Mensch, und ich habe, wie ich mir selbst schmeichle, mehr als nur meinen gerechten Anteil an Intelligenz mitbekommen. Außerdem bin ich kein echter Römer – wie mir die echten Römer immer wieder deutlich zu verstehen geben. Vielleicht ist es meiner Herkunft aus der Provinz zuzuschreiben, daß ich Rom aus einer Distanz sehen kann, wie das vermutlich kein echter Römer kann. Und ich sehe voraus, daß wir Probleme mit unseren Bundesgenossen bekommen werden. Vor ein paar Tagen habe ich gehört, was die italischen Bundesgenossen zu sagen hatten. Veränderungen liegen in der Luft.«

Rutilius Rufus sah Marius, der sich vor ihm aufgebaut hatte, gereizt an. »Setz dich bitte wieder! Ich bekomme sonst noch Nakkenschmerzen.«

Marius setzte sich wieder auf die Bank und streckte die Beine aus.

»Du suchst dir Klienten unter den Italikern«, sagte Rutilius Rufus.

»Richtig. Aber nicht ich allein, Publius Rutilius. Gnaeus Domitius Ahenobarbus zählt inzwischen ganze Ortschaften zu seinen Klienten. Auch Marcus Aemilius Scaurus ist sich nicht zu schade, norditalische Klienten an sich zu binden.«

»Aber wenigstens tut er etwas für seine Klienten – er läßt Sümpfe trockenlegen oder eine neue Versammlungshalle bauen.« Rutilius Rufus gehörte zu Scaurus' Anhängern.

»Zugegeben. Aber vergiß nicht die Meteller in Etrurien. Auch sie werben eifrig Klienten.«

Rutilius Rufus seufzte tief. »Gaius Marius, wann erfahre ich endlich, was du mir auf diese umständliche Weise sagen willst?«

»Das weiß ich selbst noch nicht genau«, sagte Marius. »Ich spüre nur so etwas wie eine Grundströmung. Den großen römischen Geschlechtern wird langsam bewußt, wie wichtig die italischen Bundesgenossen sind. Sie – wie soll ich es ausdrücken – folgen einem Instinkt, den sie selbst noch nicht verstehen.«

»Ich zweifle nicht an deinem Instinkt«, sagte Rutilius Rufus. »Du bist ein bemerkenswert kluger Mensch, Gaius Marius. Oberflächlich betrachtet, ist ein Klient nicht viel wert. Er ist viel mehr auf seinen Patron angewiesen als umgekehrt. Mit Ausnahme von Wahlen vielleicht, oder wenn eine Katastrophe droht. Vielleicht kann der Klient seinem Patron nur dadurch helfen, daß er sich weigert, jemanden gegen die Interessen seines Patrons zu unterstützen. Aber Instinkte sind wichtig, darin stimme ich dir zu. Sie machen auf verborgene Tatsachen aufmerksam, noch lange ehe der nüchterne Verstand sie entdeckt. Vielleicht hast du recht mit deiner Grundströmung. Und vielleicht ist es der einzige Weg aus der Gefahr, daß die großen römischen Familien die italischen Bundesgenossen als Klienten gewinnen. Ich weiß es wirklich nicht.«

»Ich weiß es auch nicht«, sagte Marius. »Aber ich werbe Klienten an.«

»Aber zurück zum Ausgangspunkt«, lächelte Rutilius Rufus. »Wir wollten über meinen Neffen Drusus sprechen, wenn ich mich richtig erinnere.«

Marius sprang auf. »Stimmt! Komm mit, Publius Rutilius, vielleicht sind wir noch nicht zu spät dran. Ich will dir ein Beispiel für die neue Einstellung der großen Familien gegenüber den italischen Bundesgenossen zeigen!«

Rutilius erhob sich ebenfalls. »Ich komme ja schon! Aber wohin?«

»Zum Forum natürlich!« Marius ging bereits den Abhang des Tempelbezirks zur Straße hinunter. »Dort findet gerade ein Prozeß statt, und wenn wir Glück haben, ist er noch nicht vorbei.«

»Es überrascht mich, daß du davon weißt«, sagte Rutilius Rufus trocken. »Du kümmerst dich doch sonst nicht um die Vorgänge auf dem Forum.«

»Und mich überrascht, daß du nicht seit heute morgen auf dem

Forum bist«, entgegnete Marius. »Schließlich ist es der erste Auftritt deines Neffen Drusus als Advokat.«

»Nein! Seinen ersten Auftritt hatte er schon vor Monaten. Damals vertrat er die Anklage gegen den obersten Finanztribunen.«

»Ach so.« Marius zuckte die Schultern und beschleunigte den Schritt. »Dann kann ich dir natürlich kein Versäumnis vorwerfen. Aber auf jeden Fall solltest du die Karriere des jungen Drusus genau beobachten, Publius Rutilius. Dann würdest du nämlich auch meine Ausführungen über die italischen Bundesgenossen besser verstehen.«

»Bitte kläre mich auf.« Rutilius Rufus' Atem ging schwer. Marius vergaß immer, daß sein Freund kürzere Beine hatte als er.

»Ich hörte heute auf dem Forum jemanden in schönstem Latein und mit einer schönen Stimme reden. Ein neuer Redner, dachte ich und blieb stehen. Es war dein junger Neffe Drusus!«

»In welchem Fall vertritt er diesmal die Anklage?«

»Das ist ja gerade das Interessante: Er tritt diesmal nicht als Ankläger auf, sondern als Verteidiger. Noch dazu vor dem Fremdenprätor! Es ist ein wichtiger Fall, denn es werden sogar Geschworene berufen.«

»Mord an einem römischen Bürger?«

»Nein. Bankrott.«

»Das ist ungewöhnlich«, schnaufte Rutilius Rufus.

»Wie ich die Sache verstanden habe, handelt es sich um eine Art Präzedenzfall«, fuhr Marius fort, ohne seine Schritte zu verlangsamen. »Kläger ist der Geldhändler Gaius Oppius, Beklagter ein marsischer Geschäftsmann namens Lucius Fraucus aus Marruvium. Wie mir ein Informant erzählt hat, hatte Oppius die Außenstände auf seinen italischen Konten satt. Deshalb beschloß er, einen Italiker hier in Rom vor Gericht zu bringen, um ein Exempel zu statuieren. Er will den Italikern solche Angst einjagen, daß sie ihre – vermutlich exorbitanten – Schuldzinsen pünktlich zahlen.«

»Die Zinsen«, keuchte Rutilius Rufus, »liegen bei zehn Prozent.«

»Nur wenn du Römer bist«, erwiderte Marius.

»Wenn du so weiterredest, wirst du wie die Gracchen enden – nämlich mausetot.«

»Unsinn!«

Rutilius Rufus verlangsamte seinen Schritt. »Ich möchte lieber nach Hause. Ich weiß wirklich nicht, warum wir zum Forum gehen.«

»Weil dein Neffe immer noch spricht. Als ich das Forum verließ, hatte er noch gute zweieinhalb Stunden für sein Plädoyer«, antwortete Marius. »Der Prozeß ist sozusagen ein Experiment. Hat irgendwas mit den neuen Prozeßregeln zu tun, die sie einführen wollen. Zuerst kamen die Zeugen dran, dann erhielt die Anklage zweieinhalb Stunden für die Zusammenfassung, dann die Verteidigung drei Stunden für das Plädoyer. Danach bittet der Fremdenprätor die Geschworenen um ihr Urteil.«

Sie schritten den Clivus Sacer hinunter, und der untere Teil des Forum Romanum lag jetzt direkt vor ihnen.

»Gut! Wir kommen gerade rechtzeitig zum Schlußplädoyer«, sagte Marius.

Marcus Livius Drusus sprach immer noch, und immer noch hörten ihm die Anwesenden gebannt zu. Der neue Advokat war deutlich unter zwanzig Jahre alt, von mittlerer Größe und gedrungener Gestalt, und er hatte schwarze Haare und eine dunkle Haut: kaum ein Advokat, der durch seine physische Erscheinung zu bannen vermochte, obwohl sein Gesicht nicht unattraktiv war.

»Ist er nicht erstaunlich?« fragte Marius leise. »Man fühlt sich persönlich angesprochen und glaubt sich geradezu allein mit ihm.«

Marius und Rutilius standen am hinteren Rand einer großen Menge, aber sogar auf diese Entferung hatten sie den Eindruck, als seien Drusus' dunkle Augen allein auf sie gerichtet.

»Nirgends steht geschrieben, daß sich ein Mann nur deshalb im Recht befindet, weil er Römer ist«, sagte der junge Mann gerade. »Ich spreche nicht für den Beklagten Lucius Fraucus, ich spreche für Rom! Für Ehre, Integrität und Gerechtigkeit! Nicht für jene Art vordergründiger Gerechtigkeit, die nur die Buchstaben des Gesetzes versteht, sondern für die Gerechtigkeit, die den Sinn hinter dem Wortlaut begreift. Das Gesetz darf kein Felsbrocken sein, der auf einen Menschen herabfällt und ihn gleichmacht mit allen anderen Menschen, denn die Menschen sind nicht gleich. Das Gesetz soll ein weiches Tuch sein, das den Menschen umhüllt und dennoch seine Konturen erkennen läßt, auch wenn das Tuch für alle Menschen gleich ist. Wir dürfen nie vergessen, daß wir, als Bürger Roms, dem Rest der Welt ein Beispiel geben müssen, vor allem, was unsere Gesetze und Gerichte angeht.«

Drusus unterstrich seine Worte mit beredten Gesten. Die kleinste Fingerbewegung, die weit ausholenden Bewegungen des rechten Arms, die Kopfbewegungen und das Mienenspiel – alles beherrschte er perfekt.

»Lucius Fraucus, Italiker aus Marruvium, ist ein Opfer, kein Täter. Niemand – auch Lucius Fraucus nicht – bestreitet die Tatsache, daß der große Geldbetrag, den Gaius Oppius als Kredit gegeben hat, verschwunden ist. Es bestreitet auch niemand, daß das Geld Gaius Oppius zurückerstattet werden muß, und zwar einschließlich der aufgelaufenen Zinsen. Lucius Fraucus ist bereit, notfalls seine Häuser zu verkaufen, seine Ländereien, seine Geschäftsbeteiligungen, seine Sklaven, seine Möbel – seinen gesamten Besitz!«

Drusus trat vor die Geschworenen und musterte sie eindringlich. »Ihr habt die Zeugen gehört. Ihr habt die Anklage gehört. Lucius Fraucus hat das Geld geliehen, aber er hat es nicht gestohlen. Deshalb behaupte ich, daß Lucius Fraucus das eigentliche Opfer ist, nicht der Geldhändler Gaius Oppius. Wenn ihr, die Geschworenen, Lucius Fraucus verurteilt, unterwerft ihr ihn dem vollen Strafmaß des Gesetzes, das für Menschen gilt, die nicht Bürger dieser großen Stadt sind und auch nicht die latinischen Rechte besitzen. Das gesamte Hab und Gut des Lucius Fraucus wird versteigert werden. Ihr wißt, was das bedeutet. Es wird nicht annähernd soviel Geld einbringen, wie es wert ist, vielleicht nicht einmal genug, um die geborgte Summe zurückzuerstatten.« Bei dieser letzten Bemerkung warf Drusus einen vielsagenden Blick auf den Geldhändler Gaius Oppius.

»Nun denn! Wenn Lucius Fraucus seine Schulden deshalb nicht bezahlen kann, wird er in Schuldknechtschaft verkauft werden, bis die Differenz zwischen der geforderten Summe und dem Erlös aus der Versteigerung gedeckt ist. Nun mag Lucius Fraucus zwar ein schlechter Menschenkenner sein, wenn es um die Auswahl seiner wichtigsten Angestellten geht, doch er ist ein geschickter und erfolgreicher Geschäftsmann. Aber wie soll er jemals seine Schulden zurückzahlen, wenn er – arm und entehrt – in Schuldknechtschaft lebt?«

Drusus konzentrierte sich nun ganz auf den römischen Geldhändler, einen milde aussehenden, etwa fünfzigjährigen Mann, der Drusus gleichfalls gebannt lauschte.

»Wird ein Mensch, der kein römischer Bürger ist, eines Verbrechens für schuldig befunden, so folgt eines unausweichlich: Er wird ausgepeitscht. Er wird mit einer Peitsche geschlagen, die mit Widerhaken versehen ist. Er wird gepeitscht, bis von seiner Haut und seinen Muskeln nichts mehr übrig ist, bis er für den Rest seines

Lebens verunstaltet ist und schlimmere Narben davonträgt als ein Minensklave.«

Marius' Nackenhaare sträubten sich: Hatte der junge Mann ihn bei diesen Worten direkt angeblickt oder hatten ihm seine Augen einen Streich gespielt? Denn Marius war einer der größten Minenbesitzer Roms. Doch wie hätte der junge Drusus einen verspäteten Zuhörer am hinteren Rand einer so großen Menschenmenge entdecken sollen?

»Wir sind Römer!« rief er. »Italien und seine Bürger stehen unter unserem Schutz. Wollen wir uns wirklich wie Minenbesitzer gegenüber Menschen verhalten, die uns als Vorbild ansehen? Wollen wir einen Unschuldigen wegen einer Formsache verurteilen – nur weil ein Schuldschein seine Unterschrift trägt? Wollen wir seine Bereitschaft ignorieren, volle Wiedergutmachung zu leisten? Wollen wir ihm weniger Gerechtigkeit widerfahren lassen, als wir einem römischen Bürger zubilligen würden? Wollen wir einen Mann auspeitschen lassen, dem man eher eine Narrenmütze aufsetzen sollte, weil er einem Dieb vertraut hat? Wollen wir seine Frau zur Witwe machen? Wollen wir seinen Kindern den liebevollen Vater nehmen und sie zu Waisen machen? Sicherlich nicht, verehrte Geschworene! Denn wir sind Römer. Wir sind besser als andere Menschen!«

Der Redner wandte sich abrupt von dem Geldhändler ab. Eine kleine Pause entstand. Alle Augen waren wie gebannt auf Drusus gerichtet, fast alle Augen – mit Ausnahme der Augen einiger Geschworener in der vordersten Reihe, die sich ansonsten von den übrigen Mitgliedern der Jury nicht unterschieden. Auch Gaius Marius und Publius Rutilius Rufus sahen den Redner nicht an. Einer der Geschworener starrte Oppius durchdringend an und fuhr sich mit dem Zeigefinder über die Kehle, als ob er sich dort kratzen wollte. Die Antwort folgte sofort: ein kaum wahrnehmbares Kopfschütteln des großen Bankiers. Gaius Marius lächelte.

»Ich danke dir, *praetor peregrinus*«, sagte der junge Mann und verbeugte sich vor dem Fremdenprätor. Plötzlich wirkte er steif und schüchtern.

»Ich danke dir, Marcus Livius«, antwortete der Fremdenprätor und richtete seinen Blick auf die Geschworenen. »Bürger Roms, schreibt euren Spruch auf die Tafeln und übergebt sie dem Gericht.«

Die Geschworenen zogen kleine graue Tontafeln und Kohlestifte hervor, doch sie schrieben nicht. Statt dessen starrten sie auf die Hinterköpfe der Geschworenen, die in der Mitte der ersten Reihe saßen. Der Mann, der Oppius eine stumme Frage gestellt hatte, nahm seinen Stift und zeichnete einen Buchstaben auf seine Tontafel. Dann gähnte er ausgiebig und reckte dabei die Arme hoch über den Kopf. Die Tafel hielt er noch immer in der linken Hand. Die übrigen Geschworenen begannen nun eifrig zu schreiben und überreichten dann ihre Tafeln den Liktoren, die sie einsammelten.

Der Fremdenprätor zählte die Stimmen selbst aus. Atemlos warteten alle auf das Urteil. Der Prätor blickte erst auf, als er alle einundfünfzig Tafeln gezählt hatte.

»Freispruch«, sagte er. »Dreiundvierzig dafür, acht dagegen. Lucius Fraucus von Marruvium, Angehöriger des mit Rom verbündeten Volkes der Marser, du wirst von diesem Gericht hiermit freigesprochen, aber nur unter der Bedingung, daß du die versprochene volle Wiedergutmachtung leistest. Du wirst noch heute die Einzelheiten mit deinem Gläubiger Gaius Oppius klären.«

Damit war der Prozeß beendet. Marius und Rutilius Rufus warteten, bis die versammelten Menschen dem jungen Marcus Livius Drusus ihre Glückwünsche ausgesprochen hatten.

»Ich gratuliere dir, Marcus Livius«, sagte Marius und reichte ihm die Hand.

»Danke, Gaius Marius.«

»Gut gemacht«, sagte Rutilius Rufus.

Gemeinsam verließen sie das Forum.

Rutilius Rufus beteiligte sich nicht an dem Gespräch zwischen Marius und Drusus. Er freute sich, daß sein Neffe seine Sache so gut gemacht hatte, aber er kannte auch die Schwächen in dessen Charakter. Der junge Drusus war ein ziemlich humorloser Mensch, brillant, aber zugleich seltsam starrsinnig, ernst, zäh, ehrgeizig und unfähig, eine Sache aufzugeben, in die er sich verbissen hatte, selbst wenn er sich dadurch selbst schädigte. Er würde es einmal nicht leicht haben. Trotzdem war er ein ehrenwerter Kerl.

»Es wäre schlecht für Rom gewesen, wenn dein italischer Klient verurteilt worden wäre«, sagte Marius gerade.

»Sehr schlecht«, stimmte Drusus zu. »Fraucus ist einer der einflußreichsten Männer in Marruvium, er gehört dem marsischen Ältestenrat an.«

Sie waren am Ausgang des Forums angekommen. »Geht ihr den Palatin hinauf?« fragte Drusus.

»Nein.« Publius Rutilius Rufus war aus seinen Gedanken wieder erwacht. »Gaius Marius wird bei mir speisen, Neffe.«

Drusus verbeugte sich und ging in Richtung Clivus Palatinus weiter. Hinter Marius und Rutilius Rufus tauchte die wenig einnehmende Gestalt des jungen Quintus Servilius Caepio auf. Caepio war Drusus' bester Freund, und er beeilte sich, Drusus einzuholen.

»Diese Freundschaft gefällt mir nicht.« Rutilius Rufus sah den beiden jungen Männern nach.

»Warum nicht?«

»Die Familie Servilius Caepio ist sehr vornehm und sagenhaft reich, aber bei ihnen paart sich ein kleiner Verstand mit einer großen Einbildung. Meinem Neffen scheinen die Unterwürfigkeit und die Schmeicheleien des jungen Caepio mehr zu bedeuten als die Freundschaft seiner anderen Altersgenossen. Schade. Denn ich fürchte, Gaius Marius, daß der junge Drusus sich überschätzt, wenn er sich nur an Caepios Ergebenheit orientiert.«

Später in derselben Woche besuchte Marius seinen Freund Rutilius Rufus noch einmal. Rutilius war beim Packen.

»Panaitios liegt im Sterben«, sagte er mit Tränen in den Augen.

»Oh, das tut mir leid! Wo lebt er? Wirst du rechtzeitig zu ihm kommen?«

»Ich hoffe es. Er lebt in Tarsus. Offenbar hat er nach mir verlangt. Stell dir das vor: Von all den Römern, die er unterrichtet hat, will er ausgerechnet mich sehen!«

Marius sah ihn freundlich an. »Wundert dich das? Schließlich warst du sein bester Schüler.«

»Nein, nein«, sagte Rutilius abwesend.

»Ich will dich jetzt nicht länger stören, Publius Rutilius.«

»Unsinn.« Rutilius Rufus führte Marius in sein Arbeitszimmer, das ein einziges Chaos war. Auf allen Tischen stapelten sich Buchrollen, die meisten nur halb aufgerollt, einige vom Tisch auf den Boden hängend – Kaskaden kostbaren ägyptischen Papiers.

»Laß uns in den Garten gehen«, sagte Marius. Es schien ihm unmöglich, in diesem Durcheinander ein ruhiges Gespräch zu führen, obwohl er sicher war, daß Rutilius Rufus bei Bedarf jede beliebige Buchrolle sofort finden würde.

»Woran schreibst du gerade?« fragte er. Sein Blick war auf eine lange Rolle gefallen, die zur Hälfte mit Rutilius Rufus' gestochener Handschrift bedeckt war.

»Dazu wollte ich dir später noch ein paar Fragen stellen«, antwortete Rutilius, während er seinen Besucher in den Garten führte.

»Ich arbeite an einem Handbuch der Kriegführung. Wir haben uns doch neulich über die unfähigen Feldherren unterhalten. Ich dachte mir, daß endlich einmal ein kompetenter Mann ein hilfreiches Buch über Kriegführung schreiben sollte. In den ersten Teilen geht es um Logistik und Planung, jetzt bin ich bei Taktik und Strategie. Darüber kannst du mir sicher einiges sagen.«

»Ich stehe dir jederzeit zur Verfügung.« Marius setzte sich auf eine Holzbank. Der Garten war sehr klein und ohne Sonnenlicht. »Hat dich Metellus Schweinebacke wieder einmal besucht?«

»Er war erst heute morgen hier.« Rutilius ließ sich ebenfalls nieder.

»Mich hat er heute morgen auch besucht.«

»Unser Freund Schweinebacke hat sich überhaupt nicht verändert.« Rutilius Rufus lachte. »Wenn ich hier einen Schweinestall hätte, ich hätte ihn auf der Stelle hineingeworfen.«

»Das kann ich dir zwar nachfühlen, aber wir sollten uns lieber zurückhalten. Was wollte er?«

»Er will für das Konsulat kandidieren.«

»Wenn überhaupt Wahlen stattfinden! Wie kommen diese beiden Narren nur auf die Idee, sich noch einmal als Volkstribunen aufstellen zu lassen? Das ist schon den Gracchen schlecht bekommen.«

»Das dürfte die Wahlen der Zenturien und die Wahlen der Plebs eigentlich nicht beeinflussen«, meinte Rutilius Rufus.

»Aber es wird sie beeinflussen! Unsere beiden Wiederbewerber werden ihre Kollegen dazu bringen, gegen jede Wahl ein Veto einzulegen. Du weißt doch, wie die Volkstribunen sind – wenn sie einmal Blut gerochen haben, kann sie niemand mehr aufhalten.«

Rutilius mußte lachen. »Ich sollte ja eigentlich wissen, wie Volkstribunen sind! Ich war einer der schlimmsten. Und du warst nicht besser, Gaius Marius!«

»Na ja ...«

»Die Wahlen werden stattfinden, mach dir keine Sorgen«, sagte Rutilius Rufus gelassen. »Ich vermute, daß die Volkstribunen vier Tage vor den Iden des Dezember gewählt werden. Alle anderen Wahlen werden gleich nach den Iden stattfinden.«

»Und Metellus Schweinebacke wird Konsul werden«, sagte Marius.

Rutilius Rufus beugte sich vor. »Er weiß etwas.«

»Ich glaube, du hast recht, alter Freund. Er weiß etwas, das wir nicht wissen. Aber was?«

»Jugurtha. Er plant einen Feldzug gegen Jugurtha.«

»Er hat mir angeboten, in seinem Heer erster Legat zu werden.«

»Das hat er mir auch angeboten.«

Die beiden Männer sahen sich an und grinsten.

»Wir müssen so schnell wie möglich herausfinden, was los ist.« Marius stand auf. »Wirst du sein Angebot annehmen?«

»Unter der Bedingung, daß du sein Angebot auch annimmst, Gaius Marius.«

»Abgemacht!«

Rutilius brachte Gaius Marius zur Haustür. »Wie geht es Julia? Ich werde sie in absehbarer Zeit nicht besuchen können.«

Marius strahlte. »Wunderbar – wunderschön – einfach herrlich!«

»Du alter Lustmolch«, lachte Rutilius und schob Marius durch die Tür. »Halte die Ohren auf, während ich weg bin, und schreibe mir, sobald du etwas erfährst.«

»Das werde ich. Gute Reise.«

Julia war schwanger und freute sich darüber. Nur Marius' übertriebene Fürsorge störte sie.

»Wirklich, Gaius Marius, es geht mir doch ausgezeichnet«, sagte sie unzählige Male. Es war jetzt November, das Kind wurde im März erwartet.

»Bist du sicher?« fragte Marius ängstlich.

»Jetzt geh schon, bitte!« Sie lächelte.

Beruhigt ließ Marius sie mit den Sklaven in ihrem Zimmer allein und ging in sein Arbeitszimmer. Er mußte nachdenken.

Zum Beispiel über die Ereignisse in der Provinz Africa. Er setzte sich an seinen Schreibtisch, zog Papier hervor und verfaßte in seinem schlichten, schmucklosen Stil einen Brief an Publius Rutilius, der inzwischen in Tarsus angekommen war.

*Ich nehme an jeder Versammlung des Senats und der Plebs teil, und es sieht so aus, als würden bald Wahlen stattfinden. Wird auch höchste Zeit. Wie Du vorausgesagt hast, vermutlich vier Tage vor den Iden des Dezember. Publius Licinius Lucullus und Lucius Annius beginnen zu wanken. Ich glaube nicht, daß sie es schaffen werden, sich für eine zweite Wahlperiode als Volkstribunen aufstellen zu lassen.*

*In Africa ist bisher alles ruhig geblieben. Allerdings berichten unsere Kundschafter, daß Jugurtha ein großes Heer aushebt und ausbildet – und zwar nach römischen Methoden! Aber als Spurius Albinus vor gut einem Monat nach Rom zurückkehrte, um die Wahlen abzuhalten, war es mit der Ruhe vorbei. Er erstattete dem Senat Bericht und erklärte, er habe sein eigenes Heer auf drei Legionen beschränkt. Eine Legion bestehe aus africanischen Hilfstruppen, eine aus römischen Truppen, die in der Provinz Africa stationiert seien, die dritte Legion habe er letztes Frühjahr aus Italien mitgebracht. Diese letzte Legion sei noch nicht kampferprobt. Spurius Albinus scheint nicht nach Schlachtenruhm zu gieren, ganz im Unterschied zu Metellus Schweinebacke.*

*Aber eine Nachricht ärgerte unsere ehrbaren Senatskollegen wirklich: daß nämlich Spurius Albinus für die Dauer seiner Abwesenheit seinen kleinen Bruder Aulus Albinus zum Statthalter der Provinz Africa und zum Oberbefehlshaber der dortigen Truppen ernannt hat! Unsere römische Provinz Africa wird also während der Abwesenheit des Statthalters von einem dreißigjährigen Hitzkopf regiert, der weder über Erfahrung noch über sonderlich viel Intelligenz verfügt. Marcus Scaurus sprühte Funken vor Wut. Aber es ist nun einmal geschehen.*

Der Brief war bereits unterwegs, als die Wahlen stattfanden. Marius hatte damit gerechnet, daß Rutilius Rufus zu Beginn des neuen Jahres wieder in Rom sein würde. Doch dann traf ein Brief von Rutilius ein, in dem dieser berichtete, Panaitios' Zustand habe sich wider Erwarten leicht gebessert, er wolle aber trotzdem bis Frühjahr in Tarsus bleiben.

Marius schrieb deshalb gegen Ende des Jahres einen weiteren Brief an seinen Freund nach Tarsus.

*Du hast nie daran gezweifelt, daß Schweinebacke zum Konsul gewählt werden würde, und Du hast recht behalten. Volk und Plebs haben vor den Zenturien gewählt, und beide Male gab es keine Überraschungen. Die Quästoren haben am fünften Tag des Dezember ihre Ämter angetreten, die neuen Volkstribunen am zehnten Tag. Der einzige interessante unter den neuen Volkstribunen ist Gaius Mamilius Limetanus. Ach ja, auch drei der neuen Quästoren sind recht vielversprechend – zwei davon sind unsere berühmten jungen Redner Lucius Licinius Crassus und sein bester Freund, Quintus Mucius Scaevola. Den dritten finde ich noch interessanter: ein sehr frecher, dreister Junge namens Gaius Servilius Glaucia. Man sagt, er sei der beste Ankläger, den Rom je hervorgebracht habe. Ich mag ihn nicht.*

*Schweinebacke hat die Wahl der Zenturien mit den meisten Stimmen gewonnen, deshalb wird er im nächsten Jahr Konsul sein, aber Marcus Junius Silanus lag nicht weit zurück. Übrigens war das eine konservative Wahl. Unter den sechs Prätoren ist nicht ein* homo novus, *statt dessen sind zwei Patrizier dabei und ein Patrizier, der von einer Plebejerfamilie adoptiert wurde – Quintus Lutatius Catulus Caesar. Soweit der Senat betroffen ist, war es also ein erstklassiges Wahlergebnis.*

*Und dann, mein lieber Publius Rutilius, schlug der Blitz ein. Anscheinend glaubte Aulus Albinus Gerüchten, daß ein riesiger Schatz in der numidischen Stadt Suthul versteckt sei. Er wartete gerade so lange, bis er sicher sein konnte, daß sich sein Bruder, der Konsul, unwiderruflich auf dem Rückweg nach Rom befand, dann fiel er in Numidien ein! An der Spitze dreier jämmerlicher, unerfahrener Legionen, stell Dir das vor! Die Belagerung von Suthul blieb natürlich erfolglos – die Einwohner schlossen einfach die Tore und lachten ihn von ihren Mauern herab aus. Und was tat Aulus Albinus? Statt einzusehen, daß er nicht einmal zu einer kleinen Belagerung fähig war, geschweige denn zu einem richtigen Feldzug, gab er die Belagerung auf und marschierte tiefer in das westliche Numidien hinein! An der Spitze seiner drei jämmerlichen, unerfahrenen Legionen. Jugurtha griff ihn irgendwo in der Nähe der Stadt Calama an. Er schlug Aulus Albinus so vernichtend, daß der kleine Bruder unseres Konsuls bedingungslos kapitulierte. Jugurtha zwang alle Römer und alle Legionäre der Hilfstruppen, unter dem Joch durchzugehen. Dann mußte Aulus Albinus einen Vertrag unterschreiben, in dem Jugurtha alles zugestanden wurde, was der Senat ihm zuvor verweigert hatte!*

*Die Nachrichten über diese Ereignisse erhielten wir nicht von Aulus Albinus, sondern von Jugurtha. Er sandte eine Abschrift des Vertrags an den Senat und fügte einen Brief bei, in dem er sich in scharfem Ton über das verräterische Verhalten der Römer beschwert. Sie hätten ein friedfertiges Land überfallen, das nicht einmal einen Finger gegen Rom erhoben habe. Den Brief sandte Jugurtha direkt an seinen ältesten Feind, an Marcus Aemilius Scaurus in seiner Eigenschaft als Senatsvorsitzender. Scaurus raste vor Wut! Er berief umgehend eine Senatssitzung ein und zwang Spurius Albinus, vieles zu enthüllen, was dieser so listig hatte verbergen wol-*

len, zum Beispiel die Tatsache, daß er über die Pläne seines kleinen Bruders doch mehr gewußt hatte, als er hatte zugeben wollen. Die Senatoren waren entsetzt.

Besonders demütigend war natürlich, daß Jugurtha das römische Heer unter das Joch gezwungen hatte. Diese Schmach erregt unweigerlich die gesamte Stadt, vom gemeinsten bis zum vornehmsten Mann. Auch ich fühlte mich so betroffen, so erniedrigt, so am Boden zerstört wie der römischste Römer. Unglaubliche Szenen haben sich abgespielt: In Schwarz gekleidete Menschen weinten und rauften sich die Haare, viele Ritter haben die schmalen Streifen an ihrer Tunika abgelegt, die Senatoren trugen statt breiter nur noch schmale Streifen, der Platz vor dem Bellona-Tempel war mit Opfergaben überfüllt, die bewirken sollen, daß Jugurtha bestraft wird. Fortuna hat Metellus einen wunderbaren Feldzug für das nächste Jahr beschert, und Du und ich werden dabei kräftig mitreden, vorausgesetzt, wir können uns an Schweinebacke als Feldherr gewöhnen.

Der neue Volkstribun Gaius Mamilius will Aulus Albinus wegen Hochverrat hinrichten lassen und fordert, auch Bruder Spurius Albinus solle wegen Hochverrat angeklagt werden, weil er so dumm gewesen sei, Aulus für die Dauer seiner Abwesenheit zum Statthalter zu ernennen. Mamilius fordert die Einsetzung eines Sondergerichts. Er will alle Römer anklagen, die jemals mit Jugurtha zweifelhafte Geschäfte gemacht haben, und zwar rückwirkend von der Zeit des Lucius Opimius. In Anbetracht der Stimmung unserer patres conscripti wird er sich wahrscheinlich durchsetzen. Alle meinen, das Heer und sein Feldherr hätten lieber kämpfend sterben sollen, als eine solche Schmach wie das Joch über sich ergehen zu lassen. In diesem Punkt bin ich natürlich anderer Meinung, und Du vermutlich auch. Ein Heer kann noch so stark sein – es ist immer nur so gut wie sein Befehlshaber.

Der Senat verfaßte ein förmliches Schreiben an Jugurtha, in dem stand, Rom könne und wolle diesen Vertrag nicht anerkennen. Der Vertrag sei einem Mann aufgezwungen worden, dem der Senat und das Volk von Rom weder Handlungsbefugnis noch Befehlsgewalt verliehen hätten, ein Heer zu führen, eine Provinz zu regieren oder einen Vertrag zu schließen.

Schließlich erhielt Gaius Mamilius von der Versammlung der Plebs den Auftrag, ein Sondergericht einzuberufen. Vor diesem Gericht werden alle des Hochverrats angeklagt, die im Verdacht stehen, mit Jugurtha irgend etwas zu tun gehabt zu haben. Ausnahms-

*weise unterstützte der Senat den Beschluß der Plebs. Scaurus ist bereits eifrig damit beschäftigt, eine Liste der Männer zusammenzustellen, die angeklagt werden sollen, und Gaius Memmius hilft ihm mit dem größten Vergnügen. Die Gefahr, vor dem Sondergericht verurteilt zu werden, ist viel größer als bei den bisherigen Verfahren vor der Zenturienversammlung. Bisher stehen die Namen Lucius Opimius, Lucius Calpurnius Bestia, Gaius Porcius Cato, Gaius Sulpicius Galba, Spurius Postumius Albinus und sein Bruder zur Diskussion. Die Familienbande beginnen bereits zu wirken: Spurius Albinus hat eine ansehnliche Schar von Advokaten um sich versammelt. Sie sollen im Senat argumentieren, daß gegen seinen jüngeren Bruder Aulus keine rechtmäßige Anklage erhoben werden könne, denn was immer er getan habe, er habe doch nie Befehlsgewalt besessen. Wenn er damit, wie ich erwarte, durchkommt, kann der Hauptschuldige Aulus Albinus, der sich dem Joch gebeugt hat, seine Karriere unbeschadet fortsetzen!*

*Übrigens: Scaurus wird einer der drei Vorsitzenden der Kommission des Mamilius sein, wie das neue Gericht heißt.*

*Und damit geht das alte Jahr zu Ende. Ein ereignisreiches Jahr. Nachdem ich die Hoffnung bereits aufgegeben hatte, tauche ich nun doch wieder auf der Bildfläche der römischen Politik auf, dank meiner Heirat mit Julia. Sogar Metellus Schweinebacke umwirbt mich, und Männer, die mich vorher nie bemerkt haben, sprechen mit mir als einem Gleichgestellten. Komm bald zurück, und paß auf der Heimreise gut auf Dich auf.*

LUCIUS CORNELIUS SULLA FELIX

## *Das zweite Jahr*

(109 v. Chr.)

# Unter den Konsuln
# Quintus Caecilius Metellus
# und
# Marcus Junius Silanus

Panaitios starb Mitte Februar in Tarsus, und Publius Rutilius Rufus blieb nur wenig Zeit bis zum Beginn des Feldzugs. Ursprünglich hatte er den Großteil seiner Reise zu Land zurücklegen wollen, aber nun zwang ihn die Eile, den Seeweg zu wählen.

»Ich habe unverschämtes Glück gehabt«, sagte er am Tag nach seiner Ankunft in Rom zu Gaius Marius. Er hatte es gerade noch vor den Iden des März geschafft. »Diesmal blies der Wind tatsächlich einmal in die richtige Richtung.«

Marius grinste. »Ich sage dir, Publius Rutilius, nicht einmal Vater Neptun würde es wagen, Schweinebackes Pläne zu durchkreuzen! Du hast übrigens noch in anderer Hinsicht Glück gehabt. Wärst du in Rom gewesen, wäre dir die unerquickliche Aufgabe zugefallen, Soldaten bei den italischen Bundesgenossen anzuwerben.«

»Das hast dann wohl du getan?«

»Ja, schon seit Anfang Januar, als das Los Metellus dazu bestimmte, den Krieg gegen Jugurtha zu führen. Es war allerdings nicht schwierig, Rekruten anzuwerben. Ganz Italien brennt auf Rache für die Beleidigung, die Jugurtha uns zugefügt hat, als er unsere Soldaten unter das Joch zwang. Aber Männer von der richtigen Sorte werden allmählich rar.«

»Dann wollen wir hoffen, daß die Zukunft keine militärischen Katastrophen für Rom mehr bereithält«, sagte Rutilius Rufus. »Wie hat sich unser Freund Schweinebacke dir gegenüber benommen?«

»Eigentlich ganz anständig«, sagte Marius. »Er hat mich am Tag nach seinem Amtsantritt aufgesucht und war immerhin so freundlich, mich offen über seine Motive aufzuklären. Ich fragte ihn, warum er mich wolle und warum dich, trotz der Geschichte damals in Numantia. Er sagte, Numantia sei ihm völlig egal. Er wolle den Krieg in Africa gewinnen, und wir beide seien am ehesten in der Lage, Jugurthas Strategie zu durchschauen.«

»Das ist ein schlauer Gedanke«, sagte Rutilius Rufus. »Als Heerführer wird er den Ruhm ernten. Was schert es ihn, wer den Krieg für ihn gewinnt, solange er im Triumphwagen fahren und den Beifall einheimsen kann? Der Senat wird dann weder dir noch mir den Ehrennamen Numidicus anbieten, sondern natürlich ihm!«

»Na ja, er hat ihn auch nötiger als wir. Metellus Schweinebacke ist ein Caecilius, Publius Rutilius! Und das heißt, sein Kopf herrscht über sein Herz, vor allem, wenn es um seine eigene Haut geht.«

»Sehr treffend formuliert«, sagte Rutilius Rufus anerkennend.

»Er versucht bereits jetzt, vom Senat eine Verlängerung seines Kommandos in Africa bis in das nächste Jahr hinein zu bekommen.«

»Weil er Jugurtha kennt und weiß, daß es nicht leicht sein wird, Numidien zu unterwerfen. Wie viele Legionen nimmt er mit?

»Vier. Zwei römische, zwei italische.«

»Und dazu die Truppen, die bereits in Africa stationiert sind – sagen wir, noch einmal zwei Legionen. Damit sollten wir es schaffen, Gaius Marius.«

»Das denke ich auch.«

Marius stand von seinem Schreibtisch auf und schenkte Wein ein.

»Was sind das für Gerüchte über Gnaeus Cornelius Scipio?« fragte Rutilius Rufus. Er konnte Marius den Becher gerade noch rechtzeitig aus der Hand nehmen, denn Marius bekam einen Lachanfall und verschüttete seinen eigenen Wein.

»Ach Publius Rutilius, es war herrlich! Ich staune immer wieder über die Schrullen des alten Adels. Da war also Scipio als Prätor gewählt und mit dem Amt des Statthalters für Hispania Ulterior betraut worden, als das Los für die Provinzen der Prätoren geworfen wurde. Und was macht er? Er erhebt sich und schlägt feierlich die Ehre aus, Statthalter von Hispania Ulterior zu werden. ›Warum?‹ fragte Scaurus erstaunt. Scipio antwortete mit geradezu rührender Aufrichtigkeit: ›Weil ich die Provinz ausplündern würde bis zum Letzten.‹ Der ganze Senat tobte, es gab Hochrufe, brüllendes Gelächter, Beifall und Getrampel. Als sich der Lärm endlich gelegt hatte, sagte Scaurus nur: ›Ich muß dir zustimmen, Gnaeus Cornelius, das würdest du wirklich.‹ Jetzt schicken sie Quintus Servilius Caepio als Statthalter nach Hispania Ulterior.«

»Er wird die Provinz genauso ausplündern«, sagte Rutilius Rufus lächelnd.

»Natürlich, selbstverständlich! Aber Caepio hatte zumindest Anstand genug zu sagen, er werde es nicht tun, also kann Rom beide Augen zudrücken.« Marius hatte sich wieder an seinen Schreibtisch gesetzt.

»Ich bin froh, daß Silanus zu Hause bleibt.«

»Einer muß zum Glück Rom regieren! Nachdem auch der Statthalter für Makedonien bestimmt war, blieb für Silanus nichts anderes übrig als Rom. Silanus an der Spitze eines Heeres wäre eine Aussicht, die selbst Mars erbleichen ließe.«

»Allerdings!« Rutilius Rufus nickte heftig mit dem Kopf.

»Bisher hat sich das Jahr sehr gut angelassen«, sagte Marius. »Nicht genug damit, daß Spanien von Scipios Wohltaten verschont bleibt und Makedonien von den Wohltaten des Silanus: Rom selbst wurde von einer ganzen Reihe von Schurken befreit, wenn du entschuldigst, daß ich unsere Konsularen Schurken nenne.«

»Du meinst die Kommission des Mamilius?«

»Genau. Bestia, Galba, Opimius, Gaius Cato und Spurius Albinus wurden verurteilt, und es wird noch mehr Anklagen geben. Mamilius sammelt eifrig Beweise, Gaius Memmius hilft ihm, und Scaurus ist ein gnadenloser Gerichtsvorsitzender.«

»Und wohin sind die Verurteilten gegangen?« fragte Rutilius Rufus.

»Viele haben Massilia als Verbannungsort gewählt, Lucius Opimius ist nach Westmakedonien gegangen.«

»Aber Aulus Albinus ist ohne Strafe davongekommen?«

»Ja, Spurius Albinus hat die Schuld seines Bruders auf sich genommen, und der Senat hat dem zugestimmt.« Marius seufzte. »Eine geschickte Taktik.«

An den Iden des März setzten bei Julia die Wehen ein. Als die Hebammen Marius sagten, die Geburt werde schwer werden, ließ er sofort Julias Eltern kommen.

»Unser Blut ist zu alt und zu dünn«, sagte Caesar besorgt, während er mit Marius im Arbeitszimmer wartete.

»Mein Blut nicht«, erwiderte Marius.

»Aber das hilft Julia nichts! Es hilft vielleicht ihrer Tochter, wenn sie eine bekommt, und wir müssen dafür dankbar sein. Ich hatte gehofft, meine Heirat mit Marcia würde ein wenig plebejische Kraft in meine Linie hineinbringen, aber es scheint, daß auch Marcia noch zu vornehm ist. Ich weiß, manche Patrizier sagen, wir müßten unser

Blut reinhalten. Aber warum verbluten so viele Mädchen aus den alten Familien bei der Geburt?« Nervös fuhr Caesar mit den Händen durch sein silbriges Haar.

Marius konnte nicht mehr stillsitzen. Er stand auf und begann, auf und ab zu gehen. »Auf alle Fälle hat sie die beste Hilfe, die für Geld zu haben ist.« Er nickte zum Entbindungszimmer hinüber.

»Clitumnas Neffen konnten sie im letzten Herbst auch nicht retten«, sagte Caesar und versank in trübsinnige Gedanken.

»Wer ist Clitumna? Meinst du deine unerfreuliche Nachbarin?«

»Ja. Ihr Neffe starb letzten September nach einer langwierigen Krankheit. Er war noch ein junger Bursche und wirkte kerngesund. Die Ärzte taten alles, was in ihrer Macht stand, aber er starb trotzdem. Das spukt mir seither immer im Kopf herum.«

Marius starrte seinen Schwiegervater verständnislos an. »Aber was hat das mit Julia zu tun?«

Caesar nagte an seiner Unterlippe. »Aller bösen Dinge sind immer drei«, sagte er niedergeschlagen. »Zuerst der Tod von Clitumnas Neffen in der Nachbarschaft. Jetzt müssen noch zwei weitere Todesfälle dazukommen.«

»Aber dann doch in Clitumnas Familie.«

»Nicht unbedingt. Es müssen lediglich drei Todesfälle sein, die in irgendeiner Weise miteinander verknüpft sind. Aber bis der zweite Todesfall eintritt, kann nicht einmal ein Wahrsager vorhersehen, welcher Art der Zusammenhang ist.«

Marius rang die Hände, halb ärgerlich, halb verzweifelt. »Gaius Julius, hör auf! Du darfst nicht so schwarzsehen! Niemand hat gesagt, daß Julia in Lebensgefahr schwebt, man hat mir nur gesagt, die Geburt werde nicht leicht sein. Ich habe nach dir geschickt, damit du mir hilfst, die schreckliche Wartezeit zu verkürzen, und nicht, damit du mich mit deinen trübsinnigen Gedanken ansteckst!«

Caesar nahm sich beschämt zusammen. »Im Grunde bin ich froh, daß es soweit ist«, sagte er betont munter. »Ich wollte Julia in letzter Zeit nicht belästigen, aber wenn sie die Entbindung überstanden hat, hoffe ich sehr, daß sie ein ernstes Wort mit Julilla spricht.«

Nach Marius' Ansicht fehlte Julilla nichts weiter, als daß ihr Vater ihr einmal ordentlich den Hintern versohlte. Aber das wagte er nicht zu sagen. Statt dessen fragte er: »Was fehlt Julilla?«

Caesar seufzte. »Sie ißt nicht. Sie ißt schon seit langem kaum noch, aber in den letzten vier Monaten ist es schlimmer geworden.

Sie ist spindeldürr und wird immer wieder ohnmächtig, fällt einfach um wie ein Stein. Die Ärzte können nichts feststellen.«

»Und Julia soll der Sache auf den Grund gehen?«

»Unbedingt!«

»Wahrscheinlich ist sie unglücklich verliebt«, sagte Marius aufs Geratewohl und traf damit ins Schwarze.

»Unsinn!« sagte Caesar scharf.

»Woher weißt du, daß es Unsinn ist?«

»Weil die Ärzte auch daran gedacht haben und ich mich gründlich umgehört habe.«

»Wen hast du gefragt? Sie?«

»Natürlich!«

»Es wäre vielleicht geschickter gewesen, ihre Dienerin zu fragen.«

»Ich bitte dich, Gaius Marius!«

»Schwanger ist sie nicht?«

»Also wirklich, Gaius Marius!«

»Sieh mal, Schwiegervater, es hat keinen Zweck, mich anzuschauen, als wäre ich ein Insekt«, sagte Marius ohne Mitgefühl. »Ich gehöre zur Familie, ich bin kein Fremder. Wenn ich mit meiner außerordentlich begrenzten Erfahrung mit jungen Damen von sechzehn Jahren diese Möglichkeit erkennen kann, dann kannst du das erst recht. Laß ihre Dienerin in dein Arbeitszimmer kommen und verprügle sie, bis du die Wahrheit aus ihr herausgeholt hast.«

»Gaius Marius, das kann ich doch nicht machen!« Schon der Gedanke an eine so drakonische Maßnahme entsetzte Caesar.

Marius seufzte. »Dann mach, was du willst. Aber glaube nicht, du wüßtest die Wahrheit, nur weil du Julilla gefragt hast.«

»In meiner Familie war man stets aufrichtig zueinander«, sagte Caesar.

Marius antwortete nicht, sah ihn aber skeptisch an.

Es klopfte.

»Herein!« rief Marius, froh über die Unterbrechung.

Athenodorus, der kleine griechische Arzt aus Sizilien, trat ein.

»*Dominus,* deine Frau möchte dich gerne sehen«, sagte er zu Marius, »und ich glaube, es würde ihr guttun, wenn du kämest.«

Marius rutschte das Herz in die Magengrube. Er holte ächzend Luft und streckte die Hand aus. Caesar sprang auf und starrte den Arzt schreckensbleich an.

»Ist sie ... ist sie ...?« Er konnte den Satz nicht beenden.

»Nein, nein! Keine Angst, *domini*, es geht ihr gut«, sagte der Grieche beruhigend.

Gaius Marius war noch nie bei einer Frau gewesen, die in den Wehen lag, und er hatte schreckliche Angst. Es fiel ihm nicht schwer, Männer anzuschauen, die in einer Schlacht gefallen oder verstümmelt worden waren. Sie waren Kriegskameraden, ganz gleich, auf welcher Seite sie kämpften, und jeder wußte, daß es mit etwas weniger Glück auch ihn hätte treffen können. Aber bei Julia lagen die Dinge ganz anders. Hier war das Opfer eine geliebte Frau, ein Mensch, der behütet und beschützt werden mußte und dem Marius alle Schmerzen soweit wie irgend möglich ersparen wollte. Und doch war Julia genauso sein Opfer wie seine Gegner in der Schlacht, und es war seine Schuld, wenn sie jetzt auf diesem Schmerzenslager litt. Dieser Gedanke quälte Gaius Marius.

Als er jedoch das Entbindungszimmer betrat, sah alles ganz normal aus. Julia lag im Bett, und der Gebärstuhl, auf den sie sich im letzten Stadium der Wehen setzen würde, stand dezent verhüllt in einer Ecke, so daß Marius ihn nicht einmal bemerkte. Zu seiner großen Erleichterung sah sie weder erschöpft noch todkrank aus. Sie lächelte ihn vielmehr strahlend an und streckte ihm beide Hände entgegen.

Er nahm sie und küßte sie. »Geht es dir gut?« fragte er verlegen.

»Natürlich geht es mir gut! Die Ärzte haben mir nur gesagt, daß es ziemlich lange dauern wird, und ich habe eine leichte Blutung. Aber bis jetzt besteht kein Grund zur Sorge.« Dann verkrampfte sich auf einmal ihr Gesicht vor Schmerz, und ihre Hände schlossen sich mit einer Kraft um die seinen, die er bei ihr nie vermutet hätte. Sie hielt sich etwa eine Minute lang fest, dann entspannte sie sich wieder. »Ich wollte dich nur sehen«, fuhr sie fort, als sei nichts geschehen. »Kannst du nicht ab und zu hereinkommen, oder ist das zu schlimm für dich?«

»Natürlich komme ich, mein kleiner Liebling.« Er beugte sich zu ihr hinab und küßte sie. Ihre Haut war ganz feucht.

»Es wird alles gutgehen, Gaius Marius«, sagte sie und ließ seine Hände los. »Mach dir keine Sorgen. Ist *tata* noch bei dir?«

»Ja.«

Als Gaius Marius sich umdrehte und hinausgehen wollte, traf ihn ein finsterer Blick von Marcia, die zusammen mit drei alten Hebammen in einer Ecke des Zimmers stand. Oh ihr Götter! Sie würde ihm gewiß nicht so schnell verzeihen, was er ihrer Tochter da angetan hatte!

»Gaius Marius!« rief Julia ihm nach, als er an der Tür war.

Er drehte sich noch einmal um.

»Ist der Astrologe da?«

»Noch nicht, aber wir haben nach ihm geschickt.«

Sie sah erleichtert aus. »Das ist gut!«

Marius' Sohn wurde vierundzwanzig Stunden später in einem Schwall von Blut geboren. Er kostete seine Mutter beinahe das Leben, aber ihr Lebenswille war stärker.

»Er wird ein berühmter Mann werden, *dominus,* und sein Leben wird voller großer Ereignisse und Abenteuer sein«, sagte der Astrologe und sparte die weniger erfreulichen Aspekte aus, von denen die Eltern neugeborener Söhne erfahrungsgemäß nichts wissen wollten.

»Er wird also am Leben bleiben?« fragte Caesar barsch.

»Das wird er, *dominus.*« Ein langer und ziemlich schmutziger Finger lag auf einer bedeutsamen Opposition und verdeckte sie. »Er wird das höchste Amt im Staat bekleiden, das läßt sich aus seinem Horoskop deutlich ablesen.« Ein zweiter langer und schmutziger Finger deutete auf einen Trigonalaspekt.

»Mein Sohn wird Konsul werden«, sagte Marius strahlend.

»Ganz gewiß«, bestätigte der Astrologe und fügte dann hinzu: »Aber er wird kein so großer Mann sein wie sein Vater.«

Das gefiel Marius noch besser.

Caesar schenkte zwei Becher besten, unverdünnten Falerners ein und reichte einen Becher seinem Schwiegersohn. Er strahlte vor Stolz. »Auf deinen Sohn und meinen Enkel, Gaius Marius«, sagte er. »Auf euch beide!«

Als der Konsul Quintus Caecilius Metellus Ende März mit Gaius Marius, Publius Rutilius Rufus, den beiden Söhnen von Gaius Julius Caesar und vier gut ausgebildeten Legionen in die Provinz Africa segelte, konnte Gaius Marius in dem glücklichen Bewußtsein Abschied nehmen, daß seine Frau außer Gefahr war und sein Sohn prächtig gedieh. Selbst seine Schwiegermutter hatte sich bereit gefunden, wieder mit ihm zu sprechen.

»Rede einmal mit Julilla«, sagte er kurz vor der Abreise zu Julia. »Dein Vater macht sich große Sorgen.«

Julia ging es schon wieder besser, und sie war sehr stolz auf ihren strammen, kerngesunden Sohn. Sie bedauerte nur, daß sie noch nicht stark genug war, Marius nach Campania zu begleiten, um noch einige Tage bei ihm zu sein, ehe er Italien verließ.

»Du meinst wegen dieser albernen Hungerkur?« Sie schmiegte sich fester in Marius' Arm.

Marius nickte. »Ich weiß nur, was dein Vater mir gesagt hat, aber soweit ich verstanden habe, geht es darum.«

»Ich werde mit ihr reden. Ach Gaius Marius, wie schade, daß es mir noch nicht wieder richtig gut geht, sonst könnten wir versuchen, einen kleinen Bruder oder eine kleine Schwester für Marius junior auf den Weg zu bringen!«

Noch ehe Julia mit ihrer Schwester sprechen konnte, traf in Rom die Nachricht ein, die Germanen seien im Anmarsch. Panik brach aus. Seit die Gallier vor dreihundert Jahren in Italien eingefallen waren und den jungen römischen Staat beinahe ausgelöscht hatten, lebte die Halbinsel in der Furcht vor den Barbaren. Zur Abwehr von Einfällen der Barbaren hatte Gnaeus Domitius Ahenobarbus vor zehn Jahren einen befestigten Landweg zwischen Gallia Cisalpina und den spanischen Pyrenäen bauen lassen und die Stämme unterworfen, die an den Ufern der Rhône siedelten.

Noch vor fünf Jahren hatten sich die Römer am meisten vor den barbarischen Galliern und Kelten gefürchtet, aber dann waren erstmals die Germanen auf dem Plan erschienen, und im Vergleich zu ihnen wirkten die Gallier und Kelten plötzlich zivilisiert, zahm und fügsam. Wie bei allen Schreckgespensten wuchsen diese Ängste nicht aus dem Bekannten, sondern aus dem Unbekannten. Die Germanen waren während des Konsulats von Marcus Aemilius Scaurus aus dem Nichts aufgetaucht, hatten dem riesigen und erstklassig ausgebildeten römischen Heer eine vernichtende Niederlage beigebracht und waren dann während des Konsulats von Gnaeus Papirius Carbo wieder verschwunden, als sei nichts gewesen – geheimnisvoll und unberechenbar. Nach der verheerenden Niederlage der Römer war ganz Italien den Germanen ausgeliefert wie eine hilflose Frau in einer geplünderten Stadt, aber die Germanen hatten einfach kehrtgemacht und waren verschwunden. Warum? Kein Mensch hatte das damals begriffen. Im Laufe der Jahre legte sich die Angst wieder, die Germanen waren nur noch eine Lamia, eine Mormo – ein Kinderschreck.

Und jetzt waren sie wieder da, wieder aus dem Nichts aufgetaucht, und strömten zu Hunderten und Tausenden nach Gallia Transalpina und überrannten die Rom tributpflichtigen gallischen Stämme. Drei Meter groß waren sie, leichenblaß, Riesen aus Legenden, Geister einer barbarischen Unterwelt. Sie stießen in das warme, fruchtbare Rhônetal vor und walzten auf ihrem Weg alles Lebendige nieder, Mann und Maus, Wald und Wiese, so unbekümmert um die Früchte des Feldes wie um die Vögel des Himmels.

Als die Nachricht in Rom eintraf, war Konsul Quintus Caecilius Metellus mit seinem Heer gerade in der Provinz Africa gelandet. So kam es, daß Konsul Marcus Junius Silanus, den man nur deshalb in Rom behalten hatte, weil er dort am wenigsten Schaden anrichten konnte, die Stadt vor den Barbaren schützen mußte. Ein amtierender Konsul konnte nicht zugunsten eines anderen Feldherrrn übergangen werden, wenn er den Krieg selbst führen wollte. Und Silanus war begeistert von der Aussicht auf einen Krieg gegen die Germanen. Wie Gnaeus Papirius Carbo fünf Jahre vor ihm, sah auch er bereits schwer mit Gold beladene germanische Wagen vor seinem geistigen Auge vorbeiziehen, und nach diesem Gold gelüstete es ihn.

In aller Eile wurden Soldaten angeworben. Oft drückten die Werbeoffiziere ein Auge zu und schrieben Männer ein, die nicht genügend Vermögen nachweisen konnten. Veteranen wurden aus ihren ländlichen Domizilen hervorgelockt – meist ohne Schwierigkeiten, denn die ländliche Muße lag Männern, die lange Jahre in der Armee gedient hatten, ganz und gar nicht.

Schließlich war alles bereit, und Marcus Junius Silanus brach an der Spitze eines glänzenden Heeres von sieben Legionen und einer großen Reiterabteilung aus Thrakern, gemischt mit ein paar Galliern aus den ruhigen Teilen der römischen Provinz Gallien, nach Gallia Transalpina auf. Es war Ende Mai, und seit der Nachricht vom Einfall der Germanen waren erst acht Wochen verstrichen. In dieser kurzen Zeit hatte Rom ein Heer von 50 000 Mann rekrutiert, bewaffnet und teilweise ausgebildet. Nur ein so gewaltiges Schreckgespenst wie die Germanen konnte zu einer derart heroischen Leistung anspornen.

»Das ist wieder einmal ein schlagender Beweis dafür, was wir Römer können, wenn wir nur wollen«, sagte Gaius Julius Caesar zu seiner Frau Marcia. Sie hatten zugesehen, wie die Legionen die Via Flaminia hinauf in Richtung Gallia Cisalpina abmarschiert waren. Es war ein erhebender Anblick gewesen.

»Ja, vorausgesetzt, Silanus bewältigt seine Aufgabe«, sagte Marcia, die als echte Senatorengattin großes Interesse an Politik hatte.

»Du glaubst nicht daran?« fragte Caesar.

»Du ja auch nicht, du gibst es nur nicht zu. Aber als ich so viele Stiefel über den Pons Mulvius marschieren sah, war ich doch sehr froh, daß wir jetzt Marcus Aemilius Scaurus und Marcus Livius Drusus als Zensoren haben.« Marcia seufzte erleichtert. »Marcus Scaurus hat recht – die Mulvische Brücke wackelt und wird ein weiteres Hochwasser nicht überstehen. Und was dann, wenn all unsere Truppen südlich des Tiber stehen und schnell nach Norden marschieren müssen? Ich bin froh, daß Scaurus gewählt wurde, denn er hat versprochen, die Mulvische Brücke erneuern zu lassen. Ein wunderbarer Mann!«

Caesar lächelte ein wenig säuerlich. »Scaurus wird langsam zu einer regelrechten Institution, der alte Hund! Er ist ein Blender, ein Gauner, der den Leuten den Kopf verdreht. Dreiviertel ist Schwindel, aber das eine Viertel, das kein Schwindel ist, ist zufällig mehr wert als bei den meisten anderen der ganze Kerl. Er hat recht, wir müssen tatsächlich eine ganze Reihe öffentlicher Bauarbeiten durchführen, und nicht nur, damit möglichst viele Menschen Arbeit haben. Man muß Scaurus lassen, daß er einige Dinge in Angriff nehmen will, die längst überfällig sind. Obwohl ich nicht gutheiße, daß er die Sümpfe um Ravenna trockengelegt hat und zwischen Parma und Mutina ein Kanal- und Deichsystem anlegen will.«

»Sei nicht zu streng mit ihm, Gaius Julius!« sagte Marcia ein wenig scharf. »Es ist doch großartig, daß er den Po bändigen will! Wenn die Germanen in Gallia Transalpina einfallen, kann kein Hochwasser des Po unsere Truppen von den Alpenpässen abschneiden.«

»Das finde ich ja auch gut«, erwiderte Caesar trotzig. »Aber ich finde es auch sehr interessant, daß er sein öffentliches Bauprogramm fast ausschließlich auf die Gegenden begrenzt hat, in denen seine Klienten leben. Deren Anzahl hat sich bestimmt versechsfacht, bis er fertig ist. Die Via Aemilia führt von Ariminum am Adriatischen Meer nach Taurasia im Vorgebirge der westlichen Alpen – dreihundert Meilen, auf denen seine Klienten dicht an dicht wohnen wie Pflastersteine auf der Straße!«

»Und wenn schon, ich wünsche ihm viel Glück«, sagte Marcia ebenso eigensinnig. »Wahrscheinlich hast du auch etwas daran auszusetzen, daß er die Küstenstraße im Westen begutachten und pflastern lassen will!«

»Du hast vergessen, die Abzweigung nach Dertona zu erwähnen, die die westliche Küstenstraße mit der Via Aemilia verbinden soll«, spottete Caesar. »Und obendrein bringt er bei der Geschichte noch seinen Namen unter! Die Via Aemilia Scauri. Ha!«

»Miesmacher!« sagte Marcia.

»Besserwisserin!« erwiderte Caesar.

In diesem Augenblick schwebte Julilla herein, schmal und durchsichtig. Seit etwa zwei Monaten war ihr Befinden unverändert. Sie sah erbärmlich aus, aber ihr Zustand war so weit stabil, daß keine Lebensgefahr bestand. Der Tod gehörte nicht zu Julillas großem Plan.

Sie hatte zwei Ziele: Sie wollte Lucius Cornelius Sulla zu einem Liebesgeständnis bringen, und sie wollte ihrer Familie so lange zusetzen, bis sie weich wurde. Denn sie wußte, nur dann hatte sie die leiseste Chance, von ihrem Vater die Erlaubnis zu einer Heirat mit Sulla zu bekommen. Sie war zwar noch sehr jung und sehr verwöhnt, aber sie beging nicht den Fehler, ihre eigene Macht im Vergleich zur Macht ihres Vaters zu überschätzen. Er mochte sie lieben bis zum Wahnsinn, er mochte den letzten Denar für sie ausgeben, aber wenn es darum ging, wen sie heiraten sollte, würde er keine Rücksicht auf ihre Wünsche nehmen. Wenn sie so fügsam war wie Julia, würde er natürlich vor Vaterfreude strahlen. Und sie wußte, daß er einen Mann für sie suchen würde, von dem er glaubte, daß er gut für sie sorgen, sie lieben und gut und respektvoll behandeln würde. Aber Lucius Cornelius Sulla als Ehemann? Nein, nie und nimmer würde ihr Vater dazu seine Zustimmung geben, sie mochte weinen, betteln, ewige Liebe schwören – nie würde ihr Vater zustimmen. Besonders jetzt, da sie eine Mitgift von etwa vierzig Talenten auf der Bank hatte und eine gute Partie war. Nie würde ihr Vater Sulla glauben, daß er es nicht auf ihr Geld abgesehen hatte. Vorausgesetzt, er wollte sie überhaupt heiraten.

Als Kind hatte Julilla keine besondere Geduld an den Tag gelegt, aber jetzt, da sie Langmut brauchte, zeigte sich, daß sie auch dazu fähig war. Geduldig wie ein Vogel, der ein unbefruchtetes Ei auszubrüten versucht, machte sich Julilla daran, ihren großen Plan zu verwirklichen. Eines wußte sie genau: Wenn sie bekommen wollte, was sie sich wünschte – Sulla –, mußte sie mehr Zähigkeit und mehr Widerstandskraft aufbringen als alle ihre Gegenspieler, angefangen bei ihrem Opfer Sulla bis zu ihrem Vater Gaius Julius Caesar. Ihre wichtigste Waffe war die vorgetäuschte Krankheit. Sie zielte auf das Herz des Mannes, der ihr so geflissentlich aus dem Weg ging. In den ersten Monaten nach Sullas Rückkehr hatte sie viele Male versucht, ihn zu treffen, und sie hatte einen Korb nach dem anderen bekommen. Zuletzt hatte er sogar gedroht, wenn sie ihn nicht in Ruhe lasse, würde er Rom für immer verlassen.

Ihr großer Plan war langsam gereift. Angefangen hatte alles nach jener ersten Begegnung, als Sulla sie wegen ihres Babyspecks ausgelacht und sie weggescheucht hatte. Sie hatte aufgehört, sich mit Süßigkeiten vollzustopfen. Als Sulla sie nur noch grober behandelt hatte, hatte sie zu hungern begonnen. Zuerst war es ihr sehr schwer gefallen, nach einiger Zeit jedoch konnte sie gar nicht mehr soviel essen, und das nagende Hungergefühl verschwand völlig.

Damit Sulla sie nicht vergaß, traktierte sie ihn mit Briefen.

*Ich liebe Dich, und ich werde nie müde werden, es Dir zu sagen. Wenn Briefe der einzige Weg sind, auf dem ich mir bei Dir Gehör verschaffen kann, dann schreibe ich Dir eben Briefe. Dutzende. Hunderte. Tausende. Ich werde Dich mit Briefen zudecken, mit Briefen überschütten, mit Briefen überschwemmen. Ich lebe davon, Dir zu schreiben. Was könnte mir das Essen bedeuten, wenn Du mir die Nahrung verweigerst, nach der mein Herz und mein Geist hungern? Du mein grausamer, gnadenloser und unbarmherziger Geliebter! Wie kannst Du mir fernbleiben? Komm heimlich in mein Zimmer und küß mich, küß mich, küß mich! Aber Du wirst es nicht tun. Ich höre, wie Du das sagst, während ich hier liege, zu schwach, um mein verhaßtes Lager zu verlassen. Womit habe ich Deine Gleichgültigkeit verdient? Sicher sitzt irgendwo unter Deiner schneeweißen Haut ein winziges weibliches Wesen, meine Seele, und die Julilla, die nebenan wohnt und in ihrem schrecklichen, verhaßten Bett liegen muß, ist nur ein leergesaugtes, ausgetrocknetes Trugbild, das täglich schattenhafter und schwächer wird. Eines Tages werde ich verschwinden, und dann wird nur noch das winzige Abbild unter Deiner schneeweißen Haut von mir übrig sein. Komm und besuche mich, sieh, was Du angerichtet hast! Küß mich und küß mich und küß mich, denn ich liebe Dich.*

Es war nicht leicht gewesen, beim Essen das richtige Maß zu finden. Obwohl sie sich bemüht hatte, ihr Gewicht auf dem gleichen Stand zu halten, hatte sie immer weiter abgenommen. Und dann waren eines Tages sämtliche Ärzte, die sich monatelang vergebens um sie bemüht hatten, geschlossen zu Gaius Julius Caesar marschiert und hatten empfohlen, sie mit Zwang zu ernähren. Diese unerfreuliche Aufgabe hatten die Ärzte natürlich der Familie überlassen, und niemand erinnerte sich hinterher mehr freiwillig an diese Prozedur. Julilla hatte geschrieen, als würde man sie umbringen, hatte mit ihren schwachen Kräften gekämpft und jeden Bissen wieder erbrochen, herausgespuckt und herausgewürgt. Schließlich hatte Caesar befohlen, dem Schrecken ein Ende zu machen. Die Familie hatte sich zur Beratung zusammengesetzt und einstimmig beschlossen, Julilla nie mehr gewaltsam zu füttern, auch wenn es noch so schlecht um sie stand.

Aber seit jenem Tag wußte die ganze Nachbarschaft Bescheid, was in Caesars Haus vor sich ging. Bisher hatte die Familie geschwiegen, nicht aus Scham, sondern weil Gaius Julius Caesar Klatsch haßte.

Als erste eilte die Nachbarin Clitumna herbei, bewaffnet mit einem Kochrezept. Sie schwor, daß Julilla diese Speise freiwillig zu sich nehmen und auch bei sich behalten werde. Caesar und Marcia lauschten begierig ihren Worten.

»Ihr müßt frische Kuhmilch besorgen«, sagte Clitumna mit wichtiger Miene. Sie genoß es, im Mittelpunkt von Caesars Aufmerksamkeit zu stehen. »Ich weiß, daß sie nicht leicht zu bekommen ist, aber ich glaube, im Camenarum-Tal leben ein paar Bauern, die Milchkühe haben. Dann schlagt ihr ein Hühnerei in eine Tasse Milch und rührt drei Löffel Honig darunter. Das Gemisch schlagt ihr schaumig, und zuletzt fügt ihr eine halbe Tasse starken Wein hinzu. In einem Trinkgefäß aus Glas sieht das besonders schön aus: sattrosa mit einem gelben Schaumhäubchen. Wenn sie das bei sich behält, bleibt sie am Leben.«

»Wir werden es versuchen«, sagte Marcia mit Tränen in den Augen.

»Meiner Schwester hat es geholfen.« Clitumna seufzte.

Caesar stand auf. »Ich werde sofort jemanden ins Camenarum-Tal schicken.« Er ging hinaus, steckte aber noch einmal den Kopf zur Tür herein. »Und die Hühnereier? Muß es ein extra großes Ei sein oder genügt auch ein normales?«

»Wir haben ein normales genommen«, sagte Clitumna und lehnte sich zurück. »Die besonders großen Eier könnten die Ausgewogenheit des Trankes zerstören.«

»Und der Honig?« fragte Caesar. »Gewöhnlicher latinischer Honig, oder sollen wir versuchen, Honig aus Hymetta zu bekommen?«

»Gewöhnlicher latinischer Honig genügt völlig«, sagte Clitumna bestimmt.

»In Ordnung.« Caesar entschwand wieder.

»Hoffentlich hilft es!« Marcia war den Tränen nahe. »Nachbarin, wir wissen uns nicht mehr zu helfen!«

»Das glaube ich gern. Aber macht nicht soviel Aufhebens darum, zumindest nicht, wenn Julilla es hört«, riet Clitumna. Sie konnte sehr vernünftige Ratschläge erteilen, wenn ihr eigenes Herz nicht betroffen war. Hätte sie allerdings von den Briefen gewußt, die sich in Sullas Zimmer türmten, wäre sie vermutlich weniger hilfsbereit gewesen. »Wir wollen keinen zweiten Todesfall«, sagte sie und schniefte trübselig.

»Ganz gewiß nicht!« rief Marcia. Sie besann sich auf ihre nachbarlichen Pflichten und fragte teilnahmsvoll: »Ich hoffe, du hast den Tod deines Neffen schon ein wenig verwunden, Clitumna?«

»Es geht einigermaßen«, erwiderte Clitumna. Sie hatte inzwischen festgestellt, daß ihr Leben wenigstens in einem Punkt entschieden leichter geworden war: Die dauernden Auseinandersetzungen zwischen Stichus und ihrem geliebten Sulla hatten aufgehört. Sie seufzte abgrundtief.

Dieser Begegnung folgten viele weitere, denn der Trank wirkte tatsächlich, und Caesars Familie war der vulgären Nachbarin unendlich dankbar.

»Dankbarkeit«, sagte Gaius Julius Caesar, der sich stets in sein Arbeitszimmer flüchtete, sobald er Clitumnas schrille Stimme im Atrium hörte, »kann eine verdammte Plage sein!«

»Aber Gaius Julius, sei doch nicht so empfindlich!« sagte Marcia tadelnd. »Clitumna ist wirklich sehr freundlich, und wir dürfen auf keinen Fall ihre Gefühle verletzen.«

»Ich weiß, daß sie ganz außerordentlich freundlich ist!« rief der Hausherr aufgebracht. »Genau das ist ja das Problem!«

Julillas großer Plan hatte Sullas Leben in einem Maße kompliziert, das ihr große Befriedigung verschafft hätte, wenn sie davon gewußt hätte. Aber sie wußte es nicht, denn Sulla verbarg seine Qualen und heuchelte gegenüber Julillas Leiden eine Gleichgültigkeit, die sogar Clitumna erfolgreich täuschte. Clitumna berichtete täglich Neues aus dem Nachbarhaus.

»Ich wünschte, du würdest einmal dort vorbeigehen und das arme Mädchen besuchen«, sagte sie eines Tages gereizt. »Sie fragt oft nach dir, Lucius Cornelius.«

»Ich habe Besseres zu tun, als mich um eine Frau in Caesars Haus zu kümmern«, sagte Sulla barsch.

»So ein dummes Geschwätz!« fuhr Nikopolis ihn an. »Du sitzt doch den ganzen Tag nur herum!«

»Ist das denn meine Schuld?« fragte er und drehte sich so heftig zu seiner Geliebten zu, daß sie erschrocken zurückwich. »Ich wüßte schon, was ich tun könnte! Ich könnte mit Silanus marschieren und gegen die Germanen kämpfen!«

»Warum gehst du dann nicht?« fragte Nikopolis. »Sie haben die Besitzanforderungen so gesenkt, daß ich sicher bin, sie würden dich nehmen.«

Sulla verzog den Mund zu einem häßlichen Grinsen. »Ich, ein Cornelius aus patrizischem Geschlecht, soll als einfacher Soldat in einer Legion dienen? Lieber lasse ich mich als Sklave an die Germanen verkaufen!«

»Das kann auch noch kommen, wenn die Germanen nicht aufgehalten werden.« Nikopolis war sichtlich wütend. »Clitumna hat dich lediglich gebeten, einem todkranken Mädchen einen lächerlich kleinen Gefallen zu tun, und du stehst da und faselst, daß du weder Zeit noch Lust dazu hast. Du bringst mich auf die Palme!« Ein boshaftes Glitzern trat in ihre Augen. »Schließlich mußt du doch zugeben, Lucius Cornelius, daß dein Leben hier sehr viel angenehmer ist, seit Lucius Gavius im richtigen Moment gestorben ist.« Und sie summte leise die Melodie eines bekannten Liedes, in dem der Sänger erzählte, er habe seinen Rivalen in der Gunst einer Frau ermordet, ohne dafür bestraft worden zu sein. »So paaaaasssend dahiiiiinschied!« trällerte sie.

Sullas Gesicht wurde steinhart und seltsam ausdruckslos. »Meine liebe Nikopolis, warum gehst du nicht zum Tiber hinunter und stürzt dich hinein?«

Damit war das Thema Julilla fürs erste vom Tisch. Aber es tauchte beinahe täglich wieder auf, und seine heikle Lage machte Sulla schwer zu schaffen. Jeden Tag konnte Julillas Dienerin dabei ertappt werden, wie sie ihm einen Brief brachte, und Julilla konnte erwischt werden, wie sie ihm einen Brief schrieb. Wie stand er dann da? Wer würde ihm, bei seiner Vergangenheit, glauben, daß er gänzlich unschuldig war und keine Intrige angezettelt hatte? Wenn die Zensoren ihn aber für schuldig befanden, die Tochter eines patrizischen Senators sittlich verdorben zu haben, dann konnte er den Sitz im Senat vergessen. Und er wollte in den Senat.

Am liebsten wäre er von Rom fortgegangen, aber er wagte es nicht – was würde das Mädchen in seiner Abwesenheit anstellen? Und so ungern er es sich auch eingestand, er brachte es einfach nicht fertig wegzugehen, solange sie so krank war. Seine Gedanken drehten sich im Kreis. Immer wieder zog er den verwelkten Kranz aus Gras aus seinem Versteck in einem der Ahnenschreine hervor und schaute ihn an. Er kannte sein Ziel, und das dumme Mädchen würde alles kaputtmachen. Und doch hatte mit dem dummen Mädchen und dem Graskranz alles angefangen.

Er dachte sogar an Selbstmord, spielte mit der süßen Phantasie eines leichten Auswegs aus allen Schwierigkeiten, mit dem Traum vom ewigen Schlaf. Doch dann kehrten seine Gedanken unweigerlich zu Julilla zurück. Warum nur? Er liebte sie nicht, er konnte gar nicht lieben. Und doch gab es Zeiten, in denen er nach ihr verlangte, darauf brannte, sie zu beißen und zu küssen und in sie hineinzustoßen, bis sie vor ekstatischem Schmerz aufschreien würde. Zu anderen Zeiten, wenn er schlaflos zwischen seiner Geliebten und seiner Stiefmutter lag, haßte er Julilla abgrundtief, wollte er ihren mageren Hals zwischen seinen Händen spüren und ihre Augen hervorquellen sehen, wenn er den letzten Funken Leben aus ihr herauspreßte. Dann kam wieder ein Brief, und er fragte sich, warum er die Briefe nicht einfach wegwarf oder sie ihrem Vater brachte und der Tortur ein Ende machte. Statt dessen las er jeden Brief ein dutzendmal und steckte ihn dann in den Ahnenschrein zu den anderen.

Aber an seinem Entschluß, sie nicht zu besuchen, hielt er eisern fest.

Der Frühling ging in den Sommer über, der Sommer in die Hundstage des Sextilis. Träge schimmerte der Hundsstern Sirius über dem brütend heißen Rom. Dann, als Silanus zuversichtlich die Rhône hinaufmarschierte, den ungebärdigen Horden der Germanen entgegen, begann es in Mittelitalien zu regnen. Und es hörte gar nicht mehr auf zu regnen. Für die Bewohner des sonnigen Rom war das noch schlimmer als die Hundstage des Sextilis. Auf den Marktplätzen stand knöcheltief das Wasser, das Getreide in den Kornspeichern wurde feucht, das politische Leben war lahmgelegt, Prozesse mußten verschoben werden. Der Tiber stieg so weit an, daß es in einigen öffentlichen Latrinen einen Rückstau gab und Exkremente auf den Straßen herumschwammen. Hohe Mietshäuser stürzten zusammen oder bekamen breite Risse in den Wänden und Fundamenten. Ganz Rom war erkältet, viele alte und schwache Menschen starben an Lungenentzündung, die jungen starben an Kehlkopfdiphterie und Mandelentzündung, Menschen jeden Alters starben an einer rätselhaften Krankheit, die den Körper lähmte. Wer die Krankheit überlebte, behielt einen verkrüppelten Arm oder ein verkrüppeltes Bein zurück.

Clitumna und Nikopolis stritten täglich, und jeden Tag flüsterte Nikopolis Sulla ins Ohr, wie ungeheuer gelegen ihm Stichus' Tod gekommen sei.

Nach zwei Wochen ununterbrochenen Regens zogen die letzten Wolken nach Osten ab, und die Sonne kam heraus. Rom dampfte. Dampfwölkchen stiegen von den Pflastersteinen und den Dachziegeln auf, die Luft war gesättigt mit Feuchtigkeit. Auf jedem Balkon, in jedem Innenhof und in jedem Fenster der Stadt wurde Wäsche mit Stockflecken ausgebreitet. Schuhe mußten von Schimmelflekken befreit werden, jede Schriftrolle mußte aufgerollt und sorgfältig auf Pilzbefall untersucht werden, Kleidertruhen und Schränke mußten gelüftet werden.

Einen einzigen erfreulichen Aspekt hatte die stinkende Feuchtigkeit: Die Pilze schossen in diesem Jahr üppig wie nie zuvor aus dem Boden, die ganze Stadt schwelgte in Pilzen.

Und Sulla drückten wieder Julillas Briefe auf der Seele, nachdem die zwei Regenwochen wunderbarerweise verhindert hatten, daß Julillas Dienerin ihn aufsuchte und ihm Briefe in die Toga steckte. Sulla spürte, daß er den schwülen Krankheitsherd Rom wenigstens für einen Tag verlassen mußte, wenn er nicht verrückt werden wollte. Metrobius und sein Beschützer Skylax machten Ferien in Cumae, und Sulla wollte seinen Erholungstag nicht allein verbringen. Also beschloß er, Clitumna und Nikopolis zu einem Picknick an seinem Lieblingsplatz außerhalb von Rom einzuladen.

»Kommt, ihr beiden Mädchen«, sagte er am Morgen des dritten sonnigen Tages zu ihnen, »zieht euch was Hübsches an, ich führe euch zu einem Picknick aus!«

Die beiden, die sich nicht im geringsten wie Mädchen fühlten, sahen ihn mit säuerlichem Spott an und machten keine Anstalten, das gemeinsame Bett zu verlassen, obwohl es nach der feuchten Nacht schweißgetränkt war.

»Ihr braucht beide dringend frische Luft«, drängte Sulla.

»Wir wohnen auf dem Palatin, weil hier oben die Luft so gut ist«, sagte Clitumna und drehte ihm den Rücken zu.

»Im Augenblick ist die Luft auf dem Palatin kein Haar besser als im übrigen Rom. Sie ist erfüllt vom Gestank der Abwasserkanäle und der feuchten Wäsche. Ich habe einen Wagen gemietet. Wir fahren Richtung Tibur hinaus und essen im Wald zu Mittag. Vielleicht können wir ein paar Fische fangen oder notfalls kaufen, oder ein dickes, fettes Kaninchen. Vor Einbruch der Dunkelheit sind wir wieder daheim, erholt und viel fröhlicher.«

»Nein«, sagte Clitumna verdrossen.

Nikopolis war unschlüssig. »Also ...«

Das genügte Sulla. »Mach dich fertig, ich bin wieder da.« Er streckte sich genüßlich. »Ach, ich bin es so leid, in diesem Haus eingesperrt zu sein!«

»Ich auch«, sagte Nikopolis und kletterte aus dem Bett.

Clitumna blieb mit dem Gesicht zur Wand liegen. Sulla ging in die Küche und bestellte ein Mittagessen zum Mitnehmen.

Dann versuchte er es noch einmal bei Clitumna. »Komm doch auch mit.«

Keine Antwort.

»Dann mach, was du willst.« Er ging zur Tür. »Nikopolis und ich sind heute abend wieder da.«

Wieder keine Antwort.

Am Fuß der Cacus-Treppe erwartete sie ein offener, zweirädriger Wagen. Sulla half Nikopolis auf den Nebensitz und schwang sich selbst auf den Platz des Kutschers. »Auf geht's!« rief er fröhlich, faßte die Zügel und spürte, wie sein Herz ungewohnt leicht wurde. Im stillen gestand er sich ein, daß er ganz gern mit Nikopolis allein war. »Hü, ihr Maultiere!« rief er.

Die Maultiere trabten munter los, und der Wagen ratterte das Tal von Murcia entlang, in dem der Circus Maximus lag. Sie verließen die Stadt durch das Capena-Tor. Leider bot sich ihren Augen zunächst ein eher uninteressanter und unerfreulicher Anblick, denn die Ringstraße, die Sulla Richtung Osten nahm, führte durch die großen Friedhöfe Roms. Grabstein reihte sich an Grabstein – nicht die eindrucksvollen Mausoleen und Grabmäler der Reichen und Hochgeborenen, die alle großen Ausfallstraßen der Stadt säumten, sondern die Grabsteine einfacher Leute. Jeder Römer und Grieche, selbst der allerärmste bis hinab zu den Sklaven, träumte davon, daß einmal ein fürstliches Grabmal Zeugnis von seiner Existenz ablegen würde. Aus diesem Grund gehörten die Armen und die Sklaven Bestattungsvereinen an und zahlten jeden Denar, den sie erübrigen konnten, in die Vereinskasse ein. Der Verein legte das Geld möglichst gewinnbringend an. Die Veruntreuung von Geldern war in Rom zwar gang und gäbe, aber die Bestattungsvereine wurden von ihren Mitgliedern derart eifersüchtig überwacht, daß den Verantwortlichen keine andere Wahl blieb, als ehrlich zu sein. Eine schöne Bestattung und ein dekoratives Grabmal waren ungeheuer wichtig.

Als der Wagen unter den Bogen des Aquädukts hindurchgerollt war, der Wasser zu den dicht besiedelten Hügeln im Nordosten der Stadt brachte, änderte sich die Aussicht. In allen Richtungen dehnte sich fruchtbares Land, zuerst Gemüsegärten, dann grüne Weiden und Weizenfelder.

Obwohl die Via Tiburtina durch die schweren Regenfälle stark beschädigt war – der Regen hatte die dicke Schicht aus Schotter, Staubtuff und Sand auf den Pflastersteinen teilweise weggespült – und die Fahrt nicht sehr gemütlich verlief, waren die beiden Ausflügler bester Stimmung. Die Sonne brannte, aber es wehte ein kühles Lüftchen. Nikopolis' Sonnenschirm schützte Sullas schneeweiße Haut ebenso wie ihren eigenen olivfarbenen Teint. Die Maultiere erwiesen sich als willig und gutmütig. Sulla trieb sie nicht zur Eile an, sondern ließ sie ihr eigenes Tempo finden, und sie trabten leichtfüßig Meile um Meile.

Es war unmöglich, den ganzen Weg nach Tibur und wieder zurück an einem einzigen Tag zurückzulegen, doch Sullas Lieblingsplatz lag ein gutes Stück vor der steilen Auffahrt nach Tibur. Kurz hinter Rom zog sich ein Wald die Hügel hinauf. Die Straße führte etwa eine Meile quer durch diesen Wald und erreichte dann das üppig grüne, sehr fruchtbare Tal des Anio.

Im Wald war der Boden härter, und hier verließ Sulla die Straße und lenkte die Maultiere auf eine unbefestigte Wagenspur, die zwischen den Bäumen hindurch führte und schließlich auslief.

»Wir sind da«, sagte Sulla und sprang vom Wagen. »Ich weiß, daß es hier nicht besonders schön ist, aber komm ein kleines Stück mit, dann zeige ich dir eine Stelle, für die sich der weite Weg lohnt.«

Er schirrte die Maultiere ab und legte ihnen Fußfesseln an, dann schob er den Wagen vom Weg in den Schatten, hob den Picknickkorb heraus und hievte ihn sich auf die Schulter.

»Woher kennst du dich so gut mit Maultieren und Wagen aus?« fragte Nikopolis, als sie Sulla mit vorsichtigen Schritten durch den Wald folgte.

»Jeder, der im Hafen von Rom gearbeitet hat, kennt sich damit aus«, sagte Sulla über seine freie Schulter. »Laß dir Zeit! Wir gehen nicht weit, und wir haben es nicht eilig.«

Tatsächlich hatten sie noch viel Zeit, denn bis Mittag waren es noch zwei Stunden.

Sie traten auf eine bezaubernde Lichtung hinaus, auf der hohes Gras und spätsommerliche Blumen wuchsen – rosa und weiße Kosmeen, große, blütenübersäte rosa und weiße Heckenrosenbüsche und die hohen Blütenrispen der Lupinen, ebenfalls rosa und weiß. Durch die Lichtung rauschte ein Bach, der vom Regen noch Hochwasser führte. In seinem Bett lagen zerklüftete Felsbrocken. Die Sonne glitzerte auf dem Wasser und sprühte blitzende Funken, Libellen und kleine Vögel spielten im Licht.

»Ach, wie schön!« rief Nikopolis.

»Ich habe die Stelle entdeckt, als ich letztes Jahr ein paar Monate von Rom weg war«, sagte Sulla und setzte den Korb an einem schattigen Platz ab. »Mein Wagen verlor damals genau an der Stelle ein Rad, wo die Wagenspur in den Wald hineinführt, und ich mußte Metrobius auf einem der Maultiere nach Tibur schicken, um Hilfe zu holen. Während ich auf ihn gewartet habe, habe ich die Umgebung erkundet.«

Nikopolis war nicht erfreut, daß Sulla ausgerechnet mit Metrobius das erste Mal an diesem wundervollen Platz gewesen war, aber sie sagte nichts. Sie ließ sich ins Gras fallen und sah zu, wie Sulla einen großen Schlauch Wein aus dem Korb nahm. Er legte den Schlauch an einer Stelle in den Bach, wo ein Ring aus Steinen ihn festhielt, schlüpfte aus seiner Tunika und zog die Stiefel aus. Mehr hatte er nicht an.

Sulla fühlte sich noch immer durch und durch leicht, und dieses Gefühl wärmte ihn ebenso wie die Sonne auf seiner Haut. Er streckte sich lächelnd und sah sich mit einem Entzücken auf der Lichtung um, das nichts mit Metrobius oder mit Nikopolis zu tun hatte. An diesem Ort konnte er sich sagen, daß die Zeit stillstand, daß es keine Politik gab, daß die Menschen nicht in Klassen eingeteilt waren und daß Geld keine Rolle spielte. Die Augenblicke ungetrübten Glücks waren so sparsam auf seinem Lebensweg verteilt gewesen, daß er sich an jeden einzelnen mit schmerzender Klarheit erinnerte: an den Tag, an dem sich das Durcheinander von Schnörkeln auf einem Stück Papier plötzlich zu verständlichen Gedanken geordnet hatte; an die Stunde, in der ein unfaßlich freundlicher und aufmerksamer Mann ihm gezeigt hatte, wie vollkommen ein Liebesakt sein konnte; an das überwältigende Gefühl der Befreiung beim Tode seines Vaters sowie an die Erkenntnis, daß diese Waldlichtung das erste Stück Land war, das er für sich erobert hatte. Das war alles. Die Summe der glücklichen Augenblicke seines Lebens. Keiner dieser Augenblicke hatte mit der Wertschätzung des Schönen oder des Lebens an sich zu tun. Das Glück lag im Lesenkönnen, in der erotischen Lust, in der Freiheit und im Besitz.

Nikopolis betrachtete ihn fasziniert, ohne den Grund für seine Freude auch nur im entferntesten zu erraten. Sie bewunderte seine blendend weiße Haut, das leuchtende Gold seiner Haare auf Kopf, Brust und Scham. Diesem Anblick konnte sie nicht widerstehen. Sie schlüpfte aus ihrem leichten Kleid, löste die lange schwarze Schärpe des Unterhemds, streifte das Hemd ab und war nun ebenfalls nackt.

Sie wateten in einen der tiefen Tümpel hinein, die das Wasser gebildet hatte. Zuerst stockte ihnen der Atem vor Kälte, aber sie vergnügten sich so lange im Wasser, bis ihnen wieder warm wurde. Sulla spielte mit Nikopolis' Brustwarzen und ihren schönen Brüsten. Dann kletterten sie hinauf in das dicke, weiche Gras und liebten sich, während sie sich von der Sonne trocknen ließen. Anschließend verzehrten sie ihr Mittagessen: Brot, Käse, hartgekochte Eier und Hähnchenschlegel, dazu Wein. Nikopolis wand einen Blumenkranz für Sulla, dann noch einen für sich selbst und streckte sich im Gras.

»Ist das herrlich«, seufzte sie. »Clitumna weiß gar nicht, was sie versäumt.«

»Clitumna weiß nie, was sie versäumt«, sagte Sulla.

»Na ja«, sagte Nikopolis träge. Die Spottlust war wieder in ihr erwacht. »Sie vermißt ihren lieben Stichus.« Sie summte wieder das Liedchen über den Liebesmord, bis sie einen scharfen Blick von Sulla auffing. Sie verstummte. Zwar glaubte sie nicht ernstlich daran, daß Sulla etwas mit Stichus' Tod zu tun hatte, aber sie konnte Sulla so herrlich mit diesem Thema ärgern.

Sie sprang auf und streckte Sulla, der noch auf dem Boden lag, die Hände hin. »Komm, du Faulpelz, ich möchte ein bißchen im Wald spazierengehen und mich abkühlen«, sagte sie.

Gehorsam stand er auf, nahm ihre Hand und spazierte mit ihr in die Kühle unter dem Laubdach. Sie gingen über einen Teppich aus nassen Blättern, der nach dem langen Sonnenschein des Tages aufgewärmt war.

Und da standen sie! Ein kleines Heer der herrlichsten Pilze, die Nikopolis je gesehen hatte, kein einziger von Insekten durchlöchert oder von Tieren angeknabbert, schneeweiß, mit dicken, fleischigen Hüten und schönen, schlanken Füßen. Sie dufteten herrlich nach Erde.

»Oh, sieh mal!« rief sie und fiel auf die Knie.

Sulla schnitt eine Grimasse. »Komm weiter«, sagte er.

»Nein, sei doch nicht so, bloß weil du keine Pilze magst! Bitte, Lucius Cornelius! Geh zurück und hole ein Tuch aus dem Korb, ich möchte ein paar Pilze zum Abendessen mitnehmen.«

»Vielleicht sind sie nicht eßbar.« Sulla rührte sich nicht vom Fleck.

»Unsinn! Natürlich sind sie eßbar! Sieh hier! Keine Hülle auf den Lamellen, keine Flecken und keine roten Punkte. Sie riechen köstlich. Und das ist auch keine Eiche, oder?« Sie sah an dem Baum hinauf, an dessen Fuß die Pilze wuchsen.

Sulla betrachtete die wellenförmig geschwungenen Blätter, und auf einmal hatte er eine Vision von der Unausweichlichkeit des Schicksals und meinte, einen Wink seiner Glücksgöttin zu erkennen. »Nein, es ist keine Eiche«, sagte er.

»Dann bitte! Bitte!« schmeichelte sie.

Er seufzte. »Also gut. Wenn du willst.«

Das ganze kleine Heer der Pilze fiel. Nikopolis legte die Pilze sorgfältig auf den Boden des Korbes, dort waren sie auf der Heimfahrt vor der Hitze geschützt.

»Ich weiß nicht, warum ihr keine Pilze mögt, du und Clitumna«, sagte sie, als sie wieder im Wagen saßen und die Maultiere ihrem Stall entgegentrabten.

»Was ist denn so Besonderes an diesen Pilzen?« fragte Sulla. »Zur Zeit kann man Pilze bergeweise auf dem Markt kaufen und spottbillig noch dazu.«

»Aber das hier sind meine«, erklärte sie. »Ich habe sie entdeckt und selbst gepflückt. Die Pilze auf dem Markt sind ganz anders – voller Raupen, Löcher, Spinnen und weiß Gott was. Meine werden viel besser schmecken, das verspreche ich dir.«

Und sie schmeckten besser. Als Nikopolis sie in die Küche brachte, beäugte der Koch sie mißtrauisch, aber er mußte zugeben, daß weder Auge noch Nase etwas daran auszusetzen fanden.

»Brate sie kurz in ein wenig Öl«, sagte Nikopolis.

Der Koch briet sie kurz an, schwenkte sie dann in einer Schüssel mit ein wenig frisch gemahlenem Pfeffer und einem Schuß Zwiebelsaft und schickte sie zu Nikopolis ins Eßzimmer. Nikopolis schlang sie hungrig hinunter. Nach dem Tag im Freien hatte sie einen gesunden Appetit.

Achtzehn Stunden später bekam sie Magenschmerzen. Ihr wurde übel, und sie mußte sich übergeben, hatte aber keinen Durchfall und meinte, die Schmerzen seien erträglich, sie kenne Schlimmeres. Dann urinierte sie eine kleine Menge Flüssigkeit, die blutig rot war. Jetzt geriet sie in Panik.

Man rief sofort Ärzte, der ganze Haushalt rannte aufgescheucht umher. Clitumna schickte Diener aus, die Sulla suchen sollten, der früh am Morgen aus dem Haus gegangen war.

Als Nikopolis' Puls sich beschleunigte und der Blutdruck sank, machten die Ärzte ernste Gesichter. Nikopolis bekam Krämpfe, ihr Atem ging langsam und flach, ihr Herz schlug unregelmäßig, und sie sank unaufhaltsam in tiefe Bewußtlosigkeit. Niemand dachte an die Pilze.

»Nierenversagen«, sagte Athenodorus von Sizilien, der inzwischen der erfolgreichste Arzt auf dem Palatin war.

Die anderen Ärzte stimmten ihm zu.

In dem Augenblick, als Sulla ins Haus stürzte, starb Nikopolis an starken inneren Blutungen – den Ärzten zufolge waren alle ihre inneren Organe zusammengebrochen.

»Wir sollten eine Autopsie durchführen«, sagte Athenodorus.

»Das meine ich auch«, sagte Sulla. Die Pilze erwähnte er mit keinem Wort.

»Ist es ansteckend?« fragte Clitumna. Sie sah alt und krank und sehr einsam aus.

Alle verneinten.

Die Autopsie bestätigte die Diagnose: Nieren- und Leberversagen. Die Nieren und die Leber waren geschwollen, verstopft und voller Blutungen. Es hatte Blutungen im Herzbeutel, im Magen, im Dünndarm und Dickdarm gegeben. Der unschuldig aussehende Weiße Knollenblätterpilz hatte sein zerstörerisches Werk gründlich vollbracht.

Da Clitumna völlig entkräftet war, organisierte Sulla die Bestattung und führte den Leichenzug als Hauptrauernder an, gefolgt von den führenden Schauspielern der komischen und pantomimischen Theater Roms. Es war ein langer Leichenzug, der Nikopolis sicher gefallen hätte.

Als Sulla anschließend zu Clitumnas Haus zurückkehrte, wartete dort Gaius Julius Caesar auf ihn. Sulla warf seine dunkle Trauertoga ab und ging zu Clitumna und ihrem Gast ins Wohnzimmer. Er hatte Gaius Julius Caesar nur wenige Male gesehen und noch nie mit ihm gesprochen. Daß der Senator Clitumna wegen des vorzeitigen Todes einer griechischen Dirne aufsuchen sollte, kam ihm merkwürdig vor, deshalb war er auf der Hut.

»Gaius Julius«, sagte er und verbeugte sich.

»Lucius Cornelius.« Caesar verbeugte sich gleichfalls.

Sie setzten sich. Caesar wandte sich freundlich der weinenden Clitumna zu.

»Warum willst du hier bleiben, meine Liebe?« fragte er. »Nebenan wartet Marcia auf dich. Frauen brauchen in Zeiten des Kummers die Gesellschaft von Frauen.«

Wortlos stand Clitumna auf und wankte zur Tür, während der Gast in seine dunkle Toga griff und eine kleine Rolle Papier herausnahm.

»Lucius Cornelius, deine Freundin Nikopolis ließ mich vor langer Zeit ihr Testament anfertigen und in die Obhut der Vestalinnen geben.«

»So?« sagte Sulla hilflos. Mehr fiel ihm nicht ein. Stumm saß er da und starrte Caesar verständnislos an.

Caesar kam zum Kern der Sache. »Lucius Cornelius«, sagte er, Nikopolis hat dich als Alleinerben eingesetzt.«

Sulla sah ihn noch immer verständnislos an. »So?«

»Ja.«

»Ich hätte es mir vielleicht denken können«, sagte Sulla und gewann allmählich seine Fassung zurück. »Aber es ist sowieso nicht wichtig. Sie hat alles ausgegeben, was sie besaß.«

Caesar sah ihn scharf an. »Aber nein, keineswegs. Nikopolis war ziemlich wohlhabend.«

»Unsinn«, sagte Sulla.

»Doch, Lucius Cornelius, sie war sehr wohlhabend. Sie hatte keinen Grundbesitz, aber sie war die Witwe eines Militärtribuns, der durch Beutegut reich geworden war, und sie hat das Geld in gewinnbringende Unternehmen investiert. Der Wert ihres Vermögens liegt gegenwärtig bei etwas über zweihunderttausend Denaren.«

Sullas Überraschung war zweifellos echt. Was immer Caesar bis zu diesem Augenblick von ihm gedacht haben mochte, er wußte, daß er jetzt einen Mann vor sich sah, der keine blasse Ahnung von dem Testament gehabt hatte. Entgeistert starrte Sulla auf das Papier. Dann schlug er sich die Hände vor das Gesicht, erschauerte und rang nach Luft. »So viel! Nikopolis?«

»So viel. Zweihunderttausend Denare. Oder achthunderttausend Sesterze, wenn dir das lieber ist. Eine fürstliche Summe.«

Sullas Hände sanken herab. »Oh, Nikopolis!« stöhnte er.

Caesar stand auf und streckte ihm die Hand hin. Sulla ergriff sie benommen.

»Nein, Lucius Cornelius, bleib sitzen«, sagte Caesar mit warmer Stimme. »Mein Lieber, ich kann dir gar nicht sagen, wie sehr mich das für dich freut. Ich habe schon oft von ganzem Herzen gewünscht, du mögest eines Tages ein besseres Los haben – und mehr Glück. Morgen früh werde ich die amtliche Testamentseröffnung vornehmen. Am besten triffst du mich um die zweite Stunde auf dem Forum, beim Tempel der Vesta.«

Nachdem Caesar gegangen war, saß Sulla lange Zeit reglos da. Das Haus war so still wie Nikopolis' Grab.

Stunden später erhob er sich steif und ungelenk. Das Blut begann wieder zu zirkulieren, sein Herz füllte sich mit Glut.

»Lucius Cornelius, du bist endlich auf dem richtigen Weg«, sagte er laut und lachte.

Das Lachen hatte ganz leise begonnen, wurde allmählich lauter, schwoll an zu einem dröhnenden Gelächter, einem Brüllen, einem wiehernden Kreischen. Die Diener hörten starr vor Schrecken zu und berieten, wer sich in Clitumnas Wohnzimmer hineinwagen sollte. Aber noch ehe sie zu einer Entscheidung gekommen waren, verstummte das Lachen.

Clitumna alterte beinahe über Nacht. Zwar war sie erst fünfzig, aber der Tod ihres Neffen hatte den Alterungsprozeß stark beschleunigt, und jetzt war außerdem ihre beste Freundin gestorben. Nicht einmal Sulla gelang es, sie aus ihrer Schwermut herauszuholen, und weder eine Pantomime noch eine Posse konnte sie aus dem Haus locken. Sie litt darunter, daß der Kreis ihrer Vertrauten so drastisch schrumpfte. Wenn Sulla sie jetzt auch noch verließ – das Geld von Nikopolis hatte ihn unabhängig gemacht –, war sie ganz allein. Eine Aussicht, vor der ihr graute.

Wenige Tage nach Nikopolis' Tod schickte sie nach Gaius Julius Caesar. »Toten kann man nichts hinterlassen«, sagte sie, »deshalb muß ich mein Testament noch einmal ändern.«

Also wurde das Testament geändert und anschließend wieder bei den Vestalinnen hinterlegt.

Clitumna trauerte weiter. Sie vergoß Ströme von Tränen, und ihre früher rastlosen Hände lagen gefaltet und müßig in ihrem Schoß. Alle sorgten sich um sie, aber alle wußten, daß man nichts anderes tun konnte als darauf warten, daß die Zeit die Wunden heilen würde. Falls noch Zeit war.

Für Sulla war es jetzt Zeit zu handeln.

Julillas letzter Brief hatte gelautet:

*Ich liebe Dich, obwohl die Monate, aus denen inzwischen schon Jahre geworden sind, mir gezeigt haben, wie wenig meine Liebe erwidert wird, wie wenig Dich mein Schicksal rührt. Im Juni bin ich achtzehn geworden, und eigentlich sollte ich jetzt verheiratet werden, aber es ist mir gelungen, dieses Übel durch meine Krankheit hinauszuzögern. Ich will Dich heiraten, Dich und keinen anderen. Mein Vater zögert, da er mich niemandem als begehrenswerte Braut anbieten kann, und ich werde dafür sorgen, daß es dabei bleibt, bis Du zu mir kommst und mir sagst, daß Du mich heiraten willst. Du hast einmal zu mir gesagt, ich sei ein kleines Kind, ich würde aus meiner unreifen Liebe zu Dir herauswachsen. Aber ich habe bewiesen, daß meine Liebe zu dir so verläßlich ist wie die Rückkehr der Sonne aus dem Süden im Frühjahr. Deine magere griechische Freundin, die ich mit jedem Atemzug gehaßt und verflucht habe, ist tot. Du siehst, wie mächtig ich bin, Lucius Cornelius! Warum begreifst Du nicht, daß Du mir nicht entrinnen kannst? Du liebst mich, ich weiß, daß Du mich liebst. Gib nach, Lucius Cornelius, gib nach! Komm mich besuchen, knie an meinem Schmerzenslager nieder und küsse mich. Verurteile mich nicht zum Tod!*

Ja, es war Zeit für Sulla. Zeit, vielen Dingen ein Ende zu setzen, Zeit, Clitumna und Julilla abzuschütteln und all die anderen menschlichen Bindungen, die seinen Geist so schrecklich einengten. Auch Metrobius mußte verschwinden.

Er mußte handeln, ehe Clitumnas Stimmung sich aufheiterte. Und er brauchte Gaius Julius Caesar hinter sich. So klopfte Sulla eines Tages Mitte Oktober an Caesars Tür.

Der Junge, der den Türdienst versah, ließ ihn ohne Zögern ein. Sulla erkannte, daß er auf die Liste derjenigen gesetzt worden war, die Caesar jederzeit empfing, wenn er zu Hause war.

»Ist Gaius Julius zu sprechen?«

»Ja, Lucius Cornelius. Bitte warte einen Augenblick«, sagte der Junge und verschwand eilig in der Richtung von Caesars Arbeitszimmer.

Sulla richtete sich darauf ein, eine Weile warten zu müssen, und schlenderte durch das bescheidene Atrium. Im Vergleich zu diesem schlichten, schmucklosen Raum wirkte Citumnas Atrium wie das Vorzimmer zum Harem eines orientalischen Herrschers. Noch während er sich Gedanken über Caesars Atrium machte, kam Julilla herein.

Wie lange hatte sie wohl jeden Sklaven, der für den Türdienst in Frage kam, beschwatzt, daß er sie sofort benachrichtigen müsse, wenn Lucius Cornelius zu Besuch kam? Und wie lange würde es jetzt dauern, bis der Junge dorthin eilte, wo er sofort hätte hineilen sollen, und Caesar sagte, wer ihn sprechen wollte?

Diese beiden Fragen schossen Sulla durch den Kopf, schneller als ein Blitz aufzuckt und wieder verglüht, schneller als sein Körper auf den Schock von Julillas Anblick reagierte.

Seine Knie gaben nach, er mußte die Hand ausstrecken und nach dem ersten Gegenstand greifen, den er zu fassen bekam. Zufällig war es ein alter Wasserkrug aus vergoldetem Silber. Der Wasserkrug fiel um, als Sulla sich blindlings an ihn klammerte, und stürzte laut scheppernd zu Boden, während Julilla, die Hände vor das Gesicht geschlagen, hinausrannte.

Das Getöse hatte alle Hausbewohner alarmiert. Sulla merkte, daß der letzte Blutstropfen aus seinem ohnehin blassen Gesicht gewichen war und der kalte Angstschweiß ihm den Rücken herunterrann. Seine Beine knickten ein, er sackte zu Boden. Da saß er, den Kopf auf den Knien, die Augen fest geschlossen, und versuchte, das Bild dieses Skeletts, das von Julillas goldener Haut umhüllt war, wieder abzuschütteln.

Caesar und Marcia halfen ihm auf die Beine und führten ihn in Caesars Arbeitszimmer.

Nach einem großem Schluck unverdünnten Weines kehrte allmählich seine Gesichtsfarbe zurück, und er konnte sich mit einem Seufzer auf dem Sofa aufsetzen. Hatten Caesar und Marcia etwas gesehen? Und wohin war Julilla gegangen? Was sollte er sagen? Was tun?

Caesar sah grimmig aus, Marcia gleichfalls.

»Es tut mir leid, Gaius Julius«, sagte Sulla und nahm noch einen Schluck Wein. »Ein Schwächeanfall. Ich weiß nicht, was mit mir los ist.«

»Ruh dich aus, Lucius Cornelius«, sagte Caesar. »Ich weiß, was mit dir los ist. Du hast ein Gespenst gesehen.«

Nein, diesen Mann konnte man nicht täuschen – jedenfalls nicht so plump. Er war viel zu klug, beobachtete viel zu genau.

»War das wirklich eure jüngere Tochter?« fragte Sulla.

»Ja.« Caesar schickte seine Frau mit einem Nicken aus dem Zimmer.

»Ich habe sie vor einigen Jahren manchmal am Porticus Margaritaria gesehen, zusammen mit ihren Freundinnen«, sagte Sulla, »und sie war genauso, wie ein römisches junges Mädchen sein soll. Sie lachte, war niemals vulgär, ach, ich weiß nicht. Und dann, einmal auf dem Palatin, als ich tiefste Schmerzen litt, seelische Schmerzen, verstehst du ...«

»Ja, ich glaube, ich verstehe«, sagte Caesar.

»Sie fragte, ob sie mir helfen könne, und ich war ziemlich unfreundlich zu ihr. Ich glaubte, du würdest es nicht gerne sehen, wenn sie mit Leuten wie mir Bekanntschaft schließt. Aber sie ließ sich nicht abweisen, und ich brachte es nicht fertig, richtig grob zu werden. Weißt du, was sie getan hat?« Sullas Augen sahen noch merkwürdiger aus als sonst. Seine Pupillen waren riesengroß, um die Pupillen herum liefen zwei schmale Ringe in hellem Grauweiß und darum herum zwei Ringe in Grauschwarz. Diese Augen starrten zu Caesar hinauf und wirkten gar nicht menschlich.

»Was hat sie getan?« fragte Caesar leise.

»Sie hat mir einen Kranz aus Gras gemacht! Sie hat mir einen Kranz geflochten und ihn mir aufgesetzt. Mir! Und ich hatte ... ich hatte eine Vision!«

Er schwieg. Da keiner der Männer wußte, wie er dieses Schweigen brechen konnte, trat eine lange Stille ein. Beide Männer versanken in Gedanken.

»Gut«, sagte Caesar schließlich seufzend, »was hat dich zu mir geführt, Lucius Cornelius?«

Damit sagte er auf seine Weise, daß er Sullas Unschuld als erwiesen ansah, unabhängig davon, wie er das Verhalten seiner Tochter deutete. Und er sagte außerdem, daß er zum Thema Julilla nichts mehr hören wollte. Sulla hatte mit dem Gedanken gespielt, von den Briefen zu erzählen. Jetzt verwarf er den Gedanken.

Er straffte sich, stand vom Sofa auf, setzte sich auf den Stuhl vor Caesars Schreibtisch, der für die Klienten bestimmt war, und wandte sich wie ein Klient an Caesar.

»Clitumna«, sagte er. »Ich wollte mit dir über Clitumna sprechen. Vielleicht sollte ich lieber mit deiner Frau über sie sprechen, aber auf alle Fälle gehört es sich, daß ich mich erst einmal an dich wende. Clitumna ist nicht mehr wie früher. Sie ist deprimiert, weint viel und interessiert sich für nichts. Sie verhält sich ganz und gar nicht normal. Nicht einmal für die Trauerzeit. Ich weiß nicht mehr, was ich tun soll.« Er holte tief Luft. »Ich stehe in ihrer Schuld, Gaius Julius. Sie ist eine arme, dumme, ordinäre Frau, aber ich stehe in ihrer Schuld. Sie war gut zu meinem Vater, und sie war gut zu mir. Und ich weiß nicht, was ich zu ihrem Besten mit ihr tun soll, ich bin einfach ratlos.«

Caesar lehnte sich in seinem Stuhl zurück. Irgend etwas störte ihn an dem, was Sulla sagte. Er zweifelte nicht an Sullas Darstellung, er hatte Clitumna selbst gesehen und oft genug von Marcia gehört, wie es um sie stand. Aber warum war Sulla zu ihm gekommen? Das paßte nicht zu Sullas Charakter. Caesar bezweifelte, daß Sulla wirklich wissen wollte, was er mit seiner Stiefmutter machen sollte, die einem Gerücht zufolge auch noch seine Geliebte war. In diesem Punkt wollte er freilich kein Urteil fällen. Wenn Sulla hierherkam und um Hilfe bat, deutete das eher darauf hin, daß das Gerücht eine Lüge war, typischer Palatin-Klatsch. Genauso wie das Geschwätz, demzufolge Sulla zu Clitumna und Nikopolis sexuelle Beziehungen unterhalten hatte – und auch noch gleichzeitig! Marcia hatte so etwas angedeutet, aber als Caesar in sie gedrungen war, hatte sie ihm keine konkreten Beweise liefern können. Caesar aber wollte nicht bloßen Gerüchten glauben. Eindeutige Beweise waren eine Sache, bloßes Gerede eine ganz andere. Und doch lag ein falscher Ton darin, daß Sulla ihn heute aufsuchte und um Rat bat.

An dieser Stelle dämmerte Caesar eine mögliche Antwort. Daß ein Mann wie Sulla beim Anblick eines ausgemergelten jungen Mädchens in Ohnmacht fiel, war doch höchst ungewöhnlich! Und dann die seltsame Geschichte mit dem Graskranz. Caesar wußte natürlich, was so ein Kranz bedeutete. Vielleicht waren die beiden nur ein paarmal im Vorübergehen zusammengekommen, aber irgend etwas war zwischen ihnen im Gang, und das mußte er sorgfältig beobachten. Natürlich konnte er keine Beziehung zwischen den beiden dulden. Wenn sie sich zueinander hingezogen fühlten, war das ihr Pech. Julilla würde einen Mann heiraten, der hoch erhobenen Hauptes in den Kreisen verkehren konnte, zu denen Caesars Familie gehörte.

Während Caesar diese Überlegungen anstellte, fragte sich Sulla, an was Caesar denken mochte. Wegen Julilla war das Gespräch nicht so verlaufen, wie er geplant hatte, nicht einmal annähernd so. Wie konnte er nur so wenig Selbstbeherrschung haben? In Ohnmacht fallen! Er, Lucius Cornelius Sulla! Nachdem er sich so verraten hatte, war ihm keine andere Wahl geblieben, als dem wachsamen Vater eine Erklärung dafür zu liefern, und das wiederum hatte bedeutet, einen Teil der Wahrheit zu sagen. Hätte es Julilla geholfen, hätte er die ganze Wahrheit gesagt, aber er glaubte nicht, daß Caesar die Lektüre ihrer Briefe Freude machen würde. Sulla hatte sich in eine schwierige Lage gebracht und war darüber keineswegs erfreut.

»Hast du dir überlegt, wie du Citumna helfen könntest?« fragte Caesar.

Sulla runzelte die Stirn. »Sie hat ein Landhaus in Circei, und ich habe mir gedacht, sie könnte dorthin gehen und eine Weile dort bleiben.«

»Und warum kommst du damit zu mir?«

Sulla sah, wie sich unter seinen Füßen ein Abgrund auftat, und versuchte, ihn zu überspringen. »Du hast ganz recht, Gaius Julius. Warum komme ich zu dir? Die Wahrheit ist, daß ich zwischen Scylla und Charybdis festsitze und hoffte, du würdest mir eine rettende Hand entgegenstrecken.«

»Wie kann ich dich retten?«

»Ich glaube, daß Clitumna an Selbstmord denkt.«

»Oh.«

»Die Frage ist, was kann ich dagegen tun? Ich bin ein Mann, und seit Nikopolis tot ist, gibt es buchstäblich keine Frau in Clitumnas Haus oder Familie mehr, der Clitumna sich anvertrauen könnte, nicht einmal unter ihrer Dienerschaft.« Die Worte kamen jetzt ganz von selbst. »Rom ist gegenwärtig nicht der richtige Platz für sie, Gaius Julius! Aber wie kann ich sie nach Circei schicken ohne die Begleitung einer zuverlässigen Frau? Ich bin nicht sicher, ob sie derzeit überhaupt meine Gesellschaft will, außerdem habe ich … Ich habe verschiedene Dinge in Rom zu erledigen. Ich habe mir überlegt, ob deine Frau vielleicht bereit wäre, Clitumna für ein paar

Wochen nach Circei zu begleiten ... Das Landhaus ist sehr gut ausgestattet, und das Klima in Circei ist das ganze Jahr über gut für die Gesundheit! Es könnte auch deiner Frau guttun, ein wenig Seeluft zu atmen.«

Caesar entspannte sich sichtlich. Er wirkte, als sei eine ungeheure Last von seinem gebeugten Rücken verschwunden. »Ich verstehe, Lucius Cornelius, ich verstehe. Ich verstehe dich besser, als du denkst. Meine Frau könnte Clitumna tatsächlich eine Hilfe sein, aber leider kann ich sie nicht entbehren. Du hast Julilla gesehen, ich brauche dir nicht zu sagen, wie verzweifelt wir über sie sind.«

Sulla sah ihn bittend an. »Könnte Julilla nicht mit den beiden Frauen nach Circei gehen? Eine Luftveränderung wirkt oft Wunder!«

Caesar schüttelte den Kopf. »Nein, Lucius Cornelius, ich fürchte, das geht nicht. Ich bin bis zum Frühjahr an Rom gebunden. Ich kann meine Frau und meine Tochter nicht allein nach Circei gehen lassen. Nicht, weil ich ihnen die Abwechslung nicht gönne, sondern weil ich mich während ihrer Abwesenheit ständig um sie sorgen würde. Wenn Julilla gesund wäre, wäre es anders. Aber so ... nein.«

»Ich verstehe dich, Gaius Julius, und ich versichere dich meines Mitgefühls.« Sulla stand auf.

»Schick Clitumna nach Circei, Lucius Cornelius. Sie wird schon zurechtkommen.« Caesar brachte seinen Gast zur Tür.

»Danke für deine Nachsicht mit meinem törichten Anliegen«, sagte Sulla.

»Aber nicht doch. Ich bin froh, daß du gekommen bist. Ich glaube sogar, ich weiß jetzt besser, wie ich meine Tochter behandeln muß. Und ich gestehe, daß du mir durch die Ereignisse dieses Morgens sympathisch geworden bist, Lucius Cornelius. Halte mich auf dem laufenden über Clitumna.« Caesar reichte ihm lächelnd die Hand.

Sobald sich die Tür hinter Sulla geschlossen hatte, machte sich Caesar auf die Suche nach Julilla. Sie saß im Wohnzimmer ihrer Mutter und schluchzte verzweifelt, den Kopf in den Armen vergraben. Als Caesar in der Tür erschien, legte Marcia einen Finger an die Lippen, und zusammen gingen sie leise aus dem Zimmer.

»Gaius Julius, es ist schrecklich«, sagte Marcia und preßte die Lippen zusammen.

»Haben sie sich getroffen?«

Eine brennende Röte stieg unter Marcias hellbrauner Haut auf, und sie schüttelte so heftig den Kopf, daß einige Haarnadeln zu

Boden fielen und ihre Haare, die sie hochgesteckt hatte, herunterfielen. »Nein, sie haben sich nicht getroffen!« Sie rang die Hände. »Ach, wie beschämend! Wie demütigend!«

Caesar faßte ihre Hände. »Beruhige dich, Frau, beruhige dich! Nichts kann so schlimm sein, daß du dich deswegen krank machst. Jetzt sag mir, was los ist.

»So ein unwürdiges Benehmen! So eine Schamlosigkeit!«

»Beruhige dich. Erzähl der Reihe nach.«

»Er hat nichts damit zu tun, es ist alles ihr Werk! Unsere Tochter, Gaius Julius, hat die beiden letzten Jahre damit zugebracht, Schande auf sich und ihre Familie zu häufen. Sie ... sie hat sich einem Mann in die Arme geworfen, der nicht nur unwürdig ist, dir den Staub von den Schuhen zu wischen, sondern der obendrein nichts von ihr wissen will! Und mehr noch, Gaius Julius! Sie hat versucht, seine Aufmerksamkeit dadurch auf sich zu ziehen, daß sie gehungert hat, und hat ihm damit eine Schuld aufgeladen, die er durch nichts verdient hat! Briefe, Gaius Julius! Das Mädchen hat ihm Hunderte von Briefen geschrieben. Sie hat ihn für ihre Krankheit verantwortlich gemacht und um seine Liebe gebettelt wie eine winselnde Hündin!« Aus Marcias Augen strömten Tränen, Tränen der Enttäuschung und ohnmächtigen Wut.

»Beruhige dich«, wiederholte Caesar. »Bitte, Marcia, weinen kannst du später. Ich werde mit Julilla reden, und du mußt dabeisein.«

Marcia beruhigte sich, trocknete ihre Tränen, und zusammen kehrten sie ins Wohnzimmer zurück.

Julilla weinte noch immer, sie hatte nicht einmal bemerkt, daß sie allein war. Seufzend setzte Caesar sich auf den Lieblingsstuhl seiner Frau, fuhr suchend in die Brustfalten seiner Toga und holte sein Taschentuch hervor.

»Hier, Julilla, putz dir die Nase und hör auf zu weinen«, sagte er und schob ihr das Tuch hin. »Ich muß mit dir reden.«

Julilla hatte hauptsächlich deshalb geweint, weil man hinter ihr Geheimnis gekommen war. Als sie die beruhigend feste, sachliche Stimme ihres Vaters hörte, beruhigte sie sich. Sie hörte auf zu weinen und saß mit hängendem Kopf da, ihr zerbrechlicher Körper wurde von heftigem Schluckauf geschüttelt.

»Du hast wegen Lucius Cornelius Sulla gehungert, Julilla, stimmt das?« fragte Caesar.

Sie antwortete nicht.

»Julilla, du darfst der Frage nicht ausweichen, und ich werde keine Nachsicht haben, wenn du nicht antwortest. Ist Lucius Cornelius Sulla der Grund für all dieses Übel?«

»Ja«, flüsterte sie.

Caesars Stimme klang weiterhin fest und sachlich, aber die Worte brannten sich gerade deshalb um so tiefer in Julillas Herz. So sprach ihr Vater mit einem Sklaven, der ihm ein unverzeihliches Unrecht zugefügt hatte. Mit seiner Tochter hatte er noch nie so gesprochen. Bis jetzt.

»Hast du auch nur die leiseste Vorstellung, was für Schmerzen, Sorgen und Mühen du uns allen seit über einem Jahr zufügst? Seit über einem Jahr bist du der Mittelpunkt, um den sich alle drehen. Nicht nur ich, deine Mutter, deine Brüder und deine Schwester, sondern auch unsere treuen Diener, unsere Freunde und Nachbarn. Du hast uns an den Rand des Wahnsinns gebracht. Und wofür? Kannst du mir sagen, wofür?«

»Nein«, flüsterte sie.

»Unsinn! Natürlich kannst du das sagen! Du hast ein Spiel mit uns getrieben, Julilla. Ein grausames und selbstsüchtiges Spiel. Du hast es mit einer Geduld und einer Intelligenz betrieben, die einer edleren Sache würdig wären. Du hast dich – mit sechzehn Jahren! – in einen Mann verliebt, von dem du genau wußtest, daß er nicht zu dir paßt und daß ich ihn nie billigen würde. Einen Mann, der selbst wußte, daß er nicht zu dir paßt, und der dich in keiner Weise ermutigt hat. Also hast du dich dazu entschlossen, mit Täuschung vorzugehen, mit Schläue, mit ... Mir fehlen die Worte, Julilla.« Caesar verstummte.

Seine Tochter zitterte.

Seine Frau zitterte.

»Ich glaube, ich muß deinem Gedächtnis nachhelfen, Tochter. Weißt du, wer ich bin?«

Julilla antwortete nicht, ließ nur weiter den Kopf hängen.

»Sieh mich an!«

Sie hob das Gesicht und richtete ihre tränennassen Augen auf Caesar. Ihr Blick war verschreckt und wild.

»Nein, ich sehe, daß du nicht weißt, wer ich bin«, sagte Caesar. »Deshalb muß ich es dir sagen, Tochter. Ich bin der *pater familias*, das Oberhaupt dieses Hauses. Mein Wort ist hier Gesetz. Kein Gericht kann es aufheben. Was immer ich im Bereich dieses Hauses zu sagen und zu tun beliebe, kann ich sagen und tun. Kein Gesetz des Senats und des römischen Volkes steht zwischen mir und meinem Haushalt, meiner Familie. Die römische Familie steht unantastbar über jedem Gesetz, außer dem Gesetz des *pater familias.* Wenn meine Frau Ehebruch begeht, Julilla, kann ich sie töten oder töten lassen. Wenn sich mein Sohn der sittlichen Verworfenheit oder einer anderen Verfehlung schuldig macht, kann ich ihn töten oder töten lassen. Wenn meine Tochter unkeusch ist, Julilla, kann ich sie töten oder töten lassen. Wenn irgendein Mitglied meines Haushalts die Grenzen dessen überschreitet, was ich als sittliches Benehmen betrachte, kann ich diese Person töten oder töten lassen. Verstehst du mich, Julilla?«

Ihre Augen waren nicht von seinem Gesicht gewichen. »Ja«, sagte sie.

»Es betrübt mich und beschämt mich, dir mitteilen zu müssen, daß du die Grenzen dessen überschritten hast, was ich als sittliches Benehmen betrachte, Tochter. Du hast deine Familie und die Diener dieses Hauses und vor allem den *pater familias* zu deinen Opfern gemacht, deinen Marionetten, deinem Spielzeug. Und warum? Aus Selbstsucht, zu deiner persönlichen Befriedigung, aus dem niedrigsten aller Motive – allein um deiner selbst willen.«

»Aber ich liebe ihn, *tata!*« rief sie.

Caesar fuhr auf. »Liebe? Was weißt du von Liebe, Julilla? Wie kannst du das Wort ›Liebe‹ mit dem niedrigen Abklatsch der Empfindung besudeln, den du erfahren hast? Ist es Liebe, wenn du deinem Geliebten das Leben zur Hölle machst? Ist es Liebe, wenn du deinen Geliebten zu einer Verbindung drängst, die er nicht will? Ist irgend etwas davon Liebe, Julilla?«

»Wahrscheinlich nicht«, flüsterte sie, »aber ich habe geglaubt, es sei Liebe.«

Die Augen von Caesar und Marcia trafen sich über Julillas Kopf, voller quälenden, bitteren Schmerzes, weil die Eltern in diesem Moment Julillas Beschränktheit erkannten und begriffen, daß sie sich selbst Illusionen gemacht hatten.

»Glaub mir, Julilla, was immer du gefühlt hast und was immer dich zu diesem schäbigen und unehrenhaften Benehmen veranlaßt hat, Liebe war es nicht«, sagte Caesar und stand auf. »Ab jetzt gibt es keine Kuhmilch mehr, keine Eier und keinen Honig. Du wirst essen, was die übrige Familie auch ißt. Oder du ißt nichts. Es ist mir gleichgültig. Ich verstoße dich nicht, und ich werde dich nicht töten oder töten lassen. Aber von diesem Augenblick an liegt alles, was du tust, allein in deiner Verantwortung. Du hast mir und den Meinen Schaden zugefügt, Julilla, und was vielleicht noch unverzeihlicher ist, du hast einem Mann Schaden zugefügt, der dir nichts schuldig ist, denn er kennt dich nicht und ist nicht mit dir verwandt. Später, wenn dein Anblick weniger abstoßend ist, werde ich von dir verlangen, daß du dich bei Lucius Cornelius Sulla entschuldigst. Ich verlange keine Entschuldigung von dir bei uns oder deinen Geschwistern, denn du hast unsere Liebe und unsere Achtung verloren, und damit sind Entschuldigungen wertlos.«

Er verließ das Zimmer.

Julilla wandte sich instinktiv ihrer Mutter zu und wollte sich ihr in die Arme zu werfen. Aber Marcia fuhr zurück.

»Du hast dich abscheulich benommen!« sagte sie kalt. »Und all das wegen eines Mannes, der nicht einmal gut genug ist, den Boden zu lecken, auf dem Caesar schreitet!«

»Ach, Mama!«

»Nichts ›Ach, Mama‹! Du wolltest erwachsen sein, Julilla, du wolltest Frau genug sein, um zu heiraten. Jetzt sei erwachsen.«

Nach diesen Worten verließ auch Marcia das Zimmer.

Einige Tage später schrieb Gaius Julius Caesar an seinen Schwiegersohn Gaius Marius:

*Die unglückselige Geschichte geht endlich ihrem Ende zu. Ich wollte, ich könnte sagen, daß Julilla eine Lehre daraus gezogen hat, aber ich bezweifle es sehr. In späteren Jahren wirst auch Du, Gaius Marius, die Qualen und Anfechtungen der Elternschaft kennenlernen, und ich wollte, ich könnte Dir zum Trost sagen, daß Du aus meinen Fehlern lernen wirst. Aber das wirst Du nicht. Denn so wie jedes Kind sich von anderen Kindern unterscheidet und unterschiedlich behandelt werden muß, so sind auch alle Eltern verschieden. Was haben wir falsch gemacht bei Julilla? Ich weiß es nicht. Ich weiß nicht einmal, ob wir überhaupt etwas falsch gemacht haben. Vielleicht ist der Fehler angeboren, liegt er in ihrem Wesen begründet. Ich bin zutiefst verletzt und die arme Marcia auch. Auch Julilla leidet schrecklich, aber ich mußte mich fragen, ob wir nicht verpflichtet sind, vorerst Abstand von ihr zu wahren, und ich bin zu dem Schluß gekommen, daß wir das müssen. Liebe haben wir ihr immer gegeben, nicht aber Gelegenheit, Selbstdisziplin zu lernen. Sie wird nur begreifen, wenn sie leidet.*

*Um der Gerechtigkeit willen habe ich unseren Nachbarn Lucius Cornelius Sulla aufgesucht und eine Entschuldigung in unser aller Namen ausgesprochen. Das muß genügen, bis Julilla wieder besser aussieht und sich selbst bei ihm entschuldigen kann. Er wollte mir Julillas Briefe nicht aushändigen, aber ich bestand darauf. Ich befahl Julilla, die Briefe zu verbrennen, aber zuerst mußte sie jede einzelne der törichten Episteln mir und ihrer Mutter vorlesen. Wie schrecklich, wenn man seinem eigenen Fleisch und Blut gegenüber so hart sein muß! Aber ich fürchte sehr, daß nur die allerbitterste Lektion auf Julillas selbstsüchtiges Herz Eindruck macht.*

*So. Genug von Julilla und ihren Ränken. Es gehen viel wichtigere Dinge vor, und vielleicht bin ich sogar der erste, der diese Nachrichten in die Provinz Africa schickt. Marcus Junius Silanus ist von den Germanen vernichtend geschlagen worden. Über 30 000 Mann sind gefallen, der Rest ist in alle Winde zerstreut. Silanus scheint darüber nicht betroffen, oder vielleicht sollte ich besser sagen, daß ihm sein eigenes Überleben wichtiger ist als das seiner Soldaten. Er hat die Nachricht selbst nach Rom gebracht, aber in einer stark verharmlosenden Version. Bis nach und nach die ganze Wahrheit herausgekommen ist, war die Schockwirkung der Katastrophe schon weitgehend verpufft. Natürlich will er sich der Anklage wegen Hochverrat entziehen, und ich schätze, daß ihm das auch gelingt.*

*Und was, so höre ich Dich fragen, ist mit den Germanen? Strömen sie jetzt nach Süden? Packen die Einwohner von Massilia in Panik ihre Sachen? Nein. Ob Du es glaubst oder nicht: Nachdem sie Silanus' Heer vernichtet hatten, machten sie prompt kehrt und zogen nach Norden ab. Was soll man von einem so rätselhaften Feind halten? Uns allen läuft es kalt den Rücken hinunter, wenn wir an die Germanen denken. Denn sie werden kommen. Früher oder später werden sie kommen, dem jetzigen Eindruck nach eher später, und wir haben ihnen keinen besseren Feldherrn entgegenzustellen als einen Marcus Junius Silanus.*

*Zum Schluß noch etwas Angenehmeres. Wir fechten zur Zeit einen höchst amüsanten Kampf mit unserem geschätzten Zensor Marcus Aemilius Scaurus. Der andere Zensor, Marcus Livius Drusus, ist vor drei Wochen überraschend gestorben, so daß die Amtszeit der Zensoren abrupt endete, und jetzt will Scaurus nicht zurücktreten! Gleich nach der Bestattung von Drusus trat der Senat zusammen und befahl Scaurus, sein Zensorenamt niederzulegen, damit das* lustrum *offiziell mit der üblichen Zeremonie abgeschlossen werden kann. Scaurus weigerte sich.*

*»Ich bin zum Zensor gewählt worden«, sagte er, »und stecke mitten in der Aufgabe, Verträge für meine Bauvorhaben zu vergeben. Ich kann meine Arbeit unmöglich abbrechen.«*

*»Marcus Aemilius Scaurus, das steht nicht bei dir«, sagte Metellus Delmaticus, der Pontifex Maximus. »Das Gesetz sagt, wenn ein Zensor während der Amtszeit stirbt, ist das* lustrum *zu Ende und sein Kollege muß unverzüglich zurücktreten.«*

*»Es ist mir gleich, was das Gesetz sagt«, erwiderte Scaurus. »Ich kann jetzt nicht zurücktreten, und ich werde nicht zurücktreten!«*

*Sie baten und bettelten, zeterten und schrieen, alles vergebens. Scaurus war entschlossen, einen Präzedenzfall zu schaffen. Daraufhin begann das ganze Geschrei und Gezeter von neuem. Bis Scaurus die Geduld und die Beherrschung verlor.*

*»Ich scheiße auf euch alle!« schrie er und machte weiter mit seinen Plänen und Verträgen.*

*Also berief der Pontifex Maximus eine weitere Senatssitzung ein und zwang den Senat, einen formellen Beschluß zu fassen, der den unverzüglichen Rücktritt Scaurus' forderte. Eine Abordnung wurde zu Scaurus geschickt.*

*Wie Du weißt, bin ich kein Anhänger von Scaurus. Er ist so verschlagen wie Odysseus und ein so gerissener Lügner wie Paris. Aber Du hättest sehen sollen, wie er die Abgesandten in der Luft zerissen hat! Wie ein so häßlicher, magerer Wicht wie Scaurus das fertigbringt, ist mir ein Rätsel – er hat nicht einmal mehr ein einziges Haar auf dem Kopf! Marcia sagt, es liegt an seinen schönen grünen Augen und seiner noch schöneren Stimme und seinem Sinn für Humor. Nun, den Sinn für Humor will ich ihm zugestehen, aber den Reiz seiner Augen und seiner Stimme kann ich nicht nachempfinden. Marcia sagt, ich sei ein typischer Mann, wobei ich nicht genau weiß, was sie damit sagen will. Frauen nehmen gern Zuflucht zu solchen Bemerkungen, wenn man sie auf die Logik festzunageln versucht, wie ich festgestellt habe. Aber es muß auch irgendeine verborgene Logik in seinem Erfolg liegen, und wer weiß? Vielleicht trifft Marcias Einschätzung ja zu.*

*Aber ich schweife ab. Zurück zur Sache. Als er die Senatoren sah, schob er Verträge und Vertragspartner beiseite. Kerzengerade saß er auf seinem Amtsstuhl, die Toga in perfekte Falten gelegt, einen Fuß vorgestellt, in der klassischen Haltung.*

*»Ja bitte?« fragte er Metellus Delmaticus, den Sprecher der Abordnung.*

*»Marcus Aemilius, der Senat hat formell beschlossen, daß du auf der Stelle dein Zensorenamt niederlegen sollst«, sagte der Unglücksrabe.*

*»Das werde ich nicht tun«, sagte Scaurus.*

*»Du mußt aber!« blökte Delmaticus.*

*»Ich muß gar nichts!« Scaurus drehte den Senatoren den Rücken zu und winkte die Bauunternehmer wieder heran.*

*Delmaticus versuchte es noch einmal. »Marcus Aemilius, bitte!«*

*Aber Scaurus sagte nur: »Ich scheiße auf euch! Scheiße, scheiße, scheiße!«*

*Nachdem der Senat seine Möglichkeiten erschöpft hatte, reichte er das Problem an die Versammlung der Plebs weiter. Damit wurde der Plebs die Verantwortung für etwas zugeschoben, für das sie eigentlich gar nicht zuständig war, denn die Zensoren werden ja von den Zenturiatkomitien gewählt, einer weitaus vornehmeren Körperschaft, als die Versammlung der Plebs es ist. Die Plebs hielt dennoch eine Versammlung ab und übertrug ihren Volkstribunen eine letzte Aufgabe für das laufende Amtsjahr: Marcus Aemilius Scaurus aus seinem Zensorenamt zu entfernen.*

*Also marschierten gestern, am neunten Tag des Dezember, alle zehn Volkstribunen geschlossen zu Scaurus, an der Spitze Gaius Mamilius Limetanus.*

*»Marcus Aemilius, das Volk von Rom hat mich beauftragt, dich aus deinem Zensorenamt zu entfernen«, sagte Mamilius.*

*»Da das Volk mich nicht gewählt hat, Gaius Mamilius, kann das Volk mich auch nicht absetzen«, erwiderte Scaurus.*

*»Aber das Volk hat die oberste Gewalt, Marcus Aemilius, und das Volk sagt, du mußt zurücktreten.«*

*»Ich werde nicht zurücktreten!«*

*»In diesem Fall, Marcus Aemilius, bin ich vom Volk ermächtigt, dich festzunehmen und ins Gefängnis zu bringen«, sagte Mamilius.*

*»Lege Hand an mich, Gaius Mamilius, und du wirst wieder die Sopranstimme deiner Kindheit bekommen«, drohte Scaurus.*

*Worauf sich Mamilius der Menge zuwandte, die sich natürlich inzwischen versammelt hatte, und ihr zurief: »Volk von Rom, ich rufe Dich zum Zeugen, daß ich hiermit mein Veto dagegen einlege, daß Marcus Aemilius Scaurus weiter Zensor ist!«*

*Und damit war der Fall natürlich erledigt. Scaurus rollte seine Verträge zusammen, befahl seinem Stuhlsklaven, seinen Elfenbein-*

*stuhl zusammenzuklappen, und verbeugte sich nach allen Richtungen vor der applaudierenden Menge, die nichts mehr liebt als eine gelungene Auseinandersetzung zwischen Beamten, und die Scaurus uneingeschränkt bewundert, weil er die Art von Mut besitzt, die alle Römer bei ihren Beamten bewundern. Dann ging er auf Mamilius zu, hängte sich bei ihm ein und verließ ruhmreich das Feld.*

Caesar seufzte, lehnte sich in seinem Stuhl zurück und dachte, daß er noch einen Kommentar zu den Nachrichten abgeben sollte, die Marius aus der Provinz Africa geschrieben hatte. Dort hatte es Metellus anscheinend fertiggebracht, den Krieg mit Jugurtha in einem Sumpf inkonsequenter Aktivitäten und schwacher Führung ersticken zu lassen. Das war zumindest Marius' Version, die allerdings nicht mit den Berichten übereinstimmte, die Metellus fortlaufend dem Senat schickte.

*Du wirst bald erfahren – falls Du es nicht schon weißt –, daß der Senat Quintus Caecilius' Kommando als Statthalter der Provinz Africa und Feldherr im Krieg gegen Jugurtha verlängert hat. Ich bin sicher, daß Dich das nicht überrascht, und ich nehme an, daß Quintus Caecilius seine militärischen Aktivitäten verstärken wird, denn wenn der Senat das Kommando eines Konsuls erst einmal verlängert hat, kann er sicher sein, daß er das Kommando behält, bis er die Gefahr in seiner Provinz erfolgreich bekämpft hat. Es ist eine kluge Taktik, untätig zu bleiben, bis das Konsulatsjahr vorbei ist und das prokonsularische* imperium *verliehen wird.*

*Aber ich stimme Dir zu, daß Dein Feldherr empörend lange gezögert hat. In seinen Berichten schreibt er, sein Heer hätte eine gründliche Ausbildung gebraucht, und der Senat glaubt ihm. Ich verstehe auch nicht, warum er Dich, der du immer als Fußsoldat gekämpft hast, zum Anführer seiner Reiterei ernannt hat und Publius Rutilius zum Befehlshaber der Heereshandwerker, wo er doch im Feld viel bessere Dienste leisten könnte. Aber es ist nun einmal das Vorrecht des Feldherrn, seine Männer so einzusetzen, wie er möchte, von den Legaten bis hinunter zu den einfachen Hilfssoldaten.*

*Deine Schilderung von der Schlacht am Fluß Muthul beeindruckt mich viel mehr als die Version, die Quintus Caecilius in seinem Bericht an den Senat gegeben hat. Ich stehe voll und ganz auf Deiner Seite und bin überzeugt, daß Du recht hast, wenn Du sagst, der beste Weg, den Krieg gegen Numidien zu gewinnen, sei die Gefangennahme Jugurthas.*

*Es tut mir leid, daß dieses erste Jahr so enttäuschend für Dich war, weil Quintus Caecilius Deine Talente nicht nutzt. Dein Ziel, Dich im übernächsten Jahr zum Konsul wählen zu lassen, wird schwer zu erreichen sein, wenn Du keine Gelegenheit erhältst, Dich in den kommenden Schlachten in Numidien auszuzeichnen. Aber ich glaube nicht, Gaius Marius, daß Du eine so schmähliche Zurücksetzung widerstandslos dulden wirst, und ich bin sicher, Du wirst einen Weg finden, Dich doch noch auszuzeichnen.*

*Ich schließe mit einer letzten Neuigkeit vom Forum. Nach der vernichtenden Niederlage von Silanus in Gallia Transalpina hat der Senat eines der letzten noch übriggebliebenen Gesetze von Gaius Gracchus aufgehoben, jenes Gesetz nämlich, das eingrenzt, wie oft ein Mann Soldat werden kann. Zehn Jahre Dienst im Feld oder die Teilnahme an sechs Feldzügen reichen jetzt nicht mehr aus, um ihn vom weiteren Dienst unter der Fahne zu befreien. Auch das Mindestalter von siebzehn Jahren wurde aufgehoben. Wir haben nicht mehr genug Soldaten.*

*Gib auf Dich acht und schreib mir bald wieder.*

Gaius Julius Caesar war zufrieden mit seinem Brief: viele Neuigkeiten und gute Ratschläge. Gaius Marius würde den Brief noch vor Ende des Jahres erhalten.

Es war Mitte Dezember geworden, bis Sulla Clitumna endlich nach Circei begleiten konnte, ein Vorbild an Fürsorge und liebevoller Aufmerksamkeit. Er hatte befürchtet, daß Clitumnas Verfassung sich bessern und seine Pläne daran scheitern könnten, aber das Schicksal meinte es weiterhin gut mit ihm. Clitumna war immer noch sehr deprimiert, und Marcia hatte Caesar davon bestimmt berichtet.

Für ein Landhaus an der Küste der Campania war Clitumnas Haus nicht übermäßig groß, aber doch erheblich größer als ihr Haus auf dem Palatin, denn Römer, die reich genug waren, sich für die Ferienzeit ein eigenes Landhaus zu leisten, hatten den Wunsch, sich mit viel Raum zu umgeben. Das Landhaus stand hoch oben auf einer vulkanischen Landzunge und verfügte über einen privaten Strand. Nachbarn in unmittelbarer Nähe gab es keine.

Nach der Ankunft nahm Clitumna als erstes ein Bad, anschließend aß sie zu Abend, dann gingen Sulla und sie zu Bett, allerdings in getrennten Zimmern. Sulla wollte nur zwei Tage in Circei bleiben und widmete in diesen zwei Tagen seine ganze Zeit Clitumna.

»Ich habe eine Überraschung für dich«, sagte er am Tag der Abreise frühmorgens bei einem Spaziergang.

»Ja?« fragte sie teilnahmslos.

»Du bekommst sie in der ersten Vollmondnacht«, sagte er verheißungsvoll.

»In der Nacht?« fragte sie und zeigte einen Funken Interesse.

»In der Nacht und bei Vollmond! Vorausgesetzt, es ist eine schöne, klare Nacht und du kannst den Vollmond sehen.«

Sie waren unter der hohen Fassade des Landhauses stehengeblieben, das wie die meisten dieser Häuser auf abfallendem Gelände erbaut worden war. Auf der Vorderseite hatte es oben eine Loggia, von der aus die Bewohner die Aussicht genießen konnten. An die Loggia schloß sich das großzügige Peristyl an, der von Säulen umgebene Garten, und hinter dem Peristyl kam das eigentliche Haus, in dem sich die meisten Räume befanden. Die Ställe lagen im Erdgeschoß der Vorderseite, die Wohnräume der Stallknechte über den Ställen und unter der Loggia.

Das Gelände vor Clitumnas Haus war mit Gras und üppigen Rosenbüschen bewachsen und fiel schräg zur Spitze einer Felsnase ab. Zur Seite war das Gelände kunstvoll mit einem Wäldchen bepflanzt worden, das ungestörte Ruhe auch für den Fall sicherte, daß auf dem nächsten Grundstück ein weiteres Landhaus erbaut wurde.

Sulla wies auf die Pinien und Zypressen des Wäldchens.

»Ein Geheimnis, Clitumna«, sagte er mit schmeichelnder Stimme.

»Was für ein Geheimnis?« Allmählich wurde sie doch neugierig.

»Wenn ich dir das sagen würde, wäre es kein Geheimnis mehr«, flüsterte er und knabberte an ihrem Ohrläppchen. »Was ich dir jetzt sage, mußt du unbedingt geheimhalten. Schwörst du mir das?«

»Ich schwöre es«, sagte sie.

»Du wirst dich zu Beginn der dritten Stunde nach Einbruch der Dunkelheit aus dem Haus schleichen, in acht Tagen, von gestern abend an gerechnet. Du mußt allein sein und dich in dem Wäldchen dort verstecken.« Sulla streichelte ihre Hüfte.

Clitumna war jetzt überhaupt nicht mehr teilnahmslos. »Ooooh! Ist es eine schöne Überraschung?« fragte sie aufgeregt.

»Es wird die größte Überraschung deines Lebens sein«, sagte

Sulla, »und das ist kein leeres Versprechen, Liebling. Aber ich stelle zwei Bedingungen.«

Sie lächelte ihn an und sah dabei unerträglich dumm aus. »Ja?«

»Erstens darf niemand etwas davon erfahren, nicht einmal die kleine Bithy. Wenn du ihr davon erzählst, wirst du statt der Überraschung eine große Enttäuschung erleben, und ich werde sehr, sehr böse sein. Du magst es nicht, wenn ich sehr, sehr böse bin, nicht wahr, Clitumna?«

Sie fröstelte. »Nein, Lucius Cornelius.«

»Dann behalte unser Geheimnis für dich«, flüsterte er. »Wenn es dir gelingt, von jetzt an bis zu dem Augenblick, in dem du die Überraschung bekommst, besonders niedergeschlagen zu wirken, wird die Überraschung noch größer sein, das verspreche ich dir.«

»Ich werde brav sein, Lucius Cornelius«, sagte sie eifrig.

Er erriet, in welche Richtung ihre Gedanken gingen. Sie glaubte, die Überraschung werde eine neue, liebevolle Gefährtin sein, hübsch, willig beim Liebesspiel und unterhaltsam im Gespräch. Und Clitumna kannte Sulla gut genug, um zu wissen, daß sie seine Bedingungen erfüllen mußte, weil er ihr die Gefährtin sonst für immer wieder wegnehmen würde. Außerdem wagte niemand, Sullas Wünschen zu widersprechen, wenn es ihm ernst war.

»Es gibt noch eine zweite Bedingung«, sagte er.

Sie schmiegte sich an ihn. »Ja, liebster Lucius?«

»Wenn die Nacht nicht schön ist, muß die Überraschung ausbleiben. Achte also auf das Wetter. Wenn es in der ersten Nacht regnet, dann warte auf die nächste trockene.«

»Ich verstehe, Lucius Cornelius.«

Sulla fuhr in einem gemieteten Wagen nach Rom zurück. Clitumna hütete ihr Geheimnis und bemühte sich, deprimierter als je zuvor zu erscheinen.

Als Sulla in Rom eintraf, rief er den Verwalter von Clitumnas Haus auf dem Palatin zu sich.

»Wie viele Bedienstete hat die Herrin hiergelassen, Iamus?« fragte er. Er saß am Schreibtisch seines Arbeitszimmers und erstellte offensichtlich eine Liste.

»Nur mich, zwei Hausdiener, zwei Hausmädchen, einen Marktjungen und den Unterkoch, Lucius Cornelius«, sagte der Verwalter.

»Dann wirst du zusätzliche Hilfe holen müssen, Iamus, denn heute in vier Tagen gebe ich ein Fest.«

Sulla hielt dem erstaunten Verwalter die Liste unter die Nase. Iamus wußte nicht, ob er einwenden sollte, daß seine Herrin Clitumna ihm kein Wort von einem Fest gesagt habe, oder ob er einfach darauf hoffen sollte, daß es später keinen Ärger geben würde, wenn die Rechnungen kamen. Sulla erriet, was in ihm vorging, und zerstreute seine Bedenken.

»Es ist mein Fest, also bezahle ich dafür. Außerdem bekommst du eine große Belohnung – unter zwei Bedingungen: erstens, daß du mir bei der Vorbereitung des Festes nach Kräften zur Hand gehst, und zweitens, daß du es Clitumna gegenüber nicht erwähnst, wenn sie zurückkommt. Ist das klar?«

»Vollkommen, Lucius Cornelius«, sagte Iamus und verbeugte sich tief.

Sulla machte sich an die Vorbereitung. Er bestellte Tänzer, Musikanten, Akrobaten, Sänger, Zauberer, Possenreißer und andere Unterhaltungskünstler, denn sein Fest sollte alles bisher Dagewesene in den Schatten stellen. Auf dem ganzen Palatin sollte man darüber sprechen. Als letzten suchte er Skylax auf.

Unangemeldet platzte er in dessen Arbeitszimmer. »Ich möchte Metrobius ausleihen«, sagte er. In der Wohnung hing ein schwüler Geruch nach Räucherwerk und dem Holz der Zimtkassie, die Zimmer waren mit Wandteppichen behängt und üppig mit Sofas und Sitzkissen ausstaffiert.

Sulla ließ sich auf eines der luxuriös gepolsterten Sofas fallen, während Skylax, der träge auf einem der Sofas gelegen hatte, sich empört aufsetzte.

»Wirklich, Skylax, du bist so weich wie Karamelpudding und so dekadent wie ein syrischer Potentat!« sagte Sulla. »Warum besorgst du dir nicht ein paar gewöhnliche Roßhaarsofas? Bei diesem Zeug fühlt man sich, als versinke man in den Armen einer gigantischen Hure!«

»Ich scheiße auf deinen Geschmack«, lispelte Skylax erregt.

»Solange du Metrobius herausgibst, kannst du scheißen, worauf du willst.«

»Warum sollte ich, du ... du ... Rohling!« Skylax fuhr sich mit der Hand durch seine sorgfältig frisierten, gefärbten goldenen Locken, klimperte mit seinen langen Wimpern, die er mit *stibium* geschwärzt hatte, und rollte mit den Augen.

»Weil der Knabe dir nicht mit Leib und Seele gehört«, sagte Sulla.

»Er gehört mir mit Leib und Seele! Und er ist nicht mehr der alte, seit du ihn mir gestohlen und in ganz Italien herumgeschleppt hast, Lucius Cornelius! Ich weiß nicht, was du mit ihm gemacht hast, aber auf alle Fälle hast du ihn verdorben!«

Sulla grinste. »Ich habe einen Mann aus ihm gemacht! Er frißt dir nicht mehr aus der Hand, was?« Er verzog angeekelt den Mund und brüllte dann: »Metrobius!«

Der Junge schoß durch die Tür, warf sich Sulla in die Arme und bedeckte sein Gesicht mit Küssen.

Sulla sah Skylax über den schwarzen Schopf des Jungen an und zog eine rotgoldene Augenbraue hoch. »Gib's auf, Skylax, dein Bumsjunge mag mich lieber als dich.« Zum Beweis zog er Metrobius' Tunika hoch und enthüllte dessen Erektion. Skylax brach in Tränen aus, und das *stibium* floß ihm in schwarzen Bächen die Wangen herab.

»Komm, Metrobius.« Sulla stand auf. An der Tür drehte er sich um und warf Skylax ein zusammengefaltetes Blatt Papier hin. »Ein Fest in Clitumnas Haus, in vier Tagen«, sagte er. »Schluck deine schlechte Laune runter und komm. Du kannst Metrobius zurückhaben, wenn du kommst.«

Alle kamen, auch Hercules Atlas, der stärkste Mann der Welt, der auf Jahrmärkten und Festen und Feiern in ganz Italien auftrat. Hercules Atlas war außerhalb seines Hauses nie anders zu sehen als mit einem mottenzerfressenen Löwenfell bekleidet und mit einer riesigen Keule in der Hand. Er wurde freilich nur selten irgendwohin eingeladen, denn wenn der Wein seine Kehle hinunterfloß, wurde er streitsüchtig und gewalttätig.

»Du bist ja nicht recht bei Trost, wie konntest du diesen Bullen einladen!« sagte Metrobius und spielte mit Sullas glänzenden Locken. Die entscheidende Veränderung, die mit Metrobius während der Reise mit Sulla vorgegangen war, bestand darin, daß Sulla dem Jungen Lesen und Schreiben beigebracht hatte.

»Hercules Atlas ist mein Freund«, sagte Sulla und küßte jeden einzelnen Finger des Jungen mit erheblich mehr Genuß, als ihm Clitumnas Finger bereiteten.

»Aber er ist verrückt, wenn er betrunken ist!« protestierte Metrobius. »Er wird das Haus zertrümmern und wahrscheinlich auch noch ein paar Gäste zusammenschlagen! Er soll seine Nummer vorführen und dann verschwinden.«

»Unmöglich.« Sulla schien ganz unbesorgt. Er streckte die Arme aus und zog Metrobius auf seinen Schoß. Metrobius schlang die Arme um Sullas Hals, hob das Gesicht, und Sulla küßte ihn langsam und zärtlich auf die Augenlider.

»Lucius Cornelius, warum behältst du mich nicht bei dir?« Mit einem Seufzer tiefster Befriedigung lehnte sich Metrobius an Sullas Arm.

Sulla runzelte die Stirn. »Du hast es bei Skylax viel besser«, sagte er. Es klang schroff.

Metrobius öffnete seine großen dunklen Augen, die vor Liebe glänzten. »Aber das stimmt nicht, wirklich nicht! Die Geschenke und der Schauspielunterricht und das Geld sind mir nicht wichtig, Lucius Cornelius! Ich wäre viel lieber bei dir, ganz gleich, wie arm wir wären!«

»Ein verlockendes Angebot, das ich sofort annehmen würde – wenn ich vorhätte, arm zu bleiben.« Sulla drückte den Jungen an sich. »Aber ich werde nicht arm bleiben. Ich habe jetzt das Geld von Nikopolis, und ich spekuliere fleißig damit. Eines Tages werde ich genug haben, um in den Senat zu kommen.«

Metrobius setzte sich auf. »In den Senat!« Er drehte sich um und starrte Sulla an. »Aber das kannst du doch nicht, Lucius Cornelius! Deine Vorfahren waren Sklaven!«

»Nein, das waren sie nicht.« Sulla starrte zurück. »Ich bin ein patrizischer Cornelius. Ich gehöre in den Senat.«

»Das glaube ich dir nicht!«

»Aber es ist die Wahrheit«, sagte Sulla trocken, »und deshalb kann ich dein verlockendes Angebot nicht annehmen. Ich werde ein Vorbild der Tugend sein müssen – keine Schauspieler, keine Mimen und keine hübschen Knaben mehr.« Er umarmte Metrobius. »Jetzt kümmere dich um die Liste. Hercules Atlas kommt nicht nur zu einer Vorstellung, sondern auch als Gast, und dabei bleibt es.«

Die Kunde, daß ein lärmendes Fest zu erwarten sei, hatte sich natürlich in der ganzen Straße verbreitet, und die Nachbarn waren auf eine Nacht mit Geschrei, Gelächter und lauter Musik gefaßt. Wie üblich war es ein Kostümfest. Sulla hatte sich mit fransenbesetzten Schals, zahllosen Ringen und einer hennagefärbten Perücke als Clitumna verkleidet und ahmte fortwährend ihr albernes Gekicher und ihr wieherndes Gelächter nach. Da die Gäste Clitumna gut kannten, wußten sie Sullas Künste zu schätzen.

Metrobius hatte wieder Flügel bekommen, aber an diesem

Abend war er nicht Cupido, sondern Ikarus. Skylax kam als Minerva, und es war ihm gelungen, die strenge, knabenhafte Göttin in eine alte, aufgedonnerte Hure zu verwandeln. Als er sah, daß Metrobius Sulla nicht von der Seite wich, betrank er sich und weinte sich in einer Ecke in den Schlaf.

Tänzerinnen traten auf, die sich mit vollendeter Grazie entkleideten und ihre unbehaarte Scham enthüllten, ein Mann ließ seine dressierten Hunde fast ebenso graziös tanzen, und ein Mädchen aus Antiochia führte einen Tierakt mit einem Esel vor – die Männer waren von der natürlichen Ausstattung des Esels so eingeschüchtert, daß sich anschließend keiner an das Mädchen herantraute.

Hercules Atlas trat ganz am Schluß auf. Die Gäste versammelten sich unter den Säulen des Peristyls, Hercules Atlas hatte sich auf einem stabilen Podium in der Mitte des Gartens installiert. Zum Aufwärmen verbog er ein paar Eisenstangen und zerknickte ein paar dicke Holzbalken wie Streichhölzer. Dann packte der starke Mann ein halbes Dutzend kreischender Mädchen, setzte sie sich auf Schultern und Kopf und klemmte sich einige unter die Arme, hob mit den Händen einen Amboß hoch und brüllte wie ein Löwe in der Arena. Hercules amüsierte sich glänzend, denn der Wein floß seine Kehle hinunter wie das Wasser die Aqua Marcia. Er ergriff immer mehr Ambosse, und den Mädchen wurde es immer ungemütlicher, und zuletzt ging ihr freudiges Gekreische in Schreckensgeschrei über.

Sulla schlenderte in die Mitte des Gartens und stieß Hercules Atlas freundlich ans Knie.

»Komm, alter Freund, setz die Mädchen ab«, sagte er lächelnd. »Du zerquetschst sie ja mit deinen Eisenbrocken.«

Hercules Atlas ließ die Mädchen auf der Stelle fallen. Statt dessen packte er jetzt Sulla.

»Schreib mir nicht vor, wie ich meine Nummer zu machen habe«, brüllte er und wirbelte Sulla über seinem Kopf herum. Sullas Perücke, Schals und Gewänder regneten zu Boden.

Einige Festgäste gerieten in Panik, andere versuchten zu helfen und redeten auf Hercules Atlas ein. Aber Hercules Atlas klemmte sich Sulla so beiläufig wie ein Paket unter den linken Arm und verließ das Fest. Niemand konnte ihn aufhalten.

An der Vesta-Treppe blieb er stehen. »Alles in Ordnung?« fragte er. »Habe ich alles richtig gemacht, Lucius Cornelius?« Er stellte Sulla vorsichtig auf den Boden.

»Ganz ausgezeichnet«, sagte Sulla. Ihm war immer noch schwindlig, und er schwankte. »Ich begleite dich nach Hause.«

»Nicht nötig«, sagte Hercules Atlas. »Ich wohne gleich um die Ecke.«

»Ich bestehe darauf«, sagte Sulla. »Ich will dir dein Geld nicht mitten auf dem Forum geben.«

»Ach ja, richtig!« Hercules Atlas schlug sich mit der Hand an die Stirn. »Ich hatte vergessen, daß du mich noch nicht bezahlt hast. Dann komm mit.«

Hercules Atlas wohnte in einer Vierzimmerwohnung im dritten Stock eines Mietshauses in der Nähe des Clivus Orbius. Das Haus stand am Rand der Subura, aber in einer viel besseren Wohngegend. Sulla sah sofort, daß die Sklaven die Chance genutzt und den Abend freigenommen hatten. Eine Frau schien nicht im Haus zu sein, aber er wollte sichergehen.

»Ist deine Frau nicht da?« fragte er.

Hercules Atlas spuckte aus. »Weiber! Ich hasse sie.«

Ein Krug Wein und einige Becher standen auf dem Tisch. Sie setzten sich. Sulla zog eine prall gefüllte Börse aus einem Leinenband um seine Taille. Während Hercules Atlas zwei Becher Wein einschenkte, öffnete Sulla die Börse und ließ geschickt ein Papierpäckchen in seine Handfläche gleiten. Dann stülpte er die Börse um, und ein Strom glänzender Silbermünzen ergoß sich auf die Tischplatte. Drei oder vier Münzen rollten über den Tisch und fielen mit hellem Klirren zu Boden.

»He, halt!« rief Hercules Atlas und kroch auf allen Vieren auf dem Boden herum.

Sulla faltete gemächlich das Papier in seiner Hand auseinander und schüttete ein weißes Pulver in den Becher von Hercules Atlas. Da er kein anderes Instrument zur Hand hatte, rührte er den Wein mit dem Finger um, bis Hercules Atlas ächzend unter dem Tisch auftauchte.

»Auf dein Wohl«, sagte Sulla und prostete dem Muskelprotz freundschaftlich zu.

»Auf dein Wohle, und vielen Dank für den phantastischen Abend.« Hercules Atlas leerte seinen Becher in einem Zug. Dann füllte er ihn erneut und goß den Inhalt wiederum in einem Zug hinunter.

Sulla stand auf, schob Hercules Atlas seinen eigenen Becher in die Hand, nahm ihm den anderen Becher weg und steckte ihn in seine Tunika. »Kleines Andenken«, sagte er. »Gute Nacht.« Er schlüpfte leise aus der Tür.

Die Bewohner des Mietshauses schliefen. Rasch und lautlos stahl sich Sulla die drei Stockwerke hinunter und trat ungesehen auf die schmale Straße hinaus. Der Becher, den er entwendet hatte, verschwand zwischen den Eisenstäben eines Kanaldeckels. Sulla horchte, bis er es tief unten platschen hörte, dann warf er das gefaltete Papier hinterher. An der Juturna-Quelle unter der Vesta-Treppe blieb er stehen, tauchte Hände und Arme bis zu den Ellbogen ins Wasser und wusch und schrubbte sie gründlich.

Er kehrte nicht zu dem Fest zurück, sondern machte einen großen Bogen um den Palatin und ging die Via Nova hinauf in Richtung Capena-Tor. Hinter der Stadtmauer betrat er einen der zahlreichen Ställe. Nur wenige Römer hielten sich eigene Maultiere oder Pferde und besaßen eigene Wagen. Es war billiger und einfacher, sie zu mieten.

Der Stall, den Sulla betrat, war gut und angesehen, aber die Sicherheitsvorkehrungen waren lax. Der einzige Stallbursche schlief fest in einem Haufen Stroh. Sulla beförderte ihn mit einem Schlag ins Genick in einen noch viel tieferen Schlaf und ging dann langsam auf und ab, bis er ein kräftig und gutmütig aussehendes Maultier gefunden hatte. Da er noch nie im Leben ein Reittier gesattelt hatte, brauchte er einige Zeit, bis er herausgefunden hatte, wie man das machte. Er hatte gehört, daß Reittiere die Luft anhalten, wenn der Sattelgurt festgezogen wird, daher wartete er geduldig, bis er sicher war, daß der Brustkorb des Maultiers nicht aufgebläht war. Dann schwang er sich in den Sattel und stieß das Tier sanft in die Flanken.

Er war zwar noch nie geritten, aber er hatte keine Angst und vertraute auf sein Glück. Die Hörner an den vier Ecken des Sattels hielten den Reiter relativ sicher auf dem Rücken des Tieres. Das einzige Zaumzeug, das Sulla dem Maultier hatte anlegen können, war ein einfaches Trensengebiß, und das Maultier kaute still und zufrieden daran. Zügig ritt Sulla die mondhelle Via Appia entlang. Bis zum Morgen würde er bereits eine gute Strecke zurückgelegt haben. Jetzt war es Mitternacht.

Da er das Reiten nicht gewöhnt war, taten ihm bald alle Knochen weh. Bei Tripontium verließ er die Via Appia und ritt querfeldein auf die Küste zu, denn dieser Weg war relativ unbefahren und erheblich kürzer, als wenn er bis Tarracina der Via Appia gefolgt wäre und dann nördlich einen Bogen nach Circei geschlagen hätte. Ein

Mantel mit Kapuze, den er aus dem Stall mitgenommen hatte, schützte ihn vor neugierigen Blicken. Nachdem Sulla etwa zehn Meilen in das öde Land hineingeritten war, hielt er bei einer Baumgruppe an. Der Boden war trocken und hart, und es schien keine Stechmücken zu geben. Er band das Maultier mit einer langen Leine fest, die er zusammen mit dem Tier gestohlen hatte, nahm ihm den Sattel ab und legte ihn als Kopfkissen unter eine Pinie. Dann schlief er tief und traumlos.

Gegen Mittag des nächsten Tages ritt Sulla weiter. Er war guter Dinge, obwohl seine Wirbelsäule vom Reiten schrecklich schmerzte und sein Gesäß wund war. Er hatte noch nichts gegessen, verspürte aber keinen Hunger. Das Maultier hatte frisches, saftiges Gras gefressen und wirkte zufrieden und erstaunlich munter. In der Dämmerung erreichte er den vorspringenden Berg, auf dem Clitumnas Villa stand. Erleichtert saß er ab. Wieder nahm er dem Maultier Sattel und Zaumzeug ab und band es fest, damit es grasen konnte. Aber diesmal ließ er es allein ausruhen.

Die Nacht war wundervoll still und sternklar. Als die zweite Stunde der Nacht beinahe vorüber war, stieg der Vollmond weit im Osten über den Hügeln auf und übergoß die Landschaft mit seinem unwirklichen Licht.

In Sulla stieg ein Gefühl der Unverwundbarkeit auf, das Müdigkeit und Schmerzen verbannte, den Fluß seines kalten Blutes beschleunigte und ihn mit Zufriedenheit erfüllte. Alles lief wunderbar glatt und würde weiterhin glatt laufen, mit anderen Worten, er konnte seinem Vorhaben mit völliger Gelassenheit entgegensehen. Als sich so überraschend die Chance aufgetan hatte, Nikopolis loszuwerden, hatte er gar keine Zeit gehabt, sich zu freuen. Er hatte nur blitzschnell eine Entscheidung treffen und dann abwarten können. Den Weißen Knollenblätterpilz hatte er bereits während seiner Ferien mit Metrobius entdeckt, aber Nikopolis hatte die Art ihres Hinscheidens selbst bestimmt, er war nur Mittler gewesen. Pech für sie, Glück für ihn. Aber was er heute abend vorhatte, hatte er bewußt geplant. Das Glück würde ihm nur bei der Ausführung helfen. Angst dagegen – wovor hätte er Angst haben sollen?

Clitumna war da, sie wartete im Schatten der Pinien. Sulla näherte sich ihr nicht sofort, sondern überprüfte zuerst die ganze Umgebung, um sicherzugehen, daß sie niemanden mitgebracht hatte. Ja, sie war allein.

Geräuschvoll ging er auf Clitumna zu. Als sie ihn aus der Dunkelheit heraustreten sah, war sie auf sein Kommen vorbereitet und breitete die Arme aus.

»Es ist genau, wie du gesagt hast!« flüsterte sie und hängte sich kichernd an seinen Hals. »Meine Überraschung! Wo ist meine Überraschung?«

»Bekomme ich keinen Kuß zur Begrüßung?« fragte Sulla. Seine weißen Zähne schimmerten im Mondlicht.

Clitumna bot ihm gierig die Lippen. Und so stand sie da, auf Zehenspitzen, den Mund an seinem festgesaugt, als er ihr das Genick brach. Es war so leicht. Knacks. Wahrscheinlich merkte sie es nicht einmal, denn er sah keinen Funken des Begreifens in ihren Augen aufscheinen, als er ihren Kopf mit der Hand zurückstieß, auf seine andere Hand zu, die ihren Rücken geradehielt. Alles ging blitzschnell. Knacks. Er ließ sie los. Aber sie sank nicht zu Boden, sondern erhob sich noch höher auf die Zehen und begann vor ihm zu tanzen, die Arme in die Seiten gestemmt, mit obszön rollendem Kopf. Sie ruckte und zuckte und machte abgehackte Sprünge, bis sie in einer wilden Drehung mit verrenkten Knien und Ellbogen hinstürzte. Der beißende Geruch warmen Urins stieg in Sullas geweitete Nasenflügel, danach der Gestank von Kot.

Sulla schrie nicht und sprang nicht zur Seite, im Gegenteil, er empfand ein ungeheures Vergnügen. Fasziniert sah er zu, wie sie tanzte, und als sie hinfiel, schaute er angewidert weg.

»Na, Clitumna«, sagte er, »wie eine Dame bist du nicht gestorben.«

Er mußte sie aufheben, selbst wenn das bedeutete, daß er sich beschmutzen, beflecken, verunreinigen würde. Es durften keine Spuren zurückbleiben, keine Anzeichen, daß ein Körper über den Boden gezogen worden war. Das war der Hauptgrund dafür, daß er trockenes Wetter zur Bedingung gemacht hatte. Er trug sie das kurze Stück bis zur Spitze des Felsens auf den Armen.

Die richtige Stelle hatte er bereits ausgesucht und mit einem Stein markiert, als er Clitumna in ihre Villa gebracht hatte. Er fand sie ohne Schwierigkeiten wieder. Unter Anspannung aller Kräfte schleuderte er Clitumna hinaus. Ihre Gewänder blähten sich im Wind, und sie stürzte wie ein großer, toter Vogel tief hinab auf die Felsen. Dort blieb sie liegen, ein formloses Bündel, das die See an Land gespült haben mochte. So würde man sie finden, und es war wichtig, daß sie gefunden wurde.

Wie am Morgen hatte er das Maultier in der Nähe eines Baches angebunden, aber ehe er es zum Trinken führte, watete er voll bekleidet ins Wasser und wusch die letzten Spuren seiner Stiefmutter Clitumna ab. Danach blieb nur noch eines zu tun. Er zog einen kleinen Dolch aus dem Gürtel und ritzte sich auf der linken Seite eine Schnittwunde in die Stirnhaut, knapp unter dem Haaransatz. Wie alle Kopfwunden blutete der Schnitt heftig. Aber das war erst der Anfang. Die Wunde durfte nicht glatt und sauber aussehen. Also setzte er die Mittel- und die Ringfinger beider Hände rechts und links des Einschnitts an und zog, bis das Fleisch wulstig auseinanderklaffte. Blut spritzte auf sein schmutziges, triefend nasses Festgewand und verteilte sich auf dem durchnäßten Stoff rasch. So! Gut! Aus der Gürteltasche nahm er ein weißes Stück Leinen heraus, preßte es auf den Schnitt in der Stirn und band es fest. Dann holte er das Maultier.

Er ritt die ganze Nacht durch und trieb das Maultier erbarmungslos an, wenn es stehenbleiben wollte. Das Maultier mochte seinen Reiter, deshalb war es gutwillig. Es mochte das Trensengebiß, das viel angenehmer war als die Kandare, es mochte Sullas Schweigsamkeit und Fürsorge, es mochte seine Ruhe. Ihm zuliebe trabte und galoppierte es, fiel in Schritt und beschleunigte wieder, sobald es konnte. Das Maultier wußte nichts von der Frau, die mit gebrochenem Genick auf den rauhen Felsen unterhalb ihres großen, weißen Landhauses lag. Es spürte nur einen ungewöhnlich freundlichen Reiter.

Eine Meile vor dem Stall stieg Sulla ab und nahm dem Maultier das Sattelzeug ab. Er warf es in die Büsche am Wegrand, gab dem Tier einen Klaps auf die Kruppe und scheuchte es in die Richtung seines Stalles. Er war sicher, daß es nach Hause finden würde. Aber als er zum Capena-Tor losmarschierte, folgte ihm das Maultier, und er mußte es schließlich mit ein paar Steinen vertreiben.

In seinen Kapuzenmantel gehüllt, betrat Sulla Rom in dem Augenblick, als der Himmel sich im Osten perlgrau färbte. In neun Stunden zu vierundsiebzig Minuten war er von Circei nach Rom geritten, eine beachtliche Leistung für ein müdes Maultier und einen Mann, der nie zuvor geritten war.

Die Cacus-Treppe führte vom Circus Maximus auf den Cermalus hinauf, den nordwestlichen Teil des Palatins. Hier war noch der Geist der ursprünglichen Siedlung des Romulus lebendig: In einer kleinen, unauffälligen Höhle mit einer Quelle hatte die Wölfin die

Zwillinge Romulus und Remus gesäugt. Die Höhle erschien Sulla der geeignete Ort, seine Verkleidung abzulegen. Er verbarg Mantel und Verband sorgfältig in einem hohlen Baum hinter dem Denkmal für den Genius Loci. Die Wunde begann sofort wieder zu bluten. Wie vom Donner gerührt sahen die wenigen Menschen in Clitumnas Straße, die so früh schon auf den Beinen waren, den vermißten Sulla herantaumeln: schmutzig, blutig und übel zugerichtet.

In Clitumnas Haus war schon Leben. Seit man Hercules Atlas gefunden hatte, hatte man nach Sulla gesucht. Von allen Seiten eilten die Diener herbei, er wurde ins Bett gebracht und mit einem Schwamm abgetupft, kein Geringerer als Athenodorus aus Sizilien wurde gerufen, um die Wunde zu untersuchen, und Gaius Julius Caesar kam von nebenan und erkundigte sich, was geschehen sei. Der ganze Palatin war in Aufruhr.

»Erzähle mir, was passiert ist.« Caesar setzte sich an sein Bett.

Sulla sah wirklich krank aus. Um seine von Schmerz und Mattigkeit gezeichneten Lippen lag ein bläulicher Schimmer, seine durchsichtige Haut war noch blasser als sonst, und seine Augen waren vor Erschöpfung glasig und hatten breite rote Ränder.

»Dumm war ich«, sagte Sulla. Das Sprechen fiel ihm sichtlich schwer. »Ich hätte mich nicht mit Hercules Atlas anlegen sollen. Ich habe nicht damit gerechnet, daß ein Mann so stark sein kann, ich dachte, er mache nur Spaß. Er war stockbetrunken, und er ... er trug mich einfach unter dem Arm davon. Ich konnte ihn nicht aufhalten. Irgendwo hat er mich dann wieder abgesetzt. Ich versuchte zu entkommen, und er muß mir einen Schlag versetzt haben, ich weiß es nicht. Ich kam irgendwann in einer Gasse der Subura wieder zu mir. Ich muß dort bewußtlos gelegen haben, mindestens einen Tag. Als ich mich wieder bewegen konnte, ging ich nach Hause. Das ist alles, Gaius Julius.«

»Du hast großes Glück gehabt«, sagte Caesar. »Wenn Hercules Atlas dich mit zu sich nach Hause genommen hätte, hättest du vielleicht sein Schicksal geteilt.«

»Sein Schicksal?«

»Dein Verwalter kam gestern zu mir. Nachdem er mir die ganze Geschichte erzählt hatte, ging ich mit ein paar Gladiatoren zur Wohnung von Hercules Atlas. Dort fand ich ein Bild der Verwüstung vor. Aus irgendeinem Grund hatte er alles zusammengeschlagen – sämtliche Möbel zertrümmert, mit den Fäusten große Löcher in die Wand geschlagen und die anderen Bewohner seines Mietshauses derart in Angst und Schrecken versetzt, daß sich bis dahin niemand in seine Nähe gewagt hatte. Er lag mitten im Wohnzimmer, tot. Ich vermute, daß ein Blutgefäß in seinem Gehirn geplatzt ist und er vor Schmerzen wahnsinnig wurde. Oder jemand hat ihn vergiftet.« Ein Ausdruck des Ekels glitt über Caesars Gesicht. »Er hat beim Sterben eine fürchterliche Schweinerei angerichtet. Ich glaube, seine Diener haben ihn als erste gefunden, aber sie waren längst weg, als ich ankam. Sie haben vermutlich mitgenommen, was sie tragen konnten, und sind über alle Berge. Hat er Geld für den Auftritt bei deinem Fest bekommen? Wenn ja, war es nicht in der Wohnung.«

Sulla schloß die Augen. Seine Müdigkeit war nicht geheuchelt. »Ich hatte ihn im voraus bezahlt, Gaius Julius, deshalb kann ich dir nicht sagen, ob er Geld in der Wohnung hatte.«

Caesar stand auf. »Nun, ich habe alles getan, was in meiner Macht steht.« Streng sah er auf die reglose Gestalt im Bett hinunter, doch Sullas Augen blieben geschlossen. »Du tust mir außerordentlich leid, Lucius Cornelius, aber so kann es nicht weitergehen. Meine Tochter hat sich beinahe zu Tode gehungert wegen einer unreifen Schwärmerei für dich, und sie hat sich bis heute nicht davon erholt. Du hast zwar meine Tochter nicht ermutigt, aber es wäre mir trotzdem lieber, wenn du in eine andere Gegend ziehen würdest. Ich habe einen Boten zu deiner Stiefmutter nach Circei geschickt und sie darüber informiert, was in ihrer Abwesenheit hier vorgegangen ist. Ich habe sie weiterhin darüber informiert, daß sie in dieser Straße schon lange nicht mehr gern gesehen ist. Wir hier sind ruhige Leute, und ich würde nur äußerst ungern eine Klage beim Stadtprätor einreichen, um unser Recht auf Frieden und Ruhe zu schützen. Aber wenn es nicht anders geht, werde ich die Klage einreichen.«

Sulla rührte sich nicht und öffnete auch nicht die Augen. Caesar blieb noch eine Weile stehen und überlegte, wieviel von seiner Strafpredigt angekommen sein mochte, als er auf einmal ein Schnarchen hörte. Er drehte sich um und ging.

Aber nicht Caesar, sondern Sulla erhielt zuerst Nachricht aus Circei. Der Verwalter des Landhauses teilte Sulla mit, man habe Clitumnas Leiche am Fuße der Felsen gefunden, die ihr Grundstück begrenzten. Beim Sturz habe sie sich das Genick gebrochen. Wie Sulla ja wisse, sei die Herrin Clitumna in letzter Zeit in sehr schlechter Verfassung gewesen.

Sulla schwang die Beine aus dem Bett und stand auf.

»Laß mir ein Bad ein und lege meine Toga bereit«, sagte er.

Die kleine Wunde an der Stirn heilte gut. Abgesehen von der Schwellung erinnerte nichts mehr an seinen gestrigen Zustand.

»Schicke nach Gaius Julius Caesar«, sagte Sulla zu Iamus, als er angekleidet war.

Von diesem Gespräch hing seine Zukunft ab. Den Göttern sei Dank, daß Skylax Metrobius nach dem Fest mit nach Hause genommen hatte, obwohl der Junge sich gesträubt hatte. Er war nur knapp davongekommen! Hätte Caesar Metrobius in Clitumnas Haus angetroffen, wäre Sullas Schicksal besiegelt gewesen. Caesar würde Sulla zwar niemals aufgrund von Gerüchten verurteilen, aber das Zeugnis seiner eigenen Augen hätte ein völlig neues Licht auf die Situation geworfen.

Als er Caesar empfing, war er vom Scheitel bis zur Sohle ein patrizischer Römer: Er war makellos weiß gekleidet, der schmale Streifen des Ritters schmückte seine Tunika, sein prachtvolles Haar war frisch geschnitten und zu einer männlichen Frisur gekämmt.

»Ich bitte dich um Entschuldigung, Gaius Julius, daß ich dich noch ein weiteres Mal bemühen muß«, sagte Sulla. Er überreichte Caesar eine kleine Papierrolle. »Dieses Schreiben ist soeben aus Circei eingetroffen, und ich dachte, ich sollte dich sofort informieren.«

Mit regloser Miene und sehr langsam las Caesar das Schreiben. Sulla wußte, daß er jedes einzelne Wort genau abwog.

»Das ist der dritte Todesfall.« Caesar schien regelrecht erleichtert. »Dein Haus hat schwere Verluste erlitten, Lucius Cornelius. Mein aufrichtiges Beileid.«

»Ich nehme an, daß du Clitumnas Testament aufgesetzt hast«, sagte Sulla, »sonst hätte ich dich nicht belästigt, das versichere ich dir.«

»Ja, ich habe mehrere Testamente für sie gemacht, das letzte kurz nach Nikopolis' Tod.« Caesars schönes Gesicht, seine klaren, blauen Augen, sein ganzes Auftreten wirkten betont sachlich und unverbindlich. »Bitte sage mir ehrlich, Lucius Cornelius, was du für deine Stiefmutter empfunden hast.«

Hier war sie, die brüchigste Stelle seines Planes. Er mußte so sicher und vorsichtig auftreten wie eine Katze auf einem mit Scherben übersäten Fensterbrett im zwölften Stock eines Mietshauses. »Ich erinnere mich, schon früher mit dir über dieses Thema gesprochen zu haben, Gaius Julius«, sagte Sulla, »aber ich bin froh, daß ich mich ausführlicher darüber äußern kann. Clitumna war eine alberne, dumme und vulgäre Frau, aber ich hatte sie trotzdem gern. Mein Vater« – hier zuckte Sullas Gesicht – »war ein unheilbarer Trinker, das Leben mit ihm war ein einziger Alptraum. Wir waren nicht einfach verarmter Adel, Gaius Julius: Nichts erinnerte mehr an unsere Herkunft. Wir konnten uns nicht einmal einen einzigen Sklaven leisten. Hätte sich nicht ein alter Lehrer, der auf dem Marktplatz unterrichtete, aus Mitleid meiner angenommen, hätte ich, ein Patrizier aus dem Geschlecht der Cornelier, nicht einmal Lesen und Schreiben gelernt. Ich habe keine militärische Grundausbildung auf dem Marsfeld erhalten, ich habe nicht Reiten gelernt, ich war nie als Schüler eines Anwalts bei Gerichtsverhandlungen dabei. Vom Militär, von der Rhetorik und vom öffentlichen Leben weiß ich nichts. Das ist die Schuld meines Vaters. Und deshalb ... hatte ich Clitumna gern. Sie hat meinen Vater geheiratet und ihn und mich in ihr Haus aufgenommen. Wer weiß – hätten mein Vater und ich weiter in der Subura gelebt, wäre ich vielleicht eines Tages wahnsinnig geworden und hätte ihn ermordet. So jedoch hat Clitumna bis zu seinem Tod die Hauptlast getragen und mich befreit. Ja, ich hatte sie gern.«

»Sie hatte dich auch gern, Lucius Cornelius«, sagte Caesar. »Ihr Testament ist einfach und klar. Sie hat alles dir hinterlassen.«

Jetzt war äußerste Vorsicht angebracht! Er durfte nicht zuviel Freude zeigen, aber auch nicht zuviel Kummer! Caesar war sehr klug und besaß große Menschenkenntnis.

»Hat sie mir so viel hinterlassen, daß ich Senator werden kann?« fragte er und sah Caesar direkt in die Augen.

»Mehr als das.«

Sulla sackte in sich zusammen. »Ich – kann es – nicht glauben!« sagte er. »Bist du ganz sicher? Ich weiß, daß sie dieses Haus hatte und das Landhaus in Circei, aber ich dachte, sonst sei nicht mehr viel da.«

»Oh nein, sie war eine sehr reiche Frau. Sie hat Geld in Aktien investiert und in Wertpapiere aller möglichen Unternehmen und in ein Dutzend Handelsschiffe. Ich rate dir, die Schiffsanteile und die Wertpapiere zu verkaufen und den Erlös für Grundstückskäufe zu verwenden. Du mußt deinen Besitz tadellos in Ordnung haben, damit die Zensoren zufrieden sind.«

»Es ist wie ein Traum!« sagte Sulla.

»Ich verstehe, daß es dir so vorkommen muß, Lucius Cornelius.

Aber sei versichert, es ist wirklich wahr.« Caesar wirkte ganz ruhig. Offensichtlich hegte er keinerlei Verdacht gegen Sulla.

»Das Schicksal ist mir doch gnädig«, sagte Sulla mit Verwunderung in der Stimme. »Ich hätte nicht geglaubt, daß ich das jemals sagen könnte. Ich werde Clitumna vermissen, aber ich hoffe, daß man später einmal sagen wird, ihr größtes Geschenk an die Welt sei ihr Tod gewesen. Denn ich habe vor, eine Zierde meines Standes und des Senats zu sein.« Klang das echt?

»Ich glaube auch, Lucius Cornelius, daß es sie glücklich machen würde, wenn sie wüßte, daß du ihr Erbe so nutzen willst«, sagte Caesar. Er faßte Sullas Worte genau in der beabsichtigten Weise auf. »Und darf ich annehmen, daß es keine lärmenden Feste mehr geben wird? Keine zweifelhaften Freunde?«

»Wenn ein Mann das Leben führen kann, auf das er nach seiner Herkunft ein Anrecht hat, Gaius Julius, dann braucht er keine lärmenden Feste und keine zweifelhaften Freunde.« Sulla seufzte. »Sie dienten nur dazu, die Zeit totzuschlagen. Du wirst das vermutlich schwer verstehen, aber das Leben, das ich über dreißig Jahre geführt habe, hing mir am Hals wie ein riesiger Mühlstein.«

»Ich verstehe es«, sagte Caesar.

Sulla kam ein schrecklicher Gedanke. »Aber wir haben ja gar keine Zensoren! Was soll ich tun?«

»Eine der Bedingungen, die Marcus Scaurus für seinen freiwilligen Rücktritt gestellt hat – falls man das als freiwilligen Rücktritt bezeichnen kann –, war, daß bereits im April nächsten Jahres neue Zensoren gewählt werden«, sagte Caesar ruhig. »Bis dahin wirst du dich gedulden müssen.«

Sulla straffte sich und holte tief Luft. »Gaius Julius, ich habe noch eine weitere Bitte an dich.«

Caesars blaue Augen sahen ihn an, als wisse er, was Sulla jetzt sagen würde – aber wie war das möglich, wo ihm der Gedanke doch gerade erst gekommen war? Eine hervorragende Idee. Denn wenn Caesar zustimmte, hatte Sullas Bewerbung bei den Zensoren erheblich mehr Gewicht, als Geld allein ihr verleihen konnte.

»Was für eine Bitte, Lucius Cornelius?« fragte Caesar.

»Ziehe mich als Ehemann für deine Tochter Julilla in Erwägung.«

»Obwohl sie dir soviel Unrecht zugefügt hat?«

»Ich – liebe sie«, sagte Sulla und glaubte es in diesem Moment selbst.

»Im Augenblick geht es Julilla noch viel zu schlecht, als daß man an Heirat denken könnte«, sagte Caesar, »aber ich werde deine Bitte überdenken, Lucius Cornelius.« Er lächelte. »Vielleicht habt ihr einander verdient, nach so viel Kummer.«

»Sie hat mir einen Kranz aus Gras geschenkt«, sagte Sulla. »Seitdem, Gaius Julius, hat sich für mich das Blatt gewendet.«

»Ich glaube dir.« Caesar stand auf und wandte sich zum Gehen. »Trotzdem werde ich im Augenblick niemandem etwas davon sagen, und ich bitte dich dringend: Halte dich von ihr fern. Sie versucht noch immer, einen Ausweg aus ihrer mißlichen Lage zu finden, und ich möchte nicht, daß sich ihr eine so einfache Lösung bietet.«

Sulla begleitete Caesar zur Tür und streckte ihm dort die Hand hin. Dabei lächelte er mit geschlossenen Lippen, denn er wußte nur zu gut, welche Wirkung es hatte, wenn er seine langen, scharfen Eckzähne entblößte. Caesar mußte umworben und gehätschelt werden. Sulla wußte natürlich nichts von dem Gespräch, das Caesar und Gaius Marius seinerzeit geführt hatten, aber er war in puncto Heirat zum selben Schluß gekommen. Gab es einen besseren Weg, sich bei Zensoren und Wählern beliebt zu machen, als eine Julia zur Frau zu nehmen?

»Iamus!« rief Sulla, nachdem Caesar gegangen war.

»Lucius Cornelius?«

»Du brauchst dich nicht um das Abendessen zu kümmern. Richte das Haus als Trauerhaus für die Herrin her und sorge dafür, daß alle Diener aus Circei zurückkommen. Ich breche sofort auf und kümmere mich um die Bestattung.«

Und ich werde Metrobius mitnehmen und mich von ihm verabschieden, dachte Sulla, als er in aller Eile einige Dinge zusammenpackte. Ich werde mich von allen Resten meines alten Lebens verabschieden, und ich werde mich von Clitumna verabschieden. Ich werde nichts davon vermissen. Bis auf Metrobius. Ihn werde ich vermissen. Sehr sogar.

## *Das dritte Jahr*

(108 v.Chr.)

# Unter den Konsuln Servius Sulpicius Galba und Quintus Hortensius

Mit dem Beginn der winterlichen Regenzeit kam der Krieg gegen Numidien – soweit er bisher überhaupt gediehen war – vollends zum Stillstand. Römer und Numider bezogen ihre Winterquartiere. Gaius Marius hatte den Brief seines Schwiegervaters Caesar erhalten und machte sich Gedanken über den Inhalt. Er fragte sich, ob der Konsul Quintus Caecilius Metellus Schweinebacke wußte, daß er im neuen Jahr die Ernennung zum Prokonsul und eine Verlängerung seines Kommandos erhalten würde und daß ihm über kurz oder lang ein Triumph sicher war. Auch zum Sieg der Germanen über Marcus Junius Silanus und den Verlust so vieler Soldaten hatte im Hauptquartier des Statthalters in Utika noch niemand ein Wort verloren.

Aber das hieß natürlich nicht, dachte Marius verärgert, daß Metellus diese Tatsachen nicht längst bekannt waren. Es hieß nur, daß der erste Legat Gaius Marius wie üblich als letzter davon erfuhr. Dem armen Publius Rufus war die Aufgabe zugewiesen worden, die Winterlager an der Grenze zu überwachen, und dort war er von allen Neuigkeiten abgeschnitten. Gaius Marius, der zum Dienst nach Utika berufen worden war, hatte sich als Untergebener von Metellus Schweinebackes Sohn wiedergefunden. Dieser junge Mann, ganze zwanzig Jahre alt und Offiziersanwärter im persönlichen Stab seines Vaters, genoß sichtlich die Aufgabe, die Garnison von Utika zu befehligen und ihre Verteidigung zu organisieren. Marius mußte sich jetzt mit jeder Kleinigkeit, die mit der militärischen Planung von Utika zu tun hatte, an das unerträglich arrogante Ferkel wenden, wie der junge Metellus bald genannt wurde – und nicht nur von Marius. Marius war aber nicht allein für die Festung Utika zuständig, er mußte darüber hinaus all die Aufgaben erledigen, um die sich der Statthalter drücken wollte – Pflichten, die eher ein Quästor als ein erster Legat übernehmen sollte.

Im Winterlager gingen die Wogen der Gefühle hoch, und Marius'

Selbstbeherrschung schwand rasch, vor allem seit der junge Metellus sich einen Spaß daraus machte, Marius zu ärgern. Nachdem das Ferkel gemerkt hatte, daß solche Scherze auch seinem Vater gefielen, gab es für ihn kein Halten mehr. Nach der Schlacht am Fluß Muthul, bei der die römischen Truppen nur knapp einer Niederlage entronnen waren, hatten Rutilius Rufus und Marius nicht mit Kritik an ihrem Feldherrn gespart, und Marius hatte Metellus ins Gesicht gesagt, daß sie den Krieg in Numidien nur gewinnen würden, wenn es gelänge, Jugurtha gefangenzunehmen.

»Wie soll ich das machen?« hatte Metellus gefragt. Von seiner ersten Schlacht war er immerhin so weit ernüchtert, daß er zuhörte.

»Mit List«, hatte Rutilius Rufus geantwortet.

»Mit was für einer List?«

»Das«, hatte Gaius Marius abschließend gesagt, »wirst du allein herausfinden müssen, Quintus Caecilius.«

Aber jetzt, da alle wieder sicher in der Provinz Africa saßen und die Langeweile verregneter Tage und alltäglicher Pflichten ertragen mußten, hüllte sich Metellus in Schweigen. Zumindest hatte er so lange geschwiegen, bis es ihm gelungen war, Verbindung zu einem numidischen Adligen namens Nabdalsa aufzunehmen. Bei dem Gespräch mit Nabdalsa wollte er Marius unbedingt dabeihaben.

»Warum?« fragte Marius barsch. »Kannst du deine Dreckarbeit nicht alleine machen, Quintus Caecilius?«

»Glaub mir, Gaius Marius«, fauchte Metellus, » wenn Publius Rutilius hier wäre, würde ich dich nicht bemühen! Aber du kennst Jugurtha im Gegensatz zu mir, und das heißt vermutlich, daß du besser weißt als ich, was im Kopf eines Numiders vor sich geht. Ich will nur, daß du dabeisitzt, diesen Nabdalsa beobachtest und mir anschließend sagst, was du von ihm hältst.«

»Es überrascht mich, daß du mir so viel Vertrauen schenkst und damit rechnest, daß ich dir ehrlich meine Meinung sage«, erwiderte Marius.

Metellus zog verblüfft die Augenbrauen hoch. »Du bist hier, um gegen Numidien zu kämpfen, Gaius Marius. Warum solltest du mir nicht ehrlich deine Meinung sagen?«

»Dann hol den Burschen herein, Quintus Caecilius, und ich werde mein Bestes tun.«

Marius wußte einiges über Nabdalsa, obwohl er ihm noch nie begegnet war. Nabdalsa war Anhänger eines legitimen Anwärters auf den numidischen Thron, des Prinzen Gauda. Dieser lebte zu jener Zeit umgeben von königlicher Pracht in der blühenden Stadt, die unweit von Utika an der Stelle des alten Karthago entstanden war. Nabdalsa war also von Prinz Gauda gekommen und wurde von Metellus zu einer frostigen Audienz empfangen.

Metellus weihte ihn in seine Überlegungen ein: Der beste und schnellste Weg, die numidische Frage zu lösen und Prinz Gauda auf den Thron zu bringen, sei die Gefangennahme von Jugurtha. Hatten Prinz Gauda – oder Nabdalsa – eine Idee, wie man sich Jugurthas bemächtigen könnte?

»Am besten mit Hilfe von Bomilkar, *dominus*«, sagte Nabdalsa.

Metellus starrte ihn ungläubig an. »Bomilkar? Aber er ist doch Jugurthas Halbbruder, sein treuester Gefolgsmann!«

»Im Augenblick sind die Beziehungen zwischen ihnen etwas gespannt«, sagte Nabdalsa.

»Warum?« fragte Metellus.

»Es geht um die Thronfolge, *dominus.* Bomilkar möchte für den Fall, daß Jugurtha etwas zustößt, zum Regenten bestimmt werden. Aber Jugurtha will nichts davon hören.«

»Zum Regenten, nicht zum Erben?«

»Bomilkar weiß, daß er niemals Erbe werden kann, *dominus.* Jugurtha hat zwei Söhne. Allerdings sind sie noch sehr klein.«

Metellus runzelte die Stirn und versuchte die Gedankengänge eines Mannes nachzuvollziehen, der aus einer ihm fremden Welt kam. »Warum ist Jugurtha dagegen? Ich hätte gedacht, Bomilkar wäre ein idealer Kandidat.«

»Es ist wegen der Abstammung, *dominus*«, sagte Nabdalsa. »Baron Bomilkar ist kein Nachfahr König Massinissas, und deshalb ist er nicht von königlichem Geblüt.«

»Ich verstehe.« Metellus richtete sich auf. »Also gut, sieh zu, was du tun kannst. Versuche Bomilkar davon zu überzeugen, daß er sich mit Rom verbünden muß.« Er wandte sich an Marius. »Wie erstaunlich! Man sollte denken, ein Mann, der nicht hochgeboren genug ist, den Thron zu beanspruchen, sei der ideale Anwärter für eine Regentschaft.«

»Bei uns wäre es so«, sagte Marius, »aber in Jugurthas Reich käme das einer Aufforderung gleich, Jugurthas Söhne zu ermorden. Denn wie könnte Bomilkar den Thron besteigen und eine neue Dynastie begründen, solange Jugurthas Söhne am Leben sind?«

Metellus wandte sich wieder an Nabdalsa. »Vielen Dank, Baron Nabdalsa. Du kannst gehen.«

Aber Nabdalsa zögerte noch. »*Dominus*«, sagte er, »ich möchte dich um einen kleinen Gefallen bitten.«

»Und der wäre?« fragte Metellus ganz und gar nicht erfreut.

»Prinz Gauda möchte dich gerne kennenlernen und fragt sich schon geraume Zeit, warum er noch keine Gelegenheit dazu hatte. Dein Jahr als Statthalter der Provinz Africa ist beinahe vorüber, und noch immer wartet Prinz Gauda auf eine Einladung von dir.«

»Wenn er mich kennenlernen möchte, was hält ihn dann davon ab?« fragte Metellus verständnislos.

»Er kann nicht einfach herkommen, Quintus Caecilius«, sagte Marius. »Du mußt eine formelle Einladung ausssprechen.«

»Ach so! Wenn es weiter nichts ist, werde ich eine Einladung aussprechen«, sagte Metellus und verbiß sich ein amüsiertes Lächeln.

Und nachdem die Einladung tatsächlich am nächsten Tag zu Papier gebracht worden war, so daß Nabdalsa sie persönlich nach Karthago mitnehmen konnte, kam Prinz Gauda, um den Statthalter huldvoll zu begrüßen.

Es wurde keine erfreuliche Zusammenkunft. Gauda und Metellus waren so verschieden, wie zwei Männer nur verschieden sein können. Gauda war schwach, kränklich und nicht sehr intelligent und benahm sich auf eine Weise, die er seinem Stand für angemessen, Metellus jedoch nur für unerträglich hochmütig hielt. Seit Metellus gehört hatte, daß es einer Einladung bedurfte, bevor der Prinz ihn besuchen konnte, rechnete er damit, daß der königliche Gast aus Karthago demütig, ja sogar unterwürfig auftreten würde. Mitnichten. Gauda eröffnete die Unterredung mit einem Wutausbruch, weil Metellus sich zu seiner Begrüßung nicht erhoben hatte, und beendete die Audienz nur wenig später, indem er hinausstolzierte und den Statthalter einfach sitzenließ.

»Ich bin eine königliche Hoheit!« brüllte Gauda draußen Nabdalsa an.

»Das wissen alle, Hoheit«, sagte Nabdalsa mit einer tiefen Verbeugung. »Aber die Römer haben ein seltsames Verhältnis zu Königen. Sie fühlen sich ihnen überlegen, weil sie ihre Könige vor vielen hundert Jahren vertrieben haben und sich seither selbst regieren.«

»Von mir aus können sie verehren, wen sie wollen!« So leicht beruhigte sich Gauda nicht, dafür hatte man ihn zu sehr verletzt. »Ich bin der legitime Sohn meines Vaters, Jugurtha ist nur ein Bastard! Und wenn ich bei diesen Römern erscheine, dann sollen sie sich gefälligst zu meiner Begrüßung erheben, einen Thron für mich aufstellen und mir ihre hundert besten Soldaten als Leibwache mitgeben!«

»Ganz recht«, pflichtete Nabdalsa seinem Herrscher bei. »Ich werde Gaius Marius aufsuchen. Vielleicht kann er Quintus Caecilius zur Vernunft bringen.«

Jeder Numider kannte die Namen Gaius Marius und Publius Rutilius Rufus, denn Jugurtha hatte ihren Ruhm überall verbreitet, als er damals aus Numantia zurückgekehrt war, und er hatte beide bei seinem letzten Besuch in Rom oft aufgesucht.

»Dann geh zu Gaius Marius«, sagte Gauda und zog sich zutiefst beleidigt nach Karthago zurück, wo er über das Unrecht nachgrübelte, das ihm Metellus im Namen Roms zugefügt hatte. Nabdalsa suchte inzwischen unauffällig ein Gespräch mit Gaius Marius.

»Ich werde tun, was ich kann, Baron«, seufzte Marius.

»Dafür wäre ich dir sehr dankbar, Gaius Marius«, sagte Nabdalsa überschwenglich.

Marius grinste. »Dein königlicher Herr läßt dich dafür büßen, wie?«

Nabdalsa antwortete mit einem vielsagenden Blick.

»Das eigentliche Problem, mein Freund, ist Quintus Caecilius. Er meint, er sei von unendlich edlerem Blut als jeder numidische Prinz. Ich bezweifle stark, daß irgend jemand – geschweige denn ich – ihn dazu bewegen kann, sein Verhalten zu ändern. Aber ich werde es versuchen, denn ich möchte dich frei wissen, damit du Bomilkar aufsuchen kannst. Es gibt entschieden wichtigere Dinge als Streitereien zwischen Statthaltern und Prinzen«, sagte Marius.

»Die syrische Prophetin sagt, daß die Familie Caecilius Metellus langsam, aber sicher ihrem Untergang entgegengeht«, bemerkte Nabdalsa nachdenklich.

»Die syrische Prophetin?«

»Eine Frau namens Martha«, fuhr der Numider fort. »Prinz Gauda hat sie in Karthago aufgelesen. Offenbar hat sie dort vor etlichen Jahren ein Schiffskapitän zurückgelassen, der glaubte, sie habe sein Schiff verflucht. Zuerst sind nur die Armen zu ihr gelaufen, aber jetzt ist sie sehr berühmt, und der Prinz hat sie an seinen Hof geholt. Sie hat prophezeit, daß Prinz Gauda eines Tages tatsächlich König von Numidien wird, wenn Jugurtha gestürzt ist. Aber bis zu Jugurthas Sturz werde es noch einige Zeit dauern, sagt sie.«

»Und was ist mit der Familie Caecilius Metellus?«

»Sie behauptet, die ganze Familie Caecilius Metellus habe den Höhepunkt ihrer Macht überschritten, und sowohl die Anzahl ihrer Mitglieder als auch ihr Reichtum würden schrumpfen. Andere würden in Zukunft größer sein – so auch du, *dominus.*«

»Ich möchte diese syrische Prophetin sehen«, sagte Marius.

»Das läßt sich einrichten. Aber dafür mußt du nach Karthago kommen, denn sie verläßt Prinz Gaudas Haus nicht«, entgegnete Nabdalsa.

Eine Audienz bei Martha, der syrischen Prophetin, erforderte zuerst eine Audienz bei Prinz Gauda. Ergeben hörte sich Marius die Litanei der Klagen über Metellus an und gab Versprechen, von denen er nicht die leiseste Ahnung hatte, wie er sie halten sollte.

»Du kannst versichert sein, Hoheit, daß ich, sobald es mir möglich ist, dafür sorgen werde, daß du mit all dem Respekt und all der Ehrerbietung behandelt wirst, auf die du deiner Herkunft gemäß Anspruch hast«, sagte Marius und verbeugte sich so tief, daß er fast den Boden berührte.

»Dieser Tag wird kommen!« verkündete Gauda selbstsicher und grinste. Dabei entblößte er eine Reihe sehr schlechter Zähne. »Martha sagt, du wirst der Erste Mann in Rom sein, und es wird nicht mehr lange dauern. Aus diesem Grund, Gaius Marius, möchte ich mich unter deine Klienten einreihen, und ich werde dafür sorgen, daß meine Anhänger in der römischen Provinz Africa meinem Beispiel folgen. Mehr noch, wenn ich erst König von Numidien bin, wird ganz Numidien deine Klientel sein.«

Marius hörte zu, und sein Erstaunen wuchs mit jedem Satz. Ihm, einem einfachen Prätor, wurden Klienten angetragen, die sich ein Caecilius Metellus vergebens wünschte! Er mußte diese Martha, die syrische Prophetin, unbedingt kennenlernen!

Nur wenige Augenblicke später bot sich ihm die Gelegenheit, denn Martha hatte den Wunsch geäußert, Gaius Marius zu sehen, und Gauda hatte Marius zu ihrer Wohnung in der riesigen Villa geführt, die ihm vorläufig als Palast diente. Marius wartete in Marthas Wohnzimmer. Ein rascher Blick in die Runde überzeugte ihn, daß sie tatächlich hoch in Ehren gehalten wurde, denn die Wohnung war prachtvoll eingerichtet. Marius konnte sich nicht erinnern, schon jemals so herrliche Wandgemälde und so prachtvolle Bodenmosaike gesehen zu haben.

Martha erschien in schimmernden, purpurnen Gewändern, ein

weiteres Zeichen der Ehre, denn eine Frau, die nicht von Adel war, durfte normalerweise keine Purpurgewänder tragen. Und von adeliger Herkunft war sie ganz gewiß nicht. Sie war eine kleine, verschrumpelte, magere alte Frau, die nach abgestandenem Urin stank und deren Haare vor Dreck starrend vom Kopf abstanden, als wären sie jahrelang nicht gewaschen worden. Sie sah fremd aus mit ihrer großen, gebogenen, schmalen Nase in dem Gesicht mit den tausend Fältchen und ihren schwarzen Augen, die so scharf und stolz und wachsam blickten wie die Augen eines Adlers. Ihre herabhängenden Brüste erinnerten an zwei leere Socken, die an der Spitze mit Kieseln gefüllt sind, und baumelten sichtbar unter dem dünnen Hemd aus tyrischem Purpur, das ihr knapp bis zur Taille reichte. Um die Hüften hatte sie einen Purpurschal geschlungen. Ihre Hände und Füße waren mit Henna tief dunkelrot gefärbt, und beim Gehen klimperten Dutzende von Glöckchen, Armbändern, Ringen und Kinkerlitzchen an ihrem Körper, alle aus echtem Gold. Ein Kamm, ebenfalls aus echtem Gold, hielt an ihrem Hinterkopf einen Gazeschleier aus tyrischem Purpur fest, der ihr schlaff auf den Rücken fiel wie eine Fahne bei Windstille.

»Setz dich, Gaius Marius«, sagte sie und zeigte mit einer langen Kralle auf einen Stuhl. An dem knorrigen Finger blitzten etliche Ringe.

Marius tat, wie ihm geheißen, unfähig, den Blick von Marthas altem, sonnengebräuntem Gesicht zu wenden. »Prinz Gauda hat mir erzählt, du habest prophezeit, ich würde der Erste Mann in Rom werden«, begann er und mußte sich räuspern. »Ich würde gern mehr darüber hören.«

Sie brach in ein meckerndes Gelächter aus, wie man es oft von alten Frauen hört, und zeigte dabei ihren Gaumen, der bis auf einen gelben Schneidezahn zahnlos war. »Das will ich wohl glauben«, rief sie und klatschte in die Hände. Ein Diener kam. »Bring uns einen Tee aus getrockneten Blättern und ein paar von den kleinen Kuchen, die ich so gerne mag«, befahl sie. Dann wandte sie sich an Gaius Marius: »Es wird nicht lange dauern. Wenn der Tee und der Kuchen da sind, werden wir reden. Bis dahin werden wir schweigen.«

Da Marius sie nicht verärgern wollte, saß er schweigend da, wie sie es ihm befohlen hatte, und als das dampfende Getränk kam, trank er einen Schluck aus der Tasse, die sie ihm reichte. Er schnupperte mißtrauisch, seine Sinne waren wachsam. Das Gebräu schmeckte gar nicht so schlecht, aber da er nicht an heiße Getränke gewöhnt war, verbrannte er sich die Zunge und stellte die Tasse weg. Martha war offenbar eine Kennerin. Genüßlich nahm sie so kleine Schlucke wie ein Vogel aus ihrer Tasse und ließ sie mit einem hörbaren Laut des Wohlgefallens hinuntergluckern.

»Ein köstliches Getränk, aber du trinkst wahrscheinlich lieber Wein.«

»Ganz und gar nicht«, murmelte er höflich.

»Nimm einen Kuchen«, nuschelte sie mit vollem Mund.

»Vielen Dank, aber lieber nicht.«

»Schon gut, schon gut, ich verstehe den Wink mit dem Zaunpfahl«, sagte sie und spülte ihren Mund mit einem weiteren Schluck der heißen Flüssigkeit leer. Gebieterisch streckte sie eine Klaue aus: »Gib mir deine rechte Hand.«

Er gab sie ihr, und sie packte sie fest.

»Dir ist eine große Zukunft beschieden, Gaius Marius«, sagte sie, während ihre Augen neugierig über die vielen Linien in seiner Hand huschten. »Was für eine Hand! Sie gibt allem Gestalt, was sie anfaßt. Und was für eine Kopflinie! Sie regiert dein Herz, sie regiert dein Leben, sie regiert alles – bis auf die Spuren der Zeit, Gaius Marius, und ihnen kann niemand widerstehen. Aber du wirst vielem widerstehen, dem andere Menschen unterliegen. Da ist eine schreckliche Krankheit ... Aber du wirst sie überstehen, wenn sie das erste Mal kommt, und sogar beim zweiten Mal ... Es gibt Feinde, Feinde in Scharen ... Aber du wirst sie besiegen ... Du wirst Konsul werden in dem Jahr nach dem Jahr, das gerade beginnt, also im nächsten Jahr ... Und danach wirst du noch sechsmal Konsul werden ... Siebenmal wirst du insgesamt Konsul sein, und man wird dich den ›Dritten Gründer Roms‹ nennen, denn du wirst Rom aus der schwersten aller Gefahren retten!«

Er spürte, daß sein Gesicht brannte, so heiß wie ein Speer, den man im Feuer erhitzt hat. Sein Kopf dröhnte, alles drehte sich, und sein Herz hämmerte wie ein *hortator*, der mit seinem Trommeln die Soldaten anspornt, wenn sie mit dem Rammbock gegen eine Mauer anrennen. Vor seinen Augen hing ein dichter roter Schleier. Sie sprach die Wahrheit, er wußte es.

»Du besitzt die Liebe und die Achtung einer großen Frau«, fuhr Martha fort, während sie die kleineren Linien in seiner Haut berührte, »und ihr Neffe wird der größte Römer aller Zeiten sein.«

»Nein, das bin ich«, widersprach er schnell. Seine Erregung war bei dieser weniger schmeichelhaften Ankündigung mit einem Schlag verflogen.

»Nein, ihr Neffe wird der größte Römer sein«, sagte Martha hartnäckig. »Ein viel größerer Mann als du, Gaius Marius. Er hat denselben Vornamen wie du, er heißt auch Gaius. Aber sein Familiennamen ist der ihre, nicht der deine.«

Diese Prophezeiung grub sich tief in sein Gedächtnis ein, so tief, daß er sie nie mehr vergessen würde. »Und was ist mit meinem Sohn?« fragte er.

»Auch dein Sohn wird ein großer Mann sein. Aber nicht so groß wie sein Vater, und er wird auch längst nicht so viele Jahre leben. Aber er wird noch am Leben sein, wenn deine Zeit kommt.«

Bei diesen Worten stieß sie seine Hand abrupt weg und zog ihre schmutzigen nackten Füße mit unzähligen Glöckchen an den Zehen und Fußreifen an den Fesseln unter sich auf das Sofa.

»Ich habe alles gesehen, was zu sehen ist, Gaius Marius«, sagte sie, lehnte sich zurück und schloß die Augen.

»Ich danke dir, Prophetin Martha.« Marius stand auf und zog seine Geldbörse hervor. »Wieviel ...?«

Sie öffnete die Augen, die in tiefem Schwarz funkelten und boshaft lebendig waren. »Von dir verlange ich nichts. Es ist Lohn genug, die Gesellschaft der wahrhaft Großen zu genießen. Geld ist etwas für Leute wie Prinz Gauda, der nie ein großer Mann sein wird, obwohl er König werden wird.« Wieder erfüllte ihr meckerndes Lachen den Raum. »Aber das weißt du so gewiß wie ich, Gaius Marius, auch wenn du nicht die Gabe besitzt, in die Zukunft zu sehen. Du hast die Gabe, in die Herzen der Menschen zu sehen, und Prinz Gauda hat ein enges Herz.«

»Dann muß ich dir noch einmal danken.«

»Oh, ich möchte dich noch um einen Gefallen bitten«, rief sie ihm nach, als er schon fast an der Tür war.

Er drehte sich sofort um. »Ja?«

»Wenn du zum zweitenmal Konsul bist, Gaius Marius, dann hole mich nach Rom und behandle mich ehrenvoll. Ich möchte einmal Rom sehen, bevor ich sterbe.«

»Du sollst Rom sehen«, versprach er und ging.

Siebenmal Konsul! Der Erste Mann in Rom! Der Dritte Gründer Roms! Welche Zukunft konnte größer sein als diese? Wie sollte ein anderer Römer da noch größer sein als er? Gaius ... Sie mußte den Sohn seines jüngeren Schwagers meinen, einen zukünftigen Gaius

Julius Caesar. Ja, dessen Sohn wäre Julias Neffe – und gewiß der einzige, der Gaius heißen würde.

»Nur über meine Leiche«, sagte Gaius Marius laut, stieg auf sein Pferd und ritt nach Utika zurück.

Am nächsten Tag suchte Marius Metellus auf. Er fand den Konsul in ein Bündel Briefe und Dokumente aus Rom vertieft, denn in der Nacht war ein Schiff angekommen, das lange von stürmischer See aufgehalten worden war.

»Großartige Nachrichten, Gaius Marius!« sagte Metellus, und er war ausnahmsweise einmal freundlich . »Mein Kommando in Africa ist verlängert, mit prokonsularischem *imperium,* und alles spricht dafür, daß ich eine weitere Verlängerung bekommen kann, wenn ich noch mehr Zeit brauche.« Ein Blatt Papier wurde weggelegt, eine Schriftrolle zur Hand genommen, beides nur, um Eindruck zu machen, denn Metellus hatte die Briefe offensichtlich schon gelesen, ehe Marius gekommen war. Niemand überflog einfach schweigend und mit blitzartigem Verständnis Wörter auf dem Papier – man mußte sie einzeln entziffern und laut lesen, damit ihr Sinn klar wurde.

»Es ist ein Glück, daß mein Heer vollzählig ist, denn es sieht so aus, als sei der übliche Mangel an Männern in Italien schlimmer geworden, wegen Silanus' Blamage in Gallien. Aber davon weißt du noch gar nichts, oder doch? Ja, mein Mitkonsul wurde von den Germanen besiegt. Unerhört hohe Verluste.« Metellus griff nach einer weiteren Rolle und hielt sie hoch. »Silanus schreibt, daß über eine Million germanische Riesen auf dem Schlachtfeld waren.« Er legte die Rolle wieder weg und wedelte mit der, die er noch in der Hand hatte, vor Marius' Nase hin und her. »Hier teilt mir der Senat mit, daß er die *lex Sempronia* von Gaius Gracchus aufgehoben hat, die verbot, einen Mann zu beliebig vielen Feldzügen einzuberufen. Höchste Zeit! Wir können Tausende von Veteranen einziehen, falls wir sie einmal brauchen.« Metellus war sichtlich erfreut.

»Das ist ein sehr schlechter Gesetzesentscheid«, sagte Marius. »Wenn sich ein Veteran nach zehn Jahren oder sechs vollständigen Feldzügen zur Ruhe setzen möchte, dann sollte er dies ohne Furcht vor neuerlichen Waffendiensten tun dürfen. Wir untergraben den Stand der Kleinbauern, Quintus Caecilius! Wie kann ein Mann seinen kleinen Hof für nunmehr bis zu zwanzig Jahren Heeresdienst verlassen und damit rechnen, daß er in seiner Abwesenheit dennoch gedeiht? Wie kann er Söhne zeugen, die einmal seinen Platz einnehmen sollen, sowohl auf seinem kleinen Hof als auch in unseren Legionen? Es ist immer mehr die Pflicht der kinderlosen Frauen geworden, das Land zu bestellen, und Frauen sind nicht kräftig, nicht umsichtig genug, einfach nicht geeignet dafür. Wir sollten anderswo nach Soldaten Ausschau halten – und wir sollten sie vor schlechten Feldherren schützen!«

Metellus hatte sich aufgerichtet, starr und mit zusammengepreßten Lippen stand er da. »Es steht dir nicht zu, Gaius Marius, die Weisheit der höchsten gesetzgebenden Körperschaft in unserem Staat zu kritisieren!« sagte er. »Was glaubst du denn, wer du bist?«

»Ich glaube, du hast mir schon einmal mitgeteilt, wer ich bin, Quintus Caecilius, vor vielen Jahren. Soweit ich mich erinnere, hast du mich einen italischen Bauern ohne Griechischkenntnisse genannt. Und das mag stimmen. Aber das nimmt mir nicht die Berechtigung, einen Kommentar zu einer Sache abzugeben, die ich nach wie vor für einen schlechten Gesetzesentscheid halte«, sagte Marius mit ruhiger Stimme. »Wir – und mit ›wir‹ meine ich den Senat, dem ich ebenso angehöre wie du – erlauben, daß eine ganze Schicht unserer Bürger ausstirbt, weil wir weder den Mut noch die Geistesgegenwart besitzen, all den sogenannten Feldherren das Handwerk zu legen, die jetzt schon jahrelang ins Feld ziehen. Das Blut römischer Soldaten ist nicht dazu da, verschwendet zu werden, Quintus Caecilius!«

Marius stand auf, beugte sich über Metellus' Schreibtisch und fuhr mit seiner leidenschaftlichen Rede fort. »Am Anfang, als wir unseren Heeresdienst eingerichtet haben, gingen die Feldzüge nach Italien. Die Männer konnten jeden Winter nach Hause zurückkehren, sich um ihre Höfe kümmern, Söhne zeugen und ihre Frauen beaufsichtigen. Aber wenn sich ein Mann heute freiwillig zum Waffendienst meldet oder eingezogen wird, wird er mit dem Schiff über das Meer gebracht, und der Feldzug dauert nicht einen einzigen Sommer, sondern zieht sich über Jahre hin. Jahre, in denen die Soldaten nicht ein einziges Mal nach Hause kommen. Es kann also gut sein, daß sechs Feldzüge einen Mann zwölf oder gar fünfzehn Jahre kosten – in einem fremden Land! Gaius Gracchus hat sein Gesetz erlassen, weil er die Zeit begrenzen wollte, weil er verhindern wollte, daß die kleinen Bauernhöfe in Italien zur Beute reicher Viehzüchter werden, die in großem Stil mit Land spekulieren!« Marius holte tief Luft und sah Metellus ironisch an. »Aber ich habe etwas Wichtiges vergessen, nicht wahr, Quintus Metellus? Du bist doch selbst ein reicher Viehzüchter, der in großem Stil mit Land spekuliert, nicht wahr? Und es paßt dir sehr gut, wenn diese kleinen Höfe in deinen Schoß fallen, weil die Männer nicht zu Hause sein und sie versorgen können, sondern auf irgendeinem fernen Schlachtfeld sterben, nur wegen aristokratischer Besitzgier und Nachlässigkeit!«

»Aha! Jetzt haben wir es!« rief Metellus, sprang auf und hielt sein Gesicht dicht vor Marius' Gesicht. »Das also ist es! Aristokratische Besitzgier und Nachlässigkeit, wie? Dann will ich dir mal ein oder zwei Kleinigkeiten sagen, Gaius Marius, du Emporkömmling! Eine Julia aus dem Hause Julius Caesar macht aus dir noch lange keinen Aristokraten!«

»Darauf kann ich auch verzichten«, schnaubte Marius. »Ich verachte das ganze Aristokratenpack – mit einer einzigen Ausnahme, und das ist mein Schwiegervater, dem es wie durch ein Wunder gelungen ist, ein anständiger Mensch zu bleiben, trotz seiner vornehmen Herkunft!«

Ihre Stimmen waren längst zu einem durchdringenden Gebrüll angeschwollen, und in den Vorzimmern spitzten alle die Ohren.

»Gib's ihm, Gaius Marius!« rief ein Militärtribun und schlug mit der Faust auf den Tisch.

»Würg ihm ordentlich eine rein, Gaius Marius!« sagte ein anderer und rieb sich die Hände.

»Scheiß doch auf den verdammten *fellator,* Gaius Marius!« feuerte ihn ein dritter an und grinste.

Offensichtlich mochten alle Gaius Marius viel lieber als Quintus Caecilius Metellus, vom Offizier bis hinunter zum einfachen Soldaten.

Aber das Gebrüll war noch weiter als bis in die Vorzimmer gedrungen. Es dauerte nicht lange, und der Sohn des Konsuls, der junge Quintus Caecilius Metellus, stürmte ins Vorzimmer. Alle Soldaten des Stabes beugten sich über ihre Schriftrollen und schienen eifrig zu schreiben. Metellus das Ferkel schenkte ihnen nicht einen Blick, sondern riß sofort die Tür zum Zimmer seines Vaters auf.

»Vater, eure Stimmen sind meilenweit zu hören!« rief er und warf Marius einen haßerfüllten Blick zu.

Der junge Metellus sah seinem Vater äußerlich sehr ähnlich. Er war wie dieser von durchschnittlicher Größe und Gestalt, hatte braune Haare, braune Augen, sah weder besonders gut noch besonders schlecht aus, sondern so durchschnittlich, daß er in einer Gruppe von Römern nie auffallen würde.

Die Unterbrechung ernüchterte Metellus, besänftigte jedoch kaum Marius' Zorn. Keiner der beiden Streithähne machte Anstalten, sich wieder hinzusetzen. Der junge Metellus stand seitlich an einer Wand, erschreckt und aufgeregt. Er liebte seinen Vater abgöttisch, war jetzt aber völlig ratlos, vor allem wenn er an die unzähligen Demütigungen dachte, die er Marius zugefügt hatte, seit sein Vater ihn zum Kommandanten der Garnison Utika bestellt hatte. Jetzt sah der junge Metellus zum erstenmal einen ganz anderen Marius vor sich: körperlich riesengroß und von einer Tapferkeit, einem Mut und einer Intelligenz, die die Fähigkeiten eines Caecilius Metellus weit überstiegen.

»Ich denke, es hat keinen Sinn, dieses Gespräch fortzusetzen, Gaius Marius«, sagte Metellus und preßte seine Hände mit den Handflächen nach unten auf den Schreibtisch, damit Marius nicht merkte, wie sehr sie zitterten. »Warum hast du mich überhaupt aufgesucht?«

»Ich bin gekommen, um dir mitzuteilen, daß ich die Absicht habe, Ende des nächsten Sommers aus dem Dienst in deinem Heer auszuscheiden«, antwortete Marius. »Ich will nach Rom zurückkehren und mich der Wahl zum Konsul stellen.«

Metellus sah aus, als traue er seinen Ohren nicht. »Du willst was?«

»Ich werde nach Rom gehen und für das Konsulat kandidieren.«

»Nein, das wirst du nicht«, rief Metellus. »Du bist mein erster Legat – und obendrein mit dem *imperium* eines Proprätors ausgestattet – für die Zeit meiner Statthalterschaft in der Provinz Africa. Meine Frist ist soeben verlängert worden. Und somit auch die deine.«

»Du kannst mich freigeben.«

»Falls ich dich freigeben möchte. Aber das möchte ich nicht«, entgegnete Metellus. »Wenn es nach mir ginge, Gaius Marius, würde ich dich glattweg hier in der Provinz vergraben für den Rest deines Lebens!«

»Zwinge mich nicht, etwas Häßliches zu tun, Quintus Caecilius«, sagte Marius mit ruhiger, freundlicher Stimme.

»Dich wozu zwingen? Mach, daß du hier rauskommst, Marius! Verschwinde und tu etwas Nützliches – hör auf, meine Zeit zu verschwenden!« Metellus fing einen Blick seines Sohnes auf und lächelte ihm verschwörerisch zu.

»Ich bestehe darauf, daß ich vom Dienst in diesem Krieg entbunden werde, damit ich mich im kommenden Herbst in Rom um das Konsulat bewerben kann.«

Ermutigt vom wachsenden Ausdruck erhabener und gleichmütiger Überlegenheit in der Haltung seines Vaters, brach Metellus das Ferkel in unterdrücktes Gekicher aus, was wiederum seinen Vater zu wahren Geistesblitzen anspornte.

»Hör mir gut zu, Gaius Marius«, sagte Metellus mit einem milden Lächeln. »Du bist jetzt beinahe fünfzig Jahre alt. Mein Sohn ist zwanzig. Darf ich dir vorschlagen, daß du dich im selben Jahr wie er zur Konsulwahl stellst? Bis dahin hast du vielleicht gerade so viel gelernt, daß du auf den Stuhl eines Konsuls paßt! Und ich bin sicher, daß mein Sohn dir liebend gern ein paar nützliche Ratschläge erteilen wird.«

Der junge Metellus brach jetzt in schallendes Gelächter aus.

Marius blickte beide unter seinen buschigen Augenbrauen hervor an, sein Adlergesicht war stolzer und hochmütiger denn je. »Ich werde Konsul sein«, sagte er. »Du kannst dich darauf verlassen, Quintus Caecilius, ich werde Konsul sein – nicht einmal, sondern siebenmal!«

Und er verließ das Zimmer. Vater und Sohn sahen ihm mit einer Mischung aus Verwirrung und Furcht nach. Merkwürdigerweise konnten sie gar nichts Amüsantes an dieser vermessenen Behauptung finden.

Am nächsten Tag ritt Marius nach Karthago zurück und bat um eine Audienz bei Prinz Gauda.

Als Marius vorgelassen wurde, beugte er ein Knie tief zu Boden und drückte seine Lippen auf Gaudas feuchte, schwammige Hand.

»Steh auf, Gaius Marius!« rief Gauda hocherfreut. Der Anblick dieses eindrucksvollen Mannes, der ihm so respektvoll und bewundernd huldigte, entzückte ihn.

Marius erhob sich ein Stück weit, sank dann auf beide Knie nieder und streckte die Hände aus. »Königliche Hoheit«, begann er, »ich bin nicht würdig, in deiner Gegenwart zu stehen, denn ich bin als demütiger Bittsteller gekommen.«

»Steh auf, steh auf«, krähte Gauda, noch entzückter als zuvor. »Ich werde mir keine Bitte anhören, solange du vor mir kniest! Komm, setz dich zu mir und erzähle, was du auf dem Herzen hast.«

Gauda deutete auf einen Stuhl, der neben ihm stand – aber eine Stufe tiefer als der Prinzenthron. Marius verbeugte sich den ganzen

Weg bis zu diesem Stuhl immer wieder tief und setzte sich dann auf die äußerste Kante, als würde ihm der Glanz des Prinzen, der bequem saß, so viel Ehrfurcht einflößen, daß er selbst nur unbequem dasitzen durfte.

»Als du dich unter meine Klienten einreihen wolltest, königliche Hoheit, habe ich diese außerordentliche Ehre angenommen, weil ich glaubte, ich könnte in Rom für deine Sache eintreten. Denn ich hatte vor, mich im Herbst den Konsulwahlen zu stellen.« Marius hielt inne und stieß einen tiefen Seufzer aus. »Aber das soll leider nicht sein! Quintus Caecilius Metellus bleibt in der Provinz Africa, denn seine Zeit als Statthalter wurde verlängert – und das bedeutet, daß ich als sein Legat nicht ohne seine Erlaubnis aus dem Dienst ausscheiden kann. Als ich ihm nun eröffnete, ich wolle mich zum Konsul wählen lassen, weigerte er sich, mich freizugeben, und verbot mir, Africa auch nur einen Tag vor ihm zu verlassen.«

Der edle Sproß des numidischen Königshauses erstarrte vor Zorn, denn wie alle verhätschelten Kranken war er leicht zu erzürnen. Er erinnerte sich sehr gut daran, daß Metellus zu seiner Begrüßung nicht aufgestanden war, daß er sich nicht tief genug verbeugt hatte, daß er keinen Thron aufgestellt und ihm keine römische Eskorte gegeben hatte. »Aber das ist völlig unvernüftig, Gaius Marius!« empörte sich Gauda. »Wie können wir ihn zwingen, seine Haltung zu ändern?«

»Hoheit, welche Intelligenz – mit welcher Schnelligkeit hast du die Lage erfaßt, ich bin tief beeindruckt!« rief Marius aus und schien einen Augenblick sprachlos. »Genau das müssen wir tun! Wir müssen ihn zwingen, seine Haltung zu ändern.« Marius hielt inne. »Ich weiß, was du mir vorschlagen wirst, aber vielleicht sollte es besser über meine Lippen kommen als über deine, denn es ist ein schmutziges Geschäft. Darum bitte ich dich um die Erlaubnis, es an deiner Stelle aussprechen zu dürfen!«

»Sprich es aus«, bat Gauda huldvoll.

»Königliche Hoheit, Rom und der Senat und selbst das Volk in seinen beiden Versammlungen müssen mit Briefen überschwemmt werden! Mit Briefen von dir – und von jedem einzelnen Städter, Landbewohner, Getreideanbauer, Kaufmann und Makler in der gesamten Provinz Africa. Sie müssen Rom darüber aufklären, wie stümperhaft, wie ganz und gar unzulänglich Quintus Caecilius Metellus diesen Krieg gegen den numidischen Feind geführt hat. Aus den Briefen muß hervorgehen, daß die wenigen Erfolge, die wir erringen konnten, ohne Ausnahme mir zu verdanken waren und nicht Quintus Caecilius Metellus. Wir brauchen Tausende von Briefen, mein Prinz! Und es genügt nicht, daß sie nur einmal geschrieben werden, sie müssen wieder und wieder geschrieben werden, bis Quintus Caecilius Metellus nachgibt und mir gestattet, nach Rom zu gehen, damit ich mich zur Wahl als Konsul stellen kann.«

Gauda wieherte selig. »Ist es nicht wahrhaft erstaunlich, Gaius Marius, wie sehr unsere Gedanken in Einklang stehen? Briefe sind genau das Mittel, das ich auch vorschlagen wollte!«

»Das wußte ich, wie schon gesagt«, erwiderte Marius anerkennend. »Aber ist das möglich, Hoheit?«

»Möglich? Natürlich ist es möglich!« sagte Gauda. »Dazu braucht man nur Zeit, Einfluß und Geld – und ich denke, Gaius Marius, daß wir beide zusammen eine Menge mehr Zeit und Einfluß und Geld zusammenbringen können als Quintus Caecilius Metellus, meinst du nicht auch?«

»Auf alle Fälle hoffe ich es«, erwiderte Marius.

Natürlich ließ Marius es dabei nicht bewenden. Er gab seine Pflichten im Dienst von Metellus als Grund dafür an, daß er soviel herumreisen mußte, und suchte persönlich jeden wichtigen römischen, latinischen und italischen Mann vom einen Ende der Provinz bis zum anderen auf. In seinem Gepäck führte er ein geheimes Schreiben von Prinz Gauda mit, in dem der Prinz Numidiens alle möglichen Zugeständnisse für die Zeit seiner Herrschaft versprach und in dem er alle bat, sich als Klienten von Gaius Marius einzuschreiben. Weder Regen noch Matsch noch reißende Flüsse konnten Gaius Marius aufhalten. Er reiste unermüdlich umher, schrieb Tausende von Klienten ein und sammelte Versprechen für Briefe, Briefe und nochmals Briefe. Abertausende von Briefen. So viele Briefe, daß sie Quintus Caecilius Metellus von seinem hohen Roß in den Abgrund des politischen Untergangs stürzen würden.

Ab Februar trafen nach und nach unzählige Briefe aus der römischen Provinz Africa bei jedem wichtigen Mann und jeder politisch bedeutenden Körperschaft Roms ein. Mit jedem Schiff kamen sie säckeweise. In einem der ersten Briefe schrieb Marcus Caecilius Rufus, ein römischer Bürger, der im Tal des Flusses Bagradas etliche hundert *iugera* Land besaß und den römischen Markt mit umfangreichen Getreidelieferungen versorgte:

*Quintus Caecilius Metellus hat sich in Africa vor allem um seine eigenen Interessen gekümmert. Es ist meine wohlüberlegte Meinung, daß er beabsichtigt, diesen Krieg in die Länge zu ziehen, weil er seinen Ruhm mehren und seine Machtgelüste befriedigen will. Letzten Herbst ließ er wissen, er werde numidisches Getreide verbrennen und numidische Städte plündern, besonders jene Städte, in denen große Schätze lagern, um König Jugurthas Position zu schwächen. Seither sind meine Ländereien sowie die Ländereien vieler anderer römischer Bürger in dieser Provinz in Gefahr, denn numidische Stoßtrupps schlagen überall in der Provinz zurück. Das gesamte Bagradas-Tal, das für die Getreideversorgung von Rom so wichtig ist, lebt in Furcht und Schrecken von einem Tag zum anderen.*

*Außerdem ist mir und vielen anderen zu Ohren gekommen, daß Quintus Caecilius Metellus nicht einmal seine Legaten, geschweige denn sein Heer ordentlich führen kann. Er hat absichtlich die Talente so altgedienter und tüchtiger Männer wie Gaius Marius und Publius Rutilius Rufus verschwendet, indem er den einen mit der Führung seiner unbedeutenden Reiterei betraut, den anderen zum* praefectus fabrum *gemacht hat. Sein Betragen gegenüber Prinz Gauda, den der Senat und das Volk von Rom als den rechtmäßigen Herrscher von Numidien betrachten, war unerträglich arrogant, unbedacht und gelegentlich sogar grausam.*

*Zum Schluß möchte ich noch erwähnen, daß die wenigen Erfolge, die beim Feldzug des letzten Jahres errungen wurden, einzig und allein Gaius Marius und Publius Rutilius Rufus zu verdanken sind. Soweit ich sehe, ist ihnen weder Dank noch Anerkennung zuteil geworden. Ich möchte Gaius Marius und Publius Rutilius Eurer Aufmerksamkeit empfehlen und meine schärfste Mißbilligung über das Verhalten von Quintus Caecilius Metellus zum Ausdruck bringen!«*

Dieses Schreiben war an einen der größten und wichtigsten Getreidehändler in Rom gerichtet, einen Mann mit unglaublichem Einfluß auf Senatoren und Ritter. Nachdem er von Metellus' Versäumnissen Kenntis erhalten hatte, äußerte er natürlich lautstark seinen Unmut, und seine Stimme erreichte in kürzester Zeit viele interessierte Zuhörer. Und als die Tage vergingen und die Flut von Briefen immer mehr anschwoll, gesellten sich seiner Stimme viele weitere Stimmen hinzu. Den Senatoren wurde es höchst unbehaglich, wenn sie nur von weitem einen Kaufmann oder einen Bankier oder einen Großreeder sahen, und die selbstgefällige Zufriedenheit der unermeßlich reichen Sippe Caecilius Metellus wich der Bestürzung.

Quintus Caecilius, der Prokonsul in der Provinz Africa, erhielt nun seinerseits viele Briefe aus Rom, die meisten von Mitgliedern seiner weitverzweigten Familie. Man mahnte ihn, er solle behutsamer mit Prinz Gauda umgehen, seine Legaten rücksichtsvoller behandeln als seinen eigenen Sohn und, wenn möglich, endlich einen Durchbruch im Kampf mit Jugurtha erzielen.

Und dann kam der Skandal von Vaga. Die Stadt Vaga, die sich im letzten Herbst Metellus ergeben hatte, rebellierte, und viele italische Kaufleute wurden niedergemetzelt. Jugurtha hatte die Revolte geschürt – mit der stillschweigenden Duldung von keinem Geringeren als dem Garnisonskommandanten Turpillius, einem persönlichen Freund von Metellus. Metellus beging den Fehler, Turpillius zu verteidigen, nachdem Marius öffentlich gefordert hatte, den Kommandanten wegen Hochverrat vor ein Kriegsgericht zu stellen. Als diese Geschichte in Hunderten von Briefen nach Rom berichtet wurde, hatte es bereits den Anschein, Metellus selbst wäre ebenso des Hochverrats schuldig wie Turpillius. Die römischen Mitglieder der Familie Caecilius Metellus schickten nun noch sehr viel mehr Briefe an ihren verehrten Quintus Caecilius in Utika. Sie ermahnten ihn dringend, seine Freunde sorgfältiger auszuwählen, wenn er sie denn unbedingt bei Anklagen wegen Hochverrat selbst verteidigen wolle.

Viele Wochen gingen ins Land, bis Metellus sich davon überzeugen ließ, daß Gaius Marius der Urheber der römischen Briefkampagne war. Und als er es endlich glauben mußte, dauerte es wiederum ziemlich lange, bis er begriff, was diese briefliche Schlacht bedeutete – und noch länger dauerte es, bis er etwas dagegen unternahm. Er, ein Caecilius Metellus, sollte in Rom in Mißkredit gebracht werden von einem eingebildeten Emporkömmling, einem wehleidigen Thronanwärter und ein paar gewöhnlichen Provinzkaufleuten? Unmöglich! So funktionierte Rom doch nicht! Rom gehörte ihm, Quintus Caecilius Metellus, nicht Gaius Marius.

Regelmäßig alle acht Tage sprach Marius bei Metellus vor und verlangte, am Ende des Sextilis vom Dienst freigestellt zu werden. Und ebenso regelmäßig lehnte Metellus ab.

Immerhin mußte man Metellus zugestehen, daß er sich mit wichtigeren Dingen zu beschäftigen hatte als mit ein paar schnöden

Briefen, die in Rom auftauchten. Die meiste Zeit beschäftigte er sich mit Bomilkar. Nabdalsa hatte lange gebraucht, bis er für sich selbst eine Unterredung mit Bomilkar einfädeln konnte, und dann noch länger, bis er eine geheime Zusammenkunft zwischen Bomilkar und Metellus arrangiert hatte. Aber Ende März war es endlich soweit. Bomilkar wurde in ein kleines Nebengebäude der Statthalterresidenz zu Utika eingeschmuggelt, und dort fand die Unterredung schließlich statt.

Metellus und Bomilkar kannten sich natürlich ziemlich gut, denn Metellus hatte Jugurtha über Bomilkar während der letzten verzweifelten Tage in Rom auf dem laufenden gehalten, da der König die geheiligten Stadtgrenzen nicht hatte überschreiten dürfen.

Bei dieser neuerlichen Begegnung verschwendete man nicht viel Zeit mit Höflichkeiten. Bomilkar war nervös, weil er fürchtete, seine Anwesenheit in Utika könne durchsickern, und Metellus war in seiner neuen Rolle als Anstifter zur Spionage noch unsicher.

Metellus steuerte direkt auf sein Ziel zu. »Ich möchte diesen Krieg mit dem geringstmöglichen Verlust an Menschen und Material zum baldmöglichsten Zeitpunkt beenden«, begann er. »Rom braucht mich an wichtigeren Stellen als an einem so entlegenen Vorposten wie diesem.«

»Ja, ich habe von den Germanen gehört«, entgegnete Bomilkar trocken.

»Dann verstehst du meine Eile«, sagte Metellus.

»Die verstehe ich sehr gut. Aber ich verstehe nicht, was ich dazu beitragen kann, die Feindseligkeiten hier abzukürzen.«

»Man hat mich davon zu überzeugen versucht – und nach langen Überlegungen bin ich davon überzeugt –, daß der schnellste und beste Weg, das Schicksal Numidiens in einer für Rom günstigen Weise zu entscheiden, die Beseitigung König Jugurthas ist«, sagte Metellus.

Bomilkar betrachtete ihn nachdenklich. Metellus war kein Gaius Marius, das wußte er wohl, Metellus war nicht einmal ein Rutilius Rufus. Er war stolzer, hochmütiger und sich seines Ranges viel bewußter, aber er war bei weitem nicht so ruhig und kompetent. Wie allen Römern bedeutete Rom ihm alles. Aber das Bild, das Caecilius Metellus von Rom hatte, unterschied sich stark von dem eines Gaius Marius'. Bomilkar sah, daß der Metellus, der heute die Provinz Africa regierte, ein anderer war als der Metellus, den er früher in Rom gekannt hatte, und das verwirrte ihn. Bomilkar wußte zwar von den Briefen, aber er hatte keine Vorstellung, wie wichtig sie waren.

»Es stimmt, Jugurtha ist die Quelle des numidischen Widerstandes gegen Rom«, sagte Bomilkar. »Du bist dir aber vielleicht nicht darüber im klaren, wie unbeliebt Prinz Gauda in Numidien ist. Numidien wird sich nie von einem Gauda regieren lassen, ob er nun legitimer Thronfolger ist oder nicht.«

Als Metellus den Namen Gauda hörte, erschien ein Ausdruck tiefsten Widerwillens auf seinem Gesicht. »Pfui!« rief er mit einer wegwerfenden Handbewegung aus. »Ein Nichts, ein armseliges Würstchen von Mann, von einem Herrscher gar nicht erst zu reden!«

Metellus' hellbraune Augen ruhten abwägend auf Bomilkars düsterem Gesicht. »Sollte König Jugurtha etwas zustoßen, dann hatte ich – und natürlich auch Rom – eher daran gedacht, einen Mann auf den numidischen Thron zu setzen, den sein gesunder Menschenverstand und seine Erfahrung gelehrt haben, daß den numidischen Interessen am besten gedient ist, wenn sich der König mit seinem ganzen Land als getreuer Klient Roms versteht.«

»Ich stimme dir zu, ich glaube auch, daß den numidischen Interessen auf diese Weise am besten gedient wäre.« Bomilkar machte eine Pause und fuhr sich mit der Zunge über die Lippen. »Würdest du mich als einen möglichen König von Numidien betrachten, Quintus Caecilius?«

»Aber gewiß!« sagte Metellus.

»Gut! In diesem Fall werde ich gerne das Meine dazu beitragen, daß Jugurtha das Handwerk gelegt wird.«

»Und hoffentlich bald«, fügte Metellus mit einem verbindlichen Lächeln hinzu.

»Sobald es geht. Es hat keinen Sinn, einen Mordanschlag zu versuchen. Jugurtha ist zu wachsam, außerdem ist ihm seine königliche Garde treu ergeben. Auch ein Staatsstreich hätte wohl keinen Erfolg. Die meisten Adligen sind sehr zufrieden mit der Art und Weise, wie Jugurtha Numidien bisher regiert hat – und mit seiner Kriegführung auch. Wenn Gauda eine verlockendere Alternative wäre, dann stünden die Dinge vielleicht anders. Ich«, hier zog Bomilkar eine Grimasse, »habe nicht das Blut Massinissas in meinen Adern, und das heißt, ich werde gewaltige Unterstützung von Rom brauchen, damit ich den Thron besteigen kann.«

»Aber was können wir wirklich tun?« fragte Metellus.

»Ich sehe nur einen Weg. Wir müssen Jugurtha in eine Lage bringen, in der er von römischen Soldaten gefangengenommen werden kann – ich meine nicht in einer offenen Schlacht, sondern in einem Hinterhalt. Dann kannst du ihn auf der Stelle töten oder in Haft nehmen und später mit ihm machen, was du willst«, schlug Bomilkar vor.

»Gut, Baron Bomilkar. Und du benachrichtigst mich früh genug, daß wir den Hinterhalt in Ruhe planen können?«

»Natürlich. Grenzüberfälle sind für so etwas ideal, und Jugurtha hat vor, viele Vorstöße selbst anzuführen, sobald der Boden trockener ist. Aber stell dir die Sache nicht zu einfach vor, Quintus Caecilius. Es kann sein, daß du mehrmals scheiterst, ehe du einen so gerissenen Mann wie Jugurtha gefangennehmen kannst. Schließlich kann ich mein eigenes Leben nicht aufs Spiel setzen – wenn ich tot bin, nützt das weder mir noch den Römern. Aber verlaß dich darauf, daß es mir über kurz oder lang gelingen wird, ihn in eine gute Falle zu locken. Nicht einmal Jugurtha ist unverletzlich.«

Alles in allem war Jugurtha sehr zufrieden mit dem Gang der Dinge. Zwar hatte Marius ihm mit überraschenden Einfällen in dichter besiedelte Gebiete des Reiches ziemlich zugesetzt, aber Jugurtha wußte besser als jeder andere, daß die unermeßliche Weite der numidischen Landschaft sein größter Vorteil und sein bester Schutz waren. Während den meisten Herrschern anderer Länder die besiedelten Gegenden am wichtigsten waren, lagen diese Gebiete Jugurtha weit weniger am Herzen als die ungezähmte Wildnis. Die Mehrzahl der numidischen Soldaten, auch die leichtbewaffnete Reiterei, die in der ganzen Welt berühmt war, stammte von Völkern ab, die tief im Inneren des Landes ein halbnomadisches Leben führten. Jugurthas Leute kamen sogar von der Südseite der mächtigen Bergkette, wo Atlas geduldig den Himmel auf seinen Schultern trug. Diese Stämme kannte man unter dem Namen Gaetuler und Garamanten. Jugurthas Mutter gehörte zum Stamm der Gaetuler.

Nach dem Fall von Vaga ließ der König alles Gold und alle Schätze aus sämtlichen Städten entlang der vermuteten Marschroute der Römer herausschaffen und an Orte wie Zama und Capsa bringen, abgelegene und schwer zugängliche Zitadellen auf unbesteigbaren Berggipfeln, die von den fanatisch treuen Gaetulern verteidigt wurden. Und Vaga war letztlich auch kein Sieg für die Römer.

Wieder einmal hatte sich Jugurtha einen Römer gekauft, den Garnisonskommandeur Turpillius. Den Freund von Metellus.

Aber etwas hatte sich verändert. Als die Regenfälle des Winters allmählich nachließen, wurde sich Jugurtha dieser Tatsache immer deutlicher bewußt. Etwas war anders, aber er konnte nicht genau sagen, was es war. Der Hof hatte keine feste Residenz, und Jugurtha zog ständig von einer Zitadelle zur nächsten und verteilte seine Frauen und Konkubinen gleichmäßig auf alle Orte, so daß ihn überall freudestrahlende Gesichter und liebende Arme erwarteten. Aber etwas stimmte nicht. Es hatte nichts mit seinen Plänen zu tun, nichts mit seinen Soldaten, nichts mit dem Nachschub, nichts mit der Treue seiner vielen Städte und Bezirke und Stämme. Was Jugurtha witterte, war kaum mehr als eine schwache Fährte, ein Hauch von Gefahr, ein warnendes Prickeln, das von einer Quelle in seiner Nähe ausging. Aber er brachte seine böse Vorahnung nicht im entferntesten damit in Zusammenhang, daß er Bomilkar nicht zum Regenten bestimmen wollte.

»Es ist etwas am Hof«, bemerkte er gegenüber Bomilkar, als sie Ende März von Capsa nach Cirta ritten. Ihre Pferde gingen im Schritt an der Spitze eines langen Zuges von Reiterei und Fußsoldaten.

Bomilkar wandte den Kopf und sah seinem Halbbruder direkt in die hellen Augen. »Am Hof?«

»Es liegt Unheil in der Luft, Bruder. Angezettelt und geschürt von dem schleimigen kleinen Dreckskerl Gauda, möchte ich wetten«, sagte Jugurtha.

»Meinst du, es gibt eine Palastrevolution?«

»Ich weiß nicht genau, was ich meine. Es stimmt einfach etwas nicht. Ich habe es im Gefühl.«

»Ein Mörder?«

»Vielleicht. Aber ich weiß es einfach nicht, Bomilkar! Meine Augen spähen in ein Dutzend verschiedene Richtungen gleichzeitig, und meine Ohren rotieren beinahe, so eifrig lauschen sie überallhin – aber bisher hat nur meine Nase registriert, daß etwas faul ist. Wie sieht es bei dir aus? Merkst du nichts?« fragte er, denn von Bomilkars Zuneigung, Vertrauen und Treue war er zutiefst überzeugt.

»Ich muß sagen, ich merke nichts«, antwortete Bomilkar.

Dreimal lockte Bomilkar den arglosen Jugurtha in eine Falle, und dreimal gelang es Jugurtha, unbeschadet davonzukommen. Und er schöpfte keinen Verdacht gegen seinen Halbbruder.

»Sie werden allmählich zu raffiniert«, meinte Jugurtha, nachdem er dem dritten Hinterhalt der Römer entgangen war. »Da ist Gaius Marius am Werk oder Publius Rutilius, nicht Metellus.« Er grunzte. »Ich habe einen Spion in meinem Lager, Bomilkar.«

Bomilkars Miene drückte ehrliches Erstaunen aus. »Das ist denkbar. Aber wer würde es wagen?«

»Ich weiß nicht«, erwiderte Jugurtha mit finsterer Miene. »Aber verlaß dich darauf, früher oder später werde ich es herausbekommen.«

Ende April marschierte Metellus in Numidien ein. Rutilius Rufus hatte ihn davon überzeugt, daß er sich zunächst mit einem leichteren Ziel als der Hauptstadt Cirta begnügen sollte, und so zogen die römischen Truppen statt dessen in Richtung Thala. Von Bomilkar traf die Botschaft ein, er habe Jugurtha persönlich nach Thala gelockt, und Metellus machte einen vierten Versuch, den König gefangenzunehmen. Aber da Metellus zögerte, anstatt Thala mit der nötigen Schnelligkeit und Entschlossenheit zu stürmen, entkam Jugurtha wiederum, und aus dem Angriff wurde eine Belagerung; es dauerte einen Monat, bis der Widerstand der Stadt gebrochen war. Zu Metellus' großer Überraschung fielen ihm in Thala beträchtliche Schätze in die Hände. Jugurtha hatte sie mitgebracht und mußte sie bei seiner Flucht notgedrungen zurücklassen.

Ende Mai, Anfang Juni marschierte Metellus auf die numidische Hauptstadt zu, wo ihn eine weitere angenehme Überraschung erwartete: Cirta ergab sich kampflos. Die zahlreichen italischen und römischen Kaufleute der Stadt waren eine bedeutende pro-römische Kraft in der Lokalpolitik. Außerdem liebte Cirta Jugurtha ebensowenig, wie Jugurtha Cirta liebte.

Das Wetter war heiß und trocken, wie üblich zu dieser Jahreszeit. Jugurtha entzog sich den Fühlern des schlampigen römischen Spitzelsystems, indem er sich erst nach Süden zu den Zelten der Gaetuler absetzte, dann nach Capsa, dem Gebiet des Stammes, aus dem seine Mutter kam. Capsa war eine kleine, aber stark befestigte Bergzitadelle inmitten des schwer zugänglichen Gebietes der Gaetuler. Jugurtha liebte diesen Ort, denn hier lebte seine Mutter seit dem Tod ihres Mannes, Bomilkars Vater. Und hier lagerte Jugurtha auch den größten Teil seiner Schätze.

Nach Capsa brachten Jugurthas Leute im Juni Nabdalsa, der gefangen worden war, als er die von Römern besetzte Stadt Cirta verlassen hatte. Jugurthas Spitzeln bei den Römern war es endlich gelungen, genügend Beweise zu sammeln, und sie benachrichtigten den König von Nabdalsas Verrat. Zwar hatte man schon immer gewußt, daß Nabdalsa ein Anhänger Gaudas war, aber Nabdalsa konnte sich bisher dennoch frei in Numidien bewegen. Als entfernten Verwandten des Königs, mit Massinissas Blut in den Adern, ließ man ihn lange Zeit gewähren und traute ihm einen Hochverrat nicht zu.

»Aber jetzt habe ich Beweise«, begann Jugurtha, »daß du eng mit den Römern zusammengearbeitet hast. Und daran enttäuscht mich besonders, daß du so töricht warst, mit Metellus zu verhandeln anstatt mit Gaius Marius.« Jugurtha ließ seinen Blick über Nabdalsa wandern, der in Ketten vor ihm stand und deutliche Spuren von Schlägen trug. »Natürlich bist du in dieser Sache nicht allein«, fuhr er nachdenklich fort. »Wer von meinen Baronen ist an der Verschwörung beteiligt?«

Nabdalsa antwortete nicht.

»Foltert ihn«, befahl Jugurtha gleichmütig.

Die Folter in Numidien war kein ausgeklügeltes Verfahren, auch wenn Jugurtha wie alle barbarischen Herrscher Verliese hatte und manche Gefangene lange dort schmachten ließ. Jugurthas Kerker lagen tief im felsigen Sockel des Berges unter der Stadt Capsa versteckt und waren nur durch ein Labyrinth von Gängen vom Palast innerhalb der Zitadellenmauern her zugänglich. In ein solches Verlies wurde Nabdalsa geworfen, und dort wandten die unmenschlich rohen Soldaten, denen diese Aufgabe offenbar vererbt wurde, die Folter an.

Jugurtha erfuhr sehr bald, warum Nabdalsa dem schwächlichen Gauda diente, denn Nabdalsa berichtete alles. Es hatte genügt, ihm die Zähne und die Fingernägel einer Hand auszureißen. Jugurtha war gerufen worden, um Nabdalsas Geständnis anzuhören, und er hatte ahnungslos Bomilkar mitgebracht.

Bomilkar wußte, daß er die unterirdische Welt, in die er gleich eintreten würde, nie mehr verlassen sollte. Er schaute in den unendlich weiten, tiefblauen Himmel hinauf, sog tief die süße Wüstenluft ein, streifte mit dem Handrücken die seidigen Blätter eines blühenden Busches. Und er bemühte sich, diese Erinnerungen mit in die Finsternis zu nehmen.

Aus dem schlecht gelüfteten Verlies schlug ihnen ein bestialischer Gestank entgegen. Exkremente, Erbrochenes, Schweiß, Blut und abgestandenes Wasser ergaben zusammen eine ekelhafte Fäulnis, eine Luft, die jedem Menschen den Atem stocken ließ. Selbst Jugurtha schauderte, als er eintrat.

Die Befragung konnte nur unter großen Schwierigkeiten durchgeführt werden, denn Nabdalsas Gaumen blutete heftig, und da die Nase gebrochen war, konnte man die Blutung auch nicht dadurch zum Stillstand bringen, daß man ihm den Mund zustopfte. Diese Dummköpfe, dachte Jugurtha, hin und her gerissen zwischen dem Schreck über den furchtbaren Anblick, den Nabdalsa bot, und dem Zorn über die Gedankenlosigkeit seiner Folterknechte. Sie hatten ihr Werk an der einzigen Stelle begonnen, die sie mit ihren Folterinstrumenten hätten verschonen sollen.

Aber es war egal. Nabdalsa stieß bei Jugurthas dritter Frage das eine, entscheidende Wort hervor, und es war nicht allzu schwer zu verstehen, obwohl es mit einem Schwall von Blut herauskam.

»Bomilkar.«

»Laßt uns allein«, befahl der König seinen Folterknechten. Zuvor mußten sie Bomilkar sicherheitshalber noch den Dolch abnehmen.

Als Bomilkar allein mit dem König und dem halb bewußtlosen Nabdalsa im Kerker stand, seufzte er tief. »Ich bedauere nur eines«, sagte er, »diese Geschichte wird unsere Mutter umbringen.«

Es war das Klügste, was er unter diesen Umständen hatte sagen können, denn so starb er durch einen einzigen Axthieb des Scharfrichters und wurde nicht langsam und qualvoll zu Tode gefoltert, wie sein Halbbruder es am liebsten gesehen hätte.

»Warum?« fragte Jugurtha.

Bomilkar zuckte die Achseln. »Als ich alt genug war, über mein Leben nachzudenken, Bruder, stellte ich fest, wie sehr du mich betrogen hast. Du hast mich mit derselben Herablassung behandelt, mit der du einen zahmen Affen behandelt hättest.«

»Was wolltest du?« fragte Jugurtha.

»Daß du mich Bruder nennst vor aller Welt.«

Jugurtha starrte ihn verwundert an. »Und dich über deinen Rang erhebe? Mein lieber Bomilkar, es kommt auf den Vater an, nicht auf die Mutter. Unsere Mutter ist eine Berberfrau aus dem Stamme der Gaetuler und noch nicht einmal die Tochter eines Häuptlings. Sie kann kein königliches Geblüt vererben. Würde ich dich vor aller Welt Bruder nennen, dann hieße das, ich nähme dich in die Linie Massinissas auf. Und das wäre, da ich zwei eigene Söhne habe, die rechtmäßige Erben sind, gelinde gesagt unklug.«

»Du hättest mich zu ihrem Vormund und zum Regenten ernennen können«, erwiderte Bomilkar.

»Mein lieber Bomilkar, das Blut unserer Mutter verbietet es! Dein Vater war ein kleiner Baron, fast ein Niemand. Mein Vater dagegen war Massinissas legitimer Sohn. Ich habe mein Königsblut von meinem Vater geerbt.«

»Aber du bist nicht legitim, nicht wahr?«

»Nein. Aber das richtige Blut ist da. Und Blut läßt sich nicht verleugnen.«

Bomilkar wandte sich ab. »Dann mach es kurz«, bat er. »Ich bin gescheitert – nicht du, sondern ich. Grund genug, zu sterben. Aber nimm dich in acht, Jugurtha.«

»In acht nehmen? Wovor? Vor Mordanschlägen? Weiterer Treulosigkeit, anderen Verrätern?«

»Vor den Römern. Sie sind wie die Sonne und der Wind und der Regen. Am Ende zermahlen sie alles zu Sand.«

Jugurtha rief die Folterknechte, die hereinstolperten und auf Anweisungen warteten.

»Tötet sie beide«, befahl Jugurtha und ging in Richtung Tür. »Aber macht es schnell. Und schickt mir beide Köpfe.«

Die Köpfe von Bomilkar und Nabdalsa wurden an die Zinnen von Capsa genagelt, wo alle Welt sie sehen konnte. Das war mehr als ein bloßes Zeichen königlicher Rache an einem Verräter. Ein Kopf wurde an einem öffentlichen Ort befestigt, um den Leuten zu zeigen, daß der richtige Mann gestorben war, und um weitere Betrüger abzuschrecken.

Jugurtha redete sich selbst ein, keinen Kummer zu empfinden – er fühlte sich nur einsamer als je zuvor. Es war eine notwendige Lektion gewesen. Er hatte gelernt, daß ein König keinem Menschen trauen kann, nicht einmal seinem eigenen Bruder.

Bomilkars Tod hatte zwei unmittelbare Folgen. Die eine war, daß niemand mehr wußte, wo Jugurtha sich gerade aufhielt, denn er blieb nie länger als ein oder zwei Tage am selben Ort und sagte seinen Wachen nicht, wohin er als nächstes ging. Auch seinen Soldaten sagte er nicht, was er vorhatte; er entschied und nur er allein. Die zweite Folge betraf seinen Schwiegervater, König Bocchus von Mauretanien. Bocchus hatte Rom nicht gegen den Mann seiner Tochter unterstützt, war aber Jugurtha auch nicht gegen Rom zu Hilfe geeilt. Jugurtha setzte sich unverzüglich mit Bocchus in Verbindung und drängte ihn, sich mit Numidien zu verbünden und gemeinsam mit den Numidern die Römer aus Africa zu vertreiben.

Bis zum Ende des Sommers war der gute Ruf von Quintus Caecilius Metellus in Rom vollständig ruiniert, niemand hatte mehr ein gutes Wort für ihn oder seine Kriegführung übrig. Und immer noch trafen Briefe ein, regelmäßig, erbarmungslos und außerordentlich wirksam.

Nach der Eroberung von Thala und der Übergabe von Cirta hatten Metellus' Anhänger bei den Rittern ein Stück weit Boden gutgemacht, aber dann kamen weitere Nachrichten aus Africa, die klarstellten, daß weder Thala noch Cirta das Ende des Krieges bedeuteten. Später folgten Berichte von endlosen Scharmützeln, von tieferen Vorstößen in den Westen Numidiens, die zu nichts geführt hatten, von mißbrauchten Geldern und davon, daß die sechs Legionen unter enormen Kosten für die Staatskasse im Feld gehalten wurden und daß ein Ende der Ausgaben nicht absehbar war. Dank Metellus würde sich der Krieg gegen Jugurtha gewiß noch mindestens ein weiteres Jahr hinziehen.

Die Konsulwahlen waren auf Mitte Oktober angesetzt, und Marius' Name, der durch die Briefe in aller Munde war, tauchte immer häufiger gerüchteweise auf der Liste der möglichen Kandidaten auf. Aber die Zeit verstrich, und Marius kam nicht nach Rom. Metellus blieb eisern.

»Ich bestehe darauf, daß du mich freigibst«, verlangte Marius zum mindestens fünfzigsten Mal von Metellus.

»Du kannst darauf bestehen, solange du willst«, erwiderte dieser. »Aber du gehst nicht.«

»Ich werde dennoch nächstes Jahr Konsul sein«, sagte Marius.

»Ein Emporkömmling wie du Konsul? Unmöglich!«

»Du hast Angst, daß die Wähler mich wählen könnten, nicht wahr?« fragte Marius selbstsicher. »Du willst mich nicht gehen lassen, weil du weißt, daß ich gewählt werde.«

»Ich kann nicht glauben, daß auch nur ein echter Römer für dich stimmen würde, Gaius Marius. Aber du bist sehr reich, und das heißt, du kannst dir Stimmen kaufen. Solltest du je irgendwann zum Konsul gewählt werden – sicher nicht nächstes Jahr –, dann garantiere ich dir schon heute, daß ich mit Vergnügen jeden Funken Energie, den ich besitze, dafür einsetzen werde, vor Gericht zu beweisen, daß du dein Amt gekauft hast!«

»Ich habe es nicht nötig, ein Amt zu kaufen, Quintus Caecilius. Ich habe keines meiner Ämter gekauft. Deshalb kannst du es gerne versuchen«, entgegnete Marius, noch immer empörend selbstsicher.

Metellus wechselte die Taktik. »Ich lasse dich nicht gehen – finde dich damit ab. Als römischer Römer würde ich meinen eigenen Stand verraten, wenn ich dich gehen ließe. Das Konsulat, Gaius Marius, ist ein viel zu hohes Amt für einen Mann von italischer Herkunft. Die Männer, die auf dem Elfenbeinstuhl sitzen, müssen von ihrer Geburt her, durch die Leistungen ihrer Vorfahren und durch ihre eigenen dafür würdig sein. Ich würde lieber in Schande sterben, als einen Italiker aus dem samnitischen Grenzland – einen Bauern, der ein halber Analphabet ist, der niemals auch nur Prätor hätte werden dürfen – auf dem Elfenbeinstuhl zu sehen! Ich werde lieber in Schande geraten und sterben, als daß ich dir erlaube, nach Rom zu gehen.«

»Wenn es nötig ist, Quintus Caecilius, kannst du beides haben«, bemerkte Marius trocken und verließ das Zimmer.

Publius Rutilius Rufus versuchte, die beiden Männer zur Vernunft zu bringen, weil er um Rom ebenso besorgt war wie um Marius.

»Laßt die Politik aus dem Spiel«, sagte er zu den beiden. »Wir drei sind hier in Africa, weil wir Jugurtha besiegen wollen, aber keiner von euch beiden setzt seine Energien ernsthaft für dieses Ziel ein. Ihr seid viel mehr damit beschäftigt, euch gegenseitig kleinzukriegen, und ich habe davon endgültig genug!«

»Wirfst du mir etwa vor, daß ich meine Pflichten vernachlässige, Publius Rutilius?« fragte Marius gefährlich ruhig.

»Nein, natürlich nicht! Ich werfe dir nur vor, daß du deine genialen Einfälle zurückhältst, die du sonst immer hast, wenn es um Kriegführung geht. Taktisch bin ich ebenso gut wie du. Logistisch bin ich ebenso gut wie du. Aber wenn es um Strategie geht, Gaius Marius – die langfristige Planung eines Krieges –, da kann dir keiner das Wasser reichen, nicht ein einziger. Und hast du auch nur ein Minimum an Zeit und Überlegung darauf verwendet, dir Gedanken zu machen, wie wir diesen Krieg gewinnen können? Nein!«

»Und wo ist mein Platz in dieser Lobeshymne auf Gaius Marius?« fragte Metellus spitz. »Und wo ist, ganz nebenbei, mein Platz in der Lobeshymne auf Publius Rutilius Rufus? Oder zähle ich gar nicht?«

»Du zählst wohl, du Erzangeber, weil du nominell der Befehlshaber in diesem Krieg bist!« schnaubte Rutilius Rufus. »Und wenn du denkst, daß du taktisch und logistisch besser bist als ich, und taktisch und logistisch und strategisch besser als Gaius Marius, dann zeig uns das doch endlich, bei allen Göttern! Aber das tust du natürlich nicht. Wenn du gelobt werden willst, dann will ich dir so viel zugestehen: Du bist weder so korrupt wie Spurius Postumius Albinus noch so unfähig wie Marcus Junius Silanus. Dein Hauptproblem ist, daß du einfach nicht so gut bist, wie du glaubst. Immerhin warst du so intelligent, mich und Gaius Marius als oberste Legaten mitzunehmen, und eine Zeitlang dachte ich tatsächlich, du hättest im Laufe der Jahre etwas dazugelernt. Aber ich habe mich geirrt. Du hast unsere Talente ebenso verschwendet wie das Geld des Staates. Wir gewinnen diesen Krieg nicht, wir stecken in einer außerordentlich kostspieligen Sackgasse. Deshalb höre auf meinen Rat, Quintus Caecilius! Laß Gaius Marius nach Rom gehen, laß Gaius Marius an den Konsulwahlen teilnehmen – und laß mich unsere Mittel organisieren und unsere militärischen Schachzüge planen. Und du – widme deine Energien der Aufgabe, Jugurthas Beliebtheit bei seinem Volk zu untergraben. Von mir aus kannst du so viel öffentlichen Ruhm einheimsen, wie du willst, solange du nur innerhalb dieser vier Wände zugibst, daß ich recht habe.«

»Ich gebe gar nichts zu«, sagte Metellus.

Und so ging es den ganzen Sommer fort bis weit in den Herbst hinein. Jugurtha konnte nicht dingfest gemacht werden, er schien wie vom Erdboden verschluckt. Als auch dem letzten einfachen Soldaten klar geworden war, daß es keine offene Schlacht zwischen dem römischen und dem numidischen Heer geben würde, zog sich Metellus aus den westlichen Gebieten Numidiens zurück und schlug vor Cirta ein Lager auf.

Dort traf die Kunde ein, Bocchus von Mauretanien habe endlich Jugurthas Druck nachgegeben und sein Heer zusammengezogen und sei jetzt unterwegs, um irgendwo weiter südlich zu seinem Schwiegersohn zu stoßen. Es ging das Gerücht, daß sie gemeinsam nach Cirta marschieren wollten. Metellus hoffte, es werde endlich zur Schlacht kommen, er schmiedete Pläne und hörte mit mehr Interesse als sonst auf Marius und Rutilius Rufus. Aber es kam anders. Die beiden Heere lagen einige Meilen voneinander entfernt in Stellung, Jugurtha ließ sich nicht zu einem Angriff provozieren. Nichts bewegte sich. Die römische Position war so gut verteidigt, daß Jugurtha keinen Angriff wagte, und die Position der Numider war so wenig greifbar, daß Metellus sich nicht aus seinem Lager locken ließ.

Und dann, zwölf Tage vor den Konsulwahlen in Rom, entließ Quintus Caecilius Metellus Schweinebacke den ersten Legaten im Feldzug gegen Jugurtha, Gaius Marius, offiziell aus seinem Dienst.

»Mach, daß du wegkommst«, sagte Metellus und lächelte zuckersüß. »Verlaß dich darauf, Gaius Marius, daß ich ganz Rom davon unterrichten werde, daß ich dich doch vor den Wahlen freigegeben habe.«

»Du denkst, ich komme nicht rechtzeitig dort an«, durchschaute ihn Marius.

»Ich denke gar nichts, Gaius Marius.«

Marius grinste. »Das stimmt allerdings«, meinte er und schnippte mit den Fingern. »Wo ist die Urkunde, die bestätigt, daß ich formell entlassen bin? Gib sie mir.«

Metellus händigte Marius mit gefrorenem Lächeln den Marschbefehl aus, und als Marius die Tür erreicht hatte, sagte Metellus mit ruhiger Stimme: »Übrigens, Gaius Marius, ich habe gerade hervorragende Nachrichten aus Rom bekommen. Der Senat hat meine Statthalterschaft der Provinz Africa und mein Kommando im numidischen Krieg für das nächste Jahr verlängert.«

»Das ist nett vom Senat«, erwiderte Marius und verschwand.

»Ich scheiße auf ihn!« knurrte Marius gleich darauf bei Rutilius Rufus. »Er denkt, er hat mich in die Pfanne gehauen und sein Schäfchen ins trockene gebracht. Aber er täuscht sich. Ich kann ihn schlagen, Publius Rutilius, wart es nur ab! Ich werde rechtzeitig zu den Konsulwahlen in Rom sein, und dann werde ich ihm seine verlängerte Befehlsgewalt wieder abnehmen lassen. Und sie mir selbst geben lassen.«

Rutilius Rufus sah ihn nachdenklich an. »Ich habe großen Respekt vor deinen Fähigkeiten, Gaius Marius«, begann er, »aber in diesem Fall arbeitet die Zeit für unseren Freund Schweinebacke. Du schaffst es nie nach Rom bis zu den Wahlen.«

»Ich schaffe es«, entgegnete Marius im Brustton der Überzeugung.

Er ritt in zwei Tagen von Cirta nach Utika und legte unterwegs nur kurze Pausen ein, um ein paar Stunden zu schlafen. Bei jeder Gelegenheit schnappte er sich ein frisches Pferd. Noch vor Einbruch der Dämmerung des zweiten Tages hatte er ein kleines, schnelles Schiff gemietet, das im Hafen von Utika lag. Und in der Morgendämmerung des dritten Tages segelte er nach Italien ab, nachdem er am Strand großzügig den Lares Permarini geopfert hatte, und zwar genau in dem Augenblick, als ein schmaler Lichtstreifen den östlichen Rand der Welt erhellte.

»Du segelst einem unvorstellbar großen Geschick entgegen, Gaius Marius«, sagte der Priester, als er das Opfer den Göttern darbrachte, die all diejenigen beschützten, die auf dem Meer unterwegs waren. »Ich habe noch nie ein besseres Omen gesehen als heute.«

Die Worte des Priesters überraschten Marius nicht. Seit ihm die syrische Prophetin Martha offenbart hatte, was die Zukunft für ihn bereithielt, war er felsenfest davon überzeugt, daß die Dinge sich genauso entwickeln würden, wie sie vorhergesagt hatte. Als das Schiff in langsamem Tempo den Hafen von Utika verließ, lehnte er deshalb ruhig an der Reling und wartete auf den Wind. Er kam aus Südwesten und blies gleichmäßig mit zwanzig Seemeilen. Er blies das Schiff von Utika nach Ostia in ganzen drei Tagen, ein stets gleichmäßiger Wind bei vollkommen ruhiger See, so daß man sich nirgendwo nahe an der Küste halten oder irgendwo anlegen mußte, um Schutz zu suchen oder Vorräte an Bord zu nehmen. Alle Götter waren auf seiner Seite, genau wie Martha prophezeit hatte.

Die Nachricht von der wundersamen Reise traf noch vor Marius in Rom ein, obwohl er sich in Ostia nur gerade so lange aufhielt, wie er brauchte, um das Schiff zu bezahlen und den Kapitän reichlich zu entlohnen. Als er auf das Forum Romanum ritt und vor dem Wahltisch des Konsuls Aurelius abstieg, hatte sich dort schon eine große Menschenmenge versammelt. Eine Menge, die ihm zujubelte und ihm begeistert applaudierte. Und die ihm zeigte, daß er der Held des Tages war. Die Menschen klopften ihm auf den Rücken, und durch ein Spalier strahlender Gesichter trat Marius vor den *consul suffectus* hin, der den Platz von Servius Sulpicius Galba eingenommen hatte, nachdem Galba von der Kommission des Mamilius verurteilt worden war. Marius legte Metellus' Brief auf den Tisch.

»Bitte entschuldige, daß ich mir nicht die Zeit genommen habe, die weiße Toga anzulegen, Marcus Aurelius«, sagte Marius. »Ich bin hier, um mich für die Konsulwahlen einzutragen.«

»Wenn du beweisen kannst, daß dich Quintus Caecilius von deiner Verpflichtung in Numidien entbunden hat, Gaius Marius, werde ich deinen Namen gerne eintragen«, sagte der nachgerückte

Konsul. Er war bewegt von dem Empfang, den die Menge Gaius Marius bereitet hatte. Aus jeder Basilika und jedem Porticus ringsum eilten immer mehr einflußreiche Ritter herbei, sobald sich die Nachricht von Marius' überraschender Ankunft verbreitete.

Wieviel Format Marius gewonnen hatte! Was für eine eindrucksvolle Erscheinung, als er so dastand, einen halben Kopf größer als die Menschen um ihn herum, mit einem stolzen Lächeln auf den Lippen! Wie breit seine Schultern waren, wie geschaffen, um die Bürde des Konsulats zu tragen! Zum ersten Mal in seiner langen Laufbahn erlebte der italische Bauer ohne Griechischkenntnisse eine echte politische Huldigung. Nicht die gesunde, vertrauensvolle Achtung seiner Soldaten, sondern die wankelmütige, eitle Bewunderung der Massen auf dem Forum. Und Gaius Marius genoß sie – nicht, weil sie seinem Selbstwertgefühl schmeichelte, sondern weil sie so fremd, so verführerisch, so geheimnisvoll war.

Er stürzte sich in die fünf hektischsten Tage seines Lebens. Er hatte weder Zeit noch Energie, Julia mehr als eine flüchtige Umarmung zu schenken, und war nie zu einer Zeit daheim, zu der man ihm seinen Sohn zeigen konnte. Denn der überschwengliche Empfang, der ihm auf dem Forum zuteil geworden war, hieß nicht, daß er auch gewinnen konnte. Die ungeheuer einflußreiche Sippe Caecilius Metellus verband sich mit allen anderen aristokratischen Fraktionen, Patriziern und Plebejern, in einem letzten verzweifelten Bemühen, den italischen Bauern ohne Griechischkenntnisse vom Elfenbeinstuhl fernzuhalten. Marius hatte Rückhalt bei den Rittern, bei seinen spanischen Verbindungen und in Prinz Gaudas Versprechungen für die Zeit, wenn er endlich Herrscher in Numidien sein würde. Aber es gab auch viele Ritter, die an die verschiedenen Fraktionen gebunden waren, die sich gegen Marius zusammengeschlossen hatten.

Und die Menschen redeten, argumentierten, fragten, diskutierten: Wäre es wirklich gut für Rom, den *homo novus* Gaius Marius zum Konsul zu wählen? Ein *homo novus* war immer ein Risiko. Ein *homo novus* kannte das vornehme Leben nicht. Ein *homo novus* war nun einmal ein *homo novus* und blieb ein *homo novus*... Ja, seine Frau war eine Julia aus dem Geschlecht Julius Caesar. Ja, seine militärische Laufbahn war eine Zierde für Rom. Ja, er war so reich, daß man zuversichtlich erwarten konnte, er werde nicht anfällig für Bestechung sein. Aber hatte man ihn je bei Gericht gesehen? Hatte man ihn je über Gesetze und Gesetzgebung sprechen hören? War er nicht vor vielen Jahren einmal ein Störenfried im Kollegium der Volkstribunen gewesen, als er denjenigen die Stirn geboten hatte, die Rom und die Bedürfnisse Roms besser kannten als er, und hatte er nicht dieses verhaßte Gesetz durchgebracht, das regelte, daß die Abstimmungsbezirke in der *saepta* verengt wurden? Und dann sein Alter! Volle fünfzig Jahre wäre er alt, wenn er gewählt werden sollte, und alte Männer waren immer schlechte Konsuln.

Und zusätzlich zu all diesen Spekulationen und Einwänden schlug die Fraktion von Caecilius Metellus handfestes Kapital aus dem größten Schwachpunkt des Gaius Marius. Er war kein römischer Römer. Er war ein italischer Römer. Hatte Rom so wenig geeignete römische Adlige, daß ein italischer *homo novus* Konsul werden sollte? Gewiß gab es unter den Kandidaten ein halbes Dutzend Männer, die würdiger waren als Gaius Marius! Alles Römer. Alles gute Leute.

Natürlich hielt Marius Reden, vor kleinen und vor großen Gruppen, auf dem Forum Romanum, im Circus Flaminius, von den Podien der Tempel, am Porticus Metelli, in allen Basiliken. Und er war ein guter Redner. Er beherrschte die Prinzipien der Rhetorik, obwohl er seine Fähigkeiten erst geübt hatte, seit er Mitglied des Senats war. Scipio Aemilianus hatte ihm den nötigen rhetorischen Schliff beigebracht. Er schlug seine Zuhörer in Bann, niemand ging vorzeitig weg oder langweilte sich, auch wenn er es nicht mit einem Lucius Cassius oder einem Catulus Caesar aufnehmen konnte. Viele Fragen wurden ihm gestellt, manche von Männern, die einfach etwas wissen wollten, manche von Männern, die er selbst beauftragt hatte zu fragen, und manche von Männern, die sich für die Unterschiede zwischen seinen Antworten und Metellus' Berichten an den Senat interessierten.

Die Wahl verlief ruhig und geordnet. Sie fand auf dem Marsfeld statt, in der *saepta*, einem eigens für Volksabstimmungen umzäunten Raum. Die Wahlen der fünfunddreißig Tribus konnten am Versammlungsort der Komitien auf dem Forum Romanum abgehalten werden, denn es war leicht, die Wähler der Tribus auf relativ engem Raum zu organisieren. Aber die Wahlen der riesigen Zenturienversammlung bedeuteten einen enormen Aufwand, denn die Hundertschaften mußten sich entsprechend den fünf Vermögensklassen aufstellen, denen sie zugeteilt waren.

Als die Stimme einer jeden Hundertschaft abgerufen wurde, angefangen bei der ersten Hundertschaft der Ersten Klasse, zeichnete sich bald ein Muster ab. Lucius Cassius Longinus war die erste Wahl einer jeden Hundertschaft, aber für den zweiten Konsul gab es ganz unterschiedliche Nennungen. Die Erste und die Zweite Klasse stimmten so einhellig für Lucius Cassius Longinus, daß er an die vorderste Stelle gesetzt wurde. Lucius Cassius Longinus war damit zum ersten Konsul gewählt, und im Monat Januar würden ihm die *fasces* vorangetragen werden. Der Name des zweiten Konsuls blieb unbestimmt bis beinahe ans Ende der Dritten Klasse, so dicht lagen Gaius Marius und Quintus Lutatius Catulus Caesar beieinander.

Und dann fiel die Entscheidung. Gaius Marius setzte sich als zweiter Konsul durch. Die Sippe Caecilius Metellus konnte zwar die Abstimmung der Zenturien noch beeinflussen – aber es reichte nicht mehr, den Sieg Gaius Marius' zu verhindern. Die Wahl war ein großer Triumph für ihn, den italischen Bauern ohne Griechischkenntnisse. Er war ein echter *homo novus,* der erste in seiner Familie, der im Senat saß, der erste in seiner Familie, der seinen Wohnsitz nach Rom verlegt hatte, der erste in seiner Familie, der ein riesiges Vermögen erworben hatte, der erste in seiner Familie, der sich beim Heer ausgezeichnet hatte. Und nun der erste in seiner Familie, der Konsul wurde.

Spät am Nachmittag des Wahltages gab Gaius Julius Caesar ein Festessen im engsten Familienkreis. Bis dahin hatte er Marius nur einmal auf dem Forum kurz die Hand gedrückt und ein weiteres Mal auf dem Marsfeld seine Hand geschüttelt, als sich die Zenturien aufgestellt hatten, so hektisch war Marius' Wahlkampf während der letzten fünf Tage gewesen.

»Du hast unglaubliches Glück gehabt«, sagte Caesar, als er seinen Ehrengast ins Speisezimmer führte. Seine Tochter Julia holte inzwischen ihre Mutter und ihre jüngere Schwester.

»Ich weiß«, sagte Marius.

»Wir Männer sind heute nicht eben zahlreich vertreten, da meine beiden Söhne noch in Africa sind. Aber ich habe einen weiteren Mann als moralische Stütze eingeladen, so können wir es mit den Frauen aufnehmen.«

»Ich habe Briefe von Sextus und Gaius Julius mit Nachrichten von ihren Heldentaten«, sagte Marius, als sie sich bequem auf dem Sofa niederließen.

»Das reicht auch noch später.«

Der angekündigte dritte männliche Gast betrat das Speisezimmer, und Marius fuhr überrascht hoch, denn er erkannte einen jungen, aber reif wirkenden Mann wieder, der ihm schon vor beinahe drei Jahren unter den Rittern aufgefallen war. Dieses Gesicht, diese Haare – wie hätte er das vergessen können?

»Gaius Marius«, sagte Caesar mit kaum merklich gezwungenem Tonfall, »ich möchte dir Lucius Cornelius Sulla vorstellen, der nicht nur unser Nachbar ist, sondern auch mein Mitsenator, und der bald mein zweiter Schwiegersohn sein wird.

»Donnerwetter!« rief Marius und drückte Sulla sehr herzlich die Hand. »Du bist ein Glückspilz, Lucius Cornelius.«

»Das weiß ich gut«, erwiderte Sulla bewegt.

Caesar hatte beschlossen, bei der Tischordnung ein wenig von der Konvention abzuweichen. Die Liege am oberen Ende hatte er sich und Marius vorbehalten und die zweite Liege für Sulla bestimmt. Das war nicht als Beleidigung gedacht, wie er ausdrücklich erklärte, sondern sollte die Gruppe ein wenig größer erscheinen lassen und allen mehr Platz bieten.

Wie interessant, dachte Marius und runzelte innerlich die Stirn. Ich habe bisher noch nie erlebt, daß Gaius Julius Caesar sich rechtfertigt. Aber dieser verteufelt hübsche Bursche bringt ihn irgendwie aus der Fassung, aus dem Gleichgewicht ...

Dann kamen die Frauen herein, setzten sich auf Stühlen mit geraden Lehnen den Männern gegenüber, und das Festmahl konnte beginnen.

Marius gab sich große Mühe, nicht das Bild eines älteren Ehemanns abzugeben, der seine Frau anbetet, aber seine Augen wanderten unwillkürlich immer wieder zu Julia hin, die in seiner Abwesenheit zu einer blühenden jungen Ehefrau gereift war, anmutig, ihrer neuen Verantwortung vollkommen gewachsen, eine hervorragende Mutter und Hausherrin – und die ideale Gattin. Während Julilla keineswegs gereift ist, dachte Marius. Natürlich hatte er sie in den schlimmsten Zeiten ihrer Krankheit nicht gesehen, und nun war sie bereits seit einiger Zeit wieder genesen. Aber etwas war zurückgeblieben, was Marius nur als armselige Haltung dem Leben gegenüber bezeichnen konnte: Sie war armselig von Gestalt, arm an Intellekt, arm an Erfahrung und unzufrieden mit sich und ihrem Leben. Sie redete fieberhaft, bewegte sich fahrig, zuckte erschreckt zusammen und konnte nicht still auf ihrem Stuhl sitzen. Und ständig zog sie die Aufmerksamkeit ihres künftigen Gatten auf sich, so daß dieser häufig vom Gespräch zwischen Marius und Caesar ausgeschlossen war.

Er ertrug es mit Fassung, wie Marius feststellte, und schien Julilla wirklich gern zu haben. Ohne Zweifel faszinierte es ihn, daß er so ganz im Mittelpunkt ihrer Gefühle stand. Aber dieser Reiz würde nicht mehr als die ersten sechs Monate ihrer Ehe überdauern, dachte der nüchterne Marius. Nicht wenn Lucius Cornelius Sulla der Bräutigam war. Er sah wahrlich nicht so aus, als hätte er eine ausgeprägte Vorliebe für weibliche Gesellschaft oder eine besondere Neigung, ein treuergebener Gatte zu werden.

Nach dem Essen erklärte Caesar, daß er sich unter vier Augen in seinem Arbeitszimmer mit Gaius Marius unterhalten wolle. »Bleibt hier, wenn ihr möchtet, oder tut, was immer ihr zu tun habt«, sagte er ruhig. »Gaius Marius und ich haben uns viel zu lange nicht gesehen.«

»In deinem Haus hat es Veränderungen gegeben, Gaius Julius«, sagte Marius, als die beiden Männer es sich im *tablinum* gemütlich gemacht hatten.

»Ja, in der Tat – das ist auch der Hauptgrund dafür, daß ich unverzüglich mit dir allein sprechen wollte.«

»Nun, ich werde am nächsten Neujahrstag Konsul, und damit nimmt mein Leben eine höchst erfreuliche Wendung«, sagte Marius lächelnd. »All das habe ich dir zu verdanken – und nicht zuletzt habe ich dir das Glück einer wunderbaren Ehefrau zu verdanken, einer vollkommenen Gefährtin für meinen Lebensweg. Ich habe ihr seit meiner Rückkehr wenig Zeit widmen können, aber jetzt, nach meiner Wahl, will ich das wiedergutmachen. In drei Tagen fahre ich mit Julia und meinem Sohn nach Baiae, und wir werden die ganze Welt für einen Monat vergessen.«

»Es freut mich mehr, als du dir vorstellen kannst, daß du mit soviel Liebe und Respekt von meiner Tochter sprichst.«

Marius lehnte sich ein wenig bequemer in seinen Stuhl zurück. »Gut. Nun zu Lucius Cornelius Sulla. Ich erinnere mich an ein paar Bemerkungen von dir über einen Patrizier, der nicht das Geld habe, so zu leben, wie es ihm von Geburt aus zustehe, und der Name, den du nanntest, war der Name deines zukünftigen Schwiegersohnes. Was ist geschehen, daß sich die Verhältnisse gewandelt haben?«

»Nach seiner Darstellung hat er einfach Glück gehabt. Er sagt, wenn sein Leben so weitergehe, wie es seit der Begegnung mit Julilla verlaufen sei, dann werde er einen zweiten Beinamen an den

Beinamen anhängen müssen, den er von seinem Vater geerbt hat – Felix. Der Vater, ein Säufer und Verschwender, heiratete vor mehr als fünfzehn Jahren die reiche Clitumna und starb bald darauf. Lucius Cornelius begegnete Julilla am Neujahrstag vor jetzt beinahe drei Jahren, und sie gab ihm einen Graskranz, ohne zu wissen, was das bedeutete. Er behauptet, daß sein Leben von jenem Augenblick an eine glückliche Wendung genommen habe. Zuerst starb Clitumnas Neffe, der ihr Erbe war. Dann starb eine Frau namens Nikopolis und hinterließ Lucius Cornelius ein kleines Vermögen – soweit ich weiß, war sie seine Geliebte. Und nur wenige Monate später beging Clitumna Selbstmord. Da sie keine Blutsverwandten hatte, denen sie etwas vererben konnte, vermachte sie ihr gesamtes Vermögen – das Haus nebenan, ein Landhaus in Circei und ungefähr zehn Millionen Denare – Lucius Cornelius.«

»Ihr Götter, er hat den Beinamen Felix wirklich verdient«, sagte Marius trocken. »Bist du in dieser Sache naiv, Gaius Julius, oder hast du dich zufriedenstellend vergewissert, daß Lucius Cornelius Sulla keinem der Toten in Charons Fähre über den Styx hineingeholfen hat?«

Caesar hob bei dieser spöttischen Bemerkung abwehrend die Hand, aber er lächelte. »Nein, Gaius Marius, du kannst dich darauf verlassen, daß ich nicht naiv war. Ich kann Lucius Cornelius mit keinem der drei Todesfälle in Verbindung bringen. Der Neffe starb nach einer langen Magen- und Darmkrankheit, die freigelassene griechische Sklavin starb an akutem Nierenversagen – innerhalb von ein oder zwei Tagen, das weiß ich nicht genau, aber auf keinen Fall länger. Bei beiden wurde eine Autopsie durchgeführt, und man fand nichts Verdächtiges. Clitumna war in der letzten Zeit vor ihrem Tod sehr depressiv. Sie hat sich in Circei das Leben genommen, und Sulla war zu diesem Zeitpunkt nachweislich in Rom. Ich habe alle Sklaven aus Clitumnas Haushalt, sowohl in ihrem Haus hier wie auch in ihrem Landhaus in Circei, gründlich befragt, und ich bin zu der Überzeugung gelangt, daß es über Sulla nichts herauszufinden gibt.« Er zog eine Grimasse. »Ich bin immer dagegen gewesen, Sklaven zu foltern, um Beweise für ein Verbrechen zu erhalten, denn ich meine, daß solche Beweise keinen Pfifferling wert sind. Aber ich glaube ehrlichen Herzens nicht, daß Clitumnas Sklaven eine Geschichte erzählen könnten, auch unter der Folter nicht. Daher habe ich mich nicht weiter darum bemüht.«

Marius nickte. »Ich stimme dir zu, Gaius Julius. Zeugenaussagen von Sklaven sind nur etwas wert, wenn sie freiwillig gemacht werden – und wenn sie logisch sind und mit dem Sachverhalt übereinstimmen.«

»Die Folge all dieser Ereignisse war, daß Lucius Cornelius innerhalb von zwei Monaten aus tiefster Armut zu ansehnlichem Wohlstand gelangte«, fuhr Caesar fort. »Von Nikopolis erbte er genug, um in den Ritterstand aufgenommen zu werden, und von Clitumna genug, um zum Senat zugelassen zu werden. Weil Scaurus so ein großes Geschrei darüber erhoben hat, daß zwei Zensoren fehlten, wurden im letzten Mai zwei neue gewählt. Sonst hätte Lucius Cornelius mehrere Jahre auf die Zulassung zum Senat warten müssen.«

Marius lachte. »Ja, was war denn da los? Wollte niemand die Zensorenposten haben? Ich meine, es ist noch einigermaßen logisch, daß wir Fabius Maximus Eburnus haben, aber wie kommen wir zu Licinius Getha? Er wurde vor acht Jahren wegen unmoralischen Verhaltens von den Zensoren aus dem Senat hinausgeworfen und fand den Rückweg dorthin nur dadurch, daß er sich zum Volkstribunen wählen ließ!«

»Ich weiß«, sagte Caesar verdrossen. »Nein, ich denke, es war so, daß alle vor einer Kandidatur zurückschreckten, weil sie Scaurus nicht beleidigen wollten. Wenn in dieser Situation jemand Zensor werden wollte, sah das ganz nach einem Mangel an Respekt und Loyalität gegenüber Scaurus aus, also ließen sich nur solche Kandidaten aufstellen, denen diese Art von Feingefühl abging. Übrigens wird man mit Getha leicht fertig – er wollte den Posten nur aus Prestigegründen und zu dem Zweck, ein paar Silberlinge von Unternehmen zu ernten, die Verträge mit dem Staat abschließen wollen. Aber Eburnus – na ja, wir wissen ja alle, daß er nicht ganz richtig im Kopf ist, nicht wahr, Marius?«

Ja, dachte Marius, das wissen wir in der Tat. Die Familie Fabius Maximus war uralt und so aristokratisch, daß ihr nur die Julier das Wasser reichen konnten. Ihre legitimen Erben waren allesamt ausgestorben, und die Familie blieb nur durch eine Reihe von Adoptionen erhalten. Der Quintus Maximus Eburnus, der nun zum Zensor gewählt worden war, war ein adoptierter Fabius Maximus. Er war Vater eines einzigen Sohnes und hatte diesen vor fünf Jahren wegen Unkeuschheit hingerichtet. Zwar gab es kein Gesetz, das Eburnus daran gehindert hätte, in seiner Funktion als *pater familias* seinen Sohn zu töten, aber die Hinrichtung von Frauen und Kindern unter dem schützenden Dach des Familiengesetzes war seit langem nicht mehr üblich. Ganz Rom war deshalb über Eburnus' Tat empört und entsetzt gewesen.

»Weißt du, es ist eigentlich gut für Rom, daß Getha einen Eburnus als Kollegen hat«, sagte Marius nachdenklich. »Ich glaube nicht, daß er sich viel erlauben kann, wenn er Eburnus neben sich weiß. Eburnus wird ihm ganz schön auf die Finger sehen.«

»Da hast du bestimmt recht, aber sein armer Sohn! Eburnus ist ja in Wirklichkeit ein gebürtiger Servilius Caepio, und die ganze Sippschaft Servilius Caepio ist ziemlich merkwürdig, wenn es um Moral und Sittlichkeit geht. Keuscher als die Jägerin Artemis, und sie posaunen es auch noch in alle Welt hinaus. Man fragt sich wirklich, was da los ist.«

»Und welcher Zensor hat nun welchen überredet, Lucius Cornelius Sulla in den Senat zu lassen?« fragte Marius. »Man hört allenthalben, daß er nicht gerade der Inbegriff eines keuschen Lebenswandels sei. Das fiel mir ein, seit ich seinen Namen und sein Gesicht zusammenbringe.«

»Ach, ich glaube, seine sexuelle Freizügigkeit hatte ihren Grund vor allem in Langeweile und Frustration«, sagte Caesar leichthin. »Aber Eburnus hat wirklich seine kleine Knubbelnase gerümpft und ein bißchen gemault, das stimmt. Während Getha ungerührt einen Affen für den Senat zulassen würde, wenn nur das Geld stimmt. Also einigten sie sich schließlich darauf, Lucius Cornelius einzuschreiben – aber nur mit Vorbehalten.«

»Ach?«

»Ja. Lucius Cornelius ist Senator unter Vorbehalt – er muß sich für die Quästur zur Wahl stellen und auf Anhieb durchkommen. Wenn er scheitert, verliert er zugleich seinen Senatssitz.«

»Und wird er es schaffen?«

»Was meinst du, Gaius Marius?«

»Mit diesem Namen? Oh, er wird es sicher schaffen.«

»Ich hoffe es.« Aber Caesar sah aus, als zweifle er. Als sei er unsicher. Womöglich sogar ein wenig verlegen? Er holte tief Luft, richtete den Blick seiner blauen Augen direkt auf seinen Schwiegersohn und lächelte bekümmert. »Ich habe gelobt, Gaius Marius, dich nie mehr um einen Gefallen zu bitten, nachdem du bei der Heirat mit Julia so großzügig warst. Aber das war ein törichtes Gelöbnis. Wie soll man wissen, was die Zukunft erfordert? Ich muß dich um etwas bitten. Ich muß dich um einen weiteren Gefallen bitten.«

»Was immer du willst, Gaius Julius«, sagte Marius herzlich.

»Hast du schon so viel Zeit mit deiner Frau verbracht, daß du weißt, warum Julilla sich beinahe zu Tode gehungert hat?« fragte Caesar.

»Nein.« Das ernste, kraftvolle Adlergesicht leuchtete einen Augenblick lang voll Freude auf. »Die wenige Zeit, die wir seit meiner Heimkehr zusammen verbracht haben, haben wir nicht auf Gespräche verschwendet, Gaius Julius!«

Caesar lachte und seufzte. »Ich wünschte, meine jüngere Tochter wäre aus demselben Holz geschnitzt wie meine ältere. Aber sie ist es nicht. Wahrscheinlich liegt die Schuld dafür bei Marcia und mir. Wir haben sie verwöhnt und haben ihr vieles nachgesehen, was wir den drei älteren Kindern nicht durchgehen ließen. Andererseits bin ich fest davon überzeugt, daß Julilla auch charakterliche Mängel hat. Kurz bevor Clitumna starb, fanden wir heraus, daß das törichte Mädchen sich in Lucius Cornelius verliebt hatte und versuchte, ihn – und uns – dazu zu zwingen ... Wir wissen gar nicht genau, was sie eigentlich im Sinn hatte, falls sie das überhaupt selbst richtig gewußt hat – auf alle Fälle wollte sie Lucius Cornelius haben, und sie wußte, daß ich einer solchen Verbindung niemals zustimmen würde.«

Marius sah ihn ungläubig an. »Und obwohl du gewußt hast, daß eine heimliche Beziehung zwischen ihnen bestand, hast du eine Eheschließung erlaubt?«

»Nein, nein, Gaius Marius, Lucius Cornelius war in keiner Weise in die Sache verwickelt!« rief Caesar. »Ich versichere dir, daß er nichts mit dem zu tun hatte, was sie getan hat.«

»Aber du hast gesagt, sie hätte ihm am Neujahrstag vor zwei Jahren einen Graskranz gegeben«, wandte Marius ein.

»Glaub mir, dieses Zusammentreffen war unschuldig, zumindest aus seiner Sicht. Er hat sie nicht ermutigt – er hat sogar versucht, sie abzuschrecken. Julilla hat Schande über sich und uns gebracht, weil sie ihn unbedingt dazu verleiten wollte, ihr Gefühle zu gestehen, von denen er wußte, daß ich sie ihm nie verzeihen würde. Laß dir von Julia die ganze Geschichte erzählen, und du wirst verstehen, was ich meine«, sagte Caesar.

»Und wie kommt es dann, daß sie heiraten werden?«

»Nun, als er das Vermögen geerbt hatte und in der Lage war, einen respektablen Platz in der Gesellschaft einzunehmen, bat er mich um Julillas Hand. Trotz der Art und Weise, wie sie ihn behandelt hat.«

»Der Graskranz«, sagte Marius nachdenklich. »Ja, ich kann verstehen, daß er sich mit ihr verbunden fühlt, besonders wenn ihr Geschenk sein Leben verändert hat.«

»Ich verstehe es auch, deshalb habe ich meine Zustimmung gegeben.« Wieder seufzte Caesar, diesmal tiefer. »Das Schlimme ist, Gaius Marius, daß ich für Lucius Cornelius nicht die geringste Spur der Sympathie empfinde, die ich für dich empfinde. Er ist ein sehr merkwürdiger Mann, und er hat etwas in seinem Wesen, das mich schaudern macht. Aber ich habe keine Ahnung, was es ist. Und man muß sich immer darum bemühen, gerecht zu sein und unparteiisch zu urteilen.«

»Kopf hoch, Gaius Julius, es wird schon alles gut werden«, sagte Marius. »Doch nun: Was kann ich für dich tun?«

»Lucius Cornelius helfen, damit er zum Quästor gewählt wird«, sagte Caesar mit festerer Stimme, denn wenn es um Politik ging, war er in seinem Element. »Das Problem ist, daß ihn niemand kennt. Zwar kennt jeder seinen Namen, alle wissen, daß er ein echter patrizischer Cornelius ist. Aber der *cognomen* Sulla ist heute nicht gerade in aller Munde, und er hatte nie die Gelegenheit, sich als junger Mann auf dem Forum und bei Gericht bekannt zu machen, er hat auch keinen Militärdienst geleistet. Übrigens könnte schon allein die Tatsache, daß er nie Soldat war, ausreichen, seine Wahl zu vereiteln, falls irgendein böswilliger Adliger deswegen Theater macht – und das könnte ihm auch den Weg in den Senat versperren. Wir hoffen, daß niemand allzu genaue Fragen stellt, in dieser Hinsicht sind die beiden gegenwärtigen Zensoren ideal. Es ist keinem von beiden in den Sinn gekommen, daß Lucius Cornelius nicht fähig sein könnte, auf dem Marsfeld auszubilden oder als unterer Militärtribun in einer Legion zu dienen. Und glücklicherweise hat Scaurus höchstpersönlich Lucius Cornelius in den Ritterstand aufgenommen, deshalb glauben unsere neuen Zensoren einfach, daß die alten Zensoren alles sehr viel genauer überprüft haben, als es tatsächlich der Fall war. Scaurus und Drusus waren verständige Männer, sie wollten Lucius Cornelius eine Chance geben. Und außerdem stand damals seine Aufnahme in den Senat nicht zur Debatte.«

»Möchtest du, daß ich Lucius Cornelius durch Bestechung ins Amt bringe?« fragte Marius ganz direkt.

Caesar war so altmodisch, daß ihn diese Frage schockierte. »Aber nein, selbstverständlich nicht! Ich sehe ein, daß Bestechung entschuldbar ist, wenn es um das Konsulat geht, aber für das Amt des Quästors? Nie im Leben! Außerdem wäre es zu riskant. Eburnus hat Lucius Cornelius im Auge. Er lauert nur auf eine Gelegenheit, ihn von der Wahl auszuschließen – und ihn zu verfolgen. Nein, der Gefallen, um den ich dich bitten möchte, ist ein ganz anderer, viel unerfreulicher für dich, falls die Sache fehlschlägt. Ich möchte, daß du Lucius Cornelius als deinen persönlichen Quästor anforderst – ihm die Auszeichnung einer persönlichen Ernennung zuteil werden läßt. Wie du ja weißt, kann ein Kandidat für die Quästur sicher sein, tatsächlich gewählt zu werden, wenn die Wahlberechtigten erfahren, daß er bereits von einem neugewählten Konsul angefordert wurde.«

Marius antwortete nicht gleich. Er war damit beschäftigt, die ganze Tragweite dieses Wunsches zu verdauen. Letzten Endes war es ihm vollkommen gleichgültig, ob Sulla irgendeine Mitschuld am Tod seiner Geliebten oder seiner Stiefmutter trug, die ihn durch ihre Testamente zu einem reichen Mann gemacht hatten. Es würde später auf alle Fälle heißen, er habe sie umgebracht – spätestens, wenn er die Neigung bekunden sollte, Konsul zu werden. Irgend jemand würde die Geschichte ausgraben. Durch Flüsterpropaganda würde man das Gerücht verbreiten, Sulla habe gemordet, um genügend Geld für die politische Karriere in die Hand zu bekommen, die ihm durch die Armut seines Vaters verwehrt war. Für seine politischen Rivalen käme das einem Geschenk der Götter gleich. Die Ehe mit einer Tochter von Gaius Julius Caesar wäre ihm zwar eine Hilfe, aber nichts könnte ihn von dem Verdacht völlig reinwaschen. Und am Schluß würde etwas an ihm hängenbleiben, genauso wie an ihm, Marius, etwas hängengeblieben war. Das war der erste Einwand. Der zweite war Caesars Unbehagen. Caesar mochte Sulla nicht recht, obwohl er keine greifbaren Gründe für seine Abneigung nennen konnte. Hatte es eher mit dem Gefühl zu tun als mit dem Verstand? War es Instinkt? Und der dritte Einwand war Julilla. Seine Julia, das wußte Marius genau, hätte niemals einen Mann geheiratet, der ihr unwürdig erschienen wäre, wie bedrückend die finanziellen Verhältnisse der Familie auch sein mochten. Julilla hingegen hatte gezeigt, daß sie flatterhaft, gedankenlos und selbstsüchtig war – ein Mädchen, das nicht einmal dann einen würdigen Partner aussuchen würde, wenn ihr Leben davon abhinge. Und sie hatte Lucius Cornelius Sulla ausgesucht.

Dann ließ Marius seine Gedanken weit in die Vergangenheit abschweifen, erinnerte sich an die regnerischen Morgenstunden auf dem Kapitol, als er unbemerkt beobachtet hatte, wie Sulla die Opferstiere verbluten sah. Und da wußte er, was das Richtige war, was er antworten mußte. Lucius Cornelius Sulla war fraglos wichtig. Unter keinen Umständen durfte man zulassen, daß er wieder in den Sumpf zurücksank. Er mußte das Erbe seines Namens antreten.

»Also gut, Gaius Julius«, sagte Marius ohne das geringste Zögern in der Stimme, »morgen werde ich den Senat bitten, mir Lucius Cornelius Sulla als persönlichen Quästor zu geben.«

Caesar strahlte. »Danke, Gaius Marius! Vielen Dank!«

»Kannst du sie verheiraten, ehe die Versammlung der Plebs zur Wahl der Quästoren zusammentritt?« fragte er.

»Das kann ich«, antwortete Caesar.

Und so vermählten sich kaum acht Tage später Lucius Cornelius Sulla und Julia Minor, die jüngere Tochter des Gaius Julius Caesar, durch die traditionelle Zeremonie der *confarreatio*, die zwei Patrizier auf Lebenszeit aneinanderband. Sullas Karriere nahm einen glänzenden Beginn: Der neugewählte Konsul Gaius Marius forderte ihn persönlich als Quästor an, und durch seine Heirat mit Julilla wurde er Mitglied einer Familie, deren *dignitas* und Integrität über jeden Zweifel erhaben waren. Jetzt konnte eigentlich nichts mehr schiefgehen.

In dieser Hochstimmung sah Sulla der Hochzeitsnacht gelassen entgegen und vergaß beinahe seine Abneigung gegen die Pflichten des Familienlebens. Von Metrobius hatte er sich getrennt, ehe er sich bei den Zensoren zur Aufnahme in den Senat beworben hatte. Obwohl bei dem Abschied so viele Tränen geflossen waren, daß er es kaum hatte ertragen können – denn der Junge liebte ihn abgöttisch und wollte nicht von ihm lassen –, war Sulla doch fest bei seinem Entschluß geblieben, solche Ausschweifungen für immer hinter sich zu lassen. Nichts und niemand sollte seinen Aufstieg zum Ruhm gefährden.

Außerdem konnten ihn seine Empfindungen für Julilla nicht täuschen. Er hatte erkannt, wieviel sie ihm bedeutete, und sie war ihm teuer – nicht nur, weil sie sein Glück verkörperte. In Gedanken jedoch waren seine Gefühle für Julilla diesem Glück untergeordnet. Sulla war ganz einfach unfähig, sich einzugestehen, daß er einen Menschen liebte. Liebe war in seinen Augen etwas, das andere Menschen, geringere Menschen empfanden. So, wie diese anderen, geringeren Menschen die Liebe verstanden, erschien sie ihm als eine recht befremdliche Sache: voller Illusion und Verblendung, manchmal edel bis zur Dummheit und manchmal niedrig bis zur Schamlosigkeit. Sulla konnte in sich selbst keine Liebe erkennen, weil er felsenfest davon überzeugt war, daß sie den gesunden Verstand, die Selbsterhaltung und die geistige Klarheit untergrub. In späteren Jahren kam er nicht ein einziges Mal auf den Gedanken, daß seine Geduld und seine Nachsicht mit seiner flatterhaften und labilen Frau der beste Beweis dafür waren, daß es auch in ihm ein Gefühl namens Liebe gab. Statt dessen glaubte er, Geduld und Nachsicht gehörten als gute Seiten zu seinem Charakter, und so verstand er nicht, was die Liebe in ihm bewirkte, und wuchs nicht innerlich an dieser Erfahrung.

Die Hochzeit war eine typische Feier der Familie Julius Caesar: würdevoll und festlich, ohne jeden Anflug von Derbheit, während die Hochzeiten, an denen Sulla bisher teilgenommen hatte, eher derb als würdevoll gewesen waren. Sulla ließ die ganze Prozedur mehr über sich ergehen, als daß er sich daran freute. Zur entscheidenden Stunde torkelten keine betrunkenen Gäste vor seiner Schlafzimmertür herum, und er mußte keine Zeit darauf verschwenden, sie gewaltsam hinauszuwerfen. Die Gäste geleiteten Sulla und Julilla den kurzen Weg von der einen Tür zur anderen, und als Sulla Julilla hochhob – wie federleicht sie war, wie zerbrechlich –, um sie über die Schwelle zu tragen, zogen sich die Gäste diskret zurück.

Unerfahrene Jungfrauen hatten in Sullas Leben bisher noch nie eine Rolle gespielt. So hatte er sich über sein Verhalten in der Hochzeitsnacht noch keinerlei Gedanken gemacht – und sich damit eine Menge unnötiger Ängste erspart. Denn wie auch immer es aus medizinischer Sicht um Julillas Jungfräulichkeit bestellt sein mochte, sie war so reif zur Hingabe wie ein Pfirsich, der von selbst vom Baum fällt. Sie sah Sulla zu, wie er seine Hochzeitstunika ablegte und den Blütenkranz vom Kopf nahm. Sie beobachtete jede Handbewegung fasziniert und gespannt. Und sie schälte sich bereitwillig Schicht um Schicht aus ihren zahlreichen Hüllen, den cremefarbenen und roten und safrangelben Brautgewändern. Sie nahm die siebenreihige wollene Tiara vom Kopf und löste all die speziellen Knoten und Gürtel.

Dann betrachteten sie einander und freuten sich an der Schönheit ihrer Leiber. Sullas Gestalt war makellos, Julilla war noch zu dünn, aber bei ihrer biegsamen, anmutigen Schlankheit erschien vieles weich, was bei einer anderen Frau eckig und häßlich gewirkt hätte. Und während er noch dastand und sie betrachtete, kam sie auf ihn zu, legte ihm die Hände auf die Schultern und schmiegte mit vollkommen natürlicher und spontaner Sinnlichkeit ihren Körper an seinen Körper. Sie seufzte vor Wonne, als er die Arme um sie legte und mit beiden Händen ihren Rücken zu streicheln begann.

Er war bezaubert von ihrer Leichtigkeit, von der akrobatischen Geschmeidigkeit, mit der sie reagierte, als er sie hoch über seinen Kopf hob, mit der sie sich um ihn schlang. Nichts, was er tat, erschreckte oder beleidigte sie, und sie erwiderte jede Zärtlichkeit, die man nur erwidern kann. Es dauerte lediglich Sekunden, bis sie küssen gelernt hatte, und in all den Jahren ihrer Ehe lernte sie beständig weiter. Eine wunderbare, schöne, glutvolle Frau, die ihm gerne Wonne schenken wollte, und die hungrig danach verlangte, daß er ihr ebenfalls Wonne schenkte. Und sie war sein. Ganz und gar. Wer von beiden hätte in dieser Nacht ahnen sollen, daß sich die Dinge ändern könnten, weniger vollkommen, weniger beglückend, weniger willkommen sein könnten?

»Wenn du einen andern auch nur anschaust, bringe ich dich um«, sagte er, als sie erschöpft auf dem Bett lagen und sich zwischen ihren Liebesspielen ausruhten.

»Ich glaube dir«, sagte sie und erinnerte sich an die Lektionen ihres Vaters über die Rechte eines *pater familias.* Denn von jetzt an stand sie nicht mehr unter der Autorität des Vaters, sondern hatte sich der Gewalt Sullas zu unterwerfen. Als Patrizierin war sie nicht Herrin ihrer selbst und konnte es auch niemals werden. Frauen wie Nikopolis und Clitumna hatten es da erheblich einfacher.

Sulla und Julilla waren ungefähr von gleicher Größe: Sie war recht groß für eine Frau und er eher durchschnittlich für einen Mann. Ihre Beine waren ein wenig länger als seine, und so konnte sie ihre – zu seiner Verwunderung – zwischen seinen Knien hindurchschlingen, während sie darüber staunte, wie weiß seine Haut im Vergleich zu ihrer tiefgoldenen war.

»Neben dir sehe ich aus wie eine Syrerin«, sagte sie und hielt ihren Arm an seinen. Sie reckte beide Arme nach oben, damit im Lampenlicht der Unterschied noch deutlicher hervortreten konnte.

»Ich bin nicht normal«, sagte er plötzlich.

»Das ist gut«, lachte sie, beugte sich zu ihm hinüber und küßte ihn.

Dann betrachtete er sie, und er staunte, weil sie so anders war als andere Frauen, so viel schlanker und von fast knabenhaftem Körperbau. Mit einer Hand fuhr er rasch über ihren Körper, drückte ihr Gesicht in das Kopfkissen und studierte die Linien ihres Rükkens, ihres Gesäßes und ihrer Schenkel. Hinreißend.

»Du bist so hübsch wie ein Knabe«, sagte er.

Sie wollte empört in die Höhe fahren, aber er hielt sie fest wie in einem Schraubstock. »Das ist mir ein schönes Kompliment!« fauchte sie mit halb erstickter Stimme aus dem Kissen heraus. »Man könnte beinahe glauben, dir wären Knaben lieber als Mädchen, Lucius Cornelius!« Sie sagte es in aller Unschuld und kicherte in das weiche Kissen.

»Nun, bis ich dich getroffen habe, war das wohl auch so«, sagte er.

»Dummkopf!« lachte sie und hielt seine Bemerkung für einen gelungenen Scherz. Dann machte sie sich los, kletterte auf ihn, setzte sich rittlings auf seine Brust und drückte seine Arme mit den Knien nieder. »Dafür darfst du jetzt meine süße Muschel ganz aus der Nähe anschauen. Und dann sag mir, ob sie irgendeine Ähnlichkeit mit einem harten, spitzen Speer hat.«

»Nur anschauen?« fragte er und zog sie hoch an seinen Hals.

»Ein Knabe!« Die Idee erheiterte sie noch immer. »Du bist ein Dummkopf, Lucius Cornelius!« Und dann vergaß sie es wieder über der entzückenden Entdeckung neuer Wonnen.

Die Versammlung der Plebs wählte Sulla dann auch wirklich zum Quästor, und obwohl sein Amtsjahr erst am fünften Tag des Dezembers begann – und er zudem, wie alle persönlichen Quästoren, erst im neuen Jahr anfangen konnte, wenn sein Vorgesetzter das Amt antrat –, fand sich Sulla am Tag nach der Wahl in Marius' Haus ein.

Es war schon November, und zum Glück wurde es erst spät hell. Sulla war dafür sehr dankbar, denn die ausschweifenden Liebesnächte mit Julilla machten ihm das Aufstehen schwerer als früher. Aber er wußte, daß er vor Sonnenaufgang bei Marius erscheinen mußte. Als Marius' persönlicher Quästor hatte Sulla bestimmte Pflichten und konnte seine Zeit nicht nach Gutdünken verbringen.

Zwar ergab sich aus dem Quästorenamt kein traditioneller Klientenstatus auf Lebenszeit, wohl aber war Sulla jetzt formal Marius' Klient, solange er das Amt innehatte, und dies würde solange der Fall sein, wie Marius sein *imperium* behielt, aller Voraussicht nach länger als ein Kalenderjahr. Ein Klient lag nicht bis in den Morgen hinein mit seiner frisch angetrauten Ehefrau im Bett, ein Klient stellte sich im Hause seines Patrons ein, wenn das erste Licht den Horizont heller färbte, und stand dort zu Diensten. An manchen Tagen wurde er höflich wieder nach Hause geschickt, an anderen Tagen wurde er gebeten, seinen Patron zum Forum Romanum oder zu einer der Basiliken zu begleiten und ihm bei der Abwicklung privater oder öffentlicher Angelegenheiten behilflich zu sein, und manchmal erhielt er den Auftrag, für seinen Patron irgend etwas zu erledigen.

Zwar kam Sulla nicht so spät, daß er einen Tadel verdient hätte, aber das riesige Atrium in Marius' Haus war schon dicht mit Klienten gefüllt, die vor ihm zur Stelle gewesen waren. Sulla kam zu dem Schluß, daß manche von ihnen sogar auf der Straße vor Marius' Tür geschlafen haben mußten, denn normalerweise wurden sie in der Reihenfolge vorgelassen, in der sie eingetroffen waren. Seufzend verzog sich Sulla in eine stille Ecke und richtete sich auf eine lange Wartezeit ein.

Manche großen Männer beschäftigten Sekretäre und *nomenclatores*, die den morgendlichen Fang an Klienten sortierten. Die kleinen Fische schickten sie sofort wieder weg und nur die dicken und interessanten Fische ließen sie zu dem großen Mann vor. Aber Gaius Marius sortierte seinen Fang selber, wie Sulla anerkennend feststellte, ein Helfer war nirgendwo zu sehen. Dieser große Mann, ein bereits zum Konsul Gewählter, der deshalb für viele in Rom ungeheuer wichtig war, tat seine schmutzige Arbeit ruhig und rasch. Er trennte die Bedürftigen mit größerer Treffsicherheit von den Pflichtschuldigen als jeder Sekretär. Innerhalb von zwanzig Minuten waren die vierhundert Männer, die sich im Atrium drängten und bis in den Säulengang des Peristyls hinein standen, sortiert und geordnet. Über die Hälfte von ihnen ging zufrieden weg, jeder Freigelassene und jeder freie Klient aus niedriger Stellung nahm eine kleine Gabe mit, die ihm ein lächelnder Marius mit entschuldigender Geste in die Hand gedrückt hatte.

Er mag ein *homo novus* sein, dachte Sulla, und er mag ein italischer Bauer sein, aber er weiß sich zu benehmen. Kein Fabius und kein Aemilius hätte die Rolle des Patrons besser spielen können. Es war nicht nötig, die Klienten großzügig zu beschenken, wenn sie nicht ausdrücklich darum baten, und auch dann lag es im Ermessen des Patrons, nein zu sagen. Aber Sulla sah an der Haltung derer, die warteten, bis sie an die Reihe kamen, während der künftige Konsul von einem Mann zum anderen ging, daß Marius immer großzügig war. Geichzeitig gab er stillschweigend zu verstehen, daß jemand, der nur gierig war, bei ihm nichts zu lachen hatte.

»Lucius Cornelius, du brauchst doch nicht hier draußen zu warten!« sagte Marius, als er in Sullas Ecke ankam. »Geh in mein Arbeitszimmer, setz dich hin und mach es dir gemütlich. Ich komme bald nach, dann können wir miteinander reden.«

»Aber nein, Gaius Marius«, sagte Sulla und lächelte mit geschlossenen Lippen. »Ich bin hier, um dir meine Dienste als neuer Quästor anzubieten und warte gern, bis ich an der Reihe bin.«

»Dann warte in meinem Arbeitszimmer, bis du an der Reihe bist. Wenn du deine Aufgaben als mein Quästor ordentlich erfüllen willst, dann solltest du als erstes lernen, wie ich meine Geschäfte erledige«, sagte Marius, legte Sulla die Hand auf die Schulter und schob ihn zum *tablinum.*

Es dauerte drei Stunden, bis die Anliegen des Klientenschwarms geduldig, aber zügig durchgesprochen waren. Die Bitten reichten vom Wunsch nach Beistand bis zu dem Gesuch, unter den ersten berücksichtigt zu werden, sobald Numidien wieder für römische und italische Geschäftsleute zugänglich sein würde. Von einem Klienten verlangte man keine Gegenleistung, aber es galt die unausgesprochene Regel: Halte dich bereit für alles, was dein Patron von dir verlangt, und zwar zu jeder Zeit, sei es morgen oder erst in zwanzig Jahren.

»Gaius Marius«, sagte Sulla, als der letzte Klient gegangen war, »das Kommando von Quintus Caecilius Metellus in Africa wurde doch bereits für das nächste Jahr verlängert. Wie kannst du da deinen Klienten versprechen, daß sie wieder Handel in Numidien treiben können?«

Marius sah nachdenklich vor sich hin. »Ja, das stimmt natürlich, Quintus Caecilius hat Africa tatsächlich für nächstes Jahr in der Tasche, oder etwa doch nicht?«

Da dies offenkundig eine rhetorische Frage war, suchte Sulla erst gar nicht nach einer Antwort, sondern saß einfach da und staunte, wie Marius' Gehirn arbeitete. Kein Wunder, daß er es bis zum Konsul gebracht hatte!

»Nun, Lucius Cornelius, ich habe über das Problem nachgedacht, daß Quintus Caecilius in Africa ist, und es ist durchaus lösbar.«

»Aber der Senat wird Quintus Caecilius nie und nimmer durch dich ersetzen«, wagte Sulla einzuwenden. »Ich kenne mich noch nicht gut aus mit den politischen Feinheiten im Senat, aber ich habe immerhin schon mitbekommen, wie unbeliebt du bei den führenden Senatoren bist, und diese Strömung erscheint mir viel zu stark, als daß du dagegen ankommen könntest.«

»Sehr wahr«, sagte Marius und lächelte noch immer freundlich. »Ich bin ein italischer Bauer ohne Griechischkenntnisse – um Metellus zu zitieren, den ich stets Schweinebacke nenne, wie du besser wissen solltest – und nicht würdig, auf dem Elfenbeinstuhl des Konsuls zu sitzen. Ganz zu schweigen von der Tatsache, daß ich schon fünfzig bin – viel zu alt für das Konsulat und viel zu alt für große militärische Kommandos. Im Senat stehen die Zeichen gegen mich. Aber das war schon immer so, weißt du. Und doch – hier bin ich, Konsul mit fünfzig Jahren! Ein bißchen rätselhaft, nicht wahr, Lucius Cornelius?«

Sulla grinste und fletschte diesmal ungeniert die Zähne, aber Marius schien das nicht zu erschüttern. »Ja schon, Gaius Marius.«

Marius beugte sich in seinem Stuhl nach vorn und faltete seine schönen Hände auf der herrlichen grünen Steinplatte seines Schreibtisches. »Lucius Cornelius, vor vielen Jahren habe ich entdeckt, daß es verschiedene Methoden gibt, ein Wild zu stellen. Während andere den *cursus honorum* ohne Atempause durchliefen, trat ich auf der Stelle. Aber die Zeit war nicht verschwendet. Ich habe sie damit verbracht, sämtliche Methoden aufzulisten, wie man das Wild stellt. Und ich habe andere, ebenso lohnende Dinge betrieben. Weißt du, wenn man über die Zeit hinaus warten muß, zu der man eigentlich an der Reihe wäre, dann beobachtet man, man wägt ab und setzt Mosaiksteinchen zusammen. Ich war nie ein großer Rechtsgelehrter, nie ein Experte für unsere ungeschriebene Verfassung. Während Metellus Schweinebacke hinter Cassius Ravilla her durch die Gerichtshöfe zog und lernte, wie man die Verurteilung einer Vestalischen Jungfrau erwirken kann – das meine ich natürlich nur metaphorisch –, war ich Soldat. Und ich bin Soldat geblieben. Dieses Handwerk beherrsche ich am besten. Und doch kann ich mich damit brüsten, daß ich inzwischen mehr über das Gesetz und die Verfassung gelernt habe als fünfzig von der Sorte eines Metellus Schweinebacke. Ich sehe mir die Dinge von außen an, mein Denken wurde nicht durch eine Ausbildung in vorgezeichnete Bahnen gelenkt. Und ich sage dir jetzt, daß ich Quintus Caecilius Metellus

Schweinebacke vom hohen Roß seines africanischen Kommandos stürzen und seine Stelle einnehmen werde.«

»Ich glaube dir«, sagte Sulla und holte Luft. »Aber wie?«

»In puncto Recht sind sie alle Einfaltspinsel«, sagte Marius verächtlich, »und deswegen werde ich mein Ziel erreichen. Es ist von jeher Brauch, daß der Senat die Statthalterschaften vergibt, und es ist noch nie jemandem in den Sinn gekommen, daß Senatsbeschlüsse genaugenommen keine Gesetzeskraft haben. Zwar wissen sie alle darum, wie man leicht zeigen kann, wenn man sie die Gesetze herunterrattern läßt. Aber wirklich zur Kenntnis genommen haben sie diese Tatsache nie, nicht einmal nach der Lektion, die ihnen die Gracchen erteilt haben. Senatsbeschlüsse haben nur die Kraft der Gewohnheit, der Tradition, nicht die Kraft des Gesetzes! Die Versammlung der Plebs macht heute die Gesetze, Lucius Cornelius. Und ich verfüge über erheblich mehr Macht in der Versammlung der Plebs als jeder Caecilius Metellus.«

Sulla saß reglos da, ehrfurchtsvoll und ein wenig ängstlich, und beide Gefühle waren ihm vollkommen fremd. Marius' Scharfsinn war zwar eindrucksvoll, aber nicht das beeindruckte Sulla so sehr. Viel tiefer berührte Sulla die neue Erfahrung, daß ihn ein Mann in einer verletzlichen Lage rückhaltlos ins Vertrauen gezogen hatte. Woher wußte Marius, daß er, Sulla, vertrauenswürdig war? Er hatte noch nie in dem Ruf gestanden, vertrauenswürdig zu sein, und Marius hatte gewiß gründlich Erkundigungen über seinen neuen Quästor eingezogen. Und doch legte Marius jetzt seine zukünftigen Absichten und Pläne ganz offen dar!

»Gaius Marius«, brach es aus Sulla heraus, »was sollte mich davon abhalten, von deinem Haus geradewegs zum Haus eines beliebigen Caecilius Metellus zu gehen und diesem Caecilius Metellus alles zu erzählen, was du mir soeben erzählt hast?«

»Nichts, Lucius Cornelius«, sagte Marius ungerührt.

»Warum weihst du mich dann in all das ein?«

»Das ist ganz einfach«, sagte Marius. »Das tue ich, Lucius Cornelius, weil ich dich für einen außerordentlich fähigen und intelligenten Mann halte. Und jeder außerordentlich fähige und intelligente Mann ist außerordentlich gut in der Lage zu erkennen, daß es ganz und gar nicht intelligent ist, auf einen Caecilius Metellus zu setzen, wenn einem ein Gaius Marius die Anregung und den Reiz einiger Jahre interessanter und lohnender Arbeit bietet.« Er holte tief Luft. »So! Habe ich das nicht schön gesagt?«

Sulla lachte schallend. »Deine Geheimnisse sind bei mir bestens aufgehoben, Gaius Marius.«

»Das weiß ich.«

»Und doch möchte ich dir sagen, daß ich mich über dein Vertrauen freue.«

»Wir sind Schwäger, Lucius Cornelius. Und wir sind durch mehr miteinander verbunden als durch die Caesaren aus dem Hause der Julier. Wir haben noch etwas gemeinsam. Glück.«

»Ah, Glück!«

»Glück ist ein Zeichen, Lucius Cornelius. Glück zu haben heißt, ein Liebling der Götter zu sein. Glück zu haben heißt, ein Auserwählter zu sein.« Und Marius schaute seinen neuen Quästor hochzufrieden an. »Ich bin ein Auserwählter. Und ich habe dich gewählt, weil ich glaube, daß auch du auserwählt bist. Wir sind wichtig für Rom, Lucius Cornelius. Wir werden beide Rom unseren Stempel aufdrücken.«

»Das glaube ich auch«, sagte Sulla.

»Na dann ... In einem Monat haben wir neue Volkstribunen. Wenn sie erst einmal eingesetzt sind, werde ich einen Vorstoß bezüglich Africa unternehmen.«

»Du wirst mit Hilfe der Versammlung der Plebs ein Gesetz durchbringen, das den Senatsbeschluß aufhebt, der Metellus Schweinebacke ein weiteres Jahr in Africa gibt«, sagte Sulla ohne Zögern.

»Genau das werde ich«, bestätigte Marius.

»Aber ist das wirklich rechtmäßig? Wird man ein solches Gesetz dulden?« fragte Sulla. Im stillen bewunderte er, wie ein überaus intelligenter *homo novus*, der nicht an Sitte und Brauchtum gebunden war, das ganze System auf den Kopf stellen konnte.

»Es steht nicht auf den Tafeln, daß es illegal ist, warum sollte man es also nicht machen können? Ich habe den brennenden Wunsch, den Senat zu schwächen, und das läßt sich am wirksamsten erreichen, wenn man diese traditionelle Autorität untergräbt. Und wie? Indem man seine traditionelle Autorität durch Gesetze außer Kraft setzt. Indem man einen Präzedenzfall schafft.«

»Warum ist es so wichtig, daß du den Oberbefehl in Africa bekommst?« fragte Sulla. »Die Germanen sind schon bis Tolosa vorgedrungen, und sie sind viel wichtiger als Jugurtha. Irgend jemand wird nächstes Jahr nach Gallien gehen und gegen sie kämpfen müssen, und mir wäre es viel lieber, wenn du dieser Jemand wärest und nicht Lucius Cassius.«

»Diese Chance werde ich nicht bekommen«, sagte Marius mit Nachdruck. »Unser geschätzter Kollege Lucius Cassius ist der erste Konsul, und er möchte den Oberbefehl in Gallien gegen die Germanen haben. Außerdem ist der Oberbefehl gegen Jugurtha unerläßlich für mein politisches Überleben. Ich habe mich dazu entschlossen, die Interessen der Ritter zu vertreten, sowohl in der Provinz Africa als auch in Numidien. Und das heißt, daß ich in Africa sein muß, wenn der Krieg zu Ende geht, damit ich sicherstellen kann, daß meinen Klienten all die Zugeständnisse erfüllt werden, die ich ihnen versprochen habe. Es wird in Numidien nicht nur riesige Flächen von hervorragendem Ackerland für Getreideanbau zu verteilen geben, vor kurzem wurde außerdem ein einzigartiger, erstklassiger Marmor entdeckt sowie große Kupfervorräte. Weiterhin gibt es in Numidien zwei sehr seltene Sorten Edelsteine und viel Gold. Und seit Jugurtha König geworden ist, hat Rom keinerlei Anteil an all dem gehabt.«

»Also gut, dann wird es Africa«, sagte Sulla. »Was kann ich dazu beitragen?«

»Lernen, Lucius Cornelius, lernen! Ich werde einen Stab von Offizieren brauchen, die mehr als nur loyal sind. Ich will Männer, die aus eigener Initiative handeln können, ohne meinen großen Plan zu zerstören – Männer, die mit ihrer eigenen Fähigkeit und Tüchtigkeit mitwirken und nicht an meinen Kräften zehren. Es macht mir nichts aus, die Lorbeeren zu teilen, es gibt eine Menge Lorbeeren und Ruhm zu ernten, wenn die Dinge gut laufen und die Legionen Gelegenheit haben, zu zeigen, was sie können.«

»Aber ich bin ein blutiger Anfänger, Gaius Marius.«

»Das weiß ich«, sagte Marius. »Aber wie ich dir schon sagte, glaube ich, daß in dir Großes steckt. Bleib bei mir, sei mir treu und arbeite hart, dann werde ich dir jede Möglichkeit geben zu beweisen, was in dir steckt. Du beginnst spät, genau wie ich. Aber es ist niemals zu spät. Ich bin endlich Konsul geworden, acht Jahre nach der üblichen Zeit. Du bist endlich im Senat, drei Jahre nach der üblichen Zeit. Wie ich wirst auch du dich auf dem Weg nach oben auf das Heer verlassen müssen. Ich werde dir auf jede mögliche Weise zur Seite stehen. Dafür erwarte ich, daß du mich genauso unterstützt.«

»Das klingt fair, Gaius Marius.« Sulla räusperte sich. »Ich bin dir sehr dankbar.«

»Du brauchst dich nicht zu bedanken. Wenn ich nicht überzeugt wäre, daß ich von dir noch viel Gutes zurückbekomme, Lucius Cornelius, dann würdest du jetzt nicht hier sitzen.« Und Marius streckte ihm die Hand hin. »Komm, wir einigen uns darauf, daß es zwischen uns keine Dankbarkeit geben wird! Nur Loyalität und die Kameradschaft unter Soldaten.«

Gaius Marius hatte sich einen Volkstribunen gekauft, und er hatte dabei einen guten Griff getan. Denn Titus Manlius Mancinus verkaufte seine Gunst nicht allein um des Geldes willen. Mancinus wollte als Volkstribun Aufsehen erregen, und je spektakulärer die Angelegenheit, desto besser. Dabei verfolgte er nur ein Ziel: Er wollte der patrizischen Familie Manlius, der er nicht angehörte, jedes nur mögliche Hindernis in den Weg legen. Und er merkte schnell, daß sein Haß auf die Familie Manlius sich leicht auf alle anderen großen aristokratischen Familien ausdehnen ließ, einschließlich der Familie Caecilius Metellus. Daher konnte er Marius' Geld mit reinem Gewissen annehmen und sich mit eifriger Vorfreude für Marius' Pläne einsetzen.

Die zehn neuen Volkstribunen traten am dritten Tag vor den Iden des Dezembers ihr Amt an, und Titus Manlius Mancius verlor keine Zeit. Noch am selben Tag brachte er einen Gesetzentwurf in die Versammlung der Plebs ein, der besagte, daß der Oberbefehl in Africa von Quintus Caecilius Metellus auf Gaius Marius übertragen werden sollte.

»Die Herrschaft liegt beim Volk!« schrie Mancinus in die Menge. »Der Senat ist Diener des Volkes, nicht Herr des Volkes! Wenn der Senat seine Pflichten mit dem angemessenen Respekt für das Volk von Rom erfüllt, dann darf er selbstverständlich weitermachen. Aber wenn der Senat seine Pflichten so erfüllt, daß seine eigenen führenden Mitglieder auf Kosten des Volkes von Rom geschützt werden, dann muß man ihm Einhalt gebieten. Quintus Caecilius Metellus hat seinen Oberbefehl nachweislich schlecht ausgeübt, und er hat nicht das Allergeringste erreicht! Warum hat dann der Senat sein Kommando noch ein zweites Mal verlängert und auf das kommende Jahr ausgedehnt? Weil, Volk von Rom, der Senat wie üblich seine eigenen führenden Leute auf Kosten des Volkes schützt. In Gaius Marius, der ordnungsgemäß zum Konsul gewählt wurde, hat das Volk von Rom einen Führer, der diesen Namen auch verdient. Aber nach Meinung der Männer, die im Senat das Sagen haben, ist der Name Gaius Marius nicht gut genug! Gaius Marius, oh Volk von Rom, ist nur ein *homo novus* – ein Emporkömmling, ein Nichts, kein Adliger!«

Die Menge lag ihm zu Füßen. Mancinus war ein guter Redner und kämpfte leidenschaftlich gegen die Arroganz bestimmter Senatoren. Es war schon eine Weile her, daß die Plebejer dem Senat zum letzten Mal ein Schnippchen geschlagen hatten, und viele der nicht gewählten, aber einflußreichen Führer der Plebs fürchteten, daß sie ihren Einfluß auf die Politik Roms allmählich einbüßen könnten. An diesem Tag und in diesem historischen Augenblick sprach alles für Marius – die Stimmung in der Öffentlichkeit, der Unmut der Ritter und die zehn Volkstribunen, die dem Senat unbedingt Steine in den Weg legen wollten. Keiner der Volkstribunen stand auf der Seite des Senats.

Der Senat setzte sich zur Wehr. Die besten Redner plebejischer Herkunft marschierten auf und sprachen in der Versammlung der Plebs, darunter auch der Pontifex Maximus Lucius Caecilius Metellus Delmaticus – der seinen jüngeren Bruder Schweinebacke glühend verteidigte – und der neugewählte erste Konsul Lucius Cassius Longinus. Aber Marcus Aemilius Scaurus, der vielleicht als Zünglein an der Waage dem Senat zum Sieg verholfen hätte, war ein Patrizier und konnte darum nicht in der Versammlung der Plebejer sprechen. Scaurus mußte sich damit begnügen, von der Treppe vor dem Senatsgebäude auf die brechend vollen Ränge des offenen Rundbaus hinunterzuschauen, in dem die Plebs sich versammelt hatte, und ohnmächtig zuzuhören.

»Sie werden uns schlagen«, sagte er zum Zensor Fabius Maximus Eburnus, der ebenfalls Patrizier war. »Dieser verdammte Gaius Marius!«

Und Marius gewann. Durch seine gnadenlose Briefkampagne war es ihm gelungen, die Ritter und die mittleren Stände von Metellus abzubringen. Metellus' Name war befleckt, seine politische Macht zerstört. Natürlich würde er sich im Laufe der Zeit erholen, seine Familie und seine Verbindungen waren zu einflußreich. Aber im Augenblick wollte ihm die Versammlung der Plebs, geschickt geführt von Mancinus, den Oberbefehl in Africa abnehmen, und sein Name war schmutziger als der Schweinestall von Numantia. Das römische Volk verabschiedete ein Gesetz, mit dem ein Präzedenzfall geschaffen wurde. Dieses Gesetz ersetzte Metellus durch Gaius Marius, der namentlich genannt wurde. Und als das Gesetz – genaugenommen ein Plebiszit – erst einmal auf den Tafeln festgehalten war, lag es im Archiv eines Tempels, Beispiel und Vorbild für andere, die in Zukunft dasselbe versuchen würden – andere, die vielleicht weder die Fähigkeiten eines Gaius Marius besaßen, noch seine ausgezeichneten Gründe hatten.

»Aber«, sagte Marius zu Sulla, sobald das Gesetz verabschiedet war, »Metellus wird mir nie und nimmer seine Soldaten überlassen.«

Ach, was mußte er noch alles lernen, wie viele Dinge, die er als patrizischer Cornelius hätte wissen müssen und die er doch nicht wußte? Manchmal zweifelte Sulla, ob er jemals genug würde lernen können, aber dann dachte er daran, welches Glück es war, daß er unter Gaius Marius diente, und faßte wieder Mut. Denn Marius hatte immer für ihn Zeit, erklärte ihm Zusammenhänge und kreidete ihm seine Unwissenheit nicht an. Und so nutzte Sulla die Gelegenheit, sein Wissen zu erweitern, und fragte: »Aber gehören die Soldaten nicht zum Krieg gegen König Jugurtha? Sollen sie nicht so lange in Africa bleiben, bis der Krieg gewonnen ist?«

»Sie könnten in Africa bleiben – aber nur wenn Metellus einverstanden ist. Er müßte den Leuten verkünden, daß sie sich für die Dauer des Feldzuges eingeschrieben haben und daß sein Rücktritt vom Oberbefehl daran nichts ändert. Aber er kann sich ebensogut auf den Standpunkt stellen, die Soldaten kraft seines Amtes rekrutiert zu haben. In diesem Fall endet ihre Dienstzeit gleichzeitig mit der seinen. Wie ich Metellus kenne, wird er diese Auffassung vertreten. Er wird sie entlassen und sie schnurstracks nach Italien zurückverfrachten.«

»Und das heißt, daß du ein neues Heer aufstellen mußt«, sagte Sulla. »So ist das also.« Dann fragte er: »Könntest du nicht warten, bis er sein Heer nach Hause bringt und die Leute dann in deinem Namen neu rekrutieren?«

»Das könnte ich«, antwortete Marius, »aber leider werde ich keine Gelegenheit dazu bekommen. Lucius Cassius wird nach Gallien gehen, um in Tolosa gegen die Germanen zu kämpfen. Eine Aufgabe, die erledigt werden muß – wir wollen keine halbe Million Germanen knapp hundert Meilen weit von der Straße nach Spanien und direkt an den Grenzen unserer eigenen Provinz sitzen haben. Deshalb vermute ich, daß Cassius bereits an Metellus geschrieben und ihn gebeten hat, sein Heer für den Feldzug nach Gallien neu zu verpflichten, ehe es Africa überhaupt verläßt.«

»Ach, so funktioniert das«, sagte Sulla.

»Ja, so funktioniert das. Lucius Cassius ist der erste Konsul, er hat Vorrang vor mir. Folglich hat er auch die erste Wahl bei allen Soldaten, die verfügbar sind. Metellus wird sechs sehr gut ausgebildete und erfahrene Legionen mit nach Italien zurückbringen. Und das werden auch zweifellos die Legionen sein, die Cassius nach Gallia Transalpina mitnimmt. Das heißt, ich muß ganz von vorn anfangen – ich werde gezwungen sein, Leute ohne militärische Vorkenntnisse zu rekrutieren, sie ausbilden, ausstatten und mit Begeisterung für den Krieg gegen Jugurtha erfüllen müssen.« Marius schnitt eine Grimasse. »Das heißt auch, daß mir in meinem ersten Jahr als Konsul nicht genügend Zeit bleiben würde, einen so massiven Angriff gegen Jugurtha zu führen, wie ich ihn führen könnte, wenn mir Metellus seine Truppen übergeben würde. Und das bedeutet wiederum, daß ich dafür sorgen muß, daß mein eigener Oberbefehl in Africa für das folgende Jahr verlängert wird, oder ich werde platt auf den Bauch fallen und am Ende schlechter dastehen als Schweinebacke.«

»Und jetzt steht ein Gesetz auf den Tafeln, das einen Präzedenzfall geschaffen hat . Nun kann dir jemand den Oberbefehl auf dieselbe Weise abnehmen, wie du ihn Metellus abgenommen hast.« Sulla seufzte. »Es ist nicht leicht. Ich hätte mir im Traum nicht vorstellen können, wie viele Schwierigkeiten ein Mann überwinden muß, um nur sein eigenes Überleben sicherzustellen, vom Schicksal Roms ganz zu schweigen.«

Das erheiterte Marius. Er lachte fröhlich und klopfte Sulla auf den Rücken. »Nein, Lucius Cornelius, es ist niemals leicht. Aber deshalb lohnt sich die Mühe auch! Welcher Mann, der wirklich begabt und tüchtig ist, wünscht sich ehrlichen Herzens einen leichten Weg? Je rauher der Pfad, je mehr Hindernisse den Weg versperren, desto größer ist die Befriedigung.«

Das war nur der persönliche Teil der Antwort, Sullas wichtigste Frage war damit nicht gelöst. »Gestern hast du mir gesagt, daß Italien völlig ausgepumpt ist«, sagte er. »Es sind so viele Männer gefallen, daß wir unter den Bürgern von Rom nicht genug Truppen ausheben können und daß bei den italischen Bundesgenossen der Widerstand gegen weitere Aushebungen täglich wächst. Wo willst du genug Leute für vier gute Legionen hernehmen? Du hast ja selbst gesagt, Jugurtha ist nicht mit weniger als vier Legionen zu schlagen.«

»Warte ab, bis ich Konsul bin, Lucius Cornelius, dann wirst du schon sehen.« Mehr bekam Sulla aus Marius nicht heraus.

Am Fest der Saturnalien fielen Sullas gute Vorsätze zusammen wie ein Kartenhaus. Solange er noch mit Clitumna und Nikopolis zusammengelebt hatte, war diese Zeit des Feierns und der Lustbarkeiten ein herrlicher Abschluß für das alte Jahr gewesen. Die Sklaven lagen herum und schnippten mit den Fingern, während die beiden Frauen kichernd durch das Haus rannten und die Wünsche der Sklaven erfüllten. Alle tranken zuviel, und Sulla überließ seinen Platz im gemeinsamen Bett bereitwillig jedem Sklaven, der Lust auf Clitumna und Nikopolis hatte – unter der Bedingung, daß er, Sulla, an anderer Stelle im Haus dieselben Privilegien genoß. Und wenn die Saturnalien vorüber waren, kehrten die Herren und die Sklaven wieder zur alten Ordnung zurück, als wäre nichts geschehen.

In diesem ersten Jahr seiner Ehe mit Julilla war alles ganz anders. Es wurde von Sulla erwartet, daß er den Tag im Haus nebenan verbrachte, im Kreis der Familie von Gaius Julius Caesar. Auch dort dauerte das Fest die üblichen drei Tage, und alles stand auf dem Kopf – die Sklaven wurden von ihrer Herrschaft bedient, man tauschte kleine Geschenke aus, besonders köstliche Speisen und Getränke wurden in reichlichen Mengen bereitgestellt. Aber im Grunde änderte sich nichts. Die armen Sklaven lagen so steif wie Statuen auf ihren Speiseliegen und lächelten schüchtern Marcia und Caesar an, die zwischen *triclinium* und Küche hin und her eilten. Niemand wäre im Traum auf die Idee gekommen, sich zu betrinken, und erst recht nicht, irgend etwas zu tun oder zu sagen, was nach dem Fest peinlich gewesen wäre.

Gaius Marius und Julia waren ebenfalls da und offensichtlich in bester Laune. Aber Gaius Marius wollte ja unbedingt ein richtiger Patrizier sein, dachte Sulla aufgebracht, da würde er schon keinen Fehltritt riskieren.

»Ich habe mich prächtig amüsiert«, sagte Sulla, als er und Julilla sich am letzten Abend verabschiedeten. Er war inzwischen so vorsichtig geworden, daß niemand, nicht einmal Julilla, bemerkte, daß er die Bemerkung sarkastisch gemeint hatte.

»Es war gar nicht so schlecht«, sagte Julilla, als sie Sulla in ihr eigenes Haus folgte, wo die Sklaven, anstatt von ihrem Herrn und ihrer Herrin bedient zu werden, einfach drei Tage frei bekommen hatten.

»Es freut mich, daß es dir gefallen hat«, sagte Sulla und verriegelte das Tor.

Julilla seufzte und streckte sich. »Und morgen ist das Abendessen für Crassus Orator. Ich muß sagen, ich freue mich darauf.«

Sulla blieb mitten im Atrium stehen, drehte sich um und starrte sie an. »Du bleibst zu Hause«, sagte er.

»Was soll das heißen?«

»Was ich gesagt habe.«

»Aber – aber – ich dachte, die Frauen wären auch eingeladen!« rief sie, und ihr Gesicht zuckte verdächtig.

»Manche Frauen«, sagte Sulla. »Du nicht.«

»Ich will aber mit! Alle reden davon, alle meine Freundinnen sind neidisch – ich habe ihnen schon gesagt, daß ich hingehe!«

»Dein Pech. Du kommst nicht mit, Julilla.«

Einer der Haussklaven schwankte ihnen betrunken aus der Tür zum Arbeitszimmer entgegen. »Ach, gut daß ihr heimkommt!« lallte er und mußte sich festhalten. »Holt mir mal Wein, aber dalli!«

»Die Saturnalien sind vorüber«, sagte Sulla gefährlich leise. »Verschwinde, du Dummkopf.«

Der Sklave ging, jäh ernüchtert.

»Warum bist du so miserabel gelaunt?« fragte Julilla, als sie das Schlafzimmer betraten.

»Ich bin nicht miserabel gelaunt«, sagte er, stellte sich hinter sie und legte die Arme um ihre Schultern.

Sie entzog sich ihm. »Laß mich in Ruhe!«

»Was ist denn jetzt los?«

»Ich will zu dem Essen für Crassus Orator mitgehen!«

»Nein, das geht nicht.«

»Aber warum denn nicht?«

»Weil es nicht die Art von Fest ist, die dein Vater billigen würde, Julilla«, sagte er geduldig. »Und die paar Frauen, die hingehen, sind auch keine Frauen, die dein Vater billigen würde.«

»Ich unterstehe nicht mehr meinem Vater, ich kann alles tun, was ich will«, sagte sie.

»Das ist nicht wahr, und das weißt du auch. Du bist von der Hand deines Vaters in meine Hand übergegangen. Und ich sage, daß du nicht mitkommst.«

Ohne ein Wort hob Julilla ihre Kleider vom Boden auf und warf ein Gewand über ihren dünnen Körper. Dann drehte sie sich um und verließ das Zimmer.

»Ganz wie du willst!« rief Sulla ihr nach.

Am Morgen behandelte sie ihn kühl, eine Taktik, die er ignorierte. Als er zu dem Abendessen für Crassus Orator aufbrach, war sie nirgendwo zu finden.

»Verwöhntes kleines Luder!« murmelte er vor sich hin.

Diese kleine Reiberei hätte ihn eigentlich amüsieren sollen, aber daß sie das nicht tat, war nicht in dem Zwist selbst begründet, sondern kam aus einer tieferen Schicht seines Wesens, in der für Julilla kein Raum war. Er war nicht im geringsten aufgeregt bei der Aussicht, im luxuriösen Palast des Auktionators Quintus Granius zu speisen, der das Essen ausrichtete. Als Sulla die Einladung in Händen hielt, hatte er sich zuerst unbändig gefreut, weil er sie als Freundschaftsangebot eines wichtigen Kreises junger Senatoren verstanden hatte. Dann war ihm der Klatsch über das Fest zu Ohren gekommen, und er begriff, daß man ihn eingeladen hatte, weil über seine Vergangenheit finstere Gerüchte kursierten und weil man den aristokratischen Gästen den Kitzel eines Hauchs von Zwielicht und Verrufenheit bieten wollte.

Als er jetzt so vor sich hin stapfte, konnte er zum ersten Mal ermessen, was für eine Falle hinter ihm zugeschnappt war, als er Julilla geheiratet und sich in die Reihen seiner Standesgenossen eingegliedert hatte. Denn es war eine Falle. Und er konnte ihr nicht entrinnen, solange er in Rom lebte. Das war alles gut und recht für Crassus Orator, der so fest im Sattel saß, daß er an einem Fest teilnehmen konnte, bei dem der Gastgeber auf Schritt und Tritt gegen den Luxuserlaß seines eigenen Vaters verstieß. So sicher war er als Mitglied des Senats und neugewählter Volkstribun, daß er sich ruhig vulgär und ungebildet gebärden und die aufdringlichen Schmeicheleien eines Emporkömmlings wie Quintus Granius, des Auktionators, akzeptieren konnte.

Als Sulla Quintus Granius' riesigen Speiseraum betrat, fiel sein Blick sogleich auf Colubra. Sie schenkte ihm über den Rand eines goldenen, mit Juwelen besetzten Bechers hinweg ein verführerisches Lächeln und klopfte einladend auf die Liege neben der ihren. Ich hatte recht, ich bin nur zur Unterhaltung für die Gäste hier, sagte er sich im stillen. Dabei lächelte er Colubra strahlend zu und überließ sich der Dienstbarkeit einer Schar unterwürfiger Sklaven. Das hier war keine Angelegenheit im kleinen Kreis! Der Speiseraum war mit Liegen angefüllt – sechzig Gäste würden zu Tische liegen, um den neuen Volkstribunen Crassus Orator zu feiern. Aber, dachte Sulla verächtlich, als er sich neben Colubra niederließ, Quintus Granius hat nicht die leiseste Ahnung, wie man ein richtiges Fest aufzieht.

Als er sechs Stunden später wieder ging – alle anderen Gäste blieben noch da –, war er stockbetrunken. Statt wie vorher sein Los anzunehmen, war er in die tiefsten Tiefen einer schweren Depression versunken. Dabei hatte er immer gedacht, diese Art Depression würde er nie mehr erleben, wenn er erst einmal zu seinem rechtmäßigen Rang aufgestiegen war. Er war enttäuscht, ohnmächtig – und, so erkannte er schlagartig, unerträglich einsam. Von seinem Herzen bis zu seinem Kopf und seinen Händen und Füßen hungerte er nach freundlicher und liebevoller Gesellschaft, nach einem Menschen, mit dem er lachen konnte, einem Menschen, der keine selbstsüchtigen Hintergedanken hatte, einem Menschen, der ganz ihm gehörte. Nach einem Menschen mit schwarzen Augen und schwarzen Locken und dem hübschesten Hintern der Welt.

Bei diesem Gedanken ging er mit beflügeltem Schritt weiter, den ganzen Weg bis zur Wohnung des Schauspielers Skylax, ohne auch nur einen Augenblick daran zu denken, wie gefährlich dieser Weg war, wie unklug, wie töricht, ihm war es gleich! Denn Skylax würde dasein, er würde mit Skylax am Tisch sitzen und einen Becher verdünnten Wein trinken und banale Bemerkungen austauschen und seine Augen voll Wohlgefallen auf dem Knaben ruhen lassen. Niemand würde ihm einen Vorwurf machen können. Ein unschuldiger Besuch, nichts weiter.

Aber Fortuna blieb ihm auch weiterhin treu. Metrobius war allein zu Hause, zur Strafe zurückgelassen, während Skylax Freunde in Antium besuchte. Metrobius langweilte sich tödlich und war überglücklich, Sulla zu sehen! So voller Liebe, Leidenschaft, Hunger, Kummer. Und nachdem ihr Hunger und ihre Leidenschaft gestillt waren, zog Sulla den Knaben auf seinen Schoß, umarmte ihn und weinte beinahe.

»Ich habe zu lange in dieser Welt gelebt«, sagte er. »Oh ihr Götter, wie ich dich vermisse!«

»Und wie ich dich vermisse!« sagte der Knabe und schmiegte sich an Sulla.

Es wurde still. Metrobius fühlte an seiner Wange, wie Sulla hart schluckte, er sehnte sich danach, Sullas Tränen zu spüren. Aber Tränen würde er nicht spüren, das wußte er. »Was ist los, liebster Lucius Cornelius?« fragte er.

»Ich langweile mich«, sagte Sulla sehr ruhig. »Diese Leute da oben sind solche Heuchler, so schrecklich fad! Gute Sitten und gute Manieren bei jeder öffentlichen Gelegenheit, und dann heimlich schmutzige Vergnügen, wenn sie glauben, daß niemand sie beobachtet – ich kann heute abend meine Verachtung nur schwer verbergen.«

»Ich dachte, du würdest glücklich werden da oben«, sagte Metrobius sichtlich erfreut.

»Das dachte ich auch«, sagte Sulla bitter und schwieg wieder.

»Warum bist du heute abend gekommen?«

»Ach, ich war auf einem Fest.«

»War es nicht schön?«

»Nicht für deine oder meine Begriffe, mein Goldjunge. Für ihre Begriffe war es ein großer Erfolg. Aber ich hätte die ganze Zeit lachen können. Und dann, auf dem Heimweg, wurde mir bewußt, daß ich niemanden hatte, der mit mir gelacht hätte. Niemanden!«

»Außer mir«, sagte Metrobius und setzte sich aufrecht hin. »Na, willst du mir nichts davon erzählen?«

»Du kennst die Familie Licinius Crassus, nicht wahr?«

Metrobius betrachtete eingehend seine Fingernägel. »Ich bin ein Kinderstar am Komödientheater«, sagte er. »Was weiß ich über berühmte Familien?«

»Die Familie Licinius Crassus hat Rom mit Konsuln und gelegentlich auch mit einem Pontifex Maximus versorgt seit – ach, seit Jahrhunderten! Sie sind unerhört reich und bringen zwei Sorten von Männern hervor – die genügsame und die genußsüchtige Sorte. Der Vater dieses Crassus war von der genügsamen Sorte und ließ das lächerliche Luxusgesetz auf die Tafeln schreiben – du weißt, welches ich meine«, sagte Sulla.

»Kein goldenes Geschirr, keine Purpurgewänder, keine Austern, kein importierter Wein – ist es das?«

»Genau. Aber Crassus Orator – der sich anscheinend nicht gut mit seinem Vater versteht – liebt den Luxus mehr als alles andere auf der Welt. Und Quintus Granius, der Auktionator, braucht Crassus Orator, der doch jetzt Volkstribun ist. Also hat Quintus Granius heute abend ein Fest zu Ehren von Crassus Orator gegeben. Das Motto«, sagte Sulla, nun mit etwas mehr Ausdruck in der Stimme, »hieß: ›Laßt uns die *lex Licinia sumptuaria* mißachten!‹«

»Wurdest du deshalb eingeladen?« fragte Metrobius.

»Ich wurde eingeladen, weil es so aussieht, als hielte man mich in den höchsten Kreisen für einen faszinierenden Burschen – hohe Geburt, niedriges Leben. Ich glaube, sie haben gedacht, ich würde mich nackt ausziehen, ein paar schmutzige Gassenhauer grölen und nebenher Colubra bumsen, bis ihr die Puste ausgeht.«

»Colubra?«

»Colubra.«

Metrobius pfiff durch die Zähne. »Du bewegst dich wirklich in gehobenen Kreisen! Ich habe gehört, sie verlangt ein Talent Silber für *irrumatio.*«

»Das mag sein, aber mir hat sie es umsonst angeboten«, sagte Sulla grinsend. »Ich habe abgelehnt.«

Metrobius fröstelte. »Ach Lucius Cornelius, lauf nicht herum und mach dir Feinde, wo du doch jetzt in deiner rechtmäßigen Welt lebst! Frauen wie Colubra haben eine enorme Macht.«

Ein Ausdruck des Widerwillens erschien auf Sullas Gesicht. »Quatsch! Ich scheiße auf sie!«

»Das würde ihnen wahrscheinlich gefallen«, sagte Metrobius nachdenklich.

Damit hatte er es geschafft: Sulla lachte und erzählte seine Geschichte etwas fröhlicher weiter.

»Es waren auch ein paar Ehefrauen da – von der abenteuerlustigen Sorte, die ihre Ehemänner halb zu Tode nörgeln –, zwei Claudias und eine Dame mit Maske, die darauf bestand, Aspasia genannt zu werden. Ich habe aber gleich gemerkt, daß sie Crassus Orators Cousine Licinia war – weißt du, die, mit der ich ab und zu mal geschlafen habe.«

»Ja, ich weiß schon«, sagte Metrobius ein wenig grimmig.

»Alles war vollkommen überladen mit Gold und tyrischem Purpur«, fuhr Sulla fort. »Sogar die Geschirrtücher waren aus purpurroter Seide und mit Gold bestickt! Du hättest sehen sollen, wie der Serviersklave gewartet hat, bis sein Herr wegschaute, und dann schnell ein gewöhnliches Geschirrtuch herauszog, um den Wein aus Chios aufzuwischen, den jemand verschüttet hatte – die Tücher aus Seide mit Gold waren natürlich nur Dekoration.«

»Dir war das alles zuwider«, sagte Metrobius verständnisvoll.

»Es war mir zutiefst zuwider«, seufzte Sulla und erzählte weiter. »Die Liegen waren mit Perlen bestickt. Stell dir das mal vor! Und die Gäste haben gerupft und gezupft, bis die Liegen kahlgepflückt waren. Dann haben sie die Perlen in eine Ecke der Servietten aus purpurner Seide mit Goldstickerei gelegt und die Ecke sorgfältig verknotet – dabei hätten alle diese Geldsäcke die Ausgabe nicht einmal bemerkt, wenn sie so viele Perlen gekauft hätten, wie sie stahlen.«

»Außer dir«, sagte Metrobius sanft und strich das Haar aus Sullas weißer Stirn. »Du hast keine Perlen genommen.«

»Lieber wäre ich gestorben«, sagte Sulla. Er zuckte mit den Achseln. »Und außerdem waren es sowieso nur armselige kleine Süßwasserperlen.«

Metrobius lachte verschmitzt. »Verdirb nur nicht die Pointe! Ich mag es, wenn du so unerträglich stolz und nobel bist.«

Sulla küßte ihn lächelnd. »Bin ich so schlimm?«

»Ja, das bist du. Wie war das Essen?«

»Fertig angeliefert. Nicht einmal in Granius' Küche hätte man genug Essen für sechzig – ähm, neunundfünfzig – der gefräßigsten Schlemmer zubereiten können, die ich je gesehen habe. Jedes Hühnerei war extra groß, die meisten hatten zwei Dotter. Dann gab es Schwaneneier, Gänseeier, Enteneier, Eier von Seevögeln und Eier mit vergoldeten Schalen. Gefüllte Zitzen von Mutterschweinen – Truthähne, gemästet mit Honigkuchen, die in bestem Falernerwein getränkt waren – Schnecken, die eigens aus Ligurien geliefert wurden – Austern, die man in schnellen Kutschen aus Baiae gebracht hatte – die Luft war derart geschwängert von den teuersten Pfeffersorten, daß ich einen Niesanfall bekam.«

Metrobius spürte, daß Sulla unbedingt sprechen wollte. In was für einer seltsamen Welt mußte er jetzt leben. Diese Welt war wohl ganz anders, als er sie sich vorgestellt hatte, allerdings wußte Metrobius nicht genau, was Sulla sich früher vorgestellt hatte, denn Sulla war nicht redselig, jedenfalls war er es bis heute abend nicht gewesen. Und jetzt das, aus heiterem Himmel! Metrobius hatte sich damit abgefunden, dieses geliebte Gesicht nie mehr zu sehen, außer vielleicht von ferne. Und dann hatte Sulla plötzlich vor der Tür gestanden und einfach entsetzlich ausgesehen. Und liebesbedürftig. »Was gab es noch?« fragte Metrobius, damit sein Gast weitererzählte.

Eine rotgoldene Braue zog sich in die Höhe, die dunkle Färbung mit *stibium* war längst dahin. »Das Beste sollte erst noch kommen, wie sich herausstellte. Sie brachten es auf Schulterhöhe herein, auf einem Kissen aus tyrischem Purpur in einer mit Edelsteinen besetzten goldenen Schüssel: einen riesigen Fisch aus dem Tiber, dessen starre Augen wie die einer geprügelten Bulldogge blickten. Sie trugen ihn mehrmals im Kreis um den ganzen Raum herum, mit mehr Feierlichkeit, als den zwölf Göttern bei einem *lectisternium* zuteil wird. Einen Fisch!«

Metrobius runzelte die Stirn. »Was für ein Fisch war es?«

Sulla legte den Kopf zurück und schaute Metrobius ins Gesicht. »Ein Barsch aus der Kanalisation. So etwas kennst du doch!«

»Ich weiß nicht, ich kann mich nicht daran erinnern.«

Sulla dachte nach, entspannte sich. »Na, vielleicht kennst du es wirklich nicht. Einen solchen Fisch gibt es auf Schauspielerfesten bestimmt nie und nimmer. Ich will dir nur soviel sagen, Metrobius, daß jeder Dummkopf von Feinschmecker in den höheren Kreisen von Rom schon allein bei dem Gedanken an einen Barsch aus der Mündung der Kanalisation vor Entzücken fast in Ohnmacht fällt. Dabei schwimmen sie zwischen der Hölzernen Brücke und dem Pons Aemilius zu Tausenden herum und baden ihre schuppigen Leiber in der Fracht der Abwasserkanäle. Sie sind so vollgefressen von Roms Fäkalien, daß sie Köder verschmähen. Sie riechen nach Kot, und sie schmecken nach Kot, und wenn du sie ißt, ißt du Kot. Das ist meine Meinung. Aber Quintus Granius und Crassus Orator schwelgten und schwärmten, als hätten sie nicht einen kotfressenden Flußbarsch aus dem Tiber vor sich, sondern Nektar und Ambrosia!«

Metrobius konnte sich nicht mehr halten und würgte laut.

»Gut gesagt!« rief Sulla und lachte. »Ach, wenn du sie nur gesehen hättest, diese aufgeblasenen Trottel! Sie feierten sich als die Besten und Feinsten von Rom, und dabei lief ihnen Roms Abwasser über das Kinn ...« Sulla hielt inne und sog scharf die Luft ein. »Ich kann es nicht mehr ertragen. Keinen Tag mehr, keine Stunde.« Er hielt wieder inne. »Ich bin betrunken. Es waren diese schrecklichen Saturnalien.«

»Wieso schreckliche Saturnalien?«

»Langweilig – schrecklich – das ist egal. Eine andere Sorte Oberschicht als die Festgäste von Crassus Orator, aber genauso schlimm. Langweilig, langweilig, langweilig!« Er zuckte die Achseln. »Mach dir nichts daraus. Nächstes Jahr bin ich in Numidien und habe etwas, woran ich mir die Zähne ausbeißen kann. Ich kann es kaum erwarten! Rom ohne dich – ohne meine alten Freunde – ich kann es nicht ertragen.« Ein Schauder überlief ihn. »Ich bin betrunken, Metrobius. Und ich sollte nicht hier sein. Aber wenn du wüßtest, wie gut es mir tut, hier zu sein!«

»Ich weiß nur, wie gut es mir tut, dich hier zu haben«, sagte Metrobius laut.

»Du bist im Stimmbruch«, sagte Sulla überrascht.

»Es ist auch an der Zeit. Ich bin siebzehn, Lucius Cornelius. Zum Glück bin ich klein für mein Alter, und Skylax hat mir beigebracht, wie ich meine Stimme oben halten kann. Aber inzwischen vergesse ich es manchmal. Es ist schwierig zu kontrollieren. Ich muß mich auch bald rasieren.«

»Siebzehn!«

Metrobius glitt von Sullas Schoß, stellte sich vor ihn hin und sah ernst auf ihn hinunter, dann streckte er die Hand aus. »Komm! Bleib noch ein bißchen bei mir. Du kommst rechtzeitig nach Hause, bevor es hell wird.«

Widerwillig stand Sulla auf. »Ich bleibe«, sagte er, »diesmal bleibe ich. Aber ich komme nicht wieder.«

»Ich weiß«, sagte Metrobius und zog Sullas Arm über seine Schultern, »nächstes Jahr bist du in Numidien, und du wirst glücklich sein.«

# *Das vierte Jahr*

(107 v. Chr.)

# Unter den Konsuln Lucius Cassius Longinus und Gaius Marius (I)

Wohl noch keinem Konsul hatte das Amt so viel bedeutet, wie das erste Konsulat Gaius Marius bedeutete. Als er am Neujahrstag zur Amtsübergabe schritt, tat er dies in dem beruhigenden Wissen, daß er vorschriftsgemäß die ganze Nacht nach Omen Ausschau gehalten hatte, und sein weißer Stier hatte das mit Betäubungsmitteln versetzte Futter bereitwillig gefressen. Jetzt stand Marius, seiner Würde bewußt und bereits jeder Zoll der Konsul, aufrecht in der frischen Luft des heraufziehenden wolkenlosen Tages. Eindrucksvoll hob sich seine hochgewachsene Gestalt von den Umstehenden ab. Der erste Konsul Lucius Cassius Longinus, ein kleiner, feister Mann, sah in seiner Toga wenig beeindruckend aus und wurde von dem zweiten Konsul vollkommen in den Schatten gestellt.

Und Lucius Cornelius Sulla war endlich Senator geworden. Mit dem breiten Purpurstreifen auf der rechten Schulter seiner Tunika stand er, der Quästor, neben seinem Konsul.

Obwohl Marius die *fasces,* die durch karmesinrote Bänder zusammengehaltenen Rutenbündel, im Monat Januar nicht führte – sie wurden bis zu den Kalenden des Februars dem ersten Konsul Cassius vorangetragen –, berief er am folgenden Tag den Senat zu einer Sitzung ein.

Fast alle Senatoren kamen, denn sie trauten Marius nicht. »Senatoren«, begann Marius, »Rom führt gegenwärtig an mindestens drei Fronten Krieg, Spanien nicht mitgerechnet. Wir brauchen Armeen, um gegen König Jugurtha zu kämpfen, gegen die Skordisker in Makedonien und gegen die Germanen in Gallien. In den fünfzehn Jahren seit dem Tod von Gaius Gracchus haben wir aber auf den verschiedenen Schlachtfeldern sechzigtausend römische Soldaten verloren. Tausende Soldaten taugen nicht mehr für den Dienst in der Armee. Ich wiederhole es, eingeschriebene Väter des Senats: fünfzehn Jahre. Nicht einmal eine halbe Generation.«

In der Curia war es totenstill. Unter den Senatoren saß Marcus Junius Silanus, der erst vor knapp zwei Jahren über zwanzigtausend Soldaten verloren hatte, ein Drittel der Gesamtverluste. Der Hochverratsprozeß gegen ihn war noch nicht abgeschlossen. Noch nie hatte jemand gewagt, die Zahl der insgesamt gefallenen Soldaten im Senat auszusprechen, aber alle Anwesenden wußten, daß Marius eher zu vorsichtig geschätzt hatte. Sie waren wie betäubt von den Zahlen.

»Wir können die Reihen unserer Armeen nicht mehr auffüllen«, fuhr Marius fort. »Aus einem einfachen Grund: Wir haben nicht mehr genügend Männer. Schon der Mangel an römischen Bürgern und Männern latinischen Rechts ist erschreckend, aber der Mangel an Männern unserer italischen Bundesgenossen ist noch viel schlimmer. Auch wenn wir in jedem Bezirk südlich des Arno Truppen ausheben, bekommen wir nicht annähernd so viele Soldaten zusammen, wie wir dieses Jahr im Feld brauchen. Unsere africanische Armee unter Quintus Caecilius Metellus besteht aus sechs gut ausgebildeten und ausgerüsteten Legionen. Ich nehme an, sie wird nach ihrer Rückkehr aus Africa von meinem geschätzten Kollegen Lucius Cassius übernommen und im fernen Gallien gegen die Tolosater eingesetzt. Auch die makedonischen Legionen sind gut ausgerüstet und bestehen aus erfahrenen Soldaten. Sie werden, davon bin ich überzeugt, unter Marcus Minucius und seinem jüngeren Bruder weiterhin gute Arbeit leisten.«

Marius machte eine Pause, um Atem zu holen. Die Senatoren hingen an seinen Lippen. »Bleibt das Problem einer neuen africanischen Armee. Quintus Caecilius Metellus hatte sechs volle Legionen zu seiner Verfügung. Ich denke, daß ich notfalls mit vier Legionen auskommen kann. Aber Rom hat keine vier Legionen in Reserve! Rom hat nicht einmal eine Legion in Reserve! Um euer Gedächtnis aufzufrischen, zähle ich euch jetzt im einzelnen auf, wie viele Soldaten man für vier Legionen braucht.«

Gaius Marius brauchte dazu kein beschriebenes Wachsplättchen. Gelassen trat er einen Schritt vor seinen elfenbeinernen kurulischen Amtsstuhl auf der erhöhten Bühne des Konsuls und nannte die Zahlen aus dem Kopf: »Auf eine volle Legion kommen 5 120 Fußsoldaten, dazu 1 280 nichtkämpfende Freie und weitere 1000 nichtkämpfende Sklaven. Dann haben wir die Kavallerie: 2000 Reiter, dazu 2000 nichtkämpfende Freie und Sklaven zur Versorgung der Pferde. Ich muß also irgendwo 20 480 Fußsoldaten, 5120 nichtkämpfende Freie, 4000 nichtkämpfende Sklaven, 2000 Reiter und 2000 nichtkämpfende Männer zur Versorgung der Kavallerie herbekommen.«

Er ließ seine Augen über die Senatoren schweifen. »Es war noch nie schwer, Männer für den nichtkämpfenden Teil der Truppe zu finden, und das wird, denke ich, auch diesmal nicht schwer sein – für sie gibt es keine untere Einkommensgrenze, sie können so arm sein wie der ärmste Bauer im Gebirge. Auch die Kavallerie ist kein Problem. Rom hat schon seit vielen Generationen keine römischen oder italischen Reiter mehr in die Schlacht geschickt, und trotzdem mangelt es uns nicht an Reitern. Wir finden sie in Ländern wie Makedonien, Thrakien, Ligurien und Gallia Transalpina, und sie bringen ihre eigenen Knechte und Pferde mit.«

Diesmal machte er eine längere Pause, den Blick nachdenklich auf einige Senatoren in der ersten Reihe gerichtet – Scaurus, Catulus Caesar, der sich vergeblich um das Konsulat beworben hatte, den Pontifex Maximus Metellus Delmaticus, Gaius Memmius, Lucius Calpurnius Piso Caesoninus, Scipio Nasica und Gnaeus Domitius Ahenobarbus. Diese Männer waren entscheidend, die anderen Senatoren würde ihnen folgen wie die Herde dem Leithammel.

»Wir sind ein sparsamer Staat, *patres conscripti*. Als wir die Könige davongejagt haben, haben wir zugleich die vom Staat finanzierte Armee abgeschafft, haben den Dienst in der Armee auf die beschränkt, die genug Geld haben, daß sie Waffen, Rüstung und anderes Kriegsgerät selbst kaufen können. Diese Voraussetzung galt ohne Unterschied für alle Soldaten – römische, latinische und italische. Wer etwas besitzt, hat etwas zu verteidigen. Die Erhaltung des Staates und seines Vermögens ist ihm wichtig. Er wird mit ganzem Einsatz dafür kämpfen. Deshalb haben wir gezögert, unser Reich auf überseeische Länder auszudehnen. Wir haben immer wieder versucht, uns vor dem Besitz von Provinzen zu drücken.

Aber nach unserem Sieg über Perseus sind wir mit unserem lobenswerten Versuch, in Makedonien die Selbstverwaltung einzuführen, gescheitert, weil das Volk dort mit keinem anderen System als der Autokratie zurechtkommt. Wir mußten Makedonien zur römischen Provinz machen, denn wir konnten nicht zulassen, daß Barbarenstämme die Westküste Makedoniens heimsuchten, die unserer eigenen Ostküste so nahe liegt. Die Niederlage Karthagos hat uns gezwungen, das karthagische Reich in Spanien zu verwalten, oder wir hätten das Risiko eingehen müssen, daß ein anderes Volk davon Besitz ergreift. Den größten Teil des africanischen Karthago haben wir den Königen von Numidien überlassen und behielten selbst nur eine kleine Provinz um das eigentliche Karthago im Namen Roms. Damit wollten wir uns für ein erneutes Erstarken der Punier wappnen – ihr seht selbst, was daraus geworden ist, daß wir so viel an die numidischen Könige weggegeben haben! Jetzt müssen wir alles zurückfordern, damit wir unsere kleine Provinz schützen und den dreisten Eroberungsgelüsten eines einzigen Mannes, des numidischen Königs Jugurtha, einen Riegel vorschieben können. Ein einziger Mann erhebt sich, eingeschriebene Väter, und schon droht Rom der Untergang! König Attalus hat uns Kleinasien vermacht, als er starb, und wir versuchen immer noch, uns vor unserer Verantwortung als Verwalter dieser Provinz zu drücken! Gnaeus Domitius Ahenobarbus hat die gesamte gallische Küste zwischen Ligurien und Hispania Citerior erobert, so daß wir einen sicheren, fest in römischer Hand befindlichen Verbindungsweg für unsere Armeen zwischen Rom und Spanien haben – aber daraus ist uns die Notwendigkeit erwachsen, eine weitere Provinz zu schaffen.«

Marius räusperte sich. Man hätte eine Stecknadel fallen hören können. »Unsere Soldaten kämpfen inzwischen außerhalb Italiens. Sie sind lange von zu Hause weg und können sich nicht um Haus und Hof kümmern. Ihre Frauen werden ihnen untreu, ihre Kinder wachsen vaterlos auf. Das Ergebnis ist, daß immer weniger Freiwillige zu uns kommen, daß wir immer mehr Zwangsrekrutierungen vornehmen müssen. Keiner, der Felder bestellt oder ein Geschäft führt, will fünf, sechs oder gar sieben Jahre von zu Hause fort sein! Und wenn er entlassen wird, kann er jeden Augenblick wieder einberufen werden, wenn sich keine Freiwilligen finden.«

Marius' tiefe Stimme wurde noch tiefer. »Aber was schwerer wiegt als alles andere: In den letzten fünfzehn Jahren sind so viele Soldaten gefallen! Und niemand ist an ihre Stelle getreten. In ganz Italien gibt es keine Männer mehr, die aufgrund ihres Vermögens für die römische Armee in Frage kommen.«

Marius hob die Stimme. Laut und machtvoll hallten seine Worte durch die altehrwürdige Halle. »Seit den Zeiten des zweiten Krieges gegen Karthago mußten die Werbeoffiziere immer wieder ein Auge zudrücken, wenn es um die Vermögensgrenzen ging. Und nach dem Verlust der Armee des jüngeren Carbo vor sechs Jahren haben wir sogar Männer in die höheren Ränge aufgenommen, die weder ihre

Rüstung noch sonst irgend etwas bezahlen konnten. Offiziell gebilligt war das nie, es war immer nur der letzte Ausweg.

Diese Zeiten sind vorbei, eingeschriebene Väter. Ich, Gaius Marius, Konsul des Senats und des Volkes von Rom, erkläre vor den Mitgliedern dieses Hauses, daß ich meine Soldaten in Zukunft anwerben werde, nicht zwangsverpflichten – ich will Freiwillige, nicht Männer, die lieber zu Hause wären! Wo ich zwanzigtausend Freiwillige finden will, fragt ihr? Die Antwort darauf ist einfach! Ich finde sie bei den besitzlosen Plebejern, bei den Ärmsten der Armen, die so arm sind, daß sie keiner der fünf Vermögensklassen angehören – ich finde meine Freiwilligen bei denen, die kein Geld haben, keinen Besitz und oft nicht einmal einen festen Beruf – ich finde sie bei denen, die noch nie Gelegenheit hatten, für ihr Land, für Rom zu kämpfen!«

Die Senatoren waren unruhig geworden, und die Unruhe hatte sich immer mehr gesteigert, bis schließlich der ganze Senat donnerte: »Nein! Nein! Nein!«

Marius verzog keine Miene. Geduldig wartete er, auch als der Aufruhr handgreiflich zu werden drohte und geballte Fäuste in die Luft flogen. Die Senatoren waren rot vor Zorn aufgesprungen, und über zweihundert Klappstühle polterten, von den Falten der Togen mitgerissen, über die alten, von ungezählten Füßen im Lauf der Jahrhunderte abgewetzten Marmorfliesen.

Endlich legte sich der Lärm wieder. Die Senatoren schäumten, aber sie wußten, daß sie noch nicht alles gehört hatten, und ihre Neugier war stärker als ihre Wut.

»Ihr könnt schreien und brüllen und heulen, bis Essig zu Wein wird!« rief Marius, sobald er sich Gehör verschaffen konnte. »Aber ich erkläre euch hier und jetzt, daß ich genau das tun werde! Und dazu brauche ich euer Einverständnis gar nicht! Kein Gesetz verbietet mir, Plebejern anzuwerben – aber in einigen Tagen wird es ein Gesetz geben, welches mir genau das erlaubt! Ein Gesetz, nach dem jeder rechtmäßig gewählte Konsul, der eine Armee braucht, Freiwillige bei den *capite censi* anwerben darf – besitzlose Bürger und Plebejern. Denn ich, Senatoren, trete mit meinem Anliegen vor das Volk!«

»Nein!« schrie Dalamticus.

»Nur über meine Leiche!« schrie Scipio Nasica.

»Nein!« schrien alle Senatoren. »Nein! Nein! Nein!«

»Wartet!« rief eine einsame Stimme. Es war Scaurus. »So wartet doch! Laßt mich ihm antworten!«

Aber niemand hörte ihm zu. Die Curia Hostilia, Sitz des Senats seit der Gründung der Republik, erzitterte vom Geschrei der tobenden Senatoren.

»Kommt mit!« Hocherhobenen Hauptes verließ Marius die Curia, gefolgt von seinem Quästor Sulla und seinem Volkstribunen Titus Manlius Mancinus.

Auf dem Forum waren bei den ersten Anzeichen des Sturms in der Curia Menschen zusammengeströmt, und auf den Sitzreihen des Comitiums drängten sich bereits Marius' Anhänger. Entschlossen marschierten der Konsul und sein Volkstribun die Treppe der Curia hinunter und hinüber zur Rednerbühne an der Rückseite des Comitiums. Quästor Sulla, ein Patrizier, mußte auf den Stufen der Curia stehenbleiben.

»Hört mich an!« brüllte Mancinus. »Hiermit berufe ich die Versammlung der Plebs ein und eröffne eine *contio,* eine vorbereitende Diskussion!«

Gaius Marius trat zum Rednerplatz am vorderen Rand der Bühne. Er drehte sich so, daß er halb zum Comitium, halb zum unteren Teil des Forums gewandt war. Wer auf den Stufen der Curia stand, sah von ihm nicht viel mehr als seinen Rücken, und als die Senatoren mit Ausnahme der wenigen Patrizier des Senats durch die Sitzreihen des Comitiums nach unten drängten, zur Mitte, wo sie Marius ins Gesicht sehen und ihn stören konnten, verstellten ihnen die zum Comitium befohlenen Klienten und Anhänger Marius' den Weg. Es entstand ein unsanftes Geschiebe und Gedränge, und heftige Worte flogen hin und her, aber die Absperrung gab nicht nach. Nur die neun anderen Volkstribunen wurden zur Rednerbühne durchgelassen. Der innere Zwiespalt eines jeden stand auf ihren Gesichtern zu lesen. Wortlos verharrten sie am hinteren Rand der Bühne und rangen mit der Entscheidung, ob sie angesichts dieser Umstände ein Veto einlegen und damit ihr Leben riskieren sollten.

»Volk von Rom«, rief Marius, »der Senat verbietet mir zu tun, was ich tun muß, wenn Rom überleben will! Rom braucht Soldaten, Rom braucht dringend Soldaten! Wir sind auf allen Seiten vom Feind umgeben, doch die ehrwürdigen Väter des Senats sind wie immer ausschließlich daran interessiert, ihre überkommenen Privilegien zu verteidigen, statt sich um Roms Schicksal zu kümmern! Es ist der Senat, Volk von Rom, der die Römer und Latiner und Italiker bis aufs Blut ausgesaugt hat und der rücksichtslos die Männer jener Klassen ausgebeutet hat, die traditionell die Soldaten

Roms stellen! Denn ich sage euch: Von diesen Männern ist keiner mehr übrig! Wer nicht wegen der Habgier, Arroganz und Dummheit eines Feldherrn und Konsuls auf dem Schlachtfeld gefallen ist, ist entweder verstümmelt und als Soldat nicht mehr zu gebrauchen oder er dient gegenwärtig in den Legionen!

Aber es gibt noch Männer, die bereit und begierig sind, Rom freiwillig zu dienen! Ich meine die besitzlosen Plebejer, jene Bürger Roms und der italischen Städte, die zu arm sind, um eine Stimme in der Zenturienversammlung zu haben, zu arm, um Land oder ein Geschäft zu besitzen, zu arm, um sich als Soldaten ausrüsten zu können! Es ist an der Zeit, Römer, diese Tausende und Abertausende von Männern aufzufordern, daß sie mehr für Rom tun sollen als Schlange stehen, wann immer es billiges Getreide gibt, an Feiertagen in den Zirkus drängen und dort die Zeit totschlagen, Söhne und Töchter in die Welt setzen, die sie nicht ernähren können! Wenn sie kein Vermögen besitzen, sind sie doch nicht wertlos! Ich glaube zum Beispiel nicht, daß sie Rom weniger lieben als die Reichen. Ich glaube sogar, sie lieben Rom aufrichtiger als manches ehrenwerte Mitglied des Senats!«

Marius richtete sich leidenschaftlich auf und breitete die Arme aus, als wolle er ganz Rom umarmen. »Ich bin heute zusammen mit den Tribunen hier, um mir von euch, dem Volk, zu holen, was der Senat mir nicht geben will! Ich bitte euch um das Recht, besitzlose Plebejer als Soldaten anzuwerben! Ich will aus namenlosen Bürgern Soldaten der römischen Legionen machen! Ich biete ihnen eine einträgliche Stellung an, einen ordentlichen Beruf, außerdem eine Zukunft für sie und ihre Familien und die Möglichkeit, zu Ehre und Ansehen zu gelangen. Ich biete ihnen eine Erhöhung ihres Selbstbewußtseins und ihrer Würde und die Chance, bei der Errichtung der römischen Herrschaft eine bedeutende Rolle zu spielen.«

Er hielt inne. Die Menge starrte schweigend zu ihm hinauf. Die Blicke aller waren wie gebannt auf das zornrote Gesicht und die blitzenden Augen des Konsuls gerichtet, auf sein trotzig emporgerecktes Kinn und die stolze Brust. »Die Väter des Senats wollen diesen Abertausenden von Männern ihre Chance vorenthalten! Und mir will man verbieten, ihre Dienste, ihre Loyalität und ihre Liebe zu Rom in Anspruch zu nehmen! Und weshalb? Weil die Senatoren Rom mehr lieben als ich? Mitnichten! Weil sie sich selbst und ihresgleichen mehr lieben als Rom und alles andere! Deshalb komme ich zu euch, zum Volk. Ich bitte euch, auch im Namen

Roms, gebt mir, was der Senat mir verweigert! Gebt mir die *capite censi,* Römer! Gebt mir die Niedrigsten und Ärmsten! Laßt mich aus ihnen Bürger machen, auf die Rom stolz sein kann, Bürger, die Rom nützen, statt ihm zur Last zu fallen, Bürger, die vom Staat ausgerüstet, ausgebildet und bezahlt werden, damit sie dem Staat mit Leib und Seele als Soldaten dienen! Wollt ihr mir geben, was ich verlange? Wollt ihr Rom geben, was Rom braucht?«

Und dann brach der Tumult los. Jubelgeschrei und Füßegetrampel machten jedes weitere Wort unmöglich. Marius hatte es geschafft – eine tausend Jahre alte Tradition stürzte ein. Die neun Volkstribunen sahen einander verstohlen an, in stummem Einverständnis, daß sie kein Veto einlegen würden. Auch sie lebten gern.

Nach Verabschiedung der *lex Manlia,* die den amtierenden Konsuln das Recht verlieh, Freiwillige unter den *capite censi* zu werben, sprach Marcus Aemilius Scaurus im Senat. »Gaius Marius ist ein geifernder, tollwütiger Wolf! Gaius Marius ist ein bösartiges Geschwür , das in unserer Mitte wuchert! Gaius Marius ist der sprechendste Grund, *patres conscripti,* warum wir unsere Reihen gegen Aufsteiger schließen müssen! Nicht einmal einen Platz in der letzten Reihe dieses ehrwürdigen Hauses dürfen sie bekommen! Was, frage ich euch, versteht ein Gaius Marius denn vom römischen Wesen, von den unvergänglichen Idealen und Traditionen des römischen Staates?

Ich bin der Senatsvorsitzende, aber in all den Jahren in diesem Hause, das ich als die Verkörperung des römischen Geistes verehre, bin ich keinem so arglistigen, gemeingefährlichen und erpresserischen Menschen wie Gaius Marius begegnet! Zweimal innerhalb von drei Monaten hat er die geheiligten Vorrechte des Senats mit Füßen getreten und auf dem rohen Altar des Volkes geopfert! Zuerst hat er den Senatsbeschluß aufgehoben, mit dem wir das Kommando des Quintus Caecilius Metellus in Africa verlängert haben. Und jetzt nutzt er die Ahnungslosigkeit des Volkes dazu aus, seinen persönlichen Ehrgeiz zu befriedigen: Er läßt sich vom Volk ermächtigen, Soldaten anzuwerben. Das ist skrupellos, unsinnig und unannehmbar!«

Die Senatssitzung war gut besucht. Es war Scaurus und anderen einflußreichen Senatoren gelungen, über zweihundertachtzig der dreihundert Senatoren herbeizurufen. Einige hatten eigens das Krankenlager verlassen. Jetzt saßen sie auf ihren kleinen Klappstühlen in den ansteigenden Rängen zu beiden Seiten der Curia Hostilia wie eine große Schar schneeweißer Hennen, die sich zum Schlafen auf ihren Hühnerstangen niedergelassen haben. Die purpurgesäumten Togen der ehemaligen hohen Magistrate waren die einzige Abwechslung in der blendendweißen, schattenlosen Masse. Die zehn Volkstribunen hatten zwischen den Rängen auf ihrer langen hölzernen Bank neben den amtierenden Magistraten Platz genommen. Die Magistrate – die zwei kurulischen Ädilen, die sechs Prätoren und die beiden Konsuln – saßen aufgrund der Würde ihrer hohen Ämter getrennt von den übrigen Senatoren. Auf einer erhöhten Bühne am Ende des Saals, gegenüber dem gewaltigen, doppelflügligen Bronzeportal, durch das man die Curia betrat, standen die beiden eleganten Elfenbeinstühle der Konsuln.

Auf der Bühne saß neben Konsul Cassius, ein kleines Stück zurückgesetzt, Gaius Marius. Er unterschied sich von den anderen nur durch seine Haltung: Ruhig, zufrieden und mit halbgeschlossenen Augen hörte er Scaurus zu. Die Tat war getan. Er hatte seine Vollmacht. Er konnte es sich leisten, großzügig zu sein.

»Der Senat muß alles tun, was er kann, um die Macht einzuschränken, die Gaius Marius soeben den Plebejer gegeben hat. Die Plebejer sollen bleiben, was sie immer waren – hungrige Mäuler, die zu nichts zu gebrauchen sind und für die wir, die Privilegierten, sorgen, die wir ernähren und tolerieren müssen – ohne im Gegenzug eine Dienstleistung von ihnen zu verlangen. Denn solange die Plebejer nicht für uns arbeiten und keine Aufgabe haben, sind sie nichts weiter als ein Anhängsel, das Weib Roms, das nicht arbeitet, aber auch keine Macht und keine Stimme besitzt. Sie können nichts von uns fordern, das wir ihnen nicht freiwillig geben, denn sie tun nichts. Sie sind nur da.

Wir können uns bei Gaius Marius bedanken, wenn wir jetzt mit den grotesken Problemen einer Armee von Plebejern konfrontiert werden, einer Armee von Berufssoldaten, wie ich sie wohl nennen muß – von Männern, die kein anderes Einkommen haben, keine andere Verdienstmöglichkeit –, Männer, die dann wohl auch nach Abschluß eines Feldzuges in der Armee bleiben wollen und die den Staat enormes Geld kosten werden. Und, eingeschriebene Väter, Männer, die Mitsprache in der römischen Politik fordern werden, weil sie Rom helfen und weil sie für Rom arbeiten. Ihr habt das Volk gehört. Wir vom Senat, die wir den Staatsschatz verwalten und Roms öffentliche Gelder verteilen, müssen jetzt unsere Truhen öffnen und Waffen, Rüstungen und anderes notwendiges Kriegsgerät für die Armee des Gaius Marius kaufen. Das Volk hat uns auch aufgetragen, diese Soldaten regelmäßig zu bezahlen und nicht erst am Ende des Feldzugs, wenn man die Unkosten mit der Beute bestreiten kann. Das Geld, das es kostet, eine Armee von Bettlern ins Feld zu schicken, wird den Staat finanziell ruinieren, daran besteht kein Zweifel.«

»Unsinn, Marcus Aemilius!« unterbrach Marius ihn scharf. »Rom hat so viel Geld in seinen Truhen, daß es gar nicht weiß, wohin damit – denn, *patres conscripti*, ihr gebt das Geld nie aus! Ihr hortet es nur.«

Die Senatoren begannen zu murren, und einige Gesichter liefen rot an. Scaurus hob den rechten Arm und bat um Ruhe. »Es stimmt«, sagte er, »Roms Truhen sind voll. Aber das ist auch richtig so! Die Truhen sind voll trotz der Unkosten der öffentlichen Arbeiten, die ich als Zensor begonnen habe. Es gab in der Vergangenheit allerdings Zeiten, in denen unsere Truhen gähnend leer waren. Die drei Kriege gegen Karthago brachten uns an den Rand des finanziellen Ruins. Was, so frage ich euch, ist also falsch daran, wenn wir Vorsorge treffen, daß so etwas nie wieder passiert? Solange Roms Truhen voll sind, blüht Rom.«

»Rom wird noch mehr blühen, wenn die besitzlosen Bürger Geld in der Tasche haben, das sie ausgeben können«, sagte Marius.

»Das ist nicht wahr, Gaius Marius!« rief Scaurus erregt. »Die Plebejer werden ihr Geld verprassen. Es wird aus dem Umlauf verschwinden, statt sich zu vermehren.«

Scaurus verließ seinen Stuhl in der ersten Reihe und stellte sich vor das große bronzene Portal. Dort konnten ihn beide Seiten des Hauses sehen und hören.

»Ich sage euch eines, eingeschriebene Väter: In Zukunft müssen wir mit aller Macht Widerstand leisten, wenn ein Konsul mit der *lex Manlia* Rekruten bei den *capite censi* anwerben will. Das Volk hat uns nur aufgetragen, die Armee des Gaius Marius zu bezahlen. Der schriftliche Wortlaut des Gesetzes sagt nicht, daß wir auch die nächste Bettlerarmee zahlen müssen, die auf uns zukommt! Hier werden wir den Hebel ansetzen. Soll der künftige Konsul nur nach Belieben Plebejer rekrutieren, um damit die Reihen seiner Legionen aufzufüllen – wenn er uns, die Hüter des römischen Staatsschatzes, bittet, seine Legionen zu bezahlen und auszurüsten, sagen wir nein.«

Gaius Marius erhob sich, um zu antworten. »Eine kurzsichtigere und lächerlichere Haltung würde man schwerlich im Harem eines parthischen Satrapen finden, Marcus Aemilius! Warum bist du so uneinsichtig? Wenn Rom behalten will, was es jetzt hat, muß es in alle Römer investieren, auch in die, die nicht berechtigt sind, in der Zenturienversammlung zu wählen! Statt dessen schicken wir unsere Bauern und kleinen Geschäftsleute in die Schlacht und in den sicheren Tod, wenn wir sie so hirnlosen Idioten wie Carbo und Silanus anvertrauen – ach, du bist auch anwesend, Marcus Junius Silanus? Entschuldige bitte!

Was spricht dagegen, jenen großen Teil der Gesellschaft für den Staat arbeiten zu lassen, der Rom bisher so nützlich war wie dem Stier das Euter? Wenn unser einziger ernsthafter Einwand dagegen ist, daß wir mehr von dem Geld ausgeben müssen, das in unseren Schatztruhen vermodert, dann sind wir nicht nur kurzsichtig, sondern dann sind wir dumm! Du, Marcus Aemilius, bist überzeugt, daß die Plebejer katastrophale Soldaten sein werden. Gut, ich bin überzeugt, sie werden hervorragende Soldaten sein! Sollen wir also weiter darüber stöhnen, daß sie uns Geld kosten werden? Ihnen die Pension am Ende ihres aktiven Dienstes verweigern? Das willst du, Marcus Aemilius!

Ich schlage etwas anderes vor. Ich schlage vor, daß der Staat dem besitzlosen Soldaten am Ende seiner Dienstzeit eine kleine Landparzelle aus öffentlichem Besitz vermacht. Der Veteran kann dieses Land dann bestellen oder verkaufen. Es wäre eine Art Pension. Zugleich wächst unseren dezimierten Kleinbauern dadurch die so dringend benötigte neue Kraft zu. Und das sollte für Rom ein Schaden sein? Männer, Senatskollegen, erkennt ihr nicht, daß Rom nur reicher werden kann, wenn es seinen Reichtum nicht nur mit den Walen, sondern auch mit den Sprotten teilt?«

Aber die Senatoren waren schon wieder empört aufgesprungen, und Konsul Lucius Cassius Longinus, der die Sitzung leitete, wollte einer weiteren Eskalation vorbeugen. Er erklärte die Sitzung für geschlossen und schickte alle nach Hause.

Marius und Sulla machten sich daran, 20 480 Fußsoldaten, 5120 nichtkämpfende Freie, 4 000 nichtkämpfende Sklaven, 2000 Reiter und 2000 Pferdeknechte aufzutreiben.

»Ich übernehme Rom, und du kümmerst dich um Latium«, sagte Marius zufrieden. »Ich bezweifle, daß wir unsere italischen Bundesgenossen überhaupt belästigen müssen. Wir werden es schon schaffen, Lucius Cornelius! Obwohl sie sich so sträuben, wir werden es schon schaffen. Ich habe unseren gemeinsamen Schwiegervater Gaius Julius gebeten, mit den Rüstungs- und Waffenfabrikanten zu verhandeln, und ich lasse seine Söhne aus Africa kommen. Wir können sie hier brauchen. Zwar glaube ich nicht, daß Sextus und der junge Gaius das Zeug zu militärischen Führern haben, aber sie sind ausgezeichnete Befehlsempfänger. Sie arbeiten hart, sind intelligent und loyal.«

Marius ging in sein Arbeitszimmer, wo bereits zwei Männer warteten. Der eine war ein Senator Mitte dreißig, an dessen Gesicht Sulla sich vage erinnern konnte. Der andere war ein junger Bursche von ungefähr achtzehn Jahren.

Marius machte seinen Quästor mit den beiden bekannt.

»Lucius Cornelius, das ist Aulus Manlius. Ich habe ihn gebeten, mir als Legat zu dienen.« Der Senator lächelte. Einer aus dem Patriziergeschlecht Manlius, dachte Sulla. Marius hatte wirklich überall Freunde und Klienten.

»Und dieser junge Mann ist Quintus Sertorius, der Sohn meiner Cousine Maria in Nersia, kurz Ria genannt. Ich habe ihn in meinen persönlichen Stab aufgenommen.« Ein Sabiner, dachte Sulla. Er hatte gehört, daß die Sabiner hervorragende Soldaten waren – unorthodox, aber tapfer und unbeugsam.

»Also gut, an die Arbeit«, drängte Marius. Über zwanzig Jahre hatte er auf diesen Augenblick gewartet. Nun endlich konnte er seine Vorstellung von der römischen Armee der Zukunft in die Tat umsetzen.

»Wir teilen uns auf. Aulus Manlius, du kümmerst dich um Maultiere, Karren, Ausrüstung, Troß, Verpflegung und Munition. Meine beiden Schwäger müssen jeden Tag eintreffen, sie werden dir helfen. Ich will, daß du Ende März fertig bist und nach Africa auslaufen kannst. Hol dir alle Hilfe, die du brauchst. Mein Vorschlag wäre, zuerst die Männer für den Troß zu suchen und dann die besten von ihnen als Hilfe bei der Arbeit einzusetzen. So sparst du Geld und bildest sie gleich aus.«

Der junge Sertorius sah Marius unverwandt an. Er war ganz offensichtlich von ihm fasziniert, während Sulla, der sich inzwischen an Marius gewöhnt hatte, vor allem von Sertorius fasziniert war. Nicht daß Sertorius sexuell attraktiv gewesen wäre, das nicht. Aber von ihm ging eine Kraft aus, die an einem so jungen Menschen überraschte. Auch physisch ließ er bereits die gewaltigen Kräfte erkennen, die er als Erwachsener haben würde, und vielleicht bestimmte das Sullas Eindruck. Sertorius war großgewachsen und bereits jetzt so muskulös, daß er untersetzt wirkte. Sein eckiger Kopf und der dicke Hals verstärkten diesen Eindruck. Besonders auffällig waren seine hellbraunen Augen: Aus tiefen Höhlen starrten sie ihr Gegenüber bezwingend an.

»Ich selbst will Ende April mit der ersten Abteilung Soldaten aufbrechen«, fuhr Marius fort. Er sah Sulla an. »Du wirst die restlichen Legionen und eine anständige Reiterei organisieren. Wenn du Ende Quintilis auslaufen kannst, bin ich zufrieden.« Er drehte sich zu Sertorius um und grinste. »Und dich halte ich auf Trab, Quintus Sertorius, verlaß dich darauf! Man soll mir nicht nachsagen, daß ich meine Verwandtschaft faulenzen lasse.«

Der Bursche lächelte langsam und gedankenverloren. »Ich liebe es, auf Trab gebracht zu werden, Gaius Marius.«

Das besitzlose Volk Roms strömte in Scharen zu den Anwerbestellen. Rom hatte nie zuvor etwas Vergleichbares erlebt. Und die Senatoren hatten nicht im Traum mit solch großem Zulauf aus einem Teil der Bevölkerung gerechnet, der in ihren Gedanken nur auftauchte, wenn das Getreide knapp war und es um des lieben Friedens willen geraten schien, die hungrigen Plebejermäuler mit billigem Getreide zu stopfen.

Innerhalb weniger Tage waren zwanzigtausend römische Vollbürger rekrutiert – aber Marius ließ die Anwerbestellen nicht schließen.

»Wer kommt, wird genommen«, sagte er zu Sulla. »Metellus hat sechs Legionen. Ich sehe nicht ein, warum ich weniger haben soll – zumal der Staat die Kosten trägt! Schließlich soll es bis auf weiteres die einzige Plebejerarmee bleiben, wenn wir unserem lieben Scaurus glauben dürfen. Und mein Instinkt sagt mir, daß Rom die beiden zusätzlichen Legionen noch brauchen wird. Dieses Jahr können wir sowieso keinen richtigen Feldzug mehr beginnen, konzentrieren wir uns also lieber auf Ausbildung und Ausrüstung der Truppen. Mich freut vor allem, daß diese sechs Legionen ausschließlich aus römischen Bürgern bestehen, und nicht aus italischen Hilfstruppen. Das heißt, wir haben für künftige Jahre immer noch die italischen Plebejer in Reserve.«

Alles verlief nach Plan, was Sulla nicht weiter überraschte, da schließlich Gaius Marius in das Feldherrenzelt eingezogen war. Ende März brach Aulus Manlius von Neapolis nach Utika auf, die Transportschiffe schwer beladen mit Maultieren, *ballistae*, Katapulten, Waffen, Sätteln, Zaumzeug und tausend anderen Dingen, die eine Armee erst in ein waffenstarrendes Ungetüm verwandeln. Sobald Aulus Manlius in Utika gelandet war, kehrten die Schiffe nach Neapolis zurück und setzten Gaius Marius mit den ersten beiden seiner sechs Legionen über. Sulla blieb in Italien. Er hatte die Aufgabe, die restlichen vier Legionen aufzustellen, sie auszurüsten und die Kavallerie aufzutreiben. Die Suche nach Reitern führte ihn schließlich gen Norden, nach Gallia Cisalpina jenseits des Po. Dort fand er tüchtige Reiter gallisch-keltischer Abstammung.

Nicht nur die plebejischen Soldaten waren neu an Marius' Armee, es gab auch noch andere Veränderungen. Da die Plebejer nie zuvor gedient hatten und deshalb nicht wußten, wie eine Armee aufgebaut war, konnten sie sich organisatorischen Neuerungen nicht widersetzen oder über sie murren. Der Manipel, die alte taktische Einheit, war seit Jahren zu klein für den Kampf der Legionen gegen die riesigen, ungeordneten Heere des Feindes. Er war deshalb in der Praxis allmählich durch die dreimal so große Kohorte verdrängt worden, aber bis zu dieser Zeit hatte niemand die Legionen auch offiziell in Kohorten statt in Manipel eingeteilt.

Die Arbeit mit einer Plebejerarmee warf allerdings auch unerwartete Probleme auf. Die vermögenden römischen Soldaten alten Stils hatten zumeist lesen, schreiben und rechnen gelernt, und Flaggen, Zahlen, Buchstaben und Symbole ohne Schwierigkeiten erkannt. In Marius' jetziger Armee konnten die meisten weder lesen noch schreiben und nur wenig rechnen. Sulla teilte die Soldaten deshalb so ein, daß von jeweils acht Mann, die ein Zelt teilten und gemeinsam aßen, wenigstens einer diese Kenntnisse besaß. Er war dann der Vorgesetzte seiner Kameraden und erteilte ihnen Unterricht. Das Lernen ging allerdings nur langsam voran. Deshalb wurde der Abschluß der Ausbildung verschoben, bis die winterlichen Regen in Africa eine Fortsetzung des Feldzugs unmöglich machen würden und Zeit für solche Dinge bliebe.

Marius dachte sich ein einfaches, aber einprägsames Feldzeichen für seine Legionen aus und sorgte dafür, daß alle Soldaten die gebührende Ehrfurcht und Achtung vor dem neuen Zeichen empfanden. Jeder Legion wurde ein schöner silberner Adler mit ausgebreiteten Schwingen auf einer langen, mit Silber beschlagenen Stange übergeben. Der Adler sollte vom *aquilifer* getragen werden, dem besten Soldaten der ganzen Legion, bekleidet mit einem Löwenfell und einer silbernen Rüstung. Dieser Adler war Marius zufolge das Symbol für Rom, und jeder Soldat mußte einen Eid schwören, lieber zu sterben als zuzulassen, daß der Adler seiner Legion in die Hände des Feindes fiel.

Natürlich wußte Marius genau, was er tat. Nicht umsonst war er Soldat mit Leib und Seele und hatte ein halbes Leben im aktiven Dienst verbracht. Er kannte die Bedürfnisse des gemeinen Soldaten genau – besser als jeder Aristokrat. Seine eigene niedere Herkunft hatte ihn zu einem scharfen Beobachter gemacht, und seine überlegene Intelligenz ermöglichte ihm, aus diesen Beobachtungen die richtigen Schlüsse zu ziehen. Seine Leistungen waren lange unterschätzt worden, und seine unbestreitbaren Fähigkeiten hatten meist nur dem Fortkommen seiner Vorgesetzten gedient. Gaius Marius hatte sehr lange warten müssen, bis er zum ersten Mal Konsul wurde – aber er hatte in dieser Zeit viel nachgedacht.

Die Reaktion von Quintus Caecilius Metellus auf den Aufruhr, den Marius in Rom verursacht hatte, überraschte sogar seinen Sohn. Metellus hatte immer als nüchterner, beherrschter Mensch gegolten. Als er aber erfuhr, daß man ihm den Oberbefehl in Africa genommen und Marius übertragen hatte, verlor er in aller Öffentlichkeit die Nerven. Er heulte und jammerte, raufte sich die Haare und schlug sich an die Brust, und das alles nicht in seinen privaten Amtsräumen, sondern mitten auf dem Marktplatz von Utika unter den faszinierten Blicken der punischen Bevölkerung. Auch nachdem der erste Kummer vorüber war und er sich schmollend in seine Residenz zurückgezogen hatte, reichte die bloße Erwähnung des Namens Marius aus, ihn erneut in Heulkrämpfe zu stürzen, zwischen denen er unverständliche Anspielungen hervorstieß – Numantia, irgendwelche Drei, gewisse Schweine …

Ein Brief des neugewählten Konsuls Lucius Cassius Longinus trug wesentlich dazu bei, daß sich seine Laune wieder besserte. Die nächsten Tage widmete er der Entlassung seiner sechs Legionen, nicht ohne zuvor die Soldaten zu verpflichten, sich gleich nach ihrer Landung in Italien in den Dienst von Lucius Cassius zu begeben. Denn Cassius hatte Metellus in dem Brief mitgeteilt, er sei entschlossen, in Gallia Transalpina die Germanen und die mit ihnen verbündeten Volsker-Tektosager zu schlagen und damit den Aufsteiger Marius in Africa auszustechen. Marius habe ja schließlich keine Truppen.

Metellus wußte nicht, daß Marius dieses Problem bereits gelöst hatte, und er sollte es erst bei seiner Ankunft in Rom erfahren. Ende März verließ er Utika. Seine sechs Legionen nahm er mit, nur Publius Rutilius Rufus blieb zu Marius' Empfang zurück. Metellus zog zur gut hundert Meilen südöstlich gelegenen Hafenstadt Hadrumentum und überließ sich seinen trübsinnigen Gedanken, bis man ihm meldete, Marius sei in der Provinz eingetroffen, um den Oberbefehl zu übernehmen.

Als Marius in den Hafen einfuhr, stand nur Rutilius zum Empfang am Pier. Er übergab Marius offiziell die Provinz.

»Wo ist unser Freund Schweinebacke?« fragte Marius, als sie zum Palast des Statthalters schlenderten.

»Der sitzt mit seinen Legionen in Hadrumentum und hadert mit dem Schicksal«, seufzte Rutilius. »Er hat beim Jupiter Stator geschworen, daß er dich weder sehen noch sprechen wird.«

»So ein Schwachkopf.« Marius grinste. »Hast du meinen Brief über die *capite censi* und die neuen Legionen bekommen?«

»Natürlich. Aulus Manlius singt Loblieder auf dich, seit er hier eingetroffen ist, ich kann es schon gar nicht mehr hören. Eine geniale Idee, Gaius Marius.« Dann sah Rutilius Marius ernst an. »Sie werden dich für deine Kühnheit bezahlen lassen, alter Freund. Darauf kannst du dich verlassen!«

»Das glaube ich nicht. Ich habe sie jetzt dort, wo ich sie haben wollte – und bei den Göttern, ich schwöre, es wird so bleiben, solange ich lebe! Ich werde den Senat in den Staub treten, Publius Rutilius.«

»Das wird dir nicht gelingen. Am Ende wird der Senat dich in den Staub treten.«

»Niemals!«

Und von dieser Überzeugung konnte Rutilius Rufus ihn nicht abbringen.

Utika zeigte sich von seiner besten Seite. Die flachen Häuser waren nach den winterlichen Regenfällen frisch verputzt worden, und die ganze Stadt leuchtete in strahlendem Weiß. Zwischen den Häusern blühten Bäume, es war angenehm warm, und farbenfroh gekleidete Menschen bevölkerten sämtliche Straßen. Die kleinen Plätze waren mit Buden und Cafés besetzt, hochgewachsene Bäume spendeten Schatten, das Pflaster war sauber gefegt. Utika hatte wie die meisten römischen, ionischen und punischen Städte eine funktionierende Kanalisation, öffentliche Bäder für die Bevölkerung und eine gute Trinkwasserversorgung. Aquädukte führten das Wasser von den sanft geschwungenen blauen Bergen her, die in der Ferne anstiegen.

»Publius Rutilius, was gedenkst du zu tun?« fragte Marius. Sie hatten im Arbeitszimmer des Statthalters Platz genommen und sahen belustigt zu, wie die Sklaven, die bisher Metellus bedient hatten, jetzt vor Marius dienerten und katzbuckelten. »Willst du als mein Legat hierbleiben? Ich habe Aulus Manlius diesen besten Posten, den ich zu vergeben habe, noch nicht angeboten.«

Rutilius schüttelte nachdrücklich den Kopf. »Nein, Gaius Marius, ich fahre nach Rom zurück. Schweinebacke geht, deshalb ist auch meine Zeit hier zu Ende. Außerdem habe ich genug von Africa. Und ganz offen gesagt, lege ich keinen Wert darauf, den armen Jugurtha in Ketten vor mir zu sehen – denn so wird er enden, jetzt, wo du das Kommando übernommen hast. Nein, da bevorzuge ich Rom und etwas Muße, Zeit, um zu schreiben und Freundschaften zu pflegen.«

»Und wenn ich dich eines Tages in nicht allzu ferner Zukunft bitten sollte, fürs Konsulat zu kandidieren – zusammen mit mir?«

Rutilius sah ihn erstaunt, aber aufmerksam an. »Was führst du im Schilde?«

»Mir wurde prophezeit, lieber Publius Rutilius, daß ich nicht weniger als siebenmal Konsul von Rom sein werde.«

Jeder andere hätte vermutlich gelacht oder gespottet oder Marius einfach nicht geglaubt. Nicht so Publius Rutilius Rufus. Er kannte Marius. »Ein großes Schicksal. Es erhebt dich über alle anderen, und ich bin zu sehr Römer, als daß ich das gutheißen könnte. Aber wenn dir dieses Schicksal bestimmt ist, kannst du nichts dagegen tun, genausowenig wie ich. Ob ich gerne Konsul wäre? Ja, natürlich! Ich betrachte es als meine Pflicht, den Ruhm meiner Familie zu mehren. Doch spare mich für ein Jahr auf, in dem du mich wirklich brauchst, Gaius Marius.«

Marius nickte zufrieden. »Das werde ich.«

Auch die beiden africanischen Könige Bocchus und Jugurtha erfuhren, daß Marius den Oberbefehl in Africa übernommen hatte. Bocchus bekam eine Heidenangst. Er setzte sich sofort ins heimatliche Mauretanien ab und ließ Jugurtha allein zurück. Jugurtha freilich konnte weder die Flucht seines Schwiegervaters noch Marius' neue Stellung einschüchtern. Er warb bei den Gaetulern Soldaten an und wartete darauf, daß Marius den ersten Schritt tun würde.

Ende Juni waren vier der sechs neuen Legionen in der römischen Provinz Africa eingetroffen. Zufrieden mit dem Stand ihrer Ausbildung, führte Marius sie nach Numidien. Dort ließ er sie Städte plündern, Felder verwüsten und kleinere Gefechte kämpfen. Es war die Feuertaufe für seine plebejischen Rekruten und schweißte sie zu einer ernstzunehmenden Armee zusammen. Als Jugurtha jedoch hörte, wie klein die römische Streitmacht war und daß sie aus plebejischen Freiwilligen bestand, beschloß er, den Kampf zu wagen und Cirta zurückzuerobern.

Marius traf bei Cirta ein, bevor die Stadt fiel, und zwang Jugurtha zur Schlacht. Endlich konnte die ›Bettlerarmee‹ ihren Kritikern zeigen, was sie taugte. Ein überglücklicher Marius berichtete nach der Schlacht in einem Brief an den Senat, wie glänzend sich seine Plebejer geschlagen hatten. Zwar hätten sie keine persönlichen Besitzinteressen in Rom, aber sie hätten deshalb um kein Haar weniger tapfer und begeistert gekämpft. Marius' Freiwilligenarmee schlug Jugurtha tatsächlich so vernichtend, daß der König Schild und Speer wegwarf und davonlief.

Als König Bocchus davon erfuhr, ließ er Marius durch einen Boten bitten, dieser möge ihn, Bocchus, wieder als Klient Roms aufnehmen. Marius antwortete nicht, und Bocchus schickte weitere Boten. Schließlich empfing Marius eine Abordnung des Königs, und Bocchus erfuhr, daß Marius nicht mit ihm verhandeln wolle. Ihm blieb nichts anderes übrig, als finster vor sich hinzubrüten und zu grübeln, warum er Jugurthas Schmeicheleien einstmals erlegen war.

Marius hatte alle Hände voll zu tun, Jugurtha jeden besiedelten Flecken numidischen Landes abzunehmen. Der König sollte sich weder in den reichen Flußtälern noch in den Küstengebieten seines Reiches Rekruten, Nachschub oder Geld und Gold beschaffen können. Nur zu den Berberstämmen des Inlands, den Gaetulern und Garamanten, konnte Jugurtha jetzt noch fliehen, nur dort konnte er noch Soldaten auftreiben, und nur dort waren seine Waffen und sein Gold vor den Römern sicher.

Im Juni gebar Julilla nach siebenmonatiger Schwangerschaft ein kränkliches Mädchen, und Ende Quintilis kam Julia nach neun Monaten mit einem großen, gesunden Jungen nieder, einem Bruder für den kleinen Marius. Aber nur Julillas kränkelndes Kind überlebte. Julias kräftiger zweiter Sohn starb, als in der Sommerhitze des Sextilis übelriechende Dämpfe zu den Hügeln Roms aufstiegen und eine Typhusepidemie in der Stadt ausbrach.

»Ich habe nichts gegen ein Mädchen«, sagte Sulla zu seiner Frau. »Aber bevor ich nach Africa abfahre, bist du wieder schwanger, und diesmal mit einem Jungen.«

Julilla war selbst unglücklich, daß sie Sulla nur ein greinendes Mädchen geschenkt hatte, und machte sich mit Feuereifer an die Aufgabe, einen Jungen zu bekommen. Eigenartigerweise hatte sie ihre erste Schwangerschaft und die Geburt ihrer Tochter weit besser überstanden als ihre Schwester Julia. Dabei war Julilla dünn, schwach und ständig gereizt. Die stabiler gebaute und seelisch weit besser gegen die Stürme von Ehe und Mutterschaft gewappnete Julia hatte die zweite Schwangerschaft viel Kraft gekostet.

»Wenigstens haben wir jetzt ein Mädchen, das wir später im Bedarfsfall verheiraten können«, sagte Julilla zu Julia. Es war Herbst. Julias zweiter Sohn war soeben gestorben, und Julilla war wieder schwanger. »Hoffentlich wird es diesmal ein Junge.« Julillas Nase lief. Sie schniefte und nestelte nach einem leinenen Taschentuch.

Julia trauerte um ihren Sohn und konnte nicht mehr so viel Geduld und Mitleid für ihre Schwester aufbringen wie früher. Inzwischen verstand sie, warum ihre Mutter Marcia einmal bitter bemerkt hatte, Julilla sei für immer verdorben.

Eigenartig, daß man neben der eigenen Schwester aufwachsen konnte, ohne je ganz zu verstehen, was mit ihr vorging. Julilla alterte im Eiltempo – allerdings nicht körperlich oder geistig. Es war mehr ein seelischer Prozeß der Selbstzerstörung. Das Hungern hatte etwas in ihr kaputtgemacht, ihr die Fähigkeit genommen, glücklich zu sein. Vielleicht hatte es diese Julilla aber auch unter dem Gekicher und dem Schabernack, den liebenswerten mädchenhaften Possen, die ihre Familie so entzückt hatten, schon immer gegeben.

Man möchte glauben, daß es die Krankheit war, die diese Veränderung verursacht hat, dachte Julia traurig. Man will unbedingt eine äußere Ursache finden, weil man sonst zugeben müßte, daß die Schwäche von Anfang an da war.

Julilla würde immer eine Schönheit bleiben mit ihrer wunderbaren bernsteinfarbenen Haut, ihren eleganten Bewegungen und ihrer makellosen Figur. Heute zeichneten sich allerdings dunkle Ringe unter ihren Augen ab. Zwischen Wangen und Nase hatten sich zwei tiefe Linien eingegraben, und ihre Mundwinkel hingen nach unten. Ja, sie sah unzufrieden und ruhelos aus. Ihre Stimme hatte einen klagenden Unterton, und sie stieß immer noch diese tiefen Seufzer aus, eine unbewußte Angewohnheit, die aber trotzdem ärgerlich war. Wie ihr Schniefen.

»Hast du Wein da?« fragte Julilla plötzlich.

Julia sah sie verblüfft an. Sie war schockiert und ärgerte sich zugleich über ihre prüde Reaktion. Schließlich tranken heutzutage viele Frauen Wein! Als Zeichen sittlicher Verkommenheit galt das nur noch in Kreisen, die Julia selbst unerträglich intolerant und bigott fand. Und trotzdem, wenn die jüngere Schwester, kaum zwanzig Jahre alt und aus dem Hause eines Gaius Julius Caesar, am hellen Morgen nach Wein fragte, ohne daß eine Mahlzeit in Sicht war – dann war das doch schockierend!

»Natürlich habe ich Wein da«, erwiderte Julia.

»Ein Glas wäre jetzt wunderbar.« Julilla hatte lange mit sich gerungen, ob sie fragen sollte. Natürlich provozierte sie damit einen Kommentar, und sie setzte sich ungern der Mißbilligung ihrer älteren, stärkeren und erfolgreicheren Schwester aus. Aber sie hatte sich nicht beherrschen können. Früher oder später mußte die Rede sowieso auf das heikle Thema kommen.

Julilla stellte fest, daß sie ihrer Familie immer überdrüssiger wurde. Sie fand die ganze Sippschaft uninteressant, fad und langweilig. Besonders die allseits bewunderte Julia, die Gattin des Konsuls, die so schnell zu einer der geachtetsten jungen Ehefrauen Roms aufgerückt war. Nie ein falscher Schritt – so war Julia. Mit ihrem Schicksal zufrieden, verliebt in ihren entsetzlichen Gaius Marius, eine vorbildliche Hausfrau, eine treusorgende Mutter. Wie entsetzlich langweilig!

»Trinkst du oft morgens Wein?« fragte Julia so beiläufig wie möglich.

Die Antwort waren ein Schulterzucken, eine fahrige Bewegung der Hände und ein bohrender Blick, mit dem Julilla den versteckten Vorwurf zur Kenntnis nahm und zugleich beiseite wischte. »Sulla tut es, und er hat gern Gesellschaft.«

»Sulla? Du nennst ihn bei seinem *cognomen*?«

Julilla lachte. »Ach Julia, du bist so altmodisch! Natürlich nenne ich ihn bei seinem Beinamen! Wir sind doch nicht im Senat! In unserem Bekanntenkreis verwendet heute jeder den Beinamen, das ist schick. Außerdem mag Sulla es, wenn ich ihn so nenne. Er meint, wenn jemand Lucius Cornelius zu ihm sagt, fühlte er sich gleich tausend Jahre älter.«

»Dann bin ich wirklich altmodisch, das muß ich sagen.« Julia versuchte wieder, beiläufig zu klingen. Plötzlich hellte sich ihr Gesicht auf, und sie lächelte. Vielleicht lag es am Licht, aber sie sah jetzt jugendlicher aus als ihre jüngere Schwester – und schöner. »Aber wenigstens habe ich eine Entschuldigung! Gaius Marius hat überhaupt keinen Beinamen.«

Der Wein kam. Julilla goß sich ein Glas voll. Den Wasserkrug aus Alabaster ließ sie unbeachtet stehen. »Darüber habe ich oft nachgedacht«, sagte sie. Sie nahm einen großen Schluck. »Wenn Gaius Marius Jugurtha besiegt hat, findet er sicher einen eindrucksvollen Beinamen für sich. Daß aber auch dieser eingebildete Sauertopf Metellus den Senat überreden konnte, ihm einem Triumph zu gewähren und ihm den Beinamen Numidicus zu verleihen! Gaius Marius hätte diesen Beinamen bekommen müssen!«

»Metellus Numidicus hat sich seinen Triumph verdient, Julilla«, belehrte Julia ihre Schwester. »Er hat viele Numider getötet und große Beute nach Hause gebracht. Und wenn er sich Numidicus nennen will und der Senat sagt ja, das darf er, dann spricht doch nichts dagegen, oder? Außerdem sagt Gaius Marius immer, daß der schlichte Name seines Vaters für ihn gut genug sei. Gaius Marius gibt es nur einmal, Caecilius Metellus heißen Dutzende. Wart's ab – mein Mann hat es gar nicht nötig, sich durch so etwas Künstliches wie einen Beinamen von der Masse abzuheben. Mein Mann wird der Erste Mann in Rom sein – allein deshalb, weil er mehr kann als andere.«

Julilla fand es unerträglich, wenn Julia ihren Gaius Marius so über den grünen Klee lobte. Ihre Gefühle gegenüber ihrem Schwager waren eine Mischung aus Dankbarkeit für seine Großzügigkeit und Geringschätzung. Die Geringschätzung hatte sie von ihren neuen Freunden übernommen, die Marius und mit ihm seine Frau als Aufsteiger verachteten. Julilla schenkte sich nochmals Wein ein und wechselte das Thema.

»Der Wein ist nicht übel, Schwester. Ich stelle fest, Marius kann sich einen guten Tropfen leisten.« Und nach einer kleinen Pause fragte sie: »Liebst du Marius?« Ihr war plötzlich eingefallen, daß sie das gar nicht wußte.

Julia errötete! Aus Ärger, daß sie sich verraten hatte, klang ihre Antwort trotzig: »Natürlich liebe ich ihn! Und wenn du schon fragst: Ich vermisse ihn sehr. Das ist doch wohl nichts Schlimmes, selbst in deinen Kreisen! Liebst du Lucius Cornelius etwa nicht?«

»Doch!« Jetzt fühlte Julilla sich angegriffen. »Aber ich sage dir eins: Ich vermisse ihn nicht, wenn er fort ist! Und er kann ruhig zwei oder drei Jahre fortbleiben. Dann bin ich wenigstens nicht gleich wieder schwanger, wenn ich dieses Kind geboren habe.« Sie schniefte. »Andauernd mit einem Talent Übergewicht herumzuwatscheln entspricht nicht meiner Vorstellung von Glück. Ich möchte wie eine Feder schweben. Ich hasse es, so schwerfällig zu sein! Seit meiner Heirat bin ich entweder schwanger oder erhole mich von einer Schwangerschaft. Igitt!«

Julia mußte sich beherrschen. »Schwanger zu sein ist deine Aufgabe«, wies sie ihre Schwester zurecht.

»Warum können sich Frauen nie aussuchen, was sie tun wollen?« fragte Julilla weinerlich.

»Jetzt sei nicht albern!« brauste Julia auf.

»Aber es ist schrecklich, so leben zu müssen«, beharrte Julilla störrisch. Endlich begann der Wein zu wirken. Mit einem Mal hellte sich ihre Miene auf, und sie lächelte angestrengt. »Komm, hören wir auf zu streiten, Julia! Es ist schon schlimm genug, daß Mama nicht nett zu mir ist.«

Julilla hat recht, dachte Julia. Marcia hatte Julilla ihr Benehmen gegenüber Sulla nie vergeben, und keiner wußte warum. Vaters Verstimmung hatte nur wenige Tage gedauert. Dann war er wieder aufgetaut und hatte die langsam genesende Julilla mit seiner alten Zuneigung behandelt, aber Mutter war verstimmt geblieben. Arme, arme Julilla! Legte Sulla wirklich Wert darauf, daß sie morgens mit ihm Wein trank, oder war das nur eine Entschuldigung? Jetzt nannte sie ihn selbst schon Sulla! Respektlos.

Sulla traf am Ende der ersten Septemberwoche mit den restlichen beiden Legionen und zweitausend hervorragenden keltischen Reitern aus Gallia Cisalpina in Utika ein. Marius steckte mitten in den Vorbereitungen zu einem größeren Vorstoß nach Numidien. Er begrüßte Sulla freudig und kam sofort auf die Arbeit zu sprechen.

»Jugurtha rennt vor mir davon«, erzählte er aufgeräumt, »dabei hatte ich noch gar nicht meine ganze Armee. Jetzt bist du da, Lucius Cornelius, und jetzt legen wir richtig los.«

Sulla übergab Marius Briefe von Julia und Gaius Julius Caesar. Dann faßte er sich ein Herz und kondolierte Marius zum Tod seines zweiten Sohnes, den der Feldherr nie gesehen hatte.

»Mein aufrichtiges Beileid zum Tod des kleinen Marcus Marius«, sagte er, etwas unsicher und fast schon verlegen, weil sich seine Tochter Cornelia Sulla so zäh und hartnäckig ans Leben klammerte.

Ein Schatten verdüsterte Marius' Gesicht, aber nur für einen Augenblick. »Ich danke dir, Lucius Cornelius. Kinder kann ich auch später noch zeugen, und ich habe ja den kleinen Marius. Sind er und meine Frau wohlauf?«

»Das sind sie, und auch die anderen Mitglieder der Familie Julius Caesar.«

»Gut!« Die übrigen privaten Angelegenheiten wurden auf später vertagt. Marius legte die Post auf einen Nebentisch und ging zum Schreibtisch, auf dem eine riesige Karte aus speziell behandeltem Kalbsleder ausgebreitet war. »Du kommst gerade recht, um Numidien aus nächster Nähe kennenzulernen. In acht Tagen marschieren wir nach Capsa.« Aufmerksam musterten seine braunen Augen Sullas Gesicht. Es war fleckig, und die Haut schälte sich in großen Flächen. »Ich schlage vor, Lucius Cornelius, du stattest zuvor den Märkten von Utika einen Besuch ab und legst dir einen stabilen Hut mit einer extrabreiten Krempe zu. Man sieht dir an, daß du den ganzen Sommer in der Sonne Italiens unterwegs warst. In Numidien scheint die Sonne noch heißer und erbarmungsloser. Ohne Hut verbrennst du hier wie Zunder.«

Marius hatte recht. Sullas makellos weiße Haut, bisher durch ein Leben in überwiegend geschlossenen Räumen geschützt, hatte sichtbaren Schaden erlitten in den Monaten, die er durch Italien gereist war, Truppen ausgebildet und selbst heimlich gelernt hatte, was ihm noch zum Soldaten fehlte. Sein Stolz hatte Sulla nicht gestattet, sich in den Schatten zurückzuziehen, wenn die anderen in der prallen Sonne exerzierten. Und Stolz war es auch, daß er den attischen Helm getragen hatte, wie es seinem hohen Rang entsprach. Diese Kopfbedeckung schützte das Gesicht in keinster Weise vor der Sonne. Der schlimmste Sonnenbrand war vorüber, aber Sullas helle Haut wurde nicht braun. Die verheilten Stellen waren so weiß wie eh und je. Wenigstens waren seine Arme glimpflicher davongekommen als sein Gesicht. Vielleicht würden sich die Arme und Beine mit anhaltender Bestrahlung allmählich an die Sonne gewöhnen. Aber sein Gesicht? Nie.

Marius spürte, was in Sulla vorging bei dem Gedanken, mit einem breitkrempigen Hut auf den Feldzug zu gehen. Er setzte sich hin und deutete auf das Tablett mit dem Wein. »Lucius Cornelius, seit ich mit siebzehn in die Legionen eintrat, bin ich immer wieder aus dem einen oder anderen Grund ausgelacht worden. Zuerst war ich zu mager und zu klein, dann zu groß und zu schwerfällig. Ich konnte kein Griechisch. Ich war ein Italiker, kein Römer. Ich verstehe deshalb, wie es dich demütigt, solch eine empfindliche helle Haut zu haben. Aber für mich als deinen Feldherrn ist es wichtiger, daß du gesund und munter bist, als daß du nach außen hin unbedingt etwas darstellst, von dem du glaubst, es deinem Rang schuldig zu sein. Kauf dir diesen Hut! Binde ihn mit dem Halstuch einer Frau fest oder mit Bändern oder meinetwegen auch nur mit einer goldpurpurnen Schnur. Und lach über die anderen! Mach absichtlich eine Schau daraus. Du wirst feststellen, daß es bald niemandem mehr auffällt. Außerdem rate ich dir, eine Salbe oder Creme zu beschaffen, die so dick ist, daß sie deine Haut vor der Sonne schützt. Reib dich damit ein. Und wenn die Salbe nach Parfüm stinkt, ist das schlimm?«

Sulla nickte grinsend. »Du hast recht, und dein Rat ist trefflich. Ich werde ihn befolgen, Gaius Marius.«

»Gut.«

Sie schwiegen. Marius war unruhig und gereizt, aber Sulla merkte, daß diese Gereiztheit nichts mit ihm zu tun hatte. Und auf einmal wußte er den Grund – hatte nicht auch ihn derselbe Gedanke gequält, und litt nicht ganz Rom darunter?

»Die Germanen«, sagte Sulla.

Marius nickte. »Die Germanen.« Er streckte die Hand nach seinem Becher mit stark verdünntem Wein aus. »Woher sind sie gekommen, Lucius Cornelius, und wohin ziehen sie?«

Sulla schauderte. »Sie ziehen nach Rom, Gaius Marius. Wir alle fühlen es in unseren Knochen. Woher sie kommen, wissen wir nicht. Vielleicht sind sie die fleischgewordene Nemesis. Wir wissen nur, daß sie keine Heimat haben, und wir fürchten, daß sie unsere Heimat zu ihrer Heimat machen wollen.«

»Sie wären Narren, wenn sie das nicht wollten«, erwiderte Marius düster. »Ihre Einfälle in Gallien sind nur ein Vorspiel, Lucius Cornelius. Sie warten noch ab und sammeln Mut. Sie mögen Barbaren sein, aber auch Barbaren wissen, daß sie zuerst gegen Rom ziehen müssen, wenn sie am Mittelmeer siedeln wollen. Die Germanen werden kommen.«

»Ich stimme dir zu. Aber du und ich, wir sind nicht allein. Ganz Rom fühlt in diesen Tagen so. Eine schreckliche Sorge hat sich breitgemacht, und eine noch schrecklichere Angst vor dem Unvermeidlichen. Auch unsere Niederlagen rütteln das Volk nicht auf. Alles scheint sich gegen uns und zugunsten der Germanen zu verschwören. Sogar im Senat redet man schon, als wäre unser Untergang bereits besiegelt. Einige behaupten, die Germanen seien ein Urteil der Götter.«

Marius seufzte. »Kein Urteil der Götter, aber eine Prüfung.« Er stellte den Becher hin und faltete die Hände. »Erzähl mir von Lucius Cassius. Die offiziellen Berichte sagen mir wenig, sie klingen so gestelzt.«

Sulla zog eine Grimasse. »Lucius Cassius hat die sechs Legionen übernommen, die Metellus aus Africa zurückbrachte – was sagst du übrigens zu ›Numidicus‹? –, und er marschierte mit ihnen auf der Via Domitia bis Narbo. Dort ist er wohl nach acht Wochen zu Beginn des Quintilis eingetroffen. Die Soldaten waren ausgeruht, und er hätte schneller vorankommen können, aber keiner wird es ihm verdenken, daß er sie am Anfang eines aller Voraussicht nach anstrengenden Feldzugs schonen wollte. Dank der Entscheidung von Metellus Numidicus, keinen einzigen Soldaten in Africa zurückzulassen, lagen alle Legionen des Cassius zwei Kohorten über der Sollstärke. Er hatte also an die vierzigtausend Fußsoldaten und eine Reiterei, die er auf dem Marsch noch durch unterworfene Gallier verstärkte – insgesamt rund dreitausend Reiter. Eine große Armee.«

Marius grunzte. »Gute Soldaten.«

»Ich weiß. Ich habe sie sogar gesehen, als sie das Tal des Po zum Mons-Genava-Paß hinaufmarschierten. Damals rekrutierte ich Kavallerie. Und du wirst mir vielleicht nicht glauben, Gaius Marius, aber ich hatte bis dahin noch nie eine römische Armee marschieren sehen, Kohorte auf Kohorte, alle voll bewaffnet, ausgerüstet und mit dem entsprechenden Troß. Ich werde den Anblick nie vergessen!« Sulla seufzte. »Auf jeden Fall … Die Germanen scheinen sich mit den Volsker-Tektosagern verständigt zu haben. Die Tektosager behaupten, sie seien mit den Germanen verwandt, und haben den Germanen Land im Norden und Osten von Tolosa gegeben.«

»Ich muß gestehen, daß mir die Gallier fast so rätselhaft sind wie die Germanen, Lucius Cornelius.« Marius beugte sich vor. »Den Berichten zufolge gehören Gallier und Germanen aber nicht derselben Rasse an. Warum behaupten die Tektosager dann, sie seien mit den Germanen verwandt? Die Tektosager gehören ja nicht einmal mehr zur Provinz Gallia Narbonensis. Sie leben in der Gegend um Tolosa, und das schon seit der Zeit, als Spanien noch nicht uns gehörte. Sie sprechen Griechisch und treiben Handel mit uns. Also warum?«

»Ich weiß es nicht«, sagte Sulla. »Niemand scheint es zu wissen.«

»Entschuldige die Unterbrechung, Lucius Cornelius. Fahre fort.«

»Lucius Cassius marschierte von Narbo an der Küste auf der guten Straße des Gnaeus Domitius landeinwärts und stellte seine Armee auf einem geeigneten Gelände unweit von Tolosa zum Kampf auf. Die Tektosager hatten sich inzwischen vollständig mit den Germanen verbündet, uns stand also eine gewaltige Streitmacht gegenüber. Lucius Cassius zwang sie jedoch am richtigen Ort zur Schlacht und verpaßte ihnen einen gehörigen Denkzettel. Wie für Barbaren typisch, blieben die Germanen und Gallier nach ihrer Niederlage nicht in der Nähe. Sie rannten um ihr Leben, bloß möglichst weit weg von Tolosa und unserer Armee.«

Sulla machte eine Pause, runzelte die Stirn, nahm einen Schluck Wein und stellte den Becher wieder ab. »Das hat mir übrigens Popillius Laenas selbst erzählt. Er traf mit dem Schiff von Narbo ein, kurz bevor ich abfuhr.«

»Der arme Tropf. Der Senat wird ihn zum Sündenbock machen.«

»Natürlich.« Sulla zog die rotblonden Brauen in die Höhe.

»In den Berichten steht, daß Cassius die flüchtenden Barbaren verfolgte«, sagte Marius.

Sulla nickte. »Das ist richtig. Sie flohen zu beiden Seiten der Garonne in Richtung Ozean – als Cassius sie wegrennen sah, waren sie nur noch ein chaotischer Haufen. Wahrscheinlich hielt Cassius sie deshalb für sehr dumme und einfältige Barbaren. Als er die Verfolgung aufnahm, hielt er es nicht einmal für nötig, das Heer in geschlossener Formation marschieren zu lassen.«

»Er hat die Legionen nicht in Schlachtordnung marschieren lassen?« fragte Marius ungläubig.

»Nein. Er tat so, als wäre die Verfolgung lediglich ein normaler Marsch. Er nahm den gesamten Troß mit, sogar die Wagen und alles, was flüchtende Germanen zurückgelassen hatten. Du weißt ja, daß die römische Straße in Tolosa endet. Das Heer kam auf dem Marsch entlang der Garonne durch Feindesland sehr langsam voran. Cassius kümmerte sich nur darum, wie er den Troß schützen konnte.«

»Warum hat er den Troß nicht in Tolosa gelassen?«

Sulla zuckte die Schultern. »Anscheinend hat er den Tektosagern nicht getraut, die bei Tolosa zurückgeblieben waren. Wie auch immer, als er entlang der Garonne bis Burdigala vorgestoßen war, hatten die Germanen und Gallier mindestens fünfzehn Tage Zeit gehabt, sich von ihrer Niederlage zu erholen. Sie verkrochen sich in Burdigala. Burdigala scheint eine deutlich größere Siedlung als das durchschnittliche gallische *oppidum* zu sein, ist außerdem schwer befestigt und ein einziges Waffenarsenal. Der dort ansässige Stamm wollte keine römische Armee im Land, deshalb half er den Germanen und Galliern auf jede erdenkliche Weise. Er verstärkte sie durch eigene Soldaten und bot ihnen Schutz in Burdigala. Und dann lockten sie Lucius Cassius listig in einen Hinterhalt.«

»Der Trottel!« stöhnte Marius.

»Unsere Armee hatte das Lager nicht weit im Osten von Burdigala aufgeschlagen. Cassius beschloß, die Stadt anzugreifen. Den Troß ließ er im Lager zurück, bewacht von etwa einer halben Legion – Verzeihung, ich meine fünf Kohorten – ich hoffe, ich lerne das eines Tages noch!«

Marius lächelte. »Das wirst du, Lucius Cornelius, ich garantiere es dir. Aber weiter.«

»Cassius muß felsenfest davon überzeugt gewesen sein, auf dem Weg nach Burdigala auf keinen nennenswerten Widerstand zu treffen. Er ließ das Heer deshalb in einfacher Kolonne marschieren, nicht im geschlossenen Viereck, und er sandte auch keine Kundschafter aus. Unsere gesamte Armee lief in einen perfekt gelegten Hinterhalt, und die Germanen und Gallier löschten die Legionen buchstäblich aus. Cassius selbst und sein erster Legat fielen in der Schlacht. Popillius Laenas schätzt, daß insgesamt etwa fünfunddreißigtausend Römer bei Burdigala ihr Leben ließen.«

»Popillius Laenas hatte demnach das Kommando über Troß und Lager?« fragte Marius.

»Richtig. Er hörte den Schlachtlärm, der vom Wind in das nur nur wenige Meilen entfernte Lager getragen wurde. Von der Katastrophe erfuhr er erst, als eine Handvoll unserer Männer in panischer Flucht dort eintrafen. Er wartete und wartete, aber es kamen keine weiteren Soldaten. Statt dessen kamen die Germanen und die Gallier. Popillius sagt, es seien Tausende und Abertausende gewesen, sie hätten das Gelände um das Lager bedeckt wie Mäuse den Dreschboden. Die Umgebung sei eine einzige Masse siegestrunkener, rasender Barbaren gewesen. Sie hätten die Köpfe römischer Legionäre auf Speere gespießt und wilde Kriegsgesänge gebrüllt. Sie seien alle Riesen, und ihre Haare würden ihnen als dicke gelbe Zöpfe über die Schultern hängen oder steif vom Kopf abstehen, weil sie sie mit Lehm eingerieben hätten. Ein schrecklicher Anblick, sagte Laenas.«

»Ein Anblick, den wir in Zukunft noch öfter zu sehen bekommen werden, Lucius Cornelius«, sagte Marius grimmig. »Aber fahre fort.«

»Es stimmt, Laenas hätte kämpfen können. Aber wozu? Er hielt es für sinnvoller, wenigstens den kläglichen Rest unserer Armee für die Zukunft zu retten. Was er dann auch tat. Er ließ die weiße Flagge hissen und ging persönlich mit umgedrehtem Speer und leerer Scheide vor das Lager, um mit den Häuptlingen der Barbaren zu verhandeln. Sie verschonten ihn und den ganzen Rest der Armee. Sie ließen uns sogar den Troß, weil sie uns zeigen wollten, für was für ein gieriges Pack sie uns halten! Sie nahmen sich nur, was Cassius zuvor ihnen weggenommen hatte.« Sulla holte Luft. »Aber sie ließen Popillius Laenas und die Legionäre unter dem Joch durchgehen. Dann begleiteten sie sie nach Tolosa. Und dort überzeugten sie sich, daß die Römer auch wirklich nach Narbo weitermarschierten.«

»Wir sind in den letzten Jahren viel zu oft unter dem Joch gegangen.« Marius ballte die Fäuste.

»Das ist mit Sicherheit auch der Hauptgrund, warum man in Rom so empört über Popillius Laenas ist. Man wird ihn wegen Hochverrat anklagen, aber wenn ich ihn richtig verstanden habe, will er den Prozeß gar nicht abwarten. Ich glaube, er wird sofort ins freiwillige Exil gehen und an Vermögen mitnehmen, was er kann.«

»Das ist vernünftig, denn so rettet er wenigstens etwas. Wenn er auf den Prozeß wartet, konfisziert der Staat alles.« Marius schlug mit der Faust auf die Karte. »Aber was Lucius Cassius passiert ist, wird uns nicht passieren, Lucius Cornelius! Egal mit welchen Mitteln, wir werden Jugurtha in den Staub zu unseren Füßen zwingen – und dann kehren wir nach Rom zurück und lassen uns vom Volk mit dem Kampf gegen die Germanen beauftragen!«

»Darauf trinke ich, Gaius Marius!« Sulla hob den Becher.

Der Feldzug gegen Capsa war über alle Erwartungen erfolgreich, und der Erfolg war – so die einhellige Meinung – allein der hervorragenden Führung Gaius Marius' zu verdanken. Da Marius der Reiterei seines Legaten Aulus Manlius nicht traute, weil sich darunter auch Numider befanden, die behaupteten, Männer Roms und Gaudas zu sein, hatte er den Legaten beauftragt, vor seinen Männern so zu tun, als handle es sich lediglich um einen Plünderungszug. Jugurtha wurde deshalb von seinen Spionen völlig falsch informiert.

Der König glaubte Marius hundert Meilen entfernt, da tauchte dieser mit seiner Armee vor Capsa auf. Man hatte Jugurtha nicht berichtet, daß die Römer sich reichlich mit Wasser und Getreide für den Marsch durch das dürre Land zwischen dem Fluß Bagradas und Capsa versorgt hatten. Als die angeblich uneinnehmbare Festung plötzlich von einem Meer römischer Helme umgeben war, ergaben die Einwohner sich kampflos. Jugurtha freilich konnte erneut fliehen.

Marius beschloß, den Numidern und besonders den Gaetulern eine Lektion zu erteilen. Obwohl Capsa keinen Widerstand geleistet hatte, erlaubte er seinen Soldaten, die Stadt zu plündern und zu brandschatzen. Alle erwachsenen Einwohner, Männer wie Frauen, wurden mit dem Schwert niedergemetzelt. Die Beute aus den Plünderungen und Jugurthas gewaltiger Geldschatz wurden auf Wagen verladen. Dann führte Marius seine Soldaten sicher und rechtzeitig vor den winterlichen Regenfällen wieder aus Numidien heraus und ins Winterquartier bei Utika.

Die Soldaten hatten sich die Ruhepause redlich verdient. Mit tiefer Befriedigung schrieb Marius dem Senat einen Brief – Gaius Julius Caesar sollte ihn im Senat verlesen –, in dem er mit wohlklingenden Worten den Kampfgeist, den Mut und die Moral seiner Plebejerarmee pries. Er konnte der Versuchung nicht widerstehen und fügte hinzu, daß Rom nach dem totalen Versagen seines Mitkonsuls Lucius Cassius Longinus als Feldherr sicher noch weitere Armeen dieser Art brauchen werde.

Gegen Ende des Jahres erreichte Gaius Marius ein Brief von Publius Rutilius Rufus:

*Du hättest ihre roten Gesichter sehen sollen! Dein Schwiegervater hat Deinen Brief im Senat mit einer solchen Donnerstimme verlesen, daß sogar die ihm zuhören mußten, die sich die Ohren zuhielten. Metellus Schweinebacke – neuerdings auch Metellus Numidicus genannt – schäumte. Mit gutem Grund – seine Soldaten liegen tot an der Garonne, und Deine Plebejer sind die Helden des Tages.*

*Nach der Sitzung hörte ich ihn sagen: »Es gibt keine Gerechtigkeit mehr!« Daraufhin drehte ich mich zu ihm um und sagte ganz freundlich: »Stimmt, Quintus Caecilius. Wenn es Gerechtigkeit gäbe, dann würdest Du jetzt nicht Numidicus heißen!« Das fand er gar nicht lustig, aber Scaurus wollte sich ausschütten vor Lachen. Du kannst über Scaurus sagen, was Du willst, aber ich kenne niemanden, der soviel Humor hat, soviel Sinn für Komik. Von seinen Freunden läßt sich das nicht behaupten, und manchmal frage ich mich, ob er sich seine Freunde nicht danach auswählt, wie gut er insgeheim über ihr aufgeblasenes Getue lachen kann.*

*Am meisten erstaunt mich, Gaius Marius, daß das Glück stets auf Deiner Seite ist. Ich weiß, Du hast Dir keine Sorgen gemacht. Aber ich kann Dir ja jetzt sagen, ich hätte nicht geglaubt, daß der Senat Dein africanisches Kommando ein weiteres Jahr verlängern würde. Aber was passiert? Lucius Cassius fällt, und mit ihm Roms größte und erfahrenste Armee. Die Kamarilla und damit der ganze Senat können nichts gegen Dich tun. Dein Volkstribun Mancinus tritt vor die Volksversammlung und erreicht völlig problemlos, daß Dein Kommando in der Provinz Africa per Plebiszit verlängert wird. Der Senat sagt gar nichts mehr, es war zu offensichtlich, selbst für die Senatoren, daß Rom Dich braucht. Denn die Atmosphäre in Rom ist gespannt wie noch nie. Die Bedrohung durch die Germanen hängt über der Stadt wie ein Damoklesschwert, und viele sagen, daß niemand mehr das Verhängnis aufhalten kann. Denn, fragen sie, wo ist der nächste Scipio Africanus, der nächste Aemilius Paullus oder Scipio Aemilianus? Aber Du hast eine loyale Gefolgschaft treu ergebener Anhänger, Gaius Marius, und seit Cassius' Tod sagen Deine Anhänger immer lauter, daß Du der einzige bist, der die germanische Invasion abwehren kann. Zu ihnen gehört auch der angeklagte Legat von Burdigala, Gaius Popillius Laenas.*

*Und da Du nur ein ungebildeter italischer Bauer ohne Griechischkenntnisse bist, erzähle ich Dir jetzt eine kleine Geschichte.*

*Es war einmal ein sehr schlechter und böser König von Syrien, der hieß Antiochus. Er war nicht der erste König von Syrien mit Namen Antiochus und auch nicht der größte – sein Vater hatte sich bereits Antiochus der Große genannt –, deshalb hatte er eine Zahl hinter seinem Namen. Er war Antiochus IV., der vierte König Antiochus von Syrien. Obwohl sein Land reich war, gelüstete es ihn nach dem benachbarten Königreich Ägypten. Dort herrschten gemeinsam seine Vettern Ptolemaios Philometor und Ptolemaios Euergetes der*

*Dicke und seine Cousine Kleopatra. Kleopatra war die zweite ihres Namens, auch sie hatte deshalb eine Zahl hinter ihrem Namen, Kleopatra II. Ich wollte, ich könnte sagen, die drei herrschten in Frieden und Eintracht, aber das war keineswegs der Fall. Obwohl sie Bruder und Schwester, Mann und Frau waren – jawohl, in orientalischen Königreichen ist so etwas möglich –, kämpften sie seit Jahren gegeneinander und hatten das schöne und fruchtbare Land am Nil schon fast zugrunde gerichtet. Als König Antiochus von Syrien beschloß, Ägypten zu erobern, rechnete er fest damit, daß er wegen des Zwistes zwischen den beiden Ptolemaios und Kleopatra leichtes Spiel haben würde.*

*Kaum hatte er Syrien verlassen, da zwangen ihn einige aufsässige Untertanen umzukehren. Zur Strafe für diesen Ungehorsam ließ er etliche Köpfe abhacken, einige Körper verstümmeln, einige Zähne ziehen und sogar eine Gebärmutter herausreißen. Es dauerte vier Jahre, bis König Antiochus sein aufständisches Volk der alten Ordnung unterworfen hatte und zum zweiten Mal aufbrechen konnte, um Ägypten zu erobern. Diesmal war Syrien während seiner Abwesenheit ruhig und gehorsam. König Antiochus fiel also in Ägypten ein, eroberte Pelusium und zog dann das Nildelta hinauf bis Memphis. Er eroberte auch Memphis und marschierte dann das Delta auf der anderen Seite in Richtung Alexandria hinunter.*

*Die Brüder Ptolemaios und ihre Schwester-Frau Kleopatra hatten Land und Armee ruiniert, und so blieb ihnen nichts übrig, als Rom gegen König Antiochus zu Hilfe zu rufen, da Rom der beste und größte aller Staaten war und der Held der ganzen Welt. Senat und Volk von Rom verstanden sich damals besser, als wir heute für möglich halten würden – so steht es jedenfalls in den Geschichtsbüchern. Sie schickten den vornehmen und tapferen Konsular Gaius Popillius Laenas nach Ägypten. Jedes andere Land hätte seinem Helden eine große Armee mitgegeben, aber der Senat und das Volk von Rom gaben Gaius Popilius Laenas nur zwölf Liktoren und zwei Sekretäre mit. Die Liktoren durften, da es ins Ausland ging, rote Tuniken tragen und in die Rutenbündel das Beil stecken. Gaius Popillius Laenas war also nicht ganz ohne Schutz. Und dann machten sie sich in einem kleinen Schiff auf den Weg und langten in der großen Stadt Alexandria an, als König Antiochus gerade den in Kanopos mündenden Nilarm in Richtung Alexandria hinuntermarschierte. Dorthin waren nämlich schlotternd vor Angst die Ägypter geflohen.*

*Angetan mit seiner purpurgeränderten Toga und hinter den zwölf karmesinrot gekleideten Liktoren einherschreitend, verließ Gaius Popillius Laenas Alexandria durch das Sonnentor und marschierte nach Osten. Er war kein junger Mann mehr, mußte sich beim Gehen bereits auf einen langen Stab stützen, und sein Schritt war so gemächlich wie seine Miene friedvoll. Da nur die tapferen und heldenhaften Römer anständige Straßen bauten, ging er bald knöcheltief im Staub. Aber ließ Gaius Popillius Laenas sich dadurch abschrecken? Nein! Er marschierte einfach weiter, bis er in der Nähe des riesigen Hippodroms, in dem die Alexandriner Pferderennen veranstalteten, auf eine Mauer syrischer Soldaten stieß und anhalten mußte.*

*König Antiochus kam Gaius Popillius Laenas entgegen.*

*»Rom hat in Ägypten nichts zu suchen!« sagte der König und runzelte unheilverkündend die Stirn.*

*»Syrien hat ihn Ägypten auch nichts zu suchen«, entgegnete Gaius Popillius Laenas und lächelte heiter und gelassen.*

*»Kehre nach Rom zurück«, befahl der König.*

*»Kehre nach Syrien zurück«, sagte Gaius Popillius Laenas.*

*Aber keiner der beiden wich auch nur einen Zoll zurück.*

*»Du kränkst den Senat und das Volk von Rom«, sagte Gaius Popillius Laenas, nachdem er das wilde Gesicht des Königs eine Weile betrachtet hatte. »Ich bin beauftragt, dafür zu sorgen, daß Du nach Syrien zurückkehrst.«*

*Der König begann zu lachen und wollte gar nicht mehr aufhören. »Und wie willst Du das erreichen?« fragte er schließlich. »Wo ist Deine Armee?«*

*»Ich brauche keine Armee, König Antiochus. Alles, was Rom ist, war und sein wird, steht in diesem Moment vor dir. Ich bin Rom, genauso wie ich Roms größte Armee bin. Und ich fordere dich im Namen Roms abermals auf: Kehre nach Hause zurück!«*

*»Nein«, erwiderte König Antiochus.*

*Da trat Gaius Popillius Laenas ruhig vor und zog mit seinem Stab im Staub einen Kreis um den König.*

*»Bevor Du diesen Kreis verläßt, König, denke genau nach. Und wenn Du ihn verläßt, dann in Richtung Osten, weil Du nach Syrien zurückkehren wirst.«*

*Der König sagte nichts und tat keinen Mucks. Auch Gaius Popillius Laenas sagte nichts und tat keinen Mucks. Weil er ein Römer war und sein Gesicht nicht zu verbergen brauchte, war seine heitere und gelassene Miene für jedermann sichtbar. König Antiochus' Gesicht hingegen bedeckte ein gekräuselter, mit Draht durchflochtener Zeremonialbart, aber seine Erregung war ihm dennoch deutlich anzusehen. Die Zeit verstrich. Und dann drehte sich der mächtige König von Syrien, der immer noch in dem Kreis stand, nach Osten um. Er verließ den Kreis und marschierte mit seinen Soldaten nach Syrien zurück.*

*Nun hatte König Antiochus aber auf dem Weg nach Ägypten auch die zu Ägypten gehörende Insel Zypern überfallen und erobert. Ägypten brauchte Zypern, weil die Zyprioten Balken für ägyptische Schiffe und Häuser sowie Getreide und Kupfer lieferten. Nachdem sich Gaius Popillius Laenas von den jubelnden Ägyptern verabschiedet hatte, segelte er nach Zypern. Dort traf er die syrische Besatzungsarmee an.*

*»Kehrt nach Hause zurück«, sagte er zu den Soldaten.*

*Und sie kehrten nach Hause zurück.*

*Gaius Popillius Laenas selbst brach in Richtung Rom auf. Dort angelangt, berichtete er dem Senat in seiner ruhigen, freundlichen Art, er habe König Antiochus nach Syrien zurückgeschickt und Ägypten und Zypern ein grausames Schicksal erspart. Ich wollte, ich könnte zum Schluß meiner kleinen Geschichte erzählen, daß die beiden Ptolemaios und ihre Schwester Kleopatra hinfort in Eintracht lebten und herrschten, aber leider taten sie dies nicht. Sie bekämpften sich weiterhin, ermordeten einige nahe Verwandte und ruinierten das Land.*

*Bei den Göttern, höre ich Dich fragen, warum erzählst Du mir Kindergeschichten? Ganz einfach, lieber Gaius Marius. Wie oft hast Du auf dem Schoß Deiner Mutter die Geschichte gehört, wie Gaius Popillius Laenas einen Kreis um die Füße des Königs von Syrien zog? Na ja, vielleicht erzählen die Mütter in Arpinum diese Geschichte nicht. In Rom kennt die Geschichte von Gaius Popillius Laenas jedenfalls jedes Kind, egal aus welcher Schicht.*

*Wie also, frage ich, hätte der Urenkel des Helden von Alexandria das Exil wählen können, statt alles auf eine Karte zu setzen und den Prozeß durchzustehen? Wäre er freiwillig ins Exil gegangen, hätte das ein Schuldbekenntnis bedeutet – und ich zum Beispiel glaube, daß unser Gaius Popillius Laenas vor Burdigala richtig gehandelt hat. Um es kurz zu machen: Popillius Laenas blieb und wartete den Prozeß ab.*

*Der Volkstribun Gaius Coelius Caldus gelobte, nicht eher zu ruhen, bis Laenas verurteilt sei. Er handelte im Auftrag einer Clique von Senatoren, die ich nicht namentlich nennen möchte – Du darfst Vermutungen anstellen –, einer Clique, die entschlossen war, die Schuld an Burdigala nicht auf Lucius Cassius' Schultern ruhen zu lassen. Da das einzige auf Hochverrat spezialisierte Gericht Roms nur im Krieg gegen Jugurtha ermittelt, mußte der Prozeß in der Zenturienversammlung stattfinden, im grellen Licht der Öffentlichkeit also. Sollten die Sprecher der einzelnen Zenturien das Urteil ihrer Hundertschaft also laut hinausrufen, so daß alle Welt es hören konnte?* Condemno *oder* Absolvo? *Wie könnte ein Römer, der zu Füßen seiner Mutter die Geschichte von Gaius Popillius Laenas und dem Kreis um die Füße des syrischen Königs gehört hatte, noch rufen:* Condemno!?

*Aber ließ sich Caldus davon abschrecken? Mitnichten. Er beantragte in der Volksversammlung, die geheime Abstimmung bei Wahlen auch auf Hochverratsprozesse auszudehnen. So konnten die zur Stimmabgabe aufgerufenen Zenturien sicher sein, daß nicht bekannt wurde, wie einzelne Mitglieder gestimmt hatten. Der Antrag wurde angenommen. Alles schien bestens zu stehen.*

*Anfang Dezember wurde Gaius Popillius Laenas in der Zenturienversammlung des Hochverrats angeklagt. Die Abstimmung war geheim, wie Caldus es gewollt hatte. Aber einige von uns mischten sich unter die Mitglieder der riesigen Jury und flüsterten: »Es war einmal ein vornehmer, tapferer Konsular, der hieß Gaius Popillius Laenas ...«, und das war das Ende.*

*Als die Stimmen ausgezählt wurden, hieß es bei allen Zenturien:* Absolvo.

*Man könnte sagen, hier hat die Kinderstube der Römer dafür gesorgt, daß Gerechtigkeit geschah.*

## *Das fünfte Jahr*

(106 v. Chr.)

# Unter den Konsuln Quintus Servilius Caepio und Gaius Atilius Serranus

Als Quintus Servilius Caepio den Auftrag erhielt, gegen die Volsker-Tektosagen aus Gallien und ihre germanischen Gäste – die jetzt glücklich wieder ins Gebiet von Tolosa zurückgekehrt waren – zu ziehen, kam das für ihn nicht überraschend. Es war der erste Tag des neuen Jahres. Der Senat hatte sich nach den Feierlichkeiten zur Amtseinführung der Konsuln im Tempel des Jupiter Optimus Maximus versammelt. Und Quintus Servilius Caepio kündigte in seiner Jungfernrede als erster Konsul an, daß er von der neuen römischen Armee nichts wissen wolle.

»Ich werde mit altbewährten Soldaten kämpfen, nicht mit diesem armseligen Haufen besitzloser Plebejer!« rief er unter Beifall und Jubelrufen der Senatoren.

Natürlich applaudierten nicht alle Senatoren, Gaius Marius stand nicht allein einem ihm feindselig gesonnenen Senat gegenüber. Es gab durchaus einige Hinterbänkler, die bereit waren, Marius' Standpunkt zu unterstützen, auch wenn sie sich dafür mit der geballten Mehrheit des Senats anlegen mußten. Selbst unter den Mitgliedern der großen Familien gab es unabhängig denkende Männer. Doch den Ton im Senat gaben die Konservativen an, die sich in der ersten Reihe um den Senatsvorsitzenden Scaurus geschart hatten. Wenn sie jubelten, jubelte das Haus, und so wie sie abstimmten, stimmte das Haus ab.

Zu dieser Clique gehörte auch Quintus Servilius Caepio, und diese Clique hatte dafür gesorgt, daß die eingeschriebenen Väter Quintus Servilius Caepio eine acht Legionen starke Armee zur Verfügung stellten, damit er den Germanen eine gründliche Lektion erteilen, sie endgültig aus dem Mittelmeerraum vertreiben und den Volsker-Tektosagen aus Tolosa zeigen konnte, daß es sich nicht auszahlte, mit den Germanen gemeinsame Sache zu machen.

Etwa viertausend Männer aus Lucius Cassius' Armee waren unversehrt zurückgekommen. Bis auf einige wenige waren alle nichtkämpfenden Männer ums Leben gekommen, die überlebenden Angehörigen der Kavallerie hatten sich in alle Winde verstreut und die verwaisten Pferde mitgenommen. Quintus Servilius Caepio mußte also 41 000 Fußsoldaten, 12 000 nichtkämpfende Freie, 8000 nichtkämpfende Sklaven, 5000 Reiter und 5000 Pferdeknechte auftreiben. Und das in einem Land, in dem es keine Männer mehr gab, die die Bestimmungen bezüglich der Vermögensgrenzen erfüllten, weder Römer noch Latiner noch Italiker.

Caepios Rekrutierungsmethoden waren brutal. Er beteiligte sich nicht persönlich daran, sondern ließ seinen Leuten, einem bezahlten Stab und seinen Quästoren, vollkommen freie Hand. Er beschäftigte sich lieber mit anderen Dingen – Dingen, die eines Konsuls würdiger waren. Die Aushebung der Truppen wurde mit Brachialgewalt durchgeführt, Männer wurden gegen ihren Willen zum Dienst gezwungen, viele wurden entführt, Veteranen wurden aus ihren Häusern geholt und verschleppt. Der vierzehnjährige Sohn eines zwangsweise rekrutierten Kleinbauern, der älter aussah als er in Wirklichkeit war, wurde genauso zum Dienst in der Armee gezwungen wie sein sechzigjähriger Großvater, der jünger wirkte. Wenn die Familie eines zwangsweise Rekrutierten die Hände rang, weil sie das Geld für die Bewaffnung und die Ausrüstung nicht aufbringen konnte, war immer sofort jemand zur Hand, der zwar das Geld zur Verfügung stellte, dafür aber das kärgliche Pachtland beschlagnahmte. Auf diese Weise kamen Quintus Servilius Caepio und seine Helfershelfer zu beträchtlichem Landbesitz. Da aber trotzdem weder die römischen noch die latinischen Bürger genügend Männer zur Verfügung stellen konnten, mußten Roms Verbündete in die Bresche springen.

Doch schließlich hatte Caepio seine 41 000 Infanteristen und 12 000 nichtkämpfenden Freien zusammen, und der Senat mußte wie früher weder für Waffen noch für Gerät noch für die Ausrüstung aufkommen. Und weil die große Mehrheit der Soldaten auf die Hilfstruppen der italischen Bundesgenossen entfiel, lag die finanzielle Hauptlast nicht bei Rom, sondern bei den Verbündeten. Der Senat sprach Caepio seinen offiziellen Dank aus und stellte bereitwillig die Gelder für die Anwerbung thrakischer und gallischer Reiter zur Verfügung. Caepio lief mit stolzgeschwellter Brust herum und ließ sich von den Konservativen loben.

Zu den Dingen, die Caepio für weit wichtiger und eines Konsuls für würdiger erachtete als die Rekrutierung seiner Soldaten, gehörten seine politischen Pläne. So war er, während seine Werber die Halbinsel durchkämmten, mit Überlegungen beschäftigt, wie er dem Senat zu mehr Macht verhelfen könnte. Seit der Amtszeit von Tiberius Gracchus vor fast dreißig Jahren hatte der Senat deutlich an Macht eingebüßt. Erst Tiberius Gracchus, dann Fulvius Flaccus, dann Gaius Gracchus und nach ihm noch alle möglichen Emporkömmlinge und reformbeflissenen Männer aus der Nobilität hatten nach und nach die Senatoren alten Schlags aus den wichtigsten Gerichten und gesetzgebenden Versammlungen hinausgedrängt.

Wenn nicht vor kurzem erst Gaius Marius einen Schlag gegen die Privilegien der Senatoren geführt hätte, wäre Caepio womöglich weniger zielstrebig und nicht so entschlossen an diese Aufgabe herangegangen. Aber Marius' Gesetz war ein Stich ins Wespennest gewesen, die Senatoren waren sehr beunruhigt. Bereits in den ersten Wochen von Caepios Amtszeit schlug das Pendel in die andere Richtung aus, die Plebs und die Ritter, die in der Versammlung der Plebejer das Sagen hatten, mußten empfindliche Niederlagen einstecken.

Als Patrizier hatte Caepio das Recht, eine Volksversammlung einzuberufen, und er durfte davon nicht ausgeschlossen werden. In der Volksversammlung setzte er durch, daß den Rittern das Repetundengericht entzogen wurde, das ihnen seit Gaius Gracchus unterstand. Die Richterbank sollte wie früher ausschließlich vom Senat besetzt werden, und der würde seine eigenen Leute schon schützen. In der Volksversammlung gab es eine harte Auseinandersetzung, der gutaussehende Gaius Memmius führte eine starke Gruppe oppositioneller Senatoren an, doch letztendlich gewann Caepio.

Nach diesem Erfolg zog der Konsul Ende März mit acht Legionen und einer starken Reiterei in Richtung Tolosa. Er träumte von einem großen Sieg, nicht um des öffentlichen Ruhmes willen, sondern zu seiner persönlichen Befriedigung. Quintus Servilius Caepio war nämlich ein typischer Vertreter seiner Sippe, den die Aussicht, als Statthalter sein Vermögen zu mehren, weitaus mehr lockte als der Lorbeerkranz des siegreichen Feldherrn. Caepio war schon als Prätor in Hispania Ulterior Statthalter gewesen, als Nachfolger von Scipio Nasica, der das Vertrauen des Senats verloren hatte, und hatte schon damals reich davon profitiert. Als Statthalter im Range eines Konsuls würde er noch mehr profitieren.

Wenn es möglich gewesen wäre, jederzeit Truppen auf dem Seeweg von Italien nach Spanien zu bringen, wäre die von Gnaeus Domitius Ahenobarbus gut ausgebaute Straße entlang der Küste von Gallia Transalpina eigentlich überflüssig gewesen. Doch in dieser Jahreszeit, bei anhaltenden Stürmen und unberechenbaren Strömungen, war der Transport über See zu riskant. Caepios Legionen mußten deshalb wie die Soldaten des Lucius Cassius im Jahr zuvor die gut tausend Meilen von der Campania nach Narbo auf dem Landweg zurücklegen. Den Legionären machte der Marsch nichts aus, denn sie alle haßten und fürchteten das Meer, hundert Meilen auf einem Schiff erschienen ihnen schlimmer als tausend Meilen zu Fuß.

Der Weg von der Campania nach Narbo dauerte mehr als siebzig Tage, die Soldaten legten also im Durchschnitt knapp fünfzehn Meilen pro Tag zurück. Sie kamen nur langsam voran, weil sie Unmengen von Gerät, unzählige Tiere, Wagen und Sklaven in einem riesigen Troß mit sich führten, denn für einen römischen Soldaten aus einer besitzenden Schicht war es selbstverständlich, daß er allerlei Dinge für den persönlichen Bedarf auf den Feldzug mitnahm.

In Narbo, einem kleinen Hafen, den Gnaeus Domitius Ahenobarbus für die Zwecke der römischen Armee hatte ausbauen lassen, schlugen die Soldaten ein Lager auf. Der Aufenthalt war gerade so lang, daß die Legionäre sich von den Strapazen des Marsches erholen und neue Kräfte sammeln konnten. Während ihrer Rast gewannen die Römer einen Eindruck davon, wie wunderschön Narbo im Frühsommer war. Im klaren Wasser des Hafenbeckens tummelten sich Garnelen, Langusten, riesige Krebse und allerlei Fische, in dem schlammigen Grund der Salzwassertümpel an den Mündungen von Aude und Têt lebten Austern und Meeräschen. Die Meeräschen galten als die größte Köstlichkeit, die römische Legionen auf ihren weltweiten Eroberungszügen jemals kennengelernt hatten. Platt und rund wie Teller, beide Augen auf der einen Seite des albernen, flachen Kopfes, dämmerten sie im Schlamm vor sich hin. Man mußte sie ausgraben, und wenn sie dann zappelnd versuchten, sich wieder im schützenden Schlamm einzugraben, wurden sie aufgespießt.

Nach sechzehn Tagen wurde zum Aufbruch geblasen. Caepio zog mit seinen Truppen auf der Küstenstraße nach Tolosa. An der Stelle, wo die Aude auf ihrem Weg von den Pyrenäen nach Süden eine Biegung nach rechts machte, ragte die furchteinflößende Festung Carcasso auf. Von dort aus nahmen die Legionen den Weg über das Hügelland zwischen dem breiten Tal der Garonne und den kleinen, zum Meer hinabfließenden Flüssen und erreichten schließlich das fruchtbare Schwemmland bei Tolosa.

Caepio besaß wie gewöhnlich ein geradezu unglaubliches Glück. Die Germanen hatten sich mit den Volsker-Tektosagen heftig gestritten und waren von König Copillus von Tolosa daraufhin verjagt worden. Caepio und seinen acht Legionen standen also nur noch die glücklosen Tektosagen gegenüber. Ein einziger Blick auf die waffenstarrenden Reihen, die sich wie eine endlose Schlange die Hügel hinabwanden, genügte den Tektosagern, um zu erkennen, daß Zurückhaltung geboten war und nicht Heldenmut. König Copillus und seine Krieger zogen sich an die Mündung der Garonne zurück und warnten die dort lebenden Stämme. Dann warteten sie ab, ob Caepio denselben Fehler begehen würde wie Lucius Cassius im Jahr zuvor. In Tolosa waren nur einige wenige alte Männer zurückgeblieben. Die Stadt kapitulierte sofort, und Caepio triumphierte. Denn Caepio hatte gehört, daß hinter den Mauern von Tolosa angeblich ein Goldschatz lagerte. Jetzt konnte er den Schatz heben, ohne daß er eine einzige Schlacht geschlagen hatte. Fortuna war auf seiner Seite!

Vor einhundertundsiebzig Jahren hatten sich die Volsker-Tektosagern der gallischen Völkerwanderung angeschlossen, die von dem großen keltischen König Brennus angeführt wurde. Brennus überrollte Makedonien, zog durch Thessalien, zerschlug die griechische Verteidigungsfront am Thermopylenpaß und drang nach Mittelgriechenland und Epirus vor. Er zerstörte und plünderte die drei reichsten Tempel der Welt – den Dodonatempel in Epirus, den Zeustempel in Olympia und das große Heiligtum des Apollo und der Pythia in Delphi.

Doch dann schlugen die Griechen zurück, und die Gallier mußten mit ihrer Beute nach Norden flüchten. Brennus starb an den Folgen einer Verwundung, und damit löste sich ein großartiger Plan in Nichts auf. In Makedonien beschlossen die führerlosen Stämme, über den Hellespont nach Kleinasien zu ziehen. Ein Teil der Gallier siedelte sich dort an und gab der Gegend den Namen Galatien. Etwa die Hälfte der Tektosagern zog jedoch nach Tolosa zurück. Bei einer großen Beratung einigten sich die Stämme darauf, die Beute aus insgesamt fünfzig Tempelplünderungen den heimwärts ziehenden Tektosagern anzuvertrauen. Nach ihrer Heimkehr sollten sie die Ausbeute der Völkerwanderung in Tolosa aufbewahren, bis alle Stämme nach Gallien zurückkehren und ihren Anteil einfordern würden.

Um den Transport zu erleichtern, schmolzen sie alles ein: massivgoldene, gedrungene Statuen, fünf Fuß hohe Silberurnen, Becher, Teller und Pokale, goldene Dreifuße, Kränze aus Gold und Silber – alles landete Stück für Stück im Schmelztiegel, und dann rollten eintausend schwerbeladene Karren durch die stillen Täler der Donau nach Westen. Es dauerte mehrere Jahre, bis sie die Garonne und Tolosa erreichten.

Caepio hatte in seiner Zeit als Statthalter von Hispania Ulterior von dieser phantastischen Geschichte gehört, und seitdem träumte er davon, den Schatz von Tolosa zu finden, obwohl sein spanischer Informant ihm damals versichert hatte, die Geschichte mit dem Schatz sei nur ein Märchen. In Tolosa gebe es kein Gold, das könne jeder beschwören, der einmal die Stadt besucht habe. Der Reichtum der Tektosagern beschränke sich auf den fischreichen Fluß und die fruchtbare Erde. Caepio aber glaubte an sein Glück. Er spürte, daß der Schatz in Tolosa lag. Warum sonst hatte die Fügung des Schicksals ihn dazu bestimmt, davon zu erfahren? Warum sonst war er ausersehen, als Nachfolger von Lucius Cassius nach Tolosa zu ziehen? Warum sonst waren die Germanen davongerannt und hatten ihm genau diese Stadt kampflos überlassen? Das Schicksal meinte es gut mit ihm.

Er legte seinen Brustpanzer ab und zog die purpurbesetzte Toga an. Dann streifte er durch die Straßen der Stadt, schaute in alle Nischen und Ecken der Zitadelle und wanderte über die Weiden und Äcker am Rande der Stadt, die nach spanischer Art angelegt waren. Tolosa war keine typisch gallische Siedlung – keine Druiden, keine kleinliche Bauweise. Selbst die Tempel waren nach spanischer Manier angelegt: malerische Parks mit künstlichen Bächen und Seen, die vom Wasser der Garonne gespeist wurden. Entzückend!

Nachdem seine eigene Suche vergeblich geblieben war, setzte Caepio die Legionäre auf den Schatz an. Es wurde eine ausgelassene Schatzsuche, die Soldaten waren vom Druck einer bevorstehenden Schlacht befreit und verteilten im Geiste schon ihren Anteil an der sagenhaften Beute.

Doch das Gold blieb unauffindbar. Sicher gab es in den Tempeln das eine oder andere wertvolle Kunstwerk – aber keinen Goldschatz. Die Zitadelle war eine einzige Enttäuschung, wie Caepio bereits festgestellt hatte. Sie barg nur Waffen, holzgeschnitzte Gottheiten, Horngefäße und Teller aus gebranntem Ton. König Copillus hatte sehr bescheiden gelebt, und hinter der schlichten Steintäfelung der Säle gab es nicht einmal versteckte Lagerräume.

Nach einer Weile kam Caepio auf die glorreiche Idee, seine Soldaten die Parkanlagen um die Tempel umgraben zu lassen. Umsonst. Nirgendwo, nicht einmal im tiefsten Erdloch, schimmerte auch nur eine Goldmünze. Die Wahrsager schwangen ihre Wünschelruten, ohne auch nur das leiseste Kribbeln in den Händen zu spüren, ganz zu schweigen davon, daß ihre zweizinkigen Zauberstäbe mit Macht nach unten gezeigt hätten. Nach den Tempelanlagen kamen die Felder und die Straßen an die Reihe. Noch immer nichts. Die Umgebung von Tolosa ähnelte bald einem riesigen, unwirklichen Maulwurfshügel, und Caepio lief grübelnd darauf hin und her.

In der Garonne tummelten sich zahlreiche Fischarten, darunter auch Salme und verschiedene Karpfensorten, und da der Fluß die Seen in den Tempelanlagen speiste, waren auch sie reich an Fischen. Die Legionäre gingen zum Angeln lieber an die Seen, denn der Fluß war breit, sehr tief und reißend. Wenn Caepio seine Runden machte, traf er viele Soldaten, die mit Weidenruten und Fliegenködern angelten. Bei einer seiner Runden kam er an den größten See des Parks. Gedankenverloren stand er am Ufer und beobachtete das Spiel der Sonne auf den Schuppen der flinken Fische, das plötzliche Aufblitzen, das Glitzern zwischen den Wasserpflanzen. Meistens war es ein silbriges Glitzern, doch wenn dann und wann ein seltener Karpfen vorbeiglitt, erhaschte er einen goldenen Schimmer.

Langsam sickerte eine Idee in sein Bewußtsein. Und dann schlug sie ein, explodierte förmlich in seinem Kopf. Er schickte nach seinen Ingenieuren und befahl ihnen, die Seen trockenzulegen – eine nicht sehr komplizierte, dafür aber überaus lohnende Aufgabe. Da lag der Schatz von Tolosa, versenkt auf den Grund der heiligen Wasser, verborgen von Schlamm, Schlingpflanzen und den natürlichen Ablagerungen vieler Jahrzehnte.

Als der letzte Goldbarren gespült und verstaut war, kam Caepio und begutachtete den Fund. Er war starr vor Staunen. Aus einer Laune heraus hatte er der Bergung nicht beigewohnt, er wollte sich die Überraschung nicht verderben. Und überrascht war er, geradezu erschüttert: 50 000 Goldbarren lagen vor ihm, jeder etwa 15 Pfund schwer, das waren zusammen 15 000 Talente; dann 10 000 Silberbarren von je 20 Pfund, zusammen 3000 Talente in Silber. Und in den Seen lag noch mehr Silber. Es stellte sich heraus, daß die Tektosagen ihren Reichtum darauf verwendet hatten, Mühlsteine aus Silber herzustellen. Einmal im Monat hoben sie ihre silbernen Mühlsteine an Land, um Getreide zu mahlen.

»Ausgezeichnet«, sagte Caepio voller Tatendrang. »Wie viele Wagen können wir entbehren, um den Schatz nach Narbo zu schaffen?« Die Frage war an Marcus Furius gerichtet, seinen *praefectus fabrum,* der für den Nachschub zuständig war und für den Transport von Material, Geräten, Viehfutter und sonstigem, was eine Armee im Feld benötigte.

»Nun, Quintus Servilius, wir haben etwa tausend Wagen für den Gepäcktransport. Im Moment ist ungefähr ein Drittel davon leer. Sagen wir dreihundertfünfzig, wenn ich ein wenig umschichte. Sofern jeder Wagen mit etwa fünfunddreißig Talenten beladen wird – das ist viel, aber nicht zuviel –, brauchen wir etwa dreihundertfünfzig Wagen allein für das Silber und noch einmal vierhundertfünfzig Wagen für das Gold«, antwortete Marcus Furius. Er gehörte nicht der bekannten Familie Furius an, sondern war der Urenkel eines Sklaven aus dem Hause Furius, und inzwischen war er Bankier und Caepios Klient.

»Dann schlage ich vor, daß wir zuerst das Silber auf dreihundertfünfzig Wagen laden, verschiffen, in Narbo löschen und die Wagen nach Tolosa zurückbringen, damit wir anschließend das Gold transportieren können«, sagte Caepio. »In der Zwischenzeit werde ich hier hundert Wagen entladen lassen, so daß wir das ganze Gold auf einen Schub wegbringen können.«

Am Ende des Monats Quintilis war das Silber entlang der Küste verschifft, gelöscht, und die leeren Wagen waren nach Tolosa zurückgebracht worden. Caepio hatte in der Zwischenzeit, wie angekündigt, hundert weitere Wagen entladen lassen.

Während das Gold verladen wurde, lief Caepio wie im Delirium von einem Goldhaufen zum anderen, immer wieder streichelte er im Vorübergehen ein paar Goldbarren. Er nagte eine Weile nachdenklich an seiner Hand, dann seufzte er und sagte zu seinem *praefectus fabrum:* »Am besten begleitest du den Goldtransport, Marcus Furius. In Narbo soll möglichst ein Mann von hohem Rang dabei sein, bis der letzte Barren unter Deck ist.« Er wandte sich an den freigelassenen griechischen Sklaven Bias. »Das Silber ist doch hoffentlich schon auf dem Weg nach Rom?«

»Nein, Quintus Servilius«, antwortete Bias hastig. »Die Transportschiffe, die die schweren Güter heil durch die Winterstürme gebracht haben, sind verschwunden. Ich konnte nur noch ein Dutzend seetüchtiger Schiffe auftreiben, und ich dachte, es wäre besser, sie für das Gold zu reservieren. Das Silber liegt schwerbewacht in einem Lagerhaus, dort ist es vollkommen sicher. Ich denke, je schneller wir das Gold nach Rom verschiffen, desto besser. Wenn wieder geeignete Schiffe einlaufen, werde ich sie gleich für das Silber reservieren lassen.«

»Vielleicht können wir das Silber auch auf dem Landweg nach Rom bringen«, sagte Caepio leichthin.

»Selbst angesichts der Gefahr, daß ein Schiff untergehen kann, Quintus Servilius, plädiere ich für den Seeweg«, sagte Marcus Furius. »Auf dem Landweg lauern zu viele Gefahren von den räuberischen Alpenstämmen.«

»Ja, du hast recht«, stimmte Caepio zu und seufzte. »Es ist fast zu schön, um wahr zu sein. Wir senden mehr Gold und Silber nach Rom, als in sämtlichen römischen Schatzkammern liegt!«

»Ja, Quintus Servilius«, sagte Marcus Furius. »Es ist wirklich ganz wunderbar.«

Mitte des Monats Sextilis fuhren die 450 mit Gold beladenen Wagen in Tolosa los. Sie wurden von nur einer Kohorte begleitet, denn die römischen Straßen waren sicher, sie führten durch ein zivilisiertes Land. Man konnte sich gar nicht mehr daran erinnern, wann es auf einer römischen Straße zum letzten Mal einen Überfall gegeben hatte. Außerdem wußten Caepios Späher zu berichten, daß sich König Copillus und seine Männer noch immer in Burdigala aufhielten, wahrscheinlich in der Hoffnung, daß Caepio denselben Fehler machen würde, der Lucius Cassius und seinen Soldaten das Leben gekostet hatte.

Als erst einmal Carcasso erreicht war, ging es buchstäblich nur noch bergab, hinunter zum Meer, und der Transport kam merklich schneller voran als bisher. Alle freuten sich, niemand war besorgt. Die Legionäre glaubten schon die salzige Meerluft zu schmecken. Bei Einbruch der Dunkelheit, so wußten sie, würden sie mit den Wagen durch Narbo holpern, und sie dachten an nichts anderes mehr als an Austern, Meeräschen und Mädchen.

Die Angreifer – es waren über tausend Mann – stürmten von Süden her aus dem Wald, der rechts und links die Straße säumte. Im Handumdrehen riegelten sie die Straße vor und hinter dem zwei Meilen langen Zug ab, an dessen Enden sich je eine Hälfte der Begleitkohorte befand. Bevor die Römer wußten, wie ihnen geschah, lagen ihre Soldaten und die Wagenlenker niedergemetzelt im Staub – ein einziges Gewirr von Armen und Beinen.

Es war eine schöne, klare Nacht. Seit Stunden war den Römern auf der Straße keine Menschenseele begegnet, denn die römischen Straßen wurden fast nur für Truppenbewegungen genutzt, und in diesem Teil der römischen Provinz war überdies der Handel zwischen der Küste und dem Landesinneren nahezu eingeschlafen, vor allem seit der Zeit, als sich die Germanen bei Tolosa niedergelassen hatten.

Als der Vollmond hoch am Himmel stand, wurden die Maultiere wieder vor die Wagen gespannt. Einige der Angreifer stiegen auf und lenkten die Wagen, während andere nebenher gingen und die Tiere führten. Hinter dem Waldstück hielten sie sich rechts und fuhren auf einem karg bewachsenen Landstreifen entlang der Küste weiter, wo höchstens Schafe ihre spärliche Nahrung fanden. Als es dämmerte, hatten sie den Têt nördlich liegengelassen, der Wagenzug kehrte auf die Via Domitia zurück und überquerte am helllichten Tag den Pyrenäenpaß.

Auf der Südseite der Pyrenäen schlängelte sich der Zug abseits der römischen Straßen über gewundene Pfade dahin, bis er westlich der Stadt Saetabis den Júcar überquerte. Von dort aus ging es auf dem schnellsten Weg über die große Ebene, einen öden, dürren Landstrich, der sich zwischen den beiden großen Bergketten Spaniens hinzog und den normalerweise niemand durchquerte, weil es dort kaum Wasser gab. Dort verlor sich die Spur des Goldtransports, und alle Nachforschungen nach dem weiteren Schicksal des Schatzes von Tolosa blieben vergeblich.

Ein Meldereiter, der mit einer Botschaft nach Narbo unterwegs war, hatte das Pech, die Leichenhaufen an der Straße im Wald östlich von Carcasso zu entdecken. Er eilte zurück nach Tolosa und berichtete Quintus Servilius Caepio von seinem grausigen Fund. Weinend brach Caepio zusammen. Er weinte um Marcus Furius, er weinte um die römischen Soldaten der Kohorte, er weinte um die Witwen und Waisen in Italien, aber am meisten weinte er um die rötlich glitzernden Goldhaufen, um den Schatz von Tolosa, der nun für immer verloren war. Wie konnten die Götter eine solche Ungerechtigkeit geschehen lassen? Er hatte doch eine Glückssträhne, stieß er immer wieder schluchzend hervor. In ein schwarzes Trauergewand ohne Streifen auf der Schulter gehüllt, darunter eine dunkle Tunika, rief Caepio seine Truppen zusammen. Als er ihnen die Nachricht verkündete, die sich gerüchteweise schon im Lager verbreitet hatte, brach er erneut in Tränen aus.

»Aber wenigstens bleibt uns das Silber«, tröstete er sich und seine Soldaten und wischte sich die Tränen fort. »Es ist genug, daß jeder von euch nach dem Feldzug einen ansehnlichen Betrag mit nach Hause bringen wird.«

»Ich bin schon für eine kleine Entlohnung dankbar«, sagte ein einfacher Soldat und Veteran zu seinem Zeltgenossen. Sie kamen beide von kleinen Bauerhöfen in Umbrien und waren in den letzten fünfzehn Jahren nicht weniger als zehnmal zum Militärdienst gezwungen worden.

»Ach ja?« fragte sein Kamerad. Er konnte nicht mehr allzu klar denken, seit er bei einem Kampf mit einem Skordisker eine Kopfwunde davongetragen hatte.

»Ganz recht! Hast du jemals gehört, daß ein Feldherr sein Gold mit Abschaum wie uns geteilt hätte? Irgendwie findet sich doch immer ein Grund, daß nur er einen Anteil kriegt. Und natürlich das Schatzamt. Er zahlt das Schatzamt aus und sichert sich so den größten Teil des Kuchens. Wenigstens bekommen wir einen Anteil vom Silber, genug war es ja, man hätte daraus einen Berg aufschütten können. Bei der ganzen Aufregung über das verlorene Gold hat der Konsul keine andere Wahl, als uns an dem Silberschatz zu beteiligen.«

»Ach so«, sagte sein Kamerad. »Komm, wir fangen uns einen schönen fetten Lachs zum Abendessen.«

Das Jahr ging seinem Ende zu, und Caepios Armee saß tatenlos herum. Es hatte nur einen einzigen Kampf gegeben, und dem waren die Bewacher des Goldschatzes zum Opfer gefallen. Caepio schrieb nach Rom, schilderte die ganze Geschichte, angefangen von den verschwundenen Germanen bis zu dem verlorenen Gold, und bat um Instruktionen.

Im Oktober erhielt er die Antwort, und sie fiel so aus, wie er erwartet hatte. Er solle mitsamt seiner Armee in der Nähe von Narbo bleiben, lautete die Anweisung, dort den Winter verbringen und im Frühjahr auf neue Befehle warten. Das bedeutete, daß man sein Kommando um ein Jahr verlängert hatte und er Statthalter von Gallia Narbonensis blieb.

Aber ohne das Gold bedeutete ihm das nicht viel. Caepio war reizbar und trübsinnig, er weinte oft, und seine Offiziere beobachteten, wie er stundenlang leise Worte vor sich hinmurmelnd auf und ab lief. So war er nun einmal, dachten sich die Offiziere, bestimmt galten seine Tränen nicht Marcus Furius oder den toten Soldaten. Caepio weinte allein um das verlorene Gold.

Zu den Besonderheiten eines derart langen Feldzuges gehört es, daß sich die einfachen Soldaten und die Offiziere in dem jeweiligen Land einrichten, fast als wären sie dort zu Hause. Trotz dauernder Truppenbewegungen, Scharmützel, Raubüberfälle und Schlachten wird das Feldlager allmählich zu einer kleinen Stadt. Die meisten Soldaten finden Frauen, viele der Frauen bekommen Kinder, außerhalb der stark befestigten Mauern siedeln sich Läden, Gasthäuser und fliegende Händler an. Lehmziegelhäuser für die Frauen und Kinder schießen wie Pilze aus dem Boden und bilden ein unübersichtliches Netz von engen Straßen.

Genauso sah es auch in dem römischen Feldlager bei Utika aus, und auch in dem Feldlager bei Cirta war es nicht viel anders. Marius hatte seine Zenturionen und Militärtribunen sorgsam ausgewählt und nutzte die Regenzeit, in der man nicht kämpfen konnte, zum Exerzieren, aber auch zum Zusammenstellen neuer Achtergruppen für die Zelt- und Essensmannschaften. Und er mußte zahllose Reibereien schlichten, Streithähne trennen, lautstark Unzufriedene in die Schranken weisen, denn das enge Zusammenleben so vieler Menschen für eine so lange Zeit brachte eine Menge Probleme mit sich.

Sobald aber der warme, fruchtbare, trockene africanische Frühling anbrach, wurde das Lager von einer Unruhe erfaßt, nicht unähnlich dem wellenförmigen Beben auf dem Rücken eines Pferdes. Die Waffen für die nächsten Feldzüge wurden geputzt, Testamente aufgesetzt und beim Legionsschreiber hinterlegt, Kettenhemden geölt und poliert, Lanzen wurden gespitzt und Dolche geschliffen, Helme wurden gegen Hitze und Wundreiben mit Filz unterlegt, Sandalen repariert und mit neuen Nägeln beschlagen, Tuniken geflickt, und allerlei kaputte Gerätschaften wurden dem Zenturio vorgelegt und aus dem Vorrat ersetzt.

Der Winter war auch die Zeit, in der der Quästor des Schatzamtes aus Rom anreiste und den Sold für die Legion brachte. Die Schreiber entwickelten hektische Aktivitäten, schlossen ihre Bücher ab und zahlten den Sold aus. Marius hatte für seine Soldaten, die ja besitzlos waren, zwei Kassen eingerichtet, in die ein Teil des Lohns zwangsweise abgeführt wurde. Aus einer Kasse wurde eine standesgemäße Beerdigung bezahlt, falls ein Legionär in der Fremde starb, unabhängig von einem Kampf – wenn er im Kampf fiel, zahlte der Staat die Beerdigung –, und in der zweiten Kasse wurde ein Teil des Soldes gespart und den Legionären erst bei der Entlassung ausbezahlt.

Die Männer der africanischen Armee wußten, daß für das Frühjahr, unter der Amtszeit des Konsuls Caepio, große Dinge geplant waren, aber nur die höchsten Offiziere kannten die genauen Pläne. Leichte Marschbefehle wurden ausgegeben, nicht die unendlich langen, von Ochsen gezogenen Lastzüge setzten sich in Bewegung, sondern nur maultierbespannte Wagen, mit denen die Soldaten ohne weiteres Schritt halten konnten und die gleichzeitig als Wagenburg für das Nachtlager dienten. Die Soldaten mußten ihre gesamte Ausrüstung selbst tragen. Geschickt hatten sie einen kräftigen, gegabelten Stock auf der linken Schulter befestigt und daran Rasierzeug, Kleidung zum Wechseln, Socken, Kniehosen für kaltes Wetter und mehrere dicke Halstücher, die das Wundreiben durch das Kettenhemd verhindern sollten, aufgehängt, alles in eine Decke gerollt und in einem Fellsack verpackt. Aber sie trugen noch mehr: das *sagum,* den derben Umhang, der gegen Sturm und Regen schützte und der in einem Lederbeutel verstaut war, Eßnapf und Kochtopf, einen Wasserschlauch, eine Dreitagesration Lebensmittel, eine gekerbte Stange für den Palisadenbau am Abend, Werkzeug zum Bau von Befestigungen, einen ledernen Eimer oder einen Weidenkorb, eine Säge oder eine Sichel, ferner Putzzeug für Rüstung und Waffen. Das Schild, umhüllt von einem geschmeidigen Zickenfell, hing über dem Rücken unter den anderen Gegenständen. Der Helm, dessen ausladender Busch aus gefärbtem Pferdehaar abmontiert und sorgfältig verstaut war, wurde entweder am Stock befestigt oder über die rechte Brust geschnürt und nur vor einem Kampf aufgesetzt. Das zwanzig Pfund schwere Kettenhemd zog der Soldat auf jedem Marsch an. Allerdings lastete nicht das gesamte Gewicht auf den Schultern, denn das Hemd wurde mit Hilfe eines Gürtels eng um die Taille geschnürt, so daß sich das Gewicht auf die Hüften verlagerte. Rechts am Gürtel hingen Schwert und Scheide, links der Dolch. Nur die beiden Speere, die jeder Legionär besaß, mußte er nicht selbst tragen.

Jeweils acht Männern war ein Maultier zugeteilt, und auf seinen Rücken schnallte man das lederne Zelt, die Zeltstangen, die Speere und, falls nicht innerhalb von drei Tagen Nachschub besorgt werden konnte, eine Extra-Ration Lebensmittel. Achtzig Legionäre und zwanzig nichtkämpfende Männer bildeten eine Hundertschaft und unterstanden einem Zenturio. Jeder dieser Zenturien war ein Maultierkarren zugewiesen, der mit allen übrigen Ausrüstungsgegenständen beladen wurde – Ersatzkleidung, schweres Werkzeug, Ersatzwaffen, Teile aus Weidengeflecht für die Befestigung des Lagers und, falls erforderlich, Lebensmittelrationen für längere Streckenabschnitte. Wenn alle Soldaten gleichzeitig marschierten und nicht abzusehen war, daß sie am Ende eines Feldzuges in das Ausgangslager zurückkehren würden, ließ man sämtliche Beutestücke und schweren Waffen auf Ochsenkarren geladen und unter schwerer Bewachung weit hinter dem Zug herführen.

Als Marius im Frühjahr in den westlichen Teil Numidiens aufbrach, blieb das schwere Gepäck natürlich in Utika zurück, und trotzdem war es ein eindrucksvoller Zug, der sich scheinbar endlos dahinzog. Jede Legion nahm einschließlich der Maultierkarren und schweren Waffen etwa eine Meile in Anspruch, und Marius führte insgesamt sechs Legionen sowie seine Kavallerie nach Westen. Die Kavallerie ließ er allerdings auf gleicher Höhe mit den Fußsoldaten reiten, so daß sein Zug ungefähr sechs Meilen lang war.

Auf offenem Land bestand keine Gefahr, denn kein Feind konnte sich unbemerkt so verteilen, daß er alle Teile des Zuges gleichzeitig angreifen konnte. Sollte dennoch ein Überraschungsangriff auf eine Stelle des Zuges erfolgen, konnten alle anderen Abteilungen zum Gegenangriff übergehen und den Feind umzingeln, und dabei nahmen sie automatisch die richtige Kampfformation ein.

Trotzdem wurde jeden Abend ein befestigtes Lager errichtet. Die Soldaten mußten eine Fläche abmessen und abstecken, die groß genug war, um sämtliche Menschen und Tiere der Armee unterzubringen, sie mußten tiefe Löcher ausheben und die gespitzten Pfähle, *stimuli* genannt, in den Boden rammen, sie mußten Erdwälle und Palisaden errichten. Dann aber konnten alle außer den Wachposten in der sicheren Gewißheit schlafen, daß kein Feind unbemerkt in das Lager eindringen konnte.

Die Männer dieser Armee, die zum erstenmal ausschließlich aus Besitzlosen rekrutiert war, bezeichneten sich selbst als die »Maultiere des Marius«, weil Marius sie wie Maultiere beladen hatte. In den herkömmlichen Armeen, die aus Besitzenden bestanden, hatte selbst der einfachste Soldat ein Maultier, einen Esel oder zumindest einen Sklaven, der Gepäck trug, und wer sich das nicht leisten konnte, mietete sich bei den anderen ein. Niemand wußte, wie viele Wagen und Karren zur Verfügung standen – die meisten waren in Privatbesitz –, und eine herkömmliche römische Armee kam dadurch wesentlich langsamer und schwerfälliger voran als Marius' africanische Plebejerarmee – und die vielen Armeen, die in den darauffolgenden sechs Jahrhunderten ähnlich zusammengesetzt waren.

Wie ein riesiges, aus menschlichen Leibern zusammengesetztes Ungetüm wälzte sich der sechs Meilen lange Zug unaufhaltsam in den westlichen Teil Numidiens. Um das Tempo zu halten, aber auch aus einem Gefühl von Kameradschaft und Nähe sangen die Soldaten unaufhörlich und aus vollem Halse Marschlieder. Der Einklang der Stimmen und Füße schweißte die Männer zusammen, und in der Mitte des Zuges marschierten der Feldherr Marius und sein Stab und sangen mit. Ihre Ausrüstung wurde von Maultieren gezogen, aber auch sie gingen zu Fuß, denn Reiten wäre nicht nur unbequemer, sondern vor allem auffälliger gewesen. Allerdings hatten sie ihre Reittiere ganz in der Nähe, damit sie bei einem Angriff die Lage sofort überblicken und den Truppen schneller Befehle erteilen konnten.

»Jede Stadt, jedes Dorf, jede Siedlung wird niedergemacht«, beschloß Marius, an Sulla gewandt.

Dieser Plan wurde umgehend ausgeführt, und mehr als das: Aus Getreidespeichern und Räucherhäusern ergänzten die Soldaten ihre Lebensmittelvorräte, Frauen und Mädchen wurden vergewaltigt, denn die Soldaten vermißten ihre Ehefrauen, und Geschlechtsverkehr zwischen Männern wurde mit dem Tode bestraft. Aber vor allem hielten die Soldaten die Augen nach Beute offen, obwohl private Bereicherung eigentlich verboten war und alle Beute in den Besitz der Armee überging.

Nach jeweils acht Tagen wurde eine Pause eingelegt, und wenn es sich ergab, daß die Marschroute an der Küste entlang führte, durften die Soldaten drei Tage ausruhen, schwimmen, fischen und sich satt essen. Ende Mai waren sie schon westlich von Cirta, Ende des Quintilis hatten sie den sechshundert Meilen weiter westlich gelegenen Fluß Mulucha erreicht.

Bis jetzt war es ein leichter Feldzug gewesen, keine Spur von Jugurthas Soldaten, kein Widerstand in den numidischen Siedlungen, und die Römer hatten noch reichlich Lebensmittel und Trinkwasser. Die karge Armeekost, bestehend aus Zwieback, Erbsenbrei, gepökeltem Speck und Käse, war mit Ziegenfleisch, Fisch, Kalb, Hammel, Obst und Gemüse angereichert worden und hatte alle bei Laune gehalten. Neben dem üblichen sauren Wein erwiesen sich das Gerstenbier der Berber und die guten Weine aus manchen Regionen als willkommene Abwechslung.

Der Mulucha bildete die natürliche Grenze zwischen dem westlichen Teil Numidiens und dem östlichen Teil von Mauretanien. Im Winter war er ein reißender Strom, im Sommer ein dünnes Rinnsal mit gelegentlichen Wasserlöchern, im Herbst ein trockenes Bett. Inmitten der Ebene, unweit des Meeres, ragte jäh ein zerklüfteter Vulkanberg von tausend Fuß Höhe auf, und hoch oben, am Gipfel dieses Berges, hatte Jugurtha eine Festung errichtet. In dieser Festung, so wurde Marius von seinen Kundschaftern berichtet, befand sich ein riesiges Vermögen, denn die Festung war Jugurthas westliches Hauptquartier.

Die römischen Soldaten erreichten die Ebene und marschierten bis zu den steilen Ufern, die der Fluß gegraben hatte. Dort schlugen sie ihr Hauptlager auf, so nah an der Festung wie möglich. Dann studierten Marius, Sulla, Sertorius, Aulus Manlius und andere hohe Offiziere in aller Ruhe die scheinbar uneinnehmbare Zitadelle.

»Einen Frontalangriff können wir vergessen«, sagte Marius. »Und ich für meinen Teil sehe auch keine Möglichkeit, sie zu belagern.«

»Es gibt keine Möglichkeit, sie zu belagern«, bestätigte der junge Sertorius. Er hatte den Berggipfel mehrmals gründlich von allen Seiten untersucht.

Sulla hob den Kopf, damit er die Bergspitze unter seiner Hutkrempe zu sehen bekam. »Ich glaube, wir werden hier unten sitzen und niemals da hinauf gelangen«, bemerkte er grinsend. »Selbst wenn wir ein riesiges Holzpferd konstruieren würden, könnten wir es nie bis zu den Toren dort oben schaffen.«

»Genausowenig können wir einen Belagerungsturm hinaufschaffen«, überlegte Aulus Manlius.

»Nun, wir haben ungefähr einen Monat Zeit, dann müssen wir wieder nach Osten«, sagte Marius schließlich. »Ich schlage vor, wir bleiben solange hier. Wir werden den Männern den Aufenthalt so schmackhaft wie möglich machen – Lucius Cornelius, überlege, wo du das Trinkwasser herbekommen willst, und dann weise die tieferen Wasserlöcher stromabwärts zum Schwimmen aus. Aulus Manlius, du kannst Angelausflüge ans Meer organisieren, es soll nur zehn Meilen entfernt sein, sagen unsere Kundschafter. Wir beide werden morgen gemeinsam zur Küste reiten und die Gegend ein wenig erforschen. Sie werden auf keinen Fall das Risiko eingehen, ihre Festung zu verlassen, um uns zu überfallen, unsere Männer sollen also ruhig ihr Vergnügen haben. Quintus Sertorius, du kümmerst dich um die Beschaffung von Obst und Gemüse.«

»Weißt du«, sagte Sulla später, als er mit Marius allein im Generalstabszelt saß, »dieser ganze Feldzug war bis jetzt eine einzige Vergnügungsreise. Wann werde ich endlich einmal verwundet werden?«

»Du hättest in Capsa dabeisein sollen, die Stadt hat sich kampflos ergeben.« Marius warf einen prüfenden Blick auf seinen Quästor. »Wird es dir langsam langweilig, Lucius Cornelius?«

»Eigentlich nicht«, antwortete Sulla und runzelte die Stirn. »Ich hätte nie gedacht, wie interessant das Leben beim Militär sein kann. Immer gibt es etwas Interessantes zu tun, interessante Probleme zu lösen. Sogar die Buchführung macht mir nichts aus! Es ist nur, daß ich endlich einmal verwundet werden möchte. Schau dich an. Als du so alt warst wie ich, hattest du schon Dutzende von Schlachten hinter dir. Aber ich – nichts, keine Schlacht, keine Verwundung.«

»Dir wird sich schon noch eine Gelegenheit bieten, Lucius Cornelius, und hoffentlich recht bald.«

»Wie?«

»Aber sicher. Was meinst du, warum wir hier sind, fern von allen Städten und Siedlungen?«

»Warte, laß mich nachdenken!« erwiderte Sulla schnell. »Du bist hier, weil ... weil du hoffst, daß du König Bocchus so einschüchtern kannst, daß er sich mit Jugurtha verbündet ... Und wenn sich Bocchus mit Jugurtha verbündet, fühlt sich Jugurtha stark genug, uns anzugreifen.«

»Sehr gut!« sagte Marius lächelnd. »Dieses Land ist so riesengroß, daß wir problemlos zehn Jahre hier herummarschieren können, ohne Jugurtha auch nur einmal zu Gesicht zu bekommen.

Hätte er seine Gaetuler nicht, würde es ausreichen, wenn wir die festen Siedlungen zerstören und damit seinen Widerstand brechen, aber so nützt uns das nichts. Doch er ist zu stolz, als daß er tatenlos mit ansehen kann, wie eine römische Armee seine Städte und Dörfer verwüstet. Und überdies wird er die Auswirkungen unserer Raubzüge spüren, vor allem bei der Getreideversorgung. Aber er ist schlau, er wird sich nie auf eine offene Schlacht mit mir einlassen. Außer wir bringen Bocchus dazu, daß er ihn unterstützt. Die Mauren können mindestens zwanzigtausend Mann auf die Beine stellen, dazu noch fünftausend Mann beste Kavallerie. Wenn Bocchus dazustößt, wird Jugurtha uns mit ziemlicher Sicherheit angreifen.«

»Fürchtest du nicht, daß er uns zusammen mit Bocchus überlegen sein könnte?«

»Nein! Sechs gut trainierte und gut geführte römische Legionen werden mit jedem Feind fertig, egal wie stark er ist.«

»Aber Jugurtha hat das Kriegshandwerk bei Scipio Aemilianus in Numantia gelernt«, erwiderte Sulla. »Er wird kämpfen wie ein Römer.«

»Es gibt auch noch andere Könige, die die römische Kriegführung beherrschen«, sagte Marius, »aber sie haben keine römischen Truppen, darauf kommt es an. Unsere Art der Kriegführung wurde entsprechend dem Charakter unseres Volkes entwickelt, und ich mache da keinen Unterschied zwischen Römern, Latinern und Italikern.«

»Disziplin«, sagte Sulla.

»Organisation«, ergänzte Marius.

»Nur – weder Disziplin noch Organisation bringen unsere Truppen auf diesen Berg hinauf«, stellte Sulla fest.

Marius lachte. »Das ist wahr! Aber es gibt trotzdem immer eine Unbekannte, Lucius Cornelius.«

»Und die wäre?«

»Glück«, sagte Marius. »Vergiß niemals, daß auch Glück eine Rolle spielt.«

Sulla und Marius waren inzwischen gute Freunde geworden. Natürlich gab es zwischen ihnen manche Meinungsverschiedenheit, aber in grundlegenden Dingen waren sie sich sehr ähnlich. Sie waren beide Pragmatiker, hatten sich beide gegen Widerstände nach oben gekämpft, beide konnten sehr kühl abwägen und auch sehr leidenschaftlich sein. Die auffallendste Gemeinsamkeit aber war die Liebe zu ihrer Arbeit, die sie mit Freude und Gewissenhaftigkeit verrichteten. In den Anfangsjahren der Freundschaft schlummerten jene Seiten ihrer Persönlichkeiten noch, die sie hätten entzweien können. Sulla, der Jüngere, konnte und wollte nicht zu Marius, dem Älteren, in Konkurrenz treten, und weder Sullas Hang zur Rücksichtslosigkeit noch Marius' Neigung zum Sturm auf alles Althergebrachte traten in diesen Jahren bereits in Erscheinung.

»Jene Männer setzen sich durch«, sagte Sulla und streckte sich, »die glauben, daß jeder sein Glück selbst in der Hand hat.«

Marius sah ihn mit großen Augen an, und dabei schnellten seine Augenbrauen nach oben. »Aber sicher! Und es ist doch recht angenehm zu wissen, daß man das Glück auf seiner Seite hat.«

Publius Vagiennius, der aus dem ligurischen Hinterland stammte und in einer Hilfsschwadron der Kavallerie diente, hatte nach der Errichtung des Lagers am Ufer des Mulucha sehr viel mehr Arbeit, als ihm lieb war. Auf der Ebene wuchs zum Glück das für diese Gegend typische lange, dichte Gras, das sich im Sommer silbern verfärbte, und so hatten die vielen Maultiere mehr als genug zu fressen. Die Pferde jedoch waren anspruchsvoller und knabberten nur lustlos an dem harten, strohigen Gras, bis man sie schließlich weiter in die Ebene hineinführte, wo nördlich des Zitadellenberges der Boden feuchter war und zarteres Gras wuchs.

Jeder andere Feldherr als Marius hätte erlaubt, daß die ganze Kavallerie ein eigenes Lager in der Nähe der Pferdeweiden aufschlug, dachte Publius Vagiennius verärgert. Aber nein. Gaius Marius wollte den Bewohnern der Zitadelle keinerlei Angriffspunkte bieten, und so hatte er allen befohlen, im Hauptlager zu bleiben, ausnahmslos. Die Kundschafter mußten sich jeden Morgen zuerst versichern, daß kein Feind in der Nähe lauerte, dann erst durften die Kavalleristen ihre Pferde auf die Weide führen, und abends mußten sie wieder ins Lager zurückgebracht werden. Das bedeutete auch, daß man die Pferde anpflocken mußte, denn es wäre zu aufwendig gewesen, sie jeden Abend wieder einzufangen.

Jeden Morgen mußte Publius Vagiennius eines seiner beiden Reittiere besteigen und, das andere Pferd an der Leine, über die Ebene bis zu dem guten Grasland reiten, dort die Pferde so anpflokken, daß sie den Tag über genug zu fressen hatten, und dann die fünf Meilen zum Lager zu Fuß zurückgehen. Und kaum hatte nach einem langen Arbeitstag seine freie Zeit begonnen – so schien es ihm wenigstens –, mußte er sich wieder auf den Weg machen und die Pferde losbinden. Doch ein Kavallerist war einfach nicht zum Gehen geboren.

Da er schwerlich etwas dagegen einwenden konnte, daß er zu Fuß zum Lager zurückgehen mußte, nachdem er die Pferde auf die Weide gebracht hatte, paßte Publius Vagiennius seinen Tagesablauf schließlich seiner neuen Arbeit an. Morgens, wenn er ohne Sattel und Zaumzeug hinausritt – nur ein Narr würde den wertvollen Sattel und das Zaumzeug den ganzen Tag unbewacht im Freien lassen –, nahm er jetzt immer einen Wassersack und einen Proviantbeutel mit, den er am Gürtel befestigte. Sobald er dann seine Pferde am Fuß des Zitadellenberges angepflockt hatte, suchte er sich ein schattiges Plätzchen und döste den Rest des Tages vor sich hin.

Als er das vierte Mal auf diese Weise unterwegs war, ließ er sich mit Wassersack und Proviantbeutel in einer blütenduftenden, von hohen Felsen eingeschlossenen Kuhle nieder, lehnte sich an einen bemoosten Felsvorsprung und nickte ein. Ein zarter Windstoß wehte über die Spalten und Erker des felsigen Berges hin und trug einen merkwürdig feuchten, strengen Geruch ins Tal hinab, einen Geruch, der Publius Vagiennius so in Aufregung versetzte, daß er mit einem Satz auf den Füßen war. Er kannte diesen Geruch gut. Schnecken. Große, fette, saftige, fleischige Schnecken!

In den ligurischen Seealpen und den dahinterliegenden hohen Alpen, der Heimat von Publius Vagiennius, gab es viele Schnecken, er war sozusagen mit Schnecken aufgewachsen. Wegen seiner Vorliebe für diese schmackhaften Tiere war es regelrecht zu einer Sucht geworden, jedes Essen mit Knoblauch zu würzen. Es gab wohl kaum jemanden, der sich besser mit Schnecken auskannte als Publius Vagiennius. Er träumte davon, eines Tages Schnecken zu züchten und zu verkaufen, ja vielleicht würde es ihm sogar gelingen, eine ganz neue Sorte zu züchten. Manche Menschen hatten eine Nase für Weine, andere eine Nase für Parfüms, und Publius Vagiennius hatte eben eine Nase für Schnecken. Der zarte Duft, den der Wind vom Zitadellenberg zu ihm heruntergeweht hatte, sagte ihm, daß irgendwo dort oben Schnecken von unvergleichlicher Köstlichkeit zu finden waren.

Er machte sich mit dem Eifer eines Trüffelschweines auf die Suche und folgte den Signalen seiner Nase, dabei kletterte er über Stock und Stein immer weiter nach oben. Seit er im September des letzten Jahres mit Lucius Cornelius Sulla nach Africa gekommen war, hatte er keine Schnecken mehr gegessen. Die africanischen

Schnecken waren angeblich die besten auf der ganzen Welt, aber er hatte noch keine zu sehen bekommen. Die wenigen Tiere, die auf den Märkten von Utika und Cirta angeboten wurden, wanderten auf direktem Weg auf die Tische der Militärtribunen und Legaten – oder wurden gleich nach Rom verschickt.

Ein weniger aufmerksamer Beobachter hätte bestimmt nicht die uralte Fumarole entdeckt, die schon lange keine Vulkandämpfe mehr ausstieß, denn sie lag hinter einer scheinbar unversehrten Basaltwand aus säulenartigen Kristallen verborgen. Mit der Nase am Boden schnüffelte sich Publius Vagiennius um die massiv wirkende Felswand herum und stieß auf einen riesigen Kamin. In Millionen von Jahren, seitdem der Vulkan nicht mehr aktiv war, war der Vulkanspalt mit Staub zugeweht worden. Auf der im Windschatten gelegenen Seite des Spalts war die Staubschicht zu einer hohen Wand angewachsen, aber es war noch immer möglich, sich zu dieser natürlichen Höhlung Zutritt zu verschaffen. Sie maß ungefähr zwanzig Fuß im Durchmesser, und in einer Höhe von vielleicht zweihundert Fuß konnte man ein Fleckchen Himmel erkennen. Die Wände ragten steil nach oben und schienen auf den ersten Blick unbezwingbar, doch für Publius Vagiennius, einen Mann der Berge und Schneckenkenner auf der Suche nach dem unübertroffenen Genuß, waren sie kein Hindernis. Er bezwang die Fumarole und kletterte höher hinauf, nicht ohne Mühe, aber niemals in Gefahr abzustürzen.

Oben kam er auf einen grasbewachsenen Felsvorsprung, der vielleicht einhundert Fuß lang und fünfzig Fuß breit war. Hier war der Kamin zu Ende. Er befand sich auf der Nordseite des zerklüfteten Vulkanberges, dort, wo das Lavagestein größtenteils ausgewaschen war – die äußeren Erdschichten des Berges waren seit Äonen verschwunden – und dem Sickerwasser freien Lauf ließ. Der Felsvorsprung war dadurch ständig feucht, das Wasser tropfte sogar über den Rand der Fumarole, das meiste aber lief durch eine Rinne nach außen über die Felsen. Einige hundert Fuß weiter oben ragte ein mächtiger Felsbrocken nach vorne und überdachte den Vorsprung weitgehend. Die Felswand zwischen dem Vorsprung und dem Felsbrocken bildete eine nach vorne offene Höhle, an der das Sickerwasser herabtropfte, ein Paradies für Farne, Moose, Leberblümchen und Riedgras. An einer Stelle schien der darüberliegende Berg so mächtig auf den Fels zu drücken, daß sich sogar ein kleines Rinnsal gebildet hatte, das munter seinen Weg durch die Höhle suchte und mit dem Sickerwasser zusammen über den Felsvorsprung troff. Dies war offensichtlich der Grund, warum das Gras auf der Nordseite des zerklüfteten Vulkans so viel zarter war.

Dort, wo jetzt die offene Höhle gähnte, hatten sich früher Schlammablagerungen befunden, die tief in die Lavaschicht eingedrungen waren und das Wasser gebunden hatten. Sobald sie an die Oberfläche getreten waren, hatten Wind und Wetter sie gierig weggefressen. Der Bergkenner Publius Vagiennius wußte, daß der riesige Basaltbrocken, der so gefährlich vornüber ragte, eines Tages so tief unterspült sein würde, daß er herunterbrechen und den Felsvorsprung, die Höhle und den alten Vulkanschlot unter sich begraben würde.

Die große Höhle war der ideale Lebensraum für Schnecken, sie war ständig feucht, eine Oase in dem sonst so trockenen Land. Verrottete Pflanzen und winzige tote Insekten – Delikatessen für die Schnecken – gab es reichlich. Außerdem war der Platz schattig und durch einen von unten über ein Drittel der Länge aufragenden, nach außen sich neigenden Fels vor Winden geschützt.

Der ganze Ort roch durchdringend nach Schnecken, aber diese Sorte kam Publius Vagiennius' Nase völlig unbekannt vor. Als er endlich eine Schnecke entdeckte, war er sprachlos vor Erstaunen. Das Schneckenhaus war so groß wie die Innenfläche seiner Hand! Jetzt sah er, daß es von Schnecken nur so wimmelte, Dutzende, Hunderte krochen herum. Kein Schneckenhaus war kleiner als sein Zeigefinger, manche größer als die ausgestreckte Hand. Er traute seinen Augen kaum, kletterte in die Höhle hinein und sah sich mit wachsender Verwunderung um. An der rückwärtigen Wand entdeckte er einen steil nach oben führenden Gang. Kein Gang für Schnecken, dachte er vergnügt, eher ein Gang für Schlangen!

Der Gang führte in eine Felsspalte und von da in eine kleinere, abgeschlossene Höhle, in der viele Farne wuchsen. Hier gab es sogar noch mehr Schnecken. Und dann gelangte er auf die andere Seite des überhängenden Felsens und sah, daß dieser auch mindestens hundert Fuß breit war. Er kletterte weiter, zog sich hoch und kam von den himmlischen Gefilden in den Tartarus der Schnecken, in die trockene, windgegerbte Lavaschicht auf der Oberfläche des Felsüberhangs. Heftig atmend und voller Angst duckte er sich schnell hinter einen Stein, denn kaum fünfhundert Fuß über ihm ragte die Festung auf. Den Abhang konnte man mühelos bezwingen, und die Außenmauer der Zitadelle war so niedrig, daß er sich ohne fremde Hilfe hätte hinaufziehen können. Publius Vagiennius stieg wieder in den Schlangengang hinab, ließ sich in die Höhle hinunter und sammelte ein halbes Dutzend Schnecken ein, und steckte sie, jede einzelne sorgfältig in feuchte Blätter gewickelt, in die weiten Falten seiner Tunika. Dann begann er mit dem gefährlichen Teil des Abstiegs. Seine kostbare Fracht war ihm dabei hinderlich, spornte ihn jedoch zugleich zu einer geradezu übermenschlichen Kletterpartie an. Schließlich stand er wieder wohlbehalten in seinem kleinen, blühenden Tal.

Er nahm einen tiefen Schluck Wasser und fühlte sich gleich besser, seinen hübschen, schleimigen Schnecken war nichts passiert. Er hatte nicht die Absicht, sie mit jemandem zu teilen, deshalb verstaute er sie zusammen mit den feuchten Blättern und ein wenig Erde, die er mit Wasser aus seinem Sack getränkt hatte, im Proviantbeutel. Den Beutel verschnürte er sorgfältig, damit die Schnecken nicht herauskriechen konnten, und dann streckte er sich an einem schattigen Platz aus.

Am nächsten Tag speiste er königlich. Er hatte einen Topf mitgebracht, garte darin zwei seiner Schnecken und verspeiste sie mit einer köstlichen Soße aus Öl und Knoblauch. Was für ein Genuß! Große Schnecken mußten nicht unbedingt zäh sein, im Gegenteil, sie waren besonders ausgeprägt im Geschmack und brauchten kaum gewürzt zu werden.

Sechs Tage lang bereitete sich Publius Vagiennius täglich zwei Schnecken zu, noch einmal kletterte er zur Fumarole hoch und holte sich ein weiteres halbes Dutzend. Am siebten Tag begann ihn das Gewissen zu plagen. Hätte er die Gabe der Selbstbeobachtung besessen, dann hätte er feststellen können, daß seine Gewissensbisse im gleichen Maße zunahmen wie seine durch den Schneckengenuß hervorgerufenen Verdauungsstörungen. Zunächst dachte er nur, was für ein egoistischer *mentula* er doch war – da saß er hier und aß die Schnecken ganz allein, obwohl er doch unter seinen Kameraden so viele gute Freunde hatte. Und dann ging ihm auf, daß er einen Weg gefunden hatte, wie man auf den Berg gelangen konnte.

Noch drei Tage lang rang er mit sich und seinem Gewissen, dann befiel ihn eine so schreckliche Übelkeit, daß ihm der Appetit auf Schnecken gründlich verging und er sich wünschte, er hätte nie auch nur von Schnecken gehört. Da endlich faßte er einen Entschluß.

Er machte sich nicht die Mühe, sich erst beim Führer seiner Einheit zu melden, sondern ging direkt zum Feldherrn.

Ungefähr in der Mitte des Lagers, wo die *via praetoria* vom Vorder- zum Hintereingang des Lagers sich mit der *via principalis* kreuzte, die die beiden Seiteneingänge verband, stand das Feldherrenzelt mit dem Fahnenmast und einem Versammlungsplatz zu beiden Seiten. Hier, in diesem aus Weidengeflecht zusammengehaltenen Bau, der sich durchaus mit einem Holzhaus messen konnte, befanden sich Gaius Marius' Hauptquartier und seine Privaträume. Im Schatten einer langen, über den Haupteingang gespannten Zeltplane standen ein Tisch und ein Stuhl für den diensthabenden Militärtribunen, der alle, die den Feldherrn zu sprechen wünschten, überprüfte und die zahlreichen Anfragen an die zuständigen Stellen weiterleitete. Zu beiden Seiten des Eingangs hielten Posten in lokkerer Haltung, aber sehr aufmerksam Wache. Sie wurden für die Eintönigkeit ihres Dienstes dadurch entschädigt, daß sie die Gespräche zwischen dem diensthabenden Militärtribunen und den Vorsprechenden mit anhören konnten.

An diesem Tag hatte Quintus Sertorius Dienst, und ihm machte die Arbeit außerordentlich Spaß. Es gefiel ihm, die Versorgungsprobleme, Diziplinarfälle, Moralfragen und Streitigkeiten, die an ihn herangetragen wurden, zu lösen, als wären es Rätsel. Er freute sich, daß Gaius Marius ihm zunehmend schwierigere und verantwortungsvollere Aufgaben übertrug. Quintus Sertorius empfand für Gaius Marius fast so etwas wie Heldenverehrung, die Haltung des unfertigen Schülers, der die reife Vollendung seines Meisters anerkennt. Gaius Marius konnte ihm jede noch so unangenehme Aufgabe anvertrauen, Quintus Sertorius erfüllte sie mit Freuden, und während andere junge Militärtribunen den Dienst vor dem Feldherrenzelt haßten, liebte Quintus Sertorius ihn über alles.

Interessiert betrachtete Quintus Sertorius den ligurischen Kavalleristen, der in der typischen Gangart des Reiters daherschlurfte, nicht daran gewöhnt, die Beine zum Gehen zu benützen. Kein sehr ansprechender Bursche, dachte Quintus Sertorius, wahrscheinlich konnte nur seine Mutter etwas Hübsches an ihm finden. Doch sein Kettenhemd war auf Hochglanz poliert, die weichen ligurischen Reiterstiefel waren mit funkelnden Sporen versehen, und die ledernen Kniehosen wirkten erstaunlich sauber. Er roch nach Pferd, aber das gehörte bei den Kavalleristen einfach dazu und hatte nichts damit zu tun, wie oft sie sich badeten oder ihre Kleider wuschen.

Zwei Paar gescheiter, brauner Augen blickten sich an und fanden Gefallen aneinander.

Noch keine Auszeichnungen, dachte Quintus Sertorius bei sich, aber die Kavallerie hatte bis jetzt ja auch noch nichts zu tun gehabt.

Ziemlich jung für diese Aufgabe, dachte Publius Vagiennius, aber ein richtig gutaussehender Soldat – gibt es selten. Ein typischer römischer Fußsoldat, kein Gefühl für Pferde.

»Publius Vagiennius, ligurische Kavallerieschwadron«, stellte er sich vor. »Ich möchte Gaius Marius sprechen.«

»Rang?« fragte Quintus Sertorius.

»Einfacher Soldat der Hilfstruppen.«

»Worum geht es?«

»Eine persönliche Angelegenheit.«

»Der Feldherr«, sagte Quintus Sertorius freundlich, »empfängt keine einfachen Soldaten der berittenen Hilfstruppen, besonders wenn sie ganz alleine kommen. Wo ist dein Tribun, Legionär?«

»Er weiß nicht, daß ich hier bin«, antwortete Publius Vagiennius mit trotziger Miene. »Es geht um eine persönliche Sache.«

»Gaius Marius ist ein vielbeschäftigter Mann«, entgegnete Quintus Sertorius.

Publius Vagiennius stützte sich mit beiden Händen auf den Tisch und streckte seinen Kopf vor. Die Wolke von Knoblauchgeruch warf Sertorius fast um. »Jetzt hör mal zu, junger Herr, du sagst Gaius Marius, daß ich einen Vorschlag zu machen habe, der ihm viele Vorteile bringen wird – aber ich werde ihn nur ihm persönlich unterbreiten. Das ist mein letztes Wort.«

Quintus Sertorius platzte schier vor Lachen, aber er verzog keine Miene und erhob sich. »Warte hier, Legionär«, sagte er.

Das Innere des Zeltes war durch eine Wand aus Leder in zwei Hälften geteilt, eine in das Leder geschnittene Klappe in der Mitte diente als Tür. Im hinteren Teil schlief Marius, im vorderen war sein Arbeitsraum. Der vordere Teil war sehr viel größer als der hintere, verschiedene zusammenklappbare Stühle und Tische, Stapel von Landkarten, etliche Modelle für Belagerungsmaschinen, die sich die Ingenieure zur Zitadelle am Mulucha ausgedacht hatten, standen dort, daneben tragbare Regale mit unzähligen Dokumenten, Schriftrollen, Büchern und Papieren.

Gaius Marius saß auf seinem elfenbeinernen Amtsstuhl hinter dem großen Klapptisch, den er als seinen persönlichen Schreibtisch bezeichnete, ihm gegenüber saß Aulus Manlius, sein Legat, an der schmalen Seite Lucius Cornelius Sulla, sein Quästor. Sie waren offensichtlich mit einer unangenehmen Arbeit beschäftigt, die nur die Herzen der Bürokraten vom Schatzamt höher schlagen ließ – mit Berichten und Buchführung. Quintus Sertorius merkte auf den ersten Blick, daß das hier eine Vorbesprechung war, denn wenn es ernst wurde, nahmen verschiedene Sekretäre und Schreiber an den Besprechungen teil.

»Gaius Marius, entschuldige die Unterbrechung«, begann Sertorius zaghaft.

Etwas in seiner Stimme ließ alle drei Männer aufschauen. Sie blickten ihn scharf an.

»Es sei dir vergeben, Quintus Sertorius. Was gibt es?« fragte Marius lächelnd.

»Nun, wahrscheinlich ist es reine Zeitverschwendung, aber draußen steht ein Legionär der ligurischen Kavallerie. Er will unbedingt mit dir persönlich sprechen und will mir nicht sagen, worum es geht.«

»Ein Legionär der ligurischen Kavallerie«, wiederholte Marius langsam. »Und was hat sein Tribun dazu zu sagen?«

»Er hat nicht mit seinem Tribunen gesprochen.«

»Hm, streng geheim, was?« Marius betrachtete Sertorius eingehend. »Warum sollte ich diesen Mann vorlassen, Quintus Sertorius?«

Quintus Sertorius grinste. »Wenn ich dir das bloß sagen könnte«, antwortete er. »Ich weiß es nicht, das sage ich dir ganz ehrlich. Aber – ich bin mir nicht sicher, wahrscheinlich täusche ich mich, aber – ich denke, du solltest mit ihm sprechen, Gaius Marius. Ich habe so ein Gefühl.«

Marius legte die Papiere aus der Hand. »Führ ihn herein.«

Der Anblick der gesamten obersten Heeresführung schüchterte Publius Vagiennius kein bißchen ein. Er blinzelte in dem dämmrigen Licht, und auf seinem Gesicht zeigte sich nicht eine Spur von Furcht.

»Das ist Publius Vagiennius«, sagte Sertorius und wollte hinausgehen.

»Bleib hier, Quintus Sertorius«, sagte Marius. »Also, Publius Vagiennius, was hast du mir zu sagen?«

»Eine ganze Menge«, sagte Publius Vagiennius.

»Dann schieß los, Mann!«

»Ja, sofort«, erwiderte Publius Vagiennius unbeeindruckt. »Die

Sache ist die, daß ich überlege, was ich zuerst mache. Soll ich zuerst über meine Information sprechen oder zuerst über den Handel, den ich vorzuschlagen habe?«

»Hängt das eine mit dem anderen zusammen?« fragte Aulus Manlius.

»Auf jeden Fall, Aulus Manlius.«

»Dann laß uns dein Geschäft hören«, entschied Marius mit undurchdringlicher Miene. »Mir gefällt die indirekte Methode.«

»Schnecken«, sagte Publius Vagiennius.

Alle vier Römer blickten ihn an, niemand sprach ein Wort.

»Ich habe folgendes Geschäft anzubieten«, erklärte Publius Vagiennius geduldig. »Es geht um Schnecken, die größten, saftigsten Schnecken, die ihr je gesehen habt.«

»Also darum stinkst du auf eine Meile Entfernung nach Knoblauch!« sagte Sulla.

»Schnecken kann man nicht ohne Knoblauch essen«, sagte Vagiennius.

»Wie können wir dir mit deinen Schnecken behilflich sein?« fragte Marius.

»Ich möchte eine Konzession«, antwortete Vagiennius, »und ich möchte ein Empfehlungsschreiben an die richtigen Leute in Rom, daß ich sie verkaufen kann.«

»Ich verstehe.« Marius blickte Manlius, Sulla und Sertorius an. Alle saßen mit unbewegter Miene da. »Gut, du bekommst deine Konzession. Und einer von uns dreien wird auch ein Empfehlungsschreiben zustande bringen. Nun, und welche Information hast du für uns?«

»Ich habe einen Weg gefunden, wie man auf den Berg kommen kann.«

Sulla und Aulus Manlius richteten sich kerzengerade auf.

»Du hast einen Weg auf den Berg gefunden«, wiederholte Marius langsam.

»Ja.«

Marius erhob sich von seinem Schreibtisch. »Zeig ihn mir«, verlangte er.

Aber Publius Vagiennius zuckte zurück. »Ja, das werde ich, Gaius Marius, natürlich! Aber zuerst müssen wir die Sache mit meinen Schnecken erledigen.«

»Kann das nicht warten, Mann?« fragte Sulla drohend.

»Nein, Lucius Cornelius, kann es nicht!« beharrte Publius Vagiennius. Damit bewies er, daß er wußte, welche Männer zur obersten Heeresleitung gehörten und wie sie hießen. »Der Weg auf den Gipfel des Berges führt mitten durch mein Schneckenrevier. Es ist mein Schneckenrevier, ich habe es entdeckt! Die besten Schnecken der Welt kriechen dort! Hier.« Er griff nach seinem Proviantbeutel, der ganz unüblich quer über seinem langen Reiterspieß hing, und schnürte ihn auf. Vorsichtig holte er eine fünfzehn Zentimeter lange Schneckenmuschel hervor und setzte sie mitten auf Marius' Schreibtisch.

Alle starrten wie gebannt auf die Schnecke, es herrschte völliges Stillschweigen. Da die Oberfläche des Tisches kühl und glatt war, traute sich die Schnecke nach wenigen Augenblicken aus ihrem Schneckenhaus heraus. Sie war nämlich hungrig und außerdem hatte das Gerüttel in Publius Vagiennius' Proviantbeutel sie in ihrer Ruhe gestört. Jetzt kroch sie wie ein Kaninchen aus dem Bau. Sie schob nicht den Kopf vor wie eine Schildkröte, sondern hob die Muschel in die Höhe und trat als Ansammlung unförmiger, schleimiger Klumpen in Erscheinung. Aus einem der Klumpen entstand ein spitz zulaufender Schwanz, aus dem anderen ein stumpfer Kopf, aus dem sich trübe Stielaugen wie aus dem Nichts hervorhoben. Als diese Verwandlung vollendet war, begann sie hörbar an dem Mulch zu kauen, den Publius Vagiennius um sie herumgewickelt hatte.

»Pah!« entfuhr es Gaius Marius, »das nenne ich eine Schnecke.«

»In der Tat«, sagte Quintus Sertorius.

»Davon könnte eine ganze Armee satt werden«, sagte Sulla. Sein Geschmack, was Essen betraf, war eher konventionell, er mochte weder Schnecken noch Pilze.

»Das ist es!« schrie Publius Vagiennius. »Genau das ist es! Ich möchte nicht, daß diese gierigen *mentulae«* – bei diesem Wort zuckten seine Zuhörer zusammen – »über meine Schnecken herfallen! Dort oben sind sehr viele Schnecken, aber fünfhundert Soldaten, das wäre das Ende. Ich möchte sie an einen geeigneten Platz in Rom bringen und eine Zucht aufmachen. Und ich möchte nicht, daß mein Schneckenrevier zertrampelt wird. Ich will eine Konzession, und ich will, daß mein Schneckenrevier vor allen *cunni* in dieser Armee sicher ist!«

»Das hier ist also ein Heer von *cunni*«, sagte Marius ernst.

»Es trifft sich gut«, näselte Aulus Manlius in seinem vornehmen Tonfall, »denn ich kann dir da wohl behilflich sein, Publius Vagiennius. Ich habe einen Klienten aus Tarquinia – in Etrurien, weißt du –, der hat einen sehr exklusiven und teuren Laden auf dem Feinschmekkermarkt – in Rom, verstehst du –, und dort verkauft er Schnecken. Sein Name ist Marcus Fulvius – kein adliger Fulvius, weißt du –, und ich habe ihm vor ein paar Jahren ein bißchen Geld vorgeschossen, damit er auf die Beine kommt. Sein Laden geht sehr gut, und ich könnte mir vorstellen, daß er gerne mit dir ins Geschäft kommen würde, wenn ich mir diese wunderbare – wirklich wunderbare, Publius Vagiennius! – Schnecke so anschaue.«

»Also abgemacht, Aulus Manlius«, erwiderte der Legionär.

»Zeigst du uns jetzt endlich den Weg auf den Berg?« drängte Sulla, der immer ungeduldiger wurde.

»Gleich, gleich«, bremste ihn Vagiennius. Er wandte sich an Marius, der schon seine Stiefel schnürte. »Zuerst möchte ich von meinem Feldherren hören, daß mein Schneckenrevier sicher ist.«

Marius machte den letzten Knoten an seinem Stiefel und richtete sich auf. Er blickte Publius Vagiennius tief in die Augen. »Publius Vagiennius«, sagte er, »du bist ein Mann nach meinem Geschmack! Du verbindest handfeste Geschäftsinteressen mit treuem patriotischen Geist. Sei unbesorgt, ich gebe dir mein Wort darauf, dein Schneckenrevier ist dir sicher. Und jetzt führe uns bitte auf den Berg.«

Zusammen mit dem leitenden Ingenieur machte sich die kleine Truppe wenig später auf den Weg. Um Zeit zu sparen, ritten sie, Vagiennius auf seinem besseren Pferd, Gaius Marius auf dem älteren, aber eleganten Roß, das er sonst bei Paraden ritt. Sulla blieb seiner Vorliebe für Maultiere treu. Aulus Manlius, Quintus Sertorius und einer der Ingenieure ritten Ponys aus den Beständen des Heeres.

Die Spalte war kein Problem für den Ingenieur. »Das ist einfach«, meinte er und blickte den Kamin hinauf. »Ich baue eine schöne, breite Treppe bis ganz nach oben, dafür ist genug Platz.«

»Wie lange wirst du brauchen?« fragte Marius.

»Zufällig habe ich einige Wagenladungen Dielen und kurze Balken dabei. Also – ich würde sagen, zwei Tage, wenn ich Tag und Nacht arbeite«, antwortete der Ingenieur.

»Dann mach dich gleich an die Arbeit«, sagte Marius und sah Vagiennius voller Bewunderung an. »Du mußt zu drei Vierteln das Blut einer Bergziege haben, daß du hier heraufklettern kannst.«

»Ich bin in den Bergen geboren und aufgewachsen«, gab Vagiennius stolz zurück.

»Gut, dein Schneckenrevier wird ohnehin sicher sein, bis die Treppe fertig ist«, sagte Marius. Sie kehrten zu den Pferden zurück. »Wenn deine Schnecken bedroht sind, werde ich mich persönlich darum kümmern.«

Fünf Tage später hatte Gaius Marius die Zitadelle am Mulucha eingenommen, dazu einen ungeheuren Schatz an Silbermünzen, Silberbarren und tausend Talente in Gold. Außerdem fanden sie noch zwei kleine Truhen, die eine war randvoll gefüllt mit den feinsten, roten *carbunculus*-Steinen, die sie je gesehen hatten, die andere mit Steinen, die ihnen völlig unbekannt waren: lange, von Natur geschliffene Kristalle, von Menschenhand sorgfältig poliert, am einen Ende schimmerten sie rosa, am anderen Ende ging die Farbe langsam zu dunklem Grün über.

»Das ist ein Vermögen!« sagte Sulla. Er hielt einen der zweifarbigen Steine in der Hand, die die Einheimischen *lychnites* nannten.

»Ja, das ist es!« freute sich Marius.

Alle Soldaten mußten antreten, und Publius Vagiennius wurde öffentlich, vor dem ganzen Heer, mit neun *phalerae* aus massivem Silber ausgezeichnet. Die großen, runden Schmuckscheiben waren in Hochrelief getrieben und wurden von schlichten, silberbeschlagenen Riemen zu drei Reihen mit je drei Stück zusammengehalten. So konnten sie auf der Brust über dem Brustpanzer oder über dem Kettenhemd getragen werden. Publius Vagiennius war stolz auf die Auszeichnung, aber viel mehr bedeutete es ihm, daß Marius Wort hielt und das Schneckenrevier vor Plünderern schützte, indem er den Weg auf den Gipfel einzäunen ließ. Der Durchgang wurde mit Leder umspannt, so daß die Soldaten nicht einmal sehen konnten, was für saftige Leckereien durch das dicht mit Farnkraut bewachsene Unterholz krochen. Sobald sie den Gipfel eingenommen hatten, befahl Marius, die Treppe unverzüglich zu zerstören. Aulus Manlius hatte inzwischen an seinen Klienten, den nichtadligen Marcus Fulvius, geschrieben und die Geschäftsverbindung angebahnt für die Zeit, wenn der Krieg in Africa vorüber und Publius Vagiennius entlassen wäre.

»Denk daran, Publius Vagiennius«, sagte Marius, als er ihm die neun silbernen *phalerae* verlieh, »wir vier erwarten in den nächsten Jahren die entsprechende Belohnung – Schnecken gratis auf unseren Tafeln, mit einer Extraportion für Aulus Manlius.«

»Abgemacht«, sagte Publius Vagiennius. Er hatte zu seinem tiefsten Kummer feststellen müssen, daß ihm Schnecken seit seiner

Übelkeit überhaupt nicht mehr schmeckten. Aber er sah die Schnecken jetzt mit dem aufmerksamen Auge des Hegers und nicht mehr mit dem Auge des Jägers.

Am Ende des Monats Sextilis machte sich das Heer auf den Rückweg aus dem Grenzland. Die Versorgung unterwegs warf keine Probleme auf, denn die Ernte war bereits eingefahren. Der Besuch am äußersten Rand von König Bocchus' Reich erzielte die gewünschte Wirkung. Bocchus war überzeugt, daß Marius jetzt, wo er Numidien erobert hatte, nicht mehr Halt machen würde, und beschloß, sich mit seinem Schwiegersohn Jugurtha zusammenzutun. Er eilte mit seinem maurischen Heer an den Mulucha. Dort traf er auf Jugurtha, der wartete, bis Marius abgezogen war, und dann seine ausgeraubte Bergzitadelle wieder besetzte.

Die beiden Könige folgten den Spuren der Römer auf dem Weg nach Osten. Sie hatten es nicht eilig mit einem Angriff und hielten sich in gebührender Entfernung, so daß sie unbemerkt blieben. Erst als Marius keine hundert Meilen mehr vor Cirta stand, schlugen sie zu.

Die Dunkelheit brach gerade herein, die Römer waren eifrig damit beschäftigt, ihr Lager aufzuschlagen. Dennoch traf sie der Angriff nicht völlig unvorbereitet, denn Marius sorgte immer dafür, daß Wachen aufgestellt waren, während man das Lager errichtete. Die Landvermesser legten zuerst die vier Ecken fest, diese wurden ausgesteckt, und dann ließ sich das gesamte Heer mit größter Präzision auf dem vorgesehenen Platz nieder. Jede Legion wußte, wo sie hingehörte, jede Kohorte jeder Legion, jede Hundertschaft jeder Kohorte. Niemand stolperte über den anderen, niemand stand am falschen Ort, niemand belegte zuviel Raum. Die Maultiere, die das Gepäck trugen, wurden an ihren Platz getrieben, die nichtkämpfenden Mannschaften jeder Zenturie kümmerten sich um die Maultiere und um die Wagen, von denen jede Hundertschaft einen besaß. Die Zugführer sorgten dafür, daß Tiere und Wagen untergebracht wurden. Mit Grabwerkzeugen und Palisadenpfosten aus ihren Rucksäcken ausgerüstet, marschierten die Soldaten, immer noch in voller Bewaffnung, zu dem Stück Umzäunung, für das sie zuständig waren. Sie arbeiteten in ihren Kettenhemden, mit Schwertern und Dolchen im Gurt. Ihre Speere waren fest in den Boden gerammt, daran lehnten ihre Schilde, die Helme hatten sie an den Kinngurten um die Speere und über die Schilde gehängt, so daß der Wind den

Aufbau nicht umwerfen konnte. Auf diese Weise waren Helm, Schild und Speer auch bei der Arbeit stets griffbereit.

Die Kundschafter spürten den Feind nicht auf – nach ihren Berichten war alles ruhig – und halfen beim Ausheben der Gräben und beim Aufrichten von Palisaden. Die Sonne war untergegangen. In der kurzen, schimmernden Dämmerung, bevor die Nacht hereinbrach, strömten die numidischen und maurischen Truppen hinter einem nahegelegenen Hügelkamm hervor und überfielen das halbfertige Lager.

Die Schlacht fand in tiefster Finsternis statt, ein verzweifelter Kampf, und mehrere Stunden sah es nach einer Niederlage für die Römer aus. Schließlich wies Quintus Sertorius alle nichtkämpfenden Männer an, Fackeln anzuzünden, bis das Schlachtfeld so weit erleuchtet war, daß Marius sich einen Überblick verschaffen konnte, und von da an besserte sich die Lage der Römer. Sulla tat sich in der Schlacht besonders hervor. Er ermutigte die Truppen, die Müdigkeit zeigten oder in Panik gerieten, und tauchte überall dort auf, wo man ihn brauchte – es schien wie ein Wunder, war aber in Wirklichkeit seinem angeborenen Blick für militärische Situationen zu verdanken. Er erkannte stets im voraus, wo sich die nächste Schwachstelle bilden würde. Mit blutigem Schwert und blutüberströmt warf er sich in den Kampf wie ein erfahrener Soldat – mutig im Angriff, vorsichtig in der Verteidigung, glänzend in jeder schwierigen Situation.

Und nach acht Stunden nächtlichen Kampfes errangen die Römer den Sieg. Die numidischen und mauretanischen Truppen zogen sich einigermaßen geordnet zurück, aber mehrere Tausend ihrer Soldaten blieben auf dem Schlachtfeld liegen, während Marius überraschend wenig Männer verloren hatte.

Am nächsten Morgen zog die römische Armee weiter, denn Marius hatte beschlossen, daß eine Ruhepause für seine Männer nicht in Frage komme. Die Toten des eigenen Heeres wurden verbrannt, wie es Sitte war, die Toten des Feindes überließ man den Geiern. Diesmal marschierten die Legionen im Karree, mit Reitern am Anfang und am Ende der dichtgefügten Kolonne und den Maultieren und Gepäckzügen genau in der Mitte. Sollte unterwegs ein weiterer Angriff erfolgen, brauchten die Soldaten nur die Außenseite des Karrees zu verstärken, die Kavallerie bildete bereits die Flügel. Alle trugen jetzt ihre Helme auf dem Kopf, mit dem buntgefärbten Busch aus Roßhaar an der Spitze. Die Schilde steckten nicht mehr in den Lederhüllen, jeder hielt seine beiden Speere in der Hand. Bis Cirta war höchste Wachsamkeit geboten.

Am vierten Tag – Cirta lag noch einen Tagesmarsch entfernt – schlugen die beiden Könige erneut zu. Dieses Mal war Marius vorbereitet. Die Legionen formten sich zu Karrees, von denen jedes einen Teil eines größeren bildete, das Gepäck in der Mitte, und dann stellten sich die Soldaten jedes Karrees in Reih und Glied auf, so daß die dem Feind zugewandte Seite doppelt stark war. Wie immer verließ sich Jugurtha auf seine vielen tausend numidischen Pferde, um die vordersten Linien der Römer zu durchbrechen. Die Numider waren großartige Reiter, sie benutzten weder Sattel noch Zaumzeug und trugen keine Rüstungen, sie vertrauten allein ihrer Zahl, ihrem Mut und der tödlichen Genauigkeit, mit der sie Speere und Langschwerter handhabten. Aber weder Jugurthas noch Bocchus' Reitertruppen konnten in die Mitte der römischen Karrees einbrechen. Ihre Infanterie stieß auf eine undurchdringliche Mauer aus römischen Legionären, die weder vor Pferden noch vor Fußsoldaten zurückwichen.

Sulla kämpfte in der vordersten Linie, mit der führenden Kohorte der führenden Legion, während Marius die taktischen Anweisungen gab und den Kampfplatz so überblickte, daß das Risiko eines Überraschungsmanövers weitgehend ausgeschaltet war. Als die Reihen von Jugurthas Fußtruppen schließlich nachgaben, führte Sulla den entscheidenden Schlag gegen sie, und Quintus Sertorius focht dicht hinter ihm.

Getrieben von dem verzweifelten Wunsch, die Römer ein für allemal loszuwerden, verpaßte Jugurtha den richtigen Augenblick zum Rückzug. Als er dann endlich doch den entscheidenden Befehl erteilte war es zu spät, und ihm blieb nichts anderes übrig, als weiterzukämpfen. Die Römer spürten, daß sie den Sieg bereits in den Händen hielten, und als sie gesiegt hatten, war es ein ganzer, runder, vollständiger Sieg. Die Armeen der Numider und Mauretanier waren aufgerieben, die meisten ihrer Männer lagen tot auf dem Schlachtfeld. Jugurtha und Bocchus konnten entfliehen.

An der Spitze eines müden, aber jubelnden Heeres ritt Marius in Cirta ein. In Africa würde es keine größeren Kämpfe mehr geben – das war jedem Soldaten klar. Dieses Mal quartierte Marius seine Truppen innerhalb der Stadtmauern von Cirta ein, denn er wollte sich nicht der Gefahr aussetzen, auf dem freien Feld dem Gegner eine Angriffsfläche zu bieten. Er brachte seine Truppen bei unglücklichen numidischen Zivilisten unter, und dieselben unglücklichen numidischen Zivilisten wurden am nächsten Tag als Arbeitstrupps auf das Schlachtfeld geschickt. Sie mußten die Unmengen africanischer Leichen verbrennen und die wenigen römischen Toten in die Stadt schaffen, wo sie ordnungsgemäß bestattet werden konnten.

Quintus Sertorius erhielt den Auftrag, sich um die vielen Orden zu kümmern, die Marius bei einer Versammlung des Heeres nach der Bestattung der Gefallenen verleihen wollte. Außerdem mußte er die Leichenfeier organisieren. Da er noch nie bei einer solchen Zeremonie dabeigewesen war, hatte er keine Ahnung, wie er diese Aufgabe anpacken sollte, aber er war klug und einfallsreich. Er machte einen altgedienten, erfahrenen Zenturio ausfindig und fragte ihn aus.

»Also, was du zu tun hast, junger Sertorius, ist folgendes«, sagte der alte Hase. »Zuerst mußt du alle Orden, die Gaius Marius selbst bekommen hat, herausholen und sie auf dem Podium ausstellen, damit die Männer sehen können, was für ein Soldat ihr Feldherr war. Wir haben gute Jungens, Plebejer hin oder her, aber sie wissen nichts über das Soldatenleben, weil sie aus Familien kommen, die mit dem Militär nie zu tun hatten. Wie sollen sie also wissen, was für ein ausgezeichneter Soldat Gaius Marius war? Ich weiß es! Weil ich nämlich in allen Feldzügen mit Gaius Marius gekämpft habe, seit – hm, seit Numantia.«

»Aber ich glaube kaum, daß Gaius Marius seine Orden mit auf den Feldzug genommen hat«, wandte Sertorius betrübt ein.

»Natürlich hat er das, junger Sertorius!« sagte der altgediente Soldat mit der Erfahrung aus hundert Schlachten und Scharmützeln. »Sie sind seine Glücksbringer.«

Und in der Tat, als Sertorius ihn fragte, bestätigte Gaius Marius, daß er seine Orden auf den Feldzug mitgenommen hatte. Marius schien das Eingeständnis ein wenig peinlich zu sein, bis Sertorius ihm erzählte, was der alte Zenturio über die Glücksbringer gesagt hatte.

Alle Bewohner von Cirta kamen und gafften, und es war eine eindrucksvolle Feier. Die Soldaten marschierten in ihren Paradeuniformen auf, der silberne Adler jeder Legion war mit dem Lorbeerkranz des Siegers geschmückt, genau wie die silberne Standarte jedes Manipels und das *vexillum,* die Fahne jeder Zenturie. Jeder Soldat trug seine Orden, aber da sie ein neues Heer mit neuen

Männern waren, konnten nur wenige der Zenturionen und ein halbes Dutzend Soldaten stolz ihre Armreifen, Halsketten und Schmuckscheiben zeigen. Publius Vagiennius trug natürlich seine silbernen *phalerae* auf der stolzgeschwellten Brust.

Aber Gaius Marius war doch der Größte, dachte Quintus Sertorius wie geblendet, während er darauf wartete, daß er für den Nahkampf in der Schlacht mit dem goldenen Kranz ausgezeichnet wurde.

Dann kam Sulla an die Reihe und erhielt ebenfalls den goldenen Kranz und einen vollständigen Satz von neun goldenen *phalerae* für seine Tapferkeit in der ersten Schlacht gegen die beiden Könige. Wie zufrieden er aussah, regelrecht – entrückt! Quintus Sertorius hatte gehört, daß er ein kaltblütiger Bursche sein sollte, mit einem Hang zur Grausamkeit. Aber in der ganzen Zeit, die sie in Africa zusammen gekämpft hatten, hatte er nicht ein einziges Mal etwas erlebt, das diese Behauptungen bestätigt hätte, und es konnte auch gar nicht stimmen, denn sonst stünde Sulla gewiß nicht so hoch in Gaius Marius' Gunst, wie es offensichtlich der Fall war. Nun, Quintus Sertorius verstand einfach nicht, daß Kaltblütigkeit und Grausamkeit begraben werden konnten, wenn auch nur zeitweilig, solange das Leben gut lief, solange man es genießen konnte, solange es genügend geistige und körperliche Herausforderungen bot. Und Quintus Sertorius verstand auch nicht, daß Sulla sehr wohl wußte, daß er Gaius Marius die innere, dunklere Seite seines Wesens nicht enthüllen durfte. Lucius Cornelius Sulla zeigte sich in der Tat von seiner besten Seite, seit Marius ihn zu seinem Quästor gemacht hatte – und es fiel ihm nicht einmal schwer.

»Oh!« Quintus Sertorius sprang auf. Er war so in seine Gedanken versunken gewesen, daß er nicht gehört hatte, wie sein Name gerufen wurde. Sein Bursche, der fast so stolz war wie Quintus Sertorius selbst, verpaßte ihm einen kräftigen Stoß in die Rippen. Quintus Sertorius stolperte zum Podium, und vor den Augen der ganzen Armee setzte der große Gaius Marius ihm den goldenen Kranz auf das Haupt. Die Soldaten jubelten, und Gaius Marius und Aulus Manlius schüttelten ihm die Hand.

Nachdem alle Abzeichen, Armreifen, Schmuckscheiben und Banner verteilt waren, erhielten einige Kohorten goldene und silberne Kränze für ihre Standarten als Auszeichnung für die ganze Mannschaft. Dann ergriff Gaius Marius das Wort.

»Gut gemacht, ihr Männer aus den *capite censi*«, rief er. Die

Soldaten, die Auszeichnungen erhalten hatten, standen wie benommen um ihn herum. »Ihr habt bewiesen, daß ihr mutiger seid als die Mutigen, klüger als die Klugen, bereitwilliger als die Bereitwilligen. Ihr habt härter gekämpft als alle, die ich hart habe kämpfen sehen. Viele bislang schmucklose Feldzeichen sind jetzt mit Kränzen geschmückt, und diese Kränze sind redlich verdient. Wenn wir im Triumph durch Rom ziehen, werden die Römer voller Stolz auf euch blicken! Und in der Zukunft wird kein Römer mehr sagen können, den Männern des Plebejerheeres sei Rom nicht wichtig genug, als daß sie für Rom Schlachten gewinnen könnten!«

Im November sah es schon nach dem Beginn der Regenzeit aus, als Gesandte des Königs Bocchus von Mauretanien in Cirta eintrafen. Marius ließ sie mehrere Tage warten und reagierte nicht auf ihre dringlichen Bitten.

»Sie werden butterweich sein«, sagte er zu Sulla, bevor er sie endlich vorließ.

»Ich werde König Bocchus nicht vergeben«, teilte er ihnen als Eröffnungszug mit, »also geht nach Hause! Ihr verschwendet meine Zeit.«

Ihr Sprecher war ein jüngerer Bruder des Königs, Prinz Bogud, und Prinz Bogud trat eilig vor, ehe Marius seinen Liktoren bedeuten konnte, die Gesandtschaft hinauszuwerfen.

»Gaius Marius, du mußt uns anhören! Mein Bruder, der König, ist sich seiner Verfehlungen nur allzu bewußt!« sagte der Prinz. »Er bittet nicht um Vergebung, er bittet nicht darum, daß du beim Senat und beim Volk von Rom ein gutes Wort für ihn einlegst, damit er wieder als Freund und Verbündeter Roms angesehen wird. Er bittet nur darum, daß du im Frühjahr zwei deiner erfahrensten Legaten an seinen Hof in Tingis hinter die Säulen des Herkules entsendest. Dann wird er ihnen ganz genau erklären, warum er sich mit König Jugurtha verbündet hat, und er bittet um nichts weiter, als daß sie ihm mit offenen Ohren zuhören. Sie sollen ihm mit keinem Wort antworten – sie sollen nur dir berichten, was er gesagt hat, so daß du antworten kannst. Tu das, ich flehe dich an, gewähre meinem Bruder, dem König, diese Bitte!«

»Was, ich soll zwei von meinen besten Männern bis nach Tingis schicken, gerade wenn die Zeit der Feldzüge beginnt?« fragte Marius mit gut gespieltem Unglauben. »Nein! Ich kann sie höchstens bis Saldae schicken.« Das war ein kleiner Hafen ein Stück westlich von Cirtas Hafen Rusicade.

Die gesamte Gesandtschaft hob abwehrend die Hände. »Ganz unmöglich!« rief Bogud. »Mein Bruder, der König, möchte um jeden Preis eine Begegnung mit König Jugurtha vermeiden!«

»Icosium.« Marius nannte einen weiteren Hafen, vielleicht zweihundert Meilen westlich von Rusicade. »Ich schicke meinen besten Legaten, Aulus Manlius und meinen Quästor Lucius Cornelius Sulla, aber auf keinen Fall weiter als bis Icosium – und zwar jetzt, Prinz Bogud, nicht im Frühjahr.«

»Unmöglich!« schrie Bogud auf. »Der König ist in Tingis!«

»Quatsch!« erwiderte Marius verächtlich. »Der König ist mit eingezogenem Schwanz auf dem Weg zurück nach Mauretanien. Wenn du einen schnellen Reiter hinter ihm her schickst, dann garantiere ich dir, daß Bocchus ohne Schwierigkeiten zu dem Zeitpunkt in Icosium sein kann, wenn meine Legaten dort eintreffen.« Starr blickte er Bogud an. »Das ist mein bestes – und mein letztes! – Angebot. Tu, was du willst.«

Bogud nahm das Angebot an. Als sich die Gesandtschaft zwei Tage später einschiffte, gingen auch Aulus Manlius und Sulla an Bord und segelten mit nach Icosium. Ein schneller Reiter sollte die demoralisierten Überreste der mauretanischen Armee einholen.

»Wie du gesagt hast, er hat uns erwartet, als wir einliefen«, berichtete Sulla einen Monat später bei seiner Rückkehr.

»Wo ist Aulus Manlius?« fragte Marius.

Sullas Augen glitzerten. »Es geht Aulus Manlius nicht gut, er hat beschlossen, den Landweg zu nehmen.«

»Etwas Ernsthaftes?«

»Einen so schlechten Seemann habe ich noch nie gesehen«, meinte Sulla.

»Was, das wußte ich gar nicht!« sagte Marius belustigt. »So hast vor allem du genau hingehört, nicht Aulus Manlius?«

»Ja«, grinste Sulla. »Er ist ein ulkiger kleiner Mann, dieser König Bocchus. Kugelrund, weil er dauernd Süßigkeiten in sich hineinstopft. Nach außen sehr wichtigtuerisch, darunter geradezu schüchtern.«

»Das paßt zusammen«, sagte Marius.

»Tja, er hat natürlich Angst vor Jugurtha, ich glaube nicht, daß das eine Lüge ist. Und wenn wir ihm garantieren, daß wir ihm die Herrschaft über Mauretanien lassen, dann wird er meines Erachtens liebend gern Roms Interessen vertreten. Aber Jugurtha beschwatzt ihn, du weißt schon.«

»Jugurtha versucht überall, die Leute zu beschwatzen. Hast du dich an Bocchus' Regel gehalten und nichts gesagt, oder hast du etwas dazu geäußert?«

»Nun, ich habe ihn zuerst ausreden lassen«, sagte Sulla, »aber dann habe ich mich zu Wort gemeldet. Er wollte ganz majestätisch werden und mich wegschicken. Da habe ich ihm gesagt, daß seine Abmachung einseitig war, daß deine Vertreter von dir aus nicht gebunden seien.«

»Was hattest du zu sagen?« fragte Marius.

»Daß er, wenn er ein kluger kleiner König sei, besser nicht auf Jugurtha hören, sondern sich an Rom halten solle.«

»Wie hat er es aufgenommen?«

»Ziemlich gut. Er war in recht nachdenklicher Stimmung, als ich ihn verließ.«

»Dann warten wir ab und sehen, was als nächstes geschieht«, beschloß Marius.

»Ich habe außerdem herausgefunden«, fuhr Sulla fort, »daß Jugurtha wohl keine neuen Männer mehr rekrutieren kann. Selbst die Gaetuler wollen ihm keine Soldaten mehr geben. Die Numider haben den Krieg satt, und kaum jemand im ganzen Königreich, weder die Siedler in den bewohnten Gebieten noch die Nomaden im Inneren des Landes, glauben noch an einen Sieg.«

»Aber werden sie Jugurtha ausliefern?«

Sulla schüttelte den Kopf. »Nein, natürlich werden sie ihn nicht ausliefern!«

»Sei's drum.« Marius fletschte die Zähne. »Nächstes Jahr, Lucius Cornelius! Nächstes Jahr kriegen wir ihn.«

Kurz bevor das alte Jahr zu Ende ging, erhielt Gaius Marius einen Brief von Publius Rutilius Rufus, der nach einer Serie schwerer Stürme mit großer Verzögerung eintraf.

*Ich weiß es schon, Gaius Marius, Du möchtest gerne, daß ich mit Dir zusammen für das Konsulat kandidiere – aber mir hat sich eine Gelegenheit geboten, die ich unmöglich abschlagen kann. Ja, ich will nächstes Jahr als Konsul kandidieren, morgen werde ich meinen Namen eintragen lassen. Unsere Quellen scheinen zeitweilig versiegt zu sein, weißt Du. Niemand von Bedeutung kandidiert. Ich höre Dich schon fragen: Was, Quintus Lutatius Catulus Caesar wieder nicht? Nein, er ist gerade ziemlich am Boden, er gehört allzu offensichtlich der Fraktion an, die alle die Konsuln verteidigt, die verantwortlich sind für den Tod von so vielen Soldaten. Bisher ist der beste Kandidat ein Emporkömmling – nämlich Gnaeus Mallius Maximus. Er ist kein schlechter Kerl, mit ihm könnte ich sicherlich arbeiten – aber wenn er das beste Pferd im Rennen ist, habe ich sicher gewonnen. Dein Kommando ist für das nächste Jahr verlängert, wie Du sicherlich schon weißt.*

*Rom ist im Augenblick ein ziemlich langweiliger Ort, ich habe Dir fast keine Neuigkeiten zu berichten und schon gar keinen hübschen Skandal. Deiner Familie geht es gut, der kleine Marius bereitet allen große Freude. Er will immer seinen Kopf durchsetzen und ist seinen Jahren weit voraus. Dauernd macht er Unsinn und bringt seine Mutter damit zur Verzweiflung – kurz, er ist genau so, wie ein kleiner Junge sein soll. Aber Deinem Schwiegervater, Caesar, geht es gar nicht gut, obwohl ihm natürlich nie ein Laut der Klage über die Lippen käme. Seine Stimme ist nicht in Ordnung, selbst mit Unmengen von Honig wird es nicht besser.*

*Und das ist eigentlich schon alles! Wie schrecklich. Was soll ich bloß schreiben? Noch habe ich kaum eine Seite gefüllt. Nun, da wäre noch meine Nichte, Aurelia. Wer ist das denn? höre ich Dich fragen. Und es interessiert Dich kein bißchen, schätze ich. Egal. Du mußt zuhören, ich mache es kurz. Du kennst sicherlich die Geschichte der Helena von Troja, obwohl Du ein italischer Bauer bist ohne einen Tropfen griechischen Blutes. Sie war so schön, daß jeder König und jeder Prinz in ganz Griechenland sie heiraten wollte. Genauso ist meine Nichte. So schön, daß jeder Römer von Stande sie heiraten möchte.*

*Alle Kinder meiner Schwester Rutilia sehen gut aus, aber Aurelia ist mehr als gutaussehend. Als sie noch ein Kind war, jammerten alle über ihr Gesicht – es war zu knochig, zu hart, alles war falsch. Aber jetzt, wo sie achtzehn wird, preist jeder dasselbe Gesicht in höchsten Tönen.*

*Ich liebe sie wirklich sehr. Ja, warum? höre ich Dich fragen. Tja, in der Tat interessiere ich mich normalerweise nicht für die weiblichen Nachkommen meiner engsten Verwandten, nicht einmal für meine eigene Tochter und meine beiden Enkelinnen. Aber ich weiß, warum ich meine liebste Aurelia schätze. Wegen ihres Dienstmädchens. Als sie dreizehn wurde, beschlossen meine Schwester und ihr Mann,*

*Marcus Aurelius Cotta, daß sie ein eigenes Dienstmädchen brauche, als Gefährtin und als Wachhund. Sie kauften eine sehr gute Sklavin und schenkten sie Aurelia. Nach kurzer Zeit allerdings verkündete Aurelia, daß sie dieses Mädchen nicht haben wolle.*

*»Warum?« fragte meine Schwester Rutilia.*

*»Weil sie faul ist«, erwiderte die dreizehnjährige Aurelia.*

*So gingen die Eltern zu ihrem Händler zurück und wählten mit noch größerer Sorgfalt eine andere Sklavin aus. Aber auch die wollte Aurelia nicht haben.*

*»Warum?« fragte meine Schwester Rutilia.*

*»Weil sie glaubt, sie könne mich herumkommandieren«, erwiderte Aurelia.*

*So gingen die Eltern ein drittes Mal zu dem Händler und studierten die Listen von Spurius Postumius Glycon sorgfältigst. Sie fanden ein drittes Mädchen, wie die anderen war sie, das muß ich hinzufügen, bestens erzogen, Griechin und nach mündlicher Auskunft überaus klug.*

*Aber Aurelia wollte auch das dritte Mädchen nicht.*

*»Warum?« fragte meine Schwester Rutilia noch einmal.*

*»Weil sie zu sehr nach ihrer eigenen Zukunft schielt. Sie klimpert schon mit ihren Wimpern in Richtung Hausverwalter«, sagte Aurelia.*

*»Also gut, dann geh selber hin und such dir ein Dienstmädchen aus!« entgegnete meine Schwester Rutilia. Sie hatte endgültig genug von der ganzen Sache.*

*Und Aurelia suchte sich eine Sklavin aus. Als sie mit ihr nach Hause kam, war die ganze Familie entsetzt. Da stand nämlich ein sechzehnjähriges Mädchen, vom gallischen Stamm der Arverner, ein riesig großes, dünnes Geschöpf mit einem gräßlich runden, roten Gesicht, einer platten Nase, blaßblauen Augen, scheußlich geschnittenem Haar – ihr Haar war an einen Perückenmacher verkauft worden, weil ihr früherer Herr Geld brauchte – und den größten Händen und Füßen, die ich je bei Männern und Frauen gesehen habe. Ihr Name sei Cardixa, verkündete Aurelia.*

*Du weißt ja, daß es mich immer sehr interessiert, aus was für Familien die kommen, die wir uns als Sklaven ins Haus holen. Denn, so schien es mir immer, wir beschäftigen uns gründlicher damit, die Speisenfolge für eine Abendgesellschaft auszuwählen, als mit den Menschen, denen wir unsere Kleider, uns selbst, unsere Kinder und sogar unseren guten Ruf anvertrauen. Wohingegen meine dreizehnjährige Nichte Aurelia ihre Wahl, das erkannte ich sofort, für diese gräßliche Cardixa aus genau den richtigen Gründen getroffen hatte. Sie wollte jemanden, der treu war, hart arbeiten konnte, gutmütig und gehorsam ihren Worten folgte. Auf gutes Aussehen, griechische Muttersprache und behende Konversation legte sie nicht den geringsten Wert.*

*Also bemühte ich mich herauszufinden, wer Cardixa war. Ich fragte Aurelia, und sie erzählte mir die Geschichte des Mädchens. Als Cardixa vier Jahre alt war, wurde sie zusammen mit ihrer Mutter verkauft, nachdem Gnaeus Domitius Ahenobarbus die Arverner geschlagen hatte und unsere Provinz Gallia Transalpina durchkämmte. Die beiden waren noch nicht lange in Rom, da starb die Mutter, anscheinend am Heimweh. Das Mädchen wurde so etwas wie ein weiblicher Page, sie lief mit Nachttöpfen, Kissen und Schlafröcken durch die Gegend. Sie wurde mehrmals verkauft, als sie nicht mehr den Reiz des Kindes hatte und zu der Riesin heranwuchs, die Aurelia ins Haus brachte. Einer ihrer Besitzer vergewaltigte sie, als sie acht Jahre alt war, ein anderer schlug sie jedesmal, wenn seine Frau jammerte, ein dritter ließ sie zusammen mit seiner Tochter, einer bockigen Schülerin, lesen und schreiben lernen.*

*»So hattest du Mitleid und wolltest das arme Geschöpf in ein freundliches Haus bringen«, sagte ich zu Aurelia.*

*Und jetzt kommt es, Gaius Marius, warum ich Aurelia mehr liebe als meine eigene Tochter.*

*Meine Bemerkung gefiel ihr nämlich überhaupt nicht. Wie eine kleine Schlange zischte sie mich an: »Ganz und gar nicht! Mitleid ist eine gute Eigenschaft, Onkel Publius, das steht in allen Büchern, und unsere Eltern sagen es auch. Aber Mitleid als Grund für die Wahl eines Dienstmädchen, das fände ich schlecht! Daß Cardixas Leben kein Zuckerschlecken war, dafür kann ich nichts, und darum bin ich in keiner Weise moralisch verpflichtet, ihr Unglück wiedergutzumachen. Ich habe Cardixa ausgewählt, weil ich sicher bin, daß sie eine treue, gehorsame und gutmütige Dienerin sein wird, die hart arbeiten kann. Ein schöner Umschlag sagt nichts darüber aus, ob es sich lohnt, ein Buch zu lesen.«*

*Ach, liebst Du sie nicht auch, Gaius Marius, wenigstens ein bißchen? Damals war sie ganze dreizehn Jahre alt! Und besonders auffallend war, daß sie dabei nicht, wie es durch meinen schlechten Briefstil vielleicht erscheint, kaltherzig und hochnäsig wirkte oder gar gefühllos. Nein, ich wußte, daß sie weder hochnäsig noch kalt-*

*herzig ist. Gesunder Menschenverstand, Gaius Marius! Meine Nichte hat gesunden Menschenverstand. Und wie viele Frauen kennst Du, von denen man das sagen kann? Alle diese Kerle wollen sie wegen ihrem Gesicht, ihrer Figur, ihrem Vermögen heiraten, ich würde sie lieber jemandem geben, der ihren gesunden Menschenverstand zu schätzen weiß. Aber wie soll man entscheiden, welcher der Männer, die um sie werben, der beste ist? Das ist die brennende Frage, die uns alle bewegt.*

Gaius Marius ließ den Brief sinken, griff nach seiner Feder und legte sich ein Stück Papier zurecht. Er tauchte die Feder in das Tintenfaß und schrieb ohne Zögern.

*Natürlich verstehe ich Dich. Mach es, Publius Rutilius! Gnaeus Mallius Maximus wird alle Hilfe brauchen, die er kriegen kann, und Du wirst ein sehr guter Konsul werden. Was Deine Nichte betrifft, so soll sie sich doch ihren Ehemann selbst aussuchen! Daß sie eine gute Wahl treffen wird, hat sie doch bei ihrem Dienstmädchen bewiesen. Obwohl ich ehrlich gesagt nicht verstehen kann, was das ganze Theater soll. Lucius Cornelius erzählte mir, daß er Vater eines Sohnes geworden sei, daß aber Gaius Julius, nicht Julilla, ihm dies mitgeteilt habe. Würdest Du mir den Gefallen tun und ein Auge auf die junge Dame haben? Ich glaube nämlich nicht, daß sie wie Deine Nichte so etwas wie gesunden Menschenverstand besitzt. Offen gestanden weiß ich nicht, wen ich sonst darum bitten sollte. Ihren* tata *kann ich ja wohl kaum fragen. Ich danke Dir, daß Du mich von Gaius Julius' Gesundheitszustand unterrichtet hast und ich hoffe, Du wirst schon Konsul sein, wenn Du diesen Brief erhältst.*

## *Das sechste Jahr*

(105 v. Chr.)

# Unter den Konsuln
# Publius Rutilius Rufus
# und
# Gnaeus Mallius Maximus

Jugurtha war zwar noch kein Verfolgter im eigenen Land, aber die Römer hatten Nordafrica fest im Griff. Die Bewohner in den dichter besiedelten und den östlich gelegenen Teilen des Landes hatten sich mit der römischen Herrschaft abgefunden. Cirta, die Hauptstadt, lag in der Mitte, und Marius entschied, daß es klüger sei, dort zu überwintern anstatt in Utika. Die Einwohner von Cirta hatten nie eine besondere Zuneigung zu ihrem Herrscher gezeigt, doch Marius kannte Jugurtha gut genug, um zu wissen, daß er am gefährlichsten – und am liebenswürdigsten – war, wenn er unter Druck stand. Er durfte Cirta nicht den Verführungskünsten des Königs überlassen. Sulla blieb in Utika, um die römische Provinz zu regieren, während Aulus Manlius vom Dienst befreit wurde und die Erlaubnis erhielt, nach Hause zu reisen. Er nahm die beiden Söhne von Gaius Julius Caesar mit nach Rom, obwohl keiner der beiden Africa verlassen wollte. Der Brief von Rutilius Rufus hatte Marius beunruhigt, und er hielt es für besser, die Söhne zu ihrem Vater zurückzuschicken.

Zu Beginn des neuen Jahres fällte König Bocchus von Mauretanien endlich eine Entscheidung. Trotz seiner Bluts- und Verwandtschaftsbande zu Jugurtha wollte er sich mit den Römern verbünden – sofern Rom bereit wäre, ihn als Verbündeten zu akzeptieren. Aus diesem Grund begab er sich von Iol nach Icosium, an den Ort, wo er zwei Monate zuvor mit Sulla und dem seekranken Manlius verhandelt hatte. Es kam ihm überhaupt nicht in den Sinn, daß Marius überall, nur nicht in Utika überwintern würde, und so zog die kleine Gesandtschaft, die er zu Verhandlungen mit Marius schickte, nördlich an Cirta vorbei in Richtung Utika. Die Gesandtschaft bestand aus fünf maurischen Botschaftern, darunter dem jüngeren Bruder des Königs, Prinz Bogud, und einem seiner Söhne. Sie reisten mit wenig

Aufwand und ohne militärische Eskorte, denn Bocchus wollte Marius auf keinen Fall provozieren, und ebensowenig wollte er die Aufmerksamkeit Jugurthas auf sich ziehen. Die kleine Reisegesellschaft wirkte wie eine Gruppe wohlhabender Händler, die sich nach einer ertragreichen Saison mit ihrem Gewinn auf der Heimreise befand, und das lockte natürlich Banditen an, die ihren Vorteil aus der verworrenen Situation in Numidien zu ziehen wußten. Als die Gesandten nicht weit südlich von Hippo Regius den Fluß Ubus überqueren wollten, gerieten sie in einen Hinterhalt und wurden ausgeplündert bis auf die Kleidung, die sie am Leibe trugen. Die Banditen nahmen ihre Sklaven und Diener gefangen, um sie später auf einem fernen Markt zu verkaufen.

Quintus Sertorius und seine ausgezeichnet geschulten Offiziere hatten Marius nach Cirta begleitet, und das bedeutete, daß Sulla mit dem weniger gut geschulten Rest des Stabes zurechtkommen mußte. Er machte es sich zur Gewohnheit, selbst ein Auge auf alle Vorgänge an den Toren des Regierungspalastes in Utika zu haben, und so kam es, daß er als erster den Haufen zerlumpter Wanderer vor dem Tor erblickte, die vergebens Einlaß begehrten.

»Wir müssen unbedingt mit Gaius Marius sprechen!« beharrte Prinz Bogud. »Wir sind Gesandte des König Bocchus von Mauretanien, so glaub uns doch!«

Sulla erkannte einige der Gesandten und schlenderte hinüber.

»Laß sie hinein, Idiot«, befahl er dem diensthabenden Wachsoldaten. Er nahm Boguds Arm und stützte ihn, denn es war offensichtlich, daß seine wunden Füße bei jedem Schritt schmerzten. »Nein, für Erklärungen haben wir später Zeit, Prinz«, schnitt Sulla ihm das Wort ab. »Jetzt brauchst du erst ein Bad, frische Kleidung, etwas zu essen und Ruhe.«

Einige Stunden später hörte er sich Boguds Bericht an.

»Wir waren viel länger unterwegs, als wir gedacht hatten«, schloß Bogud, »und ich fürchte, der König, mein Bruder, hat inzwischen alle Hoffnung aufgegeben. Können wir Gaius Marius sprechen?«

»Gaius Marius ist in Cirta«, meinte Sulla leichthin. »Ich gebe euch den Rat, sagt mir, was euer König will, und überlaßt es mir, die Botschaft nach Cirta weiterzuleiten, sonst könnte es noch mehr Verzögerungen geben.«

»Wir sind alle Blutsverwandte des Königs, und der König bittet Gaius Marius, er möge uns nach Rom senden, damit wir persönlich den Senat ersuchen können, den König wieder als Verbündeten anzunehmen.«

»Ich verstehe.« Sulla erhob sich. »Bitte, Prinz Bogud, mach es dir bequem und warte. Ich werde sofort eine Botschaft an Gaius Marius schicken, aber es wird eine Weile dauern, bis wir Antwort erhalten.«

Marius' Antwort traf vier Tage später in Utika ein:

*Gut, sehr gut! Das kann sehr nützlich sein, Lucius Cornelius. Aber ich muß äußerst vorsichtig sein. Der neue erste Konsul, Publius Rutilius Rufus, hat mir mitgeteilt, daß unser lieber Freund Metellus Schweinebacke Numidicus jedem, der es hören will, erzählt, er werde mich wegen Unterschlagung und Korruption während meiner Verwaltung der Provinz anklagen. Ich darf ihm keine Angriffsfläche bieten. Zum Glück muß er sich seine Beweise selbst basteln, denn Unterschlagung und Korruption waren nie meine Art – nun, Du kannst das besser beurteilen als die meisten, denke ich.*

*Ich will, daß Du folgendes tust: Ich werde Prinz Bogud in Cirta Audienz gewähren, Du mußt also die Gesandtschaft hierher bringen. Doch bevor ihr euch auf den Weg macht, möchte ich, daß Du jeden einzelnen römischen Senator, jeden Beamten des Schatzamtes, jeden offiziellen Vertreter des Senats von Rom oder des römischen Volkes, jeden wichtigen römischen Bürger in der gesamten Provinz Africa auftreibst. Bring sie mit nach Cirta. Ich werde mit Bogud verhandeln, und alle bedeutenden Römer, die ich finden kann, werden dabeisein, werden jedes Wort hören, das ich sage, und schriftlich gutheißen, was ich beschließe.*

Lauthals lachend legte Sulla den Brief zur Seite. »Das ist einfach genial, Gaius Marius!« sagte er zu den vier Wänden seines Arbeitszimmers. Und dann stürzte er seine Tribunen und Verwaltungsbeamten in heillose Verwirrung mit dem Auftrag, die gesamte Provinz nach prominenten Römern abzusuchen.

Weil die Provinz Africa ein wichtiger Weizenlieferant für Rom war, besuchten sie reiselustige Senatoren gern. Die Provinz war exotisch und schön, und bei den üblichen Windverhältnissen Anfang des Jahres war die Seereise nach Osten sicherer als die Passage über das adriatische Meer. Selbst in der Regenzeit regnete es nicht jeden Tag, zwischen den Regengüssen war das Klima herrlich mild und eine Wohltat für die Frostbeulen der Besucher aus dem wintergeplagten Europa.

Sulla gelang es, zwei Senatoren aufzutreiben, zwei bedeutende Landbesitzer – darunter den größten, Marcus Caelius Rufus –, einen leitenden Beamten des Schatzamtes, der seinen Urlaub in Nordafrica verbrachte, sowie einen Händler, der Weizengeschäfte in großem Stil abwickelte.

»Aber mein größter Fund«, sagte Sulla zu Gaius Marius, als er zwei Wochen später in Cirta ankam, »ist Gaius Billienus, der sich Africa ein bißchen anschauen wollte, bevor er die Verwaltung der Provinz Asia antritt. Ich bringe dir also einen Prätor mit prokonsularischen Machtbefugnissen! Und dann haben wir noch einen Quästor vom Schatzamt, Gnaeus Octavius Ruso. Er kam mit dem Sold für das Heer und traf gerade im Hafen von Utika ein, als wir auslaufen wollten, und so habe ich ihn auch gleich mitgebracht.«

»Lucius Cornelius, du bist ein Mann nach meinem Geschmack!« lobte Marius mit breitem Grinsen. »Du begreifst sehr schnell.«

Bevor Marius die maurische Abordnung empfing, berief er die römische Prominenz zu einer Sitzung ein.

»Ich werde euch genau erklären, wie die Lage ist«, begann Marius, »dann werde ich in eurem Beisein mit Prinz Bogud und den anderen Gesandten sprechen, und anschließend sollten wir gemeinsam entscheiden, wie wir uns gegenüber König Bocchus verhalten. Ich muß jeden von euch bitten, seine Meinung schriftlich festzuhalten, damit man in Rom sieht, daß ich meine Befugnisse nicht überschritten habe.«

Das Ergebnis der Sitzung fiel genauso aus, wie Marius es sich erhofft hatte. Er hatte die hochgestellten Herren aus Rom mit Vorsicht und Beredsamkeit über die Situation unterrichtet, dabei hatte Sulla ihn tatkräftig unterstützt. Die Versammlung kam überein, daß ein Friedensschluß mit Bocchus wünschenswert sei und daß man am besten drei der maurischen Gesandten in Begleitung des Quästors Gnaeus Octavius Ruso nach Rom schicken solle, die beiden anderen Mauren sollten als Beweis von Roms gutem Willen zu Bocchus zurückkehren.

So reisten denn Prinz Bogud und zwei seiner Verwandten unter der Aufsicht von Gnaeus Octavius Ruso nach Rom, wo sie Anfang März eintrafen und in einer eigens einberufenen Sitzung des Senats angehört wurden. Die Senatssitzung fand im Tempel der Bellona statt, denn die Angelegenheit betraf einen ausländischen Krieg mit einem ausländischen Herrscher, und Bellona war Roms ursprüngliche Kriegsgöttin – weit älter als Mars –, ihr Tempel somit der angemessene Ort für Kriegsberatungen des Senats.

Nach Abschluß der Beratungen wurden die Türen des Tempels weit geöffnet, damit draußen alle hören konnten, was der Senat beschlossen hatte. Konsul Publius Rutilius Rufus gab den Spruch des Senats bekannt.

»Teilt König Bocchus mit«, sagte Rutilius Rufus mit seiner hellen, klaren Stimme, »daß der Senat und das Volk von Rom weder eine Beleidigung noch einen erwiesenen Dienst vergessen. Wir erkennen, daß König Bocchus seine Verfehlung aufrichtig bereut, und so wäre es nicht gerecht, wenn wir, der Senat und das Volk von Rom, ihm unsere Vergebung verweigerten. Ihm sei also vergeben. Der Senat und das Volk von Rom verlangen jedoch, daß König Bocchus uns nun einen Dienst erweist, der an Größe seiner Schuld gleichkommt, denn bislang hat er für Rom noch nichts geleistet, was die Verfehlung hätte aufwiegen können. Wenn dieser Dienst ebenso unzweideutig ausfällt wie die Beleidigung, werden der Senat und das Volk von Rom mit Freuden König Bocchus von Mauretanien einen Freundschafts- und Bündnisvertrag anbieten.«

Bocchus erhielt diese Antwort Ende März, Prinz Bogud und die beiden anderen Botschafter überbrachten sie persönlich. Die Angst des Königs vor Vergeltungsmaßnahmen der Römer war inzwischen größer als die Angst um sein Leben, und so hatte er beschlossen, in Icosium zu bleiben, anstatt sich in das entlegene Tingis hinter den Säulen des Herkules zurückzuziehen. In so entlegenen Gebieten würde Gaius Marius sicher nicht mit ihm verhandeln. Um sich vor Jugurtha zu schützen, rief er eine neue maurische Armee nach Icosium und befestigte das winzige Hafenstädtchen, so gut er konnte.

Bogud machte sich auf den Weg nach Cirta, um mit Marius zu sprechen.

»Mein Bruder, der König, bittet und beschwört Gaius Marius, er möge ihm mitteilen, welchen Dienst er Rom erweisen kann, um seine Verfehlung wiedergutzumachen«, flehte Bogud auf Knien.

»Genug, steh auf!« sagte Marius ungehalten. »Ich bin kein König! Ich bin ein Prokonsul des Senats und des Volkes von Rom! Vor mir braucht niemand im Staub zu liegen. Es erniedrigt mich ebenso wie den, der im Staub liegt!«

Bogud umklammerte Marius' Füße, er wußte nicht mehr, was er tun sollte. »Gaius Marius, hilf uns!« rief er. »Was für einen Dienst erwartet der Senat?«

»Ich würde dir ja helfen, wenn ich könnte, Prinz Bogud«, erwiderte Marius und betrachtete eingehend seine Fingernägel.

»Dann schick uns einen deiner hohen Offiziere, und beauftrage ihn, mit dem König zu sprechen! Vielleicht findet sich dann ein Weg.«

»Gut«, stimmte Marius zu. »Lucius Cornelius Sulla kann sich mit deinem König zu Verhandlungen treffen. Vorausgesetzt, das Treffen findet in Icosium statt und nicht an einem weiter entfernten Ort.«

»Wir wollen natürlich Jugurtha, das ist der Dienst, den Bocchus uns erweisen kann«, sagte Marius zu Sulla, kurz bevor dieser an Bord ging. »Ich würde viel darum geben, wenn ich an deiner Stelle gehen könnte. Aber da das nun einmal nicht möglich ist, bin ich froh, daß ich einen Mann mit einem so scharfen Verstand schicken kann, wie du ihn hast.«

Sulla grinste. »Sie haben angebissen, und jetzt werde ich nicht mehr lockerlassen.«

»Dann sorg dafür, daß sie sich richtig festbeißen! Bring mir Jugurtha!«

Sulla verließ den Hafen von Rusicade mit großen Hoffnungen und eiserner Entschlossenheit. Mit ihm segelten eine Kohorte römischer Legionäre, eine Kohorte leichtbewaffneter italischer Truppen vom Stamm der Paeligner aus Samnium, eine persönliche Eskorte von balearischen Schlingenwerfern und eine Schwadron der ligurischen Kavallerie, die Publius Vagiennius unterstand. Es war Mitte Mai.

Die ganze Reise über war Sulla sehr unruhig, obwohl er die See und das Segeln liebte. Die Mission würde ein voller Erfolg werden. Er wußte, wieviel sie für seine Zukunft bedeutete, er wußte es so sicher, als hätte man es ihm prophezeit. Sulla hatte sich nie das Schicksal weissagen lassen, obwohl er von Marius oft genug gedrängt wurde, die Syrerin Martha aufzusuchen. Das hatte nichts mit Unglauben oder fehlendem Aberglauben zu tun, denn wie jeder Römer war Lucius Cornelius abergläubisch. Der Grund war seine Angst. Obwohl er den drängenden Wunsch verspürte, ein anderer Mensch möge seine eigenen Vorahnungen über sein außergewöhnliches Schicksal bestätigen, war er sich der Schwächen und dunklen Seiten seines Wesens zu klar bewußt, um eine Weissagung so gelassen hinzunehmen wie Marius.

Als er nun jedoch in die Bucht von Icosium einlief, wünschte er, er hätte mit Martha gesprochen. Seine Zukunft lastete auf ihm wie eine schwere Bürde, und er wußte nicht, ahnte nicht einmal, was sie für ihn bereithielt. Große Dinge. Aber auch Böses. Sulla war einer der wenigen Menschen, die die brütende, greifbare Gegenwart des Bösen fühlen können. Die Griechen diskutierten endlos über die Existenz des Bösen, und viele behaupteten, daß es diese unheimliche Macht gar nicht gebe. Doch Sulla wußte, daß es existierte. Und er fürchtete sehr, daß es auch in ihm selbst schlummerte.

Die Bucht von Icosium hätte eigentlich eine majestätische Stadt beherrschen müssen, statt dessen lag im hinteren Teil der Bucht, wo zerklüftete Bergketten bis an die Küste reichten, nur ein kleines Städtchen, abseits und durch die Berge geschützt. Während der Regenzeit im Winter strömten an dieser Stelle viele Bäche ins Meer, und mehr als ein Dutzend Inseln lagen wie wunderschöne Schiffe auf dem Wasser, die hohen Zypressen ragten wie Schiffsmasten empor. Ein schöner Ort, dieses Icosium, dachte Sulla.

An dem Küstenstreifen, der an das Städtchen grenzte, warteten ungefähr tausend maurische Berber zu Pferde. Sie waren ausgerüstet wie Numider – keine Sättel, kein Zaumzeug, keine Rüstungen – und trugen nur ein Bündel Speere, Langschwerter und Schilde.

»Ah!« rief Bogud aus, als er und Sulla am Strand landeten, »der König hat seinen Lieblingssohn geschickt, um dich zu begrüßen, Lucius Cornelius.«

»Wie heißt er?« fragte Sulla.

»Volux.«

Der junge Mann ritt heran, bewaffnet wie seine Männer, sein Pferd jedoch mit prachtvollem Sattel und Zaumzeug geschmückt. Sulla gefiel die Art des Prinzen, sein fester Händedruck. Doch wo war der König? Sein geschultes Auge konnte nirgends das übliche Gewimmel und Durcheinander entdecken, das einen Herrscher stets umgab.

»Der König hat sich nach Süden in die Berge zurückgezogen, ungefähr hundert Meilen von hier, Lucius Cornelius«, erklärte der Prinz, während sie zu einem Aussichtspunkt gingen, von wo aus Sulla beobachten konnte, wie seine Truppen und die Ausrüstung ausgeschifft wurden.

Sulla spürte ein Kribbeln auf der Haut. »Die Abmachung des Königs mit Gaius Marius lautete anders«, sagte er.

»Ich weiß«, erwiderte Volux unsicher. »Aber König Jugurtha hält sich ganz in der Nähe auf.«

Sulla erstarrte. »Ist das eine Falle, Prinz Volux?«

»Nein, nein!« rief der junge Mann und streckte abwehrend die Hände aus. »Ich schwöre bei all unseren Göttern, es ist keine Falle! Aber Jugurtha hat gemerkt, daß etwas vorgeht, weil der König, mein Vater, in Icosium blieb und sich nicht wie angekündigt nach Tingis begeben hat. Jugurtha hat sich mit einer kleinen Armee von Gätulern in den Hügeln eingenistet. Er hat zu wenig Männer, um uns anzugreifen, aber zu viele, als daß wir ihn angreifen könnten. Der König, mein Vater, hat beschlossen, sich von der See zurückzuziehen, und falls Jugurtha ahnt, daß mein Vater einen Römer erwartet, wird er glauben, daß der Römer auf dem Landweg kommt. Jugurtha ist meinem Vater gefolgt. Wir sind sicher, daß er nichts von eurer Ankunft weiß. Es war eine kluge Entscheidung, den Seeweg zu wählen.«

»Jugurtha wird früh genug erfahren, daß ich hier bin«, meinte Sulla grimmig und dachte an die höchst unzulängliche Eskorte von fünfzehnhundert Mann.

»Hoffentlich nicht, oder wenigstens nicht zu bald«, sagte Volux. »Ich habe vor drei Tagen mit tausend Männern das Lager des Königs, meines Vaters, verlassen. Wir haben so getan, als ritten wir zu einem Manöver, und sind hierher an die Küste gezogen. Wir befinden uns nicht offiziell im Krieg mit Numidien, also hat Jugurtha keinen Grund, uns anzugreifen. Er weiß nicht, was der König, mein Vater, vorhat, und er wird den offenen Bruch mit uns nicht riskieren, bevor er Näheres in Erfahrung gebracht hat. Ich versichere dir, daß er bei unserem Lager im Süden bleiben wird und daß seine Kundschafter nicht in die Nähe von Icosium kommen, solange meine Männer in dieser Gegend patrouillieren.«

Sulla warf dem jungen Mann einen zweifelnden Blick zu, aber er behielt seine Gedanken für sich – die Angehörigen des maurischen Königshauses waren nicht gerade praktisch veranlagt. Das qualvoll langsame Ausschiffen machte ihm Sorgen, denn in Icosium gab es nur zwanzig Leichter, so daß die Arbeit mindestens bis morgen um diese Zeit dauern würde. Sulla seufzte und zuckte mit den Schultern. Sinnlos, sich aufzuregen. Entweder Jugurtha wußte, daß er hier war, oder er wußte es nicht.

»Wo genau ist Jugurtha im Moment?« fragte er.

»Ungefähr dreißig Meilen landeinwärts im Süden, auf einer

schmalen Ebene in den Bergen. Er hält den einzigen Verbindungsweg zwischen Icosium und dem Lager des Königs, meines Vaters, besetzt«, antwortete Volux.

»Hervorragend! Und wie soll ich zum König, deinem Vater, kommen, ohne daß ich erst einmal mit Jugurtha kämpfen muß?«

»Ich kann dich unbemerkt an seinem Lager vorbeiführen«, versicherte Volux eifrig. »Vertrau mir, Lucius Cornelius! Der König, mein Vater, vertraut mir – ich bitte dich, vertrau du mir auch!« Und nach kurzem Nachdenken fügte er hinzu: »Ich denke, es wäre besser, wenn deine Männer hierblieben. Je weniger wir sind, desto unauffälliger.«

»Warum sollte ich dir trauen, Prinz Volux?« fragte Sulla. »Ich kenne dich nicht. Und wenn wir schon dabei sind, ich kenne auch Prinz Bogud nicht wirklich und auch nicht den König, deinen Vater! Wer garantiert mir, daß ihr es euch in der Zwischenzeit nicht anders überlegt und mich an Jugurtha verraten habt? Ich wäre ein guter Fang für ihn! Meine Gefangennahme wäre eine große Demütigung für Gaius Marius, das dürfte euch klar sein.«

Bogud hatte geschwiegen, nur sein Gesicht hatte sich zusehends verfinstert, aber der junge Volux gab nicht auf.

»Dann sag mir, wie ich beweisen kann, daß wir vertrauenswürdig sind!« rief er aus.

Sulla setzte sein wölfisches Grinsen auf, darauf hatte er gewartet. »Nun gut«, lenkte er ein. »Ihr habt mich sowieso in der Hand, was habe ich zu verlieren?« Und während er den jungen Mann anstarrte, tanzten seine seltsamen Augen wie Edelsteine unter der breiten Krempe seines Strohhutes – eine ungewöhnliche Kopfbedeckung für einen römischen Soldaten, doch bestens bekannt im ganzen Gebiet zwischen Tingis und der Cyrenaica, denn überall, wo an Lagerfeuern oder Herden von den Taten der Römer erzählt wurde, sprach man über den hellhäutigen Mann mit seinem breiten Hut.

Ich muß mich auf mein Glück verlassen, dachte Sulla. Keine innere Stimme warnt mich. Dies ist eine Probe, eine Gelegenheit, jedem, von König Bocchus und seinem Sohn bis zu dem Mann in Cirta, zu zeigen, daß ich allem, was mir das Schicksal in den Weg stellt, gewachsen bin – nein, überlegen bin! Ein Mann kann nicht herausfinden, wozu er fähig ist, wenn er wegläuft. Nein, ich muß vorwärtsgehen. Ich werde Glück haben, denn ich habe mein Glück selbst geschmiedet, und ich habe es gut geschmiedet.

»Sobald es heute abend dunkel wird«, sagte er zu Volux, »werden wir beide mit einer kleinen Eskorte zum Lager des Königs, deines Vaters, reiten. Meine Truppen werde ich hierlassen. Falls Jugurtha merkt, daß Römer hier sind, wird er annehmen, daß wir in Icosium bleiben und daß der König, dein Vater, hierherkommt, um uns zu treffen.«

»Aber heute nacht ist Neumond!« sagte Volux bestürzt.

»Ich weiß«, erwiderte Sulla mit seinem unangenehmsten Lächeln. »Das ist die Probe, Prinz Volux. Wir werden nur das Sternenlicht haben. Und du wirst mich geradewegs durch Jugurthas Lager führen.«

Boguds Augen traten fast aus den Höhlen. »Das ist Wahnsinn!« stieß er hervor.

Volux' Augen tanzten. »Das ist eine Herausforderung«, sagte er, und er lächelte in echter Vorfreude.

»Bist du dabei?« fragte Sulla. »Genau durch die Mitte von Jugurthas Lager – zur einen Seite hinein, ohne daß uns die Wachen sehen oder hören – die *via praetoria* hinunter, ohne einen schlafenden Mann oder ein dösendes Pferd zu wecken – und zur anderen Seite wieder hinaus, an den Wachen vorbei. Wenn du das wagst, Prinz Volux, weiß ich, daß ich dir trauen kann! Und auch dem König, deinem Vater.«

»Ich bin dabei«, sagte Volux.

»Ihr seid beide verrückt«, stellte Bogud fest.

Sulla beschloß, Bogud in Icosium zurückzulassen, denn er war sich nicht sicher, ob er diesem Mitglied des maurischen Königshauses trauen konnte. Bogud wurde höflich behandelt, doch auf Schritt und Tritt begleiteten ihn zwei römische Militärtribunen mit dem Auftrag, ihn nicht aus den Augen zu lassen.

Volux suchte sich die vier besten und trittsichersten Pferde in Icosium aus, und Sulla ließ sich sein Maultier bringen, denn er fand immer noch, daß ein Maultier ein weit besseres Reittier war als ein Pferd. Und er ließ auch seinen Hut einpacken. Nur Sulla, Volux und drei andere maurische Adlige würden mit von der Partie sein, und alle außer Sulla waren daran gewöhnt, ohne Sattel und Zaumzeug zu reiten.

»Kein Metall, nichts darf klimpern und uns verraten«, erklärte Volux. Sulla sattelte sein Maultier dennoch und halfterte es mit einem Seil. »Das knarrt vielleicht, aber wenn ich vom Maultier falle, gibt es mehr Lärm.«

In tiefster Dunkelheit ritten die fünf hinaus in die überwältigende Schwärze einer mondlosen Nacht. Dennoch schimmerte der Himmel, denn kein Wind hatte den africanischen Staub aufgewirbelt. Was auf den ersten Blick wie vorbeiziehende Wolken erschien, entpuppte sich bei näherem Betrachten als riesige Sternenhaufen, und die Reiter konnten ihren Weg mühelos erkennen. Keines der Tiere war beschlagen, und so zog die Schar fast ohne Hufschlag den Pfad entlang, der an einer Reihe von Schluchten entlangführte, die das hügelige Gelände um die Bucht von Icosium durchschnitten.

»Hoffentlich wird keines der Tiere lahmen«, meinte Volux, nachdem sein Pferd gestrauchelt war.

»Vertrau auf mein Glück«, erwiderte Sulla.

»Seid leise«, ermahnte sie einer der drei Begleiter. »In einer windstillen Nacht wie dieser kann man eure Stimmen meilenweit hören.«

Sie ritten schweigend weiter und schärften ihre Augen, um auch die kleinste Lichtquelle sogleich wahrzunehmen. Nach etlichen Meilen tauchte vor ihnen der orangefarbene Schein verglimmender Lagerfeuer aus einem kleinen Talkessel auf, in dem Jugurtha sein Lager aufgeschlagen hatte. Das Lager breitete sich vor ihnen aus wie eine glänzende Stadt.

Die fünf Reiter glitten schweigend den Hügel hinab, und unten machte sich Volux an die Arbeit. Geduldig beobachtete Sulla, wie die Mauren eigens angefertigte Pferdeschuhe an den Hufen ihrer Tiere befestigten. Normalerweise hatten solche Schuhe hölzerne Sohlen und wurden auf Geröllstrecken angelegt, um die empfindlichen Hufe zu schützen, in diesem Fall waren es Filzsohlen, die den Hufschlag dämpften. Die Pferdeschuhe wurden durch zwei weiche Lederriemen gehalten, die an der Vorderseite befestigt waren. Die Riemen wurden gekreuzt, durch einen eingehängten Metallhaken an der Rückseite gezogen und vorne zusammengeschnallt.

Die Männer bewegten ihre Tiere eine Weile, um sie an diese Fußbekleidung zu gewöhnen, dann legten sie die letzte halbe Meile zu Jugurthas Lager zurück. Sie hatten mit Wachtposten und berittenen Patrouillen gerechnet, doch sie begegneten niemandem. Jugurtha hatte das Kriegshandwerk bei den Römern gelernt, und er hatte sein Lager nach römischem Vorbild angelegt, doch offensichtlich weder die Geduld noch den Willen aufgebracht, die Vorlage wirklich gewissenhaft zu kopieren – eine Eigenschaft, die, wie Sulla wußte, Gaius Marius an Fremden immer wieder faszinierte. So hatte Jugurtha, wohl wissend, daß Marius mit seiner Armee in Cirta überwinterte und Bocchus zu einem Angriff zu schwach war, sich nicht die Mühe gemacht, Schanzen anzulegen, sondern lediglich einen niedrigen Erdwall aufschütten lassen, der problemlos zu überqueren war. Wäre Jugurtha ein Römer gewesen, hätte er sein Lager vollständig mit Schanzen, Pfählen, Palisaden und Wällen ausgebaut, und wenn er sich noch so sicher gefühlt hätte.

Die Reiter erreichten den Erdwall ungefähr zweihundert Schritte östlich des Haupttores, das eigentlich nur aus einer breiten Öffnung bestand, und überquerten ihn mit Leichtigkeit. Im Inneren des Lagers hielten sie ihre Pferde dicht am Wall und folgten seinem Verlauf. Auf der frisch ausgehobenen Erde war kein Laut zu hören, als sie sich dem Haupttor näherten. Dort waren zwar Wachen aufgestellt, aber sie konzentrierten sich auf den Bereich vor dem Lager, und sie standen so weit von dem Tor weg, daß sie nicht bemerkten, wie die kleine Gruppe auf die breite Lagerstraße einschwenkte, die vom Haupteingang hinunter zum hinteren Tor führte. Sulla, Volux und die drei maurischen Adligen ritten die *via praetoria* im Schritt entlang, verließen sie, als sie nach einer halben Meile das andere Ende erreichten, hielten sich wieder dicht an den Wall und überquerten ihn, sobald sie sich weit genug von der Torwache entfernt fühlten. Außerhalb des Lagers legten sie noch eine halbe Meile zurück, bevor sie die Pferdeschuhe entfernten.

»Wir haben's geschafft!« flüsterte Volux und grinste Sulla triumphierend an. »Vertraust du mir jetzt, Lucius Cornelius?«

»Ich vertraue dir, Prinz Volux«, sagte Sulla und grinste ebenfalls.

Sie ritten langsam weiter und achteten darauf, daß ihre unbeschlagenen Tiere nicht lahmten oder ermüdeten. Kurz nach Sonnenaufgang stießen sie auf ein Berberlager, wo sie ihre Pferde gegen frische einzutauschen versuchten. Da ihre Tiere weit besser waren als die der Berber und das Maultier eine Besonderheit darstellte, bereitete der Handel keine Schwierigkeiten. Anschließend ritten sie den ganzen Tag weiter, ohne größere Pausen einzulegen. Sulla verbarg sich unter seinem breiten Hut vor der Sonne und schwitzte.

Kurz nach Einbruch der Dunkelheit erreichten sie das Lager von König Bocchus, das im Aufbau Jugurthas Lager glich, jedoch wesentlich größer war. Hier zögerte Sulla, zügelte sein Pferd und hielt außer Sichtweite der Wachen.

»Nicht, daß ich dir nicht vertrauen würde, Prinz Volux«, sagte er, »aber ich habe ein seltsames Gefühl, ein Prickeln in den Fingern sozusagen. Du bist der Sohn des Königs, du kannst im Lager ein- und ausgehen, wie es dir beliebt. Ich hingegen bin offensichtlich ein Fremder. Also werde ich mich hier ein wenig hinlegen, so bequem es eben geht, und warten, bis du deinen Vater gesprochen hast. Wenn alles in Ordnung ist, kommst du zurück und holst mich.«

»Ich würde mich nicht hinlegen«, meinte Volux.

»Warum?«

»Skorpione.«

Sulla fühlte, wie seine Nackenhaare sich sträubten, und mußte sich zusammennehmen, um nicht entsetzt aufzuspringen. Da es in Italien keine giftigen Insekten gab, waren für jeden Römer und Italiker Spinnen und Skorpione der Inbegriff des Schrecklichen. Sulla holte tief Atem, ignorierte die Schweißperlen auf seiner Stirn und warf Volux einen betont gleichgültigen Blick zu.

»Nun, ich werde bestimmt nicht die ganze Zeit stehen bleiben, bis du zurückkommst. Das kann ja Stunden dauern. Und ich werde auch nicht wieder auf dieses Pferd klettern. Also muß ich wohl mein Glück mit den Skorpionen versuchen.«

»Wie du meinst«, sagte Volux, der Sulla bereits als Helden verehrte und ihn nun geradezu anbetete.

Sulla legte sich auf ein Fleckchen weicher, sandiger Erde, grub eine Kuhle für seine Hüfte und formte eine Stütze für seinen Nacken. Nachdem er ein lautloses Gebet gesprochen und Fortuna ein reichliches Opfer für den Fall versprochen hatte, daß sie sämtliche Skorpione fernhielt, schloß er die Augen und schlief sofort ein. So fand ihn Volux, als er vier Stunden später zurückkehrte. Er hätte ihn ohne weiteres töten können, doch Fortuna meinte es wirklich gut mit Sulla. Volux erwies sich als echter Freund.

Die Nacht war kalt, und Sullas Glieder schmerzten. »Dieses Herumschleichen ist etwas für Jüngere!« spottete er und streckte eine Hand aus, um sich von Volux auf die Beine helfen zu lassen. Dann entdeckte er einen Schatten hinter Volux und erstarrte.

»Es ist alles in Ordnung, Lucius Cornelius. Er ist ein Freund des Königs, meines Vaters. Sein Name ist Dabar«, sagte Volux schnell.

»Ein weiterer Vetter des Königs, deines Vaters, nehme ich an?«

»Nein, Dabar ist ein Vetter von Jugurtha, und wie Jugurtha ist er der Bastard einer Berberfrau. Deswegen ist er jetzt auf unserer Seite – Jugurtha zieht es vor, der einzige königliche Bastard an seinem Hof zu sein.«

Sulla leerte die ihm gereichte Reiseflasche mit süßem, ungewässertem Wein in einem Zug. Der Schmerz in seinen Gliedern ließ nach, und die Kälte wich einer wohligen Wärme. Honigkuchen folgten und ein Stück stark gewürztes Ziegenfleisch und noch eine Flasche des süßen Weines, der Sulla in diesem Augenblick köstlicher schien als alles, was er je getrunken hatte.

»Ah, das tut gut!« sagte er und streckte sich, bis seine Gelenke knackten. »Was gibt es Neues?«

»Das Prickeln in deinen Fingern hat dich zu Recht gewarnt, Lucius Cornelius«, erwiderte Volux. »Jugurtha war schneller als wir.«

»Bin ich verraten?«

»Nein, nein! Aber die Lage hat sich stark verändert. Dabar soll es dir erklären, er war dabei.«

Dabar hockte sich auf seine Fersen, so daß er auf gleicher Höhe mit Sulla war. »Anscheinend hat Jugurtha erfahren, daß Gaius Marius Botschafter an meinen König gesandt hat«, berichtete er mit leiser Stimme. »Natürlich nahm Jugurtha an, daß mein König deshalb nicht nach Tingis zurückkehrte. Er beschloß, ebenfalls hierzubleiben und die Gesandtschaft abzufangen. Er hat sowohl den Landweg als auch den Seeweg verlegt. Und er hat einen seiner Würdenträger, Aspar, geschickt, der im Rat meines Königs sitzen und die Verhandlungen mit den Römern überwachen soll.«

»Ich verstehe«, meinte Sulla. »Was sollen wir unter diesen Umständen tun?«

»Morgen wird Prinz Volux dich zu meinem König bringen, es wird so aussehen, als ob ihr zusammen von Icosium hierher geritten wäret. Zum Glück hat Aspar nicht beobachtet, wie der Prinz heute in das Lager kam. Unser Plan sieht vor, daß du mit meinem König verhandelst, als ob du auf Befehl von Gaius Marius hier wärest und nicht auf Bitten meines Königs. Du wirst meinen König auffordern, mit Jugurtha zu brechen. Der König wird ablehnen, nicht direkt, er wird zu Ausflüchten greifen. Er wird dich ersuchen, zehn Tage in einem nahegelegenen Lager zu warten, während er über deinen Vorschlag nachdenkt. Du wirst dich in dieses Lager begeben. Doch morgen nacht wird sich mein König an einem geheimen Ort mit dir treffen, und dann könnt ihr offen miteinander reden.« Dabar sah Sulla beifallheischend an. »Bist du einverstanden, Lucius Cornelius?«

»Vollkommen«, erwiderte Sulla und gähnte ausgiebig. »Es bleibt nur ein Problem – wo soll ich heute nacht schlafen, und wo kann ich ein Bad nehmen? Ich stinke nach Pferd, und unter meinen Kleidern krabbelt irgend etwas herum.«

»Volux hat nicht weit von hier ein komfortables Lager für dich errichten lassen«, sagte Dabar.

»Dann bringt mich hin«, bat Sulla und erhob sich.

Am nächsten Tag führte Sulla die für Jugurthas Spion Aspar inszenierte Verhandlung mit König Bocchus. Es war nicht schwer, ihn unter den anwesenden Würdenträgern auszumachen. Er stand links von Bocchus' Thron – der weitaus majestätischer wirkte als der König selbst –, und keiner behandelte ihn so unbefangen, wie man alte Bekannte behandelt.

Noch in der gleichen Nacht trafen sich Bocchus und Sulla unbeobachtet an einem Ort zwischen ihren Lagern.

»Was soll ich tun, Lucius Cornelius?« jammerte Bocchus.

»Rom einen Gefallen erweisen.«

»Sag mir doch, was Rom erwartet – Gold – Juwelen – Land – Soldaten – Reiter – Weizen – nenne, was du willst, und es soll erfüllt werden! Du bist ein Römer, du mußt doch wissen, was die rätselhafte Botschaft des Senats bedeutet! Ich schwöre, ich weiß es nicht.« Bocchus schlotterte vor Angst.

»All das kann Rom haben, ohne in Rätseln zu sprechen, König Bocchus«, sagte Sulla verächtlich.

»Was dann? Sag mir, was?« flehte Bocchus.

»Ich glaube, du hast das Rätsel bereits selbst gelöst, König Bocchus, du willst es nur nicht wahrhaben. Und ich verstehe dich sogar. Jugurtha! Rom wünscht, daß du Jugurtha friedlich und ohne Blutvergießen auslieferst. Es ist schon zuviel Blut in Africa geflossen, zuviel Land ist zerstört, zu viele Städte und Dörfer sind verbrannt, zuviel Reichtum ist verschwendet worden. Und solange Jugurtha nicht aufgehalten wird, wird auch diese entsetzliche Verschwendung andauern. Numidien verkümmert, Rom fühlt sich bedroht, und auch Mauretanien leidet. Also liefere mir Jugurtha aus, König Bocchus!«

»Du verlangst von mir, daß ich meinen Schwiegersohn, den Vater meiner Enkel ausliefere, einen Mann, der durch Massinissas Blut mit mir verwandt ist?«

»Genau.«

Bocchus brach in Tränen aus. »Ich kann nicht! Lucius Cornelius, ich kann nicht! Wir sind ebensosehr Berber wie Punier, das Gesetz der Nomaden gilt auch für uns. Alles, Lucius Cornelius, ich werde alles tun, um den Vertrag von Rom zu bekommen! Alles, aber ich kann meinen Schwiegersohn nicht verraten.«

»Alles andere ist uninteressant«, erwiderte Sulla kalt.

»Mein Volk würde mir nie vergeben!«

»Rom wird dir nie vergeben. Und das ist weit schlimmer.«

»Ich kann nicht!« Dicke Tränen flossen über Bocchus' Gesicht und glitzerten in den kunstvoll gedrehten Locken seines Bartes. »Bitte, Lucius Cornelius, bitte! Ich kann nicht!«

Sulla wandte sich verächtlich ab. »Dann wird es keinen Vertrag geben«, sagte er.

In den folgenden acht Tagen wurden die für Aspar inszenierten Verhandlungen weitergeführt. Aspar und Dabar ritten zwischen Sullas komfortablem Lager und dem Lager des Königs hin und her und überbrachten Botschaften, die nichts mit den wirklichen Verhandlungen zu tun hatten. Die wirklichen Verhandlungen wurden nur nachts geführt und blieben ein Geheimnis zwischen Sulla und Bocchus. Volux war offensichtlich eingeweiht, denn er mied Sulla inzwischen, so gut er konnte, und wann immer er ihn traf, wirkte er ärgerlich und verletzt.

Sulla genoß das Gefühl der Macht und der Würde, das ihm sein Amt als Gesandter Roms gab, und noch mehr genoß er es, daß er der stete Tropfen war, der diesen königlichen Stein höhlte. Er war kein König, und doch hatte er Macht über Könige. Er hatte Macht, weil er ein Römer war – ein berauschendes, ein ungeheuer befriedigendes Gefühl.

In der achten Nacht brach der König zusammen.

»Ich bin einverstanden, Lucius Cornelius«, sagte er mit rotgeweinten Augen.

»Sehr gut!« erwiderte Sulla knapp.

»Und was soll ich jetzt tun?«

»Ganz einfach«, antwortete Sulla. »Du schickst Aspar zu Jugurtha und bietest ihm an, daß du mich auslieferst.«

»Er wird mir nicht glauben«, meinte Bocchus verzweifelt.

»Er wird dir glauben! Mein Wort darauf, daß er dir glauben wird. Unter anderen Umständen wäre es genau das, was du tun würdest, König Bocchus.«

»Aber du bist doch nur ein Quästor!«

Sulla lachte. »Willst du damit sagen, daß ein römischer Quästor nicht ebenso wertvoll ist wie ein numidischer König?«

»Nein! Nein, natürlich nicht!«

»Ich werde es dir erklären, König Bocchus«, sagte Sulla betont freundlich. »Ich bin ein römischer Quästor, und es stimmt, daß dies die unterste Stufe der senatorischen Ämterlaufbahn ist. Aber ich bin auch ein Patrizier aus dem Hause Cornelius – meine Familie zählt Scipio Africanus und Scipio Aemilianus zu ihren Vorfahren, und die Reihe meiner Ahnen läßt sich viel weiter zurückverfolgen als deine oder die von Jugurtha. Würde Rom von Königen regiert, würde meine Familie vermutlich zum Herrscherhaus gehören. Außerdem bin ich zufällig Gaius Marius' Schwager, unsere Söhne sind Vettern ersten Grades. Macht das die Sache verständlicher?«

»Jugurtha – weiß Jugurtha das alles?« wisperte der König.

»Es gibt nicht viel, das Jugurtha entgeht«, erwiderte Sulla, lehnte sich zurück und wartete.

»Nun gut, Lucius Cornelius, ich werde tun, was du vorgeschlagen hast. Ich werde Aspar zu Jugurtha schicken und ihm anbieten, daß ich dich ausliefere.« Der König richtete sich auf, und seine königliche Würde war sichtlich angeschlagen. »Du mußt mir aber genau sagen, was ich tun soll.«

Sulla beugte sich vor und erklärte dem König knapp, wie die Sache vonstatten gehen sollte. »Du wirst Jugurtha bitten, übernächste Nacht hierherzukommen, und ihm versprechen, den römischen Quästor Lucius Cornelius Sulla auszuliefern. Du wirst ihm mitteilen, daß dieser Quästor sich ohne Begleitung in deinem Lager befindet und daß er versucht, dich zu einem Bündnis mit Gaius Marius zu überreden. Jugurtha weiß, daß das stimmt, denn Aspar hält ihn ja auf dem laufenden. Er weiß auch, daß sich im Umkreis von hundert Meilen keine römischen Soldaten befinden, und so wird er sich nicht die Mühe machen, seine Truppen mitzubringen. Und überdies glaubt er dich zu kennen, und er wird nicht im Traum auf die Idee kommen, du könntest ihn verraten.« Sulla tat so, als bemerkte er nicht, wie Bocchus zusammenzuckte. »Jugurtha fürchtet nicht dich oder deine Armee, sondern Gaius Marius. Sei beruhigt, er wird deiner Botschaft glauben, und er wird kommen.«

»Aber was soll ich tun, wenn Jugurthas Männer merken, daß er nicht zurückkehrt?« fragte Bocchus zitternd.

Sulla lächelte unangenehm. »Ich würde dir dringend empfehlen, König Bocchus, eiligst dein Lager abzubrechen und nach Tingis zu marschieren, sobald du mir Jugurtha übergeben hast.«

»Aber wirst du nicht meine Armee brauchen, um Jugurtha gefangenzuhalten?« Noch nie hatte ein Mann Sulla so angstvoll angeblickt. »Du hast keine Männer, wie willst du ihn nach Icosium bringen! Und sein Lager liegt mitten auf deinem Weg.«

»Ich brauche nur ein paar gute Handfesseln und Ketten und sechs deiner schnellsten Pferde«, sagte Sulla.

Sullas Vorfreude auf das Treffen war ungetrübt von Selbstzweifeln und Beklommenheit. Ja, es würde sein Name sein, der für immer mit der Gefangennahme Jugurthas verknüpft wäre! Auch wenn er im Auftrag von Gaius Marius gehandelt hatte, so waren es doch seine Tapferkeit, seine Intelligenz und seine Entschlossenheit, die diese Tat schließlich ermöglicht hatten. Diesen Triumph konnte ihm niemand nehmen. Er glaubte allerdings nicht, daß Gaius Marius versuchen könnte, allen Ruhm für sich allein zu beanspruchen. Gaius Marius war nicht gierig nach Ruhm, er wußte, daß er schon mehr als einen fairen Anteil hatte. Und er würde nichts dagegen haben, wenn die Geschichte von Jugurthas Gefangennahme durchsickerte. Für einen Patrizier war es wichtig, Popularität zu erlangen, wenn er Konsul werden wollte. Und es war schwierig genug, Popularität zu erlangen, weil ein Patrizier nicht Volkstribun werden konnte. Ein Patrizier mußte andere Wege finden, sich einen Namen zu machen und den Wählern zu beweisen, was für ein würdiger Sproß seiner Familie er war. Jugurtha hatte Rom einiges gekostet, und ganz Rom würde erfahren, daß Lucius Cornelius Sulla, der unermüdliche Quästor, den Feind Roms ganz allein gefangengenommen hatte.

Als Sulla Bocchus traf, um mit ihm zu dem vereinbarten Treffpunkt zu reiten, war er in Hochstimmung, voller Selbstbewußtsein und Tatendrang.

»Jugurtha wird nicht erwarten, dich in Ketten zu sehen«, sagte Bocchus. »Er denkt, daß du um ein Treffen mit ihm gebeten hast, weil du ihn überreden willst aufzugeben. Er hat mich beauftragt, genügend Männer zu deiner Gefangennahme mitzubringen, Lucius Cornelius.«

»Gut«, erwiderte Sulla kurz.

Als Bocchus mit Sulla an seiner Seite und einer starken Truppe maurischer Kavallerie hinter sich eintraf, wartete Jugurtha bereits. Er hatte nur einige seiner Befehlshaber bei sich, darunter auch Aspar. Sulla brachte sein Pferd an die Spitze und trabte geradewegs auf Jugurtha zu, hielt, stieg ab und streckte seine Hand in der bekannten Geste des Friedens und der Freundschaft aus.

»König Jugurtha«, sagte er und wartete.

Jugurtha schaute auf die dargebotene Hand, dann stieg auch er ab und ergriff sie mit seiner Rechten. »Lucius Cornelius.«

Während Sulla und Jugurtha sich die Hände reichten, hatte die maurische Kavallerie schweigend einen Ring um die Gruppe gezogen. Jugurthas Gefangennahme ging so schnell und glatt vonstatten, daß selbst Gaius Marius höchst zufrieden gewesen wäre. Die Begleiter des numidischen Königs wurden überwältigt, bevor sie auch nur ihre Schwerter ziehen konnten. Jugurtha wurde niedergeworfen und konnte keine Gegenwehr mehr leisten. Als er wieder auf die Füße gestellt wurde, trug er schwere Fesseln an Händen und Füßen, die durch Ketten miteinander verbunden und so kurz waren, daß sie ihm nur gebücktes Gehen erlaubten.

Seine Augen waren, wie Sulla im Licht der Fackeln feststellte, erstaunlich hell für einen so dunkelhäutigen Mann. Er war groß und kräftig. Doch an seinem Gesicht, das von einer scharfen Nase beherrscht wurde, waren die Jahre nicht spurlos vorbeigegangen, und er sah wesentlich älter aus als Gaius Marius. Sulla wußte, daß er ihn auch ohne Begleitung dorthin bringen konnte, wo er ihn haben wollte.

»Setzt ihn auf den großen Braunen«, befahl er Bocchus' Männern und beobachtete schweigend, wie die Ketten an Metallringen befestigt wurden, die eigens dafür am Sattel angebracht worden waren. Dann überprüfte er die Fesseln und den Sattelgurt. Nachdem man ihm auf einen anderen Braunen geholfen hatte, nahm er die Zügel von Jugurthas Pferd und verknotete sie an seinem eigenen Sattel, so konnte sich Jugurthas Tier nicht losreißen, selbst wenn dieser es antreiben sollte. Die vier Reservepferde wurden mit einem kurzen Seil an Jugurthas Sattel gebunden. Als letzte Sicherheitsmaßnahme kettete Sulla Jugurthas Handfessel an sein linkes Handgelenk.

Von dem Moment an, da die Mauren Jugurtha auf sein Pferd gesetzt hatten, hatte Sulla kein Wort mehr gesagt. Nun trieb er, immer noch schweigend, sein Tier vorwärts, und Jugurthas Brauner folgte gehorsam, als die Zügel und Ketten, die ihn mit Sulla verbanden, sich strafften. Nach wenigen Augenblicken war die kleine Gruppe im Schatten der Bäume verschwunden.

Bocchus weinte. Volux und Dabar standen hilflos daneben.

»Vater, erlaube mir, daß ich ihn einfange!« bat Volux plötzlich. »So beladen, wie er ist, kommt er nicht schnell vorwärts. Ich kann ihn einholen!«

»Es ist zu spät.« Bocchus nahm das zarte Taschentuch, das sein Diener ihm reichte, trocknete seine Augen und schneuzte sich. »Er wird sich nicht einfangen lassen, der nicht. Wir sind hilflose Kinder im Vergleich zu diesem Römer. Nein, mein Sohn, das Schicksal des armen Jugurtha liegt nicht mehr in unserer Hand. Wir müssen an Mauretanien denken. Es ist an der Zeit, daß wir heimkehren in unser geliebtes Tingis. Vielleicht gehören wir einfach nicht in diese Welt an der Mittelmeerküste.«

Ungefähr eine Meile lang ritt Sulla schweigend, ohne das Tempo zu verlangsamen. Seine überschwengliche Freude, seine tiefe Zufriedenheit mit seiner glänzenden Tat hielt er ebenso im Zaum wie seinen Gefangenen. Ja, wenn er die Geschichte von Jugurthas Gefangennahme vorsichtig verbreitete und darauf achtete, daß er Gaius Marius' Verdienst nicht schmälerte, würde sie bald eine jener wunderbaren Geschichten sein, die die Mütter ihren Kindern erzählten – wie die Geschichte vom Sprung des jungen Marcus Curtius in den Spalt auf dem Forum Romanum oder die Geschichte vom Heldenmut des Horatius Cocles, der den *pons sublicius* gegen die Etrusker unter Porsenna verteidigt und damit Rom gerettet hatte, oder wie die Geschichte von Gaius Popillius Laenas, der den Kreis um die Füße des Königs von Syrien gezogen hatte – ja, auch die Gefangennahme Jugurthas durch Lucius Cornelius Sulla würde von nun an eine der vielen Gute-Nacht-Geschichten sein. Mit wohligem Schaudern würden die Kinder von ihren Müttern hören, wie Sulla mitten durch Jugurthas Lager geritten war und wie klug er sich des Königs bemächtigt hatte.

Da Sulla von Natur aus kein romantischer Träumer war, der Luftschlösser baute, fand er es nicht allzu schwierig, seine Gedanken von diesen Dingen zu lösen, als es an der Zeit war zu halten und abzusteigen. Während er immer in sicherem Abstand von Jugurtha blieb, löste er das Seil, das die vier Reservepferde mit Jugurthas Reittier verband, und jagte sie dann mit wohlgezielten Steinwürfen in verschiedene Richtungen davon.

»Aha«, meinte Jugurtha, der beobachtete, wie Sulla etwas mühsam wieder auf sein Pferd kletterte. »Wir werden hundert Meilen zurücklegen, ohne die Pferde zu wechseln, was? Ich hatte mich schon gefragt, wie du mich auf ein anderes Pferd hieven wolltest.« Er lachte höhnisch. »Meine Kavallerie wird dich kriegen, Lucius Cornelius!«

»Hoffentlich nicht«, erwiderte Sulla und zog das Pferd seines Gefangenen mit einem Ruck vorwärts.

Anstatt weiter in nördlicher Richtung auf das Meer zuzuhalten, schwenkte Sulla nun nach Osten und überquerte eine kleine Ebene. Sie ritten durch die stille Nacht, der Weg war erhellt vom Mond, der hoch im Osten stand. Nach ungefähr zehn Meilen tauchte in der Ferne eine schwarze Gebirgskette auf, vor der sich in wildem Durcheinander einzelne, gigantische Felsbrocken auftürmten, die wenige verkrüppelte Bäume weit überragten.

»Genau, wo es sein sollte!« rief Sulla erfreut und stieß einen schrillen Pfiff aus.

Zwischen den Felsen strömte Sullas ligurische Kavallerie hervor und ritt schweigend auf ihn und seinen Gefangenen zu. Jeder Reiter führte zwei Reservepferde mit sich, auch für Jugurtha wurden zwei Tiere herangebracht und für Sulla zwei Maultiere.

»Ich habe sie vor sechs Tagen hierher geschickt und ihnen befohlen, daß sie hier auf mich warten, König Jugurtha«, sagte Sulla. »König Bocchus hatte gedacht, ich wäre allein zu seinem Lager gekommen, doch wie du siehst, war dem nicht so. Publius Vagiennius folgte mir die ganze Zeit unbemerkt, und ich schickte ihn zurück, um diese Truppe zu holen und hier auf mich zu warten.«

Nachdem er von seinem Gefangenen losgekettet war, überwachte Sulla, wie Jugurtha auf ein frisches Pferd gesetzt und an Publius Vagiennius gekettet wurde. Bald darauf ritten sie in nordöstlicher Richtung weiter und umgingen Jugurthas Lager in einem großen Bogen.

»Ich nehme nicht an, königliche Hoheit«, fragte Publius Vagiennius mit feinfühliger Zurückhaltung, »daß du mir sagen könntest, wo ich in der Gegend von Cirta Schnecken finden kann? Oder vielleicht in einem anderen Teil Numidiens?«

Ende Juni war der Krieg in Africa vorüber. Während Marius und Sulla ihre Angelegenheiten ordneten, wurde Jugurtha in einem angemessen bequemen Quartier in Utika untergebracht. Seine beiden Söhne, Iampsas und Oxyntas, leisteten ihm dort Gesellschaft, während sein Hof sich auflöste und das Gerangel um einflußreiche Posten unter dem neuen Herrscher begann.

König Bocchus erhielt seinen Freundschafts- und Bündnisvertrag vom Senat, und der ewig kränkliche Prinz Gauda wurde König eines beträchtlich geschrumpften Königreichs Numidien. Da Rom zu sehr mit anderen Dingen beschäftigt war und sich nicht darum kümmerte, seine africanische Provinz um mehrere hundert Meilen zu vergrößern, konnte sich Bocchus ungehindert diesen Teil Numidiens einverleiben.

Sobald das Wetter es gestattete und genügend Schiffe beschafft waren, ließ Marius König Jugurtha und seine beiden Söhne auf dem Seeweg nach Rom – und damit in sicheren Gewahrsam – bringen. Die numidische Gefahr war ein für allemal gebannt.

Quintus Sertorius reiste ebenfalls ab, nachdem er von Marius die Erlaubnis dazu bekommen hatte, denn er war fest entschlossen, in Gallia Transalpina gegen die Germanen zu kämpfen.

»Ich bin ein Mann, der den Kampf braucht, Gaius Marius«, erklärte der ernsthafte junge *contubernalis*, »und hier ist der Kampf vorüber. Lege ein gutes Wort für mich bei deinem Freund Publius Rutilius Rufus ein und bitte ihn, daß er mich nach Gallien schickt!«

»Gehe mit meinem Segen und meinem Dank, Quintus Sertorius«, sagte Marius mit ungewohnter Herzlichkeit. »Und grüße deine Mutter von mir.«

Sertorius' Gesicht leuchtete auf. »Das werde ich, Gaius Marius!«

»Denke daran, Sertorius«, sagte Marius an dem Tag, an dem Quintus Sertorius und Jugurtha nach Italien abreisen sollten, »daß ich dich auch in Zukunft wieder brauchen werde. Also sei vorsichtig in der Schlacht – wenn du das Glück haben solltest, daran teilzunehmen. Rom hat deine Tapferkeit und dein Geschick mit der goldenen Krone belohnt, mit den *phalerae*, mit goldenen Ketten und Armbändern. Eine seltene Auszeichnung für einen so jungen Mann, wie du es bist. Aber sei nicht unbesonnen. Rom braucht dich lebendig, nicht tot.«

»Ich werde auf mich aufpassen, Gaius Marius.«

»Und geh nicht sofort in den Krieg, wenn du wieder in Italien bist«, mahnte Marius, »bleib erst mal eine Weile bei deiner lieben Mutter.«

»Das werde ich, Gaius Marius«, versprach Quintus Sertorius.

Nachdem sich der junge Mann verabschiedet hatte, warf Sulla seinem Vorgesetzten einen ironischen Blick zu. »Du gluckst ja wie eine Henne, die ein Ei ausbrütet.«

Marius schnaubte. »Unsinn! Seine Mutter ist eine Cousine von mir, und sie steht mir sehr nahe.«

»Natürlich«, erwiderte Sulla grinsend.

Marius lachte. »Na komm, Lucius Cornelius, gib zu, daß du den jungen Sertorius ebenso magst wie ich!«

»Das gebe ich gerne zu. Aber ich fange trotzdem nicht an zu glucken, Gaius Marius!«

*»Mentulam caco!«*

Damit war die Diskussion beendet.

Rutilia, die einzige Schwester von Publius Rutilius Rufus, hatte nacheinander zwei Brüder geheiratet. Ihr erster Mann, Lucius Aurelius Cotta, war vor vierzehn Jahren gleichzeitig mit Metellus Delmaticus Konsul gewesen. Er hatte aus seiner ersten Ehe einen neunjährigen Sohn mitgebracht, der nach ihm Lucius genannt wurde. Sie hatten ein Jahr nach der völligen Zerstörung der Stadt Fregellae – die Strafe für einen Aufstand gegen Rom – geheiratet, und in dem Jahr, in dem Gaius Gracchus sein Amt als Volkstribun antrat, wurde ihre Tochter Aurelia geboren. Lucius Cottas Sohn war da zehn Jahre alt und freute sich sehr über seine kleine Schwester, und auch seine Stiefmutter mochte er sehr gerne.

Als Aurelia fünf wurde, starb ihr Vater plötzlich, nur wenige Tage nach Ablauf seiner Amtszeit als Konsul. Seine junge Witwe – Rutilia war vierundzwanzig – suchte Trost bei Lucius Cottas jüngerem Bruder Marcus, der noch keine Frau gefunden hatte. Sie entdeckten ihre Liebe füreinander, und mit der Erlaubnis ihres Vaters und ihres Bruders heiratete Rutilia elf Monate nach dem Tod von Lucius ihren Schwager. Sie brachte ihren Stiefsohn und Marcus' Neffen, den kleinen Lucius, und ihre Tochter Aurelia, Marcus' Nichte, mit in die Ehe. Die Familie wuchs schnell – nach weniger als einem Jahr gebar Rutilia einen Sohn, Gaius, im Jahr darauf kam Marcus der Jüngere zur Welt und sieben Jahre später schließlich noch ein dritter Sohn, ein weiterer Lucius.

Aurelia blieb das einzige Mädchen und wuchs in wahrhaft faszinierenden Verwandtschaftsverhältnissen auf: Von der Seite ihres Vaters hatte sie einen älteren Halbbruder und von der Seite ihrer Mutter drei jüngere Halbbrüder, die gleichzeitig ihre Vettern waren, da ihr Vater deren Onkel gewesen wäre und ihr Onkel Marcus gleichzeitig deren Vater war. Diese Verhältnisse waren besonders für Uneingeweihte äußerst verwirrend, vor allem, wenn die Kinder sie erklärten.

»Sie ist meine Cousine«, sagte Gaius Cotta und zeigte auf Aurelia.

»Er ist mein Bruder«, erwiderte Aurelia und zeigte auf Gaius Cotta.

»Er ist mein Bruder«, meinte Gaius Cotta dann und wies auf Marcus Cotta.

»Sie ist meine Schwester«, fuhr Marcus Cotta nun fort und deutete auf Aurelia.

»Er ist mein Vetter«, sagte Aurelia schließlich und zeigte auf Marcus Cotta.

Sie konnten Stunden damit weitermachen, bis den Besuchern der Kopf schwirrte. Die verwirrenden Verwandtschaftsverhältnisse belasteten die selbstbewußten und eigenwilligen Kinder nicht im geringsten – sie liebten einander und kamen gut miteinander aus, und alle genossen die liebevolle Zuwendung ihrer Eltern, die eine sehr glückliche Ehe führten.

Die Aurelier zählten zu den bedeutendsten Familien Roms, der Zweig der Aurelius Cottas hatte mehrere Senatoren unter seinen Vorfahren aufzuweisen, wenn auch Lucius Aurelius Cotta der erste Konsul der Familie gewesen war. Das Vermögen, das durch geschickte Investitionen, Erbschaften von riesigen Ländereien und viele kluge Heiraten erworben worden war, ermöglichte diesem Geschlecht, mehrere Söhne zu haben, ohne daß sie einen zur Adoption geben mußten. Und die Mitgift der Tochter war mehr als angemessen.

Die Meute, die unter dem Dach des Marcus Aurelius Cotta und seiner Frau Rutilia lebte, war also ziemlich reich, und zudem sahen alle auch noch sehr gut aus. Aurelia, das einzige Mädchen, war die Hübscheste von allen.

»Makellos!« fand Lucius Licinius Crassus Orator, einer ihrer glühendsten Bewunderer und einer der wichtigsten Bewerber um ihre Hand. Er war von rastloser Intelligenz und liebte den Luxus.

»Herrlich!« schwärmte Quintus Mucius Scaevola, Crassus' Cousin und bester Freund. Er hatte sich ebenfalls auf die Liste der Freier setzen lassen.

»Aufregend!« sagte Marcus Livius Drusus. Er war Aurelias Vetter und wollte sie unbedingt heiraten.

»Helena von Troja!« nannte Gnaeus Domitius Ahenobarbus der Jüngere sie, als er um ihre Hand anhielt.

Die Situation war in der Tat so, wie Publius Rutilius Rufus in seinem Brief an Gaius Marius geschrieben hatte – ganz Rom wollte seine Nichte Aurelia heiraten. Daß einige der Bewerber bereits verheiratet waren, spielte keine Rolle. Eine Scheidung war einfach, und Aurelias Mitgift war so groß, daß kein Mann Bedenken haben mußte, die Mitgift seiner früheren Frau zu verlieren.

»Ich komme mir vor wie König Tyndareus, den jeder wichtige Prinz oder König um Helenas Hand bittet«, sagte Marcus Aurelius Cotta zu Rutilia.

»Er hatte Odysseus, um das Problem zu lösen«, erwiderte sie.

»Nun, ich wünschte, ich hätte auch einen Odysseus! Egal, wem ich sie gebe, ich werde alle beleidigen, die sie nicht bekommen.«

»Genau wie Tyndareus«, meinte sie.

Doch dann erschien Marcus Cottas Odysseus in Gestalt von Publius Rutilius Rufus zum Abendessen. Nachdem die Kinder einschließlich Aurelia zu Bett gegangen waren, wandte sich die Unterhaltung wie so oft Aurelias Heirat zu. Rutilius Rufus lauschte interessiert, und als der richtige Moment gekommen war, eröffnete er die Lösung. Allerdings verschwieg er seiner Schwester und seinem Schwager, daß eigentlich Gaius Marius, dessen knappen Brief aus Africa er gerade erhalten hatte, das Rätsel gelöst hatte.

»Es ist doch ganz einfach, Marcus Aurelius«, sagte er.

»Wenn es wirklich so einfach ist, dann liegt die Lösung so nahe, daß ich sie nicht sehen kann«, meinte Marcus Cotta. »Erleuchte meinen Verstand, Odysseus!«

»Nun, ich sehe keinen Grund, wie Odysseus ein Lied darüber zu singen oder zu tanzen.« Rutilius Rufus lächelte. »Wir leben im modernen Rom, nicht im alten Griechenland. Wir können nicht einfach ein Pferd schlachten, es in vier Stücke teilen und alle Freier darauf stellen, damit sie dir den Treueid schwören, Marcus Aurelius.«

»Vor allem nicht, bevor sie überhaupt wissen, wer der Glückliche ist!« erwiderte Cotta lachend. »Wie romantisch die alten Griechen doch waren. Nein, Publius Rutilius, ich fürchte, wir haben es mit einem ganz anderen Schlag zu tun – mit einer Reihe von streitsüchtigen, verbissenen Römern.«

»Genau«, bestätigte Rutilius Rufus.

»Komm, Bruder, erlöse uns und erzähle von deiner Idee«, drängte Rutilia.

»Wie ich schon sagte, meine liebe Rutilia, ganz einfach. Aurelia soll sich ihren Ehemann selbst aussuchen.«

Cotta und seine Frau starrten ihn verblüfft an.

»Meinst du wirklich, daß das klug wäre?« fragte Cotta.

»In dieser Lage kann Klugheit nicht weiterhelfen, was habt ihr also zu verlieren?« entgegnete Rutilius Rufus. »Ihr habt es nicht nötig, Aurelia mit einem reichen Mann zu verheiraten. Auf eurer Liste gibt es keine notorischen Mitgiftjäger, beschränkt also ihre

Wahl auf diese Liste. Es ist unwahrscheinlich, daß die Familien der Aurelier, der Julier oder der Cornelier gesellschaftliche Emporkömmlinge anziehen. Und schließlich besitzt Aurelia eine gehörige Portion gesunden Menschenverstand, sie ist absolut nicht sentimental und ganz bestimmt nicht romantisch. Sie wird euch nicht enttäuschen, nicht meine Aurelia!«

»Du hast recht«, sagte Cotta und nickte. »Es gibt keinen Mann, der Aurelia den Kopf verdrehen könnte.«

Und so riefen Cotta und Rutilia Aurelia am nächsten Tag in Rutilias Wohnraum und eröffneten ihr, was sie beschlossen hatten.

Sie kam herein, weder schlendernd noch mit der Hüfte wackelnd, ihre Schritte waren weder zu lang noch trippelnd. Aurelia hatte einen stolzen, aufrechten Gang, ihre Bewegungen waren präzise und zielbewußt, sie hielt Rücken und Schultern gerade, den Kopf erhoben. Ihre Figur war vielleicht etwas schmal, denn sie war groß und hatte nur kleine Brüste. Sie trug Gewänder von untadeliger Eleganz und verachtete hochhackige Korkabsätze und auffallenden Schmuck. Ihr dichtes, glattes, dunkelblond schimmerndes Haar war in einem schlichten Knoten auf dem Hinterkopf zusammengefaßt, so daß ihr Gesicht dem Betrachter ohne schmückenden Rahmen dargeboten wurde. Die zarte, makellose Haut zeigte über den hohen Wangenknochen ein leichtes Rosa, das sich in den sanften Kuhlen darunter vertiefte. Die Nase war so gerade und wohlgeformt, als hätte Praxiteles selbst sie gemeißelt, und lang genug, um jeden Verdacht auf keltisches Blut zu zerstreuen. Ihr Mund, tiefrot und an den Winkeln leicht aufwärts gebogen, zog jeden Mann magisch an. Das schöne, herzförmige Gesicht mit der hohen, klaren Stirn, dem wohlgeformten Haaransatz und einem kleinen Grübchen im Kinn wurde von großen Augen beherrscht. Man war sich einig, daß sie nicht dunkelblau, sondern veilchenblau waren, umrahmt von langen dichten Wimpern, über denen sich dunkle, seidige Brauen wölbten.

Es gab viele Diskussionen auf Herrenabenden – gewöhnlich befanden sich unter den Gästen mindestens zwei oder drei von Aurelias Freiern –, was genau Aurelias Reiz ausmachte. Manche sagten, es seien diese nachdenklichen violetten Augen, andere meinten, es sei die bemerkenswerte Reinheit ihrer Haut, wieder andere gaben der Klarheit ihrer Gesichtszüge den Vorzug. Und einige äußerten sich leidenschaftlich über ihren Mund, über das Grübchen am Kinn oder die zartgeformten Hände und Füße.

»Es ist nichts davon und doch alles zugleich, ihr Narren!« knurrte Lucius Licinius Crassus Orator. »Sie ist eine vestalische Jungfrau, die frei herumläuft, sie ist Diana, nicht Venus! Unerreichbar! Und darin liegt ihre Faszination.«

»Nein, es sind diese veilchenblauen Augen«, widersprach ihm der Sohn des Senatsvorsitzenden Scaurus, der Marcus hieß wie sein Vater. »Violett – die edelste der Farben. Sie ist ein lebendes, atmendes Omen.«

Als das lebende, atmende Omen den Wohnraum betrat, so ruhig und makellos wie immer, verbreitete es keinerlei dramatische Atmosphäre – Aurelia hatte keinen Hang zum Theatralischen.

»Setz dich, Tochter«, sagte Rutilia lächelnd.

Aurelia nahm Platz und faltete die Hände im Schoß.

»Wir wollen über deine Heirat mit dir sprechen«, begann Cotta und räusperte sich. Er hoffte, sie würde ihm helfen, einen Anfang zu finden, doch Aurelia sah ihn nur höflich interessiert an.

»Wie denkst du darüber?« fragte Rutilia.

Aurelia kräuselte die Lippen und zuckte mit den Schultern. »Nun, ich hoffe, ihr werdet jemanden aussuchen, den ich mag.«

»Das hoffen wir auch«, versicherte Cotta.

»Gibt es jemanden, den du nicht magst?« fragte ihre Mutter.

»Gnaeus Domitius Ahenobarbus den Jüngeren«, erwiderte Aurelia ohne Zögern.

Cotta verstand das voll und ganz. »Sonst noch jemand?« fragte er.

»Marcus Aemilius Scaurus den Jüngeren.«

»Oh, wie schade!« rief Rutilia. »Ich finde ihn sehr nett.«

»Ich gebe zu, er ist nett«, meinte Aurelia. »Aber er ist schüchtern.«

Cotta versuchte nicht, sein Grinsen zu verbergen. »Hättest du nicht gerne einen schüchternen Ehemann, Aurelia? Du wärst die Herrscherin im Hause.«

»Eine gute römische Ehefrau beherrscht ihren Mann nicht.«

»Nun, soviel zu Scaurus. Aurelia hat gesprochen.« Cotta bebte vor unterdrücktem Lachen. »Sonst noch jemand, der dir nicht gefällt?«

»Lucius Licinius.«

»Was stört dich bei ihm?«

»Er ist fett.«

»Nicht gerade anziehend, hm?«

»Es zeigt einen Mangel an Selbstdisziplin, Vater.«

Manchmal redete Aurelia Marcus mit Vater an, manchmal nannte sie ihn Onkel. Das richtete sich immer streng nach logischen Gesichtspunkten: War es deutlich, daß Cotta die Vaterstelle vertrat, war er »Vater«, handelte er in einer verwandtschaftlichen Rolle, war er »Onkel«.

»Du hast recht, das tut es«, meinte Cotta.

»Gibt es einen Bewerber, dem du den Vorzug vor den anderen geben würdest?« versuchte Rutilia eine neue Taktik.

Der gekräuselte Mund entspannte sich. »Nein, Mutter, eigentlich nicht. Es ist mir ganz recht, wenn ihr entscheidet, du und Vater.«

»Was erhoffst du dir von der Ehe?«

»Einen Ehemann, der meinem Rang entspricht – und dessen Rang ich entspreche – wohlgeratene Kinder.«

»Eine Antwort wie aus dem Lehrbuch«, sagte Cotta. »Du kannst dich in die erste Reihe setzen.«

Rutilia warf ihrem Gatten einen belustigten Blick zu. »Sag es ihr, Marcus Aurelius!«

Cotta räusperte sich noch einmal. »Nun, Aurelia, du bereitest uns ein wenig Kopfzerbrechen. Bei der letzten Zählung waren es siebenunddreißig Bewerber auf der Liste. Keiner dieser hoffnungsvollen Freier kann als ungeeignet angesehen werden. Einige von ihnen stehen im Rang über uns, einige sind reicher als wir, ein paar sind sogar vornehmer und reicher! Das bringt uns in eine mißliche Lage. Wenn wir dir einen Gatten aussuchen, werden wir uns viele Feinde machen, weil wir viele abweisen müssen. Das ist für uns nicht weiter schlimm, aber wir müssen an die Zukunft deiner Brüder denken. Das verstehst du sicher.«

»Natürlich, Vater«, sagte Aurelia ernsthaft.

»Nun, dein Onkel Publius hat uns den einzig vernünftigen Weg aus diesem Dilemma gezeigt – du wirst deinen Gatten selbst auswählen, meine Tochter.«

Aurelia schaute ihn entgeistert an. »Ich?«

»Du.«

Sie preßte ihre Hände an die geröteten Wangen. »Aber das geht nicht!« rief sie. »Das ist – das ist nicht römisch!«

»Ich stimme dir zu«, sagte Cotta. »Es ist ganz und gar nicht römisch. Es ist rutilisch.«

»Oh!« Aurelia rang die Hände. »Nein!«

»Was ist denn, Aurelia? Warum glaubst du, daß du die Entscheidung nicht treffen kannst?« fragte Rutilia.

»Nein, das ist es nicht«, antwortete Aurelia und wurde abwechselnd rot und blaß. »Es ist nur ... nun ...« Sie erhob sich. »Kann ich gehen?«

»Natürlich.«

An der Tür wandte sie sich um und sah Rutilia und Cotta ernsthaft an. »Wie lange habe ich Zeit, um meine Entscheidung zu treffen?«

»Oh, das hat keine Eile«, meinte Cotta leichthin. »Du wirst zwar Ende Januar achtzehn, aber du mußt nicht sofort heiraten, nur weil du das entsprechende Alter erreicht hast. Laß dir Zeit.«

»Ich danke euch«, sagte sie und ging hinaus.

Sie schlief in einem kleinen, fensterlosen Raum, der sich zum Atrium hin öffnete, in einer so fürsorglichen Familie hätte man der einzigen Tochter nie erlaubt, an einem weniger behüteten Ort zu schlafen. Doch ihre Stellung als einziges Mädchen unter so vielen Brüdern brachte auch Vorteile – sie wurde umhegt und verwöhnt und hätte sich mit Leichtigkeit zu einer verzogenen jungen Dame entwickeln können, wäre die Anlage dazu vorhanden gewesen. In ihrer Familie herrschte jedoch übereinstimmend die Meinung, daß es unmöglich war, Aurelia zu verziehen, denn es gab keinen Funken Habgier oder Neid in ihrem Charakter. Das bedeutete allerdings nicht, daß sie besonders liebenswürdig oder umgänglich war, im Gegenteil, es war viel einfacher, sie zu schätzen und zu respektieren, als sie zu lieben. Als Kind hatte sie den Angebereien ihrer Brüder so lange unbewegt zugehört, bis sie genug hatte. Dann hatte sie dem Aufschneider eine Ohrfeige versetzt, die ihm die Ohren klingen ließ, und war wortlos davongegangen.

Aurelia, das einzige Mädchen, brauchte nach Meinung ihrer Eltern ein eigenes kleines Reich, wo sie sich vor ihren Brüdern zurückziehen konnte, wenn sie den Wunsch dazu verspürte. Und so hatte sie einen eigenen, recht großen und vor allem sonnigen Wohnraum bekommen, der am Peristyl, dem Säulengarten, lag. Und Aurelia besaß eine eigene Dienerin, die Gallierin Cardixa, eine echte Perle. Wenn Aurelia heiratete, sollte Cardixa mit ihr in das Haus ihres Gatten gehen.

Ein kurzer Blick auf Aurelias Gesicht sagte Cardixa, daß etwas Ungewöhnliches vorgefallen war, doch sie sagte nichts und erwartete auch nicht, daß Aurelia ihr erzählte, was sie bewegte – so harmonisch und freundschaftlich das Verhältnis zwischen Herrin und Dienerin auch war, es gab doch keine kindlichen Vertraulichkeiten. Aurelia wollte offensichtlich allein sein, und so verließ Cardixa den Raum.

An der Einrichtung des Zimmers war deutlich abzulesen, was die Bewohnerin interessierte. In die Wände waren unzählige Fächer für Schriftrollen eingearbeitet, auf dem Schreibtisch lagen leere Blätter, rote Stifte, Wachstafeln und ein kunstvoll gearbeiteter beinerner Stift, mit dem die Wachstafeln beschrieben wurden, und ein Abakus. Gepreßte Sepiastücke lagen neben einem abgedeckten Tintenfaß bereit, und ein wohlgefüllter Sandstreuer stand daneben.

In einer Ecke des Zimmers hatte Aurelia einen Webstuhl aus Patavium aufgestellt, an den Wänden dahinter waren Pflöcke angebracht, die Dutzende langer Wollstränge in allen Farben trugen, Rot- und Violettöne, verschiedene Schattierungen von Blau, Grün, Rosa, Gelb und Orange. Aurelia webte die Stoffe für ihre Kleidung selbst, und sie liebte leuchtende Farben. Auf dem Webstuhl lag ein großes, beinahe vollendetes Stück eines hauchdünnen, flammenfarbenen Stoffes aus besonders feiner Wolle – Aurelias Brautschleier, eine wirkliche Herausforderung. Der safranfarbene Stoff für ihr Hochzeitskleid war bereits fertig und lag sorgsam gefaltet in einem Regal. Erst wenn der Heiratskontrakt unterzeichnet war, würde er zugeschnitten und genäht werden, vorher brachte es Unglück.

Cardixa, die eine echte Begabung für kunstvolle Schnitzereien hatte, arbeitete an einem Wandschirm aus kostbarem africanischen Edelholz. Die polierten Steine – Sarder, Jaspis, Karneol und Onyx –, mit denen sie die geschnitzten Blätter und Blüten einlegen wollte, wurden sorgsam eingewickelt in einer geschnitzten Holzschatulle verwahrt, die sie ebenfalls selbst gearbeitet hatte.

Aurelia schloß die Fensterläden an der offenen Seite ihres Zimmers und ließ nur die Gitter geöffnet, damit frische Luft und gedämpftes Licht eindringen konnten. Wenn die Läden geschlossen waren, bedeutete dies, daß sie von niemandem gestört werden wollte, weder von Dienern noch von ihren Brüdern. Dann setzte sie sich an den Schreibtisch, verwirrt und ratlos.

Was würde Cornelia, die Mutter der Gracchen, an ihrer Stelle tun?

Diese Frage stellte sich Aurelia bei jeder Entscheidung. Was würde Cornelia, die Mutter der Gracchen tun? Was würde Cornelia, die Mutter der Gracchen, denken? Wie würde Cornelia, die Mutter der

Gracchen, empfinden? Cornelia, die Mutter der Gracchen, war Aurelias Idol, ihr Vorbild in allem, was sie sagte oder tat.

Unter den Bücherrollen, die in den Fächern ihres Wohn- und Arbeitszimmers lagen, befanden sich sämtliche Briefe und sonstigen Schriften von Cornelia, der Mutter der Gracchen, und überdies alle Werke, in denen dieser Name erwähnt wurde.

Wer war diese Cornelia, die Mutter der Gracchen? Nun, sie war der Inbegriff einer edlen Römerin gewesen, von ihrer Geburt bis zu ihrem Tod.

Cornelia, eine Tochter von Scipio Africanus, der Hannibal besiegt und den Karthagern Spanien entrissen hatte, war mit neunzehn Jahren mit dem fünfundvierzigjährigen Tiberius Sempronius Gracchus verheiratet worden, einem Römer aus edelster Familie. Ihre Mutter Aemilia Paulla war eine Schwester des Aemilius Paullus, und deshalb waren ihre Kinder von beiden Seiten Patrizier aus dem Haus der Gracchen.

Cornelia wurde Tiberius Sempronius Gracchus eine vorbildliche Ehefrau, und während der beinahe zwanzig Jahre ihrer Ehe gebar sie ihm zwölf Kinder. Gaius Julius Caesar würde vermutlich sagen, die Kränklichkeit ihrer Kinder – denn kränklich waren sie alle, und nur drei überlebten das Kindesalter – sei auf die häufigen Ehen zweier blutsverwandter Familien zurückzuführen. Sie gab jedoch nicht auf, sondern kümmerte sich mit großer Liebe und Umsicht um alle ihre Kinder, und es gelang ihr, drei davon großzuziehen – die Tochter Sempronia und die beiden Söhne Tiberius und Gaius.

Mit großer Sorgfalt erzogen, eine echte Tochter ihres Vaters, der die griechische Kultur über alles geschätzt hatte, unterrichtete sie ihre Kinder im geeigneten Alter selbst und überwachte sorgfältig die anderen Bereiche ihrer Erziehung. Als ihr Gatte starb, blieb sie mit der fünfzehnjährigen Sempronia, dem zwölfjährigen Tiberius, dem zweijährigen Gaius und den anderen Kindern, die bis dahin überlebt hatten, zurück.

Viele bewarben sich um die Hand der Witwe, denn sie hatte ihre Fruchtbarkeit mit erstaunlicher Regelmäßigkeit unter Beweis gestellt und war immer noch im gebärfähigen Alter. Zudem war sie die Tochter von Scipio Africanus, die Nichte von Aemilius Paullus und Witwe des Tiberius Sempronius Gracchus. Und sie war reich, unvorstellbar reich.

Unter ihren Freiern war auch König Ptolemaios Euergetes der Fette, ehemaliger König von Ägypten und regierender König der

Cyrenaica. In den Jahren zwischen seiner Entthronung und seiner Wiedereinsetzung als König von Ägypten, neun Jahre nach Tiberius Sempronius Gracchus' Tod, war er ein häufiger Besucher in Rom. Er blökte dem Senat, der seiner gründlich überdrüssig war, die Ohren voll, hetzte und bestach, weil er unbedingt wieder auf den ägyptischen Thron zurückkehren wollte.

Als Tiberius Sempronius Gracchus starb, war Cornelia sechsunddreißig, Ptolemaios war acht Jahre jünger als sie und um die Leibesmitte noch deutlich schlanker. Er bemühte sich gleichermaßen beharrlich um ihre Hand und um seine Wiedereinsetzung als König von Ägypten, doch beides blieb erfolglos. Cornelia, die Mutter der Gracchen, wollte keinen seltsamen ausländischen König heiraten, und mochte er noch so reich und mächtig sein.

Tatsächlich hatte Cornelia beschlossen, überhaupt nicht mehr zu heiraten. Eine edle Römerin, die mit einem ebenso edlen Römer verheiratet gewesen war, hatte keinen Grund, noch einmal in den Stand der Ehe zu treten. So wurde Freier nach Freier mit erlesener Höflichkeit abgewiesen, und die Witwe kümmerte sich ausschließlich um die Erziehung ihrer Kinder.

Und sie erlebte schwere Schicksalsschläge. Ihr Lebensmut wurde weder durch die Ermordung ihres Sohnes Tiberius während seiner Amtszeit als Volkstribun gebrochen noch durch die Gerüchte über eine Beteiligung ihres Vetters und Schwiegersohnes Scipio Aemilianus an diesem Mord. Auch die entsetzlichen Vorkommnisse in der Ehe ihrer Tochter Sempronia mit Scipio Aemilianus und dessen mysteriöser Tod, bei dem man munkelte, daß er ermordet worden sei – von seiner Frau, Cornelias Tochter –, konnte ihren Lebenswillen nicht erschüttern. Sie umsorgte ihren geliebten Sohn Gaius Gracchus und unterstützte ihn auf seinem politischen Weg.

Als dann auch Gaius Gracchus eines entsetzlichen Todes starb, dachte jedermann, daß sich die inzwischen siebzigjährige Cornelia, die Mutter der Gracchen, von diesem Schlag nicht mehr erholen würde. Doch sie fuhr fort, das Leben in ihrer gewohnten Art mit erhobenem Haupt zu meistern – verwitwet, ihrer vielversprechenden Söhne beraubt, das einzige überlebende Kind die verbitterte, unfruchtbare Sempronia.

»Ich muß meine liebe kleine Sempronia großziehen«, sagte sie und meinte die kleine Tochter von Gaius Gracchus.

Cornelia zog sich aus Rom zurück, doch nie vom Leben, und sie verfolgte weiterhin alle Geschehnisse. In ihrer weitläufigen Villa in

Misenum, in der sie von nun an lebte, war alles vereint, was Rom an Geschmack, Kultur und Pracht zu bieten hatte. Hier begann sie auf Bitten ihrer Freunde, ihre Briefe und Schriften zusammenzufassen, und sie erlaubte dem betagten Sosius von Argiletum, diese zu veröffentlichen. Wie ihre Verfasserin waren sie lebhaft, voller Anmut, Charme und Witz, und doch vermittelten sie Stärke und Tiefe. In Misenum fügte sie dieser Sammlung noch viel Neues hinzu, denn trotz ihres Alters verlor sie weder ihre Aufgeschlossenheit noch ihre geistige Regsamkeit.

Als Aurelia sechzehn war und Cornelia, die Mutter der Gracchen, dreiundachtzig, statteten Marcus Cotta und Rutilia, die sich mit ihrer stattlichen Kinderschar auf der Durchreise befanden, Cornelia einen Besuch ab – kein langweiliger Pflichtbesuch, sondern ein aufregendes Ereignis. Bevor sie Cornelia, die Mutter der Gracchen, aufsuchten, wurde die gesamte Nachkommenschaft – auch Lucius Aurelius, der sich mit seinen sechsundzwanzig Jahren ein wenig überlegen fühlte – unter Androhung aller erdenklichen Strafen ermahnt, keinen Lärm zu machen, still zu sitzen und aufs Wort zu gehorchen.

Marcus Cotta und Rutilia hätten sich die Ermahnungen, die eigentlich nicht in ihrer Art lagen, sparen können. Cornelia, die Mutter der Gracchen, wußte so ziemlich alles, was es über kleine und große Jungen zu wissen gab, und ihre Enkeltocher Sempronia war ein Jahr jünger als Aurelia. Cornelia war entzückt von den lebhaften und intelligenten Kindern und genoß den wunderbaren, langen Nachmittag sichtlich – einen zu langen Nachmittag, wie ihre besorgte Dienerschaft befürchtete, denn sie war schon recht gebrechlich und hatte ständig blaue Lippen und Ohrläppchen.

Dieser Nachmittag beeindruckte Aurelia tief. Sie schwor sich, ihr zukünftiges Leben nach den gleichen hohen Maßstäben von Stärke, Ausdauer, Würde und Geduld auszurichten. Sie begann, ihre Bibliothek mit sämtlichen Schriften der alten Dame zu füllen, und damit wurde der Grundstein für ein Leben gelegt, das ebenso bemerkenswert verlaufen sollte wie das von Cornelia, der Mutter der Gracchen.

Jener Besuch konnte nicht wiederholt werden, denn im darauffolgenden Winter starb Cornelia, die Mutter der Gracchen. Sie saß aufrecht auf einem Stuhl und hielt die Hand ihrer Enkelin, die sie gerade von ihrer offiziellen Verlobung mit Marcus Fulvius Flacchus Bambalio in Kenntnis gesetzt hatte. Er war der einzige Überlebende der Familie Fulvius Flacchus, alle anderen Mitglieder der Familie waren tot, weil sie Gaius Gracchus unterstützt hatten. Für Cornelia war es eine tiefe Befriedigung, daß ihre Enkelin, die Erbin des riesigen Vermögens der Sempronier, dieses nun in ein Haus einbringen würde, das sein Vermögen für die Sache von Gaius Gracchus geopfert hatte. Und mit größtem Vergnügen teilte sie ihrer Enkelin mit, daß sie immer noch genügend Einfluß im Senat besaß, um ein Dekret zu erwirken, das ihre Enkelin von den Bestimmungen der *lex Voconia de mulierum hereditatibus* ausnahm. So war das riesige Vermögen geschützt für den Fall, daß irgendein entfernter männlicher Verwandter auftauchen sollte, um das Vermögen mit Hilfe dieses frauenfeindlichen Gesetzes an sich zu bringen. Dieses Dekret, fügte sie hinzu, galt auch für die darauffolgende Generation, falls Sempronia nur weibliche Erben haben würde.

Der Tod von Cornelia, der Mutter der Gracchen, kam schnell und gnädig, und ganz Rom konnte feststellen, daß die Götter sie wirklich geliebt, wenn auch schwer geprüft hatten. Als Angehörige des Geschlechts der Cornelier wurde sie beigesetzt, nicht verbrannt. Die Cornelier waren die einzige unter den großen und weniger großen Familien Roms, die ihre Körper nach dem Tod nicht verbrennen ließ. Man errichtete für sie ein großartiges Grabmal an der Via Latina, das ständig mit frischen Blumen geschmückt war. Im Laufe der Jahre entwickelte es sich immer mehr zu einem Schrein, einer Kultstätte, obwohl der Kult offiziell nie anerkannt wurde. Die Römerinnen beteten an ihrem Grab um die Gaben, die mit Cornelias Namen verknüpft waren, und legten Blumen nieder. Cornelia, die Mutter der Gracchen, war zu einer Göttin geworden, ihr Name war der Inbegriff eines unbesiegbaren Geistes angesichts bitterster Leiden.

Was würde Cornelia, die Mutter der Gracchen, tun? Dieses Mal fand Aurelia keine befriedigende Antwort auf ihre Frage, weder Logik noch Instinkt halfen ihr, ihr eigenes Dilemma auf das Leben einer Frau zu übertragen, deren Eltern ihr nie und nimmer erlaubt hätten, den Gatten selbst auszuwählen. Natürlich konnte Aurelia verstehen, warum ihr Onkel diese Lösung vorgeschlagen hatte. Ihre klassische Bildung war breit genug, daß sie die Parallele zu Helena von Troja erkannte, auch wenn sie sich selbst nicht für unwiderstehlich schön hielt, sondern in erster Linie für eine außergewöhnlich gute Partie.

Schließlich kam sie zu dem einzigen Schluß, den Cornelia, die Mutter der Gracchen, gutgeheißen hätte. Sie würde ihre Bewerber mit größter Gewissenhaftigkeit prüfen und den besten auswählen. Das bedeutete nicht, daß sie sich am meisten zu diesem Mann hingezogen fühlen mußte, sondern daß er dem römischen Ideal am nächsten kommen mußte. Er mußte also aus einer guten Familie stammen, die zumindest Senatoren unter ihren Mitgliedern hatte und die ihre *dignitas,* ihr öffentliches Ansehen, ihren Rang von der Gründung der Republik an durch Generationen hindurch makellos und unbefleckt bewahrt hatte. Er mußte mutig sein, beherrscht, keinesfalls geldgierig oder bestechlich, moralisch unanfechtbar, und er mußte bereit sein, wenn nötig sein Leben für Rom und seine Ehre zu opfern.

Hohe Erwartungen! Und wie konnte ein Mädchen, das so behütet lebte wie sie, sicher sein, daß es richtig urteilte? Sie beschloß, mit den drei Erwachsenen ihrer Familie, mit Marcus Cotta, Rutilia und ihrem älteren Halbbruder Lucius, zu sprechen und sie um ihre offene Meinung zu jedem der Männer auf der Liste ihrer Freier zu bitten. Die drei waren zwar etwas erstaunt, doch sie versuchten, Aurelia zu helfen, so gut sie konnten. Unglücklicherweise mußte jeder von ihnen bei näherem Nachfragen zugeben, daß persönliche Sympathien oder Abneigungen sein Urteil beeinflußten. So war Aurelia wieder da, wo sie angefangen hatte.

»Keiner gefällt ihr wirklich«, sagte Cotta bekümmert zu seiner Frau.

»Nicht einer!« seufzte Rutilia.

»Es ist unglaublich, Rutilia! Ein achtzehnjähriges Mädchen, das sich zu keinem einzigen Mann auch nur ein wenig hingezogen fühlt! Was ist los mit ihr?«

»Woher soll ich das wissen?« Rutilia fühlte sich zu Unrecht angegriffen. »Sie hat das bestimmt nicht von meiner Seite der Familie!«

»Nun, von mir hat sie es mit Sicherheit auch nicht!« schnappte Cotta. Dann riß er sich zusammen, gab seiner Frau einen Kuß und verfiel wieder in dumpfes Grübeln. »Weißt du, ich möchte wetten, am Ende ist ihr keiner gut genug!«

»Du könntest recht haben«, stimmte Rutilia zu.

»Was sollen wir nur tun? Wenn wir nicht aufpassen, werden wir die erste freiwillige alte Jungfer Roms in unserer Familie haben!«

»Wir sollten sie zu meinem Bruder schicken«, sagte Rutilia. »Er wird mit ihr reden.«

»Eine ausgezeichnete Idee!« meinte Cotta erleichtert.

Und so machte sich Aurelia am nächsten Tag in Begleitung ihrer Dienerin Cardixa und zweier großer, kräftiger gallischer Sklaven auf den Weg von der Villa der Cottas auf dem Palatin zu Publius Rutilius Rufus' Haus in der Carinae. Cotta und Rutilia wollten Aurelias Gespräch mit ihrem Onkel nicht durch ihre Anwesenheit stören, und so blieben sie zu Hause.

Publius Rutilius Rufus war als Konsul von Rom ein vielbeschäftigter Mann. Vor allem seit er die gesamten Verwaltungsaufgaben übernommen hatte, um seinen Mitkonsul Gnaeus Mallius Maximus zu entlasten, während dieser die riesige Armee zusammenstellte, die er gegen Ende des Frühlings nach Gallia Transalpina führen wollte. Aber für Familienangelegenheiten hatte Rutilius Rufus immer Zeit. Marcus Cotta hatte ihn kurz vor Einbruch der Dämmerung aufgesucht und ihm die verzwickte Situation geschildert.

Rutilius Rufus war amüsiert. »Oh, diese Kleine!« rief er aus, und seine Schultern bebten vor Lachen. »Eine Jungfrau durch und durch. Nun, wir müssen dafür sorgen, daß sie nicht die falsche Entscheidung trifft und als alte Jungfer endet, trotz der vielen Bewerber.«

»Ich hoffe, du hast eine Idee, Publius Rutilius, denn ich bin mit meiner Weisheit am Ende.«

»Ich denke, ich weiß, was zu tun ist«, meinte Rutilius Rufus verschmitzt. »Schicke sie kurz vor der zehnten Stunde hierher. Wir werden zusammen zu Abend essen. Ich werde sie in einer Sänfte und gut bewacht nach Hause bringen lassen, mach dir also keine Sorgen.«

Als Aurelia ankam, führte Rutilius Rufus sie in sein Eßzimmer und deutete auf einen Stuhl, von dem aus sie sich bequem mit ihrem Onkel – der nach römischer Sitte im Liegen essen würde – und dessen Gast unterhalten konnte. Cardixa und die gallischen Sklaven wurden in die Räume der Dienerschaft geschickt, um dort zu essen und bei Bedarf aufzuwarten.

»Ich erwarte nur einen Gast«, sagte Rutilius Rufus, während er es sich auf seiner Liege bequem machte. »Brrr! Kalt, findest du nicht? Möchtest du ein Paar warme Socken, Nichte?«

Jede andere Achtzehnjährige wäre lieber erfroren, als etwas so wenig Kleidsames anzuziehen wie ein Paar dicke Wollsocken. Nicht jedoch Aurelia, die die Temperatur des Raumes gegen ihr körperliches Wohlbehagen abwog und dann bejahend nickte. »Ich danke dir, Onkel Publius«, sagte sie.

Cardixa wurde hereingerufen und gebeten, sich von der Haushälterin ein Paar warme Socken geben zu lassen, was sie mit bemerkenswerter Geschwindigkeit erledigte.

»Was für ein vernünftiges Mädchen du bist!« lobte Rutilius Rufus, der Aurelias gesunden Menschenverstand so hoch schätzte. Publius Rutilius hatte keine hohe Meinung von den Frauen, und dabei übersah er völlig, daß gesunder Menschenverstand auch unter Männern selten zu finden war. So suchte er in Frauen nur nach dem Mangel und fand seine Meinung meist bestätigt. Aurelia war die Ausnahme, seine kostbare Perle von den Schlammbänken der Weiblichkeit, und er hielt große Stücke auf sie.

»Ich danke dir, Onkel Publius«, wiederholte Aurelia und schenkte ihre Aufmerksamkeit Cardixa, die vor ihr kniete und ihr die Schuhe auszog.

Während die Mädchen ganz mit den Socken beschäftigt waren, wurde der erwartete Gast hereingeführt. Sie schauten beide nicht auf, als Rutilius Rufus ihn begrüßte und ihn bat, es sich auf der Liege zu seiner Linken bequem zu machen.

Als Aurelia sich dann wieder aufrichtete, sah sie Cardixa in die Augen und schenkte ihr eines ihrer seltenen Lächeln. Es lag immer noch auf ihren Lippen, ebenso wie eine leichte Röte auf ihren Wangen, die von der gebückten Haltung herrührte, als sie sich vollständig aufsetzte und über den Tisch hinweg den Gast anblickte. Sie sah atemberaubend aus.

Der Gast zog hörbar den Atem ein. Ebenso Aurelia.

»Gaius Julius, das ist die Tochter meiner Schwester, Aurelia«, sagte Publius Rutilius Rufus liebenswürdig. »Aurelia, ich möchte dich dem Sohn meines alten Freundes Gaius Julius Caesar vorstellen. Er heißt Gaius wie sein Vater, ist aber nicht der älteste Sohn.«

Ihre veilchenblauen Augen wirkten noch größer als sonst. Aurelia sah in das Gesicht, das ihr Schicksal bestimmen sollte, und dachte weder an römische Ideale noch an Cornelia, die Mutter der Gracchen. Oder vielleicht tat sie es auf einer anderen, tieferen Ebene, denn Gaius Julius Caesar sollte sich als ein Mann erweisen, der ihren Idealen standhielt. Dies würde jedoch erst die Zeit zeigen, und im Augenblick war sie von dem länglichen Gesicht mit der römischen Nase, den tiefblauen Augen, dem dichten, welligen, goldenen Haar und dem schönen Mund vollständig in Bann geschlagen. Nach all ihren inneren Kämpfen, all den sorgfältigen und doch fruchtlosen Erwägungen löste sich ihr Problem auf die natürlichste und einfachste Art der Welt – sie verliebte sich.

Natürlich unterhielten sie sich, sie verbrachten sogar einen ganz wunderbaren Abend. Rutilius Rufus stützte sich auf seinen linken Ellbogen und überließ ihnen das Feld, während er sich innerlich zu seiner klugen Idee gratulierte. Unter Hunderten junger Männer aus seiner Bekanntschaft hatte er den ausgewählt, der das Herz seiner Aurelia gefangennehmen würde. Selbstverständlich mochte er den jungen Gaius Julius Caesar außerordentlich gerne, und er war sicher, daß dieser in den kommenden Jahren seine hervorragenden Fähigkeiten unter Beweis stellen würde. Er vereinte alle Qualitäten eines großen Römers in sich, und er kam ja schließlich auch aus einer der besten Familien Roms. Und sollte die Neigung zwischen dem jungen Gaius und seiner Nichte sich vertiefen – woran Publius Rutilius Rufus keinen Zweifel hegte –, wären zwischen ihm und seinem alten Freund Gaius Marius verwandtschaftliche Bande geknüpft. Als echter Römer hatte Rutilius Rufus diesen Aspekt nicht übersehen und war äußerst erfreut darüber. Die Kinder des jungen Gaius Julius und seiner Nichte Aurelia würden Vettern und Cousinen der Kinder von Gaius Marius sein.

Normalerweise war Aurelia zurückhaltend und hätte nie gewagt, jemanden auszufragen, doch diesmal vergaß sie ihre guten Manieren und stellte dem jungen Gaius Julius Caesar eine Frage nach der anderen. Sie erfuhr, daß er mit seinem Schwager Gaius Marius als zweiter Militärtribun in Africa gewesen und einige Male ausgezeichnet worden war – mit der *corona muralis* für die Schlacht um die Zitadelle am Mulucha, mit einem Banner für die erste Schlacht vor Cirta und mit neun silbernen *phalerae* nach der zweiten Schlacht vor Cirta. Nach einer schweren Verwundung am Oberschenkel in dieser zweiten Schlacht war er ehrenhaft entlassen und nach Hause geschickt worden. All dies brachte Aurelia nur mühsam in Erfahrung, denn Gaius Julius erzählte viel lieber von den Heldentaten seines älteren Bruders Sextus.

In diesem Jahr, fand sie heraus, war er Münzbeamter, einer von drei jungen Männern, die in den Jahren, bevor sie Senatoren wurden, die Gelegenheit erhielten, etwas über Roms Wirtschaft zu erfahren, indem sie die Verantwortung für das Prägen der Münzen trugen.

»Münzen verschwinden aus dem Umlauf«, sagte Gaius Julius, der noch nie zuvor eine so faszinierte und faszinierende Zuhörerin gehabt hatte. »Unsere Aufgabe ist es, neue Münzen prägen zu lassen – aber nicht einfach nach unserer Laune! Der Schatzmeister bestimmt, wie viele pro Jahr geprägt werden, und wir beaufsichtigen dann die Arbeiten.«

»Aber wie können Münzen denn einfach verschwinden?« fragte Aurelia erstaunt.

»Oh, sie können in ein Abflußloch fallen oder bei einem großen Feuer verbrennen, und manche nützen sich einfach ab«, sagte der junge Caesar. »Aber die meisten verschwinden, weil sie von jemandem gehortet werden. Und wenn Münzen gehortet werden, können sie ihre Aufgabe nicht erfüllen.«

»Und was ist ihre Aufgabe?« fragte Aurelia, die noch nie viel mit Geld zu tun gehabt hatte, denn normalerweise erfüllten die Eltern ihre Wünsche, und überdies hatte sie keine großen Ansprüche.

»Nun, sie müssen von Hand zu Hand gehen«, antwortete Gaius Caesar. »Das nennt man Zirkulation.«

»Also macht ihr neue Münzen, um die zu ersetzen, die jemand hortet«, sagte Aurelia nachdenklich. »Aber die gehorteten Münzen sind doch immer noch da, nicht wahr? Was passiert, wenn plötzlich eine riesige Menge davon – äh – nicht mehr gehortet wird?«

»Dann verliert das Geld an Wert.«

Nach ihrer ersten Lektion in Wirtschaftslehre wollte Aurelia noch etwas über die praktische Seite des Prägens von Münzen erfahren.

»Wir dürfen selbst entscheiden, was auf die Münzen geprägt wird«, erklärte Gaius Caesar eifrig.

»Du meinst zum Beispiel die Siegesgöttin in ihrer *biga?*«

»Nun, es ist einfacher, einen zweispännigen Streitwagen auf einer Münze abzubilden als einen vierspännigen. Und so ist die Siegesgöttin in einer *biga* anstatt in einer *quadriga* zu sehen«, antwortete er. »Aber wir versuchen auch, etwas Originelleres zu machen als die Siegesgöttin oder Rom. Wenn es in einem Jahr drei verschiedene Münzen zu prägen gibt – und das ist meistens der Fall –, kann jeder von uns bei einer Münze entscheiden, was darauf abgebildet wird.«

»Wirst du auch etwas aussuchen?« fragte Aurelia.

»Ja, wir haben Lose gezogen, und ich habe die Silberdenare gezogen. Also werden die Denare dieses Jahr auf der einen Seite Julus, den Sohn von Aeneas, zeigen und auf der anderen die Marcia Aqua zur Erinnerung an meinen Großvater Marcius Rex.«

Im Herbst, erfuhr Aurelia, wollte Gaius Caesar sich zum Militärtribunen wählen lassen. Gegenwärtig hatte sein Bruder Sextus dieses Amt inne, und Sextus würde mit Gnaeus Mallius Maximus nach Gallien ziehen.

Nach dem letzten Gang des hervorragenden Essens setzte Onkel Publius seine Nichte in eine Sänfte und ließ sie gut bewacht nach Hause bringen, wie er es versprochen hatte. Seinen anderen Gast forderte er auf, noch ein Weilchen zu bleiben.

»Trink doch noch ein Glas ungewässerten Wein«, schlug er vor. »Doch zunächst mußt du mich entschuldigen. Ich habe so viel Wasser getrunken, daß ich einen ganzen Eimer vollpinkeln könnte.«

»Ich glaube, ich werde es dir gleichtun«, meinte sein Gast lachend.

»Nun, was hältst du von meiner Nichte?« fragte Rutilius Rufus, nachdem er einen köstlichen Wein aus der Toskana hatte bringen lassen.

»Du könntest ebensogut fragen, wie mir das Leben gefällt!«

»Du magst sie, hm?«

»Mögen? Natürlich. Ich bin verliebt in sie«, sagte der junge Caesar.

»Willst du sie heiraten?«

»Selbstverständlich! Halb Rom will sie heiraten.«

»Das ist richtig, Gaius Julius. Entmutigt dich das?«

»Nein. Ich werde bei ihrem Vater – ihrem Onkel Marcus, meine ich – um ihre Hand anhalten. Und ich werde versuchen, sie wiederzusehen und sie für mich zu gewinnen. Es ist einen Versuch wert. Ich denke, daß ich ihr nicht gleichgültig bin.«

Rutilius Rufus lächelte. »Ja, das denke ich auch.« Er erhob sich von seiner Liege. »Nun, Gaius Caesar, erzähle deinem Vater von deinen Plänen, gleich wenn du heimkommst, und suche morgen früh Marcus Aurelius auf. Mich mußt du jetzt entschuldigen, ich bin müde, und es ist Zeit für mich, ins Bett zu gehen.«

Obwohl er sich Rutilius Rufus gegenüber zuversichtlich gegeben hatte, hegte Gaius Caesar keine allzu großen Hoffnungen, als er auf dem Heimweg über Aurelia nachdachte. Aurelias Schönheit wurde weithin gerühmt. Viele seiner Freunde hatten um ihre Hand angehalten, einige hatte Marcus Cotta auf seine Liste gesetzt, andere nicht. Unter den erfolgreichen Bewerbern waren illustre Namen zu finden, viele waren bekannter oder reicher als er. Der Name Julius Caesar hatte zwar eine Aura, die selbst die Armut nicht zerstören konnte, doch wie konnte er hoffen, gegen Marcus Livius Drusus, den jungen Scaurus, Licinius Orator, Mucius Scaevola oder den älteren der Ahenobarbusbrüder zu bestehen? Julius Caesar wußte nicht, daß Aurelia die Erlaubnis erhalten hatte, ihren Gatten selbst auszuwählen, und so schätzte er seine Aussichten auf Aurelias Hand als sehr gering ein.

Zu Hause sah er Licht im Arbeitszimmer seines Vaters. Er kämpfte die Tränen hinunter, ging auf die halbgeöffnete Türe zu und klopfte.

»Herein«, sagte eine müde Stimme.

Der alte Gaius Julius Caesar lag im Sterben. Jeder im Hause wußte es, obwohl nicht darüber gesprochen wurde. Die Krankheit hatte mit Schluckbeschwerden begonnen, schleichend und heimtükkisch, dann wurde die Stimme rauh, und schließlich setzten die Schmerzen ein. Zunächst waren sie noch erträglich, aber das blieb nicht lange so. Inzwischen waren sie unerträglich, und Gaius Julius Caesar konnte keine feste Nahrung mehr zu sich nehmen. Bis jetzt hatte er sich geweigert, einen Arzt kommen zu lassen, obwohl seine Frau Marcia ihn täglich darum bat.

»Vater?«

»Komm herein und leiste mir ein wenig Gesellschaft, mein Sohn«, flüsterte Caesar, der dieses Jahr sechzig geworden war, im Schein der Lampe jedoch wie achtzig wirkte. Er hatte so viel Gewicht verloren, daß seine Haut faltig an ihm herabhing. Sein Kopf sah aus wie der Schädel eines Skeletts, und dauerndes Leiden hatte seine einst so tiefblauen Augen ausgebleicht. Er streckte seinem Sohn die Hand entgegen und lächelte.

»Oh Vater!« Der junge Caesar versuchte mannhaft, sich seine Gefühle nicht anmerken zu lassen, doch er konnte sie nicht vollständig aus seiner Stimme verbannen. Er kam quer durch den Raum auf seinen Vater zu, nahm seine Hand und küßte sie, dann trat er noch näher und zog seinen Vater an sich, die Arme um die mageren Schultern gelegt, die Wange gegen das leblose silberne Haar gepreßt.

»Weine nicht, mein Sohn«, krächzte Caesar. »Bald ist es vorbei. Morgen kommt Athenodorus Siculus.«

Ein Römer weinte nicht. Zumindest galt es als unrömisch, zu weinen. Dem jungen Caesar erschien diese Auffassung von gutem Benehmen zwar falsch, doch er drängte seine Tränen zurück, ließ seinen Vater los und setzte sich an sein Bett, nahe genug, daß er die völlig abgemagerte Hand seines Vaters in der seinen halten konnte.

»Vielleicht wird Athenodorus wissen, was zu tun ist«, sagte er.

»Athenodorus wird feststellen, was wir alle bereits wissen. Ich habe ein unheilbares Geschwür in meiner Kehle«, antwortete sein Vater. »Deine Mutter hofft auf ein Wunder, doch ich weiß, daß mein Leiden unheilbar ist und daß auch Athenodorus nichts daran ändern kann. Ich habe nur versucht, so lange am Leben zu bleiben, bis alle Mitglieder meiner Familie gut versorgt und glücklich verheiratet sind.« Caesar machte eine Pause, und seine freie Hand tastete nach einem Becher Wein, dem einzigen Genuß, der ihm geblieben war. Ein winziger Schluck oder zwei, dann fuhr er fort.

»Du bist der letzte, Gaius«, flüsterte er. »Was soll ich für dich erhoffen? Vor Jahren gab ich dir die Erlaubnis, deine Frau selbst auszuwählen – du hast bis jetzt keinen Gebrauch davon gemacht. Ich denke, nun wäre es an der Zeit. Es würde mir das Sterben leichter machen, wenn ich wüßte, daß du gut verheiratet bist.«

Der junge Gaius Caesar nahm die Hand seines Vaters und preßte sie an seine Wange, dabei stützte er ganz vorsichtig den Arm des gebrechlichen Mannes. »Ich habe sie gefunden, Vater«, sagte er. »Ich habe sie heute abend gefunden – ist das nicht seltsam?«

»Bei Publius Rutilius?« fragte Caesar zweifelnd.

Der junge Mann grinste. »Ich glaube, er hat den Ehestifter gespielt!«

»Eine seltsame Rolle für einen Konsul.«

»Ja.« Der junge Caesar holte tief Atem. »Hast du von seiner Nichte, der Stieftochter von Marcus Aurelius, gehört?«

»Die bekannte Schönheit? Ich denke, jeder hat von ihr gehört.«

»Das ist sie. Das ist das Mädchen, das ich heiraten will.«

Der alte Caesar sah beunruhigt aus. »Deine Mutter hat mir erzählt, daß die Reihe ihrer Freier endlos ist und daß einige der reichsten und mächtigsten Männer Roms darunter sind – wie ich höre, sogar einige, die bereits verheiratet sind.«

»Das stimmt alles«, erwiderte sein Sohn. »Aber ich werde sie heiraten, keine Sorge!«

»Wenn du recht hast, wirst du dir eine schöne Last aufbürden«, sagte der besorgte Vater sehr ernst. »Solch ungewöhnliche Schönheiten sind nie gute Ehefrauen. Sie sind keck, verwöhnt, anspruchsvoll und eigensinnig. Such dir lieber ein einfacheres Mädchen.« Ein beruhigender Gedanke schoß ihm durch den Kopf, und er entspannte sich. »Zum Glück bist du ein absoluter Niemand im Vergleich zu Lucius Licinius Orator oder Gnaeus Domitius dem Jüngeren, auch wenn du Patrizier bist. Marcus Aurelius wird dich nicht einmal in Erwägung ziehen, da bin ich mir sicher. Also hänge dein Herz nicht allzusehr an dieses Mädchen.«

»Sie wird mich heiraten, *tata,* warte nur ab!«

Und von dieser Überzeugung konnte Gaius Julius Caesar seinen Sohn beim besten Willen nicht abbringen.

Aurelia lag in der dicht verhängten Sänfte, die sie von Onkel Publius' Haus zu dem ihrer Eltern zurückbrachte. Sie lag bequem auf dem Bauch und dachte an den jungen Gaius Julius Caesar, während die Sänfte sich schaukelnd hinauf und hinunterbewegte. Wie wundervoll er war, wie vollkommen! Würde er sie heiraten wollen? Was würde Cornelia, die Mutter der Gracchen, denken?

Cardixa, die mit ihrer Herrin in der Sänfte saß, lehnte aufrecht in einer Ecke und hielt eine Kerze, die von einem dünnen Alabasterschirm geschützt war. Im dämmerigen Licht betrachtete sie neugierig ihre seltsam verwandelte Herrin – nie zuvor hatte sie Aurelia so erlebt. Der sonst so straffe Körper räkelte sich entspannt, die Lippen waren nicht so fest zusammengepreßt, und die sahneweißen Augenlider verbargen, was in den Augen lag. Da Cardixa einen überaus scharfen Verstand besaß, wußte sie genau, wer für diese Veränderung verantwortlich war – dieser unglaublich gutaussehende junge Mann, den Publilius Rutilius fast wie einen Hauptgang serviert hatte. Was für ein schlauer alter Fuchs! Sei's drum – der junge Gaius Julius Caesar war ein außergewöhnlicher Mann, genau der Richtige für Aurelia. Cardixa spürte das mit jeder Faser ihres Körpers.

Was immer Cornelia, die Mutter der Gracchen, getan hätte, Aurelia jedenfalls wußte genau, was sie tun wollte, als sie am nächsten Morgen aufstand. Als erstes schickte sie Cardixa mit einer Botschaft für den jungen Mann zum Haus des Gaius Julius Caesar. Die Mitteilung bestand nur aus einem Satz: »Halte um meine Hand an.«

Danach unternahm sie vorläufig nichts, blieb in ihrem Arbeitszimmer und zeigte sich während der gemeinsamen Mahlzeiten so unbefangen wie möglich. Sie war sich der Verwandlung bewußt, die mit ihr vorging, und wollte nicht, daß ihre aufmerksamen Eltern Verdacht schöpften, bevor sie ihren nächsten Zug machte.

Am folgenden Tag wartete sie, bis Marcus Cotta die Besprechungen mit seinen Klienten beendet hatte. Da Cottas Sekretär ihr gesagt hatte, daß keine Senatssitzungen stattfanden und auch keine Besucher angemeldet waren, ließ sie sich Zeit, denn Cotta würde bestimmt für eine oder zwei Stunden zu Hause bleiben, nachdem der letzte Klient gegangen war.

»Vater?«

Cotta schaute von den Papieren auf seinem Schreibtisch auf. »Ah, heute ist der Vater an der Reihe, hm? Komm herein, meine Tochter, komm nur herein.« Er schenkte ihr ein warmes Lächeln. »Möchtest du, daß deine Mutter auch bei unserem Gespräch dabei ist?«

»Ja, bitte.«

»Dann hole sie.«

Sie ging und kehrte wenige Minuten später mit Rutilia zurück.

»Setzt euch, meine Damen«, sagte Cotta.

Sie nahmen nebeneinander auf einer Liege Platz. »Nun, Aurelia?«

»Haben sich neue Bewerber um meine Hand gemeldet?« begann sie unvermittelt.

»Ja, in der Tat. Der junge Gaius Julius Caesar suchte mich gestern auf und hielt um dich an. Da ich nichts gegen ihn einzuwenden hatte, setzte ich ihn auf die Liste. Damit sind wir bei achtunddreißig.« Aurelia errötete. Cotta starrte sie fasziniert an – seit er sie kannte, hatte er noch nie erlebt, daß sie die Fassung verlor. Rutilia wandte sich auf der Liege ihrer Tochter zu und war ebenso erstaunt wie ihr Gatte.

»Ich habe mich entschieden«, sagte Aurelia.

»Ausgezeichnet! Wer ist der Glückliche?« rief Cotta.

»Der junge Gaius Julius Caesar.«

»Was?« fragte Cotta verblüfft.

»Wer?« fragte Rutilia gleichfalls verblüfft.

»Der junge Gaius Julius Caesar«, wiederholte Aurelia geduldig.

»Das letzte Pferd, das ins Rennen ging«, meinte Cotta amüsiert.

»Von meinem Bruder ins Rennen geschickt«, ergänzte Rutilia. »Ihr Götter, er ist wirklich schlau! Wie konnte er das nur wissen?«

»Er ist ein bemerkenswerter Mann«, erwiderte Cotta. Dann wandte er sich an seine Stieftochter. »Du hast Gaius Julius Caesar vorgestern im Haus deines Onkels getroffen. Zum ersten Mal?«

»Ja.«

»Und du willst ihn heiraten?«

»Ja.«

»Mein Liebes, er ist ein vergleichsweise armer Mann«, sagte ihre Mutter. »Wenn du ihn heiratest, wird dein Leben nicht sehr luxuriös sein.«

»Man heiratet nicht, um im Luxus zu leben.«

»Ich bin froh, daß du dir darüber im klaren bist, mein Kind. Ich hätte ihn mir jedenfalls nicht ausgesucht«, meinte Cotta nicht gerade begeistert.

»Warum nicht, Vater?« fragte Aurelia.

»Seine Familie ist seltsam. Zu – zu unkonventionell. Und sie ist eng mit Gaius Marius verbunden, einem Mann, den ich verabscheue«, antwortete Cotta.

»Onkel Publius mag Gaius Marius«, erwiderte Aurelia.

»Dein Onkel Publius ist manchmal ein wenig fehlgeleitet«, gab Cotta grimmig zurück. »Er ist immerhin nicht so verrückt, im Senat gegen seine eigene Klasse zu stimmen, nur um Gaius Marius zu unterstützen. Was man von diesem Zweig der Julier nicht behaupten kann! Dein Onkel Publius und Gaius Marius waren jahrelang zusammen in der Armee. Das verbindet natürlich. Wogegen der alte Gaius Julius Caesar diesen Gaius Marius regelrecht in seine Familie geholt hat, und er hat seine ganze Familie dazu erzogen, daß sie ihn schätzt.«

»Hat Sextus Julius nicht vor kurzem eine Tochter der Claudier geheiratet?« fragte Rutilia.

»Ja, ich glaube schon.«

»Nun, das ist doch eine untadelige Verbindung. Vielleicht sind die Söhne nicht so eng mit Gaius Marius verbunden, wie du annimmst.«

»Gaius Marius ist mit diesem Zweig der Claudier verschwägert, Rutilia.«

Aurelia unterbrach das Gespräch. »Vater und Mutter, ihr habt die Wahl mir überlassen. Ich werde Gaius Julius Caesar heiraten. Das ist alles, was es dazu zu sagen gibt.«

Cotta und Rutilia begriffen: Die kühle, vernünftige Aurelia hatte sich verliebt.

»Das ist richtig«, sagte Cotta. Er konnte nur das Beste daraus machen. »Nun, hinaus mit euch!« Er gab seiner Frau und seiner Nichte ein Zeichen, sich zu entfernen. »Ich muß siebenunddreißig Briefe schreiben lassen. Und ich sollte Gaius Julius aufsuchen – Vater und Sohn.«

Der Brief, den Marcus Aurelius Cotta von seinen Schreibern vervielfältigen ließ, lautete folgendermaßen:

*Nach sorgfältigen Erwägungen habe ich beschlossen, meiner Nichte und meinem Mündel Aurelia die Erlaubnis zu geben, sich ihren Gatten selbst auszuwählen. Meine Frau, Aurelias Mutter, hat zuge-*

*stimmt. Hiermit gebe ich bekannt, daß Aurelia ihre Entscheidung getroffen hat. Sie wird Gaius Julius Caesar heiraten, den jüngeren Sohn des Senators Gaius Julius Caesar. Ich bin sicher, Du schließt dich den Glückwünschen für das junge Paar an.*

Cottas Sekretär schaute ihn mit großen Augen an.

»Na los, sitz nicht so herum, mach dich an die Arbeit!« wetterte Cotta in schroffem Ton – für diesen sonst so ausgeglichenen Mann recht ungewöhnlich. »In einer Stunde möchte ich siebenunddreißig Abschriften davon, eine für jeden Mann auf dieser Liste.« Er schob die Liste über den Tisch. »Ich werde sie persönlich unterschreiben, und dann müssen sie sofort von Boten verteilt werden.«

Der Sekretär machte sich an die Arbeit, doch der Klatsch eilte den schriftlichen Nachrichten wie immer weit voraus. Aurelias Wahl war eindeutig von Gefühlen bestimmt und nicht vom Verstand, und das nahm man ihr übel. Irgendwie wurde ihre Entscheidung dadurch noch unverzeihlicher. Die abgewiesenen Bewerber um ihre Hand grollten, weil der jüngere Sohn eines unbedeutenden Hinterbänklers aus dem Senat sie aus dem Rennen geworfen hatte, mochte die Reihe seiner Vorfahren auch noch so illuster sein. Außerdem sah der glückliche Auserwählte viel zu gut aus, und man vertrat allgemein den Standpunkt, daß dies ein unfairer Vorteil sei.

Nachdem sie sich von ihrem ersten Schreck erholt hatte, hieß Rutilia die Wahl ihrer Tochter gut. »Oh, denk nur an die Kinder, die sie haben wird!« schwärmte sie Cotta vor, während ein Diener ihm die Toga mit den Purpurstreifen für den Besuch bei Julius Caesar anlegte. »Wenn du einmal nicht an das Geld denkst, ist es eine äußerst vorteilhafte Partie für eine Aurelia und erst recht für eine Rutilia. Die Julier gehören zu den allerbesten Familien.«

»Davon wird man aber nicht satt«, knurrte Cotta.

»Ach, komm schon, Marcus Aurelius, so schlimm ist es doch gar nicht! Die Verbindung mit Gaius Marius hat das Vermögen der Julier um einiges vermehrt und wird es in Zukunft sicher noch weiter vermehren. Ich sehe keinen Grund, warum der junge Gaius Julius nicht Konsul werden sollte – ich habe gehört, er sei sehr begabt und höchst intelligent.«

»Das glaube ich erst, wenn ich es sehe«, zweifelte Cotta und machte sich auf den Weg zu Caesars Haus, das in einem etwas weniger vornehmen Viertel auf dem Palatin lag. Im Schmuck seiner Toga war er eine eindrucksvolle Erscheinung, nur seine Gesichtsfarbe war ein wenig zu lebhaft, wie bei allen aus dem Geschlecht des Aureliu Cotta. Die Mitglieder dieser Familie wurden meist nicht sehr alt, weil sie mit einer Neigung zu Schlaganfällen erblich belastet waren.

Der junge Gaius Julius Caesar war nicht zu Hause, und so bat Cotta darum, zu dem alten Caesar geführt zu werden. Er wunderte sich über das ernste Gesicht, das der Diener aufsetzte.

»Wenn du mich bitte entschuldigen würdest, Marcus Aurelius, ich werde nachschauen«, sagte der Diener. »Gaius Julius geht es gar nicht gut.«

Cotta hatte noch nichts von Julius Cäsars Erkrankung gehört, doch jetzt fiel ihm ein, daß der alte Mann schon einige Zeit nicht mehr im Senat erschienen war. »Ich werde warten«, sagte er.

Der Diener kam schnell zurück. »Gaius Julius wird dich empfangen«, meldete er und führte Cotta zum Arbeitszimmer des Hausherrn. »Ich sollte dich darauf vorbereiten, daß er sehr schlecht aussieht, geradezu erschreckend.«

Cotta war froh über die Warnung, denn so konnte er gerade noch sein Entsetzen verbergen, als er nach der Hand mit den knochigen Fingern griff, die ihm Caesar mit größter Anstrengung zur Begrüßung entgegenstreckte.

»Marcus Aurelius, es ist mir eine Freude«, begrüßte ihn Caesar. »Setz dich doch, bitte! Es tut mir leid, daß ich mich nicht erheben kann, aber mein Diener hat dir bestimmt mitgeteilt, daß es mir nicht gutgeht.« Ein kaum erkennbares Lächeln spielte um die feinen Lippen. »Eine Beschönigung. Ich sterbe.«

»Aber, aber, wer wird denn gleich an so etwas denken«, sagte Cotta unbehaglich. Er setzte sich auf die Kante eines Stuhles, seine Nasenflügel zuckten – ein seltsamer Geruch hing im Raum, unangenehm.

»Oh doch. Ich habe ein Geschwür in meiner Kehle. Athenodorus Siculus hat das heute morgen bestätigt.«

»Es schmerzt mich, das zu hören, Gaius Julius. Wir werden dich im Senat sehr vermissen, besonders mein Schwager Publius Rutilius.«

»Er ist ein treuer Freund.« Caesars rotgeränderte Augen blinzelten müde. »Ich glaube, ich weiß, warum du hier bist, Marcus Aurelius, aber bitte, sprich selbst.«

»Wie du vielleicht gehört hast, gab es sehr viele Bewerber um die Hand meiner Nichte Aurelia, darunter sehr einflußreiche Männer.

Als die Liste immer länger wurde, mußte ich befürchten, daß jede Entscheidung meinen Söhnen mehr Feinde als Freunde schaffen würde. So beschloß ich, Aurelia die Erlaubnis zu geben, ihren Gatten selbst auszuwählen. Vor zwei Tagen traf sie deinen Sohn im Hause von Publius Rutilius, und heute hat sie mir eröffnet, daß ihre Wahl auf Gaius Julius gefallen ist.«

»Und das gefällt dir ebensowenig wie mir«, sagte Caesar.

»Richtig.« Cotta seufzte und zuckte mit den Schultern. »Aber ich habe mein Wort gegeben, und ich werde dazu stehen.«

»Ich habe meinem Sohn vor Jahren die gleiche Erlaubnis gegeben«, meinte Caesar lächelnd. »Wir sollten übereinkommen, das Beste daraus zu machen, und hoffen, daß unsere Kinder mehr Verstand haben als wir.«

»Ich gebe dir vollkommen recht.«

»Du wirst natürlich wissen wollen, wie es um die finanziellen Verhältnisse meines Sohnes bestellt ist.«

»Er hat sie mir geschildert, als er um Aurelias Hand anhielt.«

»Vielleicht war er nicht mitteilsam genug. Es steht mehr als genug Land zur Verfügung, um seinen Platz im Senat zu sichern. Darüber hinaus im Moment leider nichts«, sagte Caesar. »Ich bin leider nicht in der Lage, ein zweites Haus in Rom zu kaufen, und da liegt das Problem. Dieses Haus wird an meinen älteren Sohn Sextus übergehen, der kürzlich geheiratet hat und mit seiner jungen Frau hier lebt. Sie erwartet inzwischen ihr erstes Kind. Ich habe nicht mehr lange zu leben, Marcus Aurelius. Nach meinem Tod wird Sextus der *pater familias* sein, und das bedeutet, daß mein jüngerer Sohn bis zu seiner Hochzeit ein eigenes Haus finden muß.«

»Dir ist sicher bekannt, daß Aurelia eine hohe Mitgift in die Ehe bringt«, sagte Cotta. »Es wäre vermutlich das Vernünftigste, wenn wir ihre Mitgift in ein Haus investierten.« Er räusperte sich. »Von ihrem Vater, meinem Bruder, hat sie eine große Summe geerbt, die für etliche Jahre angelegt wurde, und bis heute sind trotz der Schwankungen des Marktes hundert Talente daraus geworden. Vierzig Talente sollten genug sein, um ein schönes Anwesen auf dem Palatin oder in den Carinae zu kaufen. Natürlich würde das Haus auf den Namen deines Sohnes eingetragen werden, aber bei einer Scheidung müßte dein Sohn den Kaufpreis zurückzahlen. Und einmal abgesehen von einer Scheidung – Aurelia würde auf ihrem Namen eine Summe zur Verfügung haben, die sicherstellt, daß sie nie in Not kommt.«

Caesar starrte vor sich hin. »Der Gedanke, daß mein Sohn in einem Haus leben wird, das vom Geld seiner Frau gekauft wurde, gefällt mir nicht«, krächzte er. »Es wäre eine Zumutung für ihn. Nein, Marcus Aurelius, wir brauchen eine Lösung, die Aurelias Geld besser schützt als der Erwerb eines Hauses, das ihr nicht gehören wird. Für hundert Talente kann man ein ansehnliches Mietshaus auf dem Esquilin kaufen. Es wird für sie gekauft und auf ihren Namen eingetragen. Das junge Paar könnte dort in einem ebenerdigen Appartement mietfrei wohnen, und deine Nichte würde ein Einkommen aus der Vermietung der anderen Wohnungen beziehen, das größer wäre als die Erträge aus Investitionen. Mein Sohn wird aus eigener Kraft das Geld für ein Haus verdienen müssen, und das wird seiner Entschlußkraft und seinem Ehrgeiz förderlich sein.«

»Ich würde Aurelia nie erlauben, in einer *insula* zu leben!« widersprach Cotta entgeistert. »Nein, ich werde vierzig Talente von der Mitgift abzweigen für ein Haus und die anderen sechzig Talente sicher anlegen.«

»Eine *insula,* auf ihren Namen«, beharrte Caesar. Er keuchte, hustete und beugte sich um Atem ringend nach vorn.

Cotta goß Wein in einen Becher, drückte ihn in Caesars Hand und half ihm, den Becher an die Lippen zu führen.

»Vielleicht sollten wir ein anderes Mal weiterreden«, sagte Cotta.

»Nein, laß uns das jetzt ausfechten, Marcus Aurelius. Wir beide stimmen überein, daß diese Verbindung nicht das ist, was wir für unsere Kinder erhofft hatten. Nun gut, wir sollten es ihnen nicht zu einfach machen. Sie sollen lernen, daß die Liebe ihren Preis hat. Wenn die beiden wirklich zusammengehören, können Entbehrungen das Band zwischen ihnen nur festigen. Wenn sie nicht füreinander bestimmt sind, werden die Entbehrungen den Bruch beschleunigen. Wir werden sicherstellen, daß Aurelias gesamte Mitgift ihr Eigentum bleibt, und wir werden den Stolz meines Sohnes nicht mehr verletzen als unbedingt notwendig. Eine *insula,* Marcus Aurelius! Sie muß von bester Qualität sein, also sorge dafür, daß die Männer, die sie für dich besichtigen, vertrauenswürdig sind. Und«, fuhr er mit ersterbender Stimme mühsam fort, »sei nicht zu wählerisch, wenn es um die Lage geht. Rom wächst schnell. Heute gibt es noch mehr billige Wohnungen als besser ausgestattete und teurere, aber wenn wieder schlechtere Zeiten kommen, werden die Aufsteiger, die sich die teuren Wohnungen genommen haben, abrutschen. Für billige Wohnungen wird es immer genug Mieter geben.«

»Ihr Götter, und dann ist meine Nichte eine gewöhnliche Vermieterin!« rief Cotta. Allein der Gedanke empörte ihn.

»Und warum nicht?« fragte Caesar mit einem müden Lächeln. »Ich habe gehört, sie sei eine außergewöhnliche Schönheit. Paßt das nicht gut zusammen? Wenn es nicht zusammenpaßt, sollte sie sich die Heirat mit meinem Sohn vielleicht noch einmal überlegen.«

»Es stimmt, sie ist außergewöhnlich schön«, bestätigte Cotta und lächelte, als ginge ihm gerade ein belustigender Gedanke durch den Kopf. »Ich werde sie hierherbringen, damit du sie kennenlernst, und dann kannst du dir dein eigenes Bild machen.«

Er stand auf und beugte sich vor, um behutsam auf die schmalen Schultern des alten Mannes zu klopfen. »Mein letztes Wort: Aurelia soll entscheiden, was mit ihrer Mitgift geschieht. Du wirst ihr von der *insula* erzählen, und ich werde ihr vorschlagen, ein Haus zu kaufen. Einverstanden?«

»Einverstanden«, antwortete Caesar. »Aber bring sie bald. Morgen nachmittag.«

»Wirst du deinem Sohn von unserem Gespräch erzählen?«

»Natürlich. Er soll sie morgen abholen.«

Unter normalen Umständen zögerte Aurelia nicht lange bei der Wahl ihrer Kleidung, sie liebte leuchtende Farben und kombinierte sie gerne, und sie entschied ebenso schnell und ohne Umstände wie in allen anderen Dingen. Nachdem sie jedoch erfahren hatte, daß ihr Verlobter sie zu einem Besuch bei ihren zukünftigen Schwiegereltern abholen würde, zauderte sie. Schließlich wählte sie ein kirschfarbenes Unterkleid aus feiner Wolle, über das sie einen Überwurf aus rosenfarbener Wolle legte, fein genug, das Unterkleid durchschimmern zu lassen. Darüber legte sie einen zweiten Überwurf, hellrosa und so fein wie ihr Hochzeitsschleier. Sie nahm ein Bad und parfümierte sich mit Rosenduft, doch das Haar wurde wie immer in einem schmucklosen Knoten zusammengefaßt, und den Vorschlag ihrer Mutter, ein wenig Rouge und *stibium* aufzulegen, lehnte sie ab.

»Du bist zu blaß heute«, meinte Rutilia besorgt. »Das ist die Aufregung. Komm, versuche, so gut wie möglich auszusehen, bitte! Nur einen Hauch Rouge auf die Wangen und eine zarte Linie um die Augen.«

»Nein«, sagte Aurelia entschieden.

Ihre Blässe spielte ohnehin keine Rolle, denn als der junge Gaius

Julius Caesar kam, um sie abzuholen, nahm Aurelias Gesicht so viel Farbe an, wie ihre Mutter nur wünschen konnte.

»Gaius Julius«, sagte Aurelia und streckte ihm die Hand entgegen.

»Aurelia«, erwiderte er und nahm ihre Hand in seine.

Dann waren sie beide verlegen und wußten nicht, was sie tun sollten.

»Na, geht schon, auf Wiedersehen!« sagte Rutilia gereizt. Es war ein seltsames Gefühl, das erste Kind an diesen ungemein gutaussehenden jungen Mann zu verlieren, wo sie sich selbst noch wie achtzehn fühlte.

Das Paar verließ das Haus, Cardixa und die beiden Gallier folgten ihnen.

»Ich sollte dich darauf vorbereiten, daß es meinem Vater nicht gut geht«, begann der junge Caesar, sichtlich um Fassung bemüht. »Er hat ein bösartiges Geschwür in seiner Kehle, und wir fürchten alle, daß er nicht mehr lange unter uns sein wird.«

»Oh«, sagte Aurelia.

Sie bogen um eine Ecke. »Als ich deine Nachricht erhielt«, sagte er, »suchte ich auf der Stelle Marcus Aurelius auf. Ich kann kaum glauben, daß du mich gewählt hast!«

»Ich kann kaum glauben, daß ich dich gefunden habe«, erwiderte sie.

»Meinst du, daß Publius Rutilius das absichtlich arrangiert hat?«

Aurelia mußte lächeln. »Ganz bestimmt.«

Sie gingen die Straße hinunter und bogen wieder um eine Ecke. »Ich habe den Eindruck, du bist nicht sehr gesprächig«, bemühte sich der junge Caesar erneut, das Gespräch in Gang zu halten.

»Nein.«

Und das war ihre ganze Unterhaltung, bis sie zum Haus von Caesars Familie kamen.

Ein Blick auf die Braut seines Sohnes zerstreute Caesars Bedenken. Das war keine verwöhnte, anspruchsvolle Schönheit! Oh, was er gehört hatte, traf vollkommen zu, sie war außergewöhnlich schön, doch nicht in der üblichen Weise. Das, dachte er, war vermutlich der Grund, warum ihr nur der Zusatz »außergewöhnlich« gerecht wurde. Was für wundervolle Kinder sie haben würden! Kinder, die er nicht mehr sehen würde.

»Setz dich, Aurelia.« Seine Stimme war kaum hörbar, deshalb deutete er auf einen Stuhl neben sich, der ein Stück nach vorne gerückt war, so daß er sie ansehen konnte. Sein Sohn setzte sich auf seine andere Seite.

»Was hat Marcus Aurelius dir von unserem Gespräch erzählt?« fragte er.

»Nichts«, erwiderte Aurelia.

Caesar berichtete ihr von der Unterredung, die Cotta und er über die Verwendung ihrer Mitgift geführt hatten. Dabei machte er aus ihrer beider Einstellung zu der Hochzeit kein Hehl.

»Dein Onkel und Vormund will dir die Entscheidung überlassen. Möchtest du lieber ein eigenes Haus oder ein Mietshaus?«

Was würde Cornelia, die Mutter der Gracchen, tun? Diesmal fand Aurelia die Antwort ohne langes Überlegen: Cornelia, die Mutter der Gracchen, würde sich für den ehrenhaften Weg entscheiden, egal wie hart er wäre. Nur ging es in ihrem Fall um die Ehre von zwei Personen, die ihres Liebsten und ihre eigene. Ein eigenes Anwesen wäre die bequemere und ihr vertrautere Lösung, aber es würde die Gefühle ihres Liebsten verletzen, wenn er in einem Haus wohnen mußte, das vom Geld seiner Frau gekauft worden war.

Sie wandte ihren Blick von Caesar ab und schaute seinen Sohn an. »Was wäre dir lieber?« fragte sie ihn.

»Es ist deine Entscheidung, Aurelia.«

»Nein, Gaius Julius, du mußt entscheiden. Ich werde deine Frau sein. Ich möchte eine Ehefrau sein, die weiß, was sich gehört, und die ihren Platz kennt. Du wirst der Herr des Hauses sein. Dafür, daß ich dir diesen Platz einräume, erwarte ich nur, daß du ehrlich zu mir bist und mich ehrenhaft behandelst. Die Entscheidung darüber, wo wir leben werden, liegt bei dir. Ich werde sie anerkennen, in Worten wie in Taten.«

»Dann werden wir Marcus Aurelius bitten, ein Mietshaus zu suchen und es auf deinen Namen eintragen zu lassen«, erwiderte der junge Caesar, ohne zu zögern. »Es muß das lohnendste und beste Mietshaus sein, das er finden kann. Ich stimme meinem Vater zu – es ist nicht wichtig, wo es liegt. Die Mieteinnahmen gehören dir. Wir werden in einer der ebenerdigen Wohnungen leben, bis ich in der Lage bin, uns ein eigenes Haus zu kaufen. Von dem Geld, das ich aus meinen Ländereien beziehe, werden wir und unsere Kinder leben. Das bedeutet, daß du die volle Verantwortung für das Mietshaus trägst, ich werde nichts damit zu tun haben.«

Sie war mit seiner Entscheidung einverstanden, das war deutlich sichtbar, doch sie sagte nichts.

»Du bist nicht sehr gesprächig«, meinte Caesar verwundert.
»Nein«, sagte Aurelia.

Cotta machte sich tatkräftig auf die Suche nach einem geeigneten Mietshaus, er wollte unbedingt ein behagliches Haus in einer der besseren Gegenden Roms finden. Doch so sorgfältig er auch suchte, das beste Angebot war und blieb ein ziemlich großes Mietshaus in der Subura. Obwohl es schon vor dreißig Jahren erbaut worden war, befand es sich in gutem Zustand, denn da es der Bauherr selbst bewohnen wollte, hatte er beim Bau auf solide Arbeit geachtet. Cotta, Aurelia und der junge Caesar besichtigten das Mietshaus, nachdem sie sich bereits eine ganze Reihe anderer Objekte angesehen hatten. Inzwischen kannten sie alle Maklersprüche. Dieser hier war ein kleiner, sehr beredter Mann, von unzweifelhaft römischer Abstammung – die angesehene Maklerfirma von Thorius Postumus beschäftigte keine freigelassenen Griechen!

»Beachtet, daß die Wände innen und außen verputzt sind«, redete er auf sie ein, »es ist nirgendwo ein Riß zu sehen, die Fundamente sind so fest wie der Griff eines Geizhalses um seinen letzten Goldbarren … Acht Läden, langfristig vermietet, kein Ärger mit den Mietern oder mit den Zahlungen … Zwei ebenerdige Wohnungen, die zwei Stockwerke hoch sind … Nur zwei Wohnungen im darüberliegenden Geschoß, acht Wohnungen pro Geschoß bis zum sechsten Stockwerk, zwölf Wohnungen im siebten Stockwerk, zwölf im achten … Über den Läden befinden sich ebenfalls Wohnräume … In den Schlafkammern im Erdgeschoß zusätzlicher Stauraum in falschen Zimmerdecken …«

Endlos pries er die Vorzüge des Mietshauses. Nach einer Weile hörte Aurelia ihm nicht mehr zu, sondern konzentrierte sich auf ihre eigenen Gedanken. Onkel Marcus und Gaius Julius sollten zuhören und aufpassen. Dies war eine Welt, die sie nicht kannte, doch sie war entschlossen, sie zu meistern, und wenn das bedeutete, daß sie sich an einen neuen Lebensstil gewöhnen müßte, würde sie die Herausforderung annehmen.

Natürlich plagten sie auch Ängste, es war nicht gerade einfach, sich in zwei neue Lebensweisen auf einmal zu stürzen – in das Leben einer Ehefrau und in das Leben einer Vermieterin. Und doch entdeckte sie eine Furchtlosigkeit in sich, die aus einem Gefühl der Freiheit erwuchs, an das sie sich noch nicht ganz gewöhnt hatte. Ihre Kindheit war mit Lernen und kleinen Beschäf-

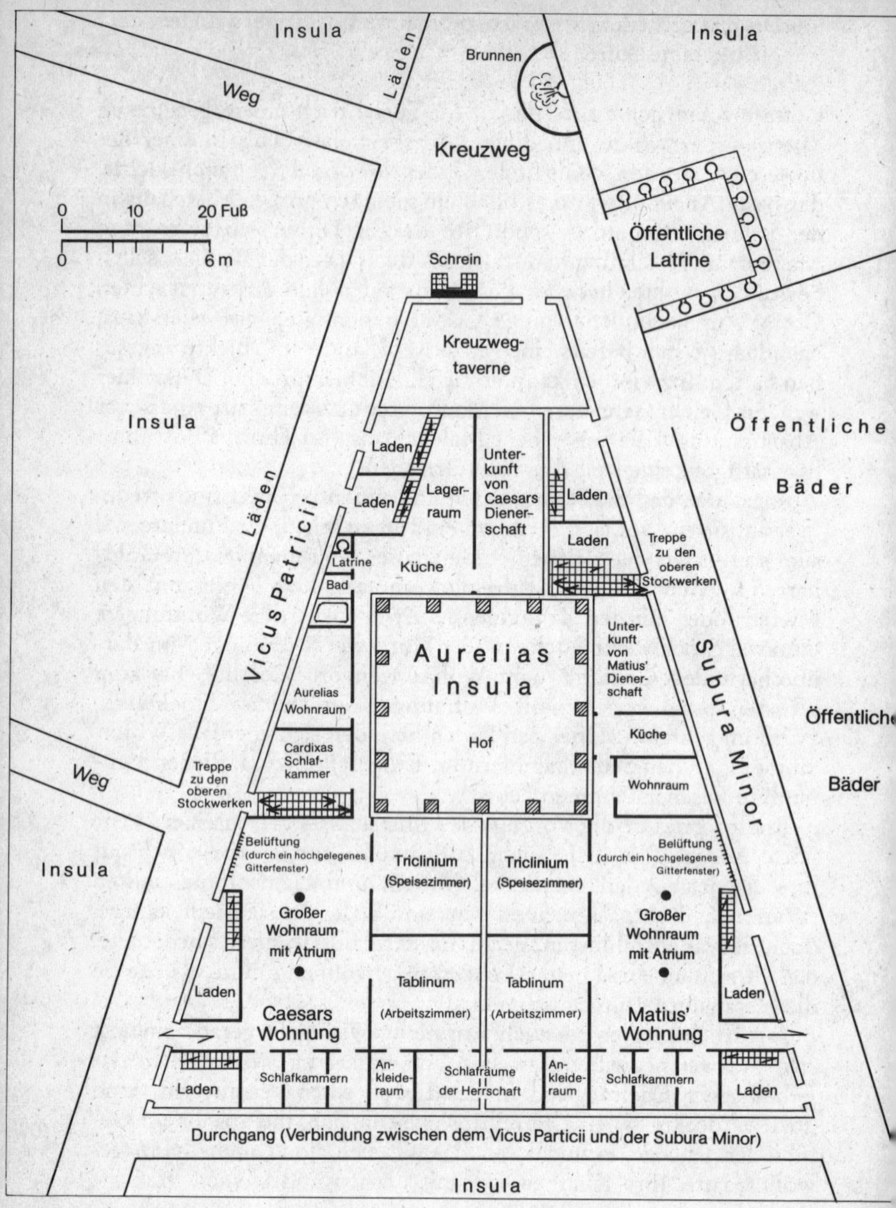

Insula
Läden
Brunnen
Insula
Weg
Kreuzweg
0 10 20 Fuß
0 6 m
Öffentliche Latrine
Schrein
Kreuzweg-taverne
Insula
Öffentliche Bäder
Laden
Unter-kunft von Caesars Diener-schaft
Laden
Lager-raum
Laden
Laden
Läden
Vicus Patricii
Treppe zu den oberen Stockwerken
Latrine
Küche
Bad
Aurelias Insula
Unter-kunft von Matius' Diener-schaft
Subura Minor
Aurelias Wohnraum
Öffentliche Bäder
Küche
Hof
Cardixas Schlaf-kammer
Weg
Treppe zu den oberen Stockwerken
Wohnraum
Belüftung (durch ein hochgelegenes Gitterfenster)
Triclinium (Speisezimmer)
Triclinium (Speisezimmer)
Belüftung (durch ein hochgelegenes Gitterfenster)
Insula
Großer Wohnraum mit Atrium
Großer Wohnraum mit Atrium
Laden
Tablinum (Arbeitszimmer)
Tablinum (Arbeitszimmer)
Laden
Caesars Wohnung
Matius' Wohnung
Laden
Schlafkammern
An-kleide-raum
Schlafräume der Herrschaft
An-kleide-raum
Schlafkammern
Laden
Durchgang (Verbindung zwischen dem Vicus Particii und der Subura Minor)
Insula

tigungen ausgefüllt gewesen, und weil sie nicht wußte, daß es auch anderes gab, hatte sie sich nie gelangweilt. Doch als ihre Heirat näherrückte, hatte sie immer öfter darüber nachgedacht, was sie mit ihrer Zeit anfangen würde, falls sie nicht so viele Kinder haben sollte wie Cornelia, die Mutter der Gracchen – die meisten römischen Frauen aus dem Adel wollten gar nicht mehr als zwei Kinder. Von Natur aus war Aurelia energisch und praktisch veranlagt, aber bei ihrer gesellschaftlichen Stellung hatte sie kaum Gelegenheit, diese Eigenschaften zu nutzen. Jetzt war sie auf dem Wege, eine Vermieterin und Ehefrau zu werden, und sie war klug genug zu erkennen, daß zumindest das erstere ihr Gelegenheit bot, ihre praktischen Seiten zu nutzen. Interessante und anregende Arbeit wartete auf sie.

Sie sah sich mit glänzenden Augen um, malte sich aus, wie es sein würde, und schmiedete bereits Pläne.

Die beiden ebenerdigen Wohnungen waren unterschiedlich groß, denn der frühere Besitzer hatte seine eigene Wohnung so bequem wie möglich angelegt. Dennoch war die Wohnung im Vergleich zum Anwesen der Cottas auf dem Palatin sehr klein. Tatsächlich war das Haus der Cottas größer als die Grundfläche des gesamten Mietshauses, einschließlich der Läden, der Taverne an der Kreuzung und der beiden ebenerdigen Wohnungen.

Obwohl im Eßzimmer kaum drei Liegen Platz hatten – das mindeste, was man erwarten durfte –, wirkte es durch seine Höhe luftig, ebenso das Arbeitszimmer. Die Zwischenwand zwischen den beiden Räumen war mehr eine Unterteilung und reichte nicht ganz bis zur Decke. So drangen Licht und frische Luft vom Luftschacht in beide Zimmer. Das Wohnzimmer konnte eigentlich kaum als Atrium bezeichnet werden, doch es hatte einen schönen Terrazzoboden und geschmackvoll gestaltete Wände. In der Mitte standen zwei Säulen aus Holz, das so bearbeitet war, daß es wie farbiger Marmor wirkte. Drei der üblichen fensterlosen Schlafkammern schlossen an das Wohnzimmer an, zwei weitere, darunter ein größeres, an das Arbeitszimmer. Es gab ein kleines Zimmer, das Aurelia für sich selbst nutzen würde, den kleinen Raum daneben konnte Cardixa haben. Am meisten freute sich Aurelia jedoch darüber, daß die Wohnung ein eigenes Bad und eine eigene Latrine besaß – denn, so erklärte der Makler voller Stolz, die *insula* war an einen der größten Abwasserkanäle Roms und an die Frischwasserzuleitung angeschlossen.

»Es gibt noch eine öffentliche Latrine gegenüber auf der Subura Minor, und die öffentlichen Bäder sind gleich daneben«, führte der Makler weiter aus. »Wasser ist kein Problem. Das Haus liegt genau auf der richtigen Höhe – niedrig genug für die Frischwasserzuleitung, aber hoch genug, daß der Rückstau vom Abwasserkanal nicht bis hierher reicht, wenn der Tiber Hochwasser führt. Das Rohr, das das Haus mit den Hauptrohren verbindet, ist größer als heutzutage üblich – die meisten neuen Häuser erhalten ja inzwischen gar keinen Anschluß mehr! Natürlich nutzte der frühere Besitzer die Wasser- und Abwasserversorgung für sich selbst, die Mieter sind mit der öffentlichen Latrine und den Bädern gegenüber gut versorgt.«

Aurelia hörte aufmerksam und erleichtert zu, denn sie hatte schon gehört, daß die Mietshäuser üblicherweise weder Frischwasser noch Abwasserleitungen besaßen. Die Aussicht, kein eigenes Bad und keine eigene Toilette zu haben, hatte sie bestürzt und einen düsteren Schatten auf ihr neues Leben als Vermieterin geworfen. Keines der Mietshäuser, die sie bisher besichtigt hatten, war mit Wasserleitungen ausgestattet gewesen, obwohl sie alle in besseren Bezirken lagen. Wenn Aurelia vorher noch geschwankt hatte, ob dieses Haus das richtige war – jetzt zweifelte sie nicht mehr.

»Wieviel Miete wirft es ab?« fragte Caesar.

»Zehn Talente im Jahr – eine viertel Million Sesterze.«

»Gut, sehr gut!« nickte Cotta.

»Die Instandhaltungskosten sind niedrig, weil der Bauherr auf beste Qualität geachtet hat«, sagte der Makler. »Deshalb wird es auch stets genügend Mieter geben. So häufig kommt es vor, daß Mietshäuser einstürzen oder bei einem Feuer brennen wie Zunder. Aber dieses hier nicht! Außerdem grenzen zwei Seiten an Straßen, die dritte an einen breiteren Durchgang, und das bedeutet, daß es nicht schnell Feuer fängt, wenn es in der Nachbarschaft brennt. Ja, dieses Haus ist so solide wie ein Schiff von Granius. Darauf gebe ich mein Wort.«

Cotta, Caesar und Aurelia waren zu Fuß gekommen, da man in dem Gewimmel auf den Straßen der Subura mit einer Sänfte nicht vom Fleck kam. Zu Aurelias Schutz hatte Cotta die beiden Gallier mitgenommen, doch diese Vorsichtsmaßnahme erwies sich als überflüssig. Zur Mittagszeit war es hell, und die Menschen schienen viel zu sehr mit sich selbst beschäftigt, als daß sie die schöne Aurelia belästigt hätten.

»Was meinst du?« fragte Cotta sie, als sie die Fauces Suburae

Richtung Argiletum hinuntergingen, um das untere Ende des Forum Romanum zu überqueren.

»Oh, Onkel, es ist ideal!« sagte sie, dann wandte sie sich um und sah Caesar an. »Bist du auch der Meinung, Gaius Julius?«

»Ich denke, es ist genau das Richtige für uns«, sagte er.

Cotta war einverstanden. »Gut, dann werde ich heute nachmittag den Kaufvertrag abschließen. Für fünfundneunzig Talente ist es ein gutes Geschäft, wenn nicht sogar ein Gelegenheitskauf. Und ihr habt fünf Talente übrig, für die ihr Möbel kaufen könnt.«

»Nein«, widersprach Caesar entschieden. »Für die Möbel bin ich verantwortlich. Ich bin nicht mittellos! Meine Güter bei Bovillae werfen ein gutes Einkommen ab.«

»Ich weiß, Gaius Julius«, meinte Cotta geduldig. »Du hast mir davon erzählt, erinnerst du dich?«

Der junge Caesar erinnerte sich nicht. Alles, woran er in diesen Tagen denken konnte, war Aurelia.

Die Hochzeit fand im April statt, an einem wunderschönen Frühlingstag, und alle Vorzeichen waren günstig. Sogar Gaius Julius Caesar schien es ein wenig besser zu gehen.

Rutilia weinte, und Marcia weinte, die eine, weil ihr erstes Kind heiratete, die andere, weil ihr letztes Kind aus dem Haus ging, um von nun an mit seiner Gattin zu leben. Julia und Julilla waren anwesend, ebenso Sextus' Frau Claudia, aber ihre Ehemänner konnten nicht kommen – Marius und Sulla waren immer noch in Africa, Sextus Caesar rekrutierte Männer für die Armee in Italien und erhielt keinen Urlaub vom Konsul Gnaeus Mallius Maximus.

Cotta hatte dem jungen Paar für den ersten Monat der Ehe ein Haus auf dem Palatin mieten wollen. »Gewöhnt euch erst einmal daran, verheiratet zu sein, und dann an das Leben in der Subura«, hatte er voller Sorge um sein einziges Mädchen gesagt.

Das junge Paar hatte das Angebot jedoch entschieden abgelehnt. So war der Weg der Hochzeitsgesellschaft sehr weit, und die ganze Subura schien der jungen Braut zuzujubeln. Der junge Caesar war mehr als erleichtert, daß Aurelias Gesicht von einem Schleier verhüllt wurde. Er hörte über die anzüglichen Bemerkungen hinweg und verbeugte sich im Gehen lächelnd nach rechts und links.

»Das sind unsere künftigen Nachbarn, wir müssen lernen, mit ihnen zurechtzukommen«, sagte er zu seiner Braut. »Hör einfach nicht hin.«

»Mir wäre es lieber, ihr würdet euch von ihnen fernhalten«, knurrte Cotta, den man nur mit Mühe davon abgebracht hatte, Gladiatoren zur Begleitung der Hochzeitsgesellschaft zu bestellen. Die Subura mit ihren riesigen Menschenmassen und der hohen Verbrechensrate war ihm nicht geheuer, und die rüde Sprache bestätigte seine Befürchtungen.

Als sie Aurelias *insula* erreichten, hatte sich hinter ihnen eine große Menschenmenge angesammelt, die auf ihre Weise mitfeiern wollte und hoffte, am Ende der Straße werde der Wein reichlich fließen. Doch Cotta, Lucius Cotta und die beiden Gallier hielten die Meute zurück, bis Caesar seine junge Braut über die Schwelle getragen und die Tür hinter sich zugeschlagen hatte. Unter dem Protestgeheul der ungeladenen Gäste schritt Cotta hoch erhobenen Hauptes den Vicus Patricii hinunter.

Nur Cardixa war in der Wohnung. Aurelia hatte beschlossen, mit dem Rest ihrer Mitgift die notwendige Dienerschaft zu kaufen, aber sie hatte das Vorhaben bis nach der Hochzeit verschoben, weil sie ihre Diener ohne die Hilfe ihrer Mutter oder ihrer Schwiegermutter auswählen wollte. Auch der junge Caesar mußte Diener kaufen: einen Hausverwalter, einen Mundschenk, einen Sekretär, einen Gehilfen und einen Kammerdiener. Aurelias Liste war länger: Sie brauchte zwei Sklavinnen für schwere Hausarbeiten, eine Wäscherin, einen Koch und einen Hilfskoch, zwei Diener für verschiedene Zwecke und einen starken Mann. Kein großer Haushalt, aber angemessen.

Draußen brach gerade die Dämmerung herein, doch in der Wohnung war es schon fast dunkel. Als sie das Haus vor einigen Wochen besichtigt hatten, war das nicht aufgefallen, denn sie waren in der Mittagszeit gekommen. Jetzt bemerkte Aurelia, daß das Licht durch die oberen Stockwerke abgehalten wurde, wenn die Sonne tiefer stand. Cardixa hatte zwar alle Lampen angezündet, doch sie reichten nicht aus, um die dunklen Ecken zu erhellen. Cardixa selbst blieb in ihrem Zimmer, denn sie wollte die Neuvermählten nicht stören.

Am meisten überraschte Aurelia jedoch der Lärm. Er kam von überall, von der Straße, von den Treppen zu den oberen Stockwerken, aus dem Lichtschacht, er schien sogar aus dem Boden zu dringen. Schreie, Flüche, Gepolter, laute Unterhaltungen, Auseinandersetzungen, Beschimpfungen, weinende Säuglinge, schreiende Kinder, Frauen und Männer, Musikanten, die auf ihre Trommeln und

Becken eindroschen, Liedfetzen, brüllende Ochsen, blökende Schafe, Maultiere und Esel, endlos vorbeirumpelnde Karren, Gelächter.

»Oh, wir werden unser eigenes Wort nicht verstehen können!« sagte sie und versuchte, die aufsteigenden Tränen wegzublinzeln. »Gaius Julius, es tut mir so leid! Ich habe nicht an den Lärm gedacht!«

Caesar war klug und einfühlsam genug, um zu wissen, daß zumindest ein Teil dieses ungewöhnlichen Ausbruchs nicht auf den Lärm zurückzuführen war, sondern auf die Hektik der letzten Tage, die Aufregung der Hochzeitsvorbereitungen und der Heirat. Er selbst hatte dies empfunden, wieviel stärker mußte erst seine junge Frau darunter gelitten haben?

So lachte er fröhlich und versicherte: »Wir werden uns daran gewöhnen, keine Angst. Ich verspreche dir, in einem Monat werden wir den Krach überhaupt nicht mehr hören. Außerdem – in der Schlafkammer wird es nicht ganz so schlimm sein.« Als er ihre Hand ergriff, fühlte er, wie sie zitterte.

Die größere Schlafkammer, die an das Arbeitszimmer angrenzte, war wirklich ruhiger. Sie lag vollkommen im Dunkel, und außer der Tür gab es keine Frischluftzufuhr – wegen der falschen Zimmerdekken, die den zusätzlichen Stauraum boten, den der Makler angepriesen hatte.

Caesar ließ Aurelia im Arbeitszimmer stehen und holte eine Lampe aus dem Wohnraum. Hand in Hand betraten sie die Schlafkammer und hielten dann wie verzaubert inne. Cardixa hatte den Raum über und über mit Blumen geschmückt und duftende Blüten auf das breite Bett gestreut, entlang der Wände standen Vasen jeder Größe mit Rosen, Levkojen und Veilchen, und auf einem kleinen Tischchen waren eine Karaffe mit Wein, eine mit Wasser, zwei goldene Becher und eine große Platte mit Honigkuchen angerichtet.

Sie waren beide nicht schüchtern. Man hatte sie in sachlicher Weise über sexuelle Dinge aufgeklärt, wenn auch nicht in allen Einzelheiten. Jeder Römer, der es sich leisten konnte, bevorzugte Zurückgezogenheit für Intimitäten, besonders wenn er sich dabei entblößte, aber gehemmt war man nicht. Natürlich konnte Caesar auf einige Abenteuer zurückblicken, doch obwohl er sehr gut aussah, war er ein zurückhaltender, verläßlicher Mann.

Publius Rutilius Rufus' Gefühl hatte ihn nicht getrogen – Caesar und Aurelia paßten wunderbar zueinander. Er war behutsam und rücksichtsvoll, in der Liebe eher zärtlich als leidenschaftlich. Wäre er feuriger gewesen, hätte er vielleicht auch Aurelia entflammt, doch das sollten sie nie erfahren. Ihre Liebe war vorsichtig, die Berührungen sanft, die Küsse zärtlich, sie befriedigte beide, erfüllte beide. Und Aurelia konnte sich sagen, daß Cornelia, die Mutter der Gracchen, mit ihr zufrieden gewesen wäre, denn sie hatte ihre Pflicht erfüllt, wie sie erfüllt werden mußte. Sie würde das Ehebett gewiß nie mit Abscheu betrachten, doch sexuelles Vergnügen und sexuelle Befriedigung waren nicht die Dinge, die ihr Leben bestimmen würden.

Quintus Servilius Caepio blieb den Winter über in Narbo und trauerte um sein verlorenes Gold. Dort erreichte ihn der Brief des jungen Advokaten Marcus Livius Drusus, der zu Aurelias glühendsten Verehrern gezählt hatte und der jetzt, nachdem sie sich für Caesar entschieden hatte, zutiefst enttäuscht war.

*Ich war gerade neunzehn, als mein Vater, der Zensor, starb. Er hinterließ mir nicht nur seinen gesamten Besitz, sondern auch die Stellung des* pater familias. *Glücklicherweise bestand die einzige Bürde in meiner dreizehnjährigen Schwester, die nach der Trennung meiner Eltern durch den Tod des Vaters nun beider Eltern beraubt war. Zu dieser Zeit wollte meine Mutter Cornelia meine Schwester zu sich nehmen, aber ich habe das natürlich abgelehnt. Obwohl es nie zu einer Scheidung kam, war das Verhältnis meiner Eltern äußerst kühl, wie Dir sicher nicht entgangen ist, und die Entfremdung rührte daher, daß mein Vater meinen jüngeren Bruder zur Adoption gegeben hatte. Meine Mutter stand meinem Bruder immer näher als mir, und als er ein Mamercus Aemilius Lepidus Livianus wurde, nahm sie seine Jugend zum Vorwand und zog mit ihm zu seiner neuen Familie. Dort führte sie ein anderes Leben, freizügiger und ausschweifender, als sie es im Haus meines Vaters je hätte führen können. Ich erinnere Dich an diese Dinge, weil es dabei auch um meine Ehre geht, denn ihr schäbiges und selbstsüchtiges Verhalten hat meine Ehre sehr beschmutzt.*

*Ich schmeichle mir, daß ich meine Schwester Livia Drusa so aufgezogen habe, wie es ihrer hohen Stellung entspricht. Sie ist nun achtzehn und somit im heiratsfähigen Alter. Auch ich, Quintus Servilius, habe die Absicht, mich zu verheiraten, obwohl ich erst dreiundzwanzig bin. Ich weiß, daß es üblich ist zu warten, bis man die Fünfundzwanzig überschritten hat, und ich weiß auch, daß viele*

*Männer erst heiraten, wenn sie im Senat sitzen. Doch so lange kann ich nicht warten. Ich bin der* pater familias *und der einzige männliche Livius Drusus meiner Generation. Mein Bruder, Mamercus Aemilius Lepidus Livianus, hat weder auf den Namen Livius Drusus noch auf das Vermögen Anspruch. Somit ist es meine Pflicht, zu heiraten und für Nachkommen zu sorgen. Als mein Vater starb, hatte ich beschlossen, damit zu warten, bis auch meine Schwester alt genug wäre für die Ehe.*

Der Brief war genauso steif und umständlich wie der junge Mann, doch Quintus Servilius Caepio störte das nicht. Er und der Vater von Livius Drusus waren Freunde gewesen, so wie nun sein Sohn und der junge Drusus befreundet waren.

*Darum, Quintus Servilius, möchte ich Dir in meiner Eigenschaft als Oberhaupt der Familie eine Verbindung durch Heirat vorschlagen. Ich habe übrigens davon abgesehen, mich mit meinem Onkel Publius Rutilius Rufus in dieser Sache zu beraten. Als Ehemann meiner Tante Livia und als Vater ihrer Kinder habe ich nichts gegen ihn einzuwenden, doch weder seine Abstammung noch sein Charakter sind geeignet, mir seinen Rat als wertvoll erscheinen zu lassen. Erst kürzlich kam mir zum Beispiel zu Ohren, daß er Marcus Aurelius Cotta überredet hat, seiner Stieftochter Aurelia zu erlauben, sich ihren Gatten selbst zu wählen. Ein weniger römisches Verhalten kann man sich schwerlich vorstellen. Natürlich hat sich Aurelia für einen Schönling entschieden, für Julius Caesar, einen verarmten Nichtsnutz, der es nie zu etwas bringen wird.*

Soviel zu Publius Rutilius Rufus. Und Marcus Livius Drusus, wund an Herz und *dignitas*, schrieb weiter:

*Ich beschloß, mit meiner Heirat zu warten, bis meine Schwester das richtige Alter erreicht hätte, da ich meiner Frau nicht die Verantwortung für meine Schwester aufbürden wollte. Ich würde es als unedel empfinden, anderen meine eigenen Pflichten zu übertragen, die sie nicht mit dem gleichen Maß an Anteilnahme erfüllen könnten.*

*Quintus Servilius, ich möchte Dir nun vorschlagen, daß Du mir die Erlaubnis erteilst, Deine Tochter Servilia Caepionis zu heiraten. Ich wiederum werde Deinem Sohn, Quintus Servilius dem Jüngeren, gestatten, um die Hand meiner Schwester Livia Drusa anzuhalten. Das ist die ideale Lösung für uns beide. Die Bande zwischen unseren Familien reichen viele Generationen weit zurück, und außerdem haben meine Schwester und Deine Tochter Mitgiften der gleichen Größe, was bedeutet, daß kein Geld die Hände wechseln müßte, ein Vorteil in diesen bargeldknappen Zeiten.*

*Bitte teile mir Deine Entscheidung mit.*

Eigentlich gab es nichts zu entscheiden. Von so einer Verbindung hatte Quintus Servilius Caepio immer geträumt, denn Livius Drusus war unermeßlich reich, und er stammte aus höchstem Adel. Caepio antwortete umgehend:

*Mein lieber Marcus Livius, ich bin hoch erfreut. Du hast meine Erlaubnis, sämtliche Vorbereitungen zu treffen.*

So brachte Drusus die anstehenden Heiraten bei seinem nächsten Treffen mit dem jungen Caepio zur Sprache. Er wußte, daß dessen Vater ihm demnächst schreiben würde, und wollte seinen Freund darauf vorbereiten. Caepio sollte diese Hochzeit als ein erfreuliches Ereignis ansehen und nicht als Befehl seines Vaters.

»Ich würde gerne deine Schwester heiraten«, sagte er zu Caepio, etwas unvermittelter als geplant.

Caepio blinzelte überrascht, erwiderte aber nichts.

»Und ich würde es gerne sehen, daß du meine Schwester heiratest«, fuhr Drusus fort.

Caepio blinzelte etwas heftiger, sagte aber immer noch nichts.

Endlich nahm der junge Caepio seinen Verstand zusammen – der nicht annähernd so groß war wie sein Vermögen – und antwortete: »Ich muß aber erst meinen Vater fragen.«

»Das habe ich schon getan. Er ist entzückt.«

»Oh, ich denke, dann wird alles seine Ordnung haben.«

»Quintus Servilius, ich möchte deine Meinung hören!« rief Drusus verzweifelt.

»Nun, meine Schwester mag dich ... Und ich denke, ich mag deine Schwester, aber ...« Er sprach nicht weiter.

»Aber was?« fragte Drusus.

»Ich glaube, deine Schwester mag mich nicht.«

Nun blinzelte Drusus überrascht. »Ach, Unsinn! Warum sollte sie dich nicht mögen? Du bist mein bester Freund! Natürlich mag sie dich! Es ist die ideale Lösung, wir werden immer zusammenbleiben.«

»Tja, das wäre schön«, meinte Caepio.

»Gut«, sagte Drusus knapp. »Ich habe mit deinem Vater bereits alle wichtigen Punkte geklärt, Mitgift und so weiter. Du mußt dich also um nichts kümmern.«

»Gut.«

Sie saßen auf einer Bank unter einer schönen alten Eiche im unteren Teil des Forum Romanum und hatten gerade eine köstliche Mahlzeit zu sich genommen – Brottaschen aus ungesäuertem Teig, gefüllt mit einer würzigen Mischung aus Linsen und gehacktem Schweinefleisch.

Drusus erhob sich und reichte seine Serviette dem Sklaven. Dann stand er einen Moment still, während der Sklave prüfte, ob die schneeweiße Toga Flecken bekommen hatte.

»Wo willst du so eilig hin?« fragte Caepio.

»Nach Hause und meiner Schwester von unseren Plänen erzählen«, erwiderte Drusus. Er zog eine scharfgezeichnete, schwarze Augenbraue in die Höhe. »Meinst du nicht, daß auch du nach Hause gehen und mit deiner Schwester sprechen solltest?«

»Vermutlich schon«, meinte Caepio, aber es klang sehr zweifelnd. »Könntest du es ihr nicht lieber selber sagen? Sie mag dich.«

»Nein, du mußt mit ihr sprechen, Dummkopf! Im Moment bist du *in loco parentis,* also ist es deine Aufgabe – ebenso wie es meine Aufgabe ist, mit Livia Drusa zu sprechen.«

Und damit ging Drusus über das Forum in Richtung Vesta-Treppen davon.

Seine Schwester war zu Hause – wo hätte sie auch sonst sein sollen? Seit Drusus das Oberhaupt der Familie war und ihre Mutter Cornelia das Haus nicht mehr betreten durfte, konnte Livia ohne die Erlaubnis ihres Bruders keinen Fuß vor das Haus setzen, und sie hätte nie gewagt, heimlich auszugehen. In den Augen ihres Bruders war sie durch die Schande ihrer Mutter gezeichnet. Er betrachtete sie als schwaches, leicht verführbares Wesen, dem nicht die kleinste Freiheit zugestanden werden konnte, er war bereit, immer das Schlimmste von ihr zu denken – auch ohne Beweise.

»Bitte meine Schwester ins Arbeitszimmer«, sagte Drusus zum Hausverwalter, als er wieder daheim war.

Sein Haus stand an einem steilen Abhang auf dem höchsten Punkt des Palatin über dem Forum Romanum. Es war gerade vollendet worden, als Drusus, der Zensor, starb und galt allgemein als das schönste Haus Roms. Die Sicht von der Loggia auf der Vorderfront im obersten Stockwerk war atemberaubend. Das angrenzende Grundstück, die *area flacciana,* war unbebaut. Einst hatte dort das Haus von Marcus Fulvius Flaccus gestanden, auf der anderen Seite dieses Grundstücks lag das Anwesen von Quintus Lutatius Catulus Caesar.

Drusus' Haus hatte nach römischer Art keine Fenster an den Außenseiten, denn sollte das Nachbargrundstück je wieder bebaut werden, würde dieses Haus direkt an Drusus' Haus anschließen. An der Rückseite, die an den Clivus Victoriae grenzte, befand sich ein großes Holztor, daneben waren einige Wareneingänge. Der vordere Teil des Hauses mit seiner prachtvollen Aussicht war drei Stockwerke hoch, die Stützpfeiler waren tief in dem darunterliegenden Felsvorsprung verankert. Das oberste Stockwerk lag auf gleicher Höhe mit dem Clivus Victoriae, und dort wohnte die Familie. Vorratsräume, Küchen und die Räume der Dienerschaft waren in den darunterliegenden Geschossen untergebracht, die sich nicht über die volle Breite des oberen Stockwerkes erstreckten, weil der Felsvorsprung steil abfiel.

Die Wareneingänge an der Rückwand führten direkt in das Peristyl, den Säulengarten. Der Garten war so groß, daß sechs wunderschöne, großgewachsene Lotusbäume darin Platz fanden, die Scipio Africanus vor neunzig Jahren als Schößlinge aus Africa mitgebracht hatte. In jedem Sommer blühten sie in verschwenderischer Pracht, zwei in Rot, zwei in Orange und zwei in tiefem Gelb, und erfüllten über einen Monat lang das ganze Haus mit ihrem Duft. Später trugen sie zarte, farnähnliche Blätter, und im Winter waren sie kahl, so daß ungehindert Licht einfallen konnte. Ein langes, schmales Wasserbecken, mit weißem Marmor ausgekleidet, wurde von vier perfekt aufeinander abgestimmten Springbrunnen umgeben, einem in jeder Ecke, die der große Myron angefertigt hatte. An den Seiten des Beckens standen lebensgroße Statuen, ebenfalls von Myron, die Satyre, Nymphen, Artemis, Dionysos und Orpheus darstellten. Jede dieser Statuen war so kunstvoll bemalt, daß man beinahe glaubte, im nächsten Moment würde sie sich bewegen. Der ganze Garten wirkte auf den ersten Blick wie eine Versammlung der Unsterblichen.

Eine Kolonnade mit dorischen Säulen führte an den Seiten des Peristyls entlang, unterstützt von Holzsäulen, die gelb bemalt waren mit Basen und Kapitellen in leuchtenden Farben. Der Boden

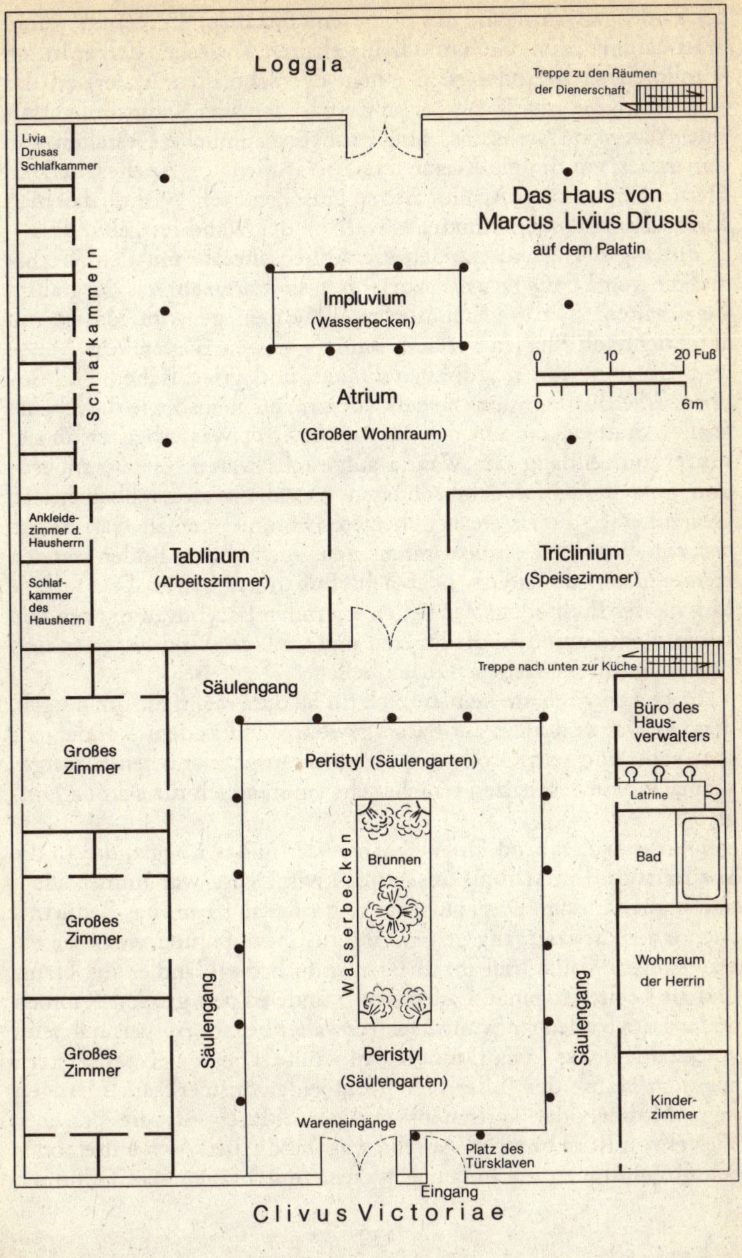
Loggia
Treppe zu den Räumen
der Dienerschaft
Livia
Drusas
Schlafkammer
Das Haus von
Marcus Livius Drusus
auf dem Palatin
Schlafkammern
Impluvium
(Wasserbecken)
0
10
20 Fuß
0
6 m
Atrium
(Großer Wohnraum)
Ankleide-
zimmer d.
Hausherrn
Tablinum
(Arbeitszimmer)
Triclinium
(Speisezimmer)
Schlaf-
kammer
des
Hausherrn
Treppe nach unten zur Küche
Säulengang
Büro des
Haus-
verwalters
Großes
Zimmer
Peristyl (Säulengarten)
Latrine
Brunnen
Bad
Wasserbecken
Großes
Zimmer
Wohnraum
der Herrin
Säulengang
Säulengang
Großes
Zimmer
Peristyl
(Säulengarten)
Kinder-
zimmer
Wareneingänge
Platz des
Türsklaven
Eingang
Clivus Victoriae

des Säulengangs bestand aus poliertem Terrazzo, die Wände waren in lebhaftem Grün, Gelb und Blau gehalten. Zwischen den erdroten Wandpfeilern befanden sich einige der schönsten Malereien der Welt: ein Kind mit Trauben von Zeuxis, der dem Wahnsinn verfallene Ajax von Parrhasios, einige nackte männliche Gestalten von Timanthes, ein Bildnis Alexanders des Großen von Apelles, und ein Pferd, ebenfalls von Apelles, das so täuschend echt wirkte, daß man von weitem glauben konnte, es wäre an der Wand festgebunden.

Entlang der Wand standen die Ahnenschreine mit den Wachsmasken von Livius Drusus' Vorfahren, sie waren auf das Sorgfältigste erhalten. Bemalte Steinpfeiler – Hermen genannt, da sie mit aufgerichteten Phallen verziert waren – trugen Büsten von Ahnen und Göttern, von mythischen Frauen und griechischen Philosophen. Alle Büsten waren meisterhaft bemalt, ebenso wie die lebensgroßen Statuen, die um das *impluvium*, das Wasserbecken in der Mitte, und entlang der Wände aufgestellt waren. Große silberne und goldene Kronleuchter hingen von der unvorstellbar hohen Decke herab, die als sternenübersäter Himmel bemalt war, umgeben von vergoldeten Stuckornamenten, und auf dem Boden standen Kerzenhalter, die sieben oder acht Fuß hoch waren. Das farbige Mosaik des Fußbodens zeigte den feiernden Bacchus, umgeben von seinen Bacchantinnen, die tanzten und tranken, Wild fütterten und Löwen an ihrem Wein schlürfen ließen.

Doch Drusus hatte keinen Blick für all die Pracht, die ihn umgab, denn er war von klein auf daran gewöhnt und zudem – anders als sein Vater und sein Großvater, die einen ausgezeichneten Kunstgeschmack besessen hatten – nicht sehr empfänglich für schöne Dinge.

Der Verwalter fand Drusus' Schwester in der Loggia, die an die Vorderfront des Atriums anschloß. Livia Drusa war immer allein und immer einsam. Das Haus war so groß, daß sie nie das Bedürfnis nach einem Spaziergang geltend machen konnte, und wenn sie etwas kaufen wollte, rief ihr Bruder einfach die Händler ins Haus, und sie breiteten ganze Läden und Stände in den großen Räumen entlang des Säulengangs aus. Der Verwalter bekam Anweisung, alles zu bezahlen, was Livia Drusa haben wollte. Die beiden Schwestern aus dem Hause der Julier hatten unter den aufmerksamen Augen ihrer Mutter oder vertrauenswürdiger Sklaven oft die besseren Viertel von Rom besucht, Aurelia war ständig bei Verwandten oder Schulfreundinnen zu finden gewesen, und Frauen wie Clitumna und Nikopolis mußten nicht einmal regelmäßig zu den Mahlzeiten erscheinen. Doch Livia Drusa lebte in völliger Abgeschiedenheit, eine Gefangene des Reichtums und ein Opfer der Freiheit ihrer Mutter.

Livia Drusa war zehn Jahre alt gewesen, als ihre Mutter, eine Cornelia aus dem Hause Scipio, die Familie verlassen hatte. Von da an hatte sie in der alleinigen Obhut ihres Vaters gelebt, der kaum Notiz von ihr genommen, sondern seine Zeit hauptsächlich damit verbracht hatte, durch seine Säulengänge zu wandeln und seine Kunstwerke zu betrachten. Die Dienerinnen und Lehrer hatten große Angst vor der Macht der Familie gehabt und nicht gewagt, sich mit Livia anzufreunden. Drei Jahre, nachdem ihre Mutter mit ihrem kleinen Bruder – Mamercus Aemilius Lepidus Livianus, wie er jetzt genannt wurde – fortgegangen war, war sie mit ihrem Vater und ihrem Bruder in dieses riesige Mausoleum gezogen. Allein und ziellos wanderte sie seither durch das Anwesen, verloren, ungeliebt, unbeachtet. Der Tod ihres Vaters, fast unmittelbar nach dem Umzug, hatte ihr Leben kaum verändert.

Lachen war ihr unbekannt. Wenn von Zeit zu Zeit Gelächter aus den überfüllten, fensterlosen Dienstbotenräumen zu ihr heraufdrang, fragte sie sich verwundert, was das war. Sie kannte nur eine Welt, die sie liebte, und das war die Welt der Schriftrollen. Da ihr niemand das Lesen oder Schreiben verbot, füllte sie den größten Teil ihrer Zeit damit aus. Sie ließ sich von den Beschreibungen der Wut des Achilles hinreißen, von den Taten der Griechen und Trojaner, von den Geschichten über Helden und Ungeheuer, über Götter und sterbliche Mädchen, nach denen es die Götter mehr zu verlangen schien als nach anderen Unsterblichen. Nachdem das Entsetzen über die schrecklichen Veränderungen ihres Körpers während der Pubertät abgeklungen war – niemand hatte sich die Mühe gemacht, sie aufzuklären –, entdeckte sie mit ihrer leidenschaftlichen Natur die Faszination der Liebesdichtung. Des Griechischen so mächtig wie des Lateinischen, begeisterte sie sich für Alkman, Pindar, Sappho und Asklepiades. Der alte Sosius von Argiletum schickte von Zeit zu Zeit willkürlich zusammengestellte Körbe mit Schriftrollen zu Drusus' Haus. Er nahm selbstverständlich an, daß sie für Drusus bestimmt wären, und hatte keine Ahnung, wer sie in Wirklichkeit las. Kurz nach Livia Drusas siebzehntem Geburtstag hatte Sosius begonnen, die Werke eines neuen Poeten namens Meleagros zu senden, der über die Liebe und über die

Wollust dichtete. Mehr gefesselt als abgestoßen, ließ sich Livia in die Welt der erotischen Literatur einführen, und dank Meleagros erwachten ihre eigenen sexuellen Gefühle.

Doch es änderte sich nichts. Sie durfte nicht ausgehen, niemanden treffen. Annäherungsversuche an einen Sklaven oder Annäherungsversuche eines Sklaven an die Herrin waren in diesem Haus unvorstellbar. Manchmal sah sie die Freunde von Livius Drusus, doch diese Begegnungen waren sehr flüchtig. Nur einen kannte sie näher – Livius' besten Freund, den jungen Caepio. Mit seinen kurzen Beinen, den vielen Pickeln und dem häßlichen Gesicht erschien er ihr wie ein Tölpel aus einem von Meleagros' Stücken oder wie der widerliche Thersites, den Achilles mit einem Schwertstreich köpfte, nachdem Thersites den Helden angeklagt hatte, sich an der Leiche der Amazonenkönigin Penthesileia vergangen zu haben. Nicht, daß Caepio ihr jemals Anlaß zu solchen Vergleichen gegeben hätte – ihre ausgehungerte Phantasie hatte einfach sein Gesicht auf diese Figuren übertragen.

Ihr Lieblingsheld war Odysseus. Sie liebte die überlegene Art, wie er die Probleme anderer löste. Sein Werben um Penelope, deren geistiges Kräftemessen mit ihren Freiern, Odysseus' Rückkehr zwanzig Jahre später – so stellte sie sich die Liebe vor. Sie stattete Odysseus mit dem Gesicht eines jungen Mannes aus, den sie ein paarmal auf der Loggia des unterhalb liegenden Hauses gesehen hatte. Es war das Haus von Gnaeus Domitius Ahenobarbus, und er hatte zwei Söhne, die Livia flüchtig kannte. Der junge Mann auf der Loggia war keiner von ihnen.

Odysseus hatte rotes Haar und war Linkshänder. Hätte sie ein wenig genauer gelesen, wäre ihr vielleicht nicht entgangen, daß er sehr kurze Beine hatte, und da sie kurze Beine einfach abscheulich fand, hätte das ihrer Vorliebe für Odysseus vermutlich ein wenig Abbruch getan. Der Unbekannte von der Loggia war ebenfalls rothaarig, sehr groß und breitschultrig, unter der Toga ließ sich ein schlanker, kraftvoller Körper vermuten. Sein Haar glänzte in der Sonne, die Kopfhaltung war stolz wie die eines Königs. Sogar von Livias Loggia aus konnte man sehen, wie die Nase gebieterisch hervorragte, doch die Gesichtszüge waren nicht zu erkennen. Aber das war auch nicht nötig – Livia wußte auch so, daß seine Augen groß und leuchtend und grau waren, wie die von Odysseus.

Wenn sie die flammenden Liebesgedichte von Meleagros las, sah sie sich selbst in der Rolle des Mädchens – oder des Jünglings –, das von dem leidenschaftlichen Dichter verführt wurde. Und der Dichter war stets der junge Mann auf Ahenobarbus' Balkon. Dachte sie dagegen an Caepio, was selten vorkam, geschah dies mit einer angewiderten Grimasse.

»Livia Drusa, dein Bruder möchte dich unverzüglich in seinem Arbeitszimmer sprechen«, riß der Verwalter sie aus ihren Träumen heraus. Sie stand gerade auf der Loggia und hielt Ausschau nach dem rothaarigen Unbekannten, sie wäre so gerne noch geblieben. Doch ihren Bruder durfte sie nicht warten lassen. Sie wandte sich um und folgte dem Verwalter.

Drusus saß an seinem Schreibtisch und blätterte in Papieren. Als sie eintrat, sah er auf und musterte seine Schwester mit einem nachsichtigen, nicht sehr interessierten Gesichtsausdruck.

»Setz dich«, sagte er und deutete auf einen Stuhl.

Livia setzte sich und betrachtete ihren Bruder ebenso uninteressiert. Sie hatte Drusus niemals lachen gehört, allenfalls den Anflug eines Lächelns an ihm wahrgenommen. Das gleiche konnte er von ihr sagen.

Leicht beunruhigt registrierte sie, daß Drusus sie genauer betrachtete als sonst. Sie konnte nicht wissen, daß er das stellvertretend für den jungen Caepio tat.

Ja, sie war ein hübsches kleines Ding, dachte er. Sie war klein, hatte aber glücklicherweise keine kurzen Beine wie so viele andere Familienmitglieder. Ihre Gestalt war entzückend, sie hatte volle, hohe Brüste, eine schmale Taille, runde Hüften. Ihre Hände und Füße waren zart und schmal – ein Zeichen von Schönheit – und die Nägel gepflegt, nicht abgekaut. Das Gesicht war herzförmig, die Nase besaß die richtige Länge und war leicht gebogen. Ihr Mund und ihre Augen entsprachen dem Schönheitsideal, die Augen waren sehr groß, der Mund klein und rot wie eine Rosenknospe. Augen, Wimpern, Brauen und das dichte Haar schimmerten schwarz, und sie trug ihr Haar anmutig frisiert.

In der Tat, Livia Drusa war hübsch, wenn auch nicht annähernd so hübsch wie Aurelia. Bei dem Gedanken an Aurelia zog sich Drusus' Herz schmerzvoll zusammen. Sofort nach Ankündigung ihrer Heirat mit Julius Caesar hatte er an Quintus Servilius geschrieben. Die Aurelier waren zwar eine anerkannte Familie, doch mit den Serviliern konnten sie sich weder im Rang noch im Reichtum messen.

»Meine Liebe, ich habe einen Ehemann für dich gefunden«, teilte er ihr ohne Umschweife mit.

Livia erschrak, doch es gelang ihr, keine Miene zu verziehen. Sie fuhr sich mit der Zunge über die Lippen, dann fragte sie: »Wer ist es, Marcus Livius?«

»Der beste aller guten Männer, ein wunderbarer Freund! Der junge Quintus Servilius.«

Ihr Gesicht spiegelte grenzenloses Entsetzen. Sie öffnete ihren Mund, versuchte zu sprechen, brachte aber keinen Ton heraus.

»Was ist los?« fragte er verwirrt.

»Ich kann ihn nicht heiraten«, flüsterte sie.

»Warum nicht?«

»Er ist widerlich ... abstoßend!«

»Das ist lächerlich!«

Sie schüttelte den Kopf, immer wilder. »Ich werde ihn nicht heiraten, auf keinen Fall!«

Drusus kam ein schrecklicher Gedanke, seine Mutter fiel ihm ein. Er sprang auf, ging um den Tisch herum und beugte sich über sie. »Hast du jemanden getroffen?«

Livia hob den Kopf und starrte ihn an. Sie war außer sich. »Ich? Wie sollte ich jemanden treffen? Jeden Tag meines Lebens war ich eingesperrt in diesem Haus. Die einzigen Männer, die ich sehe, sind deine Gäste. Ich habe nicht einmal Gelegenheit, mich mit ihnen zu unterhalten! Wenn du sie zum Essen einlädst, bittest du mich nie dazu. Nur wenn dieser widerwärtige Tölpel Quintus Servilius da ist, darf ich mit euch essen!«

»Wie kannst du es wagen!« Er wurde zornig. Niemals war ihm in den Sinn gekommen, daß sie seinen besten Freund nicht ausstehen könnte.

»Ich werde ihn nicht heiraten!« schrie sie. »Eher sterbe ich!«

»Geh sofort in dein Zimmer«, sagte er eisig.

Sie sprang auf und ging auf die Tür zu, die zum Säulengang führte.

»Nicht in dein Wohnzimmer, Livia Drusa. In dein Schlafzimmer. Dort wirst du bleiben, bis du Vernunft angenommen hast.«

Ein flammender Blick war die Antwort. Sie wandte sich um und verließ den Raum durch die Tür, die zum Atrium führte.

Drusus blieb neben dem Stuhl stehen, auf dem sie gesessen hatte, und versuchte, seinen Zorn zu zügeln. Unvorstellbar! Wie konnte sie es wagen, sich ihm zu widersetzen!

Nach einiger Zeit fand er seine Ruhe wieder. Er wollte das Problem mit Überlegung angehen, obwohl er keine Ahnung hatte, wie er es lösen sollte. In seinem ganzen Leben hatte noch niemand gewagt, sich ihm zu widersetzen, niemand hatte ihn je in eine Lage gebracht, aus der er keinen Ausweg sah. Er war Gehorsam gewohnt, Respekt und Ehrerbietung in einem Maß, das ungewöhnlich war für sein Alter. Jetzt wußte er nicht, was er tun sollte. Wenn er mehr von seiner Schwester wüßte – er mußte sich gestehen, daß er gar nichts von ihr wußte. Wenn sein Vater noch lebte – wenn seine Mutter – oh, was für ein Wirrwarr! Was sollte er tun?

So etwas durfte er sich nicht bieten lassen, das war die Antwort. Er rief den Verwalter.

»Die Herrin, Livia Drusa, hat mich beleidigt«, sagte er mit bewundernswerter Ruhe und ohne den geringsten Ausdruck von Zorn. »Ich habe ihr befohlen, in ihrem Schlafzimmer zu bleiben. Sorge dafür, daß ein Schloß an der Tür angebracht wird, und bis dahin stellst du eine ständige Wache vor ihrem Zimmer auf. Sie wird von einer Frau bedient werden, die sie nicht kennt. Auf keinen Fall darf sie das Zimmer verlassen, ist das klar?«

»Jawohl, Marcus Livius«, erwiderte der Verwalter ausdruckslos.

Und dann nahm der Zweikampf seinen Lauf. Livia Drusa war in ein Gefängnis verbannt, das sehr viel kleiner war als ihr bisheriges, das Haus. Ihre Schlafkammer war wenigstens nicht ganz so dunkel und stickig wie andere, sie grenzte an die Loggia und hatte an der oberen Außenwand ein Gitter. Dennoch war es ein tristes Gefängnis. Wie trist, das erfuhr sie, als man ihr Bücher und Schreibpapier verweigerte. Vier Wände umschlossen einen Raum, der ungefähr acht auf acht Fuß groß und bis auf ein Bett und einen Nachttopf vollkommen leer war. Die Mahlzeiten brachte ihr eine Frau, die sie noch nie gesehen hatte, und es schmeckte nicht sehr gut. Das war nun Livia Drusas Leben.

In der Zwischenzeit mußte Drusus seinem Freund vorspiegeln, alles entwickle sich wunschgemäß. Er verlor keine Zeit. Unmittelbar nachdem er seine Anweisungen erteilt hatte, warf er die Toga um und ging zu Caepio.

»Oh, wie schön, daß du vorbeikommst!« strahlte Caepio.

»Ich dachte, wir müßten noch einiges besprechen«, sagte Drusus. Er machte jedoch keine Anstalten, sich zu setzen, und sprach auch nicht weiter.

»Nun, Marcus Livius, willst du vorher nicht ein paar Worte mit meiner Schwester wechseln? Sie ist sehr aufgeregt.«

Wenigstens etwas, dachte Drusus. Sie war nicht so störrisch wie seine eigene Schwester.

Er fand Servilia Caepionis in ihrem Wohnzimmer. Als er eintrat, sprang sie auf und warf sich ihm an die Brust, sehr zu seinem Unbehagen. Nun, anscheinend war sein Werben willkommen.

»Oh, Marcus Livius!« seufzte sie und sah ihn schmachtend an.

Warum hatte Aurelia ihn nie so angesehen? Er schob den Gedanken entschlossen beiseite und betrachtete Servilia Caepionis. Eine Schönheit war sie beileibe nicht. Sie hatte kurze Beine, wie alle in ihrer Familie, aber von den Pickeln, die ebenfalls in der Familie lagen, war sie verschont geblieben. Und sie hatte außerordentlich schöne Augen, sanft und zärtlich im Ausdruck, groß und dunkel schimmernd. Gern gehabt hatte er sie schon immer, und vielleicht würde er sie mit der Zeit sogar lieben.

Er küßte sie auf den Mund und war angenehm überrascht, daß sein Kuß erwidert wurde. Dann wechselte er noch ein paar Sätze mit ihr.

»Und deine Schwester Livia Drusa – freut sie sich?« fragte Servilia, als er aufstand und gehen wollte.

Drusus blieb wie angewurzelt stehen. »Sie freut sich sehr«, sagte er, und dann fügte er ohne weitere Überlegung hinzu: »Leider fühlt sie sich im Moment nicht wohl.«

»Oh, das tut mir leid! Sag ihr bitte, daß ich sie besuchen komme. Wir werden Schwägerinnen sein, und das gleich doppelt, aber mir wäre es noch lieber, wenn wir Freundinnen sein könnten.«

Er lächelte. »Ich danke dir.«

Caepio wartete ungeduldig im Arbeitszimmer seines Vaters.

»Ich bin hoch erfreut«, sagte Drusus, während er sich setzte. »Deine Schwester ist entzückt von der Verbindung.«

»Ich habe dir ja gesagt, daß sie dich sehr gern hat«, meinte Caepio. »Aber wie hat Livia Drusa die Neuigkeiten aufgenommen?«

Nun war Drusus vorbereitet. »Sie hat sich sehr gefreut«, log er. »Unglücklicherweise liegt sie mit Fieber zu Bett. Der Arzt war schon da. Er ist ein wenig besorgt. Anscheinend gibt es Komplikationen, und er befürchtet, es könnte ansteckend sein.«

»Ihr Götter!« rief Caepio und wurde blaß.

»Nun, es wird schon nicht so schlimm sein«, beruhigte Drusus ihn. »Du magst sie sehr, Quintus Servilius, nicht wahr?«

»Mein Vater meint, ich könnte keine Bessere wählen. Mein Vater sagt, daß ich einen ausgezeichneten Geschmack habe. Hast du ihm erzählt, wie gern ich sie habe?«

»Ja.« Drusus lächelte. »Es war schon seit einigen Jahren ziemlich deutlich, weißt du.«

»Ich habe heute einen Brief von meinem Vater bekommen. Er schreibt, daß Livia sowohl reich sei als auch von hohem Rang. Und er findet sie nett.«

»Nun, sobald es ihr wieder besser geht, werden wir zusammen essen und über die Hochzeit sprechen. Anfang Mai wäre gut, hm? Vor der Unglückszeit.« Er stand auf. »Ich kann leider nicht länger bleiben, Quintus Servilius. Ich muß nach meiner Schwester sehen.«

Sowohl Caepio als auch Drusus waren gewählte Militärtribunen und würden mit Gnaeus Mallius Maximus nach Gallia Transalpina ziehen. Doch während Sextus Caesar nicht einmal für die Hochzeit seines Bruders Urlaub bekommen hatte, waren Caepio und Drusus noch gar nicht einberufen worden. Rang, Reichtum und die richtigen politischen Ansichten machten sich eben bezahlt. Drusus sah keine Schwierigkeiten für eine Doppelhochzeit Anfang März, obwohl die beiden Bräutigame dann schon mit militärischen Angelegenheiten beschäftigt sein würden, und selbst wenn die Armee zu dieser Zeit bereits auf dem Weg nach Gallien sein sollte, würde es keine Probleme geben – sie konnten sie jederzeit einholen.

Drusus ordnete an, weder Caepio noch Servilia zu seiner Schwester zu lassen. Außerdem sollte sie bis auf weiteres nur noch ungesäuertes Brot und Wasser erhalten. Fünf Tage lang suchte er sie nicht auf, dann ließ er sie in sein Arbeitszimmer bringen.

Sie kam auf etwas unsicheren Füßen, die Haare durcheinander, und blinzelte in der ungewohnten Helligkeit. Ihren Augen sah man an, daß sie kaum geschlafen hatte, aber Spuren langen Weinens konnte ihr Bruder nicht an ihr entdecken. Ihre Hände zitterten, ebenso ihre Lippen, und die Unterlippe war zerbissen.

»Setz dich«, sagte Drusus knapp.

Sie setzte sich.

»Wie denkst du inzwischen über die Heirat mit Quintus Servilius?«

Sie begann am ganzen Körper zu zittern, alle Farbe wich aus ihrem Gesicht. »Will nicht«, sagte sie.

Ihr Bruder beugte sich nach vorn. »Livia Drusa, ich bin das Oberhaupt unserer Familie. Ich habe uneingeschränkte Gewalt über dein Leben, ich habe sogar Gewalt über deinen Tod. Zufällig mag ich dich sehr. Das bedeutet, daß ich dich nur ungern verletze, es bekümmert mich, dich leiden zu sehen. Doch wir sind beide Römer. Das bedeutet alles für mich. Es bedeutet mir mehr, als du mir bedeutest. Mehr als irgend jemand mir je bedeuten kann! Es tut mir leid, daß du meinen Freund Quintus Servilius nicht magst. Aber du wirst ihn heiraten. Als Römerin hast du mir zu gehorchen. Quintus Servilius ist der Mann, den unser Vater für dich ausgesucht hat, ebenso wie sein Vater Servilia Caepionis als Ehefrau für mich ausgesucht hat. Eine Zeitlang wollte ich mir eine Frau meiner Wahl nehmen, aber die Ereignisse haben bewiesen, daß mein Vater – möge sein Schatten in Frieden wandeln – klüger war als ich. Außerdem müssen wir an die Schande denken, die unsere Mutter über uns gebracht hat. Ihr hast du es zu verdanken, daß eine besondere Verantwortung auf dir lastet. Nichts, was du sagst oder tust, darf den Gedanken erlauben, ihr Makel könnte auch an dir zu finden sein.«

Livia Drusa holte tief Atem und wiederholte, stärker zitternd: »Will nicht!«

»Was du willst, spielt keine Rolle«, entgegnete Drusus streng. »Wer bist du denn, Livia Drusa, daß du glaubst, deine Wünsche seien wichtiger als die Ehre oder die Stellung der Familie? Du hast die Entscheidung zwischen Quintus Servilius oder gar keiner Heirat. Wenn du hartnäckig bleibst, wirst du niemals heiraten. Du wirst dein Schlafzimmer nicht mehr verlassen, solange du lebst, es wird für dich keine Gesellschaft und keine Zerstreuung geben, nie mehr.« Seine Augen starrten sie an wie zwei kalte, schwarze Steine, ohne jedes Gefühl. »Ich meine, was ich sage, Schwester. Keine Bücher, kein Papier, kein Essen außer Wasser und Brot, kein Bad, kein Spiegel, keine Sklavin, keine sauberen Kleider, kein frisches Bettzeug, kein Kohlenbecken im Winter, keine warmen Decken, keine Schuhe, keine Gürtel oder Bänder, mit denen du dich aufhängen könntest, keine Scheren, mit denen du dir die Nägel oder die Haare schneiden könntest, keine Messer, mit denen du dich erstechen könntest – und falls du das Essen verweigerst, werde ich dich gewaltsam füttern lassen.«

Er schnalzte mit den Fingern. Der Verwalter erschien mit einer Eilfertigkeit, die vermuten ließ, daß er gelauscht hatte. »Bring meine Schwester zurück in ihr Zimmer. Morgen früh, bevor ich meine Klienten empfange, möchte ich sie noch einmal sprechen.«

Der Verwalter mußte ihr auf die Füße helfen und geleitete sie zur Tür.

»Morgen früh erwarte ich deine Antwort«, sagte Drusus.

Wortlos führte der Verwalter Livia in ihre Kammer, schloß die Tür und verriegelte sie.

Die Dämmerung brach herein. Livia Drusa wußte, daß sie in zwei Stunden von der schwarzen Leere einer langen Winternacht umgeben sein würde. Bis jetzt hatte sie nicht geweint. Die Gewißheit, im Recht zu sein, und eine grenzenlose Empörung hatten sie die ersten drei Tage und Nächte aufrechtgehalten. Danach hatte sie Trost aus den Geschichten geschöpft, die sie über die Leiden und Nöte ihrer Heldinnen gelesen hatte. An der Spitze stand natürlich Penelope, die zwanzig Jahre auf ihren Gatten gewartet hatte, und dann war da noch Danae, die von ihrem Vater in ihrem Schlafzimmer eingesperrt wurde, und Ariadne, die Theseus auf Naxos zurückgelassen hatte ... stets hatte es ein glückliches Ende gegeben. Odysseus war nach Hause gekommen, Perseus wurde geboren und Ariadne sogar von einem Gott gerettet ...

Doch durch die Worte ihres Bruders, die immer noch in ihr nachhallten, wurde ihr allmählich der Unterschied zwischen Literatur und Realität bewußt. Literatur war kein Abbild oder Echo des wahren Lebens, sie sollte das Leben eine Weile ausschließen, die Gedanken vom Alltäglichen befreien, den Geist entspannen in einer Welt berauschender Sprache, lebhaft beschriebener Bilder, großartiger und mitreißender Ideen. Im wahren Leben wäre Penelope vergewaltigt und zur Heirat gezwungen worden. Ihren Sohn hätte man ermordet, und Odysseus wäre niemals heimgekehrt. Danae und ihr Neugeborenes wären in der Truhe auf dem Meer getrieben und schließlich ertrunken. Und Ariadne wäre von Theseus geschwängert worden, dann hätte er sie verlassen, und sie wäre bei der einsamen Geburt gestorben ...

Würde Zeus in einem goldenen Regen erscheinen, um die lebenslange Gefangenschaft der modernen Römerin Livia Drusa zu erhellen? Würde Dionysos mit seinem von Leoparden gezogenen Streitwagen in ihre kalte Schlafkammer fahren? Oder würde Odysseus seinen Bogen spannen und ihren Bruder und Caepio mit demselben Pfeil töten, mit dem er die sieben Axtschäfte durchbohrt hatte? Nein! Natürlich nicht! Sie alle hatten vor über tausend Jahren gelebt – wenn es sie überhaupt gegeben hatte, wenn sie nicht nur in den unauslöschlichen Zeilen eines großen Dichters existierten.

Insgeheim hatte sie sich an den Gedanken geklammert, daß der rothaarige Held auf Ahenobarbus' Balkon von ihrer Bedrängnis hören, durch das Gitter ihres Gefängnisses eindringen und sie auf eine verzauberte Insel im Meer bringen würde. Sie hatte die entsetzlichen Stunden fortgeträumt und sich ihren Retter vorgestellt, dem Odysseus so ähnlich, so groß, so klug, so erfinderisch und so tapfer wie Odysseus. Das Haus des Marcus Livius Drusus wäre kein Hindernis für ihn, wenn er hörte, daß sie hier gefangengehalten wurde!

Aber in dieser Nacht war es anders. Diese Nacht war der wahre Beginn einer Gefangenschaft, die kein glückliches Ende haben würde. Wer wußte denn schon, daß sie gefangen war, außer ihrem Bruder und seinen Sklaven? Und welcher Sklave würde es wagen, sich den Befehlen ihres Bruders zu widersetzen? Wessen Mitleid könnte die Furcht vor Marcus Livius überwiegen? Ihr Bruder war kein grausamer Mensch, aber er war strikten Gehorsam gewohnt. Sie war ihm genauso unterworfen wie die Sklaven und die Hunde, die er in seiner Jagdhütte in Umbrien hielt. Sein Wort war ihr Gesetz, seine Wünsche ihr Befehl. Was sie selbst wollte, war bedeutungslos und existierte nicht außerhalb ihrer Gedanken.

Sie fühlte ein Brennen in ihrem linken Auge und dann eine heiße Spur auf der linken Wange. Etwas tropfte auf ihren Handrücken. Das rechte Auge begann zu brennen, und eine Träne lief die andere Wange herunter. Die Tränen fielen häufiger, wie bei einem kurzen Sommerregen, der mit einzelnen Tropfen beginnt und dann immer stärker wird. Livia Drusa weinte, denn ihr Herz brach. Sie wiegte sich vor und zurück, wischte sich die nassen Augen, putzte sich die Nase und weinte wieder. Sie weinte viele Stunden lang, allein mit ihrem Schmerz, gefangen durch den Wunsch ihres Bruders und ihre Weigerung, ihm zu gehorchen.

Doch als der Verwalter am nächsten Morgen die Tür entriegelte, saß sie gefaßt und ruhig auf der Bettkante. Sie ging vor ihm aus dem Raum und durchquerte das prächtige Atrium auf dem Weg zum Arbeitszimmer ihres Bruders.

»Nun?« fragte Drusus.

»Ich werde Quintus Servilius heiraten«, sagte sie.

»Gut, aber ich werde noch mehr von dir verlangen, Livia Drusa.«

»Ich werde mich bemühen, dir in allem zu gefallen, Marcus Livius«, erwiderte sie ruhig.

»Gut.« Er schnalzte mit den Fingern, der Verwalter erschien

sofort. »Schicke heißen, gesüßten Wein in das Wohnzimmer von Livia Drusa. Und sage ihrer Dienerin, sie soll ein Bad vorbereiten.«

»Ich danke dir.« Sie war sehr blaß.

»Es ist mir ein aufrichtiges Vergnügen, dich glücklich zu machen, Livia Drusa – solange du dich wie eine wohlerzogene Römerin verhältst und tust, was man von dir verlangt. Ich erwarte, daß du dich Quintus Servilius gegenüber so benimmst wie jede junge Frau, die sich über ihre Verlobung freut. Du wirst ihm diese Freude zeigen, und du wirst ihm mit unerschütterlicher Achtung, mit Respekt, Interesse und Anteilnahme begegnen. Niemals – auch nicht in der Zurückgezogenheit eures Schlafgemachs – wirst du ihm auch nur den leisesten Hinweis geben, daß er nicht der Gatte deiner Wahl ist. Hast du verstanden?« fragte er streng.

»Ich habe verstanden, Marcus Livius«, sagte sie.

»Komm mit.«

Er nahm sie mit in das Atrium. An einer Wand war ein kleiner Schrein für die Hausgötter, die Laren und Penaten, angebracht. Auf beiden Seiten standen kleine Tempel mit den *imagines* der berühmten Vorfahren von Livius Drusus. Und hier ließ Drusus seine Schwester einen furchtbaren Eid bei den schrecklichen römischen Göttern schwören. Diese Götter hatten keine Statuen, keine Mythen, keine menschlichen Züge, weder männliche noch weibliche, sie waren Verkörperungen geistiger Eigenschaften. Bei diesen Göttern schwor Livia Drusa, daß sie dem jungen Quintus Servilius Caepio eine warmherzige, liebende Gattin sein würde.

Nachdem sie geschworen hatte, entließ er sie in ihr Wohnzimmer, wo der heiße, mit Honig gesüßte Wein und Honigkuchen für sie bereitstanden. Sie trank ein paar Schlucke und spürte sofort die wohltuende Wirkung. Doch essen konnte sie nicht, ihre Kehle war wie zugeschnürt. Sie schob die Honigkuchen zur Seite, lächelte ihre Sklavin an und erhob sich.

»Ich möchte mein Bad«, sagte sie.

An diesem Nachmittag kamen Quintus Servilius Caepio und seine Schwester Servilia Caepionis zum Essen. Sie saßen mit Marcus Livius Drusus und Livia Drusa zusammen und sprachen über die geplanten Hochzeiten. Livia Drusa gehorchte ihrem Eid, doch sie dankte allen Göttern, daß man in ihrer Familie nur selten lächelte. Niemand fand es seltsam, sie so ernst zu sehen, alle waren ernst. Mit leiser Stimme und interessiert unterhielt sie sich mit Caepio, während ihr Bruder mit Servilia Caepionis sprach, und ganz allmählich schwanden Caepios Befürchtungen. Wie hatte er jemals zweifeln können, daß Livia Drusa ihn mochte? Sie wirkte etwas matt von ihrer Krankheit, doch die sanfte Freude, mit der sie Marcus Livius' Pläne für eine Doppelhochzeit begrüßte, war eindeutig. Marcus wollte die Hochzeit Anfang Mai feiern, bevor Gnaeus Mallius Maximus seinen Marsch über die Alpen begann.

Vor der Unglückszeit. Für mich wird immer Unglückszeit sein, dachte Livia Drusa. Aber sie sprach es nicht aus.

Im Juni schrieb Publius Rutilius Rufus einen langen Brief an Gaius Marius. Die Nachricht von Jugurthas Gefangennahme war zu dieser Zeit noch nicht nach Rom gedrungen.

*Wir hatten einen harten Winter, und der Frühling brachte Angst und Schrecken. Die Germanen sind auf dem Weg, sie ziehen entlang der Rhône nach Süden. Wir erhielten dringliche Schreiben von unseren gallischen Verbündeten, den Häduern. Sie berichteten, daß ihre ungebetenen Gäste, die Germanen, weiterziehen wollten. Im April kam dann die erste Abordnung und erzählte, wie die Germanen die Kornspeicher der Häduer und der Ambarrer geplündert hatten. Die Gallier glaubten jedoch, Spanien sei Ziel der Germanen, und einige Senatoren, die die Bedrohung herunterspielen wollten, haben diese Neuigkeiten gleich verbreitet.*

*Zum Glück gehören Scaurus und Gnaeus Domitius Ahenobarbus nicht zu dieser Sorte. Kurz nachdem Gnaeus Mallius und ich unsere Ämter als Konsuln übernommen hatten, bildete sich im Senat eine starke Fraktion, die darauf drängte, eine schlagkräftige Armee für Notfälle zu rekrutieren. Gnaeus Mallius wurde beauftragt, sechs neue Legionen aufzustellen.*

Rutilius Rufus verkrampfte sich, als hätte er eine der heftigen Reden von Gaius Marius abzuwehren, und lächelte reuevoll.

*Ja, ja, ich weiß! Zügle Dein Temperament, Gaius Marius, und laß mich die Sache erklären, bevor Du anfängst, auf meinem armen Kopf herumzutanzen! Es wäre eigentlich mein Recht gewesen, diese neue Armee aufzustellen und zu kommandieren, dessen bin ich mir wohl bewußt. Ich bin der erste Konsul, ich habe eine lange und sehr erfolgreiche militärische Laufbahn hinter mir. Seit mein Handbuch für die Ausbildung der Soldaten veröffentlicht wurde, bin ich sogar fast so etwas wie eine Berühmtheit. Mein Mitkonsul Gnaeus Mallius hingegen hat so gut wie keine Erfahrung.*

*Nun, es liegt vor allem an Dir! Meine Verbindung zu Dir ist allgemein bekannt, und Deine Feinde im Senat würden Rom lieber in einer germanischen Flutwelle ertrinken lassen, als Dich oder einen Deiner Anhänger zu Hilfe zu rufen. Also hat sich Metellus Schweinebacke Numidicus stark gemacht und eine großartige Rede geschwungen. Er meinte, ich sei viel zu alt, ich könne keine Armee mehr führen. Meine unleugbaren Talente würden besser genutzt, wenn ich in Rom bliebe und regierte. Sie folgten ihm wie Schafe, die zur Schlachtbank geführt werden, und erließen alle notwendigen Anordnungen. Ich höre Dich fragen, warum ich nichts dagegen unternommen habe. Nun, Gaius Marius, ich bin nicht wie Du! Ich habe nun einmal nicht diesen zerstörerischen Haß auf sie und auch nicht Deine unermüdliche Energie. Also ließ ich es damit bewenden, daß ich darauf bestand, Gnaeus Mallius ein paar fähige und erfahrene Legaten zur Seite zu stellen. Zumindest das wurde beschlossen. Er hat Marcus Aurelius Scaurus zur Unterstützung – ja, Du hast richtig gelesen, Aurelius, nicht Aemilius. Außer dem* cognomen *hat er nichts mit dem ehrenwerten Senatsvorsitzenden gemeinsam. Aber ich vermute, daß seine militärischen Fähigkeiten weit besser sind als die des berühmten Scaurus. Zumindest hoffe ich es für Rom und Gnaeus Mallius!*

*Alles in allem hat Gnaeus Mallius seine Sache bis jetzt ganz gut gemacht. Er hat nach dem Vorbild Deiner africanischen Armee eine Proletarierarmee rekrutiert. Im April erhielten wir die Nachricht, daß die Germanen südwärts ziehen, und da hatte Gnaeus Mallius bereits sechs Legionen aufgestellt, alles römische oder italische* capite censi. *Dann kam eine Abordnung der Häduer, und zum ersten Mal hörten wir genauere Zahlen über diese Völkerwanderung. Die 250 000 Germanen, die Lucius Cassius in Aquitanien geschlagen haben, sind höchstens ein Drittel. Die Häduer sagen, daß ungefähr 800 000 germanische Krieger, Frauen und Kinder auf dem Weg zur Mittelmeerküste sind. Unvorstellbar, nicht wahr?*

*Der Senat gab Gnaeus Mallius die Befugnis, vier weitere Legionen aufzustellen, insgesamt also zehn Legionen und 5 000 Reiter. Die Nachricht von der riesigen Zahl der Germanen hat sich natürlich in Windeseile in ganz Italien verbreitet, obwohl der Senat beschwichtigte, wo er nur konnte. Überall herrschen Angst und Schrecken, vor allem, weil wir bis jetzt noch keine einzige Schlacht gegen die Germanen gewonnen haben. Seit Carbo haben wir nur Niederlagen erlebt. Immer mehr Leute, vor allem einfache Leute, werden ungeduldig. Sie glauben uns nicht mehr, daß sechs gute römische Legionen ohne weiteres eine viertel Million undisziplinierter Barbaren besiegen könnten, sondern halten diese Behauptung für pure* merda. *Ich sage Dir, Gaius Marius, ganz Italien hat Angst, und ich zumindest kann Italien verstehen.*

*Einige unserer italischen Verbündeten haben ihre Haltung geändert und stellen nun freiwillig Truppen zur Verfügung – aufgrund dieser Bedrohung, nehme ich an. Die Samniten haben eine Legion leichtbewaffneter Fußsoldaten geschickt, die Marser eine wundervolle Legion Fußsoldaten, die alle nach römischem Standard ausgerüstet sind, und dann ist da noch eine gemischte Hilfslegion mit Männern aus Umbrien, Etrurien und Picenum. Du kannst Dir vorstellen, wie zufrieden unsere Senatoren sind – immerhin werden drei der vier zusätzlichen Legionen von den italischen Verbündeten bezahlt und unterhalten.*

*Alles schön und gut. Aber es gibt auch große Schwierigkeiten. Wir haben einfach nicht mehr genug Zenturionen, und das bedeutet, daß keine der neu verpflichteten Truppen eine gründliche Einweisung erhalten hat. Die eine zusätzliche Freiwilligenlegion ist nur so zusammengestückelt und hat keine Ahnung von Kriegführung. Gnaeus Mallius ist dem Vorschlag seines Legaten Aurelius gefolgt und hat die erfahrenen Zenturionen auf seine sieben Legionen verteilt. Also haben wir nun in jeder Legion ungefähr vierzig Prozent kampferfahrene Zenturionen. Militärtribunen hin oder her, ich muß Dir nicht erklären, daß es die Zenturionen sind, die die Kohorten zusammenhalten.*

*Offen gesagt, ich fürchte, daß Gnaeus Mallius scheitern wird. Er ist kein schlechter Mann, doch ich bezweifle stark, daß er den Germanen gewachsen ist. Er selbst hat während einer Senatssitzung Ende Mai gesagt, er könne nicht garantieren, daß jeder Mann in seiner Armee wisse, was er auf dem Schlachtfeld zu tun habe! Es gibt immer Männer in einer Armee, die nicht wissen, was sie auf dem Schlachtfeld tun sollen. Aber man stellt sich doch nicht vor den Senat und sagt es laut und deutlich!*

*Und was tat der Senat? Er sandte einen Befehl an Quintus Caepio in Narbo, er solle sich mit seiner Armee in Marsch setzen und sich an der Rhône mit den Truppen von Gnaeus Mallius vereinigen. Dieses eine Mal zögerte der Senat nicht – ein berittener Kurier überbrachte die Nachricht in weniger als zwei Wochen. Und Quintus Caepio zögerte nicht zu antworten. Gestern kam seine Erwiderung, und was für eine!*

*Natürlich enthielt die Botschaft des Senats auch die Anweisung an Quintus Servilius, sich dem Oberbefehl des diesjährigen Konsuls Gnaeus Mallius zu unterstellen. Alles ganz normal und üblich. Der Konsul des letzten Jahres kann prokonsularische Befugnisse haben, doch der amtierende Konsul hat den Oberbefehl.*

*Aber Quintus Caepio war entschieden anderer Meinung! Wie sei der Senat nur auf die Idee gekommen, daß er, ein Patrizier aus dem Hause Servilius, ein Nachfahre des großen Gaius Servilius Ahala, des Retters von Rom, sich einem Emporkömmling unterordnen werde? Einem Mann, der nicht einmal eine einzige Wachsmaske in seinem Ahnenschrein habe? Einem Mann, der nur zum Konsul gewählt worden sei, weil niemand von besserer Abkunft zur Verfügung gestanden habe? Letztes Jahr, dem Jahr seiner eigenen Wahl, sei das Aufgebot an Bewerbern respektabel gewesen, doch in diesem Jahr habe es nur zu einem alten, nicht sehr vornehmen Konsul gereicht – damit bin ich gemeint – und zu einem überheblichen Emporkömmling – Gnaeus Mallius. Also, schloß Quintus Caepio, werde er sich sofort auf den Weg zur Rhône machen. Dort erwarte er, einen Kurier des Senats vorzufinden mit der Nachricht, daß man ihm, Quintus Caepio, den Oberbefehl über das Unternehmen übertragen habe. Wenn Gnaeus Mallius ihm unterstellt sei, so Quintus Caepio, werde alles einwandfrei klappen.*

Rutilius Rufus' Hand begann zu schmerzen. Er legte den roten Stift mit einem Seufzer nieder und massierte sich die Finger. Seine Augenlider wurden schwer, und dann fiel sein Kopf nach vorne – er hielt ein Nickerchen. Als er nach einer Weile mit einem Ruck wieder erwachte, fühlte er sich besser und schrieb weiter.

*Was für ein langer Brief! Doch niemand sonst wird Dir so genau berichten, was sich ereignet hat, und es ist wichtig, daß Du Bescheid weißt. Quintus Caepios Brief war an den Senatsvorsitzenden Scaurus gerichtet, nicht an mich. Und Du kennst ja unseren geliebten Marcus Aemilius Scaurus! Er las den ganzen schrecklichen Brief dem Senat vor, mit allen Zeichen größter Freude. Er hat es sichtlich genossen! Na, das war eine Aufregung im Senat. Rote Gesichter, fuchtelnde Fäuste, Gnaeus Mallius und Metellus Schweinebacke*

*Numidicus gerieten sich so in die Haare, daß ich die Liktoren aus der Vorhalle herbeirufen ließ – was Scaurus überhaupt nicht paßte. Oh, welch ein Tag, beim Mars! Schade, daß wir die ganze heiße Luft nicht in Flaschen füllen und die Germanen damit einfach wegpusten können. Die giftigste Waffe, die Rom zu bieten hat!*

*Das Ergebnis dieser bewegten Sitzung war, daß tatsächlich ein berittener Kurier am Ufer der Rhône auf Quintus Caepio warten wird – mit genau den Befehlen, die bereits in der ersten Botschaft standen. Quintus Caepio hat sich dem Oberbefehl des rechtmäßig gewählten Konsuls, Gnaeus Mallius Maximus, zu unterstellen. Warum mußte sich dieser Narr ausgerechnet einen* cognomen *wie Maximus aussuchen? Das ist ein bißchen so, als würdest Du Dir selbst einen Graskranz verleihen, nachdem Deine Männer Dir das Leben gerettet haben.*

*Und ich fühle mich wie ein Schlachtpferd auf der Weide. Es juckt mich in allen Fingern, an Gnaeus Mallius' Stelle zu sein. Statt dessen bin ich mit weltbewegenden Fragen geplagt wie: Können wir es uns leisten, den staatlichen Kornspeichern dieses Jahr einen neuen Innenanstrich zu geben, nachdem wir sieben Legionen auszurüsten hatten? Kannst Du Dir vorstellen, daß der Senat acht Tage über diese Frage beraten hat, während ganz Rom vor den Germanen zittert? Manchmal könnte man aus der Haut fahren!*

*Aber ich habe eine Idee, und ich werde sie in die Tat umsetzen, ob wir siegen oder verlieren in Gallien. Auch wenn nicht ein Mann in ganz Italien übrigbleibt, den man nur den Schuhabstreifer eines Zenturios nennen könnte, ich werde Ausbilder für Drill- und Kampfübungen von den Gladiatorenschulen holen. In Capua gibt es hervorragende Gladiatorenschulen. Wenn man bedenkt, daß Capua ohnehin als Lager für alle neu angeworbenen Truppen dient, kann man es doch gar nicht bequemer haben. Und wenn Lucius Gernegroß dann nicht mehr genug Gladiatoren bekommt für eine gute Vorstellung zum Begräbnis seines Großvaters – Pech für ihn! Rom braucht die Gladiatoren dringender als Lucius Gernegroß, denke ich! Aus meinem Plan kannst Du schon ersehen, daß ich weiterhin Besitzlose rekrutieren will.*

*Ich werde Dich auf dem laufenden halten. Wie geht es im Land der Lotusesser, der Sirenen und verzauberten Inseln? Hast Du Jugurtha immer noch nicht in Fußeisen gelegt? Nun, es wird bestimmt nicht mehr lange dauern, das wette ich. Metellus Schweinebacke Numidicus ist gerade ein wenig unentschlossen, ob er sich nun ganz der Hatz auf Dich oder auf Gnaeus Mallius widmen soll. Er hielt natürlich eine großartige Rede und unterstützte Quintus Caepio Ernennung zum Oberbefehlshaber. Es war mir ein außerordentliches Vergnügen, seine Sache mit ein paar gezielten Spitzen zu Fall zu bringen.*

*Bei den Göttern, Gaius Marius, sie ermüden mich! Sie blasen sich mit den Heldentaten ihrer Vorfahren auf, während Rom so dringend ein lebendes militärisches Genie braucht! Beeil Dich und komm heim, ja? Wir brauchen Dich. Ich kann nicht allein mit dem ganzen Senat fertig werden, es geht über meine Kräfte.*

Der Brief hatte noch ein Postskriptum:

*Es gab übrigens ein paar merkwürdige Vorfälle in der Campania. Ich weiß nicht, wie es dazu kam, aber es gefällt mir nicht. Anfang März brach ein Sklavenaufstand in Nuceria los. Nichts Großes, er wurde ohne Schwierigkeiten niedergeschlagen. Doch vor drei Tagen brachen weitere Unruhen aus, dieses Mal in einem großen Lager außerhalb von Capua. In dem Lager befanden sich männliche Sklaven der unteren Klasse, die für Arbeiten auf den Werften, in Steinbrüchen oder in Tretmühlen bestimmt waren. Beinahe zweihundertfünfzig Sklaven beteiligten sich. Der Aufstand wurde im Keim erstickt, da außerhalb von Capua einige neu rekrutierte Kohorten stationiert waren. Ungefähr fünfzig Aufrührer wurden im Kampf getötet, der Rest auf der Stelle hingerichtet. Dennoch, es gefällt mir nicht, Gaius Marius. Es ist ein Omen. Die Götter sind gegen uns, ich spüre es in meinen Knochen.*

Und ein zweites Postskriptum:

*Ich habe noch eine traurige Nachricht für Dich, Gaius Marius, von der ich selbst eben erst erfahren habe. Dein geliebter Schwiegervater, Gaius Julius Caesar, ist heute nachmittag gestorben. Wie Du weißt, litt er an einer bösartigen Geschwulst in der Kehle. Heute nachmittag hat er sich in sein eigenes Schwert gestürzt. Ich bin sicher, Du stimmst mir zu, daß er den besten Weg gewählt hat. Kein Mann sollte weiterleben, wenn er seienm Lieben zur Last fällt, vor allem, wenn er nicht mehr in* dignitas *und menschlicher Würde leben kann. Gibt es einen unter uns, der lieber leben als sterben würde, wenn er in seinen Exkrementen liegen oder sich von einem*

*Sklaven die Exkremente abwischen lassen müßte? Nein, wenn ein Mann keine Gewalt mehr über seinen Darm oder über seinen Magen hat, ist es Zeit, Schluß zu machen. Ich glaube, Gaius Julius wäre früher gegangen, wenn er sich nicht um seinen jüngeren Sohn gesorgt hätte. Aber kürzlich hat sein Sohn geheiratet. Ich habe Gaius Julius vor zwei Tagen besucht, und er hat mir durch dieses würgende Ding in seiner Kehle hindurch zugeflüstert, daß die schöne Aurelia – mein Liebling, wie ich zugeben muß – die richtige Frau für seinen Sohn sei. Und so heißt es:* ave atque vale, *Gaius Julius Caesar.*

In den letzten Junitagen machte sich der Konsul Gnaeus Mallius Maximus auf den langen Marsch nach Nordwesten. Seine beiden Söhne waren seinem persönlichen Stab zugeteilt, die vierundzwanzig gewählten Militärtribunen wurden auf die sieben der insgesamt zehn Legionen verteilt, die Rom gestellt hatte und unterhielt. Sextus Julius Caesar, Marcus Livius Drusus und der junge Quintus Servilius Caepio marschierten mit ihm, Quintus Sertorius diente als stellvertretender Militärtribun. Von den drei Legionen der italischen Verbündeten waren die Marser am besten ausgebildet und am kampffreudigsten – darin übertrafen sie sogar die Römer. Befehligt wurden die Marser von dem fünfundzwanzigjährigen Sohn eines marsischen Adligen, Quintus Poppaedius Silo, der natürlich der Aufsicht eines römischen Legaten unterstellt war.

Mallius Maximus hatte darauf bestanden, Kornvorräte für zwei Monate mitzunehmen, und so war der Troß ungeheuer groß und kam nur sehr langsam voran. Nach sechzehn Tagen hatte das Heer noch nicht einmal den umbrischen Ort Fanum Fortunae am adriatischen Meer erreicht. Der Legat Aurelius mußte lange auf Mallius Maximus einreden, bis dieser sich entschloß, mit neun Legionen, der Kavallerie und leichter Ausrüstung vorauszuziehen. Bis zur Rhône würden die Truppen schon nicht verhungern. Eine Legion bewachte den Troß und kam langsam hinterher.

Quintus Servilius Caepio hatte den kürzeren Weg auf leichterem Gelände und erreichte den riesigen Fluß lange vor Mallius Maximus. Er führte nur sieben seiner acht Legionen mit sich und keine Kavallerie. Die achte Legion hatte er auf dem Seeweg nach Hispania Citerior gesandt und die Kavallerie als unnötige Ausgabe schon im Jahr zuvor aufgelöst. Trotz der Befehle vom Senat und trotz des Drängens seiner Legaten wollte er in Narbo unbedingt noch einen wichtigen Brief aus Smyrna abwarten. Seine Laune war ausgesprochen schlecht – wenn er nicht gerade über die Langsamkeit der Verbindung mit Smyrna klagte, beschwerte er sich über die Taktlosigkeit des Senats, der ihn unter den Oberbefehl einer Laus wie Mallius Maximus stellen wollte. Am Ende mußte er ohne seinen Brief marschieren. Natürlich ließ er ausführliche Anordnungen zurück, auf welchem Weg ihm der Brief unverzüglich nachzusenden sei.

Trotz dieser Verzögerungen erreichte Caepio den Zielort lange vor Mallius Maximus. In Nemausus, einer kleinen Handelsstadt im Rhônedelta, wurden ihm von einem Kurier des Senats die neuen Befehle ausgehändigt.

Nicht im Traum war es Caepio in den Sinn gekommen, sein Brief an die Senatoren könnte nicht die gewünschte Wirkung zeigen. Als er nun die Antwort gelesen hatte, tobte er. Unmöglich! Unerträglich! Er, ein Patrizier aus dem Hause Servilius, sollte den Launen des Emporkömmlings Mallius Maximus unterworfen sein? Niemals!

Die römischen Kundschafter meldeten, daß die Germanen südwärts durch das Gebiet der Allobroger zogen. Die Allobroger waren unversöhnliche Feinde Roms, doch nun befanden sie sich in einer Zwickmühle – die Römer waren zwar Feinde, doch man kannte sie, während die Germanen eine unbekannte Gefahr darstellten. Und die Druiden machten bereits seit zwei Jahren jedem Stamm klar, daß es in Gallien kein Land für die Germanen gab. Die Allobroger hatten nicht vor, einen Teil ihres Gebietes an die Germanen abzutreten, die ihnen zahlenmäßig so weit überlegen waren. Außerdem hatten sie von den Häduern und den Ambarrern gehört, was für Verwüstungen die Germanen bei ihnen angerichtet hatten. So verschanzten sich die Allobroger in den Ausläufern ihrer geliebten Alpen und setzten den Germanen zu, wo immer sie konnten.

Ende Juni stießen die Germanen nördlich des Handelspostens Vienna in die römische Provinz Gallia Transalpina vor und zogen von dort ungehindert weiter – eine unübersehbare Masse, bestehend aus achthunderttausend Menschen, die sich die Rhône entlangwälzte. Dabei blieben sie auf dem Ostufer, denn hier waren die Ebenen weiter und sicherer und Angriffe der wilden Hochlandstämme Galliens unwahrscheinlicher.

Nachdem Caepio davon erfahren hatte, verließ er die Via Domitia bei Nemausus. Anstatt die Sümpfe des Rhônedeltas auf dem langen Damm zu überqueren, den Ahenobarbus gebaut hatte, zog er am Westufer der Rhône entlang und hatte so den Fluß zwischen sich und den Germanen. Es war inzwischen Mitte des Monats Sextilis.

Von Nemausus aus hatte Caepio einen Eilkurier mit einem neuen Brief an Scaurus nach Rom geschickt. Er erklärte, daß er keine Befehle von Mallius Maximus entgegennehmen werde, und damit Schluß. Der einzige Weg, den er danach einschlagen konnte, war der am Westufer der Rhône.

Am Ostufer der Rhône, ungefähr vierzig Meilen nördlich von dem Punkt, an dem die Via Domitia die Rhône überquerte, befand sich eine römische Handelsstadt von einiger Bedeutung, ihr Name war Arausio. Am Westufer, zehn Meilen nördlich von Arausio, ließ Caepio ein Lager für seine vierzigtausend Soldaten und seine fünfzehntausend Männer vom Troß errichten. Hier wartete er auf Mallius Maximus, der am anderen Ufer auftauchen sollte – und auf eine Antwort des Senats auf seinen letzten Brief.

Mallius Maximus kam Ende des Monats Sextilis, vor der Antwort des Senats. Er errichtete ein stark befestigtes Lager für fünfundfünfzigtausend Soldaten und dreißigtausend nichtkämpfende Männer direkt am Ufer der Rhône. Der Fluß war damit zugleich Teil der Verteidigungsanlage und Wasserreservoir.

Marcus Mallius betrachtete das Gebiet nördlich des Lagers als ideales Schlachtfeld, den Fluß als besten Schutzwall. Das war sein erster Fehler. Den zweiten beging er, als er die fünftausend Mann starke Kavallerie vom Lager abtrennte und dreißig Meilen nördlich stationierte. Der dritte Fehler bestand darin, daß er seinen fähigsten Legaten, Aurelius, als Kommandanten der Kavallerie abstellte. Alle diese Fehler ergaben sich aus Mallius Maximus' vermeintlich großartigem Plan. Aurelius und die Kavallerie sollten den Vormarsch der Germanen allein durch ihre Anwesenheit bremsen, denn Mallius Maximus wollte die Germanen mit römischer Waffentechnik einschüchtern, er wollte verhandeln, nicht kämpfen. Er wollte die Germanen dazu bewegen, sich freiwillig ins Innere Galliens zurückzuziehen.

Alle früheren Schlachten zwischen Germanen und Römern hatten die Römer begonnen, und zwar immer dann, wenn die Germanen Anstalten machten, das römische Territorium friedlich zu verlassen. So hegte Mallius Maximus große Hoffnungen für seinen Plan, und die Hoffnungen waren nicht ganz unbegründet.

Als erstes jedoch mußte er Caepio dazu bewegen, vom Westufer zum Ostufer überzusetzen. Mallius Maximus war immer noch aufgebracht über Caepios beleidigenden Brief, den Scaurus im Senat verlesen hatte. So fiel sein schriftlicher Befehl an Caepio denkbar knapp und unfreundlich aus: Setze über den Fluß und begib Dich in mein Lager, und zwar sofort! Er ließ die Botschaft von ein paar Ruderern über den Fluß bringen, das war der direkteste Weg.

Caepio gab den Ruderern seine Antwort gleich mit. In derselben eisigen Kürze schrieb er, daß er, ein Patrizier aus dem Hause Servilius von so einer Laus, wie ein anmaßender Händler es sei, keine Befehle entgegennehmen werde. Er werde bleiben, wo er sei, nämlich am Westufer.

Und so erging der nächste Befehl von Mallius Maximus:

*Als Dein Vorgesetzter wiederhole ich meinen Befehl: Laß Dich mit Deiner Armee sofort, ohne die geringste Verzögerung, über den Fluß setzen. Das ist meine letzte Anweisung. Solltest Du Dich weiterhin widersetzen, werde ich gerichtliche Schritte gegen Dich in Rom einleiten. Die Anklage wird auf Hochverrat lauten.*

Caepio antwortete in ähnlich kampflustigem Tonfall:

*Ich erkenne Dich nicht als Oberbefehlshaber an. Zögere nicht, mich wegen Hochverrat anzuklagen. Ich werde gegen Dich auf jeden Fall Anklage wegen Hochverrat erheben. Da wir beide wissen, wer gewinnen wird, fordere ich Dich auf, mir den Oberbefehl sofort zu übergeben.*

Die Antwort von Mallius Maximus stand dieser Aufforderung an Arroganz nicht nach. Und so ging es fort bis in die zweite Hälfte des Septembers. Dann kamen sechs Senatoren aus Rom an, vollkommen erschöpft von der langen und unbequemen Reise, die sie in höchster Eile unternommen hatten. Rutilius Rufus, der in Rom verbliebene Konsul, hatte seinen Plan, Senatoren zu Caepio und Mallius Maximus zu schicken, nach etlichen Mühen endlich durchsetzen können, aber Scaurus und Metellus Numidicus war es gelungen, der Abordnung die Zähne zu ziehen – kein Konsular befand sich unter den Senatoren, und keiner hatte nennenswerten politischen Einfluß. Der Ranghöchste war ein einfacher Prätor von niederem Adel, Rutilius Rufus' Schwager Marcus Aurelius Cotta. Zumindest Cotta hatte einige Stunden nach ihrer Ankunft begriffen, wie schwierig und verfahren die Lage war.

Cotta machte sich mit großem Schwung und einer Leidenschaft an die Arbeit, die ihm normalerweise fremd war. Er konzentrierte sich auf Caepio, aber Caepio blieb unzugänglich. Nach einem Besuch im Lager der Kavallerie, dreißig Meilen nördlich, ging Cotta mit doppelter Energie zu Werke, denn der Legat Aurelius hatte ihn auf Schleichwegen auf einen hohen Hügel geführt, von dem aus man die Spitze der heranrollenden Masse der Germanen sehen konnte.

Cotta schaute hinab und wurde blaß. »Ihr müßtet alle im Lager von Gnaeus Mallius sein«, sagte er.

»Wenn Gnaeus Mallius auf einen Kampf hinauswollte, ja«, antwortete Aurelius ganz ruhig. Er hatte den Vormarsch der Germanen seit Tagen beobachtet und war an den Anblick gewöhnt. »Gnaeus Mallius meint, wir könnten an frühere diplomatische Erfolge anschließen. In der Vergangenheit haben die Germanen nur gekämpft, wenn wir sie dazu gezwungen haben. Aber diesmal wollen wir nicht kämpfen. Und ich bin sicher, daß sie auch nicht anfangen werden. Ich habe ein paar fähige Übersetzer hier, und seit Tagen trichtere ich ihnen ein, was ich sagen will, wenn die Germanen ihre Häuptlinge zu uns schicken. Ich bin sicher, daß die Germanen verhandeln werden, wenn sie sehen, daß eine riesige römische Armee auf sie wartet.«

»Aber das wissen sie doch bestimmt!«

»Das bezweifle ich«, meinte Aurelius gelassen. »Sie rücken nicht in militärischer Ordnung vor. Ich bin mir nicht sicher, ob sie überhaupt wissen, was Kundschafter sind, jedenfalls haben sie noch nie welche ausgesandt. Sie ... wälzen sich einfach vorwärts!«

Cotta wandte sein Pferd um. »Ich muß sofort zurück zu Gnaeus Mallius. Wir müssen diesen starrköpfigen Idioten Caepio dazu bewegen, über den Fluß zu setzen. Dort drüben nützt er uns nichts.«

»Da stimme ich dir vollkommen zu«, erwiderte Aurelius. »Ich möchte dich jedoch um eines bitten, Marcus Aurelius. Komm sofort zurück, wenn ich dir melden lasse, daß germanische Unterhändler da sind. Bring deine fünf Kollegen mit! Die Germanen werden davon beeindruckt sein, daß sechs römische Senatoren den weiten Weg gekommen sind, um mit ihnen zu verhandeln.« Er grinste sarkastisch. »Wir werden ihnen bestimmt nicht verraten, daß sechs römische Senatoren den weiten Weg gemacht haben, um mit unseren verbohrten Feldherren zu verhandeln!«

Der starrköpfige Idiot Caepio war seltsamerweise besserer Laune, als er sich am nächsten Tag über die Rhône rudern ließ. Bereitwillig hörte er Cotta an.

»Woher die plötzliche Heiterkeit, Quintus Servilius?« fragte Cotta verwirrt.

»Ich erhielt gerade einen Brief aus Smyrna, auf den ich Monate gewartet habe.« Doch anstatt zu erklären, wie dieser Brief zu seiner Aufheiterung beigetragen hatte, wurde Caepio sachlich. »Einverstanden«, sagte er und wies mit einem Stab aus Elfenbein, der mit einem goldenen Adler verziert war, auf die Karte. Den Stab trug er, um den hohen Rang seiner Befehlsgewalt zu unterstreichen. Er hatte immer noch nicht zugestimmt, mit Mallius Maximus selbst zu reden. »Hier werde ich übersetzen.«

»Wäre es nicht klüger, die Rhône im Süden von Arausio zu überqueren?« fragte Cotta zweifelnd.

»Bestimmt nicht! Wenn ich im Norden übersetze, bin ich näher bei den Germanen.«

Und dabei blieb Caepio. Am nächsten Morgen räumte er sein Lager und marschierte zu einer Furt, die sich zwanzig Meilen nördlich von Mallius Maximus' Lager befand, zehn Meilen südlich vom Lager der Kavallerie.

Cotta und die fünf anderen Senatoren befanden sich auf dem Weg zu Aurelius' Lager, denn sie wollten dort sein, wenn die germanischen Häuptlinge zu Verhandlungen erschienen. Unterwegs stießen sie auf Caepios Armee, und bei dem Anblick stockte ihnen das Blut in den Adern. Der größte Teil der Armee war bereits am Ostufer und arbeitete daran, ein stark befestigtes Lager zu errichten.

»Oh, Quintus Servilius, hier kannst du doch nicht bleiben!« rief Cotta, als sie ihn endlich auf einer Hügelkuppe oberhalb des neuen Lagers gefunden hatten. Unten eilten kleine Figuren hin und her, hoben Gräben aus und errichteten Wälle.

»Warum nicht?« fragte Caepio und zog die Augenbrauen hoch.

»Weil zwanzig Meilen südlich von hier bereits ein Lager errichtet ist – groß genug, um deine Legionen nebst den zehn, die schon dort sind, aufzunehmen! Dort mußt du hin, Quintus Servilius! Hier bist du zu weit von Aurelius und Gnaeus Mallius entfernt, als daß du ihnen helfen könntest – oder sie dir! Bitte, Quintus Servilius! Errichte hier ein normales Lager für die Nacht und marschiere morgen zu Gnaeus Mallius!« sagte Cotta und legte seine ganze Überzeugungskraft in seine Worte.

»Ich habe gesagt, daß ich den Fluß überqueren werde, aber ich habe nicht gesagt, was ich danach tun werde! Ich habe sieben Legionen, hervorragend ausgebildete, erfahrene Soldaten. Und nicht nur das, sie sind keine Besitzlosen, sondern echte römische Soldaten! Glaubst du wirklich, ich würde das Lager mit diesem römischen und italischen Pöbel teilen? Mit kleinen Pächtern und Tagelöhnern, Männern, die weder lesen noch schreiben können? Eher würde ich sterben, Marcus Cotta!«

»Das liegt durchaus im Bereich des Möglichen«, meinte Cotta trocken.

»Weder meine Armee noch ich werden sterben«, erwiderte Caepio verbissen. »Ich bin hier zwanzig Meilen nördlich von Gnaeus Mallius und seinem ekligen Pöbel. Das bedeutet, daß die Germanen zuerst auf mich treffen. Und ich werde sie schlagen, Marcus Cotta! Selbst eine ganze Million Barbaren kann sieben echte römische Legionen nicht besiegen! Und dieser – dieser billige Händler Mallius soll den Ruhm einheimsen? Nie! Quintus Servilius Caepio wird seinen zweiten Triumphzug durch die Straßen Roms erleben! Mallius wird sich mit dem Zuschauen begnügen müssen.«

Cotta beugte sich in seinem Sattel vor und umklammerte Caepios Arm. »Quintus Servilius«, sagte er beschwörend, »ich flehe dich an, vereinige deine Kräfte mit Gnaeus Mallius! Kommt es darauf an, wer gewinnt, solange Rom gewinnt? Das ist kein kleiner Grenzkrieg gegen ein paar Skordisker, keine unbedeutende Auseinandersetzung mit den Lusitanern! Wir werden die größte und beste Armee brauchen, die Rom je aufgestellt hat. Gnaeus Mallius' Armee hatte nicht so viel Zeit, an den Waffen zu üben, wie deine Männer. Deine Männer werden ihnen im Kampf zeigen, was zu tun ist. Und ich sage dir mit allem Nachdruck, es wird eine Schlacht geben! Egal, wie sich die Germanen in der Vergangenheit verhalten haben, diesmal wird es zur Schlacht kommen. Sie haben unser Blut gerochen und wollen mehr, sie haben unsere Stärke erprobt und uns schwach gefunden. Rom ist in Gefahr, Quintus Servilius! Bitte, ändere deine Meinung! Marschiere morgen zu Gnaeus Mallius' Lager und vereinige deine Armee mit seiner.«

Caepio trieb sein Pferd an und ließ Cotta stehen. »Nein«, rief er. »Ich bleibe hier.«

So ritten Cotta und die anderen Senatoren weiter nach Norden zum Lager der Kavallerie, während Caepio sein Lager am Flußufer errichtete, kleiner als das Lager von Mallius Maximus, ansonsten jedoch ein genaues Abbild.

Die Senatoren trafen gerade zur rechten Zeit bei Aurelius ein, denn kurz nach Sonnenaufgang am nächsten Tag kamen die germanischen Unterhändler. Ungefähr fünfzig Männer sind es, alle im Alter zwischen vierzig und sechzig, dachte Cotta, der noch nie so große Männer gesehen hatte. Keiner war weniger als sechs Fuß groß, die meisten sogar größer. Auch ihre Pferde waren ungewöhnlich groß und für römische Vorstellungen ziemlich zottig und verfilzt. Die riesigen Hufe waren mit Fell bedeckt, über die sanften Augen fielen lange Mähnen, keines trug einen Sattel, doch alle waren aufgezäumt.

»Ihre Pferde sehen aus wie Kriegselefanten«, bemerkte Cotta.

»Nur ein paar von ihnen«, erwiderte Aurelius ungerührt. »Die meisten reiten normale gallische Pferde. Diese Männer hier können sich ihre Tiere aussuchen, vermute ich.«

»Schau dir den an, den Jüngeren dort!« rief Cotta aus und wies mit dem Kopf auf einen Mann, nicht älter als dreißig, der gerade vom Rücken seines Pferdes glitt. Seine Haltung war ausgesprochen selbstbewußt, während er seine Umgebung mit überlegener Gelassenheit musterte.

»Achilles«, meinte Aurelius.

»Ich dachte, die Germanen würden nackt gehen bis auf einen Umhang«, sagte Cotta und betrachtete die ledernen Beinkleider.

»In Germanien gehen sie wohl tatsächlich nackt, aber die Germanen, die ich bisher gesehen habe, haben Hosen getragen wie die Gallier.«

Hosen trugen sie alle, doch in der Sommerhitze keine Hemden. Viele waren mit breiten goldenen Ketten geschmückt, die die halbe Brust bedeckten. An Schwertgurten hingen die leeren Scheiden für ihre Langschwerter, ebenfalls reich mit Gold verziert. Überall trugen die Germanen Gold – Halsketten aus Gold, Armbänder aus Gold, goldbesetzte Helme, Gold an Schwertscheiden und Gürteln. Cotta konnte den Blick nicht von ihren Helmen wenden: Randlos, in der Form Schüsseln ähnlich, waren sie über den Ohren mit großartigen Hörnern geschmückt oder mit Flügeln oder kleinen Röhren, aus denen Federn ragten. Andere sahen aus wie Schlangen- oder Drachenköpfe oder schreckliche Vögel, ja sogar Wildkatzen mit aufgerissenem Rachen waren vertreten.

Keiner der Männer hatte einen Bart, und die langen, blonden Haupthaare hingen geflochten oder lose über die Schultern. Die Brust war bei den meisten nur spärlich behaart. Ihre Haut war nicht so rosa wie die Haut der Kelten, dachte Cotta, eher blaßgolden.

Auch konnte er weder rotes Haar noch Sommersprossen entdekken. Die Augen waren hellblau, keine Spur von Grau oder Grün. Selbst die Älteren wirkten kräftig und durchtrainiert, sie hatten kein Ansatz von Fettleibigkeit und keine schlaffe Haut. Die Römer wußten allerdings nicht, daß die Germanen erbarmungslos alle Männer töteten, die sich gehenließen.

Die Verhandlungen wurden mit Hilfe von Aurelius' Dolmetschern geführt, die meisten waren Häduer oder Ambarrer, zwei oder drei auch Germanen, die Carbo gefangengenommen hatte, bevor er bei Noricum besiegt wurde. Die germanischen Häuptlinge erklärten, daß sie auf ihrem Weg nach Spanien freien Durchzug durch Gallia Transalpina wünschten. Aurelius führte selbst die einleitenden Verhandlungen, dazu hatte er eigens die volle Paraderüstung angelegt – den silbernen Brustpanzer, der dem Körper genau angepaßt war, den attischen Helm aus Silber mit einem scharlachroten Federbusch und den *pteryges,* einen kurzen Lendenschutz aus steifem Leder, der über der dunkelroten Toga getragen wurde. Als Konsular trug er zudem einen violetten Umhang, der an den Schulterteilen des Brustpanzers befestigt war, und als Zeichen seines militärischen Rangs war über der Brust ein purpurfarbenes Band mit den traditionell geknoteten Schlaufen angebracht.

Cotta beobachtete die Gespräche wie unter einem Bann und mit einer Angst, wie er sie nie zuvor empfunden hatte. Er war sich sicher, Roms Verhängnis vor sich zu sehen. Noch Monate danach verfolgten ihn diese germanischen Häuptlinge bis in den Schlaf, so unermüdlich, daß er seine Tage wie betäubt verbrachte, und selbst als sie ihren größten Schrecken verloren hatten, erwachte er manchmal aufrecht sitzend und mit aufgerissenem Mund in seinem Bett, wenn sie wieder einmal mit ihren riesigen Pferden durch seine schrecklichen Alpträume geritten waren. Die Kundschafter hatten von mehr als siebenhundertfünfzigtausend berichtet, und das bedeutete mindestens dreihunderttausend riesenhafte Krieger. Wie jeder Mann seiner Stellung hatte Cotta oft genug mit barbarischen Kriegern zu tun gehabt, mit Skordiskern und Japuden, mit Salassern und Carpetanern, aber solche Männer wie die Germanen hatte er noch nie gesehen. Die Römer hatten die Gallier immer für Riesen gehalten – verglichen mit den Germanen waren die Gallier jedoch nur durchschnittlich groß.

Aber das Schlimmste war, daß Rom selbst an seinem Verhängnis tatkräftig mitwirkte, weil es die germanische Bedrohung einfach nicht ernst genug nahm und den Machtkampf zwischen Gnaeus

Mallius und Quintus Servilius nicht energisch unterband. Wie wollte Rom die Germanen besiegen, solange die beiden römischen Befehlshaber nicht einmal ein gemeinsames Lager aufschlugen? Solange sie sich gegenseitig beschimpften und auf den Soldaten des jeweils anderen herumhackten? Würden die beiden Feldherren zusammenarbeiten, hätte Rom eine Armee von knapp hunderttausend Mann, und bei guter Moral im Heer, bei umfassender Ausbildung der Soldaten und fähiger Führung könnte das für den Kampf gegen die Germanen gerade ausreichen.

Ja, dachte Cotta, und dabei krampfte sich sein Magen schmerzhaft zusammen, heute habe ich die Verkörperung von Roms Schicksal vor mir gesehen! Wir werden mit dem Ansturm dieser blonden Horde nicht fertig werden. Jedenfalls nicht, solange wir nicht einmal mit uns selbst fertig werden.

Aurelius brach die einleitenden Gespräche ab, um beiden Seiten Gelegenheit zu Beratungen mit ihren eigenen Leuten zu geben.

»Nun«, sagte Aurelius zu Cotta und den anderen fünf Senatoren, »wir haben einiges in Erfahrung bringen können. Sie selbst nennen sich nicht Germanen, sondern betrachten sich als Bund dreier verschiedener Stämme – hauptsächlich Kimbern und Teutonen und eine dritte Gruppe kleinerer Stämme. Diese dritte Gruppe besteht aus Markomannen, Cheruskern und Tigurinern, die sich den Kimbern und Teutonen auf ihren Wanderungen angeschlossen haben. Nach Auskunft meiner Dolmetscher sind sie eher keltischen als germanischen Ursprungs.«

»Wanderungen?« fragte Cotta. »Wie lange sind sie denn schon unterwegs?«

»Das scheinen sie selbst nicht zu wissen, aber auf jeden Fall viele Jahre. Vielleicht seit einer Generation. Der junge Mann, der aussieht wie ein germanischer Achilles, war noch ein Kind, als sein Stamm, die Kimbern, seine Heimat verließ.«

»Haben sie einen König?«

»Nein. Sie werden von einem Rat der Stammeshäuptlinge geführt, den größten Teil davon siehst du vor dir. Dieser barbarische Achilles scheint jedoch sehr schnell aufzusteigen in diesem Rat, und immer mehr bezeichnen ihn als König. Er heißt Boiorix und ist entschieden der Selbstbewußteste von ihnen. Er will nicht mit uns verhandeln, denn seiner Meinung nach ist Macht auch Recht, und er will uns nicht um freien Durchgang nach Spanien bitten. Er will einfach weiterziehen, egal, was wir davon halten.«

»Gefährlich jung, um sich selbst König zu nennen. Ich stimme dir zu, er wird uns Ärger machen«, sagte Cotta.

»Und wer ist der Mann dort drüben?« Er deutete unauffällig auf einen Mann um die Vierzig, der einen goldenen Brustschmuck und andere goldene Verzierungen trug.

»Das ist Teutobod, der oberste Häuptling der Teutonen. Er läßt sich ebenfalls gern König nennen. Wie Boiorix denkt er, daß Macht Recht ist und daß sie einfach nach Süden ziehen sollten, ohne sich um Rom zu kümmern. Das alles gefällt mir überhaupt nicht, Vetter. Meine beiden germanischen Dolmetscher sind der Meinung, die Stimmung sei ganz anders als zu Carbos Zeiten. Die Germanen sind selbstbewußter geworden, und sie haben keinen Respekt mehr vor uns. Sie fangen an, uns zu verachten.« Aurelius biß sich auf die Lippen. »In der Zeit, die sie bei den Häduern und den Ambarrern verbrachten, haben sie einiges über Rom gelernt. Jetzt haben sie keine Angst mehr vor Rom, und nicht nur das – bisher haben sie jede Auseinandersetzung mit uns gewonnen, ausgenommen vielleicht diesen ersten Kampf mit Lucius Cassius, aber nur, wenn man nicht an die tragischen Folgen denkt. Jetzt reden Boiorix und Teutobod ihnen ein, daß sie keinen Grund hätten, uns zu fürchten. Auch wenn wir besser ausgerüstet seien und besser trainiert. Wir seien nichts als Schreckgespenster für kleine Kinder, alles nur Einbildung, Popanz. Boiorix und Teutobod wollen den Kampf. Wenn Rom erst einmal geschlagen ist, können sie herumziehen und sich niederlassen, wo sie wollen.«

Die Verhandlungen wurden weitergeführt, und diesmal bezog Aurelius seine sechs Gäste mit ein. Sie alle trugen ihre Togen und wurden von zwölf Liktoren in purpurroten Tuniken und mit breiten, goldbeschlagenen Gürteln eskortiert. Die Liktoren trugen Rutenbündel und Äxte. Natürlich hatten die Germanen die Senatoren bereits bemerkt, doch nach der gegenseitigen Vorstellung starrten sie mit offener Verwunderung auf die bauschigen, weißen, so ganz und gar nicht kriegerisch aussehenden Gewänder der Römer. So sahen die Römer aus? Nur Cotta trug die purpurgeränderte *toga praetexta* als Zeichen, daß er ein kurulisches Amt innehatte, und deshalb sprachen die Germanen zu ihm in ihren fremdartig klingenden, unverständlichen Reden.

Cotta bewährte sich auch in dieser schwierigen Situation, er blieb stolz, unnahbar, bedächtig und sprach mit ruhiger Stimme. Allerdings verwunderte ihn das Auftreten seiner Gegner: Die Germanen schienen es als ganz natürlich und keineswegs als würdelos zu empfinden, daß sie vor Wut rot anliefen, ihre Worte mit Spucken bekräftigten und mit der Faust auf die flache Hand schlugen. Doch es war deutlich, daß die unerschütterliche Ruhe der Römer sie verwirrte und aus dem Konzept brachte.

Vom Anfang der Verhandlungen bis zu ihrem Ende blieb Cottas Antwort gleich: nein. Nein, die Wanderung nach Süden könne nicht fortgesetzt werden, nein, das germanische Volk werde kein Wegerecht durch römisches Gebiet oder römische Provinzen erhalten, nein, sie könnten sich nicht in Spanien niederlassen, es sei denn auf Land der Lusitaner oder der Cantabrer, alles übrige Land in Spanien sei römische Provinz. Geht wieder nach Norden, sagte Cotta immer wieder. Geht nach Hause, wo immer das sein mag. Oder geht über den Rhein nach Germanien und siedelt bei euren eigenen Leuten.

Erst als die Dämmerung völliger Dunkelheit gewichen war, schwangen sich die fünfzig germanischen Häuptlinge wieder auf ihre Pferde und ritten davon. Boiorix und Teutobod ritten als letzte weg, und Boiorix drehte den Kopf, damit er die Römer so lange wie möglich ansehen konnte. Sein Blick zeigte weder Sympathie noch Bewunderung. Aurelius hat recht, dachte Cotta, Boiorix ist ein Achilles, obwohl er diesen Vergleich zunächst seltsam gefunden hatte. Erst im Laufe der Verhandlungen hatte er bemerkt, daß in dem hübschen Gesicht des jungen Mannes die ganze sture, unbarmherzige, rachsüchtige Kraft des Achilles zu finden war. Auch er schien ihm ein Mann, der wegen einer kleinen Kränkung seiner Ehre tatenlos auf seinem Schiff bleiben würde, während seine Landsleute reihenweise abgeschlachtet wurden. Cottas Herz pochte dumpf und verzweifelt – mußte man nicht das gleiche von Quintus Servilius Caepio sagen?

Zwei Stunden nach Einbruch der Dunkelheit ging der Vollmond auf. Nachdem die sechs Senatoren die unbequemen Togen abgelegt hatten, nahmen sie ernüchtert und schweigend ihr Abendessen an Aurelius' Tafel ein, bevor sie wieder nach Süden reiten wollten.

»Wartet bis morgen«, bat Aurelius. »Wir sind hier nicht in Italien, es gibt keine sicheren römischen Straßen, und ihr kennt die Gegend nicht. Auf ein paar Stunden wird es nicht ankommen.«

»Nein, ich möchte bei Sonnenaufgang in Quintus Servilius' Lager sein«, erwiderte Cotta. »Ich muß noch einmal versuchen, ihn dazu zu bringen, daß er sich Gnaeus Mallius anschließt. Ich werde ihm erzählen, was sich heute hier abgespielt hat. Doch wie Quintus Servilius auch entscheidet, ich werde auf jeden Fall morgen noch zu Gnaeus Mallius zurückreiten. Bevor ich nicht auch mit ihm gesprochen habe, kann ich kein Auge zutun.«

Cotta und Aurelius gaben sich die Hände. Als Cotta und die Senatoren dann mit ihrer Eskorte von Liktoren und Sklaven in die Dunkelheit hinausritten, winkte Aurelius ihnen mit erhobenem Arm lange nach. Im Licht des Mondes und des Lagerfeuers war seine Gestalt deutlich zu erkennen.

Ich werde ihn nicht wiedersehen, dachte Cotta. Ein tapferer Mann, einer der besten Männer Roms.

Caepio hörte Cotta nicht einmal bis zu Ende an, und auf die Stimme der Vernunft hörte er erst recht nicht.

»Ich werde hierbleiben.« Das war seine ganze Antwort.

So machte sich Cotta wieder auf den Weg, ohne auch nur seinen Durst in Caepios halbfertigem Lager gelöscht zu haben. Er wollte spätestens am Mittag bei Gnaeus Mallius Maximus sein.

Noch bevor die Sonne ganz aufgegangen war, während der ergebnislosen Unterredung von Cotta und Caepio, begannen die Germanen vorzurücken. Es war der zweite Tag des Oktobers, das Wetter war immer noch schön, in der Luft lag keine Spur von Kälte. Als die ersten Reihen der germanischen Menschenmassen die Wälle von Aurelius' Lager erreichten, überrollten sie sie einfach, Welle um Welle, bevor Aurelius begriff, was geschah. Er hatte angenommen, daß er genügend Zeit haben würde, seine Kavallerie zu alarmieren – die höchst sorgfältig befestigten Lagerwälle hätten die Germanen so lange aufhalten müssen, bis er seine Truppen aus dem Hintereingang des Lagers geführt und einen Flankenangriff begonnen hätte. Doch es kam ganz anders. Die Germanen rückten so schnell vor, daß das Lager innerhalb kürzester Zeit vollständig umzingelt war, und sie quollen zu Tausenden über die Wälle. Aurelius' Kavallerie gab ihr Bestes, doch sie war nicht an Kämpfe zu Fuß gewöhnt. Es war mehr ein Gemetzel als ein Kampf, und nach einer halben Stunden waren fast alle Römer und Angehörigen der Hilfstruppe ausgelöscht. Marcus Aurelius Scaurus wurde gefangengenommen, bevor er sich in sein Schwert stürzen konnte.

Die Germanen schleppten Aurelius vor Boiorix, Teutobod und die anderen Häuptlinge, die an den Verhandlungen teilgenommen hatten. Seine Haltung war großartig, er blieb stolz und unbeugsam.

Keine Entwürdigung, kein körperlicher Schmerz konnte ihn dazu bringen, den Kopf zu beugen oder nur mit einer Wimper zu zukken. Schließlich steckten ihn die Germanen in einen Käfig aus Weidengeflecht, errichteten vor seinen Augen einen Scheiterhaufen und zündeten ihn an. Aurelius schaute in aufrechter Haltung zu, seine Beine knickten nicht ein, seine Hände zitterten nicht, auf seinem Gesicht lag keine Spur von Furcht. Er klammerte sich nicht einmal an die Gitter seines Käfigs. Da die Germanen nicht beabsichtigten, ihn im Rauch ersticken oder in den hochschlagenden Flammen schnell sterben zu lassen, warteten sie, bis der Scheiterhaufen beinahe heruntergebrannt war. Dann hängten sie seinen Käfig über die Mitte des Feuers, wo es am heißesten war, und rösteten ihn bei lebendigem Leibe. Doch Aurelius siegte, auch wenn es ein einsamer Sieg war. Er gestattete sich nicht, im Todeskampf zu schreien, die Füße unter sich nachgeben zu lassen oder sich in furchtbaren Schmerzen zu winden. Er starb als echter, edler Römer, entschlossen, den Germanen durch seine unbeugsame Haltung zu zeigen, aus welchem Holz die Römer geschnitzt waren. Sie sollten begreifen, daß sie Rom, das solche Männer hervorbrachte, ernst nehmen mußten.

Die Germanen blieben zwei Tagen bei den Überresten des zerstörten Lagers der römischen Kavallerie, dann zogen sie weiter in Richtung Süden. Sie kamen zu Caepios Lager, marschierten jedoch daran vorbei, Tausende und Abertausende von Kriegern, so viele, daß Caepios vor Schreck erstarrte Soldaten sie nicht mehr zählen konnten. Als sie sich von ihrem Schreck halbwegs erholt hatten, warfen viele römische Soldaten ihre Rüstungen weg und versuchten, über den Fluß zu schwimmen, um an das sichere Westufer der Rhône zu gelangen. Doch Caepio wollte sich diesen Fluchtweg für sich allein vorbehalten, er ließ alle Boote seiner kleinen Flotte bis auf eines verbrennen, stellte starke Wachen am Flußufer auf und befahl, jeden Mann, der fliehen wollte, zu töten. Durch die ungeheuren Massen der germanischen Krieger von der Außenwelt abgeschnitten, konnten die fünfundfünfzigtausend römischen Soldaten und die Männer vom Troß nur darauf hoffen, daß die Flutwelle vorüberfließen und sich nicht über ihr Lager ergießen würde.

Am sechsten Tag des Oktober erreichte die Spitze der germanischen Horde das letzte Lager der Römer. Mallius Maximus wollte verhindern, daß seine Armee hinter den Befestigungen eingepfercht gegen die Germanen kämpfen mußte, deshalb ließ er die zehn Legionen geordnet antreten und marschierte mit ihnen auf eine Ebene nördlich des Lagers, bevor sie eingekreist werden konnten. Auf der Ebene zwischen dem Flußufer und einer kleinen Bodenerhebung stellte er seine Truppen auf. Die Legionen standen, nach Norden gewandt, über eine Strecke von vier Meilen hinweg, eine neben der anderen. Das war Mallius Maximus' vierter Fehler – seine Flanken waren offen, da er keine Kavallerie hatte, die sie hätte decken können, und die Legionen standen viel zu weit verteilt.

Mallius Maximus hatte keine Nachrichten über die Vorgänge im Norden erhalten und wußte nichts von Aurelius' oder von Caepios Schicksal. Er konnte auch keine verkleideten Späher unter die germanischen Horden schicken, da alle verfügbaren Dolmetscher und Kundschafter Aurelius nach Norden begleitet hatten. Er konnte nichts tun, nur warten, bis die Germanen kommen würden.

Als Kommandant des Heeres bezog er Stellung auf dem höchsten Turm der befestigten Lagerwälle. Sein persönlicher Stab, zu dem auch seine eigenen beiden Söhne und der Sohn von Metellus Numidicus gehörten, war beritten und wartete darauf, seine Befehle im Galopp zu den verschiedenen Legionen zu bringen. Die Marser von Quintus Poppaedius Silo standen am äußersten rechten Ende der Legionen, ohne jeden Schutz durch Kavallerie. Vielleicht hatte Mallius Maximus sie dort aufgestellt, weil sie die diszipliniertetste und am besten ausgebildete Legion war, vielleicht aber auch, weil ihm die fremden Soldaten weniger nahestanden als die römischen, selbst wenn sie aus den niedersten Schichten kamen. Neben den Marsern stand eine Legion, die erst zu Beginn des Jahres rekrutiert worden war. Sie wurde von Marcus Livius Drusus befehligt, der Quintus Sertorius als seinen Stellvertreter benannt hatte. Dann kamen die samnitischen Hilfstruppen und daneben eine weitere Legion römischer Soldaten, die erst kürzlich rekrutiert worden waren. Je näher die Linie der Legionen an den Fluß heranreichte, desto unerfahrener und ungeübter waren die Soldaten und desto mehr Militärtribunen, die ihnen Rückhalt geben sollten, hatten sie zur Seite. Die Legion des jungen Caepio bestand gar ausschließlich aus völlig unerfahrenen Soldaten und war direkt am Flußufer aufgestellt, daneben die ebenso unerfahrenen Soldaten unter dem Kommando von Sextus Caesar.

Die Germanen griffen am sechsten Tag des Oktobers zwei Stunden nach Sonnenaufgang an. Der Angriff begann fast gleichzeitig auf der Höhe von Caepios Lager und auf Mallius Maximus' Kampflinie und schien deutlich besser geplant als alle bisherigen Schlachten.

Keiner von Caepios fünfundfünfzigtausend Männern kam mit dem Leben davon, als die Germanen von allen drei Landseiten her in das Lager eindrangen. Sie ergossen sich förmlich über das Lager, und das Gedränge der Kämpfenden war so dicht, daß sie auf den Verwundeten und Toten herumtrampelten. Caepio wartete das Ende nicht ab. Sobald er erkannte, daß seine Soldaten keine Aussichten hatten, die Germanen zurückzudrängen, hastete er zum Fluß, bestieg sein Boot und befahl den Ruderern, so schnell wie möglich ans Westufer der Rhône zu setzen. Eine Handvoll der Männer, die er im Stich gelassen hatte, versuchte, sich schwimmend in Sicherheit zu bringen, doch die Überzahl der schlagenden und schwertschwingenden Germanen war so groß, daß keinem Römer Gelegenheit blieb, sein zwanzig Pfund schweres Panzerhemd abzuwerfen oder auch nur den Helm abzuziehen. Sie stürzten sich in voller Rüstung in den Fluß und ertranken, ausnahmslos. Caepio und seine Ruderer waren die einzigen Überlebenden.

Mallius Maximus erging es ein wenig besser. Die Marser hielten sich tapfer gegen die riesige Übermacht, wurden aber bis zum letzten Mann aufgerieben, ebenso die neben ihnen kämpfende Legion von Drusus. Silo fiel mit einer Wunde in der Seite, und Drusus wurde nach Beginn des Kampfes von einem Germanen mit dem Knauf des Schwertes bewußtlos geschlagen. Quintus Sertorius ritt hin und her und versuchte verzweifelt, seine Männer zu sammeln, aber auch sie konnten den Angriff der Germanen nicht aufhalten. Für jeden germanischen Krieger, der niedergemacht wurde, stand sofort ein anderer da – sie schienen förmlich aus dem Boden zu wachsen. Sertorius stürzte mit einer Speerwunde am Unterschenkel, gerade an der Stelle, wo die wichtigen Nerven besonders dicht unter der Hautoberfläche liegen. Der Speer durchtrennte die Nerven und blieb unmittelbar vor der Hauptschlagader stecken – sein persönliches Kriegsglück.

Die Legionen, die direkt am Fluß standen, wandten sich um und suchten ihr Heil in der Flucht. Den meisten gelang es, die schwere Rüstung abzulegen, bevor sie ins Wasser wateten, und so erreichten viele von ihnen lebend das weit entfernte Westufer der Rhône. Der junge Caepio war einer der ersten, die sich ins Wasser stürzten, und Sextus Caesar wurde von einem seiner eigenen Männer niedergeschlagen, als er verzweifelt versuchte, die Soldaten aufzuhalten. Er sank mit einer übel zugerichteten Hüfte im Gedränge zu Boden.

Trotz Cottas Widerspruch waren die sechs Senatoren vor Beginn der Schlacht an das Westufer gebracht worden, denn Mallius Maximus hatte darauf bestanden, daß sie als zivile Beobachter das Schlachtfeld verlassen und den Kampf von einem sicheren Platz aus verfolgen sollten.

»Falls wir aufgerieben werden, müßt ihr als Überlebende dem Senat und dem Volk von Rom Bericht erstatten«, sagte er.

Es war in Rom üblich, das Leben der Gefangenen zu schonen, denn gesunde Krieger, die noch alle ihre Gliedmaßen besaßen, brachten auf dem Sklavenmarkt die höchsten Preise. Sie konnten in Minen hart arbeiten, auf Werften, auf dem Bau oder in Steinbrüchen. Doch weder die Kelten noch die Germanen ließen ihre Gefangenen am Leben, ausgenommen diejenigen, die ihre Sprache sprachen, und immer nur so viele, wie sie gerade brauchten.

Die Krieger der Germanen, die nach einem kurzen, wenig ruhmreichen Kampf als Sieger auf dem Schlachtfeld standen, zogen durch die endlosen Reihen Tausender am Boden liegender Römer und töteten jeden, der noch ein Lebenszeichen von sich gab. Glücklicherweise gingen sie dabei achtlos und alles andere als planmäßig vor, sonst hätte keiner der vierundzwanzig Militärtribunen die Schlacht von Arausio überlebt. Drusus lag so tief bewußtlos da, daß ihn jeder Germane, der ihn ansah, für tot hielt, und Quintus Poppaedius Silo war unter einem bluttriefenden Haufen gefallener Marser begraben, wodurch er unentdeckt blieb. Quintus Sertorius konnte sich nicht bewegen, da sein Bein gelähmt war, und stellte sich tot. Und Sextus Caesar, der offen dalag, rang so schwer um Atem und war so blau im Gesicht, daß die Germanen sich nicht einmal die Mühe machten, ihn zu töten, denn sie waren sicher, daß er ohnehin bald sterben würde.

Die beiden Söhne von Mallius Maximus waren getötet worden, als sie mit den Befehlen ihres völlig aufgelösten Vaters auf dem Schlachtfeld hin und her geritten waren. Der Sohn von Metellus Schweinebacke, Metellus das Ferkel, war aus anderem Stoff gemacht. Als er erkannt hatte, daß eine Niederlage unausweichlich war, trieb er den aufgelösten Mallius Maximus und noch einige Soldaten, die sich mit ihm auf dem Wall des Lagers befanden, vor sich her, führte die kleine Gruppe ans Flußufer hinunter und setzte sie in ein Boot. Metellus das Ferkel handelte keineswegs in erster

Linie aus einem übermächtigen Selbsterhaltungstrieb heraus, er war vielmehr mutig und kämpfte mit diesem Mut um das Leben seines Befehlshabers.

Fünf Stunden nach Tagesanbruch war alles vorüber. Die Germanen wandten sich wieder nach Norden und zogen die dreißig Meilen zum Lager des toten Aurelius zurück, wo ihre vielen tausend Wagen standen. In den Lagern von Mallius Maximus und Caepio hatten sie wahre Schätze entdeckt – riesige Vorräte an Weizen und anderen Lebensmitteln und genügend Wagen, Maultiere und Ochsen, um sie zu transportieren. Geld, Gold, Kleidung, selbst Waffen und Rüstungen interessierten die Germanen nicht im geringsten, doch die Vorräte von Mallius Maximus und Caepio waren unwiderstehlich, und so plünderten sie die Lager bis auf den letzten Schinken und den letzten Topf Honig. Auch einige hundert *amphorae* Wein nahmen sie mit.

In Aurelius' Lager hatten die Germanen einen der Dolmetscher entdeckt. Sie nahmen ihn gefangen und brachten ihn zurück zu seinen Leuten, den Kimbern. Schon nach wenigen Stunden stellte er fest, daß er zu lange bei den Römern gelebt hatte, um noch Gefallen an der barbarischen Lebensweise zu finden, und so stahl er in einem unbeobachteten Moment ein Pferd und ritt südwärts nach Arausio. Er wählte einen Weg, der ihn weit im Osten den Fluß entlang führte – er verspürte kein Bedürfnis, die Spuren der schrecklichen Niederlage der Römer zu sehen, und wollte auch nicht den Geruch der zahllosen Leichen ertragen müssen, die unbeerdigt auf dem Schlachtfeld lagen.

Am neunten Tag im Oktober, drei Tage nach der Schlacht, führte er sein erschöpftes Pferd die gepflasterte Hauptstraße der wohlhabenden Stadt Arausio hinunter. Er blickte sich nach Leuten um, denen er berichten könnte, was geschehen war, doch es war niemand zu sehen. Anscheinend hatten sämtliche Einwohner die Stadt vor den herandrängenden Germanen Hals über Kopf verlassen. Schließlich bemerkte er am Ende der Hauptstraße das Haus des bedeutendsten Einwohners von Arausio – natürlich ein römischer Bürger –, und dort schien sich etwas zu regen.

Arausios wichtigster Bürger war Marcus Antonius Meminius, ein Gallier aus dieser Gegend. Er hatte das begehrte römische Bürgerrecht – und damit seinen römischen Namen – vor siebzehn Jahren von Marcus Antonius erhalten als Lohn für seine Dienste in der

Armee von Gnaeus Domitius Ahenobarbus. Dank seines neuen Bürgerrechts und dank der Unterstützung der Familie Antonius war er bald eine wichtige Persönlichkeit. Er bekam Konzessionen für den Handel zwischen Gallia Transalpina und der italischen Provinz und wurde in kurzer Zeit unermeßlich reich. Inzwischen hatte er das höchste Amt im Magistrat der Stadt inne. Er hatte erfolglos versucht, die Einwohner von Arausio zum Bleiben zu bewegen, zumindest so lange, bis klar war, wie die Schlacht zwischen Römern und Germanen ausgehen würde. Die Leute hatte er nicht zum Bleiben bewegen können, aber er selbst hatte beschlossen, die Stadt nicht zu verlassen. Seine Kinder wurden unter Aufsicht ihres Erziehers an einen sicheren Ort gebracht, sein Gold hatte er vergraben, und die Falltüre in seinem Weinkeller war unter einer großen Steinplatte verborgen. Seine Frau hatte darauf bestanden, bei ihm zu bleiben, anstatt mit den Kinder zu gehen, und so hatten sie beide zusammen mit einer Handvoll treuer Sklaven dem Schlachtenlärm gelauscht, den der Wind von Mallius Maximus' Lager bis zur Stadt getragen hatte.

Marcus Antonius Meminius wartete, aber weder Römer noch Germanen kamen nach Arausio. Schließlich schickte er einen Sklaven los, der herausfinden sollte, was geschehen war. Als die ersten römischen Offiziere auftauchten – Gnaeus Mallius Maximus und einige Angehörige seines Stabes –, war der Sklave gerade zurückgekommen, und Meminius konnte immer noch nicht glauben, was er gehört hatte. Die Römer benahmen sich wie betäubte Tiere, die zur Schlachtbank geführt wurden, und nicht wie hochrangige römische Soldaten. Das war Meminius' erster Eindruck, und er wurde durch das Verhalten von Metellus Numidicus' Sohn verstärkt, der die Offiziere mit der gleichen Schärfe und Bissigkeit zusammenhielt wie ein Hütehund seine Herde. Meminius und seine Frau kamen selbst heraus und führten die Römer in ihr Haus. Dort gaben sie ihnen zu essen und zu trinken und versuchten, einen zusammenhängenden Bericht von der Schlacht zu erhalten. Aber sie konnten fragen, was sie wollten, die Antwort blieb stets zusammenhangloses Gestammel. Der einzige, der seinen Verstand nicht verloren zu haben schien, war der junge Metellus das Ferkel, doch er hatte eine so schwere Sprachstörung erlitten, daß er keine zwei Worte zusammen herausbrachte.

In den nächsten beiden Tagen schleppten sich noch weitere Soldaten in die Stadt, doch insgesamt waren es beklagenswert wenige, und es befanden sich keine ranghohen Offiziere mehr unter ihnen. Ein Zenturio wußte zu berichten, daß einige tausend Überlebende am Westufer der Rhône ziel- und führerlos umherirrten. Als letzter kam Caepio nach Arausio, begleitet von seinem Sohn Caepio dem Jüngeren, den er auf dem Weg in die Stadt am Westufer aufgelesen hatte. Als Caepio hörte, daß sich Mallius Maximus in Meminius' Haus befand, weigerte er sich zu bleiben. Er war nicht davon abzubringen, mit seinem Sohn so schnell wie möglich nach Rom zurückzukehren, also gab Meminius ihm zwei vierspännige Wagen, die von Maultieren gezogen wurden, reichlich Proviant und mehrere Wagenlenker und ließ ihn ziehen.

Mallius Maximus war vom Schmerz über den Tod seiner Söhne völlig gebrochen und zwei Tage nicht ansprechbar. Erst am dritten Tag konnte er wieder an andere Dinge denken und fragte nach dem Verbleib der sechs Senatoren. Bis dahin hatte Meminius nichts von ihnen gewußt, und als Mallius Maximus immer mehr drängte, man müsse sie suchen lassen, erhob Meminius Einwände, denn er befürchtete, daß die Germanen das Schlachtfeld immer noch besetzt hielten und wollte sich selbst, seine Frau und seine verstörten Gäste so schnell wie möglich in Sicherheit bringen.

Dies war die Lage, als der germanische Dolmetscher durch Arausio ritt und Meminius fand. Meminius war sofort klar, daß dieser Mann viel zu berichten hatte, doch unglücklicherweise konnten sie sich nicht verständigen, weil keiner das Latein des anderen verstand und Meminius nicht auf den Gedanken kam, den Mann zu Mallius Maximus zu führen. Statt dessen brachte er ihn in seinem Haus unter und bedeutete ihm, daß er warten müsse, bis jemand käme, der sowohl die Sprachkenntnisse als auch die geistige Verfassung besäße, um mit ihm zu sprechen.

Die vermißte Gesandtschaft der Senatoren war unter Cottas Führung sofort nach dem Abzug der Germanen an das Ostufer des Flusses zurückgekehrt. Auf dem leichenübersäten Schlachtfeld begannen sie, nach Überlebenden zu suchen. Mit ihren Liktoren und Sklaven zählten sie insgesamt neunundzwanzig Mann, und alle gingen ohne Rücksicht auf die eigene Sicherheit zu Werke, denn man konnte nicht ausschließen, daß die Germanen noch einmal zurückkehren würden. Die Zeit verging, und niemand erschien, um ihnen zu helfen.

Drusus war während der Nacht wieder zu Bewußtsein gekommen. Halb betäubt hatte er in der Dunkelheit gelegen, und erst bei Sonnenaufgang hatte er sich so weit erholt, daß er sich kriechend fortbewegen konnte. Ihn beherrschte ein einziger Gedanke – Wasser. Der Fluß war drei Meilen entfernt und das Lager kaum näher, so kroch er nach Osten, in der Hoffnung, an der Stelle auf einen Bach zu stoßen, wo die Bodenerhebung begann. Nachdem er einige Fuß weit gekommen war, stieß er auf Quintus Sertorius, der bei seinem Anblick schwach die Hand hob.

»Kann mich nicht bewegen«, stöhnte Sertorius und versuchte, mit seiner Zunge die geplatzten Lippen zu befeuchten.

»Bein taub. Warte auf jemand. Dachte, ein Germane.«

»Durstig«, krächzte Drusus. »Wasser suchen, dann zurück.« Drusus hatte entsetzliche Schmerzen, die Kopfwunde pochte, und jede Bewegung wurde ihm zur Qual. Ihm wurde schwindlig, und er sackte zusammen.

Doch der Überlebenswille war stärker. Schluchzend richtete sich Drusus wieder ein Stück auf und schleppte sich weiter nach Osten. Ihm fiel ein, daß er kein Gefäß hatte, in dem er das Wasser tragen konnte, und bestimmt gab es noch mehr Verwundete als Sertorius, die dringend Wasser brauchten. Er beugte sich vor und zog zwei toten marsischen Soldaten die Helme ab, während er unter den unerträglichen Schmerzen, die ihn dies kostete, laut aufstöhnte. Er nahm die Helme an den Kinnriemen und wankte halb aufgerichtet weiter.

Da, mitten auf dem Schlachtfeld, zwischen den Leichen der marsischen Krieger, stand ein kleiner Esel mit Wasserbehältern. Das Tier blinzelte mit langen Wimpern über den sanften Augen auf all die Verwüstung ringsumher, aber es konnte nicht davonlaufen, da sein Halfter um den Arm eines toten Soldaten gewunden war, der tief unter anderen Leichen begraben lag. Es hatte versucht, sich loszureißen, doch dabei hatte sich das Seil nur noch fester um den Arm des Toten gewickelt. Drusus trug immer noch seinen Dolch bei sich. Er durchschnitt das Seil da, wo es um den leblosen Arm gewickelt war, und band das Ende an seinen Schwertgürtel. So konnte das Tier nicht davonlaufen, falls er erneut das Bewußtsein verlieren sollte. Im Moment jedoch schien der Esel ganz froh zu sein, ein anderes lebendes Wesen zu sehen, und hielt geduldig still, während Drusus seinen Durst löschte.

Am Rande des Gewirrs von Toten, in dem Drusus den Esel gefunden hatte, entdeckte er zwei Beine, die sich leicht bewegten. Unter erneutem schmerzvollen Stöhnen, das der Esel traurig mit seinem Geschrei begleitete, gelang es Drusus, so viele Leichen beiseite zu schieben, daß ein marsischer Offizier zum Vorschein kam. Sein bronzener Brustharnisch war an der Seite, unter dem rechten Arm, eingedrückt, und aus einem Loch in der Mitte der großen Einbeulung quoll rötliche Flüssigkeit, heller als Blut.

So vorsichtig er konnte, zog Drusus den Offizier unter den Leichen hervor und legte ihn auf einen freien Fleck zertrampelten Grases. Dort begann er, den Brustharnisch an der linken Seite zu lösen, wo der vordere Teil mit dem hinteren verbunden war. Die Augen des Offiziers waren geschlossen, doch seine Halsschlagader pulsierte heftig, und als Drusus die obere Hälfte des Harnischs von Brust und Bauch abnahm, schrie der Marser laut auf.

Dann sagte eine gereizte Stimme in reinstem Latein: »Vorsichtig!«. Drusus hielt für einen Moment inne, dann fuhr er fort, die Schnüre der ledernen Unterbekleidung zu lösen. »Lieg still, du Narr!« schimpfte er. »Ich versuche nur, dir zu helfen. Willst du ein bißchen Wasser?«

»Wasser«, wiederholte der marsische Offizier.

Drusus ließ ihn aus einem Helm trinken und wurde mit einem Blick aus zwei gelbgrünen Augen belohnt, die ihn an Schlangenaugen erinnerten. Die Marser waren Schlangenanbeter, sie vollführten Schlangenbeschwörungen, tanzten mit den Schlangen und küßten die Zungen der Schlangen mit ihren eigenen. Kein Wunder, wenn man diese Augen sah.

»Quintus Poppaedius Silo«, sagte der marsische Offizier. »Ein *irrumator*, ungefähr acht Fuß groß, hat mich zu Boden geworfen.« Er schloß die Augen, über seine blutigen Wangen rannen zwei Tränen. »Meine Männer – alle tot, oder?«

»Ich fürchte ja«, antwortete Drusus sanft, »genauso wie meine Männer. Wie fast alle, scheint es. Mein Name ist Marcus Livius Drusus. Paß auf, ich werde dir jetzt dein Lederzeug abziehen.«

Die Wunde blutete nicht mehr, dank der wollenen Tunika, die das germanische Langschwert in die schmale Öffnung der Wunde gedrückt hatte. Drusus konnte die gebrochenen Rippen unter seinen Händen fühlen, doch der Harnisch, das Lederzeug und die Rippen hatten die Klinge aufgehalten.

»Du wirst am Leben bleiben«, sagte Drusus. »Kannst du aufstehen, wenn ich dir helfe? Hinten bei meiner Legion liegt ein Kamerad, der mich braucht. Entweder du bleibst hier und kommst nach, sobald du kannst, oder du kommst jetzt mit, auf deinen eigenen

Beinen.« In diesem Augenblick wehte der Wind eine Haarsträhne auf seine breiige Stirnwunde, und er schrie auf vor Schmerz.

Quintus Poppaedius Silo wog die Möglichkeiten ab. »In deinem Zustand wirst du es mit mir kaum schaffen«, entschied er. »Wenn du mir meinen Dolch geben kannst, werde ich ein Stück von meiner Tunika abschneiden und die Wunde verbinden. Kann's mir nicht leisten, hier in diesem Tartarus noch weiter zu bluten.«

Drusus reichte ihm den Dolch und wollte sich mit seinem Esel auf den Weg machen.

»Wo kann ich dich finden?« fragte Silo.

»Dort drüben, eine Legion weiter unten«, antwortete Drusus.

Sertorius war immer noch bei Bewußtsein. Dankbar stillte er seinen Durst, dann setzte er sich mühsam auf. Er hatte von allen dreien die schlimmsten Wunden davongetragen, und es war klar, daß Drusus allein ihn nicht fortschaffen konnte. Sie mußten auf die Hilfe von Silo warten. Drusus sank neben Sertorius zu Boden und ruhte sich aus. Erst eine Stunde später, als Silo auftauchte, bewegte er sich wieder. Die Sonne stieg, und es wurde heiß.

»Wir beide werden Quintus Sertorius ein Stück von den Leichen wegbringen. Wenn er hier bleibt, entzündet sich sein Bein sofort«, sagte Silo. »Und dann sollten wir einen Schutz gegen die Sonne für ihn aufbauen, schlage ich vor. Und nach weiteren Überlebenden suchen.«

All dies geschah sehr langsam und unter starken Schmerzen, doch schließlich war Sertorius so bequem wie möglich untergebracht. Silo und Drusus machten sich auf die Suche nach anderen Verwundeten. Sie waren noch nicht weit gekommen, als Drusus von Übelkeit überwältigt wurde. Er sank würgend auf den zerstampften, staubigen Boden, bei jedem Krampf, der ihn schüttelte, schrie er vor Schmerz wild auf. Silo, dem es nicht viel besser ging, lag neben ihm, und der Esel, immer noch an Drusus' Gürtel festgebunden, wartete geduldig.

Nachdem die Krämpfe abgeklungen waren, rollte sich Silo ächzend herum und untersuchte Drusus' Kopfwunde. »Wenn du meinst, daß du es aushalten kannst, Marcus Livius, könnte ich die Schwellung mit meinem Messer öffnen. Wenn ein Teil der Flüssigkeit herauskommt, wird es nicht mehr so weh tun, glaube ich. Einverstanden?«

»Ich würde mit einem vielköpfigen Monster kämpfen, wenn es helfen würde!« keuchte Drusus.

Bevor er die Spitze seines Dolches auf die Schwellung setzte, murmelte Silo einen Zauber oder eine Beschwörung in einer alten Sprache, die Drusus nicht verstand. Es war nicht Oskisch, das beherrschte er gut. Ein Schlangenzauber, das ist es, dachte Drusus und fühlte sich seltsam beruhigt. Der Schmerz war unerträglich, Drusus verlor das Bewußtsein. Während er ohnmächtig dalag, drückte Silo so viel von dem geronnenen Blut und der Flüssigkeit aus der Wunde, wie er konnte. Dann riß er ein Stück von Drusus' Tunika ab und wischte ihm die Stirn damit. Als Drusus sich wieder regte, schnitt er ein weiteres Stück Stoff ab.

»Fühlst du dich besser?« fragte Silo.

»Viel besser«, antwortete Drusus.

»Wenn ich die Wunde verbinden würde, hättest du noch mehr Schmerzen. Nimm diesen Stoffetzen und wisch dir das Zeug ab, wenn es dir in die Augen läuft. Früher oder später wird es aufhören.« Silo schaute hoch zur Sonne, die unbarmherzig vom Himmel brannte. »Wir müssen in den Schatten, sonst halten wir nicht mehr lange durch. Und das wäre auch das Ende des jungen Sertorius.« Mühsam erhob er sich.

Je näher sie dem Fluß kamen, desto häufiger bemerkten sie Lebenszeichen unter den Leichenbergen – schwache Schreie, Bewegungen, Stöhnen.

»Das Ganze ist eine Beleidigung der Götter«, sagte Silo grimmig. »Keine Schlacht wurde je so schlecht vorbereitet. Man hat uns dem Feind regelrecht zum Fraß vorgeworfen! Ich verfluche Gnaeus Mallius Maximus! Möge sich die Große Schlange, die das Licht gebiert, selbst um Gnaeus Mallius' Träume winden!«

»Du hast recht, es war ein Gemetzel, und wir wurden nicht besser befehligt als Cassius' Männer in der Schlacht von Burdigala. Aber du solltest die Schuld gerecht zuweisen, Quintus Poppaedius. Wenn Gnaeus Mallius schuldig ist, um wieviel mehr dann Quintus Servilius Caepio?« Oh, es schmerzte, das aussprechen zu müssen! Der Vater seiner Frau.

»Caepio? Was hatte der denn damit zu tun?« fragte Silo.

Die Kopfwunde schmerzte nicht mehr ganz so stark, Drusus konnte sich ohne Schwierigkeiten umdrehen und Silo ansehen. »Weißt du das denn nicht?« fragte er.

»Was weiß denn ein Italiker schon über militärische Entscheidungen der Römer?« Silo spuckte verächtlich aus. »Wir Italiker sind nur hier, um zu kämpfen. Wir haben nichts zu sagen, wenn es darum geht, wie wir kämpfen sollen, Marcus Livius.«

»Nun, von dem Tag an, an dem Quintus Servilius aus Narbo kam, hat er sich geweigert, mit Gnaeus Mallius zusammenzuarbeiten.« Drusus zitterte. »Er wollte keine Befehle von einem Emporkömmling annehmen.«

Silo starrte Drusus an, gelbgrüne Augen bohrten sich in schwarze. »Du meinst, Gnaeus Mallius wollte, daß Quintus Servilius in sein Lager zieht?«

»Natürlich! Genauso wie die sechs Senatoren, die aus Rom gekommen waren. Aber Quintus Servilius wollte sich nicht dem Befehl von Gnaeus Mallius unterstellen.«

»Willst du damit sagen, es war Quintus Servilius' Schuld, daß die beiden Armeen so weit auseinander gestanden haben?« Es schien, als könnte Silo nicht glauben, was er da hörte.

»Ja, es war Quintus Servilius' Schuld.« Es mußte ausgesprochen werden. »Er ist mein Schwiegervater, ich bin mit seiner einzigen Tochter verheiratet. Wie soll ich das ertragen? Sein Sohn ist mein bester Freund und mit meiner Schwester verheiratet. Er hat auch hier gekämpft. Jetzt ist er tot, vermute ich.« Was Drusus von seinem Gesicht wischte, waren mehr Tränen als Wundflüssigkeit. »Stolz, Quintus Poppaedius! Dummer, nutzloser Stolz!«

Silo blieb stehen. »Sechstausend marsische Soldaten und zweitausend marsische Sklaven starben gestern hier. Und jetzt sagst du mir, daß das alles nur wegen eines hochstehenden römischen Idioten passiert ist, der irgendeinen weniger hochstehenden römischen Idioten nicht leiden konnte?« Zischend sog Silo den Atem zwischen den Zähnen ein, er zitterte vor Wut. »Möge die Große Schlange sie beide holen!«

»Vielleicht sind ja noch ein paar von deinen Männern am Leben«, meinte Drusus, nicht um seine Vorgesetzten zu entschuldigen, vielmehr um diesen Mann, den er außerordentlich gern mochte, ein wenig zu trösten. Ein Schmerz überflutete ihn, der nichts mit seiner Wunde zu tun hatte, sondern mit einer überwältigenden Trauer. Marcus Livius Drusus, der das wirkliche Leben bislang kaum kennengelernt hatte, weinte vor Scham bei dem Gedanken, daß Rom von Männern geführt wurde, die so viel Leid verursachten, nur weil der eine sich höher dünkte als der andere.

»Nein, sie sind tot«, erwiderte Silo. »Warum, denkst du, habe ich so lange gebraucht, um zu dir und Quintus Sertorius zu kommen? Ich habe mir meine Männer angeschaut. Sie sind tot. Alle tot!«

»Und meine auch«, sagte Drusus und weinte immer noch. »Wir an der rechten Seite haben die volle Wucht des Angriffs abbekommen, und wir haben nicht einmal von Ferne einen unserer Reiter gesehen.«

Kurz danach erblickten sie die Gruppe der Senatoren und riefen laut um Hilfe.

Marcus Aurelius Cotta brachte die verwundeten Militärtribunen selbst nach Arausio. Er stapfte die fünf Meilen hinter dem Ochsenkarren her, der durch seine Beschaffenheit und den gemächlichen Schritt der Tiere am besten für den Transport der Verwundeten geeignet war. Die anderen Senatoren waren zurückgeblieben und versuchten, ein wenig Ordnung in das Chaos zu bringen. Marcus Antonius Meminius hatte einige Gallier, die auf den Bauernhöfen um Arausio lebten, überredet, zum Schlachtfeld zu gehen und zu helfen.

»Das ist jetzt schon der dritte Abend nach der Schlacht, wir können die Toten nicht länger so liegen lassen«, sagte Cotta zu Meminius, als er dessen Haus erreicht hatte.

»Die Leute aus der Stadt sind geflohen, und die Bauern sind überzeugt, daß die Germanen zurückkommen werden. Du weißt nicht, wieviel Überredungskunst es mich gekostet hat, bis sie bereit waren, euch da draußen zu helfen«, meinte Meminius.

»Ich weiß nicht, wo die Germanen sind«, erwiderte Cotta. »Ich habe keine Ahnung, warum sie sich nach Norden zurückgezogen haben. Bis jetzt konnte ich noch keine Spur von ihnen entdecken. Unglücklicherweise habe ich niemanden, den ich als Kundschafter aussenden könnte. Ich brauche jeden Mann auf dem Schlachtfeld.«

»Oh!« Meminius schlug sich an die Stirn. »Vor vier Stunden kam ein Mann in den Ort geritten. Ich habe nicht viel von dem verstanden, was er sagte, nur daß er einer der germanischen Dolmetscher ist, die im Lager der Kavallerie waren. Er spricht zwar Latein, aber mit einem Akzent, den ich nicht verstehe. Möchtest du mit ihm reden? Vielleicht kannst du ihn als Kundschafter ausschicken.«

Cotta ließ den Germanen rufen, und was er von ihm erfuhr, änderte alles.

»Es gab einen fürchterlichen Streit, der Rat der Häuptlinge hat sich aufgelöst, die drei Stämme ziehen getrennt weiter«, berichtete der Mann.

»Du meinst, die Häuptlinge haben sich gestritten?« vergewisserte sich Cotta.

»Ja, Teutobod von den Teutonen und Boiorix von den Kimbern,

zumindest am Anfang«, sagte der Dolmetscher. »Die Krieger zogen zurück, um die Wagen zu holen, und die Häuptlinge wollten die Beute verteilen. Es war viel Wein da, aus den drei Lagern der Römer, und die Häuptlinge tranken ihn. Dann sagte Teutobod, er habe einen Traum gehabt, der große Gott Ziu habe ihn im Traum besucht und ihm gesagt, wenn sein Stamm weiter nach Süden in römisches Gebiet ziehen sollte, würden ihm die Römer eine große Niederlage beibringen. Alle Krieger, alle Frauen und Kinder würden getötet oder in die Sklaverei geschickt. Also, sagte Teutobod, werde er die Teutonen durch das Gebiet der Gallier nach Spanien führen und nicht durch römisches Land. Boiorix war dagegen und warf Teutobod vor, er sei ein Feigling. Boiorix verkündete, daß die Kimbern nach Süden in römisches Gebiet ziehen würden, egal, was die Teutonen tun wollten.«

»Bist du ganz sicher?« fragte Cotta, der es kaum glauben konnte. »Woher weißt du das alles? Vom Hörensagen? Oder warst du dort?«

»Ich war dort, *dominus.*«

»Warum warst du dort? Wie bist du hingekommen?«

»Sie haben mich mitgenommen und wollten mich zu den Kimbern bringen, denn zu ihnen gehöre ich. Aber sie waren alle sehr betrunken und achteten nicht auf mich. Ich wollte nicht mehr zu meinem Stamm zurück. Also versuchte ich so viel in Erfahrung zu bringen, wie ich konnte, und dann zu fliehen.«

»Na, erzähl schon weiter, Mann!« sagte Cotta ungeduldig.

»Nun, die anderen Häuptlinge mischten sich in den Streit zwischen Teutobod und Boiorix ein. Getorix, der Häuptling der Markomannen, der Cherusker und der Tiguriner, schlug vor, bei den Häduern und Ambarrern zu bleiben, dann hätte man mit den Römern gar nichts zu tun. Aber außer seinen eigenen Leuten war niemand dafür. Die teutonischen Häuptlinge schlugen sich auf die Seite von Teutobod, die kimbrischen auf die Seite von Boiorix. So endete die Versammlung gestern damit, daß jeder Stamm etwas anderes beschloß. Teutobod zieht mit den Teutonen nach Spanien. Getorix und seine Leute bleiben bei den Häduern und Ambarrern. Boiorix führt die Kimbern über die Rhône und will am Rande der römischen Gebiete entlangziehen anstatt mitten hindurch.«

»Darum also ist keine Spur von ihnen zu sehen!« sagte Cotta.

»Genau, *dominus.* Sie werden nicht nach Süden in römisches Gebiet vordringen.«

Cotta suchte Marcus Antonius Meminius wieder auf und erzählte mit breitem Lächeln, was er erfahren hatte.

»Du mußt diese Neuigkeiten so schnell wie möglich verbreiten, Marcus Meminius! Wenn wir die Leichen auf dem Schlachtfeld nicht bald verbrennen, werden der Boden und das Wasser verseucht, und Krankheiten werden den Menschen von Arausio mehr antun als die Germanen.« Cotta starrte vor sich hin und biß sich auf die Lippen. »Wo ist Quintus Servilius Caepio?«

»Schon auf dem Weg nach Rom, Marcus Aurelius.«

»Was?«

»Er verließ Arausio mit seinem Sohn, weil er in Rom so schnell wie möglich Bericht erstatten wollte«, sagte Meminius verwirrt.

»Oh, ich wette, daß er das vorhat!« entgegnete Cotta grimmig. »Nimmt er den Landweg?«

»Natürlich, Marcus Aurelius. Ich habe ihm vier Maultiergespanne aus meinem Stall gegeben.«

Cotta erhob sich. Er war todmüde, doch bei dieser Nachricht strömte neue Kraft durch seine Glieder. »Den Bericht über die Geschehnisse bei Arausio werde ich überbringen! Und wenn ich mir Flügel wachsen lassen müßte, ich werde vor Quintus Servilius in Rom sein, das schwöre ich! Marcus Meminius, ich will das beste Pferd, das du auftreiben kannst. Bei Anbruch der Dämmerung werde ich nach Massilia aufbrechen.«

Ohne Eskorte und im Galopp machte sich Cotta auf den Weg. In Glanum wechselte er das Pferd und dann noch einmal in Aquae Sextiae. Sieben Stunden, nachdem er in Arausio aufgebrochen war, erreichte er Massilia. In der großen Hafenstadt, die vor Jahrhunderten von den Griechen gegründet worden war, hatte man noch nichts von der großen Schlacht gehört, die vier Tage zuvor stattgefunden hatte. Cotta fand die Stadt – so hell, so gepflegt, so griechisch – in fieberhafter Aufregung über den Vormarsch der Germanen.

Cotta begab sich in höchster Eile und mit der Arroganz eines höheren Magistrats, der in dringenden Geschäften unterwegs ist, zum Haus des *ethnarch,* nachdem er sich den Weg hatte zeigen lassen. Massilia erfreute sich guter Beziehungen zu Rom, ohne jedoch den römischen Gesetzen unterworfen zu sein. Man hätte Cotta höflich die Tür weisen können, doch dies geschah natürlich nicht. Vor allem nicht, nachdem der *ethnarch* und einige Räte, die in der Nähe wohnten, hörten, was Cotta zu berichten hatte.

»Ich möchte das schnellste Schiff, das ihr habt, und die besten

Seemänner und Ruderer von Massilia«, sagte Cotta. »Das Schiff darf keine Fracht an Bord haben, sonst ist es zu langsam. Statt dessen brauche ich zwei zusätzliche Rudermannschaften für den Fall, daß wir gegen den Wind oder gegen schwere See zu rudern haben. Ich schwöre dir, *ethnarch* Aristides, daß ich in drei Tagen in Rom sein werde, und wenn das bedeutet, daß die ganze Strecke gerudert werden muß! Wir werden nicht an der Küste entlangfahren, sondern auf dem direktesten Kurs nach Ostia, den der beste Navigator von Massilia steuern kann. Wann erreicht die Flut ihren höchsten Stand?«

»Das Schiff und die Rudermannschaften werden bei Sonnenaufgang zur Verfügung stehen, Marcus Aurelius. Dann hat auch die Flut den höchsten Punkt erreicht«, sagte der *ethnarch* freundlich. Er räusperte sich zurückhaltend. »Wer wird denn bezahlen?«

Typisch massilischer Grieche, dachte Cotta, doch er sprach es nicht aus. »Stelle mir eine Rechnung aus«, erwiderte er. »Der Senat und das Volk von Rom werden bezahlen.« Die Rechnung wurde sofort geschrieben. Cotta sah den völlig überhöhten Preis und knurrte. »Es ist tragisch, wenn schlechte Neuigkeiten so viel kosten, daß davon schon wieder ein neuer Krieg gegen die Germanen bezahlt werden könnte. Ich nehme an, du wirst um keine Drachme heruntergehen?«

»Ich stimme dir zu, es ist tragisch«, meinte der *ethnarch* höflich. »Aber trotz allem – Geschäft ist Geschäft. Der Preis ist gemacht, Marcus Aurelius. Entweder du bist einverstanden, oder du läßt es bleiben.«

»Ich bin einverstanden«, sagte Cotta.

Caepio und sein Sohn hatten sich nicht die Mühe gemacht, auf ihrem Weg nach Rom über Massilia zu reisen, auf dem Landweg hätte das ohnehin nur einen Umweg bedeutet. Niemand wußte besser als Caepio, daß die Winde über dem *sinus gallicus* immer in die falsche Richtung bliesen – er hatte immerhin ein Jahr in Narbo verbracht und davor schon eines als Prätor in Spanien. Statt dessen würde er die Via Domitia bis zum Tal der Durance nehmen, über den Mons-Genava-Paß nach Gallia Cisalpina gelangen und dann so schnell wie möglich auf der Via Aemilia und der Via Flavia nach Rom eilen. Er hoffte, pro Tag durchschnittlich siebzig Meilen zurückzulegen, vorausgesetzt, er konnte unterwegs überall gute Tiere beschlagnahmen, und mit seinem prokonsularischen *imperium* sollte das eigentlich kein Problem sein. Es war in der Tat kein Problem. Mit jeder Meile, die er zurücklegte, wuchs seine Zuversicht, daß er den Kurier der Senatoren schlagen würde. Die Alpen überquerte er so rasch, daß nicht einmal die Vokonter – immer auf der Ausschau nach römischen Reisenden, die sie überfallen konnten – in der Lage waren, einen Angriff auf die beiden galoppierenden Maultiergespanne zu führen.

Als Caepio Ariminum und damit das Ende der Via Aemilia erreicht hatte, wußte er, daß er von Arausio bis Rom dank der guten Straßen und der frischen Tiere nicht länger als sieben Tage brauchen würde. Langsam wurde er ruhiger. Er würde erschöpft in Rom ankommen, er würde schreckliche Kopfschmerzen haben, aber all das spielte keine Rolle. Nur eines zählte: Seine Version der Geschehnisse bei Arausio würde die erste sein, und damit hatte er die Schlacht so gut wie gewonnen. Als Fanum Fortunae vor ihnen auftauchte, schwenkte die Reisegruppe auf die Via Flaminia ein und fuhr dem Tal des Tibers entgegen. Caepio wußte, daß er gewonnen hatte. Seiner Version würde man in Rom Glauben schenken.

Doch Fortuna bevorzugte einen anderen. Marcus Aurelius Cotta durchsegelte den *sinus gallicus* von Massilia nach Ostia bei Winden, die entweder aus der richtigen Richtung oder überhaupt nicht bliesen, und die Überfahrt verlief sehr viel besser als erwartet. Wenn kein Wind blies, nahmen die Ruderer ihre Plätze ein, der *hortator* schlug den Rhythmus auf seiner Trommel, und dreißig muskulöse Rücken beugten sich über die Ruder. Das Schiff war klein und eher für Geschwindigkeit als für Fracht ausgelegt. Nach Cottas Ansicht sah es verdächtig nach einem Kampfschiff aus, obwohl die Einwohner von Massilia eigentlich keine Kampfschiffe besitzen durften. Auf jeder Seite saßen fünfzehn Ruderer hintereinander. Ihre Reihen wurden von Decks geschützt, die sich durch das Anbringen starker Schilde im Handumdrehen in Plattformen verwandeln ließen, auf denen man kämpfen konnte. Der Kran auf dem Hinterdeck war eine seltsame Konstruktion. Vielleicht, dachte Cotta, stand hier normalerweise ein starkes Katapult? Piraterie war ein einträgliches Geschäft und wurde im ganzen Mittelmeer betrieben.

Aber Cotta war kein Mann, der an einem Geschenk Fortunas herummäkelte. So nickte er nur höflich, als der Kapitän ihm erklärte, daß er auf die Beförderung von Passagieren spezialisiert sei. Auf den Decks über den Ruderreihen könnten sich die Passagiere etwas die Beine vertreten, die Kabinen seien ja leider ein wenig primitiv.

Bevor sie abgelegt hatten, hatte der Kapitän Cotta überzeugt, daß sie keine zwei zusätzlichen Rudermannschaften brauchten. Seine Männer seien die besten weit und breit, bessere könne er gar nicht finden. Sie könnten mit nur einer zusätzlichen Mannschaft die höchste Geschwindigkeit halten, und inzwischen war Cotta froh, daß er zugestimmt hatte. Das Schiff mußte kein zusätzliches Gewicht tragen, und gerade als die Ruderer erste Zeichen von Erschöpfung zeigten, setzte ein leichter Wind ein, stark genug, um beiden Rudermannschaften eine Pause zu verschaffen.

Das Schiff hatte den großen Hafen von Massilia in der Morgendämmerung des elften Tages im Oktober verlassen, drei Tage später warf es Anker in dem armseligen Hafen von Ostia – einen Tag vor den Iden des Oktobers. Und drei Stunden später betrat Cotta das Haus des Konsuls Publius Rutilius Rufus. Die wartenden Klienten scheuchte er vor sich her wie ein Fuchs die aufgeschreckten Hühner.

»Hinaus!« sagte er zu dem Klienten, der auf dem Besucherstuhl an Rutilius Rufus' Schreibtisch saß. Müde ließ sich Cotta auf den Stuhl fallen, während sich der Klient erschreckt davonmachte.

Um die Mittagszeit kam der Senat zu einer außerordentlichen Sitzung in der Curia Hostilia zusammen. Ungefähr zur gleichen Zeit brachten Caepio und sein Sohn in schnellem Trott das letzte Stück der Via Aemilia hinter sich.

»Laßt die Türen offen«, befahl Publius Rutilius Rufus dem obersten Senatsdiener. »Das Volk soll hören, was in dieser Sitzung gesprochen wird. Und ich möchte, daß jedes Wort niedergeschrieben und im Senatsprotokoll festgehalten wird.«

In Anbetracht des Umstandes, daß man die Sitzung so kurzfristig anberaumt hatte, waren erstaunlich viele Senatoren anwesend. Auf unergründliche Weise war das Gerücht von einer schrecklichen Niederlage Roms gegen die Germanen bereits vor der offiziellen Verkündung in die Stadt gelangt. Der Versammlungsplatz der Komitien füllte sich ebenso schnell mit Menschen wie die Stufen zur Curia Hostilia.

Die ehrwürdigen Senatoren hatten Caepios Briefe, in denen er Einwände gegen Mallius Maximus erhob und den Oberbefehl für sich beanspruchte, noch gut in Erinnerung. Sie befürchteten neue Auseinandersetzungen und waren nervös. Der kühne Marcus Aemilius Scaurus hatte seit Wochen nichts von Caepio gehört und wußte, daß er im Nachteil war. Als nun Konsul Rutilius Rufus befahl, die Türen offenstehen zu lassen, machte Scaurus keine Anstalten, Einwände zu erheben, ebensowenig Metellus Numidicus. Alle Augen waren auf Cotta gerichtet, der in der ersten Reihe saß, neben dem Podium, auf dem der Elfenbeinstuhl seines Schwagers Rutilius Rufus stand.

»Marcus Aurelius Cotta ist heute morgen in Ostia angekommen«, eröffnete Rutilius Rufus die Sitzung. »Vor drei Tagen war er noch in Massilia und einen Tag davor in Arausio, ganz in der Nähe unserer Armeen. Ich erteile Marcus Aurelius Cotta das Wort und setze den Senat in Kenntnis, daß diese Sitzung protokolliert wird.«

Natürlich hatte Cotta ein Bad genommen und sich umgezogen, doch sein Gesicht, das sonst eine lebhafte Farbe zeigte, war grau vor Erschöpfung. Jeder Faser seines Körpers sah man an, wie müde er war, als er nun aufstand und das Wort ergriff.

»Am Tag vor den Nonen des Oktober, *patres conscripti,* fand bei Arausio eine Schlacht statt«, sagte Cotta. Er mußte seine Stimme nicht erheben, denn im Senat war kein Laut zu vernehmen. »Die Germanen haben uns vernichtet. Achtzigtausend römische Soldaten sind tot.« Keine Ausrufe, kein Gemurmel, niemand regte sich. Die Stille im Senat war so tief wie in der Höhle der Sibylla von Cumae. »Wenn ich sage, achtzigtausend Soldaten, dann meine ich genau das. Daneben fielen vierundzwanzigtausend Sklaven und Männer vom Troß. Die Toten der Kavallerie sind ebenfalls nicht mitgerechnet.«

Mit ausdrucksloser Stimme fuhr Cotta fort und berichtete den eingeschriebenen Vätern in allen Einzelheiten, was sich nach Ankunft der sechs Senatoren bei Arausio ereignet hatte. Er schilderte die fruchtlosen Auseinandersetzungen mit Caepio, die Unruhe und Verwirrung, die Caepio mit seiner Flut von Befehlen unter den oberen Rängen der Armee von Mallius Maximus ausgelöst hatte, er erzählte, wie manche Offiziere von Mallius Maximus sich auf die Seite von Caepio gestellt hatten, unter anderem Caepios Sohn. Er beschrieb, wie Aurelius und die Kavallerie so weit von der Armee entfernt aufgestellt worden waren, daß sich die Fußsoldaten und die Kavallerie nicht mehr gegenseitig zu Hilfe kommen konnten. »Fünftausend Soldaten, alle Männer vom Troß der Kavallerie und alle Tiere in Aurelius' Lager wurden getötet. Der Legat Marcus Aurelius Scaurus wurde von den Germanen gefangengenommen. Sie haben ihn bei lebendigem Leib verbrannt, eingeschriebene Väter, um ein Exempel zu statuieren. Wie mir ein Augenzeuge berichtete, starb er mannhaft und mit vorbildlicher Tapferkeit.«

Viele Senatoren waren aschgrau geworden, denn die meisten hatten Söhne oder Brüder, Neffen oder Vettern in einer der Armeen. Einige Senatoren weinten leise, die Köpfe in ihre Togen gehüllt, andere hatten sich nach vorne gebeugt und verbargen ihre Gesichter in den Händen. Der Senatsvorsitzende Scaurus saß als einziger aufrecht, doch auf seinen Wangen brannten zwei rote Flecken, und der Mund war nur eine schmale, blasse Linie.

»Jeden, der hier sitzt, trifft eine Mitschuld an dem, was geschehen ist«, fuhr Cotta fort. »Unter den Abgesandten des Senates befand sich kein Konsular, ich, ein einfacher ehemaliger Prätor, hatte als einziger von den sechs Senatoren ein kurulisches Amt inne. Wir waren Quintus Sertorius weder an Geburt noch an Rang ebenbürtig, und natürlich weigerte er sich, uns als gleichgestellt anzuerkennen. Statt dessen nahm er unsere Unterlegenheit, unseren Mangel an Einfluß, als Zeichen, daß der Senat hinter ihm stand. Und er hatte recht damit, *patres conscripti!* Es war euch nicht ernstlich daran gelegen, Quintus Servilius dem Gesetz und dem Befehl des Konsuls Mallius Maximus zu unterstellen, sonst wäre die Abordnung mit Konsularen vollgestopft gewesen! Ihr habt absichtlich fünf zweitrangige Senatoren und einen ehemaligen Prätor geschickt, und das zu Verhandlungen mit einem Befehlshaber, der dafür bekannt ist, daß er die Vorrechte von Geburt und Rang besonders hartnäckig verteidigt!«

Kein Senator hob den Kopf, immer mehr verhüllten sich in ihre Togen. Doch Scaurus blieb aufrecht sitzen, die blitzenden Augen auf Cotta geheftet.

»Die Kluft zwischen Quintus Servilius Caepio und Gnaeus Mallius Maximus verhinderte die Vereinigung ihrer beiden Armeen. Anstatt einer einzigen, großen Armee mit siebzehn Legionen und mehr als fünftausend Kavalleristen standen den Germanen zwei Armeen gegenüber, zwanzig Meilen auseinander, die kleinere näher am germanischen Heer, ohne Schutz durch die Kavallerie. Quintus Servilius Caepio hat mir selbst gesagt, daß er seinen Triumph nicht mit Gnaeus Mallius Maximus teilen wollte. Also stellte er seine Armee absichtlich so weit nördlich von Gnaeus Mallius auf, daß der Konsul an der Schlacht nicht teilnehmen konnte – denn es war ja seine, Quintus Caepios Schlacht.«

Cotta holte rasselnd Atem, in der Totenstille des Senats klang es so laut, daß Rutilius Rufus auffuhr. Scaurus regte sich nicht. Metellus Numidicus, der neben Scaurus saß, hob langsam den Kopf aus der Toga und richtete sich auf. Sein Gesicht war wie versteinert.

»Auch wenn man diese verhängnisvolle Kluft zwischen Quintus Servilius und Gnaeus Mallius außer acht läßt, eingeschriebene Väter, muß man ehrlicherweise sagen, daß die Schlacht gegen die Germanen gar nicht gewonnen werden konnte, weil weder Quintus Servilius noch Gnaeus Mallius die militärischen Fähigkeiten dazu hatten! Aber eines ist unstreitig: Die Hauptschuld ist bei Quintus Servilius zu suchen. Denn er war nicht nur ein ebenso schlechter Befehlshaber wie Gnaeus Mallius, sondern er setzte sich auch über das Gesetz hinweg. Er stellte sich selbst über das Gesetz! Er glaubte, das Gesetz sei für weniger erlauchte Persönlichkeiten bestimmt als ihn. Ein wahrer Römer, Senatsvorsitzender Marcus Aemilius Scaurus«, und hier wandte sich Cotta direkt an den Vorsitzenden des Senats, der sich nach wie vor nicht rührte, »stellt das Gesetz über alles andere. Denn ein wahrer Römer weiß, daß es unter dem Gesetz keine Rangunterschiede gibt, weil das Gesetz Kontrolle und Ausgleich gerade in der Weise bereithält, daß ein Gleichgewicht geschaffen wird. Wir haben Roms Gesetz wohlüberlegt so gestaltet, daß sich kein Mann – keiner! – über die anderen erheben kann. Quintus Servilius Caepio benahm sich, als wäre er der Erste Mann Roms. Doch nach dem Gesetz kann es keinen Ersten Mann geben! Ich sage euch, Gnaeus Mallius war nur ein schlechter Befehlshaber, doch Quintus Servilius hat das Gesetz gebrochen.«

Immer noch lag Stille über dem Senat. Cotta seufzte. »Arausio ist eine schlimmere Niederlage als Cannae. Unsere besten Männer sind tot. Ich weiß es, denn ich war dort. Vielleicht dreizehntausend Mann haben überlebt, die Unerfahrensten aus allen Legionen, und ihr Rückzug war nicht geordnet, sondern eine regellose Flucht. Sie warfen ihre Waffen und Rüstungen weg und schwammen über die Rhône in Sicherheit. Dort wandern sie jetzt ziellos am Westufer herum, und einigen Berichten zufolge haben sie solche Angst vor den Germanen, daß sie eher desertieren würde, als sich noch einmal geordnet in einer römischen Armee aufstellen zu lassen. Sextus Julius Caesar wurde von einem seiner eigenen Männer niedergeschlagen, als er versuchte, die Fliehenden aufzuhalten. Es freut mich, euch sagen zu können, daß er noch am Leben ist, ich selbst habe ihn auf dem Schlachtfeld gefunden, wo die Germanen ihn liegen ließen, weil sie ihn für tot hielten. Meine Begleiter und ich – neunundzwanzig Männer insgesamt – waren die einzigen, die sich um die Verwundeten gekümmert haben, fast drei Tage lang kam uns niemand zu Hilfe. Der allergrößte Teil der Männer, die auf dem Schlachtfeld lagen, war tot, doch zweifellos mußten einige nur deshalb sterben, weil nach der Schlacht niemand da war, der ihnen hätte helfen können.«

Trotz seiner eisernen Selbstbeherrschung machte Metellus Numidicus eine Handbewegung, in der eine angstvolle Frage lag. Cotta sah die Geste und schaute Metellus Numidicus an, den Feind von Gaius Marius. Cotta hatte keine Sympathien für Gaius Marius.

»Dein Sohn, Quintus Caecilius Metellus Numidicus, hat die Schlacht ohne Verletzungen überlebt, und er war beileibe kein Feigling. Er hat den Konsul Gnaeus Mallius Maximus und einige Angehörige seines Stabes gerettet. Gnaeus Mallius jedoch hat beide Söhne verloren. Von den vierundzwanzig Militärtribunen haben nur drei überlebt – Marcus Livius Drusus, Sextus Julius Caesar und der junge Quintus Servilius Caepio. Marcus Livius Drusus und Sextus Julius Caesar wurden schwer verwundet, der junge Quintus Servilius, der die unerfahrenste Legion kommandierte und dem Fluß am nächsten stand, überlebte, weil er an das andere Ufer schwamm. Unter welchen Umständen das geschah und ob er damit seine Ehre verloren hat, weiß ich nicht.«

Cotta machte eine Pause und räusperte sich. Er fragte sich, ob Metellus Numidicus deshalb so erleichtert aussah, weil sein Sohn überlebt hatte oder weil er kein Feigling gewesen war. »Aber all diese glücklichen Einzelschicksale verblassen, wenn man sich vor Augen hält, daß kein einziger Zenturio mit etwas Kampferfahrung überlebt hat, und zwar in keiner der beiden Armeen. Rom hat keine ausgebildeten Offiziere mehr, *patres conscripti!* Und die große römische Armee in Gallia Transalpina ist ausgelöscht.« Cotta schwieg einen Augenblick, dann fügte er hinzu: »Sie hat niemals existiert, dank Quintus Servilius Caepio.«

Vor den großen Bronzetoren der Curia Hostilia gaben die vordersten, die alles verstehen konnten, Cottas Bericht an die hinteren Reihen weiter. Immer mehr Menschen strömten zusammen, die riesige Menge bedeckte inzwischen das ganze Argiletum – die Straße, die vom Forum Romanum in die Subura führte – und den Clivus Argentarius und den gesamten unteren Teil des Forums hinter dem Versammlungsort der Komitien. Obwohl die versammelte Menge ungeheuer groß war, herrschte vollkommene Stille. Nur ein vielstimmiges, leises Schluchzen war zu hören. Rom hatte die entscheidende Schlacht verloren. Und Italien war den Germanen ungeschützt ausgeliefert.

Bevor Cotta sich setzen konnte, fragte Scaurus: »Und wo sind die Germanen jetzt, Marcus Aurelius? Wie weit südlich von Arausio standen sie, als du abgereist bist? Und wie weit südlich können sie mittlerweile sein, jetzt, in diesem Augenblick?«

»Ich kann es beim besten Willen nicht sagen, *princeps senatus.* Als die Schlacht vorüber war – sie dauerte nur eine Stunde – wandten sich die Germanen wieder nach Norden, anscheinend wollten sie die Wagen und ihre Frauen und Kinder holen, die nördlich des Lagers der Kavallerie geblieben waren. Als ich mich auf den Weg nach Rom machte, waren sie noch nicht zurückgekehrt. Ich sprach mit einem Germanen, der als Dolmetscher bei den Verhandlungen zwischen Marcus Aurelius Scaurus und den germanischen Häuptlingen dabeigewesen war. Die Germanen hatten ihn mitgenommen, aber weil er einer der Ihren war, geschah ihm nichts. Seinem Bericht zufolge brach unter den Germanen ein Streit aus, und sie haben sich – für den Moment jedenfalls – in drei Gruppen gespalten. Es scheint, als ob keine der Gruppen es wagen will, allein in römisches Gebiet einzudringen. Sie ziehen auf unterschiedlichen Wegen durch Gallia Narbonensis nach Spanien. Der Streit entstand allerdings vor allem durch den Wein, den sie aus den römischen Lagern mitgenommen hatten. Wie lange die Spaltung anhält, kann niemand voraussehen. Ich kann auch nicht mit Bestimmtheit sagen, ob der Dolmetscher die Wahrheit gesprochen hat. Oder auch nur einen Teil der Wahrheit. Er sagt, er sei geflohen und zu uns zurückgekommen, weil er nicht mehr unter den Germanen leben wollte. Aber es kann natürlich auch sein, daß die Germanen ihn zurückgeschickt haben, damit er unsere Ängste einschläfert und wir eine desto leichtere Beute für sie werden. Ich kann mit Sicherheit nur sagen, daß von den Germanen keine Spur zu sehen war, als ich aufbrach«, sagte Cotta und setzte sich.

Rutilius Rufus erhob sich. »Das ist nicht der richtige Zeitpunkt für eine Debatte, eingeschriebene Väter. Und auch nicht für gegenseitige Beschuldigungen oder weitere Streitereien. Wir müssen handeln.«

»Hört, hört!« war eine Stimme aus dem Hintergrund zu vernehmen.

»Morgen haben wir die Iden des Oktobers«, fuhr Rutilius Rufus fort. »Das bedeutet, daß die Jahreszeit, in der Feldzüge unternommen werden können, so gut wie vorüber ist. Wir haben nicht mehr viel Zeit, wenn wir etwas dagegen tun wollen, daß die Germanen in unser Land eindringen können, wann es ihnen gerade paßt. Ich habe einen Plan entworfen, den ich euch nun vorlegen will, doch zunächst möchte ich euch eindringlich warnen. Bei dem leisesten Anzeichen einer Meinungsverschiedenheit, eines Streites oder einer Spaltung des Senats werde ich meinen Plan dem Volk vorlegen und mir die Zustimmung der Versammlung der Plebs holen. Damit nehme ich euch, *patres conscripti,* das Vorrecht, über die Verteidigungsmaßnahmen von Rom zu entscheiden. Das Verhalten von Quintus Servilius Caepio zeigt ganz genau, wo die größte Schwäche unserer senatorischen Ordnung liegt – nämlich darin, daß der Senat nicht zugeben will, daß durch Glück, Geschick und Schicksal gelegentlich auch Männer aus niedrigen Rängen aufsteigen können, Männer, die größere Begabungen haben als wir, die wir uns durch Geburt und Tradition berufen fühlen, das Volk von Rom zu regieren – und seine Armeen zu kommandieren.«

Er hatte sich umgewandt und sprach nun in Richtung der offenen Türen. Seine hohe, kräftige Stimme schallte über den Versammlungplatz.

»Wir werden jeden kriegstauglichen Mann Italiens brauchen, soviel steht fest. Von den *capite censi* durch alle Klassen und Stände hindurch bis hin zum Senat, jeden tauglichen Mann! Deshalb fordere ich euch auf, von der Versammlung der Plebs ein Gesetz verabschieden zu lassen, das ab sofort jedem Mann zwischen siebzehn und fünfunddreißig verbietet, Italien zu verlassen – gleichgültig, ob der Mann Römer oder Latiner oder Italiker ist, gleichgültig, ob er Italien auf dem Seeweg verlassen oder über den Arno oder den Rubicon nach Gallien gelangen will. Morgen sollen Kuriere im Galopp folgende Order an jeden Hafen unserer Halbinsel überbringen: Kein Schiff und kein Boot darf einen tauglichen Mann an Bord nehmen. Ein Verstoß wird mit der Todesstrafe geahndet, sowohl für den Passagier als auch für die Mannschaft.«

Keiner der anwesenden Senatoren sagte etwas, weder der Senatsvorsitzende Scaurus noch Metellus Numidicus, weder der Pontifex Maximus Metellus Delmaticus noch Ahenobarbus der Ältere, weder Catulus Caesar noch Scipio Nasica. Gut, dachte Rutilius Rufus. Sie werden sich zumindest nicht gegen dieses Gesetz stellen.

»Jeder verfügbare Beamte wird mit der Rekrutierung von Soldaten, vom einfachsten Fußsoldaten bis zu den höchsten Rängen, beauftragt. Das bedeutet auch, eingeschriebene Väter, daß jeder von euch, der unter fünfunddreißig ist, in die Legionen eingezogen wird, unabhängig davon, an wie vielen Kriegszügen er schon teilgenommen hat. Wenn wir dieses Gesetz mit aller Strenge durchführen, können wir wenigstens ein paar Soldaten zusammenbekommen. Aber bei weitem nicht genug, so fürchte ich. Quintus Servilius hatte beinahe jeden landbesitzenden Italiker in seiner Armee und Gnaeus Mallius fast siebzigtausend Besitzlose, entweder als Soldaten oder als nichtkämpfende Männer.

Wir müssen also sehen, welche Armeen wir noch zur Verfügung haben: zwei Legionen in Makedonien, beide von Verbündeten gestellt und beide in Makedonien unabkömmlich, drei Legionen in Spanien, zwei in Hispania Ulterior und eine in Hispania Citerior, zwei davon sind römische Legionen, eine besteht aus Soldaten von Verbündeten. Sie müssen nicht nur in Spanien bleiben, sondern unbedingt verstärkt werden. Die Germanen beabsichtigen ja schließlich, nach Spanien zu ziehen.« Er machte eine Pause.

Der Senatsvorsitzende Scaurus wurde wieder lebendig. »Nun mach schon, Publius Rutilius!« Er klang gereizt. »Komm endlich zur Sache – zu Africa und zu Gaius Marius!«

Rutilius Rufus blinzelte und heuchelte Überraschung. »Oh, ich danke dir, *princeps senatus,* ich danke dir sehr! Wenn du das nicht erwähnt hättest, hätte ich womöglich nicht daran gedacht! Du wirst ganz zu Recht der Wachhund des Senats genannt! Was würden wir nur ohne dich tun?«

»Verschone mich mit deinem Sarkasmus, Publius Rutilius!« knurrte Scaurus. »Mach endlich weiter.«

»Natürlich! Meines Erachtens gibt es zu Africa drei Dinge zu sagen: Erstens wurde der Krieg dort erfolgreich beendet, der Feind ist vernichtend geschlagen, der feindliche König und seine Familie warten in diesem Moment hier in Rom auf ihre gerechte Bestrafung. Sie befinden sich als Gäste im Haus unseres edlen Quintus Caecilius Metellus Schweine ... hoppla! Ich bitte dich vielmals um Verzeihung, Quintus Caecilius, ich meine selbstverständlich Numidicus! Nun, sie befinden sich hier in Rom.

Zweitens besteht die africanische Armee aus sechs Legionen – alle Plebejer, zugegeben, doch sie sind tapfer, ausgezeichnet trainiert und werden von hervorragenden Offizieren befehligt – vom jüngsten Zenturio bis hin zu den Legaten. Zu der Armee gehören außerdem zweitausend Reiter, ebenfalls sehr erfahren und tapfer.«

Rutilius Rufus machte eine Pause, wippte von den Fersen auf die Fußspitzen und zurück und bedachte seine Zuhörer dann mit einem wölfischen Grinsen. »Der dritte Punkt schließlich, *patres conscripti,* ist ein Mann. Ein einziger Mann. Ich meine natürlich Gaius Marius, den Oberbefehlshaber der africanischen Armee. Er ist der einzige, der einen so uneingeschränkten Sieg erringen konnte, daß er mit den Siegen von Scipio Aemilianus gleichzusetzen ist. Numidien wird sich nie mehr gegen uns erheben. Die Bedrohung für die römische Provinz Africa, die römischen Bürger und den römischen Besitz gibt es nicht mehr, die Weizenlieferungen aus Africa sind gesichert. Gaius Marius hinterläßt ein Land, das so vollständig unterworfen und befriedet ist, daß wir nicht einmal eine Legion dort lassen müssen.«

Er trat vom Podium herab, auf dem die Elfenbeinstühle der Inhaber von kurulischen Ämtern standen, und ging über die schwarzweißen Fliesen der Halle zu den Bronzetüren. Dort stellte er sich so, daß die Menschen auf dem Forum ihn besser verstehen konnten.

»Rom braucht einen fähigen Feldherren, und zwar noch dringender als Soldaten und Zenturionen. Gaius Marius selbst sagte einmal hier vor diesem Senat, daß in den paar Jahren seit Gaius Gracchus' Tod Tausende und Abertausende römischer Soldaten sterben mußten, nur weil sie von unfähigen Feldherren geführt wurden! Als Gaius Marius diese Worte sprach, war Rom noch um hunderttausend Mann reicher als jetzt, nach Arausio. Und wie viele Soldaten, Zenturionen und nichtkämpfende Männer hat Gaius Marius verloren? Nun, *patres conscripti,* so gut wie keinen! Vor drei Jahren führte er sechs Legionen nach Africa, und er hat immer noch sechs Legionen. Sechs erfahrene Legionen mit Zenturionen!«

Er machte eine Pause und brüllte dann, so laut er konnte: »Gaius Marius ist die Lösung für das, was Rom jetzt am dringendsten braucht – eine Armee und einen fähigen Feldherrn!«

Die Zuhörer vor der Curia Hostilia konnten seine schmale Figur einen Moment lang erkennen, als er sich umwandte, um durch die Halle hindurch auf sein Podium zurückzukehren. Vor dem Podium blieb er stehen.

»Ihr habt gehört, was Marcus Aurelius Cotta berichtet hat. Die Germanen scheinen uneinig zu sein, im Augenblick sieht es sogar so aus, als hätten sie ihre Absicht aufgegeben, durch die Provinz

Gallia Transalpina zu ziehen. Aber darauf können wir uns nicht verlassen, wir dürfen uns nicht zu weiteren Dummheiten hinreißen lassen. Von einer Tatsache jedoch können wir mit Sicherheit ausgehen: daß wir uns im kommenden Winter vorbereiten müssen. Als erstes müssen wir Gaius Marius als Prokonsul von Gallien verpflichten, und sein *imperium* darf bis zur vollständigen Niederwerfung der Germanen nicht aufgehoben werden.«

Es gab ein allgemeines Gemurmel, die Vorboten des Protestes. Dann war die Stimme von Metellus Numidicus zu hören.

»Gaius Marius soll den Befehl über Gallia Transalpina mit dem *imperium proconsulare* erhalten, und das unbeschränkt, auf Jahre hinaus?« fragte er ungläubig. »Nur über meine Leiche!«

Rutilius Rufus stampfte mit dem Fuß auf und schüttelte die Faust. »Oh, ihr Götter, da haben wir es wieder!« schrie er. »Quintus Caecilius, verstehst du denn immer noch nicht das Ausmaß unserer Misere? Wir brauchen einen Feldherrn wie Gaius Marius!«

»Wir brauchen seine Truppen«, widersprach der Senatsvorsitzende Scaurus laut, »aber wir brauchen nicht Gaius Marius selbst. Es gibt andere hier, die ebenso gut sind!«

»Du meinst natürlich deinen Freund Quintus Caecilius Schweinebacke, nicht wahr, Marcus Aemilius?« Rutilius Rufus schnaufte verächtlich. »Was für ein Unsinn! Zwei Jahre lang hat Quintus Caecilius in Africa herumgestümpert. Ich weiß es, denn ich war dort! Ich habe unter Quintus Caecilius gedient, und Schweinebacke ist ein passender Name für diesen Herrn, denn er versteht vom Kriegführen gerade so viel wie ein dickes Flußschwein! Ich habe auch unter Gaius Marius gedient, und vielleicht erinnern sich manche von euch noch daran, daß ich kein einfacher Soldat war! Ich hätte das Kommando in Gallia Transalpina haben sollen, nicht Gnaeus Maximus! Doch das ist inzwischen Vergangenheit, und ich will mich nicht in Beschuldigungen ergehen.

Ich sage euch, *patres conscripti*, Roms Notlage ist zu wichtig und zu dringend, als daß wir es uns leisten könnten, Rücksichten auf die Eitelkeiten einiger unserer hochrangigsten Mitglieder zu nehmen! Und ich sage euch, *patres conscripti* – euch allen, die ihr auf den vorderen Rängen des Hauses sitzt, und euch auf den hinteren Rängen –, es gibt nur einen Mann, der die Fähigkeiten besitzt, uns aus dieser Notlage herauszuführen, und das ist Gaius Marius! Kommt es denn darauf an, ob sein Name im Zuchtbuch verzeichnet ist? Kommt es darauf an, ob er ein römischer Römer ist? Quintus Servilius Caepio ist ein echter römischer Römer, und seht euch an, wohin er uns gebracht hat! Wißt ihr, wohin er uns gebracht hat? Genau in die Mitte dieser Scheiße!«

Rutilius Rufus brüllte voller Wut und Angst, denn er war jetzt sicher, daß die Senatoren die Notwendigkeit seines Vorschlages nicht verstehen würden. »Ehrwürdige Mitglieder dieses Hauses, verehrte Kollegen! Ich bitte euch, laßt dieses eine Mal eure Vorurteile beiseite! Wir müssen Gaius Marius prokonsularische Befugnisse in Gallia Transalpina geben! Und wir müssen sie ihm so lange geben, bis die Germanen wieder nach Germanien zurückgedrängt sind!«

Und dieser letzte, leidenschaftliche Aufruf tat endlich die gewünschte Wirkung. Er hatte die Senatoren auf seiner Seite. Scaurus wußte es, und Metellus Numidicus wußte es auch.

Der Prätor Manius Aquillius erhob sich. Sein Rang war zwar hoch genug, doch die Geschichte seiner Familie war weniger von Heldentaten geprägt als von Taten, die aus Gier begangen worden waren. Sein Vater hatte ganz Phrygien für eine riesige Summe Goldes an König Mithridates von Pontos verkauft und damit dem unergründlichen Orientalen den Weg in die römische Provinz Asia geöffnet, die Rom von König Attalos von Pergamon geerbt hatte.

»Publius Rutilius, ich möchte sprechen«, bat er.

»Dann sprich«, sagte Rutilius Rufus und ließ sich erschöpft auf seinen Stuhl sinken.

»Ich wünsche zu sprechen!« sagte der Senatsvorsitzende Scaurus ärgerlich.

»Nach Manius Aquillius«, erwiderte Rutilius Rufus liebenswürdig.

»Publius Rutilius, Marcus Aemilius, eingeschriebene Väter«, begann Aquillius mit der korrekten Anrede, »ich stimme dem Konsul zu, daß es nur einen Mann gibt, der uns aus dieser gefährlichen Lage führen kann, und ich stimme ihm zu, daß dieser Mann Gaius Marius ist. Doch der Vorschlag unseres verehrten Konsuls geht nicht weit genug. Mit einem *imperium proconsulare,* das auf Gallia Transalpina beschränkt ist, engen wir Gaius Marius zu sehr ein. Was passiert denn, wenn der Krieg gegen die Germanen aus Gallia Transalpina hinausgetragen wird? Wenn sich der Kriegsschauplatz nach Gallia Cisalpina oder nach Spanien oder gar nach Italien verlagert? Nun, der Oberbefehl würde automatisch an den jeweiligen Statthalter oder den amtierenden Konsul übergehen. Gaius Marius hat viele Feinde im Senat, und ich bin mir nicht sicher, ob seine Feinde das Wohlergehen Roms wichtiger nehmen als ihren persönlichen Groll. Die Weigerung von Quintus Servilius Caepio, mit Gnaeus Mallius Maximus zusammenzuarbeiten, ist ein ausgezeichnetes Beispiel dafür, was passiert, wenn ein Angehöriger des alten Adels seine eigene *dignitas* wichtiger nimmt als die Roms.«

»Du hast unrecht, Manius Aquillius«, unterbrach Scaurus ihn. »Quintus Servilius hielt die *dignitas* Roms ebenso hoch wie seine eigene!«

»Ich danke dir für diese Berichtigung, Senatsvorsitzender«, erwiderte Manius Aquillius freundlich und machte eine kleine Verbeugung, die niemand als wirklich ironisch bezeichnen konnte. »Du hast recht, mich zu verbessern. Die *dignitas* von Rom und die von Quintus Servilius Caepio sind natürlich identisch! Aber warum schätzt du die *dignitas* eines Gaius Marius so viel geringer als die eines Quintus Servilius Caepio? Gaius Marius' Verdienste sind genauso groß, wenn nicht noch größer, obwohl seine Vorfahren keinen Besitz hatten! Die Karriere von Gaius Marius ist makellos! Und nimmt irgendein Mitglied dieses Hauses ernstlich an, Gaius Marius würde zuerst an seinen Heimatort Arpinum denken und dann erst an Rom? Nimmt jemand ernstlich an, Gaius Marius sähe in Arpinum etwas anderes als einen Teil von Rom? Jeder von uns hat Vorfahren, die einmal *homines novi* waren! Sogar Aeneas – der immerhin von Troja nach Latium kam! – war ein *homo novus!* Gaius Marius war Prätor und Konsul. Er hat sich damit selbst geadelt, und seine Nachkommen werden bis ans Ende aller Zeiten adlig sein.«

Aquillius' Augen schweiften über die Ränge der weißgekleideten Senatoren. »Ich sehe einige Senatoren hier, die den Namen von Porcius Cato tragen. Nun – ihr Großvater war ein *homo novus.* Heute sehen wir in den Catos Säulen des Senats, edle Nachkommen eines großen Mannes, doch seinerzeit hatte der Name Cato die gleiche Wirkung auf die Nachfahren von Cornelius Scipio wie der Name Gaius Marius heute auf Caecilius Metellus.«

Er stieg vom Podium hinab, durchquerte die Halle und setzte wie Rutilius Rufus seine Rede in der Nähe der offenen Türen fort, damit alle Zuhörer vor der Curia Hostilia ihn verstehen konnten.

»Gaius Marius und kein anderer muß das Oberkommando gegen die Germanen erhalten, gleichgültig, wo sich der Kriegsschauplatz befindet! Und darum reicht es nicht aus, ihn mit einem prokonsularischen *imperium* auszustatten, das auf Gallia Transalpina beschränkt ist.«

Er wandte sich wieder den Senatoren zu und sprach mit erhobener Stimme. »Es ist klar, daß Gaius Marius hierzu nicht persönlich Stellung nehmen kann, denn er befindet sich immer noch in der africanischen Provinz, und die Zeit läuft uns davon, schneller als ein Pferd im Galopp. Gaius Marius muß Konsul werden! Das ist die einzige Möglichkeit, ihm die Macht zu geben, die er brauchen wird. Er muß als Kandidat für die nächsten Konsulwahlen aufgestellt werden, als Kandidat *in absentia!*«

Aus den Reihen der Senatoren war ungehaltenes Murmeln und Brummen zu vernehmen, doch Manius Aquillius fuhr ungerührt fort und fesselte bald wieder die Aufmerksamkeit aller. »Kann irgend jemand verneinen, daß die Männer in den Zenturien zur Blüte unseres Volkes zählen? Also schlage ich vor, daß die Männer der Zenturien entscheiden sollen! Entweder wählen sie Gaius Marius *in absentia,* oder sie wählen ihn nicht. Auf jeden Fall ist die Entscheidung über den Oberbefehl zu wichtig, als daß der Senat sie treffen könnte. Und sie ist auch zu bedeutend für die Versammlung der Plebs oder die Versammlung des ganzen Volkes. Ich sage euch, eingeschriebene Väter, die Entscheidung über den Oberbefehl im Krieg gegen die Germanen muß von den wichtigsten Männern Roms gefällt werden, von den Männern der Ersten und Zweiten Klasse, die in ihrer eigenen Versammlung entscheiden, in den *comitia centuriata!*«

Oh, hier haben wir also unseren Odysseus, dachte Rutilius Rufus. Das hätte ich nie erwartet! Und es gefällt mir auch nicht. Nun, auf jeden Fall hat er die Leute um Scaurus jetzt in der Hand. Und es hätte niemals geklappt, wenn ich mit der kniffligen Frage über Gaius Marius' Befehlsgewalt vor die Volksversammlung gegangen wäre. Die ganze Sache wäre von den Volkstribunen geleitet worden, es hätte viel Geschrei und Gebrüll gegeben, möglicherweise sogar Handgreiflichkeiten. Für Männer wie Scaurus ist so ein lärmender Haufen eine gute Rechtfertigung, die Geschicke Roms selbst in die Hand zu nehmen. Und die Männer der Ersten und Zweiten Klasse? Nun, das ist ein ganz anderer Schlag. Schlau, sehr schlau, Manius Aquillius!

Erst etwas vorschlagen, was noch nie dagewesen ist – nämlich einen Mann zum Konsul wählen zu lassen, der sich nicht einmal in Rom befindet. Und dann auch Scaurus und seine Leute wissen lassen, daß die Frage nicht von ihnen entschieden werden soll, sondern von den besten Männern Roms! Und wenn die Erste und die Zweite Klasse Gaius Marius nicht wollen, müssen sie nur zwei andere Männer aussuchen, wenn sie ihn wollen, müssen sie nur für ihn und einen zweiten Kandidaten stimmen. Und ich könnte wetten, daß die Dritte Klasse nicht einmal Gelegenheit bekommt zu wählen! Damit wäre auch dem Anspruch auf Wahrung der Standesunterschiede Genüge getan.

Das wirkliche Problem ist diese Sache *in absentia*. Damit muß Manius Aquillius zur Versammlung der Plebs gehen, hier im Senat wird er dafür keine Zustimmung erhalten. Man braucht sich ja nur anzusehen, wie die Volkstribunen vor Schadenfreude auf ihren Bänken herumzappeln! Sie werden bestimmt kein Veto einlegen. Sie werden den Vorschlag mit der Wahl *in absentia* vor die Versammlung der Plebs bringen, und die Plebejer werden so verblüfft darüber sein, daß ihre zehn Tribunen einmal einig vor ihnen stehen, daß sie ein Gesetz verabschieden. Ein Gesetz, das es Gaius Marius ermöglicht, in Abwesenheit zum Konsul gewählt zu werden. Natürlich werden Scaurus und Metellus Numidicus sich auf die *lex Villia annalis* berufen, nach der kein Mann innerhalb von zehn Jahren zweimal zum Konsul gewählt werden darf. Aber sie werden auch damit nicht durchkommen. Scaurus und Metellus Numidicus und all die anderen werden den kürzeren ziehen.

Auf diesen Manius Aquillius sollte man aufpassen, überlegte Rutilius Rufus. Er wandte sich auf seinem Stuhl um und betrachtete ihn genau. Erstaunlich! Da sitzen sie seit Jahren fügsam und still wie kleine vestalische Jungfrauen auf ihren Bänken, und sobald sich die Gelegenheit bietet, werfen sie den Schafspelz ab und zeigen ihr wahres Gesicht. Du bist ein Wolf unter deinem Schafspelz, Manius Aquillius.

In der africanischen Provinz aufzuräumen, war ein Vergnügen, nicht nur für Gaius Marius, sondern auch für Lucius Cornelius Sulla. Zugegeben, die militärischen Pflichten standen jetzt hinter den Verwaltungsaufgaben zurück, doch beiden gefiel die Herausforderung, die damit verbunden war. Sie konnten die Provinz Africa völlig neu gestalten und die beiden angrenzenden Königreiche ebenfalls.

Gauda war der neue König von Numidien, ein Schwächling nach wie vor, doch sein Sohn, Prinz Hiempsal, zeigte außergewöhnliche Fähigkeiten. Marius vermutete, daß Hiempsal wohl bald die Regentschaft übernehmen würde. Bocchus von Mauretanien, der inzwischen wieder als offizieller Freund und Verbündeter in die Arme Roms zurückgekehrt war, hatte sein Königreich um große Gebiete, die vorher Teil des westlichen Numidiens waren, erweitert. Während früher der Mulucha die Ostgrenze seines Reiches gebildet hatte, verlief die Grenze jetzt nur fünfzig Meilen westlich von Rusicade und Cirta. Der größte Teil von Ostnumidien gehörte nun zur römischen Provinz Africa, und Marius konnte den Rittern und Landbesitzern unter seinen Klienten viel Land im reichen Küstengebiet der Kleinen Syrte verschaffen. Die großen, fruchtbaren Inseln in der Kleinen Syrte behielt sich Marius für sich selbst vor. Er hatte bestimmte Pläne, vor allem für Meninx und Kerkena.

»Wenn es einmal soweit ist, daß die Armee entlassen wird«, sagte Marius zu Sulla, »kommt ein Problem auf uns zu – was soll mit den Soldaten geschehen? Sie sind alle *capite censi*, das bedeutet, sie besitzen keine Geschäfte und keine Bauernhöfe, zu denen sie zurückkehren könnten. Sie können sich in andere Armeen eintragen lassen, und ich vermute, daß viele das tun werden. Da ihre Ausrüstung dem Staat gehört, können sie sich wiederum nur einer Armee anschließen, die Besitzlose aufnimmt, und da Scaurus und Schweinebacke sich mit Händen und Füßen dagegen sträuben, Plebejer als römische Soldaten zu rekrutieren, dürften solche Armeen in Zukunft Seltenheitswert erlangen. Zumindest wenn wir mit den Germanen fertig sein werden – oh, Lucius Cornelius, wäre es nicht großartig, wenn wir in diesem Krieg mitkämpfen könnten? Aber sie werden uns nicht lassen, leider.«

»Ich würde meine rechte Hand darauf verwetten«, erwiderte Sulla.

»Behalt sie lieber«, meinte Marius.

»Sprich weiter – was wolltest du über die Soldaten sagen, die entlassen werden?« fragte Sulla.

»Ich denke, der Staat schuldet den Plebejern ohne Grundbesitz ein bißchen mehr als nur einen Beuteanteil am Ende eines Feldzuges. Ich denke, der Staat sollte jedem dieser Männer ein Stückchen Land schenken, auf dem sie sich zur Ruhe setzen können. Mit anderen Worten, er könnte brave Bürger aus ihnen machen, die in bescheidenem Wohlstand leben.«

»Eine militärische Version der Landreform, die die beiden Gracchen wollten?« fragte Sulla leicht erstaunt.

»Genau. Du bist nicht einverstanden?«

»Ich habe gerade daran gedacht, was der Senat dazu sagen wird.«

»Nun, ich nehme an, der Widerstand im Senat wäre wesentlich kleiner, wenn das zu verteilende Land kein *ager publicus* wäre – kein römisches Gemeindeland. Wenn du nur laut darüber nachdenkst, *ager publicus* zu verteilen, hast du schon Ärger – zu viele einflußreiche Männer stehen als Pächter Schlange. Nein, ich möchte vom Senat die Erlaubnis – oder vom Volk, falls der Senat nicht zustimmt, aber das wird hoffentlich nicht passieren –, die besitzlosen Soldaten auf schönen, großen Grundstücken auf Kerkena oder Meninx hier in der Kleinen Syrte anzusiedeln. Gib jedem ehemaligen Soldaten, na, sagen wir einmal hundert *iugera,* und er wird zwei Dinge für Rom tun. Erstens werden er und seine Kameraden einen Kern erfahrener Krieger bilden, die man im Falle künftiger Kriege in Africa jederzeit mobilisieren kann. Zweitens werden er und seine Kameraden römische Kultur in die Provinzen tragen – römisches Gedankengut, römische Sitten und Lebensgewohnheiten, römische Sprache.«

Sulla schien nicht ganz einverstanden. »Ich weiß nicht, Gaius Marius. Zumindest die zweite Überlegung scheint mir falsch zu sein. Römisches Gedankengut, römische Sitten und Lebensgewohnheiten, römische Sprache – diese Dinge gehören zu Rom. Sie in das punische Africa einzuführen, mit seinen Berbern und Mauren, nun, das kommt mir wie ein Verrat an Rom vor.«

Marius schaute hilfesuchend zur Decke. »Kein Zweifel, Lucius Cornelius, daß du ein Aristokrat bist! Du bist in deinem Leben vielleicht durch ein paar Niederungen gegangen, aber niedrig denkst du bestimmt nicht.« Er wandte sich wieder der gemeinsamen Arbeit zu. »Hast du die Listen von dem ganzen Kram, den wir erbeutet haben? Die Götter mögen uns beistehen, wenn wir auch nur einen letzten goldbeschlagenen Nagel auf der Liste vergessen. Und das Ganze in fünffacher Ausfertigung!«

»Finanzbeamte, Gaius Marius, sind der Bodensatz der Römer«, bemerkte Sulla, während er sich durch Papierstapel wühlte.

»Nicht nur der Römer, Lucius Cornelius.«

An den Iden des Novembers traf ein Brief von Publius Rutilius Rufus in Utika ein. Marius hatte sich angewöhnt, die Briefe von Rutilius Rufus gemeinsam mit Sulla zu lesen, denn Sulla konnte den schwungvollen Stil mehr genießen als er, Sulla hatte ein ausgeprägteres Gefühl für Sprache. Als der Brief jedoch in Marius' Arbeitszimmer gebracht wurde, war Sulla gerade nicht da, und das war Marius ganz recht. Er wollte die Gelegenheit nutzen und den Brief wenigstens kurz überfliegen, um sich mit dem Inhalt vertraut zu machen. Wenn Sulla dabeisaß, fiel es ihm immer schwer, sich durch die endlosen Schnörkel auf dem Papier zu kämpfen und sie in einzelne Worte aufzuteilen.

Doch er hatte kaum die ersten Zeilen laut gelesen, da zuckte er zusammen, schauderte und sprang dann mit einem Satz auf. »Beim Jupiter!« schrie er und stürmte zu Sullas Arbeitsraum.

Kalkweiß im Gesicht stürzte er in das Zimmer und fuchtelte mit der Schriftrolle wild in der Luft herum. »Lucius Cornelius! Ein Brief von Publius Rutilius!«

»Was? Was ist denn?«

»Hunderttausend Römer tot.« Marius pickte die wichtigsten Brocken heraus, soweit er schon gelesen hatte. »Achtzigtausend davon Soldaten ... Die Germanen haben uns vernichtet ... Dieser Narr Caepio weigerte sich, in das Lager von Mallius Maximus zu ziehen ... Errichtete sein eigenes Lager zwanzig Meilen weiter nördlich von Mallius Maximus ... Der junge Sextus Caesar schlimm verwundet, ebenso der junge Sertorius ... Nur drei der vierundzwanzig Militärtribunen haben überlebt ... Alle Zenturionen tot ... Die Soldaten, die überlebten, waren die unerfahrensten, sind desertiert ... Eine ganze Legion Marser tot, die Marser haben Protest beim Senat eingelegt ... Sie verlangen riesige Entschädigungen, wollen notfalls klagen ... Auch die Samniten in Unruhe ... ebenfalls aufgebracht ...«

»Beim Jupiter!« keuchte Sulla und sank zurück auf seinen Stuhl.

Marius las einen Augenblick lang so leise weiter, daß Sulla sein Gemurmel nicht verstehen konnte. Dann gab Marius ein sehr eigenartiges Geräusch von sich. Sulla dachte, Marius bekäme einen Schlaganfall, und sprang auf. Doch bevor er ihm zu Hilfe eilen konnte, hatte Marius die Sprache wiedergefunden.

»Ich – bin – Konsul!« keuchte Gaius Marius.

Sulla erstarrte mitten in der Bewegung, sein Miene spiegelte Fassungslosigkeit.

»Beim Jupiter!« sagte er noch einmal.

Marius begann, Rutilius' Brief laut vorzulesen, und dieses Mal war es ihm egal, ob er über die Worte stolperte oder nicht.

*Noch am selben Tag bekam die Versammlung des Volkes diesen Brocken zu schlucken. Manius Aquillius hatte sich noch nicht einmal wieder hingesetzt, da stürmten schon alle zehn Volkstribunen aus dem Senat zur* rostra *auf dem Forum Romanum. Es sah so aus, als dränge sich halb Rom auf dem Versammlungsplatz der Komitien und die andere Hälfte auf dem unteren Forum Romanum. Die Senatoren folgten den Volkstribunen natürlich auf der Stelle, nur Scaurus und unser lieber Freund Schweinebacke blieben zurück und brüllten ein paar hundert leere Stühle an.*

*Die Tribunen beriefen die Versammlung der Plebs ein, und im Handumdrehen waren zwei Beschlüsse gefaßt. Ich finde es immer wieder erstaunlich, daß es möglich ist, eine Idee im ersten Moment besser zu formulieren und vorzutragen als Monate später, wenn jeder seinen Senf dazugegeben hat. Das zeigt wieder einmal, daß viele Köche nur dazu geeignet sind, einen guten Gesetzesvorschlag in einen schlechten zu verwandeln.*

*Cotta hat mir erzählt, Caepio sei förmlich nach Rom geflogen, weil er seine Version der Ereignisse als erste verbreiten wollte. Da Caepio beim Überschreiten der Stadtgrenze seinen Oberbefehl verlieren würde, blieb er vor den Toren der Stadt zurück. Sein Sohn und seine Agenten sollten für ihn wirken. Auf diese Weise, dachte er sich, wäre er sicher und könnte sein* imperium *wie einen schützenden Mantel um sich wickeln, bis seine Version der Geschehnisse bei Arausio öffentlich anerkannt wäre. Ich glaube, er spekulierte darauf – und das nicht ganz zu Unrecht –, daß seine Amtszeit verlängert werden würde und er sein* imperium *und seine Statthalterschaft in Gallia Transalpina so lange behalten könnte, bis der schlimmste Sturm sich gelegt hätte.*

*Aber die Plebejer haben ihm die Suppe gründlich versalzen! Mit überwältigender Mehrheit erkannten sie ihm den Oberbefehl ab. Wenn er die Stadtgrenze von Rom erreicht, wird er feststellen, daß er so nackt ist wie Odysseus am Strand von Scherie. Das zweite* plebiscitum, *Gaius Marius, verpflichtete mich als obersten Beamten, Dich auf die Liste der Kandidaten für das Amt des Konsuls zu setzen – obwohl es Dir nicht möglich ist, zum Zeitpunkt der Wahl in Rom zu sein.*

»Das ist das Werk von Mars und Bellona, Gaius Marius!« rief Sulla. »Ein Geschenk der Kriegsgötter.«

»Mars? Bellona? Nein! Das ist das Werk von Fortuna, Lucius Cornelius, deiner und meiner Freundin! Fortuna!«

Marius las weiter.

*Da das Volk mich beauftragt hatte, die Konsulwahlen durchzuführen, mußte ich dieser Aufforderung natürlich nachkommen.*

Sogleich nachdem die Versammlung der Plebs ihre Beschlüsse gefaßt hatte, versuchte Gnaeus Domitius Ahenobarbus, von der Rednertribüne gegen das plebiscitum zu sprechen, das Dich in absentia zur Konsulwahl zuläßt. Da er sich als Gründer von Gallia Transalpina betrachtet, meinte er wohl, er hätte ein besonderes Recht, sich zu dieser Sache zu äußern. Nun, Du weißt ja, wie jähzornig die Mitglieder dieser arroganten, stets schlecht gelaunten Familie sind, jeder einzelne von ihnen! Gnaeus Domitius geiferte vor Wut, im wahrsten Sinne des Wortes! Die Menge hatte bald genug von ihm und begann, ihn niederzuschreien. Doch da drehte er den Spieß um und versuchte, die Menge niederzubrüllen. Und als ein Gnaeus Domitius hatte er auch ganz gute Chancen, daß ihm das gelingen würde. Aber irgend etwas in seinem Kopf oder in seinem Herzen platzte, er klappte zusammen und starb, mitten auf der Rednertribüne des Forum Romanum. Das dämpfte die Stimmung natürlich, und die Menge zerstreute sich. Die wichtigsten Beschlüsse waren ohnehin gefaßt.

Am nächsten Morgen wurden alle Beschlüsse der Versammlung der Plebs offiziell verabschiedet, ohne eine einzige Gegenstimme. Mir wurde aufgetragen, die Konsulwahlen vorzubereiten. Ich muß Dir nicht sagen, daß ich keine Zeit verstreichen ließ, sondern mich sofort ans Werk machte. Eine höfliche Anfrage bei den Volkstribunen brachte die Sache ins Rollen. Die neuen Volkstribunen waren innerhalb weniger Tage gewählt, und es scheinen mir sehr ansehnliche und fähige Männer darunter zu sein. Es ging ja schließlich auch um die Wahl eines Oberbefehlshabers in einem wichtigen Krieg. Der älteste Sohn des betrauerten Gnaeus Domitius Ahenobarbus ist dabei, der älteste Sohn des ebenfalls verstorbenen Lucius Cassius Longinus. Ich glaube, Cassius war darauf aus zu beweisen, daß seine Familie nicht nur aus unverantwortlichen Männern besteht, die römische Soldaten in den Tod führen. Auch Lucius Marcius Philippus wurde aufgestellt, und – hört! hört! – ein Clodius aus dem riesigen Claudius-Clodius-Clan. Ihr Götter, sie vermehren sich wie die Kaninchen!

Die Zenturienversammlung wählte gestern die beiden neuen Konsuln mit dem Ergebnis – ich habe es einige Spalten weiter oben schon geschrieben –, daß Gaius Marius von jeder Hundertschaft der Ersten Klasse zum ersten Konsul gewählt wurde. Ebenso geschlossen stimmten die Hundertschaften der Zweiten Klasse für ihn, soweit ihre Stimmen für seine Wahl noch benötigt wurden. Einige Senato-

*ren hätten Deine Wahl zum Konsul liebend gerne verhindert, aber Du bist zu bekannt als aufrechter* patronus *und als ehrlicher Förderer des Geschäftslebens, vor allem seitdem Du in Africa all Deine Versprechen eingelöst hast. Die abstimmenden Ritter scherten sich keinen Deut um solch spitzfindige Fragen wie die, ob eine zweite Kandidatur innerhalb von drei Jahren und eine Wahl* in absentia *erlaubt sei.*

Marius blickte triumphierend von der Schriftrolle auf. »Was sagst du zu diesem Vertrauensbeweis des römischen Volkes, Lucius Cornelius? Ein zweites Mal zum Konsul gewählt, während ich nicht das geringste davon ahnte!« Er streckte die Arme hoch, als wollte er nach den Sternen greifen. »Ich werde die Prophetin Martha mit nach Rom nehmen. Sie soll meinen Triumphzug und meine Amtseinführung als Konsul an ein und demselben Tag miterleben, Lucius Cornelius! Ich habe mich gerade dazu entschlossen, meinen Triumphzug am ersten Tag des neuen Jahres durchzuführen.«

»Und wir werden nach Gallien ziehen«, fügte Sulla hinzu, den dieser Aspekt der Ereignisse am meisten begeisterte. »Das heißt, Gaius Marius, falls Du mich mitnimmst.«

»Mein lieber Freund, ich könnte ohne dich überhaupt nicht auskommen! Und auch nicht ohne Quintus Sertorius!«

»Lies doch weiter«, bat Sulla. Er brauchte noch etwas mehr Zeit, um die atemberaubenden Neuigkeiten zu verdauen, bevor er sie ausführlich mit Gaius Marius besprechen konnte.

*Wenn ich Dich das nächste Mal treffe, Gaius Marius, wird es sein, um Dir die Amtsabzeichen des Konsuls zu übergeben. Ich wünschte, ich könnte mich ohne Einschränkung darüber freuen. Für Roms Heil ist es unerläßlich, daß Du den Oberbefehl gegen die Germanen erhältst, aber ich wünschte sehr, es wäre unter weniger ungewöhnlichen Bedingungen geschehen! Ich denke daran, wie viele neue Feinde jetzt zu denen hinzukommen werden, die Du bereits hast, und es schaudert mich. Du hast zu viele Ausnahmeregelungen bekommen. Ja, ich weiß, jede einzelne war notwendig für Dein politisches Überleben. Aber wie sagen die Griechen über ihren Odysseus? Sein Lebensfaden war so stark, daß er die Lebensfäden aller durchtrennte, die er traf. Ich denke, unser Senatsvorsitzender Marcus Aemilius hat nicht ganz unrecht mit seinen Einwänden, jedenfalls ist er nicht so engstirnig und borniert wie Schweinebacke Numidi-*

*cus. Scaurus sieht die alten Traditionen, die zu Rom gehören, dahinschwinden, und mir geht es ebenso. Natürlich ist mir klar, daß diese ganzen erschreckenden, ungewöhnlichen Neuerungen nicht nötig wären, wenn der Senat Einsicht zeigen und Dir im Kampf gegen die Germanen freie Hand lassen würde. Doch dazu ist er eben nicht fähig. Die Senatoren würden immer versuchen, Dir Beschränkungen aufzuerlegen, und um das zu verhindern, muß Rom selbst den Scheiterhaufen errichten, auf dem die alten Traditionen verbrennen werden. Ich sehe es ein, aber dennoch schmerzt es mich.*

Bis dahin war Marius' Stimme genauso fest gewesen wie seine Entschlossenheit, Sulla alles vorzulesen. Doch die letzten Zeilen hatten seine Laune erheblich gedämpft.

»Der Brief ist nicht mehr sehr lang«, sagte er dennoch zu Sulla. »Ich lese dir den Rest vor.«

*Deine Kandidatur, das muß ich zum Schluß noch erwähnen, hat alle ehrenhaften und angesehenen Bewerber abgeschreckt. Soweit sie schon auf der Kandidatenliste eingetragen waren, zogen sie die Kandidaturen zurück. So auch Quintus Lutatius Catulus Caesar, der erklärte, daß er mit Dir ebensowenig zusammenarbeiten werde, wie wenn sein Schoßhund als Konsul gewählt worden wäre. Demzufolge wird Dein Mitkonsul ein ziemlich unbedeutender Mann sein. Das sollte Dich nicht weiter stören, auf diese Weise wirst Du wenigstens in Ruhe arbeiten können, ohne Dich ständig mit Deinem Mitkonsul streiten zu müssen. Ich weiß, Du kannst es vor Neugier kaum noch aushalten, aber laß mir doch mein bißchen Getratsche! Ich sage nur soviel zu ihm: Er ist korrupt, aber das wirst Du vermutlich schon wissen. Sein Name? Gaius Flavius Fimbria.*

»Oh, den kenne ich.« Sulla schnaubte verächtlich. »Ein Herumtreiber, der in Roms Sümpfen, die einmal auch meine Welt waren, nach Abenteuer und Vergnügen sucht. Sein Charakter ist so krumm wie die Hinterbeine eines Hundes.« Er fletschte die weißen Zähne, ein Anblick, der in einem dunkleren Gesicht als dem seinen noch fesselnder gewesen wäre. »Paß auf, Gaius Marius, daß er nicht eine seiner krummen Hinterpfoten hebt und dir ans Bein pinkelt.«

»Ich werde rechtzeitig zur Seite springen«, erwiderte Marius ungerührt. Er streckte seine Hand aus, und Sulla ergriff sie. »Ein Eid,

Lucius Cornelius – du und ich, wir werden die Germanen schlagen.«

Ende November segelte die africanische Armee mit ihrem Kommandanten von Utika nach Puteoli, alle in bester Verfassung. Für diese Jahreszeit war die See ungewöhnlich ruhig, und weder der Nordwind, Septentrio, noch der Nordwestwind, Corus, störten die Überfahrt. Etwas anderes hatte Marius auch nicht erwartet. Sein Stern war im Aufsteigen, Fortuna gehorchte seinem Befehl ebenso wie seine Soldaten. Außerdem hatte Martha, die Syrerin, eine schnelle, ruhige Überfahrt vorausgesagt. Sie befand sich mit Marius auf dem Flaggschiff, eine alte, knochige Frau mit meckerndem Lachen. Die Seeleute – noch abergläubischer als andere Römer – betrachteten sie mit Unbehagen und Furcht und machten einen großen Bogen um sie. König Gauda wollte Martha zunächst nicht ziehen lassen, doch als sie auf den Marmorboden seines Thronsaales gespuckt und ihm und seiner Familie mit dem Fluch des bösen Blicks gedroht hatte, hatte er sie gar nicht schnell genug loswerden können.

In Puteoli meldete sich bald ein Quästor des Schatzamts bei Marius und Sulla. Er war neu im Amt, forsch und besorgt, daß die Listen über die Beute auch ja vollständig waren, doch zugleich auch sehr ehrerbietig. Marius und Sulla behandelten ihn mit ausgesuchter Höflichkeit, und da ihre Listen bewunderungswürdig genau geführt waren, trennte man sich hochzufrieden. Die Armee wurde in einem Lager außerhalb von Capua untergebracht. Dort befanden sich auch die neuen Rekruten im Training mit den Gladiatoren, die Rutilius Rufus verpflichtet hatte. Marius' erfahrene Zenturionen konnten nun die Gladiatoren bei der Ausbildung unterstützen. Ein bedrückendes Problem war allerdings die geringe Zahl der neuen Rekruten. Italiens Reserven an kampfkräftigen Männern waren erschöpft, und das würde so bleiben, bis die nächste Generation das siebzehnte Jahr erreicht hatte und die Reihen wieder füllen konnte. Nicht einmal unter den Plebejern waren noch genügend taugliche Männer zu finden, zumindest nicht unter denen mit römischem Bürgerrecht.

»Und ich bezweifle sehr, daß der Senat mitmachen wird, wenn ich italische *capite censi* rekrutieren will«, sagte Marius.

»Sie haben keine andere Wahl«, meinte Sulla.

»Das ist richtig. Wenn ich sie dränge. Doch im Moment liegt es nicht in meinem Interesse – oder in Roms Interesse –, sie zu drängen.«

Bis Neujahr würden Marius und Sulla getrennte Wege gehen. Sulla konnte Rom jederzeit betreten, doch Marius, der immer noch mit dem prokonsularischen *imperium* aus dem africanischen Krieg ausgestattet war, durfte die Stadtgrenze Roms nicht überschreiten, wenn er seinen Oberbefehl nicht verlieren wollte. So reiste Sulla nach Rom, während sich Marius in sein Landhaus nach Cumae begab.

Puteoli lag wie Neapolis, Herculaneum, Stabiae und Surrentum an einer großen Bucht, deren nördliche Landspitze das Kap Miseno war. Die Bucht, Crater-Bucht genannt, galt als sicherer Ankerplatz. Eine Legende, älter als Erinnerungen oder Überlieferungen, erzählte, die Crater-Bucht sei einmal ein Vulkan gewesen, und bei einem seiner Ausbrüche sei das Meer in den Krater eingedrungen. Es gab immer noch Zeichen für vulkanische Aktivität. Die Feuerspalten hinter Puteoli erhellten den Nachthimmel, wenn Flammen aus den Rissen in der Erde aufflackerten, in kochenden Schlammpfuhlen bildeten sich große Blasen, die Erde war mit grellgelben Schwefelablagerungen bedeckt. Marius' Landhaus stand ganz oben auf einer großen Klippe bei Cumae. Von dort aus konnte man die Inseln Ischia, Pandataria und Pontia erkennen, drei Gipfel mit Abhängen und Ebenen, die wie Bergspitzen durch eine blaßblaue Nebeldecke stachen. Und hier, in Marius' Landhaus, wartete Julia auf ihren Gatten.

Es war mehr als zweieinhalb Jahre her, daß sie sich das letzte Mal gesehen hatten. Julia war nun fast vierundzwanzig, Marius zweiundfünfzig. Er wußte, daß sie sich sehr danach sehnte, ihn wiederzusehen, denn sie hatte sich zu einer Jahreszeit auf die Reise von Rom nach Cumae gemacht, zu der Rom den weitaus angenehmeren Ort darstellte, denn an der See war es jetzt stürmisch und kalt. Die Sitte verbot ihr, gemeinsam mit ihrem Mann zu reisen, vor allem wenn er im Auftrag Roms unterwegs war. So konnte sie ihn weder in die römischen Provinzen begleiten, in denen er zu tun hatte, noch auf seinen Reisen durch Italien, es sei denn, er lud sie in aller Form dazu ein. Doch solche Einladungen wurden nicht gern gesehen. Wenn eine römische Adlige im Sommer an die See fuhr, kam ihr Gatte nach, sobald er konnte, doch sie mußten getrennt reisen. Und wenn ein römischer Adliger ein paar Tage in einem seiner Landhäuser verbringen wollte, nahm er in den seltensten Fällen seine Frau mit.

Julia war keine Ehefrau, die zu Hause saß und sich unablässig Sorgen um ihren Mann machte. Sie hatte Marius während seiner Abwesenheit einmal in der Woche geschrieben, und er hatte ebenso regelmäßig geantwortet. Beide hatten sie keinen Hang zum Klatsch, und so waren ihre Briefe eher kurz und betrafen ausschließlich Familienangelegenheiten, aber sie waren stets zärtlich und liebevoll. Natürlich ging es Julia nichts an, ob Marius in der Fremde mit anderen Frauen schlief, und sie war zu gut erzogen, um danach zu fragen. Ebensowenig erwartete sie, daß er ihr aus eigenem Antrieb davon erzählen würde. Solche Dinge gehörten zu den Männerangelegenheiten, und Ehefrauen hatten damit nichts zu tun. In dieser Hinsicht, so hatte ihre Mutter Marcia ihr vorsichtig erklärt, könne sie von Glück sagen, daß sie mit dem dreißig Jahre älteren Marius verheiratet sei. Sein Appetit auf sexuelle Abenteuer wäre wohl gemäßigter als der von jüngeren Männern und seine Wiedersehensfreude größer als die jüngerer Ehemänner.

Julia hatte Marius schmerzlich vermißt, nicht nur weil sie ihn liebte, sondern weil sie gern mit ihm zusammen war. Sie mochte ihn, und das machte die Trennung um so schwerer, denn ihr fehlte nicht nur der Gatte und Geliebte, sondern auch der Freund.

Als er unangekündigt ihr Wohnzimmer betrat, stand sie unbeholfen auf und stellte sogleich fest, daß ihre Beine sie nicht trugen. Sie fiel in ihren Stuhl zurück. Wie groß er war! Wie braungebrannt und wie gesund und voller Leben! Er sah nicht einen Tag älter aus, sondern eher jünger, als sie ihn in Erinnerung hatte. Er begrüßte sie mit einem strahlenden Lächeln – seine Zähne schimmerten so weiß wie früher –, in seinen dichten Wimpern glitzerten kleine Lichter, und die dunklen Augen, die darunter versteckt lagen, leuchteten. Seine großen, wohlgeformten Hände streckten sich nach ihr aus. Und sie konnte sich nicht rühren! Was mußte er von ihr denken?

Anscheinend nahm er es ihr nicht übel, denn er kam durch den Raum auf sie zu und zog sie sanft auf die Füße. Er machte keine Anstalten, sie zu umarmen, sondern stand nur da und sah sie mit seinem warmen Lächeln an. Dann legte er seine Hände um ihr Gesicht und küßte sie zärtlich auf die Augenlider, auf die Wangen und auf die Lippen. Sie legte ihre Arme um ihn, lehnte sich an ihn und verbarg ihr Gesicht an seiner Schulter.

»Oh, Gaius Marius, ich freue mich so sehr, dich wiederzusehen!« sagte sie.

»Ich freue mich genauso, Frau.« Seine Hände streichelten ihren Rücken, und sie konnte fühlen, wie sie zitterten.

Sie hob ihr Gesicht. »Küß mich, Gaius Marius! Küß mich richtig!«

Und so war ihr Wiedersehen genauso, wie sie es sich beide erhofft hatten, liebevoll und leidenschaftlich. Und nicht nur das. Da war auch die gemeinsame Freude an dem kleinen Marius und die Trauer über den Tod ihres zweiten Sohnes, die er nun mit seiner Frau teilen konnte.

Zu seiner freudigen Überraschung war der kleine Marius ein Kind, wie es sich jeder Mann nur wünschen konnte – groß, kräftig, mit blondem Haar und heller Haut, die großen grauen Augen furchtlos und prüfend auf den Vater gerichtet. Die Erziehung war bisher wohl etwas zu milde gewesen, dachte Marius, aber das würde sich nun ändern. Der kleine Frechdachs würde bald lernen, daß ein Vater jemand war, den man zu ehren und zu respektieren hatte, so wie er selbst es in seinem Elternhaus gelernt hatte.

Es gab noch mehr zu betrauern als den Tod seines Sohnes – Julia, das wußte er, hatte ihren Vater verloren, und nun teilte sie ihm mit großem Zartgefühl mit, daß auch sein Vater tot war. Er war in hohem Alter gestorben, und er hatte vor seinem Tod noch erlebt, wie sein ältester Sohn zum zweiten Mal zum Konsul gewählt wurde, und das unter wirklich bemerkenswerten Umständen. Der Tod war schnell und gnädig gekommen. Während er seinen Freunden von dem Empfang erzählte, den Arpinum seinem berühmtesten Bürger bereiten wollte, hatte ihn ein Schlaganfall ereilt.

Marius legte sein Gesicht zwischen Julias Brüste und weinte. Sie tröstete ihn, und nach einer Weile sah er ein, daß alles zum richtigen Zeitpunkt geschehen war. Der Tod seiner Mutter, Fulcinia, lag bereits sieben Jahre zurück, und seither hatte sein Vater sehr unter dem Alleinsein gelitten. Wenn Fortuna auch nicht die Güte besessen hatte, ihn seinen Sohn noch einmal sehen zu lassen, so war er doch im Wissen um dessen ungewöhnliche Auszeichnung gestorben.

»Wozu soll ich jetzt noch nach Arpinum reisen«, sagte Marius später zu Julia. »Wir werden hierbleiben, meine Geliebte.«

»Publius Rutilius will bald herkommen. Sobald sich die neuen Volkstribunen ein wenig eingearbeitet haben, meinte er. Ich glaube, er befürchtet, daß es Schwierigkeiten mit ihnen geben könnte – einige von ihnen sind sehr klug.«

»Nun, bis dahin, mein liebstes, schönstes, geliebtes Weib, wollen wir an so lästige Dinge wie Politik nicht einmal denken.«

Sullas Heimkehr verlief völlig anders. Er hatte sich nicht mit der gleichen unverhohlenen Freude auf die Heimreise gemacht wie Marius. Warum das so war, wollte er lieber erst gar nicht so genau erforschen. Wie Marius hatte er während der zwei Jahre in der africanischen Provinz sexuell enthaltsam gelebt, allerdings nicht aus Liebe zu seiner Frau – er wollte das neue, makellose Leben, das er begonnen hatte, durch nichts, aber auch gar nichts beschmutzen. Keine Unehrlichkeiten, keine Verrätereien an seinen Vorgesetzten, keine Intrigen, kein Ränke, keine Ausschweifungen – nichts, was seiner cornelischen Ehre oder *dignitas* auch nur den kleinsten Kratzer hätte versetzen können.

Sulla, ein Schauspieler durch und durch, war vollkommen mit der neuen Rolle verschmolzen, die ihm sein Dienst als Quästor bei Marius bot. Er lebte in dieser Rolle, innerlich wie äußerlich, in allem, was er sagte oder tat. Bis jetzt war es ihm nicht langweilig geworden, denn sein neues Leben war abwechslungsreich, hielt große Herausforderungen bereit und befriedigte ihn voll und ganz. Seine *imago* in Wachs konnte er noch nicht in Auftrag geben, da er bislang weder Konsul gewesen war noch in irgendeiner Weise Berühmtheit erlangt hatte, aber er konnte bei Magius im Velabrum einen prachtvollen Schaukasten aus Holz für seine Auszeichnungen bestellen, für die goldene *corona*, die *phalerae* und die *torques.* Allein der Gedanke an das Aufstellen dieser Zeugnisse seiner Tapferkeit im Atrium seines Hauses erfüllte ihn mit Vorfreude. In den Jahren in Africa war die Zeit davor in Vergessenheit geraten – auch wenn er wohl niemals ein großer Reiter werden würde, so hatte er sich doch als ausgezeichneter Soldat bewährt. Seine Trophäen in einem kunstvollen Rahmen von Magius würden ganz Rom davon erzählen.

Und doch ... sein altes Leben würde ihn nie ganz loslassen, das spürte er. Das Verlangen, Metrobius wiederzusehen, dieser Hang zu grotesken Gestalten – Zwergen, Transvestiten, alten, dick bemalten Huren und anderen abstoßenden Figuren –, diese unüberwindliche Abneigung gegen Frauen, die ihre Macht benutzten, um ihn zu beherrschen. Die Leichtigkeit, mit der er andere Leben vernichtete, wenn er sich bedroht fühlte. Der Unwillen, sich mit Idioten abzugeben. Der nagende, verzehrende Ehrgeiz.

Der Auftritt des Schauspielers auf der africanischen Bühne war vorüber, aber eine allzu lange Pause war nicht zu befürchten. Die Zukunft hielt noch ganz andere Rollen für ihn bereit. Und doch ... Rom war die Bühne, auf der sein altes Selbst sich dargestellt hatte, Rom bedeutete alles, von den tiefsten Tiefen der Erniedrigung bis zum Beginn einer großen Zukunft. Auf der Heimreise beobachtete er sich mißtraurisch. Er war sich der Veränderungen in seinem Inneren bewußt, doch gleichzeitig war ihm klar, daß sich sein wahrer Charakter nur sehr wenig verändert hatte. Der Schauspieler zwischen zwei Rollen – immer eine unglückliche Gestalt.

Julilla begrüßte ihn ganz anders, als Julia Marius begrüßt hatte, denn sie war sich sicher, daß sie Sulla mehr liebte als Julia ihren Gatten. Für Julilla war jedes Zeichen von Disziplin oder Selbstkontrolle ein Beweis für unvollkommene Liebe. Die richtige Liebe mußte überwältigen, hinreißen, den Verstand fortspülen, von übermächtiger Heftigkeit sein, alles andere niedertrampeln wie ein riesiger Elefant. So erwartete sie Sullas Ankunft in fieberhafter Aufregung, unfähig, das Warten ohne ihre Weinflasche zu ertragen. Sie zog sich ständig um, änderte dauernd ihre Frisur, Haare hochgesteckt, dann wieder offen, dann wieder an der Seite, und brachte ihre Sklaven zur Verzweiflung.

Als Sulla endlich da war, warf sie sich mit ihrer ganzen Aufregung auf ihn wie ein erstickendes Tuch. Kaum hatte er das Atrium betreten, rannte sie ihm mit ausgestreckten Armen und verklärtem Gesicht entgegen. Bevor er sie auch nur ansehen und auf sie reagieren konnte, hatte sie schon ihren Mund auf den seinen gepreßt, wie ein Blutegel, der sich an einem Arm festsaugt, verzehrend, sich windend, feucht und klebrig. Ihre Hände tasteten nach seinem Glied, sie stöhnte wollüstig. Dann fühlte Sulla, wie sie ihre langen Beine um ihn wand, während ein Dutzend Sklaven sie mit höhnischen Blicken beobachteten, die meisten waren ihm völlig fremd.

Er konnte nicht anders – seine Hände fuhren hoch und hielten ihre Arme fest, sein Kopf prallte zurück, und er riß sich von ihren Lippen los.

»Fasse dich!« sagte er. »Wir sind hier nicht allein!«

Sie schnappte nach Luft, als hätte er sie angespuckt, doch dann riß sie sich zusammen und beruhigte sich etwas. Mit rührender Unbeholfenheit hängte sie sich bei ihm ein und ging an seiner Seite durch das Peristyl zu ihrem Wohnzimmer, das in dem Flügel lag, den früher Nikopolis bewohnt hatte.

»Ist das zurückgezogen genug?« fragte sie etwas hämisch.

Doch seine Laune war schon vor dieser kleinen Bosheit verdorben gewesen. Er wollte nicht, daß sie mit ihrem Mund oder ihren Händen Macht über ihn gewann und in die zurückgezogenen Winkel seines Wesens eindrang, ohne jedes Verständnis für das, was in ihm vorging.

»Später, später!« sagte er knapp und ging zu einem Stuhl.

Julilla stand da, verwirrt und ängstlich, und wirkte, als wäre ihre Welt zusammengebrochen. Sie war schöner als je zuvor, auf eine sehr zerbrechliche Weise. Ihre dünnen Arme ragten aus einem Gewand, das Sulla als hochmodische Kreation erkannte – ein Mann mit Sullas Herkunft würde niemals das Gefühl für Stil und Formen verlieren. Ihre riesigen Augen lagen tief in den Höhlen, die von blauschwarzen Schatten umrahmt waren, und schauten ihn mit einem halbverrückten Ausdruck an. »Ich – ich – verstehe das nicht!« schrie sie auf. Sie wagte nicht, sich von der Stelle zu rühren. Ihr Blick hing immer noch an ihm, doch nicht mehr leidenschaftlich, sondern eher so, wie eine Maus das Lächeln auf dem Gesicht einer Katze beobachtet, mit der unausgesprochenen Frage: Freund oder Feind?

»Julilla«, begann er so geduldig er nur konnte. »Ich bin müde. Ich fühle immer noch das Schwanken des Schiffs unter meinen Füßen. Ich kenne kaum ein Gesicht in diesem Haus. Und da ich nicht betrunken bin, habe ich die normalen Hemmungen eines nüchternen Mannes, was körperliche Liebe in der Öffentlichkeit angeht.«

»Aber ich liebe dich!« protestierte sie.

»Das hoffe ich. Ich liebe dich ebenfalls. Aber alles hat seine Ordnung«, sagte er steif. Alles in seinem Leben in Rom sollte seine Ordnung haben, von seiner Frau und seiner Dienerschaft bis hin zu seiner politischen Karriere.

Während der zwei Jahre, die er fort gewesen war, hatte er oft an Julilla gedacht, aber irgendwie war ihm entfallen, was für eine Persönlichkeit sie war. Er hatte sich nur daran erinnert, wie sie aussah, wie aufregend wild und leidenschaftlich sie im Bett war. Er hatte an sie gedacht wie an eine Geliebte, und nicht wie an eine Ehefrau. Nun starrte er die junge Frau an, die vor ihm stand, und befand, daß sie eine weit bessere Geliebte als Ehefrau abgeben würde – er könnte sie von Zeit zu Zeit besuchen, aber er müßte nicht unter einem Dach mit ihr leben, müßte sie nicht mit seinen Freunden und Geschäftspartnern bekannt machen.

Ich hätte sie niemals heiraten dürfen, dachte er. Ich habe mich hinreißen lassen von einem Bild meiner Zukunft, die ich durch ihre Augen sah – denn nur das war sie gewesen, ein Medium, durch dessen Augen er seinen Weg in Fortunas Arme gesehen hatte. Mein Blick hätte weiter reichen müssen, dann hätte ich erkannt, daß es Dutzende adliger Römerinnen gab, die weit besser zu mir gepaßt hätten als dieses arme, überspannte Geschöpf, das sich aus lauter Liebe zu mir zu Tode hungern wollte. Allein, daß sie dies tat, ist schon eine unerhörte Maßlosigkeit. Ich habe nichts gegen Maßlosigkeit, solange ich nicht das Opfer bin. Warum nur habe ich mich immer mit Frauen eingelassen, die mich ersticken wollen?

Julillas Gesicht veränderte sich. Ihre Augen wandten sich ab von den beiden blassen, unbeweglichen Augäpfeln, die mit leidenschaftslosem Interesse auf sie gerichtet waren und weder Liebe noch Begehren zeigten. So stand es also! Oh, was sollte sie nur ohne seine Liebe tun? Wein! Treuer, tröstender Wein! Ohne sich darum zu kümmern, was er von ihr denken würde, ging sie zu einem kleinen Tisch, schenkte sich einen Becher mit unverdünntem Wein ein und leerte ihn in einem Zug. Dann erst erinnerte sie sich an ihn und wandte sich mit fragendem Blick um.

»Wein, Sulla?«

Er starrte sie an. »Du trinkst verdammt schnell! Schüttest du den Wein immer so in dich hinein?«

»Ich brauchte etwas zu trinken!« verteidigte sie sich. »Du bist so unfreundlich und kalt zu mir.«

Er seufzte. »Vermutlich bin ich das. Nimm's mir nicht übel, Julilla. Ich werde mich ändern. Oder vielleicht solltest du dich ändern ... ja, gib mir Wein!« Er riß ihr den Becher, den sie ihm hinhielt, beinahe aus der Hand und trank. Doch er schüttete den Wein nicht in sich hinein und leerte den Becher beileibe nicht in einem Zug. »Als ich das letzte Mal von dir gehört habe ... Du bist keine große Briefschreiberin, hm?«

Tränen rollten Julillas Gesicht herunter, sie weinte lautlos. »Ich hasse es, Briefe zu schreiben!«

»Das habe ich gemerkt«, erwiderte er trocken.

»Was war, als du das letzte Mal von mir gehört hast?« fragte sie. Sie schenkte sich ihren Becher zum zweiten Mal voll und leerte ihn wieder in einem Zug.

»Als ich das letzte Mal von dir gehört habe, sah es so aus, als hätten wir Kinder. Ein Mädchen und einen Jungen, richtig? Nicht, daß du dir die Mühe gemacht hättest, mir von dem Jungen zu schreiben, ich habe es von deinem Vater erfahren.«

»Ich war krank.« Sie weinte immer noch.

»Warum zeigst du mir die Kinder nicht?«

»Dort hinten!« Sie zeigte mit einer wilden Bewegung zum hinteren Teil des Peristyls.

Er ließ sie in ihrem Wohnzimmer stehen. Sie wischte sich das Gesicht mit einem Taschentuch ab und goß sich den dritten Becher Wein ein.

Sulla sah seine Kinder das erste Mal, als er vorsichtig durch das offene Fenster des Kinderzimmers lugte. Sie bemerkten ihn nicht. Er hörte die murmelnde Stimme einer Frau, doch sie war im hinteren Teil des Zimmers, unsichtbar für ihn. Sein Blick hing an den beiden kleinen Menschen, die er gezeugt hatte. Ein Mädchen – ja, sie mußte jetzt zweieinhalb sein – beugte sich über einen kleinen Jungen – er mußte anderthalb sein!

Das Mädchen war bezaubernd, das hübscheste kleine Püppchen, das er je gesehen hatte. Unter einer Masse rotgoldener Locken war ein kleines Gesicht mit einer Haut wie aus Milch und Honig zu erkennen. Die roten Wangen hatten Grübchen, unter den sanften, rotgoldenen Augenbrauen leuchteten riesige blaue Augen und strahlten glücklich und voller Liebe auf den kleinen Bruder hinunter.

Von seinem Sohn, den er noch nie gesehen hatte, war Sulla noch mehr hingerissen. Er lief – das war gut! – ohne einen Faden am Leib im Zimmer herum, und seine Schwester schimpfte deshalb mit ihm. Er konnte schon ein wenig brabbeln und teilte ebenso gut aus wie die Schwester, der kleine Schlingel! Und er lachte. Er sah aus wie ein Caesar – das gleiche längliche, hübsche Gesicht, das gleiche dichte, goldene Haar, die gleichen lebhaften, blauen Augen wie Sullas verstorbener Schwiegervater.

Das schlummernde Herz von Lucius Cornelius Sulla erwachte nicht langsam, mit einem müden Räkeln und Gähnen, es sprang in eine Welt voller Gefühle, wie Athene in voller Rüstung aus der Stirn von Zeus gesprungen war, mit schallenden Fanfarenklängen. Er kniete an der Tür nieder und streckte mit glänzenden Augen seine Arme nach ihnen aus.

»*Tata* ist hier«, sagte er. »*Tata* ist nach Hause gekommen.«

Die Kinder zögerten keine Sekunde, geschweige denn, daß sie zurückgeschreckt wären. Sie rannten in seine Arme und bedeckten sein strahlendes Gesicht mit Küssen.

Publius Rutilius Rufus war nicht der erste, der Marius in Cumae besuchte. Der heimgekehrte Held hatte sich kaum eingelebt, als sein

Verwalter ihn fragte, ob er den edlen Lucius Marcius Philippus zu ihm vorlassen dürfe. Marius war neugierig, was Philippus wohl von ihm wollte – er war ihm noch nie persönlich begegnet und kannte die Familie nur sehr oberflächlich –, und so wies er den Verwalter an, Philippus in sein Arbeitszimmer zu führen.

Philippus redete nicht lange um den heißen Brei herum, sondern kam sofort zur Sache. Ziemlich weichlich, dachte Marius, Doppelkinn und zuviel schlaffes Fleisch um den Bauch. Aber er trat mit einer Selbstsicherheit und Arroganz auf, die für die ganze Sippe typisch waren. Immerhin behaupteten sie, Nachfahren von Ancus Marcius zu sein, dem vierten König von Rom, dem Erbauer der großen hölzernen Brücke.

»Wir kennen uns noch nicht, Gaius Marius«, sagte Philippus. Seine dunkelbraunen Augen schauten direkt in die Augen von Marius. »Ich wollte die Gelegenheit nutzen und diesem Versäumnis abhelfen. Du wirst aller Voraussicht nach der Konsul des nächsten Jahres, ich bin einer der neugewählten Volkstribunen.«

»Wie nett von dir, daß du dieses Versäumnis nachholen willst«, erwiderte Marius und lächelte offen, frei von Ironie.

»Ich stimme dir zu«, sagte Philippus unverbindlich. Er lehnte sich zurück und schlug die Beine übereinander. Marius hatte diese Pose schon immer unmännlich gefunden.

»Was kann ich für dich tun, Lucius Marcius?«

»Nun, eine ganze Menge.« Philippus beugte den Kopf vor, sein Gesicht verlor auf einmal den weichen Ausdruck und wurde ausgesprochen energisch. »Ich befinde mich zur Zeit in einer etwas angespannten finanziellen Lage, Gaius Marius. Darum erwäge ich, dir meinen – sollen wir sagen, Dienst? – meinen Dienst als Volkstribun anzubieten. Ich frage mich, ob es nicht eine kleine Gesetzesänderung gibt, die du gerne durchsetzen würdest. Oder vielleicht möchtest du auch nur die Gewißheit, einen loyalen Anhänger unter den Volkstribunen zu haben, der dir in Rom den Rücken stärkt, während du den germanischen Wolf von unserer Türschwelle jagst. Diese dummen Germanen! Sie haben immer noch nicht eingesehen, daß eigentlich Rom der Wolf ist. Aber das werden sie schon noch lernen, da bin ich sicher. Wenn irgend jemand ihnen klarmachen kann, wie gefährlich Rom ist, dann du, Gaius Marius.«

Während dieser Rede waren Marius tausend Gedanken in rasender Schnelligkeit durch den Kopf geschossen. Nun lehnte auch er sich zurück, schlug jedoch die Beine nicht übereinander. »Nun, mein lieber Lucius Marcius, es gibt in der Tat eine Kleinigkeit, die ich gerne von der Versammlung der Plebs verabschieden lassen würde, und zwar so, daß es möglichst wenig Wirbel darum gibt. Es wäre mir ein Vergnügen, dir bei der Behebung deiner finanziellen Schwierigkeiten behilflich zu sein – wenn du mir dafür Ärger bei meinen Gesetzen ersparst.«

»Je größer dein Beitrag zu meiner Sache ausfällt, Gaius Marius, desto weniger Wirbel wird es um den Gesetzesvorschlag geben«, sagte Philippus mit breitem Lächeln.

»Ausgezeichnet! Nenne deinen Preis«, verlangte Marius.

»Du meine Güte! Wie unverblümt!«

»Nenne deinen Preis«, wiederholte Marius.

»Eine halbe Million«, gab Philippus zur Antwort.

»Sesterze«, vergewisserte sich Marius.

»Denare«, erwiderte Philippus.

»Oh! Für eine halbe Million Denare würde ich wesentlich mehr verlangen als Kleinigkeiten«, sagte Marius.

»Für eine halbe Million Denare, Gaius Marius, würdest du wesentlich mehr erhalten als Kleinigkeiten. Nicht nur meine Dienste während meiner Amtszeit als Tribun, sondern auch danach. Darauf gebe ich dir mein Wort.«

»Dann kommen wir ins Geschäft.«

»Wie einfach!« rief Philippus aus und entspannte sich. »Nun, wie sieht die Kleinigkeit aus, bei der ich dir helfen kann?«

»Ich brauche ein Ackergesetz«, sagte Marius.

»Nicht einfach! Ganz und gar nicht einfach!« Philippus setzte sich auf, er sah fassungslos aus. »Wofür, um alles in der Welt, brauchst du ein Ackergesetz? Ich brauche Geld, Gaius Marius. Aber das nützt mir nur etwas, wenn ich noch am Leben bin und es ausgeben kann, nachdem ich meine Schulden bezahlt habe! Ich habe nicht die Absicht, mich auf dem Kapitol zu Tode prügeln zu lassen. Glaub mir, Gaius Marius, ich bin bestimmt kein zweiter Tiberius Gracchus!«

»Es ist zwar ein Ackergesetz, ein Gesetz über Landverteilung, aber es geht nicht so weit, daß sich jemand dafür umbringen lassen müßte«, beruhigte ihn Marius. »Ich versichere dir, Lucius Marcius, ich bin kein Reformer und kein Revolutionär. Ich habe anderes mit den Besitzlosen von Rom vor, als sie mit Roms kostbarem *ager publicus* zu beschenken. Ich werde sie als Soldaten verpflichten – sie sollen für das Land, das sie bekommen, hart arbeiten! Niemand wird etwas geschenkt bekommen, ohne etwas dafür zu leisten.«

»Aber was für Land kann denn verschenkt werden, wenn nicht *ager publicus*? Oder willst du, daß Rom mehr Land kauft? Oder sich auf andere Weise aneignet? Dafür braucht man erst einmal viel Geld.« Philippus war immer noch sehr beklommen.

»Kein Grund zur Sorge«, sagte Marius, »das Land befindet sich bereits in römischem Besitz. Ich habe immer noch mein prokonsularisches *imperium* über Africa, somit steht es in meiner Macht, das von mir eroberte Land in der africanischen Provinz nach meinem Gutdünken zu nutzen. Ich kann es an meine Klienten verpachten, an den Höchstbietenden versteigern oder einem verbündeten König schenken. Ich muß nur erreichen, daß der Senat meine Entscheidung bestätigt.«

Marius beugte sich vor und fuhr fort. »Ich habe nicht die Absicht, Metellus Numidicus oder seinesgleichen die Flanke zu bieten und zu warten, bis sie zustoßen. Also werde ich so handeln wie immer – streng nach dem Gesetz oder nach Sitte und Herkommen. Darum werde ich am Neujahrstag mein prokonsularisches *imperium* abgeben, und Metellus Numidicus hat das Nachsehen.

Über den größten Teil des Landes, das ich in Africa für den Senat und das Volk von Rom erobert habe, konnte ich mit Zustimmung des Senats bereits verfügen. Aber da gibt es noch etwas, eine Sache, die ich nicht selbst ins Rollen bringen will. Und sie ist so knifflig, daß sie nicht in einem Zug durchgeführt werden sollte, sondern in zwei Etappen. Die erste im kommenden Jahr, die zweite ein Jahr später.

Deine Aufgabe, Lucius Marcius, wird es sein, mit der ersten Etappe zu beginnen. Ich erläutere dir kurz, worum es geht. Meiner Meinung nach muß Rom, wenn es weiterhin gute Armeen aufstellen will, den Militärdienst für die Besitzlosen lohnend machen. Sie sollen nicht nur aus patriotischen Gefühlen in die Legionen eintreten, wenn Rom in Not ist – oder aus Langeweile in ruhigen Zeiten. Die übliche Entlohnung – ein bißchen Geld und ein kleiner Anteil an der Kriegsbeute – wird den Soldaten irgendwann einmal nicht mehr ausreichen. Wenn ihnen aber ein schönes Stück Land angeboten wird, auf das sie sich im Alter zurückziehen oder das sie verkaufen können, dann wird der Militärdienst viel interessanter. Dieses Land kann jedoch nicht auf italischem Gebiet liegen. Und ich sehe auch gar keinen Grund, warum es in Italien sein muß.«

»Langsam verstehe ich, worauf du hinauswillst, Gaius Marius«, sagte Philippus. Er nagte nachdenklich an der Unterlippe. »Interessant.«

»Das denke ich auch. Ich habe die Inseln in der Kleinen Syrte zurückbehalten, und dort sollen diese Soldaten nach ihrer Entlassung angesiedelt werden. Dank der Germanen wird es mit der Entlassung allerdings noch eine Weile dauern. Diese Zeit will ich nutzen, um mir die Zustimmung des Volkes für die Verteilung von Land auf Meninx und Kerkena an die Soldaten zu holen. Aber ich habe viele Feinde, die versuchen werden, mich aufzuhalten, und sei es auch nur, weil sie ihre ganze Karriere darauf aufgebaut haben, mich aufzuhalten«, sagte Marius.

Philippus nickte wissend. »Das ist wahr, du hast eine Menge Feinde, Gaius Marius.«

Marius war sich nicht sicher, ob in dieser Bemerkung tatsächlich ein sarkastischer Unterton mitschwang. Er schenkte Philippus einen vernichtenden Blick und fuhr dann fort. »Deine Aufgabe, Lucius Marcius, ist es, in der Versammlung der Plebs ein Gesetz durchzubringen, das besagt, daß die Inseln in der africanischen Kleinen Syrte als Teil des *ager publicus* zurückbehalten werden. Sie dürfen weder verpachtet noch aufgeteilt noch verkauft werden, so lange, bis künftige Beschlüsse der Versammlung der Plebs etwas anderes verfügen. Kein Wort über die Soldaten und über die *capite censi.* Du wirst nur ganz beiläufig und ruhig dafür sorgen, daß uns die Inseln sicher sind und niemand seine gierigen Finger darauf legen kann. Es ist sehr wichtig, daß meine Feinde nicht einmal im Traum auf die Idee kommen, ich könnte etwas mit diesem kleinen Gesetz zu tun haben.«

»Oh, ich denke, das wird kein Problem sein«, meinte Philippus, der jetzt wieder etwas zuversichtlicher wirkte.

»Gut. An dem Tag, an dem das Gesetz in Kraft tritt, werde ich Anweisung geben, eine halbe Million Denare auf deinen Namen zu überschreiben. Es wird so vor sich gehen, daß diese Aufbesserung deines Vermögens nicht mit mir in Verbindung gebracht werden kann.«

Philippus erhob sich. »Du hast dir einen Volkstribunen gekauft, Gaius Marius«, sagte er und streckte die Hand aus. »Und noch mehr. Ich werde während meiner gesamten politischen Karriere dein Mann sein.«

»Ich freue mich, das zu hören«, erwiderte Marius und schüttelte die angebotene Hand. Doch kaum war Philippus aus der Tür, ließ Marius warmes Wasser kommen und wusch sich die Hände.

»Nur weil ich von Bestechung Gebrauch mache, heißt das noch lange nicht, daß ich die Männer, die ich besteche, mögen muß«, sagte Marius zu Publius Rutilius Rufus, als dieser fünf Tage später in Cumae ankam.

Rutilius Rufus machte ein resigniertes Gesicht. »Nun, er hat immerhin Wort gehalten«, entgegnete er. »Er hat dein bescheidenes, kleines Gesetz vorgetragen, als ob er es sich selbst ausgedacht hätte. Ich muß sagen, er hat es so logisch vorgebracht, daß niemand Einwände erhob, nicht einmal aus Lust am Streiten. Ein kluger Mann, dieser Philippus, wenn auch auf die schleimige Art. Er strich die Lorbeeren für seinen Patriotismus ein, indem er der Versammlung der Plebs weismachte, ein winziges Stück der großen africanischen Provinz müsse für die Zukunft des römischen Volkes zurückgelegt werden. ›Gespart‹ war der Ausdruck, den er gebrauchte. Sogar unter deinen Feinden dachten ein paar, er wollte dir damit eins auswischen. Das Gesetz ging ohne den leisesten Protest durch.«

»Sehr gut!« sagte Marius und seufzte erleichtert. »Jetzt werden die Inseln wenigstens für eine Weile unangetastet bleiben. Ich brauche noch Zeit, um zu beweisen, daß die Plebejer als Legionäre etwas taugen, erst dann kann ich es wagen, ihnen ein Stück Land als Belohnung zuzuteilen. Du kannst dir ja denken, was der Senat dazu sagen wird. Die früheren römischen Legionäre wurden nicht mit Land beschenkt, warum also sollen die neuen, die besitzlosen, etwas bekommen?« Er zuckte mit den Schultern. »Nun, genug davon. Was ist sonst so passiert?«

»Ich habe ein Gesetz verabschiedet, das den amtierenden Konsul ermächtigt, im Notfall zusätzliche Militärtribunen zu verpflichten, ohne deshalb Wahlen abhalten zu müssen«, sagte Rutilius.

»Du denkst wie immer voraus. Hast du mit deinem neuen Gesetz schon ein paar Militärtribunen verpflichtet?«

»Einundzwanzig. So viele, wie bei Arausio gefallen sind.«

»Wer ist dabei?«

»Der junge Gaius Julius Caesar.«

»Na, das ist wirklich eine gute Nachricht! Obwohl Verwandte ja meistens eher eine Plage sind. Erinnerst du dich an Gaius Lusius? Den Mann von Gratidia, der Schwester meines Schwagers?«

»Nur undeutlich. Numantia?«

»Genau. Ein fürchterlicher Trottel! Aber unglaublich reich. Irgendwie haben Gratidia und er einen Sohn und Erben zustande gebracht. Er ist inzwischen fünfundzwanzig Jahre alt. Und jetzt bitten sie mich, ihn auf den Feldzug gegen die Germanen mitzunehmen. Dabei habe ich ihn noch nicht einmal gesehen. Aber natürlich konnte ich nicht ablehnen, sonst hätten sie meinem Bruder Marcus endlos damit in den Ohren gelegen.«

»Da wir gerade bei deiner zahlreichen Verwandtschaft sind – es wird dich freuen zu hören, daß der junge Quintus Sertorius daheim in Nursia bei seiner Mutter ist. Er wird bald wieder auf den Beinen sein und mit dir nach Gallien ziehen können.«

»Gut! So wie Cotta dieses Jahr nach Gallien gegangen ist, hm?«

»Ich bitte dich, Gaius Marius! Ein ehemaliger Prätor und fünf Hinterbänkler, die abgesandt wurden, um mit jemandem wie Caepio zu verhandeln? Aber ich kannte meinen Cotta, während Scaurus und Delmaticus nicht ahnten, was in ihm steckt. Ich hegte keinen Zweifel, daß Cotta retten würde, was zu retten ist.«

»Was ist mit Caepio passiert, seit er wieder zurück ist?«

»Oh, sein Kinn ist noch über Wasser, aber er muß ganz schön paddeln, um nicht unterzugehen, das kann ich dir sagen. Ich vermute, irgendwann wird nur noch seine Nasenspitze aus dem Wasser schauen. Das Volk ist ungeheuer aufgebracht über ihn, und nicht einmal seine Freunde auf den vorderen Bänken können viel für ihn tun.«

»Sehr gut! Er müßte ins Tullianum geworfen werden und dort verrotten«, sagte Marius grimmig.

»Richtig, aber vorher müßte er eigenhändig das Holz für achtzigtausend Begräbnisfeuer schlagen«, meinte Rutilius und fletschte die Zähne.

»Was ist mit den Marsern? Haben sie sich beruhigt?«

»Du meinst die Entschädigung, die sie verlangen? Der Senat hat sie natürlich abgelehnt, aber Rom hat sich damit bestimmt keine Freunde gemacht. Der Befehlshaber der marsischen Legion, Quintus Poppaedius Silo, kam nach Rom, um als Zeuge auszusagen. Und ich wette, du kannst dir nicht denken, wer bereit war, mit ihm auszusagen?« fragte Rutilius.

Marius grinste. »Du hast recht, ich kann es mir wirklich nicht denken. Wer?«

»Kein anderer als mein Neffe, der junge Marcus Livius Drusus! Anscheinend haben sich die beiden nach der Schlacht kennengelernt. Drusus' Legion stand neben der von Silo. Für Caepio war es wohl ein riesiger Schock, als mein Neffe, der zufällig auch sein Schwiegersohn ist, sich bereit erklärte, in diesem Fall auszusagen, denn es geht schließlich um Caepios Verhalten in Arausio.«

»Ein junger Esel, der allerdings auch ganz schön auskeilen kann«, sagte Marius, der sich an den jungen Drusus aus der Gerichtsverhandlung erinnerte.

»Er hat sich verändert seit Arausio«, meinte Rutilius. »Ich würde sagen, er ist erwachsen geworden.«

»Nun, dann dürfte Rom in Zukunft einen guten Mann mehr haben.«

»Sehr wahrscheinlich. Aber ich mußte bei allen, die Arausio überlebt haben, tiefe Veränderungen feststellen«, sagte Rutilius traurig. »Sie konnten immer noch nicht alle Soldaten auftreiben, die sich über die Rhône gerettet haben. Ich glaube, das werden sie niemals schaffen.«

»Ich werde sie finden«, sagte Marius grimmig. »Es sind *capite censi*, und damit fallen sie unter meine Verantwortung.«

»Das ist natürlich der Nagel, an dem Caepio seinen Fall aufhängt, an den Soldaten, die unter den *capite censi* rekrutiert wurden. Er versucht, die Schuld auf Gnaeus Mallius und seinen Pöbelhaufen, wie er sie nennt, abzuwälzen. Den Marsern gefällt es natürlich überhaupt nicht, wenn man sie als besitzlose Plebejer bezeichnet, und den Samniten genausowenig. Mein junger Neffe Marcus Livius hat einen öffentlichen Eid geschworen, daß die Legionen mit solchen Soldaten keine Schuld an der Niederlage trifft. Er ist ein guter Redner und kann die Leute begeistern.«

»Wie kann er Caepio kritisieren, wenn er sein Schwiegersohn ist?« fragte Marius neugierig. »Sind nicht sogar Caepios Gegner über einen solchen Mangel an Familiensinn entsetzt?«

»Er kritisiert Caepio nicht – jedenfalls nicht direkt. Es ist wirklich interessant. Er sagt überhaupt nichts über ihn! Er widerspricht nur Caepios Darstellung, daß die Schuld für die Niederlage bei Gnaeus Mallius' Plebejerarmee liege. Aber mir ist aufgefallen, daß der junge Marcus Livius und der junge Caepio bei weitem nicht mehr so häufig zusammenstecken. Die Sache ist ziemlich verwikkelt, weil der junge Caepio mit meiner Nichte, der Schwester von Marcus Livius, verheiratet ist«, sagte Rutilius.

»Nun, was erwartest du, wenn all diese erbärmlichen Adligen darauf bestehen, untereinander zu heiraten, anstatt neues Blut hineinzulassen?« fragte Marius. Dann zuckte er mit den Schultern. »Genug davon! Hast du noch mehr Neuigkeiten?«

»Nur über die Marser, oder besser gesagt, über die italischen Bundesgenossen. Die Stimmung gegen uns schlägt hohe Wogen, Gaius Marius. Wie du weißt, versuche ich seit Monaten, Soldaten zu rekrutieren, aber die italischen Bundesgenossen stellen sich quer. Sie behaupten, daß sie keine waffenfähigen Männer im dienstfähigen Alter mehr haben, und als ich nach *capite censi* fragte, sagten sie, sie hätten auch keine *capite censi* mehr.«

»Nun, es sind bäuerliche Völker, ich könnte mir vorstellen, daß das stimmt.«

»Unsinn! Pachtbauern, Schäfer, Feldarbeiter, freie Bauernknechte – wann hat es davon jemals zuwenig gegeben? Aber die italischen Bundesgenossen beharren darauf, daß es keine italischen Proletarier mehr gibt. Ich habe ihnen einen Brief geschrieben und nach dem Grund gefragt. Sie sagen, jeder italische Mann, der vielleicht als tauglicher Proletarier in Frage käme, sei inzwischen römischer Schuldsklave. Oh, es ist bitter! Alle italischen Stämme haben sich schriftlich beim Senat beschwert, alle beklagen sich bitter darüber, wie sie von Rom behandelt würden, und nicht nur vom Staat, sondern auch von römischen Bürgern in Machtstellungen. Die Marser– die Paeligner – die Picenter – die Umbrer – die Samniten – die Apulier – die Lukaner – die Etrusker – die Marrukiner – die Vestiner – die Liste ist vollständig, Gaius Marius!«

»Wir haben doch schon seit langem gewußt, daß es irgendwann Ärger geben würde«, sagte Marius. »Ich hoffe allerdings, daß die Bedrohung durch die Germanen unsere Halbinsel wieder zusammenschmiedet.«

»Das glaube ich nicht. Alle Bundesgenossen werfen Rom vor, daß ihre besitzenden Männer viel zu lange in der Armee gehalten werden. In dieser Zeit können sie sich nicht um ihre Höfe oder Geschäfte kümmern, die langsam vor die Hunde gehen. Wenn sie dann von einem Feldzug für Rom zurückkommen – falls sie ihn überlebt haben–, stellen sie fest, daß sie hoch verschuldet sind, entweder bei einem römischen Landbesitzer oder bei einem ansässigen Geschäftsmann mit römischem Bürgerrecht. Und so habe Rom bereits alle ihre Männer – als Schuldsklaven, verstreut über alle römischen Provinzen vom einen Ende des Mittelmeeres zum anderen. Vor allem da, sagen sie, wo Rom Leute mit landwirtschaftlichen Kenntnissen braucht, in Africa oder auf Sardinien oder Sizilien.«

Marius wirkte beunruhigt. »Ich hatte keine Ahnung, daß es schon so weit gekommen ist«, sagte er. »Ich besitze selbst große Ländereien in Etrurien, darunter auch viele Höfe, die von meinen Agenten beschlagnahmt wurden, weil die Besitzer verschuldet waren. Aber was soll ich denn sonst tun? Wenn ich die Höfe nicht kaufe, dann kaufen sie Schweinebacke oder sein Bruder Delmaticus. Ich habe die Ländereien von der Familie meiner Mutter Fulcinia geerbt und mich deshalb auf diese Gegend beschränkt. Aber es läßt sich nicht leugnen, daß ich dort ein großer Grundbesitzer bin.«

»Und ich wette, du weißt nicht, was deine Agenten mit den Männern gemacht haben, deren Höfe sie für dich beschlagnahmt haben«, sagte Rutilius.

»Du hast recht, ich weiß es nicht«, erwiderte Marius und sah betreten aus. »Ich hatte keine Ahnung, daß wir so viele Italiker versklavt haben. Es ist, als hätten wir Römer versklavt!«

»Nun, das machen wir auch mit Römern, wenn sie sich verschulden.«

»Seltener, Publius Rufus, viel seltener!«

»Stimmt.«

»Sobald ich im Amt bin, werde ich mich um die Beschwerden unserer Bundesgenossen kümmern«, sagte Marius mit Entschiedenheit.

Der Unmut der italischen Bundesgenossen schwebte in diesem Dezember wie eine bedrohliche Wolke über Rom. Den Kern der aufgebrachten Italiker bildeten die kriegerischen Stämme des Hochlandes hinter den Tälern des Tiber und des Liri, angeführt von den Marsern und den Samniten. Doch das waren nicht die einzigen Schwierigkeiten, mit denen Rom sich auseinandersetzen mußte. Römische Adlige begannen an den eigenen Privilegien zu rütteln.

Die neuen Volkstribunen waren sehr rührig. Lucius Cassius Longinus empfand eine brennende Scham, weil sein Vater einer jener unfähigen Oberbefehlshaber war, die sich den Zorn des Volkes zugezogen hatten, und so brachte er einen alarmierenden Gesetzesvorschlag in einer *contio,* der beratenden Versammlung der Plebs, ein. Er verlangte, daß jeder Mann, dem das *imperium* aberkannt wurde, auch seinen Sitz im Senat verlieren sollte. Das war ein Racheakt, eine Kriegserklärung an Caepio! Denn es war klar, daß Caepio, falls er wegen Hochverrat angeklagt werden sollte, freigesprochen werden würde. Er war zu reich und zu mächtig, er hatte zu viele Ritter in der Ersten und Zweiten Klasse auf seiner Seite, als daß man ihn verurteilen würde. Doch mit dem Gesetz, das Lucius Cassius vorgeschlagen hatte, könnte die Versammlung der Plebs ihm seinen Senatssitz aberkennen, und das war etwas ganz anderes. Trotz heftigen Widerstandes von Metellus Numidicus und seinen Kollegen sah es ganz danach aus, als würde der Gesetzesvorschlag angenommen werden. Lucius Cassius sollte es besser ergehen als seinem Vater.

Aber dann brach der Streit um das Amt des *pontifex* los, und alle anderen Probleme traten zurück. Da der Streit auch seine komischen Seiten hatte, verfolgte ganz Rom ihn höchst interessiert – alle Römer hatten eine besondere Vorliebe für das Lächerliche. Als Gnaeus Domitius Ahenobarbus auf der Rednertribüne des Forum Romanum tot zusammenbrach, von einem Schlaganfall niedergestreckt, während er gegen die Kandidatur von Gaius Marius *in absentia* wetterte, hinterließ er eine Lücke. Er war ein *pontifex* gewesen, ein Priester Roms, und sein Platz in den Reihen der *pontifices* mußte wieder besetzt werden. Das Amt des *pontifex maximus* hatte damals der alternde Lucius Caecilius Metellus Delmaticus inne, weitere Priester waren Marcus Aemilius Scaurus, der Senatsvorsitzende, Publius Licinius Crassus und Scipio Nasica.

Neue Priester wurden von den übrigen *pontifices* berufen, und immer folgte ein Plebejer einem Plebejer nach, ein Patrizier einem Patrizier. Die Räte der Priester und der Auguren bestanden üblicherweise je zur Hälfte aus Patriziern und Plebejern. Nach alter Tradition wurden die neuen Priester aus der Familie des verstorbenen Priesters berufen, und so konnte das Amt eines Priesters oder eines Auguren vom Vater auf den Sohn übergehen oder vom Onkel auf den Neffen oder von einem Vetter auf einen anderen Vetter. Auf diese Weise blieben die Ehre und die *dignitas* der Familie erhalten. Und natürlich rechnete nun der junge Gnaeus Domitius Ahenobarbus, Familienoberhaupt seit dem Tod seines Vaters, damit, daß er das Amt des *pontifex* übernehmen würde.

Es gab jedoch ein Problem, und das hieß Scaurus. Als das *collegium pontificum* sich versammelte, um über den neuen Priester zu beraten, verkündete Scaurus, er sei dagegen, Ahenobarbus' Amt an dessen Sohn weiterzugeben. Den wahren Grund für seine Ablehnung sprach er nicht aus, doch er war zwischen seinen Sätzen herauszuhören, und seine dreizehn Zuhörer wußten genau, was er meinte – nämlich daß Gnaeus Domitius Ahenobarbus ein sturköpfiger, streitsüchtiger und jähzorniger Mann gewesen war, den kaum jemand gemocht hatte. Und sein Sohn war noch schlimmer. Kein römischer Adliger nahm einem anderen römischen Adligen unangenehme Eigenarten übel, jeder war bereit, sich damit abzufinden – vorausgesetzt, er konnte entfliehen, wenn er sich danach fühlte. Doch der Rat der Priester war eine eng verbundene Gemeinschaft – und der junge Ahenobarbus war erst dreiunddreißig Jahre alt. Die Priester versammelten sich in der *regia*, dem Amtshaus des *pontifex maximus.* Denen, die wie Scaurus jahrelang unter dem Vater zu leiden gehabt hatten, war der Gedanke, daß sie jetzt jahrelang unter dem Sohn leiden würden, sehr zuwider. Glücklicherweise konnte Scaurus seinen Kollegen zwei sehr gute Gründe nennen, die Berufung des jungen Ahenobarbus abzulehnen.

Der erste Grund war der, daß das Priesteramt des verstorbenen Zensors Marcus Livius Drusus nach dessen Tod nicht an seinen Sohn weitergegeben worden war. Mit seinen neunzehn Jahren war er den *pontifices* damals einfach zu jung für das Amt erschienen. Der zweite Grund lag in Marcus Livius' Verhalten – er zeigte plötzlich eine beunruhigende Neigung, seinem entschiedenen Konservatismus untreu zu werden. Scaurus vertrat nun die Meinung, daß er als *pontifex* wieder auf die traditionsgebundenen Pfade seiner Vorfahren zurückkehren werde. Sein Vater war ein unerbittlicher Feind von Gaius Gracchus gewesen, doch so, wie der junge Marcus Livius sich inzwischen auf dem Forum Romanum aufführte, konnte man meinen, er wäre ein zweiter Gaius Gracchus! Nach Scaurus' Ansicht mußte man für das Verhalten von Marcus Livius mildernde Umstände geltend machen, vor allem die schrecklichen Erlebnisse von Arausio. War es nicht eine geradezu ideale Lösung, nun den jungen Marcus Livius Drusus in den Rat der Priester zu berufen?

Die dreizehn anderen Priester einschließlich des Oberpriesters Delmaticus stimmten Scaurus zu, das sei in der Tat eine brillante Lösung ihres Problems. Der alte Ahenobarbus hatte ohnehin kurz vor seinem Tod das Amt eines Auguren für seinen jüngeren Sohn Lucius gesichert. Die Familie konnte also nicht behaupten, sie sei aller religiösen Ämter beraubt.

Als der junge Gnaeus Domitius Ahenobarbus hörte, daß das frei gewordene Amt des Priesters an Marcus Livius Drusus vergeben werden sollte, war er sehr ungehalten. Genaugenommen war er außer sich vor Wut. Bei der nächsten Senatssitzung verkündete er, daß er den Senatsvorsitzenden Marcus Aemilius Scaurus wegen

Verletzung seiner Amtspflichten als *pontifex* anklagen werde. Er bezog sich auf die Adoption eines patrizischen Kindes durch einen Plebejer. So eine Adoption mußte sowohl vom Rat der *pontifices* gutgeheißen werden als auch von den Liktoren der dreißig Kurien. Der junge Ahenobarbus behauptete nun, das Vorgehen von Scaurus in dieser Sache sei nicht korrekt gewesen. Der Senat wußte jedoch sehr wohl, woher diese plötzliche Genauigkeit in religiösen Angelegenheiten rührte, und ließ sich überhaupt nicht beeindrucken. Ebensowenig wie Scaurus, der aufstand und auf das rote Gesicht von Ahenobarbus hinunterstarrte.

»Willst du, Gnaeus Domitius – nicht einmal *pontifex* – mir, Marcus Aemilius, *pontifex* und Vorsitzender des Senats, vorwerfen, ich hätte ein Sakrileg begangen?« fragte er in eisigem Ton. »Geh heim und spiele mit deinem neuen Spielzeug in der Versammlung der Plebs, bis du endlich erwachsen wirst!«

Damit schien die Sache erledigt zu sein. Unter dem brüllenden Gelächter der Senatoren rauschte ein wütender Ahenobarbus aus dem Senat, verfolgt von höhnischen Zurufen wie »schlechter Verlierer!«.

Doch Ahenobarbus gab sich noch nicht geschlagen. Scaurus hatte ihm gesagt, er solle mit seinem neuen Spielzeug, dem Volkstribunat, in der Versammlung der Plebs spielen, und genau das tat er. Innerhalb von zwei Tagen hatte er einen Gesetzesvorschlag ausgearbeitet, und bevor das alte Jahr zu Ende war, wurde der Vorschlag nach der üblichen Diskussion und Abstimmung als *lex Domitia de sacerdotiis* verabschiedet. Nach diesem Gesetz sollten die neuen Priester und Auguren in Zukunft nicht mehr von den übrigen Priestern berufen, sondern statt dessen von einer besonderen Versammlung gewählt werden, jedermann konnte sich zur Wahl aufstellen lassen.

»Frech«, sagte der Pontifex Maximus Metellus Delmaticus zu Scaurus, »einfach frech!«

Aber Scaurus lachte nur, bis ihm die Tränen kamen. »Oh, Lucius Caecilius, du mußt zugeben, daß er uns wunderbar an unseren pontifikalen Nasen herumgeführt hat!« Er wischte sich die Augen. »Ich muß sagen, er ist mir jetzt viel sympathischer.«

»Wenn der nächste von uns stirbt, wird er sich natürlich für die Wahl aufstellen lassen«, sagte Delmaticus mürrisch.

»Und warum nicht? Er hat es sich verdient«, erwiderte Scaurus.

»Was ist, wenn mein Platz wieder besetzt werden muß? Dann wird er Pontifex Maximus!«

»Was für eine wunderbare Rache für ihn«, sagte Scaurus ungerührt.

»Ich habe gehört, er sei jetzt hinter Marcus Junius Silanus her«, sagte Metellus Numidicus.

»Stimmt. Er will ihn für unbefugtes Beginnen eines Krieges gegen die Germanen in Gallia Transalpina belangen«, antwortete Delmaticus.

»Mit dieser Klage kann er vor die Versammlung der Plebs gehen. Eine Klage wegen Hochverrat würde bedeuten, daß er vor die Zenturien müßte.« Scaurus pfiff anerkennend durch die Zähne. »Er ist wirklich schlau! Langsam beginne ich zu bedauern, daß wir ihn nicht in unserer Mitte haben.«

»Ach Unsinn!« sagte Metellus. »Du genießt nur jeden Augenblick dieses schauderhaften Schauspiels!«

»Na, warum denn nicht!« Scaurus spielte den Überraschten. »Wir sind hier in Rom, *patres conscripti*, und das ist Rom von seiner römischsten Seite! Alle vornehmen Römer im edlen Wettstreit, jeder gegen jeden.«

»Unsinn, Unsinn, Unsinn!« schrie Metellus Numidicus außer sich. Er war immer noch aufgebracht darüber, daß Gaius Marius Konsul werden würde. »Unser altes Rom stirbt langsam. Männer werden zum zweiten Mal innerhalb von drei Jahren zum Konsul gewählt, und das, obwohl sie nicht einmal da waren, um sich in der *toga candida* zu zeigen – *capite censi* werden in die Legionen aufgenommen – Priester und Auguren werden gewählt anstatt berufen – die Beschlüsse des Senats, wer was regieren soll, werden von der Versammlung des Volkes über den Haufen geworfen – der Senat gibt ein Vermögen für Soldaten aus – und *homines novi*, Emporkömmlinge, besetzen wichtige Ämter. Pah!«

*Das siebte Jahr*
(104 v. Chr.)

Unter den Konsuln
Gaius Marius (II)
und
Gaius Flavius Fimbria

*Das achte Jahr*
(103 v. Chr.)

Unter den Konsuln
Gaius Marius (III)
und
Lucius Aurelius Orestes

*Das neunte Jahr*
(102 v. Chr.)

Unter den Konsuln
Gaius Marius (IV)
und
Quintus Lutatius Catulus Caesar

Mit der Vorbereitung von Marius' Triumphzug war Sulla beauftragt worden, und trotz innerer Vorbehalte gegen Marius' Anweisungen hielt er sich strikt an die Befehle.

»Ich will einen Triumph, bei dem zügig marschiert wird«, hatte Marius bei ihrer Ankunft aus der Provinz Africa in Puteoli erklärt. »Spätestens zur sechsten Stunde auf dem Kapitol, dann gleich weiter zur Amtsübernahme als Konsul und zur Senatssitzung. Sorge für Eile, denn ich habe beschlossen, daß vor allem das Festmahl ein denkwürdiges Ereignis werden soll. Schließlich feiere ich doppelt: als triumphierender Feldherr und als neuer Konsul. Und ich will ein fürstliches Mahl, Lucius Cornelius! Keine hartgekochten Eier und zweitklassigen Käse, hörst du? Speisen vom Feinsten und Teuersten, Tänzer und Sänger vom Feinsten und Teuersten, Teller aus Gold und die Liegen mit Purpur bespannt.«

Sulla hatte sich das alles angehört und war immer unwilliger geworden. Er ist und bleibt ein Bauer, der hoch hinaus will, dachte er. Ein eiliger Triumph, eine hastige Amtsübernahme und dann ein Festmahl, wie er es haben will, das ist schlechter Stil. Besonders das vulgäre, protzige Mahl!

Trotzdem befolgte er die Anweisungen ganz genau. Karren mit innen gewachsten, wasserdichten Becken aus Ton rollten in die Stadt, beladen mit Austern aus Baiae, Langusten aus der Campania und Garnelen aus der Crater-Bucht. Auf anderen, ähnlich ausgestatteten Karren wurden Flußaale, Hechte und Barsche vom Oberlauf des Tiber herbeigeschafft. Fischer postierte man an den Ausgängen der römischen Kanalisation, um Barsche zu fangen. Kapaune und Enten, gemästet mit in Wein getauchten Honigkuchen, Ferkel, Zicklein, Fasane und Rehkitze wurden in die Küchen angeliefert und dort gebraten, gefüllt und gespickt. Aus Africa war zusammen mit Marius und Sulla eine große Ladung Achatschnecken eingetroffen, mit besten Grüßen von Publius Vagiennius, der sich Rückmeldung über die Reaktion der römischen Feinschmecker erbat.

Sulla hatte mit den Vorbereitungen von Marius' Triumph alle Hände voll zu tun. Im stillen dachte er, wenn die Stunde seines Triumphes kam, würde er den Zug so groß machen, daß er drei Tage lang auf der altehrwürdigen Straße unterwegs wäre, genauso wie der Triumphzug des Aemilius Paullus. Denn ein langer und glanzvoller Triumphzug war das Kennzeichen des Aristokraten, der das ganze Volk an seinem Erfolg teilhaben lassen wollte. Ein langes, glanzvolles Festmahl im Tempel des Jupiter Optimus Maximus dagegen verriet den Bauern, dem es nur darum ging, einige wenige Privilegierte zu beeindrucken.

Immerhin gelang Sulla die Zusammenstellung eines prächtigen Zuges. Auf flachen Festwagen waren die denkwürdigsten Szenen des africanischen Feldzuges dargestellt, von den Schnecken am Mulucha bis zu jener erstaunlichen syrischen Prophetin Martha. Martha war der Höhepunkt des Spektakels. Auf einem riesigen Wagen hatte man Prinz Gaudas Thronsaal in Karthago naturgetreu nachgebaut, und dort lag Martha auf einer mit Purpur und Gold überzogenen Liege. Ein Schauspieler stellte Marius dar, ein anderer in Schnabelschuhen Gauda. Auf einem weiteren, verschwenderisch geschmückten flachen Rollwagen ließ Sulla Marius' persönliche militärische Auszeichnungen zur Schau stellen. Es folgten Wagen mit Beute und Siegestrophäen, mit Rüstungen der Feinde und anderen sehenswerten Schaustücken, jeweils so drapiert, daß die Zuschauer ein Stück nach dem anderen anschauen und bewundern konnten. Danach kamen Wagen mit Löwen in Käfigen, mit exotischen Affen und Äffchen, und zwei Dutzend Elefanten, die beim Gehen mit ihren großen Ohren fächelten. Alle sechs Legionen des africanischen Heeres sollten mitmarschieren. Die Soldaten mußten allerdings zuerst ihre Speere, Dolche und Schwerter abgeben; statt dessen bekamen sie hölzerne, mit Siegeslorbeer bekränzte Stäbe.

»Und daß ihr mir nicht einschlaft! Marschieren sollt ihr, ihr Bastarde!« brüllte Marius, als die Soldaten abmarschbereit auf dem abgetretenen Rasen vor der Villa Publica standen. »Ich muß zur sechsten Stunde auf dem Kapitol sein, ich kann also nicht auf euch aufpassen. Aber wehe, ihr macht mir Schande! Dann helfen euch auch die Götter nicht, *fellatores!*«

Sie liebten es, wenn er so obszön zu ihnen sprach. Aber, dachte Sulla, sie liebten ihn, egal was er sagte.

Auch Jugurtha marschierte im Triumphzug mit, angetan mit seinem königlichen Purpurgewand. Um den Kopf hatte er zum letzten Mal das mit Quasten behängte weiße Band geschlungen, das »Diadem«, und um Hals und Arme trug er goldene Ketten, Ringe und Reifen, die in der frühen Morgensonne blitzten. Es war ein strahlender Wintertag, weder besonders kalt noch übermäßig windig. Neben Jugurtha gingen seine beiden Söhne, gleichfalls in Purpur gekleidet.

Jugurtha war wie betäubt in Rom angekommen. Damals, als er mit Bomilkar Rom verlassen hatte, hatte er fest geglaubt, daß er nie wieder zurückkehren würde. Jetzt war er wieder hier, in der Terrakotta-Stadt mit den leuchtenden Farben – den bemalten Säulen, den bunten Wänden und den vielen Statuen, die so lebendig wirkten, als würden sie jeden Augenblick anfangen zu beten, zu kämpfen, zu reiten oder zu weinen. Das Weiß Africas fehlte in Rom völlig. Man baute hier nicht mehr viel mit Lehmziegeln, und man kalkte die Wände nicht weiß, sondern malte sie farbig an. Überall Hügel und steile Abhänge, weite Parks, schlanke Zypressen und schirmförmige Pinien, dazu auf hohen Sockeln aufragende Tempel, auf deren obersten Giebeln geflügelte Siegesgöttinnen die Peitsche über vierspännigen Quadrigen schwangen, und die langsam wieder grünende Narbe, die das große Feuer auf dem Viminal und dem oberen Esquilin hinterlassen hatte. Rom, die wohlfeile Stadt. Was für eine Tragödie, daß er nicht das Geld hatte auftreiben können, sie zu kaufen! Wie anders wäre dann vielleicht alles gekommen.

Quintus Caecilius Metellus Numidicus hatte Jugurtha bei sich aufgenommen, als Ehrengast, der allerdings das Haus nicht verlassen durfte. Im Schutz der Dunkelheit hatte man ihn hergebracht, und seit Monaten wohnte er jetzt hier. Die Loggia mit Blick auf Forum und Kapitol war ihm versperrt, er konnte nur wie ein gefangener Löwe, als der er sich auch fühlte, im Garten des Peristyls auf und ab schreiten. Sein Stolz ließ nicht zu, daß er sein Äußeres vernachlässigte. Täglich rannte er auf der Stelle, streckte sich zu seinen Zehen hinunter, machte Schattenboxen und zog sich mit den Armen an einem Ast wie an einer Stange empor, bis er das Holz mit dem Kinn berührte. Wenn er in Gaius Marius' Triumphzug marschierte, sollten sie ihn bewundern, die Römer von der Straße – sie sollten erkennen, daß er ein gewaltiger Gegner gewesen war, kein verweichlichter orientalischer Potentat.

Zu Metellus Numidicus hatte er Abstand gehalten. Er wollte nicht das Selbstbewußtsein des einen Römers auf Kosten des anderen stärken – für seinen Gastgeber eine herbe Enttäuschung, wie Jugurtha sofort spürte. Numidicus hatte gehofft, Jugurtha werde ihm Beweise dafür liefern, daß Marius seine Stellung als Prokonsul mißbraucht hatte. Daß Numidicus leer ausging, war für Jugurtha eine geheime Genugtuung. Er wußte, vor welchem Römer er Angst gehabt hatte, und er war froh, daß jener Römer ihn bezwungen hatte, nicht Numidicus. Natürlich war Numidicus ein vornehmer Patrizier, auf seine Art auch ein integrer Mensch, aber als Mann und Soldat konnte er Gaius Marius nicht entfernt das Wasser reichen. Für Metellus Numidicus war Gaius Marius natürlich nur ein Bastard, aber gerade Jugurtha wußte sehr gut, was es hieß, ein Bastard zu sein, und das erfüllte ihn mit einer seltsam unsentimentalen Zuneigung zu Marius.

In der Nacht vor Gaius Marius' Einzug in Rom als Triumphator und als zum zweiten Mal gewählter Konsul richteten Metellus Numidicus und sein stotternder Sohn ein Essen für Jugurtha und dessen beide Söhne aus. Als einziger weiterer Gast war, auf Jugurthas ausdrücklichen Wunsch, Publius Rutilius Rufus geladen. Damit fehlte von den Schrecklichen Drei, die in Numantia zusammen unter Scipio Aemilianus gekämpft hatten, nur Marius.

Es wurde ein seltsamer Abend. Metellus Numidicus hatte keinen Aufwand gescheut und für ein opulentes Mahl gesorgt, denn – so sagte er – er gedachte nicht, auf Kosten von Gaius Marius nach der Antrittssitzung des Senats im Tempel des Jupiter Optimus Maximus zu speisen.

»Aber man bekommt kaum noch eine Languste, eine Auster, eine Schnecke oder sonst etwas Besonderes«, sagte Numidicus, als sie sich zum Essen niederließen. »Marius hat die Märkte leergekauft.«

»Kann man ihm das zum Vorwurf machen?« fragte Jugurtha, als Rutilius Rufus schwieg.

»Ich mache Gaius Marius alles zum Vorwurf«, erwiderte Numidicus.

»Du tust unrecht daran. Wenn ihr Patrizier ihn aus euren eigenen Reihen hervorgebracht hättet, Quintus Caecilius, gut und schön. Aber ihr konntet nicht. Rom hat Gaius Marius hervorgebracht. Ich meine nicht die Stadt Rom oder das römische Reich – ich meine

Roma, die unsterbliche Göttin, den Genius der Stadt und ihren Lebensquell. Ein Mann wurde gebraucht, und er wurde gefunden.«

»Es gibt auch echte Römer mit der richtigen Abstammung, die hätten tun können, was Gaius Marius getan hat«, beharrte Numidicus. »Eigentlich hätte sogar ich an seiner Stelle stehen sollen. Gaius Marius hat mir das *imperium* gestohlen, und morgen erntet er, was ich verdient habe.« Verärgert durch den ungläubigen Blick, der sich auf Jugurthas Gesicht stahl, fügte er hinzu: »Es war zum Beispiel gar nicht Gaius Marius, der dich gefangen hat, König. Der Mann, der dich gefangen nahm, hat die richtige Familie und die richtigen Vorfahren – Lucius Cornelius Sulla. Man könnte mit einigem Recht sagen, daß Lucius Cornelius den Krieg beendet hat, nicht Gaius Marius.« Er holte tief Luft. Soeben hatte er den eigenen Anspruch auf Vorrang auf dem Altar eines anderen Aristokraten namens Lucius Cornelius Sulla geopfert. »Lucius Cornelius ist in jeder Beziehung ein rechtdenkender und wirklich römischer Gaius Marius.«

»Nein!« spottete Jugurtha, der gemerkt hatte, daß Rutilius Rufus ihn fixierte. »Sulla ist ein anderer Schlag. Gaius Marius ist gerader, wenn du verstehst, was ich meine.«

»Ich habe nicht die leiseste Vorstellung«, erwiderte Numidicus steif.

Rutilius Rufus lächelte amüsiert. »Ich weiß genau, was du meinst.«

Jugurtha bedachte Rutilius Rufus mit dem alten numantinischen Grinsen. »Gaius Marius ist ein Eigenbrötler«, sagte er dann, »die vollendete Frucht eines übersehenen, ganz normalen Baumes auf der anderen Seite der Gartenmauer. Solche Männer kann man nicht aufhalten oder in eine andere Richtung lenken, mein lieber Quintus Caecilius. Ihre innere Größe, ihr Mut, ihr Verstand und ein unsterblicher Funke lassen sie jedes Hindernis überwinden, das sich ihnen in den Weg stellt. Die Götter lieben sie, schütten über sie das ganze Füllhorn Fortunas aus. Ein Gaius Marius geht deshalb immer geradeaus. Selbst dann, wenn er krumme Wege gehen muß, geht er geradeaus!«

»Wie recht du hast!« sagte Rutilius Rufus.

»Lu-Lu-Lucius Co-Co-Cornelius ist be-be-be-besser!« stotterte Metellus das Ferkel wütend.

»Nein!« Jugurtha schüttelte entschieden den Kopf. »Unser Freund Lucius Cornelius hat den Verstand ... und den Mut ... und vielleicht auch die innere Größe ... aber ich glaube nicht, daß er jenen unsterblichen Funken hat. Der krumme Weg ist für ihn der natürliche, er sieht darin den geraden Weg. Wer auf einem Maultier glücklicher ist, gehört nicht auf einen Kriegselefanten. Sicher, tapfer wie ein Stier! Aber Lucius Cornelius hört Mars nicht. Während Gaius Marius gar nichts anderes hört. Ist nicht übrigens ›Marius‹ eine lateinische Verballhornung von ›Mars‹? Vielleicht Sohn des Mars? Du weißt es nicht? Ich glaube, du willst es gar nicht wissen, Quintus Caecilius! Schade. Latein ist eine so kraftvoll klingende Sprache. So knapp und doch fließend.«

»Erzähl mir mehr von Lucius Cornelius Sulla«, bat Rutilius Rufus. Er nahm sich ein Stück frisches Weißbrot und ein gewöhnliches Ei.

Jugurtha verschlang gierig eine Schnecke nach der anderen, denn seit Beginn seiner Gefangenschaft hatte er keine mehr gegessen. »Was soll ich erzählen? Er ist ein Produkt seiner Klasse. Was er macht, macht er gut. So gut, daß neun von zehn Zeugen nie ergründen werden, ob er es so gut macht, weil er ein Naturtalent ist oder nur, weil er sehr intelligent und gründlich geschult ist. In der ganzen Zeit, die ich mit ihm zusammen war, habe ich kein einziges Anzeichen an ihm bemerkt, das mir gesagt hätte, wo seine natürliche Begabung liegt – oder, anders ausgedrückt, seine eigentliche Berufung. Sicher, er kann Kriege gewinnen und erfolgreich Politik machen, das bezweifle ich nicht – aber nicht mit Leib und Seele.« Das Kinn des Ehrengastes glänzte vom Öl der Knoblauchsoße. Jugurtha schwieg, während ein Sklave die rasierten und bärtigen Teile seines Gesichts säuberte und abtrocknete. Dann ließ er einen enormen Rülpser ertönen und fuhr fort: »Er wird sich immer für den zweckmäßigen Weg entscheiden, weil ihm die unbedingte Entschlossenheit fehlt, die nur jener unsterbliche Funke einem Menschen geben kann. Wenn Lucius Cornelius vor einer Alternative steht, entscheidet er sich für den Weg, von dem er glaubt, daß er ihn mit den geringsten Kosten ans Ziel bringt. Er ist einfach nicht so unbedingt wie Gaius Marius – oder nicht so weitsichtig, fürchte ich.«

»Wo-Wo-Wo-Woher w-w-weißt du so v-v-v-viel über Lu-Lu-Lu-Lucius Cornelius?« fragte Metellus das Ferkel.

»Ich habe einst einen bemerkenswerten Ritt mit ihm unternommen«, sagte Jugurtha nachdenklich, während er seine Zähne mit einem Zahnstocher bearbeitete. »Und wir sind einmal mit dem Schiff an der africanischen Küste entlang von Icosium nach Utika gefahren. Wir waren viel zusammen.« Die Art, wie er das sagte, ließ die anderen aufhorchen. Was meinte er damit? Aber keiner wagte zu fragen.

Salate wurden hereingetragen, gefolgt von gebratenem Fleisch. Metellus Numidicus und seine Gäste fielen mit Appetit darüber her, nur den beiden jungen Prinzen Iampsas und Oxyntas schien es nicht zu schmecken.

»Sie wollen mit mir sterben«, sagte Jugurtha halblaut zu Rutilius Rufus.

»Der Senat würde nicht zustimmen«, sagte Rutilius Rufus.

»Das habe ich ihnen auch gesagt.«

»Wissen sie, wohin sie kommen?«

»Oxyntas in die Stadt Venusia, wo immer das liegt, und Iampsas nach Asculum Picentum, auch eine mysteriöse Stadt.«

»Venusia liegt im Süden der Campania an der Straße nach Brundisium, und Asculum Picentum liegt nordöstlich von Rom, auf der anderen Seite der Apenninen. Es wird ihnen dort nicht schlecht gehen.«

»Wie lange soll ihre Gefangenschaft dauern?«

Rutilius Rufus überlegte, dann zuckte er die Achseln. »Schwer zu sagen. Mit Sicherheit einige Jahre. Bis der Magistrat der Stadt einen Bericht an den Senat schreibt, in dem steht, daß die beiden so gründlich mit der römischen Sicht der Welt indoktriniert wurden, daß sie keine Gefahr mehr für Rom bedeuten, wenn man sie nach Hause schickt.«

»Dann bleiben sie wohl ihr Leben lang dort. Es wäre besser, sie würden mit mir sterben, Rutilius Rufus!«

»Nein, Jugurtha, ganz sicher sein kann man nie. Wer weiß, was die Zukunft für sie bringt?«

»Das ist wahr.«

Das Mahl schritt fort, noch mehr Braten und Salate wurden aufgetischt, zum Nachtisch gab es Zuckerwerk, Gebäck, Honigkonfekt, Käse, die wenigen Früchte der Saison und Dörrobst. Nur Iampsas und Oxyntas hatten keine rechte Freude an den Leckereien.

Als die Reste abgetragen waren und unverdünnter Wein des besten Jahrgangs in den Gläsern schimmerte, wandte sich Jugurtha an Metellus Numidicus. »Sag, Quintus Caecilius, was wirst du tun, wenn eines Tages ein anderer Gaius Marius auftauchen sollte mit der ganzen Begabung, Kraft und Weitsicht des Gaius Marius und jenem unsterblichen Funken – ein Gaius Marius, der aber von Geburt ein römischer Patrizier ist?

Numidicus sah ihn verständnislos an. »Ich weiß nicht, worauf du hinauswillst, König«, sagte er. »Gaius Marius ist Gaius Marius.«

»Er ist nicht unbedingt einzigartig. Was würdest du mit einem Gaius Marius tun, der aus einer Patrizierfamilie kommt?«

»Das ist unmöglich.«

»Unsinn, natürlich ist es möglich.« Jugurtha ließ einen Schluck des erlesenen Weines aus Chios auf der Zunge zergehen.

Rutilius Rufus mischte sich ein: »Jugurtha, ich glaube, Quintus Caecilius meint, daß Gaius Marius ein Produkt seiner Klasse ist.«

»Ein Gaius Marius kann aus jeder Klasse kommen«, beharrte Jugurtha.

Diesmal schüttelten die Römer einvernehmlich die Köpfe. Rutilius Rufus sprach für die anderen: »Nein. Was du sagst, mag für Numidien gelten oder für ein anderes Land. Aber niemals für Rom! Kein römischer Patrizier könnte je so denken oder handeln wie Gaius Marius.«

Seine Worte ließen keinen Widerspruch zu. Nach einigen weiteren Gläsern Wein löste die Gesellschaft sich auf. Publius Rutilius Rufus ging nach Hause, und die anderen verteilten sich auf ihre Schlafzimmer im Haus des Metellus Numidicus. Wohlig gesättigt und befriedigt von den erlesenen Speisen, dem Wein und der angenehmen Gesellschaft, sank Jugurtha von Numidien in einen tiefen, friedlichen Schlaf.

Als Jugurtha zwei Stunden vor Anbruch der Dämmerung von dem Sklaven geweckt wurde, den man ihm als Hausdiener zugeteilt hatte, fühlte er sich frisch und gestärkt. Man gestattete ihm, ein heißes Bad zu nehmen, dann wurde er mit größter Sorgfalt frisiert und angekleidet. Mehrere Sklaven drehten mit erhitzten Zangen seine Haare zu langen, wurstförmigen Locken und kräuselten seinen schmucken Bart. Durch die Haare flochten sie Gold- und Silberschnüre, und Wangen und Kinn rasierten sie sorgfältig. Als König Jugurtha aus seiner Kammer trat, gesalbt mit duftenden Ölen und angetan mit seinem Diadem und seinen sämtlichen Juwelen – die von den Beamten der Finanzverwaltung bereits katalogisiert worden waren und am Tag nach dem Triumph zum Marsfeld gebracht werden sollten, wo die Beute verteilt wurde –, sah er wieder aus wie der hellenisierte Herrscher, der er gewesen war, eine königliche Erscheinung von Kopf bis Fuß.

»Heute«, sagte er zu seinen Söhnen, während sie in offenen Sänften zum Marsfeld getragen wurden, »sehe ich Rom zum ersten Mal in meinem Leben.«

Sulla empfing sie persönlich inmitten des Chaos, das um ihn herum ausgebrochen schien, beleuchtet nur vom Schein der Fackeln. Aber über dem Kamm des Esquilin brach bereits die Morgendämmerung an, und Jugurtha vermutete, daß der Eindruck von Chaos nur durch die riesige Menschenmasse vor der Villa Publica entstand und daß in Wirklichkeit Disziplin und Ordnung herrschten.

Man hatte ihn in Ketten gelegt, doch das war lediglich symbolisch. Wohin hätte ein punischer Kriegerkönig in Italien fliehen sollen?

»Wir haben gestern abend über dich gesprochen«, sagte Jugurtha aufgeräumt zu Sulla.

»Ach ja?« Sulla trug einen glänzenden silbernen Brustpanzer, silberne Beinschienen, einen attischen Helm aus Silber mit einem wallenden Helmbusch aus scharlachroten Federn und einen scharlachroten Soldatenmantel. Für Jugurtha, der ihn nur im breitkrempigen Strohhut kannte, war er ein Fremder. Hinter Sulla trug ein Leibsklave ein Gestell, an dem seine Tapferkeitsmedaillen hingen, eine eindrucksvolle Sammlung.

»Ja«, sagte Jugurtha immer noch gutgelaunt. »Wir haben darüber gesprochen, wer eigentlich den Krieg gegen mich gewonnen hat – Gaius Marius oder du.«

Sulla hob den Blick und sah Jugurtha an. Das Weiß seiner Augen leuchtete im Dunkel auf. »Eine interessante Unterhaltung, König. Auf welche Seite hast du dich gestellt?«

»Auf die Seite des Rechts. Ich sagte, daß Gaius Marius den Krieg gewonnen hat. Er traf die Entscheidungen, und es waren seine Männer, die kämpften, darunter auch du. Und du hast meinen Schwiegervater Bocchus auf seinen Befehl hin aufgesucht.« Jugurtha hielt inne und lächelte. »Mein einziger Verbündeter war mein alter Freund Publius Rutilius. Quintus Caecilius und sein Sohn behaupteten beide, du hättest den Krieg gewonnen, weil du mich gefangengenommen hast.«

»Du hast dich auf die Seite des Rechts gestellt«, sagte Sulla.

»Die Seite des Rechts ist relativ.«

»Nicht in diesem Fall«, sagte Sulla. Seine Federn nickten in die Richtung, wo Marius' Soldaten scheinbar ziellos durcheinanderliefen. »Ich werde mit Soldaten nie so gut umgehen können wie er. Ich kann keine kameradschaftlichen Gefühle für sie aufbringen.«

»Du verbirgst es gut«, sagte Jugurtha.

»Aber sie wissen es, glaube mir. Es stimmt – Marius hat den Krieg gewonnen, zusammen mit seinen Soldaten. Was ich getan habe, hätte jeder andere Legat auch tun können.« Er atmete tief ein. »Du hattest also einen angenehmen Abend, König?«

»Sehr angenehm!« Jugurtha klimperte mit den Ketten. Wie leicht sie waren, ohne Mühe zu tragen. »Quintus Caecilius und sein stotternder Sohn haben ein königliches Mahl für mich ausgerichtet. Wenn man einen Numider fragt, was er am Tag vor seinem Tod essen will, verlangt er immer Schnecken. Und gestern abend gab es Schnecken.«

»Dann bist du jetzt satt und zufrieden, König?«

Jugurtha grinste. »Allerdings! Die richtige Vorbereitung auf die Schlinge des Henkers, will ich meinen.«

»Aber über die Art deines Todes bestimme ich.« Sulla grinste jetzt ebenfalls, mit entblößtem Gebiß, und das Grinsen auf seinem hellen Gesicht war viel grimmiger als das des Africaners Jugurtha.

Jugurthas Lächeln erstarb. »Was willst du damit sagen?«

»Ich habe die organisatorische Leitung dieses Triumphzuges, König Jugurtha. Das heißt, ich bestimme, wie du stirbst. Normalerweise würdest du mit einer Schlinge erdrosselt, das ist richtig. Aber das ist nicht Vorschrift. Es gibt eine alternative Methode: Du wirst durch das Deckenloch des Tullianum in den Kerker geworfen und verrottest dort.« Sullas Grinsen wurde breiter. »Nach einem so königlichen Mahl und besonders nachdem du versucht hast, Zwietracht zwischen mir und meinem Vorgesetzten zu säen, wäre es doch zu schade, wenn du keine Gelegenheit hättest, deine Schnekken in Ruhe zu verdauen. Also keine Schlinge für dich, König. Du stirbst Zoll für Zoll.«

Zum Glück standen seine Söhne zu weit weg, um Sullas Worte zu hören. Unbewegt sah der König zu, wie Sulla zum Abschied grüßend die Hand hob und zu Iampsas und Oxyntas ging, um ihre Ketten zu überprüfen. Dann betrachtete Jugurtha das hektische Treiben: die Scharen von Sklaven, die Kränze und Girlanden aus Lorbeer austeilten, die Musikanten, die ihre Hörner und die bizarren, wie Pferdeköpfe geformten Trompeten stimmten, die Ahenobarbus aus Gallia Cisalpina mitgebracht hatte, die Tänzer, die in letzter Minute noch ihre Drehungen probten, die schnaubenden und wiehernden Pferde, die ungeduldig mit den Hufen scharrten, die Ochsen mit vergoldeten Hörnern und Girlanden geschmückten

Hälsen, jeweils ein Dutzend vor einen Wagen gespannt, einen kleinen, Wasser tragenden Esel, der einen lächerlichen, mit Lorbeer bekränzten Strohhut trug, aus dem rechts und links seine großen Ohren ragten, eine zahnlose, grell geschminkte alte Hexe mit baumelnden, leeren Brüsten, von Kopf bis Fuß in Gold und Purpur gekleidet, die soeben auf einen der Schauwagen gehievt wurde und sich dort auf einem purpurnen Diwan räkelte wie der Welt größte Kurtisane. Sie starrte Jugurtha unverwandt in die Augen, starrte ihn an wie der dreiköpfige Höllenhund Zerberus – auch sie hätte eigentlich drei Köpfe haben müssen ...

Der Zug setzte sich in Marsch, und Schweigen kehrte ein. Gewöhnlich marschierten Senatoren und Beamte außer den Konsuln vorneweg, gefolgt von Musikanten, Tänzern und Possenreißern, die bekannte Persönlichkeiten aufs Korn nahmen. Dann kamen die Wagen mit der Beute und den szenischen Darstellungen, danach die Opfertiere, die von Priestern und weiteren Tänzern, Musikanten und Possenreißern geleitet wurden, danach die wichtigsten Gefangenen und der triumphierende Feldherr auf dem alten Kriegswagen. Als letzte marschierten die Legionen des Feldherrn. Gaius Marius hatte die Reihenfolge allerdings in einem Punkt geändert. Er fuhr vor den Wagen mit der Beute und den szenischen Darstellungen, damit er rechtzeitig auf dem Kapitol eintraf und nach dem Tieropfer, der Amtsübergabe und der ersten Senatssitzung noch genügend Zeit für das Fest im Tempel des Jupiter Optimus Maximus hatte.

Jugurtha hatte sich wieder gefaßt und genoß seinen ersten – und letzten – Gang zu Fuß durch die Straßen Roms. Was machte es schon, wie er starb? Sterben mußte jeder früher oder später, und er hatte ein erfülltes Leben gehabt, auch wenn es in der Niederlage geendet hatte. Er hatte ihnen für ihr Geld einiges geboten, diesen Römern. Sein toter Bruder Bomilkar ... auch er war im Kerker gestorben, fiel ihm jetzt ein. Vielleicht erregte Brudermord das Mißfallen der Götter, auch wenn es einen guten Grund dafür gab. Wahrscheinlich hatten nur die Götter mitgezählt, wie viele aus seiner Verwandtschaft auf sein Geheiß hatten sterben müssen, wenn auch nicht durch seine Hände. Aber machte das seine Hände sauber?

Wie hoch die Wohnhäuser waren! Die Marschierenden bogen zügig in den Vicus Tuscus im Velabrum ein, einem dicht mit Mietshäusern bebauten Stadtteil. Die Ziegelmauern der Häuser lehnten so schief über die engen Gassen, als wollten sie einander umarmen.

An jedem Fenster waren Gesichter zu sehen, die etwas riefen. Erstaunt vernahm Jugurtha, daß sie auch ihm zujubelten und ihn mit Worten der Ermutigung und allen guten Wünschen in den Tod schickten.

Der Zug traf auf dem Rindermarkt, dem Forum Boarium, ein. Die nackte Statue des Herkules Triumphalis war zur Feier des Tages mit den Insignien des triumphierenden Feldherrn geschmückt – der goldpurpurnen *toga picta*, der mit Palmen bestickten purpurnen *tunica palmata*, dem Lorbeerzweig in der einen und dem adlerbekrönten Elfenbeinzepter in der anderen Hand, das Gesicht leuchtend rot mit *minium* geschminkt. Der Markt war für diesen Tag offensichtlich ausgesetzt worden, denn vor den prächtigen Tempeln, die den riesigen Platz säumten, waren keine Buden und Verkaufsstände zu sehen. Jugurthas Blick fiel auf den Tempel der Ceres, schönster Tempel der Stadt genannt – und er war tatsächlich von einer grellen Schönheit auf seinem hohen Sockel wie alle römischen Tempel, bemalt in Rot und Blau und Grün und Gelb. Jugurtha wußte, daß der Tempel das Heiligtum der Plebs war, daß er deren Archiv beherbergte und Sitz der plebejischen Ädilen war.

Der Zug marschierte jetzt durch den Circus Maximus. Jugurtha hatte noch nie ein so großes Bauwerk gesehen: Es erstreckte sich über die gesamte Länge des Palatin und bot Platz für rund 150 000 Menschen. Auf den hölzernen Tribünen drängte sich aus Anlaß des Triumphzuges eine johlende Menge. Da Jugurtha nicht weit vor Marius ging, hörte er, wie die Jubelrufe hinter ihm zu hysterischer Begeisterung für den siegreichen Feldherrn anschwollen. Es schien die Menge nicht zu stören, daß die Soldaten so schnell marschierten, denn Marius hatte durch seine Klienten und Agenten das Gerücht ausstreuen lassen, er marschiere so schnell aus Sorge um Rom: Er wolle keine Zeit verlieren, um möglichst schnell nach Gallia Transalpina zu den Germanen aufbrechen zu können.

Auch die mit Bäumen bestandenen Plätze und die prächtigen Häuser auf dem Palatin waren dicht mit Zuschauern besetzt, überwiegend Frauen, Kindermädchen und Jungen und Mädchen aus guten Familien, wie Jugurtha erfahren hatte, die hier, über der gemeinen Herde, vor Übergriffen und Diebstählen sicher waren. Der Zug verließ den Circus Maximus und bog in die Via Triumphalis ein, die am anderen Ende des Palatin vorbeiführte. Links stieg ein parkartiges, mit Felsen durchsetztes Gelände an, rechts erstreckte sich am Fuß des Caelius-Hügels ein weiteres Viertel mit hohen

Mietshäusern. Sie kamen zum Palus Ceroliae, dem Sumpf unterhalb der Carinae und des Fagutal, und nach einer weiteren Biegung auf die Velia. Dann stiegen sie auf dem ausgetretenen Pflaster der alten heiligen Straße, der Via Sacra, zum Forum Romanum hinunter. Endlich würde er es sehen, das Zentrum der Welt, wie in den alten Tagen die Akropolis das Zentrum der Welt gewesen war.

Und dann lag es vor ihm, das Forum Romanum, und er war enttäuscht. Die Bauten waren klein und alt, die Fassaden nicht auf das Forum ausgerichtet, sondern schräg nach Norden, während das Forum selbst von Nordwesten nach Südosten verlief. Der ganze Ort schien planlos angelegt und dem Verfall preisgegeben. Die neueren Gebäude standen zwar im rechten Winkel zum Platz, waren aber kaum besser gepflegt. Was sie bisher erblickt hatten, war weitaus eindrucksvoller gewesen, und die Tempel am Weg hatten größer, reicher und imposanter gewirkt. Zugegeben, die Häuser der Priester waren vor nicht allzu langer Zeit frisch angemalt worden, und der kleine Rundtempel der Vesta war hübsch, aber sonst fielen nur der hohe Tempel des Castor und Pollux auf und der mächtige Tempel des Saturn mit seinen strengen dorischen Säulen. Beide Gebäude waren in ihrer Art bewundernswert, doch insgesamt war es ein grauer, freudloser Platz in einer sumpfigen Niederung.

Auf der Höhe des Saturntempels, von dessen Sockel die Hüter des Staatsschatzes den Zug verfolgten, wurden Jugurtha, seine Söhne und diejenigen seiner Edlen und Frauen, die man mit ihm gefangen hatte, aus dem Zug zur Seite geführt. Da standen sie nun und sahen die Liktoren des Feldherrn vorüberziehen, gefolgt von Tänzern und Musikanten und den Trägern der Räucherfässer, Trommlern und Trompetern, Legaten und schließlich dem Feldherrn selbst auf seinem Streitwagen, unnahbar und fremd im Schmuck seiner Insignien und mit seinem mit *minium* bemalten Gesicht. Der Zug wand sich den Hügel hinauf zum großen Tempel des Jupiter Optimus Maximus. Die säulengeschmückte Seite des Tempels zeigte zum Forum, da auch dieser Tempel in Nord-Süd-Richtung ausgerichtet war. Die Fassade des Tempels ging nach Süden. Nach Numidien.

Jugurtha sah seine Söhne an. »Lebt wohl, und lebt lange«, sagte er. Sie gingen in die Gefangenschaft in ferne römische Städte, während seine Edlen und Frauen nach Numidien zurückkehren würden.

Die Liktoren der Wache, die den König umgaben, zogen an seinen Ketten, und er folgte ihnen über den überfüllten Platz des unteren Forums, vorbei an den Bäumen am Lacus Curtius und der Statue des Flöte spielenden Satyrs Marsyas, um den großen, von Sitzreihen umgebenen Platz herum, auf dem sich die Tribus trafen, und hinauf zum Anfang des Clivus Argentarius. Über sich sah er die Arx des Kapitols und den Tempel der Juno Moneta, der die Münze beherbergte. Und dort drüben, auf der anderen Seite des Comitiums, stand das alte, heruntergekommene Senatsgebäude und jenseits davon die kleine, heruntergekommene Basilica Porcia, die Cato der Zensor gebaut hatte.

Und hier war sein Marsch durch Rom zu Ende. In die Flanke des Hügels der Arx neben der Gemonischen Treppe duckte sich das Tullianum, ein kleines, graues Gebäude mit Mauern aus riesigen, ohne Mörtel aufeinandergeschichteten Quadern. Solche Mauern hießen überall auf der Welt kyklopische Mauern. Das Gebäude hatte nur ein Stockwerk und nur einen Zugang, eine türlose, rechteckige Öffnung im Stein. Jugurtha wollte den Kopf einziehen, als er an den Eingang kam, um nicht anzustoßen, aber er konnte aufrecht hindurchgehen: Die Öffnung war größer als der größte Sterbliche.

Die Liktoren nahmen ihm seine Kleider, Geschmeide und das Diadem weg und übergaben alles den bereits wartenden Beamten des Staatsschatzes. Eine Empfangsbescheinigung wechselte die Hände, und damit war offiziell bestätigt, daß das Staatseigentum ordnungsgemäß übergeben worden war. Jugurtha durfte nur das Lendentuch anbehalten. Metellus Numidicus hatte ihm geraten, es zu tragen, denn er wußte, was Jugurtha bevorstand. War der Quell seiner physischen Existenz anständig bedeckt, konnte der Mensch anständig in den Tod gehen.

Der Raum wurde nur durch die Öffnung hinter Jugurtha erhellt, aber im Dämmerlicht konnte er das runde Loch in der Mitte des Bodens erkennen. Durch dieses Loch würde man ihn stoßen. Hätte man beabsichtigt, ihn zu erdrosseln, dann hätte der Henker ihn zusammen mit einigen Helfern, die ihn festhalten sollten, in das untere Gelaß begleitet. Nach getaner Tat hätte man seine Leiche in einen Abwasserkanal geworfen, und die Lebenden wären die Leiter wieder emporgeklettert ins Licht Roms und der Welt.

Aber Sulla hatte sich offensichtlich tatsächlich darum gekümmert, daß das übliche Verfahren geändert wurde, denn kein Henker stand bereit. Jemand holte eine Leiter, aber Jugurtha stieß sie unwirsch zur Seite. Er trat an den Rand des Lochs, dann machte er einen Schritt ins Leere, und kein Laut drang dabei über seine Lippen. Welcher Worte hätte es auch noch bedurft? Unmittelbar darauf ertönte ein dumpfer Aufprall, denn das untere Gelaß war nicht besonders tief. Als die Liktoren ihn hörten, drehten sie sich schweigend um und verließen den Ort. Keiner verschloß das Loch mit einem Deckel, keiner verbarrikadierte den Eingang. Denn keiner kletterte je wieder aus dem finsteren Kerker unter dem Tullianum.

Zwei weiße Ochsen und einen weißen Stier stiftete Marius für die Tieropfer dieses Tages. Am Fuß der Treppe zum Tempel des Jupiter Optimus Maximus hielt er den von vier Pferden gezogenen Streitwagen an und stieg allein die Stufen hinauf. Im Hauptraum des Tempels legte er seinen Lorbeerzweig und den Lorbeerkranz zu Füßen der Statue des Jupiter Optimus Maximus nieder. Nach ihm kamen seine Liktoren herein und opferten ihre Lorbeerkränze gleichfalls dem Gott.

Es war erst Mittag. Noch kein Triumphzug war so schnell über die Bühne gegangen. Der Rest des Zuges – der größte Teil – ließ sich allerdings mehr Zeit, so daß die Zuschauer in aller Ruhe die dargestellten Szenen, Schauwagen, Beutestücke, Siegestrophäen und Soldaten ansehen konnten. Für Marius kam jetzt der wichtigste Teil des Tages. Das Gesicht noch rot geschminkt und bekleidet mit der golddurchwirkten Purpurtoga und der mit Palmwedeln bestickten Tunika, das elfenbeinerne Zepter in der Rechten, schritt er die Stufen zu den versammelten Senatoren hinunter. Er ging rasch, denn er wollte die Amtsübernahme hinter sich bringen. Die Kleidung behinderte ihn, aber das war ein Übel, mit dem er fertig werden konnte.

»Fangen wir an!« sagte er ungeduldig.

Auf seine Worte folgte eisiges Schweigen. Keiner der Senatoren bewegte sich, keiner verriet durch ein Zucken des Gesichts, was er dachte. Selbst Marius' Amtskollege Gaius Flavius Fimbria und der Konsul des Vorjahres Publius Rutilius Rufus standen da wie versteinert. Gnaeus Mallius Maximus hatte sich krankheitshalber entschuldigen lassen.

»Was ist los?« fragte Marius gereizt.

Da trat Sulla aus der Menge, nicht mehr die kriegerische Erscheinung in silberner Paraderüstung, sondern vorschriftsgemäß mit der Toga bekleidet. Er lächelte breit und hatte die Hand ausgestreckt, jeder Zoll der hilfreiche, aufmerksame Quästor.

»Aber Gaius Marius«, rief er laut, »du hast sicher nicht daran gedacht.« Er faßte Marius an der Schulter und drehte ihn mit einem Griff herum, der unerwartete Stärke verriet. »Geh nach Hause und zieh dich um, Mensch!« flüsterte er.

Marius öffnete den Mund, um etwas zu entgegnen, da sah er die geheime Schadenfreude auf dem Gesicht von Metellus Numidicus und besann sich eines anderen. Mit einer theatralischen Geste faßte er sich ins Gesicht und betrachtete dann seine gerötete Handfläche. »Ihr Götter!« rief er, das Gesicht wie im Scherz verzogen. Und an die Senatoren gewandt: »Ich bitte um Vergebung, eingeschriebene Väter. Ihr wißt, ich möchte sobald wie möglich zu den Germanen aufbrechen, aber das ist natürlich lächerlich! Bitte entschuldigt mich. Ich bin gleich wieder zurück. Die Insignien des Feldherrn – auch des triumphierenden Feldherrn – dürfen natürlich nicht in einer Senatssitzung innerhalb des *pomerium* getragen werden.« Und als er sich über das Asylum in Richtung Arx entfernte, rief er über die Schulter zurück: »Ich danke dir, Lucius Cornelius!«

Sulla löste sich aus der Menge der schweigenden Senatoren und eilte ihm nach.

»Ich muß dir wirklich danken«, sagte Marius, als Sulla ihn eingeholt hatte. »Aber warum um alles in der Welt ist es denn so wichtig? Jetzt müssen sie eine Stunde im eisigen Wind warten, während ich das Zeug in meinem Gesicht abwasche und die *toga praetexta* anlege!«

»Ihnen ist es wichtig«, sagte Sulla, »und ich glaube, mir auch.« Seine Beine waren kürzer als die von Marius, er mußte deshalb schnellere Schritte machen. »Du brauchst die Senatoren noch, Gaius Marius, verärgere sie heute also bitte nicht noch mehr! Sie waren schon nicht glücklich, als sie ihre Eröffnungssitzung mit deinem Triumph teilen sollten. Mach es ihnen nicht noch schwerer!«

»Ist ja gut!« Marius klang resigniert. Drei Stufen auf einmal nehmend, eilte er die Treppe hinunter, die von der Arx zur Hintertür seines Hauses führte, und stürmte so heftig durch die Tür, daß er den Türsklaven umrannte und der Mann in Panik zu kreischen begann. »Halt den Mund!« fuhr Marius ihn an. »Es sind nicht die Gallier, und wir leben jetzt und nicht vor dreihundert Jahren.« Dann brüllte er nach dem Hausdiener, seiner Frau und dem Badesklaven.

»Es ist alles bereit«, sagte Julia, die Königin unter den Frauen, und lächelte beschwichtigend. »Ich dachte schon, daß du wie immer in Eile sein würdest. Das Bad ist heiß, die Diener stehen bereit, also ab mit dir, Gaius Marius.« Dann begrüßte sie Sulla mit einem freundlichen Lächeln. »Willkommen, Bruder. Es ist kalt geworden, nicht wahr? Komm doch herein und wärme dich am Kohlenbecken. Ich lasse dir Glühwein bereiten.«

Als seine Schwägerin mit dem Wein zurückkam, sagte Sulla: »Du hast recht, es ist eiskalt.« Er nahm den Becher entgegen. »Ich bin an Africa gewöhnt. Als ich soeben dem großen Mann nachrannte, war mir heiß, aber jetzt sterbe ich wieder vor Kälte.«

Julia setzte sich ihm gegenüber, den Kopf fragend zur Seite geneigt. »Was ist passiert?«

»Du bist Marius eine gute Frau«, sagte Sulla, und Bitterkeit sprach aus seiner Stimme.

»Später, Lucius Cornelius. Erzähl mir zuerst, was passiert ist.«

Sulla lächelte schief und schüttelte den Kopf. »Du weißt, Julia, ich liebe diesen Mann, wie ich einen Mann nur lieben kann, aber manchmal könnte ich ihn dem Henker im Tullianum vorwerfen wie meinen schlimmsten Feind!«

Julia kicherte. »Mir geht es genauso«, sagte sie besänftigend. »Das ist ganz normal. Er ist ein großer Mann, und mit großen Männern ist schwer leben. Was hat er getan?«

»Er wollte in der Kleidung des Triumphators zur Amtsübergabe gehen.«

»O weh, lieber Bruder! Ich nehme an, er wollte keine Zeit verlieren und hat sie jetzt alle verärgert.« Die Frau war dem großen Mann gegenüber nicht nur loyal, sondern sie kannte ihn auch durch und durch.

»Zum Glück merkte ich, was er vorhatte, trotz der vielen roten Farbe in seinem Gesicht.« Sulla grinste. »Es sind seine Augenbrauen. Wer drei Jahre mit Gaius Marius zusammen war, muß ein Idiot sein, wenn er ihm nicht die Gedanken an den Augenbrauen ablesen kann. Sie ziehen sich auf eine bestimmte Weise zusammen und gehen auf und ab. Du weißt das sicher, schließlich bist du klug!«

»Ja, ich weiß.« Julia lächelte verständnisvoll.

»Auf jeden Fall war ich als erster bei ihm und rief, er habe sicher nicht daran gedacht, oder so etwas ähnliches. Puh! Für einen Moment hielt ich den Atem an. Er wollte mich schon anschreien, ich solle mich in den Tiber stürzen. Dann sah er, daß Quintus Caecilius Numidicus nur darauf wartete, und änderte seine Absicht. Was für ein Schauspieler! Ich glaube, alle außer Publius Rutilius ließen sich täuschen und dachten, er habe tatsächlich vergessen, was er anhatte.«

»Ich danke dir, Lucius Cornelius!«

»Es war mir ein Vergnügen.« Sulla meinte es ernst.

»Noch Glühwein?«

»Ja, gerne.«

Als Julia mit dem Wein zurückkehrte, trug sie in der anderen Hand ein Tablett mit dampfenden Brötchen. »Hier, die sind ganz frisch. Hefeteig, mit Wurst gefüllt. Sie schmecken vorzüglich! Unser Koch macht sie dauernd für den kleinen Marius. Er ist gerade in einer schrecklichen Phase, er ißt einfach nicht, was er soll.«

»Meine zwei essen alles, was sie vorgesetzt bekommen«, sagte Sulla. Sein Gesicht hellte sich auf. »Sie sind so süß, Julia! Ich hätte nie gedacht, daß lebendige Wesen so – so – vollkommen sein können!«

»Ich habe sie ja auch so lieb«, sagte Julia.

»Ich wollte, man könnte das auch von deiner Schwester Julilla sagen.« Sullas Gesicht verdüsterte sich.

»Ich weiß«, sagte Julia leise.

»Was ist los mit ihr? Weißt du es?«

»Ich glaube, wir haben sie zu sehr verwöhnt. Du mußt wissen, Vater und Mutter wollten kein viertes Kind. Sie hatten zwei Söhne, und als ich kam, machte ihnen das nichts aus, ein Mädchen rundete die Familie sozusagen ab. Aber Julilla war ein Schock. Und wir waren zu arm. Ich glaube, deshalb tat sie allen leid, als sie größer war. Besonders Mutter und Vater, weil sie sie nicht gewollt hatten. Julilla konnte tun, was sie wollte, wir fanden immer eine Entschuldigung für sie. Hatten meine Eltern einen oder zwei Sesterze übrig, bekam Julilla sie und durfte damit tun, was sie wollte. Sie wurde nie ausgeschimpft, wenn sie das Geld verpraßte. Ich glaube, sie war von Anfang an egoistisch, und wir halfen ihr nicht, das zu überwinden – wir hätten sie Geduld und Nachsicht lehren sollen, aber wir taten es nicht. Als Julilla größer wurde, hielt sie sich für die wichtigste Person der Welt und war selbstsüchtig, egoistisch und selbstgerecht. Das ist vor allem unsere Schuld. Aber die arme Julilla muß darunter leiden.«

»Sie trinkt zuviel«, sagte Sulla.

»Ja, ich weiß.«

»Und sie kümmert sich kaum um die Kinder.«

Tränen traten in Julias Augen. »Ich weiß.«

»Was soll ich tun?«

»Du könntest dich scheiden lassen.« Die Tränen liefen ihr jetzt über die Wangen.

Sulla streckte verzweifelt die Hände aus, die von der Wurst in dem Brötchen fettig glänzten. »Wie kann ich das tun, wenn ich von Rom weg bin, bis die Germanen besiegt sind? Und wer weiß, wie lange das dauert. Und sie ist die Mutter meiner Kinder. Ich habe sie geliebt, wie ich eben jemanden lieben kann.«

»Warum sagst du das immer, Lucius Cornelius? Wenn du liebst – liebst du! Warum solltest du weniger lieben als andere Männer?«

Aber damit hatte Julia Sulla an einer empfindlichen Stelle getroffen. Auf einmal war er zugeknöpft. »Ich bin ohne Liebe aufgewachsen und habe nie gelernt zu lieben«, sagte er. Es war seine gewöhnliche Entschuldigung. »Ich liebe sie nicht mehr. Ich glaube sogar, ich hasse sie. Aber sie ist die Mutter meiner Tochter und meines Sohnes, und solange die Germanen nicht der Vergangenheit angehören, haben meine Kinder nur Julilla. Wenn ich mich scheiden lassen würde, würde sie irgend etwas Dramatisches tun – verrückt werden, sich umbringen, dreimal soviel Wein trinken wie bisher oder eine ähnlich unsinnige Verzweiflungstat.«

»Du hast recht, Scheidung ist kein Ausweg. Julilla könnte den Kindern mehr Schaden zufügen als jetzt.« Julia seufzte und wischte sich die Augen. »Übrigens gibt es gerade zwei unglückliche Frauen in der Familie. Darf ich eine andere Lösung vorschlagen?«

»Ich bitte darum«, rief Sulla, »was du willst!«

»Also gut. Die zweite unglückliche Frau ist meine Mutter. Sie ist nicht glücklich bei meinem Bruder Sextus und dessen Frau und Sohn. Meine Mutter und meine claudische Schwägerin vertragen sich hauptsächlich deshalb nicht, weil Mutter sich immer noch als Hausherrin betrachtet. Sie streiten ununterbrochen. Die Claudier sind eigensinnige und herrische Menschen, und die Frauen der Familie werden zur Mißachtung der alten weiblichen Tugenden erzogen. Mutter ist das genaue Gegenteil.« Traurig schüttelte Julia den Kopf.

Sulla beschränkte sich angesichts so viel weiblicher Logik darauf, verständnisvoll und gelassen dreinzuschauen.

»Mama hat sich nach Vaters Tod verändert«, fuhr Julia fort. »Ich glaube, keiner von uns wußte, wie stark das Band zwischen den beiden war oder wie sehr Mutter sich auf Vaters Klugheit und Anleitung verließ. Deshalb ist sie jetzt so launisch und zappelig geworden und hat an allem etwas zu mäkeln – ihre Mäkeleien sind manchmal wirklich unerträglich! Als Gaius Marius merkte, wie gespannt die Lage zu Hause war, bot er Mutter an, ihr irgendwo eine Villa am Meer zu kaufen, damit der arme Sextus seine Ruhe hätte. Aber da ging Mutter auf ihn los wie eine fauchende Katze und sagte, sie wisse genau, wann sie nicht erwünscht sei, und ob man sie gleich wie eine Eidbrüchige behandeln dürfe, wenn sie keinen eigenen Haushalt mehr führe. Meine Güte!«

»Du willst damit wohl vorschlagen, daß ich Marcia zu mir und Julilla einlade«, sagte Sulla, »aber warum sollte sie das wollen, wenn schon die Villa am Meer nicht funktioniert hat?«

»Weil sie wußte, daß Gaius Marius sie mit seinem Vorschlag nur abschieben wollte, und sie ist viel zu streitsüchtig, um Sextus' armer Frau einen Gefallen zu tun. Wenn du sie einlädst, bei dir und Julilla zu wohnen, ist das etwas ganz anderes. Erstens würde sie ja nur ein Haus weiter wohnen. Und zweitens wäre sie erwünscht. Nützlich. Und drittens könnte sie ein Auge auf Julilla haben.«

»Ob sie einwilligen würde?« Sulla kratzte sich am Kopf. »Von Julilla weiß ich, daß deine Mutter uns nie besucht, obwohl sie nur ein Haus weiter wohnt.«

»Julilla und sie streiten auch.« Julias Kummer war verflogen, und sie begann wieder zu lächeln. »Und wie! Julilla braucht nur zu sehen, wie Mutter zur Vordertür hereinmarschiert, und schon schickt sie sie wieder nach Hause. Aber wenn du sie einlädst, bei dir zu wohnen, kann Julilla nichts dagegen tun.«

Jetzt grinste auch Sulla. »Klingt, als wolltest du mein Haus zum Tartarus machen.«

Julia hob eine Augenbraue. »Ist das schlimm für dich, Lucius Cornelius? Schließlich bist du fort.«

Sulla tauchte seine Hände in die Wasserschale, die ein Sklave ihm entgegenhielt, dann zog auch er eine Augenbraue hoch. »Ich danke dir, Schwägerin.« Er stand auf, beugte sich vor und gab Julia einen Kuß auf die Wange. »Ich werde Marcia gleich morgen aufsuchen und sie bitten, bei uns zu wohnen. Und ich werde ihr ganz offen sagen, warum ich das will. Solange ich meine Kinder liebevoll versorgt weiß, kann ich die Trennung von ihnen ertragen.«

»Werden sie von deinen Sklaven nicht gut versorgt?« Auch Julia stand auf.

»Die Sklaven verwöhnen und verhätscheln sie nur. Ich gebe zu, Julilla hat ein paar sehr nette Kindermädchen für sie gefunden. Aber damit macht man doch auch Sklaven aus ihnen, Julia! Kleine Griechen oder Thraker oder Kelten oder sonst was. Die Kindermädchen stecken voller Aberglauben und fremder Bräuche und denken in ihrer Muttersprache, nicht in Latein, und ihre fernen Eltern und Verwandten sind für sie immer noch Autoritätspersonen. Ich will, daß meine Kinder ordentlich erzogen werden – nach römischer Art und von einer Römerin. Eigentlich sollten sie von ihrer Mutter erzogen werden. Aber da ich bezweifle, daß das je der Fall sein wird, kann ich mir niemand besseren vorstellen als ihre wackere Großmutter Marcia.«

»Gut.« Julia nickte.

Sie gingen zur Tür.

Dann fragte Sulla plötzlich: »Ist Julilla mir untreu?«

Julia spielte nicht die Entsetzte und war auch nicht verärgert. »Das bezweifle ich sehr, Lucius Cornelius. Ihr Laster ist der Wein, nicht die Männer. Du bist ein Mann, deshalb hältst du Männer für ein weit schlimmeres Laster als Wein. Ich bin anderer Meinung. Ich meine, Wein kann deinen Kindern mehr Schaden zufügen als Untreue. Eine untreue Frau hört nicht auf, sich um ihre Kinder zu kümmern, und brennt auch nicht das Haus nieder. Eine betrunkene Frau tut beides.« Sie klatschte in die Hände. »Aber das Wichtigste ist jetzt: Mama soll sich an die Arbeit machen!«

Gaius Marius stürmte ins Zimmer, bekleidet mit der vorgeschriebenen purpurgesäumte Toga und bereits jeder Zoll der Konsul. »Auf geht's, Lucius Cornelius! Kehren wir zurück und beenden wir die Vorstellung, bevor die Sonne untergeht und der Mond heraufzieht!«

Frau und Schwager tauschten ein klägliches Lächeln aus, dann verließen die beiden Männer das Haus und machten sich auf den Weg zum Tempel des Jupiter Optimus Maximus.

Marius tat sein möglichstes, die italischen Bundesgenossen zu beschwichtigen. »Sie sind keine Römer«, sagte er im Senat, als die Senatoren an den Nonen des Januars zu ihrer ersten regulären Sitzung zusammentraten, »aber sie sind bei allem, was wir tun, unsere engsten Verbündeten, und sie bewohnen gemeinsam mit uns die italienische Halbinsel. Sie stellen wie wir Truppen zur Verteidigung Italiens, und sie haben große Opfer bringen müssen. Auch Rom hat große Opfer bringen müssen. Ihr wißt, *patres conscripti*, daß in der Versammlung der Plebs gegenwärtig ein wenig erfreuliches Verfahren läuft. Der Konsular Marcus Junius Silanus muß sich dort gegen einen vom Volkstribunen Gnaeus Domitius vorgebrachten Vorwurf verteidigen. Auch wenn das Wort ›Verrat‹ nicht ausgesprochen wurde, weiß doch jeder, worum es geht: Marcus Junius ist einer jener Konsuln und Feldherrn der letzten Jahre, die eine ganze Armee verloren haben, darunter Legionen unserer italischen Bundesgenossen.«

Marius sah Silanus an, der an diesem Tag im Senat anwesend war, weil die Nonen *fasti* waren – Geschäftstage –, an denen die Versammlung der Plebs nicht tagen konnte. »Ich bin heute nicht hier, um irgendeinen Vorwurf gegen Marcus Junius zu erheben. Ich stelle lediglich eine Tatsache fest. Sollen andere Behörden und andere Männer darum mit Marcus Junius prozessieren. Marcus Junius braucht sich vor mir hier und heute für das, was er getan hat, nicht zu rechtfertigen. Das stelle ich ausdrücklich fest.«

Er räusperte sich absichtlich, um Silanus Gelegenheit zur Entgegnung zu geben, aber Silanus schwieg mit versteinerter Miene und tat, als wäre Marius Luft. »Ich stelle lediglich eine Tatsache fest, eingeschriebene Väter. Nicht mehr und nicht weniger. Eine Tatsache ist eine Tatsache.«

»So mach doch weiter!« sagte Metellus Numidicus verärgert.

Marius verbeugte sich tief und lächelte breit. »Besten Dank, Quintus Caecilius! Wie könnte ich anders, als mich der Aufforderung eines so hoch geschätzten und so hoch verehrten Konsulars zu fügen?«

»›Hochgeschätzt‹ und ›hochverehrt‹ bedeuten dasselbe, Gaius Marius«, sagte der Pontifex Maximus Metellus Delmaticus, nicht weniger verärgert als sein jüngerer Bruder. »Du könntest dieser Versammlung beträchtlich Zeit ersparen, wenn du ein weniger blumiges Latein sprechen würdest.«

»Ich bitte den hochgeschätzten und hochverehrten Konsular Lucius Caecilius um Verzeihung« – Marius verbeugte sich noch einmal tief –, »aber in unserer höchst demokratischen Gesellschaft steht der Senat allen Römern offen, auch denen, die wie ich nicht beanspruchen können, hochgeschätzt und hochverehrt zu sein.« Er tat, als müßte er überlegen, und runzelte die Augenbrauen, bis sie sich über der Nase trafen. »Wo war ich stehengeblieben? Ach ja! Die Italiker stellen wie wir Römer Truppen zur Verteidigung Italiens. Nun haben die Magistrate der Samniten, Apulier, Marser und anderer vor kurzem in einer Flut von Briefen dagegen protestiert.« Marius nahm ein Bündel kleiner Schriftrollen, das ihm einer seiner Sekretäre reichte, und hielt es hoch, damit alle Senatoren es sehen konnten. »Unsere Bundesgenossen bestreiten, daß wir berechtigt sind, von ihnen zu verlangen, daß sie Truppen für Feldzüge außerhalb der Grenzen von Italien und Gallia Cisalpina stellen. Die italischen Bundesgenossen, hochgeschätzte und hochverehrte Väter, behaupten, daß sie für Roms, ich zitiere: ›ausländische Kriege‹ Truppen zur Verfügung stellen mußten und dabei viele tausend Soldaten verloren haben!«

Unter den Senatoren breitete sich Unruhe aus.

»Das ist eine völlig haltlose Unterstellung!« bellte Scaurus. »Die Feinde Roms sind auch die Feinde Italiens.«

»Ich zitiere lediglich aus den Briefen, Vorsitzender Marcus Aemilius«, sagte Marius besänftigend. »Wir müssen ihren Inhalt kennen, aus dem einfachen Grund, weil dieses Haus wahrscheinlich binnen kurzem Gesandtschaften der italischen Völker empfangen muß, die in diesen Briefen ihrem Unmut Luft gemacht haben.«

Dann änderte er seinen Ton, und seine Stimme hatte jetzt nichts Verbindliches mehr. »Aber im Ernst! Wir leben auf einer Halbinsel Tür an Tür mit unseren italischen Freunden – die keine Römer sind und nie Römer sein werden. Daß sie zu ihrer gegenwärtigen Bedeutung in der Welt aufgestiegen sind, beruht allein auf den großen Verdiensten Roms und der Römer. Daß italische Beamte in großer Anzahl in den Provinzen und Einflußgebieten Roms leben, beruht allein auf den großen Verdiensten Roms und der Römer. Das Brot auf dem Tisch, im Winter das Feuer im Keller, die Gesundheit und Zahl ihrer Kinder, alles verdanken sie Rom und den Römern. Vor Rom war das Chaos. Jeder gegen jeden. Vor Rom herrschten im Norden der Halbinsel die grausamen Etruskerkönige, im Süden die habgierigen Griechen. Von den Kelten in Gallien ganz zu schweigen.«

Die Senatoren hatten sich wieder beruhigt. Wenn Gaius Marius ernst wurde, hörten ihm alle zu, auch seine hartnäckigsten Gegner. Der Soldat Marius mochte grob und direkt sein, aber er war ein wirkungsvoller Redner in seiner Muttersprache Latein, und solange er seine Gefühle im Zaum hielt, klang sein Akzent nicht merklich anders als der von Scaurus.

»*Patres conscripti*, ihr und das römische Volk habt mich beauftragt, Rom – und Italien! – von den Germanen zu befreien. Ich werde so bald wie möglich in Begleitung meiner Legaten, des Proprätors Manius Aquillius und des tapferen Senators Lucius Cornelius Sulla, nach Gallia Transalpina aufbrechen. Auch wenn es unser Leben kostet, wir werden euch von den Germanen befreien und Rom – und Italien! – für immer sicher machen. Das gelobe ich euch, in meinem eigenen Namen, im Namen meiner Legaten und im Namen jedes einzelnen meiner Soldaten. Unsere Pflicht ist uns heilig. Kein Stein wird auf dem anderen bleiben. Und vor uns her werden wir die silbernen Adler der Legionen Roms tragen, und unter diesem Zeichen werden wir siegen!«

Die Hinterbänkler des Senats begannen, Bravo zu rufen und mit den Füßen zu trampeln, und einen Augenblick später klatschten auch die vorderen Reihen, sogar Scaurus. Nur Metellus Numidicus klatschte nicht.

Marius wartete, bis wieder Stille eingekehrt war. »Bevor ich aufbreche, muß ich den Senat allerdings bitten, alles, was in seiner Macht steht, zu tun, um die Sorgen unserer italischen Bundesgenossen zu mildern. Der Behauptung, italische Truppen müßten in Feldzügen kämpfen, die unsere Bundesgenossen gar nicht betreffen, können wir natürlich nicht Glauben schenken. Wir können auch nicht auf Truppen verzichten, zu deren Stellung sich die italischen Bundesgenossen vertraglich verpflichtet haben. Die Germanen bedrohen unsere ganze Halbinsel, auch Gallia Cisalpina. Allerdings herrscht großer Mangel an Männern, die geeignet sind, in den Legionen zu dienen. Das gilt für unsere italischen Bundesgenossen nicht weniger als für Rom. Der Brunnen ist ausgetrocknet, Senatoren, und es wird einige Zeit dauern, bis das Grundwasser, das ihn versorgt, wieder gestiegen ist. Ich möchte unseren italischen Bundesgenossen aber mein persönliches Wort geben: Solange ich, der geringgeschätzte Feldherr, atme, werden keine italischen – oder römischen – Truppen mehr umsonst ihr Leben auf dem Schlachtfeld lassen. Ich werde das Leben jedes einzelnen Soldaten, den ich mitnehme, um meine Heimat zu verteidigen, mit mehr Ehrfurcht und Respekt behandeln als mein eigenes! Das gelobe ich.«

Wieder ertönten Bravorufe und Fußgetrampel, und diesmal fielen die vorderen Reihen sofort ein. Nur Metellus Numidicus blieb stumm. Auch Catulus Caesar rührte sich nicht.

Wieder wartete Marius, bis Stille eingekehrt war. »Man hat mich auf einen schweren Mißstand aufmerksam gemacht: daß wir, der Senat und das Volk von Rom, viele tausend Männer unserer italischen Bundesgenossen in Schuldknechtschaft gebracht und als

Sklaven in die von uns beherrschten Länder rings um das Mittelmeer geschickt haben. Weil diese Männer meist Bauern sind, arbeiten sie gegenwärtig ihre Schulden auf den römischen Getreidefeldern in Sizilien, Sardinien, Korsika und Africa ab. Das, *patres conscripti*, ist nicht gerecht! Wenn wir römische Schuldner nicht mehr versklaven, dürfen wir auch unsere italischen Bundesgenossen nicht mehr versklaven. Nein, sie sind keine Römer, und sie werden nie Römer sein. Aber sie sind unsere kleinen Brüder auf der italienischen Halbinsel. Und ein Römer schickt seinen kleinen Bruder nicht in Schuldknechtschaft.«

Marius ließ den wenigen Latifundienbesitzern unter den Senatoren keine Zeit zum Protest und kam zum Schluß: »Solange ich unseren Großgrundbesitzern noch keine germanischen Sklaven als Ersatz verschaffen kann, müßten sie sich italische Schuldsklaven als Arbeitskräfte suchen. Aber wir, eingeschriebene Väter, müssen heute feierlich beschließen – und die Volksversammlung muß den Beschluß bestätigen –, daß alle Sklaven italischer Herkunft frei sein sollen. Wir dürfen auch unseren ältesten und treusten Verbündeten nicht antun, was wir uns selbst nicht antun. Diese Sklaven müssen die Freiheit erhalten! Sie müssen nach Italien heimkehren können, um hier zu tun, was ihre natürliche Pflicht gegenüber Rom ist – in den römischen Hilfslegionen dienen.

Man hat mir gesagt, daß es bei keinem italischen Volk mehr *capite censi* gibt, weil sie alle versklavt worden seien. Kollegen Senatoren, italische *capite censi* können sinnvoller eingesetzt werden als zur Bestellung der Felder. Können wir doch unsere Armeen nicht mehr aufstellen, weil die vermögenden Männer, die in ihnen gedient haben, zu alt sind oder zu jung – oder tot! Die Besitzlosen sind gegenwärtig unsere einzige Quelle für neue Soldaten. Meine tapfere africanische Armee – ausschließlich römische Proletarier – hat bewiesen, daß aus Proletariern ausgezeichnete Soldaten gemacht werden können. Und wie die Vergangenheit gezeigt hat, daß die vermögenden Männer der italischen Völker als Soldaten keinen Deut schlechter sind als die vermögenden Männer Roms, so werden die kommenden Jahre zeigen, daß die Proletarier der italischen Völker als Soldaten keinen Deut schlechter sind als die römischen Plebejer!«

Marius stieg vom kurulischen Podium herab und trat in die Mitte des Saals. »Ich will diesen Beschluß, eingeschriebene Väter. Bekomme ich ihn?«

Es war eine vorzügliche Inszenierung gewesen. Noch unter dem Eindruck der Gewalt von Marius' Worten stürzten die Senatoren sogleich zur Abstimmung, und Metellus Numidicus, der Pontifex Maximus Metellus Delmaticus, Scaurus, Catulus Caesar und andere versuchten vergeblich, sich Gehör zu verschaffen.

Nach Auflösung der Senatssitzung gingen Publius Rutilius Rufus und Marius gemeinsam die wenigen Schritte zu Marius' Haus. »Wie willst du die Latifundienbesitzer mit diesem Erlaß versöhnen?« fragte Rutilius Rufus. »Du weißt hoffentlich, daß du damit genau den Rittern und Geschäftsleuten auf die Zehen trittst, auf deren Unterstützung du am meisten angewiesen bist. Die ganzen Begünstigungen, die du in Africa an sie ausgeteilt hast, scheinen jetzt leere Worte zu sein. Weißt du überhaupt, wie viele italische Sklaven auf den Getreidefeldern arbeiten? Sizilien ist vollkommen von ihnen abhängig!«

Marius zuckte die Schultern. »Meine Agenten sind bereits an der Arbeit, und ich werde es überleben. Wenn ich außerdem die letzten Monate in Cumae verbracht habe, heißt das nicht, daß ich dort untätig war. Ich habe Nachforschungen anstellen lassen, und die Ergebnisse sind sehr aufschlußreich, um nicht zu sagen hochinteressant. Jawohl, auf den Feldern arbeiten viele tausend Sklaven unserer italischen Bundesgenossen. Aber in Sizilien beispielsweise sind die weitaus meisten Sklaven Griechen. Und was die Provinz Africa betrifft, habe ich König Gauda aufgefordert, für Ersatz zu sorgen, wenn die italischen Sklaven befreit sind. Gauda ist mein Klient, er hat also keine andere Wahl, als zu tun, was ich sage. Sardinien ist der schwierigste Fall. Dort kommen fast alle Sklaven aus Italien. Aber ich bin sicher, daß wir den neuen Statthalter, unseren geschätzten Proprätor Titus Albucius, dazu bewegen können, mein Anliegen nach Kräften zu fördern.«

»Er hat mit Pompeius Schielauge aus Picenum einen recht hochnäsigen Quästor«, sagte Rutilius Rufus zweifelnd.

»Quästoren sind wie Stechmücken«, sagte Marius verächtlich, »nicht geschickt genug, anderswohin zu fliegen, wenn man nach ihnen schlägt.«

»Das ist nicht besonders schmeichelhaft für Lucius Cornelius!«

»Er ist anders.«

Rutilius Rufus seufzte. »Ich weiß nicht, Gaius Marius, ich weiß wirklich nicht! Ich hoffe nur, alles kommt so, wie du dir das vorstellst.«

»Alter Zyniker«, sagte Marius liebevoll.

»Dann schon besser alter Skeptiker!« entgegnete Rutilius Rufus.

Kurz darauf erfuhr Marius, daß die Germanen keine Anstalten machten, nach Süden in die römische Provinz Gallia Transalpina vorzudringen, mit Ausnahme der Kimbern, die sich allerdings auf das westliche Ufer der Rhône zurückgezogen hatten und sich vom römischen Machtbereich fernhielten. Die Teutonen, so der Bericht von Marius' Spionen, zogen sich in Richtung Nordwesten zurück, und die Tiguriner, Markomannen und Cherusker waren zu den Häduern und Ambarrern zurückgekehrt und erweckten den Eindruck, als wollten sie von dort nie mehr weg. Natürlich, so wurde in dem Bericht eingeräumt, konnte die Lage sich jeden Moment ändern. Es würde allerdings seine Zeit dauern, bis 800 000 Germanen ihre Habseligkeiten auf Wagen geladen hatten und sich mit ihrem Vieh auf den Weg machen konnten. Auf jeden Fall war nicht zu erwarten, daß irgendwelche Germanen vor Mai oder Juni entlang der Rhône südwärts zogen. Falls sie überhaupt kamen.

Gaius Marius war über den Bericht nur mäßig erfreut. Die Soldaten waren motiviert und fieberten dem Kampf entgegen, seine Legaten hofften auf Bewährung in der Schlacht, und Offiziere und Zenturionen hatten unermüdlich die Kriegsmaschinerie perfektioniert. Obwohl Marius bei seiner Landung in Italien im letzten Dezember von einem germanischen Dolmetscher gehört hatte, daß die Germanen untereinander zerstritten seien, hatte er keinen Augenblick daran gezweifelt, daß sie ihren Vormarsch nach Süden durch die römische Provinz fortsetzen würden. Die Germanen hatten ein großes römisches Heer vernichtet, und es war nur logisch und natürlich, daß sie ihren Sieg jetzt ausnützen und das Territorium besetzen würden, das sie mit der Gewalt ihrer Waffen ja schon gewonnen hatten. Vielleicht wollten sie dort sogar siedeln. Warum sonst der Kampf gegen die Römer? Warum die Wanderung? Warum irgend etwas?

»Sie sind mir ein einziges Rätsel«, sagte er verärgert zu Sulla und Aquillius, als er den Bericht gelesen hatte.

»Sie sind Barbaren«, sagte Aquillius. Er hatte sich seinen Platz als Legat durch den Vorschlag verdient, Marius zum Konsul zu machen, und brannte jetzt darauf, seinen Wert zu beweisen.

Sulla war ungewöhnlich nachdenklich. »Wir wissen viel zu wenig über sie«, sagte er.

»Das habe ich doch gerade gesagt!« fuhr Marius ihn an.
»Nein, ich dachte an etwas anderes. Aber« – Sulla schlug sich auf die Knie – »ich denke noch eine Weile darüber nach, Gaius Marius, bevor ich etwas sage. Schließlich wissen wir nicht, was uns erwartet, wenn wir die Alpen überqueren.«
»Aber gerade das müssen wir beschließen«, sagte Marius.
»Was?« fragte Aquillius.
»Ob wir die Alpen überqueren. Jetzt, da wir wissen, daß die Germanen uns frühestens im Mai oder Juni bedrohen werden, bin ich gar nicht mehr dafür, die Alpen überhaupt zu überqueren. Wenigstens nicht auf dem üblichen Weg. Wir verlassen Rom Ende Januar mit einem großen Troß. Wir werden also nur langsam vorankommen. Das eine muß ich für Metellus Delmaticus als Pontifex Maximus sagen: Er ist ein Kalenderfanatiker, und deshalb stimmen Jahreszeiten und Monate immer überein.« An Sulla gewandt, fragte er: »Hast du diesen Winter gefroren?«
»Und wie, Gaius Marius.«
»Ich auch. Unser Blut ist dünn, Lucius Cornelius. Und dann die ganze Zeit in Africa, wo der Frost nie lange anhält und man Schnee nur auf den höchsten Bergen sieht. Warum sollte es für die Soldaten anders sein? Es wäre eine Strapaze für sie, wenn wir den Mons Genava im Winter überqueren würden.«
»Nach dem Urlaub in der Campania brauchen sie eine Abhärtung«, sagte Sulla ungerührt.
»Natürlich! Aber keine, bei der sie sich die Zehen abfrieren und Frostbeulen an den Fingern bekommen. Man hat zwar Winterkleidung an sie ausgeteilt, aber werden die Bastarde sie auch tragen?«
»Sie werden, wenn man sie dazu zwingt.«
»Du willst mir widersprechen. Auch gut, dann versuche ich nicht mehr, dich durch Vernunft zu überzeugen – dann befehle ich eben. Wir führen die Legionen nicht auf dem üblichen Weg nach Gallia Transalpina. Wir nehmen den Weg entlang der Küste.«
»Bei den Göttern, das wird eine Ewigkeit dauern!« rief Aquillius.
»Wie lang ist es her, seit ein Heer das letzte Mal an der Küste entlang nach Spanien oder Gallien marschiert ist?« fragte Marius ihn.
»Ich kann mich an keinen solchen Marsch erinnern.«
»Siehst du!« sagte Marius triumphierend. »Deshalb tun wir es. Ich will wissen, wie schwer ein solcher Marsch ist, wie lange er dauert, wie gut die Straßen sind, wie das Gelände beschaffen ist – alles. Ich

nehme vier Legionen in leichter Marschordnung, und du, Manius Aquillius, nimmst die anderen zwei Legionen und die Kohorten, die wir zusätzlich aufgestellt haben, und begleitest den Troß. Wenn die Germanen doch wieder nach Süden ziehen und sich dabei nach Italien wenden statt nach Spanien, woher sollen wir wissen, ob sie über den Mons Genava in Gallia Cisalpina einfallen oder entlang der Küste direkt auf Rom marschieren? Sie interessieren sich anscheinend herzlich wenig für unsere Denkweise, woher sollten sie also wissen, daß der schnellste und kürzeste Weg nach Rom nicht entlang der Küste, sondern über die Alpen und das italische Gallien führt?«

Seine Legaten starrten ihn an.

»Ich verstehe, worauf du hinauswillst«, sagte Sulla schließlich, »aber warum mit dem ganzen Heer an der Küste entlangziehen? Du, ich und einige Reiter wären dazu besser geeignet.«

Marius schüttelte heftig den Kopf. »Nein! Ich will nicht durch mehrere hundert Meilen unpassierbaren Gebirges von meinem Heer getrennt sein. Wohin ich gehe, geht auch mein ganzes Heer.«

Ende Januar zog Gaius Marius also mit seinem Heer auf der Küstenstraße Via Aurelia nach Norden. Er machte sich auf dem ganzen Weg Notizen und schickte knappe Mitteilungen an den Senat, in denen er verlangte, unverzüglich diesen oder jenen Streckenabschnitt auszubessern und Brücken oder Viadukte zu bauen oder zu verstärken.

*Dies hier ist Italien*, hieß es in einem solchen Schreiben, *deshalb müssen sämtliche Straßen, die nach Norden, nach Gallia Cisalpina und nach Ligurien führen, in perfektem Zustand sein. Sonst werden wir es eines Tages bereuen.*

Kurz nach Pisae, wo der Arno ins Meer mündete, kam das Heer aus dem eigentlichen Italien nach Gallia Cisalpina, ein Gebiet mit einem eigentümlichen Status: Es war weder eine offizielle Provinz, noch wurde es wie das übrige Italien regiert. Es war eine Art Vorhölle. Die Straße von Pisae nach Vada Sabatia war neu, aber über große Strecken noch gar nicht fertiggestellt. Mit der Straße hatte sich Aemilius Scaurus als Zensor ein Denkmal gesetzt, sie hieß nach ihm Via Aemilia Scauri. Und Marius schrieb an den Senatsvorsitzenden Marcus Aemilius Scaurus:

*Ich preise Dich für Deine Weitsicht, denn ich halte die Via Aemilia Scauri für einen der bedeutendsten Beiträge zur Verteidigung Roms und Italiens seit der Eröffnung des Passes Mons Genava, und das ist lange her, wenn man bedenkt, daß schon Hannibal den Paß benutzen konnte. Die Abzweigung nach Dertona ist strategisch ungeheuer wichtig, denn sie ist die einzige Verbindung vom Po über den ligurischen Apennin zur tyrrhenischen Küste – der Küste Roms.*

*Die baulichen Probleme sind enorm. Ich habe mit Deinen Straßenbaumeistern gesprochen, die ich für sehr fähig halte, und schätze mich glücklich, daß ich Dir ihre Bitte um zusätzliche finanzielle Mittel für den Einsatz weiterer Arbeiter auf diesem Abschnitt der Strecke weiterleiten kann. Es müssen einige der höchsten – und längsten – Viadukte gebaut werden, die ich je gesehen habe, eher schon Aquädukte. Zum Glück liefern die Steinbrüche der Umgebung genügend Material, nur die bedauerlich kleine Zahl der Arbeiter verringert das Tempo, in dem die Arbeiten meiner Meinung nach voranschreiten müßten. Darf ich vorschlagen, daß Du mit Deinem gewaltigen Einfluß darauf hinwirkst, daß Senat und Finanzverwaltung Gelder zur Beschleunigung des Projekts bewilligen? Wenn die Straße Ende des kommenden Sommers fertig ist, kann Rom ruhiger schlafen bei dem Gedanken, daß fünfzig Meilen Straße dem Heer im Ernstfall einen Umweg von mehreren hundert Meilen ersparen.*

»Da«, sagte Marius zu Sulla, »das müßte den alten Knaben eigentlich glücklich machen und ihm zu tun geben!«

»Zweifellos.« Sulla grinste.

Die Via Aemilia endete in Vada Sabatia; von da an gab es keine Straße im römischen Sinn mehr, nur noch eine Wagenspur. Sie verlief am Rand der Berge, die hier steil ins Meer abfielen, war also der bequemste Weg.

»Du wirst noch bereuen, daß du diesen Weg gewählt hast«, sagte Sulla.

»Im Gegenteil, ich bin froh. Ich sehe hier tausend Möglichkeiten für einen Hinterhalt, und ich verstehe jetzt, warum kein vernünftiger Mensch auf diesem Weg nach Gallia Transalpina reist und wie unser Publius Vagiennius, der ja von hier stammt, auf der Suche nach seinen Schnecken eine senkrechte Wand hinaufklettern konnte. Ich weiß jetzt, warum wir nicht zu fürchten brauchen, daß die Germanen auf diesem Weg kommen. Mag sein, daß sie zunächst den Küstenweg einschlagen, aber nur ein paar Tage, und dann wird ein Kundschafter, der vorausreitet, sie wieder zurückschicken. Was für uns schwer ist, ist für sie unmöglich. Gut!«

Marius wandte sich an Sertorius, der trotz seines untergeordneten Ranges eine privilegierte Stellung genoß, die er allein seinen Verdiensten verdankte. »Quintus Sertorius, mein Junge, wo, glaubst du, befindet sich der Troß?«

»Ich würde sagen, in Anbetracht des schlechten Zustands der Via Aurelia irgendwo zwischen Populonia und Pisae.«

»Wie geht es deinem Bein?«

»Einen solchen Ritt hält es noch nicht aus.« Sertorius schien immer schon im voraus zu wissen, was Marius wollte.

»Dann suche dir drei Leute, die reiten können, und schicke sie mit dieser Botschaft zurück.« Marius griff nach einigen durch eine Schnur verbundenen Wachstafeln, die neben ihm lagen.

Sulla stieß einen zufriedenen Seufzer aus. »Du schickst den Troß also die Via Cassia nach Florentia hinauf und dann die Via Annia nach Bononia und über den Paß Mons Genava.«

»Vielleicht brauchen wir die Balken, Bolzen, Kräne und Seile ja noch«, sagte Marius. Er schlug mit dem Rücken seiner Finger auf eine Tafel, um seinen Siegelring in das Wachs zu drücken, dann schloß er das Heft und gab es Sertorius. »Hier. Und sorge dafür, daß die Tafeln zugebunden und noch einmal versiegelt werden. Ich will nicht, daß ein Neugieriger seine Nase hineinsteckt. Die Tafeln sind Manius Aquillius persönlich zu übergeben, verstanden?«

Sertorius nickte und verließ das Feldherrnzelt.

»Jetzt zu den Soldaten«, sagte Marius zu Sulla. »Es gibt jede Menge Arbeit, während wir marschieren. Schicke die Landvermesser voraus. Wir machen einen anständigen Weg, wenn schon keine richtige Straße.«

Die Bewohner Liguriens verdienten sich ihren Unterhalt wie die Einwohner anderer bergiger Gegenden, in denen Ackerland rar war, als Hirten, Banditen und Piraten oder, wie Publius Vagiennius, als Soldaten der römischen Hilfslegionen und der Reiterei. Wo Marius Schiffe und ein Dorf mit einem Hafen sah und die Schiffe nicht eindeutig Fischerboote waren, sondern eher wie Piraten- und Kaperschiffe wirkten, brannte er Schiffe und Dorf nieder. Die Männer nahm er als Straßenarbeiter mit, Frauen, alte Männer und Kinder ließ er zurück. Aus den Berichten seiner Spione in Arausio, Valentia, Vienna und sogar Lugdunum ging inzwischen immer klarer hervor, daß es in diesem Jahr nicht mehr zu einem Zusammenstoß mit den Germanen kommen würde.

Anfang Juni, nach viermonatigem Marsch, zog Marius mit seinen vier Legionen in die weite Küstenebene von Gallia Transalpina hinab. An einem Ort im dicht besiedelten Land zwischen Arelate und Aquae Sextae, in der Nähe der Stadt Glanum und südlich des Flusses Durance, ließ er anhalten. Der Troß war erwartungsgemäß vor ihm eingetroffen, er hatte auf der Straße nur dreieinhalb Monate gebraucht.

Marius wählte die Stelle für das Lager mit größter Sorgfalt aus, abseits des Ackerlands auf einem großen Hügel mit mehreren guten Quellen. Der Hügel fiel nach drei Seiten steil ab, und nach der vierten Seite war er so flach und breit, daß er den schnellen Einzug der Truppen oder den schnellen Auszug nicht behinderte.

»Hier werden wir viele Monde verbringen.« Marius nickte zufrieden. »Hier bauen wir ein zweites Carcasso.«

Sulla und Manius Aquillius sagten nichts, aber Sertorius konnte nicht an sich halten.

»Brauchen wir das?« fragte er. »Wenn wir deiner Meinung nach viele Monde in dieser Gegend bleiben, wäre es nicht leichter, die Truppen in Arelate oder Glanum einzuquartieren? Und warum überhaupt hier bleiben? Warum suchen wir die Germanen nicht und stellen sie in der Schlacht, bevor sie hierher kommen können?«

»Sertorius, mein Junge, es scheint, daß die Germanen sich in alle Richtungen zerstreut haben«, sagte Marius. »Die Kimbern, die zunächst entschlossen schienen, dem Lauf der Rhône zu folgen, haben ihre Absicht geändert und sind auf der anderen Seite der Cevennen durch das Land der Arverner gezogen, vermutlich mit dem Ziel Spanien. Die Teutonen und Tiguriner haben das Land der Häduer verlassen und sind zu den Belgen gezogen. Das sagen zumindest meine Berichte. Aber ich glaube, man kann nur Vermutungen anstellen.«

»Können wir nichts Sicheres herausfinden?« fragte Sertorius.

»Wie? Die Gallier haben keinen Grund, uns zu lieben, aber für Informationen sind wir auf sie angewiesen. Daß sie uns überhaupt etwas sagen, kommt nur daher, daß auch sie die Germanen nicht bei sich haben wollen. Eines ist freilich gewiß: Wenn die Germanen vor den Pyrenäen stehen, kehren sie um. Und ich bezweifle sehr, daß sie den Belgen willkommener sind als den Keltiberern in den Pyrenäen. Wenn ich mich in die Lage der Germanen versetze und aus ihrer Sicht über mögliche Ziele nachdenke, komme ich immer wieder auf Italien zurück. Also bleiben wir hier, bis die Germanen zurückkehren, Quintus Sertorius. Und wenn es Jahre dauert.«

»Wenn es Jahre dauert«, gab Manius Aquillius zu bedenken, »verweichlichen die Soldaten, und du wirst als Feldherr abgelöst.«

»Die Soldaten verweichlichen nicht, weil ich sie arbeiten lasse«, entgegnete Marius. »Wir haben fast vierzigtausend Besitzlose rekrutiert. Der Staat zahlt sie, dem Staat gehören ihre Waffen und Rüstungen, der Staat ernährt sie. Und wenn sie als Veteranen aus dem Dienst ausscheiden, werde ich mich darum kümmern, daß der Staat sie versorgt. Aber solange sie in der Armee des Staates dienen, sind sie nicht mehr und nicht weniger als Angestellte des Staates. Ich als Konsul repräsentiere den Staat. Deshalb sind sie meine Angestellten. Und sie kosten mich viel Geld. Wenn sie dafür nur auf ihren Hintern herumzusitzen und zu warten brauchen, bis eine Schlacht kommt, dann kann man sich leicht ausrechnen, wie teuer diese Schlacht sein wird.« Marius' Augenbrauen zuckten unruhig auf und ab. »Sie haben nicht einen Vertrag unterschrieben, nur damit sie hier untätig herumsitzen und auf eine Schlacht warten. Sie sind in die Armee des Staates eingetreten, um zu tun, was der Staat von ihnen verlangt. Da der Staat sie zahlt, schulden sie dem Staat Arbeit. Und genau das werden sie tun: arbeiten! Dieses Jahr werden sie die Via Domitia auf der ganzen Strecke von Nemausus bis Ocelum reparieren. Nächstes Jahr graben sie einen Schiffskanal von der Küste bis Arelate an der Rhône.«

Die anderen starrten ihn gebannt an, und für geraume Zeit waren alle sprachlos.

Dann pfiff Sulla durch die Zähne. »Ein Soldat wird bezahlt, um zu kämpfen!«

»Wenn er sich seine Ausrüstung selber kauft und vom Staat nichts erwartet als sein Essen, dann kann er tun, was er will. Aber für meine Soldaten gilt das nicht. Sie werden notwendige öffentliche Arbeiten ausführen, solange sie nicht kämpfen müssen, und sei es nur, um ihnen klarzumachen, daß sie im Dienst des Staates stehen wie ganz normale Angestellte. Und das hält sie bei Kräften.«

»Und wir?« fragte Sulla. »Willst du uns zu Straßenbaumeistern machen?«

»Warum nicht?«

»Aber ich beispielsweise bin kein Angestellter des Staates«, sagte Sulla, immer noch freundlich. »Ich stelle meine Zeit unbezahlt zur Verfügung, wie alle anderen Legaten und Tribunen.«

Marius sah ihn listig an. »Glaub mir, Lucius Cornelius«, sagte er, »ich weiß das zu schätzen.« Und dabei beließ er es.

Sulla war nach dem Gespräch trotzdem unzufrieden. Angestellte des Staates, also wirklich! Das mochte für besitzlose Proletarier gelten, aber doch nicht für Tribunen und Legaten. Marius hatte ihn verstanden und war ihm ausgewichen. Was Sulla nicht ausgesprochen hatte, war trotzdem wahr: Als einziges Entgelt erhielten Tribunen und Legaten einen Anteil an der Beute. Und keiner hatte eine Vorstellung, wieviel Beute man bei den Germanen überhaupt machen konnte. Der Verkauf der Gefangenen in die Sklaverei war Vorrecht des Feldherrn, das er nicht mit seinen Legaten, Tribunen, Zenturionen und Soldaten teilte. Sulla hatte das vage Gefühl, daß der Profit dieses womöglich Jahre dauernden Feldzugs dürftig ausfallen würde, von Sklaven abgesehen.

Der lange, mühselige Marsch zur Rhône hatte Sulla, im Gegensatz zu Quintus Sertorius, keinen Spaß gemacht. Quintus Sertorius hatte wie ein Jagdhund an der Leine vorwärtsgedrängt, zitternd vor Erregung beim bloßen Gedanken an die bevorstehende Aufgabe. Er hatte sich selbst den Umgang mit der *groma* beigebracht, dem Instrument des Landvermessers, und genau beobachtet, wie die Ingenieure mit Hochwasser führenden Flüssen, eingestürzten Brücken und durch Erdrutsch verschütteten Straßen fertig wurden. Er hatte mit ein oder zwei Zenturien ein Piratennest in einem versteckten Schlupfwinkel ausgehoben. Er hatte Bauarbeitertrupps bei Ausbesserungsarbeiten der Straße befehligt. Er war als Kundschafter vorausgeeilt, und er hatte sogar einen jungen Adler mit gebrochenem Flügel gesundgepflegt und gezähmt, so daß der Vogel nach seiner Genesung noch einige Male zu ihm zurückkehrte. Der Tatendrang von Quintus Sertorius war unerschöpflich. Zumindest in dieser Beziehung war er Gaius Marius verwandt.

Sulla hingegen brauchte die dramatischen Situationen. Er kannte sich selbst gut genug, um zu wissen, daß dieses Verlangen jetzt, da er ein Senator war, eine Schwäche seines Charakters war, aber mit sechsunddreißig hielt er sich für zu alt, um den so tief verwurzelten Trieb noch ausmerzen zu können. Bis zu jenem öden, endlosen Marsch auf der Via Aemilia Scauri und über die Alpen hatte ihm sein Beruf als Soldat tiefe Befriedigung verschafft. Dramatik und Herausforderung waren sein Element gewesen, wenn es sich um die Dramatik einer Schlacht und die Herausforderung einer Neuordnung von Africa gehandelt hatte. Aber Straßen zu bauen und Kanäle zu buddeln? Deshalb war er nicht nach Gallia Transalpina gekommen! Er hatte anderes vor!

Und im Spätherbst standen wieder Konsulwahlen an. Marius würde durch einen seiner Gegner ersetzt werden, und alles, was er dann in seinem mit so viel Vorschußlorbeeren bedachten zweiten Amtsjahr vorweisen konnte, war eine hervorragend instandgesetzte Straße, die bereits den Namen eines anderen trug. Wie konnte der Mann so ruhig bleiben, so unbesorgt? Als Aquillius angedeutet hatte, daß er als Feldherr abgelöst werden könnte, hatte er nicht einmal reagiert. Was führte der Fuchs aus Arpinum im Schilde? Warum machte er sich keine Sorgen?

Plötzlich hatte Sulla alle diese Fragen vergessen, die ihn so quälten, denn er hatte vor sich eine pikante Szene erspäht, und seine Augen begannen interessiert und amüsiert zu glitzern.

Vor dem Messezelt der Tribunen standen zwei Männer, ins Gespräch vertieft. Oder wenigstens schien es bei flüchtigem Hinsehen so. Für Sulla sah es mehr aus wie die Eröffnungsszene einer komischen Posse. Der größere der beiden Männer war Gaius Julius Caesar, der kleinere Gaius Lusius, ein Neffe von Marius – allerdings nur angeheiratet, wie dieser schnell hinzugefügt hatte.

Ob sich nur Gleichgesinnte sofort erkannten? überlegte Sulla, während er zu den beiden Männern hinüberschlenderte. Caesar schien nicht zu wissen, worauf Lusius hinauswollte, aber seinem Gesicht war anzusehen, daß alles in ihm Alarm schlug.

»Ach Lucius Cornelius!« plärrte Gaius Lusius. »Gerade habe ich Gaius Julius gefragt, ob er sich im Nachtleben von Arelate auskennt und ob er es, wenn es eines gibt, gemeinsam mit mir erkunden will.«

Caesars langes, schönes Gesicht war zu einer ausdruckslosen, höflichen Maske erstarrt, aber daß er sich aus seiner gegenwärtigen Gesellschaft wegsehnte, merkte Sulla gleich an einem Dutzend Anzeichen: an den unruhigen Augen, die Lusius' Blick nie lange standhielten und immer wieder zur Seite auswichen, an dem kaum wahrnehmbaren Scharren der Füße in den Soldatenstiefeln, am nervösen Kneten der Finger.

»Vielleicht kennt sich Lucius Cornelius ja besser aus als ich«, sagte Caesar und leitete seine Flucht in die Freiheit dadurch ein, daß er sein ganzes Gewicht auf einen Fuß verlagerte und den anderen ein wenig vorschob.

»Nein, Gaius Caesar, du darfst nicht gehen!« protestierte Lusius. »Je größer die Runde, desto fröhlicher.« Er kicherte.

»Tut mir leid, Gaius Lusius, aber die Pflicht ruft.« Und damit war Caesar verschwunden.

Sulla, der ungefähr Lusius' Statur hatte, faßte Lusius mit der

Hand am Ellbogen und zog ihn ein Stück vom Zelt weg. Dann ließ er den Ellbogen sofort wieder los.

Gaius Lusius war sehr hübsch. Lange Wimpern bedeckten grüne Augen, über die Stirn fiel ein wirrer Schopf dunkelroter Locken, die dunklen Brauen waren fein gezeichnet, und die lange, gerade Nase mit ihrem hohen Rücken hatte griechische Proportionen. Ganz der kleine Apoll, dachte Sulla unbewegt und nüchtern.

Er glaubte nicht, daß Marius den jungen Mann überhaupt persönlich kannte. Das hätte ihm nicht ähnlich gesehen. Marius hatte Gaius Lusius auf Druck der Familie in seine Armee aufgenommen und ihn zum ungewählten Militärtribunen ernannt, was seinem Alter entsprach. Dann hatte er wahrscheinlich vergessen, daß es ihn überhaupt gab – bis der junge Mann sich von selbst in Erinnerung bringen würde, am besten durch eine mutige Tat oder eine andere außergewöhnliche Leistung.

»Gaius Lusius«, sagte Sulla trocken, »ich gebe dir einen guten Rat.«

Die Augenlider mit den langen Wimpern klapperten und senkten sich. »Von dir nehme ich jeden Rat entgegen, Lucius Cornelius.«

»Du bist auf eigene Faust von Rom gekommen und erst gestern zu uns gestoßen«, begann Sulla.

»Nicht von Rom, Lucius Cornelius«, unterbrach Lusius, »von Ferentinum. Mein Onkel Gaius Marius hat mir erlaubt, in Ferentinum zu bleiben, weil meine Mutter krank war.«

Aha, dachte Sulla, das erklärt, warum Marius so kurz angebunden war, als er seinen angeheirateten Neffen erwähnte! Er hatte den Grund für die verspätete Ankunft des jungen Mannes nicht breittreten wollen. Für sich selber hätte er eine kranke Mutter nie als Entschuldigung gelten lassen!

»Mein Onkel hat noch gar nicht nach mir gefragt«, klagte Lusius jetzt eifrig. »Wann kann ich ihn sehen?«

»Erst wenn er nach dir fragt, und ich habe meine Zweifel, ob er überhaupt fragen wird. Solange du nicht bewiesen hast, daß du etwas taugst, bringst du ihn nur in Verlegenheit, und sei es nur aus dem Grund, daß du bereits ein Sonderrecht für dich beansprucht hast, bevor der Feldzug überhaupt anfing – du bist zu spät gekommen.«

»Aber meine Mutter war krank«, sagte Lusius empört.

»Jeder von uns hat eine Mutter, Gaius Lusius – oder hatte eine. Manch einer mußte ausrücken, als seine Mutter krank war. Viele haben vom Tod der Mutter erfahren, als sie in fernen Ländern kämpften. Viele sind ihrer Mutter in tiefer Liebe zugetan. Aber eine kranke Mutter gilt normalerweise nicht als ausreichende Entschuldigung für eine Verspätung beim Feldzug. Wahrscheinlich hast du den Kameraden in deinem Zelt schon gesagt, warum du zu spät gekommen bist?«

»Ja.« Lusius war immer verwirrter.

»Schade. Du hättest besser überhaupt nichts gesagt und deine Kameraden im dunkeln tappen lassen. Sie haben deshalb jetzt keine höhere Meinung von dir, und auch nicht von deinem Onkel Marius dafür, daß er es zugelassen hat. Dein Onkel weiß das. Aber Familienbande sind Familienbande, auch wenn es dabei oft ungerecht zugeht.« Sulla runzelte die Stirn. »Doch nicht das wollte ich dir sagen. Ich wollte sagen: Dies ist die Armee des Gaius Marius, nicht die Armee des Scipio Africanus. Weißt du, was ich damit meine?«

»Nein.« Lusius war jetzt völlig konfus.

»Cato der Zensor hat Africanus und seinen Offizieren vorgeworfen, sie duldeten eine laxe Moral in der Truppe. Und Gaius Marius denkt in dieser Hinsicht eher wie Cato der Zensor als wie Scipio Africanus. Habe ich mich klar ausgedrückt?«

»Nein.« Die Farbe wich aus Lusius' Wangen.

»Ich glaube schon«, sagte Sulla. Er lächelte kühl und entblößte dabei seine langen Zähne. »Du fühlst dich zu schönen jungen Männern hingezogen, nicht zu schönen jungen Frauen. Dein so offen weibisches Wesen kann ich dir nicht vorwerfen, aber wenn du weiter Leute wie Gaius Julius mit deinen langen Wimpern anklapperst – und Gaius Julius ist zufällig wie ich ein Schwager deines Onkels –, dann steht dir das Wasser bald bis zum Hals. Das eigene Geschlecht zu bevorzugen, gilt in Rom nicht als Tugend. Im Gegenteil, es gilt als unerwünschtes Laster, besonders bei den Legionären. Sonst würden die Frauen der Städte, in deren Nähe wir unsere Lager aufschlagen, wohl kaum so viel verdienen, und die Frauen unserer besiegten Feinde würden unser Schwert nicht zuerst im Bett kennenlernen. Aber das muß dir bekannt sein, wenigstens zum Teil!«

Lusius wand und krümmte sich, hin und her gerissen zwischen einem unerklärlichen Gefühl der Minderwertigkeit und dem brennenden Empfinden erlittenen Unrechts. »Die Zeiten ändern sich«, protestierte er. »Was du mir vorwirfst, ist nicht mehr die gesellschaftliche Sünde, die es einmal war!«

»Du mißverstehst die Zeiten, Gaius Lusius, wahrscheinlich weil du dir wünschst, daß sie sich ändern, du und deine Freunde, die genauso denken wie du. Ihr kommt zusammen und tauscht Erfahrungen aus und klammert euch an alles, was zu euren Wünschen paßt.« Sulla war sehr ernst geworden. »Ich versichere dir, je besser du die Welt kennenlernst, in die du geboren worden bist, desto mehr wirst du erkennen, daß du dich selbst täuschst. Und wer sein eigenes Geschlecht bevorzugt, wird nirgends weniger Vergebung finden als in Gaius Marius' Armee. Und keiner wird dich härter strafen als Gaius Marius, wenn er von deinem Geheimnis erfährt.«

Den Tränen nahe und in höchster Seelenpein rang Lusius die Hände. »Das kostet mich den Verstand!«

»Nein. Du wirst dich zusammenreißen, und du wirst bei deinen Annäherungsversuchen größte Zurückhaltung walten lassen. Du wirst so bald wie möglich die Zeichen lernen, an denen Männer deiner Neigung sich erkennen. Ich kann dir nicht sagen, welche Zeichen das sind, da ich dem Laster selbst nicht fröne. Wenn du Karriere im öffentlichen Leben machen willst, Gaius Lusius, dann rate ich dir dringend, dich gleichfalls davon fernzuhalten. Aber du bist jung – wenn du also deinen Appetit nicht zügeln kannst, sorge wenigstens dafür, daß es der richtige Mann ist.« Und Sulla lächelte, diesmal etwas freundlicher, drehte sich um und ließ Lusius stehen.

Eine Weile schlenderte er ziellos umher, die Arme auf dem Rücken verschränkt, ohne dem geordneten Treiben um ihn herum Beachtung zu schenken. Die Legionäre hatten den Befehl erhalten, ein vorläufiges Lager zu errichten. Zwar hielten sich keine feindlichen Truppen in der Provinz auf, aber eine römische Armee schlief nicht ungeschützt. Auf der Hügelkuppe hatten sich bereits Landvermesser und Ingenieure an die Planung des endgültigen Lagers gemacht, und die Soldaten, die nicht mit der Errichtung des provisorischen Lagers beauftragt waren, hatten mit der Befestigung des Hügels begonnen. Zunächst mußte Holz für Balken, Pfosten und Gebäude herangeschafft werden, keine leichte Aufgabe, da es im unteren Rhônetal nur noch wenig Wald gab. Die Menschen siedelten hier seit Jahrhunderten, seit die Griechen Massilia gegründet hatten, seit die griechische, später die römische Kultur sich ins Landesinnere ausgebreitet hatte.

Die Armee lagerte im Norden der weiten Salzmarschen, die das Rhônedelta bildeten und sich westlich und östlich davon erstreckten. Es war typisch für Marius, daß er sowohl das provisorische wie das endgültige Lager auf unbebautem Land errichten ließ.

»Man darf es sich mit möglichen Verbündeten nicht verderben«, sagte er. »Außerdem werden die Bewohner der Gegend jeden Quadratzoll urbaren Lands brauchen, wenn sie fünfzigtausend Mäuler zusätzlich stopfen müssen.«

Die für die Beschaffung des Getreides und der übrigen Nahrung zuständigen Beamten waren bereits losgeritten, um mit den Bauern Verträge zu schließen, und ein Teil der Soldaten baute auf dem Hügel Kornspeicher, die so viel Getreide faßten, daß fünfzigtausend Mann zwölf Monate bis zur nächsten Ernte davon leben konnten. Der schwere Troß hatte alle Gegenstände mitgeführt, die Marius' Informanten zufolge in Gallia Transalpina nicht erhältlich oder knapp waren – Pech, massive Holzbalken, Flaschenzüge, Werkzeuge, Kräne, Drehmühlen, Kalk und größere Mengen kostbarer eiserner Bolzen und Nägel. Der *praefectus fabrum* hatte in Populonia und Pisae, den beiden Häfen, in die das Roheisen der Insel Elba gebracht wurde, jeden verfügbaren Barren aufgekauft und das Metall in Karren über die Alpen schaffen lassen, für den Fall, daß die Ingenieure Stahl herstellen mußten. Der schwere Troß führte außerdem Ambosse, Schmelztiegel, Hämmer, feuerfeste Ziegel und weitere unentbehrliche Werkzeuge mit. Einige Soldaten schichteten bereits Holz auf, um einen großen Vorrat an Holzkohle herzustellen, denn ohne Holzkohle konnte man den Schmelzofen nicht genügend erhitzen, um Eisen zu schmelzen, geschweige denn zu Stahl zu härten.

Sulla kehrte um und ging zum Holzhaus des Feldherrn zurück, jetzt war der Augenblick da! Denn er hatte einen bereits sorgfältig durchdachten Plan, wie er die Langeweile vertreiben konnte, einen Plan, der ihm all den Nervenkitzel verschaffen würde, den er sich nur wünschen konnte. Die Idee war noch in Rom gekeimt, während des Marsches entlang der Küste war sie gereift, und jetzt war es soweit, sie konnte in die Tat umgesetzt werden. Ja, es war Zeit, mit Gaius Marius zu sprechen.

Der Feldherr saß allein an einem Tisch und schrieb eifrig.

»Hast du vielleicht eine Stunde Zeit für mich, Gaius Marius?« fragte Sulla, während er die Plane hochhielt, die den inneren Bereich vom Vorzelt des Wachoffiziers trennte. »Ich würde gern einen Spaziergang mit dir machen.« Mit ihm drang ein vorwitziger Sonnenstrahl ins Innere. Er umgab Sulla mit einer Aura flüssigen Goldes und entfachte in den schulterlangen Locken seines barhäuptigen Kopfes ein funkensprühendes Feuer.

Marius sah auf und musterte seinen Besucher mißbilligend. »Laß dir die Haare schneiden«, sagte er kurz. »Noch ein paar Zoll länger, und du siehst aus wie eine Tänzerin!«

»Das ist ja merkwürdig!« sagte Sulla. Er rührte sich nicht.

»Ich würde eher sagen schlampig«, erwiderte Marius.

»Nein, es ist merkwürdig, daß dir meine Haare in den letzten Monaten nicht aufgefallen sind, sondern erst jetzt, wo ich dich in einer ganz bestimmten Sache aufsuche. Du kannst vielleicht nicht Gedanken lesen, Gaius Marius, aber du spürst instinktiv, was die Menschen in deiner Umgebung beschäftigt.«

»Jetzt redest du auch noch wie eine Tänzerin. Warum brauchst du mich für einen Spaziergang?«

»Weil ich dich persönlich sprechen muß, Gaius Marius, und zwar an einem Ort, an dem es keine Fenster oder Wände mit Ohren gibt. Deshalb habe ich an einen Spaziergang gedacht.«

Wortlos legte Marius die Feder auf den Tisch, rollte das Pergament zusammen und stand auf. »Ein Spaziergang ist mir lieber als die Schreibarbeit, Lucius Cornelius. Gehen wir.«

Rasch und stumm schritten sie durch das Lager, ohne die neugierigen Blicke zu beachten, mit denen Soldaten, Zenturionen und Offiziersanwärter ihnen nachsahen. Nach drei Jahren Dienst unter Gaius Marius und Lucius Cornelius Sulla hatten die Legionäre ein untrügliches Gespür dafür entwickelt, wann eine wichtige Entscheidung bevorstand. Heute war ein solcher Tag, jeder spürte es.

Es war bereits zu spät, um noch auf den Hügel zu steigen, deshalb blieben Marius und Sulla im offenen Gelände stehen, wo der Wind ihre Worte wegtrug.

»Also, worum geht es?« fragte Marius.

»Ich habe meine Haare schon in Rom wachsen lassen«, sagte Sulla.

»Ich habe es bis jetzt nicht bemerkt. Ich nehme an, deine Haare haben etwas mit dem zu tun, weshalb du mich sprechen willst?«

»Ich verwandle mich in einen Gallier.«

Marius war auf einmal hellwach. »Aha! Fahre fort, Lucius Cornelius.«

»Unser größter Schwachpunkt auf diesem Feldzug gegen die Germanen ist unser fataler Mangel an verläßlichen Informationen über sie. Von Anfang an, als die Taurisker den ersten Hilferuf an uns schickten und wir von der germanischen Wanderung erfuhren, waren wir ratlos, weil wir absolut nichts über sie wissen. Wir wissen nicht, wer sie sind, woher sie kommen, was für Götter sie anbeten, warum sie überhaupt ihre angestammte Heimat verlassen haben, in welcher Ordnung sie leben und wie sie regiert werden. Vor allem aber wissen wir nicht, warum sie uns eine Niederlage nach der anderen beibringen und trotzdem nie nach Italien vorstoßen, während man einen Hannibal oder Pyrrhus nicht mit einer Million Kriegselefanten hätte aufhalten können.«

Sulla sah geradeaus an Marius vorbei. Seine harten Augen leuchteten in den letzten Strahlen der Sonne, und Marius verspürte auf einmal eine beklommene Scheu. Es war einer jener seltenen Augenblicke, in denen ihm ein sonst verborgener Wesenszug an Sulla auffiel, Sullas »Unmenschlichkeit«. Er verstand darunter nicht Unmenschlichkeit im üblichen Sinn, es war vielmehr so, als ließe Sulla plötzlich einen Schleier fallen und entpuppte sich – nicht als Mensch und auch nicht als Gott, sondern als eine vom Menschen verschiedene Schöpfung der Götter. Dieser Wesenszug trat in dem Moment deutlich hervor, als das Sonnenlicht in Sullas Augen aufglühte, als käme es von dort.

»Weiter«, sagte Marius.

Sulla fuhr fort: »Bevor wir Rom verließen, kaufte ich zwei neue Sklaven. Sie haben mich auf der Reise begleitet und sind auch jetzt bei mir. Der eine ist ein Gallier von den Karnuten, jenem Stamm, der die keltische Religion so sehr beeinflußt hat. Die Gallier haben eine seltsame Religion – sie glauben, daß die Bäume lebendige Wesen sind, weil Geister oder Schatten oder so etwas ähnliches in ihnen wohnen. Man kann es nur schwer mit unseren religiösen Vorstellungen vergleichen. Der andere ist ein Germane von den Kimbern. Er geriet bei Noricum in Gefangenschaft, als Carbo dort besiegt wurde. Ich halte die beiden streng getrennt. Keiner weiß vom anderen.«

»Hast du von deinem germanischen Sklaven nichts über die Germanen erfahren können?«

»Überhaupt nichts. Er gibt vor, nicht zu wissen, wer sie sind oder woher sie kommen. Ich habe Nachforschungen angestellt und glaube jetzt, daß diese Unkenntnis typisch ist für die wenigen Germanen, die wir gefangennehmen und versklaven konnten. Ich bezweifle allerdings, daß außer mir noch ein anderer römischer Sklavenbesitzer je ernsthaft versucht hat, über seine Sklaven an Informationen zu kommen. Das ist ja jetzt auch egal. Ich habe jedenfalls meinen Germanen gekauft, um an Informationen zu kommen. Als er sich aber als so widerspenstig herausstellte – und es macht keinen Sinn, jemanden zu foltern, der dasteht wie der Ochs vorm Berg –, kam mir eine bessere Idee. Unsere Informationen, Gaius Marius, kommen gewöhnlich aus zweiter Hand. Für unsere Zwecke ist das nicht gut genug.«

»Wahr gesprochen«, sagte Marius. Er wußte jetzt, worauf Sulla hinauswollte, mochte ihn aber nicht drängen.

»Solange der Krieg mit den Germanen nicht unmittelbar bevorsteht, so überlegte ich, ist es unsere Pflicht, daß wir uns Informationen aus erster Hand beschaffen. Meine Sklaven stehen beide lange genug in römischen Diensten, daß sie Latein gelernt haben, der Germane freilich nur ein sehr rudimentäres Latein. Von meinem karnutischen Gallier habe ich interessanterweise erfahren, daß die zweite Sprache der Gallier Latein ist, nicht Griechisch, sobald man sich von der Mittelmeerküste entfernt und ins Landesinnere vordringt. Ich will damit nicht sagen, daß die Gallier sich dort lateinische Witze erzählen, sondern lediglich, daß man dank der Kontakte zwischen dort siedelnden Stämmen wie den Häduern und römischen Soldaten oder Händlern gelegentlich einen Gallier trifft, der ein paar Brocken Latein spricht und lesen und schreiben kann. Da die Gallier für ihre eigenen Sprachen keine Schrift haben, lesen und schreiben sie in Latein. Nicht Griechisch. Faszinierend, findest du nicht? Wir haben uns so an Griechisch als Verkehrssprache der ganzen Welt gewöhnt, daß es geradezu erfrischend ist zu erfahren, daß ein Teil der Welt Latein bevorzugt!«

»Da ich selbst weder Gelehrter noch Philosoph bin, Lucius Cornelius, muß ich gestehen, daß mich diese Erkenntnis nicht in ähnlichem Maße fasziniert. Aber«, Marius lächelte dünn, »an Informationen über die Germanen bin ich dafür um so mehr interessiert!«

Sulla hob in gespielter Ergebenheit die Hände. »Schon verstanden, Gaius Marius! Also gut. Seit fast fünf Monaten lerne ich die Sprache der Karnuten Zentralgalliens und die Sprache der germanischen Kimbern. Mein karnutischer Lehrer ist von diesem Projekt weit mehr begeistert als mein germanischer Lehrer – aber er ist auch der Hellere von beiden.« Sulla hielt inne, um über seine letzten Worte nachzudenken, und fand, daß er sich nicht richtig ausgedrückt hatte. »Mein Eindruck, daß der Germane der Beschränktere von beiden ist, muß nicht unbedingt stimmen. Da der Schock der Trennung von seinen Stammesgenossen für ihn viel größer war als für den Gallier, hat er sich vielleicht nur in sich zurückgezogen, um sein gegenwärtiges Unglück besser ertragen zu können. Aber wenn man bedenkt, daß er immerhin dumm genug war, sich in einem Krieg fangen zu lassen, den sein Volk gewonnen hat, und daß ich auch einfach Pech gehabt haben könnte, ist er vielleicht doch nur ein beschränkter Germane.«

»Lucius Cornelius, meine Geduld ist nicht unerschöpflich«, sagte Marius. Es klang mehr resigniert als barsch. »Du redest so umständlich wie der peripatetischste Peripatetiker!«

»Ich bitte um Entschuldigung.« Sulla grinste und sah dann Marius an. Das Leuchten in seinen Augen erlosch, und er schien wieder ein normaler Mensch zu sein.

Lebhaft fuhr er fort: »Mit meinen Haaren, meiner Haut und meinen Augen wird man mich ohne weiteres für einen Gallier halten. Ich beabsichtige, ein Gallier zu werden und in Gebiete zu reisen, die noch kein Römer betreten hat. Vor allem will ich den Germanen folgen, die nach Spanien ziehen, das sind mit Sicherheit die Kimbern, vielleicht noch andere Stämme. Ich kann genug Kimbrisch, daß ich wenigstens verstehe, was sie sagen, deshalb will ich mich auf die Kimbern konzentrieren.« Er lachte. »Meine Haare müßten eigentlich noch viel länger sein als die einer Tänzerin, aber einstweilen muß es so reichen. Wenn ich gefragt werde, warum sie so kurz sind, sage ich, eine Krankheit der Kopfhaut hätte mich gezwungen, sie abzuschneiden. Zum Glück wachsen sie sehr schnell.«

Sulla schwieg. Auch Marius sagte eine Zeitlang nichts. Er stellte nur seinen Fuß auf einen Baumstamm und stützte den Ellbogen auf das Knie und das Kinn auf die Faust. In Wirklichkeit wußte er gar nicht, was er sagen sollte. Seit Monaten sorgte er sich, daß er Lucius Cornelius an die Fleischtöpfe Roms verlieren würde, weil ihm der Feldzug zu langweilig wurde, und die ganze Zeit über bastelte Lucius Cornelius an einem Plan, der mit Sicherheit alles andere als langweilig sein würde. Was für ein Plan! Was für ein Mann! Odysseus war der erste Spion, von dem die Geschichte berichtete. In den Kleidern eines trojanischen Niemands hatte er sich in die Mauern Ilions geschlichen, um dort alle Informationen zu sammeln, derer er habhaft werden konnte – und jeder *grammaticus* ließ seine Schüler mit Vorliebe die Frage diskutieren, ob Kalchas zu den Achaiern übergelaufen war, weil er die Trojaner satt hatte, weil er für König Priamos spionieren wollte oder weil er unter den griechischen Königen Zwietracht säen wollte.

Auch Odysseus hatte rote Haare gehabt und war von vornehmer Abstammung gewesen. Trotzdem – Marius konnte sich Sulla beim besten Willen nicht als zweiten Odysseus vorstellen. Sulla war eine Kategorie für sich, komplett und aus einem Guß. Genau wie sein Plan. Angst kannte dieser Mann nicht, soviel war klar. Er plante seine außergewöhnliche Mission mit dem nüchternen Kalkül des Geschäftsmannes, und das machte ihn – unverwundbar. Anders ausgedrückt, er handelte wie der römische Aristokrat, der er war. Er zweifelte nicht an seinem Erfolg, weil er wußte, daß er besser war als die anderen.

Marius ließ Faust und Ellbogen sinken und richtete sich wieder auf. Er atmete tief ein. »Glaubst du wirklich, daß du es schaffen kannst, Lucius Cornelius? Du bist so durch und durch ein Römer! Ich bewundere dich unendlich, und der Plan ist genial. Aber du mußt dafür alles verleugnen, was dich zum Römer macht, und ich weiß nicht, ob ein Römer das überhaupt kann. Unsere Kultur ist so übermächtig, daß sie ihre unauslöschlichen Spuren an uns hinterläßt. Du wirst eine Lüge leben müssen.«

Sulla hob eine rotgoldene Braue, und die Winkel seines schönen Mundes verzogen sich nach unten. »Ich habe mein ganzes Leben die eine oder andere Lüge gelebt, Gaius Marius.«

»Auch jetzt?«

»Auch jetzt.«

Sie machten sich auf den Rückweg zum Lager.

»Willst du allein gehen, Lucius Cornelius?« fragte Marius. »Glaubst du nicht, es könnte nützlich sein, wenn du jemanden bei dir hast? Falls du mir zum Beispiel eine dringende Botschaft zukommen lassen willst, aber nicht selbst gehen kannst? Wäre nicht ein Begleiter hilfreich, der dir den Spiegel vorhalten könnte, wie du umgekehrt auch ihm?«

»Ich habe darüber nachgedacht«, erwiderte Sulla, »und ich würde gern Quintus Sertorius mitnehmen.«

Marius war zuerst hocherfreut, aber dann runzelte er die Stirn. »Seine Haare sind zu dunkel. Er könnte nie als Gallier gelten, geschweige denn als Germane.«

»Stimmt. Aber er könnte ein Grieche mit keltiberischem Einschlag sein.« Sulla räusperte sich. »Ich habe ihm übrigens einen Sklaven gegeben, als wir Rom verließen. Einen Keltiberer vom Stamm der Illergeten. Ich habe Quintus Sertorius nicht gesagt, was ich vorhabe, sondern nur, daß er Keltiberisch lernen solle.«

Marius starrte Sulla an. »Du bist gut vorbereitet. Meine Hochachtung.«

»Ich kann Quintus Sertorius also mitnehmen?«

»Ja. Obwohl ich immer noch glaube, daß er zu dunkel ist, und fürchte, daß dir das zum Verhängnis werden könnte.«

»Es wird schon klappen. Quintus Sertorius ist für mich sehr wertvoll, und sein dunkles Aussehen könnte sogar ein Vorteil sein. Er hat den Tierzauber, und solche Menschen stehen bei allen barbarischen Völkern in hohem Ansehen. Seine dunkle Erscheinung paßt zum Bild des Schamanen.«

»Tierzauber? Was meinst du damit?«

»Quintus Sertorius kann wilde Tiere rufen. Ich habe das in Africa erlebt, als er einen Leoparden herbeipfiff und ihn streichelte. In meine Mission habe ich ihn allerdings erst eingeplant, als er den jungen Adler gesundpflegte und zähmte, ohne dabei den natürlichen Drang des Tieres nach ungehemmter Freiheit zu ersticken. Jetzt lebt der Adler das Leben, das die Natur für ihn bestimmt hat, aber er hat Sertorius nicht vergessen und kehrt ab und zu zurück, setzt sich auf seinen Arm und reibt den Schnabel an seiner Wange. Die Soldaten beten Sertorius an. Der Adler ist ein verheißungsvolles Omen.«

»Ich weiß. Der Adler ist das Symbol der Legionen, und Quintus Sertorius hat das Symbol zum Leben erweckt.«

Sie sahen zu den sechs silberbeschlagenen, von silbernen Adlern bekrönten Stangen hinüber, die man im Lager in den Boden gerammt hatte. Die Stangen waren mit Kronen, *phalerae,* und *torques* geschmückt, und vor ihnen brannte ein Feuer auf einem Dreifuß. Die Wachen standen stramm, während ein Priester in Toga mit verhülltem Haupt Weihrauch in die Kohlen auf dem Dreifuß streute und dazu die Gebete zum Sonnenuntergang sprach.

»Warum ist dieser Tierzauber eigentlich so wichtig?« fragte Marius.

»Die Gallier sind sehr abergläubisch. Sie glauben, daß in allen wilden Tieren Geister wohnen. Soviel ich weiß, gilt das auch für die Kimbern. Quintus Sertorius wird sich als Schamane eines spanischen Stammes verkleiden, der in einer so abgelegenen Gegend lebt, daß sogar die Stämme der Pyrenäen ihn kaum kennen.«

»Wann willst du aufbrechen?«

»Sehr bald. Es wäre mir allerdings lieber, wenn du Quintus Sertorius in den Plan einweihen würdest. Er kommt sicher gern mit, aber er ist dir völlig ergeben. Es ist also besser, wenn du es ihm sagst.« Sulla schneuzte sich. »Niemand anders darf davon erfahren. Niemand!«

»Ganz deiner Meinung. Allerdings gibt es drei Sklaven, die etwas wissen: die Sklaven, die dich und Sertorius in ihren Sprachen unterrichtet haben. Willst du, daß sie verkauft und mit dem Schiff in eine entlegene Provinz gebracht werden?«

»Warum so viele Umstände?« fragte Sulla überrascht. »Ich wollte sie töten.«

»Eine ausgezeichnete Idee. Allerdings verlierst du dabei Geld.«

»Aber kein Vermögen«, sagte Sulla leichthin. »Nimm es als meinen Beitrag zum Erfolg dieses Feldzugs gegen die Germanen.«

»Ich werde sie töten lassen, sobald du weg bist.«

Sulla schüttelte den Kopf. »Nein, ich tue die dreckige Arbeit selbst. Und zwar jetzt gleich. Sie haben mir und Quintus Sertorius beigebracht, was sie wissen. Morgen schicke ich sie mit einem Auftrag nach Massilia.« Er streckte sich und gähnte ausgiebig. »Ich kann gut mit Pfeil und Bogen umgehen, Gaius Marius. Und die Salzmarschen sind sehr einsam. Jeder wird glauben, sie seien weggelaufen. Auch Quintus Sertorius.«

Ich bin der Erde zu nahe, dachte Marius. Nicht, daß es mir etwas ausmachen würde, kaltblütig Menschen umzubringen. Das gehört zum Leben, wie wir es kennen, und kein Gott wird dadurch gekränkt. Aber Sulla gehört einem alten römischen Patriziergeschlecht an. Er steht zu hoch über der Erde. Ein wahrer Halbgott. Und Marius fielen die Worte der syrischen Prophetin Martha ein, die in diesem Augenblick als Ehrengast in seinem Haus in Rom weilte. Ein weit größerer Römer als er, gleichfalls ein Gaius, aber ein Julius, kein Marius ... Fehlte ihm das? Jener fast schon göttliche Tropfen patrizischen Blutes?

Ende September schrieb Publius Rutilius Rufus in einem Brief an Gaius Marius:

*Publius Licinius Nerva hat sich endlich dazu durchgerungen, dem Senat die Lage in Sizilien in völliger Offenheit zu schildern. Natürlich erhältst Du als Konsul seinen offiziellen Bericht, aber Du wirst zuerst meine Version hören, denn ich weiß, daß Du meinen Brief vor dem langweiligen offiziellen Schreiben lesen wirst, und deshalb habe ich ihm einen Platz in der Tasche des Kuriers gesichert.*

*Bevor ich Dir allerdings über Sizilien schreibe, muß ich bis zum Anfang des Jahres zurückgehen. Wie du weißt, empfahl damals der Senat den Tribus des Volkes, ein Gesetz zu verabschieden, nach dem überall in unserem Reich Sklaven, die den Völkern unserer italischen Bundesgenossen angehören, befreit werden sollen. Du weißt wahrscheinlich nicht, daß das Gesetz zu unvorhergesehenen Komplikationen führte – daß nämlich die Sklaven anderer Abstammung, besonders jener Völker, die offiziell Freunde und Verbündete des römischen Volkes genannt werden, entweder das Gesetz auch auf sich bezogen oder aber sehr unzufrieden waren, daß es nicht auch für sie galt. Die Unzufriedenheit war besonders stark bei den griechischen Sklaven, die die Mehrheit der Sklaven stellen, die auf den Getreidefeldern Siziliens und zu verschiedenen Zwecken in der Campania eingesetzt werden.*

*Der zwanzigjährige Sohn des Titus Vettius, eines Ritters und römischen Vollbürgers aus der Campania, wurde im Februar ganz offensichtlich verrückt. Ursache dafür waren Schulden: Er hatte sich verpflichtet, sieben Talente Silber für – ausgerechnet! – ein skythisches Sklavenmädchen zu zahlen. Da der alte Titus Vettius ein Geizhals ersten Ranges ist und obendrein viel zu alt als Vater eines Zwanzigjährigen, borgte der junge Titus Vettius das Geld zu einem enormen Zins und verpfändete seine gesamte Erbschaft. Natürlich war er den Geldverleihern so hilflos ausgeliefert wie ein gerupftes Hühnchen, und sie bestanden darauf, daß er ihnen das Geld nach Ablauf von dreißig Tagen zurückerstatten sollte. Als er dazu erwartungsgemäß nicht in der Lage war, gaben sie ihm eine weitere Frist von dreißig Tagen. Als auch dann keine Aussicht auf Rückzahlung bestand, gingen sie zu seinem Vater, um das Geld zurückzufordern – mit enormen Zinsen. Der Vater weigerte sich und enterbte seinen Sohn. Der wurde verrückt.*

*Als nächstes ließ der junge Titus Vettius sich ein Diadem aufsetzen und ein purpurnes Gewand anlegen. Er erklärte sich zum König der Campania und rief alle Sklaven dieser Region auf, sich zu erheben. Ich muß sofort hinzufügen, daß der Vater zu den tüchtigen Großbauern alten Schlages gehört – er behandelt seine Sklaven gut, und unter ihnen sind keine Italiker. In nächster Nähe wohnte allerdings einer jener fürchterlichen Großbauern, die ihre Sklaven neuerdings zu einem Spottpreis einkaufen, sie gefesselt arbeiten lassen, sie nicht fragen, woher sie kommen, und sie zum Schlafen in schmutzigen Baracken anketten. Dieser gemeine Bursche hieß Mar-*

*cus Macrinus Mactator, und es stellte sich heraus, daß er ein großer Freund Deines Mitkonsuls, unseres so überaus aufrechten und ehrbaren Gaius Flavius Fimbria war.*

*An dem Tag, als der junge Titus Vettius den Verstand verlor, kaufte er fünfhundert ausgemusterte Paraderüstungen, die eine Gladiatorenschule versteigerte, und bewaffnete seine Sklaven damit. Die kleine Armee marschierte geradewegs zum Wohnsitz des Sklavenschinders Marcus Macrinus Mactator. Die Sklaven folterten und töteten Mactator und seine Familie und befreiten eine große Zahl von Sklaven, von denen viele den Völkern unserer italischen Bundesgenossen angehörten und daher widerrechtlich als Sklaven festgehalten worden waren.*

*In kürzester Zeit gebot der junge Titus Vettius, der König der Campania, über eine viertausend Mann starke Armee von Sklaven und hatte sich auf einem Hügel in einem gut befestigten Lager verschanzt. Und weitere Sklaven strömten seiner Armee in Scharen zu! Capua verbarrikadierte die Tore, ließ die Gladiatoren der Gladiatorenschulen aufmarschieren und rief den Senat in Rom um Hilfe an.*

*Fimbria jammerte laut und vergoß dicke Tränen über den Tod seines Freundes Mactator, des Schlächters, bis die Senatoren genug hatten und den* praetor peregrinus *Lucius Licinus Lucullus beauftragten, eine Armee zusammenzustellen und den Sklavenaufstand niederzuwerfen. Na, Du weißt ja, was für ein kolossaler Aristokrat Lucius Licinus Lucullus ist! Er war natürlich wenig erbaut darüber, von einer Küchenschabe wie Fimbria in die Campania geschickt zu werden, um dort aufzuräumen.*

*Und jetzt ein kleiner Exkurs. Ich nehme an, Du weißt, daß Lucullus mit der Schwester von Metellus Schweinebacke verheiratet ist, mit Metella Calva. Die beiden haben zwei Söhne, vierzehn und zwölf Jahre alt, die gemeinhin als äußerst vielversprechend gelten. Da Schweinebackes Sohn Metellus das Ferkel keine zwei Worte am Stück herausbringt, ruhen alle Hoffnungen der Familie auf dem jungen Lucius und seinem Bruder Marcus Lucullus. Nein, Gaius Marius! Ich höre Dich bis hierher nach Rom schimpfen, aber so etwas ist wichtig, wenn Du es nur einmal einsehen würdest! Wie willst du Dich ungeschoren durch das Labyrinth des öffentlichen Lebens in Rom bewegen, wenn Du die Beziehungen der Familien zueinander und den Klatsch nicht kennst? Lucullus' Frau also, Schweinebackes Schwester, ist für ihren unsittlichen Lebenswandel bekannt. Erstens wickelt sie ihre Affären in aller Öffentlichkeit ab; dazu gehören hysterische Szenen vor Juweliergeschäften und gelegentliche Selbstmordversuche, bei denen sie sich die Kleider vom Leib reißt und versucht, über die Mauer in den Tiber zu springen. Zweitens – und das ist es, was unseren großen Schweinebacke wirklich kränkt, vom stolzen Lucullus ganz zu schweigen – beglückt die arme Metella Calva nicht etwa Männer ihres Standes mit ihrer Gunst. Nein, Metella Calva mag schöne Sklaven und kräftige Arbeiter, die sie in den Werften am Hafen von Rom aufliest. Sie ist deshalb für Schweinebacke und Lucullus eine fürchterliche Last, obwohl sie ihren zwei Jungen eine ausgezeichnete Mutter ist, wie ich glaube.*

*Ende des Exkurses. Ich erwähne das, um der ganzen Affäre die so bitter nötige Würze zu geben. Und um Dir klarzumachen, warum Lucullus beim Abmarsch in die Campania so erbost war: Er mußte sich von einem Mann herumkommandieren lassen, der sehr wahrscheinlich zu den Günstlingen von Metella Calva gehören würde, wenn er ärmer wäre – vulgärer könnte er ja nicht sein! Übrigens ist etwas faul mit Fimbria. Er ist seit neuestem ausgerechnet mit Gaius Memmius befreundet. Die zwei halten zusammen wie Pech und Schwefel, und eine Menge Geld wechselt den Besitzer, ohne daß klar ist, zu welchem Zweck.*

*Auf jeden Fall räumte Lucullus bald in der Campania auf. Der junge Titus Vettius und die Offiziere und Soldaten seiner Sklavenarmee wurden hingerichtet. Lucullus wurde für seine Arbeit belobigt und waltete dann wieder seines Amtes als Rechtspfleger in Orten wie Reate.*

*Aber habe ich Dir nicht vor einiger Zeit geschrieben, daß ich ein ungutes Gefühl bei den kleinen Sklavenaufständen in der Campania letztes Jahr hatte? Mein Gefühl hat mich nicht getrogen. Zuerst kam Titus Vettius. Und jetzt ist in Sizilien ein großer Sklavenkrieg ausgebrochen!*

*Publius Licinius Nerva sah für mich immer aus wie eine Maus und bewegte sich auch so, aber wer hätte je gedacht, daß es gefährlich sein könnte, ihn als Prätor und Statthalter nach Sizilien zu schicken? Mäuseflink und akribisch wie er ist, hätte dieser Posten ihm eigentlich auf den Leib geschneidert sein müssen: hierhin trippeln, dorthin trippeln, Vorräte für den Winter anlegen und umfangreiche, detaillierte Berichte schreiben, die Schwanzspitze in Tinte getaucht, die Barthaare vor Eifer zitternd.*

*Es wäre ja auch alles gutgegangen, hätte es nicht dieses unglückliche Gesetz gegeben, das die versklavten italischen Bundesgenossen befreit. Prätor Nerva huschte also nach Sizilien und begann dort, die italischen Sklaven freizulassen, etwa ein Viertel aller Sklaven, die auf den sizilischen Getreidefeldern arbeiten. Er selbst fing in Syrakus an, sein Quästor am anderen Ende der Insel in Lilybaeum. Nerva arbeitete langsam und genau, schließlich war er Nerva – er hat übrigens ein hervorragendes System entwickelt, wie er Sklaven entlarvt, die sich als Italiker ausgeben und keine sind: Er stellt ihnen Fragen zum Land der Osker und zur allgemeinen Geographie unserer Halbinsel. Den Erlaß zur Befreiung der Sklaven veröffentlichte Nerva allerdings nur in Latein, weil er glaubte, auch das würde Betrüger ausschalten. Mit dem Ergebnis, daß die, die nur Griechisch konnten, sich die Bestimmungen von anderen übersetzen lassen mußten und die Verwirrung von Tag zu Tag größer wurde.*

*In den letzten beiden Wochen des Monats Mai ließ Nerva in Syrakus etwa achthundert italische Sklaven frei, während sein Quästor in Lilybaeum noch auf Anweisungen wartete. Dann traf in Syrakus eine Abordnung der erzürnten Getreidebauern ein. Sie drohten Nerva für den Fall, daß er weiterhin ihre Sklaven freilassen sollte, alles Erdenkliche an, von einem Prozeß bis zur Entmannung. Nerva wich beim Anblick der fauchenden Katze eingeschüchtert zurück und machte sein Büro sofort zu. Weitere Sklaven sollten nicht freigelassen werden. Leider erreichte diese Anweisung seinen Quästor in Lilybaeum zu spät. Der Quästor war inzwischen des Wartens überdrüssig geworden und hatte auf dem Marktplatz von Lilybaeum ein eigenes Büro eingerichtet. Er hatte gerade angefangen, als er schon wieder schließen mußte. Die Sklaven, die auf dem Marktplatz anstanden, waren buchstäblich verrückt vor Wut und wälzten Mordgedanken in ihren Köpfen, als sie nach Hause gingen.*

*Daraufhin brach am westlichen Ende der Insel ein Aufstand aus. Er begann mit der Ermordung zweier reicher Brüder, die in der Nähe von Halicyae riesige Latifundien bewirtschafteten, und breitete sich von dort immer weiter aus. Überall in Sizilien verließen Sklaven zu Hunderten und Tausenden ihre Höfe, einige von ihnen ermordeten zuerst noch ihre Aufseher und sogar ihre Besitzer. Dann versammelten sie sich im Heiligtum der Paliken, das meines Wissens ungefähr vierzig Meilen südwestlich des Ätna liegt. Nerva trommelte eine Bürgerwehr zusammen, eroberte im Sturm eine alte Zitadelle, in der sich flüchtige Sklaven verbarrikadiert hatten, und glaubte,* damit den Aufstand niedergeschlagen zu haben. Er löste die Miliz wieder auf und schickte die Bürger nach Hause.

Aber das war erst der Anfang. In der Nähe von Heracleia Minoa brach der Aufstand erneut aus, und als Nerva die Bürgerwehr wieder zusammenrufen wollte, stieß er auf taube Ohren. Er mußte auf eine kleine Kohorte von Hilfstruppen zurückgreifen, die am Fuß des Ätna stationiert war, in einiger Entfernung von Heracleia Minoa also. Diesmal siegte Nerva nicht. Die Kohorte wurde vollständig aufgerieben, und die Sklaven nahmen ihnen ihre Waffen ab.

Die Sklaven hatten inzwischen einen Führer, wie zu erwarten ein Italiker, der noch nicht befreit war, als Nerva sein Büro zumachte. Er heißt Salvius und ist ein Marser. Als freier Mann scheint er Flötenspieler und Schlangenbeschwörer gewesen zu sein. Er wurde versklavt, als man ihn dabei erwischte, wie er bei einer Versammlung von Anhängerinnen des Dionysoskults die Flöte blies, jenes Kults, der vor einigen Jahren dem Senat so große Sorgen bereitet hat. Salvius nennt sich jetzt König, und weil er Italiker ist, versteht er darunter nicht einen hellenistischen, sondern einen römischen König. Statt des Diadems trägt er die toga praetexta, und ihm voraus gehen Liktoren mit fasces und Äxten.

Am anderen Ende Siziliens, in der Nähe von Lilybaeum, tauchte noch ein zweiter Sklavenkönig auf, ein Grieche namens Athenion, und auch er sammelte ein Heer. Salvius und Athenion trafen sich im Paliken-Heiligtum und einigten sich darauf, daß Salvius – er nennt sich jetzt König Tryphon – der Herrscher über alle aufständischen Sklaven ist. Als Hauptquartier hat er einen uneinnehmbaren Ort namens Triocala gewählt, der im Schoß der Berge an der Küste gegenüber von Africa liegt, etwa auf halbem Weg zwischen Agrigentum und Lilybaeum.

Gegenwärtig ist Sizilien eine wahre Ilias der Leiden. Die Ernte liegt niedergetrampelt am Boden, mit Ausnahme des Getreides, das die Sklaven geerntet haben, um die eigenen Mägen zu füllen. Rom wird in diesem Jahr nicht eine Ähre aus Sizilien bekommen. Die Städte Siziliens sind überfüllt, weil viele Freie in den sicheren Mauern Zuflucht gesucht haben, und Hunger und Krankheiten wüten überall. Ein Heer von über 60 000 wohlbewaffneten Sklaven und 5 000 Reitern schwärmt plündernd über die ganze Insel und zieht sich, wenn es bedroht wird, in die uneinnehmbare Burg Triocala zurück. Die Sklaven haben Murgantia angegriffen und eingenommen, und fast wäre ihnen auch Lilybaeum in die Hände gefallen. Lilybaeum *wurde in letzter Minute von einigen Veteranen gerettet, die von den Unruhen gehört hatten und von Africa übergesetzt hatten, um zu helfen.*

*Aber jetzt kommt der größte Skandal: Rom steht nicht nur eine drastische Getreideverknappung bevor, es sieht auch sehr danach aus, daß jemand in Sizilien durch Manipulationen absichtlich versucht hat, eine Getreideknappheit zu verursachen. Der Sklavenaufstand hat die vorübergehende Verknappung, die durch die Manipulationen bewirkt worden wäre, dramatisch verschlimmert, aber unser geschätzter Senatsvorsitzender Scaurus verfolgt eine Spur, die ihn, wie er hofft, zu dem Schuldigen oder den Schuldigen führt. Ich glaube, er verdächtigt unseren achtbaren Konsul Fimbria und Gaius Memmius. Warum sollte ein anständiger und aufrechter Mann wie Memmius sich mit jemandem wie Fimbria einlassen? Nun, ich glaube, ich weiß die Antwort. Memmius hätte schon vor Jahren Prätor werden sollen, er ist es aber erst jetzt geworden, und er hat nicht das Geld, um für das Konsulat zu kandidieren. Wenn aber Geld einen Mann daran hindert, das Amt zu bekommen, auf das er ein Recht zu haben glaubt, dann ist der Mann in der Lage, viele unkluge Dinge zu tun.*

Gaius Marius legte den Brief mit einem Seufzer hin und griff nach den offiziellen Berichten des Senats, um auch sie zu lesen. Zum Glück war er allein, er konnte die Worte also laut vor sich hin buchstabieren, wenn das Durcheinander zu groß wurde. Lautes Lesen an sich war keine Schande, das taten die anderen auch, aber von den anderen erwartete man auch, daß sie Griechisch konnten.

Publius Rutilius hatte wie immer recht. Sein langer Brief war unendlich viel aussagekräftiger als die offiziellen Berichte, obwohl diese den wörtlichen Text von Nervas Brief enthielten und jede Menge Zahlen. Sie waren einfach nicht so fesselnd und amüsant geschrieben, sie brachten die Sache nicht so auf den Punkt, wie Rutilius das tat.

Gaius Marius konnte sich die Aufregung in Rom gut vorstellen. Eine drastische Getreideverknappung gefährdete einige politische Karrieren, das Schatzamt konnte nicht erbaut sein, und die Ädilen mußten verzweifelt versuchen, anderswo Getreide herzubekommen. Sizilien war die Kornkammer Roms, und wenn Sizilien nicht lieferte, nagte Rom am Hungertuch. Aus Africa und Sardinien zusammen kam nicht einmal halb soviel Getreide nach Rom wie aus

Sizilien! Als Folge der gegenwärtigen Krise würde das Volk dem Senat vorwerfen, einen unfähigen Statthalter nach Sizilien geschickt zu haben, und die *capite censi* würden sowohl das Volk als auch den Senat lautstark für ihre leeren Mägen verantwortlich machen.

Die Besitzlosen waren nicht politisch organisiert. Sie wollten nicht herrschen, und es war ihnen egal, wer sie beherrschte. Was sie am öffentlichen Leben interessierte, waren lediglich Sitze bei den Spielen und Geschenke bei den Festen. Es sei denn, sie hungerten. Dann allerdings wurden sie zu einer Kraft, mit der man rechnen mußte.

Zwar bekamen die Proletarier ihr Getreide nicht kostenlos, aber der Senat ließ durch seine Ädilen und Quästoren sicherstellen, daß es zu einem günstigen Preis an sie abgegeben wurde, auch wenn das in Zeiten des Getreidemangels sehr zum Verdruß der Beamten bedeutete, daß man Getreide teuer einkaufen und trotzdem zum selben billigen Preis abgeben mußte. Jeder in Rom wohnende römische Bürger konnte Getreide zum staatlich garantierten Billigpreis kaufen, egal wie reich oder arm er war. Er mußte nur bereit sein, sich an der langen Schlange am Tisch des Ädils im Porticus Minucia anzustellen, wo die Getreidemarken ausgeteilt wurden. Gegen Abgabe der Marken konnte er dann in einem der staatlichen Kornspeicher entlang des Aventin oberhalb des Hafens von Rom die ihm zustehenden fünf *modii* billiges Getreide kaufen. Daß nur wenige Reiche dort einkauften, war reine Bequemlichkeit. Es war so viel einfacher, auf dem Getreidemarkt im Velabrum einzukaufen und das Getreide von den Händlern aus den privaten Getreidespeichern am Vicus Tuscus am Fuß des Palatin direkt ins Haus liefern zu lassen.

Gaius Marius wußte, daß die Getreideverknappung auch für ihn selbst gefährlich werden konnte. Unwillig runzelte er die Augenbrauen. Sobald der Senat das Schatzamt aufforderte, ihre mit Spinnweben bedeckten Truhen zu öffnen, um für teures Geld Getreide für die Armen zu kaufen, würde das Geheul losgehen. Die *tribuni aerarii,* die für die Versorgung zuständigen Beamten des Schatzamtes, würden mißmutig erklären, daß sie unmöglich größere Summen für Getreide ausgeben könnten, wenn sie schon eine sechs Legionen starke Proletarierarmee bezahlen müßten, die gegenwärtig in Gallia Transalpina Straßen baue! Sie würden dem Senat alle Schuld geben, und der Senat würde sich auf häßliche Auseinandersetzungen mit ihnen einlassen müssen, um das Getreide trotzdem zu bekommen.

Und dann würde der Senat sich natürlich beim Volk darüber beschweren, daß die Proletarier wie immer Scherereien machten und Geld kosteten.

Schöne Aussichten! Wie konnte er hoffen, zum zweitenmal hintereinander *in absentia* zum Konsul gewählt zu werden, wenn er eine Armee von Proletariern befehligte und Rom hungrigen Proletariern ausgeliefert war? Verrotten sollte Publius Licinius Nerva! Und mit ihm alle Getreidespekulanten!

Nur der Senatsvorsitzende Marcus Aemilius Scaurus hatte bereits vor der Krise gespürt, daß etwas im Gange war. Gegen Ende des Sommers fiel der Getreidepreis in Rom gewöhnlich etwas, weil eine neue Ernte vor der Tür stand. In diesem Jahr dagegen war er stetig gestiegen. Der Grund schien auf der Hand zu liegen: Die Befreiung der italischen Sklaven ließ erwarten, daß weniger Getreide geerntet würde. Aber dann waren die Sklaven gar nicht befreit worden, und man konnte wieder mit einer normalen Ernte rechnen. Jetzt hätten die Preise eigentlich drastisch fallen müssen. Aber sie fielen nicht. Sie stiegen weiter.

Für Scaurus wies alles auf Schiebereien hin, bei denen Senatoren ihre Hände im Spiel hatten. Seine eigenen Nachforschungen führten ihn zu Konsul Fimbria und Stadtprätor Gaius Memmius, die beide den ganzen Frühling und Sommer über Geld geliehen hatten, wo sie nur konnten. Scaurus argwöhnte, daß sie billiges Getreide aufgekauft hatten, um es jetzt mit enormem Gewinn loszuschlagen.

Aber dann traf die Nachricht vom Sklavenaufstand in Sizilien ein. Fimbria und Memmius begannen sofort, ihren ganzen Besitz zu verkaufen. Sie behielten nur ihre Häuser auf dem Palatin und so viel Land, daß sie in der für Senatoren vorgeschriebenen Zensusklasse bleiben konnten. Daraus schloß Scaurus, daß sie, was immer die Natur ihrer Geschäfte gewesen war, nichts mit der Getreideversorgung zu tun hatten.

Er irrte sich, aber der Irrtum war verzeihlich: Denn hätten der Konsul und der Stadtprätor etwas mit dem schwindelerregenden Anstieg des Getreidepreises zu tun gehabt, hätten sie sich jetzt eigentlich zufrieden die Hände reiben müssen, statt ihren Besitz wie verrückt zu Bargeld zu machen, um das geborgte Geld zurückzuzahlen. Also nicht Fimbria und Memmius! Er mußte sich anderswo umsehen.

Als dann der Brief von Publius Licinius Nerva in Rom eintraf und das ganze Ausmaß der sizilianischen Krise klar wurde, hörte Scaurus in den Kreisen der Getreidehändler immer häufiger den Namen eines bestimmten Senators, und seine empfindlichen Nüstern witterten eine verheißungsvolle Spur – verheißungsvoller als die vermeintliche Spur zu Fimbria und Memmius. Der Name war Lucius Appuleius Saturninus, der Quästor des Hafens in Ostia. Saturninus war jung und neu im Senat, aber wenn er die Getreidepreise manipulieren wollte, dann saß er auf dem besten Platz, der einem jungen Senator zugänglich war. Der Quästor von Ostia überwachte die Ankunft der Getreideschiffe und die Lagerung des Getreides, er kannte sämtliche am Getreidegeschäft beteiligten Händler persönlich und erfuhr alle möglichen Informationen früher als alle anderen im Senat.

Heimliche Nachforschungen überzeugten Scaurus, daß er den Richtigen gefunden hatte. Als der Senat Anfang Oktober zu einer Sitzung zusammentrat, holte Scaurus zum Schlag aus, um die Ehre des Senats zu retten. Lucius Appuleius Saturninus, so verkündete er einem totenstillen Haus, sei der Drahtzieher hinter dem vorzeitigen Anstieg des Getreidepreises, der es den Schatzbeamten unmöglich gemacht habe, für die staatlichen Speicher Getreide zu einem vernünftigen Preis einzukaufen. Damit hatte der Senat seinen Sündenbock. Die Senatoren waren empört und beschlossen mit großer Mehrheit, Lucius Appuleius Saturninus von seinem Posten als Quästor zu entbinden, ihm den Sitz im Senat zu entziehen und ihn wegen Wuchers anzuklagen.

Als Saturninus aus Ostia vor den Senat zitiert wurde, konnte er wenig mehr tun, als Scaurus' Vorwürfe bestreiten. Handfeste Beweise gab es nicht – weder für ihn noch gegen ihn. Es ging also letzten Endes darum, wer von beiden glaubwürdiger war.

»Beweise mir meine Schuld!« schrie Saturninus.

»Beweise mir deine Unschuld!« höhnte Scaurus.

Und natürlich glaubten die Senatoren dem Senatsvorsitzenden, denn an Scaurus' Integrität bei der Verfolgung staatsfeindlicher Umtriebe konnte kein Zweifel bestehen, das wußte jeder. Saturninus verlor Amt und Senatssitz.

Aber Lucius Appuleius Saturninus war ein Kämpfer. Mit dreißig hatte er genau das richtige Alter, um Quästor und frischgebackener Senator zu sein. Umgekehrt bedeutete seine Jugend natürlich, daß niemand ihn genauer kannte. Er war nie bei einem spektakulären Prozeß als Zeuge aufgetreten und hatte sich auch während seiner

Lehrzeit in der Armee nicht besonders hervorgetan. Saturninus kam aus einer Senatorenfamilie in Picenum. Als der Senat ihm Quästur und Senatssitz entzog, konnte er nichts dagegen tun. Nicht einmal protestieren konnte er, als der Senat den Posten in Ostia, der ihm so viel bedeutet hatte, für den Rest des Jahres ausgerechnet dem Senatsvorsitzenden Scaurus gab! Aber Saturninus war ein Kämpfer.

In Rom glaubte niemand an seine Unschuld. Wohin er ging, wurde er beschimpft und angepöbelt, manche warfen sogar mit Steinen nach ihm. Die Außenwand seines Hauses war bald mit üblen Schimpfworten übersät – Schwein, Päderast, Eiterbeule, Dieb, Ungeheuer, Wichser und andere Beinamen bedeckten dicht an dicht den Putz der Mauer. Seine Frau und seine Tochter wurden von der Gesellschaft geächtet und saßen den größten Teil des Tages weinend im Haus. Sogar seine Sklaven sahen ihn mißtrauisch an und reagierten unwillig, wenn er eine Bitte äußerte oder ungeduldig einen Befehl brüllte.

Saturninus' bester Freund war der relativ unbekannte Gaius Servilius Glaucia. Einige Jahre älter als Saturninus, genoß Glaucia einen bescheidenen Ruf als Advokat und Verfasser glänzender Gerichtsreden. Er gehörte allerdings nicht dem patrizischen Zweig des Geschlechts Servilius an und war auch kein bedeutender plebejischer Servilius. Von seinem Ruf als Rechtsanwalt abgesehen, war Glaucia in etwa mit jenem anderen Gaius Servilius vergleichbar, der unter den Fittichen seines Patrons Ahenobarbus zu Geld gekommen war und es bis in den Senat geschafft hatte. Dafür hatte dieser andere plebejische Servilius noch keinen *cognomen.* »Glaucia« war ein durchaus respektabler Beiname, denn er spielte auf die schönen blaugrauen Augen der Familie an.

Saturninus und Glaucia waren ein gutaussehendes Paar, der eine sehr dunkel, der andere sehr hell, und jeder ein Prachtexemplar seines Typs. Ihre Freundschaft gründete auf derselben geistigen Wachheit und Tiefe sowie auf ihrem erklärten Ziel, Konsuln zu werden und ihren Familien damit für immer einen Platz unter den führenden Geschlechtern Roms zu sichern. Beide waren von Politik und Gesetzgebung fasziniert und damit höchst geeignet für die Laufbahn, für die ihre Geburt sie bestimmt hatte.

»Ich gebe mich nicht geschlagen«, sagte Saturninus grimmig zu Glaucia. »Es gibt noch einen anderen Weg in den Senat, und den nehme ich.«

»Doch nicht die Zensoren?«

»Bestimmt nicht! Nein, ich lasse mich als Volkstribun wählen.«

»Das schaffst du nie.« Glaucia war kein Pessimist, er schätzte die Möglichkeiten seines Freundes nur realistisch ein.

»Ich schaffe es, wenn ich einen mächtigen Verbündeten habe.«

»Gaius Marius.«

»Wen sonst? Er mag Scaurus und Numidicus und die ganze konservative Clique im Senat nicht. Ich fahre morgen früh mit dem Schiff nach Massilia. Dort trage ich meinen Fall dem einzigen Mann vor, der mir vielleicht noch zuhört, und biete ihm meine Dienste an.«

Glaucia nickte. »Ein kluger Schachzug, Lucius Appuleius. Schließlich hast du nichts zu verlieren.« Dann kam ihm ein Gedanke, und er grinste. »Stell dir vor, was das für ein Spaß sein wird, wenn du dem alten Scaurus als Volkstribun das Leben sauer machst!«

»Scaurus ist mir egal«, sagte Saturninus verächtlich. »Er hat getan, was er für richtig hielt, und dagegen ist nichts einzuwenden. Aber irgend jemand hat mich bewußt als Zielscheibe benützt, und den werde ich mir kaufen. Wenn ich erst Volkstribun bin, mache ich dem das Leben sauer. Vorausgesetzt, ich finde heraus, wer es war.«

»Fahr du nach Massilia und sprich mit Gaius Marius«, sagte Glaucia. »Ich suche derweil nach dem Schuldigen im Getreideskandal.«

Da es Herbst war und der Wind günstig stand, machte Lucius Appuleius Saturninus eine gute Fahrt und war bald in Massilia. Dort schwang er sich auf ein Pferd und ritt zum römischen Lager vor den Toren Glanums, um mit Marius zu sprechen.

Marius hatte nicht zuviel versprochen, als er seinen Offizieren gesagt hatte, er wolle ein zweites Carcasso bauen. Zwar handelte es sich um eine Version aus Holz und Erde, aber der Hügel, auf dem das große römische Lager stand, starrte vor Befestigungen. Saturninus stellte sofort mit Genugtuung fest, daß ein in Belagerungen unerfahrenes Volk wie die Germanen nie imstande sein würde, das Lager einzunehmen, und wenn es den letzten Mann mobilisierte.

Gaius Marius führte seinen unerwarteten Gast durch die Befestigungsanlagen. »Die Wälle dienen genaugenommen gar nicht dazu, meine Armee zu schützen. Das sollen die Germanen nur glauben.«

Saturninus schaute ihn überrascht an. Und diesen Mann hält man für naiv! dachte er. Wenn mir einer helfen kann, dann er.

Beide hatten spontan aneinander Gefallen gefunden, denn jeder spürte im anderen eine verwandte Skrupellosigkeit und Entschlossenheit und vielleicht auch einen gewissen unrömischen Mangel an Respekt vor dem Hergebrachten. Saturninus stellte zu seiner Freude fest, daß er, wie er gehofft hatte, noch vor dem offiziellen Bericht über seine Demütigung in Glanum eingetroffen war. Er wußte allerdings nicht, wie lange er warten mußte, bis sich eine Gelegenheit ergab, von seinem Unglück zu berichten; Marius, der vielbeschäftigte Feldherr einer großen Armee, konnte über seine Zeit nur selten frei verfügen.

Saturninus, der erwartet hatte, daß der Speiseraum überfüllt sein würde, registrierte überrascht, daß nur er und Manius Aquillius mit Gaius Marius essen würden.

»Ist Lucius Cornelius in Rom?« fragte er.

Marius verzog keine Miene und nahm sich ein gefülltes Ei. »Nein«, erwiderte er kurz, »er ist in einer speziellen Mission unterwegs.«

Saturninus sah ein, daß es keinen Zweck hatte, sein Unglück vor Manius Aquillius zu verbergen. Manius Aquillius hatte im vergangenen Jahr bewiesen, daß er auf Marius' Seite stand, und er würde sowieso die Briefe aus Rom mit dem ganzen Klatsch lesen. Sobald die Mahlzeit beendet war, begann Saturninus deshalb zu berichten.

Die beiden Männer hörten schweigend zu, bis er fertig war. Weil sie ihn nicht ein einziges Mal mit einer Frage unterbrachen, hatte Saturninus anschließend das Gefühl, er habe klar und logisch berichtet.

Als er fertig war, seufzte Marius. »Ich bin sehr froh, daß du selbst gekommen bist, um mit mir zu sprechen«, sagte er. »Das stärkt die Überzeugungskraft deiner Argumente beträchtlich, Lucius Appuleius. Ein Schuldiger hätte sich alles mögliche ausgedacht, aber er wäre nicht selber gekommen. Ich gelte nicht als leichtgläubiger Mensch. Übrigens auch Marcus Aemilius Scaurus nicht. Aber ich glaube wie du, daß jemand, der in dieser verfahrenen Sache ermittelte, durch eine Reihe falscher Schlüsse bei dir herauskommen mußte. Schließlich bist du als Quästor von Ostia die perfekte Zielscheibe.«

»Wenn mich etwas entlastet, Gaius Marius, dann der Umstand, daß ich nicht annähernd das Geld habe, Getreide in großen Mengen aufzukaufen«, sagte Saturninus.

»Stimmt, aber das entlastet dich nicht automatisch. Jemand hätte dich mit viel Geld bestechen können, oder du hättest dir Geld leihen können.«

»Glaubst du das?«

»Nein. Ich halte dich für das Opfer, nicht den Täter.«

»Ganz meiner Meinung«, warf Manius Aquillius ein. »Es wäre zu einfach.«

»Wollt ihr mir also helfen, daß ich zum Volkstribunen gewählt werde?« fragte Saturninus.

»Sicher«, erwiderte Marius, ohne zu zögern.

»Ich werde mich erkenntlich zeigen, so gut ich kann.«

»Gut!« sagte Marius.

Danach ging alles sehr schnell. Saturninus durfte keine Zeit verlieren, denn die Wahl der Tribunen war für Anfang November vorgesehen, und er mußte rechtzeitig zurück in Rom sein, um sich als Kandidat aufstellen zu lassen und die Unterstützung zu mobilisieren, die Marius ihm versprochen hatte. Mit einem dicken Packen Briefe im Gepäck, Schreiben von Marius an verschiedene Leute in Rom, machte sich Saturninus in einem zweirädrigen Karren, der von vier Maultieren gezogen wurde, in Richtung Alpen auf den Weg. Er hatte genügend Geld bei sich, um unterwegs neue Maultiere mieten zu können, die ihn frisch ans Ziel bringen würden.

Als er das Lager verließ, kamen ihm durch das Haupttor zu Fuß drei bemerkenswerte Gestalten entgegen. Drei Gallier. Echte Barbaren! Saturninus, der noch nie in seinem Leben Barbaren gesehen hatte, starrte die drei fasziniert an. Der eine war offensichtlich der Gefangene der anderen beiden, denn sie führten ihn an den Händen gefesselt. Seltsamerweise wirkte er seinen Kleidern und seiner ganzen Erscheinung nach weniger barbarisch als die anderen beiden! Er war mittelgroß, blond, aber nicht hellblond, hatte lange Haare, aber geschnitten wie ein Grieche, war glattrasiert und trug die Hosen eines Galliers und einen gallischen, aus weicher Wolle gewebten Mantel mit einem verschlungenen Würfelmuster. Der zweite Mann war sehr dunkel und trug einen gewaltigen Kopfschmuck aus schwarzen Federn und Golddraht, der ihn als Barbaren der iberischen Halbinsel auswies. Er hatte kaum Kleider an und zeigte statt dessen einen mit gewaltigen Muskeln bepackten Körper. Der dritte war offensichtlich der Anführer, ein echter barbarischer Gallier. Die Haut seiner Brust war weiß wie Milch, aber von Wind und Wetter gegerbt, die Hosen hatte er mit Lederriemen festgebunden wie ein Germane oder ein Stammesmitglied der sagenumwobenen Belgen. Lange rotgoldene Haare hingen ihm in den Nacken, rotgoldene Schnurrbartenden fielen zu beiden Seiten seines Mundes herab, und um den Hals trug er einen Ring, der in einem Drachenkopf endete und aus massivem Gold zu sein schien.

Die Maultiere zogen an. Als Saturninus an der kleinen Gruppe vorbeifuhr, traf ihn ein Blick der kalten weißen Augen des Anführers, und Saturninus fröstelte unwillkürlich. Der Mann war wirklich durch und durch ein Barbar!

Die drei Gallier setzten ihren Weg innerhalb des Lagers den Hang hinauf fort. Ungehindert erreichten sie den Tisch des wachhabenden Offiziers im Vorzelt vor dem geräumigen Holzhaus des Feldherrn.

»Zu Gaius Marius bitte«, sagte der Anführer in makellosem Latein.

Der wachhabende Offizier verzog keine Miene. »Ich sehe nach, ob er euch empfängt«, sagte er und verschwand. Einen Moment später kam er wieder heraus. »Der Feldherr läßt bitten, Lucius Cornelius.« Er lächelte breit.

»Klugscheißer«, zischte Sertorius, als er mit wackelndem Kopfschmuck an ihm vorbeirauschte. »Du hältst die Klappe, verstanden?«

Als Marius seine beiden Offiziere sah, starrte er sie genauso aufmerksam an wie zuvor Saturninus. Erstaunt war er allerdings nicht.

»Zeit, daß du dich mal wieder blicken läßt«, sagte er herzlich zu Sulla und ergriff seine Hand. Dann begrüßte er Sertorius.

»Wir bleiben nicht lange«, sagte Sulla. Er stieß den Gefangenen vor. »Wir bringen dir nur ein kleines Geschenk für deinen Triumphzug. Darf ich vorstellen: König Copillus von den Volsker-Tektosagen. Er hat Lucius Cassius' Armee bei Burdigala vernichtet.«

»Aha!« Marius musterte den Gefangenen. »Sieht eigentlich gar nicht wie ein Gallier aus, was? Du und Quintus Sertorius, ihr seht viel echter aus.« Sertorius grinste.

»Copillus' Hauptstadt ist Tolosa«, sagte Sulla, »und Tolosa hat schon seit langem Kontakt mit der Zivilisation. Er spricht gut Griechisch und denkt wahrscheinlich nur noch zur Hälfte wie ein Gallier. Wir haben ihn vor den Toren von Burdigala gefangen.«

»War er wirklich die ganze Mühe wert?«

»Du wirst mir zustimmen, wenn ich dir mehr über ihn sage.« Sulla lächelte sein wölfisches Lächeln. »Du mußt wissen, daß er eine seltsame Geschichte zu erzählen hat und daß er sie in einer Sprache erzählen kann, die Rom versteht.«

Etwas an Sullas Miene erregte Marius' Aufmerksamkeit. Er betrachtete König Copillus genauer. »Was für eine Geschichte?«

»Eine Geschichte über Seen und Teiche, die einst mit Gold gefüllt waren. Über Gold, das auf römischen Karren über die Straße von Tolosa nach Narbo rollte – damals war ein gewisser Quintus Servilius Caepio dort Prokonsul. Gold, das auf geheimnisvolle Weise unweit von Carcasso verschwand. Zurück blieb lediglich eine Kohorte toter römischer Soldaten am Straßenrand. Waffen und Rüstungen hatte man ihnen abgenommen. Copillus war in der Nähe von Carcasso, als das Gold verschwand – schließlich war er seinem Verständnis nach der rechtmäßige Hüter des Goldes. Aber die Leute, die das Gold raubten und nach Süden nach Spanien brachten, waren in der Überzahl und so gut bewaffnet, daß Copillus mit den wenigen Männern, die ihn begleiteten, nichts gegen sie ausrichten konnte. Interessant ist, daß ein Römer das Massaker überlebt hat – Furius, der *praefectus fabrum.* Und ein Grieche, ein freigelassener Sklave, überlebte – Quintus Servilius Bias. Copillus war allerdings nicht dabei, als die Karren mit dem Gold einige Monate später in Malaca in eine Fischfabrik rollten, die einem Klienten von Quintus Servilius Caepio gehört, und er war auch nicht dabei, als das Gold in Malaca nach Smyrna verschifft wurde. Auf den Kisten stand: Fischtunke aus Malaca, Warenlieferung für Quintus Servilius Caepio. Aber Copillus hat einen Freund, und der Freund hat einen Freund, der einen turdetanischen Banditen namens Brigantius kennt, und dieser Brigantius sagt, er sei angeheuert worden, das Gold zu rauben und nach Malaca zu bringen. Angeheuert von den Agenten eben jenes Quintus Servilius Caepio, nämlich Furius und dem freigelassenen Sklaven Bias. Als Bezahlung habe Brigantius die Karren und die Maultiere erhalten – und die kompletten Ausrüstungen von sechshundert gut bewaffneten Römern, jenen Soldaten, die er umbrachte. Furius und Bias begleiteten das Gold dann auf seiner Reise nach Osten.«

Sulla hatte Gaius Marius noch nie so konsterniert gesehen. Als Marius damals den Brief gelesen hatte, in dem stand, daß er in seiner Abwesenheit zum Konsul gewählt worden sei, war er für einen Augenblick sprachlos gewesen, aber das hier ging über seinen Verstand.

»Ihr Götter!« flüsterte Marius. »Das würde er nicht wagen.«

»Er hat es gewagt«, sagte Sulla verächtlich. »Was für ein Preis ist schon das Leben von sechshundert tüchtigen römischen Soldaten?

Schließlich waren auf diesen Karren fünfzehntausend Talente Gold! Die Volsker-Tektosagen betrachten sich übrigens nicht als die Eigentümer des Goldes, nur als dessen Wächter. Es handelt sich um die Schätze, die der zweite Brennus in Delphi, Olympia, Dodona und einem Dutzend weiterer kleinerer Heiligtümer erbeutet hat und die allen gallischen Stämmen gemeinsam gehörten. Auf den Volsker-Tektosagen liegt jetzt ein Fluch, und König Copillus ist doppelt verflucht. Der Reichtum Galliens ist verloren.«

Nachdem Marius' erstes Entsetzen gewichen war, sah er erst Sulla an und dann Copillus. Sulla hatte die kleine Geschichte wirkungsvoll erzählt, aber es war mehr gewesen als das: Er hatte sie erzählt wie ein gallischer Barde, nicht wie ein römischer Senator.

»Du bist ein großer Schauspieler, Lucius Cornelius«, sagte Marius.

Sulla sah über die Maßen beglückt aus. »Besten Dank, Gaius Marius.«

»Wollt ihr nicht noch bleiben? Der Winter steht vor der Tür, und hier habt ihr es gemütlicher.« Marius grinste. »Das gilt besonders für den jungen Quintus Sertorius, wenn er in seinem Kleidersack nicht mehr als eine Federkrone hat.«

»Nein, wir ziehen morgen wieder los. Die Kimbern stehen vor den Pyrenäen, und die dort ansässigen Stämme werfen von Bergkämmen, Felsen und Hügeln mit jedem Stein auf sie, den sie auftreiben können. Die Germanen scheinen eine Vorliebe für die Berge zu haben! Aber Quintus Sertorius und ich haben Monate gebraucht, um an sie heranzukommen – anscheinend mußten sie sich erst an ein Gespann gewöhnen, das aus einem Gallier und einem Iberer besteht.«

Marius goß zwei Becher Wein ein, dann, nach einem Blick auf Copillus, einen dritten, den er dem gefangenen König reichte. Er reichte auch Sertorius einen Becher und musterte seinen sabinischen Verwandten dabei ernst. »Du siehst aus wie der Gockel des Pluto.«

Sertorius nippte an dem Wein und stöhnte genußvoll. »Tuskulaner!« Dann schüttelte er sein Gefieder. »Plutos Gockel? Wenigstens nicht die Krähe der Proserpina.«

»Was hast du über die Germanen herausbekommen?« fragte Marius.

»In Kürze – mehr dann beim Essen: Es gibt nur wenig zu berichten. Ich kann dir noch nicht sagen, woher sie kommen oder was sie vorwärtstreibt. Nächstes Mal weiß ich mehr. Keine Sorge, ich bin rechtzeitig zurück, bevor sie wieder in Richtung Italien ziehen. Aber ich kann dir sagen, wo sie sich gegenwärtig aufhalten. Die Teutonen, Tiguriner, Markomannen und Cherusker versuchen den Rhein in Richtung Germanien zu überqueren, während die Kimbern über die Pyrenäen nach Spanien ziehen wollen. Ich glaube, daß sie alle scheitern werden.« Sulla stellte seinen Becher hin. »Ah, der Wein war gut!«

Marius rief den Wachoffizier. »Schick mir drei vertrauenswürdige Männer. Und sieh zu, daß du für König Copillus eine bequeme Bleibe findest. Ich muß ihn leider einsperren, aber nur, bis wir ihn nach Rom schaffen können.«

»Ich würde ihn nicht nach Rom bringen«, sagte Sulla nachdenklich, als der Wachoffizier gegangen war. »Ich würde überhaupt nicht verraten, wo er sich befindet.«

»Caepio? Das würde er nicht wagen!«

»Er hat das Gold gestohlen.«

»Also gut, dann schaffen wir ihn nach Nursia«, sagte Marius entschlossen. »Quintus Sertorius, hat deine Mutter Freunde, die den König für ein oder zwei Jahre bei sich aufnehmen können? Ich werde dafür sorgen, daß sie dabei nicht leer ausgehen.«

»Sie wird jemanden finden«, sagte Sertorius zuversichtlich.

»Was für ein Glück!« frohlockte Marius. »Ich hätte nie gedacht, daß uns ein Beweis in die Hände fällt, mit dem wir Caepio ins wohlverdiente Exil schicken können. König Copillus ist der Beweis. Wir sagen nichts, bis wir die Germanen besiegt haben und nach Rom zurückgekehrt sind. Dann klagen wir Caepio wegen Raub und Verrat an!«

»Verrat?« Sulla sah ihn verständnislos an. »Nicht bei den Freunden, die er in den Zenturien hat!«

»Seine Freunde in den Zenturien können ihm nicht helfen, wenn ein nur mit Rittern besetztes Sondergericht ihn anklagt«, erwiderte Marius sanft.

»Was hast du vor, Gaius Marius?«

»Zwei meiner Anhänger sind im nächsten Jahr Volkstribunen!« erwiderte Marius triumphierend.

»Vielleicht werden sie nicht gewählt«, sagte Sulla nüchtern.

»Sie werden gewählt!« riefen Marius und Sertorius wie aus einem Mund.

Alle drei lachten, während der Gefangene, der würdevoll daneben stand, so tat, als verstünde er ihr Latein, und darauf wartete, was weiter mit ihm geschehen sollte.

Dann erinnerte Marius sich an seine guten Manieren und wechselte vom Lateinischen zum Griechischen. Er bezog Copillus freundlich in das Gespräch ein und versprach, daß man ihm die Ketten abnehmen würde.

»Weißt du übrigens, Quintus Caecilius«, sagte der Senatsvorsitzende Marcus Aemilius Scaurus zu Metellus Numidicus, »daß mir die Arbeit als Quästor von Ostia unglaublich viel Spaß macht? Da bin ich fünfundfünfzig Jahre alt, kahl wie ein Ei und mit so tiefen Runzeln im Gesicht, daß mein Barbier mit dem Rasiermesser gar nicht mehr überall hinkommt – und ich fühle mich wieder wie ein junger Mann! Und die Leichtigkeit, mit der ich die Probleme löse! Mit dreißig schienen sie unüberwindbar wie die Alpen – ich erinnere mich noch gut daran. Mit fünfundfünfzig sind sie Bagatellen.«

Scaurus war nach Rom gekommen, um an einer vom *praetor urbanus* Gaius Memmius einberufenen Sondersitzung des Senats teilzunehmen. Auf der Tagesordnung stand Sardinien. Konsul Gaius Flavius Fimbria war indisponiert, nach Meinung vieler Senatoren war er das dieser Tage auffallend häufig.

»Hast du das neueste Gerücht gehört?« fragte Metellus Numidicus, als sie langsam die Stufen zur Curia Hostilia hinaufstiegen und den Saal betraten. Zwar hatte der Herold die Senatoren noch nicht zur Sitzung gerufen, aber die meisten Senatoren, die schon eingetroffen waren, warteten nicht draußen, sondern gingen hinein und setzten drinnen ihr Schwätzchen bis zum Beginn der Sitzung fort, die offiziell mit Opfern und Gebeten eröffnet wurde.

»Was für ein Gerücht?« fragte Scaurus geistesabwesend. Was ihn gegenwärtig am meisten beschäftigte, war die Getreideversorgung.

»Lucius Cassius und Lucius Marcius haben sich zusammengetan und wollen in der Volksversammlung beantragen, daß Gaius Marius wieder als Konsul kandidieren darf – und wieder *in absentia!*«

Scaurus blieb abrupt einige Schritte vor seinem Stammplatz in der ersten Reihe stehen, wo sein persönlicher Diener bereits den Klappstuhl zwischen dem Stuhl des Metellus Numidicus und dem des Pontifex Maximus Metellus Delmaticus aufgestellt hatte. Er sah Numidicus mit vor Schreck weit aufgerissenen Augen an.

»Das wagen sie nicht!« flüsterte er.

»Natürlich wagen sie das! Kannst du dir das vorstellen? Eine dritte Amtszeit als Konsul, das gab es noch nie – damit machen wir ihn zum Diktator auf Dauer! Warum wurde denn die Amtszeit des

Diktators für den Fall, daß Rom einmal einen brauchte, was selten genug vorkam, auf ein halbes Jahr beschränkt? Doch nur, um zu verhindern, daß dem Diktator seine Macht zu Kopf steigt! Und jetzt das – dieser – Bauer, der immer seine eigenen Regeln durchsetzen will!« Metellus hatte sich in Rage geredet.

Scaurus sank auf seinen Stuhl, plötzlich um Jahre gealtert. »Wir sind selbst schuld«, sagte er schleppend. »Wir waren nicht so mutig wie unsere Vorfahren, sonst hätten wir diesen lästigen Pilz einfach herausgerissen! Warum wurden Tiberius Gracchus, Marcus Fulcius und Gaius Gracchus beseitigt, aber nicht Gaius Marius? Er hätte schon vor Jahren zurechtgestutzt werden müssen.«

Metellus Numidicus zuckte die Achseln. »Er ist ein Bauer. Die Gracchen und Fulvius Flaccus waren Adlige. Lästiger Pilz ist eine gute Beschreibung für Marius – über Nacht schießt er irgendwo aus dem Boden, aber wenn man ihn herausreißen will, ist er schon wieder woanders.«

»Das muß ein Ende haben!« rief Scaurus aufgebracht. »Man kann nicht in Abwesenheit zum Konsul gewählt werden, schon gar nicht zweimal hintereinander! Dieser Mensch hat die Traditionen des römischen Staates häufiger gebrochen als jeder andere in der Geschichte der Republik. Ich glaube allmählich, er will nicht nur der Erste Mann in Rom sein, sondern König!«

»Ganz meine Meinung«, sagte Metellus Numidicus. Er setzte sich. »Aber wie sollen wir ihn loswerden? Für einen Mordanschlag ist er nie lange genug in Rom!«

»Lucius Cassius und Lucius Marcius«, sagte Scaurus verwundert. »Das verstehe ich nicht! Sie gehören zwei der vornehmsten und ältesten plebejischen Geschlechter an! Kann man nicht an ihr Verantwortungsbewußtsein appellieren, an – an – ihr Gefühl für Anstand?«

»Na, über Lucius Marcius wissen wir ja Bescheid«, sagte Metellus Numidicus. »Marcius hat seine ganzen Schulden bezahlt. Jetzt hat er zum ersten Mal in seinem mißratenen Leben Geld. Aber bei Lucius Cassius liegen die Dinge anders. Er reagiert überempfindlich, wenn das Volk über unfähige Feldherrn wie seinen verstorbenen Vater herzieht, und er ist sich geradezu krankhaft bewußt, welches Ansehen Marius beim Volk genießt. Er glaubt vermutlich, er könne den guten Ruf seiner Familie wiederherstellen, wenn das Volk sieht, wie er Marius in seinem Kampf gegen die Germanen beisteht.«

Scaurus grunzte nur als Antwort auf diese Theorie.

Sie konnten ihr Gespräch nicht fortsetzen, da die Sitzung eröffnet wurde. Gaius Memmius erhob sich, um zu sprechen – er sah sehr hager aus in diesen Tagen und damit schöner denn je.

»Eingeschriebene Väter«, begann er, eine kurze Schriftrolle in der Hand. »Ich habe einen Brief von Gnaeus Pompeius Strabo aus Sardinien erhalten. Der Brief war an mich adressiert und nicht an unseren geschätzten Konsul Gaius Fimbria, weil die Aufsicht über die römischen Gerichte meine Aufgabe als Stadtprätor ist.«

Er hielt inne und funkelte die hinteren Reihen der Senatoren böse an. Dabei brachte er es fertig, fast häßlich auszusehen. Die Senatoren verstanden, was er meinte, und setzten ihre aufmerksamsten Mienen auf.

»Zur Erinnerung für jene da hinten, die dieses Haus fast nie mit ihrer Anwesenheit beehren: Gnaeus Pompeius Strabo ist Quästor des Statthalters von Sardinien, und der Statthalter ist dieses Jahr – ebenfalls zur Erinnerung – Titus Annius Albucius. Sind damit diese äußerst komplizierten Verhältnisse allen Senatoren hinreichend klar?« Seine Stimme troff von Sarkasmus.

Die Antwort war ein allgemeines Gemurmel, das Memmius als Zustimmung interpretierte.

»Gut!« sagte er. »Dann lese ich jetzt den Brief vor, den Gnaeus Pompeius mir geschrieben hat. Hören wir alle zu?«

Wieder Gemurmel.

»Gut!« Memmius entfaltete den Brief und hielt ihn vor sich hin. Dann begann er laut und deutlich zu lesen, damit hinterher keiner sagen konnte, er habe ihn nicht verstanden.

*Ich schreibe Dir, Gaius Memmius, weil ich eine Bitte an Dich habe: Ich möchte gegen Titus Annius Albucius, den Statthalter unserer Provinz Sardinien, gleich nach unserer Rückkehr nach Rom Ende des Jahres Anklage erheben. Wie der Senat weiß, hat Titus Annius vor einem Monat berichtet, er habe das Banditentum in seiner Provinz erfolgreich ausgerottet, und dafür hat er einen kleinen Triumph beantragt. Der Antrag wurde abgelehnt, völlig zu Recht. Denn einige Nester der Banditen wurden zwar ausgehoben, doch die Provinz ist keineswegs von ihnen gesäubert. Aber der eigentliche Grund, warum ich den Statthalter anklagen möchte, liegt in seinem unrömischen Verhalten, als er erfuhr, daß sein Antrag abgelehnt worden war. Er hat nicht nur die Mitglieder des Senats als einen ignoranten Haufen von* irrumatores *bezeichnet, sondern mit großem Kostenaufwand einen kleinen Triumph durch die Straßen von Carales organisiert! Ich betrachte dieses Verhalten als Bedrohung des Senats und des Volkes von Rom und den Triumph als Verrat. Ich bin darüber äußerst empört und bestehe darauf, daß ich selbst Anklage erheben darf. Ich bitte um rechtzeitige Antwort.*

Memmius ließ die Schriftrolle sinken. Im Senat war es totenstill geworden. »Ich bitte um die Meinung unseres weisen Senatsvorsitzenden Marcus Aemilius Scaurus«, sagte Memmius. Dann setzte er sich.

Scaurus stand auf und trat mit grimmigem Gesicht in die Mitte des Saals. »Es ist seltsam«, begann er, »aber kurz vor Eröffnung der Sitzung habe ich mich über eine ganz ähnliche Sache unterhalten. Auch sie ist charakteristisch für den Verfall der altehrwürdigen Traditionen unseres Staatswesens und für die Sittenlosigkeit der Beamten, in deren Händen die Lenkung des Staatswesens liegt. In den vergangenen Jahren hat der ehrwürdige Senat, dem die größten Männer Roms angehören, nicht nur an Macht, sondern auch an Ansehen als wichtigste Institution des römischen Staates eingebüßt. Wir – die größten Männer Roms – dürfen nicht mehr den Weg bestimmen, den Rom geht. Wir – die größten Männer Roms – dienern uns dem Volk an – aber das Volk ist wankelmütig, ungebildet, habgierig und gedankenlos, und seine Politiker sind bestenfalls vergnügungssüchtige Amateure! Wir haben uns daran gewöhnt, daß das Volk uns demütigt! Wir – die größten Männer Roms – werden mißachtet! Unsere Weisheit, unsere Erfahrung, die Leistungen unserer Familien über viele Generationen seit Gründung der Repulik – all das gilt nichts mehr. Nur das Volk ist noch wichtig. Ich aber sage euch, Senatoren: Das Volk taugt nicht dazu, Rom zu regieren!«

Scaurus drehte sich zu dem offenen Portal der Curia um und rief in Richtung des Versammlungsplatzes: »Welcher Teil des Volkes führt denn in der Volksversammlung das große Wort? Männer der Zweiten und Dritten und sogar Vierten Klasse – kleine, ehrgeizige Ritter, die Rom führen wollen wie ihre Geschäfte, Ladenbesitzer und Kleinbauern, sogar Handwerker, die expandiert haben und regelrechte Ladenketten besitzen, wie ich in einem Geschäft für Skulpturen angeschrieben sah! Männer, die sich Advokaten nennen, ihre Kunden aber unter einfältigen Bauern suchen müssen, und Männer, die sich Agenten nennen, ohne daß sie sagen könnten, für was! Ihre privaten Geschäfte langweilen sie, also besuchen sie die Volksversammlung und bilden sich ein, daß sie und ihre ach so geschätzten Tribus Rom besser regieren können als wir im vornehmen Senat! Sie reden uns mit lärmenden politischen Phrasen die Ohren voll und faseln davon, wie sie diesen oder jenen Volkstribunen bewirtet haben, und sie klatschen Beifall, wenn Vorrechte des Senats an Ritter verscherbelt werden! Lauter mittelmäßige Figuren! Weder groß genug, um zur Ersten Klasse der Zenturien zu gehören, noch gering genug, um wie die Fünfte Klasse und die besitzlosen Proletarier ausschließlich mit sich selbst beschäftigt zu sein! Ich sage es nochmals, Senatoren: Das Volk taugt nicht zur Regierung Roms! Es hat schon zuviel Macht. Jetzt erdreistet es sich in seiner maßlosen Arroganz, unseren Rat, unsere Anweisungen und uns selbst zu mißachten – unterstützt und ermutigt, wie ich sagen muß, durch verschiedene Mitglieder dieses Hauses in ihrer Zeit als Volkstribunen!«

Die Senatoren merkten, daß Scaurus dabei war, eine seiner denkwürdigeren Reden zu halten. Scaurus' Sekretär und einige andere Schreiber kritzelten eifrig mit, und Scaurus selbst sprach langsam genug, daß kein Wort verlorenging.

»Es ist höchste Zeit«, fuhr er mit tönender Stimme fort, »daß wir vom Senat diese Entwicklung umkehren. Es ist höchste Zeit, daß wir dem Volk zeigen, daß es in unserer gemeinsamen Regierung an zweiter Stelle steht!« Er holte Atem. Dann sagte er etwas leiser: »Die Ursache für die Aushöhlung der Macht des Senats läßt sich leicht benennen. Der ehrwürdige Senat hat zu viele Emporkömmlinge für die höchsten Ämter zugelassen, zu viele lästige Pilze, zu viele Aufsteiger. Was bedeutet der römische Senat schon einem Mann, der sich erst den Schweinekot aus dem Gesicht wischen mußte, ehe er nach Rom kam, um dort sein Glück als Politiker zu versuchen? Was bedeutet der Senat einem Mann, der bestenfalls ein halber Latiner von der samnitischen Grenze ist und der am Rockzipfel einer gekauften patrizischen Frau ins Konsulat gelangte? Was bedeutet er einem schielenden Bastard von den keltenverseuchten Hügeln im nördlichen Picenum?«

Natürlich hatten die Senatoren erwartet, daß Scaurus über Marius herziehen würde. Aber seine Ausfälle waren so geistreich, daß sie sie amüsiert zur Kenntnis nahmen, und sie fühlten, daß Scaurus sie zu Recht tadelte. Pflichtschuldigst und durchaus interessiert hörten sie ihm weiter zu.

»Unsere Söhne, *patres conscripti*«, fuhr Scaurus traurig fort, »haben sich einschüchtern lassen. Sie wachsen in einem politischen Klima auf, das den römischen Senat erstickt und das römische Volk übermütig macht. Wie können wir erwarten, daß unsere Söhne Rom einmal führen werden, wenn das Volk sie heute einschüchtert? Ich sage euch: Wenn ihr es nicht schon tut, müßt ihr heute damit anfangen, eure Söhne im Geist der Stärke zu erziehen. Sie müssen stark sein für den Senat und hart gegen das Volk! Bleut ihnen ein, daß der Senat von Natur überlegen ist! Und bereitet sie darauf vor, für diese naturgegebene Überlegenheit zu kämpfen!«

Scaurus hatte sich wieder vom Portal entfernt und war vor die Bank der Tribunen getreten. Die Tribunen waren vollzählig erschienen. »Kann mir jemand erklären, warum ein Mitglied dieses ehrwürdigen Hauses absichtlich die Macht des Senats schädigen sollte? Ja? Denn das geschieht fortwährend! Da sitzen sie und nennen sich Senatoren – Mitglieder dieses ehrwürdigen Hauses! – und zugleich Volkstribunen! Sie dienen zwei Herren, zwei verschiedenen Herren! Ich sage: Mögen sie sich daran erinnern, daß sie zuerst Senatoren sind und dann erst Volkstribunen. Ihre wirkliche Aufgabe als Volkstribunen ist es, das Volk zu erziehen und gefügig zu machen. Tun sie das? Nein! Mitnichten! Einige Tribunen halten sich an die rechtmäßige Reihenfolge, das gebe ich zu, und ich rechne ihnen das hoch an. Andere Tribunen – es gibt sie in der Geschichte immer wieder – tun weder für den Senat noch für das Volk etwas. Sie haben Angst, daß sie, wenn sie sich auf die Seite einer Partei schlagen, den Rest gegen sich aufbringen, Schiffbruch erleiden und dem allgemeinen Gespött preisgegeben sind. Einige aber, eingeschriebene Väter, graben mit voller Absicht an den Wurzeln dieser ehrwürdigen Institution, des Senats von Rom. Warum? Was treibt sie dazu, den Stand zu zerstören, dem sie selbst angehören?«

Die zehn Volkstribunen auf der Bank zeigten durch ihre Haltung deutlich, welcher politischen Richtung sie angehörten. Die senatstreuen Tribunen hatten sich kerzengerade aufgerichtet und glühten vor Stolz über das Lob des Senatsvorsitzenden. Die Männer auf der Mitte der Bank rutschten unruhig hin und her und hielten die Augen die ganze Zeit zu Boden gesenkt. Die rebellischen Tribunen starrten mit grimmiger Miene und zusammengezogenen Augenbrauen trotzig und unbeeindruckt geradeaus.

»Ich sage euch, warum, Kollegen Senatoren.« Scaurus' Stimme bebte vor Verachtung. »Einige lassen sich kaufen wie billiger

Schmuck auf dem Jahrmarkt – diese Männer können wir zumindest verstehen! Andere haben raffiniertere Gründe, der erste Tribun von dieser Sorte war Tiberius Sempronius Gracchus. Ich meine den Volkstribun, der im Volk ein Werkzeug seiner eigenen Ziele sieht und der danach strebt, der Erste Mann in Rom zu werden, ohne sich diesen Rang gegenüber den anderen Mitgliedern seiner Klasse zu verdienen, wie Scipio Aemilianus das getan hat oder Scipio Africanus oder Aemilius Paullus oder – wenn ich für meine Wenigkeit sprechen darf – Marcus Aemilius Scaurus, der Vorsitzende dieses Senats! Wir haben von den Griechen ein Wort entlehnt, das Volkstribunen vom Schlag eines Tiberius oder Gaius Gracchus treffend beschreibt: Wir nennen sie Demagogen. Wir gebrauchen das Wort allerdings nicht in genau demselben Sinn wie die Griechen. Unsere Demagogen bringen nicht eine nach Blut dürstende Stadt aufs Forum, sie stoßen auch nicht eigenhändig Senatoren von den Stufen der Curia und setzen ihren Willen nicht durch die Gewalt der Masse durch. Unsere Demagogen begnügen sich damit, die Besucher der Volksversammlung aufzuhetzen und ihren Willen mit Gesetzen durchzusetzen. Hin und wieder kommt es zu Gewalt, zugegeben, aber viel öfter müssen wir Senatoren zur Gewalt greifen, um den *status quo* wieder herzustellen. Denn unsere Demagogen sind Gesetzgeber, Verfasser von Gesetzen, sie sind viel raffinierter, perfider und gefährlicher als einfache Volksaufwiegler! Sie verderben das Volk, um ihre eigenen Ziele zu fördern. Und das, eingeschriebene Väter, verdient nur Verachtung. Trotzdem geschieht es jeden Tag, und jeden Tag dreister. Es ist der schnelle Weg zur Macht, der leichte Weg nach oben.«

Scaurus hielt inne und wandte sich um. Mit der linken Hand raffte er die schweren Falten seiner purpurgesäumten Toga zusammen, die sich um seinen Hals legten und ihm über die linke Schulter fielen. Die freie rechte Hand hob er, um seinen Worten durch Gesten Nachdruck zu verleihen.

»Der schnelle Weg zur Macht, der leichte Weg nach oben«, wiederholte er mit donnernder Stimme. »Wir wissen genau, wer diese Männer sind. An erster Stelle steht Gaius Marius, unser ehrenwerter Konsul, der sich, wie ich höre, ein drittes Mal zum Konsul wählen lassen will und wieder *in absentia!* Geschieht das auf unseren Wunsch? Nein! Natürlich durch das Volk! Wie hätte Gaius Marius dorthin gelangen können, wo er heute ist, wenn nicht durch das Volk? Einige von uns haben ihn bis aufs Messer, bis zur Erschöpfung bekämpft, mit allen legalen Waffen, die das Arsenal unserer Verfassung zur Verfügung stellt! Vergebens. Gaius Marius hat die Unterstützung des Volkes, das Ohr des Volkes, und er hat die Taschen einiger Volkstribunen mit Geld gefüllt. Heutzutage reicht das. Weil er reich ist wie Krösus, kann er sich kaufen, was er auf anderem Wege nicht bekommt. Das ist Gaius Marius. Aber ich wollte nicht über ihn sprechen. Verzeiht mir, *patres conscripti,* daß ich meinen Gefühlen nachgegeben und mich so weit vom eigentlichen Thema meiner Rede entfernt habe.«

Scaurus kehrte dorthin zurück, wo er anfangs gestanden hatte. Dann wandte er sich der Bühne zu, auf der die Inhaber kurulischer Ämter saßen, und sprach direkt zu Gaius Memmius.

»Ich wollte eigentlich über einen anderen Aufsteiger sprechen, einen weniger spektakulären Aufsteiger als Gaius Marius. Einen Mann, der Senatoren zu seinen Vorfahren zählt, der fließend Griechisch spricht, eine gute Erziehung genossen hat und über eine so große Macht gebietet, daß er mit Sicherheit nie in seinem Leben Schweinekot gesehen hat – wenn er überhaupt etwas sehen würde! Kein Römer aus Rom freilich, auch wenn er etwas anderes behauptet. Ich spreche von dem Quästor Gnaeus Pompeius Strabo, von diesem ehrwürdigen Hause dazu eingesetzt, dem Statthalter Sardiniens Titus Annius Albucius zu dienen.

Wer ist dieser Gnaeus Pompeius Strabo? Ein Pompeius, der behauptet, mit der gleichnamigen Familie blutsverwandt zu sein, die seit Generationen Senatsmitglieder stellt; es wäre interessant zu erfahren, wie eng diese verwandtschaftlichen Beziehungen sind. Reich wie Krösus, halb Norditalien als Klientel, ein König auf seinen Ländereien. Das ist Gnaeus Pompeius Strabo.«

Scaurus' Stimme schwoll zu einem Orkan an. »Senatoren! Wie weit ist es mit dieser ehrwürdigen Institution gekommen, wenn ein neuer Senator, der gerade Quästor ist, die Unverschämtheit und die Dreistigkeit besitzt, seinen Vorgesetzten anzuklagen? Haben wir denn so wenig junge Römer, daß wir nicht einmal dreihundert Plätze mit Römern besetzen können? Ich bin schockiert! Ist dieser Pompeius Schielauge wirklich so unbeleckt von jeglichen Manieren, die man von einem Senator erwartet, daß er auch nur davon träumen kann, seinen Vorgesetzten anzuklagen? Wie tief sind wir gesunken, wenn wir dulden, daß Nullen wie Pompeius Schielauge ihre Hintern auf Senatorenstühlen ausbreiten? Wie kommt er überhaupt dazu, sich so aufzuführen? Ignoranz und schlechte Kinderstube, das ist es! Es gibt Dinge, eingeschriebene Väter, die tut man einfach nicht! Zum Beispiel seinen Vorgesetzten oder enge Verwandte anklagen, einschließlich der angeheirateten Verwandten. Das gehört sich einfach nicht! Das ist unfein, dreist, ordinär, vulgär, anmaßend, dumm – wir haben in unserer Sprache gar nicht genügend Schimpfwörter, um alle Mängel eines so lästigen Pilzes wie dieses Gnaeus Pompeius Strabo, dieses Pompeius Schielauge aufzuzählen!«

Von der Bank der Tribunen kam ein Zwischenruf. »Marcus Aemilius«, rief Lucius Cassius, »willst du damit sagen, daß Titus Annius Albucius Lob für sein Verhalten verdient?«

Der Senatsvorsitzende richtete sich auf wie eine Kobra und spie die nächsten Worte förmlich aus: »Werd endlich erwachsen, Lucius Cassius! Hier geht es nicht um Titus Annius. Natürlich wird mit ihm in angemessener Weise verfahren werden, in seinem Fall also mit einer Anklage. Wird er für schuldig befunden, erhält er die Strafe, die das Gesetz vorschreibt. Aber hier geht es um die Form, das Protokoll, die Etikette – in einem Wort, Lucius Cassius, um Benehmen! Unser lästiger Pilz Pompeius Schielauge hat sich eines eklatanten Verstoßes gegen die Regeln des guten Benehmens schuldig gemacht!«

An alle gewandt, fuhr Scaurus fort: »Senatoren, ich beantrage, daß Titus Annius Albucius wegen verräterischer Umtriebe zur Rechenschaft gezogen wird. Aber zugleich soll der Stadtprätor den Quästor Gnaeus Pompeius Strabo in einem geharnischten Brief davon in Kenntnis setzen, daß er erstens unter keinen Umständen ermächtigt wird, seinen Vorgesetzten anzuklagen, und daß er zweitens das Benehmen eines Bauern hat.«

Die Senatoren klatschten einmütig Beifall, was eine Abstimmung überflüssig machte.

Daraufhin meldete sich Lucius Marcius Philippus zu Wort. Scaurus' versteckter Hinweis, Marius habe seine Dienste gekauft, hatte ihn gekränkt. »Gaius Memmius«, sagte er, und sein Näseln ließ an seiner aristokratischen Herkunft keinen Zweifel aufkommen, »meiner Meinung nach sollte der Senat gleich jetzt einen Ankläger für Titus Annius Albucius bestimmen.«

»Irgendwelche Einwände?« fragte Memmius und sah sich um.

Es gab keine Einwände.

»Gut«, fuhr Memmius fort, »dann ist der nächste Punkt der Tagesordnung, daß der Senat in der Sache Staat gegen Titus Annius Albucius einen Ankläger bestellt. Vorschläge zur Person des Anklägers?«

»Mein lieber Gaius Memmius«, näselte Philippus, »es kommt nur eine Person in Frage!«

»Heraus mit der Sprache, Lucius Marcius.«

»Nun ja, unser gelehrter junger Rechtsanwalt Caesar Strabo. Ich denke doch, wir sollten Titus Annius nicht ganz um den Genuß bringen, von einer Stimme aus seiner Vergangenheit verfolgt zu werden! Ich meine, sein Ankläger sollte auch schielen!«

Der ganze Senat brach in Gelächter aus, und Scaurus lachte am lautesten von allen. Als die Senatoren sich wieder beruhigt hatten, sprachen sie sich einmütig für den schielenden jungen Gaius Julius Caesar Strabo, den jüngeren Bruder des Catulus Caesar und des Lucius Caesar, als Ankläger von Titus Annius Albucius aus. Damit rächten sie sich auf sprechende Weise an Pompeius Strabo.

Als Pompeius Strabo den geharnischten Brief des Senats erhielt – Gaius Memmius hatte noch eine Abschrift von Scaurus' Rede dazugelegt, um Salz in die Wunden zu streuen –, wußte er Bescheid. Er schwor sich, es den blasierten Herren Senatoren eines Tages gründlich heimzuzahlen, dann nämlich, wenn nicht mehr er auf sie angewiesen war, sondern sie auf ihn.

Trotz des erbitterten Kampfes, den Scaurus und Metellus Numidicus führten, konnten sie in der Volksversammlung nicht genügend Wähler auf ihre Seite bringen, um zu verhindern, daß Gaius Marius erneut in Abwesenheit als Konsul gewählt wurde. Auch die Zenturienversammlung konnten sie nicht auf ihre Seite ziehen. Die Wähler der Zweiten Zensusklasse hatten es Scaurus noch nicht verziehen, daß er sie in seiner denkwürdigen Rede mittelmäßige Männer genannt und mit der Dritten und Vierten Klasse in einen Topf geworfen hatte. Die Zenturienversammlung beauftragte Gaius Marius, weiterhin als Feldherr den Krieg gegen die Germanen zu führen, und wollte nichts von seiner Ablösung hören. Gaius Marius, der zum zweiten Mal hintereinander gewählte erste Konsul, war der Mann der Stunde. Er konnte jetzt von sich sagen, daß er der Erste Mann in Rom war, ohne Widerspruch befürchten zu müssen.

»Aber er ist nicht *primus inter pares,* der Erste unter Gleichen«, sagte Metellus Numidicus zu dem jungen Marcus Livius Drusus. Drusus war nach seiner kurzen militärischen Karriere vom Vorjahr wieder ans Gericht zurückgekehrt, und Metellus Numidicus hatte den jungen Mann zusammen mit seinem Freund und Schwager Caepio Junior vor dem Amtssitz des Stadtprätors getroffen.

»Ich muß gestehen, Quintus Caecilius«, sagte Drusus, und in seiner Stimme schwang nicht das leiseste Bedauern mit, »daß ich diesmal nicht wie meine Standesgenossen gestimmt habe. Ich habe für Gaius Marius gestimmt – ja, da staunst du, was? Ich habe nicht nur für Gaius Marius gestimmt, ich habe auch die meisten meiner Freunde und alle meine Klienten bewogen, für ihn zu stimmen.«

»Du bist ein Verräter an deiner Klasse!« brauste Numidicus auf.

»Überhaupt nicht, Quintus Caecilius«, erwiderte Drusus ruhig. »Vergiß eines nicht: Ich war in Arausio dabei. Ich habe mit eigenen Augen gesehen, was passieren kann, wenn die Arroganz der Senatoren stärker ist als das Gebot des gesunden römischen Menschenverstandes. Und ich sage dir ins Gesicht: Auch wenn Gaius Marius so schielen würde wie Caesar Strabo und so unverschämt wäre wie Pompeius Strabo, von so niederer Abkunft wie ein Hafenarbeiter im Hafen von Rom und so vulgär wie der Ritter Sextus Perquitienus – ich hätte ihn trotzdem gewählt! Ich glaube nicht, daß wir einen anderen Soldaten seines Kalibers haben, und ich kann nicht gutheißen, daß ihm ein Konsul vor die Nase gesetzt wird, der ihn so behandelt wie Quintus Servilius Caepio den Gnaeus Mallius Maximus!«

Drusus entfernte sich würdevoll, und Metellus Numidicus starrte ihm mit offenem Mund nach.

»Er hat sich verändert«, sagte Caepio Junior. Er folgte Drusus immer noch auf Schritt und Tritt, allerdings seit ihrer Rückkehr aus Gallia Transalpina nicht mehr mit derselben Begeisterung wie früher. »Mein Vater sagt, wenn Marcus Livius nicht aufpaßt, wird er noch ein ganz schlimmer Demagoge.«

»Unmöglich!« rief Metellus Numidicus. »Immerhin war sein Vater Zensor und der erbittertste Gegner des Gaius Gracchus. Der junge Marcus Livius hat eine in jeder Hinsicht konservative Erziehung genossen!«

»Arausio hat ihn verändert«, beharrte Caepio Junior. »Vielleicht war es der Schlag, den er auf den Kopf bekommen hat – das meint jedenfalls mein Vater. Seit seiner Rückkehr ist er mit diesem Marser Silo, den er nach der Schlacht kennenlernte, dick befreundet.« Caepio schnaubte verächtlich. »Wenn Silo von Alba Fucentia nach Rom kommt, spielt er in Marcus Livius' Haus den großen Herrn, als ob alles ihm gehörte, und die beiden sitzen stundenlang zusammen und reden. Mich fragen sie nie, ob ich dabeisein will.«

»Eine bedauerliche Sache, Arausio«, sagte Metellus Numidicus etwas gewunden. Schließlich stand vor ihm der Sohn des Mannes, der die Hauptschuld an der Niederlage trug.

Der junge Caepio verdrückte sich, sobald er konnte, und machte sich auf den Heimweg. Er verspürte eine vage Unzufriedenheit, die ihn begleitete seit – er wußte nicht genau, seit wann, aber es mußte etwa zu der Zeit gewesen sein, als er Drusus' Schwester geheiratet hatte und Drusus seine Schwester. Er hätte nicht sagen können, warum er unzufrieden war, er war es einfach. Und seit Arausio hatte sich so viel geändert! Sein Vater war auch nicht mehr derselbe. Im einen Augenblick kicherte er noch fröhlich über einen Witz, den sein Sohn nicht verstand, im nächsten versank er schon wieder in tiefste Verzweiflung, weil die öffentliche Empörung über Arausio immer höhere Wellen schlug, und wenig später brüllte er wütend, daß alles ungerecht sei – ohne daß sein Sohn verstanden hätte, was er mit »alles« meinte.

Wenn der junge Caepio an Arausio dachte, fühlte er sich immer schuldig. Während Drusus, Sertorius, Sextus Caesar und sogar dieser Silo auf dem Schlachtfeld gelegen hatten, von den anderen bereits als tot aufgegeben, hatte er das Hasenpanier ergriffen und war über den Fluß geflohen und um sein Leben gerannt wie der geringste proletarische Rekrut seiner Legion. Natürlich hatte er darüber kein Wort verlauten lassen, nicht einmal gegenüber seinem Vater. Es war des jungen Caepios schreckliches Geheimnis. Trotzdem fragte er sich jeden Tag, wenn er Drusus begegnete, wieviel Drusus wußte.

Seine Frau Livia Drusa saß im Wohnzimmer, auf den Knien ihre kleine Tochter, die sie gerade gestillt hatte. Seine Ankunft rief auf ihrem Gesicht wie stets ein Lächeln hervor. Eigentlich hätte ihn das freuen sollen, aber das tat es nicht. Die Augen seiner Frau widersprachen ihrem Mund: Sie lächelten nie und zeigten nie irgendein Interesse. Der junge Caepio hatte festgestellt, daß seine Frau ihn nie anschaute, wenn sie zu ihm sprach oder ihm zuhörte, nicht einmal einen kurzen Augenblick. Trotzdem hatte kein Mann je eine freundlichere, fügsamere Frau gehabt. Nie war sie zu müde oder fühlte sich unwohl, wenn er sie begehrte, und sie fand sich mit allem ab, was er dann von ihr verlangte. Natürlich sah er bei solchen Gelegenheiten ihre Augen nicht. Warum war er sich dann so sicher, daß darin nicht die leiseste Spur von Vergnügen zu entdecken war?

Ein klarsichtigerer, intelligenterer Mann hätte Livia Drusa deswegen sanft zurechtgewiesen, aber der junge Caepio neigte dazu, alles seiner Einbildung zuzuschreiben. Dabei reichte seine Einbildungskraft nicht einmal aus, um zu verstehen, daß er gar keine besaß. Zwar war er sich bewußt, daß irgend etwas von Grund auf nicht stimmte, aber soviel er auch nachdachte, er fand nicht heraus, was das war. Nie wäre er darauf verfallen, daß sie ihn nicht liebte, obwohl er vor ihrer Heirat überzeugt gewesen war, daß sie eine ausgeprägte Abneigung gegen ihn hatte. Aber das hatte er sich gewiß nur eingebildet. Sie konnte keine Abneigung gegen ihn gehabt haben, wenn sie jetzt eine so vorbildliche römische Ehefrau war. Also – mußte sie ihn lieben.

Seine Tochter Servilia war für ihn mehr ein Gegenstand als ein menschliches Wesen, und er war sehr enttäuscht, daß seine Frau ihm keinen Sohn geschenkt hatte. Er setzte sich hin, während Livia Drusa dem Baby ein paarmal über den Rücken strich und es dann dem makedonischen Kindermädchen übergab.

»Wußtest du übrigens, daß dein Bruder bei den Konsulwahlen für Gaius Marius gestimmt hat?« fragte Caepio.

Livia Drusas Augen weiteten sich. »Nein. Bist du sicher?«

»Das hat er heute zu Quintus Caecilius Metellus Numidicus gesagt. Ich stand daneben. Dann hat er noch etwas von Arausio geschwafelt. Ich wollte, die Feinde meines Vaters würden Arausio endlich ruhen lassen!«

»Das kommt mit der Zeit, Quintus Servilius.«

»Aber es wird immer schlimmer«, sagte der junge Caepio düster.

»Bist du zum Essen da?«

»Nein, ich muß gleich wieder weg. Ich esse bei Lucius Licinius Orator. Marcus Livius ist auch da.«

»Ach so«, sagte Livia Drusa leise.

»Tut mir leid, ich wollte es dir heute morgen sagen, aber ich habe es vergessen.« Der junge Caepio stand auf. »Es macht doch nichts, oder?«

»Nein, natürlich nicht.« Die Stimme seiner Frau war ausdruckslos.

Dabei machte es ihr sehr wohl etwas aus. Nicht weil sie sich nach der Gesellschaft ihres Mannes gesehnt hätte, sondern weil ein wenig mehr Voraussicht seinerseits Geld und Küchenarbeit hätte sparen helfen. Sie wohnten bei dem alten Caepio, der sich ständig über die Höhe der Haushaltsrechnungen beklagte und Livia Drusa vorwarf, eine verschwenderische Hausfrau zu sein. Der alte Caepio wäre allerdings genausowenig wie sein Sohn auf den Gedanken gekommen, Livia Drusa im voraus zu sagen, wann er zum Essen da war, und so mußte Livia Drusa jeden Tag ein vollständiges Essen kochen lassen, auch wenn dann keiner zu Hause war und das Essen fast unberührt in die Küche zurückging, zur großen Freude der Sklaven.

»Soll ich das Baby ins Kinderzimmer bringen, *domina?*« fragte das makedonische Mädchen.

Livia Drusa schreckte aus ihren Gedanken auf und nickte. Sie bedachte die Kleine nicht einmal mit einem flüchtigen Blick, als das Kindermädchen sie hinaustrug. Daß sie die kleine Servilia stillte, geschah keineswegs aus Sorge um das Gedeihen ihrer Tochter, sondern weil sie wußte, daß sie nicht wieder ein Kind empfangen konnte, solange sie stillte.

Sie machte sich nicht viel aus der kleinen Servilia. Jedesmal, wenn sie den kleinen Wurm ansah, sah sie eine Miniaturausgabe des Vaters – seine kurzen Beine, seine tiefschwarzen Haare, schwarzer Flaum auf Rücken, Armen und Beinen und dichte schwarze Borsten auf dem Kopf, die tief in Stirn und Nacken wuchsen wie das Fell eines Tieres. In Livia Drusas Augen besaß die kleine Servilia keinerlei Vorzüge, oder vielmehr nahm sie die Vorzüge gar nicht erst wahr, obwohl sie keineswegs zu verachten waren: Das Mädchen versprach eine Schönheit zu werden mit seinen großen, schwarzen Augen und dem winzigen, wie eine Rosenknospe geformten Mund, der ein Geheimnis zu verschließen schien.

Die achtzehn Monate ihrer Ehe hatten Livia Drusa nicht mit ihrem Schicksal versöhnt, auch wenn sie kein einziges Mal gegen die Befehle ihres Bruders verstoßen hatte. Ihr Benehmen war untadelig, auch während der häufigen sexuellen Begegungen mit dem jungen Caepio. Ihre hohe Abstammung und ihr hoher gesellschaftlicher Rang verboten glücklicherweise schon von selbst, daß sie die Avancen ihres Mannes leidenschaftlich erwiderte. Der junge Caepio wäre entsetzt gewesen, wenn sie plötzlich ekstatisch aufgestöhnt oder sich im Bett herumgeworfen hätte, als genieße sie den Akt wie eine Kurtisane. So genügte sie ihrer Pflicht, wie es sich für eine Frau ihres Standes ziemte – flach auf dem Rücken ausgestreckt, die Hüften reglos, in unerschütterlicher Demut und mit einem genau dosierten Maß an Wärme. Aber wie schwer ihr das fiel! Schwerer als alles andere in ihrem Eheleben. Denn wenn ihr Mann sie berührte, hätte sie am liebsten geschrieen über diese Schändung und Vergewaltigung und sich in sein Gesicht erbrochen.

Sie empfand keinen Funken Mitleid für den jungen Caepio, der eigentlich nichts getan hatte, was ihre leidenschaftliche Abneigung gegen ihn rechtfertigte. Er und ihr Bruder Drusus waren inzwischen zu einem einzigen Schatten verschmolzen, der drohend über ihr hing und ihr das Leben noch viel unerträglicher machen konnte, wenn sie sich nicht fügte. Niedergedrückt von einer schrecklichen Angst, schleppte sie sich durch die Tage dem Tod entgegen, und jeden Tag wußte sie, daß sie nie erfahren würde, was es hieß zu leben.

Am schlimmsten war die isolierte Lage des Hauses. Das Haus von Servilius Caepio lag auf der dem Circus Maximus zugewandten Seite des Palatin. Man sah auf den Aventin hinüber und hatte unter sich statt anderer Häuser nur einen steilen, felsigen Hang. Sie konnte nicht mehr wie im Haus ihres Bruders von der Loggia Ausschau halten, ob sich auf dem Balkon des darunterliegenden Hauses ihr rothaariger Odysseus blicken ließ.

Der alte Caepio war ein unausstehlicher Mensch und wurde mit jedem Tag unausstehlicher. Er hatte nicht einmal eine Frau, die Livia Drusas Bürde hätte erleichtern können, und Livia Drusa hatte ein so distanziertes Verhältnis zu ihm und zu seinem Sohn, daß sie nie den Mut aufbrachte, einen der beiden zu fragen, ob die Frau des einen und Mutter des anderen noch lebte oder schon tot war. Natürlich verschlechterte sich die Laune des alten Caepio mit der Zeit noch mehr durch die Folgen der Katastrophe von Arausio. Zuerst hatte man ihm sein Amt weggenommen, dann hatte der Volkstribun Lucius Cassius Longinus ein Gesetz erwirkt, das ihm den Sitz im Senat aberkannte, und jetzt verging kaum ein Monat, in dem nicht irgendein tatendurstiger Möchtegerndemagoge versuchte, ihn unter einem fadenscheinigen Vorwand wegen Verrat vor Gericht zu bringen. Durch den Haß des Volkes und seinen eigenen ausgeprägten Selbsterhaltungstrieb buchstäblich auf sein Haus beschränkt, verbrachte er einen Großteil der Zeit damit, Livia Drusa zu beobachten – und schonungslos zu kritisieren.

Livia Drusa ihrerseits trug durch ungeschicktes Benehmen noch zur Verschlimmerung der Lage bei. Eines Tages machte die ständige Überwachung durch ihren Schwiegervater sie so wütend, daß sie in den Garten des Peristyls marschierte, wo sie keiner hören konnte, und dort laut mit sich selber sprach. Gerade als die Sklaven sich unter den Säulen versammelten und flüsternd darüber debattierten, was Livia Drusa wohl vorhatte, stürmte der alte Caepio aus seinem Arbeitszimmer, das Gesicht hart wie Feuerstein.

Er eilte auf dem Gartenweg auf sie zu und baute sich zornig vor ihr auf. »Was glaubst du, was du hier tust, Mädel?« wollte er wissen.

Unschuldig riß sie ihre großen, dunklen Augen auf. »Ich rezitiere den Gesang von König Odysseus.«

»Schluß damit!« fauchte ihr Schwiegervater. »Du machst dich zum Gespött der Leute! Die Sklaven sagen, du seist verrückt geworden! Wenn du unbedingt Homer rezitieren mußt, dann dort, wo man hört, daß es Homer ist! Obwohl es meinen Horizont übersteigt, warum es sein muß.«

»Es vertreibt die Zeit.«

»Man kann sich die Zeit besser vertreiben, Mädel. Setz dich an deinen Webstuhl oder sing deinem Baby etwas vor, oder was Frauen sonst tun. Marsch, marsch, ins Haus mit dir!«

»Ich weiß nicht, was Frauen sonst tun, Vater.« Livia Drusa stand auf. »Was tun sie?«

»Sie treiben die Männer zum Wahnsinn!« Caepio ging zu seinem Arbeitszimmer zurück und schlug die Tür hinter sich zu.

Danach wurde ihr Benehmen noch exzentrischer. Sie befolgte zwar Caepios Rat und ließ sich einen Webstuhl aufstellen, aber sie begann, gleich mehrere Leichentücher weben, und bei der Arbeit sprach sie laut mit einem imaginären König Odysseus. Sie tat so, als sei er seit Jahren fort und als müsse sie Leichentücher weben, um den Tag hinauszuschieben, an dem sie sich einen neuen Gatten wählen mußte. Sie unterbrach ihren Monolog immer wieder und neigte lauschend den Kopf auf die Seite.

Diesmal schickte der alte Caepio seinen Sohn vor, um zu erkunden, was los war.

»Ich webe mein Leichentuch«, sagte sie ruhig, »und ich versuche herauszufinden, wann König Odysseus heimkehrt, um mich zu retten. Denn er wird mich retten, mußt du wissen. Eines Tages.«

Der junge Caepio sah sie entsetzt an. »Dich retten? Wovon redest du, Livia Drusa?«

»Ich habe nie einen Fuß über die Schwelle dieses Hauses gesetzt.«

Der junge Caepio warf die Hände in die Luft und stöhnte verzweifelt auf. »Bei Juno, wenn du ausgehen willst, was hält dich auf?«

Sie starrte ihn mit offenem Mund an. Zuerst fiel ihr nichts ein, dann sagte sie: »Ich habe kein Geld.«

»Du brauchst Geld? Ich gebe dir Geld, Livia Drusa! Wenn du

dafür aufhörst, meinen Vater wahnsinnig zu machen! Geh aus, wann du willst! Kauf dir, was du willst!«

Auf Livia Drusas Gesicht breitete sich ein Lächeln aus, und dann ging sie zu ihrem Mann und gab ihm einen Kuß auf die Wange. »Danke«, sagte sie, und sie meinte es so aufrichtig, daß sie ihn sogar umarmte.

So leicht war das! Die ganzen Jahre erzwungener Isolation waren auf einmal verflogen. Livia Drusa hatte nie daran gedacht, daß sich mit dem Wechsel vom Haus des Bruders ins Haus ihres Mannes und ihres Schwiegervaters auch andere Umstände ein wenig verändert haben könnten.

Lucius Appuleius Saturninus wurde zum Volkstribunen gewählt, und seine Dankbarkeit gegenüber Gaius Marius kannte keine Grenzen mehr. Jetzt konnte er sich erkenntlich zeigen! Außerdem war er, wie er bald feststellte, nicht ganz ohne Bundesgenossen. Einer der anderen Volkstribunen, ein gewisser Gaius Norbanus, war ein Klient von Marius aus Etrurien. Er verfügte über ein beträchtliches Vermögen, hatte aber im Senat keine Macht, weil er nicht aus einer Senatorenfamilie kam. Und dann war da noch Marcus Baebius, aus jenem Zweig des Geschlechts Baebius, das schon so viele Tribunen gestellt hatte und mit Recht im notorischen Ruf der Bestechlichkeit stand. Marcus Baebius konnte man notfalls kaufen.

Leider saßen am anderen Ende der Tribunenbank drei einflußreiche konservative Gegenspieler. Am äußersten Ende saß Lucius Aurelius Cotta, Sohn des verstorbenen Konsuls Cotta, Neffe des vormaligen Prätors Marcus Cotta und Halbbruder von Aurelia, der Frau des jungen Gaius Julius Caesar. Neben Cotta saß Lucius Antistius Reginus aus einer angesehenen, wenngleich nicht herausragenden Familie. Es ging das Gerücht, er sei ein Klient des Konsulars Quintus Servilius Caepio, und deshalb haftete Caepios Makel auch ihm an. Der dritte war Titus Didius, ein tatkräftiger, ruhiger Mann, dessen Familie ursprünglich aus der Campania kam und der sich einen guten Ruf als Soldat erworben hatte.

In der Mitte der Bank saßen einige Volkstribunen von geringerer Abstammung. Sie sahen ihre Hauptaufgabe im kommenden Jahr offensichtlich darin zu verhindern, daß die Kontrahenten an den beiden Enden der Bank sich gegenseitig zerfleischten. Denn zwischen den Männern, die Scaurus Demagogen genannt hätte, und den Männern, die er empfohlen hätte, weil sie nie vergaßen, daß sie zuerst Senatoren und erst dann Volkstribunen waren, gab es tatsächlich keinerlei Gemeinsamkeit.

Saturninus war das egal. Er war mit den meisten Stimmen ins Amt gewählt worden, dicht gefolgt von Gaius Norbanus. Das hatte den Konservativen gezeigt, daß Gaius Marius beim Volk nach wie vor beliebt war – und daß er keine Kosten gescheut hatte, Stimmen für Saturninus und Norbanus zu kaufen. Jetzt mußten Saturninus und Norbanus schnell arbeiten, denn das Interesse der Volksversammlung an der Politik ließ nach den ersten drei Monaten des Jahres rapide nach. Das lag teilweise daran, daß das Volk sich langweilte, teilweise daran, daß kein Volkstribun sein Tempo länger als drei Monate durchhielt. Ein Volkstribun verbrauchte sich früh, wie der Hase in der Fabel des Äsop, während die alte Schildkröte des Senats langsam, aber stetig vorwärtskroch.

»Sie werden nur die Staubwolke sehen, die ich aufwirble«, sagte Saturninus zu Glaucia, als der zehnte Tag des Monats Dezember näherrückte, der Tag, an dem die neuen Tribunen ihr Amt antreten sollten.

»Was kommt als erstes?« fragte Glaucia träge. Er war etwas verärgert darüber, daß er als der ältere der beiden noch keine Gelegenheit gehabt hatte, Volkstribun zu werden.

Saturninus grinste wölfisch. »Ein kleines Ackergesetz, das meinem Freund und Wohltäter Gaius Marius helfen wird.«

Saturninus plante sein Vorgehen sorgfältig. Er stellte in der Volksversammlung in einer glänzenden Rede ein neues Gesetz vor, das vorsah, den *ager Africanus insularum* zu verteilen, der von Lucius Marcius Philippus im Vorjahr den öffentlichen Ländereien zugeschlagen und für das Volk »gespart« worden war. Das Land sollte unter den Proletariern von Marius' Armee aufgeteilt werden, wenn sie aus dem Dienst in den Legionen ausschieden, hundert *iugera* für jeden Soldaten. Saturninus genoß die Aufregung um sein Gesetz in vollen Zügen – das begeisterte Geschrei des Volkes, das entrüstete Geheul der Senatoren, die Faust, die Lucius Cotta schüttelte, und die starke, ungeschminkte Rede, mit der Gaius Norbanus seine Vorlage unterstützte.

»Ich hätte nie gedacht, daß das Tribunat so interessant sein kann«, sagte er, als er und Glaucia nach Auflösung der *contio,* der beratenden Volksversammlung, allein in Glaucias Haus speisten.

»Du hast den Senatoren ganz schön eingeheizt.« Glaucia grinste bei der Erinnerung an den Tumult. »Ich dachte schon, Metellus Numidicus würde platzen.«

»Schade, daß er nicht geplatzt ist.« Saturninus legte sich zufrieden zurück und ließ die Augen nachdenklich über die Decke schweifen, auf die der Rauch der Lampen und Kohlenbecken rußige Muster gemalt hatte und die dringend neu gestrichen werden mußte. »Seltsam, wie sie denken, was? Du brauchst das Wort ›Ackergesetz‹ nur zu flüstern, und schon fallen sie über dich her, schreien etwas von den Gracchen und sind ganz entsetzt bei der Vorstellung, umsonst etwas an Männer abgeben zu müssen, die nicht den Grips haben, selbst zu Vermögen zu kommen. Auch die Proletarier geben nicht gern umsonst etwas weg!«

»Der Plan ist für alle rechtdenkenden Römer ja auch ziemlich neu«, warf Glaucia ein.

»Und als sie dann darüber weg waren, haben sie sich über die Größe der Parzellen aufgeregt – zehnmal so groß wie ein kleiner Bauernhof in der Campania, haben sie gejammert. Ich hätte gedacht, sie wüßten selber, daß eine Insel in der Kleinen Syrte nicht einmal ein Zehntel so fruchtbar ist wie das unfruchtbarste Land in der Campania und daß der Regen dort nicht einmal ein Zehntel so häufig fällt.«

»Aber eigentlich ging die Diskussion doch darum, daß Gaius Marius dadurch viele Tausende neuer Klienten bekommt, nicht wahr? Da drückt die Senatoren doch in Wirklichkeit der Schuh. Jeder aus dem Dienst ausgeschiedene Veteran einer Proletarierarmee ist ein potentieller Klient seines Feldherrn – vor allem, wenn der ihm ein Stück Land beschafft, auf dem er seine alten Tage verbringen kann. Ihm ist er dankbar! Er sieht nicht, daß der Staat, der das Land ja auftreiben muß, sein eigentlicher Wohltäter ist. Er bedankt sich nur bei seinem Feldherrn. Er bedankt sich bei Gaius Marius. Darüber sind die Senatoren so entrüstet.«

»Stimmt. Aber dagegen zu kämpfen, ist keine Antwort, Gaius Servilius. Die Antwort ist, ein allgemeines Gesetz zu beschließen, das für alle Zeiten die Ansprüche proletarischer Legionäre regelt – zehn *iugera* gutes Land für jeden Soldaten, der lange genug in den Legionen gedient hat – sagen wir fünfzehn Jahre? Oder zwanzig? Unabhängig davon, unter wieviel Feldherrn er gedient und an wieviel verschiedenen Feldzügen er teilgenommen hat.«

Glaucia mußte von Herzen lachen. »Das klingt zu sehr nach gesundem Menschenverstand, Lucius Appuleius! Und denk an die

Ritter, die so ein Gesetz verbittert. Sie könnten weniger Land pachten – von unseren geschätzten Senatoren, die in der Landwirtschaft tätig sind, ganz zu schweigen!«

»Wenn es Land in Italien wäre, würde ich sie ja verstehen«, sagte Saturninus. »Aber Inseln vor der africanischen Küste? Ich bitte dich, Gaius Servilius! Was können sie diesen Hunden bedeuten, die ihre stinkenden alten Knochen so eifersüchtig bewachen? Verglichen mit den Millionen *iugera,* die Gaius Marius im Namen Roms am Ubus und am Chelif und um den Tritonis-See vergeben hat – und zwar genau an die Leute, die jetzt so schreien! –, ist das doch ein Klacks!«

Glaucia verdrehte seine langbewimperten graugrünen Augen, legte sich auf den Rücken, wedelte mit den Händen wie eine gestrandete Seeschildkröte mit den Flossen und begann wieder zu lachen. »Trotzdem hat mir Scaurus' Rede am besten gefallen. Scaurus ist ein kluger Bursche. Die übrigen Senatoren sind unwichtig, abgesehen von dem Einfluß, den sie haben.« Er hob den Kopf und starrte Saturninus an. »Bist du für morgen im Senat gerüstet?«

»Ich denke doch«, sagte Saturninus aufgeräumt. »Lucius Appuleius kommt in den Senat zurück! Und diesmal können sie mich nicht rausschmeißen, bevor meine Amtszeit abgelaufen ist! Dazu müßten sie schon die fünfunddreißig Tribus bemühen, und das werden sie schön bleiben lassen. Ob es den Senatoren gefällt oder nicht, ich kehre in ihre geheiligten Hallen zurück, angriffslustig wie ein Wespe – und genauso frech.«

Saturninus betrat den Senat, als gehörte er ihm. Er verbeugte sich tief vor dem Senatsvorsitzenden Scaurus und grüßte mit der Hand nach rechts und links. Die Curia war fast voll besetzt, sicheres Zeichen einer bevorstehenden Redeschlacht. Dabei war der Ausgang nicht weiter wichtig, wie Saturninus wußte, denn der eigentliche Kampf würde außerhalb der Curia entschieden werden, auf dem Versammlungsplatz der Komitien. Aber heute war ein Tag persönlicher Genugtuung für ihn: Der in Ungnade gefallene Getreidequästor hatte sich zum Volkstribunen gewandelt, eine wahrhaft bittere Überraschung für die einflußreichen Konservativen.

Saturninus hatte sich für seine Rede vor dem Senat eine neue Strategie zurechtgelegt, die er später auch vor der Versammlung der Plebs anwenden wollte. Dies war sozusagen der Probelauf.

»Die Macht Roms ist schon seit langem nicht mehr auf Italien beschränkt«, begann er. »Wir alle wissen, was für Sorgen König Jugurtha Rom bereitet hat. Wir alle sind unserem verehrten Konsul Gaius Marius auf ewig dankbar, daß er den Krieg in Africa so erfolgreich beendet hat – und endgültig. Aber wie können wir in Rom heute künftigen Generationen garantieren, daß sie die Früchte, die unsere Provinzen bringen, auch weiterhin in Frieden genießen können? Wir haben im Umgang mit den Sitten und Gebräuchen der nichtrömischen Völker unserer Provinzen eine Tradition entwickelt: Sie dürfen weiterhin frei ihre Religion ausüben, sie dürfen wie bisher Handel treiben und ihre politische Organisation beibehalten, vorausgesetzt, sie behindern oder bedrohen Rom dadurch nicht. Aber eine der weniger erfreulichen Nebenwirkungen dieser Tradition der Nichteinmischung ist die Ignoranz unserer Provinzen. Keine Provinz, die weiter weg ist als Gallia Cisalpina oder Sizilien, weiß genug von Rom und den Römern, daß sie es aufgrund dieses Wissens vorzieht, mit Rom zusammenzuarbeiten, anstatt Rom Widerstand zu leisten. Wenn die Numider uns besser gekannt hätten, hätte Jugurtha sie nie überreden können, ihm zu folgen. Wenn das Volk von Mauretanien uns besser gekannt hätte, hätte Jugurtha König Bocchus nie überreden können, sich ihm anzuschließen.«

Saturninus räusperte sich. Noch hörten die Senatoren ihm friedlich zu – aber er war auch noch nicht bei seinem eigentlichen Thema angelangt. Dazu kam er jetzt: »Das bringt mich zum *ager Africanus insularum*. Strategisch gesehen besitzen diese Inseln kaum Bedeutung. Sie sind klein. Keiner von uns hier wird sie vermissen. Es gibt dort weder Gold noch Silber noch Eisen noch exotische Gewürze. Der Boden ist nicht besonders fruchtbar, verglichen mit dem sagenhaften Reichtum des Landes am Bagradas, wo eine ganze Reihe der hier Versammelten und viele Ritter der Ersten Klasse Getreidefelder besitzen. Warum sollten wir die Inseln also nicht den Proletariern des Gaius Marius geben, wenn sie aus der Armee ausscheiden? Wollen wir wirklich, daß vierzigtausend Veteranen die Tavernen und Gassen Roms unsicher machen? Ohne Arbeit, ohne Ziel und ohne Geld, wenn sie ihren kleinen Anteil an der Beute aufgebraucht haben? Ist es nicht für sie – und für Rom – besser, wenn sie auf dem *ager Africanus insularum* siedeln? Denn, eingeschriebene Väter, dort können sie auch als Veteranen noch eine Aufgabe erfüllen! Sie können Rom nach Africa tragen! Unsere Sprache, unsere Sitten, unsere Götter, unsere ganze Lebensweise! Durch unsere tapferen, lebenslustigen römischen Legionäre können die Völker unserer Provinz Africa Rom besser kennenlernen, denn die Legionäre sind Menschen wie sie – nicht reicher, nicht intelligenter, nicht besser gestellt als die meisten Einheimischen. Sie werden mit ihnen im täglichen Leben verkehren, und einige werden einheimische Frauen heiraten. Alle werden sich verbrüdern. Und das Ergebnis ist weniger Krieg und mehr Frieden.«

Saturninus hatte nüchtern und überzeugend gesprochen, ohne die bombastischen Sätze und Gesten der kleinasiatischen Rhetorik. Je länger er redete, desto mehr begann er zu glauben, daß die sturen, elitären Senatoren endlich einsehen würden, in was für eine glorreiche Zukunft die Vision von Männern wie Gaius Marius und ihm selbst ihr geliebtes Rom führen würde.

Auch als er zu seinem Platz am Ende der Tribunenbank zurückkehrte, spürte er in dem Schweigen um ihn nichts, was diesen Eindruck widerlegt hätte. Bis ihm plötzlich bewußt wurde, daß die Senatoren nur warteten. Darauf warteten, daß ihre Anführer ihnen den Weg zeigten. Schafe waren sie, Schafe allesamt. Dümmliche, wollige Schafe mit erbsengroßen Gehirnen.

»Darf ich?« fragte der Pontifex Maximus Lucius Caecilius Metellus Delmaticus den zweiten Konsul Gaius Flavius Fimbria, der die Sitzung leitete.

Fimbria nickte. »Du hast das Wort, Lucius Caecilius.«

Delmaticus stand auf. Sein Zorn, bis dahin gut verborgen, flammte auf wie Zunder. »Rom ist einzigartig!« tobte er so laut, daß mehrere Zuhörer zusammenfuhren. »Wie kann jemand, der die Ehre hat, diesem hohen Hause anzugehören, sich erdreisten, einen Plan vorzuschlagen, der den Rest der Welt zu einer Imitation Roms machen würde?«

Delmaticus' sonst zur Schau getragene vornehme Herablassung war verschwunden. Er schwoll an und wurde puterrot, bis die dunklen Äderchen auf seinen feisten, rosigen Backen sich nicht mehr von den Backen selbst abhoben. Und er zitterte, vibrierte fast so schnell wie die Flügel einer Motte, so wütend war er. Gebannt und erschrocken beugten sich die Senatoren vor, um einen Delmaticus zu hören, den sie bisher noch nie erlebt hatten.

»Wir kennen diesen Römer doch, eingeschriebene Väter«, schmetterte er. »Lucius Appuleius Saturninus ist ein Dieb, der sich schamlos an Hungersnöten bereichert, ein vulgäres Weib, das kleine Jungen verführt und nach seiner Schwester und seiner kleinen

Tochter lüstet, eine Marionette in den Händen des arpinischen Marionettenspielers in Gallia Transalpina, eine Küchenschabe, die aus der stinkenden Gosse Roms gekrochen ist, ein Zuhälter, eine Tunte, Verfasser geiler Schriften und der vulgärste Bock der Stadt! Was weiß er von Rom, was weiß sein Meister, der Bauer aus Arpinum, von Rom? Rom ist einzigartig! Man darf Rom nicht der Welt zum Fraß vorwerfen, wie man in die Kloake scheißt oder in die Gosse spuckt! Sollen wir zusehen, wie unser Blut durch die Verbindung mit den Lotterweibern eines kunterbunten Völkergemischs verdünnt und verdorben wird? Sollen unsere Ohren künftig bei Reisen in ferne Länder durch das Kauderwelsch eines verderbten Lateins beleidigt werden? Ich sage: Laßt sie weiterhin Griechisch sprechen! Laßt sie ihren Serapis vom Skrotum verehren, ihre Astarte vom Anus anbeten! Was schadet es uns? Aber sollen wir ihnen etwa Quirinus geben? Wer sind denn die Quiriten, die Kinder des Quirinus? Wir allein! Denn wer ist Quirinus? Nur ein Römer kann das wissen! Quirinus ist der Geist der römischen Bürgerschaft, der Gott der Gemeinschaft der Römer, unbesiegt, weil Rom nie besiegt wurde – und nie besiegt werden wird, Quiriten!«

In der Curia brach ein wilder Beifallssturm los. Während der Pontifex Maximus zu seinem Stuhl zurückwankte und darauf niedersank, kam es zu tumultartigen Szenen. Männer weinten, trampelten mit den Füßen, klatschten sich die Hände wund und umarmten sich mit tränenüberströmten Gesichtern.

Ein solcher Überschwang der Gefühle verebbte freilich wie die Woge, die sich schäumend am Basaltfelsen bricht. Schnell waren die Tränen wieder getrocknet, und die Gemüter hatten sich wieder beruhigt. Aber die römischen Senatoren hatten sich für diesen Tag restlos verausgabt. Mit bleiernen Füßen schleppten sie sich nach Hause, um im Traum noch einmal jenen magischen Moment zu durchleben, in dem sie in einer Vision den gesichtslosen Quirinus vor sich gesehen hatten, wie er seine Toga über sie warf wie ein Vater über seine ihn liebenden und ihm treu ergebenen Söhne.

Die Curia war fast leer, als Crassus Orator, Quintus Mucius Scaevola, Metellus Numidicus, Catulus Caesar und der Senatsvorsitzende Scaurus wieder so weit ernüchtert waren, daß sie daran denken konnten, ihr begeistertes Gespräch abzubrechen und den anderen zu folgen. Lucius Caecilius Metellus Delmaticus, der Pontifex Maximus, saß immer noch reglos und kerzengerade auf seinem Stuhl, die Hände brav im Schoß gefaltet wie ein wohlerzogenes

Mädchen. Nur sein Kopf war nach vorn gesunken. Das Kinn ruhte auf der Brust, und die grauen Strähnen seiner schütter werdenden Haare bewegten sich leicht in dem Luftzug, der vom offenen Portal hereinwehte.

»Bruder, das war die größte Rede, die ich je gehört habe!« rief Metellus Numidicus. Er streckte die Hand aus und drückte Delmaticus die Schulter.

Aber Delmaticus bewegte sich nicht und sagte nichts. Erst jetzt merkten sie, daß er tot war.

»Welch rühmliches Ende«, sagte Crassus Orator. »Ich würde glücklich sterben in dem Bewußtsein, daß ich auf der Schwelle des Todes meine größte Rede gehalten habe.«

Aber weder die Rede des Pontifex Maximus noch sein Tod noch die ganze Empörung und die Macht des Senats konnten verhindern, daß die Versammlung der Plebs das von Saturninus eingebrachte Ackergesetz annahm. Die Karriere des Lucius Appuleius Saturninus als Volkstribun hatte mit einem Paukenschlag begonnen, mit einer seltsamen Mischung aus Niedertracht und Speichelleckerei.

»Meine Arbeit macht mir Spaß«, sagte Saturninus zu Glaucia, als sie am späten Nachmittag des Tages, an dem die *lex Appuleia* passiert war, zu Tisch saßen. Sie speisten oft zusammen und meist bei Glaucia. Saturninus' Frau hatte sich von den verhängnisvollen Auswirkungen, die Scaurus' Anklage gegen Saturninus als Quästor von Ostia gehabt hatte, nie mehr ganz erholt. »Ja, sie macht mir wirklich Spaß! Wenn ich daran denke, Gaius Servilius, daß alles vielleicht ganz anders gekommen wäre, wenn nicht der alte Schnüffler Scaurus gewesen wäre.«

»Du gehörst auf die Rednerbühne, stimmt.« Glaucia aß einige Trauben aus dem Gewächshaus. »Vielleicht gibt es tatsächlich eine Kraft, die unser Leben formt.«

Saturninus schnaubte verächtlich. »Du meinst wohl Quirinus!«

»Spotte nur«, erwiderte Glaucia. »Aber ich glaube, daß es mit dem Leben etwas ganz Besonderes ist. Es gibt im Leben mehr Sinn und weniger Zufall als in einer Runde *cottabus.*«

»Wo bleibt der Stoiker oder Epikureer in dir, Gaius Servilius? Weder Fatalismus noch Hedonismus? Paß auf, daß du nicht noch die alten griechischen Lästermäuler durcheinanderbringst, die so laut behaupten, wir Römer würden nie eine Philosophie zustande bringen, die wir nicht von ihnen entlehnt hätten.« Saturninus lachte.

»Die Griechen sind, die Römer handeln. Du hast die Wahl! Ich habe noch keinen Menschen kennengelernt, der beide Lebensweisen in sich vereint hätte. Griechen und Römer stehen an den entgegengesetzten Enden des Verdauungskanals. Die Römer sind der Mund – wir schieben die Zutaten hinein. Die Griechen sind das Arschloch – sie scheiden sie aus. Aber ich will die Griechen nicht beleidigen, es war nur bildlich gesprochen.« Und wie zur Bekräftigung seiner These schob Glaucia noch ein paar Trauben in das römische Ende des Verdauungskanals.

»Da das eine Ende ohne die Beiträge des anderen nichts zu tun hätte, halten wir besser zusammen«, sagte Saturninus.

Glaucia grinste. »Der Römer spricht!«

»Römer durch und durch, auch wenn Metellus Delmaticus behauptet hat, ich sei keiner. Das war vielleicht eine Überraschung: Stirbt der alte Halunke doch genau im richtigen Moment! Wenn die konservative Clique mehr auf Draht wäre, hätte sie rasch einen unsterblichen Helden aus ihm gemacht. Metellus Delmaticus – der neue Quirinus!« Saturninus schüttelte den Satz in seiner Tasse auf und goß ihn mit einer schnellen Bewegung auf einen leeren Teller. Entscheidend war, wie viele Arme von der Pfütze ausgingen. »Drei«, sagte Saturninus und fröstelte. »Die Zahl des Todes.«

»Wo ist denn der Skeptiker auf einmal geblieben?« neckte ihn Glaucia.

»Aber das ist doch ungewöhnlich, nur drei Arme.«

Glaucia spuckte drei Traubenkerne auf den Teller und zerstörte die Form der Pfütze. »Da! Drei zunichte gemacht durch drei!«

»Wir werden beide in drei Jahren tot sein«, sagte Saturninus.

»Lucius Appuleius, du bist ein einziger Widerspruch! Du bist so weiß im Gesicht wie Lucius Cornelius Sulla, hast aber keine Entschuldigung dafür. Komm, es ist doch nur eine Runde *cottabus!*« Glaucia wechselte das Thema. »Ich stimme dir zu, ein Leben als Volksredner ist viel aufregender als ein Leben als Favorit der Konservativen. Mit dem Volk Politik zu machen, ist eine große Herausforderung. Ein Feldherr hat seine Legionen. Ein Demagoge hat nur seine Zunge.« Er kicherte. »War es nicht ein köstlicher Anblick, wie die Menge heute morgen Marcus Baebius vom Forum jagte, als er sein Veto einlegen wollte?«

»Es war eine Augenweide!« Saturninus grinste, und die Erinnerung ließ ihn die unheilverkündenden Zahlen drei und dreiunddreißig vergessen.

Glaucia wechselte wieder abrupt das Thema. »Hast du übrigens das neueste Gerücht vom Forum gehört?«

»Du meinst, daß Quintus Servilius Caepio das Gold von Tolosa selbst gestohlen hat?«

Glaucia sah enttäuscht aus. »Pluto soll dich holen. Ich dachte, du wüßtest es noch nicht!«

»Manius Aquillius hat mir davon geschrieben. Er schreibt mir, wenn Gaius Marius keine Zeit hat. Und ich muß gestehen, daß mir das gar nicht unrecht ist, denn er schreibt viel besser als der große Feldherr.«

»Aus Gallia Transalpina? Woher wissen denn die das?«

»Das Gerücht kam von dort. Gaius Marius hat einen Gefangenen gemacht. Keinen geringeren als den König von Tolosa. Und der behauptet, Caepio habe das Gold gestohlen – sämtliche fünfzehntausend Talente.«

Glaucia pfiff durch die Zähne. »Fünfzehntausend Talente! Kaum zu glauben, was? Fast ein bißchen zuviel – ich meine, jeder gesteht einem Statthalter gewisse Vergünstigungen zu, aber mehr Gold als der ganze Staatsschatz? Also das ist übertrieben, wirklich!«

»Wahr gesprochen. Aber das Gerücht wird Gaius Norbanus helfen, wenn er Caepio anklagt. Es wird sich schneller in der ganzen Stadt verbreiten, als Metella Calva mit einem geilen Hafenarbeiter ins Bett springen kann.«

»Der Vergleich gefällt mir!« lachte Glaucia. Dann sah er Saturninus geschäftig an. »Genug getratscht! Du und ich, wir haben mit dem Hochverratsgesetz und anderen Gesetzen genug zu tun. Wir dürfen nichts vergessen.«

Saturninus und Glaucia machten sich an die Arbeit. Sie planten und koordinierten ihr Vorgehen so sorgfältig wie einen Feldzug. Sie wollten durchsetzen, daß Prozesse wegen Hochverrat künftig nicht mehr vor den Zenturien stattfinden sollten, weil sie dort nur allzu häufig in Sackgassen endeten oder auf unüberwindliche Mauern stießen. Ferner sollten Prozesse wegen Wucher und Bestechung der Kontrolle des Senats entzogen und die mit Senatoren besetzten Gerichte durch Rittergerichte ersetzt werden.

»Zuerst müssen wir dafür sorgen, daß Norbanus Caepio in der Versammlung der Plebs anklagt«, sagte Saturninus. »Dazu braucht er einen zulässigen Grund – die Anklage darf nicht das Wort Verrat enthalten. Am besten bringen wir die Anklage jetzt gleich ein, wenn die Entrüstung des Volkes über Caepio wegen des gestohlenen Goldes auf dem Höhepunkt ist.«

»In der Versammlung der Plebs hat so etwas noch nie funktioniert«, meinte Glaucia zweifelnd. »Unser hitzköpfiger Freund Ahenobarbus hat es einmal versucht. Er hat Silanus angeklagt, einen widerrechtlichen Krieg gegen die Germanen angefangen zu haben. Von Verrat war nicht die Rede, trotzdem hat die Volksversammlung den Antrag abgelehnt. Die Schwierigkeit ist, daß keiner Lust auf Hochverratsprozesse hat.«

»Laß es uns trotzdem versuchen. Die Zenturien fällen erst dann einen Schuldspruch, wenn der Angeklagte selber sagt, daß er sein Land absichtlich zugrunde richten wollte. Natürlich ist keiner so dumm, daß er das zugibt. Gaius Marius hat recht. Wir müssen den Senatoren die Flügel stutzen und ihnen zeigen, daß sie nicht über Moral und Gesetz stehen. Das können wir aber nur über eine Institution, in der keine Senatoren sitzen.«

»Warum läßt du das neue Hochverratsgesetz dann nicht sofort absegnen? Dann kannst du Caepio vor einem Rittergericht anklagen. Ich weiß schon, die Senatoren werden brüllen wie am Spieß, aber das tun sie doch immer.«

Saturninus zog eine Grimasse. »Aber wir wollen doch weiter leben, oder? Auch wenn wir nur noch drei Jahre haben, ist das immer noch besser, als übermorgen zu sterben!«

»Du und deine drei Jahre!«

»Nimm einmal an, die Versammlung der Plebs spricht Caepio wirklich schuldig«, beharrte Saturninus. »Dann kapiert der Senat, was wir ihm sagen wollen – nämlich daß es das Volk satt hat, daß die Senatoren ihre Kollegen vor gerechter Bestrafung schützen. Daß es nicht ein Gesetz für Senatoren und eins für alle anderen geben kann. Es ist Zeit, daß das Volk aufwacht! Ich werde ihm die Tracht Prügel verabreichen, die es dazu braucht. Seit Anbeginn der Republik hat der Senat das Volk glauben gemacht, Senatoren seien bessere Römer und könnten tun und lassen, was sie wollen. Wählt Lucius Gernegroß – seine Familie stellte Roms ersten Konsul! Ist es schlimm, daß Lucius Gernegroß ein selbstsüchtiger, goldgieriger Dummkopf ist? Nein! Lucius Gernegroß hat den richtigen Namen und kommt aus der richtigen Familie, die Rom seit Menschengedenken in der Politik dient. Die Gracchen hatten recht: Werft die Anhänger von Lucius Gernegroß aus den Gerichten und ersetzt sie durch Ritter!«

Glaucia sah ihn nachdenklich an. »Mir ist gerade etwas eingefallen, Lucius Appuleius. Das Volk denkt wenigstens verantwortlich und ist einigermaßen erzogen. Es ist eine Säule der römischen Tradition. Aber was passiert, wenn eines Tages jemand dasselbe für die Proletarier fordert, was du jetzt für das Volk forderst?«

Saturninus lachte. »Die Proletarier sind zufrieden, solange ihre Mägen voll sind und die Ädilen sie mit Spielen unterhalten. Um die Proletarier politisch aufzuwecken, müßtest du das Forum Romanum in den Circus Maximus verwandeln!«

»Ihre Mägen sind diesen Winter nicht so voll, wie sie sein sollten«, erwiderte Glaucia.

»Sie sind voll genug, und der Dank dafür gebührt einzig unserem geschätzten Senatsvorsitzenden Marcus Aemilius Scaurus. Ich bin nicht traurig darüber, daß wir Numidicus oder Catulus Caesar nie auf unsere Seite bringen werden, aber ich denke immer wieder: Schade, daß wir Scaurus nicht gewinnen können.«

Glaucia musterte ihn neugierig. »Du bist Scaurus nicht böse, daß er dich aus dem Senat geworfen hat?«

»Nein. Er tat nur, was er für richtig hielt. Aber eines Tages, Gaius Servilius, werde ich die wahren Schuldigen finden, und dann werden sie wünschen, sie hätten ein so leichtes Schicksal wie Ödipus zu erdulden.«

Anfang Januar erhob der Volkstribun Gaius Norbanus in der Versammlung der Plebs Anklage gegen Quintus Servilius Caepio; die Anklage lautete auf »Verlust der Armee«.

Die Atmosphäre war von Anfang an geladen. Keineswegs alle Römer waren Gegner eines elitären Senats, und die plebejischen Mitglieder des Senats hatten sich vollzählig versammelt, um für Caepio zu kämpfen. Schon lange bevor die Tribus zur Abstimmung aufgerufen wurden, kam es zu gewalttätigen und blutigen Auseinandersetzungen. Die Volkstribunen Titus Didius und Lucius Aurelius Cotta traten vor, um ihr Veto gegen das Verfahren einzulegen, wurden aber vom aufgebrachten Mob von der *rostra* geholt. Steine flogen durch die Luft, Prügel hagelten auf Rippen und Beine nieder. Didius und Lucius Cotta wurden aus dem Comitium geschoben und durch den Druck der Menge buchstäblich in die Senke zum Argiletum hin abgedrängt und dort eingekeilt. Übel zugerichtet und entsetzt über das Chaos, versuchten sie schreiend Veto einzulegen, doch die aufgebrachte Menge brüllte sie nieder.

Kein Zweifel: Das Gerücht über das Gold von Tolosa entschied die Auseinandersetzung gegen Caepio und den Senat. Von den *capite censi* bis zu den Rittern der Ersten Klasse beschimpfte die ganze Stadt Caepio als habgierigen Dieb und selbstsüchtigen Verräter. Männer – und sogar Frauen –, die nie zuvor Interesse am Forum und einer Volksversammlung bekundet hatten, kamen, um Caepio zu sehen, der ein Verbrechen von bisher unvorstellbaren Dimensionen begangen hatte. Lebhaft diskutierten sie, wie hoch der Berg der Goldbarren gewesen sein mußte, wie viele Barren es gewesen waren und was sie gewogen hatten. Der Haß ließ sich geradezu mit Händen greifen, denn schließlich sieht keiner es gern, wenn sich jemand mit Geld davonmacht, das als Gemeinbesitz gilt. Vor allem, wenn es um so viel Geld geht.

Norbanus war entschlossen, den Prozeß zu Ende zu bringen, ungeachtet der allgemeinen Erregung, der Schlägereien und des Chaos, das ausbrach, wenn die politisch interessierten Besucher der Versammlung auf die Massen stießen, die nur gekommen waren, um Caepio ihren Haß entgegenzuschreien. Caepio stand auf der *rostra*, umgeben von Liktoren, die ihn nicht festhalten, sondern beschützen sollten. Die Patrizier unter den Senatoren, die aufgrund ihres Ranges nicht an der Versammlung der Plebs teilnehmen durften, hatten sich auf den Stufen der Curia Hostilia eingefunden und beschimpften Norbanus, bis ein Teil der Menge begann, mit Steinen auf sie zu werfen. Scaurus sackte mit einer blutenden Kopfwunde bewußtlos zusammen. Norbanus ließ sich auch dadurch nicht aufhalten und setzte den Prozeß fort, ohne sich zu erkundigen, ob der Senatsvorsitzende tot war oder nur bewußtlos.

Die eigentliche Abstimmung ging schnell über die Bühne. Die ersten achtzehn der fünfunddreißig Tribus befanden Quintus Servilius Caepio einmütig für schuldig, die anderen Tribus brauchten deshalb gar nicht mehr abzustimmen. Ermutigt durch diese einmalige Demonstration des Hasses auf Caepio forderte Norbanus die Versammlung der Plebs auf, über die Strafe abzustimmen – eine so harte Strafe, daß die anwesenden Senatoren in wütendem Protest aufheulten. Wieder stimmten die durch das Los ausgewählten ersten achtzehn Tribus übereinstimmend für die schreckliche Strafe. Caepio verlor das Bürgerrecht, ihm wurden innerhalb von achthundert Meilen im Umkreis von Rom Wasser und Feuer verboten, er mußte fünfzehntausend Talente Gold zahlen und die Tage bis zum Beginn seiner Verbannung in einer bewachten Zelle der Lautumiae verbringen. Dort sollte er mit niemandem sprechen dürfen, nicht einmal mit Familienangehörigen.

Als Quintus Servilius Caepio, vormals römischer Bürger, in Begleitung der Liktoren die kurze Entfernung vom Comitium zu den schäbigen Zellen der Lautumiae zurücklegte, reckten sich ihm drohend Fäuste entgegen, und empörte Römer brüllten triumphierend, daß er jetzt keine Gelegenheit mehr haben werde, seine Makler und Bankiers zu konsultieren oder persönliches Vermögen zu vergraben.

Die Menge zerstreute sich langsam, zutiefst befriedigt über den Ausgang dieses aufregenden und ungewöhnlichen Tages, und auf dem Forum Romanum blieben nur einige wenige Männer zurück, die alle Senatoren waren.

Die zehn Tribunen standen in Gruppen zusammen. Lucius Cotta, Titus Didius, Marcus Baebius und Lucius Antistius Reginus starrten sich düster an, die vier Männer von der Mitte der Tribunenbank sahen hilflos von links nach rechts, nur Gaius Norbanus und Lucius Appuleius Saturninus waren bester Laune und unterhielten sich unter viel Gelächter mit Gaius Servilius Glaucia, der zu ihnen getreten war, um ihnen zu gratulieren. Keiner der zehn Tribunen trug noch seine Toga, die Kleidungsstücke waren ihnen im Getümmel vom Leib gerissen worden.

Marcus Aemilius Scaurus saß mit dem Rücken an den Sockel einer Statue des Scipio Africanus gelehnt, während Metellus Numidicus und zwei Sklaven versuchten, das Blut zu stillen, das aus einer Platzwunde an seiner Schläfe strömte. Crassus Orator und sein Busenfreund und Vetter Quintus Mucius Scaevola standen verdattert daneben. Der junge Drusus und der junge Caepio verharrten wie angewurzelt auf der Treppe vor der Curia, zusammen mit Drusus' Onkel Publius Rutilius Rufus und Marcus Aurelius Cotta. Konsul Lucius Aurelius Orestes, auch in seinen besten Zeiten nicht mit einem stabilen Nervenkostüm gesegnet, lag in voller Länge auf dem Vorplatz und wurde von einem aufgeregten Prätor versorgt.

Plötzlich knickte Caepio um und sank gegen den bleichen Drusus, der einen Arm um ihn gelegt hatte. Rutilius Rufus und Cotta griffen dem jungen Mann rasch unter die Arme und stützten ihn.

»Was können wir für euch tun?« fragte Cotta.

Drusus schüttelte den Kopf, so erschüttert, daß er kein Wort herausbrachte. Caepio schien Cotta gar nicht zu hören.

»Hat jemand Liktoren zum Haus von Quintus Servilius Caepio

geschickt, damit sie es vor der Menge schützen?« fragte Rutilius Rufus.

»Ja, ich«, brachte Drusus heraus.

»Und die Frau des Jungen?« fragte Cotta mit einem Kopfnicken auf Caepio.

»Ich habe sie und das Baby zu mir bringen lassen«, sagte Drusus. Er legte die freie Hand an seine Wange, als wollte er feststellen, ob er noch lebte.

Caepio bewegte sich und starrte die drei Männer verständnislos an. »Es war nur das Gold«, flüsterte er. »Sie haben nur an das Gold gedacht! Kein Wort von Arausio. Sie haben ihn nicht wegen Arausio verurteilt. Nur an das Gold haben sie gedacht!«

»So ist der Mensch«, sagte Rutilius Rufus leise. »Gold ist ihm wichtiger als Menschenleben.«

Drusus warf seinem Onkel einen scharfen Blick zu, aber wenn Ironie in Rutilius Rufus' Worten gelegen hatte, merkte Caepio das nicht.

»Gaius Marius ist an allem schuld«, sagte Caepio.

Rutilius Rufus schob die Hand unter seinen Ellbogen. »Komm, Quintus Servilius. Marcus Aurelius und ich bringen dich zum Haus des jungen Marcus Livius.«

Als sie die Treppe vor der Curia hinunterstiegen, löste sich Lucius Antistius Reginus aus der Gruppe, in der Lucius Cotta, Didius und Baebius zusammenstanden, und kam drohend auf Norbanus zu. Dieser wich zurück und ballte abwehrend die Fäuste.

»Keine Sorge!« zischte Antistius. »Ich mache mir die Hände nicht schmutzig an jemandem wie dir, du Köter!« Antistius war ein großgewachsener Mann, in dessen Adern offensichtlich Keltenblut floß. Er baute sich vor Norbanus auf. »Ich gehe jetzt zu den Lautumiae und befreie Quintus Servilius. In der ganzen Geschichte unserer Republik hat noch nie jemand im Gefängnis sitzen müssen, bis er ins Exil ging, und ich werde nicht zulassen, daß Quintus Servilius der erste ist! Versuche ruhig, mich aufzuhalten! Ein Sklave bringt mir mein Schwert, und beim Jupiter, Gaius Norbanus, wenn du dich mir in den Weg stellst, bringe ich dich um!«

Norbanus lachte rauh. »Nimm ihn doch mit!« sagte er. »Nimm Quintus Servilius mit zu dir nach Hause und wische ihm die Augen – und am besten auch gleich den Hintern! Seinem Haus würde ich allerdings nicht zu nahe kommen, wenn ich du wäre!«

»Und laß dich für deine Dienste ordentlich bezahlen!« rief Saturninus Antistius hinterher. »Falls du es noch nicht weißt: Er zahlt in Gold!«

Antistius drehte sich um und machte mit den Fingern seiner rechten Hand eine unmißverständliche Geste.

Glaucia lachte. »Nein, das werde ich nicht!« brüllte er. »Daß du eine Tunte bist, heißt noch lange nicht, daß wir es auch sind!«

Gaius Norbanus war des Spaßes überdrüssig. »Kommt«, sagte er zu Glaucia und Saturninus, »gehen wir zum Essen nach Hause.«

Scaurus war speiübel, aber er wäre lieber gestorben, als sich in aller Öffentlichkeit zu erbrechen. Obwohl ihm der Kopf schwirrte, zwang er sich, den drei Männern nachzusehen, die sich siegessicher und übermütig lachend entfernten.

»Sie sind tollwütig«, sagte er zu Metellus Numidicus, dessen Toga mit Scaurus' Blut befleckt war. »Sieh sie dir an! Werkzeuge des Gaius Marius!«

»Kannst du schon stehen, Marcus Aemilius?« fragte Numidicus.

»Erst muß sich mein Magen beruhigen.«

»Ich sehe, daß Publius Rutilius und Marcus Aurelius den Sohn und den Schwiegersohn von Quintus Servilius nach Hause gebracht haben.«

»Gut. Sie werden jemanden brauchen, der ein Auge auf sie hat. Ich habe noch nie eine Menschenmenge erlebt, die so nach Senatorenblut dürstete, nicht einmal in den schlimmsten Tagen des Gaius Gracchus.« Scaurus holte tief Luft. »Wir werden uns eine Weile zurückhalten müssen, Quintus Caecilius. Was wir auch tun, sie zahlen es uns doppelt zurück.«

»Möge Quintus Servilius mitsamt dem Gold verrotten!« schimpfte Numidicus.

Scaurus hatte sich inzwischen wieder etwas erholt und ließ sich auf die Füße helfen. »Du glaubst also, er hat es wirklich gestohlen?«

Metellus Numidicus sah ihn verächtlich an. »Nimm mich nicht auf den Arm, Marcus Aemilius! Du kennst ihn ebenso gut wie ich. Natürlich hat er es genommen! Das verzeihe ich ihm nie. Es gehörte der Staatskasse.«

Scaurus machte einige Schritte. Es kam ihm vor, als ginge er auf lauter verschieden hohen Wellen. »Die Schwierigkeit ist, daß wir keine Regeln im Senat haben, nach dem Männer wie du und ich Verräter in unseren eigenen Reihen bestrafen können.«

Metellus Numidicus zuckte die Schultern. »So etwas kann es nicht geben, das weißt du selbst. Das hieße zugeben, daß unsere eigenen Männer manchmal nicht so sind, wie sie sein sollten. Und wenn wir mit unseren Schwächen öffentlich auspacken, sind wir am Ende.«

»Ich bin lieber tot als am Ende.«

»Ich auch.« Metellus seufzte. »Ich hoffe nur, unsere Söhne denken darüber genauso.«

»Das war eine taktlose Bemerkung«, sagte Scaurus bitter.

»Aber Marcus Aemilius! Dein Sohn ist doch noch blutjung! Ich sehe nicht, was für unverbesserliche Fehler er haben sollte, wirklich.«

»Sollen wir die Söhne tauschen?«

»Nein, allein schon deshalb nicht, weil das deinen Sohn umbringen würde. Er leidet vor allem darunter, daß du nicht mit ihm zufrieden bist.«

»Er ist ein Schwächling.«

»Vielleicht braucht er eine tüchtige Frau.«

Scaurus blieb stehen und sah seinen Freund an. »Das ist eine glänzende Idee! Ich habe noch niemanden für ihn ausgesucht, er ist noch so unreif. An wen denkst du?«

»An meine Nichte. Metella Delmatica, das Mädchen von Delmaticus. Sie wird in zwei Jahren achtzehn. Ich bin jetzt, da der gute Delmaticus tot ist, ihr Vormund. Was sagst du dazu, Marcus Aemilius?«

»Einverstanden, Quintus Caecilius! Einverstanden!«

Als Drusus klar geworden war, daß man Servilius Caepio schuldig sprechen würde, hatte er seinen Verwalter Cratippus mit seinen kräftigsten Sklaven zum Haus des alten Caepio geschickt.

Livia Drusa war durch den Prozeß und das wenige, das sie aus Gesprächen zwischen dem alten und dem jungen Caepio aufgeschnappt hatte, so beunruhigt, daß sie sich auf kein Buch konzentrieren konnte, nicht einmal auf die pikanten Liebesgedichte des Meleagros. Da sie sonst nichts zu tun hatte, hatte sie sich an ihren Webstuhl gesetzt. Als die Sklaven ihres Bruders eintrafen, war sie überrascht, und der Ausdruck mühsam beherrschter Panik auf Cratippus' Gesicht alarmierte sie.

»Schnell, *dominilla,* pack ein, was du mitnehmen willst!« Cratippus sah sich im Wohnzimmer um. »Dein Mädchen packt die Kleider ein, und dein Kindermädchen kümmert sich um das Baby. Du brauchst mir nur zu zeigen, was du selbst mitnehmen willst – Bücher, Papiere, Stoffe.«

Livia Drusa starrte den Verwalter mit tellergroßen Augen an. »Warum? Was ist denn los?«

»Dein Schwiegervater, *dominilla.* Marcus Livius sagt, das Gericht wird ihn schuldig sprechen.«

»Aber warum muß ich dann hier weg?« Sie war entsetzt über die Aussicht, ausgerechnet jetzt, wo sie die Freiheit entdeckt hatte, ins Haus ihres Bruders wie in ein Gefängnis zurückkehren zu müssen.

»Die Stadt schreit nach seinem Blut, *dominilla.*«

Die letzte Farbe wich aus ihrem Gesicht. »Sein Blut? Will man ihn umbringen?«

»Nein, nein, ganz so schlimm ist es nicht«, sagte Cratippus beruhigend. »Sein Vermögen wird beschlagnahmt. Aber der Mob ist aufgebracht, und dein Bruder meint, wenn der Prozeß vorüber ist, kommen die größten Randalierer vielleicht hier vorbei, um das Haus zu plündern.«

Innerhalb einer Stunde hatten Dienerschaft und Familie Quintus Servilius Caepios Haus verlassen, und die Tore waren geschlossen und verriegelt. Als Cratippus Livia Drusa den Palatin hinunterführte, kam ihnen eine große Abteilung Liktoren entgegen, die nur mit der Tunika bekleidet waren und statt der *fasces* Prügel trugen. Sie sollten vor dem Haus Stellung beziehen und wenn nötig die wütende Menge in Schach halten, denn der Staat wollte nicht, daß Caepios Besitz geplündert wurde, bevor er inventarisiert und versteigert war.

Servilia Caepionis empfing ihre Schwägerin an der Tür von Drusus' Haus und führte sie hinein. Sie war so blaß wie Livia Drusa.

»Komm und sieh selbst«, sagte sie und schob Livia Drusa durch das Peristyl zur Loggia, von wo aus man auf das Forum Romanum hinabsehen konnte.

Sie erlebte gerade noch das Ende des Prozesses gegen Quintus Servilius Caepio mit. Das Menschengewühl ordnete sich zu den einzelnen Tribus, die über die beantragte Strafe, das Exil und die riesige Geldsumme, abstimmten. Die sich windenden und vorwärtsdrängenden Menschenschlangen boten von oben einen eigenartigen Anblick. Auf dem Versammlungsplatz herrschte noch einigermaßen Ordnung, aber weiter draußen verschmolz die riesige Menge der Schaulustigen mit den Anstehenden zu einem chaotischen Haufen. Knoten zeigten an, wo Streitereien ausgebrochen waren, und größere Menschentrauben zeigten an, wo das Handgemenge in einen Aufstand auszuarten begann. Auf der Treppe vor der Curia drängten sich die Senatoren, auf der Rednerbühne am Rand des Versammlungsplatzes standen die Volkstribunen und eine kleine, von Liktoren umgebene Gestalt, ihr angeklagter Schwiegervater, wie Livia Drusa vermutete.

Servilia Caepionis war in Tränen ausgebrochen, Livia Drusa war wie betäubt, sie konnte nicht weinen. Sie rückte näher zu ihrer Schwägerin.

»Cratippus meinte, daß die Menge vielleicht Vaters Haus plündert«, sagte sie. »Ich wußte von nichts! Keiner hat mir etwas gesagt!«

Servilia Caepionis nestelte ihr Taschentuch heraus und trocknete sich die Tränen. »Marcus Livius hat befürchtet, daß es so kommt. Diese dumme Geschichte mit dem Gold von Tolosa ist an allem schuld. Wenn sie nicht bekannt geworden wäre, wäre alles anders gekommen. Aber die meisten Römer haben Vater anscheinend schon vor seinem Prozeß verurteilt – für etwas, für das er gar nicht angeklagt ist!«

Livia Drusa wandte sich ab. »Ich muß nachsehen, wohin Cratippus mein Baby gebracht hat.«

Diese Bemerkung löste einen neuen Tränenstrom bei Servilia Caepionis aus, denn sie war bisher noch nicht schwanger geworden, obwohl sie sich verzweifelt ein Baby wünschte. »Warum bin ich noch nicht schwanger?« fragte sie Livia Drusa. »Du hast so ein Glück! Marcus Livius sagt, du bekommst bald wieder ein Kind, und ich habe noch nicht einmal das erste!«

»Du hast doch noch viel Zeit«, tröstete Livia Drusa. »Die Männer waren nach der Hochzeit monatelang fort, vergiß das nicht. Außerdem hat Marcus Livius viel mehr zu tun als mein Quintus Servilius, und alle sagen, je mehr ein Mann zu tun hat, desto schwieriger ist es für seine Frau, ein Kind zu bekommen.«

»Nein«, flüsterte Servilia Caepionis, »ich bin unfruchtbar. Ich weiß es genau, ich fühle es in mir! Dabei ist Marcus Livius so lieb zu mir, so nachsichtig!« Sie brach wieder in Tränen aus.

»Ist ja gut, sei doch nicht so traurig.« Livia Drusa hatte ihre Schwägerin ins Atrium geführt und sah sich nach Hilfe um. »Du machst es dir nicht leichter, wenn du so unglücklich bist. Babys gedeihen am besten in glücklichen Müttern!«

Cratippus erschien.

»Den Göttern sei Dank!« rief Livia Drusa. »Cratippus, holst du bitte das Dienstmädchen meiner Schwester? Und dann zeig mir bitte, wo ich schlafen soll und wo die kleine Servilia ist.«

In einem so großen Haus wie dem von Marcus Drusus war es kein Problem, ein paar zusätzliche Personen unterzubringen. Cratippus hatte dem jungen Caepio und seiner Frau eine der Zimmerfluchten zugewiesen, die auf den Säulengarten hinausgingen. Für den alten Caepio war ein weiterer Flügel reserviert, und die kleine Servilia war in dem leeren Kinderzimmer am anderen Ende des Gartens untergebracht.

»Wie soll ich es mit dem Essen halten?« fragte der Verwalter Livia Drusa, die das Auspacken ihrer Sachen überwachte.

»Das muß meine Schwester entscheiden, Cratippus! Ich möchte mich da überhaupt nicht einmischen.«

»Aber sie ist unpäßlich und hat sich hingelegt, *dominilla.*«

»Ach so. Dann sorge dafür, daß wir in einer Stunde essen können – vielleicht sind die Männer dann hungrig. Aber richte dich darauf ein, es notfalls zu verschieben.«

Draußen im Garten entstand Unruhe. Als Livia Drusa hinausging, um nachzusehen, schwankte ihr der junge Caepio durch das Peristyl entgegen, gestützt auf ihren Bruder Drusus.

»Was ist passiert?« fragte sie. »Kann ich etwas tun?« Sie sah Drusus an. »Was ist los?«

»Unser Schwiegervater Quintus Servilius ist verurteilt worden. Er muß ins Exil, mindestens achthundert Meilen von Rom weg, und er muß eine Geldstrafe von über fünfzehntausend Talenten Gold zahlen – das heißt, jeder Docht und jedes welke Blatt im Besitz der Familie wird beschlagnahmt. Die Zeit bis zum Beginn des Exils muß er in den Lautumiae absitzen.«

»Aber sein gesamter Besitz bringt nicht einmal hundert Talente Gold!« rief Livia Drusa entsetzt.

»Natürlich nicht. Deshalb kann er auch nie wieder nach Hause zurückkehren.«

Servilia Caepionis stürzte in den Garten. Sie sieht aus wie Kassandra, dachte Livia Drusa. Kassandra, die mit zerzausten Haaren, aufgerissenen, tränennassen Augen und offenem Mund vor den siegreichen Griechen flieht.

»Was ist los?« schrie sie. »Was ist denn los?«

Drusus trat ihr fest, aber freundlich entgegen, trocknete ihr die Tränen ab und verbot ihr, sich ihrem Bruder an die Brust zu werfen. Servilia faßte sich erstaunlich schnell.

»Kommt, wir gehen alle in dein Arbeitszimmer, Marcus Livius«, sagte sie und ging voraus.

Livia Drusa zögerte erschrocken.

»Was hast du?« fragte Servilia Caepionis.

»Wir können doch nicht zusammen mit den Männern im Arbeitszimmer sitzen!«

»Natürlich!« entgegnete Servilia Caepionis ungeduldig. »In solchen Zeiten müssen auch die Frauen der Familie an den Beratungen teilnehmen. Das weiß Marcus Livius ganz genau. Wir überleben zusammen oder sterben zusammen. Ein starker Mann braucht starke Frauen um sich.«

Mit schwindelndem Kopf versuchte Livia Drusa, sich einen Reim auf das widersprüchliche Verhalten der Schwägerin während der letzten Minuten zu machen. Schließlich erkannte sie, was für eine schreckhafte Maus sie selbst ihr ganzes Leben gewesen war. Drusus hatte erwartet, von einer Frau begrüßt zu werden, die völlig aufgelöst war, sich dann aber schnell beruhigte und praktisch handelte, und Servilia Caepionis hatte diesen Erwartungen in jeder Hinsicht entsprochen.

Livia Drusa folgte Servilia Caepionis also ins Arbeitszimmer und unterdrückte ihr Entsetzen, als Servilia allen Wein einschenkte, der nicht mit Wasser verdünnt war. Zaghaft nippte sie an dem ersten unverdünnten Alkohol ihres Lebens. Gedanken wirbelten in ihrem Kopf durcheinander. Und sie war wütend.

Gegen Ende der zehnten Stunde brachte Lucius Antistius Reginus den verurteilten Quintus Servilius Caepio. Caepio sah erschöpft aus, davon abgesehen wirkte er aber mehr verärgert als niedergeschlagen.

»Ich habe ihn aus den Lautumiae geholt«, sagte Antistius knapp. »Solange ich Volkstribun bin, kommt kein Konsular ins Gefängnis! Das ist eine Beleidigung des Romulus und des Quirinus und des Jupiter Optimus Maximus. Wie konnten sie es wagen!«

»Sie haben es gewagt, weil das Volk und die Landstreicher aus dem Zirkus sie dazu ermutigt haben«, sagte Caepio finster. Er stürzte seinen Wein in einem Zug hinunter. »Mehr«, sagte er zu seinem Sohn, und der beeilte sich, den Wunsch zu erfüllen, glücklich, daß sein Vater in Sicherheit war. »In Rom bin ich erledigt.« Caepios schwarze Augen blitzten zornig, als er zuerst Drusus und dann seinen Sohn ansah. »Es ist jetzt an euch jungen Männern, das Recht meiner Familie auf ihre alten Privilegien und den Vorrang, der ihr von Natur aus zukommt, zu verteidigen. Notfalls bis zum letzten Atemzug. Alles, was Marius, Saturninus und Norbanus heißt, muß vernichtet werden – mit dem Messer, wenn das die einzige Möglichkeit ist. Habt ihr mich verstanden?«

Caepios Sohn nickte gehorsam. Drusus bewegte sich nicht, den mit Wein gefüllten Becher in der Hand, das Gesicht ausdruckslos.

»Vater, ich schwöre dir, daß unsere Familie den Verlust ihrer *dignitas* nicht hinnehmen wird, solange ich ihr Oberhaupt bin«, sagte der junge Caepio feierlich. Er schien jetzt ruhiger.

Er gleicht seinem abscheulichen Vater mehr denn je, dachte Livia Drusa haßerfüllt. Warum hasse ich ihn nur so abgrundtief? Warum hat mein Bruder mich gezwungen, ihn zu heiraten?

Dann vergaß sie ihr eigenes Unglück. Auf dem Gesicht ihres Bruders sah sie einen Ausdruck, der sie faszinierte und zugleich verwirrte. Nicht, daß Drusus anderer Meinung zu sein schien als ihr Schwiegervater – er schien dessen Worte vielmehr abzuwägen und sie zusammen mit vielen anderen Dingen, die er noch nicht ganz verstanden hatte, innerlich abzulegen. Und plötzlich erkannte Livia Drusa, daß auch ihr Bruder den alten Caepio haßte! Wie er sich verändert hatte, ihr Bruder! Während der junge Caepio sich nie ändern würde. Er würde nur immer ausgeprägter das werden, was er schon war.

»Was willst du tun, Vater?« fragte Drusus.

Ein seltsames Lächeln erschien auf Caepios Gesicht. Die Wut in seinen Augen erstarb, und an seine Stelle trat eine unentwirrbare Mischung aus Triumph, Verschlagenheit, Schmerz und Haß. »Ich gehe ins Exil, wie es die Versammlung der Plebs befohlen hat, mein lieber Junge.«

»Aber wohin, Vater?« fragte sein Sohn.

»Nach Smyrna.«

»Wo können wir Geld auftreiben?« fragte der junge Caepio. »Ich denke nicht so sehr an mich – Marcus Livius wird mir aushelfen – als an dich. Wovon willst du im Exil leben?«

»Ich habe Geld in Smyrna hinterlegt, mehr als genug für meine Bedürfnisse. Aber auch du brauchst dir keine Sorgen zu machen, mein Sohn. Deine Mutter hat dir ein großes Vermögen hinterlassen, das ich treuhänderisch für dich aufbewahrt habe. Es ist mehr, als du brauchst.«

»Aber wird es nicht auch beschlagnahmt?«

»Nein, aus zwei Gründen nicht. Erstens ist es bereits auf deinen Namen überschrieben. Zweitens liegt es nicht in Rom, sondern zusammen mit meinem Geld in Smyrna.« Caepios Lächeln wurde breiter. »Du mußt einige Jahre hier im Haus von Marcus Livius wohnen, dann schicke ich dir nach und nach dein Vermögen. Wenn mir etwas zustoßen sollte, werden meine Bankiers die Zahlungen fortsetzen. Du, Schwiegersohn, führst inzwischen genau Buch über das Geld, das du für meinen Sohn ausgibst. Er wird es dir zu gegebener Zeit bis auf den letzten Sesterz zurückzahlen.«

Stille senkte sich über den Raum, geladen mit so viel Spannung und Gefühlen, daß sie fast mit Händen zu greifen waren. Jeder der Anwesenden wußte, was Quintus Servilius Caepio ungesagt gelassen hatte: Er hatte das Gold von Tolosa gestohlen, das Gold war jetzt in Smyrna in Sicherheit und Eigentum des Quintus Servilius Caepio, der darüber jederzeit verfügen konnte. Quintus Servilius Caepio war damit fast so reich wie Rom.

Caepio wandte sich an Antistius, der wie die anderen schwieg. »Hast du darüber nachgedacht, was ich dich auf dem Weg hierher gefragt habe?«

Antistius räusperte sich laut. »Das habe ich, Quintus Servilius. Ich nehme an.«

»Gut!« Caepio sah seinen Sohn und seinen Schwiergersohn an. »Mein lieber Freund Lucius Antistius hat sich bereit erklärt, mich nach Smyrna zu begleiten. So genieße ich das Vergnügen seiner Gesellschaft und den Schutz eines Volkstribuns. Wenn wir nach Smyrna kommen, werde ich Lucius Antistius bitten, mit mir dort zu bleiben.«

»Darüber habe ich noch nicht entschieden«, sagte Antistius.

»Das eilt auch nicht«, sagte Caepio aufgeräumt, »das eilt überhaupt nicht.« Er rieb sich die Hände, als wollte er sie wärmen. »Ich muß sagen, ich bin so hungrig, daß ich ein kleines Kind verspeisen könnte! Gibt es etwas zu essen?«

»Natürlich, Vater«, sagte Servilia Caepionis. »Geht ihr Männer schon ins Eßzimmer. Livia Drusa und ich sehen derweil in der Küche nach dem Essen.«

Das war natürlich eine grobe Übertreibung. Um das Essen kümmerte sich Cratippus, die beiden Frauen machten sich aber immerhin auf die Suche nach ihm. Schließlich fanden sie ihn in der Loggia, die auf das Forum Romanum hinausging. Auf dem Forum wuchsen die Schatten der Dämmerung.

»Seht euch das an!« sagte Cratippus. Entrüstet zeigte er hinunter. »Habt ihr je einen solchen Schweinestall gesehen? Abfall überall! Schuhe, Lumpen, Stöcke, halbgegessenes Brot, zerbrochene Weinkrüge – es ist eine Schande!«

Und dann sah Livia Drusa auf einmal ihren rothaarigen Odysseus. Er stand mit Gnaeus Domitius Ahenobarbus auf dem Balkon des Hauses unter Caepios Haus. Die beiden Männer schienen sich wie Cratippus über den Abfall zu entrüsten.

Livia Drusa zitterte, fuhr sich mit der Zunge über die Lippen und starrte mit ausgehungerten Augen auf den jungen Mann, der so nah war und doch so fern. Als der Verwalter zur Küchentreppe eilte, sah sie ihre Chance gekommen. Servilia Caepionis würde es für eine beiläufige Frage halten.

»Schwester«, fragte sie, »wer ist der rothaarige Mann, der dort auf dem Balkon neben Gnaeus Domitius steht? Er kommt schon seit Jahren zu Besuch, aber ich weiß nicht, wer er ist, ich kann ihn einfach nirgends einordnen. Kennst du ihn?«

Servilia rümpfte die Nase. »Ach der! Das ist Marcus Porcius Cato.« Aus ihrer Stimme sprach Verachtung.

»Cato? Wie Cato der Zensor?«

»Genau. Ein Aufsteiger! Er ist der Enkel von Cato dem Zensor.«

»Aber ist seine Großmutter dann nicht Licinia und seine Mutter Aemilia Paulla?« Livia Drusas Augen leuchteten. »Das macht ihn doch gesellschaftsfähig!«

Servilia rümpfte wieder die Nase. »Er gehört dem falschen Zweig an, Liebes. Er ist nicht der Sohn von Aemilia Paulla – dafür müßte er einige Jahre älter sein. Nein, nein! Er ist kein Cato Licinianus! Er ist ein Cato Salonianus. Der Urenkel eines Sklaven.«

Livias Traumwelt überzog sich mit einem Netz feiner Risse. »Das verstehe ich nicht«, sagte sie verwirrt.

»Was, du kennst die Geschichte nicht? Er ist der Sohn des Sohnes aus Catos zweiter Ehe.«

»Mit der Tochter eines Sklaven?« fragte Livia Drusa atemlos.

»Der Tochter seines Sklaven, wenn du es genau wissen willst. Salonia hieß sie. Ich halte es für eine absolute Schande, daß die Nachkommen aus dieser Verbindung denselben Rang beanspruchen wie die Nachkommen aus Catos erster Ehe mit Licinia! Sie haben sich sogar in den Senat gedrängt. Der andere Zweig der Familie spricht natürlich nicht mit ihnen. Wir auch nicht.«

»Warum spricht Gnaeus Domitius dann mit ihm?«

Servilia Caepionis lachte, und es klang wie das Lachen ihres abscheulichen Vaters. »Seine Familie gehört ja auch nicht gerade zu den feinsten Familien Roms! Mehr Geld als Vorfahren, auch wenn sie noch so oft erzählen, daß Castor und Pollux ihre Bärte rot gefärbt hätten! Ich weiß gar nicht genau, warum sie mit Marcus Porcius verkehren. Aber ich habe eine Vermutung. Mein Vater ist darauf gekommen.«

»Auf was?« fragte Livia Drusa, innerlich zitternd.

»Na ja, die Nachkommen aus Catos zweiter Ehe haben rote Haare. Cato der Zensor hatte übrigens selber auch rote Haare. Aber Licinia und Aemilia Paulla waren beide dunkel, und ihre Söhne und Töchter haben braune Haare und braune Augen. Catos Sklave Salonius dagegen war ein Keltiberer aus Salo in Hispania Citerior, und er war blond. Seine Tochter Salonia war sogar hellblond. Deshalb haben ihre Nachkommen Catos rote Haare und seine grauen Augen behalten.« Servilia Caepionis zuckte die Achseln. »Die Familie von Domitius Ahenobarbus erzählt eine Legende, nach der sie die roten Bärte von einem Vorfahren geerbt haben, der von Castor und Pollux an den Wangen berührt wurde! Um diese Tradition fortzusetzen, heiraten die männlichen Familienmitglieder immer rothaarige Frauen. Aber rothaarige Frauen sind selten. Ich könnte mir vorstellen, solange keine bessere rothaarige Frau zur Verfügung steht, heiratet ein Domitius Ahenobarbus auch eine Cato Salonius. Sie sind so eingebildet, daß sie glauben, ihr Blut könne alles verkraften.«

»Gnaeus Domitius' Freund hat also eine Schwester?«

»Das hat er.« Servilia Caepionis schüttelte sich. »Ich muß ins Haus. Was für ein Tag. Komm, das Essen ist sicher fertig.«

»Geh schon voraus«, sagte Livia Drusa. »Ich muß vor dem Essen noch meine Tochter stillen.«

Die Erwähnung des Babys reichte aus, daß die arme, nach einem Kind hungernde Servilia Caepionis ins Haus stürzte. Livia Drusa kehrte zum Geländer zurück und sah hinunter. Gnaeus Ahenobarbus und sein Besucher standen immer noch da. Der Besucher, der einen Sklaven als Urgroßvater hatte. Vielleicht war die hereinbrechende Dämmerung daran schuld, daß die Haare des Mannes unter ihr auf einmal allen Glanz verloren hatten, daß er zu schrumpfen schien und seine Schultern schmaler wirkten. Sein Hals sah auf einmal lächerlich aus, er war zu lang und dürr für einen echten Römer. Vier schimmernde Tränen tropften auf das gelb gestrichene Geländer, nicht mehr.

Ich habe mich wie gewöhnlich zum Narren halten lassen, dachte Livia Drusa. Vier ganze Jahre habe ich einem Mann nachgetrauert, von dem sich jetzt herausstellt, daß er der Urenkel eines Sklaven ist – eines Sklaven aus Fleisch und Blut, nicht eines Sklaven aus der

Legende. Ich habe ihn in meiner Einbildung zu einem König gemacht, vornehm und tapfer wie Odysseus. Ich war Penelope, die geduldig auf ihn wartet. Und jetzt erfahre ich, daß er gar kein Adliger ist. Nicht einmal anständige Vorfahren hat er! Cato der Zensor war schließlich auch nur ein Bauer aus Tusculum und ein Schützling des Patriziers Valerius Flaccus. Ein echter Vorläufer von Gaius Marius. Der Mann auf dem Balkon da unten ist der Nachfahre eines Sklaven und eines Bauern aus Tusculum. Was für eine Närrin bin ich doch! Wie dumm, wie schrecklich dumm!

Noch bevor sie das Kinderzimmer betrat, hörte sie die kleine Servilia schreien. Ihre regelmäßigen Mahlzeiten waren an diesem ereignisreichen Tag durcheinandergekommen, und sie hatte Hunger. Livia Drusa nahm sich eine Viertelstunde Zeit und stillte sie.

Bevor sie ging, sagte sie zu dem makedonischen Kindermädchen: »Suche eine Amme für das Baby. Ich möchte mich ein paar Monate erholen, bevor ich wieder gebäre. Und wenn das zweite Kind da ist, kannst du ihm gleich eine Amme besorgen. Offensichtlich schützt das Stillen nicht vor Schwangerschaft, sonst wäre ich nicht schon wieder schwanger.«

Sie trat in das Speisezimmer und setzte sich so unauffällig wie möglich auf einen Stuhl mit gerader Lehne, ihrem Mann Caepio gegenüber. Der Hauptgang wurde gerade hereingebracht, und alle schienen Appetit zu haben. Auch Livia Drusa stellte fest, daß sie hungrig war.

Caepio sah sie besorgt an. »Dir fehlt doch nichts, Livia Drusa? Du siehst krank aus.«

Erschrocken sah sie ihn an, und zum ersten Mal in all den Jahren, die sie ihn kannte, rief sein Anblick keinen Sturm von Haßgefühlen in ihr hervor. Zwar hatte er keine roten Haare, keine grauen Augen, keine hochgewachsene, geschmeidige Gestalt und keine breiten Schultern, und er würde nie König Odysseus sein. Aber er war ihr Mann. Er liebte sie treu, er war der Vater ihrer Kinder, und er war väterlicher- wie mütterlicherseits ein römischer Patrizier.

Deshalb lächelte sie ihn an, und diesmal lächelte sie auch mit den Augen. »Es ist nur die Aufregung des heutigen Tages, Quintus Servilius«, sagte sie sanft. »Mir geht es so gut wie schon seit Jahren nicht mehr.«

Ermutigt durch den Erfolg des Prozesses gegen Caepio, ließ Saturninus mit arroganter Willkür weitere Taten folgen, die den Senat bis in seine Grundfesten erschütterten. Unmittelbar nach dem Prozeß gegen Caepio erhob er in der Versammlung der Plebs Anklage gegen Gnaeus Mallius Maximus wegen »des Verlusts seiner Armee«. Das Urteil fiel ähnlich aus. Mallius Maximus, der beide Söhne in der Schlacht von Arausio verloren hatte, verlor jetzt noch das römische Bürgerrecht und sein gesamtes Vermögen. Als er das Exil antrat, war er, anders als der geldgierige Caepio, ein gebrochener Mann.

Ende Februar wurde das neue Hochverratsgesetz verabschiedet, die *lex Appuleia de maiestate.* Hochverratsprozesse wurden den schwerfälligen Zenturien entzogen und einem ausschließlich mit Rittern besetzten Sondergericht übertragen. Senatoren sollten zu diesem Gericht überhaupt keinen Zutritt haben. Trotzdem äußerten die Senatoren in der obligatorischen Senatsdebatte kaum Kritik an der Vorlage und verhinderten auch nicht, daß sie Gesetzeskraft erlangte.

Zwar waren dies gewaltige Veränderungen, die eine unvorstellbare Bedeutung für die zukünftige Lenkung Roms haben sollten, aber sie beschäftigten den Senat und das Volk weit weniger als die zur gleichen Zeit stattfindenden Priesterwahlen. Der Tod des Pontifex Maximus Lucius Caecilius Metellus Delmaticus hatte nicht nur eine, sondern gleich zwei Lücken im Priesterkollegium gerissen. Einige Senatoren waren zwar der Ansicht, da die beiden Stellen bisher ein und denselben Inhaber gehabt hätten, brauche auch jetzt nur einmal gewählt zu werden. Aber das war, wie der Senatsvorsitzende Scaurus mit mühsam beherrschter Stimme und zitternden Lippen einwandte, nur möglich, wenn der Mann, der als normaler *pontifex* gewählt wurde, auch für den Posten des Pontifex Maximus in Frage kam. Zuletzt einigte man sich darauf, den Pontifex Maximus zuerst zu wählen.

»Dann sehen wir weiter«, sagte Scaurus. Er atmete schwer, brach aber nur einmal kurz in dröhnendes Gelächter aus.

Sowohl er wie Metellus Numidicus kandidierten als Pontifex Maximus. Auch Catulus Caesar hatte sich aufstellen lassen. Und natürlich Gnaeus Domitius Ahenobarbus.

»Wenn ich gewählt werde oder Quintus Lutatius«, sagte Scaurus mit heroischer Beherrschung, »müssen wir eine zweite Wahl für den *pontifex* abhalten, da wir beide dem Priesterkollegium bereits angehören.«

Die Kandidaten für das Priesteramt waren ein gewisser Servilius Vatia, ein Aelius Tubero und Metellus Numidicus. Und Gnaeus Domitius Ahenobarbus.

Das neue Gesetz sah vor, daß von den fünfunddreißig Tribus siebzehn ausgelost werden sollten, und nur diese sollten dann wählen. Das Los wurde also geworfen, und die siebzehn Tribus wurden bestimmt. Die Wahl ging in bester Stimmung und friedlicher Atmosphäre vonstatten, auf dem Forum Romanum flog an diesem Tag kein einziger Stein! Außer Scaurus amüsierten sich noch viele andere Zuschauer köstlich über die Wahl. Nichts appellierte mehr an den römischen Sinn für Humor als ein Zank, in den die respektabelsten Namen auf den Bürgerlisten der Zensoren verwickelt waren, zumal wenn die geschädigte Partei es so geschickt verstand, den Spieß zu ihren Gunsten umzudrehen.

Natürlich war Gnaeus Domitius Ahenobarbus der Held der Stunde. Keiner war überrascht, als er zum Pontifex Maximus gewählt wurde, was eine zweite Wahl erübrigte. Das Volk jubelte, Blumenkränze flogen durch die Luft, und Gnaeus Domitius Ahenobarbus hatte sich erfolgreich an jenen gerächt, die das Priesteramt seines toten Vaters dem jungen Marcus Livius Drusus gegeben hatten.

Als das Wahlergebnis bekannt wurde, bekam Scaurus einen Lachkrampf – sehr zur Mißbilligung von Metellus Numidicus, der das überhaupt nicht witzig fand.

»Wirklich, Marcus Aemilius, das geht zu weit!« zeterte er. »Es ist eine Schande! Dieser Griesgram, dieser Saufbold, dieser Pimmel als Pontifex Maximus? Nach meinem lieben Bruder Delmaticus? Und vor dir? Vor mir?« Er schlug mit der Faust auf einen der volskischen Schiffsschnäbel, die der Rednerbühne ihren Namen *rostra* gegeben hatten. »Wenn ich die Römer hasse, dann vor allem dann, wenn ihr perverser Sinn für das Lächerliche ihren sonst so ausgeprägten Sinn für Benimm und Anstand überwiegt! Lieber stimme ich einem Gesetz des Saturninus zu! Es drückt wenigstens tiefverwurzelte Bedürfnisse des Volkes aus. Aber das hier, diese – Posse? Krasse Verantwortungslosigkeit! Ich hätte nicht übel Lust, Quintus Servilius ins Exil zu folgen, so sehr schäme ich mich.«

Aber je mehr Metellus Numidicus sich in seine Wut hineinsteigerte, desto heftiger lachte Scaurus. Ächzend hielt er sich die Seiten und sah Metellus Numidicus durch einen Vorhang von Tränen an. Schließlich brachte er japsend heraus: »Hör doch endlich auf, dich wie eine alte Vestalin aufzuführen, die zwei behaarte Eier und einen steifen Schwanz sieht! Es ist zum Totlachen. Und wir verdienen alles, was er uns austeilt!«

Er brach erneut in Gelächter aus. Metellus Numidicus gab einen schrillen Laut von sich wie eine Katze, der jemand auf den Schwanz getreten ist, und stelzte beleidigt davon.

Im September bekam Publius Rutilius Rufus einen der seltenen Briefe von Gaius Marius.

*Ich weiß, daß ich öfter schreiben sollte, alter Freund, aber das Problem ist, ich bin kein guter Briefeschreiber. Deine Briefe dagegen sind wie Schwimmkorken, die man einem Ertrinkenden zuwirft. Jede Zeile ist wie du selbst: frei von überflüssigen Passagen, Platitüden und Phrasen. Hast Du gemerkt? Jetzt ist mir immerhin eine Alliteration geglückt. Aber Du ahnst nicht, wieviel Mühe mich das gekostet hat.*

*Sicher bist Du wieder im Senat gewesen und hast das Gegrunze von unserem Freund Metellus Schweinebacke über Dich ergehen lassen müssen. Wahrscheinlich hat er sich wieder darüber beklagt, daß meine Proletarierarmee soviel kostet und nun schon das zweite Jahr tatenlos jenseits der Alpen herumsteht? Aber im Ernst: Wie bringe ich es fertig, daß ich zum vierten Mal als Konsul gewählt werde, das dritte Mal hintereinander? Denn ich muß gewählt werden, sonst verliere ich alles, was ich jetzt gewinnen kann. Nächstes Jahr, Publius Rutilius, ist das Jahr der Germanen. Ich spüre es in den Knochen. Ja, ich gebe zu, daß ich keine Beweise für die Richtigkeit meines Gefühls habe, aber ich bin sicher, daß Lucius Cornelius und Quintus Sertorius es bestätigen werden, wenn sie zurückkommen. Ich habe nichts von ihnen gehört, seit sie mir letztes Jahr König Copillus gebracht haben. Natürlich freue ich mich, daß meine beiden Volkstribunen die Verurteilung des Quintus Servilius Caepio erreicht haben, aber es tut mir leid, daß ich nicht selbst mit Copillus als Zeuge dabeisein konnte. Egal. Quintus Servilius hat seine gerechte Strafe bekommen. Es ist nur schade, daß Rom von dem Gold von Tolosa nie etwas sehen wird.*

*Das Leben hier geht seinen gewohnten Gang. Die Via Domitia ist jetzt die ganze Strecke von Nemausus bis Ocelum in tadellosem Zustand, so daß die Legionen es hier in Zukunft sehr viel leichter haben werden. Man hat die Straße verkommen lassen. An einigen Abschnitten ist nichts getan worden, seit der* tata *unseres neuen Pontifex Maximus vor fast zwanzig Jahren hier durchkam. Überschwemmungen, Frost und heftige Regenfälle haben einen schreck-*

*lichen Tribut gefordert. Zwar mußten wir keine neue Straße bauen, denn wenn die Steine für die Straßenbettung einmal an Ort und Stelle liegen, ist eine Grundlage für immer geschaffen. Aber schließlich kann man nicht erwarten, daß Männer, Wagen und Pferde wohlbehalten über ein holpriges Pflaster aus grobem Schotter ziehen, nicht wahr? Der Straßenbelag aus Sand und Kies muß glatt sein wie ein Ei. Man muß ihn mit Wasser feuchthalten, bis er so hart zusammengebacken ist wie Beton. Glaub mir, der gegenwärtige Zustand der Via Domitia macht meinen Männern alle Ehre.*

*Übrigens haben wir auch eine neue Dammstraße über die Rhône-Marschen von Nemausus nach Arelate gebaut. Und gerade vor ein paar Tagen haben wir einen neuen Kanal vom Meer nach Arelate fertiggestellt. Der Kanal ermöglicht es Schiffen, die Sümpfe, Schlammzonen und Sandbänke des natürlichen Wasserlaufs zu umgehen. Die griechischen Geschäftsleute von Massilia kriechen mir vor Dankbarkeit förmlich in den Arsch – Schleimer und Heuchler allesamt! Soviel ich weiß, hat ihre Dankbarkeit in keinem einzigen Fall zu einem Preisnachlaß bei den Waren geführt, die sie meiner Armee verkaufen!*

*Ich will Dir auch berichten, was mit Gaius Lusius passiert ist, für den Fall, daß Du eine verzerrte Version davon hörst – Nachrichten über mich und meine Anhänger werden ja eigentlich immer verzerrt. Erinnerst Du Dich an den Jungen der Schwester meiner Schwägerin? Er trat als Militärtribun in meine Armee ein. Bis sich dann herausstellte, daß eine militärische Karriere gar nicht sein Ziel war. Vor zwei Wochen suchte mich der Befehlshaber der Militärpolizei auf und überbrachte mir eine Meldung, eine schlechte Nachricht über ein Familienmitglied, wie er glaubte: Gaius Lusius war im Mannschaftsquartier tot aufgefunden worden. Jemand hatte ihm den Bauch so sauber mit einem Schwert aufgeschlitzt, wie ein Feldherr es sich von einem Soldaten nicht schöner wünschen kann. Der schuldige Soldat hatte sich bereits gemeldet und sich zu seiner Tat bekannt – ein netter junger Bursche und besonders tüchtiger Soldat, wie sein Zenturio mir berichtete. Es stellte sich heraus, daß Lusius schwul war und sich an diesen Soldaten herangemacht hatte. Er setzte ihm immer mehr zu und wollte nicht lockerlassen. Die ganze Zenturie machte bereits ihre Witze darüber. Die Soldaten tänzelten mit wackelndem Hintern durch die Gegend, wedelten mit den Händen und klapperten mit den Wimpern. Der arme Soldat wußte sich schließlich nicht mehr zu helfen. Ergebnis – Mord. Natürlich mußte ich ihn vor ein Kriegsgericht stellen, aber ich muß sagen, es war mir eine große Genugtuung, daß ich ihn freisprechen und ihn mit einer Belobigung, einer Beförderung und einer Belohnung entschädigen konnte. Gemerkt? Schon wieder eine Alliteration.*

*Auch ich hatte meinen Vorteil davon. Einmal konnte ich deutlich machen, daß Lusius kein Blutsverwandter von mir war. Zweitens konnte ich den Legionären zeigen, daß ihr Feldherr für Gerechtigkeit sorgt, wie es sich gehört, und Familienmitglieder nicht bevorzugt. Ich nehme an, es gibt Dinge, die Schwule tun können, aber die Legionen sind bestimmt nicht der richtige Platz für sie, meinst du nicht auch, Publius Rutilius? Kannst Du Dir vorstellen, was wir vor Numantia mit Lusius gemacht hätten? Er wäre nicht mit einem sauberen, schnellen Tod davongekommen. Er hätte in den höchsten Tönen gesungen. Obwohl, man wird älter. Ich werde nie vergessen, wie entsetzt ich über ein paar Dinge war, die man sich beim Begräbnis des Scipio Aemilianus über den großen Feldherrn erzählte! Na ja, er hat sich nie an mich rangemacht, also weiß ich es nicht sicher. Seltsamer Bursche, aber – wahrscheinlich kursieren immer solche Geschichten, wenn jemand keine Kinder hat.*

*Das wär's im großen ganzen. Ach so: Ich habe dieses Jahr einige Verbesserungen am Wurfspieß vorgenommen und glaube, daß die neue Version sich durchsetzen wird. Wenn Du Geld übrig hast, kauf Dir Anteile an einer der neuen Fabriken, die den Wurfspieß demnächst herstellen werden. Oder gründe selbst eine Fabrik. Solange Dir das Gebäude gehört, können die Zensoren Dir nicht vorwerfen, daß Du damit gegen die Würde eines Senators verstößt.*

*Ich habe die Verbindung zwischen Eisen und Holzschaft verändert. Das* pilum *ist ja eine viel wirkungsvollere Waffe als die alte Lanze, aber es kostet natürlich auch eine ganze Stange mehr Geld. Man braucht eine kleine, mit einem Widerhaken versehene Spitze statt der großen, blattförmigen Spitze, einen langen Eisenschaft und einen besonders geformten Holzschaft, der sich besser werfen läßt als der Besenstiel der alten Lanze. Ich habe in den vergangenen Jahren oft genug erlebt, wie scharf unsere Feinde auf unser* pilum *sind. Sie provozieren die Neulinge in unseren Truppen absichtlich, daß sie ihre Spieße schon werfen, wenn sie noch nichts treffen können als höchstens einen feindlichen Schild. Dann behalten sie die Spieße für später oder werfen sie gleich zurück.*

*Ich bin deshalb darauf verfallen, das Eisen nur durch einen Holznagel am Holzschaft zu befestigen. Sobald der Spieß irgendwo aufprallt, bricht das Eisen ab. Der Feind kann es nicht zurückwerfen oder später wiederverwenden. Wenn wir das Schlachtfeld behaupten, können die Waffenschmiede nach der Schlacht die zerbrochenen Teile einsammeln und sie wieder zusammenfügen. Das spart uns Geld und Soldaten, weil der Feind die Spieße nicht zurückwerfen kann.*

*Aber das ist jetzt wirklich alles. Schreibe bald.*

Publius Rutilius legte den Brief mit einem Lächeln zur Seite. Keine geschliffene Rhetorik, kein eleganter Ausdruck, kein kunstvoller Stil. Aber so war Gaius Marius eben. Er war wie seine Briefe. Seine fixe Idee mit dem Konsulat war allerdings beunruhigend. Publius Rutilius konnte einerseits verstehen, warum Marius Konsul bleiben wollte, bis die Germanen besiegt waren – Marius wußte, daß nur er die Germanen besiegen konnte. Andererseits war Rutilius Rufus zu sehr ein Römer seiner Klasse, um dies billigen zu können, selbst in Anbetracht der Germanengefahr. Lohnte ein Rom, das durch Marius' Neuerungen so verändert worden war, daß es nicht mehr das Rom des Romulus war, den Einsatz noch? Rutilius Rufus wünschte, er wüßte die Antwort. Es war schwierig, mit jemandem so befreundet zu sein, wie er mit Marius befreundet war, und zugleich zu erleben, wie dieser Freund eine Tradition nach der anderen zerstörte. Jetzt also der Wurfspieß, bei Juno! Konnte Marius nichts so lassen, wie es war?

Trotzdem setzte er sich hin und verfaßte sofort eine Antwort. Schließlich war Marius sein Freund.

*Es war ein ereignisloser Sommer, deshalb kann ich leider nicht viel berichten, lieber Gaius Marius. Nichts Wichtiges jedenfalls. Dein verehrter Kollege und Mitkonsul Lucius Aurelius Orestes liegt gesundheitlich darnieder, aber das tut er ja schon seit seiner Wahl. Ich weiß gar nicht, warum er überhaupt kandidiert hat. Wahrscheinlich hatte er einfach das Gefühl, er habe das Amt verdient. Bleibt abzuwarten, ob auch das Amt ihn verdient hat. Irgendwie bezweifle ich es.*

*Zwei saftige Skandale sind alles an Neuem, aber ich weiß, Du wirst Dich genauso darüber amüsieren wie ich. Interessanterweise ist in beide Dein Volktribun Lucius Appuleius Saturninus verwikkelt. Ein bemerkenswerter Bursche, wirklich. Er besteht aus lauter Widersprüchen. Jammerschade, denke ich immer, daß Scaurus gera-*

*de ihn zur Zielscheibe gemacht hat. Ich bin überzeugt, Saturninus ist mit dem festen Vorsatz in den Senat eingezogen, eines Tages als erster Appuleius auf dem Stuhl des Konsuls zu sitzen. Jetzt brennt er darauf, den Senat so zu ducken, daß die Konsuln nur noch reglose Wachsmasken sind. Ja, ja, ich höre Dich schon sagen, ich sei wieder über Gebühr pessimistisch und würde übertreiben, und mein Urteil sei durch meine Liebe zu den alten Traditionen getrübt. Aber ich habe trotzdem recht! Ich hoffe, Du entschuldigst, wenn ich die verschiedenen Personen im folgenden nur noch mit ihren Beinamen nenne. Es wird ein langer Brief, und so spare ich wenigstens ein paar Worte.*

*Saturninus ist rehabilitiert worden. Was sagst Du dazu? Eine erstaunliche Geschichte, die auch unserem verehrten Senatsvorsitzenden Scaurus sehr zur Ehre gereicht. Du mußt zugeben, er ist ein weit feinerer Mensch als sein Busenfreund Metellus. Aber das ist eben der Unterschied zwischen einem Aemilius und einem Caecilius.*

*Du weißt, daß Scaurus für die Getreidebeschaffung zuständig ist – ich habe es Dir ja selbst geschrieben. Er pendelt ständig zwischen Ostia und Rom hin und her und macht den Getreidegroßhändlern das Leben schwer, weil er ihnen nichts durchgehen läßt. Wenn die Preise während der beiden letzten Ernten trotz des Getreidemangels bemerkenswert stabil geblieben sind, so haben wir das ausschließlich einem Mann zu danken: Scaurus!*

*Schon gut, ich beende meine Lobeshymne und fahre mit meiner Geschichte fort. Als Scaurus vor zwei Monaten in Ostia war, hat er dort wohl einen Getreideagenten getroffen, der sonst in Sizilien tätig ist. Ich brauche Dich nicht über den Sklavenaufstand in Sizilien zu informieren, Du bekommst ja regelmäßig die Berichte des Senats. Ich ergänze nur, daß wir meiner Ansicht nach dieses Jahr den richtigen Mann als Statthalter nach Sizilien geschickt haben. Lucius Licinus Lucullus mag ein aufgeblasener Aristokrat sein mit einer Schnute wie ein Katzenpopo, aber er berichtet nicht nur dem Senat gewissenhaft über sein Vorgehen, er räumt auf dem Schlachtfeld auch gewissenhaft auf.*

*Kannst Du Dir übrigens vorstellen, daß ein schwachsinniger Prätor – ein plebejischer Servilier mit zweifelhaften Vorfahren, der sich mit dem Geld seines Gönners Ahenobarbus als Augur wählen ließ und sich jetzt bitteschön Gaius Servilius Augur nennt! –, daß also dieser Prätor gestern tatsächlich die Stirn hatte, im Senat aufzuste-*

*hen und Lucullus vorzuwerfen, er ziehe den Krieg in Sizilien absichtlich in die Länge, um zu erreichen, daß sein Kommando bis nächstes Jahr verlängert wird?*

*Wie kommt er auf diesen absurden Vorwurf? höre ich Dich fragen. Nun, nachdem Lucullus die Sklavenarmee so vernichtend geschlagen hatte, eilte er nicht gleich nach Triocala weiter, denn er wollte seine Arbeit gründlich tun. Nach dem Sieg über die Sklaven nahm er sich eine Woche Zeit, räumte die fünfunddreißigtausend toten Sklaven vom Schlachtfeld und hob die Widerstandsnester rund um Heracleia Minoa aus, wo leicht neue Gefahren für Rom hätten keimen können. Erst dann zog er nach Triocala weiter, wo die überlebenden Sklaven sich verschanzt hatten. Servilius der Augur sagt nun, Lucullus hätte nach der Schlacht wie ein Vogel geradewegs nach Triocala fliegen sollen, denn – so seine Vermutung – die Sklaven, die sich in Triocala verschanzt hatten, seien in einem solchen Zustand der Panik gewesen, daß sie sich Lucullus sofort ergeben hätten! Während es in Wirklichkeit dann anders kam: Als Lucullus vor Triocala eintraf, hatten die Sklaven ihre Panik überwunden und beschlossen weiterzukämpfen. Woher Servilius der Augur das alles weiß, fragst Du? Na ja, als Augur weiß er eben alles im voraus! Woher hätte er sonst wissen sollen, wie rebellischen Sklaven zumute ist, die in einer uneinnehmbaren Festung eingeschlossen sind? Aber glaubst Du wirklich, Lucullus ist so hinterlistig, daß er zuerst eine große Schlacht kämpft und dann überlegt, wie er seine Amtszeit als Statthalter verlängern kann? Das ist doch kompletter Unsinn! Lucullus hat gehandelt, wie seine Natur es ihm befahl – er ist schön sorgfältig der Reihe nach vorgegangen.*

*Ich war über Servilius' Rede empört, aber noch empörter war ich, als Pontifex Maximus Ahenobarbus dieses absurde Konglomerat unhaltbarer Unterstellungen auch noch lautstark unterstützte! Natürlich glaubten die ganzen Sandkasten-Feldherren von den hinteren Plätzen, die ein Ende des Schlachtfelds nicht vom anderen unterscheiden können, Lucullus habe sich tatsächlich etwas zuschulden kommen lassen! Warten wir's ab. Sei auf jeden Fall nicht überrascht, wenn Du hörst, daß der Senat beschlossen hat, erstens Lucullus' Amt nicht zu verlängern und zweitens im nächsten Jahr ausgerechnet Servilius zum Statthalter von Sizilien zu ernennen. Denn Servilius ist nur deshalb hinter Lucullus her, damit er nächstes Jahr Statthalter von Sizilien werden kann! Für einen unerfahrenen Anfänger und Faulpelz wie ihn ist das ein gemachtes Bett, denn die ganze*

*Arbeit hat ja schon Lucullus getan. Nach der Niederlage bei Heracleia Minoa sind die übriggebliebenen Sklaven in eine Festung geflohen, die sie nicht mehr verlassen können, weil Lucullus sie belagert. Er hat genügend Bauern wieder auf die Felder geschickt, so daß die diesjährige Getreideernte gesichert ist, und die ländlichen Gebiete Siziliens werden nicht mehr von der Sklavenarmee geplündert. Der neue Statthalter Servilius braucht also nur noch die Bühne zu betreten und von allen Seiten Lob einzuheimsen. Ich sage Dir, Gaius Marius, nichts ist gefährlicher als Ehrgeiz ohne Talent.*

*Beim Pollux, das war aber eine gewaltige Abschweifung! Ich habe mich von meiner Entrüstung über die Not des armen Lucullus hinreißen lassen. Er tut mir so furchtbar leid. Aber weiter mit der Geschichte von Scaurus, der in Ostia durch Zufall einen der Getreideeinkäufer aus Sizilien traf. Als die Getreidehändler letztes Jahr noch glaubten, ein Viertel der Sklaven auf Sizilien würde noch vor der Ernte freigelassen, rechneten sie sich aus, daß ein Viertel des Getreides aus Mangel an Arbeitskräften auf den Feldern liegenbleiben würde. Also wollte niemand dieses letzte Viertel kaufen. Das war vor den zwei Wochen, in denen das Nagetier Nerva achthundert italische Sklaven befreite. In diesen zwei Wochen reisten der Getreideeinkäufer, den Scaurus später in Ostia traf, und einige seiner Kollegen durch Sizilien und kauften hektisch das letzte Viertel der Ernte zu einem lächerlich geringen Preis. Dann schüchterten die Getreideanbauer Nerva so ein, daß er aufhörte, Sklaven zu befreien. Damit gab es in Sizilien auf einmal wieder genug Arbeitskräfte, und man konnte die ganze Ernte einbringen. Das letzte, für ein Butterbrot gekaufte Viertel der Ernte war jetzt im Besitz einer oder mehrerer unbekannter Personen. Damit ist klar, warum plötzlich sämtliche leerstehenden Getreidespeicher zwischen Puteoli und Rom angemietet wurden. Das letzte Viertel sollte in diesen Speichern bis zum nächsten Jahr aufbewahrt werden, weil dann die sizilische Ernte geringer ausfallen würde als normal. Denn dann würden die italischen Sklaven auf erneuten Druck Roms hin endgültig befreit werden, und das Getreide würde sich verteuern.*

*Die unbekannten Spekulanten rechneten freilich nicht mit dem Sklavenaufstand. Statt des gesamten Getreides wurde gar nichts geerntet. Aus dem grandiosen Plan, mit dem letzten Viertel enorme Profite zu machen, wurde nichts, und die angemieteten Getreidespeicher blieben leer.*

*Aber zurück zu jenen hektischen zwei Wochen, in denen Nerva einige italische Sklaven befreite und eine Gruppe von Getreidehändlern das letzte Viertel der Ernte aufkaufte. Als das Getreide gekauft war und Nerva sein Büro zumachte, wurden die Händler von bewaffneten Banditen überfallen und bis auf den letzten Mann umgebracht. Das glaubten zumindest die Banditen. Doch einer von ihnen stellte sich nur tot und konnte entkommen – das war der Bursche, den Scaurus in Ostia traf.*

*Scaurus roch den Braten. Was für eine geniale Spürnase! Welcher Scharfsinn! Anders als der Getreideagent sah er den Zusammenhang sofort. Dafür könnte ich ihn umarmen, auch wenn er ein sturer Konservativer ist. Er buddelte wie ein Terrier und entdeckte, daß die anonymen Drahtzieher keine anderen waren als eben Dein ehrenwerter Mitkonsul vom letzten Jahr, Gaius Flavius Fimbria, und der diesjährige Statthalter von Makedonien, Gaius Memmius! Sie hatten unseren Terrier Scaurus letztes Jahr auf eine klug gelegte falsche Fährte geführt, die ihn zum Quästor von Ostia gebracht hatte – unserem rührigen Volkstribunen Lucius Appuleius Saturninus.*

*Als Scaurus genügend Beweise gesammelt hatte, ging er damit an die Öffentlichkeit. Er entschuldigte sich zweimal bei Saturninus – einmal im Senat und einmal in der Volksversammlung. Das war ihm zwar furchtbar peinlich, aber er blieb seiner Würde nichts schuldig. Und alle Welt verzeiht dem, der sich aufrichtig und würdevoll entschuldigt. Umgekehrt muß ich sagen, daß Saturninus nach seiner Rückkehr in den Senat als Volkstribun Scaurus nie angegriffen hat. Auch Saturninus meldete sich zu Wort, einmal im Senat und einmal in der Volksversammlung, und sagte, er habe Scaurus nie etwas nachgetragen, denn er habe erkannt, wie raffiniert die wahren Schurken gearbeitet hätten. Er sei Scaurus für seine Rehabilitation zutiefst dankbar. Auch er wahrte also seine Würde. Die Sympathien gehören ja auch dem, der eine aufrichtige Entschuldigung bescheiden und demütig annimmt.*

*Scaurus bot Saturninus an, Fimbria und Memmius vor seinem neuen Gericht wegen Hochverrat anzuklagen, und Saturninus nahm natürlich an. Jetzt freuen wir uns also auf einen Prozeß gegen Fimbria und Memmius, bei dem es viel Feuer und wenig Rauch geben wird. Ich nehme an, daß sie vor einem mit Rittern besetzten Gericht angeklagt werden, denn viele Ritter aus dem Getreidegeschäft haben Geld verloren, und man gibt Fimbria und Memmius die Schuld an der ganzen sizilischen Katastrophe. Und die Moral der*

*Geschichte: Manchmal erhalten die wirklichen Bösewichter eben doch ihre gerechte Strafe.*

*Die andere Begebenheit, in die Saturninus verwickelt ist, ist noch viel witziger und interessanter. Ich weiß freilich immer noch nicht genau, auf was unser so glänzend rehabilitierter Volkstribun eigentlich hinaus will.*

*Vor ungefähr zwei Wochen tauchte ein Mann auf dem Forum auf und bestieg die Rednerbühne, die gerade leer war, da die Volksversammlung nicht tagte und auch sonst niemand reden wollte. Er verkündete dem unteren Teil des Forums, er heiße Lucius Equitius und sei ein freigelassener Sklave und römischer Bürger aus Firmum Picenum und – halt Dich fest, Gaius Marius, jetzt kommt's! – der uneheliche Sohn des Tiberius Sempronius Gracchus höchstpersönlich!*

*Dann spulte er eine Geschichte ab, die, soweit sie geht, in sich logisch ist. In Kürze: Seine Mutter war eine freie Römerin aus guten, jedoch mittellosen Verhältnissen. Sie verliebte sich in Tiberius Gracchus, und dieser erwiderte ihre Liebe. Aber natürlich konnte sie ihn wegen ihrer geringen Abstammung nicht heiraten. Sie wurde also seine heimliche Geliebte und lebte in einem kleinen, aber komfortablen Haus auf einem der Landgüter des Tiberius Gracchus. Dort erblickte nach einiger Zeit Lucius Equitius das Licht der Welt – seine Mutter hieß Equitia.*

*Dann wurde Tiberius Gracchus ermordet, und kurz darauf starb auch Equitia. Ihren kleinen Sohn hinterließ sie der Fürsorge von Cornelia, der Mutter der Gracchen. Cornelia war allerdings gar nicht erbaut darüber und übergab das uneheliche Kind ihres Sohnes einem Sklavenehepaar auf ihrem Besitz in Misenum. Später ließ sie ihn als Sklaven an Leute in Firmum Picenum verkaufen.*

*Lucius Equitius behauptet, er habe damals nicht gewußt, wer er war. Wenn er freilich all das getan hat, was er getan haben will, dann war er kein Kind mehr, als sein Vater starb. In diesem Fall hätte er gelogen. Wie auch immer, er stellte sich nach seinem Verkauf in die Sklaverei jedenfalls so geschickt an und machte sich bei seinem Besitzer so beliebt, daß er nach dem Tod des Familienoberhaupts nicht nur freigelassen wurde, sondern auch den gesamten Familienbesitz erbte, da es keine leiblichen Erben gab. Er hatte eine hervorragende Erziehung genossen, deshalb steckte er das ererbte Geld in Geschäfte. Im Lauf der nächsten Jahre diente er in den Legionen und machte dort ein Vermögen. Wenn man ihn reden hört, hält man ihn für fünfzig, aber er sieht eher aus wie dreißig.*

*In den Legionen lernte er einen Mann kennen, der viel Aufhebens wegen seiner Ähnlichkeit mit Tiberius Gracchus machte. Nun hatte Lucius Equitius schon immer gewußt, daß er Italiker war und kein Ausländer, und er hatte, wie er sagt, schon oft darüber nachgedacht, wer seine Eltern gewesen sein mochten. Ermutigt durch die Entdeckung, daß er wie Tiberius Gracchus aussah, spürte er das Sklavenehepaar auf, bei dem Cornelia ihn eine Weile untergebracht hatte, und von ihnen erfuhr er die Geschichte seiner Herkunft. Ist das nicht herrlich? Ich habe mich noch nicht entschieden, ob ich es für eine griechische Tragödie oder eine römische Posse halten soll.*

*Natürlich versetzte er unsere gutgläubigen, sentimentalen Forumsbesucher in helle Aufregung, und ein oder zwei Tage später wurde er bereits überall als Sohn des Tiberius Gracchus gefeiert. Jammerschade, daß dessen eheliche Söhne alle tot sind, was? Lucius Equitius ist Tiberius Gracchus übrigens tatsächlich bemerkenswert ähnlich – es ist schon fast unheimlich. Er spricht genauso, geht genauso, macht dieselben Grimassen und bohrt sogar genauso in der Nase. Ich glaube, was mich am meisten mißtrauisch gegen Lucius Equitius macht, ist die zu perfekte Übereinstimmung. Das ist schon ein Zwilling, kein Sohn. Ich habe wiederholt feststellen können, daß Söhne ihren Vätern nicht in allem ähneln, und nicht wenige Frauen, die mit einem Sohn niederkommen, sind dafür zutiefst dankbar und behaupten dem Vater gegenüber steif und fest, ihr Sproß sei Großonkel Lucius Sowieso wie aus dem Gesicht geschnitten. Aber lassen wir das!*

*Als nächstes müssen wir alten Herren vom Senat dann erleben, wie Saturninus diesen Lucius Equitius unter seine Fittiche nimmt und ihn auf die Rednerbühne holt und ermutigt, sich eine Anhängerschaft aufzubauen. Es vergeht kaum eine Woche, da ist Equitius schon der Held sämtlicher Einwohner Roms, die weniger verdienen als ein Beamter des Schatzamtes und mehr als ein Proletarier – sämtlicher Händler, Ladenbesitzer, Handwerker und Kleinbauern der Dritten, Vierten und Fünften Klasse also. Du kennst diese Menschen. Sie beten den Boden an, über den einst die Gracchen schritten. Es sind ehrliche, hart arbeitende Menschen, die in ihren Tribus nicht oft wählen, aber oft genug, um sich freigelassenen Sklaven und Proletariern deutlich überlegen zu fühlen. Die Sorte, die zu stolz ist, um von Almosen zu leben, aber auch nicht reich genug, um astronomische Getreidepreise zu überleben.*

*Den Senatsvätern, besonders denen mit dem Purpurstreifen an der Toga, wurde langsam etwas mulmig bei so viel Verehrung – sie machten sich regelrecht Sorgen, zumal ja auch Saturninus irgendwie seine Hand im Spiel hatte, auch wenn keiner genau weiß, wie. Aber was konnte man tun? Schließlich wartete ausgerechnet unser neuer Pontifex Maximus Ahenobarbus mit einem Vorschlag auf – er hat übrigens einen neuen, überaus treffenden Spitznamen: Pimmel. Er schlug vor, die Schwester der Gracchen, die Witwe des Scipio Aemilianus – ihre ehelichen Streitereien sind uns ja bis heute unvergessen –, solle zum Forum gebracht und auf der Rednerbühne dem vermutlichen Betrüger gegenübergestellt werden.*

*Vor drei Tagen war es dann soweit. Saturninus stand etwas abseits und grinste wie ein Idiot – nur daß er keiner ist, aber was führt er dann im Schilde? –, Lucius Equitius starrte das verhutzelte Weiblein verwirrt an. Ahenobarbus waltete seines Amtes als Pontifex Maximus, packte Sempronia an der Schulter – das hatte sie allerdings gar nicht gern, sie schüttelte ihn ab wie eine haarige Spinne – und fragte sie donnernd: »Tochter des Tiberius Sempronius Gracchus und der Cornelia Africana, kennst du diesen Mann?«*

*Natürlich keifte sie, sie habe ihn nie in ihrem Leben gesehen und ihr innig geliebter Bruder Tiberius sei sowieso nie, aber auch gar niemals außerhalb des heiligen Bundes der Ehe auf die Jagd gegangen, das Ganze sei also völliger Unsinn. Dann ging sie auf Equitius los und bearbeitete ihn mit ihrem Spazierstock aus Ebenholz und Elfenbein. Es war wirklich die köstlichste Posse, die Du Dir vorstellen kannst – ich wünschte, Lucius Cornelius Sulla hätte dabeisein können. Er hätte darin geschwelgt!*

*Schließlich mußte Ahenobarbus Pimmel – ein wunderbarer Spitzname! Und er stammt ausgerechnet von Metellus Numidicus! – sie gewaltsam von der Bühne holen, während das Publikum vor Lachen brüllte. Scaurus lachte, bis ihm die Tränen kamen, und er lachte noch mehr, als Ahenobarbus, Metellus Numidicus und dessen Sohn ihm vorwarfen, sein Benehmen sei beschämend für einen Senator.*

*Als Equitius die Rednerbühne wieder für sich hatte, trat Saturninus zu ihm und fragte ihn, ob er wisse, wer die alte Schachtel sei. Equitius sagte nein, er wisse es nicht. Entweder hatte er nicht zugehört, als Ahenobarbus ihm die Frau mit donnernder Stimme vorgestellt hatte, oder er log. Daraufhin setzte Saturninus ihm kurz, aber freundlich auseinander, die Dame sei Tantchen Sempronia, die Schwester der Brüder Gracchus. Equitius sah ihn erstaunt an und sagte, er habe Tante Sempronia in seinem bisherigen, so erstaunlich rührigen Leben nie gesehen. Es würde ihn auch sehr wundern, wenn Tiberius Gracchus seiner Schwester je von der Freundin und dem Kind im Liebesnest auf dem Bauernhof erzählt hätte.*

*Die Zuschauer nahmen das als plausible Antwort. Sie glauben fröhlich weiter, daß Lucius Equitius der uneheliche Sohn des Tiberius Gracchus ist. Die Senatoren, insbesondere Ahenobarbus, schäumen. Alle jedenfalls bis auf Saturninus, Scaurus und mich. Saturninus feixt, Scaurus lacht, und Du darfst dreimal raten, was ich tue!*

Publius Rutilius seufzte und schüttelte seine verkrampfte Hand. Wenn Briefeschreiben ihm doch so schwerfallen würde wie Gaius Marius! Vielleicht wäre dann die Versuchung nicht so groß, den Bericht mit all jenen köstlichen Details auszuschmücken, die aus einem fünfspaltigen Schreiben ein fünfundfünfzigspaltiges machten.

*Das, lieber Gaius Marius, ist nun aber wirklich alles. Wenn ich hier noch einen Augenblick länger sitze, kommen mir noch mehr unterhaltsame Geschichten in den Sinn, und ich schlafe noch mit der Nase im Tintenfaß ein. Ich wünschte, es gäbe einen besseren, das heißt römischeren Weg, Dir den Oberbefehl zu sichern, ohne daß Du noch einmal für das Konsulat kandidieren mußt. Ich sehe auch nicht, wie Du Deine Wahl durchsetzen willst. Aber ich wage zu sagen, daß es Dir gelingen wird. Bleib gesund. Denk dran, Du bist nicht mehr der Jüngste, also übertreib nicht und brich Dir keine Knochen. Ich schreibe wieder, sobald es etwas zu schreiben gibt.*

Gaius Marius erhielt den Brief Anfang November. Gerade hatte er ihn so weit entziffert, daß er ihn in einem Zug und mit Genuß durchlesen konnte, da traf Sulla im Lager ein. Daß er diesmal endgültig zurück war, zeigte er dadurch, daß er sich als erstes seinen inzwischen gigantischen Schnurrbart abrasierte und sich die Haare schneiden ließ. Dann stieg er ins Bad, und während Sulla sich genußvoll im warmen Wasser räkelte, las Marius ihm den Brief vor. Er war glücklich wie ein Kind, daß Sulla wieder da war und sich mit ihm über den Brief freuen konnte.

Später zogen die beiden sich in das Arbeitszimmer des Feldherrn zurück. Marius gab Anweisung, daß er nicht gestört werden wolle, auch nicht von Manius Aquillius.

»Nimm doch diesen komischen Halsring ab!« sagte Marius, als

der wieder wie ein Römer aussehende, mit einer Tunika bekleidete Sulla sich vorbeugte und der große, goldene Ring im Licht glänzte.

Aber Sulla schüttelte lächelnd den Kopf. Liebevoll fuhr er mit den Fingern über die schön gearbeiteten Drachenköpfe, in die die beiden Enden des fast kreisrunden Halsrings ausliefen. »Ich glaube nicht, daß ich ihn je wieder abnehmen werde, Gaius Marius. Sieht barbarisch aus, nicht?«

»Er paßt nicht zu einem Römer«, brummte Marius.

»Die Sache ist nur die: Der Ring ist mein Talisman. Wenn ich ihn abnehme, verliere ich vielleicht mein Glück.« Mit einem wollüstigen Seufzer sank Sulla auf eine Liege. »Ah, wie gut das tut, wieder wie ein zivilisierter Mensch zu liegen. Bei den Germanen mußte ich stundenlang aufrecht auf harten Holzbänken am Tisch sitzen. Ich glaubte schon, ich hätte nur geträumt, daß es Völker gibt, die sich zum Essen hinlegen. Und wie gut es tut, wieder etwas mäßiger zu essen! Die Gallier und Germanen treiben alles bis zum Exzeß – sie essen und trinken, bis sie sich übereinander erbrechen, oder sie verhungern halb, weil sie zum Plündern oder in die Schlacht gezogen sind, ohne sich etwas zu essen einzupacken. Aber wild sind sie, Marius! Und tapfer! Ich sage dir, wenn sie nur ein Zehntel unserer Organisation und Selbstdisziplin hätten, wir könnten nie hoffen, sie zu besiegen.«

»Zu unserem Glück haben sie nicht einmal ein Hundertstel von beidem, deshalb werden wir sie besiegen. Das entnehme ich jedenfalls deinen Worten. Hier, trink das. Falerner.«

Sulla trank in tiefen, aber langsamen Zügen. »Wein, Wein, Wein! Götternektar und Seelenbalsam, Trost des zerrütteten Gemüts! Wie konnte ich je ohne ihn leben?« Er lachte. »Ich bin froh, wenn ich den Rest meines Lebens kein mit Bier gefülltes Horn und keinen Humpen mit Met mehr sehe! Wein ist das Getränk der Zivilisation! Keine Rülpser, keine Blähungen, kein Bierbauch – wer ständig Bier trinkt, wird zur wandelnden Zisterne.«

»Wo ist Quintus Sertorius? Es ist ihm doch nichts zugestoßen?«

»Er ist auf dem Weg hierher, aber wir sind getrennt gereist«, sagte Sulla. »Außerdem wollte ich zuerst allein mit dir sprechen, Gaius Marius.«

»Wie du willst, Lucius Cornelius, wenn ich nur endlich alles höre.« Marius sah Sulla voller Zuneigung an.

»Ich weiß gar nicht, wo ich anfangen soll.«

»Dann fang am Anfang an. Wo sind sie? Woher kommen sie? Seit wann sind sie auf Wanderschaft?«

Sulla nahm einen Schluck Wein, schnalzte genüßlich mit der Zunge und schloß die Augen. »Sie nennen sich selbst nicht Germanen, denn sie betrachten sich nicht als ein Volk. Es gibt Kimbern, Teutonen, Markomannen, Cherusker und Tiguriner. Die Heimat der Kimbern und Teutonen ist eine langgestreckte, große Halbinsel im Norden Germaniens. Einige griechische Geographen haben vage Angaben darüber gemacht. Sie nennen die Halbinsel die Kimbrische Chersonesos. Die nördliche Hälfte der Halbinsel scheint die Heimat der Kimbern gewesen zu sein, die an das germanische Festland anschließende Hälfte die Heimat der Teutonen. Obwohl sie selbst sich als verschiedene Völker betrachten, ist es schwierig, sie nach ihrer äußeren Erscheinung zu unterscheiden. Lediglich ihre Sprachen sind etwas verschieden, sie können sich allerdings gegenseitig verstehen.

Sie waren keine Nomaden, aber auch keine Ackerbauern in unserem Sinn. Die Winter scheinen dort mehr naß als kalt gewesen zu sein, deshalb wuchs auf dem Boden das ganze Jahr über saftiges Gras. Sie lebten von der Viehzucht und bauten ein wenig Hafer und Roggen an. Fleischesser und Milchtrinker also, dazu etwas Gemüse, ein wenig hartes Schwarzbrot und Haferbrei.

Ungefähr zu der Zeit, als Gaius Gracchus starb – jedenfalls vor rund zwanzig Jahren –, gab es dort heftige Überschwemmungen. Schmelzwasser aus den Bergen überflutete die großen Flüsse, es regnete und stürmte, und das Meer stieg. Der Atlantische Ozean bedeckte die ganze Halbinsel. Als das Meer sich wieder zurückzog, war der Boden so salzig, daß kein Gras mehr wuchs, und die Brunnen waren mit Brackwasser gefüllt. Deshalb bauten die Germanen Wagen, trieben die Rinder und Pferde, die die Flut überlebt hatten, zusammen und zogen los, um sich eine neue Heimat zu suchen.«

Marius hörte ihm fasziniert zu. Kerzengerade und wie erstarrt saß er auf seinem Stuhl, den Wein unbeachtet neben sich. »Sind alle fortgegangen?« fragte er. »Wie viele waren es?«

»Nicht alle, nein. Die Alten und Schwachen bekamen einen Schlag auf den Kopf und wurden in großen Hügelgräbern bestattet. Nur die Krieger, die jungen Frauen und die Kinder zogen los. Ich schätze, daß sich etwa sechshunderttausend Menschen auf den Marsch nach Südosten machten, das Tal der Elbe aufwärts.«

»Aber dieser Teil der Welt ist doch kaum besiedelt.« Marius runzelte die Stirn. »Warum sind sie nicht im Tal der Elbe geblieben?«

Sulla zuckte die Schultern. »Wenn sie es selbst nicht wissen, wer soll es dann wissen? Es scheint, daß sie sich in die Hände ihrer Götter gegeben und auf eine Art göttliches Zeichen gewartet haben, das ihnen sagen würde, wann sie ihre neue Heimat gefunden hätten. Offenbar sind sie auf ihrem Marsch kaum auf Widerstand gestoßen, wenigstens nicht entlang der Elbe. Schließlich erreichten sie das Quellgebiet des Flusses und sahen zum ersten Mal hohe Berge. Noch nie in der ganzen Geschichte ihres Volkes hatte jemand Berge gesehen, es gab keine Erzählungen über Berge. Die Kimbrische Chersonesos ist flach und tief.«

»Das denke ich mir, wenn das Meer sie überfluten konnte«, sagte Marius. Er hob hastig die Hand. »Nein, das war nicht sarkastisch gemeint, Lucius Cornelius! Ich drücke mich nur ungeschickt aus.« Er stand auf und schenkte Sulla nach. »Die Berge haben sicher einen mächtigen Eindruck auf sie gemacht.«

»Auf jeden Fall. Ihre Götter waren Götter des Himmels, aber als sie das in die Wolken ragende Gebirge vor sich sahen, waren sie überzeugt, daß die Berge mit Göttern bevölkert seien, und sie begannen, diese Götter anzubeten. Seitdem haben sie sich eigentlich immer in der Nähe von Bergen aufgehalten. Im vierten Jahr ihrer Wanderung überquerten sie eine Wasserscheide. Sie kamen vom Einzugsgebiet der Elbe ins Einzugsgebiet der Donau, über die wir natürlich mehr wissen. Dann wandten sie sich entlang der Donau nach Osten und zogen ins Gebiet der Geten und Sarmaten.«

»Sie wollten also zum Schwarzen Meer?«

»Es scheint so. Die Boier hinderten sie allerdings am Betreten des nördlichen Dakien, sie mußten deshalb weiter der Donau folgen, die hier einen scharfen Knick nach Süden nach Pannonien macht.«

»Die Boier sind natürlich Kelten«, sagte Marius nachdenklich. »Kelten und Germanen haben sich wahrscheinlich nicht vermischt.«

»Nein, weit davon entfernt. Aber es ist interessant, daß die Germanen nirgends länger verweilten und um Land kämpften. Beim geringsten Zeichen von Widerstand der ortsansässigen Stämme zogen sie weiter. Wie im Fall der Boier. In der Nähe der Einmündung von Theiß und Save in die Donau verstellten ihnen wieder Kelten den Weg. Diesmal waren es die Skordisker.«

»Aber die Skordisker sind ja auch unsere Feinde!« rief Marius. Er grinste. »Ist es nicht ein Trost zu wissen, daß wir und die Skordisker einen gemeinsamen Feind haben?«

Sulla hob eine rotgoldene Braue und sagte trocken: »Ein schwacher Trost, wenn man bedenkt, daß das Ganze vor fünfzehn Jahren passierte und wir nichts davon erfuhren.«

»Heute sage ich aber auch gar nichts Richtiges, was? Verzeih mir, Lucius Cornelius. Du hast bei den Germanen gelebt. Ich bin einfach so aufgeregt über deine Neuigkeiten, daß mir die rechten Worte nicht einfallen.«

»Schon in Ordnung, Gaius Marius, das kann ich verstehen.« Sulla lächelte.

»So erzähle doch weiter!«

»Das vielleicht größte Problem der Germanen war, daß sie keinen Führer hatten, der diesen Namen verdient hätte. Sie hatten nicht einmal so etwas wie einen – Generalplan, wenn ich es einmal so nennen darf. Ich glaube, sie warteten einfach auf den Tag, an dem ihnen irgendein großer König erlauben würde, in einem unbewohnten Teil seines Landes zu siedeln.«

»Und darauf sind große Könige natürlich nicht scharf.«

»Nein. Auf jeden Fall machten sie kehrt und marschierten nach Westen, allerdings nicht mehr entlang der Donau. Sie folgten zuerst der Save, dann schwenkten sie nach Norden, bis sie auf die Drau stießen, der sie flußaufwärts folgten. Damals waren sie bereits sechs Jahre zu Fuß unterwegs, ohne irgendwo länger als einige Tage angehalten zu haben.«

»Sie fahren nicht auf den Wagen?«

»Selten. Sie haben ihr Vieh vor die Wagen gespannt und führen es zu Fuß. Auf die Wagen dürfen nur Kranke und hochschwangere Frauen, sonst niemand.« Sulla seufzte. »Und was dann geschah, wissen wir alle nur zu gut. Sie kamen nach Noricum und ins Land der Taurisker.«

»Die sich an Rom um Hilfe wandten, worauf Rom Carbo gegen die Eindringlinge entsandte und Carbo seine Armee verlor.«

»Und wie immer wichen die Germanen weiteren Konfrontationen aus. Statt ins italische Gallien einzufallen, zogen sie durch das Hochgebirge, bis sie östlich der Einmündung des Inn wieder an die Donau kamen. Da die Boier ihnen den Weg nach Osten versperrten, zogen sie an der Donau nach Westen durch das Gebiet der Markomannen. Aus Gründen, die mir dunkel blieben, schloß sich ein großer Teil der Markomannen den Kimbern und Teutonen im siebten Jahr ihrer Wanderung an.«

»Und das Gewitter? Du weißt schon, das Gewitter, das den

Kampf zwischen den Germanen und Carbo unterbrach und wenigstens einem Teil von Carbos Männern das Leben gerettet hat. Einige meinten damals, die Germanen hätten das Unwetter für ein Zeichen göttlichen Zorns gehalten, und das habe uns vor einer Invasion bewahrt.«

»Das bezweifle ich«, sagte Sulla ruhig. »Sicher, es stimmt, daß die Kimbern beim Ausbruch des Gewitters in Panik gerieten und flohen – es waren die Kimbern, die gegen Carbo kämpften, sie standen seiner Armee am nächsten. Aber ich glaube nicht, daß das Unwetter sie davon abhielt, in Gallia Cisalpina einzufallen. Der wirkliche Grund scheint einfach der zu sein, daß sie grundsätzlich nicht gern Krieg führen, um Land zu gewinnen.«

»Wie faszinierend! Und wir hier glauben, es mit einer Horde geifernder Barbaren zu tun zu haben, die danach dürsten, in Italien einzufallen.« Marius sah Sulla durchdringend an. »Was geschah dann?«

»Sie zogen weiter bis zum Quellgebiet der Donau. Im achten Jahr ihrer Wanderung schloß sich ihnen eine Gruppe echter Germanen an, die Cherusker, die von ihrem Land an der Weser nach Süden gezogen waren, und im neunten Jahr stieß ein Volk aus Helvetia zu ihnen, die Tiguriner, die anscheinend im Osten des Lemannus-Sees gelebt haben und eindeutig Kelten sind. Wie auch die Markomannen, soviel ich weiß. Obwohl Markomannen und Tiguriner sehr germanische Kelten sind.«

»Du meinst, sie sind nicht mit den Germanen verfeindet?«

»Weit weniger jedenfalls als mit ihren keltischen Brüdern!« Sulla grinste. »Die Markomannen haben jahrhundertelang Krieg gegen die Boier geführt und die Tiguriner gegen die Helvetier. Als die Wagen der Germanen vorbeikamen, haben sie sich wahrscheinlich gedacht, es könnte nichts schaden, zur Abwechslung einmal ins Blaue loszuziehen. Als der Zug durch den Jura nach Nordgallien kam, war er schon deutlich über achthunderttausend Menschen stark.«

»Die dann über die armen Häduer und Ambarrer herfielen. Und bei ihnen blieben.«

Sulla nickte. »Über drei Jahre. Die Häduer und Ambarrer waren aus weicherem Holz geschnitzt. Sie sind halbe Römer, Gaius Marius! Gnaeus Domitius hat ihnen die Zähne gezogen, um unsere Provinz Gallia Transalpina zu sichern. Die Germanen fanden Geschmack an unserem feinen Weißbrot. Eine gute Unterlage für ihre

Butter! Und zum Auftunken für ihren Bratensaft. Und sie konnten es ihrem gräßlichen Blutpudding beimischen.«

»Du scheinst aus leidvoller Erfahrung zu sprechen, Lucius Cornelius.«

»In der Tat, das kann man sagen!« Das Lächeln schwand aus Sullas Gesicht, und er betrachtete nachdenklich die Oberfläche des Weines in seinem Becher. Dann sah er abrupt Marius an. Seine Augen funkelten. »Sie haben sich einen gemeinsamen König gewählt.«

»Oho!« sagte Marius leise.

»Er heißt Boiorix und ist ein Kimber. Die Kimbern sind zahlenmäßig das stärkste Volk.«

»Aber der Name ist doch keltisch«, wandte Marius ein. »Boiorix – Boier. Ein mächtiges Volk. Es gibt überall Kolonien der Boier – in Dakien, Thrakien, Gallia Transalpina, Gallia Cisalpina und Helvetia. Vielleicht haben sie vor langer Zeit auch eine Kolonie bei den Kimbern gegründet, wer weiß? Denn wenn dieser Boiorix sagt, er sei ein Kimber, dann ist er das auch. Die Kimbern sind ja wohl nicht so primitiv, daß sie ihre Ahnen nicht kennen.«

»Sie wissen ziemlich wenig von ihren Ahnen.« Sulla stützte sich auf seinen Ellbogen. »Nicht, weil sie besonders primitiv wären, sondern weil ihre ganze Gesellschaft eine andere Struktur hat als bei uns. Anders übrigens auch als bei allen anderen Mittelmeervölkern. Die Kimbern sind keine Bauern. Ein Volk, das nicht seit Generationen ein bestimmtes Land besitzt und bestellt, kennt keine feste Bindung an den Boden. Es kennt auch die Familie in unserem Sinn nicht. Das Leben im Stamm – in der Gruppe, wenn du willst – hat Vorrang. Man ißt auch gemeinsam. Für die Kimbern ist das naheliegender. Wo Häuser lediglich zum Schlafen dienen und keine Küchen haben oder überhaupt nur Wagen sind, natürlich gleichfalls ohne Küche, da ist es einfacher, gleich das ganze Tier an den Bratspieß zu stecken und zu braten, damit der ganze Stamm davon essen kann.

Die Sagen über ihre Vorfahren beziehen sich auf den Stamm oder gleich auf mehrere Stämme, aus denen das Volk besteht. Sie haben zwar Helden, die sie besingen, aber sie schmücken deren Taten so maßlos aus, daß die wirklichen Fakten oft nicht mehr dahinter auszumachen sind – schon ein Häuptling, der erst vor zwei Generationen gelebt hat, wird zum Perseus oder Herkules. Die wirkliche Person ist nur noch ein Schatten. Die geographischen Vorstellungen der Kimbern sind genauso schattenhaft. Die Stellung, die jemand innehat – also Anführer, Häuptling, Priester oder Schamane –, ist wichtiger als die Identität des jeweiligen Menschen. Der Mann tritt ganz hinter seiner Stellung zurück! Er trennt sich von seiner Familie, und seine Familie hat an seinem Aufstieg keinen Anteil. Wenn er stirbt, wählt der Stamm einen Nachfolger, ohne dabei Ansprüche der Familie zu berücksichtigen, wie es bei uns üblich ist. Die Kimbern haben ganz andere Vorstellungen von der Familie als wir, Gaius Marius.« Sulla richtete sich auf, um sich Wein einzuschenken.

»Man merkt, daß du bei ihnen gelebt hast!« sagte Marius überwältigt.

»Mir blieb doch nichts anderes übrig!« Sulla nahm einen Schluck Wein und goß dann Wasser dazu. »Ich bin ihn nicht mehr unverdünnt gewöhnt«, sagte er dann. Es klang überrascht. »Macht nichts, das wird sicher bald wieder.« Er runzelte die Stirn. »Ich konnte mich bei den Kimbern einschmuggeln, als sie noch versuchten, den Durchgang durch die Pyrenäen zu erzwingen. Es muß im November letzten Jahres gewesen sein, ich war gerade von dem Besuch bei dir zurückgekehrt.«

»Wie hast du es geschafft?« fragte Marius fasziniert.

»Die Kimbern hatten das gleiche Problem wie alle Völker, die einen langen Krieg erleben – auch wir hatten es, besonders nach Arausio. Bei den Kimbern marschieren Männer, Frauen und Kinder zusammen, nur die Alten und Kranken müssen zurückbleiben. Jeder Krieger, der stirbt, hinterläßt deshalb mit einiger Wahrscheinlichkeit eine Witwe und Waisen. Die Witwen werden zu einer Belastung, wenn ihre Söhne zu jung sind, um in relativ kurzer Zeit selbst Krieger zu werden. Sie müssen also danach trachten, unter den Kriegern neue Männer zu finden, die noch zu jung sind oder zu schlapp, um schon eine Frau zu haben. Wenn eine Frau für sich und ihre Kinder einen neuen Mann findet, darf sie weiter mitziehen. Ihr Wagen ist ihre Mitgift. Nicht alle Witwen haben allerdings Wagen. Es finden auch nicht alle Witwen einen neuen Mann. Der Besitz eines Wagens hilft entscheidend. Die Witwen bekommen eine Frist, in der sie sich neu verheiraten müssen. Drei Monate – eine Jahreszeit. Dann werden sie und ihre Kinder getötet, und die Stammesmitglieder, die keinen Wagen haben, losen um die freigewordenen Wagen. Sie töten auch überzählige Mädchen und alle, die als zu alt gelten, um noch etwas zum Nutzen des Stammes beizutragen.«

Marius machte eine Grimasse. »Und ich dachte schon, wir seien grausam genug!«

Aber Sulla schüttelte den Kopf. »Was ist grausam, Gaius Marius? Die Germanen und die Gallier sind wie die anderen Völker. Sie bauen ihre Gesellschaft so auf, daß sie als Volk überleben. Wer zu einer Belastung wird, die die Gemeinschaft nicht verkraften kann, muß verschwinden. Und was ist besser – die Frauen ohne Männer ihrem Schicksal preisgeben oder ihnen einen Schlag auf den Kopf verpassen? Langsam an Hunger und Kälte zugrunde gehen oder schnell und schmerzlos sterben? So sehen sie es. So müssen sie es sehen.«

»Wahrscheinlich hast du recht«, sagte Marius zögernd. »Ich persönlich freue mich an unseren Alten. Ihnen zuzuhören, ist die Nahrung und Unterkunft wert, die man ihnen gibt.«

»Aber wir können es uns leisten, die alten Menschen am Leben zu erhalten, Gaius Marius! Rom ist reich. Deshalb kann es wenigstens einige von denen unterstützen, die der Gesellschaft nichts mehr nützen. Aber das Aussetzen ungewollter Kinder ist bei uns immerhin nicht verpönt!«

»Nein, natürlich nicht!«

»Wo liegt also der Unterschied? Wenn die Germanen eine Heimat finden, werden sie den Galliern ähnlicher werden. Wie ja die Gallier, die mit Griechen oder Römern in Berührung kommen, diesen immer ähnlicher werden. Wenn die Germanen erst seßhaft sind, können sie ihre harten Gebräuche lockern. Sie werden wohlhabend genug sein, um alte Menschen und Witwen und deren Kinder zu versorgen. Sie sind keine Städter, sondern Menschen vom Land. Städter haben wieder andere Sitten, ist dir das schon einmal aufgefallen? In den Städten werden die Alten und Kranken durch Seuchen aus dem Weg geräumt, und die Bauern verlieren dort ihre Bindung an Land und Familie. Je größer Rom wird, desto ähnlicher werden die Römer den Germanen wieder.«

Marius kratzte sich am Kopf. »Ich kann dir nicht mehr folgen, Lucius Cornelius. Komm wieder zum Thema zurück! Was hast du erlebt? Hast du dich einem Stamm als Krieger angeschlossen und eine Witwe geheiratet?«

Sulla nickte. »Genau das. Sertorius hat in einem anderen Stamm dasselbe gemacht, wir haben uns deshalb nicht oft gesehen, nur ab und zu, um Erfahrungen auszutauschen. Beide haben wir Frauen mit Wagen gefunden, die es noch nicht geschafft hatten, wieder zu heiraten. Aber zu der Zeit waren wir natürlich in unseren Stämmen schon als Krieger angesehen. Das hatten wir bereits erreicht, ehe wir dich letztes Jahr besuchten. Gleich nach unserer Rückkehr fanden wir dann unsere Frauen.«

»Haben sie euch nicht zurückgewiesen? Schließlich habt ihr euch als Gallier ausgegeben, nicht als Germanen.«

»Stimmt. Aber Quintus Sertorius und ich sind gute Krieger. Kein Häuptling verachtet gute Krieger.« Sulla grinste.

»Wenigstens mußtet ihr keine Römer umbringen! Obwohl ihr das sicher getan hättet, wenn es hart auf hart gekommen wäre.«

»Sicher. Du etwa nicht?«

»Doch, natürlich. Die Liebe muß den vielen gelten, sentimental darf man nur zu wenigen sein. Man kämpft, um die Masse zu retten, nicht einige Einzelpersonen.« Seine Miene hellte sich auf. »Es sei denn, man kann beides verbinden.«

»Ich war ein Gallier von den Karnuten, der bei den Kimbern als Krieger diente«, sagte Sulla verwirrt. Diesmal konnte er Marius' Ausführungen nicht folgen, wie vorhin Marius ihm nicht hatte folgen können. »Anfang Frühjahr trat eine große Ratsversammlung zusammen, die sich aus den Häuptlingen aller Stämme zusammensetzte. Die Kimbern waren inzwischen so weit wie möglich nach Westen gezogen. Sie hofften, die Pyrenäen an der niedrigsten Stelle überqueren zu können, um nach Spanien zu gelangen. Die Versammlung wurde in Aquitanien am Ufer des Adour abgehalten. Inzwischen wußten die Häuptlinge, daß sämtliche Stämme der Kantabrer, Asturer, Vettonen, westlichen Lusitaner und Vasconen sich auf der spanischen Seite des Gebirges versammelt hatten, um den Germanen den Weg nach Spanien zu verstellen. Auf dieser Ratsversammlung trat ganz plötzlich und unerwartet ein neuer starker Mann auf – Boiorix!«

»Ich erinnere mich noch an den Bericht von Marcus Cotta nach Arausio. Boiorix war einer der beiden Führer, die ihm auffielen. Der andere war Teutobod von den Teutonen.«

»Boiorix ist noch sehr jung. Vielleicht dreißig, höchstens. Groß wie ein Turm, Muskeln wie Herkules und Füße so groß wie Wolfsbarsche. Aber was am interessantesten ist: Er denkt ähnlich wie wir. Gallier und Germanen unterscheiden sich in ihrem Denken so sehr von den Völkern des Mittelmeers, daß sie uns als Barbaren erscheinen! Boiorix dagegen hat in den vergangenen neun Monaten gezeigt, daß er eine andere Art von Barbar ist. So hat er sich selbst das

Lesen und Schreiben beigebracht – und zwar Lateinisch, nicht Griechisch. Ich glaube, ich habe dir schon einmal gesagt, daß gebildete Gallier eher Latein können als Griechisch ...«

»Boiorix, Lucius Cornelius! Boiorix!«

Sulla lächelte. »Zurück zu Boiorix also. Er ist seit etwa vier Jahren ein einflußreicher Mann in den Ratsversammlungen, aber erst dieses Frühjahr überwand er alle seine Gegner und schwang sich zum Oberhäuptling auf. Wir würden ihn König nennen, weil er sich in allen Situationen die letzte Entscheidung vorbehält und sich auch nicht scheut, der Ratsversammlung zu widersprechen.«

»Wie wurde er König?«

»Auf die alte Art. Weder Germanen noch Gallier führen Wahlen durch, obwohl sie bei Beratungen manchmal abstimmen. Meist trifft bei Beratungen der die Entscheidung, der am längsten nüchtern ist oder am lautesten schreien kann. Boiorix erkämpfte sich seinen Titel. Er forderte seine Rivalen heraus und tötete sie. Nicht alle auf einmal – je einen Rivalen am Tag, bis keine mehr übrig waren. Ingesamt forderten ihn sechs Häuptlinge heraus. Alle sechs mußten wie beim guten alten Homer ins Gras beißen.«

»König werden, indem man seine Rivalen tötet«, sagte Marius nachdenklich. »Was bringt das für eine Genugtuung? Es ist wahrhaft barbarisch! Ein Rivale, der in einer Debatte oder vor Gericht besiegt wird, lebt und kämpft weiter. Keiner sollte ohne Rivalen sein. Nur vor ihnen kann er glänzen, weil er tüchtiger ist. Sind sie tot, kann er vor niemandem mehr glänzen.«

»Ich stimme dir zu. Aber in einer barbarischen Welt geht es nur darum, alle Rivalen zu töten. Es ist sicherer.«

»Was geschah, als Boiorix König war?«

»Er verbot den Kimbern, nach Spanien zu ziehen. Andere Länder seien viel leichter erreichbar, sagte er. Etwa Italien. Aber zuerst sollten sie sich mit den Teutonen, den Tigurinern, den Markomannen und den Cheruskern vereinigen. Boiorix wollte König der Kimbern und der Germanen sein.«

Sulla schenkte sich Wein ein und verdünnte ihn mit Wasser. »Den Frühling und Sommer über zogen wir durch Gallien nach Norden. Wir überquerten die Garonne, die Loire und die Seine und kamen schließlich ins Land der Belgen.«

»Der Belgen!« rief Marius aufgeregt. »Du hast sie gesehen?«

»Ja, natürlich«, erwiderte Sulla gelassen.

»Sie haben sich sicher bis aufs Messer bekämpft.«

»Überhaupt nicht. König Boiorix hat sich auf eine andere Taktik verlegt. Wir würden sagen, er hat verhandelt. Bis zu unserem Marsch durch Gallien in jenem Sommer haben die Germanen nie Interesse an Verhandlungen bekundet. Jedesmal, wenn ihnen eine römische Armee den Weg verstellte, baten sie durch Abgesandte um die Erlaubnis, unser Gebiet durchqueren zu dürfen. Natürlich haben wir die Erlaubnis immer verweigert. Sie zogen dann davon und kamen nie zu einem zweiten Versuch zurück. Sie haben nie gefeilscht, nie versucht, zu verhandeln oder in Erfahrung zu bringen, ob sie uns durch irgendein Angebot dazu bringen könnten, eine neue Verhandlungsrunde zu eröffnen. Ganz anders Boiorix: Er hat sich die Erlaubnis zum Durchzug der Kimbern durch Gallia Narbonensis in Verhandlungen geholt.«

»Tatsächlich? Was hat er ihnen angeboten?«

»Er hat die Gallier und Belgen mit Fleisch, Milch und Butter gekauft – und mit Feldarbeit. Er tauschte seine Rinder gegen ihr Bier und ihren Weizen und bot die Hilfe seiner Krieger bei der Bestellung zusätzlicher Felder an, damit genug Getreide für alle angebaut werden konnte.«

Marius' Augenbrauen arbeiteten heftig. »Schlauer Barbar!«

»Das ist er wirklich, Gaius Marius. Wir zogen also in Frieden und Freundschaft weiter. Von der Seine folgten wir der Oise nach Norden, bis wir ins Land der Aduatuker kamen, eines Stammes der Belgen. Die Aduatuker sind, kurz gesagt, Germanen, die an der Maas oberhalb der Mündung der Sambre leben, am Rand eines riesigen Waldes, den die Einheimischen Ardennen nennen. Der Wald erstreckt sich von der Maas nach Osten bis zur Mosel und ist für Nichtgermanen undurchdringlich. Die Germanen des eigentlichen Germanien leben im Wald. Der Wald ist für sie in etwa das, was für uns Befestigungen sind.«

Marius dachte angestrengt nach. Seine Augenbrauen zuckten immer noch unruhig, als führten sie ein eigenes Leben. »Fahre fort, Lucius Cornelius. Unsere germanischen Gegner interessieren mich immer mehr.«

Sulla nickte gelassen. »Das dachte ich mir. Die Cherusker kommen übrigens aus einem Teil Germaniens, der nicht weit vom Land der Aduatuker entfernt ist, und behaupten, sie seien mit den Aduatukern verwandt. Sie haben die Teutonen, Tiguriner und Markomannen überredet, mit ihnen ins Land der Aduatuker zu ziehen, während die Kimbern im Süden vor den Pyrenäen standen. Als wir

Kimbern dann aber Ende Sextilis nach Nordgallien kamen, herrschten dort keineswegs Frieden und Eintracht. Die Teutonen hatten sich so mit den Aduatukern und Cheruskern zerstritten, daß es bereits mehrere Scharmützel und nicht wenige Tote gegeben hatte. Haß lag in der Luft, und wir Kimbern konnten geradezu zusehen, wie er täglich wuchs.«

»Aber König Boiorix hat das Problem gelöst.«

»Das hat er wirklich!« Sulla grinste. »Er beruhigte die Aduatuker und berief dann einen großen Rat der wandernden Germanenstämme ein: der Kimbern, Teutonen, Tiguriner, Cherusker und Markomannen. Auf der Versammlung gab er bekannt, daß er ab sofort nicht nur König der Kimbern, sondern König aller Germanen sei. Er mußte einige Zweikämpfe bestehen, allerdings nicht mit den einzigen beiden ernstzunehmenden Rivalen, Teutobod von den Teutonen und Getorix von den Tigurinern. Beide dachten geradezu wie Römer: Sie zogen das Leben dem Tod vor und glaubten, König Boiorix lebend mehr Ungelegenheiten bereiten zu können als tot.«

»Woher hast du das alles?« fragte Marius. »Warst du am Ende selbst ein Häuptling und konntest an den Beratungen teilnehmen?«

Sulla versuchte bescheiden dreinzusehen, auch wenn Bescheidenheit nicht gerade seine hervorstechendste Eigenschaft war. »Ich war tatsächlich ein Häuptling. Versteh mich recht: kein besonders großer Häuptling, gerade groß genug, daß ich zu den Beratungen eingeladen wurde. Meine Frau Hermana – sie ist übrigens eine Cheruskerin, keine Kimberin – gebar Zwillinge, als wir an die Maas kamen, zwei Jungen, und das galt als so gutes Omen, daß ich gerade rechtzeitig vom kleinen Stammesführer zum Häuptling einer größeren Stammesgruppe befördert wurde, um an dem großen Rat aller Germanen teilnehmen zu können.«

Marius wollte sich ausschütten vor Lachen. »Willst du damit sagen, daß die armen Römer in ein paar Jahren gegen zwei kleine Germanen kämpfen müssen, die aussehen wie du?«

Sulla grinste. »Das wäre möglich.«

»Und auch gegen ein paar kleine Quintus Sertoriusse?«

»Zumindest einen.«

Marius beruhigte sich wieder. »Fahre fort, Lucius Cornelius.«

»Unser Boiorix ist wirklich ein sehr schlauer Bursche. Was wir auch tun, wir dürfen ihn nicht unterschätzen, nur weil er ein Barbar ist. Er hat einen großartigen Plan entwickelt. Sogar du wärst stolz, wenn du darauf gekommen wärst. Ich übertreibe nicht, glaub mir.«

Marius sah ihn aufmerksam an. »Ich glaube dir! Wie sieht dieser großartige Plan aus?«

»Sobald das Wetter es nächstes Jahr zuläßt, spätestens aber im März, wollen die Germanen an drei Stellen in Italien einfallen. Anders ausgedrückt, im März werden sämtliche achthunderttausend Germanen das Land der Aduatuker verlassen. Nach Boiorix' Plan haben sie dann ein halbes Jahr Zeit für den Marsch von der Maas nach Gallia Cisalpina.«

Sowohl Marius wie Sulla beugten sich vor.

»Boiorix hat die Germanen in drei getrennte Armeen aufgeteilt. Die Teutonen, ungefähr eine viertel Million Menschen, sollen von Westen ins italische Gallien einfallen. Angeführt werden sie von ihrem König Teutobod. Bisher sieht der Plan vor, daß sie die Rhône hinuntermarschieren und dann an der ligurischen Küste nach Genua und Pisae weiterziehen. Wie ich Boiorix einschätze, werden sie ihre Route aber noch vor Marschbeginn ändern und über die Via Domitia und den Mons-Genava-Paß ziehen. Sie kommen dann bei Taurasio am Po heraus.«

»Boiorix kann also nicht nur Latein, sondern kennt sich auch in Geographie aus«, sagte Marius grimmig.

»Wie gesagt, er liest viel. Außerdem hat er aus römischen Gefangenen unter Folter Informationen herausgepreßt – nicht alle Soldaten, die wir in Arausio verloren haben, sind gefallen. Wenn sie von den Kimbern gefangengenommen wurden, blieben sie am Leben, bis Boiorix wußte, was er wissen wollte. Man kann es unseren Männern nicht vorwerfen, wenn sie den Germanen etwas erzählt haben.« Sulla verzog das Gesicht. »Die Germanen foltern immer, sie sind geübt darin.«

»Das heißt also, die Teutonen folgen derselben Route wie die Germanen vor der Schlacht bei Arausio. Auf welchem Weg wollen die anderen in Italien einfallen?«

»Die Kimbern sind die zahlenmäßig stärkste der drei großen germanischen Abteilungen. Insgesamt mindestens vierhunderttausend Menschen. Während die Teutonen an der Maas entlang und dann die Saône und die Rhône hinunter marschieren, ziehen die Kimbern am Rhein bis zum Bodensee, überqueren dann im Norden des Sees die Wasserscheide zum Einzugsgebiet der Donau. Sie folgen der Donau nach Osten bis zum Inn, dann ziehen sie innaufwärts über den Brenner nach Italien. Dabei kommen sie an der Etsch in der Nähe von Verona heraus.«

»Angeführt von König Boiorix persönlich.« Marius schob nachdenklich das Kinn vor. »Das Ganze gefällt mir immer weniger.«

»Die dritte Gruppe ist die kleinste und am wenigsten homogene. Sie besteht aus den Tigurinern, den Markomannen und den Cheruskern, insgesamt etwa zweihunderttausend Menschen. Angeführt werden sie von dem Tiguriner Getorix. Boiorix wollte sie zuerst geradewegs durch die großen germanischen Wälder schicken – die Hercynia, die Gabreta und so weiter. Durch Pannonien sollten sie dann nach Süden nach Noricum vorstoßen. Dann kamen ihm wahrscheinlich Zweifel, ob sie sich auch an diese Route halten würden, und er beschloß, daß sie mit ihm entlang der Donau zum Inn marschieren sollten. Von da an sollten sie der Donau weiter nach Osten folgen, bis nach Noricum, und dann nach Süden schwenken. Sie werden über die Karnischen Alpen nach Italien vorstoßen und bei Tergeste in der Nähe von Aquileia herauskommen.«

»Und jede Abteilung hat ein halbes Jahr Zeit, sagst du? Ich kann mir vorstellen, daß die Teutonen es schaffen, aber die Kimbern haben eine viel längere Strecke zu bewältigen und die gemischte dritte Abteilung die längste.«

»Eben das stimmt nicht, Gaius Marius. In Wirklichkeit ist die Entfernung vom Ausgangspunkt des Marsches an der Maas in etwa dieselbe. Alle drei Abteilungen müssen die Alpen überqueren, aber nur die Teutonen müssen durch unbekanntes Gelände. Die Germanen sind in den letzten achtzehn Jahren überall in den Alpen gewesen! Sie kennen die Donau von der Quelle bis Dakien, sie sind dem Rhein von der Quelle bis nach Helellum gefolgt und der Rhône von der Quelle bis Arausio. Sie sind Veteranen der Alpen.«

Zischend atmete Marius ein. »Beim Jupiter, Lucius Cornelius, ein genialer Plan! Aber können sie es wirklich schaffen? Ich meine – Boiorix' Plan steht und fällt doch damit, daß alle drei Abteilungen bis Oktober in Italien sind.«

»Ich bin überzeugt, daß die Teutonen und Kimbern es schaffen werden. Sie sind entschlossen und haben tüchtige Führer. Bei den anderen bin ich mir nicht so sicher. Vermutlich ist Boiorix das auch nicht.«

Sulla erhob sich und begann, im Zimmer auf und ab zu gehen. »Noch eines muß ich dir sagen, Gaius Marius, etwas sehr Ernstes. Die Germanen sind seit achtzehn Jahren auf Wanderung, und sie sind müde. Sie sehnen sich verzweifelt nach einem Stück Land, wo sie sich niederlassen können. Viele ihrer Kinder, die inzwischen zu jungen Kriegern herangewachsen sind, haben nie eine Heimat gehabt. Sie haben sogar überlegt, ob sie wieder auf die Kimbrische Chersonesos zurückkehren sollen. Das Meer hat sich schon seit langem wieder zurückgezogen, und der Boden ist nicht mehr salzig.«

»Dann sollen sie es doch tun!«

»Es ist zu spät.« Ruhelos ging Sulla auf und ab. »Sie haben sich an unser krustiges Weißbrot gewöhnt, auf das sie ihre Butter streichen können und mit dem sich so trefflich Bratensaft auftunken und ihr gräßlicher Blutpudding verlängern läßt. Sie haben an der Wärme der südlichen Sonne und den schneebedeckten Bergen Gefallen gefunden. Zuerst Pannonien und Noricum, dann Gallien. Unsere Welt ist reicher. Und jetzt haben sie Boiorix, und sie haben beschlossen, Italien zu erobern.«

»Solange ich Feldherr bin, wird ihnen das nicht gelingen.« Marius ließ sich in seinen Stuhl sinken. »Ist das alles?«

»Alles oder auch nichts«, erwiderte Sulla ein wenig traurig. »Ich könnte tagelang erzählen. Aber das ist jedenfalls das, was du zuerst wissen mußt.«

»Und deine Frau und deine Söhne? Hast du sie einfach ihrem Schicksal überlassen? Wird man sie töten, weil kein Krieger mehr da ist, der sie versorgen kann?«

»Es ist eigenartig«, sagte Sulla wie zu sich selbst, »aber das habe ich nicht übers Herz gebracht! Ich habe Hermana und die Jungen zu den germanischen Cheruskern geschafft. Sie siedeln nördlich der Chatten an der Weser. Hermanas Stamm gehört zwar zu den Cheruskern, aber die Stammesangehörigen heißen Marser. Seltsam, nicht? Wir haben Marser, und die Germanen haben Marser. Die Namen sprechen sich genau gleich aus. Das stimmt nachdenklich ... Wie sind wir dahin gekommen, wo wir jetzt sind? Liegt es in der Natur des Menschen, daß er auf der Suche nach einer neuen Heimat immer wieder aufs neue aufbrechen muß? Werden wir Römer Italien eines Tages auch satt haben und woanders hinziehen? Ich habe viel über die Welt nachgedacht, seit ich mich den Germanen angeschlossen habe, Gaius Marius.«

Marius war aus einem Grund, den er selbst nicht verstand, über Sullas Worte zu Tränen gerührt. Deshalb sagte er jetzt weicher als sonst: »Ich bin froh, daß du sie nicht einfach dem Tod überlassen hast.«

»So bin ich, obwohl ich eigentlich gar keine Zeit hatte. Ich hatte

Angst, nicht rechtzeitig zu den Konsulwahlen zurück zu sein. Ich glaubte nämlich, daß meine Neuigkeiten für dich eine gewaltige Hilfe sein könnten.« Sulla räusperte sich. »Ich habe übrigens gewagt – natürlich in deinem Namen –, mit den germanischen Marsern einen Friedens- und Freundschaftsvertrag abzuschließen. Ich dachte vage, meine germanischen Söhne mit ihren kurzen, geraden Cheruskernasen würden dann wenigstens einen Hauch römischer Luft atmen. Hermana hat versprochen, sie in Freundschaft zu Rom aufzuziehen.«

»Du wirst Hermana nie wiedersehen?«

»Natürlich nicht!« sagte Sulla forsch. »Auch die Zwillinge nicht. Außerdem werde ich mir nie wieder lange Haare oder einen Schnurrbart wachsen lassen, Gaius Marius, oder das Gebiet um das Mittelmeer verlassen. Eine Diät aus Rindfleisch, Milch, Butter und Haferbrei bekommt meinem römischen Magen ganz und gar nicht, und ich möchte nie mehr auf ein Bad verzichten. Außerdem mag ich kein Bier. Ich habe für Hermana und die Jungen getan, was ich konnte, indem ich sie dort hinbrachte, wo sie nicht sterben müssen, weil kein Krieger für sie da ist. Aber ich habe Hermana gesagt, sie soll sich nach einem neuen Mann umsehen. Es ist das einzig Angemessene und Sinnvolle. Wenn alles gut geht, werden sie am Leben bleiben. Und meine Jungen werden zu tüchtigen Germanen heranwachsen. Zu wilden Kriegern, wie ich hoffe! Einen Kopf größer als ich! Und wenn das Schicksal sie nicht überleben läßt – na ja, ich werde es nie erfahren.«

»Du hast vollkommen recht, Lucius Cornelius.« Marius sah auf seine Hände, mit denen er den Becher hielt, und stellte erstaunt fest, daß die Knöchel weiß waren.

Sulla musterte ihn amüsiert. »Metellus Numidicus Schweinebakkes Anspielungen auf deine niedere Herkunft fallen mir immer dann ein, wenn irgend etwas die bäuerliche Sentimentalität in Wallung bringt, die in dir schlummert.«

Marius funkelte ihn wütend an. »Das Schlimme an dir ist, daß ich nie weiß, was in dir vorgeht! Was deine Beine antreibt, deine Arme bewegt, dich lächeln läßt wie ein Wolf. Und was du wirklich denkst. Das werde ich nie wissen.«

»Wenn es dich tröstet, Schwager: Das weiß auch sonst keiner. Nicht einmal ich weiß es.«

Im November schienen Gaius Marius' Chancen, im folgenden Jahr Konsul zu werden, auf den Nullpunkt gesunken. Ein Brief von

Lucius Appuleius Saturninus zerstörte jegliche Hoffnung, daß er zum dritten Mal in Abwesenheit durch einen Beschluß des Volkes zum Konsul gewählt werden könnte:

*Der Senat wird einer dritten Kandidatur nicht tatenlos zusehen. Die meisten Römer sind inzwischen überzeugt, daß die Germanen überhaupt nicht mehr kommen. Die Germanen sind geradezu zu einer neuen Lamia geworden, einem Gespenst, das die Menschen so oft und so lange in Angst und Schrecken versetzt hat, daß sie zuletzt jede Angst verloren haben.*

*Deine Feinde halten natürlich vor allem gegen Dich, daß Du jetzt schon zwei Jahre in Gallia Transalpina Straßen reparierst und Kanäle gräbst und daß Deine Anwesenheit dort und Deine Armee den Staat mehr Geld kosten, als er sich leisten kann, zumal angesichts der hohen Getreidepreise.*

*Ich habe mich umgehört, ob Aussicht besteht, daß Du ein drittes Mal in Abwesenheit gewählt wirst. Das Ergebnis war vernichtend. Deine Chancen wären besser, wenn Du persönlich nach Rom kämst. Dann werden Deine Feinde allerdings sagen, daß der sogenannte Notstand in Gallia Transalpina gar kein Notstand ist.*

*Ich tue jedoch für Dich, was ich kann. Ich habe vor allem im Senat um Unterstützung geworben, damit Dein Feldherrnkommando wenigstens mit prokonsularischem Status verlängert wird. Das hieße allerdings, daß Du nächstes Jahr Konsuln über Dir hast. Zu Deiner Belustigung noch dies: Als Favorit der Konsulwahlen für nächstes Jahr gilt Quintus Lutatius Catulus. Die Wähler haben seine jährlichen Bewerbungen so satt, daß sie beschlossen haben, ihn loszuwerden, indem sie ihn diesmal wählen. Ich hoffe, es geht Dir gut.*

Als Marius Saturninus' kurzen Brief durchgelesen hatte, saß er eine ganze Weile mit gerunzelter Stirn da. Obwohl der Inhalt des Briefes keinerlei Anlaß zur Freude gab, hatte er das vage Gefühl, daß Saturninus ihn in übermütiger Stimmung verfaßt hatte, gerade so, als zähle für ihn Gaius Marius bereits nicht mehr und als wolle er seine Gunst anders verteilen. Gaius Marius war für die Wähler nicht mehr attraktiv. Er hatte keinen politischen Einfluß mehr. Denn die Germanen schienen eine viel geringere Bedrohung als der sizilianische Sklavenkrieg und die Getreideversorgung. Das Gespenst Lamia war tot.

Nein, Lamia war nicht tot. Das konnte Lucius Cornelius Sulla beweisen. Nur was hatte es für einen Zweck, Sulla nach Rom zu schicken, wenn er, Gaius Marius, keine Entschuldigung fand, ihn zu begleiten? Ohne seine Unterstützung und Macht würde Sulla kein Gehör finden. Viele seiner potentiellen Zuhörer mißtrauten Marius und würden über den Gedanken, daß ein römischer Patrizier sich fast zwei Jahre lang als Gallier verkleidet hatte, so schockiert sein, daß sie seinen Worten nicht glauben würden. Nein, entweder sie fuhren beide nach Rom, oder sie fuhren überhaupt nicht.

Gaius Marius holte ein Blatt Papier, eine Feder und Tinte. Dann schrieb er an Lucius Appuleius Saturninus:

*Du magst rehabilitiert sein, Lucius Appuleius, aber vergiß nicht, daß ich es war, der Dir ermöglicht hat zu überleben, bis Du rehabilitiert warst. Du stehst immer noch in meiner Schuld, und ich erwarte, daß Du mir wie ein Klient treu ergeben bist.*

*Glaube nicht, daß ich sowieso nicht nach Rom kommen kann. Vielleicht ergibt sich doch noch eine Gelegenheit. Ich erwarte zumindest, daß Du so handelst, als würde ich tatsächlich kommen. Denn das will ich von Dir: Vordringlich ist es zunächst, die Konsulwahlen zu verschieben. Für Dich und Gaius Norbanus als Volkstribunen ist das keine Schwierigkeit. Du wirst also dafür sorgen. Vorbehaltlos. Mit ganzem Einsatz. Wenn das geschehen ist, erwarte ich, daß Du den Verstand benützt, mit dem Du geboren bist, und bei der ersten sich bietenden Gelegenheit Senat und Volk unter Druck setzt. Sie sollen mich nach Rom rufen.*

*Ich komme nach Rom, sei dessen versichert. Wenn Du also in ein höheres Amt als das des Volkstribunen aufsteigen willst, so rate ich Dir, weiterhin mit mir zusammenzuarbeiten.*

Ende November war Fortuna Gaius Marius hold: Ein Wind aus Ost trug ihm einen zweiten Brief des Saturninus zu. Der Brief traf per Schiff zwei Tage vor dem Kurier mit dem offiziellen Schreiben des Senats in Glanum ein. Diesmal klang Saturninus sehr unterwürfig:

*Ich habe daran keinen Zweifel, Gaius Marius, daß Du nach Rom kommen wirst. Nicht einmal einen Tag, nachdem ich Deinen tadelnden Brief erhalten hatte, verstarb überraschend Dein ehrenwerter Mitkonsul Lucius Aurelius Orestes. Und da mir Deine mahnenden Worte noch im Ohr klangen, nutzte ich die Gelegenheit und brachte den Senat dazu, Dich zurückzurufen. Das entsprach nicht den Plänen unserer konservativen Politiker. Sie hatten den Vorsitzenden dafür gewonnen, den eingeschriebenen Vätern die Berufung eines* consul suffectus *auf den Elfenbeinstuhl zu empfehlen, der durch den Tod des Orestes vakant geworden war. Doch welch glückliche Fügung! Nur einen Tag zuvor hatte Scaurus im Senat eine lange Rede gehalten und behauptet, daß Deine Anwesenheit in Gallia Transalpina einen Affront gegen die Glaubwürdigkeit aller Optimaten darstelle. Außerdem, sagte Scaurus, habest Du die Panik wegen des angeblich bevorstehenden Einfalls der Germanen bewußt ausgelöst, weil Du zum Diktator gewählt werden wollest. Natürlich änderte Scaurus in dem Augenblick seine Meinung, in dem Orestes starb – in Anbetracht der Bedrohung durch die Germanen könne es der Senat nicht wagen, Dich zurückzurufen, nur damit Du hier Deine Funktionen bei der Wahl eines Konsuls ausüben könnest. Der Senat müsse nun doch einen* consul suffectus *ernennen, bis die Wahlen stattfinden könnten.*

*Ich hatte noch keine Zeit gefunden, meinen Einfluß als Tribun geltend zu machen, um die Wahlen zu verschieben, und jetzt war das auch gar nicht mehr nötig. Statt dessen meldete ich mich im Senat zu Wort und hielt eine sehr gute Rede, in der ich erklärte, der ehrenwerte Senatsvorsitzende müsse sich endlich entscheiden. Entweder gebe es eine germanische Bedrohung, oder es gebe keine. Ich sagte, meiner Meinung nach habe er in seiner gestrigen Rede seine feste Überzeugung zum Ausdruck gebracht – daß es keine germanische Bedrohung gebe und demzufolge auch keine Notwendigkeit, den Stuhl des verstorbenen Konsuls mit einem* suffectus *zu besetzen. Nein, sagte ich, Gaius Marius müsse zurückgerufen werden, Gaius Marius solle endlich das tun dürfen, wozu er gewählt worden sei – nämlich die Pflichten eines Konsuls wahrzunehmen. Ich brauchte Scaurus gar nicht mehr vorzuwerfen, daß er seine Meinung angesichts der neuen Umstände von einem Tag auf den anderen geändert hatte. Alle verstanden, wie meine Rede gemeint war.*

*Ich hoffe, daß dieser Brief noch vor dem Kurier des Senats bei Dir eintrifft. In dieser Jahreszeit geht der Postweg über das Meer schneller als über die Straße. Du könntest natürlich auch aus der Mitteilung des Senats entnehmen, wie die Abfolge der Ereignisse war. Aber wenn mein Brief vor dem Kurier des Senats ankommt, gewinnst Du noch etwas Zeit, um Deinen Wahlkampf in Rom vorzubereiten. Selbstverständlich bringe ich hier auch unter den Wählern die Dinge in Bewegung, und wenn Du dann in Rom bist, wirst Du eine beachtliche Gruppe führender Köpfe des Volkes vorfinden, die Dich bitten werden, daß Du wieder für das Konsulat kandidierst.*

»Jetzt kommt die Sache ins Rollen!« Marius warf Sulla triumphierend Saturninus' Brief hin. »Du kannst schon mit dem Packen anfangen – wir dürfen keine Zeit verlieren. Du wirst dem Senat mitteilen, daß die Germanen im Herbst nächsten Jahres an drei Fronten in Italien einfallen werden, und ich werde den Wahlmännern erklären, daß nur ich die Germanen aufhalten kann.«

»Wie weit soll ich gehen?« fragte Sulla erschrocken.

»Nur so weit, wie du gehen mußt. Ich leite das Thema ein und fasse meine Folgerungen zusammen. Du bestätigst ihre Richtigkeit, aber so, daß der Senat nicht erfährt, daß du dich als Barbar getarnt hast.« Marius schien das zu bedauern. »Manche Dinge bleiben am besten ungesagt, Lucius Cornelius. Sie kennen dich noch nicht gut genug, um zu verstehen, was für ein Mann du bist. Gib ihnen nichts in die Hand, was sie später gegen dich verwenden könnten. Du bist ein patrizischer Römer. Laß sie also glauben, daß du auch bei deinen kühnsten Taten als patrizischer Römer aufgetreten bist.«

Sulla schüttelte den Kopf. »Es ist absolut unmöglich, sich zwischen die Germanen zu schleichen, wenn man wie ein römischer Patrizier auftritt!«

»Das wissen sie doch gar nicht«, grinste Marius. »Erinnerst du dich, was Publius Rutilius in seinem Brief schrieb? Er bezeichnete sie als Sandkasten-Feldherrn auf den Hinterbänken. Nun, auf den Vorderbänken sitzen auch nur Sandkasten-Feldherrn. Sie würden die Grundregeln des Spionierens nicht einmal dann verstehen, wenn man sie ihnen zwischen die Hinterbacken stecken würde!« Marius lachte. »Am liebsten wäre es mir gewesen, wenn du deinen Schnurrbart und dein langes Haar noch eine Weile behalten hättest. Ich hätte dich wie einen Germanen eingekleidet und auf dem Forum vorgeführt. Du weißt, was dann passiert wäre?«

Sulla seufzte. »Ja. Niemand hätte mich erkannt.«

»Richtig. Also dürfen wir ihrer römischen Vorstellungskraft nicht zuviel zumuten. Ich werde zuerst sprechen, du bekommst von mir dein Stichwort.«

Rom bot Sulla weder die politische Herausforderung noch die häusliche Wärme, die es Gaius Marius zu bieten hatte. Trotz seiner hervorragenden Leistungen als Quästor – unter Marius – und seiner ungewöhnlichen Karriere als Spion – ebenfalls unter Marius – war er nichts weiter als ein junger Aufsteiger im Senat, der im Schatten des Ersten Mannes von Rom stand. Auch seine politische Laufbahn verlief keineswegs schnell genug, schon gar nicht, wenn man seinen späten Eintritt in den Senat berücksichtigte. Er war Patrizier, deshalb konnte er nicht Volkstribun werden, für die Ädilität hatte er nicht genug Geld, und er war noch nicht lange genug Senator, um für das Amt des Prätors zu kandidieren. Das war die politische Seite. Zu Hause lebte er in einer bitteren und nervtötenden Atmosphäre, mit einer Frau, die dem Trunk ergeben war und ihre Kinder vernachlässigte, und einer Schwiegermutter, die ihn ebensosehr verabscheute, wie sie ihr ganzes Leben als Witwe verabscheute.

Sulla war immerhin nicht so deprimiert, daß er die Hoffnung aufgegeben hatte, seine politische Lage werde sich eines Tages verbessern. Doch das häusliche Klima konnte sich nur immer weiter verschlechtern. Die Rückkehr nach Rom fiel ihm diesmal noch schwerer, weil er seine germanische Frau gegen seine römische eintauschen mußte. Ein Jahr lang hatte er mit Hermana in einer Gesellschaft zusammengelebt, die sich von seiner aristokratischen Welt noch stärker unterschied, als sich seine alte Umgebung in der Subura davon unterschieden hatte. Und Hermana war sein Trost, seine Festung, sein einziger normaler Bezugspunkt in dieser bizarren barbarischen Welt gewesen.

Es war Sulla nicht schwergefallen, sich an den Kometenschweif der Kimbern zu heften, denn er war nicht nur ein mutiger und körperlich starker Krieger, sondern auch ein Mann mit Verstand. Viele Germanen hatten ihn an Mut und Körperkraft übertroffen, doch sie waren wie Roheisen, während er wie geschliffener Stahl war – listig und mutig, glatt und stark zugleich. Sulla war der kleine Mann, der dem Riesen gegenübertrat, er setzte sich mit seinem Kopf im Kampf durch. Deshalb war er auf dem Schlachtfeld gegen die spanischen Stämme der Pyrenäen sofort aufgefallen und in den Kreis der Krieger aufgenommen worden.

Sulla und Sertorius wollten sich dieser fremden Gesellschaft anpassen, in ihr aufsteigen und schließlich an den politischen Entscheidungen der Germanen, soweit davon überhaupt gesprochen werden konnte, beteiligt sein. Sie waren überzeugt, daß sie deshalb nicht nur einfache Krieger bleiben durften, sie mußten für sich einen Platz im Stammesleben finden. Deshalb trennten sie sich, schlossen sich verschiedenen Stämmen an und nahmen sich Frauen, die seit kurzem verwitwet waren.

Sein Auge war auf Hermana gefallen, weil sie auch eine Außenseiterin war und weil sie keine Kinder hatte. Ihr Mann war Häuptling seines kimbrischen Stammes gewesen; nur als Witwe eines Häuptlings wurde sie, die Angehörige eines fremden Stammes, überhaupt geduldet. Aber sie besetzte einen Platz, den eigentlich eine kimbrische Frau hätte besetzen sollen, und die aufgebrachten kimbrischen Frauen waren drauf und dran gewesen, ihr einen Schlag über den Kopf zu geben, als Sulla auf der Bühne erschien. Er kletterte in ihren Wagen und zeigte so, daß er sie wollte – und rettete ihr damit das Leben. Sie waren beide Fremde. Er hatte sie nicht ausgewählt, weil sie ihm gefiel oder weil er sich zu ihr hingezogen fühlte, sondern aus Berechnung. Sie brauchte ihn mehr als eine kimbrische Frau, und sie war zugleich dem Stamm weniger verbunden als eine kimbrische Frau. Sollte sie also jemals herausfinden, daß er in Wahrheit ein Römer war, würde sie eher schweigen als eine kimbrische Frau.

Hermana wirkte im Vergleich zu den anderen germanischen Frauen sehr einfach. Die meisten Germaninnen waren groß, von kräftigem und doch zugleich anmutigem Körperbau und hatten lange Beine und hohe Brüste. Ihr Haar war flachsfarben, und sie hatten tiefblaue Augen. Ihre Gesichter waren nicht unschön, wenn man von ihren häßlichen breiten Mündern und ihren geraden, kleinen Nasen absah. Hermana jedoch war beträchtlich kleiner als Sulla, der für einen Römer mit knapp sechs Fuß ziemlich groß war – Marius war mit über sechs Fuß noch größer –, und plumper als ihre germanischen Geschlechtsgenossinnen. Sie hatte ungewöhnlich kräftiges und langes Haar in einem schwer bestimmbaren braungrauen Farbton – mausgrau. Ihre Augen waren ebenfalls braungrau und paßten zu ihrem Haar. Im übrigen jedoch wirkte sie ausgesprochen germanisch – ihr Kopf gut geformt und ihre Nase kurz, gerade und fein geschnitten. Sie war dreißig Jahre alt und bisher unfruchtbar gewesen, das hätte ihr Tod sein können. Doch ihr Mann, der Stammesfürst, hatte sich geweigert, sie wegzuschicken.

Auf den ersten Blick war nicht erkennbar, wodurch sich Hermana so auszeichnete, daß sie von zwei ungewöhnlichen Männern hintereinander ausgewählt wurde. Ihr erster Ehemann hatte sie interessant und andersartig gefunden, aber ihre Qualitäten nicht genauer bezeichnen können. Sulla hielt sie für eine geborene Aristokratin, eine gezierte, hochnäsige Dame, die dennoch eine starke sexuelle Anziehungskraft besaß.

Sie paßten hervorragend zueinander. Hermana war intelligent genug, um keine Ansprüche zu stellen, empfindsam genug, um ihm nicht auf die Nerven zu fallen, leidenschaftlich genug, um ihm im Bett Vergnügen zu bereiten, wortgewandt genug, um eine interessante Gesprächspartnerin zu sein, und fleißig genug, um ihm keine zusätzlichen Mühen zu bereiten. Hermanas Tiere wurden ordentlich gepflegt, gebrandmarkt, gemolken, gepaart. Hermanas Wagen befand sich in hervorragendem Zustand, seine Leinwand war immer gespannt und geflickt. Sie ölte die hölzerne Deichsel regelmäßig und schmierte die Achsen und Achsnägel der großen Wagenräder mit einer Mischung aus Butter und Rinderfett, nie fehlten Speichen oder Teile des Rades. Hermana hielt ihre Töpfe, ihr Geschirr und ihre Gefäße sauber, sie schützte ihre Vorräte vor Feuchtigkeit und vor Plünderern; ihre Kleider und Decken waren immer frisch gelüftet und ausgebessert, ihre Schlachtmesser waren scharf, und selbst Kleinigkeiten verlegte sie nie. Hermana war alles, was Julilla nicht war. Nur war sie keine Römerin von aristokratischem Geblüt.

Als Hermana feststellte, daß sie schwanger war – tatsächlich war sie sofort schwanger geworden –, freuten sich beide darüber. Hermana war auch deshalb glücklich, weil sie jetzt in den Augen des Stammes, zu dem sie nicht gehörte, gerechtfertigt war, denn die Schuld an ihrer früheren Unfruchtbarkeit konnte jetzt dem toten Häuptling zugewiesen werden. Die anderen Frauen waren jedoch weniger begeistert, denn sie haßten Hermana. Doch das spielte keine Rolle mehr, denn im nächsten Frühjahr, als die Kimbern nach Norden zum Gebiet der Aduatuker aufbrachen, wurde Sulla Häuptling. Hermana hatte also außerordentlich viel Glück.

Nach einer anstrengenden, aber klaglos ertragenen Schwangerschaft gebar Hermana im Sextilis Zwillinge, große, gesunde, rothaarige Jungen. Sulla nannte den einen Herman, den anderen Cornel. Er zermarterte sich das Hirn, um einen Namen zu finden, der in irgendeiner Weise den Namen seines Geschlechts, Cornelius, fortsetzte und zugleich in der germanischen Sprache nicht zu fremd klang. Die Lösung lautete »Cornel«.

Die beiden Säuglinge waren, wie Zwillinge sein sollten. Sie ähnelten sich so sehr, daß man sie kaum auseinanderhalten konnte, sie waren zufrieden, wenn sie beieinander waren, und sie wuchsen schnell und weinten wenig. Zwillinge kamen selten vor, und daß dieses fremde Paar Zwillinge bekommen hatte, galt als ein Omen und trug wesentlich dazu bei, daß Sulla Häuptling einer ganzen Gruppe kleiner Stämme wurde. In dieser Eigenschaft nahm er an dem großen Rat aller drei germanischen Völker teil, den Boiorix, der König der Kimbern, einberufen hatte, nachdem es ihm gelungen war, den Streit zwischen den Aduatukern und den Teutonen ohne Blutvergießen beizulegen.

Natürlich wußte Sulla seit langem, daß er die Germanen bald verlassen mußte. Er verschob seine Abreise jedoch bis nach dem großen Rat. Obwohl sein Privatleben von untergeordneter Bedeutung hätte sein sollen, machte er sich Sorgen darüber, was nach seiner Abreise aus Hermana und seinen Söhnen werden würde. Den Männern des Stammes hätte er vielleicht noch vertraut, aber den Frauen nicht, und bei häuslichen Angelegenheiten setzten sich immer die Frauen durch. Sobald er verschwunden wäre, würde man Hermana zu Tode prügeln, nur ihre Söhne würden am Leben bleiben.

Inzwischen war es September geworden, und seine Zeit wurde immer knapper. Sulla traf eine Entscheidung, die weder in seinem noch in Roms Interesse lag – er entschloß sich, Hermana zu ihrem eigenen Volk nach Germanien zurückzubringen. Das aber bedeutete, daß er ihr erklären mußte, was er war und wer er war. Sie hörte weniger überrascht als fasziniert zu und schaute dann erstaunt ihre Söhne an, als begreife sie jetzt, wie wichtig sie waren, die Söhne eines Halbgottes. Sie zeigte keine Regung der Trauer, als er ihr mitteilte, daß er sie für immer verlassen müsse, wohl aber zeigte sie Dankbarkeit, als er ihr erklärte, daß er sie zu den Marsern nach Germanien bringen werde. Er hoffte, daß ihr eigener Stamm sie aufnehmen und ihr Schutz gewähren würde.

Anfang Oktober verließ Sulla mit seiner Familie nach Anbruch der Dunkelheit die riesige Wagenburg der Germanen. Schon zuvor hatten sie den Platz für ihren Karren und ihre Tiere so ausgewählt, daß sie ohne großes Aufsehen verschwinden konnten. Als der neue Tag anbrach, schlängelten sie sich noch immer zwischen germanischen Karren hindurch, aber niemand beachtete sie. Sie brauchten zwei Tage, bis sie das germanische Lager hinter sich hatten.

Die Marser siedelten nur ungefähr hundert Meilen von den Aduatukern entfernt, und der Weg führte über flaches Land. Aber zwischen dem Gebiet der Belgen in Nordgallien und Germanien floß der größte Strom Westeuropas: der Rhein. Irgendwie mußte

Sulla Hermanas Wagen über den Fluß bringen, und irgendwie mußte er seine Familie vor Überfällen schützen. Auch diesmal vertraute er auf sein Band zur Göttin Fortuna, und sie ließ ihn nicht im Stich.

Sullas kleiner Zug erreichte den Rhein. Das Ufer war dicht bevölkert, und die Menschen interessierten sich nicht für einen einsamen Wagen und einen einsamen Germanen mit seiner Familie. Eine Barke fuhr regelmäßig über den Fluß, groß genug, um den Wagen aufnehmen zu können. Als Fährpreis wurde ein Krug kostbaren Weizens vereinbart. Da der Sommer recht trocken gewesen war, floß der Strom sehr ruhig dahin, und gegen drei weitere Krüge Weizen wurden auch Hermanas Tiere über den Fluß gesetzt.

In Germanien kamen sie schnell voran, denn in diesem Gebiet am Unterrhein waren die großen Wälder bereits gerodet. Die Menschen betrieben einfachen Ackerbau, verwendeten aber das Getreide eher als Winterfutter für die Tiere denn als Nahrung für sich selbst. In der dritten Oktoberwoche stieß Sulla auf den Stamm der Marser, aus dem Hermana stammte, und stellte sie unter den Schutz ihres Volkes. Und er schloß einen Friedens- und Freundschaftsvertrag zwischen dem Senat und dem Volk von Rom und den germanischen Marsern.

Der Abschied fiel beiden schwerer, als sie sich hatten träumen lassen, und sie weinten bittere Tränen. Hermana folgte Sullas Pferd zu Fuß, mit den Zwillingen auf den Armen, bis sie so erschöpft war, daß sie nicht mehr weiter konnte. Dann stand sie laut klagend noch lange an der Stelle, wo er für immer ihren Blicken entschwunden war. Während Sulla in südwestlicher Richtung davonritt, schwammen seine Augen in Tränen, und lange Zeit mußte er sich ganz auf den Instinkt seines Tieres verlassen.

Hermanas Stamm hatte ihm ein gutes Pferd gegeben, das er am nächsten Tag gegen ein anderes gutes Pferd eintauschte und so fort, bis er nach zwölf Tagen von der Quelle der Ems, wo sich die Siedlungen der Marser befanden, zu Marius' Lager bei Glanum gelangte. Sullas Weg führte quer über das Land, er vermied die hohen Berge und die dichten Wälder, indem er den großen Flüssen folgte – vom Rhein zur Mosel, von der Mosel zur Saône, von der Saône zur Rhône.

Sein Herz war so schwer, daß er sich ständig zwingen mußte, das Land, durch das er zog, und die Menschen, denen er begegnete, aufmerksam zu beobachten. Als er sich einmal in der gallischen Sprache der Druiden sprechen hörte, kam ihm unvermittelt zu Bewußtsein, daß er, Lucius Cornelius Sulla, ein römischer Senator, mehrere germanische Dialekte fließend sprach und sogar etwas Gallisch!

Aber welche Verfügungen die Germanen bei den Aduatukern getroffen hatten, hatten weder Sulla noch Quintus Sertorius herausgefunden; das wurde erst im nächsten Frühjahr bekannt, lange nachdem die beiden Römer aus dem Leben ihrer germanischen Frauen verschwunden waren. Als sich die Kimbern, Teutonen, Tiguriner, Cherusker und Markomannen zu Tausenden und Abertausenden in Bewegung setzten und sich dann in drei große Gruppen aufteilten, um getrennt in Italien einzufallen, ließen sie den Aduatukern eine Wachmannschaft zurück, sechstausend ihrer besten Krieger. Sie sollten sicherstellen, daß die Aduatuker den Angriffen anderer Stämme nicht wehrlos ausgesetzt waren, denn sie hatten bei ihnen ihre gesamten Stammesschätze zurückgelassen – goldene Statuen, vergoldete Wagen, goldene Rüstungen, Votivbilder aus Gold, Münzen aus Gold, Berge von feinstem Bernstein und zahllose andere Kostbarkeiten, die sie auf ihren Wanderungen aufgehäuft hatten und die ihren von früheren Generationen angesammelten Reichtum weiter mehrten. Auf ihrem Marsch nach Italien nahmen sie nur das Gold mit, das sie an ihren Körpern trugen, ihre übrigen Reichtümer versteckten sie bei den Aduatukern – wie einst die gallischen Völker ihren Goldschatz bei den Volsker-Tektosagen von Tolosa.

Als Sulla Julilla wiedersah, verglich er sie sofort mit Hermana, und sie erschien ihm schlampig, nachlässig, ungebildet, unordentlich und ziellos – ja, sie war ihm verhaßt. Bei seiner letzten Rückkehr hatte Julilla immerhin gelernt, daß sie sich ihm nicht unter den Augen der Sklaven schamlos an den Hals werfen durfte. Doch bei dem Essen am Abend seiner Rückkehr wurde ihm klar, daß ihm diese besondere Qual eher deshalb erspart geblieben war, weil sich Marcia im Haus aufhielt und nicht, weil Julilla ihm zu Gefallen sein wollte. Denn Marcias Gegenwart war unübersehbar – steif, ernst, verkniffen, lieblos, nachtragend. Sie war nicht in Würde gealtert, sondern trug ihre Witwenschaft nach all den glücklichen Jahren an der Seite von Gaius Julius Caesar wie eine schwere Last. Und Sulla vermutete, daß sie es auch als eine Last empfand, die Mutter einer so unvollkommenen Tochter wie Julilla zu sein.

Das verwunderte ihn nicht, denn die Ehe mit einer so unvollkommenen Frau wie Julilla war auch für ihn nur noch eine Last. Doch es erschien ihm politisch nicht opportun, sich von ihr zu trennen, sie war schließlich keine Metella Calva, die sich hemmungslos mit den niedrigsten Männern paarte. Julilla ließ sich nicht einmal mit hochgeborenen Männern ein, Treue war möglicherweise ihre einzige Tugend. Unglücklicherweise war auch ihre Trunksucht nicht so weit fortgeschritten, daß sie in Rom als Säuferin bekannt gewesen wäre. Marcia hatte dafür gesorgt, daß niemand davon erfuhr. Dies aber bedeutete, daß er ihre Trunksucht nicht als Grund für eine Scheidung durch *diffareatio* anführen konnte – selbst wenn er zu diesem entsetzlichen Verfahren bereit gewesen wäre.

Aber er konnte nicht länger mit ihr zusammenleben. Ihre körperlichen Bedürfnisse im Bett waren so verkümmert und flüchtig, daß er nichts anderes mehr empfinden konnte als eine geisterhafte, alles beherrschende Peinlichkeit. Er mußte Julilla nur anschauen, und jede erregungsfähige Faser seines Körpers zog sich zusammen wie Publius Vagiennius' Schnecken. Er wollte sie nicht berühren, und er konnte es nicht ertragen, daß sie ihn berührte.

Für eine Frau war es leicht, sexuelle Begierde und sexuelle Erfüllung vorzutäuschen, aber ein Mann konnte sexuelle Begierde ebensowenig vortäuschen wie sexuelle Erfüllung. Wenn Männer ihrem Wesen nach aufrichtiger sind als Frauen, dachte Sulla, dann vor allem deshalb, weil ihre Begierde stets sichtbar ist. Und Männer fühlen sich zu anderen Männern hingezogen, weil der Liebesakt zwischen ihnen nicht von einem Glaubensakt begleitet sein muß.

Für Julilla verhieß keiner dieser Gedanken Gutes. Sie hatte zwar keine Ahnung, was ihr Gatte dachte, doch sie fühlte sich schon durch sein offensichtlich geringes Interesse an ihr wie zerstört. Zwei Nächte hintereinander wies er sie zurück, und während sein Geduldsfaden immer dünner wurde, wurden seine Erklärungen immer oberflächlicher und dürftiger. Am dritten Morgen nach seiner Rückkehr stand Julilla noch vor Sulla auf, um ein reichliches Weinfrühstück zu sich zu nehmen. Doch plötzlich stand Marcia in der Tür.

Es folgte ein Streit zwischen den beiden Frauen, so erbittert und heftig, daß die Kinder in Tränen ausbrachen, die Sklaven flohen und Sulla sich in seinem *tablinum* einschloß und den Fluch der Götter über alle Frauen herabrief. Er schnappte Bruchstücke der Auseinandersetzung auf und folgerte daraus, daß der Grund des Streits nicht neu und dies auch nicht die erste Konfrontation war. Marcia beschuldigte Julilla mit einer Stimme, die bis zum Tempel der Magna Mater zu hören sein mußte, daß Julilla ihre Kinder völlig vernachlässige. Julillas kreischende Antwort schallte vermutlich bis zum Circus Maximus. Sie warf Marcia vor, sie habe ihr, der Mutter, die Zuneigung ihrer Kinder gestohlen, was also erwarte sie von ihr?

Der Kampf wütete länger als eine der üblichen verbalen Auseinandersetzungen – für Sulla ein weiteres Zeichen dafür, daß Thema und Argumente schon bei vielen Gelegenheiten ausgiebig eingesetzt worden waren. Der Streit lief fast mechanisch ab und endete im Atrium, direkt vor Sullas Arbeitszimmer. Marcia informierte Julilla, daß sie mit den Kindern und dem Kindermädchen einen langen Spaziergang machen werde und nicht wisse, wann sie zurückkomme, aber Julilla solle auf jeden Fall bis zu ihrer Rückkehr wieder nüchtern sein.

Sulla preßte die Hände auf seine Ohren, weil er nicht hören wollte, wie seine Kinder herzzerreißend um Frieden zwischen ihrer Mutter und ihrer Großmutter flehten, und konzentrierte sich auf den Gedanken, wie schön seine Kinder waren. Noch immer erfüllte ihn die Freude, die er bei ihrem ersten Anblick nach so langer Zeit empfunden hatte. Cornelia Sulla war etwas über fünf und der kleine Lucius Sulla vier. Richtige kleine Menschen – alt genug, um leiden zu können, wie er aus seinen eigenen Kindheitserfahrungen wußte, die er zwar begraben, aber nie vergessen hatte. Wenn es einen mildernden Umstand dafür geben konnte, daß er seine germanischen Zwillingssöhne verlassen hatte, dann den, daß sie noch Säuglinge gewesen waren, mit wackeligen Köpfen, geifernden Mündern und Körpern, die von oben bis unten mit Runzeln und Falten übersät waren. Es würde ihm viel schwerer fallen, seine römischen Kinder zu verlassen, denn sie waren schon kleine Persönlichkeiten. Er empfand tiefes Mitleid und eine innige Liebe für sie, eine ganz andere Liebe, als er sie je einem Mann oder einer Frau entgegengebracht hatte. Diese Liebe war selbstlos und rein, unverdorben und offen.

Die Tür wurde aufgestoßen, Julilla stürzte mit wehenden Gewändern in Sullas Zimmer. Sie hatte die Hände zu Fäusten geballt, und ihr Gesicht war dunkelrot vor Zorn. Und Wein.

»Hast du das gehört?« fragte sie scharf.

Sulla legte die Feder auf den Tisch. »Wie hätte ich das überhören können?« sagte er müde. »Ihr wart auf dem ganzen Palatin zu hören!«

»Diese alte Schreckschraube! Diese vertrocknete Henne! Sie wirft mir vor, daß ich meine Kinder vernachlässige! Muß ich mir das gefallen lassen?«

Soll ich, oder soll ich nicht? fragte sich Sulla. Warum ertrage ich sie eigentlich noch? Warum hole ich nicht meine kleine Schachtel mit dem weißen Pulver, das aus der Gießerei von Pisae stammt, und schütte ein wenig davon in ihren Wein? Dann würden ihr die Zähne aus dem Mund fallen, ihre Zunge würde sich verdrehen, als ob sie geräuchert würde, und ihre Brüste würden wie Schweinsblasen anschwellen und schließlich platzen. Warum suche ich nicht nach einem hübschen, feuchten Eichenbaum, unter dem ein paar makellose Pilze wachsen, und gebe sie ihr zu essen, bis ihr das Blut aus jeder Körperöffnung schießt? Warum gebe ich ihr nicht den Kuß, nach dem sie sich sehnt, und breche ihr dabei das häßliche, magere Genick, wie ich es bei Clitumna getan habe? Wie viele Männer habe ich mit dem Schwert, dem Messer, mit Pfeilen, Gift, Steinen, Äxten, Prügeln getötet, wie viele habe ich mit meinen Händen erwürgt und erdrosselt? Was unterscheidet sie eigentlich von all diesen anderen? Doch Sulla wußte die Antwort. Julilla hatte ihm seinen Lebenstraum eingegeben. Julilla hatte ihm Glück gebracht. Und sie war eine patrizische Römerin, Blut von seinem Blut. Er wäre eher in der Lage, Hermana zu töten.

Worte konnten diese zähe, sehnige römische Dame nicht töten, Worte konnte er also gegen sie schleudern.

»Du vernachlässigst in der Tat die Kinder«, sagte er. »Deshalb habe ich deine Mutter gebeten, zu uns zu ziehen.«

Sie atmete tief und theatralisch auf, hustete, umklammerte mit beiden Händen ihren Hals. »Oh! Oh! Wie kannst du nur so etwas behaupten? Ich habe meine Kinder nie vernachlässigt, niemals!«

»Unsinn. Sie waren dir immer völlig gleichgültig«, sagte er in diesem müden Tonfall, den er seit seiner Rückkehr in dieses furchtbare, verdammte Haus nicht mehr abgelegt hatte. »Dich interessiert doch nur deine Weinflasche, Julilla.«

»Und wer kann mir das vorwerfen?« fragte sie und ließ die Hände sinken. »Wer kann mir das aufrichtig vorwerfen? Ich bin mit einem Mann verheiratet, der mich nicht haben will. Ein Mann, der ihn im Bett nicht einmal dann hochbringt, wenn ich ihm einen blase, bis mir die Kieferknochen brechen!«

»Wenn wir schon so deutlich miteinander reden wollen, würdest du dann bitte zuerst die Tür schließen?«

»Warum denn? Damit die Sklaven nichts hören? Was bist du doch für ein schmutziger Heuchler, Sulla! Wer ist denn immer schuld, du oder ich? Warum ist es nie deine Schuld? Als Liebhaber bist du in der ganzen Stadt viel zu bekannt, und nur weil es mit mir nicht geht, kommst du bestimmt nicht in den Ruf, impotent zu sein! Nur mich willst du nicht! Mich! Deine eigene Frau! Ich habe andere Männer nie auch nur angesehen. Und was ist der Dank dafür? Du kommst nach zwei Jahren zurück und kriegst ihn nicht einmal hoch, selbst wenn ich den *irrumator* spiele!« Ihre großen, gelblichen Augen füllten sich mit Tränen. »Was habe ich nur getan? Warum liebst du mich nicht? Warum willst du mich nicht? Oh, Sulla, schau mich mit liebevollen Augen an, berühre mich mit zärtlichen Händen, und ich werde nie mehr auch nur einen Tropfen Wein trinken, solange ich lebe! Wie kann ich dich lieben, wenn ich nicht den geringsten Funken von Leidenschaft aus dir schlage?«

»Vielleicht liegt da ein Teil des Problems«, sagte er, kühl wie ein Arzt bei der Untersuchung. »Ich will nicht, daß ich so sehr geliebt werde. Das ist nicht richtig. Es ist sogar ungesund.«

»Dann sag mir bitte, wie ich mir die Liebe zu dir abgewöhnen soll!« Julilla brach in Tränen aus. »Ich weiß es nämlich nicht. Glaubst du denn, daß ich es mir nicht abgewöhnen würde, wenn ich nur könnte? Sofort, sofort würde ich es tun! Ich flehe die Götter an, daß ich es kann! Aber ich kann es eben nicht. Ich liebe dich mehr, als ich das Leben liebe.«

Sulla seufzte. »Vielleicht wäre es eine Lösung, wenn du endlich erwachsen würdest. Du siehst wie eine Halbwüchsige aus und benimmst dich auch so. Deinem Körper und deinem Verstand nach bist du immer noch sechzehn. Aber in Wirklichkeit eben nicht, Julilla! Du bist vierundzwanzig. Du hast heranwachsende Kinder.«

»Vielleicht war ich mit sechzehn zum letzten Mal wirklich glücklich«, sagte sie und rieb ihre nassen Wangen.

»Wenn du seither nicht mehr glücklich geworden bist, Julilla, kannst du das schwerlich mir vorwerfen.«

»Du bist eben nie schuld, nicht wahr?«

»Vollkommen richtig«, sagte er mit überlegener Miene.

»Und was ist mit den anderen Frauen?«

»Was soll mit ihnen sein?«

»Du hast seit deiner Rückkehr keinerlei Interesse mehr für mich gezeigt. Ist der Grund dafür vielleicht, daß du irgendwo in Gallien irgendeine Frau aufgetrieben hast?«

»Nicht irgendeine Frau, sondern eine Ehefrau«, korrigierte Sulla sie milde. »Und nicht in Gallien, sondern in Germanien.«

Völlig entgeistert starrte sie ihn an. »Eine Ehefrau?«

»Zumindest nach germanischem Brauch. Und zwei Söhne, Zwillinge, sie sind jetzt ungefähr vier Monate alt.« Er schloß die Augen, diesen tiefen Schmerz wollte er ihr nicht zeigen. »Sie fehlt mir sehr. Ist das nicht eigenartig?«

Julilla schloß mühsam ihren Mund und schluckte ein paarmal. »Ist sie so schön?« flüsterte sie.

Sullas blasse Augen öffneten sich überrascht. »Schön? Hermana? Überhaupt nicht! Sie ist plump und schon über dreißig. Nicht im entferntesten so schön wie du. Und auch nicht so blond. Sie ist nicht einmal die Tochter eines Häuptlings, von einem König ganz zu schweigen. Einfach eine Barbarin.«

»Warum?«

Sulla schüttelte den Kopf. »Ich weiß es nicht. Ich weiß nur, daß ich sie sehr mochte.«

»Was hat sie mir denn voraus?«

»Prachtvolle Brüste«, sagte Sulla und zuckte die Schultern. »Aber das ist vermutlich nicht alles, denn ich mache mir nicht soviel aus Brüsten. Sie hat hart gearbeitet. Und sich nie beklagt. Sie hat nichts von mir erwartet – nein, das ist es auch nicht. Richtiger ist wohl, daß sie nie mehr von mir erwartete, als ich geben konnte.« Er nickte, lächelte mit offensichtlicher Zärtlichkeit. »Ja, das muß es wohl sein. Sie war sich selbst genug, sie bürdete sich mir nicht auf. Du bist ein Bleigewicht um meinen Hals, Hermana war ein Flügelpaar an meinen Füßen.«

Julilla wandte sich um und verließ ohne ein weiteres Wort das Arbeitszimmer. Sulla erhob sich und schloß hinter ihr die Tür.

Doch er fand keine Zeit, sich wieder seinen Grübeleien zu widmen – schreiben konnte er an diesem Morgen ohnehin nicht –, denn die Tür öffnete sich sogleich wieder.

Sein Verwalter trat ein, steif wie ein Stock.

»Was gibt es?«

»Ein Besucher, Lucius Cornelius. Bist du zu Hause?«

»Wer ist es?«

»Ich würde dir gerne seinen Namen nennen, *dominus,* wenn ich ihn wüßte«, sagte der Verwalter steif. »Der Besucher zog es vor, mir eine Botschaft für dich mitzugeben. ›Skylax sendet dir Grüße.‹«

Seine finstere Miene verflog wie der Atem auf einem Spiegel, er lächelte erfreut. Einer aus seiner alten Welt! Einer von den Mimen, den Komödianten, den Schauspielern, die er gekannt hatte. Wunderbar! Was für einen Dummkopf von Verwalter hatte Julilla nur gekauft! Der hatte natürlich keine Ahnung, aber Clitumnas Sklaven waren Julilla nicht gut genug gewesen. »Führ ihn herein!« befahl Sulla.

Er hätte ihn überall und jederzeit wiedererkannt. Und doch – wie hatte er sich verändert! Der Junge war ein Mann geworden.

»Metrobius«, sagte Sulla und stand auf. Er warf einen schnellen Blick zur Tür, um sich zu überzeugen, daß sie geschlossen war. Ja, sie war geschlossen. Die Fenster standen zwar offen, aber das spielte keine Rolle. Denn in Sullas Haushalt war es ein ehernes Gesetz, daß niemand den Fenstern seines Arbeitszimmers so nahe kommen durfte, daß er hineinblicken konnte.

Er muß jetzt ungefähr zweiundzwanzig sein, dachte Sulla. Ziemlich hochgewachsen für einen Griechen. Die lange Mähne seiner schwarzen Locken war ordentlich zu einer männlich wirkenden Frisur geschnitten, Wangen und Kinn, früher knabenhaft glatt, zeigten nun den bläulichen Schatten eines dichten, aber sorgfältig rasierten Bartes. Sein Profil glich noch immer dem eines Apolls von Praxiteles, auch hatte er eine gewisse geschlechtslose Würde, wie eine von Nikias bemalte Marmorstatue – so lebensecht, daß man erwartete, sie würde gleich von ihrem Sockel herabsteigen – und doch so in sich selbst ruhend, daß er das Geheimnis seines Wesens verbarg.

Doch dann brach die marmorne Starre perfekter Schönheit. Metrobius sah Sulla mit einem Ausdruck vollkommener Liebe an und streckte lächelnd die Arme aus.

Tränen sprangen in Sullas Augen, sein Mund bebte. Als er um den Tisch herumging, stieß er mit der Hüfte schmerzhaft dagegen, doch bemerkte er es nicht. Er sank in die ausgebreiteten Arme, legte sein Kinn auf Metrobius' Schulter und umschlang ihn. Ihm war, als wäre er erst in diesem Augenblick nach Hause gekommen. Ihr Kuß war wunderbar, ein Akt der Liebe ohne Pflichten, ohne Schmerz.

»Mein Junge, mein wunderbarer Junge!« flüsterte Sulla und weinte, dankbar, daß wenigstens einige Dinge Bestand hatten.

Vor dem offenen Fenster des Arbeitszimmers stand Julilla und beobachtete, wie ihr Ehemann einen schönen jungen Mann umarmte, beobachtete ihren Kuß, hörte die Worte der Liebe. Sie sah die beiden Männer auf das Sofa sinken, sah das intime Ritual einer vertrauten, für beide befriedigenden Beziehung, als wären sie nicht lange getrennt gewesen. Niemand mußte Julilla erklären, daß sie hier den wahren Grund vor Augen hatte, warum Sulla sie vernachlässigte, den wahren Grund, warum sie trank und warum sie sich an ihm rächte, indem sie ihre Kinder vernachlässigte. Seine Kinder.

Julilla wartete nicht, bis die beiden Männer ihre Kleider abzulegen begannen. Sie wandte sich um und ging hoch erhobenen Hauptes in das Schlafzimmer, das sie mit Lucius Cornelius Sulla teilte – ihrem Ehemann. Neben dem Schlafzimmer befand sich eine kleine Kleiderkammer, die jetzt, nach Sullas Rückkehr, überfüllt war. Dort hing seine Paraderüstung auf einem T-förmigen Gestell, der Helm ruhte auf einem besonderen Ständer. Sein Schwert, dessen Griff ein Adlerkopf aus Elfenbein zierte, hing samt Scheide und Wehrgehänge an der Wand.

Es war kein Problem, das Schwert herunterzunehmen, es aus Scheide und Gehänge zu lösen, war schon schwieriger. Doch schließlich gelang es ihr. Sie atmete heftig ein, als die blitzend scharf geschliffene Schneide bis auf den Knochen in ihre Hand schnitt. Überrascht stellte sie fest, daß sie auch in diesem Augenblick noch einen körperlichen Schmerz empfinden konnte, doch sie schob den Schmerz und die Überraschung beiseite, beides war jetzt unwichtig. Ohne zu zögern, packte sie das Schwert an seinem Elfenbeingriff, setzte die Spitze auf ihre Brust und stürzte sich gegen die Wand.

Julilla war nicht sehr geschickt. Sie fiel in einem Gewirr von Blut und Schleiern zu Boden, das Schwert ragte aus ihrem Leib. Ihr Herz schlug und schlug und schlug, sie hörte ihren Atem rasseln, als stünde jemand hinter ihr, der ihr nach dem Leben trachtete. Doch sie hatte kein Leben mehr, was spielte es noch für eine Rolle? Und dann spürte sie, wie der Tod sie ergriff, fühlte, wie ihr eigenes warmes Blut den Körper verließ. Aber sie war eine Julius Caesar, sie rief nicht um Hilfe, und in der kurzen Zeit, die ihr noch blieb, bereute sie ihre Entscheidung nicht. Sie dachte nicht an ihre beiden Kinder, sie dachte nur an ihre eigene Dummheit, daß sie all die Jahre einen Mann geliebt hatte, der Männer liebte.

Genügend Grund zu sterben. Sie wollte nicht leben und ausgelacht und verhöhnt werden – von Frauen, die mit Männern verheiratet waren, die Frauen liebten. Als das Blut verrann und ihr Leben mit sich nahm, wurde ihr brennendes Denken kühler und langsamer. Oh, wie wunderbar es war, ihn endlich nicht mehr lieben zu müssen! Keine Qualen mehr, keine Furcht, keine Erniedrigung, kein Wein! Sie hatte ihn angefleht, ihr zu zeigen, wie sie aufhören könne, ihn zu lieben – er hatte es ihr gezeigt. So freundlich war er zuletzt zu ihr gewesen, ihr Liebster Sulla. Doch als sie in den seichten Ozean des Todes watete, galten ihre letzten bewußten Gedanken ihren Kindern, in ihnen würde wenigstens etwas von ihr bleiben. Und sie wünschte ihren Kindern ein langes, glückliches Leben.

Sulla setzte sich wieder an seinen Arbeitstisch. »Dort drüben steht eine Karaffe Wein. Gieß mir auch einen Becher ein«, bat er Metrobius.

Wie ähnlich der Mann noch dem Jungen war, wenn sich sein Gesicht belebte! Dann fiel es auch leichter, sich daran zu erinnern, daß der Junge einst jeden Luxus abgelehnt hatte und mit seinem Liebsten Sulla die Armut hatte teilen wollen.

Metrobius lächelte, stellte den Wein vor Sulla hin und setzte sich dann in den Besucherstuhl. »Ich weiß, was du jetzt sagen willst, Lucius Cornelius. Das darf nicht zur Gewohnheit werden.«

»Richtig. Unter anderem.« Sulla nippte an dem Wein und sah dann Metrobius streng an. »Es ist nun einmal nicht möglich, liebster Junge. Nur manchmal, wenn das Bedürfnis oder der Schmerz, oder was es ist, unerträglich wird. Ich stehe ganz knapp vor der Verwirklichung all meiner Wünsche. Das bedeutet, daß ich dich nicht auch noch verlangen darf. Wenn wir in Griechenland lebten, ginge das. Aber wir leben in Rom. Wenn ich der Erste Mann in Rom wäre, ginge es. Aber ich bin es nicht, Gaius Marius ist der Erste Mann.«

Metrobius verzog das Gesicht. »Ich verstehe schon.«

»Bist du noch immer beim Theater?«

»Natürlich. Die Schauspielerei ist alles, was ich kann. Außerdem war Skylax ein guter Lehrer, das muß ich ihm lassen. Es fehlt mir nicht an Rollen, und ich habe nur selten Ruhepausen.« Er räusperte sich und sah ein wenig befangen aus. »Nur eins hat sich geändert. Ich bin tragisch geworden.«

»Tragisch?«

»Ja. Es wurde nämlich immer deutlicher, daß mir die Begabung zum wahren Komödianten fehlt. Solange ich ein Kind war, machte das nichts aus. Aber als ich aus Cupidos Flügeln herausgewachsen war und keine kleinen, fröhlichen Schelme mehr spielen konnte, entdeckte ich, daß meine wahre Begabung in der Tragödie liegt, nicht in der Komödie. Deshalb spiele ich jetzt Aischylos und Accius statt Aristophanes und Plautus. Ich bereue es nicht.«

Sulla zuckte die Schultern. »Nun, das bedeutet, daß ich jetzt wenigstens ins Theater gehen kann, ohne mich zu verraten, nachdem du nicht mehr die unglückliche Unschuld spielst. Hast du das Bürgerrecht?«

»Leider nein.«

»Ich werde sehen, was ich tun kann.« Sulla seufzte, stellte den Becher auf den Tisch und legte wie ein Geldhändler die Fingerspitzen aneinander. »Wir müssen uns unbedingt wieder treffen – aber nicht zu oft und nie mehr hier im Haus. Ich habe eine ziemlich verrückte Frau, der ich nicht trauen darf.«

»Es wäre wunderbar, wenn wir uns gelegentlich treffen könnten.«

»Hast du eine eigene Wohnung oder wohnst du immer noch bei Skylax?«

Metrobius blickte ihn überrascht an. »Ich dachte, du wüßtest es! Aber natürlich, wie sollst du es wissen, du bist ja jahrelang fort gewesen! Skylax ist vor sechs Monaten gestorben. Er hat mir seinen ganzen Besitz vermacht, auch seine Wohnung.«

»Dann werden wir uns dort treffen.« Sulla erhob sich. »Komm, ich bringe dich zur Tür. Und ich setze dich auf die Liste meiner Klienten. Wenn es je nötig sein sollte, daß du mich hier aufsuchst, hast du als mein Klient einen guten Grund. Ich werde dich benachrichtigen, bevor ich dich in deiner Wohnung besuchen komme.«

Ein Kuß lag in den schönen dunklen Augen, als sie sich an der Haustür verabschiedeten, doch kein Wort, keine Handlung verriet dem Türsklaven oder dem Diener im Hintergrund, daß dieser erstaunlich gutaussehende junge Mann etwas anderes war als ein neuer Klient aus alten Tagen.

»Grüße alle Bekannten von mir, Metrobius.«

»Wirst du während der Theaterfestspiele in Rom sein?«

»Ich fürchte, nein.« Sulla lächelte flüchtig. »Germanen.«

Und so schieden sie voneinander, genau in dem Augenblick, als Marcia mit den Kindern und dem Kindermädchen die Straße herunter kam. Sulla wartete auf sie.

»Marcia, komm bitte gleich in mein Arbeitszimmer.«

In Marcias Augen lag ein mißtrauischer Blick. Sie betrat das Arbeitszimmer vor ihm und wollte sich auf dem Sofa niederlassen.

Entsetzt bemerkte Sulla einen feuchten Fleck auf dem Sofa, der wie ein Signallicht glänzte.

»Setz dich bitte hier auf den Stuhl«, sagte er.

Marcia setzte sich und starrte ihn an, mit vorgerecktem Kinn und zusammengekniffenem Mund.

»Es ist mir klar, Schwiegermutter, daß du mich nicht magst, und ich habe nicht die Absicht, um deine Gunst zu werben.« Sulla gab sich bewußt unbekümmert und selbstsicher. »Ich habe dich schließlich nicht deshalb gebeten, hier bei mir einzuziehen, weil ich dich mochte. Aber ich habe mir um meine Kinder Sorgen gemacht. Ich mache mir noch immer Sorgen. Und ich muß mich bei dir aufrichtig bedanken, daß du mir diese Sorgen erleichterst. Du kümmerst dich wirklich wunderbar um sie. Jetzt sind sie wieder kleine Römer.«

Marcia taute ein wenig auf. »Das freut mich zu hören.«

»Deshalb sind jetzt nicht mehr die Kinder meine größte Sorge, sondern Julilla. Ich habe euren Streit heute morgen mit angehört.«

»Ganz Rom hat uns gehört!« sagte Marcia scharf.

»Ja, das stimmt.« Sulla seufzte tief. »Und nachdem du mit den Kindern aus dem Haus warst, fing sie mit mir einen Streit an, den ebenfalls ganz Rom hören konnte. Zumindest das, was sie sagte. Ich frage dich: Was sollen wir tun?«

»Unglücklicherweise wissen nicht genügend Leute, daß sie trinkt. Du kannst das also nicht als Grund für eine Scheidung anführen, obwohl es dein einziger Grund wäre«, antwortete Marcia in dem Bewußtsein, daß sie Julillas Trunksucht sorgfältig geheimgehalten hatte. »Du mußt einfach Geduld haben. Sie trinkt immer mehr, und ich kann es nicht mehr lange geheimhalten. Sobald es bekannt wird, kannst du sie wegjagen, ohne daß dir jemand Vorwürfe machen kann.«

»Und wenn es soweit ist, während ich nicht in Rom bin?«

»Ich bin ihre Mutter, ich kann sie wegbringen. Wenn du nicht in Rom bist, kann ich sie in deine Villa in Circei bringen lassen. Wenn du dann zurückkehrst, kannst du dich von ihr scheiden lassen und sie irgendwo anders unterbringen. Früher oder später wird sie sich zu Tode trinken.« Marcia erhob sich, denn sie wollte dieses Gespräch beenden, bevor er merkte, daß ihr das Herz dabei brach. »Ich mag dich nicht, Lucius Cornelius«, sagte sie, »aber ich gebe dir nicht die Schuld für das, was aus Julilla geworden ist.«

»Wen magst du denn von deinen angeheirateten Verwandten?«

Marcia schnaubte. »Nur Aurelia.«

Sulla begleitete sie bis ins Atrium. »Wo ist Julilla eigentlich?« fragte er. Plötzlich wurde ihm bewußt, daß er sie seit Metrobius' Ankunft weder gehört noch gesehen hatte. Er verspürte ein leises Kribbeln.

»Sicherlich lauert sie irgendwo einem von uns beiden auf«, sagte Marcia. »Wenn sie einen Tag mit Streit beginnt, macht sie weiter, bis sie so betrunken ist, daß sie umfällt.«

Sulla zog verächtlich die Mundwinkel herab. »Ich habe sie nicht mehr gesehen, seit sie aus meinem Zimmer gerannt ist. Kurz danach besuchte mich ein alter Freund. Ich brachte ihn gerade zur Tür, als du mit den Kindern zurückkamst.«

»Normalerweise ist sie nicht so schüchtern«, sagte Marcia und sah den Verwalter an. »Weißt du, wo die Herrin ist?«

»Ich habe sie zuletzt gesehen, als sie in ihr Schlafzimmer ging«, antwortete der Verwalter. »Soll ich ihre Sklavin fragen?«

»Nein, laß nur.« Marcia blickte Sulla kurz an. »Ich glaube, wir beide sollten jetzt gleich zu ihr gehen, Lucius Cornelius. Vielleicht wird sie vernünftig, wenn wir ihr erklären, was passieren wird, wenn sie sich nicht aus ihrem Schweinestall befreit.«

Und so fanden sie Julilla, verkrümmt und leblos lag sie da. Ihre feinen Wollschals hatten wie Löschpapier das meiste Blut aufgesogen, und es sah aus, als wäre sie in feuchtes, rostiges Scharlachrot gekleidet, eine Nereïde aus einem Vulkan.

Marcia griff nach Sullas Arm, sie schwankte. Er legte seinen Arm um sie und stützte sie.

Doch sie war die Tochter von Quintus Marcius Rex, und einen Augenblick später hatte sie sich wieder eisern unter Kontrolle. »Das ist eine Lösung, mit der ich nicht gerechnet habe«, sagte sie scheinbar ungerührt.

»Ich auch nicht«, antwortete Sulla, der an Blut und Tod gewöhnt war.

»Was hast du eigentlich zu ihr gesagt?«

Sulla schüttelte den Kopf. »Nichts, was das hier hätte auslösen können, soweit ich mich erinnere. Die Sklaven werden es vielleicht wissen, zumindest Julillas Teil in unserem Streit müssen sie gehört haben.«

»Ich glaube nicht, daß es gut wäre, sie zu fragen«, meinte Marcia. Plötzlich drängte sie sich an ihn, sie suchte den Schutz seines Körpers. »In gewisser Weise ist das die beste Lösung, Lucius Cornelius. Es ist mir lieber, daß die Kinder durch ihren Tod einen Schock erleiden, als daß sie das langsame Siechtum einer Säuferin erleben. Sie sind noch klein und werden vergessen. Wenn sie etwas älter wären, würden sie alles viel bewußter erleben.« Marcia ließ ihren Kopf gegen Sullas Brust sinken. »Ja, es ist bei weitem die beste Lösung.« Tränen traten unter ihren geschlossenen Augenlidern hervor.

»Ich bringe dich in dein Zimmer«, sagte Sulla und führte sie aus dem blutgetränkten Schlafzimmer. »Ich Narr habe völlig vergessen, daß mein Schwert hier hängt.«

»Warum wirfst du dir das vor?«

»Zu späte Einsicht.« Sulla wußte genau, warum Julilla sein Schwert gesucht und genommen hatte, sie mußte seine Begegnung mit Metrobius durch das Fenster seines Arbeitszimmers beobachtet haben. Marcia hatte recht. Dies war bei weitem die beste Lösung. Und er hatte diesmal keinen Finger rühren müssen.

Das Zauberwort hatte gewirkt. Bei den Konsulwahlen, die kurz nach der Amtseinführung der neuen Volkstribunen am zehnten Tag des Dezembers stattfanden, wurde Gaius Marius erneut zum ersten Konsul gewählt. Denn niemand konnte die Aussage des Lucius Cornelius Sulla oder Saturninus' Behauptung bezweifeln, daß nur noch ein Mann fähig war, die Germanen zu schlagen. Die alte Angst vor den Germanen flutete durch Rom wie der Tiber bei Hochwasser, und wieder einmal wurde Sizilien von seinem Platz ganz oben auf der Liste der Krisen verdrängt, die niemals kürzer zu werden schien.

»Sobald wir eine Krise bewältigt haben, taucht aus dem Nichts die nächste Krise auf«, sagte Marcus Aemilius Scaurus zu Quintus Caecilius Metellus Numidicus Schweinebacke.

»Das gilt auch für Sizilien«, meinte Lucullus' Bruder in giftigem Ton. »Wie konnte nur Gaius Marius diesen Ahenobarbus Pimmel unterstützen, als er forderte, Lucius Lucullus müsse als Statthalter von Sizilien abgelöst werden? Und ausgerechnet durch Servilius den Augur! Der ist doch nur ein *homo novus,* der sich hinter einem alten Namen versteckt!«

»Er wollte dich nur bis zur Weißglut reizen, Quintus Caecilius«, sagte Scaurus. »Gaius Marius ist es völlig gleichgültig, wer Statthalter von Sizilien ist, besonders jetzt, da feststeht, daß die Germanen kommen. Wenn du gewollt hättest, daß Lucius Lucullus in Sizilien bleibt, hättest du dich ruhig verhalten sollen. Dann hätte Gaius

Marius einfach vergessen, daß du mit Lucius Lucullus etwas zu tun hast.«

»So kann es im Senat nicht weitergehen, jemand muß ein strenges Auge auf sie haben«, sagte Numidicus. »Ich will mich zum Zensor wählen lassen!«

»Guter Gedanke! Und wer noch außer dir?«

»Mein Vetter Caprarius.«

»Noch ein guter Gedanke, bei der Venus! Der wird genau das tun, was du ihm sagst.«

»Es wird höchste Zeit, daß wir im Senat aufräumen, von den Rittern ganz zu schweigen. Ich werde ein strenger Zensor sein, Marcus Aemilius, darauf kannst du dich verlassen!« sagte Numidicus. »Saturninus wird gehen müssen und Glaucia ebenfalls. Die beiden sind gefährlich.«

»Oh, bitte nicht!« Scaurus schreckte zurück. »Wenn ich Appuleius Saturninus nicht zu Unrecht beschuldigt hätte, Getreide veruntreut zu haben, wäre er vielleicht ein ganz anderer Politiker geworden. Bei Lucius Appuleius werde ich mein schlechtes Gewissen nie mehr los.«

Numidicus zog die Augenbrauen hoch. »Mein lieber Marcus Aemilius, ich glaube, du brauchst ein Stärkungsmittel! Es ist doch völlig unwichtig, warum dieser Schafskopf Saturninus sich so verhält. Wichtig ist jetzt nur, daß er ist, was er ist. Und deshalb muß er gehen.« Er schnaubte wütend. »Als politische Kraft sind wir in dieser Stadt noch nicht erledigt. Und wenigstens für das nächste Amtsjahr wird sich Gaius Marius mit einem wirklichen Mann als Mitkonsul arrangieren müssen, nicht mit Strohpuppen wie Fimbria oder Orestes. Wir müssen nur sicherstellen, daß Quintus Lutatius einen Feldzug und ein Heer übertragen bekommt, und dann werden wir jeden winzigen Erfolg, den Quintus Lutatius mit seinem Heer erzielt, in Rom wie einen Triumph verkünden.«

Die Zenturiatkomitien hatten Quintus Lutatius Catulus Caesar zum Konsul gewählt, zwar nur zum zweiten Konsul hinter Gaius Marius, aber dennoch, so gestand Marius ein, »ein Dorn in meinem Fleisch.«

»Dein jüngerer Bruder wird Prätor«, sagte Sulla.

»Und wird nach Hispania Ulterior geschickt. Er steht uns also hier nicht im Weg.«

Sie holten Marcus Aemilius Scaurus ein, der sich inzwischen am Fuß der Senatstreppen von Numidicus verabschiedet hatte.

»Ich möchte mich bei dir persönlich für deinen Einsatz und deine Geschicklichkeit bei der Beschaffung von Getreide bedanken«, sagte Marius höflich.

»Solange es noch irgendwo auf der Welt Weizen zu kaufen gibt, Gaius Marius, ist das nicht schwierig«, antwortete Scaurus ebenso höflich. »Mit viel größerer Sorge erwarte ich den Tag, an dem wir nirgendwo mehr Weizen bekommen können.«

»Das ist doch sicherlich zur Zeit nicht sehr wahrscheinlich! Sizilien wird nach der nächsten Ernte wieder normal liefern können, denke ich.«

Scaurus schlug sofort zu. »Vorausgesetzt, daß wir dort nicht wieder alles verlieren, was wir geschaffen haben, wenn dieser geschwätzige Narr Servilius Augur Statthalter wird!« sagte er bissig.

»Der Krieg in Sizilien ist zu Ende«, antwortete Marius.

»Das kannst du nur hoffen, Konsul. Ich bin nicht so sicher.«

»Und woher hast du in den letzten beiden Jahren den Weizen bekommen?« fragte Sulla hastig, um einen offenen Streit zu vermeiden.

»Aus der Provinz Asia«, erklärte Scaurus. Er hatte nichts dagegen, vom Thema abzuschweifen, denn als *curator annonae* unterstand ihm die Getreideversorgung Roms. Ein wichtiges Amt, und er übte es gerne aus.

»Aber dort haben sie sicherlich nicht viel Überschuß?« fragte Sulla.

»Kaum einen *modius,* um genau zu sein«, sagte Scaurus selbstzufrieden. »Nein, wir müssen uns dafür bei König Mithridates von Pontos bedanken. Er ist noch sehr jung, aber er denkt sehr unternehmerisch. Er hat die nördlichen Teile des Schwarzen Meeres erobert und sich dadurch die Kontrolle über die Getreideregionen am Don, am Dnjepr, am Bug und am Dnjestr verschafft. Seither verschifft er den Getreideüberschuß in unsere Provinz Asia und verkauft ihn an uns, eine hübsche Einnahmequelle für Pontos. Ich werde im nächsten Jahr erneut meinem Instinkt folgen und unseren Weizen noch einmal in der Provinz Asia kaufen. Der junge Marcus Livius Drusus wird als Quästor nach Asien reisen, und ich habe ihn gebeten, in meinem Auftrag über Weizenlieferungen zu verhandeln.«

Marius brummte zustimmend. »Zweifellos wird er auf dieser Reise seinen Schwiegervater Quintus Servilius Caepio in Smyrna besuchen?«

»Sicherlich.«

»Dann sage bitte Marcus Livius, er solle die Rechnungen für den Weizen an Quintus Servilius Caepio schicken«, meinte Marius. »Caepio kann das bezahlen. Er hat mehr Geld als die Staatskasse!«

»Für diese Behauptung hast du keine Beweise.«

»König Copillus sieht das anders.«

Eine gespannte Pause trat ein. Dann sagte Sulla: »Wieviel von dem asiatischen Weizen kommt eigentlich bei uns an, Marcus Aemilius? Ich habe gehört, daß die Piratenplage jedes Jahr schlimmer wird.«

»Höchstens die Hälfte«, antwortete Scaurus grimmig. »In jeder Bucht, in jedem Hafen an den Küsten von Pamphylien und Kilikien liegen Piraten auf der Lauer. Sie sind eigentlich Sklavenhändler, aber sie stehlen soviel Getreide, wie sie können, um ihre ebenfalls gestohlenen Sklaven zu ernähren, denn dann ist ihr Gewinn besonders hoch. Und wenn sie noch Getreide übrig haben, verkaufen sie es uns zum doppelten Preis, den wir ursprünglich bezahlt haben, nur mit der Garantie, daß das Getreide dann nicht noch einmal gestohlen wird, sondern uns wirklich erreicht.«

»Erstaunlich«, meinte Marius, »daß es sogar bei den Piraten Zwischenhändler gibt. Das sind sie nämlich. Erst stehlen sie das Getreide, dann verkaufen sie es wieder an uns. Reine Profitgier. Es wird Zeit, daß wir etwas unternehmen, Senatsvorsitzender. Bist du nicht auch der Meinung?«

»Es ist höchste Zeit!« rief Scaurus hitzig.

»Was schlägst du vor?«

»Einen Sonderauftrag für einen der Prätoren – sozusagen einen Statthalter für Seeräuber. Gib ihm Schiffe und kampferprobte Mannschaften. Er muß den Auftrag erhalten, jedes einzelne Piratennest an der ganzen pamphylischen und kilikischen Küste auszuradieren«, sagte Scaurus.

»Wir könnten ihm den Titel Statthalter von Kilikien geben«, meinte Marius.

»Eine sehr gute Idee!«

»Gut, Senatsvorsitzender. Wir werden die Senatsmitglieder sobald wie möglich zusammenrufen und die Sache in Angriff nehmen.«

»Ja, das sollten wir.« Scaurus bemühte sich sehr, freundlich zu sein. »Du weißt ja, Gaius Marius, daß mir vieles verhaßt ist, wofür du stehst, aber ich schätze außerordentlich deine Fähigkeit zu handeln, ohne jede Angelegenheit gleich zu einer neuen Zirkusveranstaltung aufzublähen.«

»Die Wächter des Staatsschatzes werden aufschreien wie eine Vestalin, die zum Essen in ein Bordell eingeladen wurde.«

»Laß sie schreien! Wenn wir die Piraten nicht auslöschen, wird es zwischen Ost und West bald keinen Handel mehr geben.« Nachdenklich fügte Scaurus hinzu: »Schiffe und Seesoldaten – was meinst du, wie viele werden wir brauchen?«

»Oh, acht oder zehn Geschwader und – sagen wir – zehntausend Soldaten. Wenn wir so viele haben«, antwortete Marius.

»Wir können sie bekommen«, sagte Scaurus zuversichtlich. »Notfalls können wir auch Söldner in Rhodos, Halikarnassos, Knidos, Athen, Ephesus anwerben. Keine Angst, wir bekommen sie zusammen.«

»Marcus Antonius könnte den Befehl übernehmen«, schlug Marius vor.

Scaurus blickte ihn ehrlich überrascht an. »Wie? Willst du nicht deinen eigenen Bruder vorschlagen?«

Marius lächelte. »Mein Bruder Marcus Marius ist eine Landwanze, genau wie ich. Die Antonier hingegen fahren gern zur See.«

»Wenn sie sich nicht bereits alle auf dem Meer befinden!« lachte Scaurus.

»Genau. Unser Prätor Marcus Antonius ist ein guter Mann. Er wird es schaffen, denke ich.«

»Das denke ich auch.«

»In der Zwischenzeit«, warf Sulla lächelnd ein, »werden die Wächter des Staatsschatzes unaufhörlich über die Kosten für Marcus Aemilius' Getreidekäufe und Piratenjäger heulen und klagen, so laut, daß sie gar nicht merken, wieviel sie für die Aushebung zahlen müssen. Denn Quintus Lutatius wird eine Aushebung durchführen müssen.«

»Oh, Lucius Cornelius, ich glaube, du dienst schon zu lange unter Gaius Marius!« sagte Scaurus.

»Das habe ich auch gerade gedacht«, sagte Marius, als sei es ihm herausgerutscht. Dann sagte er nichts mehr.

Sulla und Marius machten sich Ende Februar nach Gallia Transalpina auf, nachdem Sulla Julilla beerdigt und alle Familienangelegenheiten geregelt hatte. Marcia hatte sich bereit erklärt, noch eine Zeitlang in Sullas Haus zu wohnen und sich um die Kinder zu kümmern.

»Aber«, hatte sie drohend erklärt, »du kannst nicht erwarten, daß ich auf ewig hierbleibe, Lucius Cornelius. Ich bin jetzt Anfang fünfzig und möchte gerne an die Küste der Campania ziehen. Meine Knochen vertragen das feuchte Stadtklima nicht mehr. Du solltest wieder heiraten, damit deine Kinder eine richtige Mutter und ein paar Halbschwestern und Halbbrüder bekommen, mit denen sie spielen können.«

»Das muß warten, bis wir mit den Germanen fertig sind«, antwortete Sulla. Er bemühte sich, höflich zu klingen.

»Also gut, bis nach der Sache mit den Germanen.«

»Das kann zwei Jahre dauern«, sagte er warnend.

»Zwei? Ein Jahr muß doch reichen!«

»Mag sein, aber ich bezweifle es. Du solltest besser mit zwei Jahren rechnen, Schwiegermutter.«

»Keinen Augenblick länger, Lucius Cornelius.«

Sulla blickte sie nachdenklich an und zog eine Augenbraue hoch. »Dann sieh dich schon einmal nach einer passenden Frau für mich um.«

»Machst du Witze?«

»Nein, das ist kein Witz!« rief Sulla. In letzter Zeit verlor er schnell die Geduld. »Wie soll ich gegen die Germanen kämpfen und gleichzeitig in Rom nach einer neuen Frau suchen? Wenn du hier ausziehen willst, sobald ich zurück bin, mußt du jetzt eine Frau für mich suchen, und zwar eine, die bereit ist, sich aussuchen zu lassen!«

»Was für eine Art Frau willst du denn?«

»Das ist mir egal! Sie soll nur gut zu meinen Kleinen sein«, sagte Sulla.

Aus diesem wie auch aus anderen Gründen war Sulla froh, daß er aus Rom wegkam. Je länger er dort war, desto stärker drängte es ihn, Metrobius aufzusuchen, und je öfter er Metrobius besuchte, desto häufiger würde er auch in Zukunft mit ihm zusammensein wollen. Über den erwachsenen Metrobius hatte Sulla nicht mehr den gleichen Einfluß und die gleiche Kontrolle, wie er sie über den Knaben Metrobius gehabt hatte. Metrobius war jetzt alt genug, um seine eigenen Vorstellungen über ihre Beziehung zu entwickeln. Ja, es war am besten, wenn er weit weg von Rom war! Nur seine Kinder, diese allerliebsten, kleinen, zauberhaften Menschen würde er vermissen. Sie liebten unbedingt, ohne Einschränkungen. Er konnte monatelang abwesend sein, aber sobald er nach Hause zurückkehrte, liefen sie ihm mit ausgestreckten Armen entgegen und drückten ihm tausend Küsse aufs Gesicht. Warum konnten Erwachsene nicht so lieben? Die Antwort war einfach. Wenn Erwachsene lieben, denken sie immer zuerst an sich selbst, und vor allem denken sie zuviel dabei.

Sulla und Marius hatten dem zweiten Konsul Quintus Lutatius Catulus Caesar die Aufgabe überlassen, ein weiteres Heer auszuheben. Caesar protestierte lautstark, daß es ein Freiwilligenheer aus dem Proletariat sein mußte.

»Natürlich muß es ein proletarisches Freiwilligenheer sein!« sagte Marius kurz angebunden. »Und jammere mir deshalb nur nichts vor – ich habe schließlich nicht bei Arausio achtzigtausend Soldaten verloren und bin auch nicht schuld an den anderen Verlusten!«

Diese Bemerkung verschloß Catulus Caesar die dünnen Aristokratenlippen.

»Ich wünschte, du würdest ihm nicht die Verbrechen seiner Sippe vorwerfen«, sagte Sulla.

»Dann sag ihm, er soll aufhören, mir die Anwerbung von Proletariern vorzuwerfen!« brummte Marius.

Sulla gab auf.

Glücklicherweise stand in Gallien alles zum besten. Manius Aquillius hielt sein Heer durch den Bau von Brücken, Aquädukten und durch ständiges Training in kampfbereitem Zustand, Quintus Sertorius war zurückgekommen, dann aber wieder zu den Germanen zurückgekehrt, weil er dort von größerem Nutzen sein konnte, wie er meinte. Er wollte sich dem Zug der Kimbern anschließen und Marius Bericht erstatten, wann immer es möglich war. Die Stimmung im Lager war gut, weil die Soldaten noch in diesem Jahr einen Kampf erwarteten.

In diesem Jahr hätte eigentlich ein zweiter Februar in den Kalender eingefügt werden müssen, doch zeigten sich hier die Meinungsverschiedenheiten zwischen dem alten Pontifex Maximus Delmaticus und dem neuen, Ahenobarbus. Ahenobarbus konnte keinen Vorteil darin erkennen, den Kalender mit den Jahreszeiten in Einklang zu halten. Als der Kalendermonat März begann, war es deshalb immer noch Winter, denn der Kalender eilte nun der tatsächlichen Jahreszeit voraus. Da nach der römischen Kalenderrechnung das Jahr nur dreihundertfünfundfünfzig Tage zählte, mußte alle zwei Jahre ein zusätzlicher Monat von zweiundzwanzig Tagen eingefügt werden, üblicherweise im Anschluß an den Februar. Die

Entscheidung darüber traf der Rat der Priester, das *collegium pontificum.* Aber wenn sich nicht ein aufmerksamer Pontifex Maximus darum kümmerte, wurde der Kalender vernachlässigt, und das war jetzt der Fall.

Marius und Sulla hatten sich gerade an die Routine des Lagerlebens auf der anderen Seite der Alpen gewöhnt, als ein Brief von Publius Rutilius Rufus eintraf.

*Dies ist schon jetzt ein ereignisreiches Jahr, und ich weiß gar nicht, womit ich diesen Brief beginnen soll. Natürlich hatten alle nur gewartet, bis Du abgereist warst. Ich wette, daß Du noch nicht einmal Ocelum erreicht hattest, als schon die Mäuse und Ratten auf dem unteren Ende des Forums tanzten. Welch wunderbares Spiel sie spielen, oh Katze!*

*Nun gut. Ich beginne mit unseren beiden teuren Zensoren, Schweinebacke und seinem zahmen Vetter Ziegenbock. Schweinebacke ist schon seit längerem sehr rührig – eigentlich seit er gewählt wurde, nur war er vorsichtig und hat den Mund gehalten, solange Du in der Nähe warst. Jetzt erzählt er überall, daß er »den Senat ausmisten« will, wie er es nennt.*

*Eines muß man den beiden Zensoren lassen: Sie sind nicht käuflich. Sie wollen alle Verträge des Staates genau überprüfen, Aufträge sollen nur nach Preis und Verdienst vergeben werden. Sie haben aber die Beamten von der Staatskasse bereits dadurch verärgert, daß sie eine große Summe Geldes forderten, um mehrere Tempel restaurieren und neu ausstatten zu lassen. Außerdem sollen die drei Amtshäuser der* flamines, *des Rex Sacrorum und des Pontifex Maximus neu gestrichen und mit marmornen Latrinensitzen ausgestattet werden. Ich persönlich ziehe meinen hölzernen Latrinensitz vor. Marmor ist so kalt und hart! Es gab eine ziemlich heftige Debatte, als Schweinebacke auf das Amtshaus des Pontifex Maximus zu sprechen kam, denn die Beamten der Staatskasse waren der Meinung, daß unser neuer Pontifex reich genug sei, um die Farbe und die Latrinensitze aus Marmor aus seiner Tasche zu spenden.*

*Danach vergaben sie die übrigen Aufträge, und alles ging ohne große Probleme über die Bühne. Es gab viele Interessenten, das Bieten verlief knapp und kurz, und ich denke nicht, daß übermäßig viele krumme Sachen gemacht wurden.*

*Bis dahin hatten sie alles mit bemerkenswerter Geschwindigkeit abgewickelt, denn sie wollten ja schnell zur eigentlichen Frage kom-*

*men: zur Überprüfung der Senatorenliste und der Ritterliste. Keine zwei Tage später waren alle Aufträge vergeben – ich sage Dir, sie haben die Arbeit von achtzehn Monaten in weniger als einem Monat erledigt! Schweinebacke berief eine* contio *der Versammlung der Plebs ein, um dort die Untersuchungsergebnisse der Zensoren über die moralische Integrität oder Verworfenheit der eingeschriebenen Väter des Senats vorzutragen. Doch irgend jemand mußte Saturninus und Glaucia vorher mitgeteilt haben, daß ihre Namen fehlten, denn als die Volksversammlung stattfand, waren viele gekaufte Gladiatoren und andere Muskelberge da, die bei den Versammlungen der Komitien normalerweise nicht zu sehen sind.*

*Schweinebacke und sein Vetter Ziegenbock hatten kaum verkündet, daß sie Lucius Appuleius Saturninus und Gaius Servilius Glaucia aus der Senatorenliste streichen wollten, als die Versammlung buchstäblich explodierte. Die Gladiatoren stürmten die Rednerbühne und holten den armen Numidicus herunter. Dann reichten sie ihn von Mann zu Mann weiter, wobei sie ihm jedesmal mit ihren riesigen, schwieligen Händen heftig ins Gesicht schlugen. Das war eine ganz neue Technik – keine Prügel oder Schlagstöcke, sondern nur geöffnete Hände. Der Theorie nach können Hände ja nicht töten, solange sie nicht zu Fäusten geballt werden. Ein Minimum an Gewalt nannten sie das. Wie pathetisch. Alles passierte sehr schnell und war so gut organisiert, daß Schweinebacke bereits bis zum Fuß des Clivus Argentarius weitergereicht worden war, bis es Scaurus, Ahenobarbus und ein paar weiteren Optimaten gelang, ihn zu ergreifen und in den Schutz des Tempels des Jupiter Optimus Maximus zu bringen. Dort stellten sie fest, daß sein Gesicht auf die doppelte Größe angeschwollen war, beide Augen waren zugeschwollen, die Lippen dutzendfach geplatzt, aus seiner Nase schoß das Blut, seine Ohren waren eingerissen und die Augenbrauen aufgeplatzt. Er sah aus wie ein Boxer bei den Olympischen Spielen im alten Griechenland.*

*Wie gefällt dir übrigens die Bezeichnung, die sie der erzkonservativen Fraktion gegeben haben?* Boni *– die Guten. Scaurus behauptet überall, daß er die Bezeichnung erfunden habe, nachdem Saturninus die Erzkonservativen immer als konservative Clique oder Kamarilla bezeichnet hatte. Aber er müßte eigentlich wissen, daß viele von uns sich noch daran erinnern können, daß sowohl Gaius Gracchus als auch Lucius Opimius die Mitglieder ihrer Fraktion die Guten oder die Besten, Optimaten, genannt haben. Jetzt aber zurück zu meiner Geschichte!*

*Vetter Caprarius konnte die Ordnung auf dem Versammlungsplatz wiederherstellen. Nachdem er erfahren hatte, daß der ehrenwerte Vetter Numidicus in Sicherheit war, ließ er den Herold die Posaune blasen und schrie dann, daß er mit den Forderungen seines älteren Kollegen nicht einverstanden sei, Saturninus und Glaucia würden nicht von der Senatorenliste gestrichen. Man muß wohl sagen, daß Schweinebacke dieses Scharmützel verloren hat, aber Saturninus' Kampfmethoden gefallen mir nicht. Jetzt behauptet er einfach, daß er mit den ganzen Gewalttätigkeiten nichts zu tun habe. Er sei dem Volk aber dankbar, daß es ganz auf seiner Seite stehe.*

*Ich könnte es verstehen, wenn Du jetzt glaubst, daß damit die Sache ein Ende hatte. Aber weit gefehlt! Die Zensoren nahmen sich als nächstes das Finanzgebaren der Ritterschaft vor, sie hatten sich dafür eigens in der Nähe des Curtius-Teichs einen hübschen neuen Gerichtshof bauen lassen – zwar nur aus Holz, aber genau auf ihre Bedürfnisse zugeschnitten. Auf jeder Seite führen Treppen hinauf, so daß ein ordentlicher Ablauf des Verfahrens organisiert werden kann. Die Bewerber steigen auf der einen Seite hinauf, gehen dann oben am Tisch des Zensors vorbei und verlassen das Gebäude auf der anderen Seite. Gut gemacht. Du kennst ja das Verfahren – jeder Ritter oder Ritteranwärter muß seine Abstammung, seinen Geburtsort, seine Bürgerrechte, seinen Militärdienst, seinen Besitz, sein Barvermögen und sein Einkommen nachweisen.*

*Obwohl es mehrere Wochen dauert, um zu überprüfen, ob die Bewerber wirklich ein Jahreseinkommen von mindestens 400 000 Sesterzen haben, zieht die Zeremonie während der ersten Tage immer eine große Menschenmenge an. Das war auch der Fall, als sich unsere beiden ehrenwerten Zensoren Schweinebacke und Ziegenbock mit den Listen der Ritterschaft zu befassen begannen. Armer Numidicus! Er sah wirklich erbärmlich aus! Seine Blutergüsse waren nun nicht mehr bläulich-schwarz, sondern eher eitrig-gelb, und die Schürfwunden überzogen seine Haut wie ein Netz blutroter Linien. Aber seine Augen hatten sich so weit geöffnet, daß er wieder sehen konnte. Wie muß er sich gewünscht haben, daß sie geschlossen geblieben wären! Denn schon am ersten Tag auf dem neuen Tribunal bekam er etwas zu sehen!*

*Keinen anderen als Lucius Equitius mußte er erblicken, den selbsternannten Bastard des Tiberius Gracchus! Der Bursche schlenderte die Treppe hinauf, als er an die Reihe kam, und baute sich vor*

Numidicus, nicht vor Caprarius auf. Schweinebacke erstarrte, als er Equitius vor sich stehen sah, begleitet von einem kleinen Heer von Schreibern und Angestellten, die alle Dokumente und Kladden mit sich schleppten. Abrupt befahl Schweinebacke seinem Sekretär, das Tribunal für heute zu schließen und diese Kreatur wegzuschicken.

»Ich bin jetzt dran!« sagte Equitius.

»Nun gut. Was willst du?« fragte Schweinebacke unheilverkündend.

»Ich will mich als Ritter einschreiben lassen«, antwortete Equitius.

»Nicht, solange ich Zensor bin!« fauchte unser Optimat Numidicus.

Ich muß Equitius zubilligen, daß er sehr geduldig war. Er warf einen Blick auf die Menge, die unten vor dem Tribunal stand – auch die Gladiatoren und Muskelpakete waren wieder dabei –, und sagte dann: »Du kannst meinen Antrag nicht ablehnen, Quintus Caecilius. Ich habe alle Bedingungen erfüllt.«

»Das stimmt nicht!« rief Numidicus. »Du bist nicht qualifiziert, und zwar aus dem einfachsten Grund: Du bist kein römischer Bürger!«

»Aber ich bin römischer Bürger, verehrter Zensor!« sagte Equitius so laut, daß alle es hören konnten. »Ich wurde beim Tod meines Herrn römischer Bürger. Er hat mir die Bürgerrechte zusammen mit seinem ganzen Besitz und seinem Namen vermacht. Es spielt keine Rolle, daß ich den Namen meiner Mutter wieder angenommen habe. Ich habe Urkunden über meine Freilassung und Adoption. Nicht nur das: Ich war zehn Jahre lang Legionär – und zwar ein Legionär mit römischen Bürgerrechten, kein Hilfssoldat.«

»Ich werde dich nicht in die Liste der Ritter aufnehmen! Und wenn wir die Liste der römischen Bürger überprüfen, werde ich dich dort auch nicht einschreiben!« sagte Numidicus.

»Aber ich habe ein Recht darauf!« erwiderte Equitius sehr nachdrücklich. »Ich bin römischer Bürger – ich stamme aus der Subura – ich habe zehn Jahre in den Legionen gedient – ich bin ein moralisch einwandfreier und geachteter Mann – ich besitze vier Mietshäuser, zehn Tavernen, einhundert iugera Land in Lanuvium, tausend iugera Land in Firmum Picenum, eine Markthalle in Firmum Picenum – und ich habe ein Einkommen von über vier Millionen Sesterzen im Jahr, also erfülle ich alle Bedingungen, Mitglied des Senats zu werden!« Und Equitius gab seinen Dienern ein Zeichen, woraufhin sie vortraten und ihre große Papiersammlung vorzeigten. »Hier sind die Beweise, Quintus Caecilius!«

»Es ist mir völlig gleichgültig, wie viele Dokumente du vorzeigen kannst, du ordinärer, elender Pilz – und es ist mir auch egal, wen du als Zeugen anschleppst, du Aasgeier!« schrie Schweinebacke. »Ich werde dich niemals als römischen Bürger einschreiben, und als Mitglied des ordo equester erst recht nicht! Ich scheiß' auf dich, du Zuhälter! Und jetzt hau ab!«

Equitius wandte sich wieder der Menge zu, breitete die Arme aus – er trug eine Toga – und sagte: »Habt ihr das gehört? Mir, Lucius Equitius, dem Sohn des Tiberius Sempronius Gracchus, werden das Bürgerrecht und der Ritterstatus verwehrt!«

Schweinebacke sprang auf und bewegte sich so schnell, daß Equitius ihn nicht kommen sah. Unser ehrwürdiger Zensor versetzte ihm einen wohlplazierten rechten Haken, Equitius fiel auf den Arsch und saß mit offenem Mund da, während sein Gehirn in der Knochenschachtel herumklapperte. Dann versetzte ihm Schweinebacke noch einen Tritt, so daß Equitius kopfüber in die Menge purzelte.

»Ich scheiße auf euch alle!« brüllte Schweinebacke und drohte den Gaffern und Gladiatoren mit der Faust. »Haut ab und nehmt diesen unrömischen Scheißhaufen hier mit!«

Danach wiederholte sich alles noch einmal, nur beschäftigten sich die Gladiatoren jetzt nicht mit Schweinebackes Gesicht. Sie holten ihn vom Tribunal herunter und bearbeiteten seinen ganzen Körper mit Fäusten, Nägeln, Zähnen und Stiefeln. Schließlich drängten sich Saturninus und Glaucia vor – ich habe vergessen zu erwähnen, daß sie im Hintergrund lauerten – und entrissen Numidicus seinen Peinigern. Ich glaube nicht, daß sein Tod zu ihren Plänen gepaßt hätte. Saturninus stieg die Stufen zu dem Gerichtsgebäude hinauf und beruhigte die Menge so weit, daß sich Caprarius verständlich machen konnte.

»Ich bin anderer Meinung als mein Kollege und nehme auf meine Verantwortung Lucius Equitius in den ordo equester auf!« schrie er. Der arme Junge war kreidebleich. Vermutlich hat er während all seiner Feldzüge nicht solche Gewalttätigkeiten mitansehen müssen.

»Setze Lucius Equitius' Namen auf die Liste!« brüllte Saturninus.

Und Caprarius schrieb den Namen auf die Liste.

»Geht jetzt alle nach Hause!« befahl Saturninus.

Die Menge zerstreute sich sofort. Lucius Equitius trugen sie auf ihren Schultern davon.

*Schweinebacke war ein Wrack. Meiner Meinung nach konnte er von Glück sagen, daß er überhaupt noch am Leben war. Oh, war er wütend! Wie eine rasende Furie stürzte er sich auf Vetter Ziegenbock, weil dieser wieder einmal nachgegeben hatte. Der alte Ziegenbock löste sich fast in Tränen auf und wußte überhaupt nicht, wie er sich verteidigen sollte.*

*»Schmeißfliegen! Ungeziefer, alle zusammen!« brüllte Schweinebacke ein ums andere Mal, während wir versuchten, seinen Brustkorb zu verbinden – mehrere Rippen waren gebrochen – und herauszufinden, welche Verletzungen seine Toga sonst noch verbarg. Ja, natürlich war das alles ungeheuer kindisch, aber, bei den Göttern, Gaius Marius, Schweinebackes Mut muß man einfach bewundern!*

Marius blickte vom Brief auf und runzelte die Stirn. »Ich frage mich wirklich, was Saturninus wohl im Schilde führt.«

Aber Sullas Gedanken beschäftigten sich mit einer weit weniger wichtigen Frage. »Plautus!« sagte er plötzlich.

»Was?«

»Die *boni*, die Guten! Gaius Gracchus, Lucius Opimius und unser Scaurus behaupten alle, sie hätten die Bezeichnung Optimaten für ihre Partei erfunden. Aber Plautus hat das Wort schon vor hundert Jahren für die Plutokraten und andere Schutzherren verwendet! Ich erinnere mich, daß ich es in einer Aufführung der *Captivi* von Plautus gehört habe – und damals war Scaurus kurulischer Ädil, beim Thespis! Es war einer meiner ersten Besuche im Theater.«

Marius blickte ihn verständnislos an. »Lucius Cornelius, hör jetzt bitte damit auf, dich mit der Frage zu befassen, wer diese überflüssigen Begriffe geprägt hat! Beschäftige dich lieber mit wichtigen Dingen! Kaum erwähnt man das Theater, und schon vergißt du alles andere.«

»Oh, tut mir leid«, sagte Sulla ohne einen Anflug von Reue.

Marius wandte sich wieder dem Brief zu.

*Wir verlegen jetzt den Schauplatz der Ereignisse vom Forum Romanum nach Sizilien. Dort ist alles mögliche passiert, nichts davon ist gut, manches ist amüsant und ein paar Dinge sind schlichtweg unglaublich.*

*Wie Du weißt – ich frische Deine Erinnerung dennoch auf, weil ich unvollständige Geschichten verabscheue –, begann Lucius Lici-*

*nius Lucullus nach dem letzten Herbstfeldzug die Belagerung des Sklavenlagers Triocala, um die Rebellen auszuhungern. Er hatte ihnen einen Herold in ihr Lager geschickt, und der Bote mußte ihnen erzählen, wie einmal ein belagerter Feind die Römer hatte wissen lassen, daß er selbst für eine zehnjährige Belagerung genügend Lebensmittel habe. Die Antwort der Römer hatte gelautet, dann werde man das Lager eben im elften Jahr stürmen. Diese Geschichte jagte den Rebellen tatsächlich Angst ein.*

*Und Lucullus erledigte seine Sache hervorragend. Er umsäumte Triocala mit Gräben, Türmen, Schutzhütten, Rammböcken, Katapulten und Barrikaden und ließ eine breite Kluft zuschütten, die wie ein natürlicher Burggraben vor den Mauern lag. Anschließend ließ er ein ebenso großartiges Lager für sein eigenes Heer bauen. Das Lager wurde so angelegt, daß die Sklaven, selbst wenn sie einen Ausfall aus Triocala versucht hätten, die Befestigungen nicht hätten einnehmen können. Dann richtete er sich darauf ein, dort den Winter zu verbringen. Seine Soldaten waren sehr gut untergebracht, und er war sicher, daß seine Statthalterschaft verlängert werden würde.*

*Im Januar kam dann die Nachricht, daß Gaius Servilius der Augur zum neuen Statthalter ernannt worden sei. Mit der offiziellen Nachricht traf ein Brief von unserem lieben Metellus Numidicus Schweinebacke ein, der die ganzen häßlichen Einzelheiten schilderte: die skandalöse Art, in der Ahenobarbus und sein Arschkriecher Augur die Sache durchgezogen hatten.*

*Du kennst Lucullus nicht so gut, Gaius Marius, aber ich kenne ihn. Wie so viele seiner Art zeigt er der Welt ständig ein kühles, ruhiges, reserviertes und unerträglich hochnäsiges Gesicht. Einer von der Sorte: »Ich bin Lucius Licinius Lucullus, ein edler Römer aus einer der ältesten und angesehensten Familien, und du darfst dich glücklich schätzen, wenn ich mich ab und zu mit dir beschäftige.« Aber unter dieser Fassade lebt ein ganz anderer Mann – dünnhäutig, hoch empfindlich, leidenschaftlich und furchtbar im Zorn. Als Lucullus die Nachricht erhielt, nahm er sie äußerlich mit der ruhigen und gelassenen Resignation auf, die man von ihm erwarten konnte. Dann aber machte er sich daran, alles zu zerstören: alle Geschosse, Rampen, Türme, Panzer, Schutzhütten, die aufgeschütteten Gräben, die Stützmauern am Berg, alles. Er verbrannte, was er verbrennen konnte, und ließ jeden Eimer Schutt, Füllmaterial, Erde, was auch immer, in alle Himmelsrichtungen von Triocala fort-*

*schaffen. Dann zerstörte er sein eigenes Lager und alles Material, das er dort liegen hatte.*

*Glaubst Du, er hätte sich damit zufriedengegeben? Nicht Lucullus – er kam jetzt erst richtig in Schwung. Er vernichtete sämtliche Berichte über seine Feldzüge in Syrakus und Lilybaeum und marschierte dann mit seinen 17 000 Soldaten zum Hafen von Agrigentum.*

*Sein Quästor erwies sich als wunderbar loyal und war mit allem einverstanden, was Lucullus unternahm. Inzwischen war der Sold für das Heer eingetroffen, außerdem hatten sie Geld vom Verkauf der Beute nach der Schlacht von Heracleia Minoa. Dann verhängte Lucullus noch Geldstrafen gegen jeden nichtrömischen Bürger Siziliens, der dem bisherigen Statthalter Publius Licinius Nerva zu große Schwierigkeiten gemacht hatte, und fügte dieses Geld dem übrigen hinzu. Und er nahm sich einen Teil der Geldsendung, mit der eigentlich Servilius Augur eine Flotte für den Transport seiner Soldaten hätte bezahlen sollen.*

*Am Strand bei Agrigentum entließ Lucullus seine Soldaten mit buchstäblich den letzten Sesterzen, die er finden konnte. Nun waren aber Lucullus' Soldaten ein zusammengewürfelter Haufen, der beste Beweis, daß es bei den Proletariern in Italien genausowenig zu holen gibt wie bei allen anderen Klassen, wenn es darum geht, Truppen zu stellen. Abgesehen von den italischen und römischen Veteranen, die er in der Campania angeworben hatte, verfügte er über eine Legion und ein paar zusätzliche Kohorten aus Bithynien, aus Griechenland und aus dem makedonischen Thessalien, die ihm König Nikomedes von Bithynien gestellt hatte.*

*Nun entließ also Lucullus die römischen, italischen und bithynischen Soldaten nach Hause. Alle bekamen Entlassungspapiere ausgehändigt, und nachdem er die letzten Spuren seiner Statthalterschaft aus den Annalen Siziliens getilgt hatte, segelte auch Lucullus von dannen.*

*Kaum war er abgereist, brachen König Tryphon und sein Ratgeber Athenion aus ihrem befestigten Lager Triocala aus und fingen erneut an, Sizilien zu plündern und zu verwüsten. Sie sind jetzt vollkommen sicher, daß sie den Krieg gewinnen werden, und ihr Kriegsruf lautet: »Wir wollen nicht Sklaven sein, wir wollen Sklaven haben!« Es wird kein Getreide mehr angebaut, und die Städte werden von den Landflüchtigen überflutet. Sizilien ist wieder zu einer* Ilias *des Leidens geworden.*

*In diese erfreuliche Situation platzte nun Servilius Augur. Natürlich traute er seinen Augen nicht. Und er weinte sich in einem Brief nach dem anderen bei seinem Gönner Ahenobarbus Pimmel aus.*

*Lucullus war mittlerweile wieder in Rom eingetroffen und bereitete sich auf die Anklage vor. Als Ahenobarbus ihm im Senat vorwarf, er habe römisches Staatseigentum mutwillig zerstört – vor allem die Befestigungsanlagen und das Lager –, setzte Lucullus eine unschuldige Miene auf. Er sagte, er habe angenommen, der neue Statthalter werde lieber auf seine Art neu beginnen wollen. Er selbst, Lucullus, lasse die Dinge immer gern so zurück, wie er sie vorgefunden habe, und genau das habe er nach Ablauf seiner Statthalterschaft getan – er habe Sizilien so verlassen, wie er es vorgefunden habe. Servilius Augur hatte sich besonders darüber beschwert, daß er kein Heer mehr habe – er hatte einfach angenommen, daß Lucullus seine Legionen in Sizilien lassen würde, aber er war nicht auf die Idee gekommen, Lucullus formell um die Überlassung der Truppen zu bitten. Und weil Servilius ihn nicht darum ersucht hatte, beharrte nun Lucullus darauf, daß er mit seinen eigenen Truppen habe tun und lassen können, was er wollte. Und er sei der Ansicht gewesen, daß die Truppen reif für die Entlassung gewesen seien.*

*»Ich habe Gaius Servilius einen sauberen Tisch hinterlassen, jede Spur meines Wirkens habe ich weggewischt«, erklärte Lucullus dem Senat. »Gaius Servilius Augur ist ein* homo novus, *und diese Männer wollen gewöhnlich alles auf ihre eigene Art tun. Ich glaubte deshalb, ich würde ihm einen Gefallen tun.«*

*Ohne Heer kann Servilius in Sizilien natürlich kaum etwas ausrichten. Catulus Caesar bringt nur die paar Rekruten zusammen, die ihm von Italien gestellt werden, und so ist es sehr unwahrscheinlich, daß dieses Jahr noch ein Heer für Sizilien zustande kommt. Lucullus' Veteranen sind in alle Winde zerstreut, die meisten mit dicken Börsen, und haben demzufolge kein Interesse daran, sich noch einmal aufstöbern zu lassen.*

*Lucullus ist natürlich klar, daß er angeklagt wird. Ich glaube aber nicht, daß ihm das Kummer bereitet. Er empfindet unendliche Genugtuung darüber, daß Servilius keine Möglichkeit mehr hat, seine, Lucullus', Lorbeeren einzusammeln. Und das ist ihm wichtiger als eine mögliche Anklage. Deshalb gibt er sich große Mühe, seine Söhne zu schützen. Saturninus hat vor kurzem einen neuen Gerichtshof eingerichtet, der den Rittern unterstellt ist. Offenbar glaubt nun Lucullus, daß Ahenobarbus und der Augur dieses Gericht anstiften wollen, einen Prozeß gegen ihn zu eröffnen und ihn zu verurteilen. Er hat deshalb seinen Besitz, soweit es ging, auf seinen ältesten Sohn Lucius Lucullus übertragen, und seinen jüngeren Sohn, der jetzt dreizehn Jahre alt ist, hat er der Familie Terentius Varro zur Adoption gegeben. In dieser Generation gibt es keinen Marcus Terentius Varro, und die Familie ist außerordentlich reich.*

*Schweinebacke ist durch diese Ereignisse ganz verstört. Dazu hat er auch allen Grund, denn wenn Lucullus verurteilt wird, muß Numidicus seine skandalträchtige Schwester Metella Calva wieder bei sich aufnehmen. Schweinebacke sagt, die beiden Jungen hätten geschworen, sich an Servilius dem Augur zu rächen, sobald sie volljährig seien. Das hat mir Scaurus erzählt. Vor allem der ältere Sohn, Lucius Lucullus Junior, ist sehr verbittert, wie es scheint. Das wundert mich nicht. Er ist schon äußerlich seinem Vater sehr ähnlich, warum also nicht auch innerlich? Wegen des arroganten Ehrgeizes eines* homo novus *vom Schlage Servilius Augurs in Schande zu geraten, kommt einem Bannfluch gleich.*

*Damit bin ich mit meiner Geschichte am Ende. Ich schreibe Dir bald wieder. Ich wünschte, ich könnte Dir gegen die Germanen helfen – nicht weil Du meine Hilfe nötig hättest, sondern weil ich mich so ausgeschlossen fühle.*

Marius und Sulla erfuhren erst gegen Mitte April des Kalenderjahres, daß die Germanen begonnen hatten, ihr Lager abzubrechen, und im Begriff standen, das Gebiet der Aduatuker zu verlassen. Nach einem weiteren Monat kehrte Sertorius zurück und berichtete, es sei Boiorix gelungen, die Germanen als Volksverband so zusammenzuhalten, daß sein Plan durchführbar erschien. Die Kimbern und die von den Tigurinern angeführte Mischgruppe zogen am Rhein entlang, während die Teutonen in südöstlicher Richtung dem Lauf der Mosel folgten.

»Wir müssen damit rechnen, daß die Germanen im Herbst in drei verschiedenen Abteilungen vor den Grenzen des italischen Gallien ankommen werden«, sagte Marius. »Ich würde gerne persönlich Boiorix begrüßen, wenn er das Etschtal herabkommt, aber das wäre natürlich nicht vernünftig. Zuerst muß ich die Teutonen angreifen und kampfunfähig machen. Von den drei Gruppen werden hoffentlich die Teutonen am schnellsten vorankommen, wenigstens bis zur Durance, weil sie vorher keine Alpenpässe zu überwinden haben. Wenn wir die Teutonen dort schlagen können – und zwar richtig schlagen –, haben wir genug Zeit, um den Mons-Genava-Paß zu überschreiten und Boiorix und den Kimbern den Weg abzuschneiden, bevor sie das italische Gallien erreichen.«

»Du glaubst also nicht, daß Catulus Caesar allein mit Boiorix fertig wird?« fragte Manius Aquillius.

»Nein«, sagte Marius rundheraus.

Später, als er mit Sulla allein war, ließ er sich ausführlicher darüber aus, wie er die Chancen seines Mitkonsuls im Kampf gegen Boiorix einschätzte. Denn Quintus Lutatius Catulus wollte sein Heer nördlich bis zur Etsch führen, sobald er es ausgebildet und ausgerüstet hatte.

»Er wird ungefähr sechs Legionen haben, und er hat das Frühjahr und den ganzen Sommer Zeit, um sie kampfbereit zu machen. Aber er ist kein richtiger Feldherr«, erklärte Marius. »Wir müssen also hoffen, daß Teutobod zuerst ankommt und daß wir ihn schlagen können. Dann müssen wir in irrwitziger Geschwindigkeit die Alpen überqueren und uns mit Catulus Caesars Legionen vereinigen, bevor Boiorix den Gardasee erreicht.«

Sulla hob die Augenbrauen. »Das klappt bestimmt nicht«, sagte er.

Marius seufzte. »Ich wußte, daß du das sagen würdest!«

»Und ich wußte, daß du wußtest, daß ich es sagen würde!« grinste Sulla. »Es ist unwahrscheinlich, daß die beiden Abteilungen, die Boiorix nicht selbst antreibt, schneller vorankommen als die Kimbern. Das Problem ist, daß du nicht genug Zeit hast, im passenden Moment an beiden Orten zu sein.«

»Dann bleibe ich eben hier und warte, bis Teutobod kommt«, entschied Marius. »Mein Heer kennt jeden Grashalm und jeden Zweig zwischen Massilia und Arausio, und die Männer brauchen nach zwei kampflosen Jahren dringend einen Sieg. Ihre Chancen sind hier ausgezeichnet, also muß ich bleiben.«

»Das ›ich‹ war nicht zu überhören, Gaius Marius«, sagte Sulla vorsichtig. »Hast du einen anderen Auftrag für mich?«

»Ja, Lucius Cornelius. Es tut mir leid, daß ich dich um eine wohlverdiente Gelegenheit bringen muß, ein paar Teutonen auszulöschen. Aber ich glaube, daß es besser ist, wenn ich dich als ersten Legaten zu Catulus Caesar schicke. Er wird dich als Legaten akzeptieren, schließlich bist du ein Patrizier«, sagte Marius.

Sulla blickte auf seine Hände, er war bitter enttäuscht. »Wie kann ich denn von Nutzen sein, wenn ich im falschen Heer dienen muß?«

»Normalerweise würde ich mir über den zweiten Konsul nicht so viele Sorgen machen, wenn ich nicht bei ihm alle Symptome erkennen würde, die auch bei Silanus, Cassius, Caepio und Mallius Maximus vorhanden waren. Es ist so, Lucius Cornelius, glaub mir! Catulus Caesar hat weder für Strategie noch für Taktik ein Gespür – er glaubt, beides sei ihm von den Göttern ins Gehirn gesteckt worden, als sie seine hohe Geburt anordneten, und sozusagen auf Abruf vorhanden. Aber du weißt, daß es nicht so einfach ist!«

»Ja, das weiß ich«, gab Sulla zu.

»Wenn Boiorix und Catulus Caesar aufeinanderstoßen, bevor ich das italische Gallien erreicht habe, wird Catulus Caesar irgendeinen katastrophalen militärischen Fehler machen und sein Heer verlieren. Und wenn wir das zulassen, können wir nicht mehr gewinnen. Die Kimbern stellen die bestgeführte und zahlenmäßig stärkste der drei germanischen Abteilungen. Außerdem kenne ich das Land im italischen Gallien nördlich des Po nicht. Wenn ich hier die Teutonen mit weniger als vierzigtausend Mann schlagen kann, dann nur deshalb, weil ich das Land so gut kenne.«

Sulla starrte seinen Befehlshaber an, um ihn aus der Fassung zu bringen, aber gegen dessen Blick unter seinen buschigen Augenbrauen kam er nicht an. »Und was erwartest du von mir?« fragte er. »Catulus Caesar trägt den Feldherrenmantel, nicht Cornelius Sulla! Was also kannst du von mir erwarten?«

Marius streckte die Hand aus und packte Sullas Handgelenk. »Wenn ich das wüßte, könnte ich Catulus Caesar von hier aus kontrollieren«, sagte er. »Tatsache ist, Lucius Cornelius, daß du ein Jahr lang bei diesen Barbaren gelebt und überlebt hast und von ihnen akzeptiert wurdest. Dein Verstand ist so scharf wie dein Schwert, und beides setzt du sehr wirkungsvoll ein. Ich habe keinen Zweifel, daß du tun wirst, was nötig ist, um Catulus Caesar vor sich selbst zu schützen.«

Sulla atmete tief ein. »Mein Befehl lautet also, sein Heer zu retten, koste es, was es wolle?«

»Richtig.«

»Auch auf Kosten von Catulus Caesar?«

»Auch auf Kosten von Catulus Caesar.«

Der Frühling neigte sich mit reicher Blütenpracht seinem Ende zu, der Sommer zog ein und legte sich heiß und trocken über das Land. Teutobod und seine Teutonen setzten ihren Marsch durch das Land der Häduer und in das Land der Allobrogen fort, die das ganze Gebiet zwischen der oberen Rhône, der Isère und viele Meilen in südlicher Richtung beherrschten. Die Allobrogen waren ein kriegerisches Volk und empfanden gegenüber Rom und den Römern einen unversöhnlichen Haß. Doch die germanischen Haufen waren schon vor drei Jahren einmal durch ihr Land gezogen, und die Allobrogen wollten nicht von den Germanen beherrscht werden. Es fanden also heftige Kämpfe statt, die Teutonen kamen langsamer voran. Marius lief gereizt in seinem Hauptquartier auf und ab und fragte sich, wie es wohl Sulla ergehen mochte, der jetzt in Catulus Caesars Heer diente, das am Po im italischen Gallien lag.

Catulus Caesar war Ende Juni an der Spitze von sechs Legionen die Via Flaminia hinaufgezogen. Seine Legionen erreichten nicht ihre Sollstärke, denn es gab so wenig wehrfähige Männer, daß er nicht genug Rekruten gefunden hatte. Von Bononia an der Via Aemilia zog er über die Via Annia zu der großen Gewerbestadt Patavium, die zwar weit östlich vom Gardasee lag, aber an einer Route, die für einen Heerzug besser geeignet war als die Seitenstraßen und ausgefahrenen Wege im italischen Gallien. Von Patavium marschierte er über eine dieser vernachlässigten Seitenstraßen nach Verona und schlug dort sein Hauptlager auf.

Sulla hatte bis zu diesem Zeitpunkt an Catulus Caesars Entscheidungen nichts auszusetzen, aber er verstand nun besser, warum Marius ihn in das italische Gallien geschickt hatte – eine Anordnung, die er, Sulla, zunächst als nicht so wichtig empfunden hatte. Militärisch betrachtet mochte dies zutreffen – doch Marius hatte seinen zweiten Konsul vollkommen richtig eingeschätzt, dachte Sulla. Catulus Caesar war durch und durch aristokratisch, arrogant, geradezu vermessen, er erinnerte Sulla lebhaft an Metellus Numidicus. Das Problem war jedoch, daß Catulus Caesar ein viel gefährlicheres Kriegsschauspiel und ein viel gefährlicherer Feind bevorstand als damals dem Metellus Numidicus in Africa. Außerdem hatten Metellus Numidicus seinerzeit Gaius Marius und Publius Rutilius Rufus als Legaten zur Seite gestanden, ganz abgesehen von den überaus heilsamen Erfahrungen, die Numidicus einst in einem Schweinestall in Numantia gemacht hatte. Dem Catulus Caesar hingegen war bei seinem Aufstieg zum Feldherrn niemals ein Gaius Marius begegnet. Er hatte seine Ausbildung als Offiziersanwärter erhalten und war dann Militärtribun unter zweitrangigen Feldherren in zweitrangigen Kriegen geworden –

in Makedonien, in Spanien. An einem großen Feldzug hatte er nie teilgenommen.

Catulus Caesar empfing Sulla nicht gerade begeistert, denn er hatte seine Legaten bereits vor dem Abmarsch aus Rom ernannt. Als er in Bononia ankam, wartete dort Sulla mit einer Nachricht des Oberbefehlshabers Gaius Marius auf ihn, die besagte, daß Lucius Cornelius Sulla zum ersten Legaten und stellvertretenden Befehlshaber ernannt worden sei. Gaius Marius' Vorgehensweise war zwar zweifelhaft und überheblich, aber er hatte natürlich keine andere Wahl gehabt. Catulus Caesar behandelte Sulla eisig und behinderte ihn, wo er konnte. In seinen Augen sprach nur eines für Sulla, das war seine edle Abstammung, und selbst die war durch die Verarmung seiner Familie beschädigt. Catulus Caesar empfand auch ein wenig Neid, denn Sulla war ein Mann, der nicht nur an großen und wichtigen Feldzügen teilgenommen, sondern sich auch wagemutig als Spion bei den Germanen ausgezeichnet hatte. Hätte er gewußt, welche Rolle der Spion Sulla bei den Germanen gespielt hatte, wäre er ihm gegenüber gewiß noch mißtrauischer gewesen.

Marius hatte jedoch wieder einmal wie gewohnt einen guten Griff getan, als er Sulla und nicht Manius Aquillius abkommandierte, der als Aufpasser und Beschützer wohl auch geeignet gewesen wäre. Sulla brachte es fertig, Catulus Caesar zu reizen, denn ständig tat er, als sehe er am Rande seines Blickfeldes einen Schatten, sobald er aber hinschaute, war der Schatten verschwunden. Kein erster Legat hatte sich jemals hilfreicher gezeigt, kein erster Legat hatte je seinem Feldherrn die Last der täglichen Verwaltungsarbeit und die Kontrolle des Heeres williger von den Schultern genommen. Und doch – und doch – Catulus Caesar wußte, daß etwas nicht stimmte. Warum hatte Gaius Marius diesen Burschen überhaupt abkommandiert, wenn er nicht irgend etwas im Schilde führte?

Sulla hatte nicht vor, Catulus Caesar zu beruhigen, seine Ängste und seinen Verdacht zu zerstreuen. Ganz im Gegenteil: Sulla wollte sogar, daß Catulus Caesars Furcht und Mißtrauen erhalten blieben, um ihn auf diese Weise geistig zu beherrschen, ihm überlegen zu sein, wenn es darauf ankam. In der Zwischenzeit bemühte sich Sulla, jeden Militärtribunen und Zenturio im Heer und möglichst viele einfache Soldaten kennenzulernen. Sobald das Lager in der Nähe von Verona aufgeschlagen war, überließ Catulus Caesar die Routineübungen und den Drill seinem ersten Legaten, und bald kannte jeder den ersten Legaten, respektierte ihn und vertraute ihm.

Darauf legte Sulla größten Wert, für den Fall, daß er Catulus Caesar würde ausschalten müssen.

Sulla plante nicht ernsthaft, Catulus Caesar zu töten oder zu verletzen, er war immerhin Patrizier und insofern eher geneigt, andere Adlige zu schützen, wenn nötig auch vor sich selbst. Gegenüber Catulus Caesar verspürte er keine Zuneigung, wohl aber gegenüber seiner Klasse.

Die Kimbern waren unter der Führung von Boiorix gut vorangekommen. Er hatte seine eigene Abteilung und die von Getorix bis zum Zusammenfluß von Donau und Inn geführt, dort trennten sie sich. Getorix hatte nunmehr nur noch eine relativ kurze Wegstrecke vor sich, während die Kimbern in südlicher Richtung am Inn entlangzogen. Bald erreichten sie die Alpen und durchquerten ein Land, in dem der Keltenstamm der Brennen siedelte, die ihren Namen vom ersten Brennus ableiteten. Sie kontrollierten den Brenner-Paß, den niedrigsten der Alpenpässe, die in das italische Gallien führten, doch sie waren nicht in der Lage, Boiorix und seinen Kimbern den Durchzug zu versperren.

Gegen Ende des Kalendermonats Quintilis erreichten die Kimbern die Etsch an der Stelle, wo sie mit dem Eisack zusammenfloß, dem sie seit dem Brenner-Paß gefolgt waren. Hier, auf den saftigen grünen Alpenwiesen, ließen sie sich nieder und betrachteten die Gipfel der Berge, die in den tiefblauen, wolkenlosen Himmel ragten. Und hier wurden sie von den Kundschaftern entdeckt, die Sulla ihnen entgegengeschickt hatte.

Sulla hatte geglaubt, daß er für jede unvorhergesehene Situation gerüstet wäre, doch was jetzt passierte, hätte er sich nicht einmal im Traum vorgestellt. Er kannte Catulus Caesar noch nicht gut genug, um zu ahnen, wie dieser auf die Nachricht reagieren würde, daß die Kimbern am Eingang des Etschtals standen und im Begriff waren, in das italische Gallien einzufallen.

»Solange ich lebe, wird kein germanischer Fuß italienischen Boden berühren!« erklärte Catulus Caesar pathetisch bei der Lagebesprechung im Feldstab. »Kein germanischer Fuß wird italienischen Boden berühren!« wiederholte er, erhob sich majestätisch von seinem Stuhl und blickte seine Offiziere der Reihe nach an. »Wir marschieren los!«

Sulla starrte ihn entsetzt an. »Wir marschieren?« fragte er. »Wohin denn?«

»Natürlich die Etsch hinauf«, antwortete Catulus Caesar. Sein Gesichtsausdruck zeigte deutlich, daß er Sulla für einen ausgemachten Dummkopf hielt. »Ich werde die Germanen über die Alpen zurückjagen, bevor der erste Schnee mich daran hindert.«

»Wie weit die Etsch hinauf?« fragte Sulla.

»Bis wir auf sie stoßen.«

»In dem engen Etschtal?«

»Natürlich«, sagte Catulus Caesar. »Wir sind den Germanen überlegen. Wir haben ein diszipliniertes Heer, sie sind nur ein riesiger, unorganisierter Haufen. Das ist unsere beste Chance.«

»Eine gute Chance haben wir nur, wenn die Legionen genügend Platz haben, um sich zu formieren«, widersprach Sulla.

»Im Etschtal gibt es mehr als genug Platz für die Legionen, sich zu formieren.« Und Catulus Caesar duldete keine weitere Widerrede.

Sulla verließ den Feldstab in völliger Verwirrung, die Pläne, die er für die Begegnung mit den Kimbern ausgearbeitet hatte, waren jetzt überflüssig geworden. Er hatte sogar geübt, wie er Catulus Caesar die passende Alternative so einflüstern könnte, daß dieser sie für seinen eigenen Einfall halten würde. Jetzt mußte Sulla feststellen, daß seine Pläne nutzlos waren, daß er nicht einmal einen neuen Plan entwerfen konnte. Jedenfalls nicht, bevor er Catulus Caesar überredet hatte, seinen Entschluß zu ändern.

Aber Catulus Caesar dachte nicht daran, seinen Entschluß zu ändern. Er gab den Befehl zum Aufbruch und marschierte an der Etsch entlang. Der Strom floß wenige Meilen östlich am Gardasee vorbei, dem größten der wunderbaren Alpenseen, die in den Lükken zwischen den Vorhügeln der italischen Alpen lagen. Und je weiter das kleine Heer zog – es bestand aus 22 000 Soldaten, 2 000 Reitern und etwa 8 000 nichtkämpfenden Männern –, desto enger und abweisender wurde das Etschtal.

Endlich erreichte Catulus Caesar einen Handelsposten namens Tridentum. Hier ragten drei mächtige Alpenberge in die Höhe, drei bizarre Gipfel, die dem Ort seinen Namen gegeben hatten: die drei Zähne. Die Etsch floß hier sehr tief und reißend, denn sie entsprang hoch in den Bergen im ewigen Schnee und führte deshalb das ganze Jahr über viel Wasser. Hinter Tridentum verengte sich das Tal noch mehr, bis der Weg, der sich zum Dorf hinabwand, an einer Stelle endete, wo der Fluß reißend unter einer langen Holzbrücke auf Steinblöcken hindurchschoß.

Catulus Caesar, der mit seinen Offizieren an der Spitze des Heeres ritt, blickte sich um und nickte zufrieden.

»Das hier erinnert mich an die Thermopylen«, sagte er. »Die Stelle ist wie geschaffen, um die Germanen aufzuhalten, bis sie aufgeben und sich wieder nach Norden zurückziehen.«

»Die Spartaner sind bei der Verteidigung der Thermopylen gefallen, bis auf den letzten Mann«, warf Sulla ein.

Catulus Caesar hob hochmütig die Augenbrauen. »Und welche Rolle spielt das, wenn wir die Germanen zurückschlagen?«

»Aber sie werden sich nicht zurückziehen, Quintus Lutatius! Bei einem Rückzug nach Norden hätten sie nichts als Schnee vor sich. Ihr Proviant ist aufgebraucht, und nur ein paar Meilen südlich von hier liegt die ganze fruchtbare Landschaft des italischen Gallien!« Sulla schüttelte heftig den Kopf. »Wir werden sie hier nicht aufhalten.«

Die anderen Offiziere wurden unruhig, denn im Verlauf des Marsches an der Etsch entlang hatten alle Sullas Befürchtungen eingesehen, und ihr gesunder Menschenverstand sagte ihnen, daß Catulus Caesars Entscheidung töricht war. Sulla hatte ihnen seine Befürchtungen genau dargelegt, denn wenn er Catulus Caesar gewaltsam davon abhalten mußte, seine Legionen sinnlos zu opfern, würde er die Unterstützung aller hohen Offiziere des Heeres benötigen.

»Wir stellen uns hier zum Kampf«, entschied Catulus Caesar, und von diesem Entschluß war er nicht mehr abzubringen. Er träumte von dem unsterblichen Leonidas und seiner kleinen Gruppe von Spartanern. Welche Rolle spielte es schon, daß der Körper starb, wenn dafür ewiger Ruhm winkte?

Die Kimbern waren jetzt sehr nahe. Die Römer hätten ihren Marsch über Tridentum hinaus gar nicht mehr fortsetzen können, selbst wenn Catulus Caesar es gewollt hätte. Dennoch bestand er darauf, daß das ganze Heer die Brücke überquerte, und schlug das Lager auf der falschen Seite des Flusses auf, an einer Stelle, wo das Tal so eng war, daß sich das Lager über mehrere Meilen in Nord-Süd-Richtung erstreckte. Die Legionen lagen hintereinander aufgereiht, die letzte Legion ganz in der Nähe der Brücke.

»Ich bin wirklich furchtbar verwöhnt«, sagte Sulla zum *primipilus,* dem ranghöchsten Zenturio der Legion nahe der Brücke, einem kräftigen, bodenständigen Samniten aus Atina mit Namen Gnaeus Petreius. Seine Legion bestand aus samnitischen Proletariern und wurde als Hilfstruppe geführt.

»Inwiefern bist du verwöhnt?« fragte Gnaeus Petreius. Sie standen auf der Brücke, die kein Geländer hatte, nur ein paar Baumstämme am Rand. Der Zenturio starrte in das reißende Wasser.

»Ich habe bisher nur unter Gaius Marius gedient«, erklärte Sulla.

»Hast du ein Glück!« sagte Gnaeus Petreius. »Ich habe immer gehofft, daß ich auch einmal unter ihm dienen dürfte.« Er knurrte verächtlich. »Aber keiner von uns wird noch die Chance dazu bekommen, Lucius Cornelius.«

Ein dritter Mann stand bei ihnen, der Kommandant der Legion, zu der auch Petreius gehörte, ein gewählter Militärtribun. Es war kein Geringerer als der junge Marcus Aemilius Scaurus, der Sohn des Senatsvorsitzenden – über den sein zäher Vater so enttäuscht war. Der junge Scaurus wandte den Blick vom Fluß ab und sah den Zenturio an.

»Was willst du damit sagen?« fragte er.

Gnaeus Petreius knurrte noch einmal. »Daß wir alle hier fallen werden, *tribunus.*«

»Fallen? Wir alle? Warum?«

»Gnaeus Petreius will damit sagen«, warf Sulla grimmig dazwischen, »daß wir wieder einmal von einem hochgeborenen, inkompetenten Mann in eine unmögliche militärische Lage geführt wurden.«

»Aber ihr habt unrecht!« rief der junge Scaurus eifrig. »Ich habe schon gemerkt, daß du offenbar Quintus Lutatius' Strategie nicht begriffen hast, Lucius Cornelius, als er sie uns erklärte!«

Sulla warf dem Zenturio einen vielsagenden Blick zu. »Dann erkläre du mir doch einmal seine Strategie, *tribunus militum!* Ich bin ganz Ohr.«

»Nun, da drüben stehen vierhunderttausend Germanen, und wir sind nur vierundzwanzigtausend Mann. Wir können uns also nicht auf offenem Feld zum Kampf stellen«, erklärte der junge Scaurus, ermutigt durch die aufmerksamen Blicke der beiden altgedienten Soldaten. »Die einzige Möglichkeit, sie zu besiegen, ist, daß wir sie an einen Ort locken, an dem ihre Front nicht breiter sein kann als unsere Front. Und dann bearbeiten wir ihre Front unter Einsatz unserer ganzen militärischen Überlegenheit. Wenn ihnen klar wird, daß wir nicht zurückweichen – nun, dann werden sie das tun, was Germanen normalerweise tun: Sie werden sich zurückziehen.«

»So also siehst du die Lage«, sagte Gnaeus Petreius.

»So ist die Lage!« erwiderte der junge Scaurus ungeduldig.

»Also so müssen wir die Lage sehen!« Sulla begann zu lachen.

»Ja, so müssen wir die Lage wohl sehen!« Gnaeus Petreius lachte ebenfalls.

Der junge Scaurus blickte die beiden Männer verwirrt an, das Lachen ängstigte ihn. »Und was ist so komisch daran, bitte sehr?«

Sulla wischte sich die Tränen aus den Augen. »Das Komische daran ist, daß der Plan so hoffnungslos naiv ist.« Mit einer ausladenden Bewegung wies er auf die Berghänge zu beiden Seiten. »Schau mal da hinauf! Was siehst du?«

»Berge«, sagte der junge Scaurus, der immer verwirrter wurde.

»Wir sehen da oben Fußpfade, Reitwege, Viehwege!« sagte Sulla. »Hast du die kleinen, welligen, terrassenähnlichen Einschnitte nicht bemerkt? Die Berge sehen hier aus wie ein minoisches Krausenkleid! Die Kimbern müssen nur einfach auf die Berge steigen und diese Terrassen entlangmarschieren. Auf diese Weise können sie uns in drei Tagen von beiden Seiten in den Rücken fallen. Und dann, Marcus Aemilius, sitzen wir zwischen dem Hammer und dem Amboß. Und werden zerquetscht wie ein Käfer unter dem Stiefel.«

Der junge Scaurus wurde so blaß, daß Sulla und Petreius im selben Moment ihre Arme nach ihm ausstreckten, weil sie befürchteten, er würde über den Rand der Brücke stürzen, und das hätte er in diesem reißenden Strom nicht überlebt.

»Unser Feldherr hat einen schlechten Plan entworfen«, erklärte Sulla rauh. »Wir hätten zwischen Verona und dem Gardasee auf die Kimbern warten sollen. Dort hätten wir tausend Möglichkeiten gefunden, sie in eine richtige Falle zu locken, und genug Platz, um die Falle zuschnappen zu lassen.«

»Und warum erklärt das niemand Quintus Lutatius?« flüsterte Scaurus.

»Weil er eben ein halsstarriger Konsul ist«, sagte Sulla. »Er will nichts hören und hat nur blödsinnige Ideen im Kopf. Aber das ist ein *non sequitur* – Gaius Marius hätte man so etwas gar nicht zu sagen brauchen! Nein, Marcus Aemilius, unser Feldherr Quintus Lutatius Catulus Caesar hält es für das beste, hier so zu kämpfen wie die Spartaner bei den Thermopylen. Und wenn du in Geschichte aufgepaßt hast, dann weißt du, daß damals ein einziger winziger Fußpfad ausreichte, um Leonidas zu erledigen.«

Der junge Scaurus schluckte heftig. »Entschuldigt mich bitte!« rief er und stürzte auf sein Zelt zu. Sulla und Petreius blickten ihm nach.

»Das hier ist kein Heer, das ist eine Katastrophe!« sagte Petreius.

»Nein, es ist ein gutes kleines Heer«, widersprach Sulla. »Nur die Führung ist eine Katastrophe.«

»Dich ausgenommen, Lucius Cornelius.«

»Richtig.«

»Du hast dir etwas überlegt«, sagte Petreius.

»Ebenfalls richtig.« Sulla lächelte und entblößte dabei seine bemerkenswerten Eckzähne.

»Darf ich fragen, was?«

»Fragen darfst du, Gnaeus Petreius. Aber ich werde dir erst – sagen wir – heute abend antworten. Auf dem Sammelplatz deiner eigenen samnitischen Legion«, sagte Sulla. »Wir beide werden den Rest des Nachmittags damit verbringen, jeden einzelnen *primipilus* und führenden Zenturio einer Kohorte zu einem kleinen Treffen bei Anbruch der Dunkelheit einzuladen.« Er rechnete leise nach. »Es werden ungefähr siebzig Mann sein. Aber siebzig Mann, die eine wichtige Rolle spielen. Fang gleich damit an, Gnaeus Petreius! Du übernimmst die drei Legionen auf dieser Talseite, und ich setze mich auf mein treues Maultier und übernehme die Legionen, die flußabwärts lagern.«

Noch am selben Tag kamen die Kimbern an. Die Krieger ergossen sich nördlich des Lagers der sechs Legionen des Catulus Caesar in das Tal, sie waren ihren Wagen weit vorausgeeilt und hielten erst an, als sie die Befestigungsanlagen des römischen Lagers vor sich sahen. Unruhig standen sie nun dort, während die Nachricht wie ein Lauffeuer durch das römische Lager raste und ein paar Neugierige sich in nördlicher Richtung bis an die römische Brustwehr wagten. Voller Entsetzen erblickten sie mehr Germanen, als jemals zuvor ein Römer gesehen hatte – lauter furchteinflößende Riesen.

Sullas Versammlung auf dem Appellplatz der samnitischen Legion dauerte nicht sehr lange. Bald folgten die Teilnehmer des Treffens Sulla über die Brücke in das Dorf Tridentum, wo Catulus Caesar sein Hauptquartier im Haus des örtlichen Magistrats aufgeschlagen hatte. Catulus Caesar hatte seine Offiziere zusammengerufen, um mit ihnen die Lage nach dem Eintreffen der Kimbern zu besprechen, und beschwerte sich gerade über die Abwesenheit seines Stellvertreters, als Sulla den überfüllten Raum betrat.

»Ich schätze Pünktlichkeit, Lucius Cornelius«, sagte Catulus Caesar eisig. »Setz dich bitte, damit wir endlich über unseren Angriff morgen sprechen können.«

»Es tut mir leid, aber ich habe keine Zeit, mich zu setzen«, sagte Sulla. Er trug keine Rüstung, sondern nur sein ledernes Unterkleid und seinen *pteryges*, doch er hatte Schwert und Messer umgeschnallt.

»Wenn du Wichtigeres zu tun hast, dann geh bitte gleich!« Catulus Caesars Gesicht lief rot an.

»Oh, ich brauche nicht wegzugehen«, sagte Sulla lächelnd. »Die wichtigen Dinge, die ich zu tun habe, muß ich hier in diesem Raum tun. Das Allerwichtigste dabei ist, daß es morgen keine Schlacht geben wird, Quintus Lutatius.«

Catulus Caesar sprang auf. »Keine Schlacht? Warum nicht?«

»Weil das hier eine Meuterei ist, und ich bin der Anstifter.« Sulla zog sein Schwert. »Herein, *centuriones!*« rief er. »Es ist zwar eng hier drin, aber es wird schon gehen.«

Keiner der Anwesenden sprach auch nur ein Wort, Catulus Caesar war stumm vor Wut, die übrigen Offiziere waren verwirrt oder erleichtert – nicht alle Mitglieder des Feldstabes hatten den Plan gutgeheißen, am nächsten Morgen anzugreifen. Siebzig Zenturionen drängten sich durch die Tür und gruppierten sich dicht um Sulla, in höchstens einem Meter Abstand von Catulus Caesars Stab. Der Feldherr und seine Offiziere standen buchstäblich mit dem Rücken an der Wand.

»Dafür wird man dich vom Tarpeischen Felsen hinunterwerfen!« sagte Catulus Caesar.

»Ich bin bereit«, sagte Sulla und steckte sein Schwert wieder in die Scheide. »Aber wann ist eine Meuterei wirklich eine Meuterei, Quintus Lutatius? Wie weit muß ein Soldat seinem Feldherrn in blindem Gehorsam folgen? Ist es wirklich wahrer Patriotismus, willig in den Tod zu gehen, wenn der Befehlshaber ein militärischer Vollidiot ist?«

Es war offenkundig, daß Catulus Caesar nicht wußte, was er auf diese brutale Aufrichtigkeit antworten sollte. Er war zu stolz, um sich in wüsten Beschimpfungen zu ergehen, und fühlte sich zu sehr im Recht, um diese Behauptung einfach so hinzunehmen. Schließlich erwiderte er kühl und würdevoll: »Das ist ungeheuerlich, Lucius Cornelius!«

Sulla nickte. »Richtig, es ist ungeheuerlich. Unsere Anwesenheit hier in Tridentum ist ungeheuerlich. Morgen werden die Kimbern Hunderte von Pfaden entdecken, die die Rinder, Schafe, Pferde und Wölfe in die Berghänge getrampelt haben. Nicht eine

Anopaia, sondern Hunderte! Du bist kein Spartaner, Quintus Lutatius, sondern ein Römer, und es wundert mich, daß du bei den Thermopylen an die Spartaner denkst und nicht an die Römer! Hast du nicht gelernt, daß Cato der Zensor den Anopaia-Pfad wählte, um die Stellung des Königs Antiochos zu umgehen? Oder hielt dein Lehrer Cato den Zensor für nicht hochgeboren genug, um als Beispiel für etwas anderes als nur für *hybris* zu dienen? Wenn ich an die Thermopylen denke, bewundere ich Cato den Zensor, nicht Leonidas und seine Königsgarde, die bis auf den letzten Mann aufgerieben wurde! Die Spartaner nahmen den Tod in Kauf, um die Perser so lange aufzuhalten, bis die griechische Flotte bei Artemisium in See stechen konnte. Nur klappte das nicht, Quintus Lutatius. Es – klappte – nicht! Die griechische Flotte wurde vernichtet, und Leonidas starb umsonst. Und hat der Kampf bei den Thermopylen den Verlauf des Krieges gegen die Perser beeinflußt? Natürlich nicht! Als später die neue griechische Flotte bei Salamis siegte, hatte es zuvor keinen Kampf bei den Thermopylen gegeben. Willst du wirklich behaupten, daß du den selbstmörderischen Heldenmut eines Leonidas der strategischen Genialität eines Themistokles vorziehst?«

»Du verkennst die Situation«, sagte Catulus Caesar steif. Dieser rothaarige, trickreiche Odysseus hatte seinen Stolz verletzt. In Wahrheit ging es Catulus Caesar jetzt vor allem darum, sich mit unbeschädigter *dignitas* und *auctoritas* aus dieser Zwangslage zu retten, das Schicksal seines Heeres oder das der Kimbern interessierte ihn weit weniger.

»Nein, Quintus Lutatius, du verkennst die Situation!« sagte Sulla. »Dein Heer steht jetzt aufgrund meiner Meuterei unter meinem Befehl. Gaius Marius«, Sulla legte eine kleine Pause ein, um den Namen wirken zu lassen, »Gaius Marius hat mir nur einen einzigen Auftrag gegeben: Ich muß sicherstellen, daß dieses Heer unversehrt bleibt, bis er selbst den Befehl übernehmen kann. Und das kann er erst tun, wenn er die Teutonen geschlagen hat. Gaius Marius ist unser Oberbefehlshaber, Quintus Lutatius, und in diesem Moment gehorche ich seinem Befehl, nicht deinem. Wenn sein Befehl in Konflikt mit deinem Befehl steht, befolge ich seine Anweisung, nicht deine. Wenn ich zulasse, daß diese törichte Eskapade weitergeht, wird dieses Heer tot auf dem Schlachtfeld von Tridentum zurückbleiben. Aber es wird kein Schlachtfeld von Tridentum geben. Dieses Heer wird sich heute nacht zurückziehen. Das ganze

Heer. Es wird am Leben bleiben und erst dann kämpfen, wenn die Siegeschancen ungleich besser stehen.«

»Ich habe geschworen, daß kein germanischer Fuß italienischen Boden berühren wird!« sagte Catulus Caesar. »Ich bin noch nie wortbrüchig geworden!«

»Die Entscheidung liegt jetzt nicht mehr bei dir, Quintus Lutatius. Du kannst also nicht wortbrüchig werden.«

Quintus Lutatius Catulus Caesar gehörte zu jenen Senatoren aus den alten Geschlechtern, die sich weigerten, einen goldenen Ring als Zeichen der Senatorenwürde zu tragen, statt dessen hatte er den traditionellen eisernen Ring am Finger wie früher alle Senatoren. Als Catulus Caesar nun seine Hand in einer herrischen Geste gegen seine Offiziere hob, die wie gebannt die Szene verfolgten, blitzte nicht ein gelber Strahl von seinem Zeigefinger, sondern nur ein dumpfer grauer Schein. Bisher hatten die Männer unbeweglich dagestanden, jetzt kam Bewegung in sie, und ein Aufseufzen lief durch die Reihen.

»Laßt uns allein!« befahl Catulus Caesar. »Wartet draußen. Ich will mit Lucius Cornelius unter vier Augen sprechen.«

Die Zenturionen wandten sich um und verließen den Raum, die Militärtribunen und Catulus Caesars Adjutanten folgten, schließlich verschwanden auch die Legaten. Als Catulus Caesar mit Sulla allein im Raum war, kehrte er zu seinem Stuhl zurück und ließ sich schwer darauf niederfallen.

Catulus Caesar steckte in einem Dilemma. Sein Stolz hatte ihn die Etsch hinaufgeführt – nicht der Stolz auf Rom oder auf sein Heer, sondern sein persönlicher Stolz, der ihn auch zu dem Schwur veranlaßt hatte, kein germanischer Fuß dürfe italienischen Boden berühren. Und nun verhinderte eben dieser Stolz, daß er zurückwich, weder um Roms noch um seines Heeres willen. Je weiter er in das Tal eingedrungen war, desto deutlicher hatte er gespürt, daß er einen Fehler beging. Doch er war zu stolz gewesen, den Fehler einzugestehen. Mit jedem Schritt in das Flußtal hinein war sein Mut gesunken. Doch erst in Tridentum hatte er erkannt, wie sehr der Ort den Thermopylen glich – obwohl er natürlich, geographisch betrachtet, keine Ähnlichkeit mit jener historischen Stätte aufwies –, und von da an hatte Catulus Caesar nur noch über einen ehrenvollen Tod für alle nachgedacht. Ein solcher Tod hätte seine Ehre, seinen fatalen persönlichen Stolz unbefleckt gelassen. Wie der Name Thermopylen für alle Zeiten in die Erinnerung eingegraben war, so würde auch Tridentum unvergeßlich werden. Der Untergang der tapferen Wenigen, die von den gewaltigen Vielen geschlagen wurden. *Fremder, kommst du nach Rom, verkündige dorten, du habest uns hier liegen gesehen, wie das Gesetz es befahl!* Und man hätte ein prächtiges Mahnmal errichtet, Pilgerreisen veranstaltet und unsterbliche epische Gedichte darüber verfaßt.

Der Anblick der Kimbern, die sich in den nördlichen Teil des Tals ergossen, hatte Catulus Caesar auf den Weg der Vernunft gebracht, Sullas Worte hatten dann endgültig den Ausschlag gegeben. Denn natürlich hatte auch Catulus Caesar Augen im Kopf und hinter den Augen ein Gehirn, wenn auch ein Gehirn, das allzu leicht vom Gedanken an seine persönliche *dignitas* umwölkt wurde. Die Augen hatten die vielen Terrassen bemerkt, die aus den steilen grünen Berghängen riesige Treppen machten. Und das Gehirn hatte sich ausgemalt, wie schnell die Kimbern das römische Heer einkreisen konnten. Dies war keine Schlucht mit beiderseits jäh abfallenden Felsen, es war einfach ein enges Alpental, für den Aufmarsch einer Armee völlig ungeeignet, weil die Wiesenhänge so steil anstiegen, daß die Truppen nicht in Kampfordnung hinaufmarschieren konnten, von schnellen Ausfällen ganz zu schweigen.

Catulus Caesar sah allerdings keine Möglichkeit, wie er sich aus seinem Dilemma befreien konnte, ohne das Gesicht zu verlieren. Zuerst war ihm Sullas Auftritt bei der Lagebesprechung als perfekte Lösung erschienen: Er hätte ihn der Meuterei beschuldigen und ihn im Senat lautstark anklagen können, er hätte ihn und jeden beteiligten Offizier bis hin zum letzten Zenturio wegen Verrat vor Gericht bringen können. Aber diesen Gedanken hatte er sofort wieder verworfen. Meuterei war nach den Regeln des Militärs zwar das schwerste Verbrechen, doch eine Meuterei, in der er allein gegen alle anderen Offiziere stand – denn Catulus Caesar hatte sehr wohl bemerkt, daß sich keiner der Männer im Raum der Meuterei verweigert hätte –, sah doch eher danach aus, als habe hier die Vernunft über eine monumentale Dummheit gesiegt. Wenn es niemals ein Arausio gegeben hätte – wenn Caepio und Mallius Maximus nicht auf alle Zeiten die Vorstellung von der absoluten Befehlsgewalt des römischen Feldherrn in den Augen des römischen Volkes besudelt hätten –, dann wäre es vielleicht anders gewesen. Doch so begriff Catulus Caesar schon kurz nach Sullas Auftritt, daß die Schmach ihn, Catulus Caesar, treffen würde, wenn er in der Öffentlichkeit darauf bestünde, daß eine Meuterei gegen ihn stattgefunden habe.

Schlimmstenfalls würde er sogar selbst vor den neuen Gerichtshof für Verrat gestellt werden, den Saturninus geschaffen hatte.

Infolgedessen holte Quintus Lutatius Catulus Caesar tief Luft und schickte sich zu einer versöhnenden Geste an. »Wir wollen jetzt nicht mehr von Meuterei reden, Lucius Cornelius«, sagte er. »Du hattest keinen Grund, deine Meinung so öffentlich kundzutun. Du hättest mich persönlich aufsuchen sollen. Dann hätten wir nämlich diese Angelegenheit unter uns regeln können.«

»Das glaube ich nicht, Quintus Lutatius«, sagte Sulla liebenswürdig. »Du hättest mir befohlen, wieder an meine Arbeit zu gehen. Ich mußte dir eine Lektion erteilen.«

Catulus Caesar preßte die Lippen zusammen, stumm blickte er vor sich hin. Er war ein gutaussehender Mann aus adeliger Familie, mit blondem Haar und blauen Augen, sein Stolz dürstete nach einem Kampf. »Du hast zu lange unter Gaius Marius gedient«, sagte er schließlich. »Dein Verhalten entspricht nicht deiner patrizischen Abstammung.«

Sulla schlug mit der Hand so heftig gegen seinen Lederschurz, daß die Fransen und Metallverzierungen klapperten. »Oh, ihr Götter! Hör jetzt bitte auf mit diesem Geschwätz über Abstammung und Familie, Quintus Lutatius! Es hängt mir zum Hals heraus, dieses Gerede über Auserwähltheit! Und bevor du jetzt über unseren Oberbefehlshaber zu schimpfen anfängst, sage ich dir, daß Gaius Marius uns alle in den Schatten stellt, wenn es um Feldzüge und Heeresführung geht. Er steht so hoch über uns wie der Leuchtturm von Alexandria über einer Kerze! Du bist ebensowenig ein geborener Heerführer wie ich! Aber ich habe dir gegenüber den Vorteil, daß ich meine Erleuchtung diesem Mann verdanke, und deshalb brennt meine Kerze heller als deine!«

»Dieser Mann wird überschätzt!« zischte Catulus Caesar durch die Zähne.

»Oh nein, ganz und gar nicht! Du kannst noch so laut meckern und bellen, Quintus Lutatius, aber Gaius Marius ist der Erste Mann in Rom! Dieser Mann aus Arpinum hat euch alle mit einer Hand erledigt!«

»Es überrascht mich, daß du ihm so treu ergeben bist – aber ich versichere dir, Lucius Cornelius, daß ich das niemals vergessen werde.«

»Das kann ich mir denken«, erwiderte Sulla grimmig.

»Ich gebe dir einen guten Rat, Lucius Cornelius: Wechsle in den nächsten Jahren die Fronten«, sagte Catulus Caesar. »Wenn du das nicht schaffst, wirst du niemals Prätor, geschweige denn Konsul!«

»Oh, wie ich diese nackten Drohungen liebe!« sagte Sulla. »Wen willst du jetzt wieder zum Narren halten? Ich habe die richtige Abstammung. Wenn die Zeit kommt und du denkst, daß es vorteilhaft für dich wäre, mich zu umwerben, dann wirst du mich umwerben!« Er blickte Catulus Caesar listig an. »Eines Tages werde ich der Erste Mann in Rom sein. Der höchste Baum der Welt, genau wie jetzt Gaius Marius. Und die allerhöchsten Bäume kann niemand mehr fällen. Wenn sie stürzen, dann deshalb, weil sie von innen her verfault waren.«

Catulus Caesar schwieg. Sulla warf sich in einen Stuhl und goß Wein in einen Becher.

»Kommen wir jetzt noch einmal auf die Meuterei zurück, Quintus Lutatius. Falls du glaubst, daß mir der Mut fehlt, die Sache bis zum bitteren Ende durchzuziehen, dann irrst du dich.«

»Ich gebe zu, daß ich dich kaum kenne, Lucius Cornelius. Aber in den letzten Monaten habe ich begriffen, daß du fast alles tun würdest, um deinen Willen durchzusetzen«, sagte Catulus Caesar. Er blickte nachdenklich auf seinen eisernen Senatorenring, als erwarte er von dort eine Erleuchtung. »Ich habe gesagt, und ich sage es noch einmal, daß wir nicht mehr von Meuterei reden wollen.« Er schluckte hörbar. »Ich werde mich an die Entscheidung des Heeres halten und den Rückzug anordnen. Unter einer Bedingung: daß niemand das Wort ›Meuterei‹ jemals wieder erwähnt.«

»Ich versichere es dir im Namen des Heeres«, sagte Sulla.

»Ich möchte den Rückzug persönlich ankündigen. Danach – ich nehme an, daß du dir bereits eine Strategie ausgedacht hast?«

»Es ist unbedingt notwendig, daß du den Rückzug persönlich befiehlst, Quintus Lutatius. Auch den Männern gegenüber, die draußen auf uns warten«, sagte Sulla. »Ja, ich habe mir eine Strategie ausgedacht. Eine sehr einfache Strategie. In der Morgendämmerung wird das Heer die Zelte abbrechen und so schnell wie möglich abmarschieren. Das ganze Heer muß bis morgen abend den Fluß überquert haben und südlich von Tridentum stehen. Die samnitische Legion liegt unmittelbar neben der Brücke, deshalb wird sie den Übergang bewachen. Ich muß sofort mit unseren Ingenieuren reden, denn sobald der letzte Mann am anderen Ufer ist, muß die Brücke zerstört werden. Leider ruht sie auf Steinpfeilern, und die können wir nicht wegschaffen. Die Germanen werden die Brücke also wieder aufbauen können. Aber sie sind keine Brückenbauer, sie werden dafür viel mehr Zeit brauchen als wir, und vielleicht bricht ihr Bau ein paarmal zusammen, wenn Boiorix seine Leute darüberführt. Wenn er nach Süden weiterziehen will, muß er den Fluß hier bei Tridentum überqueren. Also müssen wir ihn hier aufhalten.«

Catulus Caesar erhob sich. »Dann wollen wir diese Posse hinter uns bringen.« Er öffnete die Tür, gelassen und vollkommen beherrscht trat er vor seine Offiziere. Offenbar hatte er bereits mit der Reparatur seiner *dignitas* und *auctoritas* begonnen. »Wir können unsere Stellung hier nicht halten«, sagte er knapp und deutlich. »Deshalb ordne ich den vollständigen Rückzug an. Ich habe Lucius Cornelius alle notwendigen Anweisungen gegeben, ihr werdet von ihm eure Befehle erhalten. Es muß aber klar sein, daß das Wort ›Meuterei‹ nie gefallen ist. Haben wir uns verstanden?«

Die Offiziere murmelten zustimmend, erleichtert über die Entwicklung der Dinge.

Catulus Caesar drehte sich wieder zu dem Haus um. »Ihr könnt jetzt gehen«, sagte er über die Schulter.

Als die Gruppe sich zerstreute, ging Gnaeus Petreius mit Sulla auf die Brücke zu. »Das ist ja noch einmal glimpflich verlaufen, schätze ich. Er hat sich besser aus der Affäre gezogen, als ich gedacht hätte, Lucius Cornelius. Besser als andere seiner Art, das schwöre ich.«

»Nun ja, hinter all seiner Überheblichkeit versteckt sich doch noch ein Verstand«, sagte Sulla leichthin. »Aber er hat recht: Das Wort ›Meuterei‹ sollten wir nicht mehr erwähnen.«

»Von mir wirst du es nicht hören!« sagte Petreius aus tiefster Überzeugung.

Inzwischen war es Nacht geworden, aber die Brücke wurde durch Fackeln erleuchtet, so daß Sulla und Petreius ohne Schwierigkeiten über die Bohlen schreiten konnten. Am anderen Ufer rannte Sulla voraus und rief den Zenturionen und Tribunen, die hinter ihm herkamen, seine Anweisungen zu: »Alle Legionen müssen beim ersten Tageslicht abmarschbereit sein! Die Ingenieure und alle Zenturionen treffen sich hier mit mir eine Stunde vor Tagesanbruch. Die Militärtribunen kommen jetzt sofort zu mir.«

»Bin ich froh, daß wir ihn haben!« sagte Gnaeus Petreius zum zweiten Zenturio seiner Legion.

»Ich auch. Aber über den da bin ich gar nicht froh!« antwortete der zweite Zenturio und wies auf den jungen Marcus Aemilius Scaurus, der hinter Sulla und den anderen Militärtribunen hereilte.

Petreius brummte. »Du hast recht, aber ich werde morgen gut auf ihn aufpassen. ›Meuterei‹ dürfen wir zwar nicht mehr sagen, aber das heißt nicht, daß irgendein römischer Idiot unsere Samniten ins Verderben führen darf, und wenn sein Vater noch so bedeutend ist.«

In der Morgendämmerung trat das Heer den Rückzug an. Wie bei allen Manövern der gut ausgebildeten römischen Truppen herrschte auch jetzt Ruhe und Ordnung. Die Legion, die am weitesten von der Brücke entfernt gelagert hatte, überquerte den Fluß als erste, dann die nächste Legion, und so fort, so daß sich das Heer gewissermaßen wie ein Teppich aufrollte. Glücklicherweise waren die Gepäckwagen und Tragtiere mit Ausnahme einiger Pferde, die die ranghöchsten Offiziere geritten hatten, südlich des Dorfes und der Brücke verblieben. Dieser Abteilung befahl Sulla, ebenfalls bei Tagesanbruch abzumarschieren. Die erste Hälfte der Legionen sollte den Gepäckzug überholen, die andere Hälfte sollte bis hinunter nach Verona hinter ihm bleiben, denn Sulla wußte, daß die Kimbern nicht schnell genug sein würden, um auch nur die Staubwolke der Römer zu sehen, sobald diese Tridentum hinter sich gelassen haben würden.

Die Kimbern waren mit der Erkundung der Terrassenwege an den Berghängen vollauf beschäftigt und bemerkten erst eine volle Stunde nach Sonnenaufgang, daß das römische Heer den Rückzug angetreten hatte. Sie waren verwirrt, und ihre Verwirrung hielt an, bis Boiorix erschien und einigermaßen Ordnung unter seine Krieger brachte. Die Römer hatten inzwischen keine Zeit verloren und waren zügig marschiert. Als sich die Kimbern endlich zu einem Angriff formierten, überquerte die erste Legion bereits im Eilmarsch die Brücke.

Die Ingenieure hatten lange vor der Dämmerung fieberhaft an den Pfeilern und Balken unter der Brücke zu arbeiten begonnen.

Sulla inspizierte ihre Arbeit. »Immer das gleiche«, beschwerte sich der Führer des Pioniertrupps bei ihm. »Wenn ich mir mal eine Brücke wünsche, die bei der leisesten Berührung zusammenbricht, muß ich mich mit einer soliden römischen Brücke abkämpfen.«

»Wirst du es schaffen?« fragte Sulla.

»Ich hoffe es, *legatus!* Das Ding hat keine einfachen Verbindungen und Bolzen, sondern richtige Widerlager! Die Brücke ist fest mit den Pfeilern verbunden. Ich kann sie nicht einfach auseinanderreißen, jedenfalls nicht ohne einen größeren Kran. Den haben wir aber nicht, und wir hätten auch gar keine Zeit mehr, ihn zusammenzubauen. Nein, es bleibt uns nur noch die schwere Lösung, und das heißt, fürchte ich, daß die Brücke ein wenig wackeln wird, wenn die letzten Soldaten darüberziehen.«

Sulla runzelte die Stirn. »Was meinst du damit?«

»Wir müssen die Hauptverstrebungen und Stützen durchsägen.«

»Dann tu das! Ich schicke dir hundert Ochsen, die ein wenig daran ziehen dürfen. Reicht das?«

»Sie müssen reichen«, sagte der Anführer der Ingenieure und ging, um den Fortgang der Arbeit an einer anderen Stelle zu überprüfen.

Die Reiterei der Kimbern kam schreiend und brüllend das Tal herunter und setzte ohne Schwierigkeiten über die verlassenen Wälle der Lager von fünf römischen Legionen hinweg. Es waren nur einfache Wälle und Gräben, für bessere Befestigungen hatte die Zeit nicht ausgereicht. Nur die samnitische Legion stand noch am jenseitigen Brückenkopf und war gerade im Begriff, ihr Lager durch das Haupttor zu verlassen, als die Kimbern heranstürmten und sie von der Brücke abschnitten. Die Samniten stellten sich in Kampfordnung auf und bereiteten sich auf den Angriff vor, die Speere kampfbereit, die Mienen entschlossen.

Sulla stand hilflos auf der anderen Seite der Brücke und beobachtete, wie der erste Ansturm der Reiter an der Legion vorbeifegte, wie sie ihre Pferde zügelten und herumrissen, um zu sehen, was der Kommandant wohl tun würde. Die Samniten führte der junge Scaurus, und Sulla machte sich bittere Vorwürfe, daß er diesen furchtsamen Sohn eines furchtlosen Vaters nicht abgelöst und selbst das Kommando übernommen hatte. Aber dafür war es jetzt zu spät, und er konnte auch nicht mehr zurück über die Brücke. Überdies traute er Catulus Caesar nicht zu, den Rückzug allein zu befehligen, deshalb mußte er, Sulla, am Leben bleiben. Und er wollte die Aufmerksamkeit der Kimbern nicht auf die Brücke lenken, denn wenn sie erst einmal ihre Barbarenaugen darauf gerichtet hätten, würden sie sofort fünf römische Legionen und ihren Versorgungstroß erspähen, die förmlich zur Verfolgung einluden. Sulla beschloß, schlimmstenfalls die Ochsen antreiben zu lassen und die angesägte Brücke zum Einsturz zu bringen, aber er wußte, daß damit die samnitische Legion rettungslos verloren wäre.

»Einen Ausfall, Scaurus, einen Ausfall nach Norden!« hörte er sich murmeln. »Roll sie auf und bring deine Leute zur Brücke!«

Die kimbrische Reiterei hatte inzwischen gewendet, die ersten Reihen waren weit am samnitischen Lager vorbeigedonnert. Die letzten Reihen wichen ein Stück zurück, um den vorderen Reihen Platz für das Wendemanöver und den Rückgalopp zu schaffen. Gleich würden sie mit vollem Druck das samnitische Lager bestürmen, mit ihren Pferden über die Wälle setzen und alles niedertrampeln. Horden von Fußsoldaten würden die Sache dann zu Ende bringen. Die Kavallerie würde in einem großen Bogen umdrehen und die samnitische Legion direkt in die Arme der kimbrischen Fußsoldaten treiben.

Die Samniten hatten nur noch eine Chance: Sie mußten sich hinter die ersten Reihen der Reiter werfen, sie vom Rest der kimbrischen Kavallerie abschneiden und dann mit ihren Speeren die Pferde rechts und links töten, während ein Teil der samnitischen Legion auf die Brücke zustürmte. Aber wo war der junge Scaurus? Warum tat er das nicht? In wenigen Augenblicken würde es zu spät sein!

Noch bevor Sulla diesen Gedanken zu Ende gedacht hatte, hörte er das Hurragebrüll der drei Hundertschaften, die um ihn herum standen. Sulla hatte die ganze Zeit nach einem berittenen Militärtribunen Ausschau gehalten, der Ausfall wurde jedoch von einem Fußsoldaten angeführt, von Gnaeus Petreius, dem samnitischen *primipilus.*

Sulla schrie nun mit seinen Männern, hüpfte und tanzte von einem Bein auf das andere, während die nicht in Kämpfe verwickelten Samniten in rasender Geschwindigkeit über die Brücke stürmten. Sie blieben so eng beieinander, daß die Kimbern keinen Raum fanden, ihnen ein zweites Mal den Weg abzuschneiden. Die vorderen Reihen der kimbrischen Pferde fielen zu Hunderten unter den samnitischen Speeren, die Krieger versuchten, unter ihren Tieren hervorzukommen, und gerieten dabei in ein immer dichteres Gewühl, während die Samniten weiterhin ihre Speere in die Seiten, Rücken, Nacken und Flanken der Pferde trieben. Den übrigen Reihen der Kimbern erging es nicht besser. Schließlich lagen so viele Reiter und Pferde auf der Erde, daß die Fußsoldaten nicht durchkamen. Nur wenige Germanen waren Gnaeus Petreius auf den Fersen, als er als letzter hinter seinen Männern die Brücke überquerte.

Die paarweise zusammengebundenen Ochsen hatten schon lange

vor dem Kampf zu ziehen begonnen, denn es dauerte geraume Zeit, bis ein so langer Zug von hundert Tieren in Bewegung kam: Aber schließlich übertrug sich die Zugkraft von fünfzig Paaren auf die Ketten und erschütterte die Brücke. Es war eine gute, solide gebaute römische Brücke, sie hielt viel länger, als selbst der Führer des Pioniertrupps – wie alle Männer seines Berufs ein Pessimist – angenommen hatte. Doch schließlich brachen zwei Streben, und mit ohrenbetäubendem Knirschen, Knarren und Krachen stürzte die Brücke in sich zusammen. Holzstücke fielen in das reißende Gewässer und wurden wie Strohhalme unter einem Gartenspringbrunnen flußabwärts weggespült.

Gnaeus Petreius war an der Seite verwundet, aber nicht schwer. Sulla trat zu ihm, als ihm gerade einer der Ärzte der Legion den Kettenpanzer auszog. Sein Gesicht war mit einer Mischung aus Dreck, Schweiß und Pferdedung verklebt, aber er wirkte bemerkenswert munter.

»Rühr die Wunde nicht an, bevor du ihn nicht gesäubert hast, du *mentula!*« knurrte Sulla den Arzt an. »Wisch ihm zuerst einmal den Pferdedung ab! Er verblutet ja nicht. Stimmt's, Gnaeus Petreius?«

»Gnaeus Petreius verblutet nicht!« antwortete der Zenturio mit breitem Grinsen. »Wir haben es geschafft, nicht wahr, Lucius Cornelius? Wir haben alle herübergebracht, nur ein paar Männer haben wir da drüben verloren!«

Sulla ließ sich neben ihm nieder und beugte den Kopf so nahe zu dem Zenturio, daß niemand hören konnte, was sie miteinander flüsterten. »Was ist mit dem jungen Scaurus passiert?«

Verächtlich zog Petreius die Mundwinkel herunter. »Hat in die Hosen geschissen, während er doch eigentlich hätte nachdenken sollen. Als ich ihm erklärt habe, was zu tun war, ist er umgekippt. Einfach in Ohnmacht gefallen. Es geht ihm jetzt wieder gut, dem armen Jungen, ein paar von meinen Männern haben ihn über die Brücke getragen. Schade um ihn, aber so ist's nun mal. Hat eben den Mut seines Vaters nicht geerbt. Hätte lieber Buchhändler werden sollen.«

»Ich kann dir gar nicht sagen, wie froh ich bin, daß du dabei warst und nicht irgendein anderer *primipilus.* Ich habe nicht richtig nachgedacht! Als ich sah, was los war, hätte ich mich selbst in den Hintern treten können, weil ich Scaurus den Befehl nicht abgenommen habe«, sagte Sulla.

»Das spielt jetzt keine Rolle mehr, Lucius Cornelius, es ist ja alles gutgegangen. Wenigstens kennt er jetzt seine Grenzen.«

Die Sanitäter kamen mit so viel Wasser und Schwämmen zurück, als hätten sie ein Dutzend Männer waschen müssen. Sulla stand auf und ließ sie arbeiten. Er streckte seine Rechte aus, Gnaeus Petreius nahm sie und hielt sie einen Augenblick lang fest. Mit diesem Händedruck war alles gesagt, was sich die beiden Männer zu sagen hatten.

»Du hast einen Graskranz verdient«, sagte Sulla.

»Nein!« protestierte Petreius verlegen.

»Doch. Du hast eine ganze Legion vor dem Untergang gerettet, Gnaeus Petreius. Wenn ein Mann ganz allein eine ganze Legion rettet, wird ihm der Graskranz aufgesetzt. Ich werde persönlich dafür sorgen.«

Sulla ging den Berghang zum Dorf hinunter, um einen Transportwagen für Gnaeus Petreius, den Helden von Tridentum, bereitstellen zu lassen. War das der Graskranz, den Julilla vor so vielen Jahren in meiner Zukunft gesehen hat? fragte er sich unterwegs. Arme Julilla! Arme, arme Julilla ... Sie hatte nie etwas richtig gemacht, vielleicht erklärte das all ihre Konflikte. Julilla war die einzige aus dem Haus der Julias gewesen, die die Fähigkeit, einen Mann glücklich zu machen, nicht geerbt hatte. Doch dann wandten sich Sullas Gedanken anderen Dingen zu, wichtigeren Dingen. Lucius Cornelius Sulla hatte nicht vor, sich wegen Julilla Vorwürfe zu machen. Ihr Schicksal hatte mit ihm nichts zu tun, sie hatte es selbst heraufbeschworen.

Catulus Caesars Heer hatte das Basislager bei Verona längst wieder erreicht, als es Boiorix und seinen Kimbern endlich gelang, ihre Karren über die wenigen baufälligen Brücken zu ziehen, die noch übriggeblieben waren. Die Germanen setzten ihren Weg talwärts fort, bis sie die fruchtbare Po-Ebene erreichten. Catulus Caesar hatte zunächst darauf bestanden, daß sich die Römer den Kimbern in der Nähe des Gardasees zum Kampf stellen sollten, aber Sulla, der jetzt das Heft fest in der Hand hielt, wollte nichts davon wissen. Statt dessen überredete er Catulus Caesar, jeder Stadt und jedem Dorf zwischen Aquileia im Osten und Comum und Mediolanum im Westen eine Nachricht zu senden: Alle römischen Bürger, alle latinischen Bürger und alle Gallier, die sich nicht mit den Germanen verbünden wollten, wurden aufgefordert, den nördlich des Po gelegenen Teil von Gallien unverzüglich zu verlassen. Die Flüchtlinge sollten nach Süden über den Po ziehen und Gallia Transpadana ganz den Kimbern überlassen.

»Die Germanen werden sich aufführen wie Schweine in einem Haufen von Eicheln«, erklärte Sulla, denn nicht umsonst hatte er ein Jahr unter Kimbern gelebt. »Wenn sie erst einmal Gefallen an den Weiden und an der friedlichen Landschaft zwischen dem Gardasee und dem Po gefunden haben, wird Boiorix seine Leute nicht mehr zusammenhalten können. Sie werden sich in alle Himmelsrichtungen zerstreuen, du wirst schon sehen.«

»Und sie werden plündern, zerstören, brandschatzen«, warf Catulus Caesar ein.

»Richtig. Sie werden aber auch vergessen, was sie hier eigentlich vorhatten, nämlich in Italien einzufallen. Nimm es nicht so schwer, Quintus Lutatius! Schließlich leben auf dieser Seite der Alpen fast nur Gallier, und die Germanen werden den Po nicht überqueren, bevor sie das Land nicht so abgenagt haben wie ein Verhungernder einen Hühnerknochen. Unsere eigenen Bürger werden dann längst weg sein und ihren Besitz in Sicherheit gebracht haben. Sie behalten ihr Land, wir holen es uns zurück, sobald Gaius Marius hier ankommt.«

Catulus Caesar jammerte zwar, aber er widersetzte sich nicht. Er wußte, wie schneidend Sullas Worte sein konnten – und er wußte nun auch, wie rücksichtslos Sulla sein konnte, wie kalt, wie unnachgiebig, wie entschlossen. Seltsam, daß Gaius Marius ihm vertraute, auch wenn man in Rechnung stellte, daß sie Schwäger waren. Oder besser gewesen waren. Hatte sich Sulla auch seiner Julilla entledigt? fragte sich Catulus Caesar. Er hatte reichlich Zeit gehabt, über Sulla nachzudenken, und dabei war ihm ein Gerücht eingefallen, das unter den Brüdern und Familien des Hauses Caesar kursiert hatte, als der bis dahin völlig unbekannte Sulla so überraschend ins öffentliche Leben getreten war und seine Julilla aus dem Geschlecht der Julier geheiratet hatte. Dem Gerücht zufolge war er zu Geld gekommen, weil er seine – Mutter? – Stiefmutter? – Geliebte? – seinen Neffen? umgebracht hatte. Nun, sobald ich nach Rom zurückkehre, beschloß Catulus Caesar, werde ich mich sehr eingehend nach diesem Gerücht erkundigen. Nicht um es offen gegen ihn zu verwenden und auch nicht sofort, sondern nur, um in Zukunft besser vorbereitet zu sein, zum Beispiel, wenn sich Lucius Cornelius Hoffnungen auf die Prätur machen sollte. Noch nicht, wenn er Ädil werden will – die Freude soll er noch genießen und sich dabei ruinieren dürfen. Aber wenn er Prätor werden will, dann …

Catulus Caesar wußte, daß er die Nachricht von dem Fehlschlag im Etschtal sofort nach Rom melden mußte, sobald seine Legionen das Lager bei Verona erreicht hatten, denn er vermutete, daß Sulla unverzüglich Gaius Marius in Kenntnis setzen würde. Es war deshalb wichtig, daß Rom zuerst seine, Catulus Caesars, Version der Ereignisse zu hören bekam. Da sich beide Konsuln auf Feldzügen befanden, mußte die Nachricht für den Senat an den Senatsvorsitzenden gerichtet werden, und so schickte Catulus Caesar seinen Bericht an den Senatsvorsitzenden Marcus Aemilius Scaurus, zusammen mit einem privaten Brief, in dem er die Ereignisse wahrheitsgemäß schilderte. Beide Botschaften, den offiziellen Bericht und den privaten Brief, versiegelte er mehrfach und übergab sie dann dem jungen Scaurus, dem Sohn des Princeps Senatus, mit dem Auftrag, sie so schnell wie möglich nach Rom zu bringen.

»Er ist der schnellste Reiter, den wir haben«, erklärte er Sulla ganz unbefangen.

Sulla blickte Catulus Caesar mit jenem ironischen, spöttischen Ausdruck an, den er bereits bei ihrem Gespräch über die Meuterei gezeigt hatte. »Quintus Lutatius, du bist von einer einzigartigen, raffinierten Grausamkeit, wie sie mir noch nie vorgekommen ist.«

»Willst du den Befehl widerrufen?« fragte Catulus Caesar höhnisch. »Du bist unverschämt genug, das zu tun.«

Aber Sulla zuckte nur die Schultern und wandte sich ab. »Es ist dein Heer, Quintus Lutatius. Du kannst tun und lassen, was du willst.«

Und Catulus Caesar hatte getan, was er tun wollte. Er hatte den jungen Marcus Aemilius Scaurus mit dem Bericht über dessen klägliches Versagen im Kampf nach Rom geschickt.

»Ich gebe dir diesen Auftrag, Marcus Aemilius, weil ich mir keine schlimmere Strafe für einen Feigling von so hoher Abstammung vorstellen kann. Du überbringst deinem Vater die Nachricht von einem militärischen Fehlschlag und von deinem persönlichen Versagen«, sagte Catulus Caesar in gemessenem, priesterlichem Ton.

Der junge Scaurus – blaß, betrübt und erheblich abgemagert – stand stramm vor seinem Feldherrn und vermied es, ihm direkt in die Augen zu blicken. Aber als Catulus Caesar ihm seinen Auftrag eröffnete, richtete er seine blassen Augen – ein Abbild der grünen

Augen seines Vaters, nur bei weitem nicht so schön – widerstrebend auf Catulus Caesars hochmütiges Gesicht.

»Bitte, Quintus Lutatius!« keuchte er. »Ich bitte dich, schicke jemand anderen! Ich kann meinem Vater nicht gegenübertreten, noch nicht!«

»Es geht nicht um dich, Marcus Aemilius, es geht um Rom«, sagte Catulus Caesar kalt, und eine Welle der Verachtung stieg in ihm auf. »Du wirst im Galopp nach Rom reiten und dem Senatsvorsitzenden meine Botschaft überbringen. Du bist zwar ein Feigling im Kampf, aber du bist einer unserer besten Reiter, und dein Name ist hinreichend berühmt, so daß du auf der ganzen Strecke hervorragende Pferde bekommen wirst. Du brauchst keine Angst zu haben! Die Germanen stehen noch weit im Norden, du wirst im Süden also keiner Gefahr ausgesetzt.«

Der junge Scaurus saß wie ein Mehlsack im Sattel. Meile um Meile legte er zurück, die Via Annia hinunter und dann die Via Cassia nach Rom, die kürzere, aber schwierigere Strecke. Sein Kopf fiel mit jedem Schritt seines Pferdes auf und nieder, die Zähne schlugen regelmäßig wie ein Herzschlag aufeinander, ein stetiges und auf eigenartige Weise beruhigendes Geräusch. Manchmal führte er Selbstgespräche.

»Wenn ich nur etwas Mut besessen hätte, glaubst du nicht, daß ich mich dann dort zusammengerissen hätte?« fragte er den imaginären Zuhörer im Wind, auf der Straße und am Himmel. »Was kann ich dafür, daß ich keinen Mut habe, Vater? Woher kommt Mut? Warum habe ich keinen? Wie kann ich dir nur begreiflich machen, welchen Schmerz und welche Furcht, welches Entsetzen ich empfand, als ich diese furchtbaren Wilden schreiend und brüllend wie die Furien heranstürmen sah? Ich konnte mich nicht mehr rühren! Ich hatte keine Kontrolle mehr über meine Gedärme, von meinem Herzen ganz zu schweigen! Es schlug immer schneller, bis ich zusammenbrach und meinen Tod freudig annehmen wollte. Und dann wachte ich auf und mußte feststellen, daß ich noch lebte, immer noch voller Entsetzen – und meine Gedärme entleerten sich noch einmal! Und die Soldaten, die mich in Sicherheit gebracht hatten, wuschen sich im Fluß vor meinen Augen meine stinkende Scheiße von den Kleidern, mit einer Verachtung, einem Haß! Oh, Vater, was ist Mut? Wo ist mein Anteil an Mut? Vater, hör mich an! Ich muß es dir erklären! Du kannst von mir nicht etwas fordern, das ich nicht habe. Vater, hör mich an!«

Aber der Senatsvorsitzende Marcus Aemilius Scaurus wollte nicht hören. Als sein Sohn mit den Botschaften des Catulus Caesar in Rom eintraf, befand er sich gerade im Senat, und als er nach Hause kam, hatte sich sein Sohn in seinem Zimmer eingeschlossen. Der junge Scaurus ließ seinem Vater durch den Verwalter ausrichten, daß er Botschaften des Konsuls mitgebracht habe und in seinem Zimmer warte, bis sein Vater sie gelesen habe und ihn rufen lasse.

Scaurus las zuerst den offiziellen Bericht. Sein Gesicht verfinsterte sich, aber er war froh, daß wenigstens die Legionen gerettet waren. Dann las er Catulus Caesars privaten Brief, jedes einzelne der furchtbaren Wörter las er laut, und bei jedem Wort sank er ein Stück tiefer in seinen Stuhl, bis er auf die Hälfte seiner üblichen Größe geschrumpft schien. Tränen standen in seinen Augen und fielen auf das Papier, wo sie große nasse Flecken bildeten. Natürlich wußte er, was für ein Mann Catulus Caesar war, insofern überraschte ihn der Teil der Ereignisse nicht, und er war aufrichtig dankbar dafür, daß ein so starker und furchtloser Legat wie Sulla dabeigewesen war und die wertvollen Truppen gerettet hatte.

Aber Scaurus hatte immer gehofft, daß sein Sohn in einer schier ausweglosen, lebensbedrohlichen Situation jenen Mut, jene Kühnheit finden würde, die nach seiner Überzeugung in jedem Mann schlummerten. Zumindest in jedem Mann mit dem Namen Aemilius. Dieser Junge war sein einziger Sohn – sein einziges Kind. Nun würde sein Familienname in Unehre, in Schande enden! Und wohl zu Recht, wenn sein Sohn – sein einziges Kind! – ein solcher Versager war.

Scaurus atmete tief ein und faßte einen Entschluß. Er würde keinen Versuch unternehmen, die Sache zu verbergen, zu entschuldigen, reinzuwaschen oder zu zerreden. Das konnte er getrost Catulus Caesar überlassen. Sein Sohn hatte sich als Feigling erwiesen, er hatte seine Soldaten in einer Stunde der größten Gefahr verlassen, auf eine erniedrigende und weit feigere Art, als wenn er nur geflohen wäre – er hatte buchstäblich in die Hosen geschissen und war dann ohnmächtig geworden. Seine Soldaten hatten ihn retten müssen, wo doch er sie hätte retten müssen. Scaurus war entschlossen, diese Schande mit all dem Mut zu ertragen, den er immer besessen hatte. Mochte sein Sohn die Verachtung der ganzen Stadt wie Peitschenhiebe zu spüren bekommen!

Die Tränen versiegten, sein Gesicht nahm wieder einen normalen, entschlossenen Ausdruck an. Er klatschte in die Hände. Als der Verwalter eintrat, fand er seinen Herrn aufrecht auf dem Stuhl sitzend, die Hände lagen locker gefaltet auf dem Tisch.

»Marcus Aemilius, dein Sohn wünscht dich dringend zu sprechen«, sagte der Verwalter. Es war ihm klar, daß etwas nicht stimmte, denn der junge Herr benahm sich eigenartig.

»Du wirst dem jungen Herrn mitteilen«, sagte Scaurus steif, »daß ich ihn verstoße, aber daß ich ihm seinen Namen lassen werde. Mein Sohn ist ein Feigling – ein jämmerlicher, bleichgesichtiger Bastard –, aber Rom soll diesen Feigling unter seinem wirklichen Namen verachten. Ich will ihn niemals wiedersehen, solange ich lebe. Sag ihm das. Und sage ihm auch, daß er dieses Haus niemals wieder betreten darf, auch nicht als Bettler an der Tür. Sag ihm das! Sag ihm, daß er mir nie mehr unter die Augen kommen soll! Geh, sag es ihm!«

Der Verwalter war so erschrocken, daß er zitterte und um den jungen Herrn weinte, denn er mochte ihn gern. Jederzeit in den zurückliegenden zwanzig Jahren hätte er dem Vater sagen können, daß sein Sohn keinen Mut besaß, keine Stärke, keine Entschlossenheit. Und nun mußte er dem jungen Scaurus die Worte seines Vaters überbringen.

»Ich danke dir«, sagte der junge Scaurus und schloß die Tür hinter dem Verwalter, aber verriegelte sie nicht.

Als sich der Verwalter einige Stunden später wieder in das Zimmer des jungen Scaurus wagte, weil der Vater wissen wollte, ob sein Sohn das Haus bereits verlassen hatte, fand er den Sohn tot auf dem Boden. Er hatte sein Schwert gegen sich selbst gerichtet.

Aber Marcus Aemilius Scaurus, der Princeps Senatus, blieb seinem Wort treu. Sein Sohn durfte ihm nicht mehr unter die Augen kommen, weder lebend noch tot. Im Senat listete er mit gewohnter Energie und Geistesschärfe die Fehlschläge im italischen Gallien auf und verschwieg auch nicht die gräßliche Geschichte von der Feigheit und dem Selbstmord seines Sohnes. Er erzählte sie ungeschminkt, ersparte sich und den Senatoren nichts und zeigte keine Trauer.

Nach der Sitzung zwang er sich, auf den Treppen des Senatsgebäudes auf Metellus Numidicus zu warten. Hatten die Götter möglicherweise ihm so viel Mut zugemessen, daß in dieser Familie für seinen Sohn nichts mehr übriggeblieben war? Und es kostete ihn allen Mut, den er besaß, hier auf Metellus Numidicus zu warten, während die Senatoren an ihm vorübereilten – manche warfen ihm mitleidige Blicke zu, ängstliche, verlegene Blicke, aber keiner blieb bei ihm stehen.

»Oh, mein lieber Marcus!« rief Metellus Numidicus, sobald niemand mehr ihr Gespräch belauschen konnte. »Mein lieber, lieber Marcus, was soll ich dazu nur sagen?«

»Was meinen Sohn betrifft, am besten gar nichts«, erwiderte Scaurus. Wie gut war es doch, Freunde zu haben! »Was die Germanen betrifft, müssen wir überlegen, wie wir eine Panik in Rom verhindern!«

»Oh, über Rom brauchst du dir nicht den Kopf zu zerbrechen«, sagte Metellus Numidicus leichthin. »Rom wird überleben. Es mag heute, morgen und übermorgen eine Panik geben, aber schon am nächsten Markttag ist alles wieder beim alten. Hast du jemals gehört, daß Menschen ihre Häuser aufgeben, weil es in ihrer Heimat dauernd Erdbeben gibt oder weil vor ihrer Haustür ein Vulkan zu spucken anfangen könnte?«

»Das stimmt, sie bleiben, jedenfalls so lange, bis das Dach einstürzt und die Großmutter erschlägt oder ein Mädchen in einen Lavastrom fällt«, stimmte Scaurus zu. Er war froh, daß er ein normales Gespräch führen konnte und dabei sogar ein wenig lächeln durfte.

»Wir werden es überleben, Marcus, keine Angst.« Metellus Numidicus schluckte und fügte dann mutig hinzu: »Gaius Marius wartet noch immer auf seine Abteilung der Germanen. Erst wenn er geschlagen wird, müssen wir uns Sorgen machen. Denn wenn Gaius Marius die Germanen nicht besiegen kann, dann kann es niemand.«

Scaurus schloß für einen Moment die Augen. Er hielt es für besser, nicht direkt zu antworten, denn Metellus Numidicus' Geste, hier in aller Öffentlichkeit mit ihm zu reden, war geradezu heroisch. Außerdem mußte er für alle Zeiten vergessen, daß Metellus Numidicus jemals zugegeben hatte, daß Gaius Marius Roms bester Feldherr war – und Roms einzige Chance.

»Quintus, etwas muß ich dir noch über meinen Sohn mitteilen, dann können wir dieses Kapitel vergessen«, sagte Scaurus.

»Und was wäre das?«

»Es betrifft deine Nichte – dein Mündel, Metella Delmatica. Durch diese unglückselige Episode habt ihr – du und sie – große Unannehmlichkeiten bekommen. Sag ihr, daß sie noch einmal glimpflich davongekommen ist. Es wäre für eine Caecilia Metella nicht gut gewesen, einen Feigling zu heiraten«, sagte Scaurus mürrisch.

Plötzlich wurde ihm bewußt, daß er vollkommen allein war. Er drehte sich um und sah Metellus Numidicus an, der wie vom Donner gerührt dastand.

»Quintus? Quintus! Was ist los mit dir?« fragte Scaurus und ging zu seinem Freund zurück.

»Was soll schon los sein!« Metellus Numidicus' Erstarrung wich. »Oh guter Gott Amor! Nichts ist los, nichts. Mein lieber, lieber Marcus! Ich hatte gerade einen wunderbaren Gedanken!«

»Das kommt vor«, sagte Scaurus trocken.

»Warum heiratest nicht du meine Nichte Delmatica?«

Scaurus starrte ihn entgeistert an. »Ich?«

»Ja, du! Du bist seit vielen Jahren Witwer und hast jetzt auch keinen Sohn mehr, der deinen Namen und dein Vermögen erben könnte. Das ist eine Tragödie, Marcus!« sagte Metellus Numidicus sehr eindringlich. »Sie ist ein reizendes Mädchen, und so hübsch! Komm, Marcus, vergiß die Vergangenheit und fang noch einmal von vorne an! Außerdem ist sie sehr reich!«

»Ich wäre dann um keinen Deut besser als der geile alte Cato der Zensor«, widersprach Scaurus. Doch der leise Zweifel in seiner Stimme verriet Metellus Numidicus, daß Scaurus für die Idee gewonnen werden konnte, wenn sie nur ernsthaft genug vorgetragen wurde. »Quintus, ich bin fünfundfünfzig Jahre alt!«

»Du lebst bestimmt noch einmal fünfundfünfzig Jahre!«

»Schau mich an! Komm, schau mich an! Ich bin kahl, habe einen Bauch und mehr Falten als Hannibals Elefanten! Ich werde allmählich buckelig, habe Rheuma und Hämorrhoiden – nein, Quintus, kommt nicht in Frage!«

»Delmatica ist noch so jung, daß sie sich einen Großvater als idealen Ehemann vorstellt«, sagte Metellus Numidicus. »Oh, Marcus, ich würde mich darüber freuen! Komm schon, was sagst du dazu?«

Scaurus griff sich an den kahlen Kopf und schnappte nach Luft, aber er spürte auch, wie neue Lebenskräfte in ihm erwachten. »Glaubst du wirklich, daß das gutgehen könnte?« fragte er. »Glaubst du, daß ich noch einmal eine Familie gründen sollte? Ich werde sterben, bevor die Kinder erwachsen sind!«

»Warum glaubst du, daß du so bald stirbst? Du kommst mir vor wie eines dieser ägyptischen Dinger – so gut präpariert, daß sie tausend Jahre überdauern. Wenn du stirbst, Marcus Aemilius, wird Rom in seinen Grundfesten erschüttert.«

Sie gingen über das Forum auf die Vesta-Treppe zu, tief in ihr Gespräch versunken und heftig mit den Händen gestikulierend.

»Schau dir nur einmal die zwei da drüben an!« sagte Saturninus zu Glaucia. »Sicherlich planen sie wieder einmal den Sturz aller Demagogen.«

»Ein kaltherziger alter Knochen, dieser Scaurus«, meinte Glaucia. »Wie kann er sich nur hinstellen und so über seinen Sohn reden?«

Saturninus zuckte die Schultern. »Der Ruf der Familie ist eben wichtiger als ihre einzelnen Mitglieder. Aber Scaurus ist ein hervorragender Taktiker. Er hat aller Welt bewiesen, daß es seiner Familie an Mut nicht fehlt! Sein Sohn hat zwar beinahe eine römische Legion in den Untergang geführt, aber das kann jetzt niemand mehr Marcus Aemilius oder seiner Familie vorwerfen!«

Mitte September hatten die Teutonen Arausio hinter sich gelassen und näherten sich dem Zusammenfluß von Rhône und Durance. Die Spannung im römischen Lager vor Glanum stieg von Tag zu Tag.

»Die Stimmung ist gut«, sagte Gaius Marius bei einem Inspektionsgang durch das Lager zu Quintus Sertorius.

»Darauf warten die Soldaten jetzt schon seit Jahren«, meinte Sertorius.

»Sie sind vollkommen furchtlos, nicht wahr?«

»Sie vertrauen darauf, daß du sie gut führen wirst, Gaius Marius.«

Quintus Sertorius hatte die Nachricht von dem Fiasko bei Tridentum überbracht, nachdem er sich von den Kimbern abgesetzt und sich heimlich mit Sulla getroffen hatte. Sulla hatte ihm einen Brief für Marius mitgegeben und darin die Ereignisse anschaulich geschildert. Der Brief endete mit der Information, daß Catulus Caesars Heer vor Placentia sein Winterlager bezogen habe. Bald darauf traf ein Brief von Publius Rutilius Rufus ein, in dem die Angelegenheit aus der Sicht Roms beschrieben wurde.

*Ich vermute, daß es Deine persönliche Entscheidung war, Lucius Cornelius zu beauftragen, ein wenig auf unseren hochmütigen Freund Quintus Lutatius aufzupassen, und ich finde diese Entschei-*

*dung sehr gut. Hier in Rom laufen alle möglichen Gerüchte um, aber die Wahrheit scheint niemand genau zu kennen, nicht einmal unsere* boni. *Sicher hast Du von Lucius Cornelius erfahren, was sich wirklich abgespielt hat – wenn diese Angelegenheit mit den Germanen erledigt ist, werde ich als Dein Freund verlangen, daß Du mich ebenfalls ins Bild setzt. Bislang habe ich von Meuterei gehört, von Feigheit vor dem Feind, von Stümperei und von verschiedenen anderen militärischen Vergehen. Besonders bemerkenswert finde ich die Kürze und – kann ich es so nennen? – Aufrichtigkeit des Berichts von Quintus Lutatius an den Senat. Aber ist er wirklich aufrichtig? Letztlich enthält der Bericht lediglich ein einfaches Eingeständnis: Ihm sei bei der Begegnung mit den Kimbern klargeworden, daß Tridentum ein ungünstiger Ort für eine solche Schlacht sei, und der Rückzug sei notwendig gewesen, um das Heer zu retten, aber zuvor habe er noch die Brücke zerstören und damit das Nachsetzen der Germanen hinauszögern können. Aber da muß doch noch etwas anderes gewesen sein! Ich kann fast Dein Lächeln sehen, während Du dies liest.*

*Ohne Konsuln ist Rom eine tote Stadt. Die Sache mit Marcus Aemilius hat mir sehr leid getan, ich nehme an, Du empfindest ebenso. Wie soll man sich verhalten, wenn man feststellt, daß man einen Sohn gezeugt hat, der es nicht wert ist, den Namen der Familie zu tragen? Aber der Skandal versandete sehr schnell wieder, aus zwei Gründen. Erstens wird Scaurus überall sehr geachtet, gleichgültig, ob man ihn nun persönlich mag oder nicht und ob man seine Politik schätzt oder nicht. Der zweite Grund ist entschieden sensationeller. Scaurus hat die Braut seines Sohnes geheiratet, Caecilia Metella Delmatica, das Mündel von Metellus Numidicus Schweinebacke. Ganze siebzehn Jahre, stell dir das vor! Wenn die Sache nicht so komisch wäre, müßte man eigentlich darüber weinen. Ich kenne das Mädchen zwar nicht, aber ich habe gehört, daß sie ein hübsches kleines Ding sei, sehr sanft und ausgesprochen nett. Das kann man kaum glauben, wenn man bedenkt, aus welchem Stall sie kommt, aber ich glaube es trotzdem. Du solltest Scaurus sehen – da hättest Du etwas zum Lachen! Er stolziert herum wie ein Pfau. Und ich denke allen Ernstes daran, einmal durch alle besseren Schulzimmer Roms zu schleichen – und mir ein heiratsfähiges Mädchen als neue Frau des Rutilius Rufus zu suchen!*

*Im kommenden Winter werden wir vor einer ernsten Getreideknappheit stehen, erster Konsul. Ich will Dich nur an die Pflichten erinnern, die üblicherweise auch noch zu Deinem Amt gehören, um die Du Dich aber wegen der Germanen nicht kümmern kannst. Wie ich erfahren habe, wird Catulus Caesar den Oberbefehl in Placentia in Kürze Cornelius Sulla überlassen und den Winter in Rom verbringen. Das ist Dir sicherlich nichts Neues. Die Sache mit Tridentum hat Deine eigene Kandidatur* in absentia *für eine weitere Amtsperiode als Konsul gestärkt, aber Catulus Caesar wird keine Wahlen abhalten, bevor Du nicht auf die Germanen getroffen bist. Er dürfte sich in einer verzwickten Situation befinden, denn um Roms willen muß er hoffen, daß Du einen großen Sieg erringst, aber um seiner selbst willen muß er hoffen, daß Du auf Deinen bäuerlichen* podex *fällst. Wenn Du siegst, Gaius Marius, wirst Du gewiß nächstes Jahr wieder Konsul. Übrigens war es ein kluger Zug, Manius Aquillius nach Rom zu schikken, damit er sich als Kandidat für die Konsulwahlen aufstellen lassen kann. Die Wähler waren gewaltig beeindruckt, als er sich vorstellte, seine Kandidatur anmeldete und dann sehr nachdrücklich erklärte, daß er auf jeden Fall zu Dir zurückkehren werde, um gegen die Germanen zu kämpfen, auch wenn das bedeuten sollte, daß er während der Wahlen nicht in Rom sein könnte und dadurch seine Chance verpassen würde. Wenn Du die Germanen besiegst, Gaius Marius, und Manius Aquillius anschließend sofort nach Rom zurückschickst, wirst Du einen zweiten Konsul bekommen, mit dem Du zur Abwechslung richtig arbeiten kannst.*

*Gaius Servilius Glaucia, der Saufbruder Deines Quasi-Klienten Saturninus – eine unfreundliche Bemerkung, ich weiß! –, hat angekündigt, daß er sich als Volkstribun aufstellen lassen will. Er wird eine große, haarige, graue Katze unter all den Tauben sein! Wenn wir schon bei dem Namen Servilius und bei der Getreideknappheit sind: Servilius der Augur benimmt sich in Sizilien immer noch abscheulich. Wie ich Dir schon in einem früheren Brief geschrieben habe, hatte er tatsächlich damit gerechnet, daß Lucullus ihm alles überlassen würde, was er in Sizilien so mühsam aufgebaut hatte. So regelmäßig, wie ein Pflaumenesser Durchfall bekommt, empfängt der Senat jetzt an jedem Markttag einen Brief von Servilius, in dem er sich bitterlich über sein Schicksal beklagt und wiederholt, daß er Lucullus vor Gericht bringen werde, sobald er wieder in Rom sei. Der Sklaven-König ist tot – Salvius oder Tryphon, wie er sich nannte –, der asiatische Grieche Athenion wurde zum neuen König gewählt. Er ist klüger als Salvius-Tryphon. Wenn Manius Aquillius Dein zweiter Konsul wird, wäre* es vielleicht kein schlechter Gedanke, ihn nach Sizilien zu schicken, damit er dort ein für allemal Ordnung schafft. Zur Zeit wird Sizilien von König Athenion beherrscht, nicht von Servilius dem Augur. Aber bei der ganzen Sache beklage ich mich am meisten über einen geistigen Diebstahl. Weißt Du, was dieser abscheuliche alte culibonia neulich im Senat zu sagen wagte? Ich meine Scaurus – möge ihm der Schwanz abfallen, wenn er ihn zu häufig gebraucht! »Sizilien«, brüllte dieser Mensch, »ist zu einer wahren Ilias des Leidens geworden!« Und nach der Versammlung rannten sie alle zu ihm und überschütteten ihn mit schleimigen Lobhudeleien, weil er so eine treffliche Sentenz geprägt habe! Wie Du aus meinem früheren Brief weißt, stammt die Sentenz von mir! Er muß sie von mir gehört haben, der geile alte Bock!

Was ich zu den diesjährigen Volkstribunen noch sagen wollte: Sie sind ein wirklich armseliger und einfallsloser Haufen – ein Grund, warum ich froh bin, daß sich Glaucia bewirbt, selbst wenn ich bei diesem Gedanken schaudere. Rom ist wirklich langweilig, wenn in den Komitien nicht ab und zu kräftig gestritten wird. Gerade vor kurzem hatten wir wieder ein denkwürdiges Ereignis mit den Tribunen, die Gerüchteküche kochte wieder einmal über.

Ungefähr vor einem Monat trafen zwölf oder dreizehn Männer in Rom ein. Sie waren höchst wunderlich gekleidet – Umhänge in leuchtenden Farben und mit purem Gold durchwirkt, Juwelen in Bärte und Haupthaar geflochten, Ringe an den Ohren, und um die Köpfe hatten sie wunderbare, gestickte Schals gewickelt. Ich rieb mir die Augen und fragte mich, ob ich wohl in einen Festzug geraten war! Sie bezeichneten sich als Gesandte und wollten den Senat zu einer Sondersitzung einberufen lassen. Doch unser verehrter, wundersam verjüngter Phrasendieb Scaurus überprüfte ohne jeden Respekt ihre Empfehlungsschreiben und verweigerte ihnen dann die Anhörung im Senat mit der Begründung, sie hätten keinen offiziellen Gesandtenstatus. Sie behaupteten, sie kämen vom Heiligtum der Großen Göttin in Pessinus im anatolischen Phrygien und seien von der Göttin selbst nach Rom gesandt worden, um den Römern für den Kampf gegen die Germanen Glück zu wünschen! Und warum, höre ich Dich fragen, sollte sich die anatolische Große Göttin für die Germanen interessieren? Darauf weiß hier niemand eine Antwort. Ich bin sicher, daß Scaurus aus genau diesem Grunde nichts mit den wunderlich herausgeputzten Burschen zu tun haben wollte.

Bis jetzt konnte noch niemand herausfinden, was sie eigentlich *vorhaben. Normalerweise sind die Orientalen ganz gerissen, wenn sie jemandes Vertrauen erschleichen wollen. Jeder halbwegs vernünftige Römer näht seine Börse zu und versteckt sie unter seiner linken Achsel, wenn ein Orientale in der Nähe ist. Aber diese Leute sind ganz anders! Sie spazieren in Rom herum und werfen mit Geschenken nur so um sich, als ob ihre Börsen unerschöpflich wären. Ihr Anführer ist ein besonders auffälliger Mensch namens Battaces. Jedes Auge beginnt bei seinem Anblick zu glänzen, denn er ist von Kopf bis Fuß in echten Goldbrokat gekleidet und trägt eine riesige Krone aus massivem Gold auf dem Kopf. Ich habe schon von Goldbrokat gehört, aber nie geglaubt, daß ich diesen Stoff jemals zu sehen bekommen würde, es sei denn, ich würde König Ptolemaios oder den König der Parther besuchen.*

*Die Frauen dieser unserer törichten Stadt wurden schier wild, als sie Battaces und seine Begleiter zu Gesicht bekamen, und geblendet vom Anblick des Goldes streckten sie gierig ihre kleinen Hände nach Perlen oder Edelsteinen aus, die vielleicht aus einem Bart fallen könnten oder vom ... Laß es besser ungesagt, Publius Rutilius! Ich will nur mit äußerster Feinfühligkeit hinzufügen, daß Battaces und seine Leute keine – ich wiederhole: keine! – Eunuchen sind.*

*Der Volkstribun Aulus Pompeius stieg auf die Rednerbühne und beschuldigte Battaces und die übrigen Priester, Scharlatane und Betrüger zu sein. Welchen Grund Pompeius auch haben mochte – weil seine Frau zu den geblendeten römischen Damen gehörte oder weil er selbst gewisse altruistische Motive hatte –, er beantragte jedenfalls die zwangsweise Ausweisung der Orientalen aus unserer Stadt, und zwar rückwärts auf Eseln sitzend und geteert und gefedert. Battaces fühlte sich von Aulus Pompeius' Schmährede so beleidigt, daß er umgehend beim Senat eine Beschwerde einreichte. Aber ein paar Ehefrauen unserer Senatoren waren offenbar bereits mit einer gewissen Zuneigung zu diesen Botschaftern infiziert – vielleicht auch injiziert – worden, denn der Senat befahl prompt dem Aulus Pompeius, damit aufzuhören und diese wichtigen Persönlichkeiten nicht weiter zu belästigen. Die mehr auf Sitte und Anstand bedachten Mitglieder der* patres conscripti *unterstützten Aulus Pompeius, mit der Begründung, der Senat sei gar nicht befugt, einen Volkstribunen für sein Verhalten in den Komitien abzumahnen. Dann entbrannte ein heftiger Streit über die Frage, ob Battaces und seine Bande Botschafter seien oder nicht, obwohl hier Scaurus sein Urteil bereits gesprochen hatte. Weil aber Scaurus unauffindbar war – vermutlich suchte er gerade in meinen alten Reden nach weiteren Sentenzen oder unter dem Rock seiner jungen Frau nach Epidermen –, blieb die Frage unbeantwortet.*

*Pompeius brüllte weiterhin wie ein Löwe von der Rostra herab und warf den römischen Damen Fleischeslüste und Unkeuschheit vor. Und dann kam plötzlich Battaces höchstpersönlich mit einem Gefolge prächtiger Priester und prächtiger römischer Damen hereinspaziert, die ihm hinterherliefen wie Katzen einem Fischhändler. Zufällig war ich anwesend – Du weißt ja, wie so etwas in Rom läuft! Jemand hatte mir einen Tip gegeben, ohnehin wußte die halbe Stadt, daß etwas passieren würde –, und ich durfte eine schier unglaubliche Posse miterleben. Kein Theater könnte Sulla ein solches Spektakel bieten! Aulus Pompeius und Battaces gingen sofort aufeinander los, leider nur verbal, aber schneller als bei Plautus. Unser edler Volkstribun bezeichnete seinen Gegner als Marktschreier, und Battaces erklärte, Aulus Pompeius spiele mit dem Feuer, denn die Große Göttin dulde nicht, daß ihre Priester beleidigt würden. Die Szene endete damit, daß Battaces einen Todesfluch auf Aulus Pompeius hinabschleuderte, der einem das Blut in den Adern gefrieren ließ – auf Griechisch, damit jeder es verstehen konnte. Ich hätte gedacht, die Große Göttin wollte auf Phrygisch angerufen werden.*

*Und jetzt kommt der Höhepunkt der Geschichte, Gaius Marius! Kaum war der Fluch ausgesprochen, begann Aulus Pompeius zu husten und zu würgen. Er taumelte von der Rednertribüne und mußte nach Hause gebracht werden, legte sich ins Bett und wurde immer kränker. Und nach drei Tagen – war er tot! Gab einfach den Geist auf. Du kannst Dir sicherlich vorstellen, welche Wirkung das bei allen hervorrief – vom Senat bis hin zur römischen Damenwelt. Battaces kann jetzt tun und lassen, was er will, die Menschen treten eilfertig beiseite, wenn sie ihm begegnen, als leide er unter einer Art goldener Lepra. Er wird ständig zum Essen eingeladen, der Senat ändert seine Meinung und empfängt seine Delegation offiziell – Scaurus bleibt verschwunden, er steckt wohl immer noch unter dem Rock seiner jungen Frau –, und die Damen klammern sich förmlich an ihn. Er selbst lächelt, teilt mit beiden Händen seinen Segen aus und benimmt sich im übrigen wie Zeus persönlich.*

*Ich bin verwirrt, entsetzt, angeekelt und habe tausend andere, noch weit unappetitlichere Empfindungen. Die große Frage ist natürlich, wie hat Battaces das nur gemacht? Hatte die Große Göttin ihre Hand im Spiel, oder war es irgendein unbekanntes Gift? Ich vermute letzteres, aber ich bin eben ein Skeptiker, wenn nicht gar ein ausgemachter Zyniker.*

Gaius Marius lachte, bis ihm die Seiten wehtaten, und vertiefte sich dann wieder in seine Kriegspläne.

Eine viertel Million Teutonen überquerte den Fluß Durance östlich seiner Einmündung in die Rhône und zog dann stromaufwärts auf die römischen Befestigungsanlagen zu. Ihr loser Zug erstreckte sich über viele Meilen. Flanken und Vorhut bildeten Krieger, einhundertdreißigtausend an der Zahl, der sich endlos dahinschlängelnde Rest des Zuges bestand aus einer riesigen Ansammlung von Wagen, Rindern und Pferden, die von den Frauen und Kindern vorangetrieben wurden. Nur wenige alte Männer und noch weniger alte Frauen befanden sich darunter. Die Krieger wurden von einem Stamm namens Ambronen angeführt, von wilden, stolzen, kühnen Männern. Die letzte Gruppe der Wagen und Tiere war fünfundzwanzig Meilen von der Spitze des Zuges entfernt.

Die germanischen Kundschafter hatten die römische Zitadelle bereits entdeckt, aber Teutobod war zuversichtlich. Sie würden nach Massilia ziehen, und wenn noch so viele Römer in der Nähe waren, denn in Massilia – nach Rom die größte Stadt, von der sie je gehört hatten – würden sie Frauen, Sklaven, Nahrungsmittel und Kostbarkeiten finden. Mit Genuß würden sie die Stadt plündern und brandschatzen und dann an der Küste entlang nach Italien weiterziehen. Teutobod hatte zwar herausgefunden, daß die Via Domitia über den Paß Mons Genava in hervorragendem Zustand war, glaubte aber dennoch, daß er auf dem Küstenweg schneller nach Italien käme.

Das Getreide stand noch auf den Feldern und wurde von dieser Menschenmenge bis auf den letzten Halm niedergetrampelt. Keiner von ihnen, nicht einmal Teutobod, kam auf den Gedanken, daß sie durch ein wenig Vorsicht das Getreide für den kommenden Winter hätten retten können, um es später zu ernten und zu lagern.

Als die Ambronen den Fuß des Hügels erreichten, auf dem die römische Festung lag, passierte zunächst gar nichts. Marius regte sich nicht und die Germanen stürmten nicht den Hügel hinauf. Aber die Festung war ein Hindernis, sie konnten nicht einfach weitermarschieren. Die Ambronen hielten an, und die übrigen Krieger drängten von hinten nach, bis alle Germanen am Fuß des

Hügels durcheinanderliefen wie Ameisen in einem gewaltigen Ameisenhaufen. Dann erreichte Teutobod den Hügel. Zunächst versuchten die Germanen, das römische Heer durch Schreien, Brüllen und Schmährufe herauszulocken, und sie führten eine Parade gefangener Zivilisten vor, die alle gefoltert worden waren. Doch kein Römer antwortete, kein Römer setzte einen Fuß aus der Festung. Und dann griff die ganze Schar plötzlich an, ein simpler, frontaler Angriff, der erfolglos gegen die hervorragenden Befestigungsanlagen des Lagers prallte und schließlich zurückflutete. Die Römer schleuderten ein paar Speere auf Germanen, die sich zu nah herangewagt hatten, unternahmen aber sonst nichts.

Teutobod zuckte die Schultern, seine Häuptlinge taten es ihm nach. Sollten doch die Römer da oben bleiben, wenn sie wollten! Es spielte keine große Rolle. Die Masse der Germanen wälzte sich um den Hügel herum wie ein zäher Brei um einen Felsen und zog dann in südlicher Richtung aus dem Gesichtsfeld der Römer. Tausende von Wagen knarrten sieben Tage lang vorbei, jede germanische Frau und jedes Kind starrte die anscheinend unbewohnte Zitadelle an, während der Zug sich langsam in Richtung Massilia fortbewegte.

Doch kaum war der letzte Wagen am Horizont verschwunden, setzte Marius alle sechs Legionen in Marsch, und zwar in Eilmarsch. Ruhig, diszipliniert und angesichts der bevorstehenden Schlacht in bester Stimmung, folgten die Römer in gebührendem Abstand den Germanen, die auf der Straße von Arelate nach Aquae Sextiae vorwärtsstolperten. Teutobod plante, sich bei Aquae Sextiae zum Meer hinzuwenden. Marius überquerte den Fluß Arc und bezog am Südufer Stellung, in einer ausgezeichneten Position auf einem zum Ufer hin stark abfallenden Kamm, der von sanft gewellten Hügeln umgeben war und von dessen höchstem Punkt man den gesamten Fluß überblicken konnte. Dort verschanzten sich die Römer.

Die dreißigtausend Ambronen, die noch immer den germanischen Zug anführten, erreichten die Furt und erblickten über sich ein römisches Lager, das von Helmen und Speeren zu wimmeln schien. Aber das war ein gewöhnliches Feldlager, leicht einnehmbar, und die Ambronen warteten gar nicht erst ab, bis sie durch die übrigen Stämme Verstärkung erhielten, sondern überquerten in aller Eile den seichten Fluß und griffen an.

Die römischen Legionäre stiegen einfach auf der gesamten Breite des Lagers über ihren Erdwall hinweg und setzten sich hügelabwärts in Bewegung, direkt auf die schreiende Horde undisziplinierter Barbaren zu. Zuerst warfen die Römer ihre *pila,* mit verheerender Wirkung, dann zogen sie die Schwerter und brachten ihre Schilde in Angriffsstellung. Wie die ineinandergreifenden Glieder eines riesenhaften Monstrums zogen die Legionen in die Schlacht. Kaum einem Germanen gelang der Rückzug über den Fluß, nach kurzer Zeit bedeckten dreißigtausend tote Ambronen den Abhang unterhalb des Kamms auf seiner ganzen Breite. Marius' Heer erlitt fast keine Verluste.

Der Kampf war in weniger als einer halben Stunde vorüber. Die Römer schafften alle toten Ambronen zum Fluß hinunter und errichteten dort einen Wall aus Leichen. Die erbeuteten Schwerter, Fackeln, Schilde, Armreifen, Brustschilde, Messer und Helme häuften sie im römischen Lager auf. Die nächste Welle der Germanen würde beim Angriff zuerst den Wall ihrer eigenen Toten überwinden müssen.

Am anderen Ufer des Arc versammelten sich nach und nach immer mehr Teutonen, eine unüberschaubare Menge. Verwirrt und wütend starrten sie auf den hohen Wall aus toten Ambronen und auf das römische Lager, wo Tausende von Legionären in der Euphorie ihres Sieges jubelten, sangen, pfiffen und brüllten. Es war das erste Mal, daß ein römisches Heer eine große Zahl germanischer Feinde besiegt hatte.

Natürlich war das nur ein Vorspiel gewesen. Der richtige Kampf würde mit Sicherheit erst noch kommen. Marius unterstellte dreitausend seiner besten Soldaten dem Befehl von Manius Aquillius und schickte sie noch am Abend der Schlacht ein großes Stück flußabwärts. Dort sollten sie den Fluß überqueren und abwarten, bis der Kampf begann, um dann den Germanen auf dem Höhepunkt der Schlacht in den Rücken zu fallen.

Kaum ein Legionär schlief in dieser Nacht, so groß war die Erregung. Doch die Müdigkeit spielte keine Rolle, denn als der neue Tag graute, war auf germanischer Seite alles ruhig, nichts deutete auf Vorbereitungen zu einem Angriff hin. Die Passivität der Barbaren bereitete Marius Sorgen, denn er wollte auf keinen Fall die Entscheidung noch weiter hinauszögern. Er brauchte einen endgültigen, entscheidenden Sieg, und er war entschlossen, Kampf und Sieg herbeizuführen. Auf dem anderen Ufer lagerten die Teutonen, allein durch ihre gewaltige Zahl schien eine Befestigung überflüssig. Teutobod ritt auf seinem kleinen gallischen Pferd, begleitet von einem Dutzend seiner Häuptlinge, an der Furt auf und ab. Er war so groß, daß seine Füße fast den Boden streiften. Den ganzen Tag ritt er hin und her, zwei flachsblonde Zöpfe schlugen rhythmisch gegen seinen goldenen Brustpanzer, die goldenen Flügel auf seinem Helm glitzerten in der Sonne. Selbst über diese große Entfernung hinweg waren auf seinem glattrasierten Gesicht Furcht und Unentschlossenheit zu erkennen.

Am nächsten Morgen stand kein Wölkchen am Himmel. In der Hitze des Tages würde sich der süßliche Geruch der Gefallenen bald in dem ganzen Gebiet ausbreiten. Marius hatte nicht vor, so lange hierzubleiben, bis Seuchen seine Armee mehr bedrohen würden als der Feind.

»Jetzt«, sagte er zu Quintus Sertorius, »jetzt wagen wir es. Wenn sie nicht selbst angreifen wollen, muß ich eben ausrücken und die Schlacht einleiten. Damit opfern wir zwar den Vorteil, daß sie hügelaufwärts hätten stürmen müssen, aber unsere Chancen stehen hier immer noch besser als anderswo. Außerdem hat Manius Aquillius inzwischen seine Stellung bezogen. Laß die Hörner blasen, ruf die Legionen zusammen. Ich will zu ihnen sprechen.«

Das war das übliche Verfahren. Kein römisches Heer zog ohne vorherige Ansprache des Feldherrn in eine größere Schlacht. Jeder Soldat konnte dabei einen Blick auf den Feldherrn in seiner Kriegsrüstung werfen. Die Reden dienten dazu, die Kampfmoral der Truppen zu heben, und dem Feldherrn bot sich hier die Gelegenheit, den Soldaten seine Strategie zu erklären. Die Schlachten verliefen zwar niemals nach einem genauen Plan – das wußte jeder –, aber in der Rede konnte der Feldherr den Soldaten klarmachen, was er von ihnen erwartete und wie sie sich verhalten sollten, wenn es im Kampf zu einer unerwartet großen Verwirrung kam. Manches römische Heer hatte eine Schlacht nur deshalb gewonnen, weil die Soldaten gewußt hatten, was der Feldherr von ihnen erwartete, und weil sie sich an die Strategie gehalten hatten, auch wenn gerade kein Tribun in der Nähe stand.

Der Sieg über die Ambronen hatte die Römer angestachelt, sie fieberten dem Kampf entgegen. Die Soldaten befanden sich alle in hervorragender physischer Verfassung, die Waffen und Rüstungen glänzten. Dicht gedrängt standen sie auf dem Appellplatz, während Marius seine Ansprache hielt. Sie wären ihm sogar in den Tartarus gefolgt, so verehrten sie ihn.

»Also dann, ihr *fellatores*, heute geht's los!« brüllte Marius von seiner notdürftig zusammengenagelten Rednertribüne. »Wir waren einfach zu gut, das ist unser Problem! Jetzt wollen sie nicht mehr mit uns kämpfen! Wir müssen sie bis zur Weißglut reizen, so sehr, daß sie auch mit Legionen von Drachen kämpfen würden! Wir werden über unseren Wall und den Berg hinab stürmen und dort unten auf den Leichen der Ambronen herumtrampeln! Wir werden auf ihre Toten spucken! Und wenn es sein muß, werden wir auf ihre Toten pissen! Aber macht euch nichts vor: Sie werden zu Tausenden und Abertausenden durch die Furt stürmen! Ihre Zahl wird größer sein, als ihr unwissenden *mentulae* jemals zählen gelernt habt! Und wir werden nicht hier oben sitzen können wie Hühner auf der Stange, sondern wir werden ihnen Auge in Auge gegenüberstehen – und das heißt, daß ihr nach oben schauen müßt! Weil sie viel größer sind als wir! Sie sind Riesen! Und was sagen wir dazu? Jagt uns das Angst ein?«

»Nein!« brüllte die Menge wie aus einem Munde. »Nein, nein, nein!«

»Nein!« brüllte Marius wie ein Echo. »Und warum nicht? Weil wir die Legionen Roms sind! Wir folgen dem silbernen Adler bis zum Sieg oder bis in den Tod! Wir Römer sind die besten Soldaten, die die Welt je gesehen hat! Und ihr – die Soldaten des Gaius Marius – seid die besten Soldaten, die Rom je gesehen hat!«

Ihr Jubel wollte kein Ende nehmen, sie waren hysterisch vor Stolz, Tränen rannen über ihre Gesichter, jede Faser ihrer Körper war zum Zerreißen gespannt.

»Also los! Wir steigen über die Mauer und ziehen in einen schweren Kampf! Diesen Krieg können wir nur gewinnen, wenn wir die Wilden mit ihren verrückten Augen verprügeln, bis sie in die Knie gehen! Das heißt kämpfen, Männer! Das heißt weiterkämpfen, bis kein einziger von diesen Wilden mehr auf seinen Riesenfüßen steht!« Marius wandte sich zur Seite, wo sechs Männer in Löwenfellen standen und die polierten Stangen umklammerten, auf denen die sechs silbernen Adler mit ihren ausgebreiteten Schwingen steckten. »Da sind sie, eure Silberadler! Zeichen eures Mutes! Zeichen Roms! Zeichen meiner Legionen! Folgt den Adlern zum Ruhm!«

Selbst in dieser Hochstimmung hielten die Soldaten eisern Disziplin. In geordneten Reihen und ohne Eile zogen Marius' sechs Legionen aus dem Lager und den Hügel hinunter, in einer Formation, die zugleich die Flanken schützte, da hier die Reiterei nicht eingesetzt werden konnte. Wie eine Sichel bauten die Römer ihre Reihen vor den Germanen auf. Kaum hatten die Germanen gesehen, daß die Römer die toten Ambronen bespuckten und mit den Füßen traten, trafen sie ihre Entscheidung, noch vor ihrem König Teutobod. Sie stürmten durch die Furt und prallten direkt auf die römische Front, die sie aber nicht erschüttern konnten. Die erste Welle der anstürmenden Germanen fiel unter einem Hagel von *pila*, die mit erstaunlicher Treffsicherheit auf sie geworfen wurden, denn Marius' Truppen hatten zwei Jahre lang Zeit gehabt, für diesen Tag zu üben.

Die Schlacht war lang und grauenhaft, doch weder wankte die römische Front, noch konnten die Germanen die Silberadler erobern, die die sechs *aquiliferi* trugen. Immer höher wuchsen die Haufen der toten Germanen, und ohne Unterlaß stürmten weitere Germanen durch die Furt und füllten die Lücken. Bis Manius Aquillius mit seinen dreitausend Soldaten den Germanen in den Rücken fiel und sie niedermachte.

Am späten Nachmittag waren die Teutonen ausgelöscht. Angespornt von dem Gedanken an die militärische Tradition und die Ehre Roms, angeführt von einem hervorragenden Feldherrn, hatten siebenunddreißigtausend gut ausgebildete und gut ausgerüstete römische Legionäre in Aquae Sextiae mit ihrem Sieg über weit mehr als einhunderttausend germanische Krieger ein Kapitel Militärgeschichte geschrieben. Nach den dreißigtausend Ambronen waren am Arc weitere achtzigtausend Germanen gefallen. Nur wenige Teutonen hatten versucht, ihr Leben zu retten, die meisten hatten es vorgezogen, stolz und ehrenhaft in den Tod zu gehen. Auch König Teutobod war gefallen. Tausende teutonischer Frauen und Kinder und siebzehntausend Krieger fielen als Beute in die Hände der Sieger. Die Sklavenhändler aus Massilia strömten herbei, um die menschliche Beute aufzukaufen, und Marius verteilte den Erlös unter seinen Soldaten und Offizieren, obwohl traditionell der Erlös aus dem Verkauf der Gefangenen dem Feldherrn allein zustand.

»Ich brauche das Geld nicht, und meine Soldaten haben es verdient«, sagte Marius. Er grinste bei der Erinnerung an die gewaltige Summe, die Marcus Aurelius Cotta seinerzeit in Massilia für ein einziges Schiff bezahlt hatte. »Ich stelle fest, daß sich die Magistrate der Stadt Massilia bei uns für die Rettung ihrer schönen Stadt bedanken. Ich überlege, ob ich ihnen dafür nicht eine Rechnung schikken soll.«

Marius übergab Manius Aquillius seinen Bericht an den Senat und schickte ihn im Galopp nach Rom.

»Du überbringst die Nachricht und bewirbst dich dann gleich um das Konsulat«, sagte er. »Aber beeil dich!«

Und Manius Aquillius beeilte sich. Er jagte über die Straßen und erreichte Rom in sieben Tagen. Dort übergab er dem zweiten Konsul Quintus Lutatius Catulus Caesar den Brief, den dieser dem versammelten Senat vorlas. Manius Aquillius stand hölzern daneben und sagte kein einziges Wort.

*Ich, Gaius Marius, erster Konsul, erstatte pflichtgemäß dem Senat und dem Volk von Rom meinen Bericht. Am heutigen Tag haben die unter meiner Führung stehenden Legionen auf dem Schlachtfeld vor Aquae Sextiae in der römischen Provinz Gallia Transalpina die germanischen Teutonen vernichtend geschlagen. Die Zahl der toten Germanen beläuft sich auf 113 000, die der Gefangenen auf 17 000 Krieger sowie 130 000 Frauen und Kinder. Ferner fielen 32 000 Wagen, 41 000 Pferde und 200 000 Rinder in unsere Hände. Ich habe verfügt, daß die gesamte Beute sowie der Erlös aus dem Verkauf der Germanen in die Sklaverei gleichmäßig unter meinen Soldaten verteilt wird. Lang lebe Rom!*

Ganz Rom war außer sich vor Freude, auf den Straßen weinten, tanzten und jubelten die Massen, wildfremde Menschen lagen sich in den Armen, vom Sklaven bis zum vornehmsten Patrizier. Gaius Marius wurde *in absentia* zum ersten Konsul und Manius Aquillius zum zweiten Konsul gewählt. Der Senat beschloß, zu Ehren von Marius eine dreitägige Dankesfeier abzuhalten, und die Volksversammlung genehmigte noch zwei zusätzliche Tage.

»Sulla hat schon einmal so etwas angedeutet«, bemerkte Catulus Caesar zu Metellus Numidicus, als sich die Aufregung wieder gelegt hatte.

»Oho! Du magst unseren Lucius Cornelius wohl nicht, daß du ihn nur ›Sulla‹ nennst! Und was also hat Sulla angedeutet?«

»Er sagte einmal, daß niemand den höchsten Baum der Welt fällen könne. Gaius Marius hat das Glück auf seiner Seite. Ich konnte mein Heer nicht überreden zu kämpfen, aber er vernichtet ein ganzes Volk und verliert dabei kaum einen Soldaten«, sagte Catulus Caesar düster.

»Er hatte schon immer viel Glück«, meinte Metellus Numidicus.

»Das hat nichts mit Glück zu tun!« ertönte eine verärgerte Stimme. Publius Rutilius Rufus hatte das Gespräch mit angehört. »Ehre, wem Ehre gebührt!«

Und Rutilius Rufus berichtete an Gaius Marius:

*Das verschlug ihnen die Sprache. Du weißt ja, daß ich nicht damit einverstanden bin, daß Du Jahr um Jahr Konsul bist, und daß mir einige Deiner eher gierigen Freunde mißfallen. Aber ich gestehe, daß ich auf das äußerste gereizt werde, wenn ich es mit dem Neid und dem Haß von Männern zu tun habe, die eigentlich groß genug sind, um großherzig sein zu können. Äsop hatte ein treffendes Wort für solche Männer, Gaius Marius – er nannte sie »saure Trauben«. Wie unsinnig ist es doch, daß diese Männer Deinen Erfolg und ihr Versagen dem Glück zuschreiben! Ein Mann nimmt sein Glück selbst in die Hände, das ist die ganze Wahrheit. Ich würde ihnen am liebsten ins Gesicht spucken, wenn ich höre, wie geringschätzig sie über Deinen wunderbaren Sieg sprechen.*

*Nun aber genug davon, bevor ich noch einen Schlaganfall bekomme. Wenn ich schon Deine eher gierigen Freunde erwähnte – Gaius Servilius Glaucia ist jetzt erst seit acht Tagen Volkstribun und hat auf dem Versammlungsplatz doch schon viel Staub aufgewirbelt. Er hat seine erste* contio *einberufen, weil er ein neues Gesetz diskutieren lassen will. Er hat vor, die Arbeit unseres großartigen Helden von Tolosa, Quintus Servilius Caepio, der hoffentlich für immer im Exil in Smyrna bleibt, wieder rückgängig zu machen. Ich mag diesen Mann nicht, ich habe ihn nie gemocht! Glaucia will das Repetundengericht wieder den Rittern unterstellen und ihnen gleich noch ein paar Rechte dazugeben. Wenn das Gesetz verabschiedet wird – und das erwarte ich –, kann der römische Staat Entschädigungen, unrechtmäßig erworbenen Besitz oder veruntreute Gelder nicht mehr nur von den ursprünglichen Straftätern einfordern, sondern auch von denen, in deren Händen sie zuletzt waren. Bisher konnte ein raffgieriger Statthalter seinen unrechtmäßig erworbenen Reichtum seiner Tante Lucia oder dem* tata *seiner Frau Gemahlin oder sogar ganz unverblümt seinem Sohn überschreiben. Nach Glaucias neuem Gesetz müssen Tantchen Lucia, der* tata *und der Sohn alles wieder ausspucken.*

*Vermutlich ist das nicht ungerecht, aber wohin führen solche Gesetze, Gaius Marius? Der Staat erhält viel zuviel Macht und außerdem viel zuviel Geld! Solche Gesetze sind eine Brutstätte für Dem-*

*agogen und Bürokraten, sag' ich Dir! Irgendwie ist es doch ein beruhigendes Gefühl zu wissen, daß man sich in der Politik bereichern kann. Es ist normal. Es ist menschlich. Es ist entschuldbar. Es ist verständlich. Gefährlich sind nur die, die in die Politik gehen, um die Welt zu verändern. Alles Unglück wird von den Machtbesessenen und den Altruisten angerichtet. Es ist einfach nicht gesund, an andere Menschen zu denken, bevor man an sich selbst denkt. Die anderen Menschen verdienen das doch gar nicht. Habe ich Dir nicht gesagt, daß ich ein Skeptiker bin? Nun, ich bin einer. Aber manchmal – nur ganz selten! – beschleicht mich der Verdacht, daß ich mich ganz allmählich ein wenig zum Zyniker entwickle.*

*Wir haben erfahren, daß Du in Kürze wieder nach Rom zurückkehrst. Ich kann es kaum erwarten! Ich will Schweinebackes Gesicht sehen, wenn er Dir wieder gegenübertritt. Catulus Caesar ist zum Prokonsul des italischen Gallien ernannt worden, was Dich vielleicht nicht überraschen wird. Er ist bereits wieder zu seinem Heer nach Placentia abgereist. Paß gut auf ihn auf! Er wird bestimmt versuchen, den Ruhm für Deinen nächsten Sieg einzustekken, wenn er eine Gelegenheit dazu wittert. Ich hoffe, daß Dein Lucius Cornelius auch weiterhin so loyal bleibt wie bisher, nachdem nun seine Julilla tot ist.*

*Auch in der hohen Diplomatie hat sich etwas getan. Battaces und seine Priesterschar haben endlich geruht, wieder nach Hause zurückzukehren, und das Wehklagen etlicher hochwohlgeborener Damen ist mindestens bis Brundisium zu hören. Gegenwärtig sind wir Gastgeber einer weniger ehrfurchterregenden, aber unendlich bedrohlicheren Gesandtschaft. Sie kommt von keinem anderen als jenem sehr gefährlichen jungen Mann, der fast das ganze Gebiet um das Schwarze Meer in seinem Griff hält – von König Mithridates von Pontos. Er möchte einen Freundschafts- und Bündnisvertrag mit Rom schließen. Scaurus ist nicht dafür. Ich frage mich, warum. Hat das möglicherweise etwas mit den heftigen Intrigen zu tun, die die Agenten unseres Verbündeten, König Nikomedes von Bithynien, betrieben haben? Beim Pollux, da bricht schon wieder mein Hang zur Skepsis durch! Nein, Gaius Marius, es ist kein Hang zum Zynismus, noch nicht!*

*Zum Abschluß noch ein wenig Klatsch über andere Leute. Der eingeschriebene Vater Marcus Calpurnius Bibulus hat einen Sohn und Erben bekommen und damit große Freudenbekundungen bei verschiedenen Mitgliedern der Sippen Domitius Ahenobarbus und*

*Servilius Caepio ausgelöst. Mir ist dabei aber aufgefallen, daß man bei Calpurniu Piso wie gewohnt so tut, als sei das alles gleichgültig. Das Schicksal mag gewisse ehrbare Senioren in die Arme von unreifen Mädchen führen, in der Regel aber führt es sie eher in die Arme des Todes. Unser literarischer Übervater Gaius Lucilius ist gestorben. Das tut mir wirklich leid. Als Mensch war er zwar ein entsetzlicher Langweiler, aber wie witzig konnte er auf dem Papier sein! Betrübt bin ich auch über den Tod Deiner alten syrischen Seherin Martha. Das ist sicherlich keine Neuigkeit für Dich, denn ich weiß, daß Julia es Dir schon mitgeteilt hat. Die alte Vettel wird mir fehlen. Schweinebacke schäumte immer so schön vor Wut, wenn er sie in ihrer grausigen roten Sänfte auf der Straße erblickte. Deine wunderbare liebe Julia sagt, Martha werde ihr auch fehlen. Übrigens hoffe ich, daß Dir bewußt ist, welchen Schatz Du mit Julia geheiratet hast. Nicht jede Frau würde über den Tod eines Gastes trauern, der einen Monat bleiben wollte und sich dann für immer einnistete. Besonders nicht über den Tod eines Gastes, der es für vornehm hielt, auf den Boden zu spucken und in den Fischteich zu pissen.*

*Ich schließe mit einem Zitat, das von Dir selbst stammt. Wie konntest Du nur, Gaius Marius? »Lang lebe Rom!« In der Tat! Was für eine Anmaßung!*

## *Das zehnte Jahr*

(101 v. Chr.)

Unter den Konsuln
Gaius Marius (V)
und
Manius Aquillius

## *Das elfte Jahr*

(100 v. Chr.)

Unter den Konsuln
Gaius Marius (VI)
und
Lucius Valerius Flaccus

Sulla hatte recht: Die Kimbern wollten den Po gar nicht überschreiten. Friedlich wie eine Kuhherde auf einer riesigen saftigen Weide zogen sie über die weite Flußebene in der östlichen Hälfte der italischen Gallia Transpadana, umgeben von einer solchen Fülle von fruchtbaren Äckern und Weiden, daß sie den Ermahnungen ihres Königs keine Beachtung schenkten. Nur Boiorix war beunruhigt und erschüttert, als ihn die Nachricht von der Niederlage der Teutonen bei Aquae Sextiae erreichte. Als er dann auch noch erfuhr, daß die Tiguriner, Markomannen und Cherusker allen Mut verloren hatten und in ihre ursprüngliche Heimat zurückgekehrt waren, verzweifelte er. Sein großer Plan war an der Überlegenheit der römischen Waffen und der Untauglichkeit der germanischen Waffen gescheitert, und jetzt konnte er nicht einmal mehr sicher sein, daß er nicht die Kontrolle über sein eigenes Volk, die Kimbern, verlieren würde.

Da sie zahlenmäßig die stärkste der drei Abteilungen waren, glaubte er zwar immer noch, daß sie Italien auch ohne die Hilfe der anderen Stämme erobern konnten – aber nur dann, wenn er ihnen endlich begreiflich machen könnte, daß ein Sieg nur im gemeinsamen Kampf aller bei strenger Selbstdisziplin jedes einzelnen zu erringen war.

Den ganzen Winter über nach der Niederlage von Aquae Sextiae schwieg er, denn er wußte, daß er nichts erreichen würde, solange seine Leute nicht des Lagerplatzes überdrüssig waren oder den letzten Kornspeicher leergegessen hatten. Er rechnete mit der zweiten Möglichkeit: Die Kimbern waren keine Bauern, also würden ihnen über kurz oder lang Nahrungsmittel und Viehfutter ausgehen. Allerdings hatte Boiorix noch nie ein so fruchtbares Land gesehen, das schier unerschöpfliche Vorräte an Futter hervorbrachte. Kein Wunder, daß Rom so mächtig war, wenn solches Land zu seinem Herrschaftsgebiet gehörte! Anders als in Gallia Narbonensis gab es in Gallia Transpadana keine großen Waldflächen, statt dessen boten sorgfältig gepflegte Eichenhaine eine so reiche Ernte, daß viele tausend Schweine dort den Winter über Nahrung fanden. Das übrige Land wurde bestellt: Wo der Po den Boden zu sumpfig machte, pflanzte man Hirse, wo der Boden trocken genug war, wuchs Weizen; Kichererbsen, Linsen, Lupinen und Bohnen gediehen in jedem Boden. Selbst nachdem die Bauern im Frühjahr geflohen waren oder es nicht gewagt hatten, ihre Felder einzusäen, sprossen die Pflanzen, so viele Samenkörner schlummerten schon in diesem Boden.

Boiorix durchschaute die geographische Beschaffenheit Italiens nicht, sonst hätte er sich wohl dafür entschieden, Gallia Transpadana zur neuen Heimat der Kimbern zu erklären. Rom hätte ihn möglicherweise gewähren lassen, da Gallia Transpadana kein lebenswichtiges Gebiet war und überwiegend Kelten dort siedelten. Die geographische Beschaffenheit Italiens verhinderte nämlich, daß die ungeheuren Reichtümer der Poebene der italienischen Halbinsel zugute kamen. Alle Flüsse verliefen von Osten nach Westen oder von Westen nach Osten, und die unwirtliche Bergkette der Apenninen teilte die Halbinsel von Gallia Cisalpina in der ganzen Länge von den Ufern der Adria bis zur ligurischen Küste. Gallia Transpadana war ein eigenes Land, das wiederum in zwei Länder geteilt war, das eine lag südlich, das andere nördlich des großen Flusses.

Als der Frühling dem Sommer wich und die ersten winzigen Anzeichen für eine Erschöpfung des Landes sich zeigten, kam Boiorix auf seinen Plan zurück. Die Pflanzen hatten sich zwar selbst versamt, aber sie waren dünn geblieben und bildeten nur wenige Ähren oder Schoten. Die Schweine, schlaue Tiere, spürten als erste, daß das Futter knapper wurde, und verschwanden. Die fünfhunderttausend Stück Vieh der Kimbern hatten alles abgegrast und fanden nur noch ein paar staubige, zertrampelte Halme.

Es war an der Zeit weiterzuziehen. So rief Boiorix seine Häuptlinge zusammen und erteilte den Befehl zum Aufbruch, den diese wiederum an die Mannschaften weitergaben. Anfang Juni trieb man das Vieh und die Pferde zusammen, die Wagen wurden aufgepackt. Wieder einmal zu einer einzigen riesigen Masse vereint, zogen die Kimbern in westlicher Richtung stromaufwärts, am Nordufer des Po entlang. Ihr Ziel waren die stärker unter römischem Einfluß stehenden Gebiete in der Nähe der großen Stadt Placentia.

In Placentia lagerte die römische Armee mit vierundfünfzigtausend Mann. Marius hatte zwei seiner Legionen an Manius Aquillius übergeben, der Anfang des Jahres nach Sizilien gegangen war, um mit dem Sklavenkönig Athenion fertig zu werden. Die Niederlage der Teutonen war so eindeutig gewesen, daß es nicht einmal nötig schien, eine Garnison zur Bewachung von Gallia Transalpina zurückzulassen.

Die Situation hatte gewisse Parallelen zur Befehlslage in Arausio: Wieder war der oberste Feldherr ein *homo novus,* sein Stellvertreter ein Mann aus dem hohen Adel, aber ansonsten hatten Gaius Marius und Gnaeus Mallius Maximus nichts gemein. Der *homo novus* Marius war nicht der Mann, der sich von einem Adligen wie Catulus Caesar auch nur die geringsten Schwierigkeiten machen ließ. Catulus Caesar bekam kurz und bündig mitgeteilt, was er zu tun und wohin er zu gehen habe und warum er dies zu tun und dorthin zu gehen habe. Von ihm wurde nichts als Gehorsam erwartet, und er wußte genau, was passieren würde, wenn er nicht gehorchte. Gaius Marius hatte sich nämlich die Zeit genommen, ihm das mitzuteilen, auf sehr direkte Art.

»Du mußt dir das wie folgt vorstellen: Ich habe für dich eine Linie gezogen, auf der du dich bewegen kannst, Quintus Lutatius. Wenn du diese Linie auch nur mit einem Zeh übertrittst, bist du so schnell zurück in Rom, daß du dich fragen wirst, wie du dorthin gekommen bist«, sagte Marius. »Mit mir macht keiner solche Mätzchen wie Caepio! Ich hätte ohnehin lieber Lucius Cornelius in deiner Position, und er wird sie bekommen, wenn du auch nur daran zu denken wagst, deine Linie zu überschreiten. Kapiert?«

»Ich bin kein Untergebener, und ich verwahre mich entschieden dagegen, wie ein solcher behandelt zu werden«, sagte Catulus Caesar mit hochroten Wangen.

»Hör mal, Quintus Lutatius, mir ist es vollkommen egal, wogegen du dich verwahrst!« sagte Marius betont geduldig. »Mich interessiert nur, was du tust. Und du tust, was ich dir sage, sonst nichts.«

»Ich werde sicherlich ohne Schwierigkeiten deinen Befehlen Folge leisten können, Gaius Marius. Sie sind ebenso bestimmt wie präzise«, erwiderte Catulus Caesar und unterdrückte mühsam seinen Zorn. »Aber ich wiederhole nochmals, es gibt keinen Grund, daß du mit mir sprichst, als wäre ich ein gewöhnlicher Zenturio! Ich bin der stellvertretende Befehlshaber.«

Marius grinste hämisch. »Ich kann dich auch nicht leiden, Quintus Lutatius. Du bist eine dieser mittelmäßigen Figuren aus dem Adel, die meinen, sie hätten ein göttliches Recht darauf, Rom zu regieren. Von dir persönlich glaube ich, daß du nicht einmal eine Weinstube führen könntest, und wenn sie zwischen einem Bordell und einem Männerverein läge! Also, du und ich werden auf folgende Art zusammenarbeiten: Ich gebe die Befehle, und du befolgst sie aufs Wort.«

»Nur unter Protest«, sagte Catulus Caesar.

»Meinetwegen unter Protest, aber du befolgst sie.« Und das war Marius' letztes Wort.

»Hättest du nicht ein bißchen taktvoller sein können?« fragte Sulla Marius später an diesem Tag. Eine Stunde lang hatte er mit anhören müssen, wie Catulus Caesar in seinem Zelt auf und ab stapfte und Schimpftiraden gegen Marius losließ.

»Warum denn?« fragte Marius ganz überrascht.

»Weil er in Rom wichtig ist, darum! Und er ist auch hier in Gallia Cisalpina wichtig!« gab Sulla barsch zurück. Sein Zorn legte sich, er blickte Gaius Marius an, dem keine Spur von Reue anzumerken war, und schüttelte den Kopf. »Ach, du bist unmöglich! Und wirst immer schlimmer, ich schwör's dir.«

»Ich bin ein alter Mann, Lucius Cornelius. Sechsundfünfzig. Genauso alt wie unser Princeps Senatus, den jeder einen alten Mann nennt.«

»Ja, weil unser Princeps Senatus eine Glatze hat und ein faltiges Gesicht und zum Inventar des Forums gehört«, sagte Sulla. Aber du bist immer noch der tatendurstige Befehlshaber auf dem Schlachtfeld, deshalb hält dich niemand für alt.«

»Wie auch immer, ich bin zu alt, um gute Miene zu solchen Narren wie diesem Quintus Lutatius zu machen«, sagte Marius. »Ich habe einfach keine Zeit, Stunden damit zuzubringen, so einem Hahn, der auf dem Mist herumstolziert, die zerzausten Federn wieder glattzustreichen, nur damit er seine hohe Meinung von sich selbst nicht verliert.«

»Sag nicht, daß ich dich nicht gewarnt hätte!« erwiderte Sulla.

In der zweiten Hälfte des Quintilis standen die Kimbern am Fuße der westlichen Alpen, verstreut über eine Ebene namens Campi Raudii, nicht weit von der kleinen Stadt Vercellae.

»Warum hier?« fragte Marius Quintus Sertorius, der sich immer wieder unter die Kimbern gemischt hatte, während sie westwärts gezogen waren.

»Ich wünschte, ich wüßte die Antwort, Gaius Marius, aber es ist mir nie gelungen, an Boiorix selbst heranzukommen«, sagte Sertorius. »Die Kimbern glauben wohl, daß sie heim nach Germanien ziehen, aber ein paar seiner Häuptlinge, die ich kenne, haben mir gesagt, daß Boiorix nach wie vor unbedingt nach Süden vorstoßen will.«

»Er ist viel zu weit im Westen«, entgegnete Sulla.

»Meine Informanten glauben, daß er versuchen wird, die Kimbern zu beschwichtigen, indem er so tut, als werde man sehr bald die Alpen in Richtung Gallia Narbonensis überqueren und im nächsten Jahr wieder auf der Kimbrischen Chersonesos sein. Aber in Wahrheit wird er sie so lange im italischen Gallien festhalten, bis die Alpenpässe zugeschneit sind, und dann wird er sie vor die Entscheidung stellen, entweder in Gallien zu bleiben und sich durch den Winter zu hungern oder in Italien einzufallen.«

»Das ist eine ziemlich schlaue Strategie für einen Barbaren«, meinte Marius skeptisch.

»Der dreiflankige Angriff auf das italische Gallien war auch keine typisch barbarische Strategie«, erinnerte ihn Sulla.

»Sie sind wie die Geier«, sagte Sertorius plötzlich.

»Wie meinst du das?« fragte Marius mit gerunzelter Stirn.

»Wenn sie irgendwo einen Haufen Knochen finden, stürzen sie sich darauf, Gaius Marius. Meiner Meinung nach ist das der Grund, warum sie ständig weiterziehen. Oder vielleicht vergleicht man sie besser mit einem Schwarm Heuschrecken. Sie fressen alles, was ihnen in die Hände fällt, und dann ziehen sie weiter. Die Häduer und Ambarrer werden zwanzig Jahre brauchen, bis sie die verheerenden Schäden beseitigt haben, die die Germanen in vier Jahren bei ihnen angerichtet haben. Und die Aduatuker waren auch nicht gerade in allerbester Stimmung, als ich sie verließ, das kann ich dir sagen.«

»Wie konnten die Germanen dann eigentlich so lange in ihrer ursprünglichen Heimat leben, ohne weiterziehen zu müssen?« fragte Marius.

»Früher waren sie dort nicht so zahlreich. Die Kimbern hatten ihre riesige Halbinsel, die Teutonen das ganze Land südlich davon, die Tiguriner waren in Helvetien zu Hause, die Cherusker lebten an den Ufern der Weser in Germanien und die Markomannen in Böhmen«, erklärte Sertorius.

»Das Klima ist anders dort«, fuhr Sulla fort, als Sertorius schwieg. »Nördlich des Rheins regnet es das ganze Jahr. Das Gras wächst sehr schnell, und es ist süßes, saftiges, zartes Gras. Auch sind anscheinend die Winter dort nicht sehr hart – zumindest nicht in der Nähe des Atlantischen Ozeans, wo die Kimbern, Teutonen und Cherusker lebten. Selbst im tiefsten Winter fällt mehr Regen als Schnee. So können sie die Tiere weiden lassen und müssen wenig anpflanzen. Ich glaube nicht, daß die Germanen so leben, weil sie von Natur aus so sind. Sie leben eben so, wie sie es von ihrer ursprünglichen Heimat gewohnt sind.«

Marius horchte auf und zog die Augenbrauen hoch. »Wenn sie also beispielsweise lange genug in Italien herumlungerten, dann würden sie irgendwann lernen, wie man Landwirtschaft betreibt, meinst du das?«

»Genau.«

»Dann sollten wir auf jeden Fall noch in diesem Sommer den Entscheidungskampf herbeiführen und dem Spiel ein Ende machen – und mit ihnen auch. Seit fast fünfzehn Jahren lebt Rom jetzt mit diesem Schatten. Ich kann nicht ruhig in meinem Bett schlafen, wenn ich vor dem Einschlafen immer an die halbe Million Germanen denken muß, die in Europa herumzieht und nach dem Elysium sucht, das sie irgendwo nördlich des Rheins verlassen hat. Die germanische Völkerwanderung muß aufhören. Und ich kann nur sicher sein, daß sie aufhört, wenn römische Schwerter ihr ein Ende machen.«

»Ich bin ganz deiner Meinung«, sagte Sulla.

»Ich auch«, pflichtete Sertorius bei.

»Hast du nicht einen Sprößling irgendwo bei den Kimbern?« wandte sich Marius an Sertorius.

»Ja, habe ich.«

»Weißt du, wo er ist?«

»Ja.«

»Gut. Wenn alles vorbei ist, kannst du deinen Sprößling und seine Mutter schicken, wohin du willst, meinetwegen sogar nach Rom.«

»Vielen Dank, Gaius Marius. Ich werde sie nach Hispania Citerior schicken«, sagte Sertorius lächelnd.

Marius stutzte. »Spanien? Warum gerade Spanien?«

»Dort hat es mir gefallen, als ich lernte, ein Keltiberer zu sein. Der Stamm, bei dem ich damals lebte, wird für meine germanische Familie sorgen.«

»Also gut! Nun, meine lieben Freunde, laßt uns überlegen, wie wir den Kampf mit den Kimbern herbeiführen können.«

Und Marius führte den Kampf herbei. Bei einer Zusammenkunft von Marius und Boiorix wurde der letzte Tag im Kalendermonat Quintilis als Tag für die Schlacht festgesetzt. Marius war nämlich nicht der einzige, der die Jahre der Unentschiedenheit satt hatte, auch Boiorix wollte endlich eine Entscheidung.

»Dem Sieger gehört Italien«, sagte Boiorix.

»Dem Sieger gehört die Welt«, gab Marius zurück.

Wie in Aquae Sextiae kämpfte Marius mit den Fußsoldaten. Seine Truppen aus Gallia Transalpina hatte er in zwei riesige Flügel geteilt, jeder Flügel bestand aus fünfzehntausend Mann. Die spärliche Reiterei hatte er zusammengezogen, sie sollte die beiden Flügel der Infanterie schützen. Zwischen die beiden Flügel stellte er Catulus Caesar mit seinen vierundzwanzigtausend wenig erfahrenen Kämpfern, sie bildeten den Mittelteil. Die altgedienten Truppen an den Flügeln würden einen beruhigenden und disziplinierenden Einfluß auf sie haben. Marius kommandierte den linken Flügel, Sulla den rechten und Catulus Caesar die Mitte.

Fünfzehntausend berittene Krieger der Kimbern eröffneten die Schlacht. Sie waren großartig gekleidet und ausgerüstet, ritten schwere nordische Pferde und nicht die kleinen gallischen Ponys. Alle germanischen Reiter trugen hohe Helme, die wie die Köpfe sagenhafter Ungeheuer aussahen, mit gefletschten Zähnen und langen steifen Federn an jeder Seite, so daß die Berittenen noch größer wirkten. Alle trugen eiserne Brustharnische und Langschwerter, ein weißes rundes Schild und zwei schwere Lanzen.

Die Reiter drängten sich in Viererreihen auf einer Länge von fast vier Meilen, direkt hinter ihnen standen die kimbrischen Fußsoldaten. Als sie angriffen, wandten sie sich nach rechts und zogen die Römer mit. Diese Taktik sollte die Kampflinie der Römer weit nach links verschieben, damit die Infanterie der Kimbern Sulla von der Flanke her angreifen und den Römern in den Rücken fallen konnte.

Die römischen Legionen waren so versessen auf den Kampf, daß der Plan der Germanen beinahe aufgegangen wäre. Schließlich konnte Marius seine Truppen zum Stehen bringen und die volle

Wucht der Kavallerieattacke auf sich ziehen. Sulla mußte allein mit dem ersten Angriff der kimbrischen Fußsoldaten fertig werden, während Catulus Caesar in der Mitte gegen Kavallerie und Infanterie kämpfte.

Ihre Stärke, ihre bessere Ausbildung und vor allem ihre List verhalfen den Römern auf dem Schlachtfeld von Vercellae zum Sieg. Marius hatte darauf gesetzt, daß der entscheidende Teil des Kampfes am Vormittag stattfinden würde, und seine Kampfreihen deshalb nach Westen ausgerichtet. Die Kimbern wurden von der Morgensonne geblendet, und ihre Kräfte ließen früher nach als die der Römer. Sie waren an ein kühleres, milderes Klima gewöhnt und hatten wie immer riesige Mengen Fleisch zum Frühstück verschlungen und mußten nun zwei Tage nach der Sommersonnwende unter einem wolkenlosen Himmel, in einer erstickenden Staubwolke gegen die Römer kämpfen. Für die römischen Legionäre waren das die üblichen kleinen Unannehmlichkeiten, die Germanen aber fühlten sich wie in der Unterwelt. Sie fielen zu Tausenden und Abertausenden, mit ausgedörrten Kehlen, in Rüstungen, die wie das Bluthemd des Herakles brannten, unter glühend heißen Helmen und mit Schwertern, die tonnenschwer in den Scheiden steckenblieben.

Als die Sonne am höchsten stand, gab es keine kimbrischen Krieger mehr. Achtzigtausend Mann lagen tot auf dem Schlachtfeld, darunter auch Boiorix. Die übrigen flüchteten und zerrten ihre Frauen und Kinder in die Wagen, um über die Alpen zu retten, was noch zu retten war. Aber fünfzigtausend Wagen konnten nicht im Galopp davonrasen, und eine halbe Million Rinder und Pferde ließen sich nicht in ein oder zwei Stunden zusammentreiben. Nur die Germanen kamen davon, die das Tal der Salasser hinauf in Richtung Alpen flohen. Viele Frauen fürchteten die Gefangenschaft so sehr, daß sie sich und ihre Kinder töteten, manche töteten auch die flüchtenden Krieger. Trotzdem wurden sechzigtausend kimbrische Frauen und Kinder und zwanzigtausend Krieger an die Sklavenhändler verkauft.

Von denen, die durch das Tal der Salasser und über den Paß bei Lugdunum nach Gallia Transalpina gelangten, schafften es nur wenige, sich durch die angriffsbereiten Spaliere der Kelten zu schlagen, auch die Allobroger und Sequaner griffen sie unbarmherzig an. Höchstens zweitausend Kimbern stießen schließlich zu den sechstausend Kriegern, die bei den Aduatukern zurückgeblieben waren.

Wo die Somme in die Maas fließt, ließen sich die wenigen, die von der großen Völkerwanderung übriggeblieben waren, endgültig nieder, und im Laufe der Zeit nannten sie sich Aduatuker. Nur der unermeßlich große Schatz erinnerte noch daran, daß sie einst ein germanischer Stamm von mehr als siebenhundertfünfzigtausend Menschen gewesen waren. Doch konnten sie ihre Schätze nie genießen, denn immer wieder mußten sie sie gegen einfallende Römer verteidigen.

Gewappnet für eine andere Art von Kampf, kam Catulus Caesar zu dem Rat, den Marius nach der Schlacht von Vercellae einberufen hatte. Er traf auf einen weich gestimmten, leutseligen Marius, der ihm bereitwillig jeden Wunsch erfüllte.

»Mein lieber Freund, natürlich sollst du einen Triumph feiern!« sagte Marius und klopfte ihm auf den Rücken.

»Mein lieber Freund, nimm dir zwei Drittel der Beute! Meine Männer haben ja noch die Beute von Aquae Sextiae, außerdem gab ich ihnen den Erlös vom Verkauf der Sklaven, so stehen sie nach dieser Schlacht besser da als deine Leute, würde ich meinen – oder willst du das Geld aus dem Sklavenhandel auch verteilen? Nein? Natürlich nicht, das verstehe ich gut, mein lieber Quintus Lutatius!« sagte Marius und reichte ihm einen Teller voller Leckereien.

»Mein lieber Freund, nicht im Traum würde ich daran denken, allen Ruhm für mich zu beanspruchen! Wie könnte ich, wo deine Soldaten in Mut und Geschick meinen in keiner Weise nachgestanden haben?« sagte Marius, nahm ihm den Teller ab und drückte ihm statt dessen einen bis zum Rand mit Wein gefüllten Becher in die Hand. »Komm her, nimm Platz! Was für ein Tag! Heute werde ich in Frieden schlafen.«

»Boiorix ist tot«, sagte Sulla und lächelte zufrieden. »Es ist alles vorbei, Gaius Marius. Wirklich und endgültig vorbei.«

»Und deine Frau und dein Kind, Quintus Sertorius?« fragte Marius.

»Sind in Sicherheit.«

»Gut. Sehr gut!« Marius schaute sich im überfüllten Zelt des Feldherrn um. Selbst seine buschigen Augenbrauen schienen zu leuchten. »Und wer möchte die Nachricht vom Sieg von Vercellae nach Rom bringen?« fragte er.

Zwei Dutzend Stimmen erschollen, einige Dutzend Männer hingegen schwiegen betroffen, aber ihre Gesichter sprachen Bände. Marius betrachtete einen nach dem anderen und ließ seine Augen endlich auf dem ruhen, für den er sich ohnehin schon entschieden hatte.

»Gaius Julius, du sollst die Aufgabe übernehmen. Du bist mein Quästor, aber nicht nur das. In dir ruht ein Teil eines jeden von uns drei obersten Feldherren. Wir müssen hier im italischen Gallien bleiben, bis alles in Ordnung gebracht ist. Du bist mein Schwager und auch der von Lucius Cornelius, in den Adern unserer Kinder fließt das Blut deiner Familie. Und Quintus Lutatius ist von Geburt her ein Julius Caesar. So ist es angemessen, daß ein Julius Caesar Rom die Siegesbotschaft überbringt.« Er schaute sich fragend im Kreise der Anwesenden um. »Ist das gerecht?«

»Es ist gerecht«, antworteten alle im Chor.

»Was für ein wundervoller erster Auftritt im Senat«, sagte Aurelia und konnte ihre Augen nicht von Caesars Gesicht wenden. Wie braungebrannt er war, was für ein Mann! »Ich bin jetzt froh, daß die Zensoren dich vor deinem Dienst bei Gaius Marius nicht zugelassen haben.«

Caesar war immer noch aufgeregt. In Gedanken durchlebte er jene glorreichen Augenblicke im Senat, als er dem Senatsvorsitzenden Marius' Schreiben übergeben und dann mit eigenen Augen gesehen hatte, wie der Senat von Rom die Nachricht aufnahm, daß die Bedrohung durch die Germanen ihr Ende gefunden hatte: Beifall, Jubel, lachende und weinende Senatoren, Gaius Servilius Glaucia, der Führer der Volkstribunen, wie er mit geraffter Toga von der Curia zum Versammlungsplatz der Komitien rannte und die Nachricht von der Rostra herunterschrie, der Anblick von so illustren Persönlichkeiten wie Metellus Numidicus und dem Pontifex Maximus Ahenobarbus, die sich feierlich die Hände schüttelten und bemüht waren, trotz aller Aufregung noch würdevoll zu wirken.

»Das ist ein Omen«, sagte er zu seiner Frau. Seine Augen ruhten mit Bewunderung auf ihr. Wie schön sie war, und wie wenig man ihr anmerkte, daß sie seit vier Jahren in der Subura lebte und ein großes Mietshaus, eine *insula,* verwaltete.

»Eines Tages wirst du Konsul sein«, sagte sie zuversichtlich. »Immer wenn sie an unseren Sieg bei Vercellae denken, werden sie sich daran erinnern, daß du es warst, der ihnen die Nachricht überbracht hat.«

»Nein«, sagte er, um Gerechtigkeit bemüht, »sie werden an Gaius Marius denken.«

»Und an dich«, beharrte die verliebte Aurelia hartnäckig. »Dein Gesicht haben sie gesehen, du warst sein Quästor.«

Caesar seufzte, machte es sich auf der Speiseliege bequem und wies auf den leeren Platz neben sich. »Komm her!«

Aurelia saß hochaufgerichtet auf ihrem Stuhl mit gerader Lehne und schaute auf die Tür zum *triclinium*. »Gaius Julius!«

»Wir sind allein, meine geliebte Frau, und ich bin nicht so ein Tugendbold. An meinem ersten Abend zu Hause will ich von dir nicht einmal durch eine Tischbreite getrennt sein.« Er klopfte noch einmal auf die Liege. »Komm her, mein Weib! Sofort!«

Als das junge Paar sich in der Subura niedergelassen hatte, war ihre Ankunft immerhin so bemerkenswert gewesen, daß sie für längere Zeit die Neugier aller Nachbarn auf sich gezogen hatten. Adlige Hausbesitzer gab es genug, aber keine adligen Hausbesitzer, die auch in der Subura wohnten. Gaius Julius Caesar und seine Frau waren seltene Ausnahmen, und deshalb erregten sie mehr als das übliche Maß an Aufmerksamkeit. Denn in ihrer Ausdehnung und der riesigen Zahl von Menschen, die dort lebten, war die Subura ein geschäftiges, klatschsüchtiges Dorf, und nichts war wichtiger als ein neues Spektakel.

Alle Prophezeiungen liefen darauf hinaus, daß das junge Paar nicht lange bleiben würde. Die Subura, die schon viele Ansprüche und Ambitionen zurechtgerückt hatte, würde den beiden schon zeigen, wo sie hingehörten: auf den Palatin. Hysterische Anfälle würde die Dame bekommen, der Herr würde die Nase rümpfen und Wutausbrüche kriegen! Ha, ha! lachten sich die hartgesottenen Bewohner der Subura ins Fäustchen. Und warteten hämisch.

Doch nichts dergleichen geschah. Die Dame, so registrierten sie, war sich nicht zu schade, selbst auf dem Markt einzukaufen, und sie genierte sich nicht, jedem lüsternen Kerl, der sich an sie heranmachen wollte, eine deutliche Abfuhr zu erteilen. Nicht einmal die Frauen der Subura konnten ihr Angst einjagen. Als sie einmal den Vicus Patricius überquerte, war sie plötzlich von einer Gruppe Frauen umringt, die auf sie einredeten, sie solle sich doch auf den Palatin scheren, wo sie hingehöre. Und der Herr war, man konnte es nicht anders sagen, ein echter Edelmann. Er war höflich und ruhig, hörte stets interessiert und aufmerksam zu und bot jederzeit seine Hilfe bei Problemen mit Testamenten, Pachtkontrakten und Verträgen an.

Sehr schnell achtete man das junge Paar, und irgendwann liebte man die beiden. Vieles an ihnen war neu hier: Sie kümmerten sich um ihre eigenen Dinge und steckten ihre Nasen nicht in anderer Leute Angelegenheiten, sie jammerten und nörgelten nie, und sie hielten sich nicht für etwas Besseres. Sprach man sie an, bekam man ein offenes und ehrliches Lächeln zur Antwort, fand man echtes Interesse, Höflichkeit und Einfühlungsvermögen. Anfangs hielten die Bewohner der Subura das für Verstellung, doch bald merkten sie, daß Caesar und Aurelia wirklich so waren, wie sie sich gaben.

Für Aurelia war es sehr viel wichtiger als für Caesar, daß sie in der Subura akzeptiert wurden, denn sie kümmerte sich um die Angelegenheiten in der Subura, und sie war die Vermieterin eines großen Mietshauses. Der Anfang war nicht leicht gewesen; den Grund hatte sie erst herausgefunden, als Caesar Rom bereits verlassen hatte. Zunächst machte sie ihre Fremdheit und Unerfahrenheit für die Schwierigkeiten verantwortlich. Die Makler, von denen sie die *insula* gekauft hatten, boten an, für sie die Mieten einzutreiben und mit den Mietern zu verhandeln. Caesar war das recht gewesen, und so hatte sich die gehorsame junge Ehefrau gefügt. Caesar verstand auch nicht, was sie ihm eigentlich mitteilen wollte, als sie ihm einen Monat nach ihrem Einzug über ihre Mieter berichtete.

»So eine Vielfalt, ich kann es kaum glauben«, sagte sie mit leuchtenden Augen und gar nicht so zurückhaltend, wie es sonst ihre Art war.

»Vielfalt?« neckte er sie.

»Nun ja, in den beiden Dachgeschossen leben hauptsächlich freigelassene Sklaven – vor allem Griechen –, die sich ihren Lebensunterhalt damit zu verdienen scheinen, daß sie ihren früheren Herren nachlaufen. Sie haben alle tiefe Sorgenfalten im Gesicht, und Männer sind ihnen wohl lieber als Frauen. In den Stockwerken darunter trifft man alles mögliche: einen römischen Gerber und seine Familie, einen römischen Töpfer und seine Familie, einen römischen Schafhirten mit Familie – hast du gewußt, daß es in Rom Schafhirten gibt? Er hütet die Schafe draußen auf dem Campus Lanatarius, wenn sie an den Schlachter verkauft werden sollen, ist das nicht interessant? Ich fragte ihn, warum er sich nicht eine Wohnung dort in der Nähe suche, aber er sagte, seine Frau und er seien beide aus der Subura und könnten sich nicht vorstellen, irgendwo anders zu leben. Der lange Weg mache ihm nichts aus.« Aurelia wurde ganz aufgeregt, während sie erzählte.

Aber Caesar runzelte die Stirn. »Ich bin nicht eingebildet, Aurelia, aber ich glaube nicht, daß es gut ist, wenn du dich auf Gespräche mit den Mietern einläßt. Du bist die Ehefrau eines Julius' und mußt dich an gewisse Regeln halten. Man darf nicht herrisch oder unhöflich zu diesen Leuten sein und sollte auch Interesse für sie haben. Aber ich werde bald weggehen, und dann möchte ich nicht, daß aus solchen Bekannten Freunde meiner Frau werden. Du mußt ein bißchen Abstand zu deinen Mietern halten. Darum bin ich froh, daß die Makler die Miete kassieren und dich geschäftlich beraten.«

Aurelia starrte ihn bestürzt an und stammelte: »Es tut mir leid, Gaius Julius, ich – ich war unüberlegt. Ich habe mich wirklich nicht angebiedert. Ich dachte nur, es wäre interessant zu wissen, was jeder so tut.«

»Natürlich ist es das«, beschwichtigte er sie. Er merkte, daß er sie erschreckt hatte. »Erzähl mir noch mehr.«

»Dann gibt es noch einen griechischen Rhetor mit Familie, einen römischen Lehrer mit Familie – der möchte gerne die zwei Zimmer neben seiner Wohnung mieten, wenn sie frei werden, damit er seine Schulstunden hier abhalten kann.« Sie warf einen kurzen Blick auf Caesar und fügte hinzu: »Das haben mir die Makler erzählt.« Und damit belog sie ihren Mann zum ersten Mal.

»Das klingt gut«, sagte er, »und wen haben wir noch, meine Liebe?«

»Das Stockwerk über uns ist ziemlich eigenartig. Da wohnt ein Gewürzhändler mit seiner schrecklich überheblichen Frau. Und ein Erfinder! Er ist Junggeselle. Seine ganze Wohnung ist vollgestopft mit lauter kleinen Modellen von Hebekränen und Pumpen und Mühlen«, sprudelte es wieder aus ihr heraus.

»Willst du damit sagen, du warst in der Wohnung eines Junggesellen, Aurelia?« fragte Caesar.

Mit klopfendem Herzen belog sie ihn zum zweiten Mal. »Nein, Gaius Julius, wirklich nicht! Der Makler meinte, ich solle ihn doch auf seinen Rundgängen begleiten, dann könne ich die Mieter einmal überprüfen und sehen, wie sie leben.«

Caesar war beruhigt. »Ach so, ich verstehe! Natürlich. Was erfindet denn unser Erfinder?«

»Hauptsächlich Bremsen und Flaschenzüge, wie ich verstanden habe. Er hat mir gezeigt, wie das funktioniert, aber ich bin in solchen Dingen schrecklich unbegabt und konnte ihm nicht ganz folgen.«

»Seine Erfindungen scheinen sich zu lohnen, wenn er es sich leisten kann, im Stock über uns zu wohnen«, sagte Caesar. Er bemerkte mit einem unbehaglichen Gefühl, daß seine Frau nicht mehr so unbefangen und begeistert erzählte, aber er besaß nicht genug Einfühlungsvermögen, um zu merken, wessen Schuld das war.

»Seine Flaschenzüge baut er zusammen mit einer Gießerei, die viel für große Baufirmen arbeitet. Seine Bremsen stellt er in eigenen kleinen Betrieben irgendwo am Ende der Straße her.« Sie holte tief Luft und kam zu ihren ungewöhnlichsten Mietern: »Und wir haben ein ganzes Stockwerk voll Juden, Gaius Julius! Sie leben gerne zusammen mit anderen Juden, erzählten sie mir, weil sie so viele Regeln und Vorschriften zu befolgen haben – die sie sich im übrigen anscheinend selbst gegeben haben. Sehr fromme Leute! Ich kann die Abneigung der anderen gegen die Juden verstehen – verglichen mit ihnen sind wir ziemlich unmoralisch. Sie sind alle selbständig, vor allem weil sie jeden siebten Tag ihren Sabbat halten. Sind das nicht eigenartige Regeln? Wo doch in Rom an jedem achten Tag ein Feiertag mit Markt ist, und dann die vielen Feiern und Feste. Sie passen nicht zu nichtjüdischen Arbeitgebern. So vergeben sie die Arbeit lieber untereinander, anstatt normale Arbeitsstellen anzunehmen.«

»Wie ungewöhnlich!« sagte Caesar.

»Sie sind alle Handwerker und Gelehrte«, sagte Aurelia und versuchte, möglichst unbeteiligt zu wirken. »Einer von ihnen – Shimon heißt er, glaube ich – ist ein ganz ausgezeichneter Schreiber. Wunderbare Arbeit, Gaius Julius, wirklich sehr schön! Er schreibt nur in griechischer Schrift. Keiner von ihnen spricht Latein ganz perfekt. Wenn ein Verleger oder ein Autor ein besonderes Buch herausgeben will, das auch mehr kosten darf, geht er zu Shimon. Seine vier Söhne werden auch alle Schreiber. Shimon möchte, daß sie Latein genauso fließend beherrschen wie Griechisch, Aramäisch und – Hebräisch sagte er wohl auch noch. Dann werden sie immer genügend Arbeit haben in Rom.«

»Sind alle Juden Schreiber?«

»Nein, nein, nur Shimon. Einer arbeitet mit Gold, er beliefert ein paar Geschäfte am Porticus Margaritaria. Dann haben wir noch einen Portraitbildhauer, einen Schneider, einen Waffenschmied, einen Weber, einen Steinmetz und einen Balsamhändler.«

»Sie arbeiten doch hoffentlich nicht alle im Haus?« fragte Caesar besorgt.

»Nur der Schreiber und der Goldschmied, Gaius Julius. Der Waffenschmied besitzt eine Werkstatt in der Alta Semita, der Bildhauer hat Räume von einer großen Firma im Velabrum gemietet, und der Steinmetz bewirtschaftet ein Stück Land in der Nähe der Marmorkais am Hafen von Rom.« Aurelia konnte nicht verhindern, daß ihre veilchenblauen Augen wieder zu leuchten begannen. »Sie singen viel. Religiöse Lieder, glaube ich. Es sind ganz eigenartige Gesänge, weißt du, orientalisch und unmelodiös. Aber es ist nett, einmal etwas anderes als Kindergeschrei zu hören.«

Caesar strich ihr mit der Hand eine Haarsträhne zurück, die ihr ins Gesicht gefallen war. Ganze achtzehn Jahre war sie alt, seine Ehefrau. »Die Juden wohnen also gerne hier?« fragte er.

»Eigentlich leben wohl alle gerne hier«, sagte sie.

An diesem Abend schlief Caesar schon, als Aurelia noch wachlag und ein paar Tränen in ihr Kissen weinte. Sie wäre niemals auf die Idee gekommen, daß Caesar in einer *insula* in der Subura die gleichen Verhaltensweisen von ihr erwarten würde wie von einer Hausfrau auf dem Palatin. Konnte er denn nicht verstehen, daß es in diesen engen, dichtbewohnten Vierteln keine solchen Zerstreuungen und Vergnügungen gab wie auf dem Palatin? Nein, natürlich konnte er das nicht. Die ersten Schritte auf der politischen Karriereleiter nahmen seine ganze Zeit in Anspruch. Er verbrachte seine Tage auf dem Gericht, mit wichtigen Senatoren wie dem Senatsvorsitzenden Marcus Aemilius Scaurus, in der Münzprägeanstalt, bei den Beamten des Staatsschatzes und in den verschiedenen Arkaden- und Säulengängen, wo ein zukünftiger Senator sein Handwerk lernte. Es gab sicher keinen zweiten Gatten, der so sanft, so freundlich und so aufmerksam gewesen wäre, aber Gaius Julius betrachtete seine Frau eben auch als etwas ganz Besonderes.

Aurelias heimlicher Wunsch war es gewesen, die *insula* selbst zu führen und die Makler zu entlassen. So war sie allein in allen Stockwerken von Mieter zu Mieter gegangen, hatte mit allen gesprochen und herausgefunden, was sie für Menschen waren. Sie mochte diese Leute und konnte nicht einsehen, warum sie nicht persönlich mit ihnen verhandeln sollte. Bis sie jetzt mit Caesar gesprochen hatte und ihr klar geworden war, daß für ihn seine geliebte Ehefrau zu einer anderen Klasse gehörte, daß sie eine Frau war, die auf dem Sockel julianischer *dignitas* stand; niemals würde sie etwas tun dürfen, was möglicherweise das Ansehen seiner Familie schmälern könnte. Sie stammte selbst aus einer vornehmen Familie, sie verstand und respektierte diese Haltung. Aber was sollte sie hier nur den ganzen Tag über tun? Sie wagte nicht einmal darüber nachzudenken, daß sie ihren Mann zweimal belogen hatte. So weinte sie sich in den Schlaf.

Eine Schwangerschaft löste glücklicherweise fürs erste ihre Probleme. Sie fühlte sich ein wenig müde, aber ansonsten hatte sie nicht unter den üblichen Beschwerden zu leiden. Sie war jung und kerngesund, und in ihren Adern floß von väterlicher und mütterlicher Seite her genügend frisches Blut, so daß sie nicht die schwächliche Konstitution vieler junger Frauen aus altem Adel hatte. Außerdem hatte sie sich angewöhnt, jeden Tag lange Spaziergänge zu machen, schon um nicht vor Langeweile zu sterben. Im Schutze ihres hünenhaften Dienstmädchens Cardixa wanderte sie durch die Straßen von Rom.

Kurz vor der Geburt ihres ersten Kindes wurde Caesar in den Dienst von Gaius Marius nach Gallia Transalpina abgeordnet. Er machte sich große Sorgen um seine Frau, die er mit hoch gewölbtem Bauch, in einem so verletzlichen Zustand zurücklassen mußte.

»Hab keine Angst, mir geht es gut hier«, sagte sie.

»Aber geh auf jeden Fall rechtzeitig nach Hause zu deiner Mutter«, wies er sie an.

»Das laß nur meine Sorge sein, ich komme schon zurecht«, war ihre ganze Antwort.

Sie ging natürlich nicht ins Haus ihrer Mutter, sondern gebar das Kind in ihrer eigenen Wohnung. Keiner der Modeärzte vom Palatin war dabei, nur eine Hebamme aus der Subura und Cardixa. Nach leichten und ziemlich kurzen Wehen gebar sie ein Mädchen, eine weitere Julia, so blond und blauäugig und wunderschön, wie sich das für eine Julia gehörte.

»Wir werden sie ›Lia‹ rufen«, sagte sie zu ihrer Mutter.

»Ach nein! Wie wäre es mit ›Julilla‹?« jammerte Rutilia. Lia klang in ihren Ohren viel zu gewöhnlich.

Entschieden schüttelte Aurelia den Kopf. »Nein, dieser Rufname bringt kein Glück. Unsere Tochter wird ›Lia‹ heißen.«

Aber Lia wollte nicht gedeihen, sechs Wochen lang schrie sie Tag und Nacht. Schließlich marschierte Shimons Frau Ruth in Aurelias Wohnung und rümpfte verächtlich die Nase, als Aurelia von Ärzten, besorgten Großeltern, Blähungen und Erkältungen berichtete.

»Deine Tochter hier hat Hunger«, sagte Ruth mit starkem griechischen Akzent. »Du hast keine Milch, dummes Ding!«

»Oh je, wo soll ich hier eine Amme unterbringen?« fragte Aurelia. Ruth hatte natürlich recht, und Aurelia war sehr erleichtert. Aber sie hatte nicht die leiseste Ahnung, wie sie den Dienstboten klarmachen sollte, daß sie noch mehr zusammenrücken müßten, damit noch eine Amme Platz finden könnte.

»Du brauchst keine Amme, dummes Ding. Das ganze Haus ist voller stillender Mütter. Mach dir keine Sorgen, wir werden deine Kleine schon satt kriegen.«

»Ich kann euch Geld geben«, bot Aurelia vorsichtig an. Sie war einfühlsam genug, um zu spüren, daß sie jetzt nicht gönnerhaft wirken durfte.

»Wofür, um Himmels willen? Überlaß das mir, dummes Ding. Ich werde schon dafür sorgen, daß sie sich alle die Brustwarzen waschen, bevor sie deine Kleine anlegen! Sie muß einiges aufholen, und wir wollen doch nicht, daß sie krank wird.«

So kam die kleine Lia zu einer ganzen *insula* voller Ammen, und weder konnte das stattliche Angebot an unterschiedlichen Brustwarzen, die ihr in den Mund gesteckt wurden, ihre Gefühle durcheinanderbringen, noch das Gemisch aus griechischer, römischer, jüdischer, spanischer und syrischer Milch ihren Magen. Die kleine Lia gedieh prächtig.

Und auch Lias Mutter blühte auf, nachdem sie sich von der Geburt erholt hatte und kein ständig schreiendes Baby sie mehr beunruhigte. Je länger Caesar fort war, desto sicherer und selbstbewußter wurde sie. Zunächst einmal wies sie ihre männlichen Verwandten, die Caesar angewiesen hatte, ein Auge auf sie zu haben, in die Schranken.

»Wenn ich dich brauche, werde ich dich schon holen, Vater«, erklärte sie Cotta unmißverständlich.

»Onkel Publius, laß mich in Ruhe!« bekam Rutilius Rufus zu hören.

»Sextus Julius, geh doch nach Gallia!« sagte sie zum älteren Bruder ihres Ehemannes.

Dann wandte sie sich an Cardixa und rieb sich vergnügt die Hände: »Endlich gehört mein Leben mir! Jetzt wird sich einiges ändern!«

Den Anfang machte sie in ihren eigenen vier Wänden. Die Sklaven, die Caesar und sie kurz nach der Hochzeit gekauft hatten, hielten sie eher auf Trab, als daß sie ihr Arbeit abnahmen. Unter der Führung des Verwalters, eines Griechen namens Eutychus, erledigten sie ihre Aufgaben so gut, daß Aurelia keine ausreichenden Gründe fand, um sich bei Caesar über sie zu beklagen. Caesar sah vieles nicht so wie sie, außerdem war er oft so in Gedanken, daß er manches überhaupt nicht sah, vor allem Dinge im Haus. Aurelia schaffte es innerhalb eines einzigen Tages, daß die Dienstboten nach ihrer Pfeife tanzten. Erst hielt sie ihnen eine Standpauke, dann verkündete sie den Arbeitsplan. Gaius Marius hätte ihre Rede sehr imponiert, denn sie war kurz und unverblümt, im harten Ton und mit den knappen Handbewegungen eines Feldherrn.

»Oh weh! Und ich dachte, sie wäre ein nettes kleines Ding«, stöhnte Murgus, der Koch, später gegenüber dem Verwalter Eutychus.

Der Verwalter klimperte mit seinen verführerisch langen Wimpern: »Und was soll ich sagen? Ich hatte mir vorgestellt, ich könnte mich in ihr Schlafzimmer schleichen und sie ein bißchen über Caesars Abwesenheit hinwegtrösten – und jetzt so was! Da würde ich ja eher zu einer Löwin ins Bett kriechen!«

»Meinst du, sie würde allen Ernstes den großen finanziellen Verlust in Kauf nehmen und uns mit schlechten Empfehlungen verkaufen?« fragte Murgus, dem bei dem bloßen Gedanken schon die Knie zitterten.

»Sie würde uns kreuzigen lassen, wenn es sein muß!« sagte der Verwalter ungerührt.

Nach dieser ersten Schlacht nahm Aurelia die Verhandlungen mit dem Mieter der anderen Parterrewohnung in Angriff. In ihrem Gespräch mit Caesar über die Hausbewohner hatte sie diesen Mann gar nicht erwähnt, Caesar hätte die Lage nicht so gesehen wie sie. Aber jetzt hatte sie freie Hand, und sie handelte.

Die andere ebenerdige Wohnung war über den Innenhof der *insula* erreichbar, Aurelia hätte nur über den Hof am Fuße des Lichtschachts hinübermarschieren müssen. Doch das hätte ihrem Besuch einen Charakter von Vertraulichkeit verliehen, den sie gerade nicht wünschte. Sie wollte die Wohnung ihres Mieters durch die vordere Haustür betreten. Das bedeutete, daß sie durch ihre Vordertür auf den Vicus Patricii treten mußte, rechts herum an den vermieteten Ladenräumen vorbei bis zur Spitze des Gebäudes gehen mußte, wo die Taverne an der Kreuzung stand, dann nach rechts in die Subura Minor hinein und an den anderen Geschäften ihrer *insula* vorbei, bis sie endlich zur Haustür der zweiten Parterrewohnung kam.

Hier wohnte ein berühmter Schauspieler namens Epaphroditos, und zwar, wenn man den Büchern trauen konnte, seit mehr als drei Jahren.

»Sag Epaphroditos, seine Hauswirtin möchte ihn sprechen«, wies Aurelia den Türsklaven an.

Während sie in der Eingangshalle wartete – die genauso groß war wie die Halle in ihrer Wohnung –, suchte sie mit geübtem Blick die Wände nach Rissen, abgeschlagenen Ecken, abblätternder Farbe und ähnlichem ab. Seufzend mußte sie feststellen, daß es hier besser aussah als in ihrer eigenen Eingangshalle. Die Wände waren frisch bemalt mit üppigen Früchten, bunten Blumen und prallen Cupidos zwischen täuschend echt nachgeahmten Purpurvorhängen.

»Ich kann es nicht glauben!« drang eine angenehm wohltönende Stimme auf griechisch an ihr Ohr.

Blitzschnell wandte Aurelia sich um. Ihr Mieter war sehr viel älter, als sie es der Stimme nach erwartet hätte. Auch sein Aussehen – jedenfalls soweit sie es von jenseits des Hofes her hatte einschätzen können – und der Ruf, den er als Schauspieler genoß, hätten nicht vermuten lassen, daß er ein Mann in den Fünfzigern war. Er war sorgfältig geschminkt und trug eine goldgelbe Perücke und eine üppig fallende Robe aus tyrischem Purpur, bestickt mit Tausenden von goldenen Sternen. Viele Römer trugen Purpur und gaben vor, es wäre der echte Purpur aus Tyros, aber dieser war wirklich echt: eine Farbe zwischen Schwarz und Violett glänzend, in wechselndem Licht zu Pflaumenblau und tiefstem Purpurrot changierend. Auf Wandteppichen sah man so etwas schon einmal, aber als Gewand hatte Aurelia echten tyrischen Purpur erst einmal gesehen. Als sie Cornelia, die Mutter der Gracchen, in ihrer *villa* besucht hatten, hatte Cornelia ihr stolz einen Umhang gezeigt, den Aemilius Paullus dem König Perseus von Makedonien abgenommen hatte.

»Was kannst du nicht glauben?« fragte Aurelia, ebenfalls auf griechisch.

»Du bist unglaublich, Schätzchen! Ich hörte schon, daß unsere Hauswirtin schön sei und ein Paar wunderbare blaue Augen habe, aber die Wirklichkeit stellt alles in den Schatten, was ich mir aus dem Abstand über den Innenhof her ausgemalt habe!« flötete er mit seiner wohlklingenden Stimme, die trotz der unmännlichen Höhe nicht lächerlich wirkte. »Nimm doch Platz!« sagte er.

»Ich stehe lieber.«

Er hielt abrupt inne, drehte sich um und zog seine dünnen, sorgfältig gezupften Augenbrauen hoch. »Es geht also um Geschäftliches?«

»Selbstverständlich.«

»Wie kann ich dir behilflich sein?« fragte er.

»Indem du ausziehst.«

Er schnappte nach Luft, wankte, seine Hände fuhren an die Brust, ein Ausdruck des Schreckens trat in sein Gesicht.

»Was?«

»Du hast acht Tage Zeit«, sagte die Hauswirtin.

»Aber das kannst du doch nicht machen! Ich habe immer pünktlich die Miete bezahlt! Ich kümmere mich so sorgfältig um diese Wohnung, als wäre sie mein Eigentum. Erklär mir deine Gründe, *domina*«, sagte er. Sein Stimme klang jetzt hart, und aus seinem geschminkten Gesicht war alle Freundlichkeit gewichen.

»Deine Art zu leben gefällt mir nicht«, sagte Aurelia.

»Wie ich lebe, ist meine Sache.«

»Nicht mehr, wenn ich auf der anderen Seite des Hofes meine Familie aufziehen muß und von dort Dinge sehe, die weder meinem Kind noch mir guttun. Nicht mehr, wenn deine Geliebten beiderlei Geschlechts auf den Hof hinausströmen und dort ihre Spielchen fortsetzen.«

»Bring doch Vorhänge an«, sagte Epaphroditos.

»Das werde ich nicht tun. Und es wird mir auch nicht genügen, wenn du Vorhänge anbringst. Denn wir können ebensogut hören wie sehen.«

»Nun gut, es tut mir leid, daß du so denkst, aber für mich macht das keinen Unterschied. Ich werde nicht ausziehen«, sagte Epaphroditos brüsk.

»Wenn es so steht, werde ich Amtsdiener kommen lassen und dich zur Räumung zwingen.«

Epaphroditos nutzte seine verblüffenden Künste, größer zu wirken, als er war, und kam bedrohlich näher. Aurelia fühlte sich an Achilles erinnert, wie er sich im Harem des Königs Lykomedes auf Skyros versteckte.

»Jetzt hör mir gut zu, mein Fräulein. Ich habe ein Vermögen dafür ausgegeben, diesen Ort so zu gestalten, wie es mir gefällt, und ich habe nicht die Absicht, ihn zu verlassen. Wenn du versuchst, irgendwelche Mätzchen mit mir zu machen, wie beispielsweise die Amtsdiener hierherzuschicken, werde ich dich verklagen! Um genau zu sein, sobald ich dich aus meiner Wohnung geleitet habe, werde ich direkt zum Büro des Stadtprätors gehen und meine Klage einreichen.«

Gegen ihre veilchenblauen Augen erschien der tyrische Purpur wie billiger Tand. »Tu das nur!« sagte sie süß. »Er heißt Gaius Memmius und ist mein Vetter. Es stehen zur Zeit allerdings viele Prozesse an, du wirst dich erst einmal an seinen Helfer wenden müssen. Frag ruhig nach seinem Namen! Er heißt Sextus Julius Caesar und ist mein Schwager.« Sie machte ein paar Schritte und betrachtete die frisch dekorierten Wände und den wertvollen Mosaikfußboden. In keiner anderen Wohnung gab es etwas ähnliches. »Ja, das ist alles sehr hübsch! Ich bin froh, daß dein Geschmack in puncto Innenausstattung besser ist als der in der Wahl deiner Freunde. Aber du wirst sicher wissen, daß jede Verbesserung der Ausstattung von gemieteten Räumlichkeiten Eigentum des Hausbesitzers ist. Der Hausbesitzer ist gesetzlich nicht verpflichtet, auch nur einen Sesterz zu erstatten.«

Acht Tage später war Epaphroditos verschwunden. Er stieß wüste Flüche über die Frauen im allgemeinen und Aurelia im besonderen aus, konnte aber nichts tun. Aurelia hatte zwei Gladiatoren angeheuert, die in seiner Wohnung Wache standen, und so konnte Epaphroditos weder die Fresken verunstalten noch den Mosaikboden abgraben, was er allen Ernstes vorgehabt hatte.

»Gut!« sagte Aurelia und rieb sich den Staub von den Händen. »Jetzt kann ich mir einen anständigen Mieter suchen, Cardixa.«

Es gab verschiedene Möglichkeiten, eine freie Wohnung zur Vermietung anzubieten. Der Hausbesitzer konnte eine Notiz an seiner Haustür anbringen, an den Wänden seiner Ladenräume, an den Eingängen der öffentlichen Bäder und Latrinen sowie an jeder Wand, die einem Freund gehörte, und eine solche Nachricht verbreitete sich auch mündlich. Da Aurelias *insula* als besonders sicher bekannt war, gab es keinen Mangel an Bewerbern für die Wohnung. Aurelia sprach mit allen persönlich, manche gefielen ihr, manche schienen ihr vertrauenswürdig, manchen hätte sie die Wohnung selbst dann nicht gegeben, wenn sie die einzigen Interessenten gewesen wären. Aber niemand entsprach genau ihren Vorstellungen, so suchte sie weiter und führte Gespräch um Gespräch.

Sieben Wochen vergingen, bis sie endlich ihren idealen Mieter gefunden hatte. Er hieß Gaius Matius, war Ritter und Sohn eines Ritters, ungefähr so alt wie Caesar, und seine Frau war im gleichen

Alter wie Aurelia. Beide waren wohlerzogen und gebildet, hatten etwa zur gleichen Zeit geheiratet wie Caesar und Aurelia, und sie hatten ein kleines Mädchen in Lias Alter. Außerdem waren sie gut betucht. Seine Frau hieß Priscilla, der Name kam wohl eher vom *cognomen* als vom Gentilnamen ihres Vaters, aber in all den Jahren, in denen die Familie im gleichen Haus wohnte, fand Aurelia nie heraus, wie Priscilla eigentlich hieß. Die Familie Matius verdiente ihr Geld mit der Vermittlung von Geschäften und der Abfassung von Verträgen. Der Vater von Gaius Matius lebte mit seiner zweiten Frau und sehr viel jüngeren Kindern in einem geräumigen Haus auf dem Quirinal. Aurelia überprüfte diese Angaben sorgfältig, und als sie sicher war, daß alles der Wahrheit entsprach, vermietete sie Gaius Matius die Parterrewohnung für die stattliche Summe von zehntausend *denarii* jährlich. Epaphroditos' wertvolle Wandmalereien und der schöne Mosaikboden trugen nicht wenig dazu bei, daß der Mietvertrag zustande kam, und ebenso die Abmachung, daß Aurelia in Zukunft ihre Mietverträge von der Firma Gaius Matius und Sohn aufsetzen lassen würde.

Denn inzwischen zogen nicht mehr die Makler die Mieten ein, sondern Aurelia kümmerte sich selbst um ihre *insula*. Für alle Wohnungen sollten schriftliche Mietverträge aufgestellt werden, die alle zwei Jahre verlängert werden konnten. Die Mietverträge enthielten Klauseln, die den Schadenersatz im Falle einer Beschädigung der Wohnung regelten und die Mieter davor schützten, vom Vermieter übervorteilt zu werden.

Aurelias Wohnzimmer verwandelte sich allmählich in ein Büro, in dem sich die Rechnungsbücher stapelten. Ihre früheren Beschäftigungen hatte sie aufgegeben, nur der Webstuhl stand noch da. Sorgfältig arbeitete sie sich in die vielfältigen Aufgaben einer Hausbesitzerin ein. Sie holte sich alle Unterlagen von den früheren Hausverwaltern und ging Berge von Akten durch: Adressenlisten von Steinmetzen, Malern, Gipsern, Händlern aller Art, Aufstellungen über Wassergeld, Steuer, Landrechte, Sammlungen von Rechnungen und Quittungen. Ein großer Teil der Einnahmen mußte sofort wieder ausgegeben werden, denn der Staat stellte das Wasser und die Kanalisation in Rechnung, und für jedes Fenster der *insula*, für jede Tür, die auf die Straße hinausführte, für jede Treppe zu jedem Stockwerk mußte eine Gebühr entrichtet werden. Ständig fielen Reparaturen an, obwohl die *insula* zweifelsohne sehr solide gebaut war. Mehrere Zimmermänner standen auf der Liste, Aurelia verglich die Rechnungen sorgfältig und fand schließlich den heraus, der die meiste Arbeit in der kürzesten Zeit geleistet zu haben schien. Sie bestellte ihn zu sich und wies ihn an, die hölzernen Gitter zu entfernen, mit denen der Lichtschacht ausgekleidet war.

Seit sie mit Caesar in die *insula* gezogen war, verfolgte sie diesen Plan – Aurelia wünschte sich sehnlich, einen Garten anzulegen. Sie träumte davon, den ungepflegten Innenhof in eine Oase für alle Bewohner des Hauses zu verwandeln. Doch alles schien sich gegen sie verschworen zu haben, angefangen mit Epaphroditos, der auch den Hof benutzen durfte. Caesar hatte das seltsame Treiben in der anderen Wohnung selbst nie beobachtet, denn Epaphroditos war gewitzt genug gewesen, dafür zu sorgen, daß seine Ausschweifungen nur stattfanden, wenn Caesar außer Haus war. Und Aurelia hatte lernen müssen, daß Caesar insgeheim die Berichte von Frauen immer für übertrieben hielt.

Alle oberen Stockwerke hatten einen Balkon zur Hofseite hin, doch zwischen den Säulen, auf denen die Balkone ruhten, waren so dichte hölzerne Gitter angebracht, daß kein Bewohner auch nur einen Blick nach draußen werfen konnte. Diese Gitter schützten zugegebenermaßen den Hof gegen unerwünschte Einblicke und dämpften den ständigen Lärm, der aus allen Wohnungen drang. Aber dadurch war der Lichtschacht ein trüber, dunkelbrauner Schornstein, der Hof ein ebenso trübes, dunkles Loch. Die oberen Stockwerke bekamen weder Licht noch frische Luft.

Caesar war kaum fort, da bestellte Aurelia den Zimmermann und wies ihn an, alle Gitter zu entfernen.

Völlig entgeistert starrte er sie an.

»Was ist los?« fragte sie verblüfft.

»*Domina,* es wird keine drei Tage dauern, bis der Hof knietief in Pisse und Scheiße schwimmt. Von den anderen Dingen, die sie dir auf den Kopf schmeißen werden, will ich gar nicht erst reden: Von toten Hunden über tote Omas bis zu unerwünschten Töchtern ist alles möglich.«

Aurelia spürte, wie sie bis unter die Haarwurzeln errötete. Nicht die drastischen Worte des Zimmermanns brachten sie in solche Verlegenheit, sondern ihre eigene Naivität. Sie war so schrecklich dumm und unerfahren! Warum hatte sie nicht selbst daran gedacht? Sie hatte ihr ganzes Leben in großen Privathäusern verbracht und war an den Treppen und Eingängen der Mietshäuser vorbeigelaufen, ohne auch nur die blasseste Ahnung zu haben, wie das Leben darin wirklich aussah. Selbst ihrem Onkel Cotta wäre der Sinn der hölzernen Gitter nicht aufgegangen.

Aurelia schlug die Hände vor das Gesicht und bot dem Zimmermann in ihrer Verwirrung einen so entzückenden Anblick, daß er monatelang von ihr träumte, regelmäßig vorbeikam, um nach dem Rechten zu sehen, und seine Arbeitsleistung auf das Doppelte steigerte.

Aurelia war ihm sehr dankbar.

Nachdem sie den widerspenstigen Epaphroditos endlich hinausgesetzt hatte, konnte sie darangehen, ihre Gartenpläne zu verwirklichen. Wie sich herausstellte, war ihr neuer Mieter Gaius Matius von dem Gedanken an einen Garten ebenso begeistert wie sie.

»Laß mich mithelfen!« bat er inständig.

Sie konnte schlecht nein sagen, wo sie mit solcher Mühe die passenden Mieter ausgewählt hatte. »Natürlich kannst du mir helfen.«

Wieder mußte sie dazulernen: Vom Traum von einem blühenden Garten bis zu den ersten Blüten im Garten war es ein weiter und mühsamer Weg. Gaius Matius erwies sich als unschätzbare Hilfe, er hatte das richtige Händchen für Blumen und Pflanzen. Caesars Badewasser, das früher in den Abwasserkanälen versickert war, speiste jetzt eine kleine Zisterne im Hof. Damit bewässerten sie die Pflanzen, die Gaius mit verblüffender Geschwindigkeit herbeizauberte. Die meisten ließ Gaius, wie er Aurelia gestand, aus dem weitläufigen Garten seines Vaters auf dem Quirinal mitgehen, aber auch überall sonst, wo er geeignete Büsche, Bäume, Weinstöcke oder Sträucher entdeckte. Er wußte, wie man schwächliche Pflänzchen auf starke Wurzelstöcke derselben Art aufpfropfte, er wußte, welche Pflanzen ein bißchen Kalk brauchten und welche in der sauren römischen Erde gediehen. Er wußte, wann die Samen eingesät, die Pflanzen ausgesetzt, die Sträucher beschnitten werden mußten. In einem Jahr verwandelte er den Hof – der immerhin dreißig Fuß lang und dreißig Fuß breit war – in eine grüne Laube, und vom Hof aus rankte sich an den Gittern zwischen den Säulen der Efeu dem handtuchbreiten Stück Himmel hoch oben entgegen.

Eines Tages klopfte Shimon, der jüdische Schreiber, bei ihr an. Mit seinem langen Bart und den langen Locken, die aus seinem kleinen Käppchen quollen, mutete er Aurelia reichlich fremdartig an.

»*Domina* Aurelia, wir vom vierten Stockwerk möchten dich um einen ganz besonderen Gefallen bitten.«

»Laß hören, ich werde tun, was ich kann.«

»Sei versichert, daß wir vollstes Verständnis dafür aufbringen würden, wenn du uns diese Bitte abschlagen solltest, denn unsere Bitte stellt ein Eindringen in deine Privatsphäre dar.« Shimon drückte sich so umständlich und gewählt aus wie sonst nur bei seiner Arbeit. »Würdest du uns die Erlaubnis erteilen, die hölzernen Gitter von unserem Balkon im Lichtschacht zu entfernen? Wir geben dir selbstverständlich unser Wort darauf, daß wir niemals Abfälle oder Unrat hinunterwerfen werden. Wir wären überglücklich, wenn wir bessere Luft atmen und auf deinen wunderschönen Garten hinabblicken könnten.«

Aurelia strahlte übers ganze Gesicht. »Mit großer Freude gewähre ich euch diese Bitte. Aber ich kann genausowenig dulden, daß Abfall und Unrat durch die Fenster auf die Straße hinausgeworfen wird. Ihr müßt mir also versprechen, daß ihr allen Abfall über die Straße zur öffentlichen Latrine tragt.«

Hoch erfreut gab Shimon ihr sein Wort.

Die Gitter im vierten Stock waren schnell entfernt. Nur an den Stellen, wo sie die Säulen einkleideten, blieben sie auf Gaius Matius' Bitte stehen, damit der Efeu weiter emporranken konnte. Die Juden hatten den Anfang gemacht, die anderen Mieter zogen bald nach: Als Nächste baten der Erfinder und der Gewürzhändler im ersten Stock um die Erlaubnis, die Gitter entfernen zu dürfen, dann fragte ein Stockwerk nach dem anderen, bis nur noch die winzigen Kammern der Freigelassenen in den obersten beiden Stockwerken vergittert waren.

Im Frühjahr vor der Schlacht von Aquae Sextiae kam Caesar zu einem kurzen Besuch nach Rom und überbrachte Berichte von jenseits der Alpen. Bei diesem Besuch wurde Aurelia wieder schwanger. Im darauffolgenden Februar gebar sie ein zweites Mädchen, wieder fand die Geburt in ihrem eigenen Haus statt, nur die Hebamme und Cardixa waren dabei. Dieses Mal merkte sie gleich, daß sie zuwenig Milch hatte. Die zweite kleine Julia – sie sollte ihr Leben lang unter dem kindischen Spitznamen Ju-Ju leiden – wurde sofort einem Dutzend stillender Mütter, verteilt über alle Stockwerke der *insula*, an die Brust gelegt.

*»Das ist gut«*, schrieb Caesar als Antwort auf ihren Brief mit der Nachricht von Ju-Jus Geburt. *»Damit haben wir die beiden obliga-*

*torischen Mädchen hinter uns gebracht. Beim nächsten Mal, wenn ich wieder in Rom bin, können wir mit den julianischen Söhnen anfangen.«*

So ähnlich reagierte auch ihre Mutter Rutilia. Auch sie meinte, Aurelia müsse nach der Geburt einer weiteren Tochter getröstet werden.

»Du hättest wissen können, daß das überflüssig war!« lachte Cotta.

Rutilia war etwas verstimmt. »Ja, schon. Aber ehrlich, Marcus Aurelius, meine Tochter wird mir immer ein Rätsel bleiben! Ich wollte sie aufmuntern, aber sie zog nur eine Augenbraue hoch und ließ mich wissen, daß ihr das Geschlecht ihrer Kinder völlig gleichgültig sei. Wichtig sei nur, daß die Kleinen gesund seien.«

»Aber das ist doch eine wunderbare Einstellung! Vor mehr als vierhundert Jahren haben unsere Vorfahren aufgehört, Mädchen gleich nach der Geburt auszusetzen – wenn sie es sich leisten konnten, sie durchzufüttern. Was für ein Fortschritt, wenn sich eine Mutter jetzt auch über Töchter freut!«

»Ja, schon! Aber du hättest sie sehen sollen. Nicht ihre Einstellung stört mich, nein, sie hat mir das Gefühl gegeben, ich sei eine Närrin, weil ich etwas so Selbstverständliches ausgesprochen habe«, gab Rutilia beleidigt zurück.

Publius Rutilius Rufus war eindeutig parteiisch in diesem Streit. »Sie ist wundervoll«, schmunzelte er.

»Ja, was sonst!« sagte Rutilia.

»Ist es ein hübsches kleines Mädchen?«

»Ausgesprochen hübsch sogar, was hast du denn erwartet? Die zwei müßten sich schon auf den Kopf stellen, um ein häßliches Kind zu zeugen. Und selbst dann hätten sie schlechte Chancen«, knurrte Rutilia.

»Sachte, sachte, was sind das für Töne von einer ehrbaren Ehefrau aus römischem Adel!« rügte Cotta und zwinkerte Rutilius Rufus schelmisch zu.

»Euch sollen doch die Zähne ausfallen!« rief Rutilia wütend und warf mit Kissen nach den beiden.

Kurz nach Ju-Jus Geburt mußte sich Aurelia aufraffen, mit den Männern von der Taverne an der Ecke zu verhandeln. Sie hatte sich lange vor dieser Aufgabe gedrückt. Obwohl die Taverne baulich zu ihrer *insula* gehörte, konnte sie dort keine Miete kassieren, denn der

Ort galt als Treffpunkt einer religiösen Bruderschaft. Die Taverne hatte zwar nicht den Status eines Tempels oder *aedes*, war aber immerhin in den Büchern des Stadtprätors offiziell registriert.

Die Taverne war für alle eine Plage. Tag und Nacht wurde dort gelärmt, die Besucher stießen andere Leute vom Bürgersteig, aber keiner hielt es für nötig, den ständig wachsenden Müllberg auf dem Bürgersteig einmal wegzuräumen. Cardixa war die erste, die mit der düsteren Seite der religiösen Bruderschaft in der Taverne in Berührung kam. Sie sollte Salbe für Ju-Jus wunden Popo kaufen. Als sie den kleinen Laden neben Aurelias Vordertür betrat, fand sie die Besitzerin – eine alte Frau aus Galatien, die sich mit Heilkräutern und Salben, Wundermitteln und Säften auskannte – angstvoll an die Rückwand gedrängt. Zwei niederträchtig aussehende Männer verhandelten darüber, welche der vielen Flaschen und Gläser sie zuerst zerschlagen sollten. Dank Cardixa ging nichts zu Bruch – dafür schlug sie gehörig auf die beiden Übeltäter ein. Mit ziemlichem Nachdruck holte sie die Wahrheit aus der völlig verschüchterten alten Frau heraus. Sie gestand, daß sie ihre Schutzgebühr nicht bezahlen könne und deshalb von den Männern bedroht worden sei.

»Jeder Laden muß der Bruderschaft eine Gebühr bezahlen«, berichtete Cardixa ihrer Herrin. »Sie behaupten, das Geld sei der Lohn dafür, daß sie die Gegend vor Überfällen und Diebstählen schützten. Dabei sind sie die einzigen, die Geschäftsleute überfallen und ausrauben! Vor allem, wenn die Ladenbesitzer die Gebühr nicht bezahlen. Die arme alte Galaterin hat erst vor kurzem ihren Mann begraben, es war eine schöne Beerdigung, jetzt hat sie keinen Sesterz mehr übrig, *dominilla.*«

»Jetzt reicht's! Komm, Cardixa, denen werden wir es zeigen!« Aurelia wappnete sich zum Kampf.

Energisch marschierte sie zur Tür hinaus und in jeden Laden am Vicus Patricii hinein. Alle Ladenbesitzer mußten ihr sagen, wieviel Schutzgebühr sie an die ominöse Bruderschaft bezahlten. Aus den Berichten schloß sie, daß sich die Geschäfte der Bruderschaft weit über ihre *insula* hinaus erstreckten, und nachdem sie schließlich die gesamte Nachbarschaft abgeklappert hatte, kannte sie die ganze Geschichte dieser erstaunlich unverfrorenen Erpressungen. Selbst die beiden Frauen von der öffentlichen Latrine auf der anderen Seite der Subura Minor mußten der Bruderschaft einen gewissen Teil ihrer Einnahmen abtreten. Sie verkauften Schwämme, die an kleinen Stöcken befestigt waren, mit denen sich besser betuchte Römer nach einem Besuch der Latrine den Hintern säuberten. Außerdem holten die Frauen auf Wunsch die Nachttöpfe aus den Wohnungen ab, leerten und reinigten sie. Als die Bruderschaft davon erfuhr, zerschlugen sie alle Nachttöpfe, und die Frauen mußten neue beschaffen. Die Bäder neben der öffentlichen Latrine waren, wie alle Bäder in Rom, in Privatbesitz. Hier erhob die Bruderschaft ihre sogenannten Gebühren dafür, daß die Kunden nicht so lange unter Wasser gehalten wurden, bis sie fast ertrunken waren.

Am Ende ihrer Ermittlungen schäumte Aurelia vor Wut. Sie beschloß, erst einmal nach Hause zu gehen und sich zu beruhigen, bevor sie sich in die Höhle des Löwen wagte.

»Von meinem Haus aus! Meinem Eigentum!« empörte sie sich.

»Mach dir keine Sorgen, Aurelia, wir werden ihnen die gerechte Strafe verpassen!« beschwichtigte Cardixa.

»Wo ist Ju-Ju?« fragte Aurelia und holte tief Atem.

»Oben im vierten Stock. Rebekka ist heute morgen mit Stillen an der Reihe.«

Aurelia rang die Hände. »Warum habe ich bloß keine Milch? Ich bin so vertrocknet wie eine alte Jungfer!«

Cardixa zuckte die Achseln. »Manche Frauen haben eben Milch und manche nicht. Das ist halt so. Deshalb brauchst du den Kopf nicht hängen zu lassen – eigentlich betrübt dich doch diese Sache mit der Bruderschaft. Die Frauen geben Ju-Ju gern ein paar Schlucke, das weißt du genau. Ich schicke einen Sklaven hinauf zu Rebekka, sie soll noch ein bißchen länger auf Ju-Ju aufpassen. Inzwischen gehen wir hinüber und knöpfen uns diese miesen Schufte vor.«

Aurelia erhob sich. »Dann laß uns gehen, damit wir es hinter uns bringen.«

Im Inneren der Taverne brannte nur ein trübes Licht. Aurelia stand im Türrahmen, von Sonnenlicht umflutet, im vollen Glanz der Schönheit, die sie ihr Leben lang behalten sollte. Das laute Stimmengewirr in der Taverne brach abrupt ab, setzte aber um so heftiger wieder ein, als Cardixas hünenhafte Gestalt sich hinter Aurelia auftürmte.

»Da ist dieses Ungeheuer, das uns heute morgen verprügelt hat!« ertönte eine Stimme aus dem Hintergrund.

Einige Männer rückten unruhig auf den Bänken hin und her. Aurelia marschierte schnurstracks hinein und blickte sich herausfordernd um, und Cardixa postierte sich wachsam am Eingang.

»Wer trägt die Verantwortung für euch Flegel?« fragte Aurelia in schneidendem Ton.

Ein kleiner, dünner Mann um die Vierzig mit unverwechselbar römischen Gesichtszügen erhob sich am hintersten Tisch in der Ecke. »Ich«, sagte er, während er nach vorn kam. »Lucius Decumius, zu deinen Diensten.«

»Du weißt, wer ich bin?«

Er nickte.

»Du wohnst – mietfrei! – auf meinem Grund und Boden.«

»Das hier gehört nicht dir, sondern dem Staat, Gnädigste!«

»Das stimmt nicht.« Aurelias Augen hatten sich allmählich an die düstere Beleuchtung gewöhnt, und sie blickte sich um. »Dieser Ort ist eine Schande. Du kümmerst dich überhaupt nicht darum. Ich kündige dir hiermit.«

Plötzlich hatte es allen die Sprache verschlagen. Lucius Decumius kniff die Augen zusammen. Er war jetzt auf der Hut.

»Du kannst uns nicht kündigen.«

»Das wirst du schon sehen!«

»Ich werde mich beim Stadtprätor beschweren.«

»Tu das ruhig! Er ist ein Vetter von mir.«

»Dann gehe ich eben zum Pontifex Maximus.«

»Gut. Er ist auch ein Vetter von mir.«

Lucius Decumius ließ ein Schnauben vernehmen, es war schwer zu sagen, ob vor Wut oder vor Lachen. »Sie können ja wohl nicht alle deine Vettern sein!«

»Sie können, und sie sind es.« Aurelia zeigte ihre blendend weißen Zähne. »Mach keinen Fehler, Lucius Decumius. Du und deine dreckige Bande, ihr werdet verschwinden.«

Nachdenklich ließ Lucius Decumius seinen Blick über sie wandern und kratzte sich mit einer Hand am Kinn. Im Winkel seiner klaren, blauen Augen meinte Aurelia ein Zwinkern zu entdecken. Er trat zur Seite und wies mit einer galanten Armbewegung zu dem Tisch, von dem er gerade aufgestanden war. »Wie wäre es, wenn wir unser kleines Problem in aller Ruhe besprechen?« fragte er in butterweichem Ton wie Scaurus.

»Da ist nichts zu besprechen. Ihr verschwindet.«

»Ach was! Einen gewissen Verhandlungsspielraum gibt es doch immer. Also, Gnädigste, am besten setzen wir beide uns erst einmal hin«, schmeichelte Lucius Decumius.

Mit Schrecken bemerkte Aurelia, daß sie diesen Lucius Decumius eigentlich ganz gut leiden konnte! Lächerlich. Aber es war so.

»Also gut. Cardixa, stell dich hinter meinen Stuhl.«

Lucius Decumius zog einen Stuhl für sie heran und nahm selber auf der Bank Platz. »Einen Schluck Wein, Gnädigste?«

»Auf keinen Fall.«

»Hm.«

»Also?«

»Also was?« fragte Lucius Decumius.

»Du wolltest etwas besprechen.«

»Ach ja, stimmt, so war's.« Lucius Decumius räusperte sich. »Tja, was war es noch einmal genau, was dich stört?«

»Deine Anwesenheit unter meinem Dach.«

»Sachte, sachte. Das ist ja vielleicht ein bißchen sehr allgemein gesprochen, oder? Wir werden uns sicher irgendwie einigen können – jetzt erzählst du mir mal, was du auszusetzen hast, und dann kümmere ich mich drum, so gut ich kann.«

»Wie schäbig und heruntergekommen es hier aussieht. Der Dreck. Der Lärm. Daß ihr glaubt, euch gehört die Straße, das ganze Viertel, alles, und nichts davon stimmt!« Aurelia zählte einen Punkt nach dem anderen auf. »Vor allem eure kleinen Geschäfte in der Nachbarschaft! Anständige Geschäftsleute in Angst und Schrecken versetzen! Sie auspressen wie Zitronen! Das ist abscheulich, niederträchtig, gemein!«

Lucius Decumius blickte sie ernst an und beugte sich ein wenig vor. »Es gibt Wölfe und Schafe auf dieser Welt, Gnädigste. Das ist die Natur. Wir wissen doch alle, daß auf jeden Wolf mindestens tausend Schafe kommen. Wir hier drinnen sind die Wölfe in diesem Revier, so mußt du dir das vorstellen. Dabei sind wir nicht einmal so böse wie Wölfe. Wir haben nur kleine Zähne, schnappen mal hier, mal dort zu, aber wir brechen niemandem das Genick.«

»Dein Vergleich ist abstoßend und kann mich kein bißchen umstimmen. Du verschwindest.«

»Oh, ich armer Kerl! Was bin ich für ein armer Tropf!« Lucius Decumius richtete sich auf und warf Aurelia einen schnellen Blick zu. »Sind sie wirklich *alle* Vettern von dir?«

»Mein Vater war der Konsul Lucius Aurelius Cotta. Mein Onkel ist der Konsul Publius Rutilius Rufus. Mein anderer Onkel ist der Prätor Marcus Aurelius Cotta. Mein Mann ist der Quästor Gaius Julius Caesar.« Aurelia lehnte sich in ihrem Stuhl zurück, neigte den

Kopf zur Schulter, schloß die Augen und säuselte süffisant: »Und Gaius Marius ist mein Schwager.«

»Ha, ha, und mein Schwager ist der König von Ägypten.« Lucius Decumius hatte genug Namen gehört.

»Dann gehst du am besten nach Ägypten zurück, würde ich vorschlagen.« Lucius Decumius' kläglicher Versuch, sarkastisch zu sein, hatte Aurelia kein bißchen aus der Ruhe gebracht. »Der Konsul Gaius Marius ist mein Schwager.«

»Ja, ja, und die Schwägerin von Gaius Marius lebt selbstverständlich in einer *insula* im letzten verkommenen Winkel der Subura!« gab Lucius Decumius zurück.

»Die *insula* gehört mir. Das war meine Mitgift, Lucius Decumius. Mein Mann ist nicht der älteste Sohn seines Vaters. Einstweilen wohnen wir hier in meiner *insula*, später werden wir sicher woanders leben.«

»Gaius Marius ist wirklich dein Schwager?«

»Von Kopf bis Fuß, jawohl.«

Lucius Decumius seufzte schwer. »Mir gefällt es hier. Laß uns also verhandeln.«

»Ich will, daß du verschwindest.«

»Schau, Gnädigste, ein paar Rechte habe ich doch immerhin auch. Das hier ist eine Kreuzwegebruderschaft, Gnädigste, so steht es in den amtlichen Büchern des Stadtprätors, wir hüten den heiligen Schrein dieser Kreuzung. Rechtmäßig. Du glaubst vielleicht, bei all deinen Vettern gehört dir der Staat – aber wenn wir ausziehen, werden andere Gauner kommen, stimmt's? Soll ich dir ein kleines Geheimnis verraten?« Er beugte sich wieder vor. »Alle Brüder der Kreuzwegevereine sind Wölfe!« Er reckte den Kopf empor und sah jetzt wie eine Schildkröte aus. »Du und ich, wir könnten eine Vereinbarung treffen. Wir halten den Ort hier sauber, klatschen frische Farbe an die Wände, laufen nach Einbruch der Dunkelheit nur noch auf Zehenspitzen, helfen alten Damen über Rinnsteine und Abflußgitter, unterlassen für immer unsere kleinen Geschäfte mit der Nachbarschaft – werden, alles in allem, zu tragenden Säulen der Gesellschaft! Wie hört sich das an?«

Aurelia versuchte vergeblich, ein Lächeln zu unterdrücken. »Mit dir fahre ich besser, als wenn ich die Katze im Sack hier einziehen lasse, das willst du mir sagen, oder?«

»Viel besser!« bestätigte Lucius Decumius freundlich.

»Ich muß zugeben, daß es keine besonders angenehme Vorstellung ist, dieses ganze Theater noch einmal mit einer solchen Bande wie euch zu veranstalten. Also gut, Lucius Decumius, du bekommst eine Bewährungsfrist von sechs Monaten!« Aurelia erhob sich und ging zur Tür, Lucius Decumius begleitete sie. »Aber glaub bloß nicht einen Moment lang, ich hätte nicht den Mut, euch rauszuschmeißen und mir die neue Bande zu zähmen!« Mit diesen Worten trat sie hinaus auf die Straße.

Lucius Decumius begleitete sie den Vicus Patricii entlang. Auf fast magische Weise traten die Menschen vor ihnen zur Seite. »Ich versichere dir, Gnädigste, wir werden Säulen der Gesellschaft sein.«

»Aber wenn man sich einmal an ein gewisses Einkommen gewöhnt hat, ist es doch schwer, mit weniger auszukommen«, sagte Aurelia.

»Keine Sorge, Gnädigste!« gab Lucius Decumius fröhlich zurück. »Rom ist eine große Stadt. Wir werden unsere Geschäfte auf andere Teile der Stadt verlagern, so daß du in keiner Weise belästigt wirst. Der Viminal, der Wall, die Fabrikviertel – es gibt genug Möglichkeiten. Zerbrich dir nicht deinen süßen Kopf über Lucius Decumius und seine Brüder von der heiligen Kreuzwegebruderschaft. Wir kommen schon zurecht.«

»Das ist keine Antwort! Für mich ist das kein Unterschied, ob ihr hier die Nachbarschaft terrorisiert oder anderswo!«

Lucius Decumius war ehrlich überrascht über soviel Beschränktheit. »Was du nicht weißt, macht dich nicht heiß. So ist das Leben.«

Sie waren vor Aurelias Haustür angekommen. Sie blieb stehen und sah ihn mitleidig an. »Tu, was du für richtig hältst, Lucius Decumius. Aber sorge dafür, daß ich nie herausfinde, wohin du deine Geschäfte, wie du das nennst, verlagert hast.«

»Ich schwöre es, Gnädigste! Nur über meine Leiche!« Er streckte seinen Arm aus und klopfte an die Tür. Mit verdächtiger Geschwindigkeit öffnete der Verwalter selbst. »Hallo, Eutychus, dich habe ich schon seit ein paar Tagen nicht mehr in der Bruderschaft gesehen«, sagte Lucius Decumius höflich. »Wenn du deinen nächsten freien Tag hast, erwarte ich dich in der Taverne. Wir müssen Großputz machen und den Wänden ein bißchen Farbe verpassen, damit deine *domina* zufrieden ist. Wir wollen doch, daß die Schwägerin von Gaius Marius glücklich ist!«

Eutychus sah gar nicht glücklich aus. »Ja, sicher«, sagte er.

»So, du wolltest also für dich behalten, wer die Gnädigste ist, nicht wahr?« fragte Lucius Decumius samtweich.

»Wie du im Laufe der Jahre bemerkt haben dürftest, Lucius Decumius, spreche ich niemals über meine Familie«, entgegnete Eutychus majestätisch.

»Verfluchte Griechen, sie sind alle gleich«, Lucius Decumius tippte grüßend mit dem Zeigefinger an sein strähniges braunes Haar und verbeugte sich kurz zu Aurelia hin. »Ich wünsche dir einen guten Tag, Gnädigste. Es war nett, deine Bekanntschaft gemacht zu haben. Wenn die Bruderschaft dir in irgendeiner Weise behilflich sein kann, laß es mich bitte wissen.«

Aurelia zog die Tür hinter sich zu und blickte den Verwalter ausdruckslos an. »Was hast du zu deinen Gunsten vorzubringen?« fragte sie.

»*Domina,* ich muß doch dazugehören!« jammerte er. »Ich bin der Verwalter der Hausbesitzer – ich habe gar keine andere Wahl! Niemals würden sie zulassen, daß ich draußen bleibe!«

»Ist dir klar, Eutychus, daß ich dich dafür auspeitschen lassen könnte?« Aurelia verzog noch immer keine Miene.

»Ja«, flüsterte er.

»Du kannst froh sein, daß ich die Gattin meines Mannes und die Tochter meines Vaters bin. Ich glaube, mein Schwiegervater, Gaius Julius, hat es am besten ausgedrückt. Kurz vor seinem Tod hat er einmal gefragt, wie manche Familien mit Menschen in einem Haus leben können, die sie haben auspeitschen lassen – seien es ihre Söhne oder ihre Sklaven. Dafür fehlte ihm jedes Verständnis. Man kann auch anders mit unehrlichem und frechem Benehmen fertig werden. Du darfst mir glauben, daß ich dich jederzeit mit schlechten Zeugnissen und finanziellem Verlust verkaufen würde. Statt zehntausend Denare bekäme ich vielleicht noch tausend Sesterze für dich. Und dein neuer Herr wäre von der niedrigsten und gemeinsten Art – er könnte dich gnadenlos auspeitschen lassen, schließlich kämst du gebrandmarkt als schlechter Sklave zu ihm.«

»Ich verstehe, *domina.*«

»Gut! Dann bleibe nur bei dem Kreuzwegeverein – ich habe vollstes Verständnis für dein Dilemma. Aber ich befehle dir absolutes Stillschweigen über unsere Familie.« Sie wandte sich schon ab, blieb dann noch einmal stehen. »Dieser Lucius Decumius, hat er eine Arbeit?«

»Er ist Hausmeister bei der Bruderschaft.« Eutychus fühlte sich sichtlich unwohl in seiner Haut.

»Du verheimlichst mir etwas.«

»Es ist nur ein Gerücht, *domina.* Niemand weiß wirklich Bescheid über ihn. Aber er soll es selbst gesagt haben – es könnte allerdings auch nur Prahlerei gewesen sein. Oder er wollte uns damit Angst einjagen.

»Was hat er denn gesagt?«

Der Verwalter erbleichte. »Er sagt, er sei ein Mörder.«

»Beim Castor! Und wen hat er umgebracht?« fragte Aurelia.

»Diesen Kerl aus Numidien, der vor ein paar Jahren auf dem Forum Romanum erstochen wurde.«

»Wunder gibt es immer wieder!« sagte Aurelia und ging nachsehen, was ihre Kinder machten.

»Sie war wohl von Anfang an etwas Besonderes«, sagte Eutychus zu Cardixa.

Wie eine Katze, die eine Maus mit der Pfote am Schwanz festhält, legte das hünenhafte gallische Dienstmädchen eine Hand auf die Schulter des zierlichen Verwalters. »So ist es. Darum müssen wir alle gut auf sie aufpassen.« Und betont freundschaftlich tätschelte Cardixa Eutychus' Schulter.

Das alles geschah, kurz bevor Gaius Julius Caesar mit Marius' Nachricht vom Sieg bei Vercellae aus Gallia Cisalpina zurückkehrte. Caesar klopfte einfach an die Tür. Der Verwalter ließ ihn ein und kümmerte sich um sein Gepäck, während Caesar nach seiner Frau suchte.

Er fand sie im Garten auf dem Hof, wo sie dünne Netze um die Reben band, die an Gaius Matius' Weinstock reiften. Es schien ihr nicht der Mühe wert, sich umzudrehen, als sie Schritte näherkommen hörte. »Man würde doch nie vermuten, daß es so viele Vögel in der Subura gibt, oder?« fragte sie den Ankömmling, wer es auch sein mochte. »Aber dieses Jahr werden auf alle Fälle wir die Trauben zu essen bekommen. Die Netze nützen sicher etwas.«

»Ich freue mich auf die Trauben«, sagte Caesar.

Aurelia flog herum, ließ die ganze Handvoll Netze zu Boden gleiten, und strahlte ihn an. »Gaius Julius!«

Er breitete seine Arme aus, sie sank hinein. Sie küßten sich lange, konnten gar nicht voneinander lassen. Erst das Beifallklatschen brachte sie wieder in die Wirklichkeit zurück. Caesar blickte den Lichtschacht hinauf und sah, daß sich an allen Balkongeländern freudestrahlende Menschen drängten. Er winkte ihnen zu.

»Ein großer Sieg!« rief er aus. »Gaius Marius hat die Germanen vernichtend geschlagen! Rom braucht sie nie wieder zu fürchten!«

Caesar überließ die Mitbewohner seines Hauses ihrer Freude. Noch bevor der Senat und das Volk von Rom von dem Sieg über die Germanen erfuhren, war die Nachricht überall in der Subura verbreitet. Caesar legte den Arm um Aurelias Schultern und führte sie in den schmalen Gang zwischen Wohnzimmer und Küchenbereich. Er schaute in sein Arbeitszimmer, lobte die Ordentlichkeit und Sauberkeit, freute sich über die geschmackvolle, aber nicht teure Einrichtung. Überall standen Blumenvasen, das war ihm neu an Aurelias Haushaltsführung. Wie konnte sie sich diese Sträuße nur leisten? fragte er sich insgeheim ein wenig besorgt.

»Ich muß sofort zu Marcus Aemilius Scaurus«, sagte er, »aber zuerst wollte ich dich sehen. Wie schön es ist, zu Hause zu sein!«

»Es ist wunderbar.« Aurelia bebte vor Glück.

»Heute abend wird es noch viel schöner, Geliebte, wenn wir beide unseren ersten Sohn zeugen.« Caesar küßte sie wieder. »Wie ich dich vermißt habe! Nach dir interessieren mich alle anderen Frauen nicht mehr, glaub mir! Meinst du, ich könnte wohl ein Bad nehmen?«

»Ich sah Cardixa eben ins Bad huschen, sie wird dir wohl schon eins vorbereiten.« Aurelia kuschelte sich an ihn und seufzte wohlig.

»Und du bist wirklich sicher, daß es dir nicht zuviel wird? Die *insula* verwalten, unsere Töchter versorgen, diesen ganzen großen Schuppen in Schuß halten?« fragte Caesar. »Ich weiß schon, du hast mir immer gesagt, die Makler würden mehr Provision einbehalten, als ihnen zustünde, aber ...«

»Es macht mir nichts aus, Gaius Julius. Das ist ein sehr ordentliches Haus, und unsere Mieter sind großartig«, antwortete sie entschieden. »Ich habe sogar das kleine Problem mit der Taverne an der Kreuzung gelöst, so daß es inzwischen auch dort sehr ruhig und sauber zugeht.« Sie blickte lachend zu ihm auf. »Du glaubst nicht, wie hilfsbereit und entgegenkommend alle sind, seit sie wissen, daß Gaius Marius mein Schwager ist!«

»Und all diese Blumen!«

»Sind sie nicht schön? Sie sind eine Art Dauergeschenk, alle vier oder fünf Tage bekomme ich einen neuen Strauß.«

Caesar zog sie fester an sich. »Ich habe wohl einen Rivalen?«

»Wenn du ihn gesehen hast, wirst du dir keine Sorgen mehr machen, glaube ich. Er heißt Lucius Decumius. Und ist ein Mörder.«

»Wie bitte?«

»Keine Sorge, mein Geliebter, ich mache nur Spaß«, beruhigte sie ihn. »Ich vermute, daß er den Mörder spielt, damit seine Mitbrüder den Respekt vor ihm behalten. Er ist der Hausmeister der Taverne.«

»Wo kriegt er die Blumen her?«

Aurelia lachte leise. »Einem geschenkten Gaul schaut man nicht ins Maul. Hier in der Subura ist alles ein bißchen anders.«

Von Publius Rutilius Rufus erfuhr Gaius Marius, wie die Lage in Rom war, nachdem Caesar die Siegesnachricht überbracht hatte. Publius Rutilius schrieb:

*Die Luft ist ziemlich vergiftet hier. Grund dafür ist vor allem, daß Du geschafft hast, was Du Dir vorgenommen hast, nämlich die Germanen ein für allemal zu schlagen. Jetzt ist Dir das Volk so dankbar, daß sie Dich sofort wieder zum Konsul machen würden, wenn Du zur Wahl stündest. Jedermann aus adeligem Hause trägt das Wort* dictator *auf den Lippen – und die Männer aus der Ersten Vermögensklasse spitzen schon die Lippen und fangen an, es nachzuplappern. Ich weiß schon, daß Du viele Klienten unter den Rittern hast und viele Freunde in der Ersten Klasse, aber Du mußt mir eines glauben: Unsere gesamte politische Ordnung ist traditionell so beschaffen, daß den Ambitionen von Männern, die sich herausheben wollen, Einhalt geboten wird. Nur unter Gleichen darf man* der Erste *sein. Du bist jetzt fünfmal zum Konsul gewählt worden, dreimal* in absentia *– daß Du Deine sogenannten Gleichen um Längen überragst, ist nicht mehr zu übersehen. Scaurus ist empört, aber mit ihm könntest du wahrscheinlich fertig werden. Nein, das eigentliche Problem ist unser gemeinsamer Freund Schweinebacke, den sein stotternder Sohn, das Ferkel, gekonnt unterstützt.*

*Seit Du in östlicher Richtung zu den Alpen gezogen bist, um zu Catulus Caesar im italischen Gallien zu stoßen, sind Schweinebacke und sein Sohn damit beschäftigt, Catulus Caesars Leistung im Feldzug gegen die Kimbern in den buntesten Farben auszumalen. Mit den Tatsachen hat das nichts mehr zu tun. Als uns die Nachricht vom Sieg bei Vercellae erreichte, trat der Senat im Tempel der Bellona zusammen, um solche Dinge wie Triumphzüge und Danksagungen zu besprechen. Was meinst du, wie viele die Ohren gespitzt haben, als Schweinebacke sich zu Wort meldete!*

*Kurz gesagt, er hat erreicht, daß es nur zwei Triumphzüge gibt –*

einen für Dich, für Aquae Sextiae, und einen für Catulus Caesar, für den Sieg von Vercellae! Er ging einfach darüber hinweg, daß doch Du Feldherr in Vercellae warst und nicht Catulus Caesar. Er argumentierte rein formal – zwei Heere seien beteiligt gewesen, eins habest du als Konsul befehligt, das andere Catulus Caesar, der Prokonsul. Die Kriegsbeute sei enttäuschend mager ausgefallen, drei Triumphzüge seien im Verhältnis dazu geradezu lächerlich. Du könnest den Triumph für Aquae Sextiae nachholen, der vom Senat ja schon beschlossen sei, und Catulus Caesar werde den Triumph für Vercellae bekommen. Ein zweiter Triumph wegen Vercellae für Dich sei vollkommen überflüssig.

Lucius Appuleius Saturninus erhob sofort Protest dagegen, aber er wurde niedergebrüllt. Er ist privatus dieses Jahr, hat kein Amt inne. So fühlten sich die patres conscripti eben nicht bemüßigt, ihm ihre Aufmerksamkeit zu schenken. Der Senat beschloß schließlich zwei Triumphzüge: Deiner soll nur für Aquae Sextiae sein – die Schlacht vom letzten Jahr, also wenig aufsehenerregend. Der für Vercellae wird Catulus Caesar allein gelten – das wirklich große Ereignis, schließlich geht es um die Schlacht von diesem Jahr. Wenn sich dann der Triumphzug durch die Straßen von Rom windet, wird das Volk Catulus Caesar als großen Helden feiern. Niemand wird den Sieg über die Kimbern im italischen Gallien mit Deinem Namen in Verbindung bringen. Warum warst Du auch so blöd und hast ihm den Löwenanteil der Kriegsbeute und alle in der Schlacht eroberten Feldzeichen der Germanen überlassen? Das hat den Fall endgültig besiegelt. Wenn Du in leutseliger Stimmung bist und Deine angeborene Großzügigkeit zum Vorschein kommt, machst Du die schlimmsten Fehler, laß Dir das gesagt sein.

Ich glaube nicht, daß Du daran noch etwas ändern kannst – die Sache ist entschieden, es wurde offiziell abgestimmt, alles ist schriftlich in den Akten festgehalten. Ich bin ziemlich wütend über das Ganze. Die konservative Clique – wie Saturninus sie nennt – oder die Guten – wie Scaurus sie nennt – haben dieses Scharmützel für sich entschieden. Für den Sieg über die Germanen wirst Du nie die gebührende Anerkennung erhalten. Weißt Du noch, wie wir uns vor so vielen Jahren in Numantia über das Schlammbad lustig gemacht haben, das Metellus mit seinen schweinischen Freunden genommen hat? Wie wir ihm einen schweinischen Spitznamen verpaßt haben? Inzwischen bin ich fest davon überzeugt, daß der Mann kein Schwein ist – er ist ein ausgewachsener cunnus. Und sein Sohn, das

*Ferkel, wird genauso ein ausgewachsener* cunnus *werden wie sein Vater.*

*Genug davon, sonst trifft mich noch der Schlag. Zum Schluß dieses Schreibens kann ich Dir noch mitteilen, daß es in Sizilien gut aussieht. Manius Aquillius macht seine Sache ausgezeichnet, und Servilius der Augur steht jetzt natürlich schlecht da. Immerhin hat er Wort gehalten und Lucullus vor dem neuen Gerichtshof für Verratsfälle angeklagt. Lucullus wollte sich unbedingt selbst verteidigen – vor all diesen großkotzigen, ungehobelten Rittern hat er sich damit keinen Gefallen getan, denn er trat so kaltschnäuzig und hochmütig auf, wie er sich nun einmal immer gibt. Die Richter haben das natürlich auf sich bezogen! Und so war es ja auch gemeint. Noch so ein sturer Idiot, dieser Lucullus. Sie haben ihn verurteilt – ihm* damno *auf alle Ziegel geschrieben, glaube ich. Und die Strafe ist unglaublich hart ausgefallen! Er muß sein Exil mindestens tausend Meilen entfernt von Rom wählen, also bleiben ihm nur zwei Orte zur Auswahl, Antiocheia oder Alexandria. Er hat beschlossen, König Ptolemaios Alexander die Ehre zu geben und nicht Antiochus Grypos. Außerdem hat das Gericht sein gesamtes Vermögen konfisziert – Häuser, Ländereien, Kapitalanlagen, Besitz in der Stadt.*

*Er hat nicht gewartet, bis sie ihn davonjagen. Er hat nicht einmal abgewartet, wieviel seine Besitztümer bringen, sondern er hat sein liederliches Weib ihrem Bruder Schweinebacke überantwortet – so ist der wenigstens auch ein bißchen gestraft! – und seinen ältesten Sohn, der jetzt sechzehn und damit in den Augen des Staates ein erwachsener Mann ist, sich selbst überlassen. Ist es nicht merkwürdig, daß er diesen hochbegabten Jungen nicht Schweinebacke anvertraut hat? Sein jüngerer Sohn, Marcus Terentius Varro Lucullus, vierzehn Jahre alt, wurde zur Adoption gegeben.*

*Beide Söhne haben geschworen, daß sie Servilius den Augur verklagen werden, sobald Varro Lucullus die Toga des Mannesalters anlegen darf. Das weiß ich von Scaurus. Der Abschied von ihrem Vater war herzzerreißend, wie Du Dir sicher vorstellen kannst. Scaurus sagte, Lucullus werde nach Alexandria gehen und sich dann den Tod geben. Und beide Söhne glauben auch, daß ihr* tata *das tun wird. Am meisten peinigt die Familie Licinius Lucullus die Tatsache, daß sie Kummer und Armut einem dahergelaufenen* homo novus *wie Servilius Augur zu verdanken haben. Bei Lucullus' Söhnen habt ihr* homines novi *euch keine Freunde gemacht.*

*Nun ja, wenn Lucullus' Söhne alt genug sind, um Servilius Augur gemeinschaftlich zu verklagen, wird das vor dem neuen Repetundengericht geschehen. Das richtet gerade ein weiterer Servilius mit ziemlich obskurem Stammbaum ein, Gaius Servilius Glaucia. Beim Pollux, Gaius Marius, der Kerl kann Gesetze entwerfen! Die Regelung ist knallhart und völlig neuartig, aber sie funktioniert. Die Rechtsprechung ist wieder in den Händen der Ritter, keine guten Aussichten für Statthalter, aber sie ist in den Händen von Fachleuten. Der Kreis der Personen, die zur Erstattung herangezogen werden können, wurde erweitert, die Strafandrohung erhöht: Wer vom Gericht verurteilt wurde, darf nie mehr, nirgendwo eine öffentliche Rede halten. Männer mit Latinerrecht erhalten das volle römische Bürgerrecht, wenn sie erfolgreich einen Übeltäter vor Gericht bringen. Außerdem gibt es jetzt eine Sitzungspause, wenn der Prozeß zur Hälfte vorbei ist. Das alte Verfahren ist längst vergessen. Die Aussagen der Zeugen sind nicht sehr wichtig, das haben die wenigen Fälle gezeigt, wo Zeugen gehört wurden. Es kommt jetzt vor allem auf die Plädoyers der Rechtsanwälte an, die Rechtsanwälte werden reichlich Zulauf bekommen.*

*Zu guter Letzt sollst Du noch wissen, daß dieser komische Vogel Saturninus wieder in Schwierigkeiten war. Wirklich, Gaius Marius, ich zweifle an seinem Verstand. Da fehlt die Logik. Genau wie bei seinem Freund Glaucia. Beide sind so brillant – und gleichzeitig so labil, so regelrecht verrückt. Oder vielleicht wissen sie gar nicht, was sie eigentlich im öffentlichen Leben erreichen wollen. Selbst der übelste Demagoge hat ein Schema, verfolgt einen Plan, will Prätor oder Konsul werden. Doch die beiden sind überhaupt nicht einzuschätzen. Sie hassen den alten Regierungsstil, sie hassen den Senat, aber sie wissen nicht, wie es anders gehen soll. Vielleicht sind sie Verfechter der Anarchie, wie die Griechen das nennen? Ich weiß es nicht.*

*Übrigens, was die Gesandtschaft von König Mithridates von Pontos betrifft, hat sich das Blatt zum Nachteil von König Nikomedes von Bithynien gewendet. Unser junger Freund vom fernen östlichen Rand des Schwarzen Meeres schickte sehr aufgeweckte Botschafter, die sofort die heimliche Schwäche von uns Römern erkannt haben – Geld! Mit ihrem Gesuch um einen Freundschafts- und Bündisvertrag konnten sie nirgends landen. So fingen sie an, sich die Senatoren zu kaufen. Sie zahlten gut, und Nikomedes hatte allen Grund zur Sorge, das kannst Du mir glauben.*

*Dann stieg Saturninus auf die Rostra und verurteilte in scharfen*

*Worten alle die Senatoren, die Nikomedes und Bithynien zugunsten von Mithridates und Pontos aufgeben wollten. Mit Bithynien hätten wir seit Jahren einen Vertrag, erinnerte er uns, und Pontos sei von jeher mit Bithynien verfeindet. Viel Geld habe die Besitzer gewechselt – und nur weil ein paar Senatoren jetzt dicke Geldbörsen hätten, gebe Rom ein Freundschaftsbündnis auf, das fünfzig Jahre gehalten habe.*

*Ich habe es nicht mit eigenen Ohren gehört, aber es wird behauptet, er habe etwa folgendermaßen fortgefahren: »Wir wissen ja alle, daß es teuer für tatterige alte Senatoren werden kann, wenn sie sich ein verspieltes junges Ding zur Frau nehmen, das kaum der Schule entwachsen ist. Perlenketten und goldene Armreifen sind schließlich erheblich teurer als eine Flasche von diesem Tonikum, das Ticinus in seinem Liebeszauberladen verkauft. Und wer wollte bestreiten, daß ein verspieltes junges Ding ein viel wirksameres Tonikum ist als alles, was Ticinus anzubieten hat?« Oh, oh! Er grinste auch Schweinebacke höhnisch an und fragte in die Menge: »Und was ist mit unseren Jungens in Gallia Cisalpina?«*

*Mehrere Gesandte aus Pontos wurden daraufhin zusammengeschlagen und klagten lautstark auf dem Senaculum. Scaurus und Metellus haben Saturninus vor seinem eigenen Gerichtshof für Verrat verklagt, weil Saturninus Zwietracht gesät habe zwischen Rom und der akkreditierten Gesandtschaft eines fremden Königs. Für den Prozeßtag berief unser Volkstribun Glaucia eine Versammlung der Plebs ein und warf Schweinebacke vor, er versuche schon wieder, Saturninus loszuwerden. Aber das sei ihm bereits damals nicht gelungen, als er Zensor gewesen sei. Und dann tauchten auch noch diese gemieteten Gladiatoren auf, die Saturninus anscheinend immer, wenn es darauf ankommt, irgendwo auftreiben kann. Sie pöbelten die Geschworenen an und sahen so angsteinflößend aus, daß das Gericht die Klage abwies. Die Gesandten aus Pontos mußten ohne ihren Vertrag wieder heimkehren. Ich bin mit Saturninus einig: Es wäre reichlich schäbig, das langjährige Freundschaftsbündnis aufzukündigen, nur weil die Feinde von Bithynien inzwischen viel reicher und mächtiger sind.*

*Genug, Gaius Marius! Eigentlich wollte ich dir ja nur die Sache mit den Triumphen mitteilen, bevor Du es von offizieller Seite erfährst. Der Senat wird es nicht besonders eilig haben, Dich darüber zu unterrichten. Ich wünschte, Du könntest noch etwas dagegen unternehmen, aber ich sehe keine Möglichkeit.«*

»Und ob ich etwas unternehmen kann!« brummte Marius grimmig, nachdem er den Brief entziffert hatte. Er legte ein Stück Papier vor sich hin. Nach einer ganzen Weile hatte er einen eigenen kurzen Brief entworfen. Dann ließ er Quintus Lutatius Catulus Caesar rufen.

Catulus Caesar trat in aufgeräumter Stimmung ein, denn mit demselben Kurier, der Rutilius Rufus' Brief an Marius gebracht hatte, waren für ihn Briefe von Metellus Numidicus und Scaurus gekommen.

Enttäuscht mußte Catulus Caesar feststellen, daß Marius schon von der Entscheidung für nur zwei Triumphzüge wußte. Und er hatte sich so darauf gefreut zu sehen, wie Marius auf diese Nachricht reagieren würde! Nun ja, das war nicht so wichtig. Aber Triumph war Triumph.

»Wenn du nichts dagegen hast, werde ich im Oktober nach Rom zurückkehren«, sagte Catulus Caesar und ließ jedes Wort auf der Zunge zergehen. »Ich werde meinen Triumph zuerst feiern, du als Konsul kannst ja nicht so früh hier weggehen.«

»Abgelehnt«, erwiderte Marius knapp. »Wir werden Ende November gemeinsam nach Rom zurückkehren, wie es geplant war. Ich habe dem Senat gerade geschrieben. Möchtest du es hören? Ich werde es dir vorlesen, das erspart dir die Mühe, meine Schrift zu entziffern.«

Marius zog das kleine Stück Papier aus dem Durcheinander auf seinem Schreibtisch, rollte es auseinander und begann laut zu lesen:

*Gaius Marius, Konsul in der fünften Amtszeit, dankt dem Senat und dem Volk von Rom, daß sie sich der Frage des Triumphes für ihn und seinen Stellvertreter, den Prokonsul Quintus Lutatius Catulus, mit so viel ernsthafter Anstrengung gewidmet haben. Die Sparsamkeit der* patres conscriptii, *die in ihrem Entschluß zum Ausdruck kommt, nur einen Triumph für jeden der beiden Feldherrn von Rom zu bewilligen, ist höchst lobenswert. In Anbetracht der immensen Kosten dieses langen Krieges rate ich indes zu noch größerer Sparsamkeit. Quintus Lutatius stimmt mit mir überein. Gaius Marius und Quintus Lutatius Catulus werden sich deshalb einen einzigen Triumph teilen. Ganz Rom soll Zeuge der Einigkeit und Freundschaft seiner beiden Feldherrn sein, wenn sie gemeinsam durch die Straßen marschieren. Mit großer Freude teile ich daher mit, daß Gaius Marius und Quintus Lutatius ihren Triumph an den Kalenden des Dezembers feiern werden. Gemeinsam. Lang lebe Rom!*

Catulus Caesar war weiß wie eine Wand. »Du machst Scherze!«

»Ich? Scherze? Niemals, Quintus Lutatius!« Marius' Augen funkelten unter seinen buschigen Augenbrauen.

»Ich – ich – ich verweigere den Gehorsam!«

»Es wird dir nichts anderes übrigbleiben«, sagte Marius zuckersüß. »Sie dachten schon, jetzt haben sie mich endgültig kleingekriegt! Der gute alte Metellus Numidicus und seine Freunde – und deine Freunde! Tja, ihr werdet mich nie kleinkriegen, keiner von euch.«

»Der Senat hat zwei Triumphe beschlossen, und zwei werden es sein!« Catulus Caesar bebte vor Wut.

»Ja, du könntest natürlich darauf bestehen, Quintus Lutatius. Aber das wird nicht gut aussehen, was meinst du? Du hast die Wahl. Entweder wir beide feiern den Triumph gemeinsam, oder du stehst als Trottel da.«

Catulus Caesar wußte nichts mehr zu sagen. Marius' Brief ging an den Senat, und der Triumph wurde für den ersten Tag im Monat Dezember angekündigt.

Catulus Caesar sann sofort auf Rache. In einem Brief an den Senat beschuldigte er den Konsul Gaius Marius, er habe sich ein Vorrecht des Senats und des Volkes von Rom angemaßt: Tausend Soldaten der Hilfstruppen aus Camerinum in Picenum habe er noch auf dem Schlachtfeld von Vercellae das volle römische Bürgerrecht zugesprochen. Er habe seine Befugnisse als Konsul weiterhin mit der Ankündigung überschritten, in der kleinen Stadt Eporedia in Gallia Cisalpina eine Kolonie für römische Veteranen zu gründen. Weiter hieß es in dem Brief:

*Gaius Marius hat diese verfassungswidrige Kolonie gegründet, um sich an dem Gold zu bereichern, das die Dora Baltea bei Eporedia anschwemmt. Der Prokonsul Quintus Lutatius Catulus möchte außerdem mit allem Nachdruck betonen, daß er die Schlacht von Vercellae gewonnen hat, nicht Gaius Marius. Als Beweis lege ich die 35 germanischen Feldzeichen vor, die sich in meinem Besitz befinden, Gaius Marius kann lediglich zwei Feldzeichen vorweisen. Als Sieger von Vercellae stehen mir alle Gefangenen zu, die als Sklaven verkauft wurden. Gaius Marius beansprucht beharrlich ein Drittel für sich.*

Marius sorgte dafür, daß der Inhalt des Briefs seinen und Catulus Caesars Soldaten zu Ohren kam. Er hatte eigenhändig einen nüchternen Nachsatz hinzugefügt: Bis auf das Drittel, das er für sich beanspruche, gehe der Erlös aus dem Verkauf der in der Schlacht von Vercellae gefangengenommenen Kimbern an das Heer von Quintus Lutatius Catulus. Seine eigenen Truppen, führte Marius aus, hätten bereits den Erlös aus dem Verkauf der teutonischen Gefangenen aus der Schlacht von Aquae Sextiae erhalten. Er wolle nicht, daß sich die Truppen von Catulus Caesar benachteiligt fühlten. Daher sollten sie wissen, daß Catulus Caesar seine zwei Drittel aus dem Verkauf der kimbrischen Sklaven für sich selbst behalten wolle – was sein gutes Recht sei.

Glaucia verlas beide Briefe auf dem Forum in Rom, und das Volk lachte sich krank. Niemand hatte jetzt noch Zweifel, wer der wahre Sieger war, wer das Wohl seiner Truppe über sein eigenes stellte.

»Du mußt mit deiner Verleumdungskampagne gegen Gaius Marius aufhören«, sagte der Senatsvorsitzende Scaurus zu Metellus Numidicus, »oder es wird Ohrfeigen hageln, wenn du das nächste Mal auf dem Forum erscheinst. Und Quintus Lutatius solltest du einen entsprechenden Brief schreiben. Ob es uns paßt oder nicht, Gaius Marius ist der Erste Mann in Rom. Er hat den Krieg gegen die Germanen gewonnen, und ganz Rom weiß das. Er ist der Held, der Halbgott, das Volk betet ihn an. Wenn du versuchst, ihn zu Fall zu bringen, wirst du die ganze Stadt gegen dich haben, Quintus Caecilius.«

»Scheiß auf das Volk!« Metellus Numidicus' Nerven waren zur Zeit nicht die besten. Er mußte das Treiben seiner Schwester Metella Calva und ihrer jeweiligen Liebhaber, einer übler als der andere, in seinem Haus dulden.

»Schau, uns stehen noch andere Wege offen«, drängte Scaurus. »Du kannst dich zum Beispiel noch einmal um das Amt des Konsuls bewerben. Ob du es glaubst oder nicht, es ist schon zehn Jahre her, seit du Konsul warst! Gaius Marius wird sich todsicher wieder bewerben. Wäre es nicht nett, ihm in seiner sechsten Amtszeit als Konsul einen solchen Mitkonsul wie dich aufzuhalsen?«

»Oh, wann werden wir endlich diese Krankheit namens Gaius Marius los sein!« jammerte Numidicus.

»Wenn alles gut geht, dauert es nicht mehr lange. Ein Jahr. Höchstens.« Scaurus wirkte sehr zuversichtlich.

»Bis in alle Ewigkeit wahrscheinlich.«

»Aber nein, Quintus Caecilius, du gibst zu früh auf! Wie Quintus Lutatius läßt du dich von deinem Haß auf Gaius Marius leiten. Gebrauche deinen Kopf! Wieviel Zeit von seinen fünf langen Amtszeiten als Konsul hat Gaius Marius in Rom verbracht?«

»Ein paar Tage vielleicht. Was hat das damit zu tun?«

»Es ist der entscheidende Punkt, Quintus Caecilius! Gaius Marius ist kein großer Politiker. Als Soldat und Stratege ist er unübertrefflich. Wenn seine Welt auf nichts als Curia und Comitia zusammenschrumpft, wird der Glanz schnell abblättern, das laß dir gesagt sein! Wir werden dafür sorgen, daß er keinen Fuß auf den Boden bekommt! Wir werden ihn reizen wie einen Stier, unsere Zähne in seinem Kadaver verbeißen und nicht mehr loslassen. Wir werden ihn zu Fall bringen! Warte nur ab, du wirst es erleben.«

Scaurus klang sehr siegesgewiß.

Metellus Numidicus war wie gebannt von diesen neuen Perspektiven, die Scaurus ihm eröffnet hatte. Er lächelte. »Ja, ich verstehe, Marcus Aemilius. Sehr gut. Ich werde für das Konsulat kandidieren.«

»Gut! Du wirst es schaffen! Wir werden noch den letzten Rest von Einfluß, den wir bei der Ersten und der Zweiten Zensusklasse haben, ausnützen. Dann kann nichts schiefgehen, und wenn sie Gaius Marius noch so lieben.«

»Ich kann es gar nicht mehr abwarten, bis ich sein Kollege bin!« Metellus Numidicus spannte heimlich alle Muskeln an. »Ich werde ihm jeden Weg verbauen! Ich werde ihm das Leben zur Hölle machen!«

»Wahrscheinlich bekommen wir noch von unerwarteter Seite Unterstützung.« Scaurus sah aus wie eine Katze auf der Lauer.

»Von welcher Seite?«

»Lucius Appuleius Saturninus will noch einmal für das Volkstribunat kandidieren.«

»Das sind ja schreckliche Nachrichten! Wie soll uns das helfen?« fragte Numidicus.

»Nein, das ist eine höchst erfreuliche Nachricht, Quintus Caecilius. Wenn du erst deine Konsulzähne in Gaius Marius verbissen hast und ich dasselbe getan habe und Quintus Lutatius ebenfalls und noch ein halbes Hundert, dann wird Gaius Marius Saturninus als Verbündeten gewinnen müssen. Ich kenne Gaius Marius. Wenn er zu sehr gereizt wird, schlägt er wild um sich. Wie ein gereizter

Stier. Er wird sich Saturninus' Unterstützung sichern. Und Saturninus ist wahrscheinlich der schlimmste Verbündete, den er sich aussuchen kann. Du wirst schon sehen. Seine eigenen Leute werden unseren Stier Gaius Marius zu Fall bringen.«

Saturninus war auf dem Weg nach Gallia Cisalpina, um sich mit Gaius Marius zu treffen, denn er war sehr an einem Bündnis mit Marius interessiert, viel interessierter als Marius zu diesem Zeitpunkt. Saturninus lebte in der politischen Welt Roms, Marius immer noch auf der unberührten Insel des Feldherrn.

Sie trafen sich in dem kleinen Urlaubsort Comum am Ufer des Comer Sees. Marius hatte dort die Villa des Lucius Calpurnius Piso gemietet, der kürzlich zusammen mit Lucius Cassius in Burdigala gefallen war. Marius war müde, viel müder, als er das dem zehn Jahre jüngeren Catulus Caesar gegenüber je zugegeben hätte. Catulus Caesar hatte er ans andere Ende der Provinz verfrachtet, er sollte dort bei den Gerichtstagen zugegen sein. Das Kommando über die Truppen hatte Sulla, und Marius konnte sich endlich ein paar ruhige Ferientage gönnen.

Als Saturninus auftauchte, bat Marius ihn sogleich zu bleiben. Vor der Kulisse des schönsten Sees in ganz Italien konnten die beiden Männer in Ruhe reden.

Aber auch in den Ferien ging Marius immer direkt zur Sache. Als das Thema angeschnitten wurde, sagte er ohne Umschweife, was er dachte. »Ich will Metellus Numidicus nächstes Jahr nicht als Mitkonsul haben. Ich denke an Lucius Valerius Flaccus. Er ist ein weicher Mann, ihn werde ich mir zurechtbiegen können.«

»Er würde gut zu dir passen, aber du wirst es nicht schaffen, fürchte ich. Die Senatskamarilla schlägt schon die Werbetrommel für Metellus Numidicus.« Saturninus blickte Marius neugierig an. »Warum kandidierst du eigentlich ein sechstes Mal? Nachdem du die Germanen endgültig geschlagen hast, könntest du dich doch auf deinen Lorbeeren ausruhen!«

»Ich wünschte, ich könnte es, Lucius Appuleius. Aber diese Angelegenheit ist nicht abgeschlossen, bloß weil die Germanen geschlagen sind. Ich muß zwei Proletarierarmeen entlassen – oder vielmehr ich habe eine Armee mit sechs Legionen, die über der Sollstärke liegen, und Quintus Lutatius hat eine Armee mit sechs Legionen, die unter der Sollstärke liegen. Aber ich fühle mich für beide Armeen verantwortlich. Quintus Lutatius meint, mit der

Ausstellung der Entlassungspapiere sei die Sache erledigt, und er brauche sich nicht weiter um die Männer zu kümmern.«

»Du bist immer noch fest entschlossen, ihnen Land zuzuteilen?« fragte Saturninus.

»Ja, sicher. Rom wird in mehr als einer Hinsicht geschwächt werden, wenn sie kein Land erhalten. Erst einmal werden über fünfzigtausend Legionäre mit ein paar Münzen im Beutel über Rom und ganz Italien herfallen. Innerhalb weniger Tage werden ihre Taschen leer sein – und wo immer sie dann leben, sie werden ständig Ärger machen. Wenn es Krieg gibt, lassen sie sich wieder anwerben. In Friedenszeiten werden sie zu einer wahren Plage.«

Saturninus nickte zustimmend. »Das leuchtet mir ein.«

»Der Gedanke kam mir in Africa, darum habe ich die africanischen Inseln für die Besiedlung durch Veteranen zurückbehalten. Tiberius Gracchus wollte die Armen Roms auf das Land, in die Campania, umsiedeln. Rom sollte dadurch eine saubere, sichere Stadt werden, gleichzeitig sollte dem Land frisches Blut zugeführt werden. Aber Italien war die falsche Entscheidung, Lucius Appuleius.« Marius geriet ins Träumen. »Wir brauchen Römer aus der Unterschicht in unseren Provinzen. Vor allem Veteranen.«

Eine so schöne Vision, aber Saturninus verstand nicht, um was es ging. »Ja, wir haben alle die Rede im Senat gehört – römische Lebensart in die Provinzen tragen. Und wir haben auch alle die Antwort von Delmaticus gehört. Was steckt wirklich hinter deinen Plänen, Gaius Marius?«

Marius' Augen funkelten unter seinen buschigen Augenbrauen. »Wie scharfsinnig du bist, Saturninus! Natürlich steckt noch mehr dahinter.« Er lehnte sich auf seinem Stuhl nach vorne. »Heere in die Provinzen zu schicken, die dort Aufstände niederschlagen und die Gesetze hüten, kostet Rom eine Menge Geld. Schau dir nur Makedonien an. Zwei Legionen sind dort ständig im Einsatz – zwar keine römischen Legionen, aber immerhin, auch die kosten den Staat Geld, das er anderswo besser verwenden könnte. Jetzt stell dir einmal vor, zwanzig- oder dreißigtausend römische Veteranen würden dort verteilt in drei oder vier Kolonien leben. Was wäre dann? Griechenland und Makedonien sind so spärlich besiedelt, seit einem Jahrhundert schon, das Volk hat das Land verlassen. Überall Geisterstädte! Riesige Ländereien gehören römischen Grundbesitzern, die sich nie dort blicken lassen, wenig produzieren, nichts in das Land investieren und zu geizig sind, um die einheimische Bevölkerung zu beschäftigen. Wenn dann ein paar Skordisker einfallen und es Krieg gibt, jammern die Grundbesitzer in Rom dem Senat die Ohren voll, und der Statthalter rennt hin und her, muß mit plündernden Kelten und wütenden Briefen aus Rom gleichzeitig fertig werden. Und genau dieses Land, das von Rom aus mehr schlecht als recht verwaltet wird, möchte ich besser nutzen. Ich möchte dort Kolonien von Veteranen ansiedeln. Das Land wäre viel dichter besiedelt – und für den Fall eines ernsten Krieges stünde eine Besatzungsarmee auf Abruf bereit.«

»Und dieser Gedanke kam dir in Africa«, sagte Saturninus.

»Ja, als ich riesige Latifundien an Männer in Rom verteilte, die äußerst selten, wenn überhaupt jemals, einen Fuß nach Africa setzen werden. Sie schicken ihre Verwalter und Heere von Sklaven für den Feldbau, die Lebensbedingungen im Land und die Menschen dort sind ihnen vollkommen egal. Sie verhindern den Fortschritt in Africa und öffnen damit einem neuen Jugurtha Tor und Tür. Ich bin nicht prinzipiell dagegen, daß Römer Land in den Provinzen besitzen – aber in einigen Landstrichen der Provinzen sollten gut ausgebildete, tüchtige Römer in großer Zahl leben, an die wir uns in Notzeiten wenden können.« Er zwang sich, seine Unruhe, die Dringlichkeit seiner Wünsche zu verbergen. »Wir haben schon ein kleines Beispiel, wie hilfreich Veteranenkolonien in fremden Ländern in Notzeiten sein können. Auf der Insel Meninx habe ich persönlich eine erste kleine Gruppe angesiedelt. Als die Leute von dem Sklavenaufstand in Sizilien erfuhren, stellten sie selbständig Einheiten auf und mieteten ein paar Schiffe. Sie kamen gerade noch rechtzeitig in Lilybaeum an, um zu verhindern, daß die Stadt dem selbsternannten Sklavenkönig Athenion in die Hände fiel.«

»Jetzt verstehe ich, was du erreichen willst, Gaius Marius. Das ist ein ausgezeichneter Plan«, sagte Saturninus.

»Aber sie werden mich bekämpfen, und wenn es nur deshalb ist, weil eben ich es bin«, seufzte Marius.

Saturninus lief ein Schauer den Rücken hinunter. Schnell wandte er den Kopf ab und gab vor, die Spiegelung des Himmels, der Wolken, der Bäume und der Berge im glasklaren Wasser des Sees zu bewundern. Marius war müde! Marius wurde alt! Marius freute sich überhaupt nicht auf eine sechste Amtszeit als Konsul!

»Du hast sicher das Geschrei und Gezeter in Rom mitbekommen, als ich diesen tapferen Soldaten aus Camerinum das Bürgerrecht verliehen habe?« fragte Marius.

»Ja, natürlich. Ganz Italien hat das Spektakel mitbekommen. Und ganz Italien war begeistert. Nur den großen Politikern in Rom hat es ganz und gar nicht gefallen«, sagte Saturninus.

»Aber warum sollen sie eigentlich nicht römische Bürger werden?« fragte Marius verärgert. »Sie haben besser als irgend jemand sonst auf dem Schlachtfeld gekämpft, Lucius Appuleius, das kann man doch nicht leugnen. Wenn es nach mir ginge, würde ich jedem Mann in ganz Italien das Bürgerrecht zusprechen.« Er holte tief Luft. »Wenn ich sage, ich brauche Land für die Veteranen aus der besitzlosen Schicht, meine ich genau das. Land für alle von ihnen – Römer, Latiner und Italiker.«

Saturninus pfiff leise durch die Zähne. »Das wird Ärger geben! Das wird sich die konservative Clique im Senat nicht widerspruchslos bieten lassen.«

»Das weiß ich. Ich weiß nur nicht, ob du den Mut hast, ihnen die Stirn zu bieten.«

»Ich habe mir noch nicht viel Gedanken über meine Standfestigkeit gemacht«, antwortete Saturninus nachdenklich, »ich kann also nicht sagen, wie mutig ich bin. Aber doch, Gaius Marius. Ich glaube schon, daß ich es schaffe, ihnen die Stirn zu bieten.«

»Um meinetwillen muß ich niemanden bestechen, meine Wahl ist sicher, ich kann nicht verlieren. Nichts spricht allerdings dagegen, daß ich ein paar Jungens anheuere, damit sie Bestechungsgelder für den zweiten Konsul verteilen. Und für dich, wenn du Hilfe brauchst, Lucius Appuleius. Und auch für Gaius Servilius Glaucia. Er wird als Prätor kandidieren, wie ich höre?«

»Richtig. Und wir beide, Gaius Marius, würden deine Hilfe in dieser Angelegenheit gerne annehmen. Dafür hast du unsere Unterstützung, wo immer es nötig ist, damit du dein Land bekommst.«

Marius zog eine Rolle Papier aus dem Ärmel. »Ich habe schon ein bißchen vorgearbeitet. Hier ist die Skizze für eine Gesetzesvorlage. So etwas Ähnliches wäre nötig, meine ich. Ich gehöre leider nicht zu den besten Männern Roms, wenn es darum geht, Gesetze zu entwerfen. Ganz im Gegensatz zu dir. Und Glaucia ist – du wirst es mir hoffentlich nicht übelnehmen, wenn ich es so sage – geradezu ein Genie in dieser Beziehung. Könnt ihr beide zusammen aus meinen schlecht und recht zusammengeschusterten Kritzeleien gute Gesetzesvorlagen machen?«

»Du verhilfst uns ins Amt, Gaius Marius, und ich versichere dir, du wirst deine Gesetze bekommen«, sagte Saturninus.

Marius war sichtlich erleichtert. Die Spannung schwand aus seinem großen, muskulösen Körper. »Wenn ich das nur schaffe, Lucius Appuleius. Ich schwöre es, dann ist es mir egal, ob ich ein siebtes Mal Konsul werde.«

»Ein siebtes Mal?«

»Mir wurde prophezeit, daß ich siebenmal Konsul sein werde.«

Saturninus lachte. »Warum auch nicht? Niemand hätte es je für möglich gehalten, daß ein Mann sechsmal Konsul wird. Und du wirst es jetzt.«

Die Wahl der neuen Volkstribunen fand statt, als Gaius Marius und Catulus Caesar mit ihren Legionen südwärts auf dem Weg nach Rom waren, um ihren Triumph gemeinsam zu feiern. Die Wahl war heiß umkämpft. Über dreißig Kandidaten bewarben sich um die zehn Posten, mehr als die Hälfte davon standen im Dienste der konservativen Senatoren. Der Wahlkampf wurde erbarmungslos hart geführt.

Glaucia, der Vorsitzende der amtierenden zehn Volkstribunen, wurde damit beauftragt, die Wahl der Nachfolger durchzuführen. Die Wahl der Konsuln und der Prätoren durch die Zenturiatkomitien hatte noch nicht stattgefunden, nur deshalb konnte er diese Aufgabe übernehmen, denn als gewählter Prätor wäre er nicht in Frage gekommen. Aber wie die Dinge lagen, konnte er bei der Wahl der Volkstribunen seines Amtes walten.

Die Wahl fand auf dem Versammlungsplatz der Komitien statt, Glaucia leitete das Geschehen von der Rednerbühne aus. Die anderen neun Volkstribunen behielten die Menge im Auge. Sie mußten durch Losentscheid festlegen, in welcher Reihenfolge die fünfunddreißig Tribus, die Abteilungen der römischen Bürgerschaft, wählten, vom ersten bis zum letzten, und dann ließen sie die Tribus nacheinander zur Wahl antreten.

Viel Geld war von einer Hand zur anderen gegangen, einiges davon war zu Saturninus geflossen, aber sehr viel mehr zu unbekannten Kandidaten, die von den Konservativen ins Rennen geschickt wurden. Jeder reiche Senator von den vorderen Bänken der Konservativen mußte tief in die Taschen greifen. Man kaufte Stimmen für Männer wie Quintus Nonius aus Picenum, politisch ein Niemand, aber konservativ bis auf die Knochen. Nonius war der Bruder von Sullas Schwager, doch Sulla hatte nichts damit zu tun, daß Nonius im Senat saß und für das Volkstribunat kandidierte. Als

Sullas Schwester Cornelia in die reiche Gutsbesitzerfamilie Nonius eingeheiratet hatte, hatte der Glanz ihres Namens die Männer der Familie auf die Idee gebracht, ihr Glück im *cursus honorum* zu versuchen. Zunächst sollte ihr Sohn zielstrebig für diese Karriere aufgebaut werden, aber dann wollte doch der Onkel zuerst sehen, was sich machen ließ.

Die Wahl brachte reichlich Überraschungen. Quintus Nonius aus Picenium zum Beispiel wurde problemlos gewählt, Lucius Appuleius Saturninus hingegen fiel durch. Zehn Volkstribunen konnten gewählt werden, Saturninus kam an die elfte Stelle.

»Ich kann es nicht glauben!« Saturninus schnappte nach Luft. »Ich kann es einfach nicht glauben! Was ist passiert, Glaucia?«

Glaucia runzelte die Stirn, seine Aussichten auf das Amt eines Prätors schienen auf einmal düster. Dann zuckte er die Achseln, klopfte Saturninus kräftig auf die Schulter und stieg von der Rednerbühne hinunter. »Mach dir keine Sorgen, das Blatt kann sich immer noch wenden.«

»Was soll sich am Ausgang einer Wahl denn noch ändern?« fragte Saturninus. »Nein, Gaius Servilius, die Sache ist entschieden. Ich habe es nicht geschafft.«

»Wir sprechen uns noch – hier. Warte hier, geh noch nicht nach Hause.« Glaucia drängte sich in die Menge.

Als sein Name bei der Ausrufung der neuen Volkstribunen fiel, wollte Quintus Nonius aus Picenium sofort in sein luxuriöses neues Haus in den Carinae eilen. Seine Frau, seine Schwägerin Cornelia Sulla und deren Sohn warteten dort gespannt auf den Ausgang der Wahl. Naiv wie sie waren, zweifelten sie an den Chancen von Quintus Nonius.

So große Schwierigkeiten beim Verlassen des Forums hatte Quintus Nonius allerdings nicht vorausgesehen. Alle paar Schritte mußte er stehenbleiben, um herzlichste Glückwünsche entgegenzunehmen, und da er nun einmal sehr höflich war, brachte er es nicht fertig, die Gratulanten fortzuscheuchen. Er kam nicht von der Stelle. Strahlend verbeugte er sich in alle Richtungen und schüttelte Hunderte von Händen.

Einer nach dem anderen hatten sich Quintus Nonius' Gefährten davongemacht. Nur noch drei seiner engsten Freunde, die auch in den Carinae wohnten, begleiteten ihn, als er den ersten Säulengang auf seinem Heimweg betrat. Dort wurden sie von einem Dutzend Männer mit Keulen überfallen. Einem der Freunde gelang die

Flucht, laut um Hilfe schreiend stürzte er auf das Forum zurück und mußte feststellen, daß es wie leergefegt war. Glücklicherweise standen Saturninus und Glaucia noch mit ein paar anderen plaudernd auf der Rednerbühne. Glaucia war rot im Gesicht und wirkte ein wenig zerzaust. Alle rannten sofort los, als der Hilferuf erscholl, aber es war zu spät. Quintus Nonius und seine beiden Freunde lagen tot am Boden.

»Beim Pollux!« Glaucia stand auf, nachdem er sich vergewissert hatte, daß Quintus Nonius wirklich tot war. »Quintus Nonius ist doch gerade als Volkstribun gewählt worden, und ich leite diese Wahl.« Er runzelte die Stirn. »Lucius Appuleius, könntest du dafür sorgen, daß Quintus Nonius nach Hause getragen wird? Ich muß sofort zurück aufs Forum und sehen, wie ich das Problem mit der Wahl löse.«

Der Anblick von Quintus Nonius und seinen Freunden, wie sie tot in riesigen Blutlachen lagen, entsetzte die Männer, die den Hilferufen gefolgt waren, so sehr, daß ihre Wahrnehmung – auch die von Saturninus – getrübt war. Sie merkten nicht – auch Saturninus merkte es nicht –, daß Glaucias Stimme seltsam klang. Gaius Servilius Glaucia erstieg die leere Rostra und verkündete vor verlassenem Forum, daß der neugewählte Volkstribun Quintus Nonius tot war. Dann kündigte er an, daß der Kandidat, der an elfter Stelle gewählt sei, für den Ermordeten nachrücken werde – und der Kandidat hieß Lucius Appuleius Saturninus.

»Es hat sich alles geklärt«, meinte Glaucia wenig später selbstzufrieden in Saturninus' Haus. »Du bist jetzt der offiziell gewählte neue Volkstribun, du wirst den Platz von Quintus Nonius einnehmen.«

Seit den schrecklichen Ereignissen in Ostia, seiner damaligen Entlassung als Quästor, hatte Saturninus nicht mehr viele Skrupel, aber jetzt war er so schockiert, daß er Glaucia entgeistert anstarrte.

»Das ist nicht wahr!« rief er aus.

Glaucia rieb sich mit dem Zeigefinger die Nase und lächelte Saturninus an, ein grimmiges Lächeln. »Stell du keine Fragen, Lucius Appuleius, dann hörst du von mir keine Lügen.«

»Er war ein netter Kerl. Es ist eine Schande.«

»Ja, er war nett. So hatte er das Glück, als Toter zu enden. Er war der einzige, der in den Carinae lebte, und deshalb hat man ihn gewählt – im doppelten Sinne. Auf dem Palatin kann man so etwas nur schwer machen, dort sind nicht genug Leute auf den Straßen.«

Saturninus seufzte tief. Dann richtete er sich auf und schüttelte seine Verstimmung ab. »Du hast recht. Und ich bin drin. Ich danke dir für deine Hilfe, Gaius Servilius.«

»Nichts zu danken.«

Es dauerte eine ganze Weile, bis Gras über den Skandal gewachsen war. Es gab keine Anhaltspunkte, daß Saturninus etwas mit dem Mord zu tun hatte – schließlich bezeugten selbst die Freunde des toten Mannes, daß sowohl Saturninus als auch Glaucia zur Tatzeit auf dem unteren Teil des Forums gestanden hatten. Die Leute redeten. »Laß sie reden!« meinte Glaucia verächtlich. Und als der Pontifex Maximus Ahenobarbus forderte, die Wahl der Volkstribunen müsse wiederholt werden, kam er damit nicht durch. Glaucias Entscheidung, seine Art, diese besondere Krisensituation zu bewältigen, hatte einen Präzedenzfall geschaffen.

»Die Leute können sich die Münder zerfransen!« wiederholte Glaucia, diesmal im Senat. »Es gibt keinerlei Beweise für die Anschuldigung, Lucius Appuleius und ich hätten etwas mit dem Tod von Quintus Nonius zu tun. Ja, ich habe an die Stelle des toten Volkstribunen einen lebendigen gesetzt! Jeder Wahlleiter, der seine Aufgabe ernst nimmt, hätte dasselbe tun müssen! Ich habe gehandelt! Niemand kann bestreiten, daß Lucius Appuleius an elfter Stelle gewählt wurde. Lucius Appuleius als Nachfolger von Quintus Nonius zu ernennen, und zwar so schnell und unbürokratisch wie möglich, war nicht nur völlig logisch, sondern auch ein Gebot der Stunde. Jeder hier weiß, daß die gestern von mir einberufene *contio* der Plebs meine Entscheidung einstimmig begrüßt hat. Diese Diskussion, *patres conscripti*, ist nutzlos und überflüssig. Der Fall ist erledigt.«

Am ersten Tag im Dezember feierten Gaius Marius und Quintus Lutatius Catulus Caesar gemeinsam ihren Triumph. Marius' Idee, einen gemeinsamen Triumphzug zu veranstalten, war ein Geniestreich, denn Catulus Caesar, der in seinem Triumphwagen hinter dem amtierenden Konsul herzuckelte, spielte ganz offenkundig die zweite Geige. Gaius Marius war der Held des Tages. Lucius Cornelius Sulla, der wie üblich den Triumphzug zusammengestellt hatte, brachte als besondere Attraktion einen Festwagen, auf dem dargestellt wurde, wie Marius die Soldaten aus Catulus Caesars Heer die fünfunddreißig kimbrischen Feldzeichen aufsammeln ließ – er selbst hatte schließlich schon genug in Gallien erobert.

Zum Abschluß fand eine Senatssitzung im Tempel des Jupiter Optimus Maximus statt. Leidenschaftlich berichtete Marius von seinen Taten: wie er den Soldaten aus Camerinum das Bürgerrecht verliehen hatte, wie er durch die Ansiedlung einer Soldatenkolonie in der Nähe der kleinen Stadt Eporedia das Tal der Salasser abgeriegelt hatte. Als er seine sechste Kandidatur für das Konsulat ankündigte, erntete er spöttisches Gelächter, bittere Protestrufe, lautes Stöhnen – und Jubelrufe. Die Jubelrufe übertönten alles. Marius wartete ab, bis sich der Tumult gelegt hatte, und gab dann bekannt, daß er seinen gesamten persönlichen Anteil an der Kriegsbeute für den Bau eines neuen Tempels zur Verehrung der soldatischen Tugenden Honos und Virtus zur Verfügung stellen werde. Der neue Tempel auf dem Kapitol sollte seine Siegeszeichen und die seines Heeres beherbergen. In der griechischen Stadt Olympia werde er einen weiteren Tempel für Honos und Virtus erbauen lassen.

Catulus Caesar sank das Herz bei dieser Rede, denn er wußte, daß er es seinem guten Ruf schuldig war, nun ebenfalls seinen Anteil an der Kriegsbeute für einen religiösen Zweck zur Verfügung zu stellen. Er konnte damit nicht sein eigenes Privatvermögen mehren – das zwar beträchtlich war, aber lange nicht so groß wie das von Marius.

Niemand war überrascht, als die Zenturiatkomitien Gaius Marius zum sechsten Mal zum Konsul wählten, und zwar zum ersten Konsul. Unumstritten war er jetzt nicht nur der Erste Mann in Rom, viele nannten ihn sogar den dritten Gründer Roms. Der erste Gründer war Romulus gewesen, der zweite Marcus Furius Camillus, der Italien vor dreihundert Jahren von den Galliern befreit hatte. Auch Gaius Marius hatte einen Ansturm der Barbaren zurückgedrängt – und sich damit den Titel des dritten Gründers verdient.

Ein paar Überraschungen brachte die Wahl doch noch: Quintus Caecilius Metellus Numidicus wurde nicht zum zweiten Konsul gewählt. Für Marius war die Wahl des zweiten Konsuls der entscheidende Punkt – und auch da setzte er sich durch. Er hatte sich deutlich für Lucius Valerius Flaccus ausgesprochen, und Lucius Valerius Flaccus wurde mit einer komfortablen Mehrheit gewählt. Flaccus hatte auf Lebenszeit ein wichtiges Priesteramt inne, er war *flamen Martialis*, Oberpriester des Mars. In diesem Amt war er zu einem stillen Mann geworden, fügsam und untergeben, der ideale Mitkonsul für den gebieterischen Gaius Marius.

Allgemein wurde erwartet, daß Gaius Servilius Glaucia zum Prätor gewählt würde. Er war Marius' Kandidat, und Marius hatte großzügige Bestechungsgelder an die Wähler verteilt. Doch daß Glaucia die meisten Stimmen auf sich vereinigen konnte und damit zum Stadtprätor gewählt wurde, dem ranghöchsten der sechs Prätoren, überraschte dann doch alle.

Kurz nach den Wahlen verkündete Quintus Lutatius Catulus Caesar öffentlich, daß er seinen persönlichen Anteil an der Kriegsbeute für religiöse Zwecke stiften werde. Erstens wolle er den Platz von Marcus Fulvius Flaccus' ehemaligem Haus auf dem Palatin, gleich neben seinem eigenen Haus, kaufen. Dort solle ein prächtiger Säulengang entstehen, und er werde seine fünfunddreißig kimbrischen Feldzeichen aus der Schlacht bei Vercellae darin aufstellen. Zweitens wolle er auf dem Marsfeld der Göttin Fortuna einen Tempel errichten.

Als die neuen Volkstribunen am zehnten Tag im Dezember ihr Amt aufnahmen, fing der Spaß an. Lucius Appuleius Saturninus, der jetzt zum zweiten Mal Volkstribun war, beherrschte seine Kollegen vollkommen und nutzte geschickt die Angst, die seit dem Tod von Quintus Nonius umging, für seine Ziele in der Gesetzgebung aus. Öffentlich stritt er jegliche Beteiligung an dem Mord heftig ab, heimlich schürte er durch kleine Bemerkungen im privaten Kreis die Ängste seiner Kollegen. Die anderen Volkstribunen mußten sich fragen, ob sie nicht vielleicht wie Quintus Nonius enden würden, falls sie versuchten, seine Pläne zu durchkreuzen. Saturninus hatte freie Hand; weder Metellus Numidicus noch Catulus Caesar konnten auch nur einen einzigen Volkstribunen dazu bringen, in irgendeinem Fall ein Veto einzulegen.

Saturninus legte den ersten von zwei Gesetzentwürfen vor, mit denen die Zuteilung von staatlichen Ländereien an Veteranen der beiden Armeen, die gegen die Germanen gekämpft hatten, geregelt werden sollte. Es handelte sich ausschließlich um Gebiete in fremden Ländern, in Sizilien, Griechenland, Makedonien und auf dem africanischen Festland. Neu an dem Gesetzentwurf war eine Klausel, die Gaius Marius persönlich ermächtigte, drei italischen Legionären in jeder Veteranenkolonie das römische Bürgerrecht zu verleihen.

Im Senat regte sich erbitterter Widerstand.

»Dieser Mann«, wetterte Metellus Numidicus, »will nicht einmal seine römischen Soldaten begünstigen! Alle sollen zu gleichen Teilen mit Land versorgt werden – Römer, Latiner, Italiker. Ohne Unterschiede! Ich frage euch, Senatoren, was sollen wir von diesem Mann halten? Was kümmert diesen Mann Rom? Überhaupt nichts! Warum auch? Er ist kein Römer. Er ist Italiker. Und er bevorzugt seine eigenen Leute. Tausende von ihnen erhielten auf dem Schlachtfeld das Wahlrecht zugesprochen – während römische Soldaten dabeistehen und zuschauen mußten! Sie gingen leer aus. Aber was hätte man von einem Mann wie Gaius Marius anderes erwarten können?«

Marius erhob sich zur Antwort. Als er sich im Senat kein Gehör verschaffen konnte, verließ er die Curia Hostilia und ging hinaus auf die Rednerbühne, wo er sich direkt an die Besucher des Forums wandte. Manche waren entrüstet, aber trotz allem liebten sie ihn und hörten zu.

»Es gibt genug Land für alle!« schrie er. »Niemand kann mir vorwerfen, ich würde die Italiker bevorzugt behandeln! Hundert *iugera* für jeden Soldaten! Ach, warum so viel? höre ich euch fragen. Das hat einen einfachen Grund: Diese Siedler, ihr Volk von Rom, gehen in Länder, wo das Leben sehr viel härter ist als in unserem geliebten Italien. In schlechten Böden, bei widrigem Klima müssen sie säen und ernten. Um dort anständig leben zu können, brauchen sie mehr Land als in unserem geliebten Italien.«

»Hört euch das an!« kreischte Catulus Caesar von den Stufen vor dem Senatsgebäude. Seine Stimme überschlug sich fast. »Hört euch das an! So ist er! Nicht Rom! Italien! Italien, Italien, Italien, ich höre nur Italien! Er ist kein Römer. Rom ist ihm völlig gleichgültig!«

»Italien ist Rom!« donnerte Marius. »Das ist ein und dasselbe! Rom kann ohne Italien nicht leben, und umgekehrt genauso! Sind es nicht Römer ebenso wie Italiker, die ihr Leben Seite an Seite in den Legionen für Rom opfern? Wenn das stimmt – und wer wollte das bestreiten? –, warum sollte dann der eine Soldat etwas anderes sein als sein Kamerad neben ihm?«

»Italien!« schrie Catulus Caesar. »Immer nur Italien!«

»Unsinn!« brüllte Marius. »Die ersten Landzuteilungen gehen an römische, nicht an italische Soldaten! Sieht so die Bevorzugung der Italiker aus? Und warum sollen nicht drei der vielen tausend italischen Veteranen, die in die Kolonien gehen, das volle römische Bürgerrecht erhalten? Ich spreche von dreien, Volk von Rom!

Nicht dreitausend Italiker, Volk von Rom! Nicht dreihundert Italiker, Volk von Rom! Nicht drei Dutzend, Volk von Rom! Drei einzelne Männer! Soviel wie ein Tropfen im Meer! Ein Bruchteil eines Tropfens im Meer!«

»Sie werden ein Tropfen Gift in diesem Meer von Menschen sein!« kreischte Catulus Caesar von der Senatstreppe.

»Der Gesetzentwurf sieht zwar vor, daß zuerst die römischen Soldaten ihr Land erhalten sollen. Wo aber steht geschrieben, daß die ersten Landzuteilungen auch die besten sind?« schrie Metellus Numidicus.

Trotz des heftigen Widerspruchs im Senat wurde das erste Gesetz zur Landreform durch Abstimmung in der Versammlung der Plebs beschlossen. Große Gebiete, die sich schon seit langem in staatlichem Besitz befanden und an römische Bürger verpachtet waren, die sich nie in den jeweiligen Ländern aufhielten, wurden neu verteilt.

Quintus Poppaedius Silo, inzwischen trotz seiner jungen Jahre Führer des mittelitalischen Volks der Marser, kam nach Rom, um die Debatten über die Landreform zu hören. Marcus Livius Drusus hatte ihn eingeladen, und so wohnte Silo in Drusus' Haus.

»Dieses Thema, Rom gegen Italien, wird ziemlich hochgespielt, oder?« fragte Silo. Seines Wissens hatte Rom vorher noch nie darüber gestritten.

»In der Tat«, antwortete Drusus voller Ingrimm. »Mit der Zeit werden sich die Wogen glätten. Ich habe noch Hoffnung, Quintus Poppaedius.«

»Aber Gaius Marius kannst du dennoch nicht leiden?«

»Ich verabscheue diesen Mann. Trotzdem habe ich für ihn gestimmt«, sagte Drusus.

»Es ist erst vier Jahre her, daß wir in Arausio gekämpft haben.« Silo war nachdenklich geworden. »Ja, wahrscheinlich hast du recht, mit der Zeit wird sich der Aufruhr legen. Vor Arausio hatte ich noch Zweifel, ob es Gaius Marius überhaupt gelingen würde, seine italischen Truppen in den Kolonien unterzubringen.«

»Der Schlacht von Arausio ist es zu verdanken, daß die italischen Schuldsklaven freigelassen wurden«, sagte Drusus.

»Es macht mich froh, daß unsere Männer nicht umsonst gestorben sind. Aber dennoch – denk nur an Sizilien. Dort wurden die italischen Sklaven nicht freigelassen. Sie mußten sterben.«

»Ich krümme mich vor Scham, wenn ich an Sizilien denke.«

Drusus errötete bei diesen Worten. »Das ist das Werk von zwei korrupten, selbstsüchtigen römischen Magistraten. Zwei erbärmlichen *mentulae!* Wenn alle so wären, Quintus Poppaedius, müßte man annehmen, daß auch Männer wie Metellus Numidicus oder Aemilius Scaurus fähig wären, sich ihre Finger mit Kornbetrügereien schmutzig zu machen.«

»Ja, du hast recht«, sagte Silo. »Dabei glauben sie immer noch, Marcus Livius, daß sie als Römer zum erlesensten Volk der Erde gehören – und daß kein Italiker es verdient, von diesem Volk adoptiert zu werden.«

»Adoptiert?«

»Ja, was sonst bedeutet die Verleihung des römischen Bürgerrechts? Ist das nicht eine Adoption in die Familie der Römer?«

Drusus seufzte. »Das stimmt schon. Der einzige Unterschied besteht im Namen. Durch die Verleihung des Bürgerrechts wird kein Italiker, kein Grieche zu einem Römer. Und im Laufe der Zeit wird sich zumindest der Senat immer hartnäckiger gegen eine wachsende Zahl solcher unechter Römer zur Wehr setzen.«

»Dann werden wir Italiker uns wohl selbst darum kümmern müssen, unechte Römer zu werden – mit oder ohne Zustimmung des Senats.«

Ein zweiter Gesetzentwurf zur Landreform folgte, darin ging es um die neuen Gebiete, die Rom im Laufe der Kriege gegen die Germanen erobert hatte. Der zweite Gesetzentwurf war sehr viel wichtiger als der erste, denn jetzt stand praktisch unerschlossenes Land zur Verteilung an, das weder Bauern noch Viehzüchter in größerem Umfang nutzten, das aber womöglich andere Reichtümer als Herden und Getreide bereithielt – Mineralien, Edelmetalle, Steinbrüche. Die Gebiete lagen alle in der westlichen Gallia Transalpina, in der Nähe von Narbo, Tolosa, Carcasso, in der mittleren Gallia Transalpina. Hinzu kam ein Gebiet in Hispania Citerior, wo es einen Aufstand gegeben hatte, als die Kimbern in das Gebiet am Fuß der Pyrenäen eingedrungen waren.

Viele adlige Gutsbesitzer und viele Unternehmen in Rom wollten gerne nach Gallia Transalpina expandieren. Mit dem Sieg über die Germanen sahen sie ihre Chance gekommen. Sie blickten erwartungsvoll auf ihre Patrone im Senat, die ihnen Zugang zu dem neuen *ager publicus Galliae,* dem neuen Gemeindeland in Gallien, verschaffen sollten. Die Wellen der Empörung schlugen so hoch wie zuvor nur in den schlimmsten Tagen der Gracchenzeit, als bekannt wurde, daß das meiste Land an Veteranen der Proletarierarmeen gehen sollte.

Der Widerstand im Senat wuchs, und ebenso der Widerstand der Ritter aus der Ersten Vermögensklasse. Die Ritter waren einst Marius' bedeutendste Fürsprecher gewesen – jetzt fühlten sie sich um ihre Chancen als Landbesitzer in Gallia Transalpina betrogen und wurden zu Marius' erbittertsten Feinden. Die Agenten von Metellus Numidicus und Catulus Caesar zogen überall ihre Kreise und flüsterten und flüsterten...

»Er verteilt das Eigentum des Staates, als ob ihm das Land und der Staat obendrein gehören würden«, hieß es erst hinter vorgehaltener Hand und bald in voller Lautstärke.

»Er will den ganzen Staat für sich! Warum hätte er sonst Konsul werden wollen, jetzt, wo der Krieg gegen die Germanen vorbei ist?«

»Noch nie hat Rom Legionäre mit Landzuweisungen unterstützt!«

»Die Italiker kriegen viel mehr, als sie verdienen!«

»Das Land der besiegten Feinde Roms steht ausschließlich Römern zu, nicht Latinern oder Italikern!«

»Jetzt fängt er mit dem *ager publicus* im Ausland an, aber es wird nicht lange dauern, bis er den *ager publicus* in Italien verteilt – und dann womöglich an die Italiker!«

»Er nennt sich dritter Gründer Roms, dabei will er König von Rom werden!«

Und so weiter, und so fort. Lauthals verkündete Marius seine Position auf der Rostra und im Senat: Roms Provinzen müßten mit Kolonien einfacher Römer durchsetzt sein; ehemalige Legionäre seien brauchbare Besatzungstruppen; römische Ländereien im Ausland böten mehr Vorteile, wenn sie in den Händen vieler kleiner Grundbesitzer lägen als in den Händen weniger großer. Doch je mehr er donnerte, desto erbitterter wurde der Widerstand. Täglich schien sich mehr Ärger Luft zu machen, und statt abzuflauen, wuchs der Widerstand immer weiter. Bis sich schließlich, ganz allmählich, fast unmerklich die öffentliche Meinung über Saturninus' zweites Ackergesetz änderte. Viele Politiker aus dem Volk – solche, die oft auf das Forum kamen, und einige aus dem sehr einflußreichen Ritterstand – zweifelten inzwischen, ob Marius auf dem richtigen Weg war. Denn solchen Widerstand hatte es noch nie gegeben.

»Wo viel Rauch ist, muß auch ein Feuer sein«, sagten sie, erst untereinander, und dann auch zu denen, die auf sie hörten, weil sie Politiker waren.

»Diesmal ist es nicht nur ein dummer Zank im Senat. Dazu ist der Streit zu erbittert.«

»Wenn ein Mann wie Quintus Caecilius Metellus Numidicus – der immerhin Zensor und Konsul war, und war er nicht sehr mutig als Zensor? – immer mehr Unterstützung findet, kann er nicht ganz unrecht haben.«

»Gestern habe ich gehört, wie ein Ritter, auf dessen Unterstützung Gaius Marius dringend angewiesen ist, öffentlich über ihn geschimpft hat! Gaius Marius hatte ihm Land in der Nähe von Tolosa versprochen, und jetzt wird es an die Veteranen verteilt.«

»Jemand hat mir erzählt, daß er gehört hat, wie Marius gesagt hat, er wolle persönlich jedem einzelnen Italiker das Bürgerrecht verleihen.«

»Das ist Marius' sechste Amtszeit als Konsul – und die fünfte ohne Unterbrechung. Er soll neulich bei einem Gastmahl gesagt haben, daß er dieses Amt nie mehr aufgeben will! Er wird jedes Jahr kandidieren, bis er stirbt.«

»Eigentlich will er nämlich König von Rom werden!«

Allmählich zeigte die Flüsterkampagne von Metellus Numidicus und Catulus Caesar Wirkung. Und plötzlich waren sich sogar Glaucia und Saturninus nicht mehr sicher, daß das zweite Gesetz zur Landreform durchgehen würde.

»Ich muß das Land haben, unbedingt!« tobte Marius verzweifelt in Gegenwart von Julia, die seit Tagen geduldig darauf wartete, daß er die Lage mit ihr besprechen würde. Nicht weil sie neue Ideen zu bieten oder gute Nachrichten zu berichten hatte, sondern weil sie wußte, daß sie der einzige wahre Freund in seiner Nähe war. Sulla war nach dem Triumph nach Gallia Cisalpina zurückgeschickt worden, und Sertorius war nach Hispania Citerior gereist, um seine germanische Frau und sein Kind zu besuchen.

»Gaius Marius, ist es denn wirklich so wichtig?« fragte Julia. »Was macht es schon, wenn deine Soldaten ihr Land nicht bekommen? Noch nie haben römische Soldaten Land bekommen – das hat es noch nie in der Geschichte gegeben. Und sie können nicht sagen, du hättest es nicht wenigstens versucht.«

»Das verstehst du nicht«, sagte er ungeduldig. »Es geht nicht mehr nur um die Soldaten, es geht um meine *dignitas*, um meine

Stellung im öffentlichen Leben. Wenn dieses Gesetz nicht durchkommt, bin ich nicht länger der Erste Mann in Rom.«

»Kann Lucius Appuleius dir nicht helfen?«

»Er versucht es, bei den Göttern, er versucht es! Aber statt Boden gutzumachen, verlieren wir immer mehr. Ich fühle mich wie Achilles, der nicht aus dem Fluß steigen kann, weil die Ufer immer weiter zurückweichen. Ich ziehe mich ein bißchen hoch und sinke dann doppelt so tief wieder ein. Die Gerüchte sind so unglaublich, Julia! Und ich kann sie nicht bekämpfen, weil niemals etwas offen gesagt wird. Wenn ich nur ein Zehntel der Dinge, die sie mir zuschreiben, getan hätte, wäre ich schon lange im Tartarus und müßte einen Felsblock den Berg hinaufrollen.«

»Ja, sicher, gegen solche Verleumdungskampagnen kann man nichts machen«, tröstete Julia. »Früher oder später werden die Gerüchte so grotesk, daß es allen wie Schuppen von den Augen fällt. Das wird auch in diesem Fall so sein. Sie haben dich umgebracht, aber sie stechen noch so lange auf dich ein, bis ganz Rom es nicht mehr mit ansehen kann. Das Volk ist schrecklich naiv und leichtgläubig, aber selbst die größte Naivität und Leichtgläubigkeit ist irgendwann überreizt. Das Gesetz kommt durch, Gaius Marius, da bin ich ganz sicher. Du darfst nur nicht zu sehr drängen. Besser, du wartest, bis die Stimmung wieder zu deinen Gunsten umschlägt.«

»Ja, es kann gut sein, daß das Gesetz durchkommt, genau wie du sagst, Julia. Aber was hindert den Senat, das Gesetz zu annullieren, sobald Lucius Appuleius aus dem Amt ist? Und was soll ich dann tun, wenn ich keinen so fähigen Volkstribunen mehr habe, der sich dem Senat so zäh widersetzt?« stöhnte Marius.

»Hm, ich verstehe.«

»Wirklich?«

»Ja, sicherlich. Ich bin eine Julius Caesar, mein Gatte, und das bedeutet, daß ich in meiner Kindheit tagtäglich politische Diskussionen mit angehört habe, auch wenn durch mein Geschlecht eine Karriere in der Politik von vornherein ausgeschlossen war.« Sie biß sich auf die Unterlippe. »Es ist ein großes Problem, nicht wahr? Ackergesetze lassen sich nicht von einem Tag auf den anderen vollziehen, es dauert ewig, bis sie durchgeführt sind. Jahre. Man muß das Land aussuchen, vermessen, aufteilen, die Männer finden, die als Siedler ausgelost wurden, Ausschüsse bilden, Ausschußmitglieder aussuchen – eine endlose Aufgabe.«

Marius grinste. »Du hast mit Gaius Julius gesprochen!«

»Stimmt. In der Tat, ich bin fast ein Experte.« Sie klopfte leicht auf den freien Platz an ihrer Seite. »Komm, mein Lieber, setz dich zu mir!«

»Ich kann nicht, Julia.«

»Gibt es keine Möglichkeit, die Gesetze abzusichern?«

Marius, der im Zimmer hin und her gelaufen war, hielt inne, wandte sich zu Julia und schaute sie scharf an. »An sich schon ...«

»Welche denn?« drängte sie sanft.

»Gaius Servilius Glaucia hat sich das ausgedacht, und Lucius Appuleius ist ganz verrückt danach. So habe ich sie beide am Hals, beide wollen mich überreden, aber ich bin nicht so sicher ...«

»Ist es so neuartig?« Julia kannte Glaucias Ruf.

»Völlig neuartig.«

»Bitte, Gaius Marius, erzähl es mir!«

Marius fühlte sich müde. Es wäre eine Erleichterung, einmal mit jemandem darüber zu sprechen, der dabei nicht seinen eigenen Vorteil im Sinn hatte. »Ich bin ein Mann des Militärs, Julia, und ich mag militärische Lösungen«, sagte er. »Wenn ich in der Armee einen Befehl ausgebe, weiß jeder, daß es der bestmögliche Befehl unter den gegebenen Umständen ist. Ohne Widerrede beeilt sich jeder, den Befehl auszuführen. Sie kennen mich schließlich, und sie vertrauen mir. Nun, dieses Gesindel in Rom kennt mich auch, und sie sollten Vertrauen zu mir haben! Aber was tun sie? Sie haben nur ihre eigenen Ideen im Kopf, die wollen sie durchsetzen, sie hören nicht einmal zu, wenn jemand andere Ideen hat, selbst wenn die besser sind. Dieser Haß im Senat! Und ständig diese dummen Zwischenrufe! Ich bin schon erschöpft, bevor ich überhaupt angefangen habe. Ich bin zu alt, ich werde mich nicht mehr ändern, und ich kann mich nicht mehr mit solchen Leuten abgeben, Julia. Das sind doch alles Idioten! Wenn sie weiter so tun, als hätte sich seit Scipio Africanus' Kindheit nichts geändert, werden sie die Republik zugrunde richten. Meine Veteranensiedlungen sind eine so gute Idee!«

»Ja, gewiß.« sagte Julia, bemüht, ihre Bestürzung zu verbergen. Marius sah angegriffen aus in diesen Tagen, älter als er war, statt jünger. Er bekam einen Bauch, bisher war er immer schlank und muskulös gewesen. Aber jetzt mußte er ja dauernd in Versammlungen herumsitzen, statt sich unter freiem Himmel bewegen zu können. Sein Haar war ergraut und dünn geworden. Kriege führen bekam dem Körper eines Mannes sichtlich besser als Gesetze machen! »Gaius Marius, hör auf damit und erzähl mir, worum es geht!« beharrte sie.

»Dieser zweite Gesetzentwurf enthält eine zusätzliche Klausel, die sich Glaucia extra dafür ausgedacht hat.« Marius fing wieder an, im Zimmer hin und her zu laufen. Die Worte purzelten jetzt aus seinem Mund. »Wenn das Gesetz beschlossen ist, muß jeder Senator innerhalb von fünf Tagen einen Eid schwören, daß dieses Gesetz für immer gültig bleiben wird.«

Unwillkürlich schnappte Julia nach Luft, schlug die Hände vors Gesicht und blickte Marius entsetzt an. Dann sagte sie das stärkste Wort, das in ihrem Wortschatz vorkam: »*Ecastor!*«

»Das ist ein Schock, nicht wahr?«

»Oh, Gaius Marius, das werden sie dir nie verzeihen, wenn du diese Klausel in das Gesetz einfügst!«

»Meinst du, ich wüßte das nicht?« rief Marius aus. Hilflos streckte er die Hände zur Decke. »Aber was soll ich sonst tun? Ich muß das Land haben!«

Julia fuhr sich mit der Zungenspitze über die Lippen. »Du wirst noch viele Jahre im Senat sitzen«, sagte sie. »Kannst du nicht einfach weiter darum kämpfen, daß das Gesetz erhalten bleibt?«

»Weiterkämpfen? Wann soll das je aufhören?« fragte er. »Ich habe das Kämpfen satt, Julia!«

Mit gespieltem Spott versuchte Julia ihn aufzuheitern. »Pah! Gaius Marius hat das Kämpfen satt? Du hast dein Leben lang gekämpft!«

»Aber nicht diese Art von Kampf.« Marius suchte nach Worten. »Das ist ein schmutziger Kampf. Es gibt keine Regeln. Du weißt nicht einmal, wer – geschweige denn wo! – deine Feinde sind. Auf dem Schlachtfeld, jederzeit! Aber der Senat von Rom ist ein Bordell, dort findest du die gemeinsten Kreaturen, die niedrigsten Verhaltensweisen. In diesem Schleim krieche ich Tag für Tag! Ach Julia, glaube mir, ich würde lieber bis zum Hals in Blut auf dem Schlachtfeld waten! Und wenn jemand immer noch so naiv ist und glaubt, daß der Krieg mehr Menschenleben kostet als die politische Intrige, dann hat er verdient, was die Politik mit ihm macht.«

Julia stand auf und ging zu ihm. Sie zwang ihn stehenzubleiben und hielt seine beiden Hände fest. »Es fällt mir nicht leicht, das zu sagen, mein Geliebter, aber für einen Mann wie dich, der so geradeheraus spricht, ist die politische Bühne nicht der richtige Ort.«

»Wenn ich es bisher nicht gewußt habe, kann jetzt zumindest

kein Zweifel mehr daran bestehen«, sagte Marius düster. »Wahrscheinlich wird es auf Glaucias verfluchte Spezialklausel mit dem Schwur hinauslaufen. Aber hat Publius Rutilius nicht recht, wenn er mich immer fragt, wo uns all diese neuartigen Gesetze hinführen werden? Setzen wir wirklich etwas Gutes an die Stelle von etwas Schlechtem? Oder machen wir alles nur noch schlechter?«

»Das kann nur die Zeit entscheiden«, erwiderte sie ruhig. »Was auch geschieht, Gaius Marius, vergiß nicht, daß es immer große Schwierigkeiten beim Regieren gibt, daß die Leute immer umherlaufen und mit düsterer Miene verkünden, dieses neue Gesetz oder jenes bedeute das Ende der Republik, Rom sei nicht mehr Rom und so weiter! Ich weiß aus meinen Büchern, daß Scipio Africanus das über Cato den Zensor gesagt hat! Und irgendein früherer Julius Caesar wird es sicherlich über Brutus gesagt haben, als der vor vielen hundert Jahren seine Söhne umbringen ließ! Die Republik ist unzerstörbar, das wissen alle, auch wenn sie lauthals das Ende der Republik beklagen. Das mußt du dir immer vor Augen halten.«

Ihr gesunder Menschenverstand beruhigte ihn schließlich. Befriedigt registrierte Julia, daß der Rotstich aus seinen Augen wich und die hektischen Flecken auf seiner Haut verblaßten. Es war höchste Zeit, das Thema zu wechseln, fand sie.

»Übrigens, mein Bruder Gaius Julius möchte dich gerne morgen sprechen. Ich habe die Gelegenheit am Schopfe gepackt und ihn mit Aurelia zum Abendessen eingeladen, wenn es dir recht ist.«

Marius ächzte. »Natürlich! Stimmt ja! Ich hatte es vergessen! Er wird nach Kerkena abreisen, um dort meine erste Veteranenkolonie anzusiedeln, so war's doch?« Er ließ den Kopf in die Hände fallen, schüttelte Julias Umklammerung ab. »War es das? Bei den Göttern, mein Gedächtnis? Was ist bloß mit mir los, Julia?«

»Nichts«, tröstete sie. »Du brauchst Erholung, ein paar Wochen Abstand von Rom täten dir gut. Aber das ist natürlich im Moment nicht möglich. Wie wäre es, wenn wir statt dessen nach dem kleinen Marius schauten?«

Der kleine Marius, inzwischen fast neun Jahre alt, war sehr hübsch, ein Sohn, der seinen Eltern viel Freude machte: groß und kräftig gebaut, blond, mit einer römischen Nase, die auch seinem Vater gefiel, und er neigte eher körperlicher als geistiger Betätigung zu, was ebenfalls dem Vater entgegenkam. Daß er bisher das einzige Kind geblieben war, betrübte Julia sehr viel mehr als Marius. Nach zwei Fehlgeburten fürchtete sie, daß sie kein Kind mehr würde austragen können. Aber Marius war zufrieden mit seinem Sohn, ein Stammhalter reichte ihm.

Der Abend verlief sehr angenehm. Nur Gaius Julius Caesar, Aurelia und Aurelias Onkel Publius Rutilius Rufus waren geladen.

Nach dem nächsten Markttag in acht Tagen sollte Caesar nach Kerkena in der Provinz Africa abreisen. Sein Auftrag gefiel ihm, nur ein Umstand trübte seine gute Laune.

»Ich werde nicht in Rom sein, wenn mein erster Sohn auf die Welt kommt«, sagte er lächelnd.

»Aurelia, nein! Schon wieder?« stöhnte Rutilius Rufus. »Es wird wieder ein Mädchen, ihr werdet schon sehen – und wo wollt ihr eine weitere Mitgift herbekommen?«

»Ach was, Onkel Publius.« Ungerührt stopfte sich Aurelia einen Happen Hühnerfleisch in den Mund. »Erstens werden wir keine Mitgift für unsere Töchter brauchen. Gaius Julius' Vater hat uns das Versprechen abgenommen, daß wir keine so hochnäsige Caesaren werden, die ihre Töchter vor dem anrüchigen Hauch des Geldadels fernhalten müssen. Wir sind fest entschlossen, unsere Töchter an furchtbar reiche, unbedeutende Würstchen vom Lande zu verheiraten.« Weitere Happen Hühnerfleisch verschwanden in Aurelias Mund. »Außerdem haben wir jetzt unsere beiden Mädchen. Jetzt sind die Jungen an der Reihe.«

»Alle auf einmal?« fragte Rutilius Rufus verschmitzt.

»Oh ja, ich hätte nichts gegen Zwillinge! Gibt es Zwillinge in der julianischen Familie?« fragte Aurelia ihre Schwägerin.

»Ich glaube schon«, sagte Julia mit einem nachdenklichen Stirnrunzeln. »Unser Onkel Sextus hatte mit Sicherheit Zwillinge, einer ist aber gestorben – und Caesar Strabo ist doch auch ein Zwilling, oder?«

»Stimmt, ist er«, grinste Rutilius Rufus. »Unser armer, junger, schielender Freund zieht Spitznamen geradezu magisch an, einer davon ist ›Vopiscus‹, der Überlebende von Zwillingen. Aber er hat einen neuen Spitznamen, habe ich gehört.«

Seine Stimme hatte einen spöttischen Unterton bekommen, alle lauschten gespannt. Marius stellte die Frage, die allen auf der Zunge lag: »Was für einen?«

»Ihm ist eine Fistel am Hinterteil gewachsen. Irgendein Witzbold meinte, er habe jetzt einen anderthalbfachen Hintern, und hat ihn ›Sesquisculus‹ getauft«, sagte Rutilius Rufus.

Die gesamte Abendgesellschaft brach in schallendes Gelächter aus, auch die Frauen, in deren Gegenwart so eine milde Zote gerade noch erzählt werden durfte.

»Auch in Lucius Cornelius' Familie könnten Zwillinge vorkommen.« Marius wischte sich die Augen.

»Wie meinst du das?« fragte Rutilius Rufus, der schon weiteren Tratsch witterte.

»Nun, ihr wißt doch alle – auch wenn Rom es nicht weiß –, daß er ein Jahr bei den Kimbern verbracht hat. Er hatte ein Frau, eine Cheruskerin namens Hermana, die hat ihm Zwillinge geboren, zwei Jungen.«

Julia wurde ernst. »Gefangen? Oder tot?« fragte sie.

»Beim Pollux, nein! Er hat sie zurück zu ihren eigenen Leuten nach Germanien gebracht, bevor er wieder zu mir gestoßen ist.«

»Ein ulkiger Vogel, dieser Lucius Cornelius«, sagte Rutilius Rufus nachdenklich. »Wohl nicht ganz richtig im Kopf.«

»Da hast du einmal unrecht, Publius Rutilius«, sagte Marius. »Keiner ist richtiger im Kopf als Lucius Cornelius. In der Tat, ich würde meinen, er ist der zukünftige Mann, was Rom angeht.«

Julia kicherte. »Wie der Blitz ist er nach Gallia Cisalpina gesaust, nach dem Triumph. Mutter und er streiten immer mehr, je älter sie werden.«

»Ja, das kann ich gut verstehen!« sagte Marius mutig. »Deine Mutter ist der einzige Mensch auf diesem Flecken Erde, der mich zu Tode erschrecken kann.«

»Eine wunderbare Frau, Marcia«, schwelgte Rutilius Rufus in Erinnerungen. Als sich alle Augen auf ihn richteten, beeilte er sich hinzuzufügen: »Zumindest, was das Aussehen betrifft. Früher.«

»Sie hat sich wirklich mächtig ins Zeug gelegt, um eine neue Frau für Lucius Cornelius zu finden«, sagte Caesar.

Rutilius Rufus verschluckte sich fast an einem Pflaumenkern. »Tja, zufällig war ich vor ein paar Tagen gerade bei Marcus Aemilius Scaurus zum Abendessen eingeladen«, sagte er und genoß sichtlich seine Unverschämtheit, »und wenn sie nicht schon mit jemand anderem verheiratet wäre, würde ich darauf wetten, daß Lucius Cornelius ganz allein eine Frau für sich gefunden hat.«

»Nein!« Aurelia lehnte sich neugierig vor. »Ach komm, Onkel Publius, sag schon!«

»Die kleine Caecilia Metella Delmatica«, sagte Rutilius Rufus.

»Die Frau des Princeps Senatus höchstselbst?« quiekste Aurelia.

»Genau die. Lucius Cornelius warf ihr einen Blick zu, als sie ihm vorgestellt wurde, und sein Gesicht lief über und über rot an, roter noch als seine Haare. Wie ein begossener Pudel saß er da, das ganze Abendessen lang, und starrte sie an.«

»Nicht zu fassen!« sagte Marius.

»Aber genauso war es!« beharrte Rutilius Rufus. »Selbst Marcus Aemilius hat es bemerkt – er ist sowieso wie eine alternde Glucke mit ihrem einzigen Küken, was seine süße kleine Delmatica betrifft. So wurde sie nach dem Hauptgang ins Bett geschickt. Sie sah ziemlich enttäuscht aus. Und blickte scheu und voller Bewunderung zu Lucius Cornelius, als sie ging. Er hat seinen Wein verschüttet.«

»Solange er ihr seinen Saft nicht zwischen die Schenkel kippt«, sagte Marius grimmig.

»Oh, nein, nicht schon wieder ein Skandal!« rief Julia. »Lucius Cornelius kann sich nicht noch einen Skandal leisten. Gaius Marius, du mußt etwas tun!«

Auf Marius' Gesicht erschien der typische Ausdruck, den alle Ehemänner bekommen, wenn ihre Frauen eine ganz und gar unmännliche und unmögliche Forderung an sie richten. »Mit Sicherheit nicht!«

»Warum denn nicht?« fragte Julia. Die Bitte schien ihr sehr vernünftig.

»Weil sich jeder Mann selbst um sein Privatleben kümmern muß – er würde sich schön bedanken, wenn ich meine Nase in seine Angelegenheiten stecke!«

Julia und Aurelia waren beide enttäuscht.

Wie immer mußte Caesar Frieden stiften. Er räusperte sich. »Nun, da Marcus Aemilius Scaurus so aussieht, als müßte man ihn in ungefähr tausend Jahren mit der Axt erschlagen, müssen wir uns wohl nicht allzu viele Sorgen um Lucius Cornelius und Delmatica machen. Meines Erachtens hat Mutter ihre Wahl schon getroffen – wie ich höre, ist Lucius Cornelius einverstanden, so werden wir wohl eine Einladung zur Hochzeit erhalten, sobald er aus Gallia Cisalpina zurück ist.«

»Wer?« fragte Rutilius Rufus. »Ich habe kein Sterbenswörtchen gehört!«

»Aelia, die einzige Tochter von Quintus Aelius Tubero.«

»Ist die nicht schon ein bißchen vertrocknet?« wandte Marius ein.

»Ende dreißig, so alt wie Lucius Cornelius«, gab Caesar gelassen zurück. »Er will anscheinend keine Kinder mehr, deshalb meinte Mutter, eine kinderlose Witwe sei das Beste für ihn. Und sie sieht immer noch gut aus.«

»Aus einer guten alten Familie«, fügte Rutilius Rufus hinzu. »Sehr reich!«

»Um so besser für Lucius Cornelius!« sagte Aurelia warm. »Ich kann mir nicht helfen, ich mag ihn einfach!«

»Das tun wir alle.« Marius blinzelte ihr zu. »Gaius Julius, macht dich das Eingeständnis dieser Zuneigung nicht eifersüchtig?«

»Ach, ich habe noch viel ernstere Rivalen, was Aurelias Gefühle betrifft, als solche patrizischen Erben«, grinste Caesar.

Julia blickte auf. »Wirklich? Wen denn?«

»Er heißt Lucius Decumius, ist ein schmuddeliger kleiner Mann um die Vierzig, mit dünnen Beinen und fettigem Haar. Außerdem riecht er penetrant nach Knoblauch«, sagte Caesar, während er sich die dicksten Rosinen aus dem Nachtisch aus Trockenfrüchten pickte. »Überall stehen seine prachtvollen Blumensträuße. Alle vier bis fünf Tage schickt er einen neuen Strauß vorbei. Und besucht meine Frau. Er freut sich so auf unser Baby, daß ich manchmal ins Grübeln komme.«

»Hör auf, Gaius Julius!« sagte Aurelia lachend.

»Wer ist er?« fragte Rutilius Rufus.

»Er ist Hausmeister oder so etwas Ähnliches bei der Bruderschaft an der Kreuzung, die Aurelia mietfrei beherbergen muß«, sagte Caesar.

»Lucius Decumius und ich haben eine Abmachung getroffen«, sagte Aurelia und schnappte sich dabei die Rosine, die sich Caesar gerade in den Mund stecken wollte.

»Was für eine Abmachung?« fragte Rutilius Rufus.

»Es geht darum, wo er seinen Beruf ausübt, nämlich überall, nur nicht in meiner Nachbarschaft.«

»Was für einen Beruf?«

»Er ist ein Mörder«, sagte Aurelia.

Als Saturninus das zweite Ackergesetz einbrachte, löste die Klausel, die von jedem Senator einen Eid verlangte, einen Sturm der Entrüstung auf dem Forum aus. Die Formel schlug ein wie ein Blitz des Jupiters, mehr noch, wie das verheerende Donnern der alten Götter, der wahren, gesichtslosen Götter, der *numina.* Nicht nur, daß jeder Senator den Eid schwören mußte, nein, der Schwur sollte nach

Appuleius' Gesetz auch nicht wie üblich im Tempel des Saturn abgelegt werden, sondern unter freiem Himmel, in dem nach oben offenen Tempel des Semo Sancus Dius Fidius auf dem unteren Quirinal. Nur eine Statue der Gaia Caecilia, der Gattin des Königs Tarquinius Priscus aus der Frühzeit von Rom, gab der Wohnstätte des gesichtslosen Gottes ohne Mythologie einen menschlichen Rahmen. Und nicht auf den Namen der großen Gottheiten des Kapitols sollte der Eid geschworen werden, sondern auf die kleinen, gesichtslosen *numina*, die wahren Götter Roms: auf die Di Penates Publici, die Hüter der öffentlichen Schätze und Vorräte, auf die Lares Praestites, die Hüter des Staates, und auf Vesta, die Hüterin des Herdes. Niemand wußte, wie diese Götter aussahen, wo sie herkamen, welches Geschlecht sie hatten, ob sie überhaupt ein Geschlecht hatten. Aber sie waren da. Und sie waren wichtig. Sie waren römisch. Sie waren die öffentlichen Vertreter der ganz privaten Götter, der Hausgötter, dieser wichtigsten römischen Tradition. Kein Römer konnte einen Eid auf den Namen dieser Götter je brechen, denn Auflösung seiner Familie, Untergang seines Hauses, Zerfall seines Besitzes wären die sichere Folge gewesen.

Aber Glaucia mit seinem unerschütterlichen Glauben an die Gesetze wollte nicht nur auf die namenlose Angst vor den namenlosen Göttern vertrauen. Er setzte eine menschliche Strafe fest, die verhindern sollte, daß sich ein Senator dem Eid entzog: Wasser und Feuer sollten in ganz Italien demjenigen verboten werden, der den Eid verweigerte, er müßte zwanzig Talente in Silber bezahlen und würde alle seine Bürgerrechte verlieren.

»Das Problem ist, daß wir noch nicht schnell genug waren und nicht weit genug gegangen sind«, sagte Metellus Numidicus zu Catulus Caesar, dem Pontifex Maximus Ahenobarbus, Metellus dem Ferkel, zu Scaurus, Lucius Cotta und seinem Onkel Marcus Cotta. »Das Volk ist noch nicht bereit, Gaius Marius fallen zu lassen. Das Gesetz wird in dieser Form durchkommen. Und wir werden schwören müssen.« Er zitterte. »Und wenn ich schwöre, muß ich mich an meinen Eid halten.«

»Dann darf dieses Gesetz nicht durchkommen«, sagte Ahenobarbus.

»Kein Volkstribun wird es wagen, sein Veto einzulegen«, sagte Marcus Cotta.

»Dann müssen wir eben mit religiösen Argumenten dagegen ankämpfen.« Scaurus warf Ahenobarbus vieldeutige Blicke zu. »Unsere Gegner haben die Religion ins Spiel gebracht, also gibt es keinen Grund, warum wir das nicht auch tun sollten.«

»Ich glaube, ich weiß schon, was du willst«, sagte Ahenobarbus.

»Nun, ich nicht«, sagte Lucius Cotta.

»Am Tag der Abstimmung über das Gesetz müssen die Auguren die göttlichen Zeichen prüfen, damit alle sicher sein können, daß die Versammlung nicht gegen göttliches Gesetz verstößt. Ja, und wir werden dafür sorgen, daß die Zeichen Unheil verheißen«, sagte Ahenobarbus. »Wir werden so lange unheilträchtige Zeichen sehen, bis einer unserer Volkstribunen den Mut findet, sein Veto aus religiösen Gründen einzulegen. Damit ist das Gesetz erledigt. Das Volk hat solche Dinge schnell satt.«

Der Plan wurde in die Tat umgesetzt. Die Auguren erklärten, die Zeichen würden Unheil verkünden. Unglücklicherweise war aber Lucius Appuleius Saturninus selbst Augur – eine kleine Entschädigung für die falschen Beschuldigungen in Ostia –, und Saturninus deutete die Zeichen ganz anders.

»Das ist ein Trick!« brüllte er die Plebejer auf dem Versammlungsplatz an. »Seht sie euch an! Alle sind sie Handlanger derer, die im Senat die Fäden ziehen! An den Zeichen ist nichts auszusetzen – auf diesem Wege soll die Macht des Volkes gebrochen werden! Wir wissen es alle: Der Senatsvorsitzende Scaurus, Metellus Numidicus und Catulus wollen unsere Soldaten um ihren gerechten Lohn bringen, dafür ist ihnen jedes Mittel recht. Und dies hier beweist, daß sie wirklich vor nichts zurückscheuen! Sie haben absichtlich den Willen der Götter mißdeutet!«

Das Volk glaubte Saturninus, der darüber hinaus so umsichtig gewesen war, seine Gladiatoren unter die Menge zu mischen. Als ein Volkstribun einen zaghaften Versuch machte, sein Veto einzulegen – die Zeichen seien unheilträchtig, er habe schon Donner gehört, ein Gesetz, das an diesem Tag verabschiedet würde, sei *nefas,* ein Sakrileg –, schlugen die Gladiatoren zu. Während Saturninus mit schallender Stimme verkündete, daß er dieses Veto nicht zulassen werde, rissen seine Muskelmänner den glücklosen Volkstribunen von der Rednerbühne, stießen ihn den Clivus Argentarius hinauf bis zu den Lautumiae und hielten ihn dort fest, bis die Versammlung aufgehoben war. Das zweite Landreformgesetz stand schließlich zur Abstimmung, und sämtliche Tribus stimmten dafür, denn die ungewöhnliche Schwurformel stachelte die Neugier der regelmäßigen Besucher des Forums an: Was würde passieren, wenn dieses Gesetz verabschiedet war? Wer würde es verhindern wollen? Wie würde der Senat reagieren? So etwas durfte man nicht verpassen! Das Volk wartete gespannt.

Am Tag nach der Verabschiedung des Gesetzes erhob sich Metellus Numidicus im Senat und kündigte feierlich an, daß er den Eid nicht schwören werde.

»Mein Gewissen, meine Prinzipien, ja mein ganzes Leben hängen an dieser Entscheidung!« rief er donnernd. »Ich werde die Strafe bezahlen, ich werde in die Verbannung nach Rhodos gehen. Denn ich werde nicht schwören. Hört ihr mich, Senatoren? Ich – werde – nicht – schwören! Ich könnte niemals etwas schwören, gegen das sich mein Innerstes so hartnäckig sträubt. Wann wird ein Eid zum Meineid? Was ist das schlimmere Verbrechen – den Eid schwören, ein Gesetz zu hüten, das ich grundsätzlich ablehne, oder einen solchen Eid nicht zu schwören? Diese Entscheidung müßt ihr alle für euch allein treffen. Meine Entscheidung ist gefallen. Der Schwur wäre das größere Verbrechen. So wisse, Lucius Appuleius Saturninus, und auch du, Gaius Marius: Ich – werde – nicht – schwören! Ich habe mich entschieden, die Strafe zu bezahlen und ins Exil zu gehen.«

Seine Rede machte großen Eindruck, denn alle Anwesenden spürten, daß es ihm ernst war. Marius' Augenbrauen trafen sich über der Nase. Saturninus fletschte die Zähne. Ein Gemurmel hob an, Zweifel und Unzufriedenheit quälten, nagten und verschafften sich immer lauter Gehör.

»Sie wollen Schwierigkeiten machen«, flüsterte Glaucia, dessen Amtsschemel ganz nahe neben dem von Marius stand.

»Wenn ich die Versammlung nicht schließe, werden sich noch alle weigern, den Eid zu schwören«, murmelte Marius. Er erhob sich und entließ die Versammlung. »Ich möchte euch eindringlichst bitten, nach Hause zu gehen und drei Tage lang über die sehr ernsten Folgen nachzudenken, die es hätte, wenn ihr den Eid nicht schwört. Für Quintus Caecilius ist es leicht – er hat genug Geld, um die Strafe zu bezahlen und sich in der Verbannung behaglich einzurichten. Aber wie viele sonst von euch können das sagen? Geht nach Hause, Senatoren, und überlegt es euch gut. Ihr habt drei Tage Zeit. Am vierten Tage von heute an gerechnet wird sich der Senat wieder versammeln. Bis dahin müßt ihr euch entscheiden. Vergeßt nicht, daß das zweite Ackergesetz des Appuleius eine zeitliche Beschränkung enthält.«

So kannst du doch nicht mit ihnen reden! sagte sich Marius. Er lief unruhig in seinem großen, schönen Haus unterhalb des Tempels der Juno Moneta hin und her, Julia stand hilflos daneben. Selbst sein sonst so kecker Sohn hatte sich in seinem Spielzimmer versteckt.

So kannst du einfach nicht mit ihnen reden, Gaius Marius! Sie sind keine Soldaten. Sie sind noch nicht einmal untergeordnete Offiziere, auch wenn ich Konsul bin und sie größtenteils Hinterbänkler, die niemals wissen werden, wie sich ein Amtsstuhl aus Elfenbein unter ihren fetten Ärschen anfühlen würde. Alle, bis auf den letzten, glauben sie, sind mir gleichgestellt – mir, Gaius Marius, zum sechsten Male Konsul dieser Stadt, dieses Staates, dieses Weltreiches! Ich muß mit ihnen fertig werden, die Schande einer solchen Niederlage könnte ich nicht ertragen. Meine *dignitas* ist soviel größer als ihre, und wenn sie tausendmal das Gegenteil behaupten. Und meine Würde darf keinen Schaden nehmen. Ich bin der Erste Mann in Rom. Ich bin der dritte Gründer Roms. Und nach meinem Tod werden sie zugeben müssen, daß ich, Gaius Marius, der italische Bauer, der angeblich kein Griechisch kann, der größte Mann in der Geschichte der Republik war, in der Geschichte des Senats und des Volkes von Rom.

Nichts anderes konnte er denken während der drei Tage, die er den Senatoren als Bedenkzeit gegeben hatte, unaufhörlich kreisten seine Gedanken um den Verlust seiner *dignitas*, falls sein Gesetz nicht durchkommen sollte. Bei Anbruch des vierten Tages marschierte er mit festem Siegeswillen in die Curia Hostilia – über die Taktik, wie die konservative Senatorenclique ihn wohl zu schlagen versuchen würde, hatte er überhaupt nicht nachgedacht. Statt dessen legte er große Sorgfalt auf sein Aussehen, niemand sollte ihm ansehen, daß er drei Tage in seinem Haus auf und ab gelaufen war. Seine zwölf Liktoren zogen vor ihm her, als er die Straße der Geldverleiher hinunterschritt. Ihm war, als gehörte ihm die ganze Stadt.

Der Senat versammelte sich ungewöhnlich ruhig, kaum ein Stuhl wurde gerückt, kaum ein Hüsteln war zu hören, nur wenige Besucher flüsterten mit ihren Nachbarn. Das Opfer wurde dargebracht, die Auguren erklärten die Zeichen für günstig.

Marius erhob sich mit majestätischer Würde, er hatte jede Faser seines massigen Körpers unter Kontrolle. Wenn er auch keinen Gedanken auf die möglichen Strategien der konservativen Senatorenclique verschwendet hatte, so hatte er doch sein eigenes Vorgehen bis in die letzte Einzelheit geplant. Das Selbstvertrauen stand ihm förmlich ins Gesicht geschrieben.

»Auch ich habe viel nachgedacht in den letzten drei Tagen, eingeschriebene Väter«, begann er. Seine Augen waren auf einen Punkt irgendwo zwischen den Senatoren gerichtet. Er schaute niemandem direkt ins Gesicht, weder freundlich noch feindselig. Ohnehin hätte niemand sagen können, wo Marius hinschaute, denn nur aus nächster Nähe gaben seine buschigen Augenbrauen den Blick in seine Augen frei. Die linke Hand steckte er in den vorderen Saum seiner Toga, dort, wo sie in vielen wohlgeordneten Falten von seiner linken Schulter bis auf die Knöchel fiel. So trat er von dem Podium, wo die Amtsschemel standen, in den Versammlungsraum hinunter. »Eines ist offensichtlich.« Er machte ein paar Schritte und hielt dann inne. »Wenn dieses Gesetz gültig wird, müssen wir alle schwören, daß wir uns daran halten werden.« Er machte noch ein paar Schritte. »Wenn dieses Gesetz gültig wird, müssen wir alle den Schwur ablegen.« Er ging zu den Türen und wandte sich um, so daß er beide Seiten des Senats überblicken konnte. »Aber ist es gültig?« fragte er laut.

Die Frage fiel in eine atemlose Stille.

»Das war's!« flüsterte der Senatsvorsitzende Scaurus zu Metellus Numidicus. »Er ist erledigt! Jetzt hat er sich selbst den Todesstoß versetzt!«

Marius, der auf der anderen Seite an den Türen stand, konnte es nicht hören. So hielt er nicht inne, um sein Vorgehen noch einmal zu überdenken, sondern fuhr ohne Zögern fort. »Einige von euch bestehen darauf, daß ein Gesetz nicht gültig sein kann, das unter solchen Umständen beschlossen wurde wie die *lex Appuleia agraria secunda.* Zwei Gründe sprechen scheinbar dagegen – erstens wurde es bei unheilträchtigen Zeichen beschlossen, zweitens wurde es beschlossen, obwohl Gewalt gegen die unantastbare Person eines rechtmäßig gewählten Volkstribunen angewendet worden war.«

Er ging zwischen den Stuhlreihen entlang und blieb stehen. »Die Zukunft des Gesetzes ist sicherlich ungewiß. Die Versammlung der Plebs wird das Gesetz im Lichte dieser Einwände auf seine Gültigkeit hin überprüfen müssen.« Er machte einen kleinen Schritt, blieb stehen. »Aber das, eingeschriebene Väter, ist heute nicht unser Problem. Die Gültigkeit des Gesetzes *per se* ist nicht unsere Hauptsorge. Unser Problem ist dringlicher.« Noch ein kleiner Schritt. »Das Gesetz, um das es geht, schreibt uns vor, einen Schwur darauf zu leisten, daß wir es einhalten werden. Darüber müssen wir heute sprechen. Heute ist der letzte Tag, an dem wir schwören können, daß wir uns an dieses Gesetz halten werden. Vordringlich ist die Frage des Schwurs. Und am heutigen Tage ist das Gesetz gültig, um das es hier geht. Also müssen wir schwören.«

Er machte ein paar hastige Schritte, stieß fast an das Podium, drehte sich um und schritt langsam zu den Türen, dort wandte er sich wieder beiden Seiten des Senats zu. »Heute, Senatoren, werden wir alle einen Eid ablegen. Der unmißverständliche Wille des Volkes von Rom schreibt es uns vor. Das Volk von Rom macht die Gesetze! Wir, die Senatoren, sind nur seine Diener. Darum – schwören wir. Es darf uns nichts ausmachen, Senatoren! Wenn irgendwann in der Zukunft die Versammlung der Plebs das Gesetz überprüft und für ungültig erklärt, sind wir von unserem Schwur wieder entbunden.« Seine Stimme klang siegesgewiß. »Das müssen wir begreifen! Jeder Schwur auf ein Gesetz bleibt nur so lange bindend, wie das Gesetz Gesetz bleibt. Wenn das Volk beschließt, das Gesetz zu annullieren, ist auch unser Schwur nicht mehr bindend.«

Scaurus, der Senatsvorsitzende, nickte vielsagend, gleichmäßig hob und senkte er den Kopf. Für Marius sah es so aus, als würde er jedem seiner Worte zustimmen. Aber Scaurus nickte aus einem anderen Grund so vielsagend und gleichmäßig. Während er mit dem Kopf nickte, sprach er leise zu Metellus Numidicus. »Wir haben ihn, Quintus Caecilius! Wir haben ihn endlich! Er muß klein beigeben. Er hat es nicht durchgehalten. Wir haben ihn gezwungen, vor dem ganzen Senat zuzugeben, daß es Zweifel gibt, ob Appuleius' Gesetz gültig ist. Wir haben den schlauen Fuchs aus Arpinum in der Falle!«

Marius war in Hochstimmung, weil er ganz sicher glaubte, den Senat hinter sich zu haben. So schritt er in großem Ernst zurück zum Podium, stieg hinauf und stand vor seinem mit Einlegearbeiten aus Elfenbein verzierten Amtsschemel. Er kam zum Schluß. »Ich werde als erster den Eid ablegen«, sagte er, ganz die Stimme der Vernunft. »Und wenn ich, Gaius Marius, euer erster Konsul der letzten vier Jahre und länger, bereit bin zu schwören, warum sollte einer von euch es nicht können? Der Tempel des Semo Sancus Dius Fidius steht uns offen. Es ist kein weiter Weg! Kommt, wer geht mit mir?«

Ein Seufzen war zu hören, leises Gemurmel, Stühlerücken. Die Senatoren erwachten aus ihrer Erstarrung. Die ersten Hinterbänkler erhoben sich langsam von ihren Stühlen.

»Eine Frage, Gaius Marius«, sagte Scaurus.

Es wurde wieder still im Senat. Marius nickte.

»Ich wüßte gerne deine persönliche Meinung, Gaius Marius. Nicht deine offizielle Meinung. Einfach deine persönliche Meinung.«

»Wenn dir etwas an meiner persönlichen Meinung liegt, Marcus Aemilius, sollst du sie natürlich erfahren. Worum geht es?« sagte Marius.

»Was denkst du persönlich?« fragte Scaurus. Seine Stimme war bis in den letzten Winkel des Raumes zu vernehmen. »Ist das zweite Ackergesetz des Appuleius gültig oder nicht?«

Stille. Totenstille. Alle hielten den Atem an. Auch Gaius Marius. Er war viel zu sehr damit beschäftigt, in den gähnenden Abgrund zu blicken, an dessen Rand ihn seine vorschnelle Siegesgewißheit geführt hatte, er konnte gar nicht atmen.

»Soll ich die Frage wiederholen, Gaius Marius?« fragte Scaurus zuckersüß.

Marius fuhr sich mit der Zungenspitze über die trockenen Lippen. Wohin gehen, was tun? Jetzt bist du ausgerutscht, Gaius Marius. In eine Grube gefallen, aus der du nicht mehr herausklettern kannst. Warum habe ich nicht vorausgesehen, daß diese Frage kommen mußte? Daß der einzige hier, der ein Gehirn im Kopf hat, sie stellen mußte? Hat mich auf einmal meine eigene Schlauheit geblendet? Die Frage mußte kommen! Und ich habe nicht ein einziges Mal daran gedacht. Nicht ein einziges Mal in diesen drei ewig langen Tagen.

Nun, ich habe keine Wahl. Scaurus hat mich am Schwanz gepackt, und ich muß nach seiner Pfeife tanzen. Er hat mich zur Strecke gebracht. Weil ich keine Wahl habe. Jetzt stehe ich hier und muß diesem hohen Haus erzählen, daß ich persönlich das Gesetz für ungültig halte. Sonst wird keiner schwören. Ich habe sie glauben gemacht, daß es Zweifel an der Gültigkeit gibt. Ich habe angedeutet, daß deshalb der Schwur leicht fallen müßte. Wenn ich einen Rückzieher mache, habe ich sie verloren. Aber wenn ich sage, daß ich persönlich das Gesetz für ungültig halte, bin ich verloren.

Er schaute zu den Bänken der Volkstribunen. Lucius Appuleius Saturninus saß da mit vorgebeugtem Oberkörper, zusammengeballten Händen, das Gesicht erstarrt, der Mund ein gerader Strich.

Wenn ich sage, daß ich das Gesetz für ungültig halte, werde ich diesen Mann verlieren, der so wichtig für mich ist. Und ich werde den Mann verlieren, der die besten Gesetze entwirft, die es in Rom je gegeben hat, Glaucia ... Zusammen hätten wir ganz Italien in Ordnung bringen können, und wenn die konservative Clique sich noch so schlaue Untaten hätte einfallen lassen. Aber wenn ich sage, daß ich ihr Gesetz für ungültig halte, habe ich sie für immer verloren. Und doch – trotz allem – ich muß es sagen. Wenn ich es nicht sage, werden diese *fellatores* den Eid nicht schwören, und meine Soldaten werden ihr Land nicht bekommen. Das ist alles, was ich aus diesem Schlamassel retten kann. Das Land für meine Männer. Ich bin verloren. Denn ich habe verloren.

Als die Füße von Glaucias Elfenbeinstuhl über den Marmorboden kratzten, sprang fast die Hälfte der Senatoren auf. Glaucia betrachtete seine Nägel, mit zusammengekniffenen Lippen, ausdruckslosem Gesicht. Aber das Schweigen dauerte an, unendlich lang.

»Ich wiederhole besser meine Frage noch einmal, Gaius Marius«, sagte Scaurus. »Was denkst du persönlich? Ist dieses Gesetz gültig oder ungültig?«

»Ich meine«, Marius hielt inne, runzelte heftig die Stirn, »meine persönliche Meinung ist, daß das Gesetz ungültig sein könnte«, sagte er.

Scaurus schlug sich vernehmlich auf die Schenkel. »Danke, Gaius Marius!« Er erhob sich, wandte sich strahlend zuerst den vorderen Reihen zu, dann den Reihen gegenüber. »Nun, eingeschriebene Väter, wenn kein Geringerer als unser siegreicher Held Gaius Marius das Gesetz des Appuleius für ungültig hält, bin ich für meinen Teil gerne bereit, den Eid zu schwören.« Er verneigte sich zu Saturninus und Glaucia. »Kommt, Mitsenatoren, als euer Senatsvorsitzender schlage ich vor, daß wir alle sofort zum Tempel des Semo Sancus eilen!«

»Halt!«

Alle blieben stehen. Metellus Numidicus klatschte in die Hände. Aus der obersten Reihe, von ganz hinten, kam schwerbeladen ein Sklave, in jeder Hand einen Sack. Die Säcke waren so schwer, daß er sie über die sechs Fuß breiten Stufen schleifen mußte. Mit einem lauten Schlag fielen sie von Stufe zu Stufe. Als der Diener mit den beiden Säcken bei Metellus Numidicus angelangt war, stieg er die Treppen wieder empor und schleppte noch einmal zwei Säcke herbei. Mehrere Senatoren auf den hinteren Bänken bemerkten die Säcke, die noch an der Wand aufgetürmt waren, und winkten ihre

Diener zu Hilfe. So ging die Arbeit schneller voran, bis schließlich vierzig Säcke um den Stuhl von Metellus Numidicus aufgehäuft waren. Metellus Numidicus erhob sich.

»Ich werde den Eid nicht schwören«, sagte er. »Und wenn der erste Konsul tausend- und abertausendmal versichert, daß die *lex Appuleia* ungültig ist, ich werde dennoch nicht schwören! Das sind zwanzig Talente in Silber, meine Strafe. Außerdem erkläre ich, daß ich morgen in der Dämmerung nach Rhodos ins Exil aufbrechen werde.«

Alle brüllten durcheinander.

»Ruhe! Ruhe! Ruhe!« schrie Scaurus, ebenso Marius.

Als wieder Ruhe eingekehrt war, blickte Metellus Numidicus sich um und sprach über die Schulter ein paar Worte zu jemandem auf der hinteren Bank. »Quästor des Schatzamtes, bitte tritt vor«, sagte er.

Ein recht gutaussehender junger Mann trat vor, mit braunen Augen und braunem Haar, seine weiße Toga glänzte, jede Falte saß perfekt. Es war Quintus Caecilius Metellus das Ferkel, der Sohn von Metellus Numidicus Schweinebacke.

»Quästor des Schatzamtes, ich vertraue dir diese zwanzig Talente Silber zur Aufbewahrung an. Damit ist meine Strafe dafür bezahlt, daß ich mich weigere, den Eid auf das zweite Ackergesetz des Appuleius zu schwören«, sagte Metellus Numidicus. »Da jedoch der Senat noch versammelt ist, verlange ich, daß das Geld gezählt wird. So können die eingeschriebenen Väter sicher sein, daß nicht ein Denar der vorgeschriebenen Summe fehlt.«

»Wir verlassen uns auf dein Wort, Quintus Caecilius«, sagte Marius mit eiskaltem Lächeln.

»Nein, ich bestehe darauf!« erwiderte Metellus Numidicus. »Niemand wird sich aus der Curia entfernen, bevor das Geld nicht bis auf die letzte Münze gezählt ist.« Er hustete. »Insgesamt müßten es einhundertfünfunddreißigtausend *denarii* sein.«

Alle setzten sich seufzend. Zwei Senatsdiener brachten einen Tisch herbei und stellten ihn vor den Platz von Metellus Numidicus. Der stand aufrecht vor dem Tisch, die linke Hand in die Toga gesteckt, die rechte leicht auf den Tisch gestützt. Die Diener öffneten einen der Säcke, hoben ihn gemeinsam hoch und ließen den Inhalt in glitzernden, klirrenden Haufen neben Metellus Numidicus' Hand rieseln. Der junge Metellus bedeutete den Dienern, den leeren Sack mit der Öffnung nach oben rechts neben ihn zu halten.

Er faßte mit der rechten Hand den Tischrand. Mit der Linken zählte er die Münzen auf dem Tisch, ordnete sie zu kleinen Türmchen und schob diese in den Sack.

»Warte!« sagte Metellus Numidicus.

Metellus das Ferkel hielt inne.

»Zähle laut, Quästor!«

Ein Seufzen, ein schauerliches Stöhnen ging durch die Reihen.

Metellus das Ferkel legte alle Münzen zurück auf den Tisch und fing noch einmal an. »Ei-ei-eins ... z-z-zwei ... d-d-drei ...«

Bei Sonnenuntergang erhob sich Gaius Marius von seinem Amtsschemel. »Der Tag geht zu Ende, eingeschriebene Väter. Unser Tagewerk ist noch nicht getan, aber nach Sonnenuntergang gibt es keine offiziellen Versammlungen mehr in diesem Haus. Deshalb schlage ich vor, daß wir jetzt zum Tempel des Semo Sancus gehen und unseren Eid schwören. Das muß vor Mitternacht geschehen, sonst mißachten wir einen Befehl des Volkes.« Er blickte hinüber zu Metellus Numidicus, der immer noch neben seinem Sohn stand. Der junge Metellus plagte sich weiterhin mit dem Geldzählen – es würde noch lange dauern, obwohl sein Stottern sehr viel besser geworden war, seit seine Nervosität sich gelegt hatte.

»Marcus Aemilius Scaurus, als Senatsvorsitzender ist es deine Pflicht, hier zu bleiben und diese langwierige Aufgabe bis zum Schluß zu überwachen. Das erwarte ich von dir. Und ich erteile dir hiermit die Erlaubnis, deinen Eid morgen zu schwören. Oder übermorgen, falls das Zählen morgen noch nicht beendet ist.« Ein leises Lächeln spielte um Marius' Mundwinkel.

Scaurus lächelte nicht. Er warf den Kopf zurück und lachte, lachte schallend und konnte gar nicht mehr aufhören.

Im Frühsommer kam Sulla aus Gallia Cisalpina zurück. Er nahm ein Bad, wechselte die Kleider und machte dann als erstes einen Besuch bei Gaius Marius. Marius sah ganz und gar nicht gut aus, stellte er fest, und das überraschte ihn nicht. Die Ereignisse bei der Verabschiedung der *lex Appuleia* hatten sich bis in den äußersten Norden des Landes herumgesprochen. Marius mußte die Geschichte auch nicht noch einmal erzählen. Wortlos blickten sich Sulla und Marius an, und was sie voneinander wissen mußten, erfuhren sie ohne Worte.

Nachdem aber die erste Gefühlswallung sich gelegt hatte – und das erste gute Glas Wein getrunken war –, schnitt Sulla das leidige Thema an.

»Deine Glaubwürdigkeit hat schwer gelitten«, sagte er.

»Das weiß ich, Lucius Cornelius.«

»Es ist Saturninus, wie ich höre.«

Marius seufzte. »Ja, und kann man ihm vorwerfen, daß er mich haßt? Er hat mehr als fünfzig Reden von der Rostra gehalten, und beileibe nicht alle vor korrekt einberufenen Versammlungen. Und jedesmal hat er mir Betrug vorgeworfen. Da er ein glänzender Redner ist, strömten die Menschen herbei, um sich die Geschichte meines Verrats in seiner Version anzuhören. Er zieht die Massen an. Nicht nur die üblichen Besucher des Forums, auch Männer aus der Dritten, Vierten, Fünften Klasse. Sie sind anscheinend so fasziniert von ihm, daß sie zum Forum strömen, wann immer sie einen freien Tag haben.«

»Spricht er denn so häufig?« fragte Sulla.

»Jeden Tag!«

Sulla pfiff leise. »Das ist etwas Neues in den Annalen des Forums! Jeden Tag? Bei Regen und Sonnenschein? Ob offizielle Versammlung oder nicht?«

»Jeden Tag. Als ihn der Stadtprätor – sein alter Freund Glaucia – auf Anweisung des Pontifex Maximus davon unterrichtet hat, daß er an Markttagen, an Feiertagen und anderen versammlungsfreien Tagen nicht sprechen darf, hat er das einfach ignoriert. Und weil er Volkstribun ist, wagt niemand, ihn zum Schweigen zu bringen.« Marius runzelte sorgenvoll die Stirn. »Als Folge davon wächst sein Ruhm, wir sehen jetzt eine ganz neue Besucherschicht auf dem Forum – solche, die nur kommen, um Saturninus' Schimpftiraden zu hören. Er hat – ich weiß nicht genau, wie man es beschreiben kann, die Griechen haben wie üblich ein Wort dafür – Charisma. Diese Leute, die jetzt kommen, sind keine geübten Zuhörer, sie wissen nichts von Rhetorik. Es ist ihnen egal, wie er seinen kleinen Finger spreizt, wie er seine Gangart variiert. Sie spüren seine Leidenschaft. Ja, sie stehen einfach da und starren ihn mit offenen Mündern an. Er reißt sie mit, und zum Schluß jubeln sie ihm laut zu.«

»Wir müssen ihn im Auge behalten«, sagte Sulla. Er blickte Marius sehr ernst an. »Warum hast du es getan?«

Marius konnte nicht ausweichen. Er antwortete sofort. »Ich hatte keine andere Wahl, Lucius Cornelius. Die Wahrheit ist, daß ich nicht

– wie soll ich sagen – verschlagen genug bin. Ich kann nicht um so viele Ecken denken, wie ich müßte, wenn ich Männern wie Scaurus zwei Schritte voraus sein wollte. Er hat mich so sauber eingewickelt, wie man es sich nur wünschen kann. Das gebe ich offen zu.«

»Aber in gewisser Weise hast du doch den Plan gerettet«, versuchte Sulla ihn zu trösten. »Das zweite Ackergesetz ist immer noch auf der Tagesordnung, und ich glaube nicht, daß die Versammlung der Plebs – oder in dem Fall die Volksversammlung – das Gesetz annulieren wird. Zumindest sagte man mir, daß die Dinge so stünden.«

»Stimmt«, sagte Marius, aber er wirkte nicht sehr getröstet. Er zog den Kopf zwischen die Schultern und seufzte. »Saturninus ist der Sieger, Lucius Cornelius, nicht ich. Seine Empörung hält die Plebs bei der Stange. Ich habe die Plebs verloren.« Er fiel in sich zusammen, streckte hilfesuchend die Hände aus. »Wie soll ich bloß das restliche Jahr durchstehen? Durch den Hagel von Buhrufen und Pfiffen zu gehen, die um die Rednerbühne erschallen, wenn Saturninus spricht, ist eine Qual. Das Senatsgebäude würde ich am liebsten gar nicht mehr betreten. Ich hasse das aalglatte Lächeln auf Scaurus' düsterem Gesicht, ich hasse das unerträglich süffisante Grinsen auf dem Kamelgesicht von Catulus – ich tauge nicht für die politische Bühne, das ist die Wahrheit, die mir langsam immer deutlicher wird.«

»Aber du hast den *cursus honorum* eingeschlagen, Gaius Marius!« sagte Sulla. »Du warst einer der großen Volkstribunen! Du kanntest die politische Bühne und hast sie geliebt, sonst wärst du nie ein großer Volkstribun geworden.«

Marius zuckte mit den Achseln. »Ach, damals war ich jung, Lucius Cornelius. Und konnte scharf denken. Aber ein Politiker durch und durch war ich nie.«

»Dann überläßt du das Feld einem Wolf mit gebleckten Zähnen wie Saturninus? Das sieht dem Gaius Marius, den ich kenne, nicht ähnlich«, sagte Sulla.

»Ich bin nicht der Gaius Marius, den du kennst.« Marius lächelte schwach. »Der neue Gaius Marius ist müde, sehr müde. Er ist mir genauso fremd wie dir, glaub mir!«

»Dann ruhe dich doch diesen Sommer irgendwo weit weg aus, bitte!«

»Das habe ich vor«, sagte Marius, »sobald du die Bande mit Aelia geknüpft hast.«

Sulla stutzte, dann lachte er. »Bei den Göttern, das habe ich ganz vergessen!« Er erhob sich, ein schöner Mann in der Blüte seiner Kraft. »Ich gehe besser nach Hause und bitte um eine Audienz bei unserer gemeinsamen Schwiegermutter, oder? Zweifelsohne denkt sie schon die ganze Zeit darüber nach«, bei diesen Worten überlief Sulla ein Zittern, »wann sie mich endlich los wird.«

Marius hatte das Zittern nicht bemerkt, er konzentrierte sich auf Sullas Worte. »Ja, sie ist besorgt. Ich habe ihr eine nette kleine Villa in Cumae gekauft, nicht weit von unserer.«

»Dann eile ich nach Hause, so schnell wie Merkur!« Sulla streckte die Hand aus. »Paß auf dich auf, Gaius Marius. Wenn Aelia noch will, werde ich schnell die Bande knüpfen.« Etwas fiel ihm noch ein, er lachte. »Du hast ja so recht! Catulus Caesar sieht wirklich aus wie ein Kamel! In Lebensgröße!«

Julia wartete vor der Tür des Arbeitszimmers, um Sulla abzufangen, bevor er ging. »Was meinst du?« fragte sie sorgenvoll.

»Er kommt wieder in Ordnung, kleine Schwester. Sie haben ihn geschlagen, und er leidet. Bring ihn in die Campania, laß ihn im Meer baden und in Rosen schwelgen.«

»Das werde ich, sobald du verheiratet bist.«

»Ich bin ja schon unterwegs!« rief er aus und hob kapitulierend die Hände.

Julia seufzte. »Eines läßt sich nicht leugnen, Lucius Cornelius, nämlich daß ein halbes Jahr auf dem Forum Gaius Marius mehr Kraft gekostet hat als zehn Jahre auf dem Schlachtfeld mit seinen Legionen.«

Es schien, als ob alle eine Pause bräuchten, denn als Marius nach Cumae abgereist war, verfiel das öffentliche Leben in Rom in laue Trägheit. Die vornehmen Römer verließen einer nach dem anderen die Stadt, die in der Sommerhitze unerträglich war, wenn Darmkrankheiten in der Subura und auf dem Esquilin grassierten und die Luft selbst auf dem Palatin und dem Aventin nicht unbedingt der Gesundheit zuträglich war.

Aurelia mußte sich über das Klima in der Subura nicht zu sehr den Kopf zerbrechen, denn sie lebte in einer kühlen Höhle, die grüne Laube im Innenhof und die unglaublich dicken Wände ihrer *insula* hielten viel Hitze ab. Gaius Matius und seine Frau Priscilla waren in derselben Lage wie sie und Caesar. Auch Priscilla war hochschwanger, ihr Baby sollte zur selben Zeit kommen wie Aurelias.

Für beide Frauen war bestens gesorgt. Gaius Matius schlich hilfsbereit herum, und Lucius Decumius schaute jeden Tag vorbei, ob auch alles in Ordnung war. Die Blumensträuße kamen weiterhin regelmäßig, und seit Aurelia schwanger war, schickte Lucius Decumius zusätzlich kleine Leckereien, seltene Gewürze und was er noch für geeignet hielt, den Appetit seines Lieblings anzuregen.

»Als ob ich den verloren hätte!« lachte sie mit Publius Rutilius Rufus, der ebenfalls regelmäßig vorbeischaute.

Am dreizehnten Tag des Quintilis wurde ihr Sohn Gaius Julius Caesar geboren. Die Geburt wurde in den Akten des Tempels der Juno Lucina registriert: zwei Tage vor den Iden des Quintilis geboren, aus patrizischem Geschlecht, mit Anspruch auf den Rang eines Senators. Er war sehr groß und sah deshalb leichter aus, als er war; er war kräftig, ernst und ruhig und weinte kaum. Sein Haar war so blond, daß man es kaum sah, obwohl er bei genauer Betrachtung ziemlich viel davon hatte. Von Geburt an hatten seine Augen eine blasse, grün-blaue Farbe, umgeben von einem tiefblauen, fast schwarzen Ring.

»Das ist mir einer, dein Söhnchen.« Lucius Decumius betrachtete eingehend das Gesicht des Säuglings. »Schau dir diese Augen an! Da wird deine Großmutter aber einen Schreck kriegen!«

»Sag doch nicht solche Sachen, du kleiner Giftzwerg!« knurrte Cardixa, die ganz vernarrt in diesen ersten Sohn war.

»Laß mich unten gucken«, verlangte Lucius und wühlte mit dreckigen Fingern in den Windeln. »Oho, oho!« krähte er. »Genau wie ich dachte! Große Nase, große Füße, großer Pimmel!«

»Lucius Decumius!« Aurelia war entrüstet.

»Jetzt reicht's aber! Verschwinde!« Cardixa packte ihn am Kragen und setzte ihn vor die Haustür, so wie es eine schmächtigere Frau mit einem Kätzchen gemacht hätte.

Fast einen Monat nach der Geburt des Babys kam Sulla zu Besuch. Sie sei das letzte bekannte Gesicht in Rom, erklärte er und wollte sich damit für die Störung entschuldigen.

»Aber du störst doch nicht!« Aurelia war hoch erfreut, ihn zu sehen. »Ich hoffe sehr, daß du zum Essen bleiben kannst – oder, wenn es heute nicht paßt, vielleicht kannst du morgen kommen? Ich habe solche Sehnsucht nach Gesellschaft!«

»Ich kann bleiben«, sagte er ganz direkt. »Ich bin ohnehin nur nach Rom zurückgekehrt, um einen alten Freund zu besuchen – er hat Fieber.«

»Wer denn? Jemand, den ich kenne?« fragte Aurelia eher höflich als ernsthaft interessiert.

Doch Sulla sah einen Augenblick lang aus, als hätte sie eine unpassende Frage gestellt oder vielleicht eine schmerzliche. Der Ausdruck auf seinem Gesicht interessierte Aurelia viel mehr als der Name seines kranken Freundes. Sulla schaute düster, unglücklich und ärgerlich. Dann war es vorüber, und er lächelte frei und offen.

»Ich glaube kaum, daß du ihn kennst. Metrobius.«

»Der Schauspieler?«

»Genau der. Ich kannte viele Leute vom Theater. Früher. Bevor ich Julilla geheiratet habe und Senator wurde. Eine andere Welt.« Seine eigenartig hellen Augen schweiften über die Eingangshalle. »Eher wie diese Welt, nur dunkler. Seltsam! Heute kommt es mir vor wie ein Traum.«

»Du klingst traurig«, sagte Aurelia sanft.

»Nein, nicht wirklich.«

»Und wird er wieder gesund werden, dein Freund Metrobius?«

»Ja, ja! Er hat nur etwas Fieber.«

Sie schwiegen beide, ohne daß es bedrückend war. Wortlos stand er auf und ging zu der großen Öffnung, die als Fenster auf den Hof diente.

»Es ist wunderschön hier draußen.«

»Das finde ich auch.«

»Und dein kleiner Sohn? Wie geht es ihm?«

Aurelia lachte. »Das wirst du gleich selber sehen.«

»Gut.« Er starrte immer noch auf den Hof.

»Lucius Cornelius, ist alles in Ordnung?« fragte Aurelia.

Er wandte sich um und lachte sie an. Was für ein schöner Mann er war, auf eine so ungewöhnliche Art! Wie beunruhigend seine Augen schimmerten – so hell – und so umgeben von Dunkelheit. Wie die Augen ihres Sohnes. Aus irgendeinem Grund zitterte sie bei diesem Gedanken.

»Ja, Aurelia, es ist alles in Ordnung«, sagte Sulla.

»Wenn ich nur glauben könnte, daß du mir die Wahrheit sagst.«

Er wollte noch etwas sagen, aber in diesem Augenblick kam Cardixa mit dem Stammhalter der Familie Caesar auf dem Arm herein.

»Wir sind auf dem Weg in den vierten Stock«, sagte Cardixa.

»Zeig ihn zuerst Lucius Cornelius, Cardixa.«

Aber die einzigen Kinder, die Sulla wirklich interessierten, waren seine eigenen zwei. Pflichtschuldig betrachtete er das Baby, dann warf er einen prüfenden Blick auf Aurelia, ob sie zufrieden war.

»Also, dann los, Cardixa«, sagte Aurelia und erlöste damit Sulla aus seinen Qualen. »Wer ist heute vormittag dran?«

»Sarah.«

Aurelia wandte sich Sulla mit einem offenen, unbefangenen Lächeln zu. »Ich habe keine Milch, leider! Das ist einer der vielen Vorteile, wenn man in einem großen Mietshaus wohnt. Es gibt immer mindestens ein halbes Dutzend stillende Mütter, und alle sind so nett und säugen meine Kinder mit.«

»Wenn er einmal groß ist, wird er die ganze Welt lieben«, sagte Sulla. »Deine Mieter kommen doch sicher aus der ganzen Welt.«

»Stimmt. Das macht das Leben farbiger.«

Sulla starrte wieder in den Hof.

»Lucius Cornelius, du bist ja gar nicht ganz hier«, klagte sie sanft. »Du hast doch etwas! Willst du es nicht mit mir teilen? Oder ist es eine von diesen Schwierigkeiten, die nur Männer etwas angehen?«

Er setzte sich auf das Sofa ihr gegenüber. »Ich habe einfach kein Glück mit den Frauen«, sagte er kurz.

Aurelia blinzelte. »Inwiefern?«

»Mit den Frauen die ich – liebe. Mit den Frauen, die ich heirate.«

Interessant. Es fiel ihm leichter, über das Heiraten zu sprechen als über die Liebe. »Und um was geht es in diesem Fall?« fragte Aurelia.

»Um beides ein bißchen. In eine Frau bin ich verliebt, mit einer anderen verheiratet.«

»Ach, Lucius Cornelius!« Sie sah ihn mit echter Zuneigung, aber ohne jedes Verlangen an. »Ich frage dich nicht, um wen es geht, das will ich gar nicht wissen. Stell du mir die Fragen, und ich will versuchen, Antworten zu finden.«

Er zuckte die Achseln. »Viel gibt es nicht zu erzählen. Ich bin mit Aelia verheiratet, die unsere Schwiegermutter für mich ausgesucht hat. Nach Julilla wollte ich eine echte römische Hausfrau – jemand wie Julia oder wie du, wenn du ein bißchen älter wärst. Als Marcia mir Aelia vorstellte, dachte ich, sie wäre genau die Richtige – ruhig, ausgeglichen, humorvoll, gutaussehend, nett. Ich war begeistert! Endlich hatte ich meine römische Hausfrau. Ich kann sowieso niemand lieben, dachte ich, dann kann ich ja jemand heiraten, den ich gut leiden mag.«

»Deine germanische Frau mochtest du wohl«, sagte Aurelia leise.

»Ja, sehr. Ich vermisse sie immer noch, auf eine gewisse Art. Aber sie ist keine Römerin, was soll ich als römischer Senator mit ihr? Nun gut, ich meinte, daß es mit Aelia genauso werden würde wie mit Hermana.« Er lachte hart und bitter. »Aber weit gefehlt! Aelia ist dumm, farblos und langweilig. Ja, wirklich nett, aber nach ein paar Augenblicken in ihrer Gesellschaft fange ich an zu gähnen!«

»Kümmert sie sich gut um deine Kinder?«

»Sehr gut. Da kann ich mich nicht beklagen!« Er lachte wieder. »Ich hätte sie als Kindermädchen einstellen sollen – dafür ist sie genau die Richtige! Sie liebt die Kinder, und die Kinder lieben sie.«

Er sprach jetzt beinahe so, als wäre Aurelia gar nicht da oder als zählte sie nicht als Zuhörerin, sondern als diente ihm ihre Gegenwart nur als Entschuldigung, damit er das laut aussprechen konnte, was er schon lange insgeheim dachte. »Ich war gerade aus Gallia Cisalpina zurück, da wurde ich zu einer Abendgesellschaft bei Scaurus eingeladen. Ich fühlte mich geschmeichelt. Und war ein bißchen aufgeregt. Fragte mich, ob sie wohl alle da sein würden – Metellus Schweinebacke und die anderen –, um mich von Gaius Marius loszueisen. Und dann war sie da, die arme Kleine. Scaurus' Ehefrau. Bei allen Göttern dieser Welt, warum mußte sie ausgerechnet mit Scaurus verheiratet sein? Er könnte ihr Urgroßvater sein! Delmatica. So wird sie genannt. Damit man die vielen tausend Caecilia Metellas nicht durcheinanderbringt. Ich war auf den ersten Blick in sie verliebt. Zumindest glaube ich, daß es Liebe ist. Es ist auch Mitleid dabei, aber ich kann nicht aufhören, an sie zu denken, dann wird es wohl Liebe sein, oder? Sie ist schwanger. Ist das nicht widerlich? Niemand hat sie gefragt, ob sie ein Kind will, natürlich nicht. Metellus Schweinebacke hat sie Scaurus gegeben, wie man einem Kind einen Honigkuchen gibt. Hier, dein Sohn ist tot, nimm das als Tröstung! Mach noch einen Sohn! Ekelerregend. Und doch, wenn sie nur die Hälfte von dem wüßten, was in mir vorgeht, dann wären sie angewidert. Ich verstehe es nicht, Aurelia. Sie sind viel schamloser, als ich es bin! Aber das würden sie nicht im Traum einsehen.«

Aurelia hatte viel gelernt, seit sie in der Subura lebte. Sie sprach mit vielen Menschen, von Lucius Decumius bis zu den Freigelassenen, die in den beiden obersten Stockwerken hausten. Es passierte allerhand – Dinge, mit denen die Hausbesitzerin zu tun bekam, ob sie es wollte oder nicht. Abtreibung. Zauberei. Mord. Raubüberfälle. Vergewaltigung. Trunksucht und schlimmere Süchte. Wahnsinn. Verzweiflung. Depression. Selbstmord. So etwas kam in jedem Mietshaus vor, immer mußte man selbst damit fertig werden, diese Dinge trug man nicht zum Tribunal des Stadtprätors! Die Menschen erledigten diese Dinge auf ihre eigene Art, und ein rauhes Recht herrschte hier, man fackelte nicht lang. Auge um Auge, Zahn um Zahn, Leben um Leben.

Beim Zuhören setzte sich Aurelia ein Bild von Lucius Cornelius Sulla zusammen, das die Wahrheit ziemlich gut traf. Als einzige unter den römischen Aristokraten, die ihn kannten, verstand sie, wo er herkam, und sie verstand, was für unglaubliche Schwierigkeiten ihm sein Wesen und seine Erziehung bereiteten. Er hatte sich genommen, was ihm als Geburtsrecht zustand – aber das Leben in Rom hatte ihn für alle Zeiten gebrandmarkt.

Während Sulla sprach, gingen ihm andere Dinge durch den Kopf, die er seiner Zuhörerin nicht zu erzählen wagte. Wie verzweifelt er sie haben wollte, die kleine, schwangere Kindfrau von Scaurus, nicht nur wegen ihres Körpers, ihres Wesens. Sie war ideal für seine Zwecke. Aber sie war mit Scaurus verheiratet, er der großartig langweiligen Aelia verbunden. Keine *confarreatio* diesmal. Dennoch – Scheidung war ein zu scheußliches Geschäft, diese Lektion hatte er schon vor Delmatica gelernt. Frauen. Er würde nie Glück haben mit Frauen, das fühlte er im Innersten. War es wegen seiner anderen Seite? Dieses wunderbare, schöne, phantastische Verhältnis mit Metrobius! Und trotzdem wollte er mit Metrobius nicht leben, ebensowenig wie er mit Julilla hatte leben wollen. Vielleicht war es das – er wollte sich nicht teilen. Das war zu gefährlich. Ach, wie begehrte er Caecilia Metella Delmatica, die Frau des Senatsvorsitzenden Marcus Aemilius Scaurus! Es war widerlich. Nicht, daß er normalerweise etwas dagegen hatte, wenn sich alte Männer halbe Kinder zur Frau nahmen. Aber dieser Fall war persönlich. Er war verliebt in sie, darum war sie etwas Besonderes.

»Mochte sie – Delmatica – dich auch, Lucius Cornelius?« durchbrach Aurelia seine Gedanken.

Sulla zögerte nicht einen Augenblick. »O ja, da gibt es keinen Zweifel!«

»Was willst du dann jetzt machen?«

Er seufzte. »Ich bin zu weit gekommen, ich habe zu viel bezahlt! Ich kann nicht mehr zurück, Aurelia! Auch nicht für Delmatica – wenn ich ein Verhältnis mit ihr anfinge, würden sämtliche *boni* dafür sorgen, daß ich ruiniert wäre. Außerdem habe ich nicht viel Geld. Es reicht gerade so, um im Senat durchzukommen. Bei den Germanen habe ich ein bißchen zugelangt, aber nicht mehr, als mir zustand. Der Weg, den ich noch vor mir habe, wird nicht leicht sein. Mit mir geht es ihnen wie mit Gaius Marius, wenn auch aus anderen Gründen. Keiner von uns paßt zu ihren verfluchten Idealen. Sie kommen nicht darauf, warum wir es können und sie nicht. Sie fühlen sich benutzt, ausgenutzt. Ich bin eindeutig besser dran als Gaius Marius. Ich habe wenigstens das richtige Blut. Aber es ist von der Subura befleckt. Schauspieler. Leben im Sumpf. Ich gehöre eben nicht zu den *boni.*« Er holte tief Luft. »Und dennoch, Aurelia, ich werde an ihnen allen vorbeiziehen! Ich bin das beste Pferd im Rennen!«

»Und wenn es den Preis nicht wert ist?«

Er schaute sie mit großen Augen an, verwundert, daß sie so beschränkt dachte. »Es geht nicht um den Preis! Niemals! Darum geht es uns nicht, keinem von uns. Wenn sie uns ins Geschirr nehmen, damit wir unsere sieben Runden auf der Rennbahn drehen, kämpfen wir gegen uns selbst. Welche Herausforderung könnte es denn noch geben für Gaius Marius? Er ist das beste Pferd auf dem Platz. So rennt er gegen sich selbst an. Genau wie ich. Ich kann es! Ich werde es tun! Aber weil ich es will, nicht für einen Preis!«

Aurelia errötete. »Natürlich.« Sie stand auf und reichte ihm die Hand. »Komm, Lucius Cornelius! Trotz der Hitze ist es ein wunderschöner Tag. Die Subura wird ganz sich selbst überlassen sein – alle, die es sich leisten können, Rom im Sommer zu verlassen, sind weg. Nur die Armen und die Verrückten sind übriggeblieben! Und ich. Komm, wir gehen spazieren, und wenn wir zurück sind, essen wir zusammen. Ich lasse Onkel Publius rufen – er soll uns Gesellschaft leisten. Ich glaube, er ist noch in der Stadt.« Sie verzog das Gesicht. »Ich muß vorsichtig sein, das verstehst du doch, Lucius Cornelius. Mein Mann vertraut mir ebensosehr, wie er mich liebt, das ist schon viel wert. Aber es würde ihm nicht gefallen, wenn es Gerüchte um mich gäbe. So versuche ich, eine altmodische Ehefrau zu sein. Er wäre entsetzt, wenn ich dich nicht zum Essen einladen würde – aber wenn Onkel Publius auch kommen kann, wird Gaius Julius mich loben.«

Sulla sah sie liebevoll an. »Was für einen Unsinn Männer über ihre Frauen im Kopf haben! Du hast nichts von einer Frau an dir, über die sich Gaius Julius während militärischer Gelage im Feld den Kopf zerbrechen müßte.«

»Ich weiß das, aber er weiß es nicht.«

Die Hitze auf dem Vicus Patricii legte sich bleischwer auf ihre Köpfe. Aurelia schnappte nach Luft und zog sich schnell ins Haus zurück. »Na gut, dann eben nicht. Ich hätte nicht gedacht, daß es so heiß ist. Eutychus soll in die Carinae zu Onkel Publius gehen, ein bißchen Bewegung kann ihm nicht schaden. Und wir setzen uns in den Garten.« Sie ging voraus, dabei sprach sie weiter. »Kopf hoch, Lucius Cornelius, bitte! Ich bin sicher, es wird alles gut werden. Geh zurück nach Circei, zu deiner netten, langweiligen Frau. Mit der Zeit wirst du sie besser leiden können, das verspreche ich dir. Und es wird dir besser gehen, wenn du Delmatica überhaupt nicht mehr siehst. Wie alt bist du jetzt?«

Sulla fühlte sich allmählich freier. Seine Miene hellte sich auf, sein Lächeln wirkte natürlicher. »Dieses Jahr habe ich einen Meilenstein hinter mich gebracht, Aurelia. Am Neujahrstag bin ich vierzig geworden.«

»Du bist doch noch kein alter Mann!«

»In mancher Hinsicht schon. Ich war noch nicht einmal Prätor, dabei bin ich schon ein Jahr über das Alter für einen Prätor hinaus.«

»Ach was, du siehst schon wieder so finster aus, dabei hast du gar keinen Grund. Schau dir das alte Schlachtroß Gaius Marius an! Mit fünfzig ist er das erste Mal Konsul geworden, acht Jahre über der unteren Altersgrenze. Hättest du ihn für das beste Pferd im Rennen gehalten? Hättest du auf ihn als bestes Pferd im Oktober gewettet? Und doch war er über fünfzig, als er seine größten Taten vollbracht hat.«

Sullas Stimmung hob sich. »Welcher Gott hat mir den glücklichen Gedanken eingegeben, dich heute zu besuchen? Du bist eine gute Freundin, Aurelia. Eine Hilfe.«

»Nun, vielleicht werde ich dich eines Tages um Hilfe bitten.«

»Du mußt es mir nur sagen.« Er blickte nach oben und bemerkte, daß die Balkone der oberen Stockwerke keine Gitter hatten. »Du bist aber mutig! Keine Gitter? Und sie mißbrauchen diese Gunst nicht?«

»Nein.«

Er lachte, ein Kichern echten Vergnügens drang aus seiner Kehle. »Das glaube ich gerne, daß dir alle Raufbolde der Subura aus der Hand fressen!«

Aurelia nickte und lachte ebenfalls. Sie schaukelte sanft auf ihrem Gartenstuhl hin und her. »Mir gefällt das Leben hier, Lucius Cornelius. Um ehrlich zu sein, mir würde es nichts ausmachen, wenn Gaius Julius niemals das Geld für ein Haus auf dem Palatin zusammenbekäme. Hier in der Subura kann ich mich sinnvoll betätigen, hier leben viele interessante Menschen. Ich laufe mein eigenes Rennen, verstehst du?«

»Da hast du aber noch einen weiten Weg vor dir.«

»Du auch«, sagte Aurelia.

Julia hatte natürlich geahnt, daß Marius nicht den ganzen Sommer in Cumae bleiben würde, auch wenn er davon gesprochen hatte, daß er erst Anfang September nach Rom zurückkehren wolle. Aber sobald er wieder einigermaßen im Gleichgewicht war, würde er sich wieder nach der Rennbahn zurücksehnen. So genoß sie jeden einzelnen Tag, der ihnen geschenkt war. Sie freute sich, daß Marius seine Amtstoga und seinen Brustharnisch ablegte und auf dem Lande für eine kurze Zeit zum Gutsherren wurde, wie es alle seine Vorfahren gewesen waren. An einem kleinen Strand unterhalb ihrer prächtigen Villa gingen sie im Meer schwimmen, sie gönnten sich Austern, Krabben, Garnelen und Thunfisch in Hülle und Fülle. Lange Spaziergänge führten sie über die spärlich besiedelten Hügel. Überall wuchsen Rosen und erfüllten die Luft mit ihrem Duft. Sie hatten selten Gäste, und wenn ein überraschender Besucher kam, taten sie, als wären sie ausgegangen. Marius baute ein kleines Boot für seinen Sohn, das aussah wie ein großer Fisch, zum Vergnügen der Eltern ebenso wie zum Vergnügen des kleinen Marius. Noch nie, dachte Julia, war sie so glücklich gewesen wie in diesem wunderbaren Sommer in Cumae. Sie war dankbar für jeden Tag.

Aber Marius kehrte nicht nach Rom zurück. In der ersten Nacht des Sextilis erlitt er einen kleinen Schlaganfall. Er spürte keinen Schmerz, er bemerkte nur beim Aufwachen, daß sein Kissen ein bißchen naß war, anscheinend hatte er im Schlaf gesabbert. Als er zum Frühstück kam, saß Julia auf der Terrasse über dem Meer. Er starrte sie zutiefst verwundert an, denn so einen Ausdruck hatte er noch nie auf ihrem Gesicht gesehen.

»Was ist los«, nuschelte er. Seine Zunge war dick und schwerfällig, ein sehr eigenartiges Gefühl.

»Dein Gesicht ...« Julia war kreidebleich geworden.

Er befühlte sein Gesicht, die Finger seiner linken Hand waren ebenso unbeholfen wie seine Zunge. »Was ist das?« fragte er.

»Dein Gesicht – auf der linken Seite ist es heruntergerutscht.« Sie schnappte nach Luft. Jetzt begriff sie. »Oh, Gaius Marius! Du hast einen Schlaganfall gehabt!«

Da er keine Schmerzen hatte und ihm keine Veränderung bewußt war, wollte er ihr nicht glauben, bis sie ihm einen großen, polierten, silbernen Spiegel reichte und er sich selbst betrachten konnte. Die rechte Hälfte seines Gesichts war fest und straff, er hatte wenig Falten für einen Mann seines Alters. Die linke Hälfte hingegen sah aus wie eine Wachsmaske, die in der Hitze einer zu nahen Fackel dahinschmolz, weglief, herunterrutschte.

»Ich fühle keinen Unterschied!« Marius war fassungslos. »Nicht im Kopf, wo man doch die Krankheit spüren müßte. Die Zunge bildet die Worte nicht richtig, aber im Kopf weiß ich, was ich sagen will, und du verstehst, was ich sage. Und ich verstehe, was du sagst, also habe ich meine Sprachvermögen nicht verloren! Meine linke Hand ist ungeschickt, aber ich kann sie bewegen. Und ich habe keine Schmerzen, überhaupt keine Schmerzen!«

Zitternd vor Wut weigerte er sich, einen Arzt kommen zu lassen, und Julia gab nach, weil sie fürchtete, sein Zustand könne sich verschlimmern, wenn sie darauf bestünde. Den ganzen Tag über sorgte sie selbst für ihn, kurz nach Sonnenuntergang überredete sie ihn, ins Bett zu gehen. Sie konnte ihm versichern, daß die Lähmung genauso aussah wie am Morgen.

»Das ist ein gutes Zeichen, da bin ich sicher«, sagte sie. »Du wirst bald wieder gesund sein. Du mußt dich nur ausruhen, noch länger hierbleiben.«

»Das geht nicht! Sie werden sagen, ich sei zu feige, ihnen ins Gesicht zu sehen!«

»Wenn ihnen etwas daran gelegen ist, dich zu besuchen – und ich bin sicher, daß sie das tun werden! –, werden sie schon merken, was mit dir los ist, Gaius Marius. Ob es dir paßt oder nicht, du bleibst hier, bis es dir besser geht«, sagte Julia resolut, ein Zug, der Marius ganz neu war an ihr. »Nein, keine Diskussionen! Ich habe recht, und das weißt du auch! Was meinst du eigentlich, was du in Rom erreichen könntest, außer daß du noch einen Schlaganfall bekommst?«

»Nichts«, stotterte er. Verzweifelt ließ er sich in seine Kissen zurückfallen. »Julia, Julia, wie soll ich mich von dieser Krankheit erholen, bei der ich mich eher häßlich als krank fühle? Ich muß gesund werden! Sie dürfen mich nicht unterkriegen, wo es jetzt um soviel geht für mich!«

»Sie werden dich nicht unterkriegen, Gaius Marius«, sagte sie bestimmt. »Nur der Tod wird dich unterkriegen, und an diesem kleinen Schlaganfall stirbst du nicht. Die Lähmung wird zurückgehen. Und wenn du dich ausruhst, dich vernünftig bewegst, mäßig ißt, keinen Wein trinkst und dir keine Sorgen über die Politik in Rom machst, wirst du viel schneller wieder gesund.«

Im Frühling regnete es in Sizilien und Sardinien überhaupt nicht, in Africa nur ein paar Tropfen. Dann aber, als das Korn gerade die Ähren bildete, goß es in Strömen, und Fluten und Fäulnis zerstörten die Ernte vollständig. Nur aus Africa würden ein paar Säcke Korn nach Puteoli und Ostia kommen. Und das bedeutete, daß die Getreidepreise in Rom jetzt im vierten Jahr hintereinander hoch sein würden und daß viele Menschen würden hungern müssen.

Der zweite Konsul und *flamen Martialis,* Lucius Valerius Flaccus, mußte feststellen, daß die Kornspeicher unter den Abhängen des Aventin und neben dem Hafen leer waren. Auch in den privaten Kornspeichern entlang des Vicus Tuscus war nicht viel gelagert. Diese geringen Mengen, so teilten die Kornhändler Flaccus und seinen Ädilen mit, würden mehr als fünfzig Sesterze pro Scheffel kosten. Die meisten Proletarierfamilien konnten nicht einmal ein Viertel bezahlen. Es gab andere, billigere Nahrungsmittel, aber alles wurde teurer durch den erhöhten Verbrauch bei verminderter Produktion. Mägen, die an gutes Brot gewöhnt waren, gaben sich nicht mit dünnem Haferschleim und Steckrüben zufrieden, der üblichen Kost der Massen in Hungerzeiten. Die Starken und Gesunden überlebten, aber die Alten und die Schwachen, die Säuglinge und die Kranken starben in solchen Zeiten nur allzuoft.

Im Oktober gärte es unter den Proletariern, die übrigen Bürger der Stadt lebten in Angst und Schrecken. Wenn die Proletarier in Rom nichts zu essen hatten, konnte das niemand gelassen hinnehmen. Viele Bürger aus der Dritten und Vierten Vermögensklasse, die auch nur unter großen Mühen die Getreidepreise bezahlen konnten, bewaffneten sich, um ihre Speisekammern gegen die Übergriffe derer, die noch weniger hatten, zu verteidigen.

Lucius Valerius Flaccus beriet sich mit den Ädilen, die für die staatlichen Getreideeinkäufe, für Lagerung und Verkauf des staatlichen Getreides zuständig waren. Er beantragte im Senat, zusätzliche Mittel zum Kauf von Getreide zur Verfügung zu stellen und Getreide überall zu kaufen, wo man es bekommen konnte, Getreide aller Art – Gerste, Hirse, Emmer und Brotweizen. Aber die wenigsten Senatoren waren wirklich beunruhigt. Zu viele Jahre waren seit den letzten Hungeraufständen der besitzlosen *proletarii* vergangen, zu groß war die Distanz der Senatoren zu der Welt, in der die Armen lebten.

Die Lage wurde zusätzlich dadurch verschlimmert, daß die beiden jungen Männer, die als Quästoren für den Staatsschatz zuständig waren, zwei besonders arrogante und mitleidslose Senatoren waren, die Ärmsten kümmerten sie nicht. Beide hatten sich nach der Wahl zu Quästoren für den Dienst in Rom gemeldet und gesagt, sie wollten »der ungerechtfertigten Belastung des Staatsschatzes von Rom ein Ende machen« – was im Klartext bedeutete, daß sie weder für die Veteranen des Proletarierheeres noch für billiges Getreide auch nur einen Sesterz ausgeben wollten. Der Stadtquästor, der ältere der beiden, war kein anderer als der junge Caepio, der Sohn des Konsuls, der das Gold von Tolosa gestohlen und die Schlacht von Arausio verloren hatte. Der andere war Metellus das Ferkel, der Sohn des verbannten Metellus Numidicus. Beide hatten alte Rechnungen mit Gaius Marius zu begleichen.

Üblicherweise hielten sich die Senatoren an die Empfehlungen der Quästoren, die für den Staatsschatz zuständig waren. Als der junge Caepio und der junge Metellus im Senat über die finanzielle Lage Rechenschaft ablegen sollten, erklärten sie schlichtweg, für Getreidekäufe sei kein Geld da. Die Ausstattung, Besoldung und der Unterhalt des Proletarierheeres hätten den Staat so viel gekostet, daß er jetzt pleite sei. Weder der Krieg gegen Jugurtha noch der Krieg gegen die Germanen hätten auch nur annähernd genug Geld durch Beute und Tributzahlungen eingebracht, um das Loch in der Staatskasse zu stopfen. Als Beweis legten sie ihre Rechnungsbücher vor. Rom war bankrott. Wer nicht genug Geld habe, um die steigenden Getreidepreise bezahlen zu können, werde eben hungern müssen. So sei nun einmal die Lage. Leider.

Anfang November hatte es sich in ganz Rom herumgesprochen, daß es kein staatliches Korn zu vernünftigen Preisen geben würde, weil der Senat gegen zusätzliche Mittel für den Getreidepreis gestimmt hatte. Da die Nachricht als Gerücht von Mund zu Mund ging, war von Mißernten und mürrischen Quästoren keine Rede. Es hieß einfach, es werde kein billiges Korn geben.

Sofort füllte sich das Forum Romanum mit Menschen, die dort normalerweise nicht auftauchten. Die anderen Forumsbesucher verschwanden oder gingen in der Masse der Neuankömmlinge unter. Die Proletarier und die Bürger der Fünften Klasse waren gekommen, und ihre Stimmung war äußerst gereizt. Für die Senatoren war es ein Spießrutenlauf, wenn sie unter dem Zischen aus Tausenden von Kehlen über das Forum gingen, das sie doch als ihr angestammtes Revier ansahen. Zuerst ließen sie sich nicht einschüchtern, doch bald zischten die Leute nicht nur, sondern schleuderten einen Hagel von Dreck – Exkremente, Mist, stinkenden Schlamm aus dem Tiber, verrotteten Abfall. Der Senat setzte alle Versammlungen bis auf weiteres aus. Bankiers, Kaufleute aus dem Ritterstand, Advokaten und Beamte des Staatsschatzes waren jetzt die Unglücklichen, die ohne Unterstützung durch den Senat die Besudelungen über sich ergehen lassen mußten.

Der zweite Konsul Flaccus war nicht energisch genug, um die Initiative zu ergreifen, er ließ den Dingen ihren Lauf, während Caepio und Metellus sich gegenseitig zu der gelungenen Tat beglückwünschten. Was machte es schon, wenn ein paar tausend *capite censi* in diesem Winter in Rom starben? Dann würde man in Zukunft weniger Mäuler zu stopfen haben.

Als sich die Lage so weit zugespitzt hatte, berief der Volkstribun Lucius Appuleius Saturninus eine Versammlung der Plebs ein und schlug ihr ein Korngesetz vor. Der Staat sollte verpflichtet werden, auf der Stelle jede Unze Weizen, Gerste, Hirse in Italien und Gallia Cisalpina aufzukaufen und zu dem lächerlich geringen Preis von einem Sesterz pro Scheffel zu verkaufen. Natürlich sagte Saturninus nichts darüber, wie schwierig es sein würde, Getreide aus Gallia Cisalpina in die Gebiete südlich des Apennin zu verschiffen, und er verschwieg auch, daß es südlich des Apennin praktisch nirgendwo Getreide gab. Er wollte die Massen hinter sich bringen, wollte als der Retter in der Not dastehen.

Da der Senat keine Versammlungen abhielt, gab es fast keinen Widerstand, denn jeder in Rom, der nicht zu den ganz Reichen gehörte, war von der Getreideknappheit betroffen. Alle Kaufleute, die mit Lebensmitteln zu tun hatten, waren für Saturninus' Gesetz, ebenso die Dritte und Vierte Klasse und selbst viele Zenturien der Zweiten Klasse. Als der November zur Hälfte vorüber war und sich dem Dezember zuneigte, war ganz Rom auf Saturninus' Seite.

»Wenn die Menschen sich kein Getreide leisten können, dann können wir es uns nicht leisten, Brot zu backen!« schrieen die Bäcker und Müller.

»Wenn die Menschen hungrig sind, arbeiten sie nicht gut!« schrieen die Bauunternehmer.

»Wenn die Menschen nicht genug Geld haben, um ihre Kinder satt zu kriegen, was wird dann mit ihren Sklaven passieren?« schrieen die Freigelassenen.

»Wenn die Menschen ihr ganzes Geld für Nahrungsmittel ausgeben müssen, werden sie ihre Miete nicht bezahlen können!« schrieen die Hausbesitzer.

»Wenn die Menschen so hungrig sind, daß sie anfangen, die Läden zu plündern und Marktstände umzuwerfen, was geschieht dann mit uns?« schrieen die Kaufleute.

»Wenn die Menschen auf der Suche nach Nahrung unsere Gärten zertrampeln, haben wir nichts zu verkaufen!« schrieen die Gärtner.

Es ging nämlich nicht nur darum, daß ein paar tausend Proletarier verhungern würden. Wenn sich Roms Mittel- und Unterschicht das Essen nicht mehr leisten konnte, bedeutete das Verluste für viele andere Firmen und Geschäfte. Eine Hungersnot war, kurz gesagt, eine wirtschaftliche Katastrophe. Aber der Senat trat nicht zusammen, nicht einmal in abseits gelegenen Tempeln, und so hing es an Saturninus, eine Lösung vorzuschlagen. Doch seine Lösung beruhte auf einer falschen Voraussetzung – nämlich auf der Voraussetzung, daß es Korn gab, das der Senat kaufen könnte. Saturninus glaubte felsenfest, daß es Korn gab und daß die Krise nur inszeniert war – von der konservativen Clique im Senat und den großen Getreidehändlern.

Tausende von Gesichtern auf dem Forum reckten sich ihm entgegen wie die Blumen der Sonne. Die Macht seiner Redekunst begeisterte ihn selbst, er glaubte bald jedes Wort, das er in die Menge schrie. Er glaubte, was er auf jedem Gesicht in der Menge las, er glaubte, Rom könnte auf eine völlig neue Art regiert werden. Was bedeutete schon das Amt des Konsuls? Was bedeutete schon der Senat, wenn eine Menschenmenge wie diese genügte, daß die Senatoren die Schwänze einzogen und sich in ihre Häuser verkrochen? Wenn es darauf ankam, zählte nur diese Menschenmenge. Sie hatten die eigentliche Macht, und diejenigen, die glaubten, sie besäßen die Macht, hatten sie nur so lange, wie die Köpfe in dieser Menschenmenge es ihnen erlaubten.

Also, was bedeutete das Amt des Konsuls schon? Was bedeutete der Senat schon? Nur Gerede, heiße Luft, sonst nichts! Es gab keine Armee in Rom, außer dem Trainingslager für Rekruten bei Capua gab es nicht einmal eine Armee in der Nähe von Rom. Die Konsuln und der Senat besaßen Macht ohne Waffengewalt, ohne ein Heer als Rückendeckung. Aber hier auf dem Forum war die Autorität, hier war die Rückendeckung der eigentlichen Macht. Warum mußte ein Mann Konsul sein, um der Erste Mann in Rom zu werden? Das war überhaupt nicht nötig! Hatte Gaius Gracchus das auch begriffen? Oder hatte er sich umbringen müssen, bevor er es begreifen konnte?

Ich, dachte Saturninus, werde der Erste Mann in Rom sein! Er konnte sich nicht satt sehen an den Gesichtern in der riesigen Menschenmenge. Der Erste Mann in Rom, aber nicht als Konsul. Als Volkstribun. Die Volkstribunen, nicht die Konsuln, besaßen die wirkliche Macht. Und wenn Gaius Marius sich anscheinend bis in alle Ewigkeit zum Konsul wählen lassen konnte, was sollte ihn, Lucius Appuleius Saturninus, daran hindern, sich bis in alle Ewigkeit zum Volkstribunen wählen zu lassen?

Dennoch wartete Saturninus einen ruhigen Tag ab, bis er sein Korngesetz vorlegte. Keine riesige Menschenmenge auf dem Forum durfte dem Senat einen Vorwand liefern, der Versammlung der Plebs Krawalle, Unruhen und Gewaltanwendung vorzuwerfen und deshalb das Gesetz für ungültig zu erklären. Lucius Appuleius hatte die Ereignisse um sein zweites Ackergesetz nicht vergessen, den Verrat von Gaius Marius, das Exil von Metellus Numidicus. Die Tatsache, daß das Gesetz immer noch auf den Tafeln stand, war sein Verdienst, nicht das Verdienst von Gaius Marius. Deshalb hatten die Veteranen der Proletarierarmee ihm, Saturninus, die Landzuweisungen zu verdanken.

Im November gab es nur wenige Feiertage, vor allem wenige, an denen das Volk von Rom zur Abstimmung einberufen werden durfte. Der Tod eines sagenhaft reichen Ritters brachte endlich die erwartete Gelegenheit. Die Söhne des Ritters veranstalteten zu Ehren ihres Vaters prächtige Gladiatorenspiele. Solche Spiele fanden normalerweise auf dem Forum Romanum statt, aber weil sich dort täglich die Menschenmassen sammelten, wich man mit den Spielen in den Circus Flaminius aus.

Der junge Caepio durchkreuzte Saturninus' Pläne. Die Versammlung der Plebs war einberufen, die Zeichen standen günstig, die normalen Forumsbesucher füllten den Platz, denn die Mengen drängten sich auf dem Circus Flaminius. Die anderen Volkstribunen waren damit beschäftigt, durch Losentscheid festzulegen, in welcher Reihenfolge die Tribus abstimmen sollten. Saturninus stand vorne auf der Rednerbühne und mahnte die Wähler, in seinem Sinne abzustimmen.

Saturninus hatte nicht bedacht, daß die Senatoren die Vorgänge auf dem Forum aufmerksam verfolgten, obgleich keine Senatsversammlungen stattfanden. Einige Mitglieder des Senats freilich verachteten das feige Verhalten dieses Gremiums ebenso wie Lucius Appuleius Saturninus. Sie waren alle jung, gerade als Quästoren gewählt oder höchstens zwei Jahre älter. Sie hatten Verbündete unter den Söhnen der Senatoren und der Ritter der Ersten Vermögensklasse, die noch zu jung waren, um in den Senat einzutreten oder höhere Posten in den Unternehmen ihrer Väter zu bekleiden. Sie trafen sich grüppchenweise in ihren Häusern, der junge Caepio und der junge Metellus führten sie an. Und sie hatten einen reifen Vertrauten und Berater, der ihnen Richtung und Ziel wies. Ansonsten wären ihre Pläne möglicherweise in endlosen Diskussionen und Strömen von Wein untergegangen.

Der Vertraute und Berater wurde schnell eine Art Idol für sie, denn er verkörperte alles, was junge Männer bewundern – er war waghalsig, unerschrocken, bewahrte einen kühlen Kopf, war gebildet, so etwas wie ein Lebemann und Frauenheld, witzig, vornehm und hatte eine beeindruckende Reihe von Kriegserfahrungen vorzuweisen. Er hieß Lucius Cornelius Sulla.

Während Marius allem Anschein nach für mehrere Monate in Cumae darniederlag, hatte Sulla beschlossen, den Ereignissen in Rom nicht tatenlos zuzusehen. Sulla handelte nicht nur aus Treue zu Marius. Nach der Unterhaltung mit Aurelia hatte er seine Zukunftsaussichten im Senat kühl abgeschätzt und war zu dem Schluß gekommen, daß Aurelia recht hatte: Er war wie Gaius Marius das, was die Gärtner einen Spätblüher nannten. Es war zwecklos, wenn er versuchte, unter den Senatoren, die älter waren als er, Freunde und Verbündete zu finden. Bei Scaurus zum Beispiel hatte er keine Chance. Das hatte immerhin den Vorteil, daß er Scaurus' reizender kleiner Kindfrau nicht mehr begegnen würde. Delmatica war inzwischen Mutter einer kleinen Aemilia Scaura. Die Nachricht, daß Scaurus Vater einer Tochter geworden war, hatte Sulla größtes Vergnügen bereitet. Der geile alte Bock hatte nichts anderes verdient.

Sulla dachte auch an seine eigene politische Karriere, während er damit beschäftigt war, Marius' Zukunft zu retten. Er umwarb die jüngere Generation der Senatoren, dabei vor allem die, die leicht zu beeinflussen, nicht sehr intelligent, aber reich waren und aus wichtigen Familien kamen. Manche waren auf so arrogante Weise selbstsicher, daß jede Form von Schmeichelei Erfolg hatte. Sein Hauptinteresse galt dem jungen Caepio und Metellus dem Ferkel. Der junge Caepio war ein etwas beschränkter Patrizier, der mit jungen Männern wie Marcus Livius Drusus – den Sulla erst gar nicht zu umwerben versuchte – verkehrte. Metellus das Ferkel wußte, was bei den älteren *boni* vor sich ging. Niemand hätte es besser verstanden als Sulla, diesen jungen Männern den Hof zu machen, wenn auch nicht im entferntesten mit sexuellen Absichten. Bald war er es, der hof hielt: Er wirkte immer leicht amüsiert über ihre jugendlichen Posen, aber auf eine Art, mit der er anzudeuten schien, daß er vielleicht seine Meinung ändern und die jungen Leute ernst nehmen würde. Es waren keine Jugendlichen, die Ältesten waren nur sieben, acht Jahre jünger als er, die Jüngsten fünfzehn, sechzehn Jahre jünger, alle alt genug, um sich selbst als reife Erwachsene zu betrachten, und jung genug, um sich von Sulla aus dem Gleichgewicht bringen zu lassen. Und sie waren der Kern der nächsten Senatorengeneration. Für einen Mann, der unbedingt Konsul werden wollte, würden sie irgendwann von größter Bedeutung sein.

Im Augenblick bereitete allerdings Saturninus Sulla die größten Sorgen. Seit sich die ersten Menschenmengen auf dem Forum versammelt hatten, seit die ersten mit der Toga bekleideten Würdenträger belästigt worden waren, verfolgte Sulla sein Tun genauestens. Ob das Getreidegesetz tatsächlich in Kraft treten würde oder nicht, war Sulla gleichgültig. Aber man mußte Saturninus endlich einmal zeigen, daß nicht alle jederzeit nach seiner Pfeife tanzen würden.

Am Abend vor der Abstimmung über das Getreidegesetz hatten sich ungefähr fünfzig Söhne aus gutem Haus bei dem jungen Metellus versammelt. Sulla hielt sich im Hintergrund und lauschte scheinbar unbeteiligt den Gesprächen, bis der junge Caepio ihn barsch fragte, was sie denn seiner Meinung nach tun sollten.

Sulla sah blendend aus. Sein dichtes, rotgoldenes Haar war so frisiert, daß seine Locken besonders gut zur Geltung kamen, seine weiße Haut war makellos, seine Augenbrauen und Wimpern auffallend schwarz – er behandelte sie mit etwas *stibium,* aber das fiel niemandem auf –, seine Augen hatten den eiskalten Glanz einer blauäugigen Katze. »Meiner Meinung nach produziert ihr hier nichts als heiße Luft«, sagte er.

Der junge Metellus glaubte inzwischen, daß Sulla keineswegs

Marius' Marionette war. Wie jeder Römer machte der junge Metellus es niemandem zum Vorwurf, wenn er einer bestimmten Gruppierung angehörte, und ebenso hielt er es für möglich, daß jemand die Fronten wechselte. »Nein, das ist nicht nur heiße Luft«, knurrte er und stotterte dabei überhaupt nicht. »Wir wissen bloß nicht, wie wir taktisch richtig vorgehen sollen.«

»Habt ihr etwas gegen ein bißchen Gewalt?« fragte Sulla.

»Nicht, wenn damit das Recht des Senats geschützt wird, über die Verwendung der öffentlichen Gelder Roms zu entscheiden«, sagte der junge Caepio.

»Genau darum geht es«, sagte Sulla. »Dem Volk wurde noch nie das Recht zugestanden, über die Verwendung der Gelder zu bestimmen. Das Volk soll die Gesetze machen, dagegen ist nichts einzuwenden, und der Senat stellt die Gelder für die Gesetze des Volkes zur Verfügung – oder verweigert sie. Wenn man uns die Kontrolle über den Geldhahn entzieht, haben wir überhaupt keine Macht mehr. Nur über das Geld können wir die Gesetze des Volkes unwirksam machen, wenn wir nicht damit einverstanden sind. So haben wir es schon bei Gaius Gracchus' Getreidegesetz gemacht.«

»Wenn das Getreidegesetz durchkommt, werden wir wohl kaum verhindern können, daß der Senat das Geld dafür bewilligt«, sagte der junge Metellus. Er stotterte immer noch nicht, im Kreise seiner engsten Freunde stotterte er nie.

»Natürlich nicht!« sagte Sulla. »Wir können auch nicht verhindern, daß das Gesetz durchkommt. Aber wir können Lucius Appuleius wenigstens zeigen, wie stark wir sind.«

Und so geschah es. Saturninus ermahnte die Wähler noch einmal, für das Getreidegesetz zu stimmen, für die gute Sache. Die Menschenmassen waren weit weg, im Circus Flaminius, und die Versammlung lief so ordentlich ab, wie es jeder Konsular nur verlangen konnte. Bis der junge Caepio ungefähr zweihundert Männer auf die untere Hälfte des Forums führte. Sie trugen Knüppel und Holzprügel, die meisten waren fleischige, muskulöse Kerle mit schwarzen Bauchschärpen: ehemalige Gladiatoren, die gegen entsprechende Bezahlung ihre Dienste für jede Aufgabe anboten, bei der Körperkraft und Einschüchterung gefragt waren. Die fünfzig jungen Männer, die sich am Vorabend bei Metellus getroffen hatten, bildeten die Vorhut, angeführt von dem jungen Caepio. Lucius Cornelius Sulla war nicht dabei.

Saturninus zuckte nur die Achseln und verfolgte gelassen den

Weg der Bande über das Forum. Dann erklärte er die Versammlung für geschlossen.

»Um meinetwillen werden keine Köpfe eingeschlagen!« schrie er den Wählern zu, die in Panik ihre Abstimmungsgruppen auflösten. »Geht nach Hause, kommt morgen wieder! Dann bringen wir unser Gesetz durch!«

Am nächsten Tag waren die Proletarier wieder in voller Stärke versammelt. Die aufsässigen Senatorensöhne ließen sich nicht blikken, und das Getreidegesetz wurde verabschiedet.

»Ich wollte lediglich ein formal korrektes Gesetz in einer rechtmäßig einberufenen Versammlung beschließen, du dickköpfiger Idiot«, fuhr Saturninus den jungen Caepio an, als der Senat im Tempel des Jupiter Optimus Maximus zusammentrat, wo die Senatoren nach Einschätzung von Valerius Flaccus vor den Menschenmassen sicher waren und ungestört über die Finanzierung der *lex Appuleia frumentaria* beraten konnten. »Die Massen waren nicht da, alles blieb friedlich, die Zeichen waren günstig. Und was passiert? Du und deine blödsinnigen Freunde kommen mit Knüppeln daher!« Er wandte sich an die Senatoren, die in kleinen Gruppen um ihn herum standen. »Mir dürft ihr nicht die Schuld geben, wenn das Gesetz inmitten von zwanzigtausend Proletariern verabschiedet werden mußte! Dieser Narr ist dafür verantwortlich!«

»Dieser Narr macht sich die größten Vorwürfe, daß er nicht Gewalt angewendet hat, wo Gewalt nötig gewesen wäre!« brüllte der junge Caepio. »Ich hätte dich töten sollen, Lucius Appuleius!«

»Ich danke dir, daß du das vor all diesen unparteiischen Zeugen gesagt hast«, erwiderte Saturninus lächelnd. »Quintus Servilius Caepio Junior, hiermit klage ich dich des Verrats an in einem minder schweren Fall. Du hast versucht, den Volkstribunen bei der Ausübung seines Amtes zu behindern. Du hast gedroht, der unantastbaren Person des Volkstribunen Gewalt anzutun.«

»Du reitest auf einem halbverrückten Gaul dem Abgrund entgegen, Lucius Appuleius«, sagte Sulla. »Spring ab, bevor es zu spät ist!«

»Ich habe eine offizielle Klage gegen Quintus Servilius erhoben, *patres conscripti*«, sagte Saturninus. Sullas Einwurf ignorierte er. »Damit soll sich der Gerichtshof für Verratsangelegenheiten beschäftigen. Heute bin ich hier, um Geld zu fordern.«

Nicht einmal achtzig Senatoren waren anwesend, alles Hinterbänkler, die anderen hatten sich nicht hergetraut. Saturninus blickte sie verächtlich an. »Ich brauche Geld, um Getreide für das Volk von Rom zu kaufen«, sagte er. »Wenn ihr im Schatzamt kein Geld mehr habt, schlage ich vor, daß ihr euch auf die Beine macht und welches leiht. Denn ich werde das Geld bekommen!«

Und Saturninus bekam sein Geld. Mit hochrotem Kopf und unter lautstarkem Protest nahm der Stadtprätor, der junge Caepio, den Befehl entgegen: Die für Notfälle aufbewahrten Silberbarren sollten im Tempel der Ops zu besonderen Münzen gepreßt werden, und die Senatoren würden ohne weiteren Widerstand die Getreidekäufe bezahlen.

»Wir sehen uns vor Gericht wieder«, sagte Saturninus am Ende der Versammlung zuckersüß zu dem jungen Caepio. »Mit allergrößtem Vergnügen werde ich persönlich die Anklage gegen dich vertreten.«

Damit war er aber zu weit gegangen. Die Geschworenen, in der Mehrzahl Ritter, mochten Saturninus nicht und waren dem jungen Caepio günstig gesonnen. Da zeigte Fortuna, daß auch sie auf der Seite des jungen Caepio stand. In die Rede des Verteidigers platzte ein Bote mit der dringenden Mitteilung, Quintus Servilius Caepio sei in Smyrna gestorben. Der einzige Trost, den er in seiner Todesstunde gehabt hatte, war sein Gold gewesen. Der junge Caepio weinte bitterlich, die Richter waren tief gerührt und wiesen die Anklage zurück.

Wahlen standen an, aber niemand wollte sie durchführen. Immer noch sammelten sich täglich Menschenmassen auf dem Forum Romanum, immer noch waren die Kornspeicher leer. Der zweite Konsul Valerius Flaccus bestand darauf, daß die Wahlen erst abgehalten werden sollten, wenn eindeutig erwiesen sei, daß Gaius Marius sie nicht werde durchführen können. Obwohl Lucius Valerius Flaccus Priester des Mars war, hatte er wenig Ähnlichkeit mit dem Kriegsgott. Er wußte, daß er in der gegenwärtigen Situation sein Leben riskieren würde, wenn er Wahlen beaufsichtigen müßte.

Marcus Antonius Orator hatte drei Jahre lang sehr erfolgreich gegen die Piraten von Kilikien und Pamphylien gekämpft und den Kampf höchst stilvoll von seinem Hauptquartier im erfreulich großstädtischen und kultivierten Athen aus beendet. In Athen war sein guter Freund Gaius Memmius zu ihm gestoßen. Als Gaius Memmius nach seiner Zeit als Statthalter von Makedonien nach Rom zurückgekehrt war, hatte er sich zusammen mit Gaius Flavius

Fimbria, seinem Kompagnon bei dem Getreidebetrug, vor Glaucias Repetundengericht auf der Anklagebank wiedergefunden. Fimbria wurde mit großer Mehrheit verurteilt, aber Memmius hatte Grund, mit dem Schicksal zu hadern: Er wurde mit nur einer Stimme Mehrheit verurteilt. Memmius ging nach Athen in die Verbannung, zu seinem Freund Antonius. Mit Unterstützung seines Freundes wollte er versuchen, beim Senat die Aufhebung des Urteils zu erwirken. Daß er die Kosten dieses Verfahrens tragen konnte, verdankte er einem glücklichen Zufall: Als Statthalter in Makedonien war er in einem Dorf der Skordisker buchstäblich über eine versteckte Goldschatulle gestolpert – hundert Talente hatte er darin gefunden. Wie Caepio in Tolosa hatte Memmius keinen Grund gesehen, warum er das Gold mit irgend jemandem hätte teilen sollen, und er hatte es auch mit niemandem geteilt – bis er in Athen dem äußerst geneigten Antonius etwas davon zukommen ließ. Wenige Monate später wurde Memmius nach Rom zurückgerufen, und auch seinen Sitz im Senat durfte er wieder einnehmen.

Da der Krieg mit den Piraten erfolgreich abgeschlossen war, wartete Gaius Memmius in Athen, bis auch Marcus Antonius Orator zur Heimreise bereit war. Ihre freundschaftlichen Bande waren fester geknüpft denn je, und sie hatten beschlossen, gemeinsam als Konsuln zu kandidieren.

Ende November ließ sich Antonius mit seinem kleinen Heer auf dem Marsfeld nieder und forderte einen Triumph. Die Senatoren, die im Schutz des Tempels der Bellona zusammengekommen waren, genehmigten ihm das mit Vergnügen, teilten ihm jedoch mit, daß sein Triumph nicht vor dem zehnten Tag des Dezembers stattfinden könne. Die neuen Volkstribunen seien noch nicht gewählt, und auf dem Forum Romanum versammelten sich immer noch große Massen von Proletariern. Man hoffe aber, daß die Volkstribunen demnächst gewählt würden und am zehnten Tag des Monats ihr Amt antreten könnten. In Anbetracht der gespannten Lage komme ein Triumphzug durch die Stadt derzeit nicht in Frage.

Antonius bangte um seine Kandidatur, denn solange sein Triumph nicht stattgefunden hatte, mußte er außerhalb des *pomerium*, der geheiligten Stadtgrenze, bleiben. Als Träger von *imperium* galt für ihn dasselbe wie für einen ausländischen König: Er durfte Rom nicht betreten. Und wenn er Rom nicht betreten durfte, konnte er seine Kandidatur für das Amt des Konsuls nicht öffentlich ankündigen.

Sein Sieg über die Piraten hatte ihm aber bei den Kornhändlern und anderen Geschäftsleuten große Sympathien eingebracht, denn die Schiffahrt auf dem Mittelmeer war seither so sicher und berechenbar wie seit fünfzig Jahren nicht mehr. Er konnte sich deshalb gute Chancen selbst gegen Gaius Marius ausrechnen. Und obwohl Gaius Memmius in Fimbrias Betrügereien verwickelt war, standen auch seine Chancen nicht schlecht. Sie beide waren, wie Catulus Caesar zum Senatsvorsitzenden Scaurus bemerkte, bei den Rittern, die die Mehrheit der Ersten und Zweiten Klasse ausmachten, so beliebt, wie es sich die *boni* nur wünschen konnten – und beide waren Gaius Marius unbedingt vorzuziehen.

Denn natürlich erwarteten alle, daß Gaius Marius in letzter Minute nach Rom zurückkehren und seine siebte Kandidatur anmelden würde. Die Nachricht von seinem Schlaganfall hatte sich als zutreffend erwiesen, aber der Schlaganfall schien keine schlimmen Folgen gehabt zu haben. Die vielen Besucher, die nach Cumae gereist waren, kehrten mit der Überzeugung zurück, daß Gaius Marius ganz der alte war. Niemand zweifelte daran: Gaius Marius würde mit Sicherheit kandidieren.

Den Konservativen gefiel die Idee außerordentlich, den Wählern zwei Kandidaten zu präsentieren, die gemeinsam Konsul werden wollten. Antonius und Memmius hatten gute Chancen, Marius' eisernen Griff um den Stuhl des Konsuls zu lösen. Aber Antonius blieb stur: Nicht einmal um der Kandidatur willen wollte er sein *imperium* ohne Triumph zurückgeben, und das hätte er tun müssen, um die Stadtgrenzen überschreiten zu können.

»Ich kann auch nächstes Jahr noch als Konsul kandidieren«, erklärte er Catulus Caesar und Scaurus, als sie ihn auf dem Marsfeld aufsuchten. »Der Triumph ist wichtiger – wahrscheinlich werde ich in meinem ganzen Leben keinen so erfolgreichen Krieg mehr führen.« Und davon war er nicht abzubringen.

»Nun gut«, sagte Scaurus zu Catulus Caesar, als sie niedergeschlagen Antonius' Feldlager verließen, »dann müssen wir die Regeln eben großzügig auslegen. Gaius Marius hält sich an keine Regel, wenn es darauf ankommt. Warum sollen wir uns daran halten, wo jetzt so viel auf dem Spiel steht?«

Catulus Caesar trug dem hohen Haus ihren Vorschlag vor. Es waren gerade genug Senatoren im Schutz des Tempels des Jupiter Stator in der Nähe des Circus Flaminius zusammengekommen, daß der Senat beschlußfähig war.

»Wir durchleben harte Zeiten«, sagte Catulus Caesar. »Üblicherweise müssen sich alle Kandidaten für kurulische Ämter dem Senat und dem Volk von Rom auf dem Forum Romanum vorstellen und dort ihre Kandidatur öffentlich erklären. Die Getreideknappheit und die ständigen Demonstrationen auf dem Forum Romanum machen jede Versammlung an diesem Ort leider unmöglich. Daher schlage ich den verehrten Senatoren vor, für die Kandidatenvorstellung in diesem Jahr ausnahmsweise die Zenturien in der *saepta* auf dem Marsfeld einzuberufen. Wir müssen etwas tun, damit die Wahlen endlich abgehalten werden können! Wenn wir die Vorstellung der Kandidaten in die *saepta* verlegen, ist das zumindest ein Anfang – ab dann zählt die Zeitspanne zwischen der Ankündigung der Kandidaturen und der Wahl. Außerdem wäre dies ein Akt der Gerechtigkeit gegenüber Marcus Antonius, der als Konsul kandidieren möchte, aber die geheiligten Stadtgrenzen nicht übertreten darf, solange er seinen Triumph nicht gefeiert hat. Und den Triumph kann er wegen der Unruhen in unserer hungrigen Stadt nicht feiern. Auf dem Marsfeld könnte er seine Kandidatur verkünden. Wir erwarten alle, daß die Massen nach Hause gehen werden, wenn erst die Volkstribunen gewählt sind und ihre Ämter angetreten haben. Marcus Antonius kann seinen Triumph feiern, sobald die neuen Volkstribunen im Amt sind, danach können wir die Wahlen für die kurulischen Ämter abhalten.«

»Warum bist du so sicher, daß die Massen nach Hause gehen werden, wenn die neuen Volkstribunen im Amt sind?« fragte Saturninus.

»Ich denke, du müßtest diese Frage selbst am allerbesten beantworten können, Lucius Appuleius!« fauchte Catulus Caesar. »Du bist es doch, der sie immer wieder auf das Forum treibt. Du hetzt sie Tag für Tag auf, machst ihnen Versprechungen, die du niemals halten kannst, ebensowenig wie diese hochverehrte Versammlung! Wie sollen wir Getreide kaufen, wo es doch gar keines gibt?«

»Auch wenn meine Amtszeit abgelaufen ist, werde ich noch auf dem Forum stehen und zu den Menschen sprechen«, sagte Saturninus.

»Das wirst du nicht«, sagte Catulus Caesar, »wenn du erst wieder *privatus* bist, Lucius Appuleius, werde ich hundert Männer einen Monat lang darauf ansetzen, ein Gesetz auszugraben oder irgendeinen Präzedenzfall, woraus hervorgeht, daß du nicht auf der Rednerbühne oder irgendwo sonst auf dem Forum sprechen darfst!«

Saturninus schüttelte sich vor Lachen, sein röhrendes Gelächter erfüllte den Senat. Aber dennoch war niemand hier so dumm zu glauben, er lache vor Vergnügen. »Such du nur, solange es dir Spaß macht, Quintus Lutatius! Das wird nichts nützen. Denn auch nach Ablauf dieses Amtsjahres werde ich kein *privatus* sein, weil ich mich nämlich wieder zum Volkstribunen wählen lasse! Ja, ich habe von Gaius Marius gelernt, und ich werde euch keinen Grund liefern, daß ihr nach meinem Blut lechzen könnt! Mit welchen gesetzlichen Bestimmungen wollt ihr mich hindern? Nichts kann mich davon abhalten, daß ich mich jedes Jahr wieder zur Wahl stelle!«

»Es gibt Gebräuche, Traditionen«, sagte Scaurus. »Außer dir und Gaius Gracchus haben sich bisher alle daran gehalten. Kein Volkstribun hat eine dritte Amtszeit angestrebt. Und Gaius Gracchus sollte dir eine Warnung sein! Nur ein Sklave war bei ihm, als er im Hain der Furrina starb.«

»Ich werde bessere Gesellschaft haben«, gab Saturninus zurück. »Wir Männer aus Picenum halten zusammen. Stimmt's, Titus Labienus? Stimmt's, Gaius Saufeius? So schnell werdet ihr uns nicht los!«

»Fordere die Götter nicht heraus«, sagte Scaurus. »Sie nehmen gerne den Kampf mit den Menschen auf, Lucius Appuleius!«

»Ich habe keine Angst vor den Göttern, Marcus Aemilius! Die Götter stehen mir bei!« Und mit diesen Worten verließ Saturninus die Versammlung.

»Ich wollte es ihm sagen«, sagte Sulla im Vorbeigehen zu Scaurus und Catulus Caesar. »Er sprengt auf einem halbverrückten Pferd dem Abgrund entgegen.«

»Der auch«, sagte Catulus Caesar zu Scaurus, als Sulla außer Hörweite war.

»Und der halbe Senat«, sagte Scaurus. In aller Ruhe blickte er um sich. »Das ist wirklich ein sehr schöner Tempel, Quintus Lutatius! Wir haben ihn Metellus Macedonicus zu verdanken. Aber heute ist es ein einsamer Ort, ohne Metellus Numidicus.« Er zuckte die Achseln, seine Miene hellte sich auf. »Komm, wir müssen noch den hochverehrten zweiten Konsul festhalten, bevor er sich in den hintersten Winkel seiner Höhle verkriecht! Er kann Mars ebensogut wie Jupiter Optimus Maximus das Opfer darbringen. Wir werden ein ganz feierliches Staatsopfer daraus machen, mit lauter weißen Opfertieren, dann haben wir den göttlichen Segen für die Kandidatenvorstellung auf dem Marsfeld!«

»Wer wird die Rechnung für einen weißen Stier, ein weißes Schaf und ein weißes Schwein übernehmen?« Catulus Caesar schaute zu dem jungen Metellus und dem jungen Caepio hinüber, die gemeinsam in einer Ecke standen. »Unsere Quästoren vom Schatzamt werden lauter quietschen als alle drei heiligen Opfertiere zusammen.«

»Ach, ich glaube, Lucius Valerius, unser weißer Hase, kann bezahlen«, grinste Scaurus. »Er hat schließlich beste Verbindungen zu Mars!«

Am letzten Tag des November traf in Rom ein Schreiben von Gaius Marius ein, in dem er für den nächsten Tag eine Versammlung in der Curia Hostilia anberaumte. Diesmal konnten die ständigen Unruhen auf dem Forum Romanum die eingeschriebenen Väter nicht abschrecken, zu gespannt waren sie, Gaius Marius wiederzusehen. Die Curia war bis auf den letzten Platz besetzt. An den Kalenden des Dezember kamen alle, noch bevor der Morgen graute, denn jeder wollte der erste sein. Gerüchte schwirrten durch die Luft, während sie warteten.

Er kam als letzter. Er erschien so groß, so breitschultrig, so aufrecht wie immer, sein Auftreten ließ in keiner Weise an einen Krüppel denken. Seine linke Hand steckte wie immer in den Falten seiner purpurgesäumten Toga. Aber sein Gesicht. Die ganze Welt konnte es auf seinem Gesicht sehen! Auf der rechten Seite sein straffes früheres Selbst, auf der linken Seite eine traurige Karikatur davon.

Marcus Aemilius Scaurus, der Senatsvorsitzende, hob die Hände und begann zu klatschen. Die kahlen Dachsparren, die rötlichen Rundungen der Terrakottafliesen, die Wände und Dach bedeckten, warfen ein Echo in das alte Gemäuer zurück. Einer nach dem anderen fielen die Senatoren in das Klatschen ein. Als Marius auf seinem elfenbeinernen Amtsstuhl Platz nahm, hatte der Applaus donnernde Lautstärke erreicht. Er lächelte nicht, jedes Lächeln betonte die groteske Asymmetrie seines Gesichtes auf unerträgliche Weise. Wenn er lachte, sah er Tränen in den Augen seines Gegenübers, von Julia bis Sulla. Darum stand er jetzt nickend vor seinem Amtsstuhl und verbeugte sich majestätisch, bis der Beifall verstummte.

Scaurus erhob sich mit breitem Lächeln. »Gaius Marius, wie schön, dich zu sehen! Die letzten Monate waren hier im Senat so trübe wie ein Regentag. Als Vorsitzender heiße ich dich mit größtem Vergnügen zu Hause willkommen.«

»Ich danke dir, Senatsvorsitzender, und euch, eingeschriebene Väter, meine Magistratskollegen.« Marius' Stimme war klar, kein Wort kam verzerrt aus seinem Mund. Gegen seinen Willen zog der Anflug eines Lächelns seinen rechten Mundwinkel nach oben, der linke hing traurig nach unten. »Wenn es euch ein Vergnügen ist, mich zu Hause willkommen zu heißen, so ist mein Vergnügen, endlich zu Hause zu sein, wohl zehnmal so groß. Wie ihr seht, war ich krank.« Er zog hörbar den Atem ein, seine Stimme bebte vor Trauer. »Wenn ich auch die Krankheit überwunden habe, so bin ich doch davon gezeichnet. Bevor ich dieses Haus zur Ordnung rufe und wir uns den Geschäften widmen können, die dringend unserer Aufmerksamkeit bedürfen, möchte ich eine Erklärung abgeben. Aus zweierlei Gründen werde ich mich nicht um die Wiederwahl als Konsul bewerben. Erstens meine ich, daß die Notlage, in der sich unser Staat befand und die mir die einmalige Ehre verschaffte, so viele Male hintereinander Konsul zu werden, nun endgültig und für immer ihr glückliches Ende gefunden hat. Zweitens glaube ich, daß mir mein Gesundheitszustand nicht erlauben würde, meinen Pflichten ordnungsgemäß nachzukommen. Ganz offensichtlich trage ich die Verantwortung für das gegenwärtige Chaos in Rom. Der erste Konsul müßte in dieser Situation in Rom sein, wozu ist er schließlich da? Ich klage weder Lucius Valerius noch Marcus Aemilius noch irgendeinen anderen Amtsträger dieser Versammlung an. Der erste Konsul muß die Führung innehaben, und ich konnte meine Führung nicht wahrnehmen. Daraus habe ich gelernt, daß ich nicht mehr als Konsul kandidieren darf. Der erste Konsul muß gesund sein.«

Niemand antwortete. Niemand rührte sich. Sein verzerrtes Gesicht hatte vermuten lassen, daß so etwas in der Luft lag, aber die Fassungslosigkeit war ein Beweis dafür, wie sehr er in den letzten fünf Jahren den Senat beherrscht hatte. Ein Senat ohne Gaius Marius auf dem Stuhl des Konsuls! Undenkbar! Selbst der Senatsvorsitzende Scaurus und Catulus Caesar waren schockiert.

Dann ertönte eine Stimme aus der letzten Reihe hinter Scaurus. »G-g-gut! Jetzt ka-ka-kann mein Va-Va-Vater na-nach Hause ko-ko-kommen.«

»Vielen Dank für dieses Kompliment, junger Metellus.« Marius blickte ihn direkt an. »Du setzt voraus, daß ich allein der Grund bin, warum dein Vater noch im Exil auf Rhodos ist. Das ist aber, wie du wissen müßtest, nicht der Fall. Die Gesetze dieses Staates halten Quintus Caecilius Metellus Numidicus im Exil fest. Und ich fordere jedes einzelne Mitglied dieser hochverehrten Versammlung auf, sich diese Tatsache ins Gedächtnis zurückzurufen! Auch wenn ich nicht Konsul bin, darf keine Verordnung, kein Beschluß des Volkes, kein Gesetz übertreten werden!«

»Jung und dumm«, flüsterte Scaurus zu Catulus Caesar. »Wenn er das nicht gesagt hätte, hätten wir Quintus Caecilius Anfang nächsten Jahres in aller Stille zurückholen können. Jetzt wird es nicht klappen! Der junge Metellus hätte einen ganz anderen Spitznamen verdient!«

»Und zwar?« fragte Catulus Caesar.

»Metellus Pi-Pi-Pius!« Scaurus war wütend. »Metellus, der brave Sohn, der ständig darum kämpft, daß sein Papa nach Hause kommt. Und es dauernd ver-ver-vermasselt!«

Es war schon erstaunlich, wie schnell der Senat zur Tagesordnung überging, jetzt, wo Gaius Marius wieder im Amtsstuhl saß. Das ganze Haus war von einem wohligen Gefühl durchdrungen, als ob die Menschenmenge vor der Tür seit Gaius Marius' Rückkehr keine Bedrohung mehr darstellte.

Marius nickte nur zustimmend, als man ihn davon unterrichtete, daß die Kandidatenvorstellung ausnahmsweise auf dem Marsfeld stattfinden sollte. Dann befahl er Saturninus kurzerhand, die Versammlung der Plebs einzuberufen und die Tribunen wählen zu lassen, denn solange das nicht geschehen war, konnten die übrigen Amtsträger nicht gewählt werden.

Danach faßte Marius Gaius Servilius Glaucia scharf ins Auge, der auf dem Amtsstuhl des Stadtprätors schräg hinter Marius saß. »Ich habe ein Gerücht gehört, Gaius Servilius«, sagte Marius zu Glaucia, »daß du aufgrund von Unstimmigkeiten, die du angeblich in der *lex Villia* gefunden hast, für das Amt des Konsuls kandidieren willst. Tu das bitte nicht. Die *lex Villia annalis* legt eindeutig fest, daß zwischen dem Ende der Amtszeit als Stadtprätor und dem Beginn der Amtszeit als Konsul zwei Jahre liegen müssen.«

»Sieh mal einer an, wer da den Mund aufmacht!« Glaucia schnappte nach Luft. Nicht im Traum hätte er daran gedacht, daß aus dieser Ecke, aus der er Unterstützung erwartet hatte, Widerstand kommen würde. »Wie kannst du so dreist sein, Gaius Marius, und mir vorwerfen, ich wollte die *lex Villia* brechen? Du hast dieses

Gesetz fünf Jahre hintereinander gebrochen! In der *lex Villia* heißt es doch wohl unmißverständlich, daß zwischen dem Ende der Amtszeit des Konsuls und einer erneuten Kandidatur als Konsul zehn Jahre vergehen müssen.«

»Ich habe nur ein einziges Mal kandidiert, Gaius Servilius«, sagte Marius ruhig. »Man hat mir das Amt wegen der Germanen übertragen, und das dreimal *in absentia!* In einer Notlage brechen alle Traditionen und selbst die Gesetze zusammen. Aber wenn die Gefahr vorüber ist, müssen alle Ausnahmeregelungen wieder aufgehoben werden.«

»Ha-ha-ha!« lachte der junge Metellus von der letzten Bank. Diesmal harmonierte der Einwurf bestens mit seinem Sprachfehler.

»Es herrscht Frieden, eingeschriebene Väter«, fuhr Marius fort, ohne den Einwurf zu beachten, »deshalb kehren wir zur üblichen Arbeit und zur üblichen Art des Regierens zurück. Gaius Servilius, das Gesetz verbietet dir die Kandidatur für das Amt des Konsuls. Als Wahlleiter werde ich deine Kandidatur nicht zulassen. Bitte verstehe dies als gutgemeinte Warnung. Gib deinen Plan mit Anstand auf, das stünde dir gut zu Gesicht. Rom braucht Männer, die so gute Gesetze entwerfen, wie du das zweifelsohne kannst. Aber du kannst natürlich keine Gesetze mehr machen, wenn du das Gesetz brichst.«

»Ich hab' es dir gesagt!« ließ sich Saturninus vernehmen.

»Er wird mich nicht hindern, niemand wird mich hindern«, sagte Glaucia so laut, daß der ganze Senat es hören konnte.

»Was dich betrifft, Lucius Appuleius«, wandte sich Marius jetzt zu der Bank der Volkstribunen, »so geht ein Gerücht um, daß du ein drittes Mal Volkstribun werden willst. Nun, das ist nicht verboten. Deshalb kann ich dich nicht daran hindern. Aber ich kann dich bitten, den Plan aufzugeben. Du solltest dem Wort ›Demagoge‹ keine neue Bedeutung verleihen. Was du in den letzten Monaten getan hast, entspricht nicht dem üblichen Verhalten eines Mitglieds des Senats von Rom. Wir haben ein umfangreiches Gesetzeswerk, und wir haben die großartige Gabe, die Regierungsarbeit im wohlverstandenen Interesse Roms zu leisten. Es gibt keine Veranlassung, die Leichtgläubigkeit der unteren Klassen in politischen Fragen auszunützen. Sie sind unschuldig und dürfen nicht verführt werden. Wir haben die Aufgabe, uns um die unteren Klassen zu kümmern, nicht, sie für unsere eigenen politischen Ziele einzuspannen.«

»Bist du fertig?« fragte Saturninus.

»Ich bin am Ende, Lucius Appuleius.« Die Art, wie Marius das sagte, ließ vielerlei Deutungen zu.

So, das war überstanden, dachte Marius beim Hinausgehen. Er hatte sich eine kraftvolle neue Gangart angewöhnt, die verbergen sollte, daß er den linken Fuß leicht nachzog. Wie eigenartig, wie gräßlich die Monate in Cumae gewesen waren! Er hatte sich versteckt, so wenig Besucher wie möglich empfangen, weil er das Erschrecken, das Mitleid und die Schadenfreude nicht ertragen konnte. Am schlimmsten waren die Menschen, die ihn so liebten, daß sie ihn bedauerten, wie Publius Rutilius. Die liebe, sanfte Julia hatte sich in einen wahren Drachen verwandelt. Sie hatte allen Besuchern verboten, selbst Publius Rutilius, auch nur ein Wort über Politik oder sonstige öffentliche Angelegenheiten zu sagen. Weder von der Getreidekrise noch von Saturninus' Werbung bei den Armen und Besitzlosen hatte er etwas erfahren, sein Leben war eine strenge Kur aus Diät, maßvoller Bewegung und klassischer Lektüre gewesen. Statt leckerer Speckstücke mit geröstetem Brot hatte es gebackene Wassermelonen gegeben, weil Julia gehört hatte, daß solche Kost Nieren, Blase und Blut von Steinen reinige, statt in die Curia Hostilia zu gehen, war er nach Baiae und Misenum gewandert, statt Senatsprotokolle und Berichte aus den Provinzen zu lesen, hatte er sich mit Isokrates, Herodot und Thukydides geplagt – und war zu dem Schluß gelangt, daß er keinem der drei trauen durfte, denn da sprachen Männer des Worts und nicht Männer der Tat.

Aber die Kur tat ihre Wirkung. Ganz allmählich ging es ihm besser. Doch er würde nie mehr ganz der alte sein, der linke Mundwinkel würde sich nie mehr straffen, nie mehr würde er die Tatsache verbergen können, daß er müde war. Seine innere Stimme sprach gegen ihn, und alle Welt konnte das sehen. Als ihm das klar wurde, begehrte er auf. Julia, die sich ohnehin gewundert hatte, wie lange er brav und gehorsam geblieben war, gab sofort nach. Er ließ Publius Rutilius kommen und kehrte nach Rom zurück, um die Scherben zusammenzukehren, soweit das möglich war.

Marius wußte natürlich, daß Saturninus seine Pläne nicht aufgeben würde. Aber wenigstens hatte er ihn gewarnt. Wegen Glaucia machte er sich keine Sorgen, niemals würde man Glaucias Wahl zulassen. Zumindest konnte jetzt gewählt werden. Die Wahl der Volkstribunen war für den Tag vor den Nonen angesetzt, die der

Quästoren für die Nonen, den Tag, an dem sie eigentlich ihr Amt aufnehmen sollten. Es würden turbulente Wahlen werden, denn sie mußten auf dem Versammlungsplatz auf dem Forum Romanum stattfinden, und noch immer drängten sich dort die Menschenmassen. Sie brüllten wüste Beschimpfungen, bewarfen die Togaträger mit Dreck, drohten ihnen mit den Fäusten und lauschten in blinder Andacht Saturninus' Reden.

Gaius Marius beschimpften und bewarfen sie nicht. Auf dem Heimweg nach jener denkwürdigen Versammlung spürte er nur Wärme und Liebe und Bewunderung. Niemand, der aus einer Klasse unterhalb der Zweiten Vermögensklasse kam, würde Gaius Marius je unfreundlich behandeln. Wie die Gracchen, war er ihr Held. Manche sahen ihm ins Gesicht und weinten über die Verwüstung, manche hatten ihn nie zuvor leibhaftig gesehen und hielten sein Gesicht für normal, wie es war, und bewunderten ihn nur um so mehr. Niemand versuchte, ihn anzufassen, alle traten zurück, um ihm eine Gasse freizugeben. Stolz und doch ehrerbietig schritt er durch die Reihen, sein Herz und sein Geist reckten sich den Menschen entgegen. Eine wortlose Vereinigung. Saturninus, der alles von der Rednerbühne aus beobachtete, staunte.

»Ist die Masse nicht ein eindrucksvolles Phänomen?« fragte Sulla später beim Abendessen. Auch Publius Rutilius Rufus und Julia waren dabei.

»Ein Zeichen der Zeit, in der wir leben«, sagte Rutilius.

»Ein Zeichen dafür, daß wir sie betrogen haben.« Marius runzelte die Stirn. »Rom braucht eine Ruhepause. Seit Gaius Gracchus waren wir dauernd in ernsten Schwierigkeiten – Jugurtha, die Germanen, die Skordisker, die Unzufriedenheit der Bundesgenossen, Sklavenaufstände, Piraten, Getreideknappheit, die Liste nimmt kein Ende. Wir brauchen eine Ruhepause, ein bißchen Zeit, uns um Rom zu kümmern und nicht nur um uns selber. Hoffentlich bekommen wir jetzt diese Ruhepause. Wenn die Getreideversorgung besser wird, dann auf jeden Fall.«

»Ich habe eine Nachricht von Aurelia«, sagte Sulla.

Marius, Julia und Rutilius Rufus blickten ihn neugierig an.

»Du triffst dich mit ihr, Lucius Cornelius?« fragte Rutilius Rufus, ganz der wachsame Onkel.

»Du mußt dich nicht gleich wie eine Glucke aufführen, Publius Rutilius! Ja, ich treffe sie ab und zu, wir sind in gewisser Weise Gleichgesinnte. Sie sitzt dort unten in der Subura, und das ist auch meine Welt. Ich habe dort immer noch Freunde, Aurelia liegt gewissermaßen auf meinem Weg.«

»Ach je, ich hätte sie auch zum Abendessen einladen sollen«, sagte Julia und bedauerte ihr Versehen. »Dort unten vergißt man sie so leicht.«

»Das nimmt sie dir nicht übel«, sagte Sulla. »Versteht mich nicht falsch, sie liebt ihre Welt. Aber sie bleibt gern auf dem laufenden, was die Ereignisse auf dem Forum betrifft, und das ist meine Aufgabe. Du bist ihr Onkel, Publius Rutilius, du willst immer alle Schwierigkeiten von ihr fernhalten. Ich dagegen erzähle ihr alles. Ich stelle immer wieder verblüfft fest, wie klug sie ist.«

»Wie lautet die Botschaft?« fragte Marius und nippte an einem Glas Wasser.

»Sie stammt von ihrem Freund Lucius Decumius, dem eigenartigen kleinen Kerl, der den Kreuzwegeverein in ihrem Mietshaus leitet, und lautet ungefähr so: Wenn ihr geglaubt habt, es drängten sich Massen auf dem Forum, habt ihr bis jetzt noch gar nichts gesehen. An dem Tag, an dem die Volkstribunen gewählt werden, werdet ihr nicht in eine Pfütze, sondern in ein Meer von Gesichtern schauen.«

Lucius Decumius behielt recht. Bei Sonnenaufgang stiegen Gaius Marius und Lucius Cornelius Sulla auf die Arx des Kapitols. Sie lehnten an der niedrigen Brüstung, vor der die Mauern der Lautumiae steil abfielen, das Forum Romanum lag direkt unter ihnen. So weit das Auge reichte, erblickten sie ein einziges Menschenmeer, dicht gedrängt vom Clivus Capitolinus bis zur Velia. Die Menschen verhielten sich ruhig und diszipliniert, dennoch war der Anblick atemberaubend und ein bißchen bedrohlich.

»Was soll das?« fragte Marius.

»Lucius Decumius sagt, sie wollen nur zeigen, daß sie da sind. Heute werden die neuen Volkstribunen gewählt. Sie haben gehört, daß Saturninus kandidieren wird, und mit ihm rechnen sie sich die besten Chancen auf volle Bäuche aus. Der Hunger hat gerade erst angefangen, Gaius Marius. Und sie wollen nicht hungern«, sagte Sulla in gleichmütigem Ton.

»Aber sie können das Ergebnis der Wahlen in den Tribus und in den Zenturien doch gar nicht beeinflussen! Fast alle dürften zu den vier städtischen Abstimmungsgruppen gehören.«

»Das ist richtig. Und von den einunddreißig ländlichen Tribus werden nur wenige hier sein außer denen, die ohnehin in Rom leben«, sagte Sulla. »Heute ist keine Feiertagsstimmung, die Wähler vom Lande anlocken könnte. Nur wenige von denen, die dort unten stehen, werden also tatsächlich ihre Stimme abgeben können. Das wissen sie. Sie sind nicht hier, um zu wählen. Sie sind einfach hier, um uns zu zeigen, daß es sie gibt.«

»Ist das Saturninus' Idee?« fragte Marius.

»Nein. Seine Gefolgschaft hast du an den Kalenden gesehen und jeden Tag seither. Abschaum. Angehörige der Kreuzwegevereine, ehemalige Gladiatoren, Diebe und Unzufriedene, leichtgläubige Ladenbesitzer, denen das Geld ausgegangen ist, Freigelassene, denen der Hader mit ihren ehemaligen Besitzern langweilig geworden ist, und viele, die sich ein paar Denare ausrechnen, wenn sie dafür sorgen, daß Lucius Appuleius Volkstribun bleibt.«

»So einfach ist es nicht«, sagte Marius. »Zum ersten Mal haben sie erlebt, daß jemand sie ernst genommen hat, und jetzt sind sie ihm ergeben.« Er stützte sich auf die linke, die gelähmte Körperseite. »Die Leute hier gehören nicht zu Lucius Appuleius Saturninus. Sie gehören niemandem. Bei den Göttern, auf dem Schlachtfeld von Vercellae habe ich nicht mehr Kimbern gesehen als heute Menschen auf dem Forum Romanum! Und ich habe kein Heer. Nur eine purpurgesäumte Toga. Ein ziemlich ernüchternder Gedanke.«

»In der Tat.«

»Obwohl, ich bin mir gar nicht so sicher ... Vielleicht ist meine purpurgesäumte Toga die einzig richtige Waffe. Plötzlich erscheint mir Rom in einem ganz anderen Licht, Lucius Cornelius. Diese Menschen sind heute hierhergekommen, damit wir sie sehen. Aber sie leben jeden Tag hier in Rom, gehen ihren Geschäften nach. Jederzeit könnten sie innerhalb einer Stunde wieder hier stehen. Und wir glauben, daß wir sie regieren?«

»Wir regieren sie, Gaius Marius. Sie können sich nicht selbst regieren. Sie geben sich in unsere Hand. Gaius Gracchus gab ihnen billiges Brot zu essen, und die Ädilen gaben ihnen wunderbare Spiele zu bestaunen. Jetzt kommt Saturninus daher und verspricht ihnen mitten in der Hungersnot billiges Brot. Er kann seine Versprechungen nicht halten, und sie beginnen zu ahnen, daß er es nicht kann. Deshalb wollen sie sich ihm während seiner Wahl zeigen«, sagte Sulla.

Marius hatte ein Bild dafür gefunden. »Sie sind wie ein riesiger und doch sehr gutmütiger Stier. Wenn der Stier auf dich zukommt, weil du einen Eimer in der Hand hältst, interessiert er sich nur für das Futter im Eimer. Wenn er sieht, daß der Eimer leer ist, wird er nicht wütend und spießt dich mit seinen Hörnern auf, er glaubt bloß, du hättest das Futter irgendwo am Körper versteckt. Und bei der Suche nach dem Futter trampelt er dich zu Tode, ohne es auch nur zu bemerken.«

»Saturninus hat einen leeren Eimer.«

»Genau.« Marius wandte sich von der Mauer ab. »Komm, Lucius Cornelius, wir packen den Stier bei den Hörnern.«

»Und hoffen«, grinste Sulla, »daß Saturninus nicht doch irgendwo Heu für sie versteckt hat.«

Keiner aus der ungeheuren Menschenmenge stellte sich den Senatoren und den politisch interessierten Bürgern, die wie immer ihre Stimme in den Zenturiatkomitien abgeben wollten, in den Weg. Marius stieg auf die Rednerbühne, Sulla blieb mit den anderen patrizischen Senatoren auf der Treppe stehen. Die Wahlberechtigten in der Versammlung der Plebs waren eine Insel in einem Meer von ziemlich schweigsamen Zuschauern – eine weitgehend versunkene Insel mit der Rednerbühne als Fels in der Brandung. Man hatte natürlich mit dem Pöbel gerechnet. Viele Senatoren und gewöhnliche Wähler trugen Messer und Knüppel unter ihren Togen versteckt, besonders die kleine Gruppe konservativer Senatorensöhne unter Führung des jungen Caepio hatte sich gerüstet. Aber Saturninus' Pöbel war nicht erschienen. Die Armen hatten sich in stummem Protest versammelt. Messer und Knüppel erschienen plötzlich völlig fehl am Platze.

Einer nach dem anderen stellten sich die zwanzig Kandidaten vor, Marius beobachtete sie genau. Als erster sprach der amtierende Volkstribun Lucius Appuleius Saturninus, und die ganze riesige Menschenmenge jubelte ihm begeistert zu. Saturninus war sichtlich überrascht, wie Marius feststellte. Saturninus dachte angestrengt nach, das war deutlich von seinem Gesicht abzulesen. Was für eine Gefolgschaft für diesen einen Mann! Was würde er alles erreichen können mit dreihunderttausend Römern, den Armen und Besitzlosen, im Rücken? Wer würde noch den Mut aufbringen, ihn vom Amt des Volkstribunen fernzuhalten, wenn dieses Ungeheuer aus menschlichen Leibern ihn trug?

Die anderen Kandidaten, die sich nach Saturninus vorstellten, nahm die Menge mit gleichgültigem Schweigen zur Kenntnis: Publius Furius, Quintus Pompeius Rufus aus der in Picenum ansässigen Linie der Familie, Sextus Titius aus Samnium, und der rothaarige, grauäugige und sehr vornehm wirkende Marcus Porcius Cato Salonianus, der Enkel von Cato dem Zensor, dem Bauern aus Tusculum, und Urenkel eines keltischen Sklaven.

Als letzter erschien Lucius Equitius, der immer noch überall herumerzählte, er sei ein Bastard von Tiberius Gracchus, und den Metellus Numidicus als Zensor nicht in die Liste der Ritter hatte einschreiben wollen. Die Menge begann wieder zu jubeln, die Begeisterung machte sich in wildem Geschrei Luft. Hier stand ein Nachfahre des geliebten Tiberius Gracchus. Und Marius erkannte, wie zutreffend sein Bild von dem riesigen, sanften Stier war. Die Menge drängte sich langsam immer näher an die Rednerbühne und an Lucius Equitius heran. Die Menschen wußten nichts von ihrer Kraft. In kleinen Wellen rückten sie unaufhaltsam vor und schoben die Wähler immer dichter zusammen. Panik kam auf bei denen, die wählen wollten, sie spürten die lähmende Angst und den hilflosen Schrecken, die alle Menschen befallen, wenn sie von einer Kraft umringt sind, gegen die sie nichts ausrichten können.

Während alle anderen wie gelähmt dastanden, trat der wirklich gelähmte Gaius Marius entschlossen vor. Mit ausgestreckten Armen zeigte er der Menge seine Handflächen, eine Geste, die »Halt! Keinen Schritt weiter!« bedeutete. Die Menge blieb sofort stehen. Der Druck ließ nach, und jetzt wurde Gaius Marius bejubelt, der Erste Mann in Rom, der dritte Gründer Roms, der Sieger über die Germanen.

»Schnell, du Narr!« fauchte er Saturninus an. »Sag, du hast Donner gehört – oder irgend etwas anderes, warum die Versammlung aufgehoben ist! Wenn wir die Wähler nicht wegschaffen, wird die Menge sie allein durch ihre Anzahl umbringen.« Er befahl den Herolden, ihre Trompeten zu blasen. In der überraschten Stille, die darauf eintrat, hob er noch einmal die Arme. »Donner!« brüllte er. »Die Wahl findet morgen statt! Geht nach Hause, Bürger Roms! Geht nach Hause!«

Und die Menschen gingen nach Hause.

Glücklicherweise hatten die meisten Senatoren in der Curia Zuflucht gesucht. Dorthin folgte ihnen Marius, sobald er sich einen Weg bahnen konnte. Saturninus war, wie er bemerkte, von der Rednerbühne gestiegen und badete in der Menge. Er lachte, reckte seine Arme empor, wie einer jener seltsamen Mystiker aus Pisidien, die an das Handauflegen glaubten. Und Glaucia, der Stadtprätor? Er hatte die Rednerbühne erklommen und beobachtete mit breitem Grinsen Saturninus' Weg durch die Menge.

Kreidebleiche, verzerrte Gesichter wandten sich Marius zu, als er die Curia betrat.

»Wir stecken ganz schön in der Klemme!« sagte der Senatsvorsitzende Scaurus, wie immer in aufrechter Haltung, aber auch deutlich blasser als sonst.

Marius ließ den Blick über die Senatoren schweifen, die in Gruppen zusammenstanden, und sagte in festem Ton: »Geht nach Hause, ich bitte euch! Die Menge wird euch nichts tun, trotzdem nehmt besser den Weg über das Argiletum, auch wenn ihr in Richtung Palatin müßt. Wenn ihr euch nur über einen sehr langen Heimweg beklagen müßt, seid ihr gut weggekommen. Jetzt geht! Geht!«

Marius klopfte ein paar Senatoren, mit denen er noch sprechen wollte, auf die Schultern. Nur Sulla, Scaurus, der Zensor Metellus Caprarius, der Pontifex Maximus Ahenobarbus, Crassus Orator und sein Vetter Scaevola, beides kurulische Ädilen, blieben zurück. Marius registrierte mit Interesse, wie Sulla zu dem jungen Caepio und Metellus dem Ferkel hinüberging, ihnen etwas zuflüsterte und sie mit einem offensichtlich freundschaftlichen Schlag auf die Schultern verabschiedete. Ich muß herausfinden, was da vor sich geht, dachte Marius, aber später. Wenn ich Zeit habe. Falls ich je Zeit haben werde. »Tja, so etwas haben wir noch nicht erlebt«, fing er an. »Das kann einem schon Angst einjagen.«

»Ich glaube nicht, daß sie etwas im Schilde führen«, sagte Sulla.

»Das glaube ich auch nicht«, sagte Marius. »Aber sie sind trotzdem wie ein riesiger Stier, der seine Kräfte nicht einschätzen kann.« Er gab seinem ersten Schreiber ein Zeichen. »Hol mir jemand, der für mich zum Forum läuft. Ich brauche den Vorsteher der Liktoren, auf der Stelle.«

»Was schlägst du vor? Was sollen wir tun?« fragte Scaurus. »Sollen wir die Wahl der Volkstribunen verschieben?«

»Nein, wir können sie ebensogut jetzt hinter uns bringen«, sagte Marius bestimmt. »Im Augenblick ist unser Stier noch ein gehorsames Tier, aber wer kann schon sagen, wie wütend er wird, wenn wir die Hungersnot nicht beenden können? Wir sollten nicht warten, bis wir ihm Heu um die Hörner wickeln müssen, als Zeichen, daß er bösartig ist, denn wenn er böse ist, wird er einen von uns auf die Hörner nehmen. Ich lasse den Vorsteher der Liktoren kommen, weil ich glaube, daß ein leichter Zaun unseren Stier morgen noch zurückhalten kann. Die Staatssklaven sollen die ganze Nacht lang arbeiten und um den Versammlungsplatz sowie zwischen dem Versammlungsplatz und der Senatstreppe einen harmlos aussehenden Zaun ziehen, so einen, wie wir sonst bei Leichenfeiern auf dem Forum aufstellen, um die Zuschauer zurückzuhalten. Der Anblick wird ihnen vertraut sein, sie werden den Zaun nicht als Zeichen unserer Furcht deuten. Außerdem werde ich alle verfügbaren Liktoren an diesem Zaun aufstellen, alle in dunkelrote Tunikas gekleidet, unbewaffnet bis auf Knüppel. Unser Stier darf keinesfalls auf die gefährliche Idee kommen, er sei größer und stärker als wir. Auch Stiere können nämlich denken! Und morgen finden die Wahlen statt, auch wenn nur fünfunddreißig Wähler erscheinen. Das bedeutet, daß ihr alle auf dem Heimweg noch ein paar Besuche machen und die Senatoren in eurer Nachbarschaft für morgen zusammentrommeln müßt. Auf diese Weise können wir sicherstellen, daß zumindest ein Mitglied von jedem Tribus anwesend ist. Auch eine Wahl mit magerer Wahlbeteiligung ist gültig. Habt ihr das alle verstanden?«

»Verstanden«, sagte Scaurus.

»Wo war Quintus Lutatius heute?« fragte Sulla den Senatsvorsitzenden.

»Krank, glaube ich«, antwortete Scaurus. »Er wird wohl wirklich krank sein – an Mut fehlt es ihm gewiß nicht.«

Marius wandte sich an Metellus Caprarius, den Zensor. »Du, Gaius Caecilius, wirst morgen die schwierigste Aufgabe haben«, sagte er. »Wenn Equitius seine Kandidatur verkündet, werde ich dich fragen, ob du zustimmst. Was wirst du antworten?«

Caprarius zögerte keinen Augenblick. »Ich werde mit Nein antworten, Gaius Marius. Ein ehemaliger Sklave soll Volkstribun werden? Undenkbar.«

»Gut, das ist alles, ich danke euch«, sagte Marius. »Macht euch auf den Weg und schafft mir morgen alle eure schlotternden Kollegen her. Lucius Cornelius, du bleibst. Ich übergebe dir die Verantwortung für die Liktoren, du solltest also hier sein, wenn ihr Vorsteher eintrifft.«

Als der nächste Morgen graute, stand die Menge wieder da. Der Versammlungsplatz war mit einem einfachen Zaun aus Pfosten und Schnüren abgegrenzt, wie er üblicherweise aufgestellt wurde, wenn auf dem Forum Gladiatorenkämpfe zu Ehren eines Toten stattfanden. Im Abstand von ein paar Metern reihten sich die Liktoren in dunkelroten Tunikas mit dicken Knüppeln in den Händen entlang des Zaunes. Auch das machte keinen besonderen Eindruck. Und als Gaius Marius vortrat und erklärte, diese Maßnahmen sollten verhindern, daß jemand von der Menge zerquetscht würde, jubelten sie ihm wie am Vortag zu. Was die Menschen allerdings nicht sehen konnten, war die Gruppe, die in der Curia Hostilia postiert war. Lange vor dem Morgengrauen hatte Sulla seine fünfzig vornehmen jungen Männer aus der Ersten Vermögensklasse dorthin gebracht. Sie trugen Schilde, Helme und Harnische, Schwerter und Dolche baumelten an ihren Hüften. Der junge Caepio zitterte vor Aufregung, obwohl er nur ihr stellvertretender Führer war. Die Kommandos gab Sulla selbst.

»Wir verhalten uns ruhig, bis ich einen Befehl gebe«, sagte Sulla. »Wer sich ohne meinen Befehl von der Stelle rührt, den bringe ich eigenhändig um.«

Auf der Rostra war alles für die Wahl bereit. Eine erstaunlich große Zahl von Wählern hatte sich eingefunden, auch die Hälfte der Senatoren war gekommen. Die patrizischen Senatoren standen wie immer auf den Senatstreppen. Catulus Caesar war auch dabei, und er sah so krank aus, daß man ihm einen Stuhl gebracht hatte. Der Zensor Caprarius stand auch auf der Treppe, obwohl er als Plebejer eigentlich auf den Versammlungsplatz gehört hätte. Aber er hatte diesen Platz gewählt, weil er da besser gesehen wurde.

Als Saturninus zum zweiten Mal seine Kandidatur verkündete, jubelte ihm die Menge geradezu hysterisch zu. Die übrigen Kandidaturen wurden wieder stillschweigend zur Kenntnis genommen. Bis als letzter Lucius Equitius kam.

Marius drehte sich zu den Senatstreppen. Er zog die Augenbraue in der gesunden Gesichtshälfte in einer stummen Frage nach oben. Metellus Caprarius antwortete mit einem entschiedenen Kopfschütteln. Eine laute Frage wäre unmöglich gewesen, da die Menge immer noch Lucius Equitius zujubelte, als wollte sie nie mehr aufhören.

Die Herolde bliesen ihre Trompeten. Marius trat vor. Stille. »Dieser Mann, Lucius Equitius, steht für die Wahl als Volkstribun nicht zur Verfügung!« schrie er, so laut er konnte. »Es gibt Zweifel an seinem Status als Bürger. Der Zensor muß das klären, bevor sich Lucius Equitius um ein öffentliches Amt des Senats und des Volkes von Rom bewerben kann!«

Saturninus stieß Marius zur Seite und stand jetzt am äußersten Rand der Rostra. »Es gibt keinerlei Zweifel!«

»Ich erkläre im Auftrag des Zensors, daß Zweifel bestehen«, wiederholte Marius ungerührt.

Saturninus wandte sich an die Menge. »Lucius Equitius ist ein Römer, wie ihr alle!« kreischte er. »Schaut ihn euch an, schaut ihn euch doch an! Als ob Tiberius Gracchus vor uns stünde!«

Lucius Equitius aber starrte in eine Ecke, die außerhalb des Blickfeldes der Menge lag, selbst außerhalb des Blickfelds derer, die in der ersten Reihe standen. Dort holten Senatoren und Söhne von Senatoren Messer und Prügel unter ihren Tuniken hervor und bewegten sich langsam auf die Rostra zu, als hätten sie es auf Lucius Equitius abgesehen.

Lucius Equitius, der tapfere Veteran, der zehn Jahre in den Legionen gekämpft hatte – zumindest erzählte er es so –, zuckte zurück, drehte sich zu Marius um und umklammerte seinen rechten Arm. »Hilf mir!« schlotterte er.

»Am liebsten würde ich dir mit dem Stiefelabsatz helfen, du dummer Unruhestifter«, grollte Marius. »Wir müssen heute unter allen Umständen die Wahlen durchführen. Du kannst nicht hier oben bleiben, sonst wird man dich lynchen. Am besten lasse ich dich zu deinem eigenen Schutz in die Zellen der Lautumiae eskortieren, und dort wartest du ab, bis alle nach Hause gegangen sind.«

Zwei Dutzend Liktoren standen auf der Rednerbühne, viele trugen Rutenbündel als Zeichen, daß sie zu Gaius Marius hielten. Sie nahmen Lucius Equitius in die Mitte und machten sich auf den Weg in Richtung der Lautumiae. Die Menge wich vor ihnen zurück, vor der Autorität der einfachen, purpurumschlungenen Rutenbündel.

Es ist unglaublich, dachte Marius, während er mit den Augen den Weg der Liktoren durch die Menge verfolgte. Wenn man sie jubeln hört, muß man glauben, daß sie diesen Mann inbrünstiger als jeden Gott verehren. Für sie muß es so aussehen, als hätte ich diese Kreatur verhaften lassen. Und was tun sie? Was sie immer tun, wenn sie eine Gruppe von Liktoren mit Rutenbündeln sehen, hinter denen eine purpurgesäumte Toga herstolziert: Sie weichen zurück. Auch nicht für einen Lucius Equitius greifen sie die Macht der Ruten und der purpurgesäumten Toga an. Das ist Rom. Was ist dagegen schon ein Lucius Equitius? Er ist doch nur ein pathetischer Abklatsch von Tiberius Sempronius Gracchus, und den haben sie aus ganzem Herzen geliebt. Sie jubeln nicht für Lucius Equitius! Sie jubeln zum Andenken an Tiberius Gracchus.

Mit einem ganz neuen Gefühl von Stolz beobachtete Gaius Marius, wie sich für die Liktoren das Meer der Menschen, der Römer aus den unteren Schichten, teilte – Stolz auf das Althergebrachte, auf die Bräuche und Traditionen, die auch nach sechshundertvierundfünfzig Jahren noch so viel Macht besaßen. Diesem Ansturm, der stärker war als die Invasion der Germanen, war man mit nichts anderem als ein paar Rutenbündeln auf der Schulter gewachsen! Und ich, dachte Gaius Marius, stehe hier mit meiner purpurgesäumten Toga und habe überhaupt keine Angst, nur weil ich diese Toga trage. Ich stehe hier und weiß, daß ich größer bin als jeder König, der je auf dieser Welt geherrscht hat. Denn ich habe keine Armee, innerhalb dieser Stadt tragen die Liktoren keine Beile zwischen den Ruten, ich habe keine persönliche Wache mit Schwertern. Und dennoch geben sie dem Symbol meiner Autorität den Weg frei – ein paar Stöckchen und ein formloses Stück Stoff, das mit ein bißchen Purpur gesäumt ist. Ja, ich bin lieber Konsul von Rom als König der Welt.

Die Liktoren kamen von den Lautumiae zurück, kurz darauf war auch Lucius Equitius wieder da. Die Menge hatte ihn stillschweigend aus der Zelle befreit. Er hüpfte ohne großes Aufsehen auf die Rostra, fast so, meinte Marius, als wollte er sich entschuldigen. Und da stand er, ein zitterndes Wrack, und wünschte sich an jeden anderen Platz der Welt außer diesem. Für Marius war die Botschaft der Masse eindeutig – füll meinen Eimer, ich bin hungrig, versteck mein Futter nicht.

Inzwischen beeilte sich Saturninus mit der Wahl. Er war besorgt und wollte wiedergewählt sein, bevor etwas Unvorhergesehenes passieren konnte. Insgeheim malte er sich seine Zukunft in den leuchtendsten Farben aus. Der Jubel der Menge stieg ihm zu Kopf. Jubelten sie nicht nur deshalb Lucius Equitius zu, weil er wie Tiberius Gracchus aussah? Jubelten sie nicht Gaius Marius zu, diesem gebrochenen alten Dummkopf, weil er Rom vor den Barbaren gerettet hatte? Ja, aber ihm jubelten sie anders zu als Lucius Equitius oder Gaius Marius! Was für ein Material stellten sie für seine Zwecke dar! Das hier war nicht der Pöbel aus den letzten Löchern der Subura, diese Menge bestand aus respektablen Bürgern, deren Bäuche zwar leer waren, die aber ihre Prinzipien nicht aufgegeben hatten.

Nacheinander traten die Kandidaten vor, und alle Tribus gaben ihre Stimmen ab. Die Wahlaufseher kritzelten eifrig, Marius und Saturninus beobachteten alles genau. Schließlich war der Zeitpunkt gekommen, wo man die Sache mit Lucius Equitius klären mußte. Marius schaute Saturninus an. Saturninus schaute Marius an. Marius blickte hinüber zu den Senatstreppen.

»Ich frage dich, den Zensor Gaius Caecilius Metellus Caprarius«, rief Marius. »Soll ich weiterhin diesem Mann die Kandidatur verwehren, oder ziehst du deine Einwände zurück?«

Caprarius wandte sich hilflos an Scaurus, der starrte auf den graugesichtigen Catulus Caesar, der wiederum starrte auf den Pontifex Maximus. Der blickte zu Boden. Eine lange Pause trat ein. Die Menge beobachtete schweigend das Geschehen, voller Faszination, aber ohne die leiseste Ahnung, was sich abspielte.

»Laß ihn kandidieren!« rief Metellus Caprarius.

»Laß ihn kandidieren«, sagte Marius zu Saturninus.

Die Stimmen wurden ausgezählt. Lucius Appuleius Saturninus war zum dritten Mal an erster Stelle als Volkstribun gewählt worden, außer ihm wurden Cato Saloninanus, Quintus Pompeius Rufus, Publius Furius und Sextus Titius gewählt. Auf den zweiten Platz kam, mit nur drei oder vier Stimmen hinter Saturninus, der ehemalige Sklave Lucius Equitius.

»Was für ein dienstbares Kollegium wir mit den Volkstribunen dieses Jahr haben werden!« höhnte Catulus Caesar. »Nicht nur ein Cato Salonianus, sogar ein echter Freigelassener!«

»Die Republik ist tot!« Ahenobarbus, der Pontifex Maximus, warf Metellus Caprarius einen verächtlichen Blick zu.

»Ja, was hätte ich denn tun sollen?« blökte Metellus Ziegenbock.

Weitere Senatoren kamen herbei, und Sullas kämpferische Senatorensöhne, jetzt ohne ihre kriegerische Ausrüstung, tauchten aus dem Inneren der Curia auf. Die Senatstreppen schienen momentan der sicherste Platz zu sein – auch wenn immer deutlicher wurde, daß sich die Menschenmassen nun, wo ihre Helden gewählt waren, zerstreuten.

Der junge Caepio spuckte ihnen nach. »Da geht er für heute hin, der Pöbel!« preßte er mit wutverzerrtem Gesicht hervor. »Schaut sie euch an! Diebe, Mörder, Männer, die ihre eigenen Töchter vergewaltigen!«

»Sie sind kein Pöbel, Quintus Servilius«, sagte Marius mit strenger Miene. »Sie sind Römer, und sie sind arm, aber sie sind keine

Diebe und Mörder. Und sie haben ihre tägliche Hirse mit Steckrüben langsam satt. Ihr solltet lieber hoffen, daß Lucius Equitius sie nicht aufhetzt. Während dieser ganzen elenden Wahlen haben sie sich ausgezeichnet benommen, aber das könnte sich schnell ändern, wenn Hirse und Steckrüben auf dem Markt immer teurer werden.«

»Ach, darüber müssen wir uns keine Sorgen machen«, sagte Gaius Memmius fröhlich. Er war in bester Laune, denn die Wahl der Volkstribunen hatte vorschriftsmäßig stattgefunden, und seine gemeinsame Kandidatur mit Marcus Antonius Orator für das Amt des Konsuls erschien aussichtsreicher denn je. »In ein paar Tagen wird sich die Lage bessern. Marcus Antonius hat mir erzählt, daß es unseren Agenten in der Provinz Asien gelungen ist, irgendwo ganz am nördlichen Ufer des Schwarzen Meeres eine große Menge Getreide aufzukaufen. Das erste Schiff der Getreideflotte müßte jeden Tag in Puteoli eintreffen.«

Alle starrten ihn mit offenen Mündern an.

»Nun«, sagte Marius, und weil er einen Augenblick vergaß, daß er nicht mehr mit süßer Ironie lächeln konnte, verzog er sein Gesicht zu einer furchtbaren Grimasse. »Wir alle haben zur Kenntnis genommen, daß du anscheinend die Gabe besitzt, die Zukunft der Getreideversorgung vorherzusehen. Dennoch wüßte ich gern, wie ausgerechnet du zu dieser Information gekommen bist, obwohl weder ich – immerhin der erste Konsul! – noch Marcus Aemilius hier – der Vorsitzende des Senats und *curator annonae* – etwas davon wissen?«

Zwanzig Augenpaare richteten sich auf Memmius. Der schluckte. »Es ist kein Geheimnis, Gaius Marius. In Athen sind wir zufällig im Gespräch darauf gestoßen, nachdem Marcus Antonius von seiner letzten Reise nach Pergamum zurückgekehrt war. Er hatte ein paar unserer Getreideaufkäufer dort getroffen, und die haben es ihm erzählt.«

»Und warum hat es Marcus Antonius nicht für nötig befunden, mich als den für die Getreideversorgung verantwortlichen Beamten davon in Kenntnis zu setzen?« fragte Scaurus in eisigem Ton.

»Ich nehme an, weil er – wie ich doch auch, wirklich! – angenommen hat, daß du das längst wüßtest. Die Einkäufer haben doch Briefe geschrieben, warum solltest du nicht Bescheid gewußt haben?«

»Die Briefe sind hier nicht eingetroffen«, sagte Marius und nickte zu Scaurus hinüber. »Darf ich dir, Gaius Memmius, unseren

Dank dafür aussprechen, daß du uns diese großartigen Neuigkeiten mitgeteilt hast?«

»Wirklich gute Nachrichten«, sagte Scaurus. Sein Zorn legte sich langsam.

»Wir sollten jetzt um unser aller Wohl willen hoffen, daß kein Sturm aufkommt und das Getreide auf dem Grund des Mittelmeeres versenkt«, sagte Marius. Die Menschen auf dem Forum hatten sich inzwischen so weit verlaufen, daß er den Heimweg für sicher hielt. Außerdem hatte er nichts dagegen, noch mit ein paar von ihnen zu sprechen. »Senatoren, morgen treffen wir uns wieder hier, zur Wahl der Quästoren. Und am Tage darauf marschieren wir alle hinaus auf das Marsfeld, wenn sich dort die Männer vorstellen, die als Konsuln und Prätoren kandidieren. Ich wünsche euch noch einen schönen Tag.«

»Du bist ein Schwachkopf, Gaius Memmius«, verkündete Catulus Caesar von seinem Stuhl aus ein niederschmetterndes Verdikt.

Gaius Memmius hatte keine Lust, ein Streitgespräch mit einem Mitglied der hohen Aristokratie zu beginnen, und ging in Marius' Kielwasser davon. Er wollte Marcus Antonius in seiner gemieteten Villa auf dem Marsfeld besuchen und ihm die Ereignisse des Tages berichten. Während er hurtig ausschritt, wurde ihm klar, wie er und Marcus Antonius sich zusätzliche Pluspunkte in der Gunst der Wähler erwerben konnten. Wenn sich am übernächsten Tag die Zenturien versammelten, um sich die Vorstellung der Kandidaten für die kurulischen Ämter anzuschauen, mußten Marcus Antonius und er nur ihre Agenten unter die Wähler mischen, und die Agenten sollten die Nachricht vom baldigen Eintreffen der Getreideflotte so verbreiten, als ob man das den beiden Kandidaten für das Konsulat zu verdanken hätte. Die Erste und die Zweite Vermögensklasse mochten darüber jammern, daß die Getreidekäufe den Staat viel zuviel Geld kosteten, aber nachdem Memmius die Menschenmengen auf dem Forum gesehen hatte, zählte er darauf, daß auch die Reichen froh wären, wenn Roms hungrige Mäuler endlich gestopft würden.

In der Morgendämmerung des Tages, an dem die Vorstellung der Kandidaten in der Saepta stattfinden sollte, machte sich Memmius auf den Weg vom Palatin zum Marsfeld, begleitet von Freunden und Anhängern, die alle bester Laune waren, denn sie zweifelten nicht daran, daß Antonius und er es schaffen würden. Lachend und scherzend marschierten sie schnellen Schrittes über das Forum Romanum. An diesem klaren Morgen im Spätherbst wehte ein kühler Wind, und so zitterten sie ein wenig, als sie das Fontinalis-Tor passierten, das in tiefem Schatten lag. Aber der Gedanke an den Sieg, der auf der sonnigen Ebene unterhalb der Arx auf sie wartete, lenkte sie ab. Bald würde Gaius Memmius Konsul sein.

Auch andere Männer gingen zur Saepta, in Gruppen, paarweise, nur wenige allein. Ein Angehöriger der Vermögensklassen, die die kurulischen Beamten wählen durften, zeigte sich in der Öffentlichkeit gerne in Gesellschaft, denn das mehrte seine *dignitas.*

An der Stelle, wo die Straße vom Quirinal in die Via Lata mündete, stießen Gaius Memmius und seine Begleiter auf eine Gruppe von ungefähr fünfzig Männern, die niemand anderen als Gaius Servilius Glaucia begleiteten.

Verblüfft blieb Memmius stehen. »Wo gehst du denn hin, und in dieser Aufmachung?« fragte er mit einem verwunderten Blick auf Glaucia, der die Toga der Kandidaten trug. Die Toga wurde besonders gebleicht, indem man sie tagelang in die Sonne hängte. Zusätzlich wurde mit großer Sorgfalt zu Puder verriebener Kalk aufgetragen, bis ein Weiß von blendender Reinheit erschien. Eine solche Toga durfte man nur tragen, wenn man für ein öffentliches Amt zur Wahl stand.

»Ich kandidiere für das Amt des Konsuls«, sagte Glaucia.

»Das geht nicht, das weißt du doch selber«, sagte Memmius.

»Oh doch, ich kandidiere!«

»Gaius Marius sagte, daß du nicht kandidieren darfst.«

»Gaius Marius sagte, daß ich nicht kandidieren darf«, äffte Glaucia Gaius Memmius mit künstlich hoher Stimme nach. Dann wandte er Memmius demonstrativ den Rücken zu und sprach mit lauter Stimme, affektiert wie eine Tunte, zu seinen Begleitern. »Gaius Marius hat mir verboten zu kandidieren! Gut! Ich muß sagen, ich finde es schon ganz schön happig, wenn richtige Männer nicht mehr kandidieren dürfen, aber hübsche kleine Schwule schon!«

Inzwischen hatte sich eine Gruppe von Zuhörern um die beiden Kontrahenten versammelt, nichts Ungewöhnliches, denn Zusammenstöße der rivalisierenden Kandidaten gehörten bei einer Wahl einfach dazu, sie gaben der Sache die richtige Würze. Daß die beiden Kandidaten sich schon stritten, bevor sie überhaupt die Saepta erreicht hatten, störte die Zuschauer nicht im mindesten. Immer mehr Männer kamen auf der Via Lata aus der Stadt und vergrößerten die Menge.

Gaius Memmius krümmte sich voller Pein, als ihm bewußt wurde, wie viele Ohren gespitzt lauschten. Sein Leben lang hatte er darunter gelitten, daß er zu gut aussah, immer war er deshalb verspottet worden – er war ein Schönling, man konnte ihm nicht trauen, er mochte Jungen, man konnte ihn nicht richtig ernst nehmen, und so weiter, und so fort. Und jetzt verspottete ihn Glaucia vor all diesen Menschen, all diesen Wählern!

Gaius Memmius sah rot, verständlicherweise. Bevor seine Begleiter auch nur ahnten, was in ihm vorging, hatte er einen Satz nach vorn gemacht, Glaucia an der linken Schulter gepackt und ihm die Toga vom Leib gerissen. Als Glaucia herumflog, um zu sehen, wer der Angreifer war, holte Memmius zu einem harten Schlag auf Glaucias linkes Ohr aus und traf. Glaucia ging zu Boden, Memmius fiel über ihn. Glaucias Männer hatten Prügel und Knüppel unter ihren Gewändern versteckt, und die holten sie jetzt hervor und gingen mit wildem Rachegeschrei auf Memmius' Begleiter los, die wie versteinert dastanden. Die Gruppe, mit der Memmius gekommen war, löste sich sofort auf. Laut um Hilfe schreiend stoben Memmius' Freunde in alle Richtungen davon.

Wie immer in solchen Fällen, rührte keiner der Zuschauer auch nur einen Finger. Sensationsgierig sahen sie zu, keiner schritt ein. Natürlich, das sei zu ihrer Ehrenrettung gesagt, hätte sich niemand träumen lassen, daß hier etwas anderes als das übliche Gezänk zweier Kandidaten stattfinden würde. Die Waffen waren zwar eine Überraschung, aber es war schon öfter vorgekommen, daß Freunde der Kandidaten Waffen getragen hatten.

Zwei große Männer hoben den heftig um sich schlagenden Memmius auf und hielten ihn fest, Glaucia rappelte sich auf und stieß seine ruinierte Toga mit einem Fußtritt zur Seite. Er sagte kein Wort. Dann griff er sich einen Prügel von einem, der in seiner Nähe stand, und blickte Memmius einen Augenblick lang an. Er hob den Knüppel mit beiden Händen wie einen Hammer und ließ ihn mit voller Wucht auf Gaius Memmius' so auffallend schönen Kopf niedersausen. Keiner versuchte auch nur, ihn aufzuhalten. Gaius stürzte zu Boden, und Glaucia schlug unablässig auf seinen Kopf ein, bis er ihn in einen blutigen Brei verwandelt hatte.

Voll ungläubigen Erstaunens starrte Glaucia auf das, was er angerichtet hatte. Er warf den blutigen Prügel zur Seite und blickte zu seinem Freund Gaius Claudius, der mit aschfahlem Gesicht danebenstand.

»Wirst du mich verstecken, bis ich flüchten kann?« fragte er.

Claudius nickte wortlos.

Die Zuhörer begannen zu murmeln und drängten sich immer näher an die Gruppe heran. Von der Saepta kamen Männer gelaufen. Glaucia wandte sich um und rannte den Quirinal hinauf, seine Männer folgten ihm.

Saturninus lief gerade auf der Saepta hin und her und warb für Glaucias ungesetzliche Kandidatur, als die Nachricht bekannt wurde. Wütende Blicke, die ihm verstohlen zugeworfen wurden, sagten ihm deutlich, was die meisten fühlten, als sie von dem Mord an Memmius erfuhren. Als Glaucias bester Freund war auch er ins Zwielicht geraten. Unter den jungen Senatoren und Söhnen von Senatoren regten sich immer lauter erzürnte Stimmen, und einige Söhne von mächtigen Rittern gesellten sich zu ihren Altersgenossen. In ihrer Mitte stand der rätselhafte Sulla.

»Wir machen uns besser aus dem Staub«, sagte Gaius Saufeius, der am Vortag als Stadtquästor gewählt worden war.

»Du hast recht, das ist wohl besser.« Saturninus spürte die brodelnde Wut und fühlte sich immer unwohler.

Begleitet von seinen Gefolgsleuten aus Picenum, Titus Labienus und Gaius Saufeius, verließ Saturninus die Saepta. Er wußte, wohin sich Glaucia geflüchtet haben mußte – in Gaius Claudius' Haus auf dem Quirinal. Doch als sie dort ankamen, fanden sie die Eingänge verriegelt und versperrt. Sie mußten lange und laut brüllen, bis Gaius Claudius endlich aufmachte und die drei Freunde einließ.

»Wo ist er?« fragte Saturninus.

»In meinem Arbeitszimmer«, sagte Gaius Claudius. Seine Augen waren vom Weinen gerötet.

»Titus Labienus«, sagte Saturninus, »mach dich auf den Weg und suche Lucius Equitius, ja? Wir brauchen ihn, die Menge ist doch so hingerissen von ihm.«

»Was hast du vor?« fragte Labienus.

»Das erfährst du, wenn du mir Lucius Equitius gebracht hast.«

Glaucia saß mit aschfahlem Gesicht in Gaius Claudius' Arbeitszimmer. Als Saturninus eintrat, blickte er auf, sagte aber nichts.

»Warum, Gaius Servilius? Warum?«

Glaucia zitterte. »Ich hab' es nicht gewollt«, sagte er. »Ich habe – ich habe einfach die Nerven verloren.«

»Und du hast unsere Aussichten auf Rom verspielt«, sagte Saturninus.

»Ich habe die Nerven verloren«, wiederholte Glaucia.

Glaucia hatte bereits die Nacht vor der Vorstellung der Kandidaten für die kurulischen Ämter in diesem Haus verbracht, denn Gaius Claudius hatte ihm zu Ehren ein Fest gegeben. Gaius Claudius, der kein sehr standfester Mann war, bewunderte die Frechheit, mit der Glaucia sich über die Bestimmungen des Wahlgesetzes hinwegsetzte, und am besten, so fand er, konnte er seiner Bewunderung dadurch Ausdruck verleihen, daß er Glaucia mit einem unvergeßlichen Abschiedsfest auf den Weg zum Stimmenfang schickte. Dafür gab er gerne einen Teil seines ungeheuren Reichtums aus. Die fünfzig Männer, die Glaucia später auf dem Weg zur Saepta begleiteten, hatten auch alle an dem Fest teilgenommen, einem Fest nur für Männer, ohne Frauen. Im Laufe des Abends war aus dem Festessen ein Trinkgelage von äußerster Widerlichkeit geworden. In der Dämmerung konnte keiner mehr ganz aufrecht gehen, aber sie mußten Glaucia auf der Saepta unterstützen, Knüppel und Prügel schienen ihnen eine gute Unterstützung. Glaucia fühlte sich ebenso unwohl wie die anderen, er nahm ein Brechmittel, badete und hüllte sich dann in die gebleichte Toga. Mit glasigen Augen machte er sich auf den Weg. Tausend kleine Hämmer schienen seinen Kopf zu bearbeiten.

Die Begegnung mit dem munter strahlenden und lachenden Memmius, der seinen hübschen Kopf schon wie ein Sieger trug, war zuviel für Glaucias angespannte Nerven. So reagierte er auf Memmius' Anruf mit grausamem Spott, und als Memmius ihm die Toga vom Leib riß, verlor er völlig die Kontrolle. Was er getan hatte, war nicht mehr rückgängig zu machen.

Die stumme Gegenwart von Saturninus in Gaius Claudius' Arbeitszimmer war ein Schock. Schlagartig begriff Glaucia die Ungeheuerlichkeit seiner Tat, ihre Auswirkungen und Folgen. Er hatte nicht nur seine eigene Karriere zerstört, sondern sehr wahrscheinlich auch die seines besten Freundes. Ein unerträglicher Gedanke.

»Sag doch etwas, Lucius Appuleius«, weinte er.

Saturninus blinzelte. Langsam tauchte er aus seinen Gedanken auf, wie aus einem Traum. »Meines Erachtens haben wir nur noch eine Chance«, sagte er ruhig. »Wir müssen die Menge auf unsere Seite bringen. Wir müssen die Menge dazu benutzen, unsere Forderungen beim Senat durchzusetzen – ein sicheres Amt, mildernde

Umstände für dich, die Garantie, daß keiner von uns belangt werden wird. Titus Labienus soll Lucius Equitius herholen, denn es wird leichter sein, die Menge auf unsere Seite zu bringen, wenn er dabei ist.« Er rieb sich die Hände und seufzte. »Sobald Labienus zurück ist, gehen wir zum Forum. Wir dürfen keine Zeit verlieren.«

»Soll ich mitkommen?« fragte Glaucia.

»Nein. Du bleibst mit deinen Leuten hier. Sag Gaius Claudius, er soll Waffen an seine Sklaven verteilen. Und laßt niemanden herein. Macht nur auf, wenn ihr Labienus, Saufeius oder mich rufen hört.« Saturninus stand auf. »Bei Sonnenuntergang muß ich die Herrschaft über Rom haben. Wenn nicht, bin ich auch erledigt.«

»Laß mich fallen!« sagte Glaucia plötzlich. »Lucius Appuleius, du mußt das nicht für mich tun! Recke deine Arme voll Schrecken über meine Tat empor, stell dich an die Spitze derer, die meine Verurteilung fordern. Das ist der einzige Weg. Rom ist noch nicht bereit für eine neue Form der Regierung! Die Menge ist hungrig, ja. Sie haben die stümperhafte Regierung satt, ja. Sie wollen mehr Gerechtigkeit, ja. Aber sie sind nicht so weit, daß sie Köpfe einschlagen und Kehlen durchschneiden würden. Sie werden dir zujubeln, bis sie heiser sind. Aber sie werden für dich nicht töten.«

»Du täuschst dich«, sagte Saturninus. Er fühlte sich, als schwebte er über dem Erdboden, leicht, frei, unverwundbar. »Gaius Servilius, diese Menschenmengen, die sich auf dem Forum drängen, sind zahlreicher und mächtiger als eine Armee! Hast du nicht bemerkt, wie die von der konservativen Clique in die Knie gingen? Hast du nicht bemerkt, wie Metellus Caprarius vor Lucius Equitius gekuscht hat? Es gab kein Blutvergießen. Das Forum war schon rot von Blut, weil ein paar hundert Männer aneinandergeraten waren, und neulich standen Hunderttausende dort! Niemand kann diesen Menschen trotzen. Es wird gar nicht nötig sein, sie zu bewaffnen oder sie aufzuhetzen, daß sie Köpfe einschlagen und Kehlen durchschneiden. Ihre Macht liegt allein in der Masse! Einer Masse, die ich beherrschen kann, Gaius Servilius! Ich muß nur meine Redekunst einsetzen, muß für ihre Sache sprechen, und Lucius Equitius muß ein paarmal winken. Wer kann sich gegen einen Mann stellen, der diese Masse wie eine riesige Belagerungsmaschine zu handhaben versteht? Die Strohpuppen aus dem Senat vielleicht?«

»Gaius Marius«, sagte Glaucia.

»Nein, nicht einmal Gaius Marius! Und außerdem, der ist sowieso auf unserer Seite!«

»Das ist er nicht«, sagte Glaucia.

»Er glaubt das wahrscheinlich selber auch nicht, Gaius Servilius. Aber die Menge jubelt ihm genauso zu wie Lucius Equitius und mir. Für die konservative Clique und die anderen Leute vom Senat muß es so aussehen, als würden wir an einem Strang ziehen. Ich habe nichts dagegen, die Macht mit Gaius Marius zu teilen – eine Zeitlang. Er wird alt, er hatte einen Schlaganfall. Wäre es nicht natürlich, daß er an einem zweiten Schlaganfall stirbt?« fragte Saturninus begierig.

Glaucia fühlte sich langsam besser. Er setzte sich in seinem Stuhl auf und betrachtete Saturninus mit gemischten Gefühlen. »Kann es klappen, Lucius Appuleius? Glaubst du wirklich, daß es klappen kann?«

Saturninus reckte die Arme zur Decke, berstend vor Selbstvertrauen. Ein wildes Lächeln erschien auf seinem Gesicht. »Es wird gutgehen, Gaius Servilius. Überlaß das nur mir.«

Von Gaius Claudius' Haus aus ging Lucius Appuleius Saturninus direkt zur Rednerbühne auf dem Forum Romanum, begleitet von Labienus, Saufeius, Lucius Equitius und zehn oder zwölf engen Freunden. Er nahm den Weg quer über die Arx, weil er das Gefühl hatte, er müsse seine Arena von oben betreten, wie ein Halbgott, der aus den höheren Gefilden der Tempel und Gottheiten herabsteigt. Von der obersten Stufe der Gemonius-Treppe warf er einen ersten Blick auf das Forum, und gleich wollte er sie wie ein König hinabschreiten. Da blieb er vor Schreck stehen. Die Menge! Wo war die Menge? Nach der Wahl der Quästoren am Vortag war sie nach Hause gegangen, das war die Antwort. Da kein weiteres Spektakel zu erwarten war, blieb das Forum am folgenden Tag leer. Auch kein einziger Senator war da, denn die wichtigen Ereignisse des Tages fanden auf dem grünen Feld der Saepta statt.

Das Forum war dennoch nicht ganz leer, zweitausend bis dreitausend Männer von Saturninus' Gefolgschaft aus dem verrufensten Pöbel marschierten auf und ab. Sie brüllten, drohten mit den Fäusten, und forderten lautstark kostenloses Getreide, auch ohne Zuhörer. Die Enttäuschung trieb Saturninus beinahe die Tränen in die Augen. Dann blickte er entschlossen auf die abgebrühten Burschen, die sich am unteren Ende des Forums herumtrieben, und fällte eine Entscheidung. Diese Männer würden ausreichen. Sie mußten ausreichen. Er würde sie als Speerspitze benützen, mit ihrer Hilfe würde er die große Masse wieder auf das Forum holen. Sie kamen ja aus der großen Masse, er nicht.

Saturninus wünschte sehnlichst, er hätte Herolde, die seine Ankunft mit ihren Trompeten ankündigten. Er stieg die Gemonius-Treppe hinab und ging zur Rednerbühne. Die kleine Gruppe von Anhängern, die ihn begleitete, brüllte zu dem Pöbel hinüber, sie sollten sich um die Rednerbühne versammeln und Lucius Appuleius zuhören.

»*Quirites!*« rief er ihnen unter grölendem Jubelgeschrei zu, und mit ausgestreckten Armen gebot er Ruhe. »*Quirites,* der Senat von Rom unterschreibt gerade unsere Todesurteile! Ich, Lucius Appuleius Saturninus, sowie Lucius Equitius und Gaius Servilius Glaucia sollen des Mordes an einer Marionette der Aristokraten angeklagt werden, einer weibischen Puppe, die nur aus einem einzigen Grund für das Amt des Konsuls kandidierte: um dafür zu sorgen, daß ihr, das Volk von Rom, weiterhin hungern müßt!«

Die Männer, die sich dicht um die Rednerbühne drängten, verhielten sich ruhig und lauschten geduldig. Saturninus' Selbstvertrauen und Kraft wuchs beim Anblick dieser konzentrierten Zuhörerschaft, er sprach lauter und eindringlicher. »Warum, was glaubt ihr, habt ihr immer noch kein Korn, obwohl ich mein Gesetz durchgebracht habe, daß ihr Korn zu einem Spottpreis bekommen sollt? Weil die Erste und die Zweite Vermögensklasse in unserer großen Stadt lieber weniger Getreide kaufen wollen, damit sie es teurer verkaufen können! Weil die Erste und die Zweite Klasse in unserer Stadt mit euren hungrigen Mäulern nichts zu tun haben wollen! Sie halten euch für den Kuckuck in ihrem Nest, überflüssige Mitbewohner, die Rom nicht braucht! Ihr seid Proletarier und Bürger aus niederen Klassen – ihr zählt nicht mehr, jetzt, wo alle Kriege gewonnen sind und sie die Beute sicher im Schatzamt untergebracht haben! Warum die Beute dafür verschwenden, eure wertlosen Wänste zu mästen? fragt der Senat von Rom und weigert sich, mir die Gelder zur Verfügung zu stellen, die ich brauche, um eure nutzlosen Bäuche zu füllen! Dem Senat von Rom und der Ersten und Zweiten Klasse würde es nämlich gut in den Kram passen, wenn ein paar Hunderttausend von Roms angeblich nutzlosen Bäuchen so lange zusammenschrumpften, bis ihre Besitzer verhungert wären. Stellt euch das einmal vor. Mit dem ganzen Geld in den Truhen und ohne die stinkenden, übervölkerten Mietshäuser – was wäre Rom für ein grüner, weitläufiger Park! Wo ihr jetzt zusammengepfercht leben müßt, könnten sie durch Lustgärten wandeln, die Taschen voll Gold, die Bäuche gut gefüllt! Ihr seid ihnen völlig egal! Ihr seid ihnen nur lästig, sie wären froh, euch los zu sein, und wie könnten sie euch besser loswerden als mit einer künstlich erzeugten Hungersnot?«

Er hatte sie, kein Zweifel. Wie wütende Hunde knurrten sie aus tiefster Kehle, ein Geräusch, das die Luft mit Bösartigkeit und Saturninus' Herz mit Triumph erfüllte.

»Und ich, Lucius Appuleius Saturninus, habe so lange und so heftig für euer Getreide gekämpft, daß sie jetzt mich loswerden wollen. Und zwar mit einem Mord, den ich nicht begangen habe!« Das war ein guter Schachzug. Er hatte wirklich keinen Mord begangen, das war die Wahrheit, jedes seiner Worte war durchdrungen von Wahrhaftigkeit. »Mit mir werden alle meine Freunde untergehen, die ja auch eure Freunde sind. Lucius Equitius hier, Erbe des Namens und der Ziele von Tiberius Gracchus! Und Gaius Servilius Glaucia, der so großartige Gesetze für mich entwirft, daß nicht einmal die Adligen, die den Senat beherrschen, etwas dagegen unternehmen können!« Er unterbrach sich, seufzte, streckte ihnen hilflos die Arme entgegen. »Und wenn wir tot sind, *quirites,* wer bleibt dann übrig, der sich um euch kümmern könnte? Wer wird den Kampf weiterführen? Wer wird sich mit den Bessergestellten anlegen, um eure Bäuche zu füllen? Niemand!«

Aus dem Knurren war ein lautes Kläffen geworden, Fäuste wurden geballt. Er hatte sie, jetzt konnte er mit ihnen machen, was er wollte. »Volk von Rom, es liegt an euch! Wollt ihr dabeistehen und zusehen, wie die, die ihr liebt und verehrt, getötet werden, lauter unschuldige Männer? Oder wollt ihr nach Hause gehen, euch bewaffnen, in jedes Haus in eurer Nachbarschaft gehen und Massen von Menschen herbringen?«

Die Leute wollten sich auf den Weg machen, aber Saturninus hielt sie mit überschlagender Stimme noch einmal zurück. »Kommt zu Tausenden und Abertausenden wieder. Kommt zu mir, vertraut mir. Vor der Abenddämmerung wird Rom euch gehören, weil es dann mir gehört. Dann werden wir schon sehen, wessen Bäuche voll werden! Dann brechen wir die Truhen auf und kaufen Getreide. Nun geht, bringt mir die ganze Stadt hierher, hierher ins Herz von Rom! Zeigt dem Senat und der Ersten und Zweiten Klasse, wer wirklich unsere Stadt und unseren Staat regiert!«

Die Menge stob unter unverständlichem Gebrüll in alle Richtungen davon – als ob ein einziger Hammerschlag Tausende kleiner Bälle getroffen hätte. Saturninus sackte zusammen und wandte sich auf der Rednerbühne zu seinen Anhängern um.

»Großartig«, schrie Saufeius und gab damit den Ton an.

»Wir werden gewinnen, Lucius Appuleius, wir gewinnen!« stimmte Labienus ein.

Begeistert klopften sie Saturninus auf die Schultern, majestätisch stand er in ihrer Mitte und dachte an seine glänzende Zukunft.

Und genau in diesem Moment brach Lucius Equitius in Tränen aus. »Aber was willst du denn tun?« heulte er und wischte sich mit einem Zipfel seiner Toga über das Gesicht.

»Was ich tun will? Hast du mich nicht verstanden, du Schwachkopf? Ich werde die Macht in Rom an mich reißen, was denn sonst!«

»Mit dem Haufen?«

»Wer stellt sich ihnen in den Weg? Und außerdem, sie werden mit Tausenden und Abertausenden wiederkommen. Wart's nur ab, Lucius Equitius! Niemand wird etwas gegen uns unternehmen können!«

»Auf dem Marsfeld steht eine ganze Armee von Seesoldaten – zwei Legionen!« Lucius Equitius schniefte und zitterte.

»Noch nie ist eine römische Armee innerhalb der Stadtgrenzen von Rom aufmarschiert. Niemand, der einer römischen Armee befehlen würde, innerhalb der Stadtgrenzen von Rom aufzumarschieren, würde das überleben.« Verächtlich blickte Saturninus auf Lucius Equitius, dieses unvermeidliche Werkzeug. Sobald er an der Macht war, mußte Lucius Equitius gehen, und wenn er Tiberius Gracchus noch so ähnlich sah.

»Gaius Marius würde den Befehl geben«, schluchzte Equitius.

»Gaius Marius wird auf unserer Seite sein, du Narr!« sagte Saturninus abfällig.

»Die Sache gefällt mir nicht, Lucius Appuleius!«

»Sie muß dir auch nicht gefallen. Wenn du für mich bist, hör auf mit dem Geplärre. Wenn du gegen mich bist, werde ich das Geplärre beenden!« Bei diesen Worten machte Saturninus mit dem Finger eine Bewegung quer über die Kehle.

Gaius Marius gehörte zu den ersten, die auf die Hilferufe von Gaius Memmius' Freunden herbeieilten. Nur wenige Minuten nachdem

Glaucia und seine Genossen in Richtung Quirinal davongerannt waren, erreichte er den Ort des Geschehens und sah an die hundert Wähler der Zenturien in ihren Togen. Sie standen dicht gedrängt um das herum, was von Gaius Memmius übriggeblieben war. Die Schar teilte sich, um den ersten Konsul vortreten zu lassen, Schulter an Schulter mit Sulla starrte Gaius Marius auf den zu Brei zerschlagenen Kopf. Dann blickte er auf den blutgetränkten Knüppel, der daneben lag. Reste von Haaren, Muskeln, Haut und Knochen klebten noch daran.

»Wer hat das getan?« fragte Sulla.

Ein Dutzend Männer antworteten wie im Chor: »Gaius Servilius Glaucia.«

Sulla sog die Luft tief ein. »Er selbst?«

Alle nickten.

»Wißt ihr, wohin er gegangen ist?«

Diesmal gab es verschiedene Antworten. Sulla fand schließlich heraus, daß Glaucia und seine Bande durch das Sanqualis-Tor auf den Quirinal entkommen waren. Da Gaius Claudius dabeigewesen war, schien es sehr wahrscheinlich, daß sie zu seinem Haus in der Alta Semita gerannt waren.

Marius stand wie versteinert, den Kopf immer noch gesenkt, und blickte stumm auf Gaius Memmius hinab. Sulla berührte ihn leicht am Arm. Da zuckte er zusammen und wischte sich mit einer Falte seiner Toga die Tränen aus dem Gesicht. Wenn er mit der linken Hand nach einem Taschentuch gesucht hätte, wäre seine Unbeholfenheit zu offensichtlich geworden.

»Auf dem Schlachtfeld ist so etwas normal. Auf dem Marsfeld vor den Stadtmauern Roms ist es abscheulich!« rief er den Umstehenden zu.

Andere ältere Senatoren kamen dazu, unter ihnen der Senatsvorsitzende Marcus Aemilius Scaurus. Er streifte Marius' tränenüberströmtes Gesicht mit einem Blick, sah zu Boden, und da stockte ihm der Atem.

»Memmius? Gaius Memmius?« fragte er ungläubig.

»Ja, Gaius Memmius«, sagte Sulla. »Von Glaucia höchstpersönlich umgebracht. Alle Zeugen bestätigen das.«

Marius weinte wieder. Er versuchte gar nicht, die Tränen zu verbergen, als er Scaurus ansah. »Vorsitzender des Senats«, sagte er, »ich rufe den Senat sofort im Tempel der Bellona zusammen. Bist du einverstanden?«

»Ich bin einverstanden«, sagte Scaurus.

Nach und nach kamen Marius' Liktoren. Der erste Konsul, für den sie verantwortlich waren, hatte sie trotz seiner Behinderung um mehrere hundert Schritte hinter sich gelassen.

»Lucius Cornelius«, wandte sich Marius an Sulla, »nimm meine Liktoren, suche die Herolde, sag die Kandidatenvorstellung ab und schicke den Oberpriester des Mars zum Tempel der Venus Libitina. Er soll uns die heiligen Äxte, die zwischen die Rutenbündel gesteckt werden, in den Tempel der Bellona bringen. Dann ruf den Senat zusammen. Ich werde mit Marcus Aemilius vorausgehen.«

»Das war doch ein fürchterliches Jahr«, sagte Scaurus. »Ja wirklich, trotz aller Veränderungen in der letzten Zeit erinnere ich mich an kein so fürchterliches Jahr seit dem letzten Lebensjahr von Gaius Gracchus.«

Marius Tränen waren getrocknet. »Dann war es wohl wieder an der Zeit, nehme ich an«, sagte er.

»Hoffen wir, daß es nicht noch zu schlimmeren Gewalttaten kommt.«

Doch Scaurus hoffte vergebens, auch wenn zunächst alles ruhig schien. Der Senat kam im Tempel der Bellona zusammen. Die Senatoren besprachen den Mord an Memmius, viele hatten Glaucias Tat mit eigenen Augen beobachtet.

»Und trotzdem«, sagte Marius fest entschlossen, »Gaius Servilius muß für dieses Verbrechen vor Gericht gestellt werden. Kein römischer Bürger darf ohne Gerichtsverfahren verurteilt werden, es sei denn, er erklärt Rom den Krieg, und das ist heute nicht der Fall.«

»Ich fürchte doch, Gaius Marius«, keuchte Sulla, als er hereinstürzte.

Alle starrten ihn an. Niemand sagte ein Wort.

»Lucius Appuleius und eine Gruppe von Männern, darunter der Quästor Gaius Saufeius, haben das Forum Romanum besetzt«, berichtete Sulla. »Sie haben Lucius Equitius dem Pöbel vorgeführt, und Lucius Appuleius hat verkündet, daß er den Senat sowie die Erste und Zweite Vermögensklasse abschaffen will. Statt dessen soll das Volk unter seiner Führung regieren. Noch haben sie ihn nicht zum König von Rom ausgerufen, aber auf allen Straßen und Plätzen zwischen hier und dem Forum – das heißt überall! – ist davon die Rede.«

»Darf ich das Wort ergreifen, Gaius Marius?« fragte der Senatsvorsitzende.

»Sprich, *princeps senatus.*«

»Wir haben einen Staatsnotstand«, sagte Scaurus mit leiser, aber deutlicher Stimme, »genau wie in den letzten Tagen von Gaius Gracchus. Damals wollten Marcus Fulvius und Gaius Gracchus ihre gefährlichen Ziele mit Gewalt durchsetzen, und auch damals fand eine Debatte in diesem Hause statt, mit derselben Frage: Braucht Rom einen *dictator,* um mit einer so akuten Krise fertig zu werden? Wie es weiterging, ist in den Geschichtsbüchern festgehalten. Der Senat lehnte es ab, einen Diktator zu ernennen, statt dessen verabschiedete er so etwas wie eine letzte Anordnung – das *Senatus consultum de re publica defendenda.* Durch diesen Beschluß ermächtigte der Senat die Konsuln und Magistrate, den Staat mit allen ihnen nötig erscheinenden Mitteln zu verteidigen. Man sprach ihnen im voraus Immunität gegen Strafverfolgung zu und verbot den Volkstribunen, ihr Veto einzulegen.«

Er hielt inne und blickte ernst in die Runde. »Ich schlage vor, Senatoren, daß wir in der gegenwärtigen Krise denselben Weg einschlagen – und einen Senatsbeschluß zur Verteidigung der Republik fassen.«

»Wir werden abstimmen«, sagte Marius. »Alle, die dafür sind, stellen sich auf der linken Seite auf, alle, die dagegen sind, gehen nach rechts.« Er selbst stellte sich als erster auf die linke Seite.

Niemand stand auf der rechten Seite. Der Senat beschloß sein zweites *Senatus consultum de re publica defendenda* ohne Gegenstimmen, anders als beim ersten Mal.

»Gaius Marius«, sagte Scaurus, »die Mitglieder dieses Hauses haben mich ermächtigt, dich zu beauftragen, daß du als erster Konsul von Rom unseren Staat mit allen dir notwendig erscheinenden Mitteln verteidigst. Außerdem erkläre ich hiermit im Namen dieses Hauses, daß jedes Veto der Volkstribunen gegen eine Maßnahme von dir ungültig ist und daß nichts, was du tust oder befiehlst, dir später vor einem Gericht vorgeworfen werden kann. Das gilt auch für den zweiten Konsul, Lucius Valerius Flaccus, und alle Prätoren, soweit sie unter deinem Befehl stehen. Außerdem bist du, Gaius Marius, ermächtigt, dir Helfer aus dem Kreis der Mitglieder dieses Hauses zu wählen. Solange diese unter deinem Befehl stehen, gelten auch für sie die bereits genannten Ausnahmeregelungen.« Scaurus mußte daran denken, wie wohl Metellus Numidicus reagiert hätte, wenn er miterlebt hätte, wie der Senatsvorsitzende Scaurus Gaius Marius praktisch zum Diktator ernannte. Scaurus warf Marius einen bösen Blick zu, ein Grinsen konnte er sich gerade noch verkneifen. Er holte tief Luft und schrie so laut er konnte: »Lang lebe Rom!«

»Ach, na so was!« sagte Publius Rutilius Rufus.

Marius hatte weder Zeit noch Geduld, über geistreiche Bemerkungen nachzudenken. Mit knapper und ruhiger Stimme bestimmte er Lucius Cornelius Sulla zu seinem Stellvertreter und befahl, das Waffenlager im Keller des Tempels der Bellona zu öffnen und alle Unbewaffneten mit Schwertern und Schilden auszurüsten. Wer Waffen und Rüstung besaß, sollte sofort nach Hause gehen und sie holen, solange man sich noch frei in den Straßen bewegen konnte.

Sulla kümmerte sich vor allem um seine jungen Freunde. Er schickte sie in alle Himmelsrichtungen, vor allem den jungen Caepio und Metellus das Ferkel, deren Eifer gar nicht zu bremsen war. Die erste Ungläubigkeit machte einer Empörung Platz, die mehr war als bloße Wut: Ein Senator von Rom versuchte mit Hilfe der Macht des Pöbels, König zu werden – eine Ungeheuerlichkeit! Politische Unterschiede waren vergessen, Fraktionen lösten sich auf, ultrakonservative Senatoren standen Schulter an Schulter mit den fortschrittlichsten Anhängern von Marius, geeint im Kampf gegen den geifernden Wolf auf dem Forum Romanum.

Selbst als Sulla die Männer zu organisieren versuchte, die um ihn herumschwirrten und wild fluchten, während sie darauf warteten, daß ihnen ihre Waffen von zu Hause gebracht wurden, waren seine Gedanken bei ihr. Nicht bei Delmatica, bei Aurelia. Er schickte zwei Liktoren zu ihrer *insula* mit der Anweisung, sie solle sich im Hause einschließen, und zwei weitere zu Lucius Decumius mit der Nachricht, weder er noch seine Kumpane aus dem Kreuzwegeverein sollten sich in den nächsten Tagen auf dem Forum Romanum blicken lassen. Wie er Lucius Decumius kannte, würden sie ohnehin nicht auf dem Forum sein. Während der übrige Pöbel Roms auf dem Forum randalierte, herumbrüllte und unschuldige Passanten zusammenschlug, lud das Gebiet, das der Pöbel normalerweise unsicher machte, zu ein oder zwei Überfällen geradezu ein. So sah das zweifellos Lucius Decumius. Trotzdem, die Botschaft konnte nicht schaden. Vor allem Aurelia mußte gewarnt werden.

Zwei Stunden später waren alle bereit. Vor dem Tempel der Bellona lag ein großer, offener Hof, der als Feindesland bezeichnet wurde. In halber Höhe der Treppen, die zum Tempel führten, stand ein etwa vier Fuß hoher, quadratischer Felsblock. Wenn einem ausländischen Feind ein gerechter und rechtmäßiger Krieg erklärt wurde – und gab es denn andere Kriege? –, rief man einen der Fetialen. Die Aufgabe dieser Priester war es, im Auftrag des Staates Bündnisse zu schließen und Kriege zu erklären. Der Priester schleuderte von den Tempeltreppen aus einen Speer genau über die Spitze des uralten Felsblockes in den Boden des Feindeslandes. Niemand wußte, wie dieses Ritual entstanden war, aber es gehörte zur Tradition, und deshalb hielt man daran fest. Doch heute gab es keinen ausländischen Feind, dem man den Krieg erklären mußte, heute mußte man einer Anordnung des Senats Folge leisten. Kein Priester schleuderte den Speer, und auf dem Feindesland drängten sich die Römer der Ersten und Zweiten Vermögensklasse.

Die ganze Versammlung – vielleicht tausend Männer – war für den Krieg gerüstet: mit Harnischen, Metallschienen an den Schienbeinen und Lederkleidung unter den Rüstungen. Alle trugen verzierte Helme. Keiner hatte einen Speer in der Hand, alle waren mit dem guten, altbewährten römischen Kurzschwert und Dolchen bewaffnet und hielten die altmodischen, aus der Zeit vor Marius stammenden ovalen, fünf Fuß hohen Schilde vor sich.

Gaius Marius trat an den vordersten Rand des Podiums vor dem Tempel der Bellona und sprach zu seinem kleinen Heer. »Denkt daran – wir sind Römer und ziehen in unsere Stadt Rom«, sagte er und betonte jedes Wort. »Wir werden über die Schwelle der geheiligten Stadtgrenze treten. Deshalb habe ich auch nicht Marcus Antonius' Seesoldaten zu den Waffen gerufen. Wir, die Bürger, können selbst mit dieser Krise fertig werden, wir brauchen keine Armee. Ich verbitte mir strengstens alle Gewalttätigkeiten, die nicht unbedingt notwendig sind. Ich warne euch alle – insbesondere die Jüngeren unter euch – eindringlich: Niemand erhebt sein Schwert gegen einen unbewaffneten Mann! Wehrt Stockschläge mit euren Schilden ab und benutzt nur die flache Seite eurer Schwerter. Wo immer es möglich ist, entreißt der Menge die hölzernen Waffen, laßt eure Schwerter stecken und benutzt selbst ihre Knüppel. Es darf keine Berge von Sterbenden und Toten im Herzen von Rom geben! Dann wäre das Glück der Republik zu Ende, und das wäre das Ende der Republik! Wir müssen heute Gewalt verhindern, nicht anwenden!«

»Ihr seid heute meine Truppen«, fuhr er mit strenger Miene fort. »Nur wenige haben schon unter mir gedient. Darum gebt jetzt gut acht, ich sage es euch nur einmal. Wer meinen Befehlen und denen meines Stellvertreters nicht Folge leistet, wird sterben. In so einer Situation darf es keine Diskussionen und keine Unterschiede geben. Heute gibt es nicht verschiedene Arten von Römern, sondern nur Römer. Viele von euch lieben die Proletarier nicht und haben kein Herz für die unteren Schichten. Aber ich sage euch – und merkt euch das gut! –, auch ein römischer Proletarier ist ein Römer. Vor dem Gesetz ist sein Leben genauso heilig wie mein Leben oder euer Leben. Es darf kein Blutbad geben! Wenn ich so etwas auch nur zu ahnen beginne, werde ich in eurer Mitte stehen und mein Schwert gegen die zücken, die ihre Schwerter gezückt haben! Der Senat hat mir Immunität gegeben, eure Erben werden also keinen Denar Wiedergutmachung von mir erhalten, wenn ich euch töte. Ihr werdet nur von zwei Männern Befehle entgegennehmen – von mir und von Lucius Cornelius Sulla hier an meiner Seite. Von keinem anderen kurulischen Beamten. Ich dulde keinen Angriff, bevor nicht Lucius Cornelius oder ich den Befehl dazu geben. Wir werden diese Sache so schonend wie möglich erledigen. Verstanden?«

Mit gespielter Unterwürfigkeit neigte Catulus Caesar den Kopf. »Wir haben verstanden, und wir werden gehorchen, Gaius Marius. Ich habe schon unter dir gedient – ich weiß, daß du meinst, was du sagt.«

»Gut!« sagte Marius freundlich, ohne auf die Ironie einzugehen. Er wandte sich an den zweiten Konsul. »Lucius Valerius, du nimmst dir fünfzig Männer und gehst auf den Quirinal. Wenn Gaius Servilius Glaucia sich im Haus des Gaius Claudius befindet, nimm ihn fest. Wenn er sich widersetzt, bleibst du mit den fünfzig Männern als Wache vor dem Haus stehen. Versucht nicht, in das Haus einzudringen. Und haltet mich auf dem laufenden.«

Am frühen Nachmittag führte Gaius Marius seine kleine Truppe aus dem Feindesland vor dem Tempel der Bellona durch das Carmentalis-Tor in die Stadt. Sie kamen vom Velabrum, folglich tauchten sie aus dem Durchgang zwischen dem Tempel des Kastor und der Basilica Sempronia auf. Die Menschenmenge auf dem unteren Forum war völlig überrumpelt. Saturninus' Gefolgschaft – inzwischen auf vielleicht viertausend Mann angeschwollen – hatte sich mit allem bewaffnet, was nur halbwegs als Waffe dienen konnte: mit Knüppeln, Prügeln, Stöcken, Messern, Äxten, Pickeln und Mistgabeln. Im Vergleich mit den tausend fähigen und gut ausgerüsteten Kämpfern, die in dichten Reihen auf das Forum marschierten und sich vor der Basilica Sempronia aufbauten, waren sie eine schäbige Bande. Ein Blick auf die Brustharnische, Helme und Schwerter der Ankömmlinge genügte, und die Hälfte von Saturninus' Anhängern flüchtete Hals über Kopf Richtung Argiletum, die östliche Seite des Forums hinauf in die Gassen auf dem Esquilin, auf sicheren Heimatboden.

»Lucius Appuleius, gib auf!« schrie Marius aus vollem Hals. Sulla stand an seiner Seite.

Saturninus überblickte mit Saufeius, Labienus, Equitius und etwa zehn anderen oben von der Rostra das Geschehen. Er starrte Marius mit offenem Mund an, dann warf er den Kopf zurück und lachte. Das Lachen sollte trotzig und selbstbewußt klingen, tatsächlich aber klang es hohl.

»Deine Befehle, Gaius Marius?« fragte Sulla.

»Wir nehmen sie im Sturm«, sagte Marius. »Ganz plötzlich, mit aller Härte. Die Schwerter bleiben stecken. Nur mit den Schilden. Ich hätte nie gedacht, daß sie so eine kunterbunte Versammlung sind, Lucius Cornelius! Wir werden leichtes Spiel mit ihnen haben.«

Sulla und Marius gingen durch die Reihen ihrer kleinen Armee und wiesen sie an. Mit ausgestreckten Schilden bildeten sie eine Phalanx, vielleicht zweihundert Männer lang und fünf Reihen tief.

Und dann: »Angreifen!« schrie Gaius Marius.

Hinter einer festen Mauer von Schilden überrannten sie den Pöbel wie eine ungeheure Welle. Männer und selbstgebastelte Waffen flogen in alle Richtungen. Bevor sich Saturninus' Pöbel wieder aufgerappelt hatte, krachte die Mauer aus Schilden zum zweiten Mal hinein.

Saturninus und seine Gefährten sprangen von der Rednerbühne und mischten sich unter die Kämpfenden. Vergebens. Obwohl Marius' Kohorte anfänglich nach Blut gelechzt hatte, fand sie jetzt Gefallen an der neuartigen Holzhammermethode. Im Gleichschritt fuhren sie wieder und wieder in die verstörte Menge, drängten die Männer wie Steine zu einem Haufen zusammen, zogen sich zurück, um erneut eine Mauer zu bilden, und stießen wieder vor. Ein paar Männer aus dem Pöbel wurden zertrampelt, aber es entwickelte sich keine Schlacht, es war ein einziges Debakel für den Pöbel.

Es dauerte nicht lang, bis Saturninus' ganze Truppe die Flucht ergriff. Die Besetzung des Forum Romanum war vorüber, fast ohne Blutvergießen. Saturninus, Labienus, Saufeius, Equitius, ein Dutzend Römer und an die dreißig bewaffnete Sklaven liefen den Clivus Capitolinus hinauf und verbarrikadierten sich im Tempel des Jupiter Optimus Maximus. Sie flehten den großen Gott um Hilfe an, er solle ihnen doch die riesige Menschenmenge zurück auf das Forum schicken.

»Jetzt wird Blut fließen!« kreischte Saturninus vom Podium vor dem Tempel auf dem Kapitol hinunter, so laut, daß Marius und seine Männer ihn gut verstehen konnten. »Ich werde dafür sorgen, daß du Römer töten mußt, bevor ich abtrete, Gaius Marius! Dieser Tempel wird durch das Blut von Römern entweiht werden!«

»Er könnte recht behalten«, sagte der Senatsvorsitzende Scaurus. Trotzdem sah er sehr glücklich und zufrieden aus.

Marius lachte herzhaft. »Nein! Er stellt die Stacheln auf, wie ein kleines wehrloses Tier, Marcus Aemilius. Es gibt ein ganz einfaches Mittel gegen diese Besetzung. Wir werden sie dort rauskriegen, ohne daß auch nur ein Tropfen Blut fließt.« Er wandte sich an Sulla. »Lucius Cornelius, such die Ingenieure der städtischen Wasserversorgung, sie sollen sofort das Wasser für das gesamte Kapitol sperren!«

Der Senatsvorsitzende schüttelte verblüfft den Kopf. »So einfach ist das! Und so naheliegend – und ich wäre trotzdem nicht darauf gekommen. Wie lange werden wir wohl warten müssen, bis Saturninus aufgibt?«

»Nicht sehr lange. Ihre Arbeit muß sie ziemlich durstig gemacht haben. Ich schätze, morgen ist es soweit. Ich schicke genug Männer hinauf, damit wir den Tempel umstellen können. Und die sollen sich erbarmungslos über den Wassernotstand unserer Ausreißer lustig machen.«

»Saturninus wird aufs Ganze gehen«, sagte Scaurus.

Marius wollte dieser Einschätzung nicht zustimmen. »Er ist Politiker, kein Soldat, Marcus Aemilius. Er hat verstanden, was Macht ist, aber er weiß nicht, was Waffengewalt ist. Er kann sich keine erfolgreiche Taktik ausdenken.« Scaurus erschrak, als Marius ihm die verzerrte Hälfte seines Gesichts zuwandte. Das Augenlid hing traurig herunter, und das Lächeln, das die gesunde Seite seines Gesichts erhellte, bildete einen schrecklichen Kontrast. »Wenn ich in Saturninus' Stiefeln stünde, Marcus Aemilius, dann hättest du Grund zur Sorge! Ich wäre längst König von Rom, und ihr wäret alle tot.«

Der Senatsvorsitzende Scaurus trat unwillkürlich einen Schritt zurück. »Das weiß ich, Gaius Marius«, sagte er, »das weiß ich!«

»Sei's drum«, sagte Marius fröhlich und drehte die schreckliche Seite seines Gesichtes weg. »Glücklicherweise bin ich nicht König Tarquinius, auch wenn die Familie meiner Mutter aus Tarquinia stammt! Mehr als eine Nacht zusammen mit dem großen Gott wird Saturninus nicht aushalten.«

Die Aufrührer, die man auf der Flucht gefaßt hatte, wurden zusammengetrieben und unter schwerer Bewachung in die Zellen der Lautumiae gebracht. Dort sonderten Gehilfen der Zensoren rasch alle Männer aus, die keine römischen Bürger waren; sie wurden auf der Stelle hingerichtet. Die römischen Bürger sollten am nächsten Tag gemeinsam unter Anklage gestellt werden, anschließend würde man sie vom Tarpeischen Felsen am Südosthang des Kapitols in den Tod stürzen.

Sulla kehrte zurück, als Marius und Scaurus gerade das Forum verlassen wollten.

»Ich habe eine Nachricht von Lucius Valerius auf dem Quirinal erhalten«, sagte er. In Anbetracht der Ereignisse dieses Tages sah er ziemlich frisch aus. »Glaucia befindet sich in der Tat in Gaius Claudius' Haus. Aber sie haben die Tore verriegelt und weigern sich herauszukommen.«

Marius sah Scaurus an. »Nun, Senatsvorsitzender, wie sollen wir verfahren?«

»Genau wie mit der Bande, die sich bei Jupiter Optimus Maximus verkrochen hat. Wir können doch eine Nacht verstreichen lassen. Lucius Valerius soll das Haus weiterhin bewachen. Wenn Saturninus aufgegeben hat, lassen wir die Nachricht über die Mauern von Gaius Claudius' Haus ausrufen und warten dann ab, was passiert.«

»Ein guter Plan, Marcus Aemilius.«

Scaurus lachte. »Wie freundlich unser Umgangston geworden ist, Gaius Marius! Das wird meinem Ruf bei meinen Freunden, den *boni,* hoffentlich nicht schaden!« prustete er und ergriff Marius' Arm. »Denn trotz allem bin ich sehr froh, daß wir dich guten Mann heute hier hatten! Was meinst du dazu, Publius Rutilius?«

»Ich meine, du hättest es nicht treffender ausdrücken können.«

Von den ungefähr fünfzig Männern, die sich im Tempel des Jupiter Optimus Maximus verschanzt hatten, gab Lucius Appuleius Saturninus als erster auf, Gaius Saufeius als letzter. Die fünfzehn römischen Bürger unter ihnen wurden in aller Öffentlichkeit auf der

Rostra in Ketten gelegt. Viele Zuschauer waren nicht gekommen, die große Menge war zu Hause geblieben. Dann wurden die Aufrührer wegen Hochverrat vor ein eigens zu diesem Zwecke einberufenes Gericht gestellt. Die Strafe lautete für alle gleich: Sie sollten vom Tarpeischen Felsen gestürzt werden.

Der Tarpeische Felsen war nur knapp drei Meter hoch, ein Überhang aus Basalt über einem steilen Abgrund, aus dem nadelspitze Gesteinsbrocken emporragten. Der Verurteilte wurde regelrecht aufgespießt.

Die Verräter wurden den Clivus Capitolinus hinaufgeführt, am Tempel des Jupiter Optimus Maximus vorbei zu einem Platz an der Servianischen Mauer vor dem Tempel der Ops. Der Überhang des Tarpeischen Felsens ragte über die Mauer und war vom unteren Forum aus gut sichtbar. Dort erschien plötzlich eine Menschenmenge, die zusehen wollte, wie die Kämpfer des Lucius Appuleius Saturninus in den Tod gingen. Menschen mit leeren Bäuchen – aber heute hatten sie keine Lust, ihren Unmut zu zeigen. Sie wollten nur sehen, wie die Männer vom Tarpeischen Felsen gestürzt wurden, denn so etwas war schon lange nicht mehr vorgekommen. Gerüchteweise hatte sich herumgesprochen, daß mehr als hundert Männer sterben sollten. Niemand in der Menge empfand Liebe oder Mitleid für Saturninus oder Equitius, obwohl jetzt genau dieselben Menschen da unten standen, die den beiden bei der Wahl der Volkstribunen so begeistert zugejubelt hatten. Man munkelte, daß eine Flotte mit Getreide an Bord aus Asien kommen solle – und daß man das Gaius Marius zu verdanken habe. So jubelten sie ein paarmal zu Gaius Marius hinüber, aber was sie wirklich interessierte an diesem römischen Festtag, war das Schauspiel, wie menschliche Körper vom Tarpeischen Felsen in den Abgrund stürzten. Tod in hinreichender Entfernung, eine akrobatische Vorstellung, ein neues Schauspiel.

»Solange die Gefühle noch so hohe Wellen schlagen, können wir Saturninus und Equitius nicht vor Gericht stellen«, sagte der Senatsvorsitzende Scaurus zu Marius und Sulla. Sie standen zu dritt auf den Senatstreppen, weit entfernt fielen wild um sich schlagende Männer wie eine Parade kleiner Puppen einer nach dem anderen vom Tarpeischen Felsen ins Nichts.

Marius und Sulla verstanden genau, was Scaurus meinte. Nicht die Menschenmenge auf dem Forum beunruhigte Scaurus, sondern die starken Gefühle, die Wut in seinen Kreisen. Jetzt, wo das Schlimmste vorüber war, wurden viele immer zorniger. Der Haß galt nicht mehr Saturninus' Anhängern aus dem Pöbel, sondern Saturninus selbst und ganz besonders Lucius Equitius. Die jungen Senatoren und solche, die noch nicht alt genug für dieses Amt waren, standen in einer Gruppe am Rande des Versammlungsplatzes zusammen, in vorderster Reihe der junge Caepio und Metellus das Ferkel. Begierig musterten sie Saturninus und seine Leute auf der Rostra.

»Wenn Glaucia aufgibt und sich zu ihnen gesellt, wird es noch schlimmer«, sagte Marius nachdenklich.

»Was für ein schäbiger Haufen!« Scaurus rümpfte die Nase. »Man hätte doch erwarten können, daß wenigstens ein paar von ihnen den ehrenhaften Ausweg wählen und sich in ihre Schwerter stürzen würden! Selbst mein feiger, nichtsnutziger Sohn hat wenigstens das fertiggebracht!«

»Das stimmt«, sagte Marius. »Nun, wir haben jetzt fünfzehn von dieser Sorte – sechzehn, wenn Glaucia herauskommt –, die wir wegen Hochverrat vor Gericht stellen müssen. Und dort drüben stehen ein paar sehr verärgerte Kerle. Sie erinnern mich an ein Rudel Wölfe, das eine Schafherde beäugt.«

»Irgendwo müssen wir Saturninus und seine Genossen für mindestens ein paar Tage unterbringen«, sagte Scaurus. »Bloß wo? Um Roms willen dürfen wir nicht zulassen, daß sie gelyncht werden.«

»Warum nicht?« fragte Sulla. Das war sein erster Beitrag zu diesem Gespräch.

»Das gibt Ärger, Lucius Cornelius. Wir haben ein Blutvergießen auf dem Forum verhindern können, aber die Masse wird in voller Stärke wieder hier erscheinen. Sie wollen sehen, wie der Haufen dort auf der Rednerbühne vor Gericht gestellt wird. Heute lassen sie sich von der Hinrichtung völlig unbedeutender Männer unterhalten, das ist ein Schauspiel für sie. Aber wie können wir sicher sein, daß sie nicht sehr böse werden, wenn wir Lucius Equitius anklagen, zum Beispiel?« fragte Marius nüchtern. »Die Lage ist äußerst verzwickt.«

»Warum konnten sie sich nicht in ihre Schwerter stürzen?« fragte Scaurus sorgenvoll. »Denkt nur, wieviel Ärger sie uns erspart hätten! Selbstmord, das Eingeständnis ihrer Schuld, keine Prozesse, keine Galgen in den Verliesen des Tullianum – es wäre zu gewagt, diese Leute vom Tarpeischen Felsen zu stoßen!«

Sulla stand dabei und hörte zu. Er behielt jedes Wort, obwohl seine Augen gleichzeitig nachdenklich auf dem jungen Caepio und Metellus dem Ferkel ruhten. Aber er sagte kein Wort.

»Nun, um den Prozeß kümmern wir uns, wenn es soweit ist«, sagte Marius. »Inzwischen müssen wir einen sicheren Ort finden, wo wir sie unterbringen können.«

»Die Lautumiae kommen nicht in Frage«, sagte Scaurus sofort. »Der Pöbel könnte aus irgendeinem Grund – oder weil jemand sie angestiftet hat – beschließen, sie zu befreien. Die Zellen dort würden einem solchen Angriff niemals standhalten, selbst wenn alle unsere Liktoren dort Wache stünden. Wegen Saturninus mache ich mir keine Sorgen, aber dieser gräßliche Equitius ist ein Problem. Da muß nur eine dumme Frau anfangen zu jammern und zu klagen, weil der Sohn von Tiberius Gracchus sterben soll, und schon sind wir in Schwierigkeiten.« Er stöhnte. »Und als hätten wir damit nicht genug zu tun – schaut euch die jungen Spunde dort drüben an, wie sie geifern. Am liebsten würden sie Saturninus eigenhändig lynchen.«

»Dann schlage ich vor«, sagte Marius fröhlich, »daß wir Saturninus und seine Bande in der Curia Hostilia einsperren.«

Der Senatsvorsitzende Scaurus starrte ihn mit offenem Mund an. »Das können wir nicht machen, Gaius Marius!«

»Warum nicht?«

»Verräter im Senatsgebäude einsperren? Das ist – ja, das ist – ja, als brächten wir unseren alten Götter ein Opfer aus Scheiße dar!«

»Sie haben schon den Tempel des Jupiter Optimus Maximus entweiht. Alles, was mit unserer Staatsreligion zu tun hat, muß ohnehin gereinigt werden. Die Curia hat keine Fenster und die besten Türen in ganz Rom. Die andere Möglichkeit wäre, daß wir freiwillig jeweils einen von ihnen in unseren Villen unterbringen – möchtest du Saturninus übernehmen? Nimm ihn, ich nehme Equitius. Quintus Lutatius sollte Glaucia kriegen, schlage ich vor.« Marius grinste.

»Die Curia Hostilia, das ist eine glänzende Idee«, sagte Sulla und betrachtete weiter nachdenklich den jungen Caepio und Metellus das Ferkel.

Scaurus schüttelte sich angewidert, dann nickte er entschlossen. »Du hast recht, Gaius Marius. Ich fürchte, wir müssen die Curia Hostilia nehmen.«

»Gut!« sagte Marius. Er klopfte Sulla auf die Schulter, zum Zeichen, daß er gehen solle. Mit einem furchtbar schiefen Lächeln fügte er hinzu: »Ich kümmere mich um die Einzelheiten, Marcus Aemilius. Du kannst inzwischen deinen Freunden, den *boni*, erklären, warum wir unser hochverehrtes Senatsgebäude als Gefängnis benützen müssen.«

»Welche Ehre, ich danke dir!« sagte Scaurus.

»Nichts zu danken.«

Als alle, auf die es ankam, außer Hörweite waren, blickte Marius Sulla neugierig an. »Was hast du vor?« fragte er.

»Ich weiß nicht, ob ich dich einweihen soll«, sagte Sulla.

»Sei vorsichtig, bitte. Ich möchte nicht, daß du wegen Verrat vor Gericht gezerrt wirst.«

»Ich bin vorsichtig, Gaius Marius.«

Am achten Tag des Dezember hatten Saturninus und seine Mitstreiter aufgegeben, am neunten berief Gaius Marius erneut die Versammlung der Zenturien ein, und die Kandidaten für die kurulischen Ämter stellten sich vor.

Lucius Cornelius Sulla bemühte sich nicht auf die Saepta hinaus, er war zu sehr mit anderen Dingen beschäftigt. Unter anderem führte er lange Gespräche mit dem jungen Caepio und Metellus dem Ferkel, und er stattete Aurelia einen kurzen Besuch ab, obwohl er von Publius Rutilius Rufus gehört hatte, daß bei ihr alles in Ordnung war und daß Lucius Decumius seine Brüder aus der Taverne vom Forum Romanum ferngehalten hatte.

Am zehnten Tag des Monats sollten die neuen Volkstribunen ihre Ämter antreten, doch zwei von ihnen, Saturninus und Equitius, waren in der Curia Hostilia eingesperrt. Alle fürchteten, daß die Menschenmassen wieder auftauchen könnten, denn die Vorgänge um die Volkstribunen schienen sie am meisten zu interessieren.

Marius erlaubte zwar nicht, daß seine kleine Armee in voller Kriegsrüstung auf dem Forum Romanum erschien, aber er ließ die Basilica Porcia für die normalen Besucher, Händler und Bankiers, sperren und Waffen und Rüstungen dort lagern. Im untersten Stock, an der Seite, die an das Senatsgebäude grenzte, lagen die Amtsräume der Volkstribunen, und dort sollten sich im Morgengrauen die acht Tribunen versammeln, die nichts mit Saturninus' Machenschaften zu tun hatten. Die konstituierende Sitzung der Volksversammlung sollte so schnell wie möglich über die Bühne gebracht werden, über die beiden fehlenden Mitglieder sollte kein Wort verloren werden.

Doch noch bevor der Morgen graute – das Forum lag menschenleer da – führten der junge Caepio und Metellus, das fromme Ferkel, ihre Truppe durch das Argiletum auf die Curia Hostilia zu. Sie hatten den längeren Weg gewählt, weil sie sichergehen wollten, daß keine Wache sie überraschte. Als sie die Curia umstellten, war weit und breit niemand zu sehen.

Sie hatten lange Leitern mitgebracht, die bis an die uralten, fächerartig geformten Ziegel des bröckeligen, mit Flechten überzogenen Dachvorsprungs heranreichten.

»Denkt daran«, ermahnte der junge Caepio seine Truppe, »keiner zückt sein Schwert, hat Lucius Cornelius gesagt. Wir halten uns wortwörtlich an die Befehle von Gaius Marius.«

Einer nach dem anderen kletterten sie die Leitern hinauf, bis sämtliche fünfzig Mann nebeneinander am Rand des Daches kauerten. Das Dach war ziemlich flach, so war es kein allzu unbequemer Platz. Dort hockten sie in der Dunkelheit wie die Hühner auf der Stange und warteten, bis das fahle Licht im Osten von Taubengrau in glänzendes Gold überging und die ersten Sonnenstrahlen vom Esquilin her auf das Dach des Senatsgebäudes krochen und es wärmten. Ein paar Menschen bewegten sich jetzt in den Straßen, aber Caepios Männer hatten die Leitern auf das Dach der Curia gezogen, und so bemerkte niemand etwas Besonderes, weil niemand nach oben schaute.

Und dann gab der junge Caepio das Signal. »Los!« schrie er.

Im Wettlauf mit der Zeit – Lucius Cornelius hatte ihnen eingeschärft, daß es schnell gehen müsse – rissen sie die Ziegel von den Latten aus Eichenholz, die sehr viel massivere Balken aus Zedernholz verbanden. Licht fiel in die Halle unter ihnen, fünfzehn weiße Gesichter starrten eher überrascht als erschreckt zu ihnen herauf. Sobald jeder Mann auf dem Dach einen Haufen Ziegel neben sich hatte, begannen sie, diese Wurfgeschosse durch die Löcher zu schleudern, direkt in die Gesichter. Saturninus ging sofort zu Boden, ebenso Lucius Equitius. Einige Gefangene suchten in den entlegensten Winkeln der Halle Schutz, aber die jungen Männer auf dem Dach hatten schnell zielen gelernt, und mit großer Genauigkeit warfen sie die Ziegel in alle Richtungen. In der Halle gab es keinerlei Mobiliar, die Senatoren brachten ihre eigenen Stühle mit, die Helfer holten ein oder zwei Tische aus den Büroräumen des Senats im angrenzenden Haus am Argiletum. So konnten sich die Gefangenen gegen die Wurfgeschosse nicht schützen, die viel wirksamere Waffen waren, als Sulla geglaubt hatte. Die Ziegel zerbrachen beim Aufprall, die Kanten der Bruchstücke waren messerscharf. Jeder Ziegel wog zehn Pfund.

Als Marius und seine Getreuen – unter ihnen auch Sulla – eintrafen, war alles vorüber. Die Männer kletterten die Leitern hinunter. Dort standen sie ruhig, keiner versuchte zu fliehen.

»Soll ich sie verhaften, Marius?« fragte Sulla.

Marius zuckte zusammen, so tief war er in Gedanken versunken gewesen, als Sullas Frage zu ihm druchdrang. »Nein!« sagte er. »Sie werden nicht fliehen.« Er warf Sulla einen Blick zu, einen verstohlenen, fragenden Seitenblick. Ein Augenzwinkern war ihm Antwort genug.

»Öffnet die Türen«, befahl Marius seinen Liktoren.

Drinnen warf die Morgensonne ihre Strahlen durch aufgewirbelten Staub, der sich langsam setzte. Überall lagen Scherben von Dachziegeln herum, überzogen mit grünen Flechten, die Kanten leuchteten in einem kräftigen Rostrot, fast die Farbe von Blut. Führzehn Körper lagen eng zusammengekrümmt, manche mit völlig verrenkten Armen und Beinen, unter den Scherben.

»Du und ich, Senatsvorsitzender«, sagte Marius, »sonst niemand.«

Sie betraten gemeinsam die Halle, bahnten sich ihren Weg von Körper zu Körper und suchten nach Lebenszeichen. Saturninus war so schnell und so hart getroffen worden, daß er nicht einmal Zeit gehabt hatte, die Hände schützend vor das Gesicht zu schlagen. Sein Gesicht lag unter einem Berg von Ziegeln begraben, die blicklosen Augen starrten zum Himmel, die schwarzen Wimpern waren mit dem Staub der Ziegel verklebt. Scaurus beugte sich nieder, um ihm die Augen zu schließen, und zuckte erschreckt zurück. Auf den ausgetrockneten Augäpfeln lag so viel Staub, daß sich die Lider nicht schließen ließen. Lucius Equitius hatte es noch schlimmer getroffen. Kaum eine Stelle seines Körpers, die nicht von einem Dachziegel verletzt war, überall Schnitte und Beulen. Es dauerte lange, bis Marius und Scaurus ihn mit den Händen freigeschaufelt hatten. Saufeius, der in eine der Ecken gerannt war, war von einer Scherbe getötet worden. Offensichtlich war sie vom Boden abgesprungen und hatte sich wie eine große Speerspitze in seinen Hals gebohrt, sein Kopf war fast abgetrennt. Titus Labienus war von einem ganzen Ziegel in der Lendenwirbelsäule getroffen worden. Unterhalb der Stelle, wo seine Wirbelsäule gebrochen war, hatte er nichts mehr gespürt, als er zu Boden ging.

Marius und Scaurus berieten sich.

»Was soll ich mit diesen Dummköpfen dort draußen tun?« fragte Marius.

»Was kannst du tun?«

Marius zog die rechte Hälfte der Oberlippe hoch. »Ach, komm, Senatsvorsitzender! Nimm einen Teil der Last auf deine knochigen, alten Schultern! Du wirst mir nicht von hier verschwinden, das verspreche ich dir. Entweder du unterstützt mich – oder du kannst dich auf einen Kampf einstellen. Was hier geschehen ist, wird im Vergleich dazu dann wie das Bona-Dea-Fest der Frauen aussehen!«

»Schon gut, schon gut«, sagte Scaurus gereizt. »Ich wollte damit nicht sagen, daß ich nicht hinter dir stehe, wenn du schon alles so genau nimmst! Ich wollte doch nur fragen, was du in dieser Situation tun kannst.«

»Das *Senatus consultum* ermächtigt mich zu tun, was ich für richtig halte. Ich kann jeden einzelnen der mutigen, kleinen Truppe dort draußen verhaften lassen oder sie nach Hause schicken, ohne auch nur ein Wort darüber zu verlieren. Was hältst du für angebracht?«

»Mir schiene es angebracht, sie alle nach Hause zu schicken. Korrekterweise müßte man sie allerdings verhaften und des Mordes an römischen Mitbürgern anklagen. Die Gefangenen waren noch nicht verurteilt und deshalb immer noch römische Bürger, als sie getötet wurden.«

Marius zog die bewegliche Augenbraue nach oben. »Wie soll ich also vorgehen, Senatsvorsitzender? Soll ich tun, was angebracht scheint oder was richtig wäre?«

Scaurus zuckte die Schultern. »Tu, was uns angebracht scheint, Gaius Marius. Das weißt du genausogut wie ich. Sonst treibst du einen Keil so tief in das Herz von Rom, daß die ganze Welt zusammen mit unserer Stadt daran zugrunde gehen könnte.«

Sie traten gemeinsam hinaus und blieben auf den Senatstreppen stehen. Die Gesichter in ihrer unmittelbaren Nähe konnten sie sehen, dahinter standen ein paar Dutzend Menschen, das Forum Romanum lag menschenleer, sauber und verschlafen in der Morgensonne.

»Hiermit verkünde ich eine Generalamnestie!« schrie Gaius Marius so laut er konnte. »Geht nach Hause, ihr jungen Männer«, sagte er zu dem jungen Caepio und seinen Männern. »Ihr seid wie alle anderen von der Strafverfolgung befreit.« Dann wandte er sich wieder der größeren Gruppe seiner Zuhörer zu. »Wo sind die Volkstribunen? Sie sind hier? Gut! Dann beruft eure Versammlung ein, heute ist die große Masse nicht hier. Als erstes müssen zwei weitere Volkstribunen gewählt werden. Lucius Appuleius Saturninus und Lucius Equitius sind tot. Du, oberster Liktor, hole deine Kameraden und die Staatssklaven, ihr räumt in der Curia Hostilia auf. Übergebt die Leichen den Angehörigen, damit sie anständig begraben werden können. Sie waren für ihre Verbrechen nicht verurteilt, deshalb sind sie immer noch römische Bürger von vornehmer Abkunft.«

Marius schritt die Treppen hinunter und bestieg die Rostra, denn als erster Konsul leitete er auch die Feierlichkeiten zur Amtseinführung der neuen Volkstribunen. Wäre er aus patrizischem Geschlecht gewesen, hätte sein Mitkonsul das tun müssen. Mindestens einer der Konsuln mußte immer Plebejer sein, damit er Zugang zum *concilium plebis* hatte.

Und dann geschah es. Die Nachrichtenübermittlung von Mund zu Mund mußte wie immer gut funktioniert haben, mit der Geschwindigkeit des Lichts hatten sich die Ereignisse herumgesprochen. Das Forum füllte sich mit Menschen, Tausende und Abertausende strömten herbei – vom Esquilin, Caelius, Viminal, Quirinal, Palatin, Aventin, aus der Subura. Dieselbe Menschenmenge, das erkannte Gaius Marius auf den ersten Blick, die sich bei der Wahl der Volkstribunen auf dem Forum gedrängt hatte.

Jetzt, wo das Schlimmste vorüber war, kehrte Frieden in Marius' Herz ein. Er blickte über das Meer von Menschen und sah, was Lucius Appuleius Saturninus gesehen hatte: eine Quelle der Macht, noch ungenutzt, ohne die Arglist und Tücke, die mit Erfahrung und Bildung kamen. Die Menschen glaubten bereitwillig jedem leidenschaftlichen Demagogen, sie ließen sich von jedem Redner mit Charisma überzeugen, sie folgten jedem Führer wie eine Herde. Das ist nichts für mich, dachte Gaius Marius. Erster Mann in Rom zu sein und dabei von den Launen der Masse abhängig, das ist kein Triumph. Ich war gerne der Erste Mann in Rom, im alten Stil, auf dem harten Weg: im ständigen Kampf gegen die Vorurteile und die Ungeheuerlichkeiten, die mir auf dem *cursus honorum* begegneten.

Doch einmal, schloß Gaius Marius seine Gedanken schadenfroh, möchte ich dem Senatsvorsitzenden Scaurus, Catulus Caesar, dem Pontifex Maximus Ahenobarbus und dem Rest der *boni* noch zeigen, was sie erwartet hätte, wenn ich Saturninus' Weg gewählt hätte: Dann lägen nämlich sie jetzt alle in der Curia Hostilia unter Dachziegeln begraben. Mit einer Hand würde ich Rom regieren! Ich bin im Vergleich zu Saturninus so wie Jupiter im Vergleich zu Cupido.

Er trat an den Rand der Rednerbühne, näher zum unteren Forum als zum Versammlungsplatz der Komitien. Mit ausgebreiteten Armen schien er die Menge umarmen zu wollen wie ein Vater seine Kinder. »Volk von Rom, geht zurück in eure Häuser!« donnerte er. »Die Krise ist vorüber. Rom ist gerettet. Und ich, Gaius Marius, kann euch mit großer Freude ankündigen, daß gestern eine Flotte von Getreideschiffen im Hafen von Ostia eingelaufen ist. Die Lastkähne kommen heute flußaufwärts, ab morgen wird es Korn aus den staatlichen Speichern auf dem Aventin geben, zum Preis von einem Sesterz pro Scheffel, zu dem Preis, den Lucius Appuleius Saturninus' Getreidegesetz festgelegt hat. Nun, Lucius Appuleius ist tot, sein Gesetz ist ungültig. Ich, Gaius Marius, der Konsul von Rom, gebe euch das Korn! Der billige Preis wird so lange gelten, wie ich noch im Amt bin, das heißt noch neunzehn Tage. Danach müssen die neuen Magistrate entscheiden, wieviel ihr zu bezahlen habt. Der Preis von einem Sesterz ist mein Abschiedsgeschenk an euch, Volk von Rom! Ich liebe euch, ich habe für euch gekämpft, und ich habe für euch gesiegt! Vergeßt das niemals, niemals! Lang – lebe – Rom!«

In einer Woge des Jubels stieg er mit erhobenen Armen von der Rednerbühne. Das wilde, verzerrte Grinsen auf seinem Gesicht paßte zum Abschiednehmen mit seiner guten und seiner schlechten Seite.

Catulus Caesar stand da wie angewurzelt. »Hast du das gehört, Scaurus?« stieß er hervor. »Er hat gerade neunzehn Tagesrationen Korn verschenkt – in seinem Namen! Das kostet die Staatskasse Tausende von Talenten! Wie kann er es wagen!«

»Willst du dich vielleicht auf die Rostra stellen und ihm widersprechen, Quintus Lutatius?« grinste Sulla. »Wo doch deine jungen Getreuen dort drüben ihre Freiheit behalten haben?«

»Verflucht sei er!« Catulus Caesar war den Tränen nahe.

Scaurus brach in schallendes Gelächter aus. »Er hat es uns wieder gegeben, Quintus Lutatius!« sagte er, sobald er wieder sprechen konnte. »Ein Mann wie ein Erdbeben. Er hat es uns gezeigt, und wir müssen die Rechnung bezahlen. Ich verabscheue ihn – aber, bei allen Göttern, ich liebe ihn auch!« Und er schüttelte sich wieder vor Lachen.

»Es gibt Zeiten, Marcus Aemilius Scaurus, da verstehe ich nicht im mindesten, was für ein Mensch du bist!« Catulus Caesar stolzierte in seinem besten Kamelgang davon.

»Wohingegen ich, Marcus Aemilius Scaurus, euch alle nur zu gut verstehe«, sagte Sulla, der noch heftiger als Scaurus lachen mußte.

Glaucia stürzte sich in sein Schwert, Marius weitete die Amnestie auf Gaius Claudius und seine Anhänger aus, und Rom atmete auf. Der Kampf auf dem Forum schien endgültig vorüber. Aber dem war nicht so. Die beiden Söhne von Lucullus klagten Gaius Servilius Augur des Hochverrats an, und erneut kam es zu Gewalttätigkeiten. Unter den Senatoren ging es hoch her, denn der Fall spaltete die Konservativen. Catulus Caesar, der Senatsvorsitzende Scaurus und ihre Anhänger standen unverrückbar auf der Seite der Brüder Lucullus, der Pontifex Maximus Ahenobarbus und Crassus Orator waren durch Freundschaftsbande und Protektion mit Servilius Augur verbunden.

Die Menschen, die während der Ereignisse um Saturninus so unerwartet auf dem Forum aufgetaucht waren, blieben verschwunden, aber die üblichen Besucher des Forums erschienen wieder so zahlreich wie früher und beobachteten den Prozeß. Die Jugend und die Leidenschaft der beiden Lucullus-Brüder zogen sie an. Das wußten die beiden, und sie waren fest entschlossen, die Sympathie der Zuschauer auf jede mögliche Weise für sich auszunutzen. Varro Lucullus, der jüngere Bruder, hatte erst wenige Tage vor dem Prozeß die Toga des Mannesalters angelegt. Weder er noch Lucius Lucullus, der achtzehn Jahre alt war, mußten sich schon rasieren. Ihre Agenten, die sie klug in der Menge verteilt hatten, wisperten überall herum, die beiden armen Knaben hätten soeben die Nachricht erhalten, daß ihr Vater im Exil gestorben sei – und nun liege es ganz allein an ihnen, diesen beiden bemitleidenswerten Knaben, die Ehre, die *dignitas*, die edle Abkunft der Familie der Licinus Lucullus zu verteidigen.

Die Geschworenen, alle aus dem Ritterstand, hatten schon im voraus beschlossen, sich auf die Seite von Servilius Augur zu stellen, denn er war ein Ritter wie sie, dank der Unterstützung seines Gönners Ahenobarbus saß er im Senat. Schon bei der Wahl der Richter war es zu Gewalttätigkeiten gekommen, denn Servilius Augur hatte ehemalige Gladiatoren angeheuert, die den Prozeß verhindern sollten. Aber die schnelle, kleine Truppe junger Adliger unter der Führung von Caepio und Metellus, dem braven Ferkel, trieben die Muskelmänner vom Platz, einer wurde dabei getötet. Die Richter verstanden die Botschaft und entdeckten ihr Mitgefühl für die Brüder Lucullus.

»Sie werden Servilius verurteilen«, sagte Marius, der mit Sulla dabeistand und die Geschehnisse genau beobachtete.

»Das werden sie, in der Tat«, sagte Sulla, der von dem älteren der beiden Brüder, Lucius Lucullus, fasziniert war. »Großartig!« rief er aus, als der junge Lucullus seine Rede beendet hatte. »Er gefällt mir, Gaius Marius!«

Aber Marius war unbeeindruckt. »Er ist genauso hochnäsig und überheblich wie sein Vater.«

»Es ist bekannt, daß du Servilius Augur unterstützt«, sagte Sulla steif.

Dieser Pfeil hatte getroffen, aber Marius grinste nur. »Ich würde einen tingitanischen Affen unterstützen, wenn er den Gefolgsleuten unseres abwesenden Metellus Schweinebacke das Leben schwermachte, Lucius Cornelius.«

»Der Augur Servilius ist ein tingitanischer Affe«, sagte Sulla.

»Ich stimme dir zu. Er wird verlieren.«

Marius behielt recht. Die Richter verurteilten Servilius nach einem Seitenblick auf Caepios Bande einstimmig, obwohl die leidenschaftlichen Plädoyers seiner Verteidiger Crassus Orator und Mucius Scaevola sie zu Tränen gerührt hatten.

Es war keine Überraschung, daß der Prozeß in einem Kampf endete. Marius und Sulla schauten aus gebührender Entfernung zu und hatten ihren Spaß daran, als Ahenobarbus dem frohlockenden Catulus Caesar einen Schlag auf den Mund verpaßte.

»Pollux und Lynkeus!« sagte Marius. Erfreut beobachteten sie, wie die beiden eine ernsthafte Schlägerei begannen. »Oh, gib's ihm, Quintus Lutatius Pollux!« röhrte er.

»Keine schlechte Anspielung auf die Klassiker, wo die Ahenobarber doch immer behaupten, Pollux habe ihnen rote Tinte in ihre Bärte gegossen«, sagte Sulla. In diesem Moment landete Catulus Caesar einen gut gezielten Schlag, und Blut strömte aus Ahenobarbus' Nase und Mund.

»Hoffentlich ist das die letzte Prügelei auf dem Forum«, sagte

Marius und wandte sich ab, denn es war offensichtlich, daß Ahenobarbus den kürzeren ziehen würde. »Zumindest für dieses schreckliche Jahr.«

»Hm, ich weiß nicht, Gaius Marius. Uns steht noch die Wahl der Konsuln bevor.«

»Zum Glück findet die nicht auf dem Forum statt.«

Zwei Tage später feierte Marcus Antonius seinen Triumph, und wiederum zwei Tage später wurde er für das kommende Jahr zum ersten Konsul gewählt. Sein Mitkonsul war niemand anderer als Aulus Postumius Albinus, dessen Einmarsch in Numidien vor zehn Jahren den Krieg gegen Jugurtha ausgelöst hatte.

»Die Wähler sind solche Arschlöcher!« sagte Marius erregt zu Sulla. »Als zweiten Konsul haben sie einen Mann gewählt, der geradezu ein Paradebeispiel ist für großen Ehrgeiz, gepaart mit absoluter Unfähigkeit in jeder Beziehung. Was soll's! Ihr Gedächtnis ist so kurz wie ihre Schwänze!«

»Tja, es ist schon was dran an dem Satz, daß Verstopfung zu geistiger Verblödung führt.« Sulla grinste, obwohl ihm gar nicht zum Lächeln zumute war. Er wollte im nächsten Jahr für das Amt des Prätors kandidieren, aber heute spürte er in der Zenturienversammlung eine Stimmung, die marianischen Kandidaten für die Zukunft nichts Gutes verhieß. Doch wie soll ich mich von diesem Mann trennen, der so viel für mich getan hat? fragte er sich unglücklich.

»Wenigstens wird es ein eintöniges Jahr, und Aulus Albinus kann nicht viel kaputtmachen, glücklicherweise«, fuhr Marius fort, von Sullas geheimen Gedanken hatte er keine Ahnung. »Zum ersten Mal seit einer langen Zeit hat Rom keine nennenswerten Feinde. Wir können uns ausruhen. Und Rom kann sich ausruhen.«

Sulla riß sich zusammen. Er wollte nicht mehr an das Amt des Prätors denken, denn das war, wie er wußte, eine Illusion. »Was ist mit der Prophezeiung?« fragte er unvermittelt. »Martha hat ausdrücklich gesagt, du würdest siebenmal Konsul von Rom sein.«

»Ich werde siebenmal Konsul sein, Lucius Cornelius.«

»Du glaubst daran.«

»Ja.«

Sulla seufzte. »Ich wäre schon froh, wenn ich nur Prätor würde.«

Mit einer Gesichtslähmung lassen sich wunderbar spöttische Laute erzeugen, und einen solchen Laut gab Marius nun von sich.

»Quatsch!« sagte er energisch. »Du bist der geborene Konsul, Lucius Cornelius. Und eines Tages wirst du der Erste Mann in Rom sein.«

»Ich danke dir für dein Vertrauen, Gaius Marius«, Sulla lachte ein wenig gequält mit, fast so wie Marius selbst. »Immerhin, bedenkt man den Altersunterschied zwischen uns, werde ich wohl kaum mit dir um den Titel konkurrieren«, sagte er.

Marius lachte. »Das wäre ein Kampf der Titanen! Aber die Gefahr besteht nicht«, entgegnete Marius mit großer Überzeugung.

»Wenn du dich aus dem Amt zurückziehst und das Haus nicht mehr betrittst, wirst du nicht länger der Erste Mann in Rom sein, Gaius Marius.«

»Ja, das stimmt. Aber, Lucius Cornelius, ich hatte eine gute Zeit. Und sobald diese schrecklichen Heimsuchungen vorbei sind, stehe ich wieder auf der Tribüne.«

»Und in der Zwischenzeit, wer soll da der Erste Mann in Rom sein?« fragte Sulla. »Scaurus? Catulus?«

»*Nemo!*« brüllte Marius und lachte schallend. »Niemand! Das ist der größte Spaß. Niemand von denen kann in meine Fußstapfen treten!«

Sulla fiel in das Lachen ein. Er legte den Arm um Marius' Schultern, drückte ihn herzlich, und Arm in Arm machten sie sich auf den Heimweg von der Saepta. Vor ihnen erhob sich der kapitolinische Hügel, ein breiter Strahl kühler Herbstsonne fiel auf den von vier Pferden gezogenen Wagen der Siegesgöttin, der auf dem Giebeldreieck des Tempels des Jupiter Optimus Maximus stand. Die Sonnenstrahlen spiegelten sich in der Vergoldung und tauchten ganz Rom in gleißendes Gold.

»Mir brennen die Augen!« rief Sulla in echtem Schmerz. Aber er konnte die Augen nicht abwenden.

FINIS